Lars Saabye Christensen • Magnet

LARS SAABYE CHRISTENSEN

MAGNET

ROMAN

*Aus dem Norwegischen
von Christel Hildebrandt*

btb

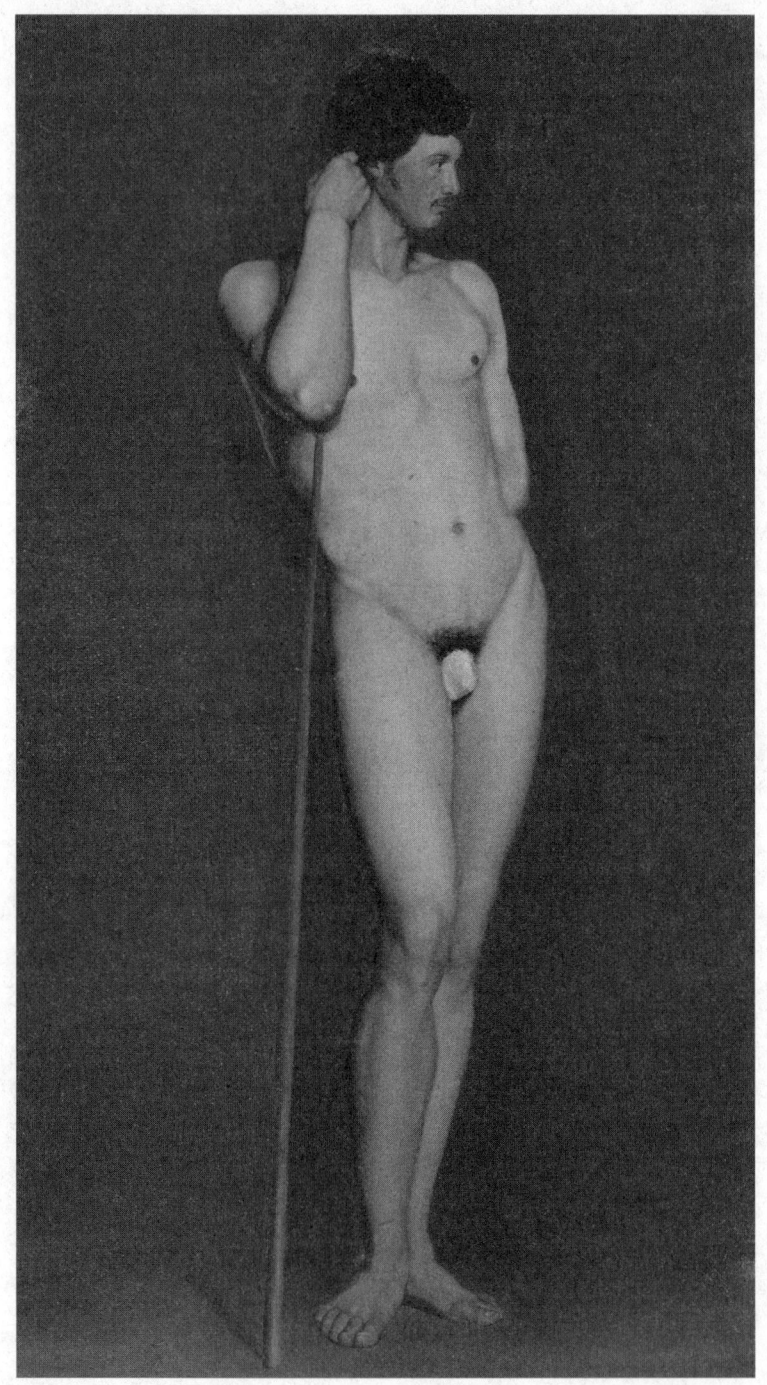

PROLOG

Dieser Roman beginnt nicht so:
Ich war niemals in Amerika.
Einige werden sicher einwenden, es handele sich eigentlich um zwei Romane und jeder solle für sich stehen. Denen möchte ich zuvorkommen: Dieser Meinung bin ich nicht. Es muss so sein. Das Leben selbst, wenn ich so große Worte benutzen darf, brach mit solcher Kraft und Präzision in die Arbeit ein, dass jeglicher Widerstand unmöglich war. Es gibt Entscheidungen, die außerhalb aller Kritikfelder liegen. Im Laufe der Lektüre wird der Leser das verstehen. Aber zumindest ist es jetzt gesagt.

Und auch das kann ich noch sagen:

Fotografieren bedeutet, etwas wegzulassen. Schreiben bedeutet, etwas hinzuzufügen.

Wer nach Material über Jokum Jokumsens fotografische Technik sucht, den möchte ich auf Artikel in diversen Zeitschriften und Katalogen verweisen, u. a. Moma Annual, Louisiana Revy, Popular Photography und 54. Venice Biennale. Ich bin mehr interessiert an dem *Handwerk*, das ich als Bindeglied zwischen Technik und Kunst ansehe.

Meine eigene Schriftstellertätigkeit, die in alle Richtungen sprießt, habe ich hintangestellt und alles lieber in einer einzigen Ausgabe zusammengefügt, nämlich in dem Roman, den ich schon immer schreiben wollte, *Magnet*.

An einigen Stellen habe ich beträchtlich gebremst, in anderen Bereichen habe ich übertrieben und bin vielleicht sogar zu weit gegangen, je nachdem, wie die Laune es gerade befahl. Ich schreibe, weil ich keinen Schwanz habe, mit dem ich wedeln oder den ich mir zwischen die Beine klemmen kann. Aber trotzdem bin ich der Meinung, dass ich den Grundton des Romans getroffen und gehalten habe: Letztendlich geht es darum, die Zeit verstreichen zu lassen.

Was bedeutet, dass es sowohl feste Knoten als auch lose Fäden gibt.

Bei einzelnen Charakteren war ich nicht imstande, ihnen bis ins Ziel zu folgen, einfach weil ich sie aus den Augen verloren habe, wie beispielsweise Dr. Q., aber Gerüchte besagen, dass er seine Tage im Gram-Parsons-Zimmer im Joshua-Tree-Nationalpark nahe der Wüste von Mojave beschlossen hat. Ich hätte auch gern gewusst, wer hinter der Bombendrohung gegen das Chateau Neuf stand, als Leonard Cohen dort im Mai 1976 sein Konzert gab. Aber die festen Knoten sind zweifellos in der Mehrzahl. Es sollte kein Zweifel daran herrschen, dass Jokum Jokumsen und Synne Sager die Hauptpersonen sind und ich ihnen gefolgt bin, solange es möglich war. Ich bringe in diesen Roman ein ziemlich schweres Päckchen ein, nämlich den einzigen Wunsch, er möge leicht zu lesen sein. Mit anderen Worten: Der Leser hat nichts zu befürchten.

Es wird schon gut gehen.

Ich erinnere mich an einen Spruch aus der Volksschule: *in die Blockflöte spucken.* Das sagte man, wenn es in dem Instrument gurgelte und aus dem Mundstück Speichel statt Töne tropfte.

Auch hier gibt es Spucke in der Blockflöte, doch das gehört zu meinem Orchester.

Übrigens hatte ich das große Vergnügen, wenn ich so sagen darf, die beiden Hauptpersonen bei zwei Gelegenheiten zu treffen, das erste Mal in Sogn Studentby, im Herbstsemester 1976, und später unter weniger angenehmen Umständen in Dänemark 2001, im Løkke Sanatorium, das im Volksmund *Das Haus auf halber Strecke* genannt wird, wo sowohl Jokum als auch ich eingewiesen wurden und wo ich außerdem die Gelegenheit hatte, seine Träume zu teilen, bis wir zum Schluss gemeinsam wieder die Freiheit erlangten, dort, wo sie hingehört, nämlich auf dem Grund. Deshalb bin ich nicht seiner Meinung, wenn er denkt, direkt vor seiner halsbrecherischen Untat, dass *wir ganz unten alle gleich niedrig sind.* Es ist umgekehrt, möchte ich behaupten: Ganz unten sind wir alle gleich groß. Dennoch lege ich Wert darauf zu betonen, dass ich mich nach bestem Wissen und Gewissen im Hintergrund gehalten habe, obwohl ich hin und wieder verstohlen bei einigen ihrer Treffen aufgetaucht bin. Ein einziges Mal habe ich auch der Versuchung nicht widerstehen können, die Fenster der Erzählung zu öffnen und zu sagen, was ich meine. Betrachten Sie das bitte nicht als ein literarisches Stilmittel, sondern vielmehr als die plötzliche Redseligkeit des Einsamen. Ein wenig Vergnügen muss auch mir vergönnt sein.

Ich habe es mir nicht zum Ziel gesetzt, sämtliche Fotos von Jokum Jokumsen zu erwähnen. Wer mehr wissen will, der kann das aus anderen Quellen erfahren, einige davon sind eingangs bereits erwähnt worden. Aber ich bin davon überzeugt, dass ich dennoch seine wesentlichen Arbeiten mit einbezogen habe, auch wenn ich gern Platz für die Serien aus seiner Studienzeit mit Synne in Kopenhagen gehabt hätte, aber sie passten leider gerade nicht dazu. Ein anderes Bild, dem ich gern größere Aufmerksamkeit gewidmet hätte, ist *Norwegian Halleluja,* fotografiert in der Norwegischen Seemannskirche in San Francisco, wahrscheinlich 1985, in meinen Augen ein Höhepunkt seines Schaffens. Jokum sah es eher als eine Art *Witz* an, einen Kommentar. Da bin ich nicht seiner Meinung. Was die Selbstporträts betrifft, die Jokum im Laufe der Zeit gemacht hat, so habe ich diese beiseitegelassen und möchte sie lieber in meiner Schilderung seiner Person durchscheinen lassen.

Der barocke dänische Dichter und Metzgersohn Robert Storm Pedersen (Storm P.), der laut Woels Danske Litteraturhistorie die sogenannte *knock-out-form* kreiert hat und den Lauritz Jokumsen, Jokums Vater, zu jeder Gelegenheit zitierte, schrieb übrigens: *Drüben in San Francisco sterben jeden Tag fünfhundert Menschen vor Lachen – und was ist das für ein Lachen – ich habe einen Mann gekannt, der lachte eine ganze Stunde – in fünf Minuten.*

7

Und ich möchte ihn noch einmal zitieren: *Die Blätter des Herbstes fielen, wie die Tage von einem Kalender fallen.*

Hätte ich die Energie gehabt, ich hätte mehr über Jens Olesens Weltuhr in Kopenhagen geschrieben, vor allem von der Zeit, als Jokum gemeinsam mit seinen Eltern in den Sommerferien in Hillerød war und sich aussuchen durfte, ob er lieber in den Zoo oder zur Weltuhr fahren wollte. Später erklärte er, er bereue seine Entscheidung.

Und ganz besonders gern hätte ich Alfhild Jokumsen gesehen, Jokums Mutter, wie sie kerzengerade auf ihrem schwarzen Damenfahrrad mit Lebensmitteln, Wollknäueln und Nähgarn im Korb vorn am Lenker durch Skillebekk radelte.

Ich bin, wie man wohl bemerken wird, von der Reihenfolge besessen. Etwas muss zuerst kommen, und etwas muss darauf folgen. Das betrifft Mahlzeiten, Musik, Arbeit, Reisen, Sport, Kleidung, Kunst, Liebe, Krankheit, den Geschlechtsverkehr und Romane. Doch selbst wenn die Reihenfolge meiner Aufzählung zufällig ist, die Summe bleibt die gleiche: Das Leben ist eine Reihenfolge.

Zufälle sind ein Teil dieser Reihenfolge.

Ich möchte Synne Sager danken, dass ich *Die Wege, die verschwinden* anhängen durfte, es ist ein Teil ihrer Doktorarbeit über Edward Hopper. Ebenso möchte ich mich dafür bedanken, dass ich in ihren Studienunterlagen blättern durfte, wobei mich besonders die Sekundärliteratur interessierte, u.a. Professor Norbert Schneiders *Die Realität und die Symbolik der Dinge.*

Außerdem möchte ich Arve Storviks Ehefrau Ruth Storvik danken, dass sie es mir gestattet hat, seine Texte zu verwenden. Wer die Melodie dazu lernen möchte, muss die Schallplatten kaufen.

Dieser Roman könnte folgendermaßen anfangen:

Um zu zeigen, dass die Zeit vergangen ist, muss man mindestens zwei Bilder haben.

Doch auch das war nicht ganz richtig.

Vielleicht ist es das Einzige, was mir klar geworden ist.

Sollte mich jemand ausnahmsweise einmal wiedererkennen,

werde ich meistens gefragt, aus Verblüffung darüber, dass ich überhaupt am Leben bin, was ich seitdem getan habe. Dann antwortete ich: Ich? Ich habe das Silber geputzt.

Und die Fliegen auf Abstand gehalten.

STUDENTENVIERTEL

DER PROZESS

Jokum war wie üblich der Letzte im Lesesaal. Er studierte Literaturwissenschaft, auf Diplom. Er glaubte, einmal Schriftsteller werden zu können. Das wurde er nicht. Er wurde Fotograf. Es war April, im Jahr 1976. Es war außerdem ein Freitag. Er musste die Kolloquiumsarbeit zu Franz Kafkas *Der Prozess* fertigbekommen. Aber das mussten die anderen in der Gruppe ja auch, und die waren alle schon seit Langem fertig. War Jokum fauler oder fleißiger als sie? Unmöglich, das jetzt schon zu sagen. Er dachte: *Ich sitze nach. Wieder sitze ich nach.* Er hatte bereits acht A4-Seiten, liniert, geschrieben, doch aus seiner Sicht war daraus nichts geworden, nichts, wo mit er zufrieden hätte sein können. Er fand sowieso, dass nur aus wenigem überhaupt etwas wurde. Etwas? Was war *etwas?* Auch darauf hatte Jokum keine Antwort. Was er schrieb, hatte er entweder zuvor gelesen oder von anderen gehört, das über das Individuum, das vom System zerbrochen und ausgelöscht wird, von dem bürokratischen Fegefeuer, all das, was bereits da steht, schwarz auf weiß, das Offensichtliche, worüber man an einem schlechten Tag selbst nur zu gähnen vermochte. Und heute war ein schlechter Tag. Ein Freitag. Aber dieser Roman, der schon längst gelesen und bearbeitet worden war, hatte etwas an sich, das Jokum nicht zu fassen bekam, und das quälte ihn. Er wollte so gern etwas Originelles schreiben, etwas Einzigartiges, wenigstens etwas Persönliches, im besten Fall etwas Neues, einen Gedanken, der zum ersten Mal gedacht wurde. Aber woher sollte er wissen, wenn ihm ein derartiger Gedanke, wider jedweder Vermutung, tatsächlich kommen würde, dass ihn noch nie zuvor jemand gedacht hatte? So etwas war unmöglich. Vielleicht hatte sogar jemand gleichzeitig mit ihm diesen Gedanken. Vielleicht saß ein anderer Student in einem Lesesaal – beispielsweise in der Mongolei, wenn es denn dort überhaupt Lesesäle gab – und dachte das Gleiche wie Jokum? Das meiste kann man nicht wissen. Nein, er hätte einen anderen Roman aussuchen sollen, einen Roman, den nur er gelesen hatte, dann hätten auch seine Gedanken neu sein können, sozusagen frei, aber gab es so einen Roman? Und wie sollte er sicher sein, dass kein anderer ihn gelesen hatte. In diesem Fall müsste er ihn selbst schreiben. Ihm kam die Idee, einen Roman selbst zu schreiben und ihn dann zu interpretieren, aber weiter kam Jokum mit dieser Idee nicht. Also blieb es dabei. Wie üblich. Er hörte auf zu denken, soweit das möglich war, und nahm sich stattdessen das Ende des *Prozesses* vor, mit dem er sich schon lange beschäftigt hatte, sowohl in wachem wie in träumendem Zustand: Als Josef K. endlich den Dom verlassen soll, sagt er zu dem Pfarrer: *Ich kann mich aber im Dunkel allein nicht zurechtfinden.* Und das war Jokums Pointe, seine schlichte Zusammenfassung, dass Josef K. Hilfe haben will, Hilfe ist alles, was er will, aber alle, die sagen, sie wollten ihm helfen, führen ihn stattdessen auf den Tod zu. Was bedeutet das? Es bedeutete laut Jokum, dass man sich auf niemanden verlassen kann und dass dieses Leben, hier gemeint als das Dasein an sich, im Grunde genommen tragisch ist. Wir wissen, dass wir sterben werden, und auf dem Weg dorthin ist es auch nicht besonders gemütlich.

Das Leben ist also ein Teufelskreis.

Das sollte vorläufig genügen.

Aber da gab es noch etwas anderes, das Jokum quälte, doch das befand sich außerhalb, oder eher *hinter* dem Roman selbst, und war dennoch unlösbar mit ihm verknüpft. Denn in einem Nachwort erzählt Max Brod, der enge Freund des Autors, dass er sich Kafkas inständigem Wunsch widersetzt habe, *alles was sich in meinem Nachlass findet, restlos und ungelesen zu verbrennen.* Damit rettete Max Brod unter anderem den *Prozess* vor den Flammen. Man stelle sich das mal vor. Man stelle sich eine Welt ohne *Der Prozess* vor!

Kann man sich das überhaupt vorstellen?, fragte Jokum sich und hatte damit also wieder angefangen zu denken. Eigentlich schon. Der Zweite Weltkrieg wäre dadurch nicht vermieden worden. Norwegen hätte so oder so gegen die EWG gestimmt. Jemand hätte früher oder später die Atombombe erfunden, und die Miete in Sogn Studentby wäre trotz allem gleich hoch.

Ja, und?, dachte Jokum. Ja, und?

Die Sache war die: Wäre *Der Prozess* nicht veröffentlicht worden, säße er nicht hier und schriebe eine Kolloquiumsarbeit darüber. Er wäre vielleicht an einer anderen Stelle, draußen, in der Stadt, unterwegs, oder *auf der Piste*, wie es auch hieß. Aber höchstwahrscheinlich säße er dennoch genau hier, der letzte Mann an einem Freitagabend im April, im Lesesaal von Sophus Bugge, Universität Oslo, nur mit einem anderen Roman als *Der Prozess*, beispielsweise mit *Der Fremde* von Camus oder Hamsuns *Auf überwachsenen Pfaden*. Der einzige Unterschied wäre mit anderen Worten, dass seine Gedanken woanders wären, nicht bei Josef K., sondern bei Mersault oder bei dem Greis in der psychiatrischen Klinik von Vinderen, aber sein verdammter Körper wäre exakt derselbe, und er säße auf demselben harten Stuhl, nein, das Leben war ein Kreis, ein Teufelskreis. Jokum fiel nichts ein, was Jokum zu einem anderen hätte machen können als zu dem, der er war, es sei denn, er wäre gar nicht geboren worden, und ein anderer hätte seinen Platz eingenommen, wenn er nicht ganz einfach leer geblieben wäre, aber was brachte das ihm, Jokum, nichts, absolut nichts, aber vielleicht hätte es ihm geholfen, hätte er anders geheißen, nicht Jokum, oh, wie konnten sie, diese seine Eltern, nur auf so eine Idee kommen? Er hätte beispielsweise Josef K. heißen können, wenn Max Brod, Kafkas untreuer Freund, den *Prozess* verbrannt hätte, denn dann wäre dieser Name noch frei gewesen. Aber Jokum? Aus allen Namen, die zur Wahl standen, entschieden sie sich für Jokum, und der Vorname verfolgte ihn auch noch in seinem Nachnamen, er war dort sein eigener Sohn, denn sein vollständiger Name war Jokum Jokumsen.

Aber was wäre passiert, wäre er bei der Geburt vertauscht worden? Hätte man ihn im Krankenhaus liegen lassen, und hätte ein anderer seinen Platz eingenommen? Auch das war nur ein geringer oder gar kein Trost.

Doch wenigstens brachte es Jokum einen guten Abschluss ein, die Erkenntnis, dass das Leben im Großen und Ganzen gesehen tragisch war, nahezu sinnlos, wir waren nach dem Bild eines sinnlosen Gottes geschaffen worden, wenn es denn Gott überhaupt gab, etwas, woran Jokum stark zweifelte, was er aber auch nicht mit Sicherheit von sich weisen konnte, also zweifelte er. Es gefiel ihm, sich so zu bezeichnen, in guten Momenten wohlgemerkt, ein *starker Zweifler*. Er legte die Seiten in einen braunen Umschlag, leckte an dessen Rand, es schmeckte verschimmelt, wie ihm schien, vielleicht hatte der Geschmack etwas mit Fallobst zu tun, braunen, weichen Äpfeln im Gras, die im Begriff waren, sich aufzulösen, er musste mehrere Male schlucken, plötzlich war ihm übel, oder er wurde müde, seine Augen brannten, bevor er den Umschlag zuklebte und mit dem Namen des Leiters der Kolloquiumsgruppe beschriftete. *Ottar Hansen*, sein Name war Ottar Hansen, solide, geradeheraus, kein Firlefanz, Ottar Hansen war ein Name, der seinem Namen alle Ehre machte. Plötzlich saß Jokum im Dunkeln. Er verbarg sein Gesicht in den Händen und glaubte sofort, diese Dunkelheit käme von innen, aus seiner eigenen Dunkelkammer, dass sein Inneres jetzt freigelassen worden war, vielleicht war es der ersehnte Zusammenbruch, ja, es war ein Zusammenbruch. Der musste ja kommen. Er genoss dieses Bild von sich selbst, es war fast wie eine Theatervorstellung: Letztendlich kam es zum Zusammenbruch des beständigen und treuen, aber trotz allem menschlichen Studenten. Ja, so hatte es kommen müssen, früher oder später. So konnte es ja nicht weitergehen. Und jetzt war es dazu gekommen. Wenn eines der hübschen Mädchen, beispielsweise vom kunsthistorischen Institut, ihn hier so sitzen sehen könnte, tragisch, allein im Lesesaal, am späten Freitagabend, mit dem Gesicht in den Händen, badend in seiner inneren Finsternis, würde das nicht einen gewissen Eindruck machen? Auf jeden Fall. Aber vielleicht hatten die Mädchen vom kunsthistorischen Institut ja ein Herz aus Stein? Was wusste Jokum schon von kunsthistorischen Herzen? Wenig. Die kunsthistorischen Herzen waren eine Lektion, die ihm nicht vertraut war. Aber er arbeitete daran. Das muss man betonen. Jokum hatte den großen Wunsch, sich mit dieser Lektion intensiv vertraut zu machen. Ich denke da besonders an eine bestimmte Person, die Wand an Wand mit ihm in der Sogn Studentby wohnte, die das Aufbaustudium in Kunstgeschichte absolvierte und auf die wir später zurückkommen werden. Jokum konnte sich gut vorstellen, in ihr geprüft zu werden, sowohl schriftlich als auch mündlich. Denn er saß ja sowieso in der Dunkelheit, und somit konnte ihn auch niemand sehen. Aber es handelte sich eher um eine Dunkelheit im übertragenen Sinn, von der hier die Rede ist, eine Dunkelheit, in der man gesehen werden kann, in dem Nachtschein der Melancholie. Es sollte schicksalsschwerer sein, mein Leben, dachte Jokum, es sollte mehr Größe haben, mehr Höhe, nicht nur Zentimeter, es sollte ganz einfach mehr zu verlieren geben, nein, Letzteres zog er sofort wieder zurück, warum sollte er mehr zu verlieren haben? Er wollte nicht mehr zu verlieren haben, wenn doch, müssten das einige dieser Zentimeter sein, mit denen er gesegnet oder eher verflucht worden war, möglichst viele. Es gibt einen Begriff, *in die Höhe schießen*. Und nur, damit es einmal gesagt worden ist: Jokum war in die Höhe geschossen. Jetzt hatte er sein Ziel erreicht, ein Ziel, das er sich übrigens nie gesetzt hatte. Es war der Körper, der sein Ziel erreicht hatte. Jokum war also mit seinem Körper aus dem Takt gekommen. Sie hatten unterschiedliche Interessen. Der Körper wollte sich hervortun. Jokum wollte sich am liebsten auflösen. Der Körper wollte hoch hinaus. Jokum wollte hinab. Lange Zeit hatte er daran gezweifelt, ob das überhaupt sein Körper war, ob er sich nicht nur einfach geirrt hatte und dieses Missverständnis eines Morgens aufgeklärt sein würde und er in einem ganz normalen Körper aufwachte, einem Körper, der weder mehr noch weniger war. Dazu kam es jedoch nicht. Das Leben war kein Teufelskreis. Das Leben war eine Teufelsleiter.

Er nahm die Hände vom Gesicht, und noch im selben Moment kehrte das Licht zurück, nicht sein inneres Licht, sondern das entlang der Röhren an der Decke, in der Leselampe auf dem Tisch, es knisterte überall, elektrische, mystische Koordinaten, Verbindungen außerhalb seiner selbst, und die Dinge um ihn herum, auf den anderen Tischen, begannen zu glänzen, unbedeutende, vergessene Dinge, die er zuvor nie bemerkt hatte, rückten plötzlich näher und forderten mehr Raum: ein Anspitzer, ein Flaschenöffner, ein Brieföffner, ein Schlüssel, ein Kronkorken, es war, als übernähmen diese Dinge das Licht, oder besser gesagt, als käme das Licht in ihnen zum Vorschein, ohne diese Dinge wäre das Licht unsichtbar. Jemand räusperte sich laut. Jokum drehte sich um. An den Türrahmen gelehnt stand der Hausmeister höchstpersönlich, immer noch mit der Hand auf dem Hauptschalter, allmächtig, anmaßend, streng. Also war es acht Uhr. Jokum schob den Umschlag in die Schultertasche, räumte seinen Platz auf und ging zu dem Hausmeister, der nicht so ohne Weiteres bereit war, diesen letzten Studenten vorbeizulassen. Er schaute zu Jokum hoch, was etwas ganz anderes ist, als zu jemandem aufzuschauen.

»Du studierst zu viel«, sagte der Hausmeister.

»Ja?«

»Ja, das ist mir aufgefallen.«

»Tatsächlich?«

»Ja, tatsächlich. Deine Augen sind ganz rot. Und du bist so blass.«

»Aha. Und?«

»Und? Du solltest draußen sein, leben. Mager bist du auch noch.«

Jokum duckte sich, eine Angewohnheit von ihm, indem er die Schultern hochzog und Rücken und Nacken krümmte. Auf diese Art und Weise sparte er vielleicht ein paar Zentimeter, aber es war kein schöner Anblick. Eher ähnelte er einer misstrauischen Person, und wozu sollte das gut sein? Denn er wollte ja einen schöneren Anblick bieten, schön und gewöhnlich. Aber statt kleiner zu erscheinen, wirkte er suspekt, ein Mensch, der etwas zu verbergen hat. Die Eitelkeit, dieser Schatten der Schüchternheit, war größer als die

Vernunft. Niemand ließ sich davon täuschen, niemand außer ihm selbst. Und Jokum duckte sich, ohne darüber nachzudenken. Er musste vielmehr bewusst daran denken, wenn er es *nicht* tun wollte, sich gegen das unendliche Gedächtnis des Körpers wehren. Könnte dieser Körper doch nur leichter vergessen, seine Lektion vergessen, genau wie Jokum auch gern seinen Körper und seinen in die Länge gezogenen Namen vergessen hätte.

»Ich weiß«, sagte er.

»Was?«

»Dass ich mager bin.«

»Na, das ist ja auch nicht so schwer zu merken! Und dann sitzt du hier mutterseelenallein. An einem Freitag!«

»Das weiß ich auch. Aber vielen Dank für den Hinweis. Sonst wäre ich nie selbst darauf gekommen.«

»Ach, da nicht für. Keine Ursache.«

Endlich machte der Hausmeister Platz, auf eine übertriebene Art und Weise, er verneigte sich tief und wischte fast den Boden mit den Händen. Machte er sich über Jokum lustig? Es wäre nicht das erste Mal. Jokum wollte vorbeihuschen, aber jetzt, da der Weg frei war, entschied er sich anders, so war er nun einmal, er war ein unentschiedener Mensch, er konnte sich um seine eigene Achse drehen.

»Haben Sie *Der Prozess* gelesen?«, fragte er.

»*Der Prozess*? Da klingelt was. Aber das ist lange her. Sehr lange.«

»Und an was erinnern Sie sich noch spontan?«

Es wirkte so, als hätte der Hausmeister das Bedürfnis, eine Erklärung abzugeben, warum er den *Prozess* gelesen hatte, dass es nicht freiwillig gewesen war, dass es unter besonderen Umständen stattgefunden hatte, unter einem gewissen Druck, und Jokum schoss der Gedanke durch den Kopf, dass es für ihn genau umgekehrt war, dass er erklären musste, warum er einen Roman, von dem die Rede war, eventuell *nicht* gelesen hatte, und welche Erklärung gab es dafür, doch, ja, die Zeit, Lesen dauert seine Zeit, und auch wenn man alle Zeit einsetzt, die einem zur Verfügung steht, man muss ja leider auch noch arbeiten, unter anderem, um sich die Bücher überhaupt kaufen zu können, hat man noch lange nicht die Zeit, alles zu lesen. Mit anderen Worten, es herrscht ein radikales Ungleichgewicht zwischen Zeit und Literatur, und da man an der Zeit nur wenig verändern kann, sollte man stattdessen die Literatur begrenzen, man könnte sich ein veröffentlichungsfreies Jahr vorstellen, mit dem Ziel, dass Leser die Produktion einholen können, à jour kommen, insoweit das überhaupt möglich ist, es wäre auch nicht unangebracht, den Autoren gewisse Grenzen aufzuerlegen, sind sie doch oft redselig und eitel, ohne das Korrektiv der Bescheidenheit, eine höchst unglückliche Kombination. Jokum konnte sich auf *Anatomy of Melancholy* von Robert Burton berufen, das 1621 erschien, in dem der Autor Folgendes schrieb: *Wir haben bereits ein unendliches Chaos und ein Wirrwarr an Büchern. Wir werden von ihnen zerdrückt, unsere Augen schmerzen vom Lesen, unsere Finger vom Blättern.*

Jokum sah also acht Titel pro Autor vor sich, ganz gleich, welches Genre, das musste reichen, und der Schriftsteller, der das, was er zu sagen hatte, nicht mit acht Titeln hatte sagen können, hatte sowieso nichts zu sagen, und daraus wurde nur selten gute Literatur. Das dachte Jokum unter anderem, während der Hausmeister ausführte:

»Ich habe *Der Prozess* gelesen, als ich mit einer Frau zusammen war, die schrecklich gern Romane las, und während wir zusammen waren, las sie genau dieses Buch. Also habe ich es auch gelesen. Um zu sehen, womit sie sich so beschäftigte, nicht wahr. Vielleicht hat sie mich auch darum gebeten. Ja, so war es. Sie hat mich gebeten, den *Prozess* zu lesen, weil sie wissen wollte, was ich davon hielt. Ich glaube, es war eine Art Test. Hörst du überhaupt zu?«

»Ja. Und woran erinnern Sie sich noch am besten?«

»An die Frau«, antwortete er klar und deutlich.

»An wen?«

»An die Frau, die mich gebeten hat, den Roman zu lesen.«

Langsam wurde Jokum müde. Er hätte sich nicht darauf einlassen sollen. Alles erschien für einen Moment unerreichbar, blockiert. Er sagte:

»Ich habe eher an den Roman an sich gedacht. An was erinnern Sie sich noch aus ...«

»Nun, vielleicht ist es etwas unpassend, aber ...«

Der Hausmeister zog einen gelben, schmutzigen Putzlappen aus der Tasche und fing an, den Lichtschalter zu putzen.

»Die dreckigsten Stellen in der ganzen Universität«, erklärte er. »Lichtschalter. Dreckige Finger. Waschen sich Studenten eigentlich nie die Hände?«

»Druckerschwärze«, entgegnete Jokum.

»Aber das Schlimmste daran ist, dass die Studenten gar nichts an den Lichtschaltern zu suchen haben. Ich und niemand sonst schaltet hier das Licht ein oder aus. Und jetzt werde ich es ausschalten.«

Jokum machte sich noch krummer.

»Was haben Sie mit unpassend gemeint?«

Der Hausmeister zuckte mit den Schultern.

»Ich fand, er war witzig. *Der Prozess*, meine ich.«

»Witzig?«

»Ich habe jedenfalls gelacht.«

»Die ganze Zeit?«

»Nein, nein, nicht die ganze Zeit. Das ist ja wohl auch nicht beabsichtigt. Und wer schafft es, die ganze Zeit zu lachen? Aber als sie kommen, um diesen, diesen – wie hieß er noch?«

»Josef K.«

»Ja. Josef K., als sie zum Schluss kommen, um ihn zu holen. Meine Güte, sie sind ja die Höflichkeit in Person, diese Herren! Mit Zylinder! Da musste ich wirklich herzhaft lachen.«

Der Hausmeister schob den Putzlappen wieder in die Tasche und lachte allein bei dem Gedanken an diesen schicksalsschweren Auftritt los. Jokum stimmte in sein Lachen ein. Man sollte niemals jemanden mit seinem Lachen allein stehen lassen.

»Ja, nach so viel Höflichkeit kann man lange suchen«, seufzte der Hausmeister. »Aber diese Frau, die mich dazu gebracht hat, das Buch zu lesen, ihr gefiel es nicht, dass ich gelacht habe.«

»Nein?«

»Nein, das war auch der Grund, warum sie mit mir Schluss gemacht hat. Dass ich gelacht habe. Hast du eine Freundin?«

»Ich? Nein. Ich …«

»Nun, ich will dir trotzdem einen guten Rat geben. Solltest du jemals eine Freundin haben, lies nie ein Buch, das ihr gefällt, solange ihr im gleichen Zimmer seid. Niemals! Verstanden?«

»Ich denke schon.«

»Und jetzt geh. Andere haben auch ihre Arbeit zu erledigen!«

Jokum verließ das Gebäude und setzte sich auf die Treppe. Er sah, wie das Licht drinnen im Lesesaal ausging und formulierte diese Erscheinung sogleich um: *Ich sehe, wie die Dunkelheit eingeschaltet wird.* Der große Hausmeister arbeitete. Er löschte das Licht und schaltete die Dunkelheit ein. Der Himmel über Blindern bog sich in alle Richtungen. Der April zerrann. Die Zeit zerrann, und was war die Zeit anderes als das Leben selbst? Also war es sein Leben, das zerrann. Er öffnete den Umschlag, zog die Bögen heraus und fügte hinzu, obwohl er kein einziges Mal gelacht hatte: *Ich möchte außerdem betonen, dass* Der Prozess *als Komödie gelesen werden kann, soweit man lacht, und erwiesenermaßen tun das einige.* Er legte die Hausaufgabe wieder an Ort und Stelle, leckte am Umschlagrand, und dieses Mal erinnerte ihn der Geschmack nicht an vergammelte, braune Äpfel im Gras, er ließ ihn auch nicht an Tauchermasken denken, oder besser gesagt an einen Schnorchel, an das ovale Mundstück des Schnorchels, ein gleichzeitig weiches und raues Gefühl an den Lippen, bevor man sich sinken lässt und die Eindrücke ihre Schwere und Geschwindigkeit ändern. Dass diese beiden Erinnerungen, das Verdorbene und das Gummi, mit dem Sommer verbunden waren, zumindest mit dem Spätsommer, musste Zufall sein, aber gleichzeitig verständlich, da Jokum nicht zu denen gehörte, die besonders viel Wert auf den Sommer legen, auch nicht auf den Frühling, der möglicherweise bereits begonnen hatte, dieser bejubelte Frühling. Nein, es waren andere Jahreszeiten, die ihm mehr am Herzen lagen, beispielsweise der Herbst, und hier besonders der Oktober, und sollte er die beste Zeit im Oktober bestimmen, dann würde er sich für die beiden mittleren Wochen entscheiden, und geradezu perfekt wäre es, könnte er in diesen beiden Wochen im Oktober auf beide Sonntage verzichten, gern auch auf die Samstage, und es regnen lassen, ja, es durfte gern von morgens bis abends und auch noch die Nacht hindurch regnen. Dann hätte Jokum ein Ass gezogen, etwas, das ihm nur selten zuteilwurde. Andererseits, wer ständig ein Ass zieht, der spielt höchstwahrscheinlich mit falschen Karten. Eines wunderte Jokum: Er hatte nie getaucht, weder im Meer noch in der Badewanne, auch nicht mit Taucherbrille und schon gar nicht mit einem Schnorchel. Wieso konnte er sich dann an dessen Geschmack erinnern, wenn er doch nie einen Schnorchel benutzt hatte? Führten die Erinnerungen ihr eigenes Leben? Oder holten sie ihr Wissen aus den Träumen, und für die Träume konnte er ja nicht bürgen. Doch dann wusste Jokum genau, wonach dieser Umschlag schmeckte, er schmeckte nach einem Magneten. Er hatte sich einmal einen Magnet in den Mund gesteckt, um zu sehen, ob dieser seine Gedanken aufsammeln könnte. Er konnte es nicht. Stattdessen verlor er die letzten Milchzähne. Der Magnet war ein Geschenk vom Vater gewesen. Die Mutter verbot ihm daraufhin, damit zu spielen, auf keinen Fall durfte er ihn in den Mund stecken. Was suchte ein Magnet auf einmal hier? Er erinnerte sich nicht daran, wann er das letzte Mal an ihn gedacht hatte, an diesen magischen Staubsauger, wo war er jetzt, lag er irgendwo herum und sammelte Eisenspäne und Gedanken?

Aber Jokum gelang es nicht, den Umschlag wieder ordentlich zu verschließen. Wie jeder weiß, hält der Kleber nur einmal, das ist das Wesen des Klebers. Der Umschlag war eher offen als geschlossen, als Jokum ihn schließlich in den Briefkasten des Instituts für Literaturwissenschaft einwarf. Das ist erledigt, dachte er und wurde doch nicht fröhlicher bei dem Gedanken. Es war der Umschlag von einem, der zweifelt, von einem, der sich nicht entscheiden konnte, geschlossen, geöffnet und wieder geschlossen. Dann ging er heim, wenn man das denn ein Heim nennen kann, ein Heim von zwölf Quadratmetern in der Sogn Studentby, Block 3, gleich hinter dem

Pub, hier teilte er Küche, Bad und Telefon mit drei anderen Studenten. Mit Arve Storvik, Musikwissenschaft, Bengt Åker, Sozialwissenschaft und last but not least Synne Sager, Kunstgeschichte, auf die Jokum bereits ein wachsames Auge geworfen hatte und die ihrerseits wiederum einen äußerst lebendigen und ebenso verbotenen Hamster in einem Karton bei sich beherbergte, oder eher in einer Art Käfig, unter dem Schlafsofa; übrigens hieß das Tier Hubert. Nein, dachte Jokum, nicht sie, Synne Sager, ist last but not least, ich bin es. Es hatte auf seiner Schülerkarte zum Abitur, seiner Russ-Karte gestanden: *last but not least,* der Letzte, aber nicht der Kleinste. Und was nützte es ihm? Er träumte oft das Gegenteil, *der Erste, aber nicht der Größte.* Am allerliebsten wäre er in der Mitte, im Durchschnitt, den so viele verachteten, den Jokum jedoch als etwas Abgeklärtes und Schönes ansah, ein Bereich, in dem er sich nicht hervortun musste, nicht herausragen.

An seiner Zimmertür hingen zwei Nachrichten, die eine mit einer Heftzwecke befestigt, die andere mit Tesafilm. Seine Tür war eine Wandzeitung. Er wollte seine Tür nicht als Wandzeitung benutzt sehen. Seine Tür sollte eine Tür sein, die man öffnen und schließen konnte, nicht lesen, und das erinnerte ihn wieder an den Umschlag, dass er sich auch jetzt nicht entscheiden konnte, dass er ständig die Tür öffnete und schloss und kaum zu sagen vermochte, welchen Weg er einschlagen wollte, kam er oder ging er, und als er in seinen Gedanken schon einmal so weit gekommen war, konnte er dann nicht ebenso gut denken, dass er selbst die Aufgabe war, die Aufgabe, mit der er niemals zufrieden war, dass er sich selbst in den Umschlag schob und immer wieder herausholte? Doch an wen sollte er sich verschicken? Wer sollte ihn lesen? Wenn es doch nur Synne Sager wäre. Ihr würde er sich gern ausliefern. Jokum riss die Zettel herunter und nahm sie mit in sein Zimmer, das abgesehen von den vier Wänden, Decke, Fußboden und Fenster aus einem Schlafsofa bestand, das zu kurz war, einem Billy-Bücherregal, das zu klein war, einem Schreibtisch, der zu niedrig war, zwei Stühlen, die auch zu niedrig waren, und einem schmalen Kleiderschrank mit einem Spiegel auf der Innenseite, auf dem Jokums Porträt im Verborgenen hing, geduckt und zusammengeklemmt, als wäre der Kleiderschrank ein Fotoautomat, jedes Mal, wenn er das Hemd wechseln wollte. Eine Zeit lang stand er am Fenster, gedankenverloren und müde. Studenten waren auf dem Weg zwischen den Häuserblocks, alle in Begleitung eines anderen, miteinander. Drüben im Pub, der so nah war, dass Jokum sich vorstellte, er bräuchte einfach nur die Hand ausstrecken und einen halben Liter vom Tresen nehmen, saßen noch mehr Studenten, und ganz sicher schmiedeten sie Pläne fürs Wochenende, sorgfältiger als sie sich auf die Prüfungen vorbereiteten. Dann zog Jokum die Gardinen vor, setzte sich auf das Schlafsofa und faltete die Zettel auseinander. Die erste Nachricht stammte von Arve Storvik, dem Musikstudenten, *Party im Fünfer, garantiert Bier & Ladys.* Um Arve Storvik herum wimmelte es immer von irgendwelchen Ladys. Das hatte etwas mit seiner akustischen Gitarre zu tun, die er nie weit weg legte. Aber wenn die Ladys ihn nicht bekamen, wollten sie auch keinen anderen, und was sollte das Ganze dann? Dann war man wieder genauso weit gekommen oder noch kürzer. Man war abgewiesen worden. Man hatte es in seinen Pass gestempelt bekommen: unerwünscht. Der zweite Zettel war von Bengt Åker, also dem Sozialwissenschaftler: *Vollversammlung im Hochhaus, Mietstreik.* Von Synne Sager gab es keinen Zettel. Womit einem eigentlich alles andere auch egal sein konnte. Die Damen waren nicht gerade Jokums starke Seite. Er erinnerte sich an seinen ersten Kuss. Den bekam er erst als Abiturient. Es tut mir leid, dass ich hier die Chronologie unterbreche, aber Erinnerungen kennen keine Reihenfolge, sie bilden ein einziges Durcheinander, oder, um einen Ausdruck aus Arve Storviks Branche zu benutzen: Erinnerungen folgen keiner *Setlist.* Sie ergeben ein einziges chaotisches Konzert. Schlimmer ist nur, dass das, woran man sich erinnern möchte, häufig in Nebel gehüllt bleibt, undeutliche, verschwommene Punkte, während das, was man am liebsten vergessen würde, näher heranrückt, wie aufdringliche, Forderungen stellende Gäste. Verhielt es sich mit Erinnerungen wie mit Dingen, nur dass es die

Zeit war, nicht das Licht, die sie zum Leuchten brachte? Und diese Zeit beschloss also, in schlechten Erinnerungen in Erscheinung zu treten. Was ich sagen wollte: Jokum Jokumsens erster Kuss: Er war auf einem Fest, einer Abifeier der Vestheim Schule, in einer Villa auf Bygdøy. Er war nicht eingeladen worden. Jeder konnte kommen, open house. Kein Haus ist geschlossener als eines, das offen ist. Er ging hin. Das hätte er nicht tun sollen. Er trank Gin. Auch das hätte er nicht tun sollen. Er stand draußen auf der Terrasse. Paare, die im Garten zur Musik des dünnen Laubs und des Fjords tanzten, der wie ein blauer Schimmer zwischen den Bäumen im Hintergrund lag. Leise, unsichtbare Stimmen in der Dunkelheit, die den Garten umringte. Gelächter in den Räumen des Hauses. Das Fest war nicht mehr jung. Ich bin endlich frei, dachte Jokum, leicht wie nichts, und schluckte die Eiswürfel hinunter. Da trat ein Mädchen zu ihm, mit roter Russ-Mütze und roter, weiter Hose, sie sah aus wie ein Clown. Sie war niedlich. Alle Mädchen sind süß, dachte Jokum. Zumindest heute Abend. Heute Abend sind alle Mädchen süß. Er hätte die Stille im Haus bemerken müssen. Er hätte die Gesichter hinter den Fensterscheiben bemerken müssen. Aber er achtete nur auf dieses Mädchen, so sehr war er mit sich selbst beschäftigt. Er hatte sie noch nie vorher gesehen. Vielleicht kam sie von einer anderen Schule. Vielleicht kam sie von einem anderen Planeten. Egal. Sie war zu ihm gekommen. Sie legte den Kopf in den Nacken und lächelte. – *Wollen wir tanzen?* Bevor Jokum antworten konnte, ergriff sie seine Hände und zog ihn auf den Rasen. Sie tanzten. Sie tanzten zu den Wellen und dem Laub in dem weichen, feuchten Gras. Sie waren ein ungleiches Paar. Alle Paare, von denen Jokum ein Teil war, waren ungleich. Sie hatten den ganzen Garten für sich. Jokum konnte nicht glauben, dass das hier wahr sein sollte. Aber es war erst einmal wahr. Er dachte nicht weiter darüber nach. Er war frei. – *Du bist also last but not least, der Letzte, aber nicht der Kleinste*, sagte sie. Da hätte Jokum bereits einen Verdacht hegen müssen. Aber wer frei ist, der ahnt nur Frieden und keine Gefahr. »*Was steht auf deiner Russ-Karte?*«, fragte er. »*Rate mal.*« »*Die Erste aber nicht die Größte.*«

Jokum wusste nicht, woher er das hatte. »*Du bist ja auch noch witzig*«, sagte sie. »*Na, ob das stimmt, weiß ich nicht*«, erwiderte er und nahm sie in den Arm. Das heißt, er umarmte ihre Schultern. Hatte er die Liebe seines Lebens gefunden? Nicht ausgeschlossen. »*Ich will dich küssen*«, sagte sie. Was Jokum zu Tode erschreckte, aber er ließ sich dennoch nicht erschrecken. Denn er war betäubt von der Freiheit und dem Gin. Dabei hätte er daran denken sollen, dass der Frühling nicht seine Jahreszeit war. Er hätte vorschlagen sollen, den Faden lieber wieder im Herbst aufzunehmen. »*Von mir aus gern*«, sagte er. Jokum nahm all seinen Mut zusammen und trat die Reise zu ihr hinunter an, obwohl sie doch auf Zehenspitzen stand. Aber plötzlich unterbrach sie ihn. »*Warte mal*«, sagte sie. Für einen kurzen Moment verschwand das Mädchen, kam dann zurück mit einem Tritthocker. Die stellte sie vor Jokum hin. Doch, er hätte es besser wissen müssen. Was hätte man noch besser wissen müssen? Man hätte es besser wissen müssen als das, was man weiß. Was wusste Jokum? Nichts. Sie kletterte die Stufen des Hockers hoch und stellte sich auf die oberste Trittfläche. Es reichte noch nicht. Sie reichte trotzdem noch nicht bis ganz nach oben. Jokum hörte bereits Gelächter in der Dunkelheit. Gesichter kamen zum Vorschein, glänzende, fleckige Gesichter. Sie fingen an zu rufen, im Takt: *Leiter, Leiter, Leiter!* Jetzt wusste Jokum es besser: Alles. Doch was half das? Nichts. Jemand kam mit einer Leiter und lehnte sie gegen Jokums Brustkorb. Das Mädchen, das vorhin noch süß gewesen war, jetzt aber einen bitteren Beigeschmack bekommen hatte, begann zu klettern, langsam, Stufe für Stufe, im Scheinwerferlicht des Monds, während die Gäste näher rückten, einen Kreis um die beiden bildeten. »*Tut mir leid, dass ich keinen Fahrstuhl habe*«, sagte Jokum, schließlich hatte er ja Humor. Als sie oben angekommen war und der Applaus kein Ende nehmen wollte, beugte sie sich über seine Schulter und flüsterte: »*Bitte entschuldige. Die haben mich dazu gezwungen.*« Dann küsste sie ihn. Aber worauf hatte Jokum an diesem späten Freitag im April am meisten Lust? Er hatte Lust auf Synne Sager. Es war ganz still in ihrem Zimmer, zumindest soweit er hören konnte, wenn er das linke Ohr an die Tapete legte und lauschte. Er hörte nicht einmal Huberts kleines Rad. Worauf hatte er sonst noch Lust? Die Studenten hatten die Wahl, zwischen Bier und Vollversammlung. Doch es gab eine dritte Möglichkeit, zwischen soll und soll nicht, ein Schlupfloch. Das hieß Abwesenheit. Das hieß Schlafsofa in Zimmer 318, Sogn Studentby.

Also ging Jokum an keinen anderen Ort als an den, an dem er sich bereits befand. Und schließlich legte er sich hin, dorthin, wo schon so viele schlaflose Studenten vor ihm gelegen und sich vor den Prüfungen gefürchtet hatten, den schriftlichen wie den mündlichen, vor dem nächsten Tag und dem danach, sich vor dem Leben gefürchtet hatten, das vor ihnen lag, ihrer strahlenden Zukunft, die viel schwerer wog als der Augenblick, den sie bereits durchlebt hatten. Und auch Jokum konnte nicht schlafen. Es gab zu viele Gedanken. Sie kamen in Scharen und übermannten ihn, das Sonntagsessen bei den Eltern, Vater, der wieder feststellen würde, dass er zu dünn sei und apropos, war es nicht langsam an der Zeit, sich ein Mädchen anzulachen, es gab ja wohl auch an dieser Universität Mädchen, und Mutter, die ihn dazu zwingen würde, aufs Klo zu gehen und das Kotelett auszukotzen, zumindest die gebratene Ananas, mit der sie es immer dekorierte. Es verhielt sich nämlich so, dass Jokum selten oder nie hungrig war. Dafür konnte er nichts. Ärzte hatten ihn untersucht, sie hatten nichts Schlimmes herausgefunden, sicher, er war groß, ungewöhnlich groß für jedes Alter, aber die Ärzte konnten nichts Schlimmes an ihm feststellen, also konnte er ja wohl nicht gesund sein, so sah es jedenfalls Jokum, aber mit dieser Ansicht stand er allein da. Hunger war eine Eigenschaft, die er ganz einfach nicht besaß. Lag es an seiner Größe? Dann musste es jedenfalls eine armselige Größe sein, und außerdem konnte er nichts dafür, und deshalb war es wohl gar keine Größe, denn Größe musste doch etwas sein, für das man etwas konnte, etwas, wofür man sich einsetzte, gern sogar im Gegensatz zu dem, was man sich selbst wünschte. Jokums Leibgericht waren gekochte Kartoffeln mit Schale. Wo war er? Wo war er in seinen Gedanken? Er war bei seinen Eltern. Er wollte ins Bad, um zu kotzen. Aber dieses Mal nicht! Dieses Mal wollte er stattdessen vom Tisch aufstehen, gern dabei die Gläser umwerfen und laut rufend fragen: Warum habt ihr mich Jokum getauft? Und er wollte sich erst wieder hinsetzen, wenn er eine Antwort bekommen hatte. Er hörte Stimmen aus dem Pub, wo er auch hätte sitzen und sein Bier trinken können, aber stattdessen lag er hier, in seinen eigenen Gedanken. Auch eine Art Gesellschaft, wenn auch auf die Dauer eine einsame. In der Küche fand eine Feier statt, akustische Gitarre, Flaschen und Mitternachtsimbiss, die mit einer ziemlich dürftigen Version der Internationale beendet wurde, die wiederum von etwas abgelöst wurde, das kräftigem Saitenspiel und Armdrücken ähnelte. Jokum hätte dorthin gehen können, es war nicht weit, aber er blieb auf dem viel zu kurzen Schlafsofa liegen, das an der Wand stand, und auf der anderen Seite genau dieser Wand lag Synne Sager, die höchstwahrscheinlich nicht wusste, dass er, Jokum Jokumsen, auf der anderen Seite lag. Hörte er sie jetzt atmen, sich drehen, gähnen, schluchzen? Warum sollte sie schluchzen? Dann hätte er an die Tür klopfen und sie fragen können, ob sie Trost brauche. Er musste etwas aus seinem Leben machen. Wenn es sonst keiner machte. Aber in erster Linie dachte Jokum an die Hausaufgabe. Er würde sich lächerlich machen. Das gesamte Kolloquium würde sich über ihn vor Lachen ausschütten, nein, nicht vor Lachen, verhöhnen würden sie ihn, ihn bloßstellen, und das unterschied sich nicht wirklich voneinander. Sowohl Komödie als auch Tragödie! Doch jetzt war es zu spät. Sollte er sich des Nachts, wie man sagte, bei Nacht und Nebel noch einmal in den Lesesaal schleichen und den ganzen Briefkasten stehlen? Nein, wie gesagt, dazu war es zu spät. Es begann bereits zu dämmern, diese schrecklichen Nächte im April, die immer kürzer wurden und in den Abfluss und Kummer des Frühlings versickerten. Dann trieb es Jokum schließlich trotz allem in einen kühlen Schlaf, doch auch hier ließ die Literatur ihn nicht aus ihren Klauen, aber jetzt war es das Pensum der Träume: Er sah vor sich die Bilder, die nach der Lektüre in seinem Kopf geblieben waren. Tiefsinnige Gedanken, Botschaften, Visionen, Ideologie und andere Steckenpferde, die zurückgeblieben waren, Bilder, ganz einfach Bilder von Gesichtern, wie Porträts in einer dunklen Geheimgalerie, und diese Gesichter waren mit einer Menschlichkeit geladen, Menschlichkeit in allen möglichen Formen, und jedes einzelne Gesicht hatte seine besondere Prägung, seinen Ausdruck, denn die Menschlichkeit war ohne Grenzen, es gab Platz für alle Gesichter, jedwede Menschlichkeit. Das berührte Jokum so stark, dass er kurz davor war, im Schlaf zu weinen, denn unter diesen Gesichtern, diesen Porträts, befand sich auch seins, sein Gesicht, er gehörte in einen Zusammenhang, trotz allem hing er in dieser menschlichen Galerie. Aber Jokum wurde in diesem Traum auch unruhig. Ein Satz aus *Der Prozess* ließ ihn nicht los, nicht einmal im Schlaf, und dieser Satz hätte mehr aus der Hausaufgabe machen können. Es ging dabei um eine der Eigenschaften von Leni, dieser einfachen und doch so komplizierten Frauensperson bei dem alten Advokaten, die Jokums Aufmerksamkeit erregt hatte: *Diese Sonderbarkeit besteht darin, dass Leni die meisten Angeklagten schön findet.*

Ging das allen Frauen so?

Jokum wachte mit dem hartnäckigen Gefühl auf, jemand sei in seinem Zimmer. Und ganz richtig, an der Tür, die geschlossen war, stand ein fremder Mann, die Hände auf dem Rücken, er trug eine Art grauen, vielleicht auch blauen Anzug, die Jacke war bis zum Hals zugeknöpft, während ein anderer Mann, genauso fremd und in gleicher Weise gekleidet, den Schrank öffnete, und Jokum begegnete seinem Blick im Spiegel auf der Innenseite der Tür. Der Mann drehte sich sofort um und hob die Arme, abwehrend, während Jokum sich hinsetzte, erschrocken, aber in erster Linie überrascht.

»Bleib nur liegen«, sagte der Mann, höflich, seine Stimme war angenehm.

Jokum legte sich wieder hin und beobachtete die langsamen, sorgfältigen Bewegungen der Männer. Der an der Tür stand, ging jetzt zum Schreibtisch, nahm ein paar Bücher hoch und überflog schnell einen Stapel an Vorlesungsnotizen, halbherzig, aber dennoch gewissenhaft, was Jokum glauben ließ, dass sie Erfahrung hatten, dass sie das schon oft gemacht hatten, in anderen Zimmern. Der andere untersuchte den Schrank, schob die Bügel mit Jokums drei Hemden hin und her. Jokum fiel auf, dass beide Männer Handschuhe trugen, helle, dünne Handschuhe, die aussahen wie eine zweite Haut, Handschuhe, die eins wurden mit den Händen. Waren es nicht Spione, Detektive und Diebe, die solche Handschuhe benutzten? Derartige hatte Jokum noch nie gesehen, dennoch erinnerten sie ihn an jemanden, und dann fiel ihm ein, an wen, sie erinnerten ihn an die Zeugen Jehovas, die in seiner Kindheit an der Wohnungstür auftauchten, höfliche junge Männer, nein, sie waren eher alterslos, genau wie diese Männer, und genauso gekleidet, sie trugen lange, dunkle Mäntel, dunkle Anzüge, weiße Hemden, und sie ähnelten auch einander. Seine Mutter ließ sie nie eintreten, ganz im Gegenteil, sie jagte sie davon, *weg, weg,* pflegte sie immer zu sagen, Und wenn seine Mutter *weg, weg* sagte, dann hatte man sich fernzuhalten. Sollte Jokum das Gleiche versuchen, einfach *weg, weg* sagen, vielleicht bekäme er damit die Männer fort, brächte sie dazu zu verschwinden? Der eine, der in den Büchern und Notizen herumwühlte, schob den Stuhl ans Bett und setzte sich rittlings darauf.

»Schläfst du immer in deinen Kleidern, Jokum?«, fragte er.

»Nein, das tue ich…«

»Ist gestern wohl etwas spät geworden, oder?«

»Nein, ich war im Lesesaal bis…«

»Und du hast das Schlafsofa umgestellt?«

»Ja. Wieso?«

»Wieso? Sollten nicht eher wir fragen, *wieso?*«

»Weil… weil ich auf dieser Seite am besten schlafe. Aber ich kann es gern wieder zurückschieben. Sind Sie vom Studentenwerk?«

Der andere, der sich in erster Linie für den Schrank interessiert hatte, unterbrach Jokum, stand aber weiterhin mit dem Rücken zu ihm.

»Interessierst du dich für Edvard Munch, Jokum?«

31

Jetzt setzte sich dieser auf, ob sie es nun wollten oder nicht.

»Munch? Natürlich.«

Endlich drehte der Mann sich um und der andere, der rittlings auf dem Stuhl saß, lachte, nur kurz, und strich sich dabei gleichzeitig mit dem glatten Handrücken über den Mund.

»Wieso glaubst du, dass wir vom Studentenwerk sind?«

»Ich weiß nicht. Es sind meine Eltern, die... sie bezahlen die Miete für mich. Wenn es darum geht. Sind Sie von der Polizei?«

»Hast du etwas verbrochen?«

»Nein, nicht dass ich wüsste. Könnten Sie nicht...«

Der auf dem Stuhl unterbrach Jokum erneut.

»Warst du gestern im Pub?«

»Nein, warum?«

»Wir stellen hier die Fragen. Antworte einfach nur.«

»Nein. Ich war nicht im Pub. Ich gehe selten dorthin. Ich habe im Lesesaal gesessen, bis der geschlossen wurde, und dann bin ich direkt nach Hause gegangen, ich meine, hierher, und ich bin nicht wieder rausgegangen.«

»Schläfst du gut, Jokum?«

Jokum hatte einen trockenen Mund, aber er traute sich nicht, um ein Glas Wasser zu bitten, und er traute sich auch nicht, in die Küche zu gehen, obwohl es besser gewesen wäre, dort das Gespräch fortzusetzen, oder war es ein Verhör, ja, es ähnelte mehr einem Verhör, und dann war es vielleicht doch am besten, wenn es hier drinnen stattfand und die ganze Sache unter ihnen blieb, obwohl er nicht glaubte, etwas falsch gemacht zu haben, abgesehen davon, dass er das Schlafsofa, das ihm nicht gehörte, sondern fester Bestandteil des Inventars war, verschoben hatte, aber er erinnerte sich nicht daran, im Mietvertrag oder in der Hausordnung gelesen zu haben, dass so etwas verboten war.

»Nun, das ist unterschiedlich. Mal so, mal so. Mit dem Schlafen, meine ich. Besonders, wenn es heller wird. Nachts.«

»Du bist viel zu lang für dieses Sofa. Das macht die Sache sicher nicht besser.«

»Nein, aber ich bin das gewohnt.«

»Dann warst du die meiste Zeit wach letzte Nacht?«

»Kann sein.«

Die beiden Männer schauten sich einen Moment lang an, fast unglücklich, und Jokum kam der Gedanke, er könnte für sie verantwortlich sein, er dürfte sie nicht enttäuschen, er müsste dafür sorgen, dass sie sich wohlfühlten.

»Ich kann nicht leugnen, dass ich eine Weile wach gelegen habe. Besonders zwischen zwölf und zwei.«

»Zwischen zwölf und zwei. Und hast du etwas Besonderes gehört?«

»Nein. Nur das Übliche. Die Afterparty.«

»Dann haben die anderen dich also wach gehalten? Helle Nächte, ein zu kurzes Schlafsofa und rücksichtslose Kommilitonen. Du hast es nicht leicht, oder, Jokum?«

Sofort bereute Jokum seine Worte. Er wollte in keiner Weise die anderen in ein schlechtes Licht stellen oder gemein über sie reden, über die, die ihm sozusagen am nächsten standen. Andererseits wollte er diesen fremden Männern gegenüber auch nicht unkooperativ erscheinen.

»So ist das wohl in einer Studentensiedlung«, sagte er.

Der eine lachte erneut, auf die gleiche Art und Weise, kurz und heiser, und fuhr sich mit dem Handrücken über den Mund. Der andere schloss den Schrank, trat ans Fenster, schaute zwischen den Gardinen hinaus und während er so dastand, fing er an zu reden.

»Wir leben in einer freien Gesellschaft, nicht wahr?«, begann er.

»Doch, schon. Wir ...«

»Doch? Hast du da deine Zweifel?«

»Nein. Überhaupt nicht.«

»Und was bedeutet das?«

»Das bedeutet wohl, dass wir, dass wir gewisse Rechte haben. Deshalb ...«

Jetzt lachten beide Männer, herzlos, wie es Jokum vorkam, ein mechanisches Lachen, das jäh abbrach.

»Gewisse Rechte, ja, ja. Nein, das bedeutet, dass wir besonders gut aufpassen müssen. Je besser wir aufpassen, um so freier ist sie. Bist du nicht auch meiner Meinung?«

»Ja, schon, da ist wohl was dran. Ich meine, da ist was dran.«

»Übrigens – stehst du oft hier? Hier am Fenster?«

»Das kommt schon vor. Ja.«

»Und siehst das Leben Revue passieren, wie man so schön sagt?«

Diese Formulierung war merkwürdig, und Jokum fühlte sich noch unwohler in seiner Haut als vorher. Er erwiderte nichts und war sich auch nicht sicher, ob es sich bei der Äußerung überhaupt um eine Frage gehandelt hatte oder nur um eine Art Betrachtung, eine herablassende Betrachtung. Weg, weg, sagte er im Stillen, aber deshalb verschwanden die beiden Männer noch lange nicht. Der am Fenster redete weiter, und was er sagte, das erleichterte Jokum fast, denn es deutete eine gewisse Absicht an, die hinter diesem unangemeldeten Besuch steckte.

»Du bist dir doch im Klaren darüber, dass an den Wänden des Pubs da unten Gemälde von Edvard Munch hängen?«

»Ja. Aber wenn es um ihn geht, also um Munch, dann ist es vielleicht besser, wenn Sie mit Synne reden.«

»Synne?«

»Synne Sager. Sie studiert Kunstgeschichte. Sie wohnt im Zimmer nebenan.«

Der Mann zog die Gardinen mit einem Ruck zur Seite, und graues, fast schmutziges Licht fiel auf den Boden und breitete sich wie fahler Staub darauf aus. Jokum musste sich für einen Moment die Augen zuhalten, geblendet von dem Morgen, ganz gleich, wie trüb und schmutzig er war, vielleicht saß er auch nur deshalb so da, weil er Synne Sagers Namen erwähnt hatte, sie damit fast in diese Angelegenheit mit hineingezogen hatte, um die Aufmerksamkeit von sich selbst abzulenken. Er hielt es bald nicht länger aus. Der Mann ließ die Gardinen los und rieb sich die Hände, was klang wie ein aufgeregtes Insekt.

»Auch wenn Munchs Bilder dort hängen, in dieser Studentenkneipe, bedeutet das nicht, dass sie den Studenten gehören. Sie sind nur eine Leihgabe. Diese jungen Leute dürfen sich nicht alle Freiheiten nehmen. Die Gemälde gehören nämlich dem norwegischen Volk. Verstehst du?«

»Ja, natürlich.«

»Und deshalb müssen wir besonders gut aufpassen.«

»Dafür habe ich vollstes Verständnis.«

»Na also. Da sind wir uns ja einig. Wir müssen uns nur gegenseitig Respekt erweisen.«

Jokum hätte gern den Faden aufgenommen und gefragt, wie sie denn hereingekommen seien. Er war sich sicher, die Tür vor dem Hinlegen verschlossen zu haben, wie jeden Abend, warum also nicht gestern. Und in dem Fall mussten die Männer die Tür aufgebrochen oder sich einen passenden Schlüssel besorgt haben, ohne seine Zustimmung, und wo blieb da bitte schön der Respekt? Sie mussten vom Studentenwerk kommen. Denn die hatten schließlich Schlüssel für alle Zimmer. Aber der Mann kam seinen Fragen zuvor.

»Und als du letzte Nacht hier am Fenster standst, hast du nichts Besonderes bemerkt?«

»Nein, habe ich doch schon gesagt. Aber ich stand auch nicht sehr lange da.«

Für einen Moment schwieg der Mann. Dann ging er schnell zur Tür. Der andere folgte ihm. Und er war es auch, der andere, der ebenso gut der Erste hätte sein können, zwischen ihnen war ja kaum ein Unterschied festzustellen, der das letzte Wort hatte:

»Du wirst noch von uns hören.«

Viele Jahre später, als das meiste bereits geschehen war und Jokum glaubte, alles wäre vorbei, da würde er sich an diese Worte erinnern, *du wirst noch von uns hören*. Leider gibt es Menschen, die halten, was sie versprechen.

Sie schlossen die Tür hinter sich, lautlos. Jokum blieb reglos sitzen und lauschte, ob sie dem Rest der Wohnung auch einen Besuch abstatteten, aber er hörte nichts. Vielleicht hatten sie das schon vorher erledigt, bevor sie zu ihm kamen. Jokum eilte ans Fenster, stieß dabei jedoch gegen den Stuhl, der ja zur Seite geschoben worden war, fiel der Länge nach hin, und als er aufstehen wollte, schlug er mit dem Kopf gegen die Tischkante, er fluchte und verfluchte diese hinterhältigen Männer, die in seiner so sorgfältig berechneten Zimmereinrichtung diese Unordnung geschaffen hatten. Wenn man eine Höhe wie Jokum erreicht hatte, musste man mit allem sehr genau sein, peinlich genau, und Rücksicht auf fast alles nehmen, Türrahmen, Zwischenräume, Kronleuchter, Bettpfosten, Zimmerdecken, Hausdächer, Abstände und nicht zuletzt die, die hinter dir sitzen, beispielsweise im Kino, im Hörsaal oder auch ausnahmsweise einmal im Theater, um nur ein paar Beispiele zu nennen. Der Weg zwischen den Häusern lag menschenleer da. Die dicken braunen Gardinen im Pub waren zugezogen. Das einzige Lebenszeichen war ein altes Spruchband, das immer noch zwischen Wäschetrockenplatz und Infotafel hing, auch wenn die Schlacht schon vor langer Zeit gewonnen worden war. *Geh zur Seite, EWG, du stehst mir in der Sonne.* Ein kleiner Trost war, dass es angefangen hatte zu regnen.

Jokum duschte, das Bad war frei und niemand störte ihn, überhaupt wirkte alles wie ausgestorben, verlassen. Dann beeilte er sich, wieder in sein Zimmer zu kommen, zog die gleiche Kleidung erneut an und sparte die letzte saubere Wäsche für den nächsten Tag auf, für das Sonntagsessen bei den Eltern, dann schob er die Möbel wieder an Ort und Stelle und legte die Vorlesungsnotizen in die richtige Reihenfolge. Anschließend ging er in die Küche und setzte Kaffee auf, das heißt, Wasser. Der Kühlschrank stand offen. Von einem Regal tropfte es auf das nächste, zähe, blaue Tropfen, die auf einer aufgerissenen Packung mit Salami landeten, die grellen Farben des Kühlschranks blendeten ihn, ein botanischer Garten, plötzlich erinnerte er sich an den alten Kühlschrank zu Hause, als er noch ein Kind war, es war das Geräusch, an das er sich erinnerte, ein stetes Brummen, industriell und einschläfernd, ein Kühlschrank, nach einem anderen Prinzip gebaut, um die Wärme draußen zu halten, und nicht wie jetzt, um die Kälte drinnen zu halten.

Er schloss die Tür und war froh, dass er keinen Hunger hatte. Auf dem Boden lag die Gitarre, mit zwei gerissenen Saiten, ansonsten leere Bierflaschen, Brotkrümel und ein grauer Strumpf. Auch hier räumte Jokum auf.

Wo waren die anderen? Hielten Arve Storvik und Bengt Åker ihn zum Narren? Ihm kam ein Gedanke. Vielleicht waren sie es gewesen, die sich diesen ganzen Morgen ausgedacht hatten. Ihm fiel kein anderer Ausdruck ein als *sich diesen ganzen Morgen auszudenken*. Jokum kannte nur zu gut diverse Streiche. Aber dieser? Als das Wasser kochte, kam Synne Sager, sie schob zwei Scheiben in den Toaster und setzte sich. Ihr Haar war zottelig, die Dauerwelle der Träume, er hätte einen ganzen Lehrplan für das Wissen gegeben, wovon sie träumte, und seine Hand dafür, einmal mit dieser durch ihr Haar streifen und die Kletten glätten zu dürfen. Ansonsten war sie barfuß, acht ihrer Zehennägel waren rot, und sie trug nur einen burgunderfarbenen Morgenmantel, Seide, der ein Geräusch von sich gab, wenn sie ihn fester um den Leib zog, das an Laub erinnerte. Als wollte sie verbergen, wie platt sie eigentlich war. Sofort begann Jokum sich zu schämen. Platt? Sie war genau richtig dort, wo es so sein sollte. Und würde Synne Sager überhaupt etwas vor ihm verbergen wollen? Jokum konnte sich niemanden vorstellen, der hübscher war als Synne Sager, und eigentlich war es sogar schön festzustellen, dass auch sie mal unordentlich aussah. Er fing umgehend zu zittern an, aber es gelang ihm schließlich doch, Pulver und Wasser für eine Tasse Kaffee zu mischen, die er vor sie auf den Tisch stellte.

»Gestern gefeiert?«, fragte er.

»Nein, nur schlecht geschlafen. Danke. Du bist so lieb, Jokum.«

»Ich auch.«

»Was?«

»Schlecht geschlafen.«

Er setzte sich. Zusammen tranken sie ihren Kaffee. Sie schaute ihn über die Tasse hinweg an, sagte aber nichts weiter. Lag da etwas in ihrem Blick? Etwas Spöttisches? Oder betrachtete sie ihn nur, wie

Leni es in *Der Prozess* gemacht hatte, als einen angeklagten und deshalb schönen Mann. An Letzterem zweifelte er. Jokum musste etwas sagen. Er senkte die Stimme.

»Hast du auch Besuch gehabt?«

»Nein. Wie meinst du das? Besuch?«

»Zwei Männer. So um die dreißig. Ungefähr. Die waren vor Kurzem hier.«

»Keine Ahnung, wovon du redest.«

»Beide waren genau gleich gekleidet. So Anzugjacken ohne Kragen, du weißt schon. Ungefähr wie die von den Beatles am Anfang. Oder von Mao.«

»Hast du Besuch von den Maoisten gehabt?«

»Sie haben von Munch gesprochen. Von den Bildern im Pub.«

»Was ist mit denen?«

»Sie haben gesagt, dass wir, also die Studenten, sie nur geliehen bekommen haben. Dass sie dem Volk gehören.«

»Und um dir das zu erzählen, sind sie zu dir gekommen?«

»Ja! Und dann trugen sie Handschuhe. Helle, hautenge Handschuhe.«

»Bist du dir sicher, dass du das nicht geträumt hast, Jokum?«

»Ehrlich gesagt habe ich mich das auch schon gefragt. Aber…«

»Aber…«

»Sie haben meinen Stuhl verschoben und in den Büchern herumgewühlt.«

»Vielleicht bist du schlafgewandelt. Ich habe letzte Nacht viele merkwürdige Geräusche aus deinem Zimmer gehört.«

Fast hielt Jokum die Luft an. Allein das, allein dass sie ihn hörte. Lag sie auch mit dem Ohr an der Wand? Nein, es gab schon einen gewissen Unterschied zwischen ihren und seinen Geräuschen. Synne Sager lockte. Jokum *störte*. Aber trotzdem.

»Tatsächlich? Was denn für welche?«

»Das möchte ich nicht laut sagen, Jokum. Auch du sollst etwas für dich behalten dürfen.«

Synne lachte, und Jokum saß eine Weile schweigend da. Regen, der gegen das Fenster schlug. Schmutzstreifen. Wasser, das in den Rohren gluckerte. Triste Sekunden auf allen Uhren. Eine Studentensiedlung an einem Samstagmorgen im April ist so fern jeden Lehrplans, wie es nur möglich ist.

»Die haben gesagt, *du wirst noch von uns hören*. Als sie gingen«, sagte Jokum.

»Wenn sie das tun, dann hast du nicht geträumt. Ich meine, wenn sie zurückkommen.«

»Vielleicht habe ich ja auch nur die Wahrheit geträumt.«

Plötzlich stand Synne auf, fast hätte sie dabei die Tassen umgeworfen.

»Du hast doch wohl nichts von Hubert gesagt?«

»Natürlich habe ich nichts von Hubert gesagt.«

»Bestimmt waren sie ihm auf der Spur. Irgendjemand muss gepetzt haben. Oh Scheiße!«

Synne lief in ihr Zimmer. Jokum wartete, bis sie nicht wieder zurückkam. Die Scheiben sprangen aus dem Toaster, braun und durchscheinend. Dann räumte er den Tisch ab. Nach einer Weile fand sich Arve Storvik ein, auch er nicht ganz frisch, aber das kam sowieso selten vor. Ansonsten war er ein fröhlicher Bursche. Zumindest wollte er so wirken. Er war Dirigent des *Lite Anarkistisk Kor*, des kleinen anarchistischen Chors, der unter anderem bei Beerdigungen sang, wenn kein anderer Sänger oder Musiker in der Region gesund war. Ansonsten gab es Gerüchte, dass er die Konservativen gewählt hatte, aber wie man weiß, gibt es das Wahlgeheimnis. Er holte Johannisbeersaft aus dem Kühlschrank, setzte sich und nahm die kaputte Gitarre auf den Schoß.

»Hast du gewusst, dass Deutsch die amerikanische Nationalsprache hätte werden können?«, fragte er.

»Nein, wirklich?«

»Nur zwei Stimmen fehlten, als sie das amerikanische Grundgesetz verabschiedeten. Oder wie das da drüben auch immer heißen mag.«

»Wofür fehlten zwei Stimmen?«

»Dafür, dass sie Deutsch und nicht Englisch reden sollten. *Zwei Stimmen*. Kannst du dir das vorstellen. Hätte es dann überhaupt den Blues gegeben, was meinst du?«

Arve schlug einen Akkord auf den vier noch verbliebenen Saiten an und begann auf Deutsch zu singen: *Ich wachte dieser Morgen mit Kartoflen in mein Kopf. Ich wachte dieser grausomme Morgen mit Kartoflen in mein Kopf. Donner und Blitzen. Ich bin ein grosse Tosk.*

»Nein«, sagte Jokum.

»Da hast du vollkommen recht. Man kann ja den Blues kaum auf Norwegisch singen. *Jeg våknet i morges og begynte å bli panisk da nyhetene på Norge ble let opp på samisk.*«

»Aber das ist doch gar nicht schlecht.«

»Bengt sagt aber was anderes. Er meinte, ich würde die Samen diskriminieren und sollte Selbstkritik üben wegen meiner Vorurteile gegenüber Dialekten und den Ureinwohnern.«

»Was ist mit der Gitarre passiert?«

»Bengt haben meine Akkorde zur Internationalen auch nicht gefallen. Er fand sie bürgerlich. Es kam zum Blutvergießen.«

»Wieso bürgerlich?«

»Er behauptet, Septimen wären bürgerlich. Ich meinerseits bin der Meinung, dass Septimen unbedingt der Arbeiterklasse angehören. Moll ist bürgerlich. Übrigens, wo warst du eigentlich? Hast du den Zettel nicht gesehen, du Bandwurm?«

»Nein, ich ...«

In dem Moment kam Bengt Åker, ein unzufriedener, misstrauischer und trotzdem optimistischer Mensch, der laut eigener Aussage mit seiner sozialfaschistischen Familie gebrochen hatte, der Vater war Zöllner am Svinesund, beschützte also die Grenzen des Landes, so weit konnte Bengt, wenn er gutmütig sein wollte, noch gehen, aber der Vater war und blieb trotzdem ein Diener des sozialfaschistischen Staates, und deshalb war ihm nicht zu trauen. Bengt kam nicht aus seinem Zimmer, sondern durch die Wohnungstür, mit einem Stapel Kopien in der Hand, glänzende, feuchte Bögen, die nach Äther rochen oder nach altem Rasierwasser, was Jokum an die Zeit als Abiturient denken ließ, nicht an Politik, er musste sich am Kühlschrank abstützen. Bengt blieb stehen, schüttelte den Regen von den Schultern und bohrte seinen Blick in Jokum.

»Und wo warst du, Jokum? Hast du meine Nachricht nicht gelesen?«

»Doch, aber ich …«

»Ja, ja, aber ich … Das sagst du jedes Mal. Das genügt nicht, Jokum. Ich bin wirklich enttäuscht von dir.«

»Das war nicht meine Absicht.«

»Nicht deine Absicht? Was ist das für eine verdammt bürgerliche Antwort. Denk dran, Jokum: Alles ist Politik.«

»Alles?«

»Politik ist alles.«

»Die Brotscheiben auch?«

Bengt Åker schnappte sich eine von Synnes Scheiben aus dem Toaster, sie war angebrannt, fast schwarz, und biss ab, es knirschte und sah aus, als rieselte Asche aus seinem Mund.

»Sehr korrekt, diese Brotscheibe, du Überbau.«

»Nenn mich nicht Überbau, bitte.«

»Bist du empfindlich? Ich dachte, du magst deinen Namen sowieso nicht.«

Jokum blieb eine Antwort schuldig, und Bengt Åker wandte sich Arve Storvik zu und knöpfte sich glücklicherweise diesen vor.

»Und mit dir rede ich erst gar nicht.«

»Vielen Dank dafür, Genosse. Aber die Saiten musst du mir trotzdem ersetzen.«

Jokum überlegte, ob er die beiden auch fragen sollte, ob sie morgens unerwarteten Besuch gehabt hatten. Doch er ließ es lieber. Er wusste selbst nicht so recht warum, aber es machte ihn verlegen, allein der Gedanke an die beiden Männer machte ihn verlegen, ob es nun ein Traum gewesen war oder nicht. Es reichte schon, dass er Synne gefragt hatte, auch das hätte er nicht tun sollen, nein, er hätte sie nicht erschrecken sollen. Es gibt gewisse Dinge, die sollte man für sich behalten. Das Leben war peinlich genug, so wie es war.

Sollte das Leben nicht eigentlich tragisch sein? Dann hätte es zumindest einen Sinn. Das Peinliche war sinnlos, vergeudete Zeit, Zeit, die man auf andere verschwendete, darauf, was andere über einen dachten.

Aber wie schon angedeutet, hatte Jokum noch nicht das Format fürs Tragische, nur die Sehnsucht danach.

Bengt legte mit einem Knall die Flugblätter auf den Tisch und hob eine geballte Faust, zum Gruß der Eingeweihten und Auserwählten.

»Nur damit ihr es wisst, ihr habt eine historische Begebenheit versäumt. Wir befinden uns im Streik! Die Vollversammlung hat den Mietstreik beschlossen! Jetzt werden die Blutsauger in der Regierung und im Studentenwerk ihre eigene Medizin zu schmecken bekommen!«

»Das ist gut«, sagte Arve, »ich bin nämlich pleite.«

»Und wer ist schuld daran? Dass du pleite bist? Genau diese Blutsauger!«

»Und der Kellner vom Pub. Er ist auch ein bisschen mit schuld daran.«

Bengt setzte sich und zeigte auf Arve.

»Ich habe deinen kleinbürgerlichen Anarchismus so satt, Arve Storvik. Was meinst du damit? Dass der Kellner dich ausbeutet? Verdammt, er ist es, der auf die schlimmste Weise ausgebeutet wird. Auf welcher Seite stehst du? Auf der der Blutsauger oder auf der der Arbeiter?«

»Sind Kellner denn Teil des Proletariats?«

»Arve Storvik, das Entscheidende ist, dass auch Kellner ausgebeutet werden! Sie sind die Dienstboten des Kapitals. Sieh es mal so an und versuch, etwas daraus zu lernen.«

»Haben wir denn keine Kellner mehr im Sozialismus? Müssen wir uns selbst bedienen?«

Jokum hatte das schon mal gehört, schon oft, also ging er zurück in sein Zimmer, ohne dass es den beiden auffiel. Er nahm *Auf überwachsenen Pfaden* heraus, fing an zu lesen, fand aber keinen Zugang. Der Erzähler, also Knut Hamsun, klang immer so beleidigt, so kokett, dieses ständige Erinnern daran, wie taub er war, wie alt er war, dass man überhaupt Mitleid mit ihm haben müsste, der Erzähler war weder komisch noch tragisch, nur lächerlich, oder vielleicht noch schlimmer – pathetisch. Mit anderen Worten: Jokum erkannte sich selbst wieder, und dieses Mal gefiel ihm das ganz und gar nicht. Er legte das Buch beiseite und las stattdessen *Der Fremde*, aber auch bei dieser Lektüre fand er keine Ruhe, der Roman hatte etwas Humorloses und Zerstreutes an sich, was ihm nicht gefiel. An diesem Morgen war nichts gut genug für Jokum. Aber eine Stelle ließ ihn aufhorchen, er musste sie noch einmal lesen, eine Passage aus der Schilderung der Gerichtsverhandlung. Meursault, der Angeklagte, bekommt den Eindruck, die Geschworenen fänden ihn *lächerlich*, und daraufhin macht er sich folgende Gedanken: Ich weiß wohl, dass das ein alberner Gedanke war, denn hier suchten sie nicht das Lächerliche, sondern das Verbrechen. Wenn man Camus beim Wort nimmt, und warum sollte man das nicht, und dabei gleichzeitig Kafka in Gedanken hat, genauer gesagt seine Charakteristik von Leni, nämlich dass sie meint, ein angeklagter Mann sei *schön*, konnte man dann nicht, Hand aufs Herz, sagen, dass auch ein *lächerlicher* Mann schön ist? Jokum notierte sich das, war sich aber nicht sicher, ob das ein Trost war. Anschließend blätterte er gedankenverloren in *Der große Gatsby*, langweilte sich jedoch in dessen Gesellschaft. Er wurde noch unruhiger. War er nicht mehr in der Lage, Romane gut zu finden? Schließlich wurde er als ein Meisterwerk angesehen, Camus und Fitzgerald waren als bahnbrechend anzusehen mit ihren literarischen Analysen des modernen Lebensgefühls, der modernen Existenz, geschildert entweder in Form einer Gerichtsverhandlung oder eines Festes, zwei gar nicht so unterschiedliche Ereignisse, während Hamsun den Triumph der permanent enttäuschten Gefühlswelt repräsentierte. Womit sollte er sich noch beschäftigen, wenn er keine Ruhe mehr in den Romanen fand? Moment mal – Ruhe? Las Jokum, um Ruhe zu finden, suchte er Trost darin? Sollte man in der Literatur nicht eher auf der Suche nach Wahrheit sein? Und Wahrheit lässt sich nur selten mit Trost und Ruhe vereinen. Nicht nach Jokums Meinung. Ruhe bedeutet, sich im Haus des Romans zurechtzufinden, in dem Raum, der dem Leser vorbehalten ist, das kann eine Abstellkammer oder auch ein Ballsaal sein, ein Büro oder eine Zelle, das spielt keine Rolle, es muss nur ein Raum für den Leser sein, möglichst mit Aussicht und eigenem Ausgang. Dann können Unruhe und Zweifel kommen, wie sie wollen. Schließlich saß Jokum mit Band V von *Den Lille Salmonsen* in der Hand da, dem Lexikon, das er von seinem Vater bekommen hatte, als er von zu Hause auszog, und was Jokum betraf, war von zu Hause nicht besonders weit, nur vier Stationen mit der Frognerstraßenbahn und einmal Umsteigen in die Sognsvannbahn, aber trotzdem, von zu Hause fort, ist ein ganz anderes Leben, ganz gleich, wie nahe es ist. Er schlug unter *Hamster* auf: *(Cricetus cricetus) ein gescheckter, plumper, kurzschwänziger Nager, etwas größer als eine Ratte. Gehört zur Familie der Mäuse (Muridae) (s.Maus). Lebt in Mitteleuropa; bekannt für seinen großen Wintervorrat (bis zu 50 kg) an Korn, Erbsen o. ä., der in den Backentaschen transportiert wird. Deshalb auch der Ausdruck »hamstern« dafür, Vorrat anzulegen.* Im nächsten Stichwort, unter *Hamsterfell*, stand, dass jährlich zwei Millionen Pelze aus Hamsterfellen gefertigt wurden. Aber das war die Zahl von 1938, wie sah es heute aus, 38 Jahre später? Hatte die Welt sich weiterentwickelt? War die Zahl höher oder niedriger? Nahm man heutzutage mehr Rücksicht auf Hamster? Hatte nicht jemand gesagt, dass die Qualität einer Gesellschaft daran gemessen werden kann, wie sie ihre Tiere behandelt, das sei das wahre Gütesiegel der Zivilisation. War es Bjørneboe gewesen? Zogen die Frauen heute andere Fellarten vor, beispielsweise Nerz, Fuchs? Und dann die Frage: Wie viele Hamster waren für einen Pelz nötig? Sicherlich nicht wenige, vielleicht hundert, vielleicht mehr, man musste sich das mal vorstellen: mit tausend Hamstern bekleidet zu sein. Jokum stellte die Ellenbogen auf den Tisch und stützte den Kopf in die Hände. Genau darum ging es. Eins türmte sich aufs andere. Was sollte er denn damit anfangen?

Konnte man nicht ein anständiges Leben führen, auch wenn man nicht wusste, dass Hamster Erbsen fressen und dass man 1938 zwei Millionen Pelze aus ihnen gemacht hatte? Wozu war dieses Wissen eigentlich gut? Und Jokum gab sich nicht einmal damit zufrieden, mit dem Hamsterfell, denn das nächste Stichwort, nach Hamster und Hamsterfell, war *Hamsun, Knut* (geb. 1859). War er denn nicht tot?, fragte Jokum sich. Nein, 1938, als zwei Millionen Pelze aus Hamsterfell gemacht wurden, war Knut Hamsun noch nicht tot. Er hatte gerade *Der Ring schließt sich* herausgegeben, und der Zweite Weltkrieg hatte noch gar nicht begonnen. Er näherte sich erst. Wer sieht das? Wer sieht die Zeichen, nein, nicht Zeichen, sondern die Ereignisse, die Ereignisse an sich und nicht die Zeichen, denn zwischen beidem besteht ein gewisser Unterschied. Hitler marschiert in Österreich ein, nein, er fährt mit dem Auto bei Braunau, seiner Geburtsstadt, über die Grenze. Anschließend zermalmt er die Tschechoslowakei. Zu Hause in Deutschland hat er auch einiges zu tun. Die Juden werden aus allen öffentlichen Ämtern entfernt. Es folgen die Pogromnächte. In Kairo fordert der arabisch-panislamische Kongress einen Araberstaat, der ganz Palästina mit einschließt. Außerdem einen Einwanderungsstopp für Juden. In Norwegen macht die Polizei eine Razzia in den Redaktionsräumen der Zeitung *Klassekampen*. Sie suchen nach Beweisen, dass hier Soldaten für den Bürgerkrieg in Spanien geworben werden. Die einzige gute Nachricht: Joe Louis verteidigt seinen Titel gegen den Deutschen Max Schmeling und gewinnt durch k.o. in der ersten Runde. Aber eine gute Nachricht für den einen ist eine schlechte Nachricht für andere. Gibt es Nachrichten, die ausschließlich gut sind? Und wann beginnt ein Krieg, ein Weltkrieg, oder wo, wo fängt er an? Denn irgendwo muss er doch anfangen, mit einem Gedanken, mit einem Satz, einem Händedruck, durch eine Fensterscheibe, die zerschlagen wird, durch ein Buch, das brennt. Und seine Eltern, an welchem Punkt ihres Lebens befanden sie sich, in welchem Gemütszustand, 1938, achtzehn und fünfzehn Jahre alt, sie kannten einander noch nicht. Schauten sie in froher Erwartung in die Zukunft, schmiedeten sie Pläne, als wenn nichts geschehen wäre? Waren sie einfach Menschen, wie Menschen nun einmal sind? Jokum musste sie fragen. Unbedingt. Bevor es zu spät war. Ist es in einer Vorkriegszeit möglich, ganz normal zu leben, normal zu denken, sich normal zu verhalten? Aber vielleicht wussten sie ja gar nicht, dass sie in solchen Zeiten lebten? Jokum ertappte sich dabei, sich nach einem Weltkrieg zu sehnen, so wie es Tom Kristensen (4) in dem satirischen Katerstimmungsgedicht *Angst* von 1932 tut:

Asiatisch in der Macht ist die Angst
Sie reifte in manch unreifem Jahr.
Und ich fühle die alltägliche Stube im Herzen,
wie das Festland, das täglich vergangen war.
Doch meine Angst wird erlöst in Sehnsucht
Und in Bildern von Angst und von Not.
Ich sehnte mich nach Schiffskatastrophen,
nach Vandalismus und plötzlichem Tod.

Konnte sich Jokum auf eine ähnliche Angst berufen? Keineswegs. Die war noch nicht gereift. Er befand sich noch in seinen unreifen Jahren, im Sommer sollte er 22 werden. Seine Angst war vorläufig literarischer Art. Aber lebte man nicht trotz allem auch jetzt in einer Vorkriegszeit, in diesen Tagen? Konnte es nicht jeden Augenblick knallen? Oh ja. Zumindest laut Bengt Åker, der Rød Front, Sigurd Allern Tron Ørgrim, der AKP (ml) und der literaturwissenschaftlichen Kolloquiumgruppe. Man lebte im Zeitalter des Imperialismus und des trügerischen sowjetischen Sozialimperialismus. Könnte nicht ein Weltkrieg Jokum die Größe, die innere Höhe geben, nach der er sich so sehnte? Nein, er wäre der Erste, der erschossen würde. Es gab keinen Schützengraben, der tief genug für ihn war, Jokum wollte bei Kafka nachschlagen, wenn er schon einmal dabei war, und das war er immer, es gibt immer etwas aufzuschlagen, mehr zu wissen, es schien geradezu, als formierten sich die Informationen, wenn er über eine Sache Bescheid wusste, gab es sogleich eine andere, von der er nichts wusste und über die er sich Klarheit verschaffen musste. Ein Name wurde zu zweien, zwei wurden zu noch mehr, und so ging es immer weiter. Dann der große Schreck: Kafka stand nicht drinnen, in *Den Lille Salmonsen*. Es stand nur kurz etwas über *Gustav Kafka*, (geb. 1883), dtsch., Psychologe, Autor des Werkes *Einführung in die Tierpsychologie*. Gab es Franz Kafka 1938 nicht? War er vergessen worden, oder wusste man noch nichts von ihm? Der Schreck wich der Erleichterung. Dieses Loch im Lexikon gab ihm Raum, er konnte es selbst ausfüllen oder es einfach stehen lassen, eine leere Spalte, ein freier Gedanke. Oder sollte er jetzt gezwungen sein, Gustav Kafkas Einführung in die Tierpsychologie zu lesen? Könnte er dort mehr über Hamster lernen, was ihm eine Abkürzung oder einen Umweg zu Synnes kunsthistorischem Herzen ermöglichen würde? Träume, nur Träume. Nein, Jokums Angst hatte ihren Platz nicht in der Literatur, sondern in seinen Träumen. Übrigens stand 1938 über Hamsun dort: *Hs. Bedeutung für die neuere norwegische Lyrik und Prosa ist bemerkenswert. Seine Dichtung ist ein lebendiger Ausdruck für die Krise in der europäischen Geisteswelt um die Jahrhundertwende. Wenn auch nicht ohne eine gewisse Einseitigkeit in der Kulturkritik.* Jokum notierte sich das auf einem Zettel, stellte Band fünf von *Den Lille Salmonsen* wieder an seinen Platz im Regal, lief hinüber in den Lebensmittelladen, bevor dieser schloss, und kaufte ein Paket gefrorener Erbsen. Er vergaß auch die Kartoffeln nicht, die er immer kochte und mit Schale aß, denn er hatte gehört, dass sich alle Nährstoffe, die der Körper brauchte, in der Schale befanden, und deshalb brauchte er eigentlich sonst nichts zu essen. Außerdem mochte er die Schale nach einer Weile und hatte schon überlegt, die Kartoffel selbst wegzuwerfen und nur die Schale zu behalten. Auf dem Rückweg blieb er vor dem Pub stehen. Es hatte aufgehört zu regnen. Die Luft war mit den Händen zu greifen. Fast bekam er Kopfschmerzen. Der Schnee lag in schmutzigen Streifen entlang der Rasenflächen, den gelben, ungepflegten Perücken der verzweifelten Männer ähnelnd, die man an einem Samstag nach Ladenschluss vor dem *Vinmonopolet* in Majorstua sehen konnte. Die Tür war offen. Jokum trat ein. In dem schwülen Halbdunkel, das nach feuchter Asche und Schweiß roch, sah er den Kellner, der hinter dem Tresen aufräumte. Jokum blieb zwischen den Tischen stehen. Er konnte nirgends an den Wänden Gemälde von Edvard Munch entdecken, nur Plakate und Reproduktionen. Plötzlich richtete sich der Kellner auf und reckte die Arme in die Luft, als wollte er sich ergeben.

»Scheiße, hast du mich erschreckt!«

»Das wollte ich nicht.«

»Verdammt, ich dachte schon, nein, ich weiß selbst nicht, was ich gedacht habe.«

Der Kellner senkte die Arme, schaute Jokum weiterhin an und schüttelte den Kopf.

»Wie groß bist du eigentlich?«

Jokum duckte sich auf die hier bereits beschriebene Art.

»Im Dunkeln wirke ich immer etwas größer.«

Der Kellner lachte und schaltete die Deckenbeleuchtung ein, schmutziges Licht fiel auf sie wie Regen. Jokum duckte sich noch mehr.

»Da sehe ich keinen großen Unterschied. Außerdem haben wir geschlossen. Wenn du Durst hast, musst du es woanders versuchen.«

»Nein, ich wollte nur wissen, ob hier irgendwelche Munch-Bilder hängen.«

Wieder lachte der Kellner und legte dann beide Hände auf den Tresen.

»Na, heute irrst du dich nicht nur, was das Maßband und die Uhrzeit angeht, sondern auch noch hinsichtlich des Kalenders. Ist schon lange her, dass der Munch himself hier hing. Niemand riskiert so was heutzutage noch.«

»Wie lange hingen die denn hier?«

»Einige Jahre. Eins der Bilder ist geklaut worden, und da haben sie die anderen ins Munchmuseum geschafft. Eigentlich schade. Er ist hier richtig ein bisschen aufgelebt.«

»Haben sie es gefunden? Das gestohlene Bild?«

»Keine Ahnung. Ich weiß nur, dass die Bilder in so schlechtem Zustand waren, dass man einen halben Liter aus ihnen wringen konnte.«

»Sag mal, war zufällig heute schon mal jemand hier und hat nach… nach Munch gefragt?«

»Nein, nur du. Und falls du einen Kater hast oder ein schlechtes Gewissen oder sogar beides, dann empfehle ich geraspelte Karotten und Hustensaft.«

Jokum bedankte sich für die Hilfe, die er nicht bekommen hatte, und ging wieder nach Hause, legte die Kartoffeln in den Schrank, kochte die Erbsen und wartete, dass es Abend wurde. Dann nahm er all seinen Mut zusammen und klopfte an Synne Sagers Tür. War es etwa nicht Samstag? Eine verschlafene Antwort erklang von der anderen Seite, *ja, nein.* Vorsichtig öffnete er die Tür und schaute hinein. Sie lag auf dem Schlafsofa, immer noch nur im Morgenmantel, aber mit dem Hamster auf dem Schoß, genau dort, wo er selbst gern seinen Kopf gebettet hätte.

»Ich habe ein paar Erbsen übrig«, sagte Jokum, »und ich habe gedacht, vielleicht hat Hubert Lust darauf. Auf ein paar Erbsen.«

Er hielt die Schale hin, in die er die blassen Erbsen gelegt hatte.

Synne setzte sich auf und hob Hubert in seinen Kasten, wo er sofort anfing, in dem dort befestigten Rad zu laufen, dem Zirkus des Hamsters.

»Du bist lieb, Jokum«, sagte sie.

Das hatte sie früher am Tag schon einmal gesagt. Überhaupt waren es eine ganze Reihe von Mädchen, die Jokum im Laufe der Zeit gesagt hatten, dass er lieb sei, ohne dass deshalb mehr daraus geworden wäre, eher im Gegenteil, eigentlich war nur wenig daraus geworden, genauer genommen nichts. Seiner Erfahrung nach heimsten die gemeinen, hinterhältigen Jungs in der Regel alles ein, sie machten, was sie wollten, und bekamen, was sie wollten, das, was Jokum nicht bekam. Mit anderen Worten: Er hatte nichts dafür bekommen, dass er lieb war. Er fragte:

»Weißt du übrigens, wie viele Hamster man für einen Pelzmantel braucht?«

Synnes Blick wurde sofort messerscharf, die Stimme genauso spitz:

»Was hast du gesagt?«

»Wie viele Hamster man für …«

Sie warf mit dem Kugelschreiber nach ihm und war so aufgeregt, dass sie ihn verfehlte.

»Rede nicht so in Huberts Anwesenheit!«

»Das habe ich nicht gewollt.«

»Und du sollst auch nicht so reden, wenn Hubert nicht anwesend ist. Niemals!«

Jokum beugte den Nacken, nur eine andere Art, sich zu ducken, dann trat er einen Schritt näher an das Schlafsofa, und wenn Jokum einen Schritt machte, wurden damit viele normale Schritte zurückgelegt.

»Soll ich die Erbsen …«

»Ich glaube nicht, dass Hubert noch Lust auf deine Erbsen hat.«

»Nein?«

»Ich übrigens auch nicht.«

Unschlüssig und unglücklich blieb Jokum zwischen Tür und Schlafsofa stehen, dem Sofa näher als der Tür, mit einer Schale Erbsen in der Hand, von der er nicht wusste, was er mit ihr anfangen sollte, während Synne sich wieder zurücklegte und das Rad in Huberts kleiner Manege aufhörte, sich zu drehen. Jokum stach eine halbe Flasche gewöhnlichen Rotweins und ein Glas auf der Fensterbank ins Auge. An den Wänden hingen zwei eingerahmte Reproduktionen alter Stillleben, Weintrauben, Blumen, Münzen, ein Globus, ein Paar Handschuhe und eine Bibel, Dinge, die Jokum auf den Bildern entdeckte, und alles war in ein dunkles, schweres Licht getaucht. An der Tür standen sieben Paar Schuhe und ein kleiner brauner Koffer. Und auf dem Plattenspieler im Bücherregal lag Leonard Cohens *Songs from a Room*. Aber es gibt Grenzen dafür, wie lange man so stehen bleiben kann, mit einer Schale bereits lauwarmer, farbloser und nicht zuletzt unerwünschter Erbsen. Jokum wollte gerade seinen notwendigen Rückzug antreten, den Zug, den er meistens nahm und der leider immer verspätet war, aber da hatte Synne anscheinend doch eine Art Zuneigung zu ihm gefasst, trotz allem, schließlich war er ja mit den besten Absichten gekommen – also sagte sie:

»Wenn du willst, kannst du dich gern einen Moment lang hier hinsetzen.«

Jokum setzte sich, äußerst vorsichtig, um nichts kaputt zu machen, auf den Rand des Schlafsofas.

»Danke.«

»Hast du von den Leuten noch was gehört, die bei dir gewesen sind? Oder von denen du geträumt hast?«

»Nein. Du auch nicht? Ich meine ...«

»Nein, nichts. Ich glaube, du hast geträumt. Ich träume auch ziemlich viel. Aber ...«

Synne sprang auf, so blitzartig, dass Jokum die Schale fallen ließ und die Erbsen über das Schlafsofa und den Fußboden rollten, alle auf einmal. Plötzlich war was los da unten bei Hubert. Wäre das Rad an einem Kraftwerk befestigt gewesen, hätte es das ganze Studentenviertel erleuchten können, vielleicht auch noch Kringsjå, und dann hätte man trotz allem die Miete kürzen können.

»Jetzt weiß ich, an wen du mich erinnerst!«

Das hätte sie nicht sagen sollen. Denn sie war nicht die Erste, die so etwas sagte. Aus irgendeinem Grund waren die Leute, zumindest die meisten, darauf erpicht herauszufinden, an wen Jokum sie erinnerte. So lief das wohl, wenn man etwas Besonderes war. Jokum wollte nichts Besonderes sein, und er wollte auch niemandem sonst ähneln. Denn meistens ähnelte er merkwürdigen Gestalten, gern welchen aus Comicserien, aus dem Zirkus, aus Revuen, Filmen, Romanen und von anderen dubiosen Orten. Unter anderem war er schon verglichen worden mit Goofy, Don Quichotte, Halvan, Tati, Leif Juster und Paturson, dem Isländer, der lange Zeit als der größte Mann der Welt angesehen wurde und zwischen den

51

Kriegen mit dem Zirkus Arnardo auf Tournee ging. Wer mochte es dieses Mal sein?

»Du ähnelst dem männlichen Akt von Johan Gørbitz!« (5) Jokum ging auf die Knie und sammelte die Erbsen auf. Wenn eine gewisse Anzahl von Erbsen in einer Schale liegt, kommt einem das nicht viel vor, aber über den Fußboden verteilt werden es unzählige. Johan Gørbitz' männlicher Akt sagte ihm nichts.

»Wem?«

»Johan Gørbitz malte um 1800 Porträts des Bürgertums in Kopenhagen und in Kristiania. Übrigens hängt das Bild in der Nationalgalerie.«

Jokum hätte gern gefragt, ob ihr denn das Bild gefiel, ob es ein schönes Porträt war, das heißt, er hätte gern gefragt, ob ihr der Betreffende gefiel, der Porträtierte, doch er traute sich nicht, es war wahrscheinlich kein gutes Zeichen, einem Bürger von ungefähr Achtzehnhundert zu ähneln, gemalt von einem ansonsten unbekannten Künstler.

»Lehrstoff?«, fragte er.

Synne gab keine Antwort. Jokum wäre nichts lieber gewesen, als ihr Lehrstoff zu sein. Doch stattdessen fragte sie:

»Wann bist du so groß geworden, Jokum?«

»Als ich zwölf war.«

»War es schwierig?«

»Was heißt schon schwierig. Meine Mutter musste bei meinen Hosen immer wieder etwas ansetzen. Und hinter mir wird immer jemand wütend.«

»Ich meine *für dich*, Jokum. Nicht für die anderen. Die sind mir scheißegal. War es schwierig für dich?«

Jokum war verblüfft über ihre Worte, aber sie gefielen ihm. Er hätte das gern selbst gesagt: *Die anderen sind mir scheißegal.* Jetzt hätte er von höhnischen Blicken erzählen können, von Gelächter, Spott und unerwünschter Aufmerksamkeit; er hätte von einer ganz speziellen Einsamkeit berichten können, aber war nicht jede Einsamkeit ganz speziell, es gibt höchstwahrscheinlich eine besondere

Einsamkeit für jeden Einzelnen, der einsam ist. Stattdessen sagte er den Satz, den sein Vater ihm beigebracht hatte, und den er sagen sollte, wenn es darauf ankam:

»Wenigstens habe ich freie Sicht«, sagte Jokum.

Synne nickte und ließ Jokum eine Weile die Erbsen in Ruhe auflesen. Da unten auf dem Fußboden, auf dem Grund ihrer Welt, fand er, abgesehen von diesen Erbsen, einen Slip, zwei Nylonstrümpfe, einen verstaubten Hustenbonbon, einen Lippenstift, zwei Haarnadeln, einen Tampon, einen eingetrockneten Lippenstift, eine Straßenbahnfahrkarte und eine Trauerbinde.

»Ist jemand gestorben«, fragte er.

»Gestorben? Wieso fragst du? Ist es so schmutzig?«

»Wegen der Trauerbinde.«

»Ach, die. Picasso. Alle in Kunstgeschichte haben eine Trauerbinde getragen, als Picasso gestorben ist.«

Jokum überlegte, ob er ihr anbieten sollte, aufzuräumen, beschloss dann aber, das ginge doch zu weit. Und könnte missverstanden werden. Deshalb ließ er die Dinge liegen, wo sie waren. Vielleicht waren sie in einer bestimmten Reihenfolge dorthin gelegt worden und bildeten ein heimliches Stillleben. Plötzlich sagte Synne, oder genauer gesagt, sie stellte fest:

»Du solltest einen Hut tragen.«

»Glaubst du, das würde was helfen?«

»Auf jeden Fall.«

»Würde ich dann nicht eher noch größer wirken?«

»Nein, ganz im Gegenteil, er würde dich irgendwie abschließen.«

»Abschließen?«

»Ja, jetzt verschwindest du geradezu da oben. In der Luft irgendwie. Im Blauen. Finde ich.«

Synne lachte und verbarg ihren Mund hinter der Hand, verlegen, fast schüchtern, wie es schien. Jokum gefiel sie nur noch besser.

»Habe ich dich verletzt?«, flüsterte sie.

Jokum schüttelte den Kopf und ließ die letzte Erbse in die Schale fallen.

»Nein, ich habe schon Schlimmeres gehört.«

Da mussten beide lachen und lachten so den peinlichen Moment weg, denn will man etwas weglachen, dann muss man das gemeinsam machen, allein nützt es nichts, da lacht man es nur noch näher heran. Sie lachten es weg, und Jokum stand auf, vorsichtig, damit er nirgends anstieß, und überall, wo er sich erhob, wurde es eng unter der Decke, aber dieses Mal nicht.

»Jetzt kannst du meinen Hamster füttern«, sagte Synne.

1. **Halvorsen,** Stig (1937–), *no. Hausmeister, ehemaliger Lehrer in der Elektrikerausbildung, kündigte in der Schule 1965 nach einem Konflikt mit einem Schüler, der sich nicht die Haare schneiden lassen wollte, während Halvorsen das als gefährlich ansah, sowohl für den Schüler selbst als auch für den Rest der Klasse, das lange Haar des Jungen könnte beispielsweise Feuer fangen beim Löten. Begann als Hausmeister an der Historisch-Philosophischen Fakultät, Blindern, 1967, war dort bis zu seiner Pensionierung 1998 angestellt. Mitglied von* Det Norske Arbeiderparti *von 1960 bis 2011, da trat er wegen der Einwanderungspolitik der Partei aus. Unverheiratet.*

2. **Storvik,** Arve (1951–1999), *no. Musiker und Songschreiber, cand. Mag. der Universität Oslo im Fachbereich Musikwissenschaften, Soziologie und Englisch. War Leiter des* **Lite Anarkistisk Kor** *1974 – 1975. Er brachte im Januar 1977 die LP* **Vannskille** *(Wasserscheide) heraus, die zu einem Klassiker wurde und auf die Liste des Morgenbladets über die 100 besten norwegischen Platten aller Zeiten kam. Einer seiner bekanntesten Songs ist* **Underskudds-Blues** *(Defizit-Blues), den die Linken, besonders die Marxisten-Leninisten, häufig bei verschiedenen Gelegenheiten benutzten. Die letzte Strophe kam nicht mit auf die Platte und wird zum ersten Mal hier abgedruckt. Schuld an diesem formalen Bruch und damit der nicht vollendeten Einheit ist die Plattenfirma* **Mai.** *Sie brachte Arve Storvik auch dazu,* **Kamerad** *zu singen, statt, wie er wollte,* **meine Freunde.**

Du glaubst wohl, du kannst wählerisch sein,
zwischen Leckerei, Schnaps, Eintopf und Kuchen
Aber, Kamerad, so ist es nicht, nein
Hier triffst du eher auf das letzte arme Schwein.

Es ist Ausverkauf, Ausverkauf, Sonderangebote ohne Zahl
So viel ist im Angebot, da bleibt dir keine Wahl.

Du glaubst wohl, das hier wäre eine Demokratie
Und du könntest alles sagen, ja und wie
Aber, Kamerad, so ist es nicht, nein
Hier triffst du eher auf das letzte arme Schwein

Es ist Ausverkauf, Ausverkauf, Sonderangebote ohne Zahl
So viel ist im Angebot, da bleibt dir keine Wahl.

Du glaubst wohl, Ehrlichkeit am längsten währt
Und das ist alles, was man braucht und begehrt
Aber, Kamerad, so ist es nicht, nein.
Hier triffst du eher auf das letzte arme Schwein.

Es ist Ausverkauf, Ausverkauf, Sonderangebote ohne Zahl
So viel ist im Angebot, da bleibt dir keine Wahl.

Am meisten fürcht ich, übrig zu bleiben, welch ein Frust
Auf dem richtigen Regal, im absolut falschen Schrank
Denn ganz gleich, wie billig du dich verkaufst, vielen Dank
Letztendlich machst du ja doch nur Verlust.

Arve Storvik arbeitete als Musiklehrer an der Katedralskole Trond-
heim, war gleichzeitig Liedersänger und schrieb Songs für andere
Künstler, u. a. **Ta meg som jeg er** *(Nimm mich, wie ich bin), das bei*
dem nationalen Grand-Prix-Wettbewerb 1997 auf den dritten Platz
kam, gesungen von Tor Endresen. Starb bei einem Autounfall auf dem

Weg zu einem Auftritt in Pers Pub in Steinkjer 1999. Hinterließ Frau und zwei Kinder. Die CD **Feil Fil** *(falsche Datei) mit hinterlassenen Songs kam 2002 heraus.*

3. **Åker,** Bengt *(1950–) no. Freiberufler, brach sein Studium an der Universität Oslo 1976 ab und begann als Krankentransporter im Diakonhjemmets Sykehus. Aktiv in der Gewerkschaftsarbeit, hatte eine Reihe zentraler Posten in der AKP (ml) inne und gehörte 1979–88 zur Leitung der Zeitung Klassekampen. war eine zentrale Figur in der öffentlichen politischen Debatte in Norwegen, besonders bekannt für seinen direkten Stil und seine offensiven Reden. Er brach 1989 mit der marxistisch-leninistischen Bewegung und gründete 2000 die Firma* **I Egen Hånd, hjelp til selvhjelp** *(In eigener Hand, Hilfe zur Selbsthilfe) und ist seitdem ein gefragter Referent. Z.Zt. wohnhaft in Thailand.*

4. **Kristensen,** Tom, *(geb. 1893), dän., Schriftsteller. K., der seit 1924 mit einigen Jahren Unterbrechung Literaturkritiker bei der Zeitung* »Politiken« *war, debütierte 1920 mit der Gedichtsammlung:* **Fribytterdrømme** *(Freibeuterträume). Später erschienen* »Mirakler (Wunder, 1922), Paafuglefjeren, Digte fra Kina« *(die Pfauenfeder, Gedichte aus China 1922),* »Verdslige Sange« *(weltliche Lieder 1927) und* »Mod den yderste Rand« *(Bis an den äußersten Rand 1936), in denen man K.s künstlerische Entwicklung von der* »expressionistischen« *wortseligen Lyrik in einem Farbrausch hin zur abgeklärten Ruhe des reifen Schreibenden verfolgen kann. Auch als Prosaist hatte K. große Bedeutung für die moderne dänische Literatur. Nach* »Livets Arabesk« *(Arabeske des Lebens 1921), einem pessimistischen und satirischen Gesellschaftsroman, hat K. in* »Hærværk« *(Vandalismus 1930) mit großer psychologischer und stilistischer Kraft die seelischen Probleme und Qualen seiner Generation analysiert.*

5. **Gørbitz**, Johan *(1782–1853), no. Maler, Arbeitsaufenthalt in Kopenhagen, Bergen, Dresden, Wien, Paris und Oslo ab 1836. Malte Porträts, Miniaturporträts und Landschaften. Seine Port-*

räts sind übrigens in einer sorgfältig ausgearbeiteten Pinseltechnik gemalt. Die Charakterisierung ist intim, aber nicht besonders tiefgehend.

DIE FAMILIE

Nirgends ist der Ruhetag so heilig wie in einem Studentenviertel. Auch Jokum bildete da keine Ausnahme. Er wollte keine Ausnahme bilden. Bis acht Uhr schlief er, blieb dann wach im Bett liegen, bis es zehn war. Er lauschte, nicht ein Geräusch, kein Lachen, kein einziger Gitarrengriff. Nicht einmal ein Piepsen oder ein Stichwort waren zu hören. Und es kam auch niemand unangemeldet zu Besuch. Die Studentenbuden waren Grabkammern. So ernst nahmen die Studenten die Feiertage. Sie bereiteten sich auf den Tod vor. Aber Jokum hatte leider keine Zeit, tot zu sein. Es gab zu viel zu überdenken, u. a. *Der Prozess*, Haustiere, Hutmode für Männer, deutscher Blues, Studentenwerk, Edvard Munch und Zimmermiete.

Also stand er auf, duschte, zog sich die letzte frische Wäsche der Woche an, packte die schmutzige Kleidung in einen Rucksack und genoss für einen Moment die absolute Stille des Studentenviertels, wäre er nicht gewesen, während er sein lang gestrecktes Gesicht in dem verschämten Spiegel auf der Innenseite der Schranktür betrachtete. Vielleicht war an diesem Morgen ja insgesamt alles verdreht. Synne Sager hatte ihm erlaubt, ihren Hamster zu füttern, was doch zumindest mal ein Anfang war. Dieser Morgen war also nicht nur verdreht, er war möglicherweise auch ein Anfang.

Jokum wartete auf den Anfang.

Er erinnerte sich nicht daran, wann er das letzte Mal auf einen Anfang gewartet hatte.

Währenddessen las er einen Roman, *Den befridde Menneske*, Der befreite Mensch, von Pär Lagerkvist, und kam schnell wieder auf den Boden der Tatsachen zurück. Nach einem vielversprechenden Einstieg enttäuschte der Nobelpreisträger mit simplen Lebensweisheiten. Was soll man beispielsweise davon halten: *Ich verkehre viel mit Wolken. Sie sind meine Gesellschaft, meine Vertrauten, will ich behaupten, sie vertrauen sich mir an.* Wenig, sehr wenig. Was wusste Pär Lagerkvist wohl über Wolken, das Jokum nicht besser wusste? Als er nicht länger warten wollte, warf er sich den Rucksack auf den Rücken und ging, wie es für jeden Sonntag abgemacht war, hinunter zu seinem Elternhaus. Aber er machte einen Umweg, genauer gesagt ging er zum Sankthanshaugen und weiter zu dem, was als Oslos Zentrum galt. Der Himmel war bedeckt und warf einen weichen blauen Schatten über die Straßen, die verlassen dalagen. Kaum ein Mensch war zu sehen, nur ein älteres Ehepaar auf einer Bank, sie waren wohl in der Kirche gewesen, und jetzt genossen sie ihre Wartezeit. Jokum beneidete sie. Und hier ist der Punkt, an dem der moderne Leser daran erinnert werden muss, und mit *moderner* Leser – natürlich auch Leserin – meine ich alle, die nach 1993 geboren wurden, als das GPS-Netz entstand und Handys zum Allgemeingut wurden, also lange vor der großen Epoche des Nachtlebens. Damals gab es Speisepflicht und Krawattenzwang in den Restaurants, dafür war es erlaubt, auch drinnen zu rauchen. Ein Taxi hieß noch Droschke, man konnte sie direkt an den Taxiständen bestellen, entweder von zu Hause oder von einer Telefonzelle aus, und die Fahrer besaßen zwei Uniformen, eine für den Winter und eine für den Sommer, am 1. Juni hängten sie den blaugrünen Anzug in den Schrank und wechselten zu grauer Flanellhose und einem hellblauen Hemd mit kurzen Ärmeln. In der Holmenkollbanen gab es zwei Klassen, die erste und die zweite, aber es gab nur ein Fernsehprogramm. Ein Fluss teilte Oslo in zwei Teile, in Ost und West, West und Ost, und die Leute blieben größtenteils auf ihrer Seite, abgesehen von einzelnen unzufriedenen und ehrgeizigen Überläufern, die nicht wussten, welchen Weg sie gehen sollten. Christiania Spigerverk arbeitete, und in Akers Mekaniske Verksted wurden noch Schiffe gebaut und repariert. Das Geräusch der

Hammer war das Kirchengeläut des Arbeitslebens. Man bezahlte in bar und schrieb mit der Hand oder mit der Schreibmaschine. Nichts davon ging Jokum durch den Kopf, streifte ihn nicht einmal, denn er nahm alles, wie es alle zu der Zeit taten, als selbstverständlich hin. Ich möchte das unterstreichen: Jede Zeit ist modern. Warum sollten die Taxifahrer nicht zwei Uniformen haben? Warum sollte eine an einem Fjord gelegene Hauptstadt keine Werft haben? Warum sollte ein Unternehmen keine Befestigungsteile wie Nägel und Schrauben produzieren? Wie hätte man denn sonst alles zusammenhalten sollen? Und durfte man etwa nicht mit ehrlichem Geld bezahlen? Außerdem hatte Jokum, wie bereits erwähnt, genug anderes zu überdenken. Übrigens wurde sonntags kein Schnaps serviert. Mit anderen Worten: Das lichtscheue Gesindel blieb besser in seinem Unterschlupf, während die Aufstrebenden Ausflüge unternahmen in das, was man Wald und Wiese nennt, nicht nur eine Topographie, sondern genauso sehr ein norwegischer Seelenzustand. Deshalb diese unmissverständliche Sehnsucht in den Straßenschluchten. Doch auch diese legte gemeinsam mit dem milden blauen Schatten eine Ruhe über die Stadt, trotz der Politik der heftigen Winde, eine Art verstaubte Ruhe, die nicht wiederhergestellt werden kann, wenn es sie nicht mehr gibt. Und es gibt sie nicht mehr.

Hier ging also Jokum Jokumsen, sowohl in eigenen Gedanken als auch in den Gedanken anderer, im April 1976, und er machte große Schritte, versuchte dabei aber die ganze Zeit, sie zu verkleinern, aber dann sähe es aus, als würde er trippeln, und Jokum wollte auf keinen Fall trippeln. Es gab so viel, in das er sich fügen musste. Eine Mühsal ohne Ende. Wenn die anderen nur wüssten, wie viele Überstunden ein derartiger Körper beanspruchte. Er war auf dem Weg zur Nationalgalerie. Das war kein Irrweg, auch wenn es ein Umweg war. Um halb drei Uhr ließ er seinen Rucksack an der Garderobe zurück und stieg die breite Treppe zum ersten Stock hinauf. Die Säle lagen öd und verlassen da, wie die Straßen draußen. Er konnte nicht finden, was er suchte, stattdessen fand er einen Wachmann, eine in sich zusammengesunkene, verschlafene Gestalt, die an der Ecke zwischen Tidemann und Gude saß. Jokum musste sich hinknien und gleichzeitig die Stimme heben, um ihm eine Reaktion zu entlocken.

»Wo finde ich den Männerakt von Johan Gørbitz?«

»Der hängt im Dunkeln.«

»Im Dunkeln?«

»Unten im Magazin.«

»Kann man dorthin kommen?«

»Ist das so wichtig für Sie?«

»Ja. Es geht um Leben und Tod.«

»Leben und Tod? An einem Sonntag?«

»Zumindest um Sein oder Nichtsein.«

»Sie müssen mir schon einen besseren Grund nennen, um mich zu überzeugen.«

»Es geht um die Gunst eines Mädchens.«

»Ich werde sehen, was ich machen kann.«

Der Wachmann stand auf und verschwand zwischen den Impressionisten. Jokum setzte sich auf seinen Hocker. Er blieb lange Zeit dort sitzen. So fühlte es sich also an, Wachmann in der Nationalgalerie zu sein, dachte er. Er versuchte, sich eine Zukunft hier vorzustellen, auf diesem Hocker, wäre das was? Denn bei allem, was Jokum so beschäftigte, nahm die Zukunft den geringsten Raum ein. Er war jetzt fast 22 Jahre alt, und eine Zukunft gab es nicht, höchstens als eine Reihe von Negativem: Er wollte *nicht* in die Fußstapfen seines Vaters treten. Er wollte *nichts* werden, wo er stehen musste. Er wollte *kein* Wettkampfgeher werden. Nicht einmal Geld, also Gehalt kreiste in seinen Gedanken, und vielleicht ist ja diese grundlegende Gedankenlosigkeit die Signatur seiner Generation, eine Signatur, die einige als Freiheit lasen oder deuteten. Doch Arve Storvik kam der Wahrheit sicher näher, als er im »Defizit-Blues« auf der LP *Wasserscheide* sang: *Es ist Ausverkauf, Ausverkauf, Sonderangebote ohne Zahl/So viel ist im Angebot, da bleibt dir keine Wahl.*

Jokum war kurz davor einzuschlafen, als hätte er bereits den Tagesrhythmus des Wächters übernommen, und während er in diesen feinen dünnen Drähten hing, die das Vorspiel des Schlafs darstellten, den Schlummer, überlegte er, was eigentlich der größte Unterschied zwischen einem Museum und einer Bibliothek war. Es konnte nur die Zeit sein. Steht man vor einem Buch, dann steht man vor einem geschlossenen Raum. Der Buchdeckel ist die Tür. Ein Bild dagegen ist ein Fenster, eine Aussicht, die offen vor einem liegt. Deshalb ist nicht nur das Erleben ein anderes, die Erfahrung der Beugung der Zeit oder der *Gradeinteilungen* der Zeit wird offensichtlich. Eine Bibliothek ist ein Wartezimmer. Ein Museum ist ein Proberaum. Jokum war ganz und gar nicht zufrieden mit dieser Entwicklung seiner Gedanken und wollte noch einmal von vorn anfangen, bei der Tatsache, dass die Zeit in einem Museum eine andere Präsenz hat als in einer Bibliothek, doch da kam der echte Wachmann zurück, und er brachte gute Neuigkeiten. Eine Kuratorin machte Überstunden, man bereitete die große Ludvig-Karsten-Ausstellung im Herbst vor, und sie war bereit, Jokum das gewünschte Gemälde zu zeigen. Der Wachmann brachte ihn hinunter in den Keller. Dort wartete die Kuratorin, eine ältere Dame. Sie trug einen weißen Kittel, weiße Handschuhe und eine Brille mit zwei winzigen Lämpchen oder Leuchten, die seitlich an den Brillengläsern befestigt waren. Sie sah aus wie ein Chirurg und führte Jokum weiter in das Magazin, das auch das Dunkel genannt wurde. Auf beiden Seiten standen Regale, in denen die Bilder, die kein Tageslicht vertrugen, dicht an dicht hingen. Jokum erschien die Nationalgalerie wie ein Eisberg – der größte Teil der Kunst war nicht sichtbar. Die Kuratorin blieb vor einem der hintersten Regale stehen und zog es heraus.

»Hier haben wir unseren Stabhochspringer«, sagte sie.

»Stabhochspringer?«

»Ach, so nennen wir ihn nur.«

Jokum fand das ziemlich respektlos, aber er war selbst sprachlos beim Anblick von Johan Gørbitz' *Männlicher Akt*: Eine beeindruckende schlanke, glatte Gestalt, nackt, abgesehen von einem weißen Tuch oder was auch immer das war um den Penis, eine ästhetische Scheu, die Jokum zu schätzen wusste. Die Gestalt stützte sich mit einem leichten Knick in der Hüfte und den Knien auf einen dünnen Stock, der offensichtlich zu seinem Spitznamen hier unten im Dunkel geführt hatte. Es war unmöglich zu sagen, wie groß er wirklich war, da es sonst nichts auf dem Bild gab, an dem man ihn hätte messen können, aber groß war er, das war sicher, es schien, als wüchse er ins Unendliche, ja, in das Unendliche innerhalb seines Rahmens. Jokum hatte schon Schlechteres gesehen, auch wenn ihn das kleine Tuch langsam zu stören begann. Es irritierte ganz einfach. Statt abzulenken, führte es die Gedanken genau dorthin. Andererseits, ohne Tuch hätte der Mann vielleicht einen ganz anderen Eindruck gemacht, der weniger vorteilhaft gewesen wäre, deshalb beschloss Jokum schließlich, dieses Tüchlein um den Penis zu ignorieren. Und er musste fast zugeben, dass er gar nicht so schlecht davonkam, wenn Synne Sager tatsächlich eine Ähnlichkeit oder eine Art Verwandtschaft zwischen ihm und diesem Mann sah. Nun war Jokum nicht geübt darin zu konstatieren, ob ein Mann schön oder hübsch war, so etwas machte ihn eher unruhig, aber er kam nicht umhin, er musste diese Gestalt bewundern, und war es nicht genau das, was Jokum sein wollte, groß und erhaben? Wollte er nicht als groß und erhaben angesehen werden? Doch, genau das.

»Was halten Sie vom Stabhochspringer?«, fragte die Kuratorin.

»Interessant«, antwortete Jokum.

»Interessant?«

»Er ist, wie soll ich sagen, groß und erhaben.«

Die Kuratorin schmunzelte.

»Warum sind Sie eigentlich so interessiert an diesem Bild? Es hat noch nie jemand danach gefragt.«

Jokum überlegte, dass er ja das Gleiche sagen könnte, was er schon dem Wachmann gegenüber gesagt hatte, da hatte es ja auch funktioniert. Doch im letzten Moment fiel ihm ein, dass er einer Frau gegenüberstand, vielleicht würde der Ausdruck *um die Gunst eines Mädchens* bei ihr auf nicht den gleichen fruchtbaren Boden fallen. Doch bevor er überhaupt etwas hatte äußern können, warf sie ihm einen Blick zu und ließ diesen dann über ihn wandern. Jokum wusste sofort Bescheid.

»Ich verstehe«, sagte sie.

Was verstand sie? Es war ihm bereits klar. Und es quälte Jokum, dieses Einverständnis, als wäre man über etwas übereingekommen, als würde er nur über seine Größe definiert werden. Könnte diese Kuratorin nicht einfach die Lampen an ihrer Brille einschalten, sich näher zu ihm vorbeugen und dann seine Seele betrachten, auch wenn sich herausstellen sollte, dass sie nur ein kleiner Fleck war? In ihrem weißen Anzug war sie eher Wissenschaft als Kunst.

»Warum hängt er hier unten?«, fragte Jokum.

»Sonst ist nirgends Platz für ihn.«

Für Jokum klang das nahezu wie ein Urteil über ihn selbst. Er war dazu verurteilt, abgelegt zu werden. Aber kommt es denn nur auf diesen Punkt an, auf den Platz, darauf, dass uns mehr übergeben wird, als wir Platz haben? Ist es nicht auch so, dass Dinge, die zu ihrer Zeit leuchteten, mit den Jahren ihren Glanz verlieren und in den Schatten gestellt werden, in den Keller, ins Dunkel, was aber gleichzeitig, jetzt in Form von Zukunft, auch das hervorheben und sichtbar machen kann, dem zunächst nur mit Spott oder geschlossenen Augen begegnet wurde? Es war ein Trost. *Zu seinem Recht kommen.* Wie sieht die Rechnung aus? Es bleibt nur festzustellen, dass das meiste, das allermeiste in Vergessenheit gerät, und schlimmer als das, es endet nicht einmal dort, in der Vergessenheit, es ist nie erinnert worden.

Wie auch immer, dieser Stabhochspringer war in diesem Augenblick über die Latte der Zeit gesprungen, ohne zu reißen und hatte einen Platz in Jokum Jokumsens Licht erlangt.

»Danke«, sagte dieser.

Dann holte Jokum den Rucksack mit der schmutzigen Wäsche wieder ab und ging erhobenen Hauptes, ja, das tat er, er ging erhobenen Hauptes den Drammensveien entlang. Dass es Dinge gibt, dachte er, die noch nicht gefunden worden sind, macht das Leben trotz allem lebenswert, auch wenn dafür viel gesammelt werden muss. Unter der alten Uhr der Versicherungsgesellschaft Gjensidige, die drei Minuten vor vier zeigte, traf er zum zweiten Mal an diesem Tag eine Entscheidung, und diese Entscheidung war eine Folge der ersten, nämlich seinem Besuch der Nationalgalerie. Es geht also immer darum, eine Entscheidung zu treffen. Und man kann sich auch erst umentscheiden, wenn man sich entschieden hat, was er aber gar nicht vorhatte. Er hatte sich entschieden. Er trug den Kopf hoch. Als er nach Skillebekk kam, zögerte er nicht, sondern duckte sich in die Telefonzelle, die vor dem kleinen dreieckigen Park stand, dem Park mit Springbrunnen und Bänken, der damals Olaf Bulls plass hieß. Und ich kann gar nicht dick genug unterstreichen, wie wenige Möglichkeiten es in dieser Epoche tatsächlich gab, wenn man etwas auf dem Herzen hatte und es jemandem mitteilen wollte, und die Person, der man es mitteilen wollte, nicht anwesend war. Es gab nur Telegramm, Brief oder Telefon, entweder zu Hause, am Arbeitsplatz, das was heute verächtlich *Festanschluss* genannt wird, oder wie in diesem Fall in einem roten, engen Kasten, einer Art Kiste aus Metall und Glas, ausgestattet mit einem kleinen Regal, einer Informationstafel, dem Telefonbuch und natürlich dem Telefon, entworfen 1932 von dem Architekten Georg Fredrik Fasting und in regelmäßigen oder unregelmäßigen Abständen im ganzen Land aufgestellt, vor allem in den Städten. Es gab bis zu 6000 derartige Telefonzellen, die in Betrieb waren. Doch 1997 war damit Schluss. Die meisten waren von sprachlosen Vandalen so zerstört worden, dass die Behörde für Denkmalschutz beschloss, die letzten 100 unter Schutz zu stellen, man wollte sie sogar auf die Unesco-Welterbe-Liste setzen. Ach, hätte man doch auch die Gespräche unter Denkmalschutz stellen können, diese akustischen Fäden, die das Land mittels seltener, kostbarer Knoten miteinander verband! Diese sehr begrenzte und erdverbundene Auswahl an Kanälen führte dazu, dass einem vieles auf der Seele brannte, doch dadurch wurden auch viele Missverständnisse vermieden. Insgesamt möchte ich behaupten, dass es von Vorteil war. Man musste sich bescheiden, wenn es darum ging, dass man etwas auf dem Herzen hatte, eine Bescheidenheit, die sich widerspiegelte – vielleicht war es auch umgekehrt, denn was sich worin spiegelt, ist oft nur schwer zu sagen, aber ich versuche es dennoch: diese Bescheidenheit, die sich in der Nüchternheit widerspiegelte, die immer noch die Unterhaltung, die Haushaltung und nicht zuletzt die Haltung prägte. Mit anderen Worten: man lief nicht über, man gab nicht zu viel von sich selbst preis. Man lebte in einer *unausgesprochenen* Gesellschaft und hatte deshalb mehr zu sagen, wenn man es erst einmal sagte. Jokum holte vier Kronenstücke aus seinem Portemonnaie, es sollte ja trotz allem eine Weile dauern, legte sie in die Rille, rief in der Sogn Studentby, Wohnung 312 an und hoffte, dass Synne Sager antwortete und nicht einer der anderen Schwachköpfe, die ihn höchstwahrscheinlich lang und breit mit fröhlichen Gesängen oder den schärfsten Parolen von der Gewerkschaftsfront aufhalten würden, denn schließlich näherte sich der Tag der Arbeit. Es war Synne. Und dieses Gespräch steht hiermit unter Denkmalschutz und gehört zum Welterbe:

»Hallo, hier ist Jokum.«

»Hallo, Jokum. Mit wem von uns möchtest du sprechen?«

»Mit dir.«

Jokum war nicht gut genug vorbereitet, das wurde ihm jetzt klar. Er suchte nach den richtigen Worten und fand sie nicht sofort. Aber hätte er sich gut genug vorbereitet, dann hätte er vermutlich nicht angerufen. Die zweite Krone kullerte in den Bauch der Nachrichten.

»Bist du noch dran, Jokum?«

»Ja. Ich stehe in der Telefonzelle in Skillebekk.«

»Ja?«

»Ja. Und ich habe noch nie von hier aus telefoniert, obwohl ich gleich in der Nähe aufgewachsen bin. Ich kann von hier aus fast das Fenster meines Kinderzimmers sehen.«

»Dann wäre es ja auch nicht nötig gewesen, in die Telefonzelle zu gehen. Dann könntest du ja von zu Hause aus telefonieren.«

»Da hast du recht.«

Noch eine Krone verschwand. Ein Taxi hielt gleich neben der

Zelle an und setzte einen älteren Mann ab, der einen Kranz trug. Er muss sich geirrt haben, dachte Jokum, das hier ist nicht der Friedhof, das ist der Olaf Bulls plass. Der Mann setzte sich auf die einzige Bank und hielt den Kranz in beiden Händen, ungefähr wie ein Lenkrad.

»Aber warum rufst du jetzt aus der Telefonzelle an, Jokum?«

»Um dich zu fragen, ob du Hunger hast.«

»Hunger? Muss ich erst mal überlegen. Und in der Zwischenzeit kannst du mir ja erklären, warum du mich fragst, ob ich Hunger habe.«

»Weil ich gleich zu meinen Eltern zum Essen gehe. Und dort gibt es immer viel zu viel zu essen.«

»Ist das deine Art, mich zum Essen einzuladen, Jokumsen?«

»Ja, so kann man das wohl sagen. Übrigens – ich habe jetzt keine Münzen mehr.«

»Ich komme gleich. Wo treffen wir uns?«

»Hier. An der Telefonzelle von Skillebekk.«

Jokum hängte den Hörer ein, bevor sie sich anders entscheiden konnte, denn wie gesagt ist es immer möglich, sich anders zu entscheiden, wenn man sich erst einmal entschieden hat, und gleichzeitig rettete er die letzte Münze, die er brauchte, um zu Hause anzurufen. Die Mutter nahm den Hörer ab. Ihm kam der Gedanke, dass sie ja eigentlich nur das Fenster hätte öffnen müssen, dann hätten sie kostenlos miteinander sprechen können.

»Jokumsen, guten Tag!«

»Ich bin es.«

Sofort klang die Stimme der Mutter beunruhigt. So ein Anruf bedeutete nichts anderes als gute oder schlechte Nachrichten.

»Es ist doch nichts passiert, Jokum. Du bist doch nicht…«

»Nein, nein. Es ist nichts passiert. Ich wollte nur sagen, dass ich jemanden zum Essen mitbringe.«

»Wie schön! Und wer ist jemand, Jokum?«

»Synne Sager. Die in dem Zimmer neben mir wohnt.«

Jokum hörte, wie seine Mutter sich umdrehte und durch die

Wohnung dem Vater zurief: *Jokum bringt ein Mädchen mit!* Und der Vater rief zurück. *Sind sie hier?* Jokum bereute alles bereits. Und zu bereuen heißt nicht, dass man sich anders entscheiden kann. Jetzt war er an der Reihe zu rufen:

»Mutter! Ich möchte es nur sagen: Komm auf keine dummen Gedanken!«

»Aber natürlich komme ich auf keine dummen Gedanken. Wie kannst du nur …«

»Und bitte benutze nicht diese albernen Kosenamen!«

»Du bist nur etwas nervös, Jokum. Ist ja auch kein Wunder.«

»Ich bin nicht nervös! Warum sollte ich nervös sein?«

»Weil du zum ersten Mal ein Mädchen mit nach Hause bringst.«

Jokum hörte seinen Vater im Hintergrund *Na, dann sind die beiden herzlich willkommen* sagen. Er legte auf, oder richtiger, er hängte den Hörer an seinen Platz. Es stimmte. Er hatte bisher noch nie ein Mädchen mit nach Hause gebracht. Was sagte das über Jokum aus? Es besagte, dass er noch nie genug Mut gehabt hatte, jemanden zu fragen, weil er wohl damit rechnete, dass die Antwort ein Nein sein würde, und warum sollte er sich so einer Demütigung aussetzen? Vielleicht lag es aber auch daran, dass sich die Gelegenheit einfach noch nie geboten hatte, bis zu diesem Zeitpunkt, und es brauchte also 22 Jahre, einen Hamster und einen männlichen Akt von 1867, um ihn dazu zu bringen, ein Mädchen zu fragen, ob sie mitkomme zu seinen Eltern, das dann auch noch Ja sagte. Ich musste erst zu Hause ausziehen, bevor ich ein Mädchen nach Hause einladen konnte, dachte Jokum und bückte sich, als er aus der Telefonzelle trat. Der Mann mit dem Kranz saß immer noch auf der Bank und verfolgte ihn mit seinem Blick. Jokum setzte sich auf den äußersten Rand, so weit wie möglich von dem Mann entfernt, und in den Schatten eines Baums, falls die Eltern auf die Idee kommen sollten, auf den Balkon zu gehen und nach ihm Ausschau zu halten. Warum er nicht wollte, dass sie ihn sahen, wusste er nicht, vielleicht weil er hier auf Synne wartete, und diesen speziellen Moment oder Zeitraum, den wollte er für sich allein haben. Doch es war ihm nicht vergönnt. Den Rucksack ließ er auf dem Boden stehen. Er hätte es gern gehabt, dass jemand die Skulptur entfernt hätte, die mitten auf dem Springbrunnen stand und die Nabe des Olaf Bulls plass bildete. Wie kann jemand überhaupt auf die Idee kommen, so etwas zu erschaffen? Es muss Monate oder gar Jahre gedauert haben, was bedeutete, dass man reichlich Zeit gehabt hatte, sich umzuentscheiden. Diese Skulptur stellte einen nackten Jungen dar, der verzweifelt versuchte, sich aus den Klauen einer kräftigen Meerjungfrau zu befreien. Wer kam auf so eine Idee? Und nicht nur das, sondern auch noch darauf, sie auszuführen? Hätte man nicht einfach den Springbrunnen in Ruhe lassen können und ihn einfach einen Springbrunnen mit fließendem Wasser sein lassen? Im Volksmund wurde er *das Haar in der Suppe* genannt. Übrigens kann man in Skillebekk die Schiffe hören, die auf dem Weg in den oder aus dem Fjord sind, man kann die Züge hören, die auf dem Weg zur Vestbanestasjonen sind, und die Güterzüge, die weiter über Rådhusplassen vest fahren, und man kann auch die Niethammer von Akers Mek hören, das Glockenspiel der Werft, wenn man im April 1976 dort saß, wo Jokum saß. Jetzt war es still. Schließlich war es Sonntag. Selbst der Fahrplan der Straßenbahn befahl Stille. Da brach der alte Mann sie, wie man ein Brot bricht und die Krümel herumspringen lässt.

»Du fragst dich wohl, warum ich hier mit einem Kranz sitze?«, fragte er.

»Nicht direkt«, antwortete Jokum.

»Na, dann nicht. Aber ich erzähle es dir trotzdem. Und du kannst gern gehen, bevor ich damit anfange. Oder zuhören, während du sowieso wartest.«

Jokum blieb sitzen. Der Mann rückte näher.

»Du wartest auf deinen Schatz, nicht wahr?«

»Kann schon sein.«

»Dann kannst du dich gleich schon mal ans Warten gewöhnen. Denn es wird viel Wartezeit für dich geben. Glaub mir! Ich weiß, wovon ich rede. Und das ist nicht alles. Du musst auch lernen, dich zu ducken. Du musst lernen zu entsagen!«

»Ich habe schon gelernt, mich zu ducken«, sagte Jokum.

Die Wolken zogen fort, und der Himmel, der zum Vorschein kam, sah aus wie blaues Linoleum. Der Mann wurde noch aufdringlicher. Jokum wollte ihm entgehen, aber es gab auf seiner Seite nicht genügend Platz. Natürlich hätte er den Rucksack zwischen sich und den Fremden stellen oder lieber eine Runde herumlaufen können, während er wartete. Doch jetzt war es zu spät. Und dieser Alte erinnerte Jokum plötzlich an, wie soll man es nennen, an die Deputation, die am gestrigen Morgen bei ihm zu Besuch gewesen war, oder besser: die sich die Freiheit genommen hatte, in sein Zimmer einzudringen. Er hatte sie fast vergessen, als wäre der ganze peinliche und erniedrigende Auftritt nur die Verlängerung eines Traumes mit literarischen Ambitionen gewesen. Nein, Jokum wusste nicht, warum dieser redselige und aufdringliche Alte ihn daran erinnerte, aber er wurde den Gedanken nicht los, dass er eine Art Bote war, ein Sendbote, der jetzt in Jokums kostbaren Zeitraum einbrach, um in seinen Erwartungen herumzuwühlen.

»Ja, das sehe ich«, nickte der Mann. »Dass du gelernt hast, dich zu ducken. Dass du ein Meister im Ducken bist. Genau wie…«

Er verstummte und drehte den Kranz in den Händen, einen schönen, soliden Kranz, gebunden aus Heide, Tanne und Mistelzweigen. Jokum hoffte, er würde jetzt und für alle Zeiten den Mund halten oder seines Weges gehen, auf den Friedhof, wo er hingehörte, aber dennoch fragte er:

»Genau wie?«

»Genau wie ich.«

»Sie? Ich finde, Sie wirken doch ziemlich aufrecht. Trotz Ihres Alters.«

Der Mann sprang auf, und es sah aus, als wollte er zu Boden stürzen. Doch er hielt sich am Kranz fest, denn so ein Kranz ist kein Lenkrad für die Toten, nein, es sind die Lebenden, die Überlebenden, die ihre Trauer und ihre Gefühle in die richtige Richtung lenken müssen.

»Guck her! Sieh mich an!«

Jokum schaute widerstrebend auf den klapprigen, aber immer noch aufrecht stehenden Mann, und das, was er sah, gefiel ihm nicht. In diesem unumgänglichen Licht, nachdem die Wolken sich verzogen hatten und die Schatten in die glänzenden Straßenbahnschienen geronnen waren, schien sein schwarzer Anzug fast durchscheinend zu sein, und unter dem dünnen Stoff erahnte Jokum das Skelett, und von der dritten Rippe hing eine Uhr, eine goldene Uhr an der Kette, zehn vor halb fünf, er hoffte, dass Synne bald käme. Sie hatte gesagt, sie komme bald. Vielleicht hatte sie das nur so gesagt? Und wann ist bald?

»Ich sehe«, sagte Jokum.

»Es ist zwanzig Jahre her, seit meine Frau gestorben ist. Auf den Tag genau! Und jedes Jahr habe ich einen Kranz auf ihr Grab gelegt! Aber jetzt ertrage ich es nicht mehr. Sie verdient ihn nicht. Nimm du ihn!«

Der Mann gab Jokum den Kranz, ging entschlossen zu einem Taxi, das an dem Taxistand vor dem Rikstrygdeverket stand, und verschwand in ihm. Und da saß Jokum also mit einem fremden Kranz im Schoß. Er wollte ihn nicht haben. Was sollte Jokum mit einem Kranz? Er kannte keine Toten. Der Tod gehörte den anderen. Aber wegwerfen konnte er ihn auch nicht. Es war wie verhext. Er wartete mit einem Kranz im Arm auf Synne Sager. Doch statt diese Zeit nur mit dem Warten zu verbringen, dem Warten auf das Ungewisse, *ich komme gleich,* möchte ich die Gelegenheit lieber dazu nutzen, ein paar Worte zu Jokums Eltern zu sagen, die auch warteten, sie warteten auf ihren einzigen Sohn, der gesagt hatte, er brächte an diesem Sonntag ein Mädchen zum Essen mit, und jetzt war er, oder waren es die beiden, bereits eine Viertelstunde verspätet. Denn die Wartezeit in einer Geschichte ist wie ein offener Platz in der Stadt, hier kann man stehen, oder besser sitzen, ruhig sitzen und sich trotzdem bewegen.

Lassen Sie mich mit Lauritz Jokumsen beginnen, der den Körper einer Stadt folgendermaßen bezeichnete: *Die Stadt ist die Beziehung zwischen der Ausdehnung im Raum und den Ereignissen in ihrer*

Vergangenheit. Von Beruf war er Vermesser. Was nicht zu verwechseln ist mit einem Landvermesser. Übrigens wurde er 1922 in Birkerød geboren, gleich nördlich von Kopenhagen, wo der Vater zuerst Briefträger und Postverteiler gewesen war und davon träumte, eine Arbeitsstelle in Warnemunde in Kopenhagen zu bekommen, wo die große ausländische Post sortiert wurde. Später stieg er zum Postmeister im Landkreis auf und gab sich damit zufrieden. Es war natürlich lange davon ausgegangen worden, dass Lauritz in seine Fußstapfen treten sollte, wortwörtlich gemeint, doch schon sehr früh, manche behaupten, er war nicht älter als sieben, da wurde sein Interesse in anderen Bereichen geweckt. Lauritz' Leidenschaft wurden *Abstände*. Und dabei dreht es sich nicht um geographische Abstände, beispielsweise, wie weit es von Birkerød nach Kopenhagen ist, sondern um die Abstände zwischen den Straßen auf der Poststrecke, was ihn übrigens zu einem ausgezeichneten Briefträger hätte werden lassen, nein, es drehte sich um solche Abstände, die man nicht mit bloßem Auge sehen kann, die er später *die nahen Abstände* nannte. Dazu kann ich erwähnen: der Abstand zwischen den Tischen im Klassenzimmer, der Abstand zwischen dem Fahnenmast und dem Tor zum Schulhof, der Abstand zwischen Bett und Fenster in seinem Zimmer und last but not least, der Abstand zwischen dem Fenster und dem Giebel des Hauses nebenan. Wenn die Sonne schien, konnte Lauritz stundenlang einfach dort stehen. Was betrachtete er? Was hatte sein Interesse geweckt? Das würde sich später herausstellen: Er war fasziniert von *Licht*. Für ihn war der Abstand eins mit Licht. Seine Eltern machten sich mittlerweile Sorgen, besonders die Mutter, die sich zum Schluss keinen Rat mehr wusste. Sie war drei Tage die Woche zu Hause, an zwei Tagen, dienstags und samstags, servierte sie im Hotel Birkerø Kro. Sie war es übrigens, die dem Sohn seine zweite Leidenschaft bescherte, nämlich die für Storm P., den Zeichner, Maler, Schauspieler, Humoristen und Schriftsteller, aber in erster Linie Clown des Blatts Papier und des Augenblicks, und sie machte sich deshalb Vorwürfe, lag es an Storm P. und damit an ihr, dass ihr Sohn am Fenster stand, eine

Stunde nach der anderen, so in sich versunken und gleichzeitig hellwach, dass er vollkommen abwesend erschien und das Nichts im Auge behielt? Es war nämlich so, dass Storm P. bei mehreren Anlässen im Hotel Birkerød aufgetreten war, als Schnellzeichner, der Mann, der was auch immer und wen auch immer im Vorbeiziehen eines Moments zeichnen konnte. Das Publikum traute kaum seinen Augen, und das war Storm P.s Triumph: Sie mussten seinem Blick vertrauen. Er schaute für sie. 1930 nahm die Mutter den Sohn mit in Det Kongelige Teater in Kopenhagen, wo er im Alter von acht Jahren seiner ersten und letzten Oper beiwohnte, nämlich *Benzin* von Storm P., die auch dessen erste und letzte Oper war, und nicht das allein, die Aufführung wurde nach dem ersten Abend, der damit auch der letzte war, vom Spielplan gestrichen. Die Zeitungen hatten bereits die Überschriften parat: *Fiasko*. Lauritz und seine Mutter standen die halbe Nacht vor dem Künstlereingang und warteten, um ein Autogramm von Storm P. zu bekommen, doch zu Lauritz' großer Enttäuschung kam er nicht heraus. Was wusste Lauritz schon über Storm P.s noch größere Enttäuschung? Der schrieb übrigens Folgendes: *Humor ist, wenn man trotzdem lacht.* Doch wo verläuft die Grenze zwischen Interesse und fixer Idee? Wie groß ist der Abstand? Es ist nicht an uns, das zu entscheiden, auch nicht an Lauritz, denn seine Maßeinheit waren Meter, Dezimeter, Zentimeter und Millimeter, nicht im übertragenen Sinne, wo letztendlich alles nur eine Schätzung ist. Er verfolgte auch emsig alles, was man über die Arbeit an Jens Olsens sogenannter *Weltuhr* schrieb, die viele Jahre später im Rathaus von Kopenhagen ausgestellt wurde. Es sollte ein feinjustiertes Monstrum werden, das die Zeit überall auf der Welt zu haargenau derselben Zeit zeigen sollte. Was kaum zu glauben war. Die Weltuhr bestand aus zwölf selbstständigen Werken und 14 000 Teilen. Das größte Zahnrad würde 25 000 Jahre für eine Umdrehung brauchen, und die Abweichung wurde auf 0,1 Sekunden pro Jahrhundert berechnet. Die Weltuhr musste nur einmal in der Woche aufgezogen werden. Wäre das wohl etwas für Lauritz Jokumsen? Dann könnte er Herr über Zeit und Raum werden. Schließlich ging seine Mutter mit ihm zum Doktor. Der Arzt, ein Mediziner der alten Schule, meinte, ihre Sorgen seien nervöser Art und grundlos. Es gebe einen schlimmeren Zeitvertreib für einen Jungen, als im Sonnenschein am Fenster zu stehen und von großen Erfindungen zu träumen. Aber das sei ja nicht alles, klagte die Mutter. Er stelle die Tische im Klassenzimmer um. Er schiebe das Bett an die andere Wand. Der Doktor dachte lange nach. Gab es etwa einen Zusammenhang zwischen diesen Auffälligkeiten? Er sah keinen Zusammenhang und schlug deshalb vor: Lassen Sie uns hören, was Lauritz selbst zu sagen hat. Sie schauten den Jungen erwartungsvoll an. Schließlich sagte Lauritz: *Ich passe auf.* Worauf passte er auf? Dafür fand Lauritz noch nicht die richtigen Worte, es waren nur vage Vorstellungen, platziert entlang des Weges der Sonne auf dem Hinterhof. Er hätte sagen können: *Ich passe auf, dass die Schatten nicht näher kommen.* Er sagte: *2.01 Meter.* Daraus wurde keiner schlauer. Aber der Arzt war ein nüchterner Mann, der sich nicht so schnell geschlagen gab. Er schrieb ein Rezept aus, eines, das er für alle Jungen ausschrieb, aus denen er nicht schlau wurde: *Maurerlehre.* Und so kam es. Lauritz musste sich damit begnügen, Herr über den Raum, nicht über die Zeit zu sein. Er erbte nicht die rote Jacke des dänischen Postwesens – zur Enttäuschung seines Vaters –, stattdessen fuhr er nach dem Gymnasium nach Kopenhagen und kaufte sich in Nørrebro eine Arbeitshose aus Moleskin, ein blau gestreiftes Hemd, eine Mütze und Holzschuhe mit gefüttertem Leder über dem Rist. Später sägte er das sogenannte Nashorn des Holzschuhs ab, damit er die äußeren Leitern einfacher hinaufsteigen konnte, die sogenannten Laufbrücken, bei denen der Abstand, ja, der Abstand zwischen den Sprossen nur klein war. So ging Lauritz in die Lehre, in Amager und Klampenborg, in Cort Adelers gate und Julianehåbs vei. Ein älterer Geselle zeigte ihm die ersten, schwierigen Griffe, damit die Ziegelsteine ganz genau übereinander und nebeneinander lagen. Und 1939 bekam Lauritz selbst seinen Gesellenbrief:

Hiermit wird bestätigt, dass Lauritz Jokumsen, geb. am 4.8. 1922 in Birkerød und sich in der Lehre befindend vom 31.7. 1936 bis zum

5.3. 1940 durch eine am 5.3. 1940 abgehaltene Prüfung in Übereinstimmung mit den Gesellenprüfungen für das Maurerhandwerk vom Handelsministerium, gemäß den Bestimmungen unter § 14.3. im Gesetz über die Lehrlingsbedingungen vom 7. Mai 1937 festgesetzten Vorschriften die Gesellenprüfung im Maurerhandwerk in Kopenhagen bestanden hat. Die Prüfung bestand darin, nach einer vorher angefertigten Zeichnung Folgendes zu mauern: Eine Zwei für: 1 Stein breite Mauer (10½ Steinlängen auf dem Grund und 20 Stein hoch) mit liegender Verzahnung; in der Mitte zu beiden Seiten 1 Stein hervorspringend 1½ Stein breiter Mauerpfeiler. Vorderseite glatt gemauert; Rückseite verputzt. Kopenhagen, d. 20.3. 1940. Marius Madsen (sign.). Vorsitzender der Gesellenprüfungskommission für das Maurerhandwerk.

Aber Lauritz wollte noch einen anderen Gesellenbrief haben, er wollte die Lehre des Abstands machen. Denn eines hatte er auf den Baustellen gelernt: Es gab mehr Schatten als Sonne. Und das wollte er umkehren. Er hatte es bereits am Fenster seines Kinderzimmers studiert. Während des Krieges ging er deshalb auf die Technische Schule und vertiefte sich in das, was später *soziale Geometrie* genannt wurde. Im Frühling 1945 legte er ein ausgezeichnetes Examen ab, und als der Krieg endlich vorbei war, wurde er zum Militärdienst einberufen und in Viborg auf Jütland stationiert, in der Ingenieurskompanie. Die Garnison war einquartiert in den Gebäuden des alten Kurgebäudes Løkke, das immer noch nach Schlaf, Kampfer und Freizeit roch. Hier kaufte er sich übrigens ein Motorrad, das die Engländer zurückgelassen hatten, eine Royal Enfield, unter den Soldaten Königliche Einfalt genannt, machte den Führerschein, ausgestellt von der Nordre Birks Politikammer des Amts Kopenhagen, mit dem Recht, motorgetriebene Fahrzeuge bis zu 2500 Kilo fahren zu dürfen, und als er zwei Monate vor Dienstende dimittierte, schließlich war trotz allem Frieden in Europa, da fuhr er schnurstracks zur Kongens By, wo er einen Platz in einer Kommission bekommen hatte, zusammen mit zwei Architekten. Gemeinsam sollten sie die alten Arbeitersiedlungen in Nyhavn vermessen. Es war kein Traum, der in Erfüllung gegangen war. Es war die Wirklichkeit. So sah Lauritz Jokumsen die Sache. Er maß den Abstand zwischen Gesims und Fenstern. Er maß die Diagonalen der Hinterhöfe und die Höhe der Fassaden. Denn in den Abständen lag wie gesagt das Licht, und die Wohnungen der Zukunft sollten im Licht liegen, nicht im Schatten. Der moralische und hygienische Zustand der Gesellschaft hängt ab vom Standard der Wohnungen, ihrem Status und nicht zuletzt ihrer Lage. Wir verbringen den größten Teil unseres Lebens in Wohnungen, und deshalb sollte jede Wohnung ein Schloss sein. Das war Lauritz Jokumsens Königsgedanke: *Jede Wohnung soll ein Schloss sein.* Zumindest sollte das Licht der Sonne von zwei Seiten Zugang zu der Wohnung haben, möglichst von Süden und Osten. Ging man in diesem Frühling die Kais in Nyhavn entlang und schaute in den Himmel, dann sah man diese drei jungen Männer rittlings auf dem Giebel sitzen, in ihrer Mittagspause, mit Zigaretten und Milch, kein Bier, wie es bei den Maurern üblich war. In ihren weißen Kitteln sahen sie aus wie Engel aus der Zukunft. Und einer von ihnen hatte immer ein Maßband um den Hals hängen, auch wenn er den kleinsten Abstand mit bloßem Auge erkennen konnte. Man sagte, er hätte *den absoluten Blick.* Doch abends, in der Freizeit, die von neunzehn Uhr bis sieben Uhr am nächsten Morgen dauerte, tranken sie gern einen Becher Bier im Cap Horn, ja, es kam vor, dass sie steuerbords wie auch backbords tranken, wie es in der lokalen Sprache hieß, je nachdem, ob das Etikett auf der Flasche rot oder grün war. An so einem Abend, von denen es viele gab, auch wenn sie vielleicht nicht mehr jung und frei waren, endeten sie bei Tattoo Jack, der auch nachts geöffnet hatte und dessen Motto lautete: *Wer nicht tätowiert ist, der ist nackt.* Es herrschte große Einigkeit darüber, dass sie sich auch tätowieren lassen konnten, wenn doch ihr König himself, Fredrik IV., sich tätowieren ließ, auf beiden Oberarmen und dem Brustkasten. Ja, es war geradezu ihr Recht. Lebten sie etwa nicht in einer Demokratie? Waren sie nicht alle gleich? Am nächsten Morgen war der gute Lauritz doch ziemlich kleinlaut geworden. Schließlich hatte er einen ganzen Monatslohn für die Tätowierung ausgegeben. Und seitdem zeigte er sich vor niemandem mehr nackt, abgesehen von seiner zukünftigen Ehefrau. Jokum wusste nicht, was diese Tätowierung darstellte. Er hatte seinen Vater nie ohne Kleidung gesehen, möge Gott davor sein. Er hatte seinen Vater auch nie mit nacktem Oberkörper gesehen. Es stimmte, der Vater behielt immer ein Hemd oder ein Unterhemd an, auch wenn er auf der kleinen Veranda saß und das Licht genoss, ganz gleich, wie warm es war. Was sagt das über die Beziehung zwischen Vater und Sohn aus? Nicht mehr, als dass so etwas in dieser Epoche die Regel und nicht die Ausnahme war. Es sagt etwas über einen gewissen Abstand aus, und dieses Fach beherrschte der Vater, den Abstand zwischen Vater und Sohn, kein feindlicher oder abweisender, sondern ein einvernehmlicher, oft klärender Abstand, im Gegensatz zu der verwirrenden Intimität der Kameradschaft. Der Abstand gehörte zum guten Ton. Deshalb soll es hier gesagt werden, falls jemand etwas anderes denkt: Jokum und sein Vater hatten ein ausgezeichnetes Verhältnis, wahrscheinlich ein besseres als die meisten Väter und Söhne in dieser Zeit. Es herrschte kein Groll zwischen ihnen, auch gab es keine grundlegenden Missverständnisse. Da war nur diese Tätowierung. Aber wie dem auch sei, am letzten Arbeitstag im Juni 1946, im letzten dunklen, lichtscheuen Hinterhof, an einem ruhigen Tag mit sanftem Regen über Nyhavn, entdeckte Lauritz Jokumsen plötzlich eine Dame im Keller neben dem Taubenschlag. Er konnte sie kaum durch das niedrige, schmale Fenster erkennen, er musste näher herantreten. Er legte die Wange auf den Boden und konnte nun sehen, dass es eine junge Dame war, die in diesem Moment unverhältnismäßig alt und müde wirkte. Das blonde Haar war in einem Knoten im Nacken befestigt, und eine Spange hielt ihre hohe Stirn frei. Sie trug ein langes, schwarzes Kleid und eine weiße Jacke. Sie saß auf einem Hocker vor einer Waschschüssel und weinte. Aber es waren die Hände, die Lauritz ins Auge fielen, nicht die Tränen, die Hände, die im Schoß lagen, und sie waren es, in die er sich augenblicklich verliebte, denn an irgendeinem Punkt muss das Sich-Verlieben anfangen. Und hier

fing es an, in den Fingern, und ganz besonders im rechten Zeigefinger, auf dem sie einen Fingerhut trug, der wie eine kleine Krone
glänzte, es begann auf den Nägeln und den Gelenken, auf der Haut
des Handrückens, unter der die Adern und Sehnen zu erkennen waren, auf den strammen, festen Handflächen, der Ulna und der Radi-
alseite, in den präzisen Linien, die einander wie erleuchtete Straßen
in der Stadt der Hände kreuzten, *linea mentalis, linea cephalica* und
nicht zuletzt die Straße, auf der Lauritz sie gern bis nach Hause gebracht hätte, *linea vitalis.*

Jokum hatte nur wenige Erinnerungen an die seltenen Besuche in
Birkerød, meistens im Sommer, nur eine rote Briefträgerjacke und
eine Royal Enfield, die in einem Schuppen hinter dem niedrigen
Haus stand, in dem Vater aufgewachsen war. Ich teile diese Erinnerungen mit ihm. Manchmal durfte er auf dem Motorrad sitzen.
Er hielt den Lenker und stellte sich vor, dass die Welt an ihm vor-
beirauschte. Er stellte sich vor, dass er die Welt hinter sich ließ, und
nichts konnte besser sein. Nur, wer in dem Beiwagen sitzen sollte,
das konnte er sich nicht vorstellen.

Aber es sind die Hände von Jokums Mutter, über die ich sprechen
will: Sie wurden bewundert, wenn auch nicht in ihrer Gegenwart,
wobei ich an die Art und Weise denke, wie die Gesellschaft diese
Hände *schätzte,* aber doch wenigstens von den Menschen, die sie
kennenlernten. Das heißt: von ihren nächsten Angehörigen. Doch
ich möchte der Reihe nach vorgehen: Sie wusch nicht nur Jokums
Kleidung, sie kaufte sie auch für ihn. Nicht, um ihren Sohn zu ent-
mündigen, oder weil sie nicht einsehen wollte, dass er schon seit
Langem erwachsen geworden war, Wahlrecht hatte und Auto fahren durfte, nein, ganz im Gegenteil, aus reiner Barmherzigkeit, um
ihn vor den aufdringlichen Blicken der Verkäufer zu schützen, dem
unterdrückten, aber deutlich erkennbaren Lachen, dem herablas-
senden, resignierten Ton, wenn sie erklärten, unter Seufzen: *Leider
führen wir Ihre Größe nicht.* Im Jahreskalender für 1973 kann man
beispielsweise auf der letzten Seite, der für persönliche Notizen, folgende Einkaufsliste lesen, die vielleicht eine Ahnung von der öko-

nomischen Lage der Zeit, zumindest der Familie Jokumsen geben kann:

11/1 Hemden und Unterhemden:	*39,40*
26/4 Hose:	*98,00*
5/5 Jacke und Hose:	*317,00*
6/6 Hose:	*60,00*
26/6 Zwei Sommerpullover:	*55,00*
Strümpfe:	*3,50*
20/8 Strümpfe:	*6,00*
25/8 Weste:	*19,00*
21/9 Pullover und Hemd:	*99,00*
2/11 Schuhe und Stiefel:	*341,00*
30/11 Strickgarn:	*30,00*
6/12 Wolle:	*20,00*
SUMME – JOKUMS KLEIDUNG:	*1087,90*

Doch in erster Linie war Alfhild Jokumsen, geb. Sand, die Schneiderin ihres Sohnes. Sie kürzte, sie machte enger, und sie verlängerte. Die Nähte waren für das bloße Auge unsichtbar. Eine Hand kann, wie bekannt, in vier grundlegende Eigenschaften eingeteilt werden, der elementaren, der sensiblen, der motorischen und der beseelten. Oder auf eine einfachere Art gesagt, in die Hand der Körperarbeit und die Hand der Geistesarbeit. Deshalb kann man sagen, dass Alfhild Jokumsen alle diese Größen vereinte, denn ist das Wort Hand nicht auch in Gottes Hand enthalten? Die Sprache hat so ihren Sinn. Es gibt einen Zusammenhang, dem wir genauer zuhören sollten. Alfhild war eine Handarbeiterin, die die oftmals bitteren Mühen der Notwendigkeit auf eine Ebene des Spiels heben konnte, wo auch die Kunst in ihren besten Stunden ihr Zuhause hat. In späteren Zeiten, das heißt, nachdem Jokum, ihr einziger Sohn, flügge geworden war, erhob sie dieses Handwerk noch in weitere Höhen, nämlich zur Moral, denn sie begann mit Wohltätigkeit. Geboren wurde sie im

Februar 1925 im Rikshospital, wuchs auf in Fagerborg, Oslo, ihr Vater war Kassierer in der Bank Kreditkassen am Solli plass, und die Mutter saß die meiste Zeit mit schmerzenden Hüften in der Küche, nachdem sie alle Treppen gelaufen war, mit und ohne Wäschekorb, am schwersten natürlich treppauf, vom Waschkeller zum Trockenboden mit noch nasser Wäsche, sie musste das Gewicht des Wassers ertragen, sie musste den Preis der Reinheit bezahlen. Niemand lief häufiger die Treppen hoch und runter als die Mütter zu dieser Zeit, und meistens liefen sie nach oben. Wenn es regnete, weinte sie vor Schmerzen. Bei Blitz und Donner, nein, schon vorher, zogen diese Schmerzen bis in die Arme und Füße, sodass sie einer Ohnmacht nahe war. Sie war ein Barometer, das nur selten Sonne verkündete.

Alfhild jedoch hatte starke Arme und konnte bald, wie es heutzutage heißt, die Mutter entlasten, aber es waren wie gesagt die Endgliedmaßen an diesen Armen, die Hände, mit denen sie Aufsehen erregen sollte. Und wenn das Auge der Spiegel der Seele ist, so ist die Hand, wenn sie nur in den rechten Händen ist, das Werkzeug des Körpers und auch des Traums. Als sie fünf Jahre alt war, konnte sie blind einfädeln. Zu ihrem sechsten Geburtstag bekam sie einen Fingerhut geschenkt, der noch zu groß für die kleinen Finger war. *Du wirst schon hineinwachsen*, sagte die Mutter. Im Alter von sieben Jahren war sie eine Meisterin im Kreuzstich, mit acht stickte sie *Trautes Heim, Glück allein* und das Alphabet auswendig in kleinen und großen Buchstaben. Und noch vor ihrem neunten Geburtstag manövrierte sie Mutters Singer Featherbird wie ein Fahrer, der seinen Bugatti Grand Prix lenkte, obwohl sie kaum mit den Füßen bis ans Pedal reichte. Nachbarn kamen zu Besuch, um zu sehen, wie sie die Autobahnen der Säume entlangraste. Sie war bereits eine Meisterin bei der Saumverarbeitung, mit dem Wattierungslineal und bei der doppelten Falznaht. Sie flickte die Kniebundhosen, bevor der Schnee fiel. Sie befestigte die Posamenten an den Gardinen, wenn es auf Weihnachten zuging. Sie nähte das Futter in Vaters Hut enger, als sein Kopf während der Bankkrise in den Vereinigten Staaten schrumpfte. Klöppeln und Makramee waren ein Klacks für sie. Sie stickte Monogramme auf Taschentücher und Servietten, und sie schlang die Querfäden um die Längsfäden in den feinsten Spitzen. Ist es notwendig zu erwähnen, dass sie in Mittelschule und Gymnasium die besten Noten in Handarbeit bekam? Nein, ist es nicht. Und genauso unnötig ist der Hinweis darauf, dass sie, abgesehen von der Unterstützung ihrer Eltern, und da besonders ihrer Mutter, in genauso großem Maße ihr Land unterstützte, besonders während der Kriegsjahre, indem sie die Kleidung instand hielt, indem sie flickte und stopfte, indem sie dafür sorgte, dass wir trotz allem gut gekleidet herumlaufen konnten. Ein derartiger Einsatz darf in keiner Weise unterschätzt werden oder im Schatten dramatischerer Geschehnisse stehen, wie etwa Sabotageaktionen oder Liquidationen, was er leider doch tut, weil wir uns von dem Heldenmut des Augenblicks blenden lassen und oft die langsame, ganz gewöhnliche Pflicht übersehen. Alfhild machte ihre Abschlussprüfung im letzten Kriegsjahr, im Mai 1945. Was für eine Abiturfeier! Vom Krisenfest zum Friedensfest! Drei Tage nach der deutschen Kapitulation starb jedoch ihre Mutter, sie starb in der Küche, zwischen Waschbecken und Wäscheleine. So kurz kann die Freude währen. Sie bekam keine Medaille. Und der Vater, der Witwer, der schwermütige Kassierer, er wusste sich keinen Rat mehr, allein mit einer Tochter, doch nachdem er mit einigen Vorgesetzten in der Bank gesprochen hatte, fand er eine Lösung: eine freie Stelle als Au-pair bei einer Geschäftsbeziehung in Kopenhagen. Der Hauptkassierer konnte die Adresse nur empfehlen. Er wollte mich wohl loswerden, meinte Alfhild später lachend. Lassen Sie mich der Ordnung halber hier hinzufügen, dass der Vater 1972 im Vor Frues Hospital starb, nach einem Schlaganfall, der ihm erst das Sprachvermögen raubte, dann die Fähigkeit zu denken. Als er eine Vollmacht unterschreiben sollte, die Alfhild das Recht gab, über seine bescheidenen Mittel zu verfügen, saß er lange auf der Bettkante, den Stift in der Hand, orientierungslos und in sich versunken. Er, der mehr als 40 Jahre lang Rechnungen und Sparbücher signiert hatte, hatte seinen Namen vergessen, seinen Schriftzug. Die Hand ruhte still über dem Papier, fast alles ruhte still in ihm, wie es schien, die Augen, der schiefe Mund, die glatte Stirn, doch dann schien er sich zu lösen, er war ein Knoten, der sich löste, ein Fenster, das endlich geöffnet wurde, und er schrieb ohne zu zögern, ohne zu zittern, doch das war ein anderer Name, da stand *Lurst.* Alle beugten sich über die Vollmacht. Wer ist Lurst? Niemand kannte Lurst. Sie gaben ihm einen neuen Bogen. Das Gleiche geschah, lange Bedenkzeit, nein, nicht Bedenken, nur Wartezeit, Zweifel, Unruhe, fast Trauer im Blick, Trauer, die fast in Wut überging, dann Erleichterung, ein schräges Lächeln im Gesicht, und die Hand, die zierlich über das Papier glitt: *Lurst!* Wo war ich? Ja, Alfhild Sand lachte damals nicht, nach dem Krieg und vor allem anderen, als sie Anfang September mit der Fähre nach Dänemark fuhr, zweiter Klasse, nach Kopenhagen, zu dieser Geschäftsbeziehung, einem sehr wohlhabenden Großhändler in einer Villa am Strandvejen. Aber wie viele auch diesen Mann empfahlen, es half alles nichts. Er war nicht zu empfehlen. Und seine Ehefrau war nicht besser. Alfhild musste in einer Abstellkammer auf dem Dachboden unterkommen und die Toilette im Pförtnerhaus benutzen. Nie waren die Tischdecken glatt genug gebügelt. Nie waren die Fenster oder die Silberbestecke gut genug geputzt. Nie waren die Hemden richtig gesteift. Nie waren die Knöpfe ordentlich befestigt. Nie war etwas so, wie es sein sollte. Sie waren Sklaventreiber, und Sklaventreiber sind nie zufrieden. Das liegt in der Natur der Dinge. *Au-pair* bedeutet *auf gleichem Fuße,* aber das war Alfhild nicht, alle Götter waren Zeuge, sie befand sich unter ihrem Stiefel, und diesem kinderlosen und verbitterten Ehepaar, das kaum ein Au-pair brauchte, gefiel es, sie dort zu belassen, es bereitete ihnen ein außerordentliches Vergnügen, sie zu demütigen, das einzige Vergnügen der Unzufriedenen. Alfhild muckte trotzdem nicht auf, sie schrieb nach Hause an ihren Vater, dass es ihr gutgehe, und dabei weinte sie sich jede Nacht in den Schlaf. Nur am Sonntagvormittag, zwischen Frühstück und Mittag, hatte sie frei. Da spazierte sie den Strøget entlang und träumte sich in den Schaufenstern der geschlossenen Geschäfte weit fort, besonders vor dem Magasin du Nord. Doch damit nicht genug. Sie musste auch noch bei drei Angestellten des Großhändlers, die in Nyhavn wohnten, putzen. Drei Tage in der Woche fuhr sie mit dem Fahrrad dorthin und machte in dem Rattenloch dieser Verkäufer sauber, was war das dort nur für eine Schweinerei. Offenbar standen sie alle drei hinter dem einfachsten Tresen in der Herrenabteilung, oder aber sie verkauften Schnaps, wenn sie überhaupt irgendwo einen Platz hatten. Alfhild begegnete einem von ihnen an einem Nachmittag auf der steilen, engen Treppe, und da hatte er nichts Besseres zu tun, als ihr an die Wäsche zu gehen. Doch er kam nicht weit. Dafür aber kopfüber. Wie gesagt, sie hatte kräftige Arme. Was hatte Jokums Mutter doch einmal gesagt, und woher sie das hatte, wusste niemand: *Der Fingerhut ist der Schlagring der Frau.* Und jetzt saß Alfhild Sand, gerade mal zwanzig Jahre alt, auf dem Hocker in diesem kalten Waschkeller und weinte, aber sie weinte sich nicht in den Schlaf, sie weinte, weil sie fürchtete, die Schmerzen ihrer Mutter geerbt zu haben. Und zwar in den Hüften, den Ellenbogen und im Rücken, in den Schultern, Knien und Fingern, ja, die Finger waren angeschwollen, sie bekam den Fingerhut nicht los, er saß fest. Der Schmerz war wie bitteres Wasser, das bald den ganzen Körper erfüllte. Da hörte sie ein Geräusch, jemand klopfte an das Fenster, dieses schmale Fenster oben unter der Decke. Langsam hob sie den Blick und sah ein schräg gehaltenes Gesicht, ein rundes Gesicht mit runder Brille und einem ebenso runden Lächeln, und trotz allem musste sie lachen. *Nein, Alfhild, trotz allem musstest du lachen,* sagte Lauritz gern und oft. Übrigens konnten sie sich nie darauf einigen, ob er zu ihr hinuntergestiegen oder ob sie zu ihm hinaufgegangen war. Sie nannten sich gegenseitig Elle und Hütchen. Aber bezüglich einer Sache waren sie vollkommen einer Meinung, zumindest war Lauritz es: dass er sich den Großhändler eines Tages vorknöpfen und ihm so einiges sagen würde.

In Träumen können wir durch Wände und übers Meer sehen, wir können die Toten grüßen und denen begegnen, die noch nicht geboren wurden. In Träumen sind wir Herr über Zeit und Raum. Doch wenn wir die Augen öffnen, werden wir eingeschränkt und geblendet. Jokum hatte in seiner ganzen Länge auf der Bank geschlafen und wachte genauso lang wieder auf, und vor ihm stand Synne Sager. Soweit er im Gegenlicht erkennen konnte, trug sie ein dunkelrotes Kleid, das ihr bis zu den Knien reichte und in der Taille von einem breiten Gürtel mit Goldschnalle zusammengehalten wurde. In dieser konnte sich Jokum, wie er so dasaß, in sich zusammengesunken und leicht benommen, spiegeln, und es war diese Schnalle, die ihn zuerst geblendet hatte. An den Füßen trug sie weiße, hochhackige Schuhe, und eine Spange hielt das Haar aus der Stirn zurück, auf der noch keine einzige Falte zu sehen war. Wie lange hatte sie schon hier gestanden, während er schlief?

»Du hättest dich nicht so zurechtmachen müssen«, sagte Jokum. Und bereute es sofort. Was war das für ein Spruch? Vielleicht hatte sie es ja seinetwegen getan? Ist er nicht einer der schändlichsten, die man von sich geben kann? Dass jemand, der sich mit etwas Mühe gemacht hat, genau das nicht hätte tun müssen? Und ganz durchgehend hatte sie sich auch nicht hübsch gemacht. Denn sie trug eine große Tasche aus grauem Leinen, die im Stil nicht zu der übrigen Kleidung passte. Es war eine sogenannte Anglertasche, die Ende der Sechzigerjahre bei jungen Menschen beliebt war, die ihren Hintergrund verbergen wollten, besonders, wenn er bürgerlicher Art war, mit einem scheinbar ungepflegten und zufälligen Äußeren, wobei es Stunden dauern konnte, das hinzukriegen. Sie wurden dadurch zu einer Schande für jede treusorgende Mutter und versetzten nervös-aggressive und pflichttreue Väter in Verlegenheit, was ja Sinn und Zweck des Ganzen war. War auch Synne bereits um 1969 mit einer derartigen Anglertasche herumgelaufen, oder hinkte sie der Zeit etwas hinterher? Was Jokum eigentlich hoffte, also dass sie hinterherhinkte, denn dann könnte er sie leichter einholen.

»Ich bin gekommen, so schnell ich konnte«, sagte sie nur. »Und übrigens habe ich mich nicht zurechtgemacht.«

»Nein, ich meine, du siehst hübsch aus. Sehr hübsch.«

»Und du? Warst du wandern?«

»Wandern? Nein, ich habe …«

»Schmutzige Wäsche im Rucksack. Glaubst du, ich weiß das nicht? Wie jeden Sonntag.«

Jokum stand auf und warf einen Schatten, der bis zur Frognerbucht reichte. Es war schon zehn vor fünf, sie kamen bereits fast eine Stunde zu spät.

»Ja, das kannst du so sagen.«

»Du nutzt deine Mutter aus.«

»Sie sagt, das tut sie gern. Meine Wäsche waschen.«

»Das sagen alle Mütter. Und alle Mütter lügen.«

»Meine nicht.«

»Das sagen alle Söhne.«

»Ich nicht.«

»Das sagen auch alle Söhne.«

»Ich nicht.«

Synne lachte, und Jokum duckte sich. Sie war zwei Jahre älter als er und er zwei Jahre jünger als sie, und zwei Jahre sind in diesem Alter ein ganzes Meer von Zeit. Sie war trotz allem unerreichbar, *nicht einholbar*, dieses Wort dachte Jokum, *sie ist nicht einholbar*, während er den Blick senkte, als Synne auf den Kranz zeigte.

»Hast du mich zu einer Beerdigung eingeladen? Dann muss ich aber noch mal zurück und mich umziehen.«

»Nein, den hat mir nur ein Mann gegeben.«

»Kriegst du häufiger so was?«

»Kommt schon vor.«

»Jetzt habe ich jedenfalls Hunger, Jokum.«

Sie gingen hinüber zur Observatorie terrasse 7b, wo Jokums Eltern 1956 eingezogen waren, während sie zuvor, seit ihrer Hochzeit 1948, in einem engen, dunklen Schuppen in der Bidenkaps gate gewohnt hatten. Welche Reise für die kleine, bescheidene Familie! Von einer Gasse, benannt nach einem Stadtphysikus, zum Observatorium selbst, aus dem Rinnstein in den Sternenhimmel. Als zögen sie in ein Schloss, wie der Vater sich Wohnungen früher einmal vorgestellt hatte: 97 Quadratmeter in einem modernen Mietshaus von

1934, gezeichnet von den Architekten Gudolf Blakstad und Herman Munthe-Kaas, mit Fassaden aus rotem Klinkerstein. Ein Balkon mit Brüstung in glänzendem Drahtglas gehörte auch dazu, und auf diesem Balkon verbrachte Jokum den größten Teil seiner Kindheit. Jetzt hoffte er jedoch, dass seine Mutter nicht dort draußen gedeckt hatte, zuzutrauen war ihr das schon. Doch auf der Treppe, die er hinter Synne hinaufging, hatte er anderes zu überdenken. Er konnte nämlich nicht umhin, seine Aufmerksamkeit richtete sich auf Synnes Schultertasche, denn, wie soll man das sagen, diese wehrte sich, *ihre Schultertasche wehrt sich*, dachte Jokum. Er war sich vollkommen bewusst darüber, dass ein Mann niemals eine Frau fragen sollte, was sie in ihrer Tasche hat, aber das hier war trotz allem eine alte Anglertasche, und galt dieses Verbot denn auch für alte Anglertaschen? Jokum wagte es dennoch.

»Was hast du in der Tasche?«, fragte er.

»Hubert.«

»Den Hamster?«

»Ja. Den Hamster Hubert. Ist das ein Problem?«

»Nein, eigentlich nicht.«

»Ich habe mich nicht getraut, ihn allein zu lassen. Falls diese Schnüffler zurückkommen.«

»Welche Schnüffler?«

»Na, die, von denen du gestern erzählt hast. Oder war das nur Quatsch?«

»Nein, es ist wahr. Es stimmt. Vielleicht waren die von der Roten Front?«

Synne lachte und schob die Tasche höher auf die Schulter, damit sie nicht entwischen konnte.

»Die Rote Front? Was sollten die denn in deiner Bude?«

»Vielleicht um Stimmen werben.«

»Dann haben sie meine Stimme jedenfalls verloren.«

Jetzt musste Jokum lachen:

»Na, du wählst ja wohl nicht die Rote Front, oder?«

»Warum denn nicht?«

»Nein, warum nicht. Ich dachte nur, dass Kommunisten nicht gerade Kunstgeschichte studieren.«

Jetzt musste Synne wieder lachen, aber nicht so laut wie vorher, denn sie blieb auf dem nächsten Treppenabsatz stehen und zeigte mit der freien Hand auf Jokum.

»Weißt du was? Ich glaube, du hast Vorurteile.«

»Das ist keine Absicht.«

»Und ganz besonders mir gegenüber.«

Ja, Jokum hatte jede Menge Vorurteile, was Synne Sager betraf, große, wunderbare Vorurteile, in denen er sich wälzen konnte, wenn es darauf ankam: dass Synne Sager ihn haben wollte, und zwar mit Haut und Haar, dass Synne Sager jede Nacht von ihm träumte, die unpassendsten Träume, die nur er erfüllen könnte, dass Synne Sager der Meinung war, er hätte genau die richtige Größe und dass sie am liebsten Kartoffeln mit der Schale aß. Allesamt Vorurteile von der feinsten Sorte. Und sind Vorurteile nicht nur die andere Seite von Hoffnung, wenn man es einmal genau betrachtet?

»Dir gegenüber? Warum sollte ich?«

»Du hast es doch selbst gesagt. Weil ich Kunstgeschichte studiere.«

Jetzt war eigentlich der Zeitpunkt gekommen, dass Jokum Synne hätte fragen können, was sie von Gørbitz' männlichem Akt hielt, denn das war doch das Entscheidende, ihre Meinung, nicht seine, er konnte ruhig meinen, dass der Akt gar nicht schlecht war, aber wenn Synne der gegenteiligen Meinung war, dass dieser Stabhochspringer eher einem pompösen Nudisten ähnelte, einem Leistenbruch mit Stock, und dass Jokum sie also daran erinnerte, an einen pompösen Nudisten usw., da konnte es ja im Grunde genommen egal sein, was er meinte, ja absolut gleichgültig. Aber er brachte es nicht über sich, sie zu fragen. Er traute sich ganz einfach nicht. Die Antwort hätte zu niederschmetternd sein können, und davor hatte er Angst.

»Noch eine Etage«, sagte Jokum.

Schweigend gingen sie die letzten Stufen hinauf, und die Eltern öffneten die Tür, bevor er klingeln konnte. Eigentlich hatte er einen Schlüssel, war aber der Meinung, es sei nicht richtig, ihn jetzt zu benutzen. Denn dieses Mal war er *zu Besuch*, und da fühlte es sich richtiger an, seine Ankunft sozusagen zu melden. Es würde höchstwahrscheinlich einen besseren Eindruck auf Synne machen, dass er nur zu Besuch war, doch bevor es dazu kam, dass er klingeln konnte, standen seine Eltern bereits in der Tür, der Vater in weißem Hemd, mit Schleife und Pfeife, und Mutter mit fest um die Taille gebundener Küchenschürze, doch darunter trug sie das hellblaue gepunktete Kleid, das sie so gern mochte, ja, es sah fast so aus, als würden beide versuchen, sich vorzudrängen, um als Erste die Freundin des Sohnes zu begrüßen, die ja wohl mehr als das sein musste, nicht nur irgendeine Freundin, da sie wie schon gesagt die Erste war, die er überhaupt mit nach Hause brachte, nicht nur zum Essen, sondern überhaupt, und immerhin wurde er im Sommer bereits zweiundzwanzig.

»Ja, das ist Synne«, sagte Jokum.

Und Synne Sager trat einen Schritt vor und machte einen Knicks. Ihr ganzer biografischer Hintergrund, von dem Jokum nur wenig oder eigentlich gar nichts wusste, abgesehen davon, dass sie aus dem Bürgertum stammte, und zwar aus dem, das Bengt Åker mit strammen Lippen *Blutsauger, Barone, Autokraten und Monopolkapital* nannte, lag in dieser einen einfachen Bewegung, im Einknicken der Knie. Unerbittlich kam hier ihre Herkunft zum Vorschein. Doch schließlich wurden sie in die Wohnung gelassen, wo Jokum den Kranz auf die leere Hutablage legte und den Rucksack mit der schmutzigen Wäsche neben den anderen Rucksack stellte, den mit der sauberen Kleidung, die bereits parat war und die er nach Sogn Studentby mit zurücknehmen und im Laufe der Woche schmutzig machen sollte, damit er am nächsten Sonntag wieder die Säcke tauschen konnte, und für einen Moment verlor sich Jokum in diesen Rhythmus, in eine sonderbare, unangebrachte Melancholie, sauber, schmutzig, schmutzig, sauber, und das jetzt, wo er auf der Hut sein sollte, hellwach und ein aufmerksamer Kavalier. Und ganz richtig: sein Vater hob die Arme und bat so um Jokums Aufmerksamkeit.

»Wie ihr seht, hat Mutter immer noch die Küchenschürze umgebunden, was daran liegt, dass ihr 58 Minuten verspätet seid, und jetzt muss Mutter das Essen wieder aufwärmen.«

»Aber das macht doch nichts«, warf Mutter ein. »Ich …«

»Doch, das macht etwas. 58 Minuten sind und bleiben …«

Jokum musste seinen Vater unterbrechen.

»Es ist meine Schuld. Ich bin eingeschlafen.«

»Du bist eingeschlafen? Das verstehe ich nicht. Bist du tatsächlich eingeschlafen, nachdem du Mutter angerufen hast und ihr gesagt hast, dass du einen Gast mitbringst?«

»Ja, ich bin ganz einfach eingeschlafen. Ich habe die ganze Nacht gelernt und …«

Jetzt war Synne an der Reihe, Jokum zu unterbrechen.

»Das ist nicht Jokums Schuld, Herr Jokumsen. Sondern meine. Ich habe einfach zu lange gebraucht, um mich für Sie zurechtzumachen.«

Vater senkte die Arme, legte den einen um Mutter und schob die Pfeife von einem Mundwinkel in den anderen.

»Meine liebe Synne. Nenn uns Elle und Hütchen.«

Synne legte den Kopf zur Seite. Jokum war bereit aufzugeben, oder sich zu ergeben. Er hatte hier nichts mehr zu sagen. Konnte nur registrieren, wie sie den Kopf zur Seite neigte, wie immer, wenn sie überrascht oder verwirrt war.

»Elle und Hütchen?«

»Hütchen ist eine Abkürzung für Fingerhut, den Mutter trug, als ich sie das erste Mal gesehen habe. Und die Elle beträgt ganz einfach 0,6275 Meter. Ja, die Elle, das bin ich. Wie ich Hütchen einmal gesagt habe: Ich möchte gern eine Elle an deine Größe hinzufügen. Sind wir damit einer Meinung?«

»Ja, natürlich«, sagte Synne.

Vater wandte sich Jokum zu und zeigte mit der Pfeife auf ihn.

»Und der, der ja eigentlich Elle jr. ist, den nennen wir die lange Elle. Aber er behauptet, dass er mehr als genug mit seinem eigenen Namen zu schaffen hat.«

Alle lachten, alle bis auf Jokum, aber so peinlich und einsam es ist, im Beisein anderer allein zu lachen, so bitter ist es, der Einzige zu sein, der nicht lacht, wenn es die anderen tun. Deshalb beschloss Jokum zu lachen. Er lachte. Und dann endlich setzten sie sich an den Tisch, glücklicherweise im Wohnzimmer. Synne hängte ihre Schultertasche, die inzwischen zur Ruhe gekommen war, über die Rückenlehne. Die Mutter holte das Essen aus der Küche, sie wollte keine Hilfe haben, was nur gut war, so hatte Jokum Synne die ganze Zeit im Blick. Der Vater öffnete eine Flasche Bier und schenkte ihr ein, und zum ersten Mal in seinem Leben war Jokum sein Vater peinlich, oder genauer gesagt seine Eltern. Was natürlich daran lag, dass es das erste Mal war, dass er ein Mädchen mit nach Hause brachte, und in so einem Moment sieht man sie plötzlich in einem anderen Licht, jede Geste, ganz gleich, wie vertraut sie sein mag, löst sich aus ihrem Zusammenhang und erscheint fremd, auffällig. Sie hätten Wein servieren sollen! Nie zuvor war Jokum die Idee gekommen, dass sie sonntags lieber Wein statt Bier trinken sollten. Und es schien, als wäre sein Vater plötzlich von diesen Gedanken angesteckt worden, dass die Eltern jetzt einer Prüfung unterzogen wurden, jedenfalls hielt er die Flasche hoch und fragte:

»Du trinkst doch Bier, Synne, oder?«

»Ja, danke. Gern.«

Der Vater warf Jokum einen schnellen Blick zu, einen Blick, den Jokum nicht so recht deuten konnte, und schenkte weiter ein, bis der Schaum sich wie ein elektrischer Deckel oben aufs Glas legte, durch das die letzten Sonnenstrahlen vom nach Westen gewandten Fenster schienen, bevor die Sonne über Skarpsno unterging und das goldene Getränk einem flüssigen Goldbarren ähnlich sein ließ.

»Aber so was wie Hasch rauchst du nicht?«

Jokum war kurz davor aufzustehen.

»Vater!«

»Ich frage ja nur, Jokum. Ich frage ja nur.«

»Sie raucht kein Haschisch!«

Synne trank einen Schluck Bier, ihre Lippen wurden weiß und die Art, wie sie sich den Mund ableckte, ließ Jokum verstummen.

»Ich kann allein antworten«, sagte sie.

Vater schenkte auch Jokum ein.

»Da siehst du es. Die Konversation geht ganz von allein ihren natürlichen Gang. Wie ein Fluss, der sein Bett in der Landschaft findet.«

»Ich rauche kein Haschisch«, sagte Synne. »Habe ich noch nie gemacht. Außerdem bin ich der Meinung, dass Haschisch zu härteren Stoffen führen kann.«

»Ja, ja, von leicht zu schwer. Es sollte umgekehrt sein. Dass alles, was schwer ist, zu leicht führt. Aber weißt du, was eigentlich der Unterschied zwischen Alkohol und Haschisch ist?«

»Trocken und nass?«

»Nicht schlecht. Absolut nicht schlecht. Aber ich möchte trotzdem meine Frage umformulieren: Was ist der Unterschied zwischen einem Alkoholrausch und einem Haschischrausch?«

»Wie gesagt, ich habe Haschisch noch nie probiert, aber vielleicht ist der Rausch, den man davon kriegt, eher nach innen gewandt?«

»Auch nicht schlecht. Alkohol wirkt nach außen und Haschisch nach innen. Aber jetzt werde ich es dir sagen: Ja, den Alkoholrausch kann man exakt messen, durch eine Blutprobe. Den Haschischrausch dagegen nicht. Der lässt sich nicht messen. Man kann demjenigen nur in die Augen leuchten und sich fragend vortasten. Denk mal drüber nach.«

»Ja – und?«, fragte Jokum und wusste bereits, wo das ungefähr hinführen sollte.

Und wieder schämte Jokum sich, aber er schämte sich noch mehr, weil er sich über die Worte seines Vaters schämte, als würden sie nicht hierher gehören.

»Als ich vor dem Krieg in Kopenhagen eine Maurerlehre gemacht habe, da gab es einen unter den Maurern, der konnte zwanzig Flaschen Bier am Tag trinken. Als er vom Gerüst gefallen ist, konnte man zumindest feststellen, wie hoch sein Promillegehalt im Blut war.«

»Ja – und?«, wiederholte Jokum.

»Das erklärt sich doch von allein. Man fand die Ursache. Und man hat eine Grenze gesetzt. Beispielsweise fünf Flaschen Bier. Und später fing man an, stattdessen Buttermilch zu trinken, und wenn dann jemand vom Gerüst fiel, dann war der Bauherr daran schuld.«

»Sind Sie kein Maurer mehr?«, fragte Synne.

»Einmal Maurer, immer Maurer. So ist das. Aber jetzt bin ich auch Vermesser.«

»Vermesser? Was messen Sie? Den Rausch?«

Der Vater stand auf.

»Komm mit«, sagte er.

Synne ging mit ihm zusammen auf den Balkon. Schnell lief Jokum ihnen hinterher. Er musste überall sein, und überall war dort, wo Synne war. Die Hausdächer glänzten. Die Tauben flogen von den Fensterrahmen auf. Ein leichter Wind schob den noch frühen Abend durch die Straßen, kratzte die dunkelgrünen Hügelspitzen im Westen am Rücken und hobelte weiße und schwarze Späne vom Fjord. Der Vater zeichnete mit der Pfeife einen Bogen, vom Rathaus ausgehend, an Skillebekk vorbei, Majorstua, Fagerborg, so weit sie sehen konnten, dann wieder hinunter hinter dem Frognerpark, bei Hoff.

»Vater misst den Abstand zwischen den Häusern«, sagte Jokum.

Dieser drehte sich zu seinem Sohn um.

»Ich kann auch allein für mich sprechen. Genau wie Synne.«

Dann hängte er die Pfeife wieder an Ort und Stelle.

»Wie Jokum gerade gesagt hat: Ich messe den Abstand zwischen den Häusern. Damit er groß genug ist, deshalb ist es eigentlich richtiger zu sagen, dass ich das Licht messe. Als ich nach dem Krieg nach Oslo kam, war das hier kaum mehr als ein Slum. Es gab Plumpsklos auf den engen Hinterhöfen und Pferdeäpfel auf den Straßen. Sag mir, Synne, was ist das Schönste, was du von hier aus sehen kannst?«

Synne ließ ihren Blick entlang dem Bogen schweifen, den der Vater gezeichnet hatte, Jokum folgte ihr mit den Augen, und vielleicht sahen sie in diesem Moment zum letzten Mal die leise, bescheidene Poesie der Stadt, ihre gepflasterten Refrains, aber auf jeden Fall war es das erste Mal, dass sie das alles gemeinsam sahen.

»Vielleicht der Wald«, sagte Synne. »Oder der Fjord.«

Der Vater lachte.

»Du meinst also alles, was *nicht* die Stadt ist? Du findest die Natur am schönsten? Oh je.«

»Mir gefällt die Stille dort«, sagte Synne.

Jokum hörte allem, was sie sagte, genau zu, denn alles, was sie sagte, könnte früher oder später einmal von Nutzen für ihn sein, dass ihr die Stille gefiel, nein, die Stille der Natur, die ja wohl auch an anderen Orten herzustellen sein musste, beispielsweise in ihrem Studentenzimmer. So konnte Jokum herausfinden, was sie gemeinsam hatten oder ob sie überhaupt etwas gemeinsam hatten, und wenn dem nicht so war, dann würde er alles tun, was in seiner Macht stand, um sich zu bessern, zu werden wie sie, damit sie letztendlich doch etwas gemeinsam hatten.

»Jetzt werde ich dir sagen, was mir gefällt«, sagte der Vater.

Er machte eine kleine Pause, bevor er fortfuhr, als hätte ihn der Anblick jetzt, wo er ihn jemand anderem zeigte, einfach überwältigt:

»Die Baukräne und die großen Bagger. Siehst du sie? Heute stehen sie still, aber morgen sind sie wieder in Betrieb. Ist das nicht schön? Sind sie nicht schön?«

Synne blieb eine Weile schweigend neben Jokums Vater stehen und schaute in die Richtung, in die er zeigte.

»Die Baukräne und die großen Bagger?«

»Eine Stadt ohne Baukräne und große Bagger ist eine tote Stadt. Denn um zu bauen, muss man einreißen. Und es ist ein Vergnügen zu sehen, wie ein altes Haus eingerissen wird. Warte mal eben!«

Vater eilte in die Wohnung. Synne und Jokum blieben allein auf dem Balkon zurück. Diese Aussicht enthielt sein gesamtes Leben. Etwas Größeres brauchte er eigentlich nicht. Das hier waren seine Abstände. Er wollte etwas sagen, fand jedoch nicht die Worte, von denen er dachte, es wären die richtigen. Es gab so viele, zwischen denen man auswählen konnte. Stattdessen überlegte Jokum, ihre Hand zu nehmen, ihre Hand in seine zu nehmen, zumindest ihr nahezukommen. Da wurde er von Vogelgesang unterbrochen, einem glockenklaren Vogelgesang, und beide drehten sich zum Wohnzimmer hin um. Er kam von dort. Was sonst war zu erwarten gewesen? Der Vater stand am Plattenspieler und drehte die Lautstärke hoch. Dann kam er wieder auf den Balkon und zeigte Synne das Plattencover: *Dänische Vogelstimmen. 12 EPs. Damit haben Sie nicht weniger als die Stimmen von 100 Vogelarten in Ihrer Diskothek.*

»Die Natur der Musik in seiner eigenen Wohnstube. Ist das nicht fabelhaft?«

»Als wenn man im Wald wäre«, sagte Synne.

»Ganz genau! Die Platten habe ich zur Konfirmation gekriegt und seitdem muss ich nicht mehr spazieren gehen. Nicht wahr, Jokum?«

»Ja, Vater. Wir brauchten nie spazieren zu gehen.«

Der Vater wandte sich Synne zu.

»Diesen Stimmen hat Jokum nur zu gern zugehört, als er noch klein war. Ich meine, jünger.«

»Vater.«

»Doch, das hast du. Besonders dem Zeisig. Mit dessen speziellem Ton. Und dem Spatz! Wenn Jokum nicht schlafen konnte, haben wir den Spatz aufgelegt, und dann ist er immer eingeschlafen.«

Zum Glück rief die Mutter sie aus dem Wohnzimmer, sie gingen hinein und setzten sich. Das Essen stand auf dem Tisch. Die Vögel pfiffen auf dem letzten Loch. Mutter reichte Synne die Platte, ein Kotelett mit gebratener Ananas für jeden, es ist eine Kunst für sich, die Koteletts aufzuwärmen, ohne dass sie Schaden nehmen und schon gar die Ananas. Aber Synne reichte die Platte weiter zum Vater, tat sie das aus Höflichkeit, eine missverstandene Höflichkeit, die ihr gar nicht stand? Jokum begann mit den Kartoffeln, drei Kartoffeln mit Schale, sechs ohne lagen bereit in der Schüssel. Er legte eine ohne Schale auf seinen Teller und reichte die Schüssel an Synne weiter, während Vater die Koteletts an Mutter weitergab. Jokum beobachtete genau. Jetzt kam es darauf an.

»Ich hoffe, du hast Vater nicht falsch verstanden«, sagte Mutter.

Synne verstand Mutter falsch.

»Entschuldigung, aber wobei? Bei den Baukränen und Baggern?«

Vater lachte, und endlich nahm Mutter ihm die Platte mit den Koteletts ab.

»Baukräne und Bagger sind doch wohl nicht falsch zu verstehen! Sie sprechen eine deutliche Sprache.«

Mutter reichte Jokum die Koteletts weiter.

»Ich meinte das, was Vater über unser erstes Treffen gesagt hat.«

Synne wollte gerade eine Kartoffel nehmen, wartete jedoch einen Moment und schaute Mutter an.

»Ja?«

»Ich habe nicht nur einen Fingerhut getragen!«

Darüber mussten alle herzlich lachen. Jokum wurde ungeduldig. Konnte sie nicht endlich eine Kartoffel nehmen? Vater schaute Synne an.

»Und du studierst ...?«

»Kunstgeschichte«, antwortete Jokum.

Synne warf Jokum einen Blick zu, *im Vorbeigehen*, bevor er bei Mutter sein Ziel fand.

»Ich kann immer noch für mich selbst reden, Jokum. Ja, Kunstgeschichte. Ich mache meinen Magister.«

»Gibt es da etwas, was dich besonders interessiert?«, fragte die Mutter. »In der Kunst, meine ich.«

»Ja, die Stillleben. Ich will meine Magisterarbeit darüber schreiben.«

»Stillleben?«

»Das ist alles, was stillsteht«, sagte Vater.

»Das weiß ich allein, Lauritz.«

Wieder wandte sich Synne mit einem Lächeln dem Vater zu. Könnte sie nicht stattdessen einfach eine Kartoffel nehmen, damit das überstanden war?

»Aber jetzt schreibe ich erst einmal eine Semesterarbeit über die künstlerische Ausstattung von Oslo. Ich muss sie am Dienstag vorlegen.«

»Ich nehme an, die wird ziemlich kurz«, sagte Vater.

Mutter beugte sich zu Jokum hinüber und sagte so leise, dass es alle hörten:

»Sie ist wirklich flott.«

»Pst!«

»Ich habe nur gesagt, dass sie flott ist, Jokum.«

Und endlich legte Synne sich eine Kartoffel auf den Teller, und zwar eine Kartoffel mit Schale. Jetzt war nur noch die Frage, ob sie sie schälte, was unwahrscheinlich war, schließlich hatte sie genau diese Kartoffel ausgesucht und keine, die bereits geschält war. Und ganz richtig, sie zerteilte sie und steckte sie sich in den Mund, mit der Schale und allem. Jetzt war die Zeit reif. Und lasst mich hier kurz hinzufügen, dass es eine Art Trägheit in Jokum gab, die natürlich etwas mit seinem Körperbau zu tun haben könnte, für das meiste brauchte er länger als andere, und das hatte auch auf sein Gemüt abgefärbt. Man kann sagen, dass sein Gemüt auch steifbeinig war. Oft hatte er viele Pläne, doch nur selten wurde etwas aus ihnen. Dennoch konnte er sie nicht einfach beiseiteschieben. Alles musste getan werden! Er bestand aus nichts anderem als aus verspäteten Ereignissen. Die sich auftürmten. Jokum sehnte sich nach *Elastizität*. Er ging davon aus, dass eine derartige Elastizität befreiend wirken würde. Denn war es nicht diese Steifheit, diese Trägheit, sowohl im Körper wie auch in der Seele, aber besonders im Körper, die ihn wie einen Komiker dastehen ließ? Er war eingesperrt auf seiner mechanischen Aschenbahn. Synne sagte einmal, viele Jahre später, als sie in San Francisco lebten und über die Golden Gate spazieren gingen, über die Brücke der Selbstmörder, dass er eine melancholische Maschine sei, die Träume produziert. Aber jetzt, in dem Moment, als Synne die Kartoffel mit Schale gegessen hatte, da war die Zeit reif, er hinkte nicht mehr hinterher, er war an Ort und Stelle, er hatte den Mut, die Frage zu stellen, die zu stellen er sich bisher nie getraut hatte. Jokum stand auf. Doch da wurde er wieder aufgehalten.

»Aber du hast ja noch gar nichts genommen!«, rief die Mutter aus.

Sie schob die Platte mit dem letzten Kotelett zu Synne hinüber. Doch als diese sich bediente, ließ sie das Kotelett liegen und nahm nur die gebratene Ananas. Was nicht unbeobachtet blieb. Die Mutter, die alles bemerkte, was mit ihrem Haushalt zu tun hatte, schaute zu Jokum auf, der immer noch stand, wanderte mit dem Blick dann weiter zum Vater, der sich nicht einmischen wollte, und ließ ihn zum Schluss auf Synne ruhen.

»Hast du keinen Hunger. Oder…«

Synne aß weiterhin Kartoffeln und Ananas.

Die Mutter wollte noch mehr sagen. Aber da fand Jokum die Zeit endlich gekommen, um das Wort zu ergreifen. Fast rief er:

»Wieso um alles in der Welt seid ihr auf die Idee gekommen, mich Jokum zu nennen! Wie konntet ihr nur?«

Es wurde still am Tisch. Die Eltern legten das Besteck zur Seite, Synne, seine Zeugin, tat es ihnen gleich. Die Mutter schaute wieder zu ihm auf.

»Also, ich finde ja, dass du dich zumindest hinsetzen solltest. Dann können wir später drüber reden.«

»Ich setze mich nicht, bevor ich nicht eine Antwort bekommen habe!«

So langsam wurde es etwas peinlich. Worüber Jokum sich vollkommen klar war. Doch dagegen half nichts. Es wurde nur immer peinlicher. Also schaute die Mutter stattdessen den Vater an.

»Tu doch was, Lauritz! Wir haben Gäste!«

Jokum verlor seinen Mut, als er sah, dass Synne einfach weiteraß, er wurde wieder ganz der Alte, senkte den Kopf und sagte:

»Nachdem ich schon so lange damit gewartet habe, zu fragen, erwarte ich keine sofortige Antwort.«

Er ließ sich wieder auf den Stuhl sinken, erschöpft, erschüttert, und versuchte, sich mithilfe von Messer und Gabel, Serviette, Bier-

glas, den Resten auf dem Teller, dem schwindenden Licht zu konzentrieren, aber die Stille lud sich wieder so auf, dass er schließlich
keine andere Wahl hatte, er musste mit sich selbst brechen. Dieses
Mal entschied er sich sitzen zu bleiben. Nein, er stand doch wieder
auf.

»Wenn ich einen Bruder gehabt hätte, wie hättet ihr den dann
genannt?«

Mutter lachte kurz auf.

»Aber mein lieber Jokum, wir hatten mit dir wahrlich genug!«
Jetzt hatte sie es ihm gegeben. Wahrlich genug mit dir. Mehr gab
es zu dieser Sache nicht zu sagen. Er setzte sich endgültig wieder
hin. Doch da stand der Vater auf.

»Du sollst die Antwort auf deine Frage bekommen, Jokum. Und
zwar sofort. Das hast du verdient. Und du hättest uns schon lange
fragen sollen. Warte bitte einen Moment.«

Der Vater verließ den Raum. Sie hörten ihn in den Schubladen
in seinem Arbeitszimmer herumwühlen. Das Besteck schluckte das
Licht und ließ den Tisch im Dunkel liegen.

»Wirklich leckeres Essen«, sagte Synne. »Besonders die Ananas.«

Erleichtert atmete die Mutter auf, war aber nicht vollständig
überzeugt. Mütter können ein schwieriges Publikum sein, besonders, wenn sie für die Vorstellung verantwortlich sind.

»Ja, es war Jokum, der sich Koteletts gewünscht hat. Mit Ananas.
Nur hat er leider nichts davon gesagt, dass du Vegetarierin bist.«

»Das macht doch nichts.«

»Aber bekommst du denn genug zu essen? Wenn du nur Grünes
isst?«

»Ich esse auch Gelbes. Und Rotes.«

»Und es hat dir wirklich geschmeckt?«

»Ja, besonders die Ananas. Und die Kartoffeln. Sogar mit Schale.«

»Ja. Jokum isst sie am liebsten ungeschält.«

Synne lachte.

»Ich weiß. Er isst ja fast nichts anderes.«

Jokum dachte: Die reden über mich.

»Aber es gibt auch noch Kartoffeln ohne Schale, Synne.«

Sollte er jetzt zu hören bekommen, dass sie seinetwegen die Schale gegessen hatte, dass sie sich ihm angepasst hatte, ihm einen Gefallen tun wollte? Es sollte doch umgekehrt sein. Er, Jokum, sollte sich ändern, falls nötig, und er rechnete damit, dass es nötig war. Er sollte auch aufhören, Fleisch zu essen. Auf Koteletts konnte er gern verzichten und ab sofort von Kartoffeln und Erbsen leben. Und vielleicht einer Ananas. Glücklicherweise kam der Vater endlich zurück, schaltete die Deckenlampe ein, setzte sich und legte einen vergilbten, dicht beschriebenen Bogen Papier auf die Tischdecke.

»Das hier«, sagt er, »hat dein Großvater, mein geliebter Vater, der Postmeister, zu Papier gebracht, in dem Jahr vor deiner Geburt, also 1952. Leider hast du ihn nie kennengelernt, denn damals war es weit bis nach Dänemark, und er starb im gleichen Jahr, also hätte es auch nichts genützt, wäre der Weg kürzer gewesen. Aber er lebt in diesem Schriftstück, und das soll heute die Antwort auf deine Frage sein, Jokum.«

Vater musste einen Finger in den Augenwinkel pressen, was ungewöhnlich war. Jokum hatte seinen Vater noch nie weinen sehen. Was hatte er nur angerichtet? Er hatte keinesfalls gewollt, dass sein Vater, als Jokum zum ersten Mal ein Mädchen mit nach Hause brachte, zu weinen anfing. Der Vater schüttelte den Kopf, als wollte er die letzten Tränen aus dem Pelz schütteln, holte tief Luft und ließ sie dann nach und nach wieder ab.

»Vielleicht könnte Synne so gut sein und den Text laut vorlesen. Für Jokum.«

Jokum war zu erschöpft, um zu protestieren. Was geschah, das sollte geschehen. Es geschah ohne seine Zustimmung. Synne wollte gern vorlesen. Und mit ihrem Hintergrund, den Jokum bis dato nur in groben Zügen kannte – sie stammte von Baronen und Autokraten ab – hatte sie keine Probleme mit dem archaischen Dänisch in diesem handgeschriebenen Manuskript, das sich mittlerweile in der Königlichen Bibliothek in Kopenhagen befindet:

»*Vor vielen Jahren, wahrscheinlich so um die Zeit, als die Leib-eigenschaft 1788 aufgehoben wurde, kam ein Mann zu einer Landauk-tion nach Asdal im Bezirk Vendsyssel.* Der Mann kam in einem alten Wagen vorgefahren, der von einem Ochsen gezogen wurde, er trug weiße Lederbeinkleider und schien ein armer Mann zu sein, im Wa-gen hatte er jedoch eine Eisenkiste mit Goldstücken, und auf der Auk-tion erwarb er die Höfe Hestehaven, Skovgaard und Gedbro und dazu viel Land, das er mit klingender Goldmünze bezahlte. Wie der Mann hieß und woher er kam, wurde nie geklärt. Dieser Mann war der Ur-ur-ur-ur-Großvater von Lauritz. Sein einziger Sohn liegt begraben auf dem Asdal Friedhof. Er hieß Jokum Jokumsen.*«*

Vater unterbrach Synne und wollte fast wieder aufstehen.

»Da siehst du es, Jokum!«

»Was sehe ich?«

»Woher du stammst! Jokum Jokumsen ist dein Ur-ur-ur-ur-Großvater!«

»Dann bin ich also nach dem Sohn eines Kutschers in weißen Beinkleidern benannt worden?«

»Ja? Nein, jetzt wirst du aber anstrengend, Jokum. Fahr bitte fort, Synne. Übrigens liest du sehr gut.«

Also fuhr Synne fort:

»*Jokum Jokumsen hatte 4 Söhne und 1 Tochter. Die Tochter bekam Hestehaven und Gedebro. Peter bekam einen Hof in Bindslev und war sehr wohlhabend und angesehen.*«

Jokum unterbrach sie:

»Warum konntet ihr mich dann nicht Peter nennen?«

»Peter? Nein, das hatten wir nie im Sinn. Wir fanden es ganz natürlich, mit dem Ersten zu beginnen. Kümmere dich nicht um ihn, Synne. Lies einfach weiter.«

Und Synne las:

»*Lauritz hatte einen Hof in Asdal.*«

Jetzt war es Mutter, die unterbrach:

»Da habt ihr Lauritz!«

Jokum konnte sich nicht zurückhalten:

»Und warum wurde nicht statt meiner Vater nach Jokum benannt? Dann hätte ich den Peter kriegen können. Oder Lauritz.«

Der Vater seufzte.

»Ich kann nicht erklären, was *mein* Vater dachte, aber er hat sich wohl etwas dabei gedacht. Und jetzt lassen wir Synne in aller Ruhe weiterlesen.«

Was sie auch tat:

»Lars hatte einen Waldhof. Thomas, mein Urgroßvater, hatte einen großen Hof in Horne. Er war verheiratet mit Ane, geb. Isaksen, und sie hatten 14 Kinder, von denen 9 in jungem Alter starben. Thomas und Ane wurden später geschieden und der Hof verkauft. Ane wohnte in einem Haus auf dem Hof und bekam eine Rente, von der sie gut leben konnte. Thomas hatte 3 Kinder außerhalb der Ehe und baute für 2 Frauen schöne Häuser. Von den verbliebenen 5 ehelichen Kindern wohnte eine Tochter in Anes Haus. Der Sohn Jens war Offizier und Zollbeamter in Westindien und sehr wohlhabend. Ein anderer Sohn, Christian Jokumsen, wohnhaft in Birkerød, war verheiratet mit Ane Marie. Sie hatten 5 Kinder, unter denen Jørgen Jokumsen, Postmeister und derjenige, der diese Zeilen schreibt, verheiratet mit Mie. Sie haben den Sohn Lauritz, der verheiratet ist mit Alfhild, geb. Sand, wohnhaft in Norwegen.«

Vorsichtig legte Synne den Bogen auf den Tisch und schob ihn dem Vater hin.

»Jetzt weißt du es, Jokum«, sagte dieser.

Aber eigentlich wusste Jokum nicht, was er jetzt wusste. Wenn das seine Geschichte war, was konnte er aus ihr lernen? Was sollte er mit ihr anfangen? Nein, er hatte keine Ahnung. Was ihn störte. Bengt Åker hätte wahrscheinlich gesagt, dass er aus einer Familie von Krämern und Frauenunterdrückern stamme und es jetzt an der Zeit sei, sich für eine Seite zu entscheiden. *Früher oder später musst du den verrotteten Familienbaum fällen!* Arve Storvik hätte sicher stattdessen ein Lied geschrieben, eines mit vielen Strophen, wie es das Genre erfordert: *Es ist nicht wenig, aber auch nicht viel, was ich weiß/Da tauchte ein Mann auf in Lederhosen, weiß/Löcher in den*

Taschen/im Jahr 1788, im Jahr 1788/aber eine Kiste voller Gold, um zu prassen. Jokum selbst hatte das Empfinden, es läge etwas Beunruhigendes über diesem Schriftstück, diese Namen, die Orte, die Kleidung, alles, was irgendwie seine eigenen Wurzeln darstellen sollte, war nicht mehr als eine unstete, unzuverlässige Erinnerung. Das Ganze ähnelte Schatten, deren Licht er nicht kannte. Und immer noch konnte er sich nicht mit seinem Namen versöhnen. Mit anderen Worten: Er war keinen Schritt weitergekommen. Jokum war noch nicht vertraut mit Konfuzius, der unter anderem behauptete, man müsse seine Familie bis ins fünfte Glied zurückverfolgen und sie sich außerdem bis ins fünfte Glied in der Zukunft vorstellen können, um zu wissen, wer man ist. Erst dann kenne man seinen Platz, und wenn man ihn kenne, kenne man auch sich selbst. Sich selbst zu kennen heißt, seinen Platz zu kennen. Aber was war mit Synne? Jokum musterte sie verstohlen. Betrachtete sie diese Chronik wie ein Stillleben, tot auf dem Papier, tot in der Schrift? Sie saß mit einem kleinen Lächeln um die Lippen da und führte in diesem Augenblick die Serviette zum Mund, als wolle sie es wegwischen. Lächelte sie über den dürren Stamm der Familie Jokumsen, sie, die mindestens einem Wald entstammte, der in diesen revolutionären Zeiten vom Kahlschlag bedroht wurde? Nein, jetzt sah er, was sie tat, sie hatte ein Stückchen Kartoffelschale in der Serviette versteckt. Natürlich, sie wollte damit heimlich Hubert füttern. Es war also Huberts Schuld, dass sie die Kartoffel mit Schale aß. Was bedeutete, dass Jokum in Synnes Schlange hinter dem Hamster stand, was Aufmerksamkeit und Fürsorge betraf. Doch eines wusste er: Er würde sich an die Worte, die sie ihm vorgelesen hatte, immer erinnern; er würde sie im Herzen tragen und niemals vergessen. *Vor vielen Jahren, wahrscheinlich so um die Zeit, als die Leibeigenschaft 1788 aufgehoben wurde ...* In dem Moment hob der Vater erneut sein Glas.

»Und vielleicht darf ich hinzufügen, dass Alfhild und Lauritz Jokumsen den Sohn Jokum bekamen, der sich später mit Synne Sager vermählte!«

Da wollte Jokum aufstehen und gehen, so weit fort wie möglich, aber sein Vater war noch nicht fertig:

»Und vielleicht ist es auch der richtige Moment zu erzählen, wie ich Mutters Herz gewonnen habe, Jokum?«

Dieser sank zurück auf seinen Stuhl, er gab ganz einfach auf.

»Du hast sie im Waschkeller in Nyhavn getröstet, Vater.«

»Na, das war ja wohl nicht genug.«

»Und sie durfte in deinem Beiwagen sitzen«, sagte Jokum müde. Da unterbrach die Mutter ihn:

»Nein, dazu hat er mich nicht überreden können! Er fuhr ja wie ein Wilder! Nein, dieses Motorrad hat nur Unglück gebracht. Deshalb steht es auch ein für alle Mal in Birkerød!«

Vater senkte für einen Moment den Blick, schweigend, in Gedanken versunken, und Jokum glaubte schon, damit sei alles gesagt. Doch dann schaute sein Vater wieder auf und lächelte.

»Soll ich es erzählen, Hütchen?«

Mutter schüttelte schmunzelnd den Kopf, was Ja bedeutete.

»Von mir aus. Wenn Synne es überhaupt hören will.«

Synne wollte, und Lauritz Jokumsen, fünftes Glied in dem Geschlecht aus Asdal, Vendsyssel, war willig, es zu erzählen.

»Ja, also, dieser Großhändler, bei dem Hütchen arbeitete, der war so ein richtiger Drecksack. Ein Drecksack von der alten Sorte! Er hat sie nicht gut behandelt. Und ich wollte, dass er Lehrgeld bezahlt. Weißt du eigentlich, was ein Drecksack ist, Synne?«

Da schrie sie, ein Schrei, der in ganz Skillebekk zu hören war, und Lauritz Jokumsen kam mit seiner Erzählung, wie er Alfhilds Herz ein für alle Mal gewann, nicht weiter.

»Hubert!«, schrie Synne Sager. »Hubert!«

Es stellte sich heraus, dass Hubert aus der Anglertasche geflohen war. Möglicherweise war es geschehen, als sie auf dem Balkon standen und die Abstände der Stadt betrachtet hatten. Eine Anglertasche dieses Typs kann, wie allgemein bekannt, nicht verschlossen werden. Nur die kleinen Taschen, in denen man normalerweise Schnur, Haken und Blinker verstaut, sind mit Schlaufen versehen, ansonsten gibt es nur einen Überwurf, der über das Hauptfach gestülpt wird, in dem man wohl im schlimmsten Fall tote Fische aufbewahren soll, keine lebendigen Hamster. Nachdem geklärt war, worin das Problem bestand, wurde eine größere Suchaktion eingeleitet, die Synne kreuz und quer durch Jokums Elternhaus führte, in dem wenig oder gar nichts verändert worden war, nur alles sauber gehalten, und das mit aller Sorgfalt, abgesehen von einzelnen Neuerungen, die sie sich im Laufe der Jahre angeschafft hatten, wie den Fernsehapparat, einen elektrischen Rasierer, einen Toaster, eine halb automatische Waschmaschine und eine Stereoanlage. Mit anderen Worten: Sie waren erzkonservative, moderne Menschen. Und auf dieser Wanderung durch die 97 Quadratmeter große Wohnung konnte Synne feststellen, dass sie mit rechtwinkliger, konsequenter Nüchternheit eingerichtet worden war. Stühle, um darauf zu sitzen. Bücherregale, auf denen Bücher stehen sollten. Ein Tisch, um etwas darauf zu stellen. Es sollte nützlich sein. War etwas nützlich, dann war es auch schön. Ein Papierkorb ist schön. Ein Aschenbecher ist schön. Ein Lineal ist schön. Mit anderen Worten: Dekoteile, oder was eher abwertend als Nippes bezeichnet wird, waren kaum zu sehen. Die Wohnung war im Stil der ökonomischen Ästhetik der Epoche gehalten, wenn man es so nennen darf, einer Epoche, die leider zu dieser Zeit ihrem Ende entgegenging, etwas, was unter anderem den Ölfunden in der Nordsee und der Populärkultur anzulasten ist, dem vulgären Individualismus und dem Sieg des Marktes an allen Fronten, der den Samen für ein Schlagwort säte, das mir neulich zu Ohren kam: *Niemand ist gleich, alle sind einzigartig.* Was ebenso gut als Reklame für eine Bekleidungskette wie für eine politische Partei oder eine Religionsgruppe gelten kann. Ach, ich vermisse jemanden, der das Gegenteil behauptet: *Niemand ist einzigartig, alle sind gleich!* Außerdem gab es keine Gardinen in den Fenstern, die nach Osten und Westen gerichtet waren, um in einem ansonsten so verdunkelten Land so viel Sonnenlicht wie möglich hereinzulassen. Was Synne jedoch gar nicht bemerkte. Sie hatte genug damit zu tun, Hubert zu suchen, deshalb sah sie nichts anderes. Und lasst mich ihn schnell finden und mich damit begnügen zu erwähnen, dass das Essen an diesem Sonntag zum dritten Mal kalt wurde. Sie fanden Hubert in Jokums Bett in seinem Kinderzimmer, auch das stand unverändert da, nachdem er vor einem Jahr in die Sogn Studentby gezogen war. Synne setzte sich darauf, nahm den Hamster auf den Schoß und fuhr ihm mit den Fingern durch den weichen Pelz. *Das ist das erste Mal, dass eine Dame in meinem Bett ist,* dachte Jokum. *Eine Dame mit Hamster.* Die Eltern standen direkt hinter ihm. Warum gingen sie nicht einfach weg und zogen die Tür hinter sich zu? War das zu viel verlangt? Sie blieben stehen. Synne blieb sitzen und schaute sich um. An der einen Wand, der mit dem Fenster, das nach Norden zeigte und deshalb Gardinen hatte, hingen zwei Schwarz-Weiß-Fotos, beide hinter Glas und Rahmen. Das eine war das berühmte und berüchtigte Bild des südvietnamesischen Polizeichefs Nguyén Ngoc Loan, der in Saigon einen FNL-Soldaten hinrichtet, indem er ihm mit einem Revolver in die Schläfe schießt. Der Schuss muss gerade erst abgefeuert worden sein, man kann sehen, wie der Kopf zur Seite geschleudert wird, als wäre er von einem kräftigen Windstoß getroffen, man kann das Wehen sehen, das Zucken im Gesicht, die Grimasse des Todes. Der Fotograf muss ganz dicht dabeigestanden haben. Hätte er nicht diesen Henker am Schießen hindern können? Oder wartete er nur auf sein Foto, bis der Schuss kam und er den zum Tode Verurteilten gleichzeitig mit seinem Blitz schießen und ihm damit das ewige Leben geben konnte? Doch nichts davon weckte als Erstes Jokums Interesse, ihn beschäftigte das Hemd des FNL-Soldaten, ein kariertes Hemd, vielleicht aus Flanell. Jokum stellte sich vor, dass es wohl rot war, rot kariert, und es war dem Hemd, das er selbst gern trug, nicht unähnlich. Und damit wurde das Grauenvolle zu etwas ganz Normalem, wegen eines Hemds, es rückte näher, es konnte passieren, es konnte hier passieren. Das andere Foto war aus Oslo, genauer gesagt von der Ecke zwischen Grensen und Akersgate, direkt vor Backes Glassmagasin. In der Mitte sitzt ein älterer Mann, einer der Obdachlosen der Stadt, wahrscheinlich ein Kriegsveteran, und er spielt Akkordeon, eine Handharmonika. Er trägt einen dicken Mantel, Handschuhe mit abgeschnittenen Fingern. Sein Gesicht ist mager, verhärmt, der Mund ein dünner, schmaler Strich, der Blick abgewandt, ganz woanders. Rechts von ihm, gegen einen Pfosten gelehnt, steht ein Mann mittleren Alters in Anzug und Krawatte, die Hände in den Taschen, kurz davor umzufallen, die Knie eingeknickt, er ist einfach besoffen. Oder versucht er nur, zu der Musik zu tanzen, die wir nicht mehr hören, ist das ein Tanzschritt oder der Anfang seines Falls? Sein Gesicht ist auch mager, gequält, er guckt verblüfft, ganz einfach überrascht, das dünne Haar ist zum letzten Mal gekämmt worden, aber er hat noch eine Bügelfalte in der Hose, die Falten auf der Stirn sind ein genaues Abbild des Blasebalgs der Handharmonika, sein Blick ist auf etwas anderes gerichtet, nach innen, auf das, was außerhalb der Reichweite liegt. Am linken Rand des Fotos befindet sich ein drittes Gesicht, auf einem Plakat, es ist das einzige Gesicht, das einem direkt zugewandt ist, ein junger Mann mit einem offenen, dümmlichen Blick und weißen Zähnen in einem viereckigen Lächeln, auf dem Plakat steht: *Ausverkauf den ganzen September über, Sonderangebot für unser romantisches Sonntagsservice, nutzen Sie jetzt die Chance.* Jokum hat das Foto *Einsames Trio* benannt. Er hat es im letzten Herbst auf dem Gymnasium gemacht, an einem Samstagvormittag, mit der Kamera seines Vaters. Damals wollte er noch Fotograf werden, was er jedoch ganz schnell, ja, noch am gleichen Tag, wieder verwarf, weil ihm klar geworden war, dass er jedes Motiv stören würde. Jokum räusperte sich.

»Das habe ich gemacht.«

»Du?«

»Das mit dem Straßenmusikanten, meine ich.«

Synne saß noch eine Weile schweigend da und betrachtete das Foto, dann wandte sie sich ihm zu.

»Im Grunde genommen sind alle Fotos Stillleben«, sagte sie. »Ein Stillleben der Zeit.«

Und dass sie das gesagt hatte, machte sie richtig froh. Jokum verstand es, so etwas verstand er gut. Sie hatte einen neuen Gedanken gedacht! Vielleicht war er nicht neu für die Welt, aber für Synne Sager. Neu und bahnbrechend, und das machte sie noch schöner. Vielleicht war es diese Freude, diese reine Freude, die uns strahlen lässt, vielleicht konnte sie Jokum anstecken und ihn genauso schön machen? Auf jeden Fall wünschte Jokum sich, dass dieser Augenblick andauern möchte. Er wollte ihn ganz einfach genießen, Synne zuliebe, sich selbst zuliebe, ihnen beiden zuliebe. Der Vater zupfte ihn am Hemdzipfel.

»Ich glaube, wir müssen einen Karton für Hubert suchen. Er heißt doch Hubert, nicht wahr?«

Synne nickte.

»Ja, das stimmt, so heißt er«, antwortete Jokum.

Der Vater zupfte noch stärker am Hemdzipfel.

»Und du kommst mit mir mit.«

»Warum …«

Jetzt zog der Vater ihn entschlossen zur Seite.

»Du kommst mit mir«, wiederholte er.

Jokum folgte seinem Vater aus der Küche und anschließend die Küchentreppe hinunter in den Keller. Bei jeder Stufe krümmte er seinen Rücken etwas mehr. Jetzt war er an der Reihe, seine Worte zu wiederholen:

»Warum?«

»Warum? Es könnte ja sein, dass Synne mal wieder herkommt. Mit dem Hamster. Und dann hat er seine eigene Kiste. So solltest du denken, Jokum. Vorausschauend. Du musst es dir nur vorstellen. Es ist nicht so schwer.«

»Ich meine, warum muss ich mit, um den Karton zu holen?«

Der Vater blieb stehen, drehte sich um, ging acht Stufen wieder hoch und drehte sich noch einmal um. Da er nun fünf Stufen höher stand als sein Sohn, der sich auch noch umdrehen musste, standen sie sich ausnahmsweise einmal Aug in Aug gegenüber.

»Damit Mutter und Synne sich in Ruhe unterhalten können.«

Jokum wurde unruhig.

»Warum sollen sie das? Sich in Ruhe unterhalten?«

»Das weiß ich auch nicht.«

»Das weißt du nicht?«

»Da geht es um Dinge, von denen wir Männer nichts verstehen, Jokum.«

»Warum sagst du dann so was?«

»Damit Mutter und Synne sich in Ruhe unterhalten können. Komm jetzt.«

Sie gingen die letzten steilen Stufen hinunter, und der Vater schloss den Keller auf. Nun waren sie im Untergrund der Stadt, wo vertrocknete Weihnachtsbäume von einem neuen Frühling im Dezember träumten. Der Verschlag lag am Ende des Ganges, auf der rechten Seite. Wieder blieb der Vater stehen. Jokum verstand den Zusammenhang. Der Vater wollte sich unterhalten, mit ihm, ein Gespräch unter vier Augen, wie es heißt. Was hatte er auf dem Herzen?

»Du hättest Mutter besser gesagt, dass Synne kein Fleisch isst«, sagte er.

»Aber das wusste ich doch auch nicht.«

»Du musst besser aufpassen, Jokum.«

»Ich passe nicht auf, was die Leute essen.«

»Wenn sie deine Freundin sein soll, dann musst du das bitte schön tun.«

»Ach, hör auf.«

»Übrigens, ist es nicht etwas merkwürdig, dass sie Stillleben studiert?«

»Warum soll das merkwürdig sein?«

»Ich dachte nur, dass ein junges Mädchen vielleicht ein anderes Thema finden könnte.«

»Es ist ja wohl nicht merkwürdiger, als die Abstände zu studieren!«

Der Vater lachte und steckte den Schlüssel ins Vorhängeschloss.

»Doch, ist es doch. Der Abstand ist ein festes, aber lebendiges Material, während das Stillleben tot ist.«

»Und was soll das bedeuten?«

»Das weiß ich noch nicht.«

Jokum hätte dieses Gespräch gern beendet. Er regte sich auf. Und er meinte, jedes Recht dazu zu haben.

»Es ist falsch, wenn ich allein komme, und es ist falsch, wenn ich jemanden mitbringe. Ganz gleich, was ich tue, immer ist es falsch.«

Vater legte eine Hand auf Jokums Schulter.

»Jetzt hast du mich aber ganz falsch verstanden. Mutter und ich freuen uns riesig, dass du Synne mitgebracht hast. Außerdem ist sie richtig flott!«

Jokum schüttelte die Hand ab.

»Das hat Mutter auch gesagt! Habt ihr euch abgesprochen, sie flott zu finden? Ich will nicht, dass ihr sie als flott bezeichnet!«

»Na, heute bist du aber auch ein Querkopf, Jokum. Dir sollte man wirklich den Hosenboden versohlen.«

Vater lachte und bekam endlich die widerspenstige Tür auf. Der Geruch aus der Abseite, dem Vorratslager des Miethauses, schlug ihnen wie ein sanfter, ruhiger Wind aus früheren Zeiten entgegen. Gleichzeitig vernahmen sie einen Hauch der Zeiten, die noch kommen sollten, das Feuer in dem Holz, das in rechtem Winkel aufgestapelt war, den Schnee unter den Skiern, die in einer Schlaufe unter der Decke hingen, die nächste Reise des hellbraunen Koffers, die Luft in den platten Reifen des schwarzen Damenfahrrads. Was wäre, wenn man eine umgedrehte Erinnerung hätte und sich an das erinnern könnte, was noch geschehen sollte? Dann könnte Jokum sich daran erinnern, dass er in 24 Jahren hier hinuntersteigen und dieses Fahrrad holen, die Reifen aufpumpen und es zum Friedhof Vestre gravlund schieben würde, mit einem Seil im Fahrradkorb.

Wie wäre das? Es wäre unerträglich. Wenn wir nicht aus unseren Fehlern lernen, dann werden wir auch nichts aus denen lernen, die wir noch nicht begangen haben. Nur der alte Kühlschrank, den wegzuwerfen der Vater nicht übers Herz gebracht hatte, war reine Vergangenheit, er schloss die Zukunft aus und hielt die Vergangenheit kalt. Wir brauchen derartige unbrauchbare Dinge. Man kann es nicht oft genug wiederholen.

»Warum steht dein Motorrad nicht hier?«, fragte Jokum.

Vater schüttelte den Kopf.

»Hütchen war nicht besonders begeistert davon.«

»Warum nicht?«

»Warum nicht? Sie fand, es fährt zu schnell.«

»Aber hättest du dann nicht einfach langsamer fahren können?«

»Was du nicht sagst. Es ist nicht immer so einfach. Wenn man erst einmal ängstlich ist, dann bleibt man es auch. Obwohl man einen Beiwagen hat.«

»Ist Mutter ängstlich?«

»Wenn es zu schnell geht, ja.«

»Aber nicht, wenn es um die Nähmaschine geht.«

»Nein, da hast du recht. Da gibt es keine Geschwindigkeitsbegrenzung. Außerdem gefällt es ihr sowieso besser, ohne Motor zu fahren.«

Sie betraten die Abseite. Eine Holzkiste in der einen Ecke sah geeignet aus. Sie war voller Konserven und hatte seit der Kubakrise hier gestanden. Die Kellerräume dienten nicht nur als Vorratslager des Mietshauses, sondern auch als Stauraum des Kalten Krieges. Die Kubakrise war vorübergegangen, setzte sich aber dennoch weiter fort. Bengt Åker vertrat ja hartnäckig die Meinung, der Dritte Weltkrieg werde bald ausbrechen, es sei nur noch eine Frage von Wochen, Tagen, die Sowjets würden in Norwegen einmarschieren und die Bevölkerung ausrotten, genau wie die USA es mit den Indianern gemacht hatten. Vater stellte die Konserven auf ein freies Regal über den Holzstapeln.

»Gut, ein bisschen was zu essen in der Hinterhand zu haben, wenn man unerwartet Besuch bekommt«, sagte Vater.

»Wer sollte das denn sein?«

»Das weiß ich nicht. Sonst wäre er ja nicht unerwartet.«

Jokum nahm die Kiste hoch, da fiel ihm noch etwas ein.

»Sag mal, hast du noch deine alten Hüte?«

»Schon möglich. Man kann ja nie wissen.«

Vater öffnete den Koffer, das einzige Gepäckstück, das er bei sich hatte, als er 1948 nach Norwegen kam, um Alfhild zu heiraten. Mit einem Smoking, Lackschuhen, einem Maßband, dänischer Leberpastete und seinem Gesellenbrief. Außerdem war er der Einzige in Norwegen, der mit dem Koffer in der Hand und nur einem Skistock Ski lief. Seiner Meinung nach war das eine gute Gleichgewichtsübung, und außerdem gab es immer etwas, das man dabeihaben musste, sowohl Nützliches als auch Unnützes, beispielsweise Proviant, Lesestoff, Streichhölzer, Tabak, Skiwachs, Kompass, Ersatzbindung und die Zeitung vom Tage. Beim Skilaufen mit dem Koffer in der Hand kam man der Idealzeit am allernächsten, und die Idealzeit war ein Maß, das mit dem Herzen des Vermessers Lauritz Jokumsen eng verbunden war. Denn ist Zeit nicht auch eine Art von Abstand? Es war der alte Traum davon, Herr über Zeit und Raum zu werden.

Es gibt ein Foto von ihm auf Skiern, irgendwo zwischen der Kobberhaughytta und dem Kikut, mit dem Koffer in der rechten Hand, dem Bambusstab in der linken, dazu noch einen Bergans Rucksack mit tiefem Schwerpunkt. Der arme Mann. War das wirklich seine Idealzeit, die Umschreibung der Sozialdemokratie des aristotelischen goldenen Mittelwegs? Jokum hatte es 1968 geknipst. Er gewann damals damit sogar einen Sonderpreis, und zwar eine Ehrenwürdigung, beim Wettbewerb der Aftenposten um das beste Osterfoto des Jahres. Jokum nannte es Ein Däne in Norwegen. Vater war begeistert. Jokum war nur froh, dass es nicht an der Wand hing, sondern in einer Schublade lag. Jetzt war dieser Koffer unter anderem voll mit Storm-P.-Büchern, die nicht mehr gebraucht wurden, die berühmten *Fluer*, die Fliegen, der ewige Augenblick auf den vergänglichen Seiten der Zeitungen. Vater las Nr. 117 laut mit einem Schmunzeln: *Die Zeiten haben sich geändert, wenn man sich heute normal verhält, dann ist man nicht ganz gescheit.* Darunter lag die Bekleidungs- und Ausrüstungskarte des Amtes für Versorgung und Wiederaufbau, früher einmal unumgänglich, jetzt ähnelte sie eher einer Gedichtsammlung als einem Wörterbuch: *Luren, Strampelanzug, Strickkleider, Wickeltuch, Leibchen, Windelhose.* Dann fand Vater einen Hut, einen grauen Filzhut mit schönem festem Schweißband und schwarzem Seidenband.

Ein Hut, wie geschaffen, mit ihm zu grüßen, ihn also kaum erkennbar vom Kopf zu heben, wenn man jemandem begegnete, den man nicht unbedingt gut kannte, der aber dennoch Aufmerksamkeit verdiente. Im Gegensatz zu Damenhüten kann man über Herrenhüte leicht behaupten, dass sie am meisten Gewicht hatten, wenn sie abgenommen worden waren, beispielsweise wenn man sie vor Begeisterung auf einer Tribüne in die Luft warf oder, wie bereits erwähnt, diskret mit ihnen grüßte. Der Vater reichte Jokum den Hut.

»Was willst du damit?«

»Was ich damit will? Ihn zum Beerensammeln mitnehmen!«

Der Vater schüttelte den Kopf.

»Also heute bist du wirklich kratzbürstig. Ich habe damit natürlich gemeint, ob es in nächster Zeit für dich einen feierlichen Anlass gibt.«

»Was für ein Anlass?«

»Das musst du doch am besten wissen.«

Jokum, plötzlich verlegen, wandte sich ab, als ob das etwas brächte, und setzte den Hut versuchsweise auf.

»Steht er mir?«, fragte er.

»Dreh dich mal um.«

»Ich habe mich umgedreht.«

»Dann dreh dich noch einmal um.«

Jokum drehte sich langsam zurück.

»Synne meinte, ein Hut würde mir stehen. Er würde… abschließend wirken.«

Der Vater schaute ihn lange an.

»Abschließend?«

»Ja, das hat sie gesagt. Abschließend.«

Der Vater sah ihn noch länger an.

»Ich glaube, in dieser Sache sollte Synne das letzte Wort haben.«

Doch als der Vater den Koffer wieder schließen wollte, fiel Jokums Blick auf etwas, das zwischen den Büchern hervorlugte, ein kleiner Magnet, sein Magnet. Hier war er also gelandet, in Vaters dänischem Koffer. Die Mutter musste ihn hineingelegt haben. Sie hatte gefürchtet, Jokum könnte sich an ihm verletzen. Er nahm den Magnet, der wie ein kleines Hufeisen geformt war, vorsichtig hoch und hielt ihn in beiden Händen. Konnte dieser Magnet das Glück anziehen, ein bisschen Glück?

»Den hast du mir zum Geburtstag geschenkt, nicht wahr?«

Vater schaute näher hin.

»Ja, ich glaube, als du sieben geworden bist. Sollen wir ihn wegwerfen?«

»Und ich wollte ihn runterschlucken, oder?«

»Ja, das hat Mutter gar nicht gefallen. Aber zumindest bist du so deine Milchzähne losgeworden.«

Jokum spürte, wie etwas an ihm zerrte, an dem Magneten, die Kindheit war im Norden, die Zukunft im Süden, und er stand direkt dazwischen, wie er es immer getan hatte, zwischen dem, was gewesen war, und dem, was noch sein würde. Ihm fehlte noch Vaters Förmlichkeit, aber war sie nicht nur ein Zeichen des Alterns? Förmlich und angepasst. Er wollte noch nicht alt werden. Er hatte doch noch gar nichts erlebt. Er stand zwischen allem und streckte sich in alle Richtungen. Da kam Jokum ein Gedanke: Hatte die Irreführung des Körpers in dem Moment begonnen, als er den Magnet in den Mund nahm, ein kaltes, hartes Bonbon? Auf diese Irreführung des Körpers folgte auch die Abweichung der Gedanken. Es war nicht zu übersehen. Nein, dieses magnetische Hufeisen brachte sicher kein Glück, es führte nur auf Abwege.

»Findest du wirklich, dass sie flott ist?«, fragte Jokum.

»Als wir euch vom Fenster aus gesehen haben, habe ich zu Mutter gesagt, dass Jokum sich aber ein flottes Mädchen ausgesucht hat. Und dazu stehe ich.«

»Ich habe mir niemanden ausgesucht. Außerdem ist sie zu vornehm für mich.«

»Was redest du da, Jokum. Niemand ist zu vornehm für jemanden.«

»Du weißt, dass das nicht stimmt.«

»Ich sage es trotzdem. Niemand ist zu vornehm für jemanden. Und jetzt gehen wir wieder hoch zu den beiden.«

Aber Jokum konnte sich nicht entscheiden. Sollte er den Hut oder den Magneten mitnehmen, oder beides? Nein, er musste sich entscheiden, und wie schon gesagt bedeutete das, etwas auswählen zu müssen. Er stand unter so etwas wie widerstreitenden Einflüssen, aber nicht von Parteien, Organisationen, Menschen, wie so viele es im Laufe der EWG-Kampagne erlebt hatten, als Loyalität, beispielsweise für die Arbeiterpartei, auf den krassen Gegensatz der inneren Überzeugung stieß und sich Ja und Nein im selben Mund formten. Es lässt sich nicht vermeiden, dass von allen Seiten an uns gezogen und gezerrt wird, und genauso oft werden wir weggestoßen. Wie Bengt Åker gesagt hätte: *Du musst dich für eine Seite entscheiden.* Jokum stand hier unter dem Einfluss widerstreitender Kräfte von Dingen, die an seine Loyalität appellierten. Sie zogen und zerrten an ihm. Schließlich traf er eine Entscheidung. Er legte den Hut zurück in den Koffer und steckte den Magneten in die Tasche. Sollte das bedeuten, dass Jokum sich für die Zukunft und nicht die Vergangenheit entschied? Nein, eher glaubte er, das Glück könne sich drehen, sodass abweichendes Verhalten eines Tages vom Unglück abweichen könnte, ja sogar vom Abweichen selbst.

»Ja, ja«, sagte der Vater. »Du hast dir immer Zeit gelassen, Jokum.«

Dann eilten sie mit der Kiste hinauf in die Wohnung. Als sie in der Küche ankamen, hörten sie aus der Stube Gelächter. Worüber lachen die beiden?, wunderte sich Jokum. Lachen die über mich? Doch dann fiel ihm etwas ein, und er zog seinen Vater am Ärmel.

»Bezahl bitte die Miete für Mai nicht.«

»Nein? Warum nicht?«

»Weil wir streiken.«

Vater lachte laut auf.

»Aber für Bier habt ihr Geld?«

»Ich meine es ernst. Ich will kein Streikbrecher sein.«

»Tut mir leid, Jokum. Wir haben die Miete bereits für den Rest des Jahres bezahlt. Du kannst die Schuld gern auf uns schieben.«

»Für den Rest des Jahres? Aber dann verliert ihr ja Zinsen!«

»Aber wir können nachts gut schlafen.«

Die Mutter und Synne saßen auf dem Sofa und tranken Kaffee, was Jokum allerdings nicht als Erstes ins Auge stach. Als Erstes entdeckte er den Kranz, der auf dem Boden lag. Und in dem Kranz lief Hubert herum, immer im Kreis, schneller und schneller. So verhielten sich wohl alle Hamster, neben schlafen und fressen laufen sie im Kreis, ganz gleich, ob dieser Kreis nun aufrecht stand und sich bewegte wie ein Rad, angetrieben von Huberts kleinen, emsigen Füßen, der ihn damit auf einer Stelle stillstehen ließ, was ohne Weiteres die traurige Illusion des Hamsters genannt werden kann, oder ob er still dalag, wie dieser Kranz, der sich an der falschen Stelle befand.

»Worüber lacht ihr?«, fragte Jokum.

»Ich habe Synne gerade erklärt, wie wir den Springbrunnen von Skillebekk nennen«, sagte Mutter.

Wieder musste Synne lachen.

»Das Haar in der Suppe! Das ist wirklich gut.«

Die Mutter wandte sich dem Vater zu.

»Jokum hat auch noch einen Kranz mitgebracht.«

Der Vater schaute den Sohn an, der die Kiste abstellte.

»Aber wir sind noch nicht gestorben, Jokum, oder?«

Jokum richtete sich auf. In dem Moment blieb Hubert stehen und lief in die entgegengesetzte Richtung, jetzt noch schneller. Jokum schob die Hand in die Tasche. Da legte Hubert sich in die Mitte des Kranzes, und dort blieb er liegen, mitten im Kreis des Kranzes. Jokum stutzte. Etwas Ähnliches hatte er noch nie gesehen. Vorsichtig drehte er den Magneten. Hubert erwachte zum Leben und lief weiter die endlose Kurve des Kranzes entlang, eine Bewegung, die Jokum gut für sich nachvollziehen konnte.

Zum Glück geschah am restlichen Abend nicht mehr viel.

Den ganzen Weg zur Sogn Studentby zurück gingen sie zu Fuß, Synne mit Hubert in der Schultertasche, Jokum mit dem Magneten in der Tasche und sauberer Wäsche im Rucksack. Es wehte ein sanfter lauer Wind, nein, nur ein Lüftchen durch die Straßen, sie hörten den Gesang von Vögeln, die sie nicht sehen konnten, ebenso gut hätte es sich um die Platte des Vaters handeln können. Für eine Weile schien es, als wäre alles ohne Ursprung und ohne Ziel, selbst der Himmel begann nirgends und endete auch nicht, und all das barg eine Freiheit in sich, die Jokum in dieser Art noch nie gekannt hatte, doch, die Poesie der Stadt stand immer noch geschrieben in dem Unfassbaren und Schwerelosen, das *Atmosphäre* genannt wird. Sollte er einen Arm um ihre Schultern legen? Zuerst musste er jedoch etwas sagen. Synne sagte nichts. Sie gingen über den Vestkanttorget und hatten immer noch nichts gesagt. Bis Majorstua kamen sie schweigend. Als sie sich Blindern näherten, wurde Jokum immer unruhiger, und solange sie sich noch im Tal der Schatten zwischen den Hochhäusern befanden, fiel ihm *Der Prozess* ein, genauer gesagt die merkwürdige, beunruhigende Begegnung zwischen dem Künstler Tintorelli und Josef K., und im Besonderen die drei Gemälde, die der Künstler zum Schluss Josef K. zeigte, die Landschaftsbilder, mit sterbenden Bäumen, Gras und Sonnenuntergang, von denen er behauptet, sie wären gleich, absolut identisch, aber das ist doch unmöglich. Was noch einmal gemacht wird, ist immer anders. Und diese Verschiebungen, ganz gleich, wie klein sie auch sind, wie unbedeutend sie erscheinen mögen, sie bilden auch ein Grundmotiv für den *Prozess*: die unmerklichen Veränderungen, die man gar nicht bemerkt, weil der große Unterschied bereits eingetroffen ist. Die Macht, oder besser, *die Elite*, behauptet, dass nichts geschieht und dass alles immer das Gleiche ist, aber in Wirklichkeit geht ein anhaltender, wie soll man ihn nennen, ja, ein anhaltender *Austausch* vor sich, von Dingen, Positionen, Größen, Gesetzen, Moden, Menschen, und Jokums Vater hätte hinzugefügt: von *Abständen*. Das macht den *Prozess* an sich aus. *Das, was da vor sich geht.* Und was dort im Geheimen vor sich geht, bringt nie etwas Gutes mit sich. Das hätte Jokum in seiner Kolloquiumsarbeit schreiben sollen. Verdammt noch mal. Aber so oder so war es dafür jetzt zu spät. Doch er konnte darüber mit Synne reden. Das Thema sollte sie interessieren, studierte sie doch Kunstgeschichte, diese Landschaftsmalereien, die nicht gemalt waren, nur von Kafka beschrieben, *geschildert,* und auf diese Art und Weise könnte er ihr Interesse an seiner Person wecken. Vielleicht könnte jemand die Bilder sogar malen? Würde man sie als Plagiat bezeichnen? Schließlich standen sie in der Gemeinschaftsküche und tranken beide ein Glas Wasser. Jokum wollte es ihr gerade sagen. Da kam sie ihm zuvor.

»Gute Nacht«, sagte Synne.

Sie ging in ihr Zimmer und drehte sich nicht um. Jokum ging in seines. Er hängte die sauberen Kleider in den Schrank und wickelte den Magneten sicherheitshalber in ein Handtuch vom Studentenwerk ein und versteckte ihn in der untersten Schublade unter den alten Vorlesungsaufzeichnungen aus den früheren Semestern. Es macht einen Unterschied, ob man etwas beweist oder etwas vorweist, dachte Jokum, ohne zu ahnen, warum er gerade jetzt diesen Gedanken hatte. Anschließend legte er sich ins Bett und konnte natürlich nicht schlafen. Nirgends ist der Schlaf schwerer als in einem Studentenwohnheim in der Nacht zum Montag, wohlbemerkt, der Schlaf der anderen. Der Schlaf der anderen lag wie ein Joch auf seinen Schultern. Er stand wieder auf, zog sich den Morgenmantel an, schlich sich hinaus und klopfte an Synnes Tür. Nach einer Weile klopfte er noch einmal, öffnete vorsichtig die Tür – sie hatte sie nicht verschlossen, ein Zeichen, das musste ein Zeichen sein, sie hatte Jokum zuliebe die Tür nicht verschlossen – und schaute hinein. Synne lag im Bett und sah ihn an.

»Ich hoffe, es war nett für dich«, flüsterte Jokum.

Langsam richtete Synne sich auf.

»Es war für mich ...«

Jokum wartete auf die Fortsetzung.

»Ja, es war für dich ...«

»Es war für mich sehr ...«

»Ja? Es war für dich sehr ...«

Synne legte sich wieder hin und schloss die Augen.

»Interessant«, sagte sie.

EIN TAG IN BLINDERN

Komödie?«
»Vielleicht habe ich es etwas zu drastisch ausgedrückt.«
Jokum schaute zu Boden. Das Licht im Gruppenraum war flach und hart und ließ die Gesichter grün und blass erscheinen, fast wie Totenköpfe. Acht Studenten saßen um den Tisch, sechs männliche, zwei weibliche. Alle studierten Literaturwissenschaft zum Magister, bis auf Ottar Hansen, der schon weiter war und die Gruppe leitete. Jetzt bohrte er seinen Blick wieder in Jokum, und zwar das so intensiv, dass Jokum befürchtete, nie wieder von ihm loszukommen.

»Ich stelle hier die Fragen, Jokum. Und ich frage, ob du dabei bleibst, dass *Der Prozess* eine Komödie ist?«

Jokum strich sich langsam über die Augen. Dieses Licht, oder Ottar Hansens Blick, blendete ihn so stark, dass es wehtat.

»Ja sicher, ich habe geschrieben, dass *Der Prozess* auch als Komödie gelesen werden kann.«

»Ich werde euch sagen, was genau du geschrieben hast, Jokum. Kannst du es uns bitte laut vorlesen, Lisbeth?«

Die Studentin, die Lisbeth hieß, blätterte in seinem Aufsatz, der tatsächlich vervielfältigt worden war, und fand die Stelle, nach der sie suchte. Sie las laut, mit einem fast wütenden, nein, empörten Tonfall, während Ottar Hansen Jokum nicht aus den Augen ließ.

»*Außerdem möchte ich behaupten, dass* Der Prozess *als eine Komödie gelesen werden kann, soweit man darüber lachen kann, und erwiesenermaßen tun das einige.*«

Alle Augen waren auf Jokum gerichtet.

»Ich meine ja nur, dass *Der Prozess* auch …«

Ottar Hansen unterbrach Jokum und zeigte außerdem noch mit einem roten Stift auf ihn.

»Du schreibst *erwiesenermaßen*. Wer lacht denn, Jokum?«

Plötzlich fühlte Jokum sich verkommen, wie ein Betrüger, als wäre er gerade dabei, jemanden zu verraten. Gern hätte er geantwortet, dass er selbst der Lachende war, aber er fand, es mache einen schlechten Eindruck, wenn er sich selbst in dieser Angelegenheit benannte, einen schlechteren, als wenn er den Hausmeister verriet.

»Der Hausmeister«, sagte er leise.

Ottar Hansen beugte sich näher zu ihm vor.

»Wer?«

»Der Hausmeister von HF.«

»Woher weißt du, dass der Hausmeister von HF über den *Prozess* lacht?«

»Wir haben darüber geredet. Ich war der Meinung, es sei wichtig zu erfahren, wie ganz normale Leute über den Roman denken. Und dabei stellte sich heraus, dass er gelacht hatte. Als er ihn las. Den *Prozess*. Nicht die ganze Zeit. Aber...«

Die Sprache schien in Jokums Mund zu ersterben, und zum Schluss saß er stumm da, trockengelegt. Er hatte gehofft, er würde hier ein wenig Gehör finden, hätte fast so etwas wie eine Trumpfkarte im Ärmel, das Volk sozusagen, er glaubte, er könne Ottar Hansen entmachten, zumindest für einen Moment, aber die Stille am ganzen Tisch zehrte nur an seinen Kräften. Ottar Hansen legte den roten Stift mit einer langsamen und anscheinend genau geplanten Bewegung auf den Tisch, wobei sein Blick fest in Jokums verankert blieb. Schließlich begann er mit einer Stimme zu reden, die gleichzeitig nachsichtig und zurechtweisend klang.

»Weißt du, wer Stig Halvorsen ist, Jokum?«

»Nein. Stig Halvorsen?«

»Stig Halvorsen ist der Hausmeister von HF. Du hast ihn gerade erwähnt. Er hat gelacht.«

»Ich wusste nicht, dass er so heißt.«

»Und vielleicht wusstest du auch nicht, dass Stig Halvorsen bei der letzten Kommunalwahl auf der Liste der Arbeiterpartei stand?«

»Nein.«

»Und dass er für die EWG gestimmt hat. Du führst hier also einen Klassenverräter als Kronzeugen für deine Behauptung an.«

»Er war nicht unbedingt mein Kronzeuge, nur ...«

»Du führst hier also einen Klassenverräter als Kronzeugen an«, wiederholte Ottar Hansen.

Jokum wusste nicht, was er sagen sollte.

»Aber er ist doch trotz allem Hausmeister«, erwiderte er.

Ottar Hansen löste endlich seinen Blick von Jokum, so wie man den Haken aus einem Fisch zieht und diesen allergnädigst weiterschwimmen lässt, verletzt, nun ja, aber um einiges an Lehrgeld reicher. Der Rest der Gruppe bekam jetzt seinen Blick zu spüren, einer nach dem anderen. Jokum fühlte sich befreit und versuchte erleichtert auszuatmen. Ottar Hansen sprach laut weiter:

»Wir müssen uns darüber klar sein, dass *Der Prozess* ein zutiefst bürgerlicher Roman ist. Rechnet Kafka mit der herrschenden Klasse in der Zeit zwischen den Kriegen ab? Nein, er ist selbst Teil des Systems, von dem, was wir die Konstitutionen an sich nennen, und diese Zugehörigkeit prägt sein Schreiben. Dieser Roman ist nicht nur formal bürgerlich, sondern auch inhaltlich. Darüber müssen wir uns im Klaren sein und dürfen uns nicht von den individuellen, kleinbürgerlichen Kritikern verwirren lassen, die versuchen, den *Prozess* zu einem antikapitalistischen Hauptwerk der modernen Literatur umzudeuten. Man braucht nur zu lesen, was Gyldendal auf der Rückseite seiner Lanterne-Ausgabe schreibt: Der Prozess *ist ein geniales Meisterwerk, eine obsessive Gleichung der ewigen Angst und der Seelenkämpfe des Menschen, seiner Verteidigung und Anklage vor einem nicht zu fassenden Gericht und einem unabwendbaren Urteil.* Beachtet diese romantischen und lebensgefährlichen Worte, in denen der reaktionäre Blick auf die Kunst und die Vertriebsabteilung des Monopolkapitalismus sich auf einer höheren Ebene vereinen: *genial, ewige Angst, Seelenkampf, nicht zu fassen, unabwendbar.* Diese höhere Ebene bezeichnen wir als die repressive Toleranz der Macht. Man kann sogar so weit gehen zu behaupten, dass Kafka uns die unterdrückende Bürokratie des Kapitalismus aufzwingt, aber weitergehend müssen wir uns selbst fragen: Wer ist Josef K.? Und auf welcher Seite steht Franz Kafka? Um letztere Frage zuerst zu beantworten: Ich habe bereits festgestellt, dass Kafka ein Teil der Konstitution selbst ist. Deshalb glaubt er, er müsse sich nicht für eine Seite entscheiden. Und er will, dass die Leser das Gleiche glauben. Das ist sein reaktionärer Verrat. Und diese Haltung färbt natürlich auf die Hauptperson, Josef K. ab, und sie färbt nicht nur ab, sondern durchdringt ihn. Josef K. ist ein Bürokrat in der Bürokratie. Er ist nicht mehr als eine Puppe, eine Marionette, ohne eigenen Willen, die sich wohin auch immer führen lässt, und will der Kapitalismus uns nicht genau so haben? Doch, genau so sollen wir nach den Vorstellungen des Kapitalismus sein, ob wir nun in Prag in den Zwanzigerjahren oder in Oslo in den Siebzigern leben. Der Kapitalismus ist sich immer gleich. Diese Lektion lernen wir hier. Der Kapitalismus ist überall derselbe. Hat da jemand gelacht?«

Niemand antwortete, alle schüttelten den Kopf.

»Aber bedeutet das, dass wir es mit einer *Tragödie* zu tun haben? Nein, haben wir nicht. Kafka nähert sich nicht einmal dem Grundstoff der Tragödie. Er geht nicht in die Tiefe, sondern bewegt sich in den dunklen Sälen des Überbaus. Wir können auch nicht zu dem Schluss kommen, dass *Der Prozess* ein bürgerliches Melodrama ist, ein Melodrama für die europäische Bourgeoisie. Hast du dem in diesem Zusammenhang etwas hinzuzufügen, Jokum? Hast du etwas zum Überbau zu sagen?«

Obwohl es viel gab, was er gern gesagt hätte, hatte er dazu nichts zu sagen. Er wollte so gern etwas *Richtiges* sagen. Jemand lachte leise. Warum lachten sie? Lachten sie letztendlich über Kafka? Nein, sie lachten über ihn, über den Überbau. Ottar Hansen hob die Hand, und das Lachen verstummte. Dafür sagte Jokum:

»Ich habe dabei an etwas anderes gedacht. Aber...«

Ottar Hansen wurde schnell ungeduldig, wenn er nicht selbst das Wort führte.

»Aber? Ja?«

»Ich weiß nicht, ob das hier der richtige Ort ist…«

»Sag es einfach. Deshalb haben wir ja diese Arbeitsgruppen. Damit wir frei reden können, ohne dass uns irgendwelche autoritären Besserwisser auf Lohnstufe Fünfzehn über die Schulter gucken können.«

Also sagte Jokum es:

»Ich habe ein wenig über das mit der Zeit nachgedacht. Wann haben eigentlich normale Leute…«

Ottar Hansen unterbrach ihn:

»Wer sind bitte schön *normale Leute*?«

»Normale Leute? Nun, normale Leute sind Leute, die… die… sind… nicht wie wir, denke ich.«

»Nicht wie wir? Und wer sind dann wir? Sind wir das Gegenteil von normalen Leuten? Sind wir eine Art Elite? Ist es das, was du sagen willst?«

Jokum stand auf, damit machte er jedes Mal einen gewissen Eindruck.

»Kannst du mich einfach mal ausreden lassen!«

Ottar Hansen lehnte sich zurück.

»Ich möchte dir nur helfen, wenn du auf Abwege gerätst, Jokum. Lass uns hier keine künstlichen Gegensätze aufbauen. Wir sind uns doch zumindest einig darin, dass normale Leute *Lohnempfänger* sind, ja? Und dabei vergessen wir nicht die Klassenperspektive. Denn wir dürfen die Klassenperspektive nicht vergessen. Einverstanden?«

»Ja, in Ordnung. Ich meine, nein. Lohnempfänger. Was ich sagen wollte. Wenn die Lohnempfänger von ihrer Arbeit nach Hause kommen, meistens erschöpft, dann nehme ich an, sie haben sechs Stunden Zeit, bis sie schlafen gehen müssen, um am nächsten Tag ausgeruht zur Arbeit gehen zu können, und in diesen sechs Stunden müssen sie Essen kochen, essen, vielleicht die Kinder versorgen, oder mit ihnen spielen, wenn sie Kinder haben, etwas reparieren, was kaputtgegangen ist, beispielsweise Kleidung, ein Toaster oder ein Fahrrad, vielleicht müssen sie an einer Gemeinschaftsarbeit teilnehmen, putzen, Sport treiben und ...«

»Ich will dich ja nicht unterbrechen, Jokum, aber könntest du zur Sache kommen? Die Zeit läuft uns davon, weißt du.«

»Ja, genau das ist es! *Die Zeit läuft davon!*«

Noch einen Moment lang blieb Jokum stehen, da oben in dem grellen Licht. Alle schauten ihn an. Von hier aus gesehen, also aus Jokums Blickwinkel, wirkte es, als befänden sie sich unter Wasser, im Chlor, in einem engen Bassin. Er setzte sich.

»Ich habe den Faden verloren«, sagte er.

»Sag Bescheid, wenn du ihn wiedergefunden hast. Und jetzt möchte Karen etwas sagen.«

Ottar Hansen gab das Wort weiter an Karen, die neben einer saß, die Lisbeth hieß und gemeinsam mit ihr in die Papiere guckte.

»Du hast uns reichlich provoziert, Jokum.«

Jokum wurde sehr nervös.

»Ich habe dich provoziert?«

»Uns. Nicht mich. Mach daraus kein kleinbürgerliches, individualistisches Problem!«

»Was ... was ist das Problem?«

Ottar Hansen griff ein.

»Jetzt musst du aber Karen ausreden lassen.«

Jokum verstummte, obwohl er bereits still war. Karen kam zur Sache:

»Du erwähnst hier ein Zitat aus dem Roman, und ich muss dich fragen, Jokum, ob du diese Sicht auf Frauen teilst, da du keinen Abstand davon nimmst?«

»Welches Zitat?«

Karen las laut, mit zusammengebissenen Zähnen:

»*Diese Sonderbarkeit besteht darin, dass Leni die meisten Angeklagten schön findet.*«

Sie warf das Blatt fast hin und schaute zu Jokum auf.

»Du distanzierst dich nicht davon!«

»Ich zitiere nur. Ich bin nicht der Meinung…«

»Aber du distanzierst dich nicht davon! Und wenn du dich nicht distanzierst, dann heißt das, dass du damit einverstanden bist! Und diese Frauensicht ist nichts anderes als geschlechtsfaschistisch! Noch hast du die Chance, dich zu distanzieren. Bist du ein Geschlechtsfaschist, Jokum? Oder ist das so zu verstehen, dass alle Männer Geschlechtsfaschisten sind?«

»Nein, so ist das doch nicht. Das sind die Gedanken einer Frau in dem Roman…«

»Und diese Gedanken hat sie von einem Mann!«

»Da magst du recht haben.«

»Warum wiederholst du also die reaktionäre Botschaft des Geschlechtsfaschismus?«

Wieder entschied Jokum sich dafür zu schweigen, denn alles, was er hätte sagen können, konnte gegen ihn verwendet werden. Stattdessen verschwand er in einer Gedankenfolge über Abstände. Stimmte es, dass es einen gewissen Abstand zwischen dem, was man meinte und dem, was man nicht meinte, geben musste, zwischen dem, wofür man eintrat und dem, was man verachtete, damit das Licht dort hindurchdringen und die Schatten der Missverständnisse auslöschen konnte?

Ottar Hansen räusperte sich.

»Ich denke, damit hat Karen ihren Einwand hinreichend dargestellt, der nur die Ansicht noch unterstreicht, dass *Der Prozess* als ein bürgerlicher und männerchauvinistischer Roman anzusehen ist. Und das lassen wir so als letztes Wort stehen, es sei denn…«

Lisbeth hob den Arm hoch wie ein Schulmädchen, abgesehen davon, dass sie die Faust geballt hatte.

»Bitte, Lisbeth. Aber fasse dich kurz, ja?«

Fünf Finger öffneten ihre Hand. Sie konnte sich nicht zurückhalten.

»Warum heißt du Jokum, Jokum?«

Alle Blicke wandten sich ihm zu und wurden zu einem Blick. Jokum holte tief Luft.

»Ich bin nach einem armen Tagelöhner benannt worden, Jokum Jokumsen, mein Ur-Ur-…«

Ottar Hansen fiel *Der Prozess* zu Boden.

»Ich muss auch dich bitten, dich kurz zu fassen, Jokum. Damit wir nicht überziehen.«

»Ur-Ur-Großvater!«

»Das ist richtig gut, Jokum. Wir müssen wissen, woher wir kommen. Wenn nun nicht…«

»Ich habe ihn übrigens wiedergefunden«, sagte Jokum.

»Entschuldige, was hast du?«

»Den Faden. Also, die Lohnempfänger haben nicht viel Zeit zur Verfügung, ich meine, Freizeit, und sie können sich auch keine Zeit kaufen, ganz gleich, wie viel sie auch kaufen.«

Ottar Hansen schnitt ihm das Wort ab.

»Jokum spricht hier den zentralen Punkt an, dass die herrschende Klasse nicht nur die Arbeitskraft kauft, sondern auch die Zeit der Arbeiter. Es gibt in der kapitalistischen Gesellschaft nichts, was Freizeit heißt. Sie besitzen uns. Ich meine, die Arbeiter. Mit Haut und Haar.«

»Und deshalb haben sie auch keine Zeit zu lesen«, sagte Jokum.

»Im Gegensatz zu uns, die ein Stipendium bekommen, um Zeit zum Lesen zu haben.«

Ottar Hansen zeigte erneut mit dem roten Kugelschreiber auf ihn, plötzlich hatte er trotz allem genügend Zeit.

»Jetzt enttäuschst du mich aber sehr, Jokum. Genau das ist die Art, wie das Bürgertum immer auf die Arbeiter herabgesehen hat, als dumme, unkultivierte, aber nützliche Wesen. Die revolutionäre Bewegung hat das Gegenteil bewiesen. Guck dir nur Schriftsteller an wie Solstad, Haavardsholm, Askildsen…«

»Aber das waren keine…«

»Lass mich ausnahmsweise einmal ausreden. Dieser Blick voller Vorurteile auf die Arbeiterklasse ist nur ein Teil der allgemeinen Unterdrückung, und wir werden indoktriniert, so zu denken. Deshalb müssen wir diese bürgerlichen Vorurteile mithilfe von Studien und Selbstkritik abschütteln. Wer war Jokum Jokumsen damals? Wer ist Jokum heute? Diese Frage musst du dir stellen. Denn was weißt du schon von den Lesegewohnheiten der Arbeiterklasse?«

»Mein Vater hat einen Gesellenbrief im Maurerhandwerk und liest Storm P.«

»So, so. Storm P.?«

»Den dänischen Schriftsteller und Zeichner...«

»Ich weiß, wer Storm P. ist. Aber weißt du das auch? Er ist der Clown der dänischen Bourgeoisie.«

»Er ist witzig.«

»Auf wessen Kosten? Bevor du lachst, musst du dich entscheiden, auf welcher Seite du stehst. Sonst bleibt dir das Lachen im Halse stecken.«

Ottar Hansen hob den *Prozess* auf, legte ihn in seine Schultertasche und stand auf.

»Das nächste Mal beschäftigen wir uns mit Kjell Askildsens *Kjære, kjære Oluf*. Dann werden wir sehen, wie ein männlicher Autor die Frauenbewegung ernst nehmen kann, und ich möchte behaupten, dass Oluf länger in der Literaturgeschichte seinen Platz behaupten wird als Josef K.! Übrigens sind eigentlich Lisbeth und Karen heute an der Reihe, hinter uns aufzuräumen, aber ich schlage vor, dass Jokum und ich das übernehmen. Das wär's für heute, Genossen.«

Die anderen gingen. Jokum und Ottar Hansen blieben zurück. Jokum konnte nicht erkennen, was es aufzuräumen gab. Um den Schein zu wahren, stellte er einen Stuhl an die Seite. Ottar Hansen schob den Tisch näher an die Wand, entschied sich dann aber anders und bat Jokum um Hilfe, ihn wieder zurückzuschieben. Jokum half ihm. Anschließend zog Ottar Hansen ein Taschentuch heraus, ein weißes Taschentuch mit gesticktem Monogramm, soweit Jokum es erkennen konnte, und wischte alle Armlehnen ab, und als er damit fertig war, machte er das Ganze noch einmal. Jokum hatte noch nie ein Taschentuch mit seinen Anfangsbuchstaben besessen, nur Aufhänger mit seinem Namen, die in Hemden, Pullover und Jacken genäht waren. Anschließend wischte sich Ottar Hansen die Hände am Taschentuch ab, ein weiches Wappenschild, knüllte es zusammen und warf es in den Papierkorb unter den Bücherregalen. Ottar Hansen befand sich offensichtlich in seiner eigenen Welt, geistesabwesend und systematisch. Was war das für eine Welt? Wie viele Welten gab es für Ottar Hansen? Jokum wollte es gar nicht wissen. Er hatte mehr als genug an seiner eigenen. Ottar Hansens Verhalten war ihm peinlich, und genau besehen war das eigentlich ein ganz angenehmes Gefühl. So etwas geschah ihm ja selten. Meistens war er der Gegenstand peinlicher Situationen. Dennoch wäre Jokum am liebsten gar nicht Zeuge dieser Aktion gewesen. Er drehte sich zum Fenster hin, zwölftes Stockwerk, diesiger Himmel, Vögel, die hoch- und runterflogen, und da unten in der Schlucht, auf dem Grund aller Fakultäten, wo die Studenten ruhelosen Insekten ähnelten, ja Ameisen, bedeutungslosen Ameisen, da entdeckte Jokum Synne, sie saß vor Sophus Bugge und blätterte in irgendwelchen Papieren, und augenblicklich ähnelten die Studenten nicht länger Ameisen, sie waren nicht mehr bedeutungslos, denn sie gab ihnen einen Sinn, sie machte sie wiedererkennbar, und Jokum wurde von einer großen Einsicht gepackt, wenn man das so sagen darf, gepackt von einer Einsicht, und zwar folgender: Erkennst du eine Person wieder, kennst du auch die anderen.

»Ich musste dich heute etwas hart rannehmen, aber du kannst das ab«, sagte Ottar Hansen.

Jokum erwiderte nicht sofort etwas darauf, seine Gedanken, sein Gehör, seine gesamte Aufmerksamkeit waren woanders. Ottar Hansen legte ihm die Hand auf die Schulter.

»Das stimmt doch, Jokum, oder? Du kannst das ab.«

»Ich kann das ab.«

»Habe ich es doch gewusst. Sonst wäre ich nicht so hart gewesen. Jetzt verschwinde. Bis bald.«

»Bis bald.«

»Übrigens – hast du schon entschieden, in welchem Zug du am Ersten Mai mitlaufen willst?«

Plötzlich packte Jokum eine heftige Wut auf Ottar Hansen, erst jetzt wurde er wütend auf ihn. Immer war da noch etwas anderes. Immer gab es etwas nebenbei, was eigentlich die Hauptsache war. Er antwortete nicht. Lieber beobachtete er weiter Synne, die jetzt ihre Papiere zusammengerollt hatte und aufgestanden war. Ottar Hansen legte ihm wieder die Hand auf die Schulter, was er besser hätte sein lassen. Ottar Hansen war schlicht und ergreifend aufdringlich.

»Mal sehen«, erklärte Jokum.

»Mal sehen! Das reicht nicht. Ich habe mit Bengt Åker diskutiert, mit dem du doch zusammenwohnst, und wir sind uns darüber einig geworden, dass es einen Platz für dich bei der Gewerkschaft im Ersten-Mai-Zug gibt.«

»Gibt es nicht für alle einen Platz im Zug?«

»Aber besonders einen für dich, Jokum. Du brauchst das. Sag mir oder Bengt Bescheid. In Ordnung?«

Ottar ging zur Tür. Es war ihm gelungen, Jokum zu verwirren. Jokum war verwirrt. *Besonders einen für dich.* Sollte er das als eine Beleidigung ansehen? Oder als eine Einladung? Und trotz allem gab es nicht viele Orte, an die Jokum eingeladen wurde. Tat Ottar Hansen ihm also sogar einen Gefallen? Und Jokum sollte ihm dafür dankbar sein? Er drehte sich um.

»Ottar?«

Ottar Hansen blieb in der Tür stehen.

»Hast du dich schon entschieden?«

»Du hast dein Taschentuch vergessen.«

»Mein Taschentuch? Wovon redest du? Welches Taschentuch?«

»Das im Papierkorb.«

»Das ist nicht meins.«

»Du hast es dort reingeworfen.«

»Wenn ich es dort reingeworfen habe, dann habe ich es ja wohl nicht vergessen. Dann habe ich es weggeworfen, nicht wahr? Aber es ist nicht meins. Was ist nur los mit dir?«

»Mit mir? Nichts.«

»Ich versuche nur, mich klar und deutlich verständlich zu machen, und du greifst mich an.«

»Das verstehst du falsch. Ich greife dich nicht an …«

»Aber es wirkt so. Ich finde, du solltest dir verdammt gut überlegen, wie du dich gegenüber Leuten aufführst, die nur dein Bestes wollen.«

»Das wollte ich nicht.«

»Das Problem, Jokum, weißt du, was das Problem ist?«

»Da gibt es wohl eine ganze Menge …«

»Das Problem ist, dass das Volk nicht weiß, was das Beste für das Volk ist. Deshalb müssen wir an der Spitze vorweggehen und den Kampf für das Volk führen.«

»Woher weißt du das?«

»Was?«

»Dass das Volk nicht weiß, was das Beste für das Volk ist?«

Einen Moment lang zögerte Ottar Hansen, verzichtete auf eine Antwort, stattdessen löschte er sicherheitshalber das Licht und verschwand auf dem Flur. Jokum war zufrieden. Er hatte das letzte Wort behalten. Es war nicht zu leugnen, er hatte es behalten, und es gab nicht viele, denen das in einem Gespräch mit Ottar Hansen gelang. Wieder schaute Jokum aus dem Fenster. Der Himmel erschien jetzt heller, aber vielleicht war es nur hier drinnen dunkler geworden. Doch dann schlug Jokums Laune um. Er war weder verwirrt noch dankbar oder euphorisch. Er wurde unruhig. Denn er hatte ein schlechtes Gewissen, und ein schlechtes Gewissen macht etwas mit dir. Es macht dich fügsam. Plötzlich war er Ottar Hansen etwas schuldig. Jokum schuldete ihm etwas. Auch wenn es nicht zu begreifen war, war es nun einmal so. Okay, er würde am Ersten Mai im Gewerkschaftszug mitlaufen. Er würde in der ersten Reihe vorweggehen, unter den krassesten Parolen. Jokum war eingeladen worden, und er hatte zugesagt. Kein anderer hatte ihn eingeladen. Synne konnte er nicht mehr sehen. Die Bank, auf der sie gesessen hatte, war leer. Jokum beeilte sich hinauszukommen, blieb aber stehen, ging noch einmal zurück und nahm das Taschentuch aus dem Papierkorb, legte es in seine Tasche und rannte, soweit er in der Lage war zu rennen, die Treppen hinunter, zwölf Stockwerke, jedenfalls ging er nicht das Risiko ein, im Fahrstuhl stecken zu bleiben, vielleicht auch noch zusammen mit Ottar Hansen. Draußen auf dem Vorplatz konnte Jokum Synne auch nicht entdecken, er ging ins Sophus Bugge, *wo findet heute die Kunstgeschichte statt? Im Hörsaal 2,* er fand den Hörsaal 2 und setzte sich in die letzte Reihe, auf seinen rechtmäßigen Platz, direkt vor der Wand, wo er niemandem die Sicht nehmen konnte, während das Licht heruntergedimmt und auf einer Leinwand hinter dem Rednerpult ein Bild zum Vorschein kam, das Foto einer Stadt, die Jokum zunächst nicht wiedererkannte, das Foto war alt, von 1937, doch dann wusste er plötzlich, wo es war, es war der Park von Skillebekk, Olaf Bulls plass. Dann verschwand es wieder, als wäre es nur eine Erinnerung in Jokums Archiv gewesen, ein Abschnitt im Pensum der Kindheit. Er konnte Synne immer noch nicht entdecken. Andererseits war es ja auch dunkel im Hörsaal, abgesehen von der Leselampe auf dem Rednerpult. Jokum konnte niemanden sehen. Dafür roch es stark nach Parfüm, und hin und wieder hörte er ein kurzes Bellen. Eine Dozentin in langem Kleid führte ein in *den städtischen Raum in der Architektur der Antike.* Ihr Schwerpunkt oder ihre These besagte, dass diese *Zwischenräume* die Menschen einander näherbringen, geistig gesehen, also auf eine zivilisierte Art und Weise, nicht wie das Gedränge in den Supermärkten, Kinofoyers und Haltestellen, das eher *abstoßend* wirkt. Man hatte es mit einem gleichzeitig ästhetischen wie auch ethischen Funktionalismus zu tun, der heutzutage Mangelware war. Die Städte laufen Gefahr, unzivilisiert zu werden. Es dauerte seine Zeit, zu diesem Ergebnis zu gelangen. Als die Dozentin so weit gekommen war, zu ihrer Konklusion und noch ein ganzes Stück weiter, gab sie schließlich das Wort weiter an eine Studentin, die eine kurze Version ihrer Semesterarbeit über Skulpturen in Oslo präsentieren sollte. Das war Synne Sager. Sie stellte sich hinter das Rednerpult und holte ihre Papiere heraus, auf eine vertrauenswürdige, selbstsichere Art, die darauf hindeutete, dass sie sich wohlfühlte in diesem bescheidenen Rampenlicht, alles an ihr deutete darauf hin, die langsamen, nein, ruhigen Bewegungen, keine Eile, der

Blick, den sie über den Saal, die Dunkelheit schweifen ließ, konnte sie ihn sehen, das Lächeln, sie lächelte, während sie den Knopf links von sich drückte und das Bild von vorhin wieder auf der Leinwand zu sehen war, zuerst unscharf, doch auch das ließ Synne Sager nicht unruhig oder nervös werden, zumindest zeigte sie es nicht, dann fand das Bild ruckweise seine Schärfe, seinen Fokus, und der war immer noch auf Skillebekk gerichtet, auf den Olaf Bulls plass, den Springbrunnen und die hässliche Statue, im Volksmund auch *das Haar in der Suppe* genannt. Warum musste sie es die ganze Zeit zeigen? Jokum wurde an ihrer statt unruhig, nervös. Synne Sager begann zu reden, oder eher eine Rede zu halten, und ich möchte hinzufügen, dass diese Rede ab und zu von Gelächter, Beifall und Zwischenrufen unterbrochen wurde:

»Wenn wir uns die Art von Skulpturen anschauen, die in Oslo stehen, können wir uns möglicherweise ein Bild von der Bevölkerung der Stadt und dem herrschenden Verschönerungswillen machen. Wie wir wissen, gilt es, bei Kunst, die im öffentlichen Raum stehen soll, auf andere oder zumindest zusätzliche Dinge Rücksicht zu nehmen, als bei Kunst, die in einem Museum oder einer Galerie hängt, ganz zu schweigen von der Wand über einem grässlichen Sofa in einem privaten Heim. Deshalb haben wir Komitees, Regeln, Ratgeber und Jurys, die entscheiden, welche Skulpturen im gegebenen Zusammenhang am passendsten erscheinen. Und das heißt häufig am wenigsten kontrovers. Wir dürfen sagen, dass diese ausgewählten Gruppen aus Männern, denn in erster Linie handelt es sich um Männer, den sogenannten guten Geschmack repräsentieren sollen, womit wir Kunsthistoriker gern den schlechten Geschmack meinen. Lassen Sie uns mit dem Kindergarten von Grønland beginnen, vor dem eine Ente steht. Nicht weit davon entfernt, an der Schule von Tøyenhagen, finden wir noch eine Ente. Beide sind geschaffen worden von Skule Waksvik. Sowohl im Torshovpark als auch in Birkelunden finden wir Fohlen, das eine stehend, das andere liegend. An der Lilleborg Schule hat man sich dagegen für einen Luchs entschieden, während vor dem Lektorenes hus drei

Ziegenböcke stehen. Wir erahnen natürlich eine Art Symbolik in dieser Verbindung, die in den anderen Fällen schwerer zu erkennen ist, in denen die Motive mehr oder weniger zufällig oder sinnlos erscheinen. Auf dem Amaldus Nielsens plass, mitten in Oslo, können wir beispielsweise einen Jungen betrachten, der auf einem Delfin reitet, und im Torshovpark, der bereits ein Fohlen hat, ist der Delfin durch eine Schildkröte ersetzt worden. Die Künstler suchen sich ihre Motive also nicht nur in der norwegischen Fauna, sondern orientieren sich international. In dem neuen Geschäftsviertel von Lambertseter ist man traditioneller zu Werke gegangen. Hier steht ein Hahn. An der Jakobskirche hat ein Hirsch das Licht des Tages erblickt. Zwei Tiere der gleichen Art haben sich auch ganz bis auf den Eidsvolls plass verirrt. Wir können außerdem noch gehende Gänse, Bärenjunge, die sich kratzen und das Wildschwein aus Florenz erwähnen, das vor der Schule von Slemdal steht. Und wie wir alle wissen, stehen sowohl vor dem Parlamentsgebäude als auch vor dem Kunstnernes hus Löwen. Dürfen wir daraus schlussfolgern, dass Künstler im heutigen Norwegen genauso wichtig sind wie die Politiker, oder anders gesagt, dass die Kunst genauso hoch geschätzt wird wie die Politik, das heißt die Demokratie? Nein, dürfen wir nicht. Und diese Antwort liegt in dem begründet, was bereits angedeutet wurde: Die meisten Motive der Schmuckskulpturen in Oslo stammen aus der Tierwelt, und deshalb sind sie schlicht und ergreifend als Tierskulpturen zu bezeichnen. In der öffentlichen Kunst ähnelt Oslo eher einem zoologischen Garten in Bronze und Granit als einer, um die Worte der Dozentin Schultz zu benutzen, zivilisierten Stadt. Wir mögen dies gerne als Ausdruck einer romantischen Sehnsucht zurück zur Natur betrachten, oder besser, als einen Versuch, die Natur zurück in die Stadt zu bringen. Dabei sollten wir aber nicht außer Acht lassen, dass die Entscheidung für ein Tiermotiv eng mit dem starken Wunsch zusammenhängt, Konflikte zu vermeiden, zum Beispiel mit lokalen Anwohnern, die schließlich täglich mit den betreffenden Skulpturen zu tun haben. Die Jury, die Komitees, die Ratgeber und wie sie sonst noch heißen, entschei-

132

den sich also für den Weg des geringsten Widerstands, und das ist in Norwegen die Natur. Niemand lässt sich von einer Ente provozieren, solange sie einer solchen ähnelt. Abschließend möchten wir jedoch die Aufmerksamkeit auf einen städtischen Raum richten, wie die Dozentin Schultz ihn definiert hat, der auch ein Raum für eine Skulptur ist und der als ein Beispiel für eine geglückte Lösung dienen kann. Und wir können sagen, dass eine geglückte Lösung immer auf der Wahl der Abstände basiert. Die Abstände bestimmen nicht nur über die ästhetischen Proportionen des Raums, sondern auch über seinen Gebrauch, oder besser gesagt, seinen Gebrauchswert. Wir sehen hier die Parkanlage von Skillebekk, den Olaf Bulls plass, mit Anders Svors Skulptur *Bølgen*, die Welle, von 1913, mitten im Springbrunnen, der wiederum das Zentrum des Platzes bildet. Die Welle ist ein dynamisches Werk eines enttäuschten Künstlers, der im Schatten von Vigeland stand, und der seinen Arbeiten Titel gab wie »Der letzte Pulsschlag«, »Trauer und Schiffbruch«. Was für sich spricht. Doch zurück zu dem Platz, der seinen Namen nach dem Dichter Olaf Bull trägt, der unter anderem den Prolog zur feierlichen Eröffnung des Osloer Rathauses schrieb. Auch wenn das Foto von 1937 stammt, hat sich seitdem nicht viel verändert. Es ruht eine tiefe Harmonie über diesem Platz, der sich zur restlichen Stadt, nach Skillebekk, oder wir können es auch so sagen, dass die Stadt, dass Skillebekk sich zu dieser Oase hin öffnet, in der die im Kreis angeordneten Bäume in Blüte stehen. Wir sehen spielende Kinder und ältere Frauen, die auf einer Bank sitzen und sie beobachten. Der Platz erfüllt seine ideelle Funktion als Treffpunkt, zwischen Freunden, Generationen, Liebenden.«

Jokum saß ganz still da und hörte zu. Liebenden? Hatte er richtig gehört? Das war eine Art Einladung. Nicht zum Gewerkschaftsblock im Ersten-Mai-Zug, sondern in Synne Sagers Schlafwagen. Nichts anderes. Nein. Hatten sich denn er und Synne nicht genau dort getroffen, auf dem Olaf Bulls plass? Jokum beschloss, den Hörsaal zu verlassen, bevor er etwas missverstand und auf andere Gedanken kam, damit er diesen Gedanken weiterspinnen und sich einem Traum nähern konnte. Lassen Sie mich ein für alle Mal feststellen, dass Jokum Jokumsen selten oder eigentlich nie unbeachtet fortging. Man bellte ihm hinterher. Dann stellte er sich vor die Wandzeitung in der Vorhalle und wartete. Über einer geballten Faust stand geschrieben: *Nein zur Zusammenarbeit der Klassen!* Die Hauptparolen im Zug der Gewerkschaft am Ersten Mai, der von Grønland torg um 14.00 Uhr losging, waren folgende: *Verteidigt das Streikrecht. Wir bezahlen nicht für die Krise des Kapitals. Verteidigt die norwegische Selbstbestimmung – nein zum Verkauf Norwegens. Volle Unterstützung für die Befreiungskrieger des Volkes. 500 km Fischereigrenze jetzt. Frauen – kämpft für eure Rechte. Für ein sozialistisches Norwegen – nur der eigene Kampf des Volkes führt zum Sieg! Entscheidet euch für den Weg des Kampfes!* Für einen Moment war es ganz leicht, sich zu entscheiden. Jokum Jokumsen entschied sich für Synne Sager. Jetzt musste er sich die Skulptur auf dem Olaf Bulls plass mit neuen Augen anschauen, mit Synnes, und das tat er mehr als gern. Wollte er nicht genau das, die Welt mit ihren Augen sehen? Er schloss die Augen und sah die Welle vor sich, den Jungen, der keck und stattlich auf einer Meerjungfrau ritt, und nach einer Weile gefiel ihm, was er da sah. Er würde *die Welle* nie wieder *das Haar in der Suppe* nennen. Er bereute, dass er es jemals getan hatte. Endlich war die Vorlesung zu Ende. Die Studenten kamen heraus. Mehrere schon sehr erwachsene Damen waren darunter, einige fast im gleichen Alter wie Jokums Mutter. Nicht sie hatten ihm hinterhergebellt, sondern ihre kleinen Hündchen, Pudel, Dackel, Chihuahuas. Vorsichtig trugen sie sie auf dem Arm. Herrscht Leinenzwang in der Kunstgeschichte, fragte Jokum sich. Schließlich kam auch Synne. Sie wirkte bedrückt und unzufrieden, war eine ganz andere Person als die, die gerade noch hinter dem Rednerpult gestanden hatte, selbstsicher, respektlos, überlegen. Jetzt hatte sie sogar die Sonnenbrille aufgesetzt. Sie huschte an ihm vorbei. Jokum folgte ihr und holte sie ein.

»Wie ist es gelaufen?«

Synne blieb stehen.

»Kannst du lieber sagen, wie du es gefunden hast?«

Natürlich hatte sie ihn gesehen. Er duckte sich. Jetzt musste er die richtigen Worte finden, die wirklich richtigen Worte, und die musste es schließlich irgendwo geben.

»Doch.«

»Doch? Ich warte, Jokum.«

»Ich fand …«

»Ja?«

»Ich fand, es war interessant!«

Synne nahm langsam die Sonnenbrille ab und schaute ihn lange Zeit an.

»Interessant?«

»Die Art, wie du die Mehrzahl benutzt hast.«

»Die Mehrzahl?«

»Wir. Genau wie die aus dem Königshaus.«

Synne warf ihr Haar nach hinten und setzte die Sonnenbrille wieder auf.

»Fängst du jetzt auch damit an?«

»Ich auch?«

»Die Schultz, entschuldige, die Dozentin Schultz, hat das Gleiche gesagt. Was ist denn so schlimm daran, wir zu sagen?«

»Nichts! Absolut nichts! Warum sollte das schlimm sein? Hat ihr etwa nicht gefallen, was du vorgetragen hast?«

»Außerdem fand sie, ich hätte es mir zu einfach gemacht, sei zu unselbstständig, zu polemisch gewesen, dass ich Vigeland nicht genug gewürdigt hätte, und ich hätte das Oslo Byleksikon als Quelle nennen müssen.«

Jokum schaute sich schnell um.

»Dieses Miststück«, sagte er.

»Ja. Dieses Miststück. Sie thematisiert als Einziges Ruinen und dorische Säulen. Und dabei muss ich an Männer denken. Verstehst du das?«

»Das verstehe ich gut.«

»Nur zu blöd, dass sie recht hat.«

»Recht? Womit?«

»Dass ich es mir zu einfach gemacht habe, dass ich zu polemisch war, und dass ich das Osloer Stadtlexikon hätte erwähnen müssen.«

Synne ging los. Jokum lief um sie herum, und sie kam nicht weiter. Er warf sich geradezu ins Feld.

»Ich fand, du warst scharfsinnig, witzig, klug und flott!«

Erneut nahm Synne ihre Sonnenbrille ab und schaute hoch.

»Oh Mann«, sagte sie.

Sie gingen ins Fredrikke und fanden zwei freie Plätze zwischen Flugblättern, Infoständen und Transparenten. Jokum holte Kaffee und eine Waffel zum Teilen und brachte alles sicher durch das Gedränge, ohne einen einzigen Tropfen zu verschütten. Ja, Jokum stand unter Schock. Er konnte sich nicht daran erinnern, schon einmal heftiger unter Schock gestanden zu haben. Der Schock war in ihm. Er konnte jeden Moment abheben. So war es. Er hob ab und flog. Das letzte Stück bis zum Tisch flog er und fand es eigentlich ziemlich erstaunlich, dass niemand etwas bemerkte, keiner von denen, die sonst doch ihren Blick gar nicht von ihm lösen konnten. Aber sie hatten sicher mehr als genug mit der Diktatur des Proletariats zu tun, dem kurz bevorstehenden Ausbruch des Dritten Weltkriegs und Stalins guten und schlechten Seiten. Nicht einmal Synne ließ sich etwas anmerken, aber vielleicht war sie es gewohnt, dass Menschen für sie abhoben und flogen. Sie wollte bezahlen, was Jokum jedoch nicht zuließ.

»Das übernehme ich.«

»Übrigens, danke.«

»Dafür doch nicht. Auch wenn Inflation herrscht.«

»Ich meine für das, was du gesagt hast. Danke.«

»Dafür auch nicht.«

»Ist das wirklich deine Meinung?«

»Natürlich ist das ...«

»Dass ich flott bin?«

Sofort war Jokum auf der Hut. Warum hatte er sich nicht damit begnügt zu erklären, dass sie scharfsinnig, witzig und klug war? Reichte das auf lange Sicht etwa nicht?

»Gefällt es dir nicht, dass ich das gesagt habe?«

»Doch, es ist nur so, dass das noch nie jemand zu mir gesagt hat.«

»Na, dann hat es jetzt jemand gesagt.«

Synne schob Gregor Paulssons Kunsthistorie zur Seite und legte ihre Hand für einen Moment auf seine. Das reichte zumindest auf lange Sicht.

Dann saßen sie nebeneinander und nippten an dem bitteren, abgestandenen Kaffee, in der Kantine der Studenten, dieser Studenten, die im Grunde genommen genauso bitter und abgestanden waren wie der Kaffee, obwohl sie doch für mehr Dinge brannten als Studenten jemals vor ihnen und die Begeisterung mit dickem Filzstift auf ihren blassen, glatten Handflächen geschrieben stand, die auf den kleinsten Wink hin in festen Fäusten versteckt und ebenso schnell wieder geöffnet werden konnten, wie ein mechanisches Fingerspiel oder eine Fingersprache, die Fingersprache des revolutionären Stotterns. So oder so waren wir die unzufriedenste und undankbarste Generation seit Menschengedenken, und nie zuvor hatte jemand größere, mehr, ja, ungeahnte Möglichkeiten gehabt. Was war eigentlich mit uns los? Lag es an der schlechten Erziehung? Waren wir alle von einem bis dato unbekannten Virus infiziert worden, vielleicht vom Krieg, einem streitsüchtigen Virus, den die Deutschen in unserem Land zurückgelassen hatten? Oder waren wir einfach nur der erste Wurf, der Zeit genug hatte, Gründe und Kapazität, sich voll und ganz unseren eigenen Launen zu widmen und sie auszuleben? Es ist meine Überzeugung, wenn ich das Wort hier für einen Moment ergreifen darf, dass man, wenn man sich nicht mit dem Leben, dem Dasein zufriedengeben kann, mit all dem, was unsere Zeit ausmacht, nie zufrieden ist und es nie werden wird, dass man dann wirklich Probleme bekommt. Dann ist man wirklich schlecht dran, denn dann wird man ständig nach dem Unerreichbaren streben und keine Mittel scheuen, warum auch, wenn das Vollkommene innerhalb der eigenen Reichweite zu sein scheint, wenn das Vollkommene möglich ist? Und als wäre das noch nicht genug, haben wir unsere sublime Unzufriedenheit auch noch an unseren armen Eltern ausgelassen, die sich keinen Rat mehr wussten und sich deshalb in beleidigter Verwirrung zurückgezogen haben, in gekränkter Trauer, in bitterer Resignation, diese Eltern, die bis zu diesem Tage geglaubt hatten, dass die Geschichte, für sie der Lauf ihrer Familie, einer geraden Linie folgte, nein, eher eine Treppe bildete, bei der jede Generation eine Stufe formte, und auf jeder Stufe wurde es ein wenig heller, und ganz oben wartete die allerschönste Aussicht, die aber nicht vollkommen war: ein wenig Himmel und viel Arbeit. Ihre Träume waren nüchtern. Und sie waren wirklich gute und gutgläubige Menschen. Doch an nichts davon dachte Jokum. Er überlegte sich auch nicht, ob Synne sehen konnte, dass er verliebt war. Kann man Menschen ansehen, dass sie verliebt sind? Ist da etwas mit ihrem Blick? Oder dem Mund? Steht er offen? Bekommt die Haut eine eigene Farbe, die Stimme einen eigenen Klang, die Hände ein anderes Gewicht? Bekommt alles einen eigenen Wert? War Jokum verliebt? Wenn dem so war, wie hätte er es wissen können, schließlich war er ein blutiger Anfänger in dieser Branche, ein Geselle, nein, ein Lehrling im Beruf des Sich-Verliebens. Jokum war schon früher aus der Ferne verliebt gewesen, aber das ist etwas ganz anderes. Das sind Abstände, die niemand messen kann, auch sein Vater nicht, Abstände, die nur die Dunkelheit hereinlassen. Jetzt wohnte er sozusagen unter einem Dach mit Synne. Sie teilten Küche und Bad miteinander, und nur eine dünne Wand vom Studentenwerk trennte sie nachts. War es die Möglichkeit an sich, die dazu führte, dass Jokum verliebt war, wenn er das denn überhaupt wirklich war? Jokum betrachtete die Sache so: Er konnte abheben und fliegen, also musste er verliebt sein.

»Vielleicht kommt Hubert ja eines Tages auch auf einen Sockel«, sagte er.

»Oh je. Sag nicht so was.«

»Nein.«

Synne beugte sich über den Tisch.

»Ab jetzt werde ich mich übrigens nur auf Stillleben konzentrieren.«

»Übrigens fand ich schön, was du gesagt hast. Über Stillleben.«

»Was habe ich gesagt, Jokum?«

»Dass Fotografien auch Stillleben sind.«

»Das habe ich doch nur so gesagt.«

»Nein, das hast du nicht.«

Ein roter, fast durchsichtiger Schatten huschte über ihr Gesicht. Wurde sie verlegen? War das eine kleine Welle des Verliebtseins? Jokum hätte so gern gesagt, dass sie sich nicht kleiner machen sollte, als sie war, es war nicht nötig, denn sich kleiner zu machen, war ihm vorbehalten, und er machte sich im Namen aller kleiner. Jokum beugte sich näher zu ihr hinunter, doch da wich sie plötzlich zurück und zeigte auf ihn.

»Jetzt weiß ich es!«

»Was weißt du jetzt?«

»An wen du mich erinnerst!«

»War das nicht der männliche Akt von Gørbitz?«

Synne schaute ihn lange an, vielleicht wurde ihr in diesem Moment klar, dass Jokum verliebt war, denn der Verliebte vergisst nicht so leicht, der Verliebte merkt sich die kleinsten Dinge, machte sie zu den größten und lässt nicht wieder davon ab.

»Nein. Giacomettis Skulpturen.«

»Giacometti?«

»Ein Künstler aus der Schweiz. Und dabei besonders sein Gehender Mann. Du kennst doch Giacometti?«

»Oh ja. Wieso sollte ich nicht?«

Jokum kannte ihn nicht. Bedeutete das, dass er sozusagen ganz von vorn anfangen musste? Dass sein Fund in den Magazinen der Nationalgalerie nichts mehr galt? Dass alles bis hierher vergebens war? Wie sahen die Skulpturen dieses Schweizers Giacometti aus? Wo stand Jokum im Verhältnis zu ihnen? Er breitete die Arme aus, was eine überlegene, nonchalante Geste sein sollte, in seiner Vorstellung, was aber eher einem letzten Schwimmzug ähnelte. Der eine Becher kippte um, und der Kaffee lief über die Papiere und tropfte auf Synnes Schoß, auf die helle Hose, er hatte bereits einen Fleck gemacht, warum konnte es nicht andersherum sein, warum konnte es nicht Synne sein, die Jokum bekleckerte? Sie hätte so viel kleckern können, wie sie nur wollte, er hätte sich danach nie wieder gewaschen. Seine Hände waren zu nichts mehr nütze. Er verfluchte seine Glieder, seine Gelenke und seine langen Abstände und sagte auch noch etwas absolut Dummes:

»Meine Mutter kann das waschen! Ich meine, deine Hose.«

Aber Synne bewahrte die Ruhe, zumindest vorläufig.

»Hast du keine Servietten mitgenommen?«

»Nein, aber ich habe ...«

Er holte das Taschentuch heraus und gab es ihr. Damit sollte sie das Schlimmste abwischen, aber so weit kam es nicht. Sie schaute sich das Taschentuch genauer an, das Monogramm und hob den Kopf.

»Wofür steht ›v.M.‹?«

»Das weiß ich nicht.«

»Das weißt du nicht?«

»Es gehört mir nicht.«

»Es gehört dir nicht? Wem dann?«

»Es gehört Ottar Hansen.«

»Wer ist Ottar Hansen?«

»Der Leiter der Kolloquiumsgruppe in Literaturwissenschaft. Ist das nicht merkwürdig, dass ein M auf dem Taschentuch steht, wenn er doch Ottar Hansen heißt?«

Synne schaute immer noch Jokum an.

»Wieso hast du sein Taschentuch?«

»Weil ... weil ... weil ich es genommen habe.«

Synne zog den Mund zu einem verspäteten Schmollmund zusammen, eine müde Grimasse, als würde ihr erst jetzt klar, dass sie das Taschentuch eines Fremden in der Hand hielt, und sie ließ es zu Boden fallen, als hätte sie sich verbrannt, oder als wäre es ansteckend, rieb sich emsig die Finger am Oberschenkel, während sie aufstand und mit tiefster Abscheu und allem Ekel, der in fünf Buchstaben Platz finden kann, die nicht einmal ein richtiges Wort sind, nur eine Nachahmung, ein Geräusch, das Echo der primitiven Akustik eines verwöhnten Kindes sagte:

»Igitt!«

Dann verließ Synne den Tisch, schnurstracks, und Jokum konnte gerade noch denken, dass Ottar Hansen so doch noch das letzte Wort bekam, doch als er ihr folgen wollte, versperrten ihm Studenten den Weg, eine Menschenkette auf dem Weg zur Essensausgabe, um Fisch und Reis in revolutionärer Sauce zu holen, und er, Jokum, konnte nicht abheben und fliegen, er war nicht länger metaphysisch, er war zu Boden gefallen.

Sollte das bedeuten, dass Jokum nicht länger verliebt war, da er nicht mehr fliegen konnte? Nicht unbedingt. Verliebtsein kann weiter anhalten, auch wenn es nicht erwidert wird, auch wenn es nur einer kalten Schulter begegnet. Doch dann ist es ein tragisches Verliebtsein, ein einsames Verliebtsein, das nicht imstande ist, Wunder zu vollbringen, ein Verliebtsein ohne Flügel, nur mit Schwerkraft.

Jokum setzte sich wieder. Auf dem Tisch lag die Kunstgeschichte der Welt mit Kaffeeflecken auf dem Umschlag. Synne hatte sie hier vergessen. Er suchte im Namensregister und fand diesen Giacometti. Jetzt sollte die Legende ein Gesicht bekommen. Aber hatte das alles überhaupt einen Sinn? Ja, es gab einen Sinn in allem, und zwar diesen: Alles ist sinnlos. Er schlug die Seite 413 auf und konnte lesen, was der Schwede Gregor Paulsson über Giacometti schrieb: *Man kann seine Kunst als eine von unruhiger Verwunderung getragene Dialektik zwischen einem vollkommen ungestalteten Inhalt des Bewusstseins und den Teilen davon, in denen Angst und Isolierung Form annehmen, interpretieren.* Damit konnte Jokum leben, ja, er konnte gut damit leben. Nur nicht mit dem Bild der Skulptur auf der nächsten Seite, von der Synne also meinte, er ähnelte ihr oder erinnerte sie an ihn. Jokum konnte gerade noch die Hand vor den Mund heben, bevor er losschrie. *Der schreitende Mann* von 1960 war etwas anderes als Gørbitz' aufrechter männlicher Akt. Dieser

Mann war nicht aufrecht. Man ist nicht aufrecht, nur weil man groß ist, in diesem Fall 192 Zentimeter, das Maß der Skulptur. Selbst der Niedrigste kann aufrecht sein. Es hat ganz einfach etwas mit der Haltung zu tun, mit dem inneren Format. Dieser Mann dagegen war eine dünne Bohnenstange mit Klötzen, ein krummer, schiefer Pfahl, ein gehender Totempfahl, ein entkleideter, hässlicher, ruheloser Wanderer, der aus einer Zeichentrickserie entflohen war, in der er einst ein Witz gewesen war, kurz gesagt: Jokum Jokumsen erkannte sich wieder, und genau das wollte er als Allerletztes.

DER LANGE TAG DER ARBEIT

Um eine Sache richtigzustellen: Jokum Jokumsen hatte noch nicht mit Synne Sager geschlafen. Wer diesen Text anders gedeutet hat, der irrt sich schlichtweg. Ich darf diese Behauptung mit Fug und Recht aufstellen, und ich drücke mich hiermit sonnenklar aus: Jokum hatte in der Tür gestanden und auf das Schlafsofa geschaut, auf dem Synne lag. Er war näher herangegangen und hatte sich zu ihr gesetzt. Sie hatte ihm erlaubt, ihren Hamster zu füttern. Weiter war er nicht gekommen. Wenn Jokum nachdachte, und das tat er leider zu oft, dann kam er einfach nicht weiter. Und das Nachdenken zog ihn tief nach unten. Und während Jokum glaubte, dass alle Hoffnung vergebens war, vielleicht nicht ganz ins Ziel zu gelangen, aber doch wenigstens ein Stückchen näher heran, dass alle seine Chancen vertan waren, sich Synne Sager anzunähern, da klopfte es an seine Tür, nicht nur einmal, sondern zweimal, dreimal. Vermutlich Bernt Åker, der sich vergewissern wollte, dass Jokum auch im richtigen Zug gelandet war, also in dem der Gewerkschaftlichen Ersten-Mai-Front und nicht unter den feigen Fahnen der Klassenvereinigung. Doch, es musste Bernt sein. Arve Storvik war es ganz sicher nicht, denn der stand selten so früh auf. Am liebsten hätte Jokum gerufen: *Komm nicht rein!* Er hätte auch ganz still liegen bleiben und die Luft anhalten können, so tun, als wäre er gar nicht da. Aber das war ein schlechter Plan. Früher oder später würde ihn doch irgendjemand finden. Denn die Welt war ein aufdringlicher Ort, und außerdem hatte er die Tür offen gelassen, das heißt, unverschlossen, nur sicherheitshalber. Es war der Erste Mai.

»Komm rein«, flüsterte Jokum.

Es war Synne, und sie kam herein. Sie trug umgekrempelte Gummistiefel, Kniebundhosen ohne Strümpfe, einen grünen Pullover und eine Schirmmütze. Wollte sie Tennis spielen? Oder war es Zeit für Golf? Warum kam sie dann in Jokums Zimmer? Stand das gemischte Doppel auf dem Terminkalender? Als Erstes zog sie die Gardinen auf und öffnete das Fenster. Das Licht traf Jokum wie eine Ohrfeige. Nein, sie war natürlich auf der Suche nach Paulssons Kunstgeschichte. Denn er hatte das Buch behalten wie eine Art Geisel, in der schwachen Hoffnung, sie würde zurückkommen und es befreien. Und jetzt war sie zurückgekommen. Jedoch aus einem anderen Grund. Ansonsten war es an diesem Morgen noch vollkommen still.

»Wir können deinen Rucksack nehmen«, sagte Synne.

»Was können wir?«

»Wir brauchen Proviant.«

Jokum setzte sich vorsichtig im Bett auf, die Bettdecke bis zum Hals hochgezogen. Er verstand gar nichts.

»Proviant? Sollen wir irgendwohin?«

»Wir wollen lebende Skulpturen studieren!«

»Ich dachte, du wärst fertig mit Skulpturen?«

»Ich habe gesagt *lebende*. Wir wollen sie uns richtig ansehen. Die Modelle. Enten. Hirsche. Fohlen.«

»Auch Meerjungfrauen?«

»Meerjungfrauen überlassen wir vorläufig der Fantasie. Beeil dich!«

Jokum kam auf die Beine, nur bekleidet mit der Bettdecke, holte den Rucksack hervor, kippte die Schmutzwäsche aus und eilte mit dem Kulturbeutel und einem vollen Kleiderbügel unter dem Arm ins Bad. Er hatte keine Einwände. Synne hatte sich für ihn entschieden, und er entschied sich für Synne. Jokum war befreit. Er befand sich in den Händen anderer, in Synnes herrlichen Händen, in denen er sich gern befand. Er musste lange duschen. Anschließend beeilte er sich. Es ging darum loszukommen, bevor die gewerkschaftliche Erste-Mai-Front erwachte und ihn mit sich davonzog, zu einem roten Frühstück, zum Grønlands torg, zu den Parolen und Massen-aufmärschen. Jokum fühlte sich in solchen Zügen nicht wohl, er stach heraus, oder besser gesagt hervor. In Reih und Glied wurde er doppelt sichtbar, ein Markierungspunkt, ein Blickfang, was ihm nicht gefiel. Er wollte keine Steinpyramide sein. Er wollte die Signale nicht hören. Also beeilte er sich. Aber er nahm sich noch die Zeit, reichlich Deodorant zu benutzen. Dann schlich er, so schnell er konnte, zurück. Der Rucksack war gepackt. Synne wartete auf ihn, mit den Händen auf dem Rücken.

»Weißt du was, Jokum?«

»Nein, weißt du was?«

»Es ist das erste Mal, dass ich in deinem Zimmer bin.«

»Ist das möglich?«

Synne legte den Kopf schräg und lächelte.

»Würdest du dich nicht daran erinnern, wenn ich hier gewesen wäre?«

Jokum wurde ungeduldig. Bernt Åker konnte jeden Moment aufwachen oder nach Hause kommen, eher Letzteres, wahrscheinlich war er die ganze Nacht damit beschäftigt gewesen, Schlagworte aufzumalen, Parolen zu spannen und Plakate zu kleben, und jetzt würde er bald kommen, um Jokum abzuholen, vielleicht kam er zusammen mit Ottar Hansen, um ganz sicherzugehen, dann konnte Jokum zwischen ihnen zum Grønland torg marschieren.

»Doch, würde ich wohl«, erwiderte er. »Hast du das Schlafsofa umgestellt?«

»Nein, das steht, wo es immer steht.«

»Dann schlafen wir ja fast Seite an Seite. Hast du das schon mal bedacht?«

»Tun wir das? Seite an Seite? Nein, das habe ich noch nicht. Darüber nachgedacht, meine ich.«

»Aber jetzt tust du es vielleicht? Ich jedenfalls schon.«

»Soll ich es woanders hinschieben? Möchtest du das?«

Synne legte den Kopf schräg, und Jokum hätte sich die Zunge abbeißen können. Er hatte allen Grund, unruhig zu sein. Alles, was gesagt wird, bietet einen Grund für Unruhe. Alles, was gesagt wird, beinhaltet gleichzeitig eine Meinung und ein Missverständnis, und oft ist es unmöglich, das eine vom anderen zu trennen. Woran dachte Synne, wenn sie daran dachte, dass sie fast an Jokums Seite lag, nur mit einer Wand dazwischen? Jokum musste etwas sagen, bevor sie antwortete.

»Soll Hubert mitkommen?«

»Nein. Heute sind wir nur zu zweit.«

Nur zu zweit? Was sollte das *nur* bedeuten? Hieß das einer oder mehrere zu wenig? Oder war es genau die richtige Anzahl von Leuten? Jokum warf sich den Rucksack über.

»Wollen wir los?«

Synne wandte sich zum Bücherregal und zog die eine LP heraus, die neben Salmonsens umfangreichem Lexikon stand.

»Du magst doch Jazz, oder?«, fragte sie.

»Unter anderem, ja.«

»Unter anderem? Was für anderem?«

»Was? Nun ja. Leonard Cohen unter anderem. Er ist gut. Gefühlvoll.«

Eine ganze Weile lang schwieg Synne. Jetzt hätte Jokum sie fragen sollen, ob *sie* Jazz mochte, aber er hatte nicht die Kraft dafür, also nicht den Mut, er musste schon über genug nachdenken, zum Beispiel Giacometti, er musste ihre Haltung zu Giacometti kennen, bevor er sich auf den Jazz einließ.

»Nimmst du einen Fotoapparat mit?«, fragte Synne schließlich.

»Ich habe keinen.«

»Du hast keinen Fotoapparat?«

»Nein. Nach *Einsames Trio* habe ich mit dem Fotografieren aufgehört. Du weißt, das Foto an der Wand. Zu Hause, bei mir. In meinem Zimmer.«

Synne zuckte mit den Schultern.

»Ach so.«

In letzter Sekunde fiel Jokum etwas ein. Er holte den alten, abgewetzten FNL-Button heraus und befestigte ihn an seiner Brust. Es war genau das Richtige, wie er fand. Auch er hatte seine Geschichte. Außerdem wollte er auf der richtigen Seite sein, und damit war er auf der richtigen Seite. Synne trat näher an ihn heran und zeigte darauf.

»Willst du damit rausgehen?«

»Ja. Warum nicht?«

»Warum nicht? Der Krieg ist vorbei. Hast du das vergessen? Die Amerikaner haben verloren. Die FNL hat gewonnen.«

»Deshalb trage ich ja das Zeichen.«

»Außerdem wollen wir einen Ausflug machen. Und nicht auf die Demonstration gehen.«

»Trotz allem ist heute der Erste Mai«, erwiderte Jokum.

Synne schüttelte den Kopf und zog sich zurück.

»Wie du willst.«

Jetzt war Jokum an der Reihe, er trat näher an sie heran. Er beeilte sich, bevor es zu spät war. Und es konnte jeden Moment zu spät sein.

»Ich kann ihn auch abnehmen.«

»Ist mir egal, Jokum. Er steht dir.«

Schließlich verließen sie das Studentenwohnheim, dessen Fenster eines nach dem anderen geöffnet wurde, um die roten Fahnen heraus zu hängen, wie trockene Zungen mit dem schlechten Atem der Zimmer. Wenn man diesen Vergleich wagen darf. Sie nahmen die Abkürzung durch den Kleingartenverein. Hier herrschte ein anderer Ton. Hier hielt die allerkleinste Kleinbürgerschaft ihr leises Fest zwischen den Hecken ab, während die Großbürgerschaft weiter oben im Tal, wo der Abstand zwischen den Häusern nicht in Metern, sondern in Zinseszins berechnet wurde, bald wie auf ein Kommando die Rasenmäher einschalten würde, an diesem einen Tag im Jahr, dem Ersten Mai. Anschließend gingen sie über die gepflügten und frisch gesäten Äcker zum Sognsvann, und der Ausflug konnte beginnen. Aber erst mussten die letzten Prüfungen der Stadt bestanden werden. Der Himmel trug noch die Schatten der Nacht, doch die Sonne kam von hinten heran und ließ die dünnen Achsen grün erglühen. Man konnte fast hören, wie alles wuchs. Es war unheimlich. Jokum konnte sich nicht daran erinnern, wann er das letzte Mal einen Ausflug gemacht hatte. Das musste in der Schule gewesen sein, bevor er auch davon befreit wurde, von den *Exkursionen,* wie das damals hieß, genau wie er vorher bereits vom Hallensport befreit worden war. Denn er reichte nicht hinunter bis zu den Blumen, die gepflückt werden sollten. Die Natur war kein natürlicher Ort für Jokum. Die Natur war voller skurriler Einfälle. Die Natur war hinterhältig. Es gab zu viel, über das man auf der Erde stolpern konnte. Es gab zu viel, an dem man in den Bäumen hängen bleiben konnte. Es gab zu viel Spektakel in der Luft. Jokum brauchte freie, ebene Flächen und rechte Winkel. Wo also war sein Ort, abgesehen von Synnes Händen, die wohl kaum als ein Ort zu bezeichnen waren, eher als ein Traum außerhalb aller Karten, aller Globen. Ich habe es schon früher gesagt. Jokums Ort war der letzte, aber nicht der kleinste.

»Kommst du?«, fragte Synne.

Jokum ging ihr nach. *Der schreitende Mann* von Giacometti wollte ihm nicht aus dem Kopf gehen. Er sah sich selbst als diesen Mann, losgelöst von seinem Sockel, von seiner Grundlage, ein Flüchtling aus dem Museum. Das Einzige, was ihn in dieser Verbindung ablenken konnte, waren Synnes nackte Beine, deren schöner Bogen, die rhythmischen Bewegungen der Muskeln bei jedem Schritt, den sie tat, aber die größte Ablenkung bot doch wohl der brutale Übergang zu den kräftigen Stiefeln, die Diskrepanz zwischen dem strammen Fleisch und dem Abstand, zwischen der glatten, zarten Haut und dem rauen Gummi, ja, sie war geradezu erregend. Sollte es an diesem Tag geschehen, in der Heide, im Gras, auf dem Moos, war es ganz einfach der Tag, an dem es geschehen würde, wenn dem so war, dann würde Jokum voller Freude anbieten, zuunterst zu liegen, mit allem, was das mit sich brachte, vielleicht hatte sie aber auch eine solide Wolldecke in seinen Rucksack gepackt? Wieder war Jokum auf innere Abwege geraten. Langsam wärmte die Sonne im Nacken.

»Oh ja«, sagte er. »Ich komme.«

Bereits bei den Höfen von Sogn, den rot gestrichenen Häusern nahe am Sognsvann, wo die Bauern nicht freinehmen konnten, weil die Erde selbst niemals eine Pause machte, und sie deshalb auch keine Zeit hatten, sich irgendeinem Zug anzuschließen, sondern im Schatten mit Kaffee und Zigarette sitzen und auf die Sonne achten mussten, denn darum mussten sie sich auch kümmern, bereits dort entdeckte Jokum ein Fohlen, zumindest war es ein Pferd. Er hatte es als Erster gesehen.

»Ein Fohlen!«, rief er. »Zumindest ein Pferd!«

Sie gingen bis an den Zaun und betrachteten das lebendige, unbeeindruckte Tier, das an einem Pfahl festgebunden war. Dann hörten sie einen Hahnenschrei. Auf der Zufahrt zum Scheunenboden stand ein verspäteter Hahn. Gleichzeitig kam eine Gans vorbei.

»Eine schreitende Gans«, sagte Synne. »Von Skule Waksvik.«

Ein Mann tauchte hinter einer Häuserecke auf, blieb dort stehen und starrte sie an, genauso wenig interessiert an ihnen wie das Pferd, aber gleichzeitig bedeutungsvoll, während er sich eine Zigarette anzündete und sich selbst mit einer blauen Kappe krönte. Dann ging er weiter zur Scheune und verschwand. Jokum nutzte die Gelegenheit. Es hieß jetzt oder nie. Und es war jetzt.

»Schreitender Mann«, sagte er. »Giacometti.«

»Heute nicht.«

»Heute nicht?«

»Heute geht es nur um Tierskulpturen.«

Sie gingen weiter hinunter zum Ufer des Sognsvann und setzten sich auf einen Stamm, der in dem fast schwarzen Sand lag. Synne hatte den Wink nicht verstanden. Jokum war also nicht weitergekommen. Vielleicht legte er auch zu viel in das hinein, was sie über Giacometti und ihn gesagt hatte. Vielleicht hatte sie es nur so dahingesagt, und mehr war da nicht dran. Es war eine schlechte Angewohnheit von ihm, immer zu viel in die geringsten Sachen zu legen, eine schlechte Gewohnheit, die mit seiner Konstitution zusammenzuhängen schien, eine Verlängerung seiner selbst, als wäre er nicht so schon mehr als genug; er wurde von einem steten Misstrauen verfolgt, das immer gleich endete, nämlich in der Annahme des Schlimmsten, nicht, was andere betraf, sondern in Bezug auf ihn selbst.

»Außerdem ähnelt er ihm nicht besonders«, sagte Synne.

»Wer wem?«

»Der Bauer. Dem *Schreitenden Mann*.«

Jokum versuchte zu lachen, aber es wurde ein Husten daraus.

»Das kann man wohl sagen. Aber wer tut das schon?«

»Giacometti hat gesagt, dass er nur das wiedergibt, was er sieht. Und dem seine Träume hinzufügt.«

»Oder Albträume. Genau wie Kafka.«

»Und genau das macht Giacomettis Skulpturen zu etwas ganz Besonderem.«

Jokum tastete sich vor, es war, als wollte er eine Schiffstrosse in ein Nadelöhr einfädeln.

»Du meinst, lang und dünn?«

»Das auch. Aber da ist noch mehr. Nimm beispielsweise den *Schreitenden Mann*. Er ist… er ist…«

Offenbar suchte Synne nach den richtigen Worten, Begriffen, die einfingen, was sie erlebte, aber gibt es eine derartige Sprache, die voll und ganz abdecken kann, was wir denken, sehen, was wir erfahren, oder noch schlimmer, was *wir denken und ausdrücken wollen*? Nein. Die gibt es nicht. Wir müssen uns mit Annäherungen begnügen, wenn überhaupt. Jokum wartete. Er wurde sowieso schon von ihr auf die Folter gespannt. Wusste sie das, dass sie ihn auf die Folter spannte?

»Er ist die Einsamkeit in Person«, sagte sie.

Jokum duckte sich und machte den Rücken krumm.

»Ja, die Einsamkeit in Person. Schreitend.«

»Und außerdem ist er ein *Sehender*. Die Einsamkeit hat ihn zu einem sehenden Menschen gemacht. Und das ist es, was ihn, trotz allem, so schön macht.«

Jokum nahm die Worte in aller Stille in sich auf, ließ sie sinken, während er sich langsam aufrichtete. Hatte seine Veränderung begonnen, von der Streckbank zum Goldthron und von dort direkt hinein ins Himmelbett? Er musste an den Satz aus dem *Prozess* denken, der in der Arbeitsgruppe auf keinen guten Boden gefallen war, *ein angeklagter Mann sei schön*. War es die Einsamkeit, die der Angeklagte und der Verstoßene gemein hatten? War es diese Einsamkeit, die sie schön machten? Langsam hob Synne den Arm, als fürchtete sie, jemanden zu wecken, zu stören. Sie zeigte nach vorn.

»Sieh da«, flüsterte sie.

Zwei Enten schwammen in aller Ruhe auf dem Wasser. Mehr war da nicht. Es war genug. Jokum, jetzt für die Welt voll und ganz offen, konnte sich an der unmittelbaren Schönheit dieses national-romantischen Tableaus nicht sattsehen, die nur gestört wurde durch die unübersehbaren Stromkabel im Wald auf der Westseite. Sie waren es übrigens auch, die brummten, nicht die Frösche, nicht das Gras, ein lang gezogener, elektrischer Klagegesang. Und wäre er noch schärfer gegenüber dem Repertoire der Natur eingestellt gewesen, hätte er registriert, wie der liebliche Duft des Gagelstrauchs vorbeiströmte, und er hätte die Lobelien gesehen, die wild auf dem Grund am Schilf entlang wuchsen, in einem Treibhaus unter Wasser. Jokum fasste Mut und wurde witzig.

»Wenn du jetzt ins Wasser springst, habe ich auch noch eine Meerjungfrau gesehen«, sagte er.

Synne legte ihm eine Hand auf den Oberschenkel.

»Ach du.«

Dann folgten sie einem schmalen Pfad in den Wald hinein, Richtung Norden. Jokum ging voran, und je weiter er ging, desto näher kam er. Davon war er fest überzeugt. Er kam dem gelobten Land immer näher. Er war ein Schreitender. Er war schön. Er war ein Sehender. Er erhaschte den weißen Spiegel eines Hirschs, bevor dieser zwischen den Stämmen verschwand. Ein Luchs kletterte in einem Baum und legte sich auf einen Zweig. Zwei Löwen saßen vor einem Jagdunterschlupf. Eine Schildkröte lag unter dem Farn an einem Bachufer. Im Åklungen sah er den Rücken eines Delfins, der wie dunkles Silber in der Sonne glänzte. Ein Wildschwein stand auf einer Lichtung zwischen den Bäumen und ließ sich nicht stören. Es gab nichts, was er nicht sehen konnte. Er enthüllte die Natur.

»Warte auf mich!«

Jokum blieb stehen, und Synne konnte ihn einholen.

»Hast du etwas gesehen?«, fragte sie.

»Von allem ein bisschen.«

Ab jetzt wollte sie vorangehen, sonst würden sie sich noch verlieren. Wenn sie meinte, dass sie einander gefunden hatten, dann wollte Jokum sie auf keinen Fall verlieren. Er tat, was sie sagte, und blieb direkt hinter ihr, in einem zielgerichteten, synchronisierten Rhythmus. Jetzt nahm er sich die Zeit, auch sie zu enthüllen. Er enthüllte die blonde Haarpracht, gebunden und gefesselt in Knoten und Spange. Er enthüllte den Nacken, die kräftigen Muskelstränge zu beiden Seiten und die fest sitzende Haut zwischen Wirbel und Grübchen. Er enthüllte die weiche Beweglichkeit der Hüften. Die Beine hatte er bereits enthüllt. Er enthüllte ihren Gang, die Art, wie sie die Füße hob, hoch und langsam, die Art, wie sie sie wieder aufsetzte, mit der Hacke zuerst, wie sie den Fuß abrollte. Und darüber hinaus zog sie auch noch ihren Pullover aus, ohne stehen zu bleiben, und einen Moment lang enthüllte Jokum ihren Rücken , eine glatte Tafel, die zur Mitte hin etwas einsank, dort, wo sich die Säule zum Steißbein hinunterrollte, dem Schwerpunkt, der im Beckenbereich ein weiches Kreuz bildete, bevor sie das Hemd wieder an Ort und Stelle gezogen hatte, und unter den Armen enthüllte Jokum zwei feuchte Flecken , die größer wurden, während er sie enthüllte. Und zum Schluss blieb ihm nur noch, sich vorzubeugen und ihre Gerüche zu enthüllen, ihre ganz persönliche Parfümerie. Vielleicht kam er doch nach seinem Vater. Er enthüllte ihre Abstände. Wenn Jokum Macht über seine Worte gehabt hätte, so wie ich sie habe, und einfach hätte entscheiden können, welches Wort hätte er dann ausgesucht, um Synne zu beschreiben? Flott kam nicht in Frage. Doch plötzlich wusste er es. Synne war klassisch. Jokum war Jazz, und Synne war klassisch. Da geriet er in ein Spinnengewebe, das auf seinem Gesicht festklebte wie

152

ein Trauerschleier. Er wollte es wegreißen, stolperte aber stattdessen und fiel hin, glücklicherweise auf die Seite, blieb schräg im Heidekraut liegen, mit dem Rucksack zuoberst. Er versuchte aufzustehen, bevor Synne ihn so sehen würde, aber sie war augenblicklich stehen geblieben und legte den Zeigefinger auf den Mund.

»Pst.«

Jokum blieb so still liegen, wie er nur konnte. Was nicht besonders schwierig war. Aufzustehen war schwieriger. Bis dort oben war es ein weiter Weg. Synne blieb eine ganze Weile stehen und lauschte. Dann drehte sie sich um und schaute nach ihm.

»Jokum?«

»Ich bin hier unten.«

»Das sehe ich. Hast du dir wehgetan?«

»Ich bewundere nur die Aussicht.«

Synne lachte und nutzte die gute Gelegenheit, ihren Pullover im Rucksack zu verstauen. Da löste sich ihre Zopfspange, und das Haar, das länger war, als Jokum enthüllt hatte, schlug wie eine goldene Welle über sein Gesicht und spülte die Trauer der Spinne fort. Jokum atmete durch die Nase. Aber leider war Synne schnell wieder auf den Beinen, hob die Hand zum Mund und sagte noch einmal:

»Pst!«

Jokum hörte nichts außer dem Tierleben auf dem Grunde des Waldes, eine unsichtbare, hart arbeitende Menagerie. Es war zum Verzweifeln. Jokum tat es nicht gut zu fallen. Hinauf und hinunter waren nicht gleich lang. Hinunter gab es eine Abkürzung. Hinauf war es ein ganzer Tagesmarsch, manchmal sogar ein Lebenswerk.

»Du musst mir helfen«, flüsterte er.

Langsam drehte Synne sich wieder um. Ihr Blick wechselte die Farbe. Ihre Stimme wechselte die Tonlage. War es Ungeduld oder Fürsorge, die da zum Vorschein kamen? Jokum hoffte auf Ersteres.

»Schaffst du es nicht allein?«

»Nein.«

Synne kniete sich neben ihn, nahm ihm den Rucksack ab, und gemeinsam brachten sie nach einer Weile den Rücken wieder in den richtigen Winkel. Sie beugte sich über seine Schultern und atmete schwer.

»Armer Jokum«, sagte sie.

»Ja, ist das nicht eine Schande?«

Aber Jokum wäre gern für den Rest seines Lebens so sitzen geblieben, mit Synne über seiner Schulter. Doch jetzt kam noch der schwerste Teil. Er musste auf die Knie und die richtige Balance finden, was leichter gesagt als getan war, wie es ja meistens der Fall ist. Synne fand einen Stock, den sie unter seinen linken Ellenbogen schob, und während sie von hinten drückte, rollte er fast nach vorn und landete so auf den Knien. Jokum hätte sich gewünscht, einen Kran zu haben, gern mit Stuhl. Einmal hatte er sich so etwas zum Geburtstag gewünscht, einen eigenen Kran, der ihn wann auch immer und wo auch immer durch alle seine Stockwerke hätte befördern können. Dann breitete er das letzte Stück von sich aus, wie man einen Zollstock ausbreitet, Stück für Stück. Und endlich stand er da. Synne bürstete Heidekraut, Stöckchen und Spinnengewebe von ihm ab, schulterte selbst den Rucksack und wollte, dass er jetzt vorwegging. Vielleicht fürchtete sie, dass Jokum sie, sollte er noch einmal hinfallen, mit hinunterreißen könnte, besonders da er ja zweifellos vornüberfallen würde, so geduckt, wie er ging.

Jokum dachte darüber nach, während sie weitergingen.

»Du solltest einen Stock benutzen«, sagte Synne.

Einen Stock? Meinte sie damit einen Stab? Jetzt hätte er sie fragen können: Soll ich dein Stabhochspringer sein? Aber dazu war es zu spät. Er war ja kein männlicher Akt mehr. Er war ein Giacometti.

»Ich dachte, du meinst einen Hut. Das hast du letztes Mal gesagt. Dass ich einen Hut tragen sollte.«

»Ein Hut ist ästhetisch, Jokum. Ein Stock ist praktisch.«

»Ein Hut kann auch praktisch sein. Wenn es regnet zum Beispiel. Oder bei starkem Sonnenschein.«

»Ein Stock kann auch ästhetisch sein. Wenn er nur dazu dient, dem Besitzer einen gewissen Status zu geben und ihn zum Gentleman werden lässt.«

Jokum versuchte, sich selbst mit ihren Augen zu sehen: ein hoch aufgeschossener Gentleman. Da hatte er es:

»Wie wäre es mit einem Regenschirm? Der ist Stock und Hut gleichzeitig.«

»Oder ein Sonnenschirm.«

»Sonnenschirme sind was für die Damen.«

Darauf blieb Synne abrupt stehen und hielt ihn am Arm fest. Sollte es jetzt passieren? War die Zeit jetzt reif?

»Da war es wieder«, sagte sie leise.

»Was denn?«

»Hörst du das nicht?«

Jokum lauschte erneut. Er hörte Vögel, Wind und Wasser. Doch dann, hinter all dem, mitten auf der Tonleiter der Natur, hörte er noch etwas anderes, etwas, das er am liebsten gar nicht glauben wollte.

»Kann sein.«

Sie gingen dem Geräusch nach, das Jokum mehr und mehr Sorgen bereitete. Durfte das wahr sein? Es durfte nicht wahr sein. Hörte er nicht doch nur das Spiel der Vögel? Begannen nicht im Frühling diese komplizierten akustischen Zeremonien, mit Gesang, Rufen und anderen Äußerungsformen, mit gewissen Fortpflanzungslauten, die ihre wie auch seine Libido verstärken sollten, da ein lang anhaltender Erregungszustand anscheinend eine Bedingung dafür ist, dass die Kopulation letztendlich zur Befruchtung führt? War es nur das, was er hörte? Er hätte gern daran geglaubt. Er hätte nur zu gern gemeinsam mit Synne dem Vorspiel der Vögel gelauscht. Aber beherrschten die Vögel der Nordmarka Englisch? Kaum anzunehmen. Also stimmte es. Als sie auf eine Lichtung kamen, nahe an einem Brunnen tief im Wald, in den das Licht hineinfiel, sahen sie Arve Storvik. Er saß offenbar bequem auf einem Baumstamm, die Gitarre im Schoß und das ewige A-moll in den Fingern. Ausgerechnet er. Von allen Menschen. Von allem Unheil, das sie in der Natur hätte ereilen können, Blitzschlag, Überschwemmung, Waldbrand, Schlangenbiss, Pilze und Mückenstiche, wurden sie von Arve Storvik und seinem Gesang ereilt. Sie blieben stehen und ließen ihn seinen Schlager über eine gewisse Susanne beenden.

»Was tust du hier?«, fragte Synne schließlich.

»Was denkst du? Die Stille genießen.«

Wenn er die Stille genoss, dachte Jokum, wenn Arve Storvik unbedingt diese Stille genießen wollte, warum hatte er dann nicht die Gitarre zu Hause gelassen? Warum war er nicht selbst zu Hause geblieben und hatte die Stille in Ruhe gelassen? Wahrscheinlich, weil er davon ausging, dass die Stille für alle da sei und man sie deshalb immer wieder bricht. Synne trat einen Schritt näher an ihn heran.

»Ich dachte, du gehst im Zug mit.«

»Sieht es danach aus?«

»Bist du wütend, Arve?«

»Ach Scheiße, ich sitze wie gesagt hier und ahne nichts Böses, und dann kommt das halbe Studentenwohnheim hier angewackelt. Ich war zuerst hier!«

»Willst du, dass wir gehen?«

»Das wäre natürlich das Beste. Aber wenn ihr unbedingt hier stehen bleiben wollt, dann würde ich es vorziehen, wenn ihr euch setzt. Irgendwie herrscht hier plötzlich so ein Chaos.«

»Das ist aber nett von dir.«

Synne nahm den Rucksack ab. Das Rennen war gelaufen. Am liebsten hätte Jokum Feierabend gemacht, dabei war es doch erst Vormittag. Arve zündete sich eine Kippe an. Plante er jetzt auch noch einen Waldbrand? Was eigentlich gar nicht so schlecht wäre. Mit dem Streichholz zeigte er auf Synne, wobei die Flamme im Licht verschwand.

»Und du? Unterwegs, um den Bücherwurm ein bisschen zu lüften?«

Synne lachte. Was sie Jokums Meinung nach gern hätte sein lassen können. Er lachte auch.

»Hast du dich verlaufen, Arve?«

»Warum fragst du das?«

»Du wirkst so entfremdet.«

»Eines will ich dir mal sagen, Mister Literaturwissenschaft. Ich habe mich nicht entscheiden können, in welchem Zug ich mitgehen sollte. Und da wollten plötzlich alle über mich entscheiden. Kapierst du diese Interpretation?«

»Vergiss nicht, dass deine Telefonnummer die falsche Nummer für andere ist.«

»Was hast du da gesagt?«

»Nichts.«

Endlich hatte Jokum sich auf der Heide zusammenklappen können. Arve folgte ihm mit dem Blick auf seinem ganzen Weg hinunter.

»Darf ich ein Lied über dich schreiben, Jokum?«

Synne, die gerade dabei war, den Rucksack zu öffnen, drehte sich zu ihm um.

»Natürlich darfst du das, Arve.«

Jokum hätte darauf antworten sollen, er hätte aufstehen, wenn das nicht so ein weiter Weg gewesen wäre, und sagen sollen: Ich kann für mich selbst sprechen! Und dann wäre seine Antwort nicht die gleiche gewesen. Er wollte nicht besungen werden. Er wollte nicht bei Kerzenlicht in dunklen Clubs vorgeführt werden.

»Und wie soll es heißen?«, fragte Jokum.

»Hochfliegender Blues. Arbeitstitel.«

»Wie wäre es mit Aufrechter Blues?«

Arve schrieb etwas auf ein Stück Zigarettenpapier und klebte es am Gitarrenhals fest. Als er wieder aufschaute, setzte er sich die Sonnenbrille auf, um besser sehen zu können. Ganz offensichtlich passierte hinter Jokum etwas. So war das immer. Er drehte sich um. Aber da war nur Synne, die auspackte. Zuerst breitete sie eine Decke auf dem Boden aus. Auf die Decke legte sie ein weißes Tischtuch und zwei Stoffservietten. Dann holte sie einen Korb mit zwei Apfelsinen heraus und eine Schale mit blauen Trauben. Beides wurde ein wenig links vom Mittelpunkt des Tischtuchs platziert. Eine Vase mit einer getrockneten Rose darin bekam ihren Platz dazwischen. Anschließend zog sie zwei Gläser mit Stiel aus den Seitentaschen und stellte sie zu den Servietten. Auf einem Teller lagen zwei Krabben. Und zum Schluss krönte sie ihr Werk mit einer Flasche Champagner. Arve legte die Gitarre ins Heidekraut und klatschte wie ein kleines Kind in die Hände.

»Das nenne ich einen ersten Mai, folks!«

Synne schüttelte den Kopf.

»Das nenne ich Stillleben mit Trauben, Apfelsinen, Krabben und Dom Perignon. Oder nature morte in der Nordmarka. Willkommen bei Tisch.«

Und all das habe ich selbst getragen, dachte Jokum, auch noch, als ich fiel. Und all das war für uns gedacht, nur für uns zwei. Für sie beide und nur für sie beide hatte sie sich so viel Mühe gemacht. Sogar mit zwei Krabben! Es war ein tröstlicher Gedanke, wenn man an den Gedanken dachte, der dahinterstand, jetzt, wo es leider einen zu viel gab, nämlich Arve Storvik. Wer sollte aus dem selben Glas trinken? Jokum hätte bei dieser Gelegenheit gern etwas Unschlagbares gesagt, was auch gern das letzte Wort hätte werden können, aber er hatte mehr als genug damit zu tun, sich wieder hinzusetzen, an diesen Tisch, der nicht niedriger hätte sein können. In der Zwischenzeit schnappte Arve sich die Flasche. Er drehte und drehte, es schien, als wollte er den ganzen Himmel rundherum drehen, und endlich löste sich der Korken und ließ los, und im gleichen Moment flogen die versteckten Vögel des Waldes in Schwärmen von den Bäumen auf, zogen unruhige Schatten hinter sich her, und eine weiße, knisternde Blüte entsprang dem Flaschenhals, eine Blüte, die Arve natürlich aufleckte, bevor er die Gläser einschenkte und dann die Flasche behielt.

»Skål!«, rief Jokum.

Sie stießen an, sie tranken, und es hätten sie beide sein sollen, nur sie beide, Synne und Jokum, es war ihr Toast. Wäre das hier ein Gemälde gewesen, hätte Jokum Arve Storvik ausradiert, herausgeschnitten und herausgerissen. Wäre das hier ein Kapitel gewesen, hätte Jokum ihn ganz einfach gestrichen. Aber es war weder ein Kapitel noch ein Gemälde. Es war der Erste Mai 1976. Jokum verfluchte die Wirklichkeit und alles, was ihr innewohnte. Mit der Fantasie war auch kein großer Staat zu machen. Je mehr er trank, umso weniger. Arve hob lachend die Flasche.

»Würde Genosse Bengt uns jetzt hier sehen, wir würden auf dem Grønlands torg hingerichtet werden! Jokum als Erster.«

»Ich als Erster? Warum das?«

»Weil du dich über die Bewegung lustig machst. Am Ersten Mai. Und das ist das Schlimmste, was du tun kannst. Obwohl, auch an allen anderen Tagen.«

»Ich mache mich lustig? Wie das?«

»Magst du gern Hunde, Jokum?«

»Eigentlich nicht.«

»Und du bist auch noch nie von einer Lawine verschüttet worden?«

»Wovon redest du?«

Arve Storvik zeigte auf seinen Button.

»Der Freundeskreis norwegischer Lawinenhunde. FNL.«

Jokum war empört.

»Das stimmt nicht! Das ist die FNL! Die Nordvietnamesische Befreiungsbewegung!«

»Das sind auch die norwegischen Lawinenhunde, Jokum. Sie befreien Menschen, die von Lawinen verschüttet werden. Ich finde, du unterstützt da eine verdammt gute Sache.«

»Ich habe noch nie norwegische Lawinenhunde unterstützt! Nicht, dass ich etwas gegen sie hätte. Aber ...«

Arve wollte sich gerade eine Krabbe nehmen, da fiel ihm aber offenbar etwas ein, und er zog die Hand zurück.

»Apropos«, sagte er. »Ist nicht eigentlich jede Kunst tot und verdammt still?«

Synne nippte an dem Champagner und schaute Arve lange über den Rand ihres Glases an. Glaubte sie etwa, Jokum bekäme das nicht mit? Dass sie Arve genau mit diesem Blick anschaute? War jetzt Jokum irgendwie das fünfte Rad am Wagen? War er jetzt übrig? Jokum sank in sich selbst zusammen. Dort war es eng. War sein ganzes Leben nur eine Farce gewesen, ein Missverständnis, hatte er Lawinenhunde unterstützt und keine Befreiungssoldaten? War alles, wovon er ausging, falsch gewesen? Hatte er mit einer Lebenslüge gelebt, die Arve Storvik jetzt entlarvt hatte? Jokum löste den Button und versteckte ihn im Heidekraut. Endlich stellte Synne ihr Glas hin.

»Der spanische Maler Cotán malte einen Pfirsich, der so naturgetreu aussah, dass Krähen auf ihn einhackten«, sagte sie.

Arve Storvik lachte.

»Das sagt so einiges über die Krähen.«

»Nein, das sagt so einiges über die Kraft der Kunst.«

Er füllte ihr Glas, als gehörte ihm die Flasche und als wären nur sie zwei an Ort und Stelle, Synne und Arve.

»Dann schlage ich vor, dass das Rote Kreuz ein paar Künstler nach Biafra schickt, die können dann dort Wasser, Medikamente und Brot malen.«

Obwohl es Jokum gar nicht gab, nahm er Arve die Flasche aus der Hand und goss sich das Glas voll. Er wollte auch gern etwas sagen, wusste aber nicht, was er hätte sagen sollen. Währenddessen nahm Synne eine Apfelsine und warf sie auf Arve. Warum warf sie die Frucht nicht auf Jokum und zerstörte ihr eigenes Kunstwerk auf diese Art und Weise? Wäre es nicht naheliegender, die Apfelsine auf ihn zu werfen, da sie doch trotz allem mit ihm unterwegs war?

»Weißt du, was das Lebendigste in einem Stillleben ist?«, fragte sie.

»Der Champagner«, antwortete Arve.

»Die Insekten. Und die Insekten repräsentieren den Tod.«

Jokum senkte den Blick auf die Tischdecke. Eine Ameisenstraße lief zwischen Korb und Schale entlang. Die Fliegen krochen über die Krabben. Eine Libelle war dabei, die Serviette zu attackieren. Diese kleinen Bewegungen, dieses Gewimmel, dieses Leben, das sein eigenes Leben führte, ungestörtes Leben, es störte ihn. Dieses ganze Gespräch störte ihn. Er bekam Kopfschmerzen. Am liebsten hätte er wie die großen Zauberkünstler einfach die Tischdecke weggezogen. Es gab doch sowieso keinen Sinn, in der Natur aufzudecken. Dann sauste die verdammte Apfelsine wieder an ihm vorbei und landete in Synnes Schoß.

»Ich glaube fast, die Kunsthistorikerin irrt sich«, sagte Arve.

»Ach ja: Hat der Musiker eine andere Interpretation parat?«

»Auf jeden Fall. Das Lebendigste, das gleichzeitig den Tod repräsentiert, ist die Schlange.«

»Die Schlange? Sprichst du von Symbolen?«

»Nein, ich bin eigentlich verdammt konkret, Synne. Anarchisten sind das normalerweise einmal im Jahr. Oder zweimal.«

Arve zeigte in eine Richtung. Jokum schaute wieder nach unten. Und dort, in der Ecke der Tischdecke, lag eine Schlange, zu zwei schwarzen Kreisen zusammengeringelt. Synne schrie auf, ohne dass es zu hören war, klammerte sich mit beiden Händen an ihr Gesicht und riss die Augen auf, als wollte sie mit voller Absicht Munch nachahmen. Dann kam der Ton zu dem Bild.

»Schaff sie weg! Sofort!«

Arve nahm den Finger weg, zeigte jetzt stattdessen auf Jokum.

»Mach du das«, sagte er.

»Warum ich?«

»Weil du die längsten Arme hast.«

Was hatte das damit zu tun? Könnte Arve Storvik nicht stattdessen seine Gitarre benutzen? War nicht auch die Gitarre, ganz gleich, ob akustisch oder nicht, eine Schlagwaffe? Andererseits, es bot sich ihm die perfekte Gelegenheit, wieder ins Spiel zu kommen, wie man so sagte, eine Möglichkeit, Größe zu zeigen. Arve Storvik hatte recht. Niemand konnte bis an Jokums Hände reichen. Niemand war länger von seinen Fingern entfernt als er. Doch als er sich endlich entschlossen hatte und die Schlange mit zwei Fingern packen wollte, möglichst am Schwanz, um sie dann in den Wald zu werfen, dorthin, wohin sie gehörte, da war die besagte Schlange bereits verschwunden, da war es zu spät, er bekam keine Chance, seine Größe zu zeigen, und im Grunde genommen war er froh darüber.

Arve Storvik zündete sich eine Zigarette an und schaute sich um.

»Was ist denn jetzt los, Jokum? Hast du sie in die Tasche gesteckt?«

Synne stand auf und begann die Sachen zusammenzupacken.

»Hier will ich nicht mehr bleiben! Mit Schlangen ist nicht zu spaßen!«

Arve zog sie wieder auf die Decke hinunter.

»Entspann dich. Das war bestimmt nur eine Blindschleiche. Und außerdem kommen Schlangen nie zurück. Wusstest du das nicht? Das ist das Gesetz der Schlangen. Außerdem ist noch Champagner da. Lass uns ein bisschen revolutionär sein!«

Arve legte sich zurück ins Heidekraut, pustete Rauchringe gen Himmel und sah aus wie ein Krematorium. Jokum hoffte, er würde in einem Schlangennest versinken und dort bleiben.

»Und wenn die Schlange die Gesetze der Schlangen bricht und zurückkommt, dann sitzt Jokum hier mit seinen Armen bereit. Nicht wahr, Jokum?«

»Ja.«

Alle drei überfiel eine Müdigkeit. Sie rutschten in einen Schlummerzustand, einer nach dem anderen, zumindest Jokum ging es so. Er war kurz davor einzuschlafen, und das jetzt, wo er doch Wache halten sollte. Er schlief auf dem Wachtposten. Träume lösten Erscheinungen in langsamem Wechsel ab. Die Bäume lösten sich aus der Erde und stiegen wie ein schwerer grüner Zeppelin auf. Die Schatten fielen wie Soldaten. Der Wind zeichnete Gesichter auf die Wolken, die Briefe an die Sonne schickten: Warte auf uns. Die Ameisen legten sich auf die Lippen wie hundert kurze Küsse. Die Überlandleitungen wurden durch den Kopf hindurchgezogen, eine elektrische Eheschließung zwischen dem Hören und den Gedanken, die schnell die Scheidung einreichten. Oder war es die Schlange? Alles ging so still vor sich, dass man glauben könnte, es geschähe gar nichts. Eine Treppe stand im Gras. Ein Hubschrauber hing in der Luft. Der Propeller war ein schwarzer Regenschirm. Waren es Kirchenglocken, die er da hörte? Wer starb jetzt? Als Jokum endlich die Augen wieder öffnete, die er nie hätte schließen dürfen, sah er Arve, der wieder auf dem Baumstamm saß, die Gitarre im Schoß, als hätte es die Zwischenzeit gar nicht gegeben. Er sang:

Du warst der Spiegel
Ich war der Fleck
Du warst das Segel
Mich spülte es von Deck

Dann hörte Arve auf zu singen und hing über der Gitarre, tragisch und in sich gekehrt. Es lag also nicht an ideologischen Verwirrungen, die ihn am Ersten Mai in die Natur hinausgeführt hatten, sondern an der Damenwelt. Nicht alles ist Politik. Alles ist Liebe, mit allem, was das mit sich führt. Und von allen Lieben ist die verschmähte die intensivste. Sie ähnelt einem zu engen Anzug, oder einer Tracht, je nachdem, mit anderen Worten, einer Zwangsjacke, und einige Leute glauben, sie steht ihnen, besonders die Liedersänger. Übrigens saß Synne mit gekreuzten Beinen da und hatte die Hände in einem lautlosen Applaus gefaltet.

»Das hätte fast Leonard Cohen singen können«, sagte sie.

Das hätte sie nicht sagen sollen. Arve richtete sich von seiner Gitarre wieder auf, während offenbar diese Worte für immer in ihn eindrangen. *Das hätte fast Leonard Cohen singen können.* Welche Statue war Arve? War er das Wildschwein aus Floren, der Krabbenfischer oder Der gute Hirte? Weder noch. Er war der Auerhahn auf der Balz. Er saß dort auf dem Stumpen und gab schrecklich an, ja, das tat er. Der Auerhahn, also Arve Storvik, war fertig mit dem akustischen Programm. Jetzt präsentierte er sein optisches Repertoire. Das verwaschene Hemd schien plötzlich in grellen Farben. Der Schlag der abgewetzten Jeans wurde noch breiter. Das Haar stand in einem steifen goldenen Kamm zu Berge. Seine Wangen wurden ganz rot. Kurz gesagt, er gab ganz fürchterlich an. Hochnäsig zu sein bedeutet, Eindruck schinden zu wollen. Und nur darum geht es, wenn man es genau betrachtet. Eindruck zu schinden. Jetzt machte Arve Eindruck auf Synne. Lief da etwas zwischen den beiden? Hatte Synne die ganze Zeit gewusst, dass Arve hier auf der Lichtung gesessen und nur gewartet hatte? Jokum wurde so eifersüchtig, dass seine Strümpfe Laufmaschen bekamen. Er trank den Rest des Champagners.

Da fing es an zu regnen.

Wie man sich denken kann, war Jokum das Trinken nicht gewohnt, und er würde es auch nie werden. Er musste schon so viele Dinge unter Kontrolle halten. Im schlimmsten Fall lief es so, dass der rechte Arm betrunken wurde, während der linke Fuß nüchtern blieb. Dann hing er nicht mehr zusammen. Dann gab er keinen Sinn mehr. Wenn ihm jemand ein Glas anbot, erwiderte er meistens: Danke, aber ich bin auch so schon auf der Höhe. Deshalb konnte Jokum sich nicht mehr an Details des Rückwegs erinnern, nur dass er ging, oder eher zwischen Synne und Arve hing. So geduckt war er noch nie gewesen. Es war wie verhext. Aber was man selbst vergisst, kann von den anderen erinnert werden. Natürlich ist es peinlich, sich in derartigen Archiven wiederzufinden, das kann man so sagen. Doch oft ist es eine gleichzeitig schöne und vernünftige Gewohnheit. Wir füllen das Leben des anderen aus. Wir heben uns gegenseitig auf. Und aus dem, was wir weder erinnern noch vergessen, fertigen wir Erzählungen und Lieder, beispielsweise *Hochfliegender Blues*, der letzte Song auf der Langspielplatte *Wasserscheide*.

Er trägt den Kopf auf halbem Mast
Er hat Schuhe aus Blei
Er trägt den Kopf auf halbem Mast
Und er hat zwei Schuhe aus Blei
Doch wenn er erwacht aus seiner Rast
Fühlt er sich wie neu und vollkommen frei

ZWEI VORBEHALTE

Ich sagte, wenn auch nur so nebenbei, dass ich Macht über das Wort hätte. Da nahm ich den Mund wohl zu voll. Eher ist es umgekehrt. Das Wort hat mich in seiner Macht. Mein ganzes Leben lang habe ich versucht freizukommen. Deshalb habe ich nichts anderes getan, als zu schreiben. Aber hier und jetzt sind weder Zeit noch Ort, um diesen Kampf zu vertiefen. Ich werde ihn später aufnehmen, wenn ich mich immer noch daran erinnere. Sicher, ich habe außerdem gesagt, dass *Jokum Jazz ist*. Auch hier habe ich den Mund zu voll genommen. Und darf ich das als ein Zeichen dafür sehen, dass ich auf dem besten Wege bin, mich von den Worten zu lösen, ja, dass sie inzwischen lockerer sitzen? So oder so, folgendermaßen verhielt es sich: Jokum fand sich im Rock nicht zurecht. Und da er in den Sechzigerjahren aufwuchs, als diese Musik die Begleitmelodie zu allem bildete, was geschah, hatte das zur Folge, dass er sich überhaupt nicht zurechtfand. Lassen Sie es mich so sagen: Jokum bemühte sich. Er bemühte sich, so gut er konnte. Er wollte sich so gern zurechtfinden. Doch es gelang ihm nicht. Am liebsten hätte er seine Mutter gebeten: Setz The Animals ein, verlängere The Beatles, flick The Rolling Stones! Jokum bekam nämlich das Gefühl, dass der Rock ihm nicht stand. Es gab ihn nicht in seiner Größe. Er fühlte sich unwohl darin. Es war wie ein zäher, heftiger Albtraum: Er stand in der Umkleidekabine bei Adelsten am Stortorget und zog eine Hose nach der anderen an, eine kürzer als die andere, der Umkleideraum war schnell gefüllt mit Hosen, er konnte kaum noch atmen, bis er endlich von einem Verkäufer geweckt wurde, der wie ein Zirkusdirektor den Vorhang zur Seite riss, und draußen wartete die ganze Klasse, alle in Kleidern, die von Kopf bis Fuß perfekt saßen. So erlebte Jokum die Sechziger: ein enger Umkleideraum, nicht ein einziges Kleidungsstück, das passt, und Gelächter von draußen. Wurde Jokum nicht von der wilden Disziplin des Rocks beeinflusst? War er gegenüber der grellen Schönheit des Rocks blind? Nein, war er nicht. Er machte große Augen. An einem Montagabend im September 1964 saß er beispielsweise mit dem linken Ohr am Radioapparat im Wohnzimmer und hörte sich das ganze Wunschkonzert an, ein Gruß immer besser als der vorherige, denn die Dramaturgie des Wunschkonzerts war gnadenreich: der Marsch zum Einzug, Kindheit, Tod, Geburtstag und Wiederauferstehung. Und noch einmal möchte ich an die Nüchternheit erinnern, denn es war immer noch die Epoche der solidarischen Nüchternheit, für die das Wunschkonzert die wichtigste Tonspur lieferte: Die Einnahmen aus den Wünschen der Zuhörer gingen an den Rundfunkpräsentefonds, allein der Klang dieses Wortes, Rundfunkpräsentefonds, derartige Worte gibt es nicht mehr. Er diente wiederum dazu, den Mittellosen, die sich so etwas nicht leisten konnten, Radio- und Fernsehapparate zu verschaffen. Was ja eines schönen Tages ein Ende haben musste, wenn alle, arm und reich, hoch und tief, wenn jeder einen Apparat besaß. 1992 wurde der Rundfunkpräsentefonds aufgelöst. Das Wunschkonzert hatte seine Rolle ausgespielt und war nur noch ein Echo zwischen der Börse und den Pleiten. Die Wünsche waren erfüllt worden. Wenn die Wünsche erfüllt sind, wollen alle mehr haben. Und alle bleiben auf ihren finanziellen Sorgen sitzen. Doch als die letzte Melodie an diesem Montag, im September 1964, gespielt worden war, *Pretty Woman*, während das tief stehende Licht durch den Raum und um die funktionalistischen Möbel in einem gelben, sonderbaren Stoff strich, öffnete sich noch eine andere Welt, im Herzklopfen der Gitarre, in Roy Orbisons klagender Stimme, im Starrsinn des Refrains. So erklärte der Rock das Gleiche wie der große Poet, der dem Platz in Skillebekk seinen Namen gegeben hatte, Olaf Bull: *Dich will ich sanft in Rhythmen festnageln.* Jokum war bewegt, das soll hier nicht unter den Tisch gekehrt werden. Vielmehr musste er alles aufgeben, was der Rock mit sich führte, den *Stil* an sich, der für viele leider auch zum Lebensstil wurde, eine ewige, rechthaberische Jugend. Hier hakte es. Denn dieser Stil umfasste nahezu alles, Sprache, Geschmack, Aussehen, Gewohnheiten, Haltungen, Verbrauch, Träume, Kleidung und nicht zuletzt *Bewegungen.* Wobei es sich nicht um eine innere Bewegung handelte, das Verschieben von Gedanken und Gefühlen, nein, das war nicht das Ziel des Rocks, der Rock war eine Kraft, die den Körper bewegen sollte. Und wenn ich eine Andeutung machen darf: Die Kaufkraft des Körpers ist größer als die der Gedanken. Deshalb kann man auch sagen, dass der Rock, wie er in den Sechzigerjahren entstand, als eine rhythmische Reprise auf den Jugendstil, ein sowohl karnevalistisches als auch kapitalistisches *Phänomen*, außerdem der endgültige Abschied von der Nüchternheit war. Mit dem Rock begann der Becher überzulaufen. Was Jokum ganz und gar nicht gefiel. Was sich ein für alle Mal bei einer Soirée zeigen sollte, die der Schülerrat der Vestheim Schule im Herbst 1967 organisierte, eigentlich in Jokums goldener Jahreszeit, doch auf dieser Altersstufe war er nur eine Pest und Plage, eine unerträgliche Saison zwischen Laub und Schnee. Er war vierzehn geworden und hatte alle im Wachstum überholt. Schon seit Langem hatte er den Gang der Geduckten gelernt. Soirée ist, wie man weiß, Französisch und bedeutet in diesem Zusammenhang nicht Abend, sondern *Schulball.* Für diese Veranstaltung wurde die Turnhalle ummöbliert, und die Schüler durften sich auf dem gebohnerten Parkett unter dem besonders hellwachen Blick des Schulleiters bei paarweisen Übungen amüsieren. Die norwegische Popband *The Sunbeams* sollte zum Tanz spielen. Jokum wollte nicht hingehen. Er hatte einen Entschluss gefasst. Sein ganzes Leben hatte er dazu gebraucht, sich schließlich zu entscheiden, nicht zu dieser Soirée zu gehen. So war es nun einmal. Er war dazu geboren, an diesem Abend zu Hause zu bleiben. Er saß in seinem Zimmer und entschied sich immer noch, denn das Leben war ja nicht vorbei, das Leben ging trotz allem weiter, und allein das machte den Zweifel bereits möglich. Das war der Augenblick, in dem Jokum begriff, dass allein der Tod eine endgültige Entscheidung war, alles, was vorher kommt, ist Zweifel, das heißt die Möglichkeit, eine Wahl zu treffen. Es gibt also kein offenes Ende. Das Ende ist immer geschlossen. Jokum konnte nicht sagen, ob das ein Trost oder eine Drohung war. Es klopfte an der Tür. Seine Mutter schaute herein.

»Willst du nicht zur Soirée?«

»Nein.«

»Warum denn nicht?«

»Weil ich vom Turnen in der Halle freigestellt bin.«

»Jokum, nun hör aber auf. In der Turnhalle geht es doch jetzt nicht ums Turnen. Heute ist Samstag!«

»Außerdem habe ich eine Entscheidung getroffen.«

»Aber du kannst dich doch noch umentscheiden, oder?«

»Nein.«

Jetzt kam auch noch der Vater hinzu und mischte sich ein.

»Ich finde schon«, sagte er.

»Was findest du?«

»Dass du dich umentscheiden und trotz allem zur Soirée gehen solltest.«

»Und warum?«

»Weil es dir guttäte, Jokum.«

Was sollte das bedeuten? Dass es ihm guttäte? War es so schlimm um Jokum bestellt, dass es ihm guttäte, zur Soirée zu gehen? Jetzt war er sich seiner Sache zumindest sicher.

»Na gut«, sagte er.

Jokum zog eine Hose an, bei der die Naht herausgelassen worden war, und ein angestückeltes Hemd. Doch bevor er davonkam, im allerletzten Moment, stand die Mutter mit dem Blazer auf dem Flur, dem verhassten Blazer, und sie hielt ihn so, dass er erst mit den Armen hätte hineinschlüpfen können, nachdem er in die Knie gegangen war. Jokum seufzte schwer.

»Das ist doch nicht nötig.«

»Trotz allem ist es eine Soirée«, sagte die Mutter.

Also zog Jokum den Blazer unter der gelben Regenjacke an und ging zur Vestheim Schule. Einen kleinen Umweg gönnte er sich und blieb vor dem Friseur in der Bygdøy allé stehen. Als er etwas in die Hocke ging, sah er sich von allen Seiten in den Spiegeln drinnen im Halbdunkel des Salons. Er zählte also fast fünfzehn Jahre und war bereits alt. Er trug eine Regenjacke, obwohl es nicht regnete. Sein Alter war nicht wie das der anderen. Jeden Geburtstag konnte er mal zwei nehmen, weil er so schnell wuchs, in den letzten Jahren konnte er sogar mal drei multiplizieren. Eigentlich näherte er sich den vierzig, seine Jahre waren Hundejahre, er würde bald sterben. Deshalb war es kein Wunder, dass Jokum auch für eine Weile vor dem Geschäft des Uhrmachers stehen blieb, das gleich nebenan lag. Er schaute auf die Uhren. Jede ging anders. Was ihn eigentlich erleichterte, als könnte er seinen eigenen Zeitpunkt auswählen, überspringen, wozu er keine Lust hatte, und bei dem verweilen, was ihm gefiel, obwohl er genau wusste, dass dem nicht so war, natürlich war es nicht so, aber da kam ihm ein schöner Gedanke: Der Friseur und der Uhrmacher sind mit etwas beschäftigt, mit der Zeit und dem Haar, die sind vom gleichen Schlag. Als er weiterlief, dorthin, wohin er gar nicht wollte, entdeckte er etwas im Rinnstein, direkt unter den berühmten Kastanienbäumen, unsterblich gemacht durch Jens Book-Jenssens *Wenn die Kastanien blüh'n in der Bygdøy allé*, einem Lied, das immer noch gesungen wird, obwohl die meisten Bäume gefällt wurden. Und genau das ist ja das Ziel eines Schlagers: zu wiederholen, was vorbei ist. Alle Schlager handeln von gefällten Bäumen. Die Schlager haben nie die Zeit auf ihrer Seite, und deshalb sind sie zeitlos. Jokum beugte sich in voller Länge hinunter und hob eine Entdeckung auf. Einen sogenannten *Button*, das Markenzeichen der Sechziger, abgenutzt und gequetscht, die Buchstaben waren kaum noch zu erkennen über etwas, das einem verrosteten Stern ähnelte: FNL. Jokum wusste, was die FNL war. Die FNL kämpften in Vietnam gegen die USA. Eigentlich hatte er sich nicht besonders für diesen Krieg interessiert. Er hatte genug mit seinem eigenen zu tun. Da war kein Platz für mehr gewesen. Doch jetzt stellte sich das anders dar, da gab es nichts zu leugnen. Er entschied sich für eine Seite. Er war gerüstet. Er wollte dieses Zeichen an seiner Regenjacke befestigen, links, direkt über dem Herzen sozusagen, aber die Öse war kaputt, deshalb legte er es in die Tasche. Dann ging Jokum weiter und verlor schnell wieder allen Mut. Er näherte, und er entfernte sich. Er drehte um und kam zurück. An der Straßenbahnhaltestelle im Frognerveien wartete er und sah all die Schüler, die auf den Schulhof und in die Turnhalle strömten, die Mädchen Arm in Arm, die Jungs in Gruppen, angeberisch und verschämt, still und lautstark, einige standen wohl an den Mülleimern und ließen eine Flasche kreisen, und plötzlich flammte ein Feuerzeug auf, und für einen Moment stand die Stadt in Flammen. Gelächter in den Schatten. Rufe aus anderen Straßen. Da wurde Jokum klar: Ich habe keine Freunde. So klar hatte er es noch nie vor sich gesehen. Er hatte keine Freunde. Er hatte nur Bekannte, Klassenkameraden, Nachbarn. Es ließ sich nicht leugnen: Sie zählen nicht. Es sind nur Personen, vor denen man gerade mal den Hut zieht. Freunde sind etwas anderes. Freunde suchen dich aus. Durch Freunde wirst du erwählt. Und diese Gedankenreihe endete in einer bitteren Gleichung: *Ich habe auch niemanden ausgesucht.* Als hätte er eine Wahl gehabt. Dann lag der Schulhof leer und verlassen da. Jokum legte das letzte Stück zurück, die Treppe zur Garderobe hinunter, hängte die Regenjacke an den letzten Haken, alles war das Letzte, er war der Letzte. Der abgestandene Schweiß war in 4711, Menthol und Old Spice verrührt worden, das Samstagabenddessert. Er lauschte den Instrumenten, die einander noch nicht gefunden hatten, jedes war für sich unterwegs, irgendwo zwischen Lärm und Musik. Mit kleinen Schritten ging er weiter auf die Tür zu, hinter der das Licht aussah wie ein Feuer. Das wäre doch etwas, wenn der ganze Mist niederbrannte, bevor er so weit gekommen war. Er sehnte sich nach Sirenen. Er gab dem Kassierer des Schülerrats einen Fünfer, dieser schaute mit einem schiefen Grinsen zu Jokum auf und zählte die Knöpfe an seinem Blazer, bevor er dessen Handrücken mit einem blauen Knall stempelte: 12/10 68. Dann wurde Jokum wieder aufgehalten, dieses Mal von dem Aufpasser, Studienrat Iversen, der sonst in Religion und Geographie unterrichtete und in seiner Freizeit dem Hobby des Tontaubenschießens nachging.

»Schön zu sehen, dass jemand sich noch gut angezogen hat«, sagte er.

Eine bedrohliche Aussage. Noch ein Grund sich umzudrehen, während man immer noch in der Tür stand.

»Na, es ist ja trotz allem eine Soirée«, sagte Jokum.

»Und jetzt muss ich dich leider durchsuchen. Wir haben den Verdacht, dass jemand versucht, Alkohol hereinzuschmuggeln. Nicht, dass ich dich verdächtige, Jokum, keine Sekunde.«

Warum war Jokum nicht auch verdächtig, nicht einmal für eine Sekunde? War es seine Größe, die ihn über jeden Zweifel erhob? Nur zu gern wäre er verdächtig wie all die anderen. Es war verdächtig, nicht verdächtigt zu werden.

»Durchsuchen Sie, was Sie müssen«, sagte er.

Der Studienrat klopfte schnell mit den Händen über den Blazer, zögerte, klopfte noch einmal, schob dann die Hand in die linke Tasche, wühlte etwas darin herum und zog den FNL-Button heraus. Lange sah er ihn an. Anschließend sah er Jokum genauso lange an.

»Was ist das?«

»Na, ein Button.«

»Nun werd nicht frech. Was willst du damit?«

»Ihn reparieren.«

Der Studienrat schob Jokum gegen die Wand und stellte sich auf die Zehenspitzen, um mit ihm auf Augenhöhe zu kommen.

»Willst du auch noch frech werden?«

»Nein. Ich habe ihn in der Bygdøy allé gefunden.«

»Machst du dich über mich lustig?«

»Das ist die Wahrheit!«

»Wahrheit oder nicht, ich will keine kommunistische Propaganda hier an meiner Schule sehen. Ich bin sehr, sehr enttäuscht von dir! Ein FNL-Button!«

»Aber er war doch in meiner Tasche. Ich habe ihn gar nicht getragen.«

»Nun werd nicht spitzfindig! Das nützt dir auch nichts.«

Der Studienrat ließ ihn los und wurde sofort kleiner.

»Erst will ich meinen Button zurück«, sagte Jokum.

»Ach, willst du das? Dann wollen wir doch mal sehen, wer zuletzt lacht!«

In dem Moment begannen The Sunbeams zu spielen, *Roll over Beethoven*, und Studienrat Iversen schob Jokum auf den Tanzboden, und dort blieb er, denn woanders kam er nicht hin. Er wurde geführt. Er wurde hierhin und dorthin geführt, allein zwischen den Luftballons und den bunten Glühbirnen. Er war ohne eigenen Willen. Er wollte hinüber auf die andere Seite, zum Tresen mit der Limonade, er wollte sich gegen die Sprossenwand lehnen und eine Limonade zwischen Girlanden und Luftballons trinken, doch er kam niemals so weit. Er tanzte nicht und war dennoch einer der Tänzer. Ihre Bewegungen wurden zu seinen. Bald drehte er sich. Bald hob er die Arme hoch in die Luft. Bald knickte er in den Knien ein und wippte. Jemand pustete ihm ins Gesicht. Jemand stieß ihm in den Rücken. Jemand schob ihn gegen die Lautsprecher. The Sunbeams spielten *Twist and Shout*. Jokum machte einen letzten Versuch loszukommen, Limonade oder Ausgang, Ausgang oder Limonade, das war die Frage, doch vergebens. Er war in Bewegung auf einen anderen Ort hin. Er war *in Bewegung*. Er war nicht länger der rechtmäßige Besitzer seiner eigenen Gliedmaßen. Er wurde entführt. Er ergab sich seinem Schicksal. Und als Jokum das nächste Mal die Augen öffnete, stand er zwischen dem Bassisten und dem Rhythmusgitarristen von The Sunbeams, vor der ganzen Schule, mitten in ohrenbetäubendem Applaus, während alle durcheinanderklatschten, und dieses unrhythmische Klatschen ging über in Gelächter, und während die Bewegungen an ihm herunterrannen und er trocken und schiffbrüchig zusammensank, konnte er gerade noch denken: *Ich bin nur ein stummer Diener.*

Als er endlich auf dem Heimweg war, fing es an zu regnen. Er blieb im Regen stehen. Im Regen konnte er stehen und sein wahres Leben spüren. Er wusste, ohne es zu begreifen, was der Rock, hier repräsentiert durch die mittelmäßige, nicht gerade originelle und verspätete Band The Sunbeams, bedeutete. Und genau das war ihm so von Herzen zuwider: Es gab keine Grenzen. Es gab keinen Unterschied mehr zwischen Bühne und Saal.

Den Sonntag verbrachte Jokum in seinen eigenen Gedanken.

Am Montag ging er voller Unruhe zur Schule.

In der großen Pause wurde er ins Büro des Schulleiters gerufen.

Dorthin ging er mit noch größerer Unruhe.

Der Rektor Frøsland, ein ansonsten beherrschter Mann mit einem Posten in der Kristelig Folkeparti, saß hinter dem breiten Schreibtisch mit einem braunen Umschlag in der Hand. Er schaute zu Jokum auf.

»Hast du dich gut amüsiert auf der Soirée?«

Gern hätte Jokum sich gesetzt, doch er fand keinen Stuhl.

»Die Musik war etwas zu laut«, sagte er.

»Ach, fandst du? Aber du warst doch wohl trotzdem der Eifrigste auf dem Tanzboden, nicht wahr?«

»Ich wurde leider mitgerissen.«

»Ja, ja. So kann man es auch nennen. Es kamen auch einige Klagen von den Nachbarn.«

»Aber nicht meinetwegen, oder?«

Schulleiter Frøsland lachte traurig.

»Wegen der Musik. Es war wohl das letzte Mal, dass wir eine Soirée hatten.«

Dagegen hatte Jokum nichts einzuwenden. Er wollte sowieso nie wieder auf eine Soirée gehen. Rektor Frøsland stand auf. Er trug eine Weste mit einer Taschenuhr darin. Die Kette hing in einem Bogen über dem hervorstehenden Bauch. Er blieb mit dem Rücken zu Jokum stehen und schaute auf den Schulhof, nickte, als zählte er seine Schüler, oder als wäre er plötzlich mit sich selbst mehrere Male nacheinander einig geworden.

»Glaub nicht, dass du dir alles leisten kannst«, sagte er.

Jokum verstand nicht so recht, begriff aber dennoch, was der Schulleiter meinte. Er war empört und schämte sich gleichzeitig.

»Wie gesagt, ich wurde mitgerissen. Zum Tanzen. Es war nicht meine...«

Schulleiter Frøsland drehte sich abrupt um, warf den Umschlag mit einem Knall auf den Tisch, die Uhr fiel aus der kleinen Tasche in der Weste, und in diesem Moment klingelte es zur nächsten Stunde, eine Kettenkollision im Laufe des Oktobers. Dann reichte er Jokum den Umschlag, setzte sich wieder hin, steckte die Uhr an Ort und Stelle und faltete die Hände. Jokum schaute vorsichtig in den Umschlag. Darin lag sein Button, FNL. Eigentlich war er erleichtert. Es war besser, wegen der Politik beschuldigt zu werden als wegen des Tanzes. Er wiederholte, was er dem Studienrat gesagt hatte:

»Ich hatte ihn nur in der Tasche.«

»Es ist vollkommen egal, wo du ihn hattest. So etwas lässt sich nicht verstecken.«

»Nein, wohl nicht.«

»Du kannst jetzt nach Hause gehen. Und komm nicht vor morgen wieder.«

Jokum fror hinter den Ohren.

»Bedeutet das, dass ich der Schule verwiesen bin?«

Schulleiter Frøsland schob einige Papiere zur Seite und lauschte der tiefen Stille vom Schulhof.

»Betrachte es als deine Operation Tageswerk. Du sollst den Müll rausbringen.«

Jokum holte in aller Stille seine Schultasche und die Regenjacke. Dann ging er nach Hause, aber wie langsam er auch ging, er kam doch zu früh an. Seine ewige Entschuldigung war bald abgenutzt: *Vom Hallensport freigestellt.* Aber als er im Eingangsflur stand, hörte er erschreckende Geräusche. Jemand weinte. Er schlich weiter und blieb vor der Küche stehen. Dort, am Herd, saß seine Mutter und weinte. Sie war vollkommen in Tränen aufgelöst. Noch nie hatte Jokum Ähnliches gesehen. Er hatte seine Mutter noch nie zuvor weinen gesehen. War es das, was sie tat, wenn er in der Schule und sein Vater bei der Arbeit waren, hier sitzen und weinen? Warum weinte sie? Diese Frage war noch schlimmer. Weinte sie wegen Jokum, weil er so eine große Last war? Hatte der Schulleiter Frøsland doch angerufen und ihr erzählt, dass Jokum sich auf Abwegen befand, in Gefahr, abzurutschen? Er wagte es nicht, zu ihr hineinzugehen, und zog sich stattdessen zurück, wartete ab, bis es vorbei war. Lachen kann man zusammen. Beim Weinen ist man allein. Aber es ging nicht vorbei. Jokum rief den Vater vom schwarzen Telefon im Wohnzimmer an, er sprach ganz leise.

»Du musst kommen«, sagte er.

»Was ist los, Jokum? Du musst lauter reden. Ich habe schrecklich viel zu tun.«

»Mutter weint.«

»Mutter weint?«

»Sie sitzt in der Küche und weint.«

»Hat sie sich wehgetan?«

»Ich weiß nicht, was los ist.«

»Weint sie schon lange?«

»Mindestens eine Stunde.«

»Ich komme. Bleib, wo du bist!«

Jokum blieb, wo er war. Der Vater kam, er trug noch seinen langen, hellbraunen Arbeitskittel, er ging sofort in die Küche und schloss die Tür hinter sich. Jokum wartete geduldig lange Zeit. Er hörte Stimmen, aber nicht, was gesagt wurde. Scheidung? Wollten die Eltern sich scheiden lassen? Jokum war auch kurz vorm Weinen. Dann endlich kam der Vater heraus, er war bereits auf dem Weg ins Wohnzimmer, blieb aber noch einmal kurz stehen und drehte sich zur Mutter um, die ebenfalls aufgestanden war.

»Wie konntest du nur, Hütchen?«

»Nenn mich heute nicht Hütchen!«

Sie verbarg das Gesicht in den Händen und flüsterte zwischen den Fingern:

»Schließlich war es der Staatssender, NRK.«

»Und die rufe ich jetzt an und sage denen mal meine Meinung!«

Es stellte sich heraus, dass die Mutter an diesem Vormittag den Bogstadveien hinaufgegangen war, sie wollte den Vater mit einem neuen Regenschirm überraschen, und den gedachte sie bei Franck oder bei Øye zu kaufen. Vielleicht würde sie auch noch etwas für sich selbst finden, beispielsweise einen Schal, und auch Jokum vergaß sie nicht zu bedenken, er brauchte ein Paar Socken. Das soll nicht so missverstanden werden, dass sie etwa extravagant oder verschwenderisch wäre und an einem ganz normalen Montag über ihr Budget hinaus Geld ausgeben wollte. Nein, ganz im Gegenteil, sie war ein standhafter Teil dieser nüchternen Gemeinschaft, sie war die First Lady der Wiederverwendung. Aber um etwas wiederverwenden zu können, muss es vorher neu gewesen sein. Doch sie kam nie so weit. An der Ecke zur Josefines gate, direkt vor der Svaneapoteket, wurde sie nämlich von einem Mann mit einem Mikrofon in der Hand angehalten. Er sagte, er komme vom Fernsehen, vom Norsk Rikskringkasting. Ob er kurz mit ihr sprechen dürfe? Alfhild Jokumsen wollte eigentlich nicht, sie war nicht der Typ dafür, aber hätte sie Nein sagen können? Sie sagte Ja und hoffte, er möge nur nicht ihre Stiefeletten filmen, denn die hatten schon bessere Tage gesehen. Sie richtete ihren Hut, und der höfliche und ganz schicke Interviewer sagte, sie sehe wirklich schick aus, ja, das tue sie. Atmen Sie ganz ruhig und reden Sie ganz normal. Das Interview konnte beginnen. *»Was halten Sie vom Beruf der Hausfrau?«* – *»Das ist ein wichtiger Beruf. Wie andere Berufe.«* – *Sind Sie selbst vielleicht auch Hausfrau?«* – *»Ja, das bin ich, und ich bin stolz darauf.«* Jetzt bekam der Interviewer Probleme mit dem Mikrofon und musste es gegen ein anderes austauschen. Alfhild Jokumsen sah genau, was er da in den Händen hielt. Es war ein Staubsauger. Sie musste ihren Namen in den Schlauch sagen, nur so wären sie sicher, dass sie auch alles mitbekämen. Sie beugte sich vor und sagte klar und deutlich: *»Alfhild Jokumsen.«* – *»Schön. Sind Sie verheiratet?«* – *»Ja, das bin ich. Mit Lauritz Jokumsen.«* – *»Ja, Frau Jokumsen. Und als Hausfrau, was ist da das wichtigste Werkzeug bei Ihrer Arbeit?«* – *»Das ist mein Fingerhut.«* – *»Ihr Fingerhut?«* – *»Ja, eine Hausfrau hat ja viel zu nähen. Und ohne Fingerhut, nein, das geht gar nicht.«* – *»Aber was ist mit dem Staubsauger?«* – *»Oh ja, den benutze ich viermal in der Woche.«* – *»Viermal? Was Sie nicht sagen. Und dann benutzen Sie den Fingerhut vielleicht zweimal, und den Sonntag halten Sie* heilig?« – »Nein, den Fingerhut benutze ich jeden Tag.« – »Aha, dieser Fingerhut ist Ihnen offenbar sehr wichtig, gnädige Frau. Und benutzt Ihr Mann denn oft den Staubsauger?« Irgendjemand schaltete den Staubsauger ein. Alfhild Jokumsen spürte den Luftzug um ihr Gesicht und musste ihren Hut festhalten. »Das mache ich lieber selbst.« – »Ja, dann danken wir Ihnen, dass Sie uns etwas von Ihrer kostbaren Zeit geschenkt haben.«

Alfhild Jokumsen bekam weder einen Regenschirm gekauft noch Socken. Sie ging schnurstracks wieder nach Hause und weinte in der Küche.

»Was für eine Schande«, flüsterte sie.

Jokum traute sich nicht, etwas zu sagen. Alles, was er geäußert hätte, konnte falsch aufgefasst werden. Zum Glück kam sein Vater zurück ins Wohnzimmer.

»Jetzt habe ich mit der Telefonzentrale gesprochen und denen meine Meinung gesagt, und sie werden das an den Fernsehdirektor weiterleiten.«

Mutter verbarg ihr Gesicht in den Händen.

»Ich kann mich nirgendwo mehr sehen lassen!«

Vater wollte ihr einen Kuss geben, kam aber nicht heran.

»Nun beruhige dich, mein Hütchen. Ich meine Mutter. Du weißt doch, was Storm P. bei solchen Anlässen sagt. Humor ist, wenn man trotzdem lacht.«

Sie riss die Hände vom Gesicht los und schob den Vater noch weiter von sich.

»Aber das ist absolut nichts zum Lachen!«, rief sie. »Außerdem will ich kein Wort mehr von diesem Storm P. hören!«

Den Rest des Tages mussten Jokum und sein Vater allein zurechtkommen. Sie waren beide betrübt. Mutter saß im Schlafzimmer und nähte, um sich zu trösten. Das Essen wurde so lala, aufgewärmte Reste vom Tag zuvor. Doch in den Nachrichten gab es eine Neuigkeit, die Jokum neuen Mut gab. Präsident Lyndon B. Johnson verkündete, dass er das Bombardement von Nordvietnam einstellen wollte und dass die Friedensverhandlungen in Paris erweitert werden sollten, sodass auch die FNL teilnehmen konnte. Hatte Jokum ausnahmsweise einmal die richtige Seite gewählt? Hatte er ausnahmsweise einmal zu etwas beigetragen? Jedenfalls traute er sich mit seinem kaputten Button zu seiner Mutter ins Zimmer.

»Vielleicht kannst du den reparieren«, sagte er. »Wir sollen an den Friedensverhandlungen teilnehmen.«

Sie nahm die verrostete Medaille in die Hand und drehte und wendete sie, fummelte die kaputte Öse heraus, suchte eine kleine Sicherheitsnadel und befestigte sie anstatt der Öse, und damit war die Kehrseite der Medaille so gut wie neu. Jokum gefiel es zuzusehen, wie die kleinen, kräftigen Finger die Welt wieder ins Gleis schoben. Es schien, als käme sie auch bald wieder aufs richtige Gleis. Und wenn sowohl die Mutter als auch die FNL wieder auf den richtigen Schienen liefen, was durfte man dann noch mehr von so einem Tag verlangen? Jokum war erleichtert. Zum Schluss putzte sie noch die Vorderseite der Medaille. Das gehörte dazu.

»Du hast auch gut darüber nachgedacht?«, fragte sie.

»Worüber?«

»Schließlich haben wir Amerika viel zu verdanken.«

»Das bedeutet aber ja wohl nicht, dass sie das Recht haben, Menschen auf der anderen Seite der Erdkugel zu töten?«

»Nein, das tut es bestimmt nicht. Aber wir haben ihnen trotzdem viel zu verdanken.«

»Was denn?«

»Was? Beispielsweise, dass wir den Krieg gewonnen haben. Und all die Musik. Denk allein an den Jazz. Und die Filme.«

»Und das Fernsehen«, sagte Jokum.

Die Mutter ließ den Button fallen und fing wieder an zu weinen.

Doch am folgenden Samstag saß die kleine Familie vereint im Wohnzimmer, so wie die meisten im Land, um *Die versteckte Kamera* anzusehen. Jokum fand es unerklärlich. Hatte sich seine Mutter doch die ganze Woche davor gegraut, allein der Gedanke daran hatte sie schlaflos und unberechenbar gemacht. Und jetzt hatte sie einen Kuchen gebacken. Nein, er fand es einfach unerklärlich. Sie hatten sich sogar hübsch gemacht. Obwohl Jokum den FNL-Button an seiner weißen Hemdenbrust befestigt hatte. Dann begann die Sendung. Alle riefen »Psst«, obwohl keiner etwas sagte. Sicherheitshalber lachte Jokum lieber nicht. Er lachte nicht über den Mann, der mit einem Briefkasten redete. Es war leicht, nicht zu lachen, denn es war überhaupt nicht komisch. Es war nicht komisch zu sehen, wie Menschen hereingelegt wurden, nein, nicht nur hereingelegt, sie wurden zum Narren gehalten, sie wurden am helllichten Tag hinters Licht geführt. Die Gutgläubigen sind Freiwild, die Misstrauischen kommen davon, und die Verdächtigen sitzen am längeren Hebel. Seine Mutter jedoch lachte. Und wie sie lachte! Sie lachte, um auf der sicheren Seite zu sein. Sie lachte, um sich selbst zuvorzukommen. Und dann kam der Beitrag mit ihr doch nicht. Sie war ausgeblendet worden. Der Kuchen stand unberührt da. Hatten sie falsch geguckt? Hatten sie sie verpasst? Nein. Mutter war nicht dabei. Sie war enttäuscht, nicht erleichtert. Möge das verstehen, wer will. Jokum verstand es nicht. Die Mutter wandte sich dem Vater zu und zeigte mit dem Fingerhut auf ihn.

»Du hättest nicht anrufen und dich beschweren sollen«, sagte sie.

In der folgenden Nacht war es Jokum, der schlaflos im Bett lag. Natürlich konnte er damals noch nicht wissen, dass seine Mutter in ihrer unschuldigen Art den bunten Zeiten vorgriff, die kommen sollten, dass sie nur dem Befehl der bodenlosen Oberflächlichkeit gehorchte: Es ist besser, bloßgestellt zu werden als unsichtbar zu sein.

Am nächsten Abend kam der Vater zu Jokum ins Zimmer, wo dieser über seinen Hausaufgaben saß, und zeigte ihm das Foto des Fotografen Eddie Adams, das er von dem Leiter der Saigoner Polizei gemacht hatte, der den FNL-Soldaten erschoss. Es war in *Life* abgedruckt worden, und viele meinten, dieses Foto markiere einen Wendepunkt im Vietnamkrieg, natürlich nicht militärisch gesehen, von der Sorte ist ein Foto nicht, aber in der *Einstellung*. Und jede kriegsführende Partei braucht die öffentliche Meinung auf ihrer Seite, nicht nur Gott, wie Bob Dylan es besang, sie braucht Geist, einen

Sinn. Wenn man den Sinn nicht mehr sieht, dann ist der Kampf verloren. Dieser Augenblick des Todes, in all seinem graphischen Grauen, gewann den Krieg. Es ist der Polizeichef Südvietnams, der den Revolver hält. Es ist der schmutzige Finger im Weißen Haus, der abdrückt.

»Achte auf den Abstand«, sagte der Vater.

»Welchen Abstand?«

»Den zwischen Mündung und Kopf.«

»Was ist damit?«

»Der Abstand ist das Entscheidende. Er ist es, der das Volk so empört. Weil er so kurz ist, dass es geradezu wehtut.«

Jokum blieb sitzen und schaute das Foto an, während sein Vater hinter ihm stand. Da war vielleicht etwas dran. Alles war zu sehen. Der Henker, die Waffe, der Schuss, der Gefangene, der im nächsten Moment fällt, aus dem Bild, aus der Zeit.

»Warum zeigst du mir das, Vater?«

»Ich dachte, es könnte dich interessieren.«

»Wieso?«

»Weil ... weil du dieses Zeichen da trägst, Jokum.«

Jokum wurde verlegen; er hatte seine Überzeugung bereits vergessen und drehte sich zum Vater um.

»Darf ich es ausschneiden?«, fragte er.

»Von mir aus gern. Ich habe schon gelesen, was auf der Rückseite steht.«

»Und es an die Wand hängen.«

»Von mir aus auch das. – Warum willst du es an die Wand hängen, Jokum?«

»Dann habe ich etwas, was mich tröstet, wenn ich nicht einschlafen kann.«

Aber was ich sagen wollte: Jokum brachte den Rock hinter sich. Nach seinen eigenen Worten war er aus ihm rausgewachsen. Der Rock war eine Verkleidung. Man glaubt, der Rock wäre der individuellste Ausdruck, der letzte persönliche Schrei, aber wenn man genau hinschaut, steht da ganz unten auf der Gebrauchsanweisung, in winziger Schrift: *One size fits all.* Diese Größe passte Jokum nicht. Er bemühte sich lange, eine andere Musikform zu finden, die mit seinem Wesen übereinstimmte, nicht mit seinem innersten, sondern mit seinem äußeren. Was war mit Kirchenliedern? Jokum hatte nichts gegen die Kirche, ganz im Gegenteil, die tragenden Säulen, all dieses architektonische Streben, das sagte ihm zu, lenkte von seiner eigenen Höhe ab. Doch die Schwermut der Kirchenlieder war nicht zu ertragen, und der Jubel der Gläubigen war nichts anderes als eine Bürde. Außerdem hatte Jokum eine zweifelhafte Beziehung zu Gott. Was hatte Gott schon für ihn getan, abgesehen davon, ihn länger zu machen als die meisten? Hatte Gott Material übrig gehabt, von dem er nicht wusste, wofür er es sonst hätte verwenden sollen? Und deshalb verwendete er es für Jokum? Jokum hatte mit Gott noch ein Hühnchen zu rupfen. Volksmusik kam auch nicht in Frage. Sie ermunterte nicht nur zu unerhörten Bewegungen, sie lud außerdem zu einem Verkehr zwischen Saal und Bühne ein, etwas, das Jokum nicht gutheißen konnte, ja, man lief sogar Gefahr, zur Geisel der Spielleute zu werden. Dann erinnerte sich Jokum an das, was seine Mutter gesagt hatte, dass trotz allem etwas Gutes aus Amerika gekommen war, wie beispielsweise der Jazz. Den Jazz gab es nicht im Wunschkonzert. Der war nicht gewünscht. Was laut Jokum zu den Vorteilen des Jazz zählte. Er schlug *Den Lille Salmonsen* auf, das Lexikon, das in zwölf Bänden in Vaters Arbeitszimmer stand. Dort konnte er lesen: **Jazz** [dsjas], *Bezeichnung für einen besonderen Musikstil innerhalb der neueren Musik, entstanden aus einer Mischung zwischen primitivem Rhythmus und europ. Musik. Der primitive Rhythmus stammt von den Negersklaven in den U.S.A., die den Rhythmus und die Tonleitern der afrikanischen Musik mit in die Neue Welt brachten, wo diese auf die europ. Musik trafen. Jazzrhythmen unterscheiden sich deutlich von den Taktrhythmen, die wir aus der klassischen Musik kennen, sowie von einem Teil der Tanzmusik, z. B. Polka, Walzer und Tango. Die rhythmischen Variationen im Jazz werden geschaffen durch ein Spannungsverhältnis zwischen 2 rhythmischen Zeilen, dem Grundrhythmus und dem Melodierhyth-*

mus. Ersterer ist monoton und betont auf Eins, der Zweite dagegen bewegt sich frei. Und wenn die Melodie sich sehr frei bewegt, spricht man vom »hot« Jazz. Wenn die Rhythmen in der Melodie einigermaßen mit dem Grundrhythmus zusammenfallen, ist es »straight« Jazz.

Für Jokum hörte sich das wirklich vielversprechend an. Er war bereit, dem Jazz eine Chance zu geben. Jeden Tag ging er nach der Schulzeit ins Musikkhuset in der Karl Johan. Hier stellte er sich neben die anderen am Jazzregal ganz hinten im Laden und blätterte in den Platten. Er registrierte, welche Art Kleider sie trugen und wie sie sich bewegten; er hörte aufmerksam zu, wenn sie sich miteinander unterhielten und merkte sich Worte wie *cool, …, dufte Biene, volle Hütte, Schwarte.* Sie waren älter als er, so um die dreißig, also dem Tode nahe, aber das störte Jokum nicht. Von ihm aus konnte er auch gern dem Tode nahe sein, wenn es denn etwas nützte. Am dritten Tag, als Jokum schon meinte, genug gesehen zu haben, zog er zufällig Oscar Peterson heraus, *exclusively for my friends,* ging zum Tresen und gab die Schallplatte dem Verkäufer, einem Mann mittleren Alters mit weißem Schopf und gelben Fingern, der sie auflegte, während Jokum sich vorbereitete, genau wie die anderen stand er da, also locker angelehnt, stülpte sich die Kopfhörer über die Ohren, und die Musik fing an, *Travelin' On,* in rasender Geschwindigkeit, Klavier, Bass und Schlagzeug, dass es möglich war, so schnell zu spielen, so etwas hatte Jokum noch nie gehört, hatte der Verkäufer die falsche Geschwindigkeit eingestellt, überlegte er, traute sich aber nicht zu fragen, das musste das sein, was Salmonsen als *hot* beschrieb, und in dem Moment drehte der Verkäufer die Platte um, ließ den Stift auf den letzten Song sinken, *When Lights Are Low,* und das Tempo beruhigte sich beträchtlich, jetzt schien es fast zu langsam zu laufen, das war also *straight,* und dennoch lief es in rasender Fahrt, langsam und in rasender Fahrt gleichzeitig, er presste sich die Kopfhörer gegen die Ohren, und es war, als befände er sich mitten zwischen zwei Gesprächen, es war die Melodie, die ihre Vorliebe für den Rhythmus zeigte.

»Willst du sie haben?«

Plötzlich war es still geworden. Der Verkäufer ließ die Platte wieder in ihre Hülle rutschen, während er Jokum ansah.

»Das muss ich mir noch überlegen.«

»Ja, das musst du wohl. Aber es sah so aus, als würde sie dir gefallen.«

»Die war … die war so richtig straight. Und hot!«

Der Verkäufer zeigte ein schräges Grinsen und hatte plötzlich einen Zahnstocher im Mundwinkel.

»Also nicht besonders cool?«

»Doch, richtig cool.«

»Ja, du sagst es. Magst du die Platte wieder zurückstellen, solange du noch überlegst?«

Jokum nahm die Schallplatte und ging nach hinten zum Regal. Da passierte etwas. Er stahl sie. Er stand mit dem Rücken zum Tresen und zum Verkäufer, und statt die Platte wieder an ihren Platz zu stellen, schob er sie heimlich unter die Regenjacke. Es war so einfach. Die Gelegenheit bot sich. Jokum wurde ein Dieb. Er legte die Hände auf die Brust, damit die Platte nicht hinunterfallen und ihn so verraten konnte. Dann ging Jokum ruhig hinaus, langsam und vertrauenswürdig, wie er selbst fand, ja, zum ersten Mal in seinem Leben fühlte er sich frei, oder *graziös*, die Gelegenheit hatte ihn zum Dieb gemacht, und das Diebesgut brachte ihn dazu, den Rücken zu strecken. Er war abgestumpft und zufrieden. Auf der Karl Johan blieb er stehen. Die Pflastersteine glänzten in der tief stehenden Sonne. Das Laub war rot und gelb und machte ein leises, knisterndes Geräusch, als ob etwas brannte. Nie war ihm die Karl Johan schöner erschienen. In diesem Moment war alles eine Ausnahme, und Jokum wünschte, dass dieser Moment andauerte. Er war einzigartig, es gab nichts, was ihm ähnelte. Er ähnelte der Freiheit. Es war fast nicht zu glauben und dennoch wahr. Vielleicht sollte er weiterhin als Dieb agieren? Dann bog Jokum an der Ecke bei der Studenten Isbar von der Straße ab, er wollte einen großen Umweg machen, um diese Freiheit auch richtig zu genießen, diesen Augenblick, der kein Ende zu nehmen schien. Doch in den tiefen Schatten der Universitetsgaten war Jokum gezwungen stehen zu bleiben. Er war nicht länger im siebten Himmel. Der Verkäufer aus dem Musikkhuset stand direkt vor ihm und spuckte den Zahnstocher aus, der mit einem lauten Knall zwischen Jokums Stiefeln landete. Er musste einen Hinterausgang benutzt haben. Es gibt immer einen Hinterausgang.

»Glaubst du, ich hätte dich nicht auf dem Kieker gehabt, du frecher Bengel«, sagte der Verkäufer.

Jokum sah ein, dass seine Zeit abgelaufen war und beschloss, die Karten auf den Tisch zu legen, koste es, was es wolle. Er sagte, was ja auch der Wahrheit entsprach:

»Das wollte ich nicht.«

Der Verkäufer schaute ihn lange prüfend an und schüttelte seinen Pony zur Seite.

»Das wolltest du nicht? Dann ist Oscar Peterson ganz von allein unter deine Regenjacke gekrochen?«

»So in der Art, ja.«

Jokum hatte keine andere Wahl. Er wollte seine Jacke öffnen. Doch ein dunkelgelber Zeigefinger kam immer näher. Er war auf seine Brust gerichtet.

»Halt!«

»Ja, gut.«

»Überleg doch mal! Es gibt zwei Gründe, dass die Polizei noch nicht hier ist.«

»Zwei?«

»Zum einen hast du Oscar Peterson gestohlen und damit ein gewisses Interesse für den Jazz gezeigt, was selten ist für Idioten in deinem Alter. Bist du meiner Meinung?«

»Ja. Ich kenne keinen, der Jazz mag.«

»Und zum anderen ist da dein FNL-Button. Wir müssen zusammenhalten, nicht wahr?«

»Das müssen wir wohl.«

»Wir, die wir zwei Gedanken gleichzeitig im Kopf haben.«

»Ja. Zwei.«

»Nämlich Amerika und Amerika.«

»Genau«, stimmte Jokum zu.

»Es gibt ein Amerika, und dann gibt es ein anderes Amerika. Die dürfen wir nicht durcheinanderbringen. Sonst gibt es ein ziemliches Durcheinander in der Unterstützung. Denn wenn du zwei Gedanken hast, musst du sie voneinander getrennt halten.«

Der Verkäufer holte noch einen Zahnstocher heraus, den er sich in den Mund steckte. Jokum wartete. Er wusste nicht, was jetzt noch kommen würde. Und er war sich nicht so recht klar darüber, von welchen Gedanken hier eigentlich die Rede war. Er wusste nur, dass er viele davon hatte, höchstwahrscheinlich viel mehr als zwei.

»Du solltest vorsichtig sein«, sagte Jokum.

»Sollte ich? Womit? Mit solchen wie dir?«

»Mit diesen Zahnstochern.«

Eine Weile blieben sie noch in dem Schatten stehen, der vorbeiglitt, ohne zu enden. Dann schien der Verkäufer endlich einen Entschluss gefasst zu haben. Der Zahnstocher kam im linken Mundwinkel zur Ruhe.

»Jetzt hör mal zu. Du behältst die Platte. Und zahlst mir acht Kronen die Woche, jeden Freitag, dann ist das vor Weihnachten erledigt. Findest du das unangemessen?«

»Nein, ganz und gar nicht.«

»Betrachte es als Ablass für alte Sünden und ein Kontingent im neuen Reich des Jazz. Zwei Gedanken, nicht wahr. Abgemacht? Übrigens, ich heiße Leif.«

Der Verkäufer streckte die Hand vor. Jokum ergriff sie und hätte fast die Schallplatte fallen lassen.

»Jokum. Abgemacht.«

»Und übrigens, die spielen nächsten Mittwoch in der Aula der Uni.«

»Wer?«

»Das Oscar Peterson Trio. Wir sehen uns. Und übrigens, noch eine Kleinigkeit.«

»Ja?«

Würde dieser Leif jetzt fragen, wie groß er war? Würde er auch damit anfangen, so wie es alle früher oder später taten? Jokum wappnete sich und gab sich Mühe, sich nicht zu ducken.

»Warum trägst du Regenjacke und Stiefel, wenn doch die Sonne scheint?«, fragte Leif.

»Es könnte ja Regen kommen.«

Leif nickte und ließ den Zahnstocher an seinem Lächeln entlangrutschen.

»Für mich geht das in Ordnung, Jokum. Wie gesagt, wir sehen uns.«

Dann ging jeder seines Weges. Jokum brauchte keine weiteren Umwege. Er hielt sich immer noch kerzengerade, er war frei, doch die Freiheit, wie er sie für einen Moment erlebt hatte, fast wie eine glückliche Unpässlichkeit, war überstanden. Zwei Gedanken? Wenn dem doch nur so wäre, dass er so wenige hätte. An welche zwei Gedanken hatte Leif eigentlich gedacht? Vermutlich an Rhythmus und Melodie. Rhythmus und Melodie gleichzeitig im Kopf zu haben. Das war's. Mit dem FNL-Button an der Regenjacke und dem amerikanischen Jazz darunter herumzulaufen.

Zum Glück fing es an zu regnen, bevor er zu Hause ankam.

In den kommenden Tagen bereitete Jokum sich gründlich vor. Er überredete seine Mutter, die der Finanzminister der Familie war und jeden Herbst das revidierte Haushaltsbudget vorlegte, einen Vorschuss auf den Wochenlohn auszuzahlen. Dafür saugte er die Wohnung, was sie seit *Die versteckte Kamera* nicht mehr ertrug. Denn als Allererstes musste er liquide sein. Mit Geld in der Tasche würde der Rest wie von allein laufen. Dann überredete er seine Mutter noch einmal, nachdem er alles gründlich durchdacht hatte, nämlich einen von Vaters abgelegten Anzügen, der bereits für den Flohmarkt des Roten Kreuzes bestimmt war, aber in letzter Sekunde vor diesem Schicksal gerettet wurde, enger zu machen, die Hosenbeine zu verlängern und Abnäher einzufügen. Fast meinte Jokum einen Seufzer der Erleichterung vom Kragen zu hören und zu sehen, wie die Knöpfe ihm einen dankbaren Blick zuwarfen.

»Willst du zum Fasching?«, fragte die Mutter.

Jokum holte die LP. Er wollte sie der Mutter auf dem Grammophon im Wohnzimmer vorspielen, seiner Meinung nach hatte sie es verdient. Sie war, wie gesagt, immer noch nicht mit sich im Reinen, es waren ihre eigenen Worte, nicht im Reinen mit sich, ängstlich war sie auch geworden und last but not least scheu. Sie weigerte sich, mit Fremden zu reden, aus Furcht, dass diese sie, Aug in Aug mit ihr, hintergehen könnten. Jokum wünschte sich nur, dass sie wieder so würde wie vorher, vor der *Versteckten Kamera*. Er wollte seine Mutter also ablenken. Er überprüfte, dass die Geschwindigkeit richtig eingestellt war, blies den Staub vom Stift und begann mit *Travelin' On*. Seine Mutter schaute von Nadel und Faden auf, hörte zu, legte die Hände ruhig in den Schoß.

»Woher hast du die?«

»Ausgeliehen.«

»Von wem?«

»Ist doch egal. Sei still.«

Jokum hockte vor dem Lautsprecher und konnte den Kontrabass durch Mark und Bein hören. Mutter blieb ruhig auf dem Sofa sitzen, zwischen Wollknäueln und Nadelkissen. Dann hielt die Mutter es doch nicht mehr aus, sie stand auf, streckte die Arme aus und fegte durch den Raum. Wenn sie so weitermachte, brauchte sie nie wieder staubzusaugen.

»Komm, Jokum, lass uns eine Runde drehen!«

»Eine Runde?«

»Ja, zu diesem tollen Rhythmus. Auch wenn es etwas schnell in den Kurven geht.«

»Kommt nicht in Frage. Kommt überhaupt nicht in Frage.«

Es war eine Sache, wieder wie vor der *Versteckten Kamera* zu werden, aber alles hatte seine Grenzen. Jokum nahm den Tonabnehmer hoch. Mutter wollte ihn aufhalten. Jokum wehrte sie ab und ließ die Platte in die Hülle gleiten. Er musste sich und das Seine beschützen.

»Die soll ja nicht aufgebraucht werden«, sagte er.

Dann trug Jokum die LP zurück in sein Zimmer und versteckte sie unter dem leeren Herbarium in der untersten Schublade.

In dieser Nacht, auch unruhig, während er die Hinrichtung an der Wand musterte, überlegte er, ob es überhaupt möglich wäre, wieder wie früher zu werden, wenn man sich erst einmal verändert hatte. Der Tod war eine der größten aller Veränderungen, und aus ihm führt ja kein Weg zurück. Es war erschreckend: sich von einem Augenblick auf den anderen zu verändern. Der Schuss konnte nicht zurückgenommen werden. Aber solange das Leben noch anhielt? Sich im noch anhaltenden Leben verändern. Wenn man nicht wie früher werden konnte, war dieser Gedanke erschreckend. Dann sollte man sich zumindest gründlich Gedanken machen, bevor man den Schritt tat und sich veränderte. Denn hinterher war es zu spät. Die Person, die man gewesen war, gab es nicht mehr. Als verließe man einen Ort, der im gleichen Augenblick verschwindet, zu Grunde geht, von der Landkarte gestrichen wird. Was trotz allem einer Art Tod ähnelte. Es müsste eine Probezeit geben für alle, die sich verändern wollten. Man sollte eine Frist bekommen, den Entschluss wieder rückgängig machen zu dürfen, wenn es einem nicht gefiel, wie man geworden war. Aber vielleicht veränderte man sich ja, ohne es zu wissen. Was noch erschreckender war. Das bedeutete ja, dass andere dich veränderten, dass jemand dich in der Hand hatte, so wie der Polizeichef den FNL-Soldaten. Jokum stand auf und schlich sich vor den Spiegel im Badezimmer. Der Spiegel war treu, dachte Jokum, steht immer da und wartet darauf, dass ich komme, ganz gleich, wer ich auch bin. Doch er konnte keinen Unterschied sehen.

Am nächsten Tag, auf dem Heimweg von der Schule, ging Jokum in die Apotheke in Skillebekk und kaufte Zahnstocher. Dann setzte er sich auf die Bank, die am dichtesten an dem Springbrunnen stand, dem sogenannten *Haar in der Suppe*, zog einen Zahnstocher aus der Packung und probierte ihn. Er schmeckte nicht besonders gut, streng, und war nach nur kurzer Zeit voller Splitter, aber darum ging es ja auch nicht. Der Zahnstocher sollte vielmehr einfach nur da hängen, im Mundwinkel, zu nichts nutze. Das war der Sinn des Zahnstochers, oder sein Wesen sozusagen. So saß Jokum da und schob den Zahnstocher hin und her, ließ ihn hängen, kaute ein wenig darauf herum, nachlässig und geplant, als ginge ihn der Rest der Welt überhaupt nichts an, was ging einen davon überhaupt an? Vorsätzlich einen darauf lassen. Das war das Geheimnis. Nachlässig und geplant zu sein. Das war souverän.

Aber wie lange wirkt ein Zahnstocher!

Jokum spuckte die weichen Splitter aus, ging nach Hause, aß zu Mittag, Fischfrikadellen, aber alles schmeckte nach Holz, er machte seine Hausaufgaben und stattete dem Vater einen Besuch in dessen Arbeitszimmer ab.

»Kann ich mir eine Pfeife ausleihen?«

»Hast du schon angefangen zu rauchen, Jokum?«

»Nein. Noch nicht.«

»Was willst du dann mit einer Pfeife?«

»Ich will auf ein Jazzkonzert gehen.«

Vater zog eine Schublade heraus und stand auf.

»Wie du weißt, habe ich viele Pfeifen. Hast du an etwas Spezielles gedacht?«

»Ich dachte, vielleicht wäre eine krumme am besten.«

»Darf ich mitkommen?«, fragte er.

»Ich möchte lieber allein gehen.«

»Sicher, dass du nicht stattdessen ein Mädchen mitnehmen willst?«

»Ja, Vater.«

Jokum ging zurück in sein Zimmer. Später am Abend kam der Vater mit einer eingerauchten Kalebassenpfeife zu ihm.

»Wusstest du, dass Strom P. sich auch für Jazz interessiert hat?«

»Nein, Vater.«

»Hat er aber. Er hat sogar ein Gedicht über den Jazz geschrieben. Das von der berühmten Sängerin Lulu Zibir gesungen worden ist. Hör mal, Jokum.«

»Lieber nicht, Vater.«

»Ich fange jetzt an!«

Um zehn, der Abend ist noch früh
Da bist du my little Honeybee
Und I am smart
Wir sind in Fahrt
Rauschen dahin in meinem schicken Car
Kiss me godnight mit einem Lächeln.
Kiss me godnight mit einem Lä-cheln!

»Wie findest du das?«
Jokum schaute zu Boden.
»Könntest du jetzt bitte gehen, Vater. Und danke noch mal.«
Der Vater legte die Pfeife hin und schloss leise die Tür hinter sich.
Und so viel verstand Jokum: Man soll nicht alles mit seinen Eltern teilen, schon gar nicht die Begeisterung. Sonst kann es schnell passieren, dass nichts mehr übrig bleibt. Falls er jemals selbst Vater werden sollte, wofür zu dem damaligen Zeitpunkt nur äußerst wenig sprach, aber wie gesagt, falls, dann würde er sich nie in die steigende Erwartung seines Sohnes oder seiner Tochter einmischen und auf diese Art riskieren, sie kaputt zu machen, aus reinem gutem Willen. Jokum fühlte sich klug und nutzlos. Es muss ein Wort für die Dinge geben, dachte Jokum, und das Wort bedeutete die richtige Reihenfolge. Dann bist du straight. Eventuell hot.
Am nächsten Abend wartete Jokum vor der Treppe zur Aula am Universitetsplassen. Er war gut in der Zeit. Es stand ihm nicht, sich zu beeilen. Überhaupt kam er am besten zur Geltung, wenn er still stand, so wie jetzt. Wer Jokum kannte, hätte ihn wohl kaum wiedererkannt. Seine Kleidung: Stiefel, braune Cordhose, blauer Rollkragenpullover, grüne Tweed-Jacke und im Mund abwechselnd die Pfeife oder einen Zahnstocher. Bald kamen andere. Jokum stand nicht mehr allein da. Er stand zusammen. Er stand in der Schlange. Und noch besser: keiner achtete auf ihn. Du bist nicht cool, wenn du starrst. Du bist auch nicht cool, wenn du dich umdrehst. Jazz ist intensive Entspannung. So konnte Jokum hineinhuschen und fand einen Platz oben im Rang. Dort konnte er problemlos sitzen und

versperrte niemandem die Sicht. Es dauerte nicht lange, dann war der Saal voll. Es summte. Leif vom Musikkhuset war nirgends zu sehen, aber er war sicher hinter der Bühne und zog an den Fäden. Vor Munchs Sonne standen die Instrumente parat, der Flügel, der Bass und das Schlagzeug. Die Instrumente warteten. Sie warteten auf ihre Musiker, ihre Besitzer. Plötzlich summte es nicht mehr. Die Bewegung einer Türklinke links zog alle Aufmerksamkeit auf sich. Dann wurde die schmale Seitentür ganz geöffnet, und der Applaus brach los, als ein dicker Neger im Anzug sich durch sie herauszwängte und den Weg zu dem glänzenden Flügel fand, der Munchs Licht einfing und es weiter warf, es einfing und in immer größerem Kreis um Oscar Peterson herum warf, während dieser 38 Finger entlang der Tasten spreizte, und Ray Brown sich den Bass schnappte und Bob Durham die Trommel in Beschlag nahm und der Applaus emporschlug, bis er in einer fetten einfühlsamen Stille erstarrte. Jokum stellte sich auf die Zehenspitzen. Dann begann *Sax No End*, und es hörte nie auf. Jokum schloss die Augen und ging Oscar Petersons akustische Treppe hinauf, bei der jeder Trommelschlag eine Stufe war und der Bass das Geländer, und auf dem obersten Absatz von *Quiet Nights of Quiet Stars* konnte er direkt in Munchs Himmel gehen. Jokum wollte nur noch ein Seiltänzer mit festem Grund unter den Füßen werden, und aus diesem Grunde kann ich mit einem gewissen Vorbehalt sagen, dass ich, selbst wenn das Wort nicht in meiner Macht steht, dennoch meine Worte zur Verfügung habe.

Viele Jahre später, als Synne und Jokum ihr einziges ungeborenes Kind verloren, dachte er daran, dass nirgendwo der Abstand so groß ist wie zwischen Jazz und Stillleben.

HEIMLICHE DIENSTE

Ein Studentenwohnheim ähnelt vor den Prüfungen einem Alkoholiker, der nüchtern wird. Es sind lange wache Nächte. Es gibt keine Träume. In allem ist Ängstlichkeit zu finden. Im Supermarkt sind die Glühbirnen bald ausverkauft. Die Leselampen brennen über den blassen Fingern herunter, die in einem unmöglichen Pensum blättern und blättern und Notizen auf Papierbögen schreiben, die einmal blank und weiß waren und auf denen bald kein Platz mehr ist. Der Briefträger schleicht mit verspäteten Briefen, die zu öffnen sich niemand traut, an den Häuserblocks vorbei. Im Pub serviert der Kellner Staub, keine Halben. Und überall im Land sitzen ungeduldige und erwartungsvolle Eltern am Telefon, um die Nachricht über die hoffnungsvolle Zukunft entgegenzunehmen. Ist es laudabel? Selbst der Sozialismus lässt auf sich warten – im Studentenwohnheim kurz vor dem Examen.

Jokum, aufgewühlt von Homer, Cervantes, Kafka und Fitzgerald und magerer als je zuvor, stand zwischen den Schlachten in der Gemeinschaftsküche und kochte Kartoffeln in zehn Minuten. Ebenso gut hätte er sie in Scheiben schneiden, ganz unten auf die Kopfhaut legen und dort braten können. Er vertrug keine Literatur mehr. Noch eine Jambe, und er würde ganz einfach zusammenbrechen. Man würde von ihm nur noch einen Haufen aus Armen und Beinen, Ellenbögen, Schultern und Knien finden, vielleicht irgendwann nächstes Semester, und die ihn fanden, würden fragen: Wie viele liegen hier eigentlich? Synne tauchte auf, mit Rokoko und Klassizismus im Blick. Sie hatten seit langer Zeit nicht mehr miteinander geredet. Sie setzte sich und setzte Hubert vorsichtig auf den Tisch.

»Willst du eine Kartoffel?«, fragte Jokum.

»Nein, danke.«

»Wirklich nicht? Ich koche genug.«

»Ich bin nicht hungrig.«

»Und was ist mit Hubert?«

»Hubert hat auch keine Lust, was zu essen.«

»Ich auch nicht.«

»Warum kochst du dann Kartoffeln?«

Jokum stellte die Platte aus und musste sich für einen Moment am Herd festhalten. Als wäre die Küche ein Schiff auf hoher See. Am liebsten hätte er sich übergeben, doch er war leer, abgesehen von Zitaten, Resümees, Jahreszahlen, Gesichtern und Tendenzen. Kann man ein Pensum erbrechen? Synne half ihm, sich auf einen Stuhl zu setzen, und holte ein Glas Wasser. Dann saßen sie da, mit Hubert zwischen sich. Hubert schien auch überanstrengt zu sein, sein Fell war matt, die Schnauze trocken, und ansonsten war er ziemlich blass.

»Erinnerst du dich an die Männer, von denen ich dir erzählt habe?«, fragte Jokum. »Die in meinem Zimmer waren?«

»Sind sie noch einmal da gewesen?«

»Soweit ich weiß nicht. Aber weißt du, was ich glaube?«

Jokum streichelte Hubert vorsichtig, fast erreichte er so Synnes Finger. Er verlor den Faden. Er sah kein Ende.

»Was glaubst du, Jokum?«

»Ich glaube, dass … ich glaube, dass sie nur meine Erinnerungen kontrollieren wollten.«

Synne sah ihn eine ganze Weile lang an und zog dann ihre Hand wie auch Hubert zu sich.

»Deine Erinnerungen kontrollieren?«

»Ja, das muss es gewesen sein.«

»Und wieso, Jokum?«

Synnes Stimme umspülte ihn wie Wellen. Es war wie ein Fieber. Das Boot, in dem er saß, war nicht größer als ein Fingerhut. Er musste zumindest den Anfang des Fadens finden. Aber wo endet ein Faden und wo fängt er an? Jokum schloss die Augen, und plötzlich fühlte er sich vollkommen klar und durchsichtig.

»Ich bin früher mal in der Aula gewesen. 1968. Habe das Oscar Petersons Trio gehört. Ich hatte eine Platte von ihnen. Aber trotzdem habe ich Munchs Sonne noch am besten in Erinnerung. Die Sonne auf der Wand hinter ihnen. Nicht die Musik. Wenn ich die Augen schließe, kann ich sie immer noch sehen. Und höre nichts.«

Hätte Jokum nicht die Augen geschlossen, er hätte gesehen, wie Synne sich über den Tisch vorbeugte, näher zu ihm.

»Ist das nicht merkwürdig, dass Munch, als er noch jung war, düsteren Mondschein gemalt hat und als alter Mann eine strahlende Sonne. Da ist doch was dran, oder?«

Aber Jokum hörte oder sah nichts. Diese zarten Tonwellen, die ihm entgegenrollten, bemerkte er gar nicht. Er war in seiner eigenen Welt:

»Und jetzt sind sie gekommen, um sich zu vergewissern, dass ich auch gut auf seine Sonne aufpasse und sie nicht kaputt mache. Oder sie verkaufe. Was sagst du dazu?«

Jokum öffnete die Augen. Synne schaute ihn mit ernstem Blick an.

»Bist du dir sicher, dass du nicht wieder zu viel gelesen hast?«

»Du verstehst das nicht! Wenn sie meine Erinnerungen kontrollieren, dann haben sie auch dich im Griff, nicht wahr?«

»Sie? Wer sind sie, Jokum?«

»Aber stell dir doch nur vor, wenn das alles nur ein Witz wäre. Hast du dir das schon mal überlegt? Dass alles nur ein Witz ist? Das Leben. Die Prüfung. Sogn Studentby. Hubert.«

»Hubert ist kein Witz! Sag so was nicht!«

»Oder wir.«

»Hör auf. Ich bitte dich.«

Plötzlich fing Synne an zu weinen. Das hatte er nicht gewollt. Jokum war schockiert, dann bekam er Angst.

»Was ist denn, Synne?«

»Ich habe schon genug Sorgen wegen Hubert. Da kann ich mir doch nicht auch noch deinetwegen Sorgen machen.«

Jokum hörte, was sie sagte, und die Worte gefielen ihm. Es war schlichtweg einzigartig. Dass sie sich Sorgen machte. Seinetwegen. Das bedeutete, dass sie etwas für ihn empfand. Ab jetzt wollte er ihr weiterhin Sorgen machen. Dafür gibt es viele Gelegenheiten. Aber es mussten solcher Art Sorgen sein, die zu Aufmerksamkeit und Fürsorge führen, aus denen man wiederum Früchte ernten kann, genauer gesagt körperlichen Kontakt, wenn ihre Sorgen groß genug waren. Doch dann bekam Jokum ein schlechtes Gewissen und holte Haushaltspapier, damit sie sich ihre Tränen abwischen konnte.

»Stimmt denn mit Hubert etwas nicht?«, fragte er.

»Siehst du das nicht?«

»Doch, er sieht Giacometti immer ähnlicher.«

Synne räumte in ihrem Gesicht auf und konnte sogar ein wenig lächeln.

»Giacometti, na hör mal. Es ist doch nicht Hubert, der Giaco-metti ähnlich sieht.«

»Und du brauchst dir keine Sorgen zu machen.«

»Doch. Sieh nur. Er schläft und schläft. Und hat absolut keinen Appetit mehr. Und sein Rad benutzt er auch nicht mehr.«

Jokum wurde zu eifrig, wie es Menschen leicht werden, die an Ermunterung nicht gewohnt sind. Er wusste nichts von Mäßigung und war in Gefahr, das Wenige zu verlieren, das er gehamstert hatte.

»Ich meine, meinetwegen.«

»Deinetwegen?«

»Du brauchst dir meinetwegen keine Sorgen zu machen.«

»Denkst du immer nur an dich, Jokum?«

Synne schaute weg, an ihm vorbei, zum Fenster, das Licht streifte ihr Gesicht, die Halskette, der ganze Frühling sammelte sich in dem ovalen Anhänger in ihrer Halsgrube.

»Aber da ist noch etwas anderes, an das ich mich aus der Aula er-innere«, sagte Jokum.

»Fang jetzt nicht wieder damit an. Sonst ...«

»Ich habe dort mein erstes Stillleben gesehen.«

Synne schaute Jokum vorsichtig an. Er war dabei, wieder der Alte zu werden.

»Ein Stillleben. Meinst du Munch?«

»Ich meine die Instrumente. Die auf der Bühne standen und auf die Musik gewartet haben. Der Flügel. Der Kontrabass. Das Schlagzeug. Genau wie ein Stillleben!«

»Hast du das damals auch schon gedacht? Dass es ein Stillleben war?«

»Nein. Eigentlich nicht. Denn damals wusste ich noch nicht, was ein Stillleben ist. Oder dass es so etwas überhaupt gibt. Jetzt denke ich daran. Genau jetzt. Und das ist doch der Punkt, nicht wahr. Dass unser gesamtes Wissen auch unsere Erinnerungen formt. Es hat eine rückwirkende Kraft. Die Zukunft verändert die Vergangenheit. Vielleicht werde ich sogar eines Tages eine glückliche Kindheit haben. Das ist nicht unmöglich. Und es ist nicht sicher, dass wir uns in zwanzig Jahren noch daran erinnern, dass wir ...«

Schließlich unterbrach Synne Jokum, der so viele unzusammenhängende Dinge nicht mehr gesagt hatte, seit er in der Frogner Kirche konfirmiert worden war und das Johannesevangelium 10.21 hatte deuten müssen: *Das sind nicht Worte eines Besessenen; kann der Teufel auch der Blinden Augen auftun?*

»In zwanzig Jahren werde ich mich daran erinnern, dass bald Prüfungen sind, Jokum. Und dass Hubert die Grippe hatte. Solche Sachen.«

Würde sie sich nicht an ihn erinnern? Das konnte sie natürlich jetzt nicht wissen. Wir wissen nicht, an was wir uns erinnern werden. Wahrscheinlich würde sie vergessen, dass sie genau das gesagt hatte. Aber er hätte es gern aus ihrem eigenen Mund gehört, dass sie sich in zwanzig Jahren noch an ihn erinnern würde.

»Ich denke, ich werde das Stillleben in der Aula *Instrumente ohne Musik* nennen«, sagte Jokum. »Wie findest du das?«

»Das ist richtig schön, Jokum. Oder vielleicht *Wartezeit der Instrumente.*«

»Ja, das trifft es genau!«

Jetzt musste sich Synne doch auf jeden Fall an ihn erinnern.

Ein Krankenwagen näherte sich und erinnerte an alles, was passieren konnte, alles, was noch nicht passiert war, denn so arbeiten die Erinnerungen auch, als Warnungen, als Informant und Unruhestifter. Das flackernde Geräusch verschwand bald hinter dem Fieber des Studentenwohnheims, und sie blieben schweigend am Tisch sitzen, immer noch mit dem armen Hubert zwischen sich. Hubert sollte auch bald zu seiner Prüfung antreten, der großen, durch die niemand fällt, auch wenn man sie möglicherweise mehrere Male machen muss. Aber früher oder später besteht man sie auf jeden Fall. Der Tod ist laudabel. Da klingelte das Gemeinschaftstelefon im Eingang. Synne machte keinerlei Anstalten aufzustehen. Auch Jokum hatte keine Lust ranzugehen. Wenn es für ihn war, dann handelte es sich sicher nur um seine Mutter, die wissen wollte, ob er auch genug aß, oder um seinen Vater, der wissen wollte, ob der Sohn auch unter vertretbaren Lichtverhältnissen las und nicht mit zugezogenen Vorhängen in seiner Studentenbude saß. Mit anderen Worten: Sie ließen das Telefon klingeln. Da riss Arve Storvik seine Tür auf und ruderte mit den Armen.

»Ich brauche Ruhe zum Arbeiten, ist das vielleicht möglich? Verflucht, kann nicht mal jemand ans Telefon gehen?«

»Geh du doch!«, rief Jokum.

»Oh ja, das werde ich! Dieses E-Dur geht mir auf die Nerven.«

Arve riss den Hörer herunter, lauschte einen Moment lang und zeigte dann auf Jokum.

»Für dich, du Schlaffi! Und wenn ich durchdrehe, dann ist es verdammt noch mal deine Schuld!«

Er ließ den Hörer fallen, der wie ein schwarzes Pendel vor der grünen Wand hin und her schaukelte, verschwand in seinem Zimmer und trat die Tür mit der Hacke seines abgetretenen Pantoffels hinter sich zu. Jokum stand auf, ging auf den Flur und zog den Hörer an sein Ohr. Er rechnete wie gesagt damit, dass es Mutter oder Vater war, höchstwahrscheinlich die Mutter, es zeigt sich nämlich, dass es meistens die Mütter sind, die im Studentenwohnheim anrufen, nur selten sind die Väter in der Leitung. Aber es war keiner von beiden. Es war eine Stimme, die Jokum nicht kannte. Sie klang fern und klar gleichzeitig, als gehörte sie nicht zu einem Menschen, sondern zu einer Maschine, einem Tonaufnahmegerät. Und vor allem war sie energisch, bestimmt.

»Du musst deinen Platz im Lesesaal aufräumen.«

»Wie bitte?«

»Und zwar sofort.«

»Warum?«

»Das wirst du verstehen, wenn du es gemacht hast.«

Jokum war auf der Hut. War da wieder das Lächeln der versteckten Kamera? War er jetzt an der Reihe? Schnell warf er einen Blick hinüber zu Synne, steckte sie mit denen unter einer Decke? Schmunzelte sie still und leise vor sich hin? Natürlich nicht. Sie war mit Hubert beschäftigt und hatte ihren Mitbewohner offenbar vergessen. Jokum wurde ganz verlegen und schämte sich, wie konnte er nur? Wie konnte er sie nur verdächtigen? Dieses Misstrauen breitete sich aus wie ein Gas, unsichtbar, effektiv und zum Schluss tödlich. Er drehte der Küche den Rücken zu, senkte seine Stimme und merkte, wie die Sprache sich in seinem Mund veränderte, eine andere Form annahm, die der Höflichkeit.

»Wer sind Sie?«

»Ich weiß, wer du bist. Das genügt.«

Damit konnte sich Jokum nicht zufriedengeben. Er war ja nicht einmal gleich weit gekommen.

»Mit wem spreche ich?«

»Ich spreche mit dir.«

»Das weiß ich. Aber wer …«

»Tu, was ich dir sage. Es ist nur zu deinem eigenen Besten.«

Jokum wollte noch mehr sagen, doch da war die Verbindung bereits getrennt. Jokum legte auf, mit verschwitzter Handfläche, feuchtkalt am ganzen Körper, er dachte nach, ohne einen einzigen Gedanken im Kopf, doch, das mussten die sein, die ihn besucht hatten, die beiden Männer in den gleichen Anzügen, *die Abordnung,* wer sonst? Was wollten sie jetzt? Steckte trotz allem das Studentenwerk dahinter? Wollten sie ihm eine Rüge erteilen, weil er das Schlafsofa umgestellt hatte? Dann fiel Jokum etwas anderes ein. *Nur zu deinem eigenen Besten.* Ottar Hansen, der Kolloquiumsleiter, benutzte gern diesen Ausdruck, dass es nur zu deinem eigenen Besten ist. Steckte er dahinter? Das sah ihm ähnlich. Aber alle von Ottar Hansens Kaliber sagten, ganz gleich, worüber sie redeten, nur *zu deinem eigenen Besten.* War Jokum nicht nur zum Narren gehalten worden, sondern einem Komplott ausgesetzt?

»Ich glaube, ich schau noch mal im Lesesaal vorbei«, sagte er.

Doch als Jokum sich wieder umdrehte, saß Synne nicht mehr in der Küche, und Hubert saß nicht mehr auf dem Tisch. Das Licht im Fenster hatte sich verändert, fiel schräg herein, in Streifen, es floss an dem Besteck auf der Arbeitsplatte vorbei, an dem Brotkasten, dem Wasserkessel. Auch die Zeit spielte ihm einen Streich. Lief er Gefahr, seinen Platz im Lesesaal zu verlieren? Dann stünde er schlecht da. Ein Student ohne Lesesaalplatz war wie ein Goldfisch ohne Wasserglas. Es war bereits Mittwoch. Die Uhr zeigte bereits Viertel vor sieben. Er wurde bald 22 Jahre alt. Er hatte keine Zeit zu verlieren, und diese verfluchte Zeit spielte ihm also hier einen Streich. Er klopfte bei Arve Storvik an die Tür. Vielleicht hatte er trotz allem noch mehr gehört, etwas, was Jokum helfen konnte. Arve öffnete nicht sofort. Da Jokum wusste, dass sein Wohngenosse zu Hause war, ging er hinein. Aber es dauerte eine Weile, bis er Arve Storvik entdeckte. Der stand im Schrank, zwischen den Hemden und den Jacken, drehte Jokum den Rücken zu.

»Was machst du da drinnen, Arve?«

»Was denkst denn du?«

»Vielleicht hast du dich verlaufen. Der Ausgang ist hier.«

»Scheiße, ich habe mich nicht verlaufen.«

»Dann weiß ich nicht, was ich davon halten soll.«

»Hier drinnen ist die Akustik gut.«

»Tatsächlich?«

»Genau wie in einem Konzertsaal.«

»Aber ein ziemlich enger Konzertsaal, Arve.«

»Und die Kleidung macht den Ton noch besser. Genau wie das Publikum. Man braucht eigentlich kein Publikum. Nur ihre Kleidung. Merk dir das, Jokum.«

»Das klingt ziemlich interessant.«

»Machst du bitte die Tür zu, wenn du gehst, Jokum.«

Jokum verließ das Zimmer und tat, wie ihm gesagt worden war. Da rief Arve:

»Ich meinte, mach die Tür *hinter mir* zu!«

Jokum ging zurück ins Zimmer. Arve stand immer noch im Schrank. Er hob beide Arme, soweit Platz dafür war, und fing an zu dirigieren. Ein Dirigent ohne Musik. Plötzlich tat er Jokum leid.

»Willst du da stehen bleiben?«

»Ja, jedenfalls für eine Weile.«

»Sag Bescheid, wenn du etwas brauchst.«

»Was ich brauche, kannst du mir nicht geben, Jokum. Machst du jetzt bitte die Tür zu?«

Jokum fand, dass es ihm im Grunde egal sein konnte, wenn Arve Storvik sich für eine Weile in diesem Schrank aufhielt. So war er zumindest nicht im Weg. Also schloss er die Tür und beeilte sich dann, zum Lesesaal zu kommen, fand dort seinen Platz vor, wie er ihn verlassen hatte: *Der Prozess*, Beyers Literaturgeschichte, dreimal Kugelschreiber, jeweils in roter, blauer und grüner Farbe, ein Lineal, ein Bleistift, ein Radiergummi, liniertes Papier, Kampferbonbons und ein Becher aus dem dänischen Vorort Birkerød. Alles war, wie es sein sollte. Alles lag in der richtigen Reihenfolge. Warum sollte er in dieser Ordnung aufräumen? Es musste doch erst einmal unordentlich sein, bevor man aufräumen konnte, wenn man nicht die übergeordnete Bedeutung auf das Räumen, also etwas freimachen, hinter sich aufräumen, legte. Auf diese Art und Weise wurde Aufräumen zu einer Vorbereitung auf den Tod. Zuerst sammelt man an. Dann entledigt man sich der Dinge. Worauf ich übrigens noch zurückkommen werde. Aber trotzdem stimmte etwas nicht, es gab eine Verschiebung, einen Bruch. Er schaute sich die Dinge noch einmal an. *Der Prozess* war verschoben worden. Daran bestand kein Zweifel. Er schob ihn dorthin zurück, wo er liegen sollte, direkt unter der Lampe, damit das Licht, wenn er das Buch öffnete und die Lampe einschaltete, symmetrisch auf beide Seiten schien und die Lektüre dadurch angenehmer machte, gerade wenn er einen Abschnitt noch einmal lesen musste, um sicher zu sein, was er eigentlich gelesen hatte. Da hörte Jokum ein Niesen. Hier in der grünen Stille klang es wie ein Donner. Erschrocken schaute er sich um und entdeckte erst jetzt, dass der Lesesaal menschenleer war, abgesehen von dem Hausmeister, der am Eingang saß und sich im Putzlumpen die Nase putzte. Natürlich war er es. Natürlich steckte er hinter allem. Er mochte keine Studenten. Pflegte er nicht immer zu sagen, dass es hier an der Universität sehr schön wäre, gäbe es nicht diese verdammten Studenten, die nur störten, Lärm und alle möglichen Dummheiten machten, nur nicht das, was die Gesellschaft von ihnen erwartete und wofür sie letztendlich bezahlt wurden, nämlich zu studieren. Ganz zu schweigen von den Professoren, Dozenten und wissenschaftlichen Mitarbeitern, oder wie sie nun alle hießen, die in ihren Büros saßen, Pfeife rauchten und nichts anderes taten, als Papier hin und her zu schieben, bis ihre Finger blau waren. Einige von denen waren schlimmer als der schlimmste Ausschuss bei den Handwerkern, sie kletterten auf die Fassaden, warfen Knallkörper in den Fahrstuhl, dass die Frauen eine Fehlgeburt erlitten, boxten in den Hörsälen und liefen ansonsten wie der reinste Lazarus gekleidet herum. Laut Hausmeister könnte er die ganze Anlage allein betreiben, ganz im Sinne der Ideale der Arbeiterpartei, wenn er nur einen Klempner, einen Gärtner, einen Fensterputzer und eine Putzfrau dabeihätte. Jokum nahm allen Mut zusammen und ging zu ihm. Ein weiterer Nieser bildete eine Wolke um den Kopf des Hausmeisters, und Jokum blieb stehen. Jemand hat Niesen als Gelächter der Seele bezeichnet. Aber auch davon wollte er nicht getroffen werden.

»Haben Sie etwas damit zu tun?«, fragte Jokum.

Der Hausmeister schaute zwischen dem Pulverrauch der Bakterien zu ihm hoch.

»Ich habe mit allem etwas zu tun. Worum geht es?«

»Ich bin gebeten worden, meinen Platz aufzuräumen. Habe ich den nicht mehr verdient?«

»Davon weiß ich nichts. Und ich wüsste davon!«

Jokum wurde langsam aber sicher von Panik ergriffen. Hatte er den Hausmeister beleidigt? Dann wäre das Kapitel hier auf jeden Fall für ihn beendet. Er musste sich einschmeicheln.

»Sind Sie krank?«

»Wieso fragst du?«

»Sie niesen.«

»Glaubst du etwa, ich niese freiwillig?«

»Nein, das tut man wohl selten.«

»Ich bin allergisch gegen den Kommunismus.«

»Wenn Sie den Daumen gegen den Gaumen pressen, geht das vorbei.«

»Was geht vorbei?«

»Das Niesen. Außerdem ist Niesen ein Zeichen für eine Besserung. Möchten Sie ein Kampferbonbon?«

Der Hausmeister antwortete nicht. Stattdessen stand er auf und bereitete ein neues Gelächter vor. Dennoch ging Jokum zurück an seinen Platz, verließ die Gefahrenzone, aber die Bonbons waren eingetrocknet und verstaubt, wie tote Schalentiere, unmöglich, sie in den Mund zu nehmen. Das musste er zugeben und gleichzeitig anbieten, neue, frische Bonbons zu kaufen, eventuell Pastillen. Doch als Jokum zur Tür schaute, war der Hausmeister gegangen. Wann war das passiert? Die Uhr über dem Türrahmen sah aus wie ein leerer Teller, die Zeiger waren das Besteck, das ein gieriger Gast zurückgelegt hatte. Jokum setzte sich. War denn nicht *die Zeit* eigentlich das Grundthema im *Prozess*? War nicht der Gedanke, dass *mit der Zeit Rat käme*, der einzige Trost, bis man erkennt, dass Zeit keine Wunden heilt, ganz im Gegenteil, die Zeit vergeht, bis die Sache vergessen ist und kein Rat mehr kommt. Nein, das konnte nicht stimmen. Man vergaß Josef K. ja nicht, ganz im Gegenteil, er wurde eingeholt, man nahm *die Zeit zu Hilfe*. Es war neun Uhr. Kafka verzichtete nicht darauf zu erwähnen, wie spät es war. Vielmehr achtete er darauf, den Zeitpunkt in dem letzten Kapitel »Ende« festzulegen, wo auch betont wird, dass es genau ein Jahr her ist, dass Josef K. zum ersten Mal von seinen Quälgeistern aufgesucht wurde, und jetzt passierte es zum letzten Mal, er wurde abgeholt, um zu sterben wie ein Hund. Da sah Jokum, dass ein Zettel in dem Buch lag, eine Nachricht, handgeschrieben mit kleinen, großen Buchstaben, nur das: *Oslo Nye Teater*. Jokum hatte keine Zeit. Nein, er hatte keine Zeit. Er musste für die Prüfungen lernen. Trotzdem erreichte er noch die Straßenbahn hinunter in die Stadt und ging schnell, gebeugt die Karl Johan entlang, wo die Leute in der Studenterlunden auf den Bänken saßen und nichtsahnend die grüne, durchscheinende Mystik eines Frühlingsabends genossen, oder ein Bier bei Pernille tranken, langstielige, feuchte Gläser, Zigaretten, Gelächter. Jokum war kein Teil davon. Er war außen vor. Wie gesagt, er hatte keine Zeit, und wer keine Zeit hat, der war außen vor. Das Kostbarste, was sie stehlen können, ist deine Zeit. Zuerst die Zeit, dann nehmen sie deine Erinnerungen, und du bleibst wie eine leere Hülle zurück. Wer sind sie? Genau das wusste Jokum ja nicht. Sie konnten wer auch immer sein. Seine Hände zitterten auf dem Rücken. Er war aufgeregt. Er bog am Grand Café nach links ab, eilte an den glänzenden, gierigen Gesichtern hinter dem Fenster vorbei, den Lippen, dem Roastbeef, der Mayonnaise, widerlich, und schließlich blieb er in der Rosenkrantzgate stehen, direkt vor Oslo Nye Teater, dessen Saison beendet war, die Lampen brannten nicht, die Vitrinen waren leer, denn von Mai bis September ist Frühling und Sommer, die schrägen Bretter, die die Bühne für Torheit, Kapriolen und Angeberei bilden. Das war einer der Gründe, warum Jokum mit diesen Jahreszeiten nicht zurechtkam und sich lieber an den Herbst hielt. Der war zumindest ehrlich. Er wartete. Nach einer Weile wartete er immer noch. Da kam ein Junge, oder ein junger Mann, aus den Räumen des Bondeungdomslaget, der Jugendabteilung der Bauern, er trug eine Tracht, Silberschnallen auf den Schuhen, und für einen Moment schien die Sonne durch die Schlaufen der Weste, bevor der Schatten aus dem Straßenpflaster aufstieg. In der einen Hand trug er eine Geige und in der anderen eine Zeitung. Schnell guckte er in beide Richtungen, ging auf Jokum zu, gab ihm die Zeitung, zum Glück nicht die Geige, lief dann weiter, ohne stehen zu bleiben, ohne ein Wort. Jokum wollte die Zeitung nicht haben, es musste sich um ein Missverständnis handeln, aber war an diesem Abend nicht alles ein Missverständnis, und deshalb vollkommen logisch, und der Fiedler war ja sowieso schon verschwunden, und das auch noch in dem heftigen Gewimmel zwischen Slottsparken und Egertorget. Jokum schlug die Zeitung auf. Es war das Arbeiderbladet. Die Lettern waren fett: *DIE DEUTSCHEN SIND HEUTE NACHT ZUM ANGRIFF AUF NORWEGISCHE STÄDTE ÜBERGE-GANGEN.* Jokum wurde schwindlig, er musste die Knie durchdrücken. Ein Schweißtropfen, schwer wie eine Marmel, lief ihm den Rücken hinunter. Die Druckerschwärze klebte an seinen Fingern, als wäre die Haut aus Löschpapier. Schnell schaute er sich um. Soldaten? War der Himmel bedeckt mit Flugzeugen? Waren es Panzer oder die T-Bahn, die den Bürgersteig erzittern ließ? An was oder an wen dachte Jokum als Erstes, jetzt, da Krieg herrschte? Dachte er an das Vaterland, an seine Eltern, an König Olav? Dachte er an Synne? Jokum dachte an sich selbst. War das der Ernst, nach dem er sich gesehnt hatte? War das die Katastrophe des Gedichts von Tom Christensen? *Ich sehnte mich nach Schiffskatastrophen und nach Vandalismus und plötzlichem Tod.* Aber wie gesagt, Krieg war nichts für Jokum. Er würde als Erster fallen. Die Schützengräben waren nicht tief genug. Er sehnte sich eher nach zivilen Unglücken, am meisten nach einer persönlichen Katastrophe. Dann fiel sein Blick noch einmal auf die Titelseite. Es war nicht das Arbeiderbladet von heute und auch nicht das von morgen. Es war die Aftenposten vom 9. April 1945. Und zwischen den Zeilen in der Überschrift stand etwas geschrieben, dieses Mal in einer anderen Handschrift: *Nr. 10, 7. Stock, Zimmer 14.* Jokum drehte sich um. Rosenkrantzgate Nr. 10 lag direkt hinter ihm, neben der geschlossenen Theaterkasse. Er ging hinein. Der Fahrstuhl stand im Erdgeschoss. Er betrat auch ihn, zog das

Gitter vor und drückte auf die Sieben. Der Fahrstuhl blieb stehen. Jokum blieb stehen. Er drückte noch einmal, mit dem gleichen Resultat, also ohne Resultat. Das gefiel ihm nicht. Aber was hatte er zu befürchten? Schließlich stand der Fahrstuhl ja im Erdgeschoss und konnte nicht fallen. Doch, er konnte fallen. Er befand sich immer in der Gefahrenzone. Es ging immer tief hinunter. Er öffnete wieder das klapprige Gitter, stolperte hinaus und nahm stattdessen die Treppen. Da hörte er, dass der Fahrstuhl doch losfuhr, es gab einen Ruck in den Stufen, das abgegriffene Geländer erzitterte. Schnell lief er in den ersten Stock und sah den engen gelben Raum, die Kabine des Gebäudes, vorbeigleiten, leer, nur sein eigenes Gesicht fuhr in dem Spiegel mit nach oben, und unter der Fahrstuhlkabine öffnete sich der Schacht, in dem die Kabel wie Kreise in bodenlose Höhen stiegen. Jokum hielt sich die Augen zu, waren sie immer noch da? Ja, sie waren fragil und schwer vom Pensum. Er hätte nie ans Telefon gehen dürfen, dachte er, ließ die Hände sinken und ging weiter die fehlenden Stockwerke hinauf, es sollte ein Telefonbuch für falsche Nummern geben, dachte er. Im zweiten Stock roch es nach frischer Farbe. Im dritten war das Licht kaputt. Im vierten lag ein umgefallener Eimer, der Wischlappen sah aus wie erstarrte Lava. Im fünften wurde er langsam müde, und im sechsten hörte er, wie jemand lachte, und Instrumente wurden gestimmt im siebten Stock, wo der Fahrstuhl immer noch genauso leer war, obwohl Jokum aus dem Spiegel getreten war. Er blieb dort stehen, wo er angekommen war, und lauschte dem, was er hören konnte. Es erinnerte ihn an Kindergärten, Jahrmarkt, Deutschland. Er war noch nie in Deutschland gewesen. Dann verwandelten die Geräusche sich in Musik, Gelächter wurde zu Gesang: *Willkommen, bienvenue*. Jokum ging den Flur entlang, Linoleum auf dem Boden, Leuchtstoffröhren an der Decke und geschlossene Zimmer zu beiden Seiten. Der Refrain fuhr fort und kam nicht weiter. *Willkommen, bienvenue. Willkommen, bienvenue*. Als er sich der Nummer 14 näherte, wurde die Tür einen Spalt geöffnet, ein geschminkter Mann in weißem Anzug mit goldenem Zylinder und glattem, glänzendem Haar, das an der Stirn klebte, schaute heraus und lächelte mit rotem Mund und gelben Zähnen.

»Welcome!«

Dann nahm er Jokum die Zeitung ab, dafür bekam dieser ein Metronom.

»Das soll in Nummer 18 abgegeben werden. Vielen Dank.«

Der Mann klemmte sich die Zeitung unter den Arm, verbeugte sich tief, und bevor er die Tür wieder hinter sich schloss, sah Jokum ein Orchester im Hintergrund, magere, misshandelte Musikanten, alle in gestreiften Gefängnisanzügen, sie hatten zwischen zwei Takten angehalten und warteten auf das Todesurteil oder auf die Melodie. Jokum trug das Metronom weiter, mit beiden Händen, vorsichtig, als wäre der Takt eine Flamme, und als fürchtete er, sie könnte sich lösen und das ganze Haus in Brand stecken. Vor Zimmer Nr. 18 blieb er stehen. An der Tür hing ein Schild: *Ruhe. Proben. Cabaret.* Er musste falsch gegangen sein. Aber alles war ja falsch und deshalb vollkommen richtig. Jokum klopfte an. Sofort wurde er hineingelassen und die Tür geschlossen. Zwei Männer und eine Frau direkt vor ihm. Der Raum hatte keine Fenster. Die Luft war ranzig und schwer.

»Setz dich, Georg.«

Der Mann, der das sagte, trug eine große viereckige Brille, die ihn älter erscheinen ließ, sie war so groß, dass es aussah, als hätte die Brille sich das Gesicht aufgesetzt. Er kaute auf einem Zahnstocher.

»Wie bitte? Georg?«

»Setz dich, Georg.«

Endlich, jetzt konnte der Irrtum aufgeklärt und jeglicher Zweifel aus dem Weg geräumt werden. Jemand hatte einen Schnitzer begangen. Sie hatten einen Schnitzer begangen. Jokum stellte das Metronom auf den Tisch, erleichtert, fast glücklich.

»Ich bin nicht Georg«, sagte er. »Ich bin …«

Er wurde von der Frau unterbrochen, die sich vorbeugte, und hinter dem schweren Pony wich ihr Blick nicht einen Millimeter von ihm.

»Wir wissen nur zu gut, wer du bist, Georg. Jetzt setz dich.«

»Aber…«

»Ein geliebtes Kind hat viele Namen.«

Jokum setzte sich. Der Mann mit der Brille, oder die Brille mit dem Mann, ergriff erneut das Wort, wobei er den Zahnstocher hin und her schob.

»Wir sind verdammt froh, dass du kommen konntest, Georg.«

Es war merkwürdig, aber nicht unangenehm, seinen neuen Namen zu hören, auf diese Art und Weise angesprochen zu werden. Im Gegenteil, es war befreiend. Jokum wurde ein anderer. Er zeigte auf den Zahnstocher.

»Vorsicht mit dem da«, sagte er.

»Was?«

»Mit dem Zahnstocher. Ich kannte einen, der ist an einem Zahnstocher gestorben. Nun ja, kannte und kannte. Ich habe ihn nur einmal getroffen. Leif. Verkäufer im Musikkhuset. Der kaute auch immer auf einem Zahnstocher herum, und eines Tages hat er ihn verschluckt und ist erstickt. Der Zahnstocher setzte sich quer im Hals. Jetzt steht er nicht mehr in der Jazzabteilung im Musikkhuset.«

Jokum lauschte Georgs Stimme. Sie gefiel ihm. Georg war redegewandt. Ansonsten war es still geworden. Der Mann mit der Brille nickte, nahm den Zahnstocher aus dem Mund und warf ihn in einen Papierkorb.

»Das ist saugut, Georg, dass du mir meine bürgerlichen Macken abgewöhnst.«

Wieder beugte sich die Frau vor.

»Du weißt, warum wir dich gebeten haben, herzukommen, nicht wahr?«

Das überlegene Gefühl verschwand. Das Hemd klebte am Rücken. Dieser Raum hatte keine Fenster. Er öffnete den Mund.

»Eigentlich nicht. Ich…«

»Überleg mal.«

»Ich lerne fürs Examen, deshalb…«

Die Brille unterbrach ihn.

»Jetzt bin ich an der Reihe, dir deine bürgerlichen Macken ab-
zugewöhnen, Georg. Es gibt Wichtigeres als ein Examen, nicht
wahr?«

»Ja. Was denn?«

»Den Kampf des Volkes für einen sozialistischen Sieg. Ist dein
Examen dem nicht untergeordnet?«

Es dämmerte Jokum, nicht viel, aber es dämmerte ihm. Fast wäre
er aufgestanden, ließ es aber lieber, schließlich saßen die anderen ja
auch immer noch.

»Wenn es um die Miete geht, dann möchte ich nur sagen, dass
meine Eltern bereits drei Monate im Voraus ans Studentenwerk bezahlt hatten. Ich bin kein Streikbrecher!«

Niemand sagte etwas. Die Stille machte das Zimmer noch wär-
mer, dichter. Der dritte Mann, der aussah wie ein Kind mit Vollbart,
ergriff das Wort. Was die Sache nicht besser machte.

»Wir haben dich schon länger auf dem Kieker. Und wir haben
dir vertraut.

»Wirklich?«

»Seit du mit dem FNL-Button zur Soirée gegangen bist.«

Sollte er jetzt entlarvt werden? War er deshalb hierherbestellt
worden, weil er mit einer Plakette herumgelaufen war, die sich für
etwas anderes ausgab als sie eigentlich war, eine falsche Plakette,
die den Freiheitskampf der Vietnamesen verhöhnte. Aber für den
Freundschaftskreis norwegischer Lawinenhunde war der Button
echt und alle anderen falsch.

»Ich hatte ihn nur in der Tasche«, flüsterte er.

»Mach dich nicht kleiner als du bist, Georg. Das dient nur dem
Feind.«

So etwas hatte noch nie jemand zu Jokum gesagt. Dass er sich
nicht kleiner machen sollte, als er war. Und er hätte auch nie gedacht, dass das jemals jemand sagen würde. Und es gefiel ihm. Er
wurde wieder zu Georg.

»Nein, gut.«

»Schön. Wir haben dich als Sympi angesehen. Aber du hast nie

208

den letzten, entscheidenden Schritt gemacht. Du hast dich nie auf die richtige Seite gestellt. Du...«

Georg unterbrach ihn.

»Ihr dürft nicht an mir zweifeln. Das dürft ihr nicht.«

»Quält dich etwas?«

»Mich quälen? Warum...«

»Du schwitzt.«

»Es ist nur...«

»Ich sehe, dass du schwitzt. Versuche nicht zu leugnen, dass du schwitzt, wenn ich es mit eigenen Augen sehen kann. Dass du schwitzt.«

»Nein. Es ist heiß. Es ist einfach nur heiß hier.«

»Warum schaltest du dann nicht den Ventilator ein?«

»Den Ventilator? Gibt es hier einen Ventilator?«

»Du hast ihn doch mitgebracht. Er steht direkt vor dir.«

»Das ist kein Ventilator.«

»Doch.«

»Das ist ein Metronom.«

»Glaubst du?«

»Ja. Das ist ein Metronom.«

»Das weißt du erst nach dem Einschalten.«

Jokum, der wieder zu Jokum geworden war, legte vorsichtig einen Finger auf das Pendel, drückte, und das Pendel begann sich langsam von einer Seite zur anderen zu bewegen. Jedes Mal, wenn es seinen Endpunkt erreichte, erklang ein leises, trockenes Knacken, als bräche ein kleiner Ast, ein einsamer Trauermarsch. Jokum war sich trotz allem seiner Sache sicher, wurde wieder zu Georg und ließ diesen das Wort ergreifen.

»Da hört ihr es«, sagte er.

»Schneller«, sagte die Frau, »sonst nützt es nichts.«

Georg oder Jokum, er wusste nicht mehr, wer er war, schob das kleine Lot tiefer, und das Knacken kam häufiger. Dieser Takt, ein schneller Marsch, keine Zeit mehr zu trauern, erfüllte den Raum, und da hier nicht genug Platz war, erfüllte er den Kopf und die verdunkelten Kammern darin mit all seinem Rhythmus. Die Frau ballte die linke Hand und hob sie hoch.

»Spürst du es jetzt?«

»Was?«

»Dass es kühler wird? Dass es ein Ventilator ist?«

Sie schloss die Augen, und ihr Haar wurde in einer luftigen Welle von der Stirn gehoben. Das Kind mit dem Bart öffnete den obersten Knopf seines kragenlosen Hemds, während der Mann mit der Brille diese abnahm und sie zwischen seinen Fingern putzte, plötzlich sah auch er wie ein großes Kind aus. Und Jokum war nicht mehr Georg. Georg war nicht Jokum. Er war niemand.

»Du hattest vor nicht allzu langer Zeit Besuch«, sagte der mit dem Bart.

»Ja? Hatte ich das?«

»Du erinnerst dich bestimmt. Jemand ist ungebeten in dein Zimmer gekommen.«

Jetzt verstand Jokum endlich, worum es hier ging. Die einzelnen Teile fielen an ihren Platz. Was ihn aber nur noch mehr beunruhigte. Woher wussten sie, dass er Besuch gehabt hatte? Wer hatte gepetzt? Oder steckten sie dahinter, hinter dem Besuch? War er auf die Probe gestellt worden?

»Woher wisst ihr das?«

»Darüber brauchst du dir keine Gedanken zu machen. Wir wissen es.«

»Habt ihr mit Synne geredet? Habt …«

»Keine Namen!«

»Nein, das war Bengt, nicht wahr? Er war es, der …«

Die Frau schlug mit der Faust auf den Tisch.

»Keine Namen! Hast du verstanden?«

Jokum duckte sich. Er war und blieb Jokum.

»Ja. Verstanden. Entschuldigung.«

»Glaubst du wirklich, du könntest dich in diesen Zeiten auf einen bürgerlichen Luxus wie ein Privatleben berufen?«

»Nein.«

»Dein Vater ist Vermesser, nicht wahr?«

Jetzt bekam Jokum wirklich Angst.

»Was hat er denn damit zu tun?«

»Man muss wissen, mit wem man verwandt ist. Nur dann kann man den Fluch brechen.«

»Den Fluch?«

»Das bürgerliche Erbe.«

»Mein Vater war Maurer, bevor er Vermesser wurde. Er hat einen Gesellenbrief.«

Der Mann mit der Brille rutschte näher heran, was gleichzeitig bedrohlich und freundlich wirkte, und Jokum begriff langsam aber sicher, dass genau das die Absicht dabei war. Er wollte seinen Stuhl zurückschieben, traute sich aber nicht, stattdessen beugte auch er sich vor, entgegenkommend, bereit. Sie saßen sich Aug in Aug gegenüber.

»Es ist ernst, Georg.«

»Ja. Und es war wirklich nicht angenehm. Ungebetenen Besuch zu bekommen.«

»Erzähl uns, was passiert ist. Und nimm dir so viel Zeit, wie du brauchst.«

Jokum versuchte, sich sein Zimmer an diesem Morgen vorzustellen, die beiden Männer, die unerwartet dort standen, deutlich und dennoch nicht einzuordnen. Wird alles, was passiert, früher oder später die gleichen Formen annehmen, wenn man zurückschaut, fließend und eingefroren? Wird alles letztendlich nur zu Träumen, Fantasien und Schwerkraft? Kein schöner Gedanke. Stimmte beispielsweise seine Behauptung, sie wären gekommen, um seine Erinnerungen zu kontrollieren? Nein, so etwas durfte er Synne gegenüber erwähnen, aber nicht hier. Wobei dieser Gedanke aufmunternd war. Er bedeutete, dass er etwas mit Synne teilte, was er nicht mit anderen teilte.

»Die müssen hereingekommen sein, während ich schlief.«

»War die Tür verschlossen?«

»Das weiß ich nicht mehr.«

»Sie kann also offen gewesen sein?«

»Wahrscheinlich. Aber sie kann auch verschlossen gewesen sein.«

»Wie sahen sie aus?«

»Sie waren so um die dreißig, aber das ist schwer zu sagen, denn sie wirkten viel älter, wegen ihrer Kleidung.«

»Wieso das?«

»Sie waren gleich gekleidet, in einer Art Uniform.«

»Uniform? Willst du damit sagen, dass sie nicht in Zivil waren? Waren sie vom Militär?«

»Oder Anzüge. Jedenfalls waren sie einander vollkommen ähnlich.«

»Ich glaube, du nimmst das Ganze nicht wirklich ernst, Georg.«

Der Ventilator hielt immer noch den Takt, während das Metronom kühlte.

»Doch. Tue ich. Schließlich sind sie ja bei mir aufgetaucht.«

»Können sie sich geirrt haben?«

»Das habe ich mich auch schon gefragt. Dass sie vielleicht zu ...«

Er wurde von dem Kind mit Bart unterbrochen, das auch näher herangerutscht war.

»Was haben sie gemacht?«

»Sie haben sich umgeschaut. Sie waren ziemlich aufdringlich.«

»Aufdringlich? Haben sie Gewalt eingesetzt?«

»Nein. Neugierig. Sie haben in meinen Schrank geguckt und Schubladen geöffnet und ...«

»Haben sie etwas gefunden?«

»Ich habe nichts zu verbergen.«

»Das weißt du erst, wenn sie etwas finden. Worüber haben sie geredet?«

»Über Munch.«

»Munch?«

»Den Maler.«

»Wir wissen, wer Munch ist. Werd nicht überheblich.«

»Tut mir leid.«

»Warum haben sie über Munch geredet, was meinst du?«

»Vielleicht war das so etwas wie ein Code.«

»Haben sie Norwegisch gesprochen?«

»Ja. Natürlich.«

»Hatten sie einen Akzent?«

»Nicht, soweit ich gehört habe.«

»Sie haben also nicht gebrochen geredet?«

»Es war ja noch so früh am Morgen, aber bemerkt habe ich jedenfalls nichts.«

»Es ist verdammt wichtig, dass du auf diese Fragen mit Ja oder Nein antwortest.«

»Nein. Sie haben fließend Norwegisch geredet. Glaubt ihr…«

»Hast du etwas verraten?«

»Etwas verraten? Ich weiß doch gar nichts.«

»Das weißt du erst, wenn du es gesagt hast.«

»Glaubt ihr…«

»Wir glauben gar nichts. Wir analysieren. Deshalb brauchen wir Fakten. Möglichst viele Fakten.«

Jokum, oder war es Georg, fiel etwas ein. Er wollte so gern behilflich sein. Sein Wunsch, behilflich zu sein, war heftig, er wollte etwas beitragen, sich um etwas verdient machen. Er wollte *sich um etwas verdient machen*. Er wurde ganz aufgeregt, fast glücklich. Er senkte seine Stimme.

»Ich glaube, sie haben nach Hubert gesucht.«

»Hubert?«

»Dem Hamster. Aber sie haben sich in der Tür geirrt.«

»Was für ein Hamster?«

»Der Hamster der Kunsthistorikerin. Ich nenne keine Namen. Im Zimmer nebenan. Sie hat einen Hamster. Das ist nicht erlaubt. Ein Haustier zu haben. Deshalb.«

Wieder setzten sich die drei zusammen und berieten sich, schnell, erregt. Jokum konnte nicht hören, was sie sagten, und was er dennoch mitbekam, verstand er nicht, so als sprächen sie in einer fremden Sprache, einem toten Dialekt, aber es schien ihnen ernst zu sein. Dann stand die Frau auf und schaute Jokum direkt an, worauf dieser sich auch erhob.

»Wir haben überlegt, wozu wir dich gebrauchen können, Georg.«

»Ja?«

»Und wir sind zu dem Schluss gekommen, dass wir dich in dieser Aufführung zu nichts gebrauchen können. Es gibt keine freien Rollen mehr.«

In dem Moment blieb das Metronom stehen und ihr fiel das Haar in die Stirn, schwer und fettig. Jokum wusste nicht, ob er enttäuscht oder erleichtert sein sollte. Das Hemd klebte wieder am Rücken. Aber etwas musste er auf jeden Fall noch loswerden. Es lag ihm auf dem Herzen.

»Was den Hamster betrifft«, sagte er, »der ist immer nur in ihrem Zimmer, mit ganz wenigen Ausnahmen. Es kann sogar sein, dass sie beim Studentenwerk um Erlaubnis gefragt und diese auch bekommen hat.«

Der Mann mit dem Bart öffnete die Tür.

»Was für ein Hamster?«

»Der Hamster, den ich erwähnt habe. Der ...«

»Wir haben von keinem Hamster gehört.«

»Ich ...«

»Da musst du dich geirrt haben. Lebe wohl. Goodbye. Auf Wiedersehen.«

Jokum nahm den Fahrstuhl nach unten und ging zurück zur Sogn Studentby. Aus allen Ecken und Kanten roch es nach Schweiß und Flieder. Er fühlte sich elend. Noch nie hatte er sich so elend gefühlt. Er war ein Verräter. Er versuchte sich damit zu trösten, dass sie Hubert bereits vergessen hatten, aber was für eine Art Trost war das? Trotzdem war und blieb er ein Verräter. Dass sie sich nicht für die Information interessiert hatten, machte seinen Verrat um keinen Deut geringer, nein, es verschlimmerte alles nur noch, denn er hatte sich billig verkauft. Arve Storviks Worte wurden wahr: *Es ist Ausverkauf, Ausverkauf. Sonderangebote ohne Zahl. So viel ist im Angebot, da bleibt dir keine Wahl.*

Nein, es war noch schlimmer, er hatte Synne umsonst ans Messer geliefert. Aber stimmte das auch? Stimmte es, dass Jokum keine andere Wahl gehabt hatte? Doch, die hatte er gehabt. Es war seine Entscheidung gewesen. Und er hatte sich entschieden, seine eigene Haut zu retten, er hatte sich entschieden, sich einzuschmeicheln, zu Diensten zu stehen. Er hatte sich als ein Mann gezeigt, auf den man sich nicht verlassen kann, der in welcher Situation auch immer wen auch immer verraten würde. Das fing mit einem Hamster an, und bald war es eine Mutter, ein Vater, ein Bruder, eine Schwester, ein ... Nein, Jokum musste damit aufhören. Er schnappte nach Luft. Nein, schlimmer konnte es nicht mehr werden. Er hatte gezeigt, wozu er imstande war. Diese Menschen, diese verfluchten Menschen, denen er es für eine Weile recht machen wollte, hatten das Schlimmste in ihm hervorgeholt, und das Schlimmste in ihm war das Beste für sie. Er stand ganz oben beim Physikgebäude. Oslo lag unter ihm, blau und eng, alles sprang auf und schloss ihn ein in den Fluch des Frühlings. Ein Abiturient schlief im Tor von Tørtberg und sah aus wie ein getrockneter Blutfleck. Jokum versuchte, sich selbst zu trösten: Nicht er, Jokum Jokumsen, hatte dort geredet, sondern Georg. Jokum Jokumsen war unschuldig. Der einzige Trost war, dass er einen Decknamen bekommen hatte, Georg, den er schon früher hätte brauchen können, Georg, seine dunkle Seite. Jokum eilte weiter. Am nächsten Tag sollte er zur Prüfung antreten, durch die er übrigens durchfallen würde, aus Gründen, die umgehend dargelegt werden: Als Jokum nach Hause kam, saß unglücklicherweise Bengt Åker in der Küche und aß seine Kartoffeln. Andererseits hätte Jokum es nicht ertragen, jetzt Synne oder Hubert in die Augen sehen zu müssen. Bengt Åker wirkte heruntergekommen, der sonst so unerschütterliche Kommunist zitterte wie bürgerliches Espenlaub.

»Kannst du mir einen Gefallen tun?«, flüsterte er.

»Und der wäre?«

»Einen heimlichen Gefallen, Jokum.«

»Na, kommt darauf an.«

Jokum setzte sich auf die Fensterbank. Bengt Åker sprach leiser, seine Stimme klang ganz blass:

»Jede Nacht ziehe ich Flugblätter ab, die ich am nächsten Tag verteilen will. Jeden Abend erhalte ich Resolutionen und schreibe Parolen für die nächste Demonstration. Jeden Samstag verkaufe ich den Klassekampen in Majorstua, und den Rest der Woche sammle ich Geld für den Klassekampen und die streikenden Arbeiter ein, die…, die…, ach ist ja auch scheißegal, wofür sie verdammt noch mal streiken! Siehst du, Jokum, ich habe es vergessen. Ich habe sogar vergessen, wofür die Arbeiter streiken! Und jeden Morgen versuche ich zu lernen, und trotzdem bringe ich nichts zustande. Ich schaffe es einfach nicht mehr, Jokum. Ich schaffe es nicht mehr.«

»Es ist ein hartes Leben, Bengt. Vielleicht solltest du dich damit zufriedengeben, nur jeden zweiten Samstag den Klassekampen zu verkaufen.«

Bengt Åker verbarg sein Gesicht in den Händen.

»Ich bin auch nur ein Mensch.«

Jokum seufzte tief.

»Sind wir das nicht alle?«

»Und morgen ist die Prüfung. Und ich kann nicht schlafen.«

»Ich dachte, du wolltest dich proletarisieren.«

»Ich brauche etwas, worauf ich zurückgreifen kann. Falls ich mich nicht zum Arbeiter eigne. Vielleicht eigne ich mich ja gar nicht zum Arbeiter, Jokum. Hast du dir das schon mal überlegt?«

»Nein?«

»Du musst mir helfen.«

»Den Klassekampen werde ich nicht für dich verkaufen. Damit dir das schon mal klar ist.«

Bengt Åker ließ die Hände fallen und holte zwei Pillen heraus, eine gelb, die andere grün.

»Ein Mädchen von der Roten Front hat mir die gegeben. Von der einen kann man schlafen, und von der anderen bleibt man die ganze Zeit wach. Aber ich habe vergessen, welche welche ist.«

»Kannst du sie nicht einfach anrufen und fragen.«

»Wir reden nicht mehr miteinander.«

»Warum nicht? Du musst doch mit ihr geredet haben, wenn du von ihr Pillen gekriegt hast.«

»Das zu erklären dauert zu lange, Jokum. Wir sind getrennte Wege gegangen, was Stalin betrifft. Willst du mir jetzt einen Gefallen tun oder nicht?«

»Du hast immer noch nicht gesagt, worin der Gefallen besteht.«

»Wenn wir jeder eine Pille nehmen, kann doch nichts schiefgehen.«

Bengt Åker streckte ihm die Hand entgegen. Da lagen sie, eine gelbe, eine grüne. Jokum überlegte. Das Ganze klang doch ganz vernünftig. Geradezu durchdacht. Wenn sie jeder eine Pille nahmen, konnte nichts schiefgehen. Dann waren sie auf der sicheren Seite.

»Ich habe morgen auch Prüfung«, sagte Jokum.

Dann nahm er die grüne, und für lange Zeit konnte er sich an nichts mehr erinnern.

SCHRIFTLICH

*Ich habe mich entschieden, über Storm P.s Ein sonderbarer Mann
zu schreiben, weil ich annehme, dass das noch nie jemand gemacht
hat, aber in erster Linie, weil die Hauptperson, der namenlose und
einsame Wiedergänger, einen komprimierten Eindruck vom Zustand
des modernen Menschen gibt, in all seiner mechanischen und tragi-
schen Verfremdung, und somit verwandt ist mit einem Josef K., mit
einem Mersault. Storm P. sagte einmal (nach der Erinnerung zitiert),
als er gefragt wurde, was ihn zum Künstler geformt habe:* »War nicht
der kleine Clown Jimmy Dale ein ebenso edles Gedicht wie Baude-
laires, als er auf einem Brett in der Manege steppte? Waren nicht das
Leben und die Menschen mehr wert, als sich mit vernebelten Phanta-
sien zu beschäftigen? Ich wollte aus dieser lächerlichen Tiefsinnigkeit
ausbrechen.« *Ich erdreiste mich also dazu, Storm P. nicht nur mit den
größten Dichtern zu vergleichen, sondern eine scheinbar bescheidene
Zeichenserie in die Literaturgeschichte einzufügen. Meine Perspektive
wird auf diese Art und Weise Grenzen sprengen. Sie ist im Einklang
mit der generellen Sprengung der Grenzen zwischen Genres, Formen
und Fachgebieten. Wenn ich meiner Zeit nicht voraus bin, eile ich ihr
zumindest schnell hinterher.*

*Es ist an der Zeit, Storm P., oder Robert Storm P.etersen, wie sein
vollständiger Name lautet, vorzustellen, da ich annehme, dass er
vielen leider unbekannt ist, auch meinen Prüfern. Er wurde 1885 in
Kopenhagen geboren, übrigens als Sohn eines Schlachters, und man
kann mit Fug und Recht behaupten, dass er dessen Geschicklichkeit
geerbt hat und dieser eine menschliche Dimension hinzufügte. Storm
P., unter diesem Namen wurde er bald bekannt, war in verschiede-*

nen Disziplinen tätig: Prosa, Kabarett, Film, Theater, Malerei, Zeichnung, Witz, Nekrolog und Zirkus, um nur einige zu nennen, selbst mit der Oper beschäftigte er sich. 1919 führte man die bahnbrechende Inszenierung von Benzin im Det Kongelige Teater in Kopenhagen auf, mit Libretto und Bühnenbild von Storm P., eine Aufführung, die übrigens nur einen einzigen Abend lang gespielt wurde, aber was war das für ein Abend! Ich will nicht bei der Handlung selbst verweilen, die ein wenig simpel ist, wie es die meisten Libretti sein müssen, weil eine komplizierte Intrige mehr Erklärung erfordert als nur Gesang. Ein Motorradfahrer kommt in ein verschlafenes Dorf, er hat kein Benzin mehr. Er nimmt Kontakt auf mit einem jungen Bauern und dessen Verlobter, fragt, ob sie ihm helfen können. Der Bauer bietet an, Benzin zu holen, und macht sich mit einem Kanister auf den Weg. In der Zwischenzeit gehen der Motorradfahrer und das Mädchen ein Verhältnis ein, und das Ganze resultiert in einer dramatischen Szene, als der Bauer zurückkommt. Aber zum Schluss geht doch alles gut aus, der Motorradfahrer bekommt sein Benzin und der Bauer seine Verlobte. Nein, ich möchte die Aufmerksamkeit eher auf das Bühnenbild lenken: im Hintergrund ein See, senkrecht stehend, mit Silberfischen, die quer hinüberschwammen. Auf der einen Seite lagen »die Wohnstätten der Faulen«, sie bestanden aus riesigen Flaschen in giftigen Farben; auf der anderen Seite lagen »die Wohnstätten der Fleißigen«, riesige Bienenkörbe, goldglänzend. Ein Wächter, verkleidet als ein gewaltiger Wecker, zeigte dem Publikum den Lauf der Zeit und der Akte. Erwähnt werden muss auch, dass man zum ersten Mal in der Geschichte der Oper einen Souffleur für die Tänzer hatte. Wenn jemand sich einen Fehltritt leistete, kamen sofort zwei Beine aus dem Souffleurkasten zum Vorschein, die dem Tänzer zeigten, wie es gemacht werden sollte. Deshalb möchte ich behaupten, dass Storm P. Skandinaviens erster Surrealist war und er sich mit seinen französischen Kollegen fast auf gleicher Höhe befand, ja, ihnen sogar zuvorkam. Denn Surrealismus und Humor haben vieles gemeinsam, unter anderem die Träume. Und sowohl der Surrealist wie auch der Humorist setzen voraus, dass es eine Diskrepanz zwischen dem Individuum und der Gesellschaft *gibt, wie man beispielsweise auch in* Der Prozess *sehen kann. Lassen Sie es mich so sagen: Kafka war eher Humorist als Surrealist. Trotz allem musste er darauf vertrauen, dass es eine »Wirklichkeit« gibt, während der waschechte Surrealist das dahingestellt sein lässt. Und bei diesem Zusammenstoß zwischen Individuum und Gesellschaft (zwischen Josef K.* und der Bürokratie, zwischen Ein sonderbarer Mann und der Umgebung) *entsteht eine Reibung, ein Widerstand, der Gelächter hervorruft. Doch Storm P. sollte als Zeichner und Schriftsteller oder eher noch als literarischer Kommentator am bekanntesten werden. Trotz, wie einige meinen, ich würde eher sagen, wegen seines kongenialen Talents, entschied er sich also für den Witz und Zeichenserien. Für ihn war das die Erfüllung. Hierbei denke ich an den Witz nicht nur als eine kurze, amüsante Bemerkung, als Zeitvertreib in sozialen Zusammenhängen, als Lärm, sondern als Anekdote, als ein Lehrsatz, eine Metapher, ja, ich möchte sogar so weit gehen zu behaupten, dass Storm P.s Witze sich in erster Linie Metaphern annähern, dann der Novelle, während die Zeichenserie, in ihrer filmischen Schlichtheit und Oberfläche, die Tiefe eines Romans beinhalten kann, wenn nicht sogar dessen Umfang.*

Storm P. erlebte etwas so Seltenes wie anerkannt zu werden, gefeiert, bejubelt und von dem Publikum zu seiner Zeit geliebt. In dieser Beziehung schwamm er auch gegen den Strom, besonders, weil der Modernismus uns eine neue Ausgabe des Künstlers präsentierte: jemand, der seinem Publikum den Rücken zudrehte. Das war in meinen Augen schicksalsschwanger. Man setzte die Kunst selbst, die Literatur aufs Spiel. Nur in den populären Genres wie dem Schlager, der Revue, dem Witz und teilweise dem Film konnten sich Publikum und die Kunst mit offenen Armen begegnen. Und Storm P. veredelte seinen volkstümlichen Ausdruck mit den feinsten Wirkungsmitteln aus dem Repertoire der Kunst und der Literatur. Dennoch möchte ich hier eine Episode erwähnen, die ihm einen Stich versetzte. 1919 reiste er in die USA, angezogen von dem Neuen, das heißt dem Jazz, dem Tempo, der Reklame, den Neuigkeiten, den Rekorden, den Automobilen, den Flugmaschinen, aber auch in der Hoffnung, dort seinen Durchbruch zu schaffen, was jedoch nicht geschah. *Die Amerikaner waren nicht an Storm P. interessiert, und er verlor das Interesse an ihnen. Er verabscheute Amerika von ganzem Herzen. Amerika enttäuschte ihn. (Und hat Amerika nicht, in Klammern bemerkt, uns alle enttäuscht, auch wenn wir nie dort gewesen sind?) Ihm missfielen die Nonchalance, der Zynismus und die Brutalität. Man kann sagen, der Modernität in ihm war ein Stich versetzt worden. Er wurde nostalgisch. Er sehnte sich nach Hause. Storm P.s dänischer Fußabdruck kam immer stärker zum Vorschein. Man kann sagen, er war eine nationale Unterschrift; nur wenig oder nichts kann eine nationale Stimmung besser ausdrücken als der Humor. Seine amerikanische Enttäuschung kann übrigens mit Hamsuns verglichen werden, wie er sie in* Aus dem Geistesleben des modernen Amerika *darlegt, doch ohne dessen Wut und Rachsucht, Storm P.s Verhältnis zu Amerika prägten eher Trauer oder Ekel. Nur bei den Indianern, die er im Reservat Fort Calhoun, Nebraska, besuchte und mit denen zusammen er fotografiert wurde, fand er Ruhe und Trost. Auf diesem Foto kann man sehen, dass er tatsächlich anfängt, den Eingeborenen ähnlich zu sehen, sie tragen die gleichen Züge, sie teilen den gleichen Blick. War Storm P. mit seinem geliebten Hund Grog, mit seiner festen Route über den Fredriksborger Friedhof und mit all seinen Pfeifen möglicherweise der erste Indianer im Zentrum von Kopenhagen? Anders verhielt es sich mit Paris. Ich bin nach Paris gereist, um ein Clown zu werden, sagte er in einem Interview. Und später, 1943, fand dieser berühmte Schlagabtausch zwischen Storm P. und einem Journalisten statt:* »Ist es nicht eine lächerliche Aufgabe, Clown zu sein?« – »Nicht, wenn man weiß, dass man es ist.«*

An der Serie* Ein sonderbarer Mann *arbeitete Storm P. von 1930 bis zu seinem Tod 1949. Sie besteht immer aus vier gleich großen rechteckigen (erzählenden) Kästen, nicht mehr und nicht weniger. Ich möchte das die Freiheit der Formel nennen, im Gegensatz zur scheinbaren Zügellosigkeit des Surrealismus, die in vielerlei Hinsicht eine künstlerische Ablehnung der Verantwortung ist. Innerhalb dieser Rahmen, einem strengen Format, wie maßgeschneidert für Storm P.*

(er hat es trotz allem selbst erfunden!), konnte er seiner literarischen Phantasie freien Lauf lassen. Im ersten Kästchen wird die Hauptperson in einer bestimmten Situation präsentiert. Im zweiten entsteht ein Problem, ein Konflikt. Im dritten findet ein innerer und äußerer Streit statt, und im letzten Kästchen kommt es zu einer Lösung. Man sieht also eine aristotelische Dramaturgie, doch in dieser logischen Kette werden die Regeln der klassischen Vernunft gebrochen. Unsere gewohnten Vorstellungen werden auf die Probe gestellt. So knüpft Storm P. am Modernismus an, besonders am absurden und deshalb volkstümlichen Modernismus, der seine Nahrung aus dem Zirkus holt. Er stellt ihn auf den Kopf. Er verdreht ihn. Und sein wichtigstes Wirkungsmittel ist der Humor, hier verstanden als Anschauung. Der Witz wächst zur Erzählung. Das Lachen füllt alle Hohlräume. Storm P. ist auch mit einem Beckett verwandt. Zwei erschöpfte, vom Leben enttäuschte Männer sitzen in einem Café, das fast aussieht wie eine Gefängniszelle. Der eine fragt: »Was hältst du von der Weltlage?« *Antwort:* »Nichts – ich hab' was ins Auge gekriegt.« *Doch wer ist* Ein sonderbarer Mann? *Wir haben einen Ausdruck im Norwegischen: Ein komischer Vogel. Der trifft es nicht so recht. Er ist kein Vogel. Und er hat auch keinen Vogel. Er ist ein normaler und sonderbarer Mensch. Storm P. gibt dem Mysterium Raum im Normalen. Das ist seine Größe. Wie gesagt, er kehrt seinem Publikum nie den Rücken zu. Er steht Aug in Aug da, auf seine selbstsichere (im Werk) und scheue (im Leben) Art und überwindet oder überschreitet auf diese Weise die Verfremdung des Modernismus.*

Ich möchte Ein sonderbarer Mann *von 1932 als Beispiel nehmen. Und dabei in Erinnerung rufen, dass Hitler sich in diesem Jahr auf dem Weg zur Macht befindet. Bei der Wahl zum 6. Reichstag bekommt seine Partei, die NSDAP, 37,4 Prozent der Stimmen. Wie alle anderen hat auch diese Ausgabe von* Ein sonderbarer Mann *keinen Titel, vielmehr haben alle den gleichen, nach dem Hauptcharakter:* Ein sonderbarer Mann. *Im ersten Kapitel (Kästchen) sitzt er an einem Tisch, stützt den Kopf auf die Hand und sieht das Foto einer Frau an, das eingerahmt auf diesem Tisch steht, der wiederum mit* einer Tischdecke bedeckt ist. Es ist offensichtlich, dass sie ihn verlassen hat. An seinem Gesichtsausdruck kann man erkennen, dass er sie sehr vermisst. Sie hat ihn für immer verlassen. Im nächsten Kapitel sitzt er an dem gleichen Tisch, jetzt aber mit einem Revolver in der linken Hand. Er schaut das Foto nicht an. Er befindet sich in einem tieferen inneren Konflikt. Im dritten Kapitel hat er sich wieder dem Foto zugewandt und sieht die Frau an. Im letzten Kapitel hebt er den Revolver und schießt auf das Foto.

Hier kann man gut sehen, wie Storm P. unsere Erwartung enttäuscht. Wir erwarten ganz klar, dass der sonderbare Mann sich selbst erschießt und damit eine Tragödie in vier Akten vollendet. Stattdessen richtet er den Revolver auf die Ursache seiner Tragödie und drückt ab. Was ihn zu einem handelnden Menschen macht. Aber wohlbemerkt: Er ist kein Mörder. Seine Handlung ist sowohl eine demonstrative als auch eine in übertragener Bedeutung. Er vernichtet ein Objekt (das Foto hinter Glas und Rahmen), während er gleichzeitig, wenn das möglich ist, eine Erinnerung zerstört, die Erinnerung an sie.

Aber auf welche Art und Weise kommt **das Moderne** an sich am deutlichsten in Storm P.s Werk zum Vorschein? Ich möchte auf diese Frage antworten: in den Dingen und durch sie. Das Neue manifestiert sich zuerst in den Dingen, in den Gegenständen. Erst anschließend verändert der Mensch sich. Die Menschen eilen den Dingen nach, die sie erfinden und sammeln. Es sind die Dinge, die uns letztendlich bewegen. Wir machen uns abhängig von ihnen. Bei Storm P. können wir ein besonderes Augenmerk legen auf das Telefon und den Fotoapparat. Das Telefon ist eine stete Quelle für Missverständnisse und andere Störungen. Wie er schreibt: Es sollte ein Telefonbuch für alle falschen Nummern geben. Storm P. preist gern den Fortschritt, aber nicht um jeden Preis. Und auch dem Fotoapparat gegenüber hat er gemischte Gefühle. Er schätzt das Foto, weigert sich jedoch, es zu machen. Er fotografierte nur im Privaten. Zu fotografieren, und besonders gilt das für die Presse, heißt in Storm P.s Augen, eigenmächtig zu handeln, ja, sich einem Menschen nahezu aufzudrängen. Wie er es ausdrückte (frei nach der Erinnerung): Um ein wirklich hervorragender Pressefotograf zu werden, muss man gymnastische Übungen machen, in Bäume klettern und dort stundenlang unbemerkt verharren, sich durch ein Gasrohr zwängen, mit einer Hand an einem Kabel hängen, sich unter dem Teppich verstecken, über Mauern springen, mit schwedischem Akzent reden und rückwärts die Treppe hinaufgehen. Deshalb entwickelt er lieber alle seine Bilder zu Hause an seinem Arbeitstisch mit Bleistift und Feder zu Visionen, die ein Fotoapparat nie würde einfangen können. Nicht ohne Grund bewunderte Munch Storm P. und nannte ihn »Skandinaviens amüsantester Humorist«. Und in diesem Zusammenhang möchte ich eine persönliche Erfahrung anbringen, was das Fotografieren betrifft. Ich selbst war ein eifriger Amateurfotograf als ich aufs Gymnasium ging, genauer gesagt im Herbst 1969, ich ging in die erste Klasse der Oberstufe. Damals hatte ich mir eine Kamera von meinem Vater geliehen, der meinte, ich hätte Talent für so etwas, ohne dass ich ganz verstand, worin das bestehen sollte. Lassen Sie mich erwähnen, dass ich zuvor ein Foto von ihm gemacht hatte, dass bei einem Wettbewerb einen Preis gewann. Wie dem auch sei, nach der Schulzeit und an den Wochenenden wanderte ich in diesem Herbst oft mit einer Kamera um den Hals herum. Ich fand es schwierig, Motive zu finden. Was ist wert, fotografiert zu werden? Ein Vogel, ein Straßenschild, Menschen, Schatten? Ich konnte mich ganz einfach nicht entscheiden, und ich wollte auch keinen kostbaren Film vergeuden. Ich zweifelte also, ob ich Talent dafür hatte. Sollte ein Fotograf nicht von seinen Motiven angezogen werden? Für mich war es umgekehrt, ich wurde von ihnen abgestoßen. Aber zumindest bekam ich die Stadt auf eine neue Art zu sehen, denn ein Fotograf, auch wenn er keine Bilder macht, muss hellwach und auf der Hut sein. Er ist wie ein Jäger. Ich sah, dass die Stadt, obwohl neue Häuser dort wuchsen, wo alte gestanden hatten, immer noch aus einem anderen Jahrhundert stammte. Ich erlebte außerdem, dass die Leute sich zurückzogen, sobald sie meine Kamera sahen, vielleicht war ich es auch nur, vor dem sie zurückwichen. So etwas war früher schon vorgekommen, viele Male, und es passierte immer noch. Doch an einem Freitag im Oktober ging ich Grensen hinunter aufs Zentrum von Oslo zu, es war ungemütlich, grau, Regen hing in der Luft, kurz gesagt, es war Herbst, wie er leibt und lebt. Das Wetter beeinflusste auch meine Stimmung. Da entdeckte ich einen Mann, der an einer Ecke vor Backe saß, dem Geschäft, das Bestecke, Porzellan, Kerzenständer, Geschirr, Nippes und anderen Kram verkauft. Mir erschien der Punkt, an dem der Mann sich aufhielt, bedeutungsvoll, denn er passte nicht zum Stil des Ortes. Er saß auf einer Kiste und spielte Akkordeon. Ich hörte die Töne nicht, vielleicht weil ich eher vom Sinneseindruck selbst gefangen war, aber ich kann mir vorstellen, dass er irgendwelche alten Schlager spielte, vielleicht Akerselva, du gamle du grå oder das melancholische Lied von Enerhaugen. Sein Gesicht war wie heruntergerutscht und hatte bittere Falten. Der Mund ein gespannter, dünner Bogen. An den Händen trug er Handschuhe mit abgeschnittenen Fingern. Er war nicht gerade eine Zierde für den Ort. Ich konnte auch nicht sehen, dass ihm jemand Geld gab. Von diesem Mann wollte ich ein Foto machen. Ich stellte mich auf den gegenüberliegenden Bürgersteig und benutzte das Teleobjektiv. Da trat eine andere Gestalt ins Bild, ein dünn gekleideter Kerl in einem abgetragenen, dunklen Anzug. Er hatte sicher schon bessere Tage gesehen. Die jetzigen waren zumindest nicht die besten. Er knickte in den Knien ein und konnte sich kaum aufrecht halten. Deshalb lehnte er sich gegen die Säule, vor der der Musikant saß, und war auch nicht gerade eine Zierde. Höchstwahrscheinlich war er aus einem Restaurant in der Nähe herausgeworfen worden, vielleicht aus Stortorgets Gjestgiveri oder Dovrehallen unten in der Storgaten, und wahrscheinlich würde er im Laufe der nächsten Wochen auch nirgends hineingelassen werden. Er hatte etwas Einsames an sich. Darf ich sagen, dass er einem Tier ähnelte? Er ähnelte einem Tier, das seine Herde verloren hatte und jetzt von allen Seiten bedroht wurde. Und noch ein drittes Gesicht fügte sich zu einem einsamen Trio dazu, ein lächelndes, glattes Gesicht, das ein Plakat auf der Tür schmückte. Ich drückte auf den Auslöser, hörte, wie die Zeit mit einem Klicken stehen blieb, und im gleichen Moment schaute der abgedankte Lebemann in meine Richtung, und unsere Blicke begegneten sich. Ich duckte mich und ging weiter. Doch in der Gasse, die zur Arbeidergata führte, wurde ich eingeholt, er kam mir nachgelaufen, und er erschien mir jetzt nüchtern und gefährlich. Er wollte mir die Kamera entwenden. Sie beschlagnahmen, das waren seine Worte. Außerdem sagte er etwas über den Schutz des Privatlebens. Aber gibt es ein Privatleben auf Grensen, in Oslos Zentrum, an einem Freitag? Ich verdiente die Schläge. Ich gehörte verprügelt. Er riss und zerrte an der Kamera. Und erst da, als ich die Angst in seinen glänzenden Augen erkannte, nicht nur die reine Wut, da verstand ich, dass es auch auf Grensen ein Privatleben gibt. Das Gesicht ist Privatleben. Der Körper ist Privatleben. Und nicht zuletzt ist die Zeit selbst Privatleben. Der Mann brüllte voller Verzweiflung: Meine Frau darf das Bild nicht sehen! Sie glaubt, ich... Mehr bekam er nicht gesagt, da packten ihn zwei Polizeibeamte und schleppten ihn zu einer Grünen Minna, er war bereits verwarnt worden, er war ein Ruhestörer. Ob ich ihn anzeigen wollte? Nein, wollte ich nicht. Ich kann nicht umhin, ich muss mich fragen, was Ein sonderbarer Mann in einer entsprechenden Situation getan hätte. Wahrscheinlich hätte er sich mit in den Polizeiwagen gesetzt und gesagt: Ich bin der Schuldige! Ich gehöre eingesperrt! Ich hingegen ging direkt nach Hause und gab die Kamera meinem Vater zurück, der den Film entwickelte, das Foto einrahmte und es in meinem Zimmer aufhängte.

Eine Zeichnung von 1917 heißt Der Lächelnherbeizauberer. Eine Erfindung für Fotografen. Hierbei bringt der Fotograf in seinem Atelier den Kunden, das heißt, das Modell, zum Lächeln, indem er einen Frosch an eine Schnur vor einen Storch hängt, der den Schnabel öffnet um den Frosch zu fangen, und im Schnabel des Storches hängt eine Wurst vor einem Hund, der zu wedeln anfängt und auf diese Art den Kunden unterm Fuß kitzelt, was diesen zum Lächeln bringt. Und somit kann der Fotograf sein Foto machen. Wir sind hier Zeuge einer absurden Logik, einer Kette zurechtgelegter Ideen, die in ihrer Konsequenz unangreifbar sind. Storm P. zeigt uns eine Art mechanischer Schönheit mit einer revolutionären Strategie: Er ergreift die Kontrolle über die Produktionsmittel.

Ich möchte abschließen mit einem Kommentar zu Ein sonderbarer

Mann *von 1941. Wieder dasselbe Format, der gleiche Strich, die gleiche Hauptperson (Held); mit den Händen auf dem Rücken und einem Zylinder auf dem Kopf wandert er eine Straße entlang, offensichtlich ist er im Ausland; eine Palme ist links in dem Kästchen platziert, und ihm entgegen kommt ein Mann in fremder Kleidung. Der trägt einen sogenannten Fez, einen hohen Hut ohne Krempe. Vielleicht befindet man sich in Marokko. Auf jeden Fall ist man weit fort, in fremden Gewässern. Wie der sonderbare Mann dorthin gekommen ist und warum, das wissen wir nicht, und das ist auch nicht wichtig für die Erzählung. Im nächsten Bild (Kästchen, Kapitel) dreht der Held sich nach dem Fremden um, der stehen geblieben ist und einen weiteren Mann mit Fez begrüßt. Während unser Held diese Zusammengehörigkeit und Gemeinschaft betrachtet, können wir seine Einsamkeit, seine Isolation registrieren. Auf Bild Nr. 3 hat er seinen Zylinder abgenommen und schneidet die Krempe ab. Auf dem letzten Bild wandert er weiter, jetzt mit einem Fez auf dem Kopf. Er will nicht auffallen. Er will aussehen wie die anderen. Es herrscht ein stiller, humaner Humor in dieser Erzählung, und wir werden erinnert an das Foto von Storm P. zusammen mit den Indianern, auf dem er mit der Zeit den Eingeborenen ähnlich wird. So wirft Storm P. ein zweideutiges, ein doppeltes Licht auf den modernen Individualismus, auf die Kultivierung der Unterschiede. Er sieht den Menschen in einem Zusammenhang, und er hält uns unseren tiefen Drang nach Ähnlichkeit vor, wir wollen jemandem außerhalb unserer Selbst ähneln. Gleichzeitig hält er an seinem Privatleben fest. Storm P. sagte, er »liebe die Stille, den Goldfisch und den Bretterzaun, der den Blick von allem anderen trennt«. Das kann auch als ein Längsschnitt durch seine gesamte anarchistische Bilderwelt gesehen werden.*

Gegen Ende seines Lebens erinnerte Storm P. sich an seinen geliebten Hund, den Terrier Grog, und notierte in diesem Zusammenhang, und ich kann mir keine präzisere und wehmütigere Beschreibung einer vergangenen Epoche vorstellen: Er lebte in einer Zeit, in der man nicht an der Leine lief.

Jokum Jokumsen

PS.

Ich vergaß ganz etwas zu erwähnen, was mich beschäftigt hat. Im vorletzten Kapitel von Der Prozess *schreibt Kafka:* »Ich kann mich aber im Dunkel allein nicht zurechtfinden«, *sagte K. Diese Dunkelheit mündet in ein auffallendes und nicht weniger zweideutiges Licht, das durch die entscheidenden Romane leuchtet, die seitdem in unserem Jahrhundert geschrieben wurden, in Kafkas Kielwasser sozusagen. Kafkas dunkles Labyrinth wird ersetzt durch das, was ich das Oberlicht des modernen Modernismus nennen möchte. Als Beispiel kann ich Fitzgeralds* Der große Gatsby *und Camus'* Der Fremde *heranziehen. In beiden Romanen spielt das Licht eine entscheidende Rolle. Bei Fitzgerald ist dieses Licht fallend und dekadent, es ist ein Licht, das jeden Moment ausgeblasen werden kann, aber dennoch die Charaktere des Romans sichtbar werden lässt, zumindest deren Masken und Kleidung. Ich blättere aufs Geratewohl und lese:* »Einen Moment lang fielen mit romantischer Zuneigung die letzten Sonnenstrahlen auf ihr glühendes Gesicht (…) – dann verblasste das Glühen.« »… dann richtete sie allmählich den Blick in den samtenen Dämmer.« *Über Gatsbys imposantes Haus heißt es:* »Sehen Sie nur, wie die Fassade das Licht einfängt.« *Und als Daisy, die femme fatale der Geschichte, wenn ich diese Formulierung benutzen darf, aus dem Haus kommt, wird angemerkt:* »… und in der Sonne glitzerten zwei Reihen Messingknöpfe auf ihrem Kleid.« *Was Camus betrifft, kann man sagen, dass das Licht, hier repräsentiert durch die afrikanische, für uns fremde Sonne, eine Art Ursache für die eintreffenden Schicksalsschläge ist. Hier einige Zitate aus der Zeit und den Momenten direkt vor dem Mord:* »Als Raymond mir seinen Revolver gab, glitt die Sonne über ihn hin.« »Der Kopf dröhnte mir von der Sonne.« »Aber die Hitze war derart, dass es ebenso qualvoll war, in dem blendenden Regen dazustehen, der vom Himmel fiel.« »… und ich fühlte, wie mir die Stirn unter der Sonne anschwoll.« »… und spannte mich, um über die Sonne und den dunklen Rausch, den sie über mich ergoss, zu triumphieren.« *Und last but not least (der Satz ist übrigens auch mein eigenes Leitmotiv):* »Es war dieselbe Sonne wie an dem Tag, an dem ich Mama beerdigte.«*

Das Licht bindet alles in verborgenen Mustern zusammen, genauso rätselhaft wie Kafkas Dunkelheit. Zusammenfassung: Der moderne Mensch ist geblendet, und auf diese Art und Weise wird er in den Wahnsinn getrieben. Was mich betrifft, so möchte ich die Bedeutung der Dinge ans Licht bringen. Arve Storvik, der Musik studiert und ein vielversprechender Komponist ist, hat mich auf den Einfluss der Dinge (besonders der Kleidung) auf den Ton aufmerksam gemacht. Das betrifft auch die Beziehung zwischen Licht und Dingen. Salmonsen bringt das in seinem kleinen Lexikon zur Sprache (ich möchte gegen diese Bezeichnung protestieren, das Lexikon besteht trotz allem aus 12 Bänden), wenn er über die sogenannten Konstanzphänomene (Dinge) schreibt: »Die moderne Psychologie hat darauf hingewiesen, dass eine wesentliche Seite unserer Wahrnehmung der Umwelt darin besteht, dass wir die äußeren Einwirkungen so verarbeiten, dass die erlebten Dinge und ihre Eigenschaften als verhältnismäßig konstant erscheinen, auch wenn die entsprechenden Einwirkungen auf die Sinnesorgane beträchtlich variieren.« Ehrlich gesagt weiß ich nicht genau, wohin mich diese These führt, aber ich möchte dennoch sagen, dass der moderne Roman zunächst von einer leeren Dunkelheit durchströmt wird, um anschließend von einem verdingten Licht erfüllt zu werden.

Georg

»Was hältst du von der Weltlage?«
»Nichts – ich hab' was ins Auge gekriegt.«

MÜNDLICH

Jokum kam an dem Morgen wieder zu sich, als er in die mündliche Prüfung gehen sollte. Was für ein Wiedersehen! Er stellte sich vor den Spiegel und wusste kaum, auf welcher Seite er stand. Er begegnete dem anderen Blick, oder war es umgekehrt, dass der andere Blick ihm begegnete. Was auf das Gleiche hinauslief. So oder so, er war unter vier Augen. Das waren zwei zu viel. Dann endlich fiel sein Gesicht wieder an den richtigen Platz in einer vagen Erinnerung an Romane, Lexika, Zeichenserien und Handschriften, eine Erinnerung, die in einer Frist mündete: Er musste seine schmutzige Wäsche einpacken und sie in der Wäscherei seiner Mutter abliefern. Er musste die mündliche Prüfung noch erreichen. Er musste aufwachen. Nein, er musste die Reihenfolge verändern. Zuerst musste er aufwachen, anschließend rechtzeitig ins Mündliche kommen und dann die schmutzige Wäsche abliefern. Er zog die letzten sauberen Kleidungsstücke an und ging auf den Flur hinaus. Hier war Bengt Åker dabei, sein Zimmer zu räumen, zumindest aufzuräumen. Er nahm die Plakate von den Wänden und rollte sie sorgfältig zusammen. Lenin, Stalin, Mao, und legte sie in einen Pappkarton vom Supermarkt. War er auf andere Gedanken gekommen? Hatte er seine Meinung seit dem letzten Mal geändert? Jokum blieb stehen, obwohl er keine Zeit hatte.

»Schon in die Sommerferien?«, fragte er.

»Nein, Genosse. Ich ziehe für immer aus.«

»Hast du woanders ein Zimmer gefunden?«

»Ich habe eine ehrliche Arbeit gefunden.«

»Und wo?«

»Im Krankenhaus.«

»Du meinst einen Semesterjob?«

»Ich meine Arbeit!«

Bengt Åker hob den Karton hoch, stellte ihn dann wieder ab und machte einen Schritt auf Jokum zu.

»Durch die Einnahme der Pille habe ich begriffen, wer ich war, Jokum. Alles ist mir klar geworden. Ich war ein Streber. Ein Kleinbürger. Ein Werkzeug der sozialfaschistischen Unterdrückung. Ich habe die Seite nicht selbst gewählt. Ich habe es geschehen lassen. Ich war falsch. Ich habe mich selbst verachtet. Aber das ist ein Glied im Prozess der Befreiung. Ich musste Selbstkritik üben. Und ich habe meine schlechten Angewohnheiten abgelegt. Das war schwer, aber verdammt noch mal, es ist einfach toll! Verachtest du dich nicht selbst, Jokum?«

»Kommt schon vor.«

»Das ist gut. Du musst dich selbst verachten, bevor jemand dich retten kann.«

»Wie ist die Prüfung gelaufen?«

»Auf die habe ich geschissen. Hast du nicht gehört, was ich gesagt habe? Mir ist alles klar geworden. Ich habe meine reaktionäre Maske durchschaut. Ich habe aufgehört zu studieren. Ich bin jetzt ein Arbeiter.«

»Wir werden dich vermissen.«

»Bist du dir da sicher?«

»Ich zumindest. Glaube ich.«

»Ich will nicht vermisst werden. Zumindest nicht der, der ich einmal war. Das Einzige, was ihr vermissen sollt, ist die Wahrheit.«

»Wo wirst du denn eigentlich arbeiten? Im Krankenhaus, meine ich.«

»Transport.«

»Fährst du den Krankenwagen?«

»Krankenträger.«

»Krankenträger? Schiebst du Tote hin und her?«

»Ja. Und Lebendige. Und du? Wie hat deine Pille funktioniert?«

Jokum bekam plötzlich schreckliche Kopfschmerzen und musste sich an den Türpfosten lehnen.

»Ich gehe gleich ins Mündliche.«

Bengt Åker schaute auf und schüttelte den Kopf.

»Du siehst nicht gut aus, Jokum. Aber so ist das, wenn das bürgerliche Fieber noch in einem steckt. Du musst dich reinigen. Du musst in dich gehen!«

Jokum ging hinaus, mit geschlossenen Augen ging er hinunter nach Blindern. Sonne am wolkenlosen Himmel. Er hätte einen Regenschirm mitnehmen sollen. Die Kopfschmerzen wurden nur noch schlimmer. Erst als er in dem kühlen Schatten auf dem Flur im Erdgeschoss von HF saß, wurden sie besser. Er öffnete die Augen. Es war still, verblüffend still. Wo waren die anderen Studenten? Warum hörte er keine Jubelschreie oder ein Aufstöhnen? Warum stand niemand in der Ecke und blätterte mit gelben, blutigen Fingern die Literaturgeschichte durch? War er zu früh oder eher zu spät? Es war doch heute Mittwoch, und Mittwoch war das Mündliche? Und war die Uhr nicht schon spät genug? Da kam Ottar Hansen aus dem Prüfungszimmer, dessen Tür sogleich wieder geschlossen wurde. Seine Schultertasche war voll mit Weißwein. Jokum stand auf.

»Worin haben sie dich geprüft?«

Ottar Hansen blieb stehen, widerstrebend, ausweichend, was ihm gar nicht ähnlich sah.

»Realismus. Und Kjell Askildsen, *Kjære, Kjære Oluf.*»

»Du Glückspilz!»

»Glückspilz? Ja, schon möglich. Vielleicht ist das ganze System ja nur auf Glück aufgebaut. Ja, das war sicher nur Glück.«

»So war das nicht gemeint. Was hast du gekriegt?«

»2,1.«

»2,1! Dann wird wohl doch kein Arbeiter aus dir. Mit so einer Note.«

Ottar Hansens Blick wurde schmal wie ein Briefschlitz, und in den Mundwinkeln zeigten sich kleine, hektische Falten. So langsam wurde er wieder der Alte.

»Was meinst du damit?«

»Ja, was meine ich damit? Ich habe gerade mit Bengt Åker gesprochen. Du kennst ihn doch? Er will als Krankenträger anfangen. Genau wie sein Vater.«

»Wie sein Vater? Ist Bengt Åkers Vater Krankenträger?«

»Fast. Er ist Zöllner. Da arbeiten doch beide irgendwie an der Grenze.«

Ottar Hansen kratzte sich am Kopf, wobei die Schultertasche hin und her baumelte.

»Und warum sollte ich nicht auch Arbeiter werden können? Muss man dumm sein, um Arbeiter zu werden? He? Muss man dumm sein?«

»Das mit dem Taschentuch tut mir wirklich leid«, sagte Jokum.

»Kannst du nicht endlich mit diesem Taschentuch aufhören!«

»Warum steht da v.M. drauf? Und nicht O. H?«

»Scheiße, was du alles wissen willst, Jokum.«

»Ich habe mich nur gewundert. Ich fand das eben ziemlich merkwürdig.«

»Weil meine Mutter von Morgenstierne hieß, bevor sie meinen Vater geheiratet hat, der Hansen heißt! Und ich habe einen ganzen Stapel Taschentücher geerbt, nachdem meine Großmutter letztes Jahr gestorben ist. Bist du jetzt zufrieden?«

Jokum war sehr zufrieden. Es war wie eine Offenbarung. Tief in dem Hansen lag von Morgenstierne verborgen, aber nicht so tief, dass ein Taschentuch es nicht hätte entlarven können. Er beneidete Ottar Hansen nicht länger um seinen Namen. Wie nicht alles, was glänzt, Gold ist, so ist auch nicht alles, was grau ist, gewöhnlich. Er wollte etwas in der Richtung sagen, wurde aber unterbrochen.

»Was machst du eigentlich hier, Jokum?«

»Was ich hier mache? Ich soll ins Mündliche, genau wie du. Was sonst?«

Ottar Hansen war plötzlich wieder äußerst entgegenkommend und sagte offensichtlich zum Schluss etwas anderes als das, was er zunächst hatte sagen wollen, bevor er weiter dem Licht entgegenstrebte.

»Ich wünsch' dir einen schönen Sommer, Jokum. Wir sehen uns bei den Wahlen. Im Herbst. Wenn …«

Die Stimme verschwand in der Sonne. Jokum schaute sich um, niemand zu sehen. Er wartete noch eine Weile. Diese sonderbare Stille, jeder Atemzug hallte in den verlassenen Auditorien wider, jeder Schritt, den er machte, ruhelos hin und her, wurde zu einem Marsch durch die leeren Fakultäten. Blütenstaub legte sich aufs Pensum. Das Vergessen übernahm die Lesesäle. Der Sommer war bereits fast vorbei. Jokum verschwand in der Zeit. Er konnte nicht länger warten. Er klopfte an, niemand antwortete. Er trat ein. Der Raum lag im Schatten. Die Jalousien waren heruntergelassen. Hinter einem Tisch saßen drei Männer und tranken. Jokum erkannte den Mann in der Mitte wieder, der rotwangige Lektor, ein treuer Butler im Dienste der Literatur, der jeden Montagmorgen zwischen den Zeilen zitterte und sich nach dem einsamen Sonett am Freitag im Portwein in Valkyrien sehnte. Jetzt hatten seine Hände ihren Platz um das Milchglas gefunden. Die beiden anderen mussten die Prüfer sein, beide mit Bart und karierten Hemden mit aufgekrempelten Ärmeln. Waren es vielleicht die beiden? Waren die beiden eines frühen Morgens gekommen, um Jokum näher in Augenschein zu nehmen, um ihn sozusagen schon im Voraus zu zensieren? Nein, sie trugen beide einen Bart. Jokum konnte sich an keinen Bart erinnern, aber Moment mal, wie lange dauerte es, bis ein Bart wuchs? Der Besuch war über einen Monat her, und zu dieser Zeit … Er kam nicht weiter in seinem Gedankenfluss. Auf dem Tisch stand eine Flasche Whisky, schon vor langer Zeit geöffnet. Davor stand Jokum.

»Jokumsen?«, fragte der Lektor.

»Ja. Das bin ich.«

»Was führt Jokumsen hierher?«

»Ich soll ins Mündliche.«

»Nein, das sollst du nicht.«

»Trinken Sie hier?«

»Das will ich wohl meinen, Jokumsen. Nach all dem Blödsinn, den wir uns haben anhören müssen. Wenn es kein Marxismus ist, dann ist es der magische Realismus.«

Die Prüfer räusperten sich. Der Lektor schenkte ein. Jokum trat einen Schritt näher heran.

»Warum soll ich nicht in die Mündliche?«

»Weil du bereits im Schriftlichen durchgefallen bist, Jokumsen. Aus dem einen ergibt sich das andere. Das ist weder Marxismus noch Magie. Das ist reine Logik.«

Jokum senkte den Blick, duckte sich und ließ die Worte in sich sinken. Sie sanken tief, und ein Echo erklang unten vom Grunde:

»Durchgefallen?«

»Mit Pauken und Trompeten, Jokumsen.«

»Mit Pauken und Trompeten. Mein Gott.«

»Nun, nun. So ein Versagen ist ja nicht gleich ein Weltuntergang.«

»Nein, es ist *mein* Untergang, und das ist noch schlimmer.«

»Ach was. Du kannst die Prüfung im Herbst erneut ablegen. Und dann wirst du hoffentlich klüger sein.«

Jokum schaute vorsichtig auf, das heißt, hinunter.

»Warum bin ich durchgefallen?«

Der Lektor leerte sein Glas, schenkte sich erneut ein und dachte gründlich nach.

»Deine Antworten waren sehr, wie soll ich sagen, sehr persönlich.«

»Das habe ich nicht gewollt.«

»Und außerdem hast du das Thema verfehlt.«

»Ist das so wichtig?«

»So ist es nun einmal, Jokumsen. Ganz einfach. Man bekommt eine Aufgabe, und soll auf die Fragen antworten, so präzise wie möglich.«

»Ist es nicht wichtiger, was man antwortet?«

»Wir haben hier keine Zeit für Haarspalterei. Die Zensur steht fest.«

Jokum erinnerte sich an einen Satz aus *Der Prozess: Vielleicht brauchte er nur auf irgendeine Weise den Wächtern ins Gesicht zu lachen, und sie würden mitlachen.* Doch er traute sich nicht, das Risiko einzugehen, stattdessen erinnerte er sich an eine Passage aus *Der Fremde*, in der sich der Ich-Erzähler während der Gerichtsverhandlung gegen ihn Gedanken macht, als schlüge der eine Gedanke des Romans den anderen: Hier suchten sie nicht das Lächerliche, sondern das Verbrechen. Davon hätte Jokum ein Lied singen können, dass Romane, oder die Literatur an sich, nicht ein System ist, sondern sich selbst widerspricht, unsachlich ist, sich verspricht, Details und Träume enthält. Stattdessen fragte er:

»Darf ich es nicht trotzdem versuchen?«

»Versuchen? Was?«

»Das Mündliche.«

Die Prüfer sahen einander an und schüttelten den Kopf, während der Lektor Blick und Glas zugleich hob, offensichtlich amüsierte er sich ausnahmsweise einmal prächtig.

»Du bist heute aber ziemlich nervig, Jokumsen. Aber von mir aus.«

»Danke. Darf ich mich setzen?«

»Aber gerne doch.«

»Danke.«

»Du brauchst dich nicht die ganze Zeit zu bedanken. Das hier ist ganz informell.«

»Danke. Tut mir leid.«

»Worüber möchtest du reden?«

Jokum schob den Stuhl zurecht und setzte sich vor die Männer, die in den unruhigen Schatten zwischen den Jalousien und der Whiskyflasche einem Körper mit drei Köpfen ähnelten.

»Ich möchte gern über den *Prozess* sprechen«, sagte Jokum.

»Gut. Dann fang an.«

»Das Buch hätte nie herausgegeben werden dürfen.«

»So, so. Kannst du das etwas ausführen?«

Jokum beugte sich vor, die Hände auf dem Schoß.

»Ganz einfach. Kurz vor seinem Tod schrieb Franz Kafka nämlich an seinen Freund Max Brod, er solle alles, was er an Manuskripten fände, ungelesen verbrennen. Und das hätte dieser Max Brod auch tun müssen, schließlich war es Kafkas letzter Wunsch.«

»Aber kann man nicht eher sagen, Max Brod habe der Welt einen Dienst erwiesen, einen großen Dienst, indem er den *Prozess* nicht verbrannte und ihn damit für die Nachwelt erhielt?«

»Auf jeden Fall ist das dann ein äußerst unmoralischer Dienst. Und außerdem muss man dabei die Konsequenzen in Betracht ziehen.«

»Welche Konsequenzen?«

»Nach Max Brod gibt es keine Grenzen mehr.«

»Keine Grenzen wofür?«

»Sein Wort zu brechen. Weil das Wort nichts mehr gilt. Das Privatleben muss nicht mehr respektiert werden. Der Friede des Privatlebens.«

»Möchtest du einen Drink, Jokumsen?«

»Nein danke.«

»Du hast in deiner Arbeit geschrieben, *mein Gemüt ist beeinflusst.* Ist dein Gemüt das immer noch?«

»So war das nicht gemeint. Ich ...«

»Dann bist du also der Meinung, Kafkas Manuskripte gehören seinem Privatleben an?«

»Kafkas Worte sind nicht gehört worden. Er, der Meister des Wortes, wurde nicht gehört. Er wurde außer Kraft gesetzt. Und auf diese Art und Weise rückte er näher an die groteske Gesellschaftsparodie, die er selbst im *Prozess* schildert, wo er geradezu diese betrügerische Behandlung, die ihm zuteilwurde, vorwegnimmt. Deshalb möchte ich den *Prozess*, der nie hätte herausgegeben werden dürfen, als visionären Naturalismus bezeichnen.«

Die drei Köpfe nickten im Gleichtakt.

»Ein sehr interessanter Aspekt, wenn auch vielleicht ein wenig manieriert. Nur schade, dass du über diese Perspektiven nicht mehr geschrieben hast.«

»Nützt es denn nichts, dass ich es hier sage?«

»Ohne Schriftliche keine Mündliche. So ist die Vorschrift.«

»Es sollte umgekehrt sein.«

»Nein, die Schrift kommt zuerst.«

»Das, was geschrieben wird, ist meistens bereits gesagt worden.«

»Sicher, dass du keinen Drink willst, Jokumsen?«

»Danke. Ich meine Nein. Nein, danke.«

Der Lektor stand auf, er musste sich einen Moment lang am Tisch abstützen, bevor er anfangen konnte zu sprechen. Im gleichen Moment kippte eine Lamelle aus der Jalousie, sie gab einfach nach, vielleicht war der Staub zu schwer geworden, und ein grelles Lichtdreieck fiel in den Raum.

»Übrigens möchte ich sagen, dass du einige interessante Gedanken in deinem PS aufgeführt hast. Ist das überhaupt deins?«

»Doch, das ist meins.«

»Aber du hast mit Georg unterzeichnet.«

Jokum hob die Arme und ließ sie wieder fallen.

»Ich war zu diesem Zeitpunkt so erschöpft. Sehr erschöpft.«

»Ja, das kann ich mir lebhaft vorstellen. Ist Georg dein zweiter Vorname?«

»Nein, es ist nur ein Name, den ich ab und zu benutze. Zu gewissen Gelegenheiten.«

»Also eine Art Künstlername?«

Jokum empfand Dankbarkeit und Demut, als er das hörte. Er wäre nicht imstande gewesen, selbst auf diese Idee zu kommen. *Georg* war nicht länger ein Deckname. Es erwarteten ihn größere Aufgaben, als sich verborgen zu halten.

»Ja! Mein Künstlername.«

»Und welche Künste übst du aus?«

»Nein, so weit bin ich noch nicht gekommen.«

Die Prüfer schmunzelten, der Lektor ließ den Tisch los, hob sein Glas und leerte es, bevor er sich wieder Jokum zuwandte.

»Wie dem auch sei, du machst dich eines Missverständnisses schuldig, oder eher eines Fehlers, wenn du beispielsweise schreibst,

Der große Gatsby ist im Kielwasser von *Der Prozess* erschienen. Aber dieser Fehler ist korrigierbar, auch wenn dazu eine gewisse Justierung deiner Überlegungen notwendig ist. Ein solcher Fehler liegt im Rahmen der Vernunft, im Gegensatz zu dem Rest deiner Thesen, die sich nicht korrigieren lassen.«

»Was für ein Fehler?«

»*Der Prozess* und *Der große Gatsby* sind im gleichen Jahr erschienen.«

»Tatsächlich?«

»1925. Die Dunkelheit bei Kafka und das Licht bei Fitzgerald sind also sozusagen gleichzeitig entstanden.«

»Aber die Dunkelheit und das Licht stammen hier aus dem gleichen Stoff.«

»Kann sein. Deine These ist trotzdem nicht haltbar. Das eine folgt nicht aus dem anderen. Sieh lieber das Wunderbare darin, dass die menschlichen Gedanken in parallelen Bahnen entstehen, unabhängig voneinander, und dennoch eng miteinander verwandt.«

Jokum dachte nach. Dieses Durcheinander gefiel ihm nicht.

»Vielleicht kann man von einer Art Zeitverschiebung sprechen«, sagte er.

»Wie bitte? Zeitverschiebung? Sieben Stunden?«

»Nein, nein, auf einer höheren Ebene. Nämlich dass Amerika seiner Zeit voraus ist. Und dann kann man trotzdem behaupten, dass *Der große Gatsby* im Kielwasser von *Der Prozess* herauskam.«

Der Lektor musste einen Moment lang mit den Prüfern konferieren. Es roch nach Kopfschmerzen im Raum. Dann ließ er sich zwischen ihnen auf den Stuhl sinken und schaute auf.

»Lass es mich dir so sagen, Jokum, oder Georg, du bist ein Kunstwerk in dir selbst.«

Mit gebeugtem Nacken ging Jokum hinaus. Da stand der Hausmeister an der Straßenbahnhaltestelle und genoss den Blick über den leeren Platz zwischen den Gebäuden, die verlassenen Grasflächen und nicht zuletzt die Bänke, auf denen niemand saß. Er genoss die Abwesenheit. Die Abwesenheit der anderen war seine

Freiheit. Er wandte sich zu Jokum um und genoss den Anblick nicht mehr.

»Jetzt fehlt nur noch, dass die letzten Taugenichtse verschwinden«, sagte der Hausmeister.

»Das wird sicher nicht mehr lange dauern. Die Zensuren stehen fest. Da gibt es nichts mehr zu rütteln. Die Flasche ist bald leer.« Der Hausmeister rieb sich die Hände.

»Und damit kann mein Urlaub endlich beginnen.«

Jokum ging weiter, vorbei an den Gärten, in denen die Rasensprenger zitternden, durchsichtigen Skulpturen ähnelten, in denen die Kinder in gelben Plastikplanschbecken badeten, in denen die Mütter roten Saft in großen Kannen mischten und die Väter in weißem Hemd, die Aktentasche in der Hand und die Jacke über dem Arm, von der Arbeit nach Hause kamen. Alles war nur Trockenheit und Feuchtigkeit, kollerndes Lachen und Stille. Er ertappte sich dabei, sich danach zu sehnen, nach einem bürgerlichen Leben, dem Lattenzaun, der Fußmatte, festen Uhrzeiten, der Gesetzmäßigkeit einer Familie, dem Lauf der Generationen. Er sehnte sich danach, älter zu werden. Er sehnte sich fort von der Literatur und sonderbaren Männern, nach der Zeit, bevor der Prozess begann, nach Josef K.s Routinen. Jokum sehnte sich ganz einfach nach *geordneten Verhältnissen*. Deshalb ging er so langsam er konnte, um all diese Eindrücke aufnehmen zu können, die Sehnsucht in sich sacken zu lassen, und nicht zuletzt, um in der Lage zu sein, jeden Schritt hinter sich zu legen. Er änderte seine Meinung, was diesen Georg betraf. Er war schuld. Georg war schuld daran, dass er durchgefallen war! Georg war schuld an seiner Verwirrung! Hatte Jokum nicht so schon genug zu tragen, wenn er nicht auch noch diesen Georg hätte mitschleppen müssen? Künstlername! Er brauchte keinen Künstlernamen. Georg bekam eine gehörige Tracht Prügel, während er weiterging. Er bekam, was er verdiente. Sollte er sich doch um seine eigenen Dinge kümmern! Kümmre dich um deine eigenen Dinge, Georg! Sonst… Ganz in der Nähe lachte jemand. Jokum blieb stehen, und es wurde erneut still. Zwei Mädchen und ein Junge saßen an einem kleinen Tisch im Schatten vor einer dichten dunkelgrünen Hecke. Auf dem Tisch stand eine Schüssel mit Heißwecken, und in einem Korb lagen Büroklammern, Korken, Gummibänder in bunten Farben, Steine, Muscheln, Tannenzapfen, eine 17.-Mai-Schleife, Murmeln und eine leere Streichholzschachtel. Die Kinder veranstalteten einen Flohmarkt zugunsten ihrer selbst. Jokum trat zu ihnen. Lange Zeit schauten sie zu ihm auf, nicht unfreundlich, nur verwundert.

»Ich weiß, was ihr denkt«, sagte Jokum.

Das kann man natürlich nicht wissen. Man kann es sich lediglich, und das auch nur schwer, vorstellen. Man kann nicht die Gedanken anderer denken. Vielleicht saßen sie ja da und verkauften das Inventar ihrer Kindheit, denn im Sommer würden sie erwachsen werden, und dann hatten sie für all das hier keine Verwendung mehr. Das glaubten sie vielleicht, und jetzt schauten sie zu einem erwachsenen Menschen auf, doch so wie er, so wollten sie nicht werden. Dann doch besser ein Kind sein, noch eine Weile in der Kindheit verharren, dort abwarten, was da komme. Also wusste Jokum doch, was sie dachten. Hatte er sich das nicht gedacht! Die Erfahrung hatte ihn in gewissen Zusammenhängen zum Hellseher gemacht, weil Menschen, junge wie alte, sich in der Begegnung mit dem, was außerhalb des Gewöhnlichen liegt, häufig wiederholen. Jokum lag außerhalb des Gewöhnlichen. Doch darauf vorbereitet wurde er nie.

»Du kannst gern eine Heißwecke nehmen«, sagte der Junge.

Jokum bückte sich, er bückte sich vor diesen Kindern, wühlte mit einem Finger in dem Korb herum und fand zum Schluss das, was er am meisten brauchte von all dem, was er nicht brauchte, eine Büroklammer, legte zwei Kronenstücke auf den Tisch und eilte davon. Er hatte keine Zeit mehr, um langsam zu gehen, obwohl er doch nichts erreichen musste. War das Durchfallen seine Katastrophe, seine Größe? Nein, höchstens war es eine Größe, die ihn kleiner machte, eine Katastrophe, die zum Lachen einlud, nicht zur Bewunderung. Als er schließlich zurück in Sogn Studentby war, hörte er aus Synnes Zimmer Weinen. Sonst hörte er nichts, nur ihr Weinen, monoton und langsam, ein klangloser Ton, der in der staubigen Stille zu einem dünnen Strich gedehnt wurde. Der Ton machte Jokum froh. Wenn sie auch durchgefallen war, so teilten sie das gleiche Schicksal, und wer das gleiche Schicksal teilt, teilt alles, ganz gleich, wie klein alles auch ist. Wenn sie aber nicht durchgefallen war, dann konnte er sie dennoch trösten, indem er ihr sagte, dass es immer jemanden gibt, dem es schlechter geht, zum Beispiel ihn, Jokum, der gerade durchgefallen war, und dann musste sie wieder ihn trösten. Oder hatte sie von der gleichen Abordnung, diesen Quälgeistern, Besuch bekommen? Jokums Fantasie war auf der Hut. Es gibt keine Grenzen dafür, warum jemand weint. Er klopfte an. Synne hörte nicht auf zu weinen. Vorsichtig öffnete er die Tür. Sie saß auf dem Schlafsofa, Hubert im Schoß, und strich ihm über den Rücken, wieder und immer wieder. Ihr Gesicht war ganz nass von den Tränen. Hubert bewegte sich nicht.

»Synne«, sagte Jokum. »Synne?«

Sie hob ihren Blick nicht.

»Ich glaube, Hubert ist tot.«

Jokum setzte sich zu ihr. Wenn es stimmte, dass Hubert tot war, war dessen Tod dann schlimmer als sein Durchfallen durch die Prüfung? Für den Hamster musste es schlimmer sein. Aber kann man das Unglück des Tieres mit dem des Menschen vergleichen, den Schmerz, wenn man nicht einmal die Lebenszeit von Mensch und Tier vergleichen kann? Hubert lag jedenfalls beunruhigend still da, den kleinen Kopf ganz schräg gelegt. Wie still kann ein Hamster liegen, ohne tot zu sein?

»Vielleicht schläft er nur.«

»Aber ich schaffe es nicht, ihn aufzuwecken«, sagte Synne.

Jetzt schluchzte sie. Eines war zumindest sicher: Jokums Prüfung rutschte erst einmal auf den zweiten Platz. Er musste sie trösten, und das ging nur, indem er seine Fürsorge für Hubert zeigte. Er legte einen Finger auf das Fell, das steif und trocken war, fast farblos, war Hubert bereits vom Tod gezeichnet? Jokum fand kein Zeichen irgendwelchen Lebens, nur ein schwaches Zittern in Synnes Schoß, eine Unruhe, Nerven und Trauer.

»Sollte Hubert schlafen, dann schläft er aber wirklich tief«, sagte Jokum.

Synne drehte sich plötzlich zu ihm um, und ihr Blick war jetzt anders, nicht länger traurig und tränenverhangen, sondern ungeduldig, anklagend.

»Dann tu was!«

Was sollte Jokum tun? Er war kein Tierarzt. Dennoch musste er etwas tun. Das war klar. Tat er jetzt nichts, war es bereits zu spät. Er kam nicht umhin, sich zu fragen: Was hätte Georg getan? Da fiel ihm trotz allem etwas ein. Er lief in sein Zimmer, wickelte den kleinen Magneten aus dem Handtuch, rannte zurück und setzte sich wieder neben Synne. Sie schaute auf das Ding in seiner Hand, sagte jedoch nichts. Vertraute sie ihm? In äußerster Not vertraut man schließlich allen. Hubert war immer noch in sich gekehrt. Jokum drückte den Magneten vorsichtig auf das Fell, schob dieses doppelte Eisen, geformt wie ein u, u wie ungetan, näher an den Nacken, drückte fester, und plötzlich machte Hubert einen heftigen Satz, so hoch, dass er auf dem Rücken in Synnes Schoß landete, die erleichtert aufatmete, in einer nur kurz währenden, aber dennoch tiefen, echten Freude aufatmete, bevor Hubert wieder ganz still dalag, stiller als je zuvor, und dieses Mal konnte der Tod nicht mehr mit dem Schlaf verwechselt werden. Um jedoch jedes Missverständnis zu vermeiden, denn Hamster sind bekannt dafür, scheintot zu spielen, wenn sie sich bedroht fühlen, holte Jokum die Büroklammer hervor, bog sie auseinander und pikste Hubert vorsichtig, dann etwas fester, auf die Brust, dort, wo er annahm, dass das Herz saß. Keine Reaktion. Der Tod war eingetroffen. Synne legte Hubert in dem Karton zur Ruhe, unter dem Rad, das auch stillstand.

»Das war das Schönste, was du jemals für mich getan hast«, sagte sie leise.

Dann lehnte sie sich zurück, zog ihren Rock hoch, schob den Slip nach unten und legte das eine Bein über die Sofalehne. Jokum ließ sich nicht zweimal bitten. Er öffnete das, was er öffnen musste, und stolperte fast in sie hinein. Er fiel im Schriftlichen durch, verpasste das Mündliche, aber jetzt, jetzt bestand er. Er bestand, dass es schallte. Das ganze Studentenwohnheim konnte es hören: *Ich bestehe, ich bestand, ich habe bestanden!* Dann fiel er erschöpft, leer und glücklich in Synnes Schoß in sich zusammen.

Später in der Nacht, als Jokum aufwachte und zu seiner großen Verwunderung sah, dass er immer noch an der gleichen Stelle lag, nahm er den Magneten wieder in die Hand und führte ihn vorsichtig über Synnes Hüften. Wenn sie sich festsaugen, so viel wusste er über Magneten, handelte es sich nicht um Gold. Synne war reines Gold.

EIN GEDECKTER TISCH

Die Beisetzung fand im Vestre Krematorium statt, in der großen Kapelle. Synne saß allein in der vordersten Bank, sie hatte es so gewollt, in einem grauen Kostüm, vornehm und dezent, und wirkte darin älter, aber vielleicht lag das auch nur an der Trauer. Um den linken Arm trug sie die Trauerbinde, die gleiche, die Jokum auf dem Boden ihres Zimmers entdeckt hatte. Er saß direkt hinter ihr, neben zwei uralten Damen, beide gleich blass und verbissen und von Kopf bis Fuß in Schwarz gekleidet, sie hatten sogar schwarze Handschuhe an. Das einzig Sichtbare an ihnen waren diese weißen, mageren Gesichter, sie hätten gut Zwillinge sein können. Eigentlich ähnelten sie Trauerweibern ohne Tränen. Ansonsten waren nicht viele da. Es war sonst niemand da. Jokum saß niemandem im Weg. Er war verwirrt. Wo waren Synnes Eltern? Hatte sie sonst keine Freunde? Er drehte sich schnell um. Alles, was er sah, waren leere Bänke, ein Programm von der vorherigen Beisetzung auf dem Boden, der Kirchendiener, der die Hand zum Mund hob und gähnte, und ein Ton, der sich von der Orgel löste, wie ein Tropfen von einem Wasserhahn, der schnell von dem Organisten aufgefangen wurde, bevor er landete. Doch im letzten Moment kam Jokums Vater und fand einen Platz am Mittelgang. Dann läuteten die Glocken. Jokum schaute wieder nach vorn. Der Sarg, der in diesem hohen, breiten Raum nicht größer als eine Streichholzschachtel wirkte, wurde fast ganz bedeckt von Synnes Kranz. Auf dem Seidenband stand geschrieben: *nil omne.* Ihr Nacken war so dünn. Bald würde er den Kopf nicht mehr aufrecht halten können. Langsam wurde es still, während der dunkle Klang versickerte und sich in einer Pfütze an der Tür sammelte, die ebenso langsam geschlossen wurde. Jetzt hörte man den Regen. Er fiel ununterbrochen. Der einzige Trost an einem Tag wie diesem. Der Pfarrer, der nur ein Vikar war, ein junger, weitsichtiger Theologe, ging hinunter zu Synne, nahm ihre Hand und sprach leise mit ihr, bevor er sich auf die Kanzel stellte, und alle, das heißt, die wenigen, willkommen hieß und das Gesangbuch öffnete. Der Organist durfte jetzt ernsthaft anfangen, und sie sangen *Gud er Gud*. Es war ein erbärmlicher Chor. Anschließend sprach der Pfarrer lange und wohlwollend über den Verstorbenen. Hubert wurde 1969 in einfachen Verhältnissen auf einem Bauernhof in Nittedal geboren, verbrachte seine ersten Wochen dort und wurde dann an ein Zoogeschäft in Lillestrøm verkauft, das aufgrund schlechter Führung und finanzieller Machenschaften kurz darauf Konkurs anmeldete. Das waren harte Zeiten für Hubert. Er, wie der Rest der Tiere, lief Gefahr, eingeschläfert zu werden. Es fehlte also nicht an Dramatik in Huberts Kindheit. Eine Tierschutzorganisation kam ihm glücklicherweise zu Hilfe. Hubert wurde umplatziert und landete in einem Pflegeheim in einem Vorort von Oslo. Als auch dieses Heim sich auflöste, wegen Alkohol und anderer Rauschmittel, wurde Hubert nach Naranja am Vestkanttorget in Oslo gebracht. Hier holte Synne Hubert und schuf ein sicheres, gutes Zuhause für ihn, zuerst in der Villa in Ullern, später im Studentenwohnheim, ja, sie wurde wie eine Mutter für den kleinen Racker, der zu einem kräftigen, gesunden Kerl heranwuchs. Da bekam Hubert auch seinen Namen, nach dem bekannten niederländischen Maler Hubert Quint. Und Synne und Hubert stützten sich von da an gegenseitig, denn auch in Synnes Leben mangelte es nicht an Dramatik.

Hier machte der Pfarrer eine lange Pause, als hätte er sich versprochen, und rieb sich mit einem Finger über den Mund. Es hörte auf zu regnen. Dann fuhr er fort: Sind denn nicht Gottes Wege unergründlich? Wer hätte gedacht, dass Hubert, geboren auf der Schattenseite des Lebens, im strahlenden Licht enden sollte. Ja, Gottes Wege sind unergründlich, deshalb dürfen wir niemals die Hoffnung verlieren, den Glauben, den Traum. Was wissen wir von den Träumen der Tiere? Wir wissen, dass Huberts Traum dank Synne, die ein Werkzeug Gottes war, in Erfüllung ging. Deshalb danken wir sowohl Gott als auch seinem Werkzeug, Synne. Denn haben nicht die Tiere, und darunter auch noch die allerkleinsten, ein Anrecht auf Respekt, Fürsorge und Liebe? Sind nicht auch die Tiere nach Gottes unfassbarem Bild geschaffen? Ja. Oh ja! Es heißt, dass die Tiere eine Seele haben, aber keinen Geist. Wer weiß? Denn was wissen wir über Gottes innersten, geheimen Plan? Lautet der Psalm 23 nicht folgendermaßen: *Der Herr ist mein Hirte!* Wir alle sind die Herde des Herrn. Und jetzt, nachdem Hubert in den großen Winterschlaf gefallen ist, wollen wir seiner mit Wehmut und Dankbarkeit gedenken, und vielleicht auch mit einem kleinen Lachen ab und zu, denn das muss an einem Tag wie diesem auch erlaubt sein.

Der Pfarrer verließ die Kanzel und setzte sich auf einen Hocker hinter dem Sarg. Noch einmal ging ein Engel durch den Raum, nur unterbrochen von dem lauten Gemurmel der Damen, *haben Regenwürmer eine Seele, und was ist mit dem Goldfisch, sie hätte sich ja zumindest mit der kleinen Kapelle begnügen können!* Dann kam Arve Storvik durch die kleine Tür links herein, im braunen Cordanzug und mit Gitarre. Ein Strich durch die Rechnung, was Jokum äußerst unpassend fand. Hatten Synne und Arve tatsächlich etwas miteinander? Zu seiner Verwunderung merkte Jokum, dass er noch eifersüchtiger wurde als zuvor. Sollte es nicht umgekehrt sein, jetzt, nachdem er sie gehabt hatte, nachdem er Synne gehabt hatte? Nein, jetzt hatte er nicht nur mehr zu verlieren, sondern alles. Arve Storvik sang, nach Synnes Wunsch, wie er sagte. *Der Splitter und die Freude,* und Jokum erkannte die erste Strophe wieder:

Du warst der Spiegel
Ich war der Fleck
Du warst das Segel
Mich spülte es von Deck

Was hatte dieser Song hier zu suchen, auf Huberts Begräbnis? Wer war der Spiegel? Wer war der Fleck? Nein, der Song war unpassend, unschön, auch wenn es Synnes Wunsch war, oder vielleicht in erster Linie gerade deshalb. Der Verliebte, denn das war Jokum, das musste er sein, ist empfindlich, er sieht das Beste in seiner Auserwählten und das Schlechteste in allen anderen, er ist ein ewiger Interpret, er sieht Zeichen, die Welt ist nicht länger ein Ort, sondern ein Rätsel, das er ständig lösen muss. Jokum war also aufgewühlt, genau wie die alten Damen. *Wer ist dieser ungehobelte Kerl?* Jokum beugte sich zu ihnen und flüsterte: *Ein unbedeutender Liedersänger aus dem Studentenwohnheim.* Die Zwillinge zuckten zusammen und musterten Jokum. *Und wer um alles in der Welt bist du?*

Du bist das Glück
Ich bin der Schmied
Du bist der Splitter
Ich sing ein Freudenlied

Arve Storvik nahm die Gitarre herunter, verneigte sich tief in der Stille und verschwand durch die gleiche Tür, durch die er gekommen war, und das war tatsächlich das Letzte, was Jokum von ihm sehen sollte, abgesehen von dem halbherzigen Konzert im Pub viele Jahre später. Genau genommen tauchte er einige Male im Fernsehen auf, unter anderem in der letzten *Weißt-du-noch*-Sendung, da wirkte er gequält und unwohl und sang mit unsicherer Stimme *Ausverkauf, Ausverkauf*. Der Höhepunkt in Arve Storviks Karriere, wenn man so ein Wort benutzen darf, einige würden vielleicht eher vom Tiefpunkt sprechen, war jedoch, als *Der Splitter und die Freude* ins Neue Liederbuch der Kirche (2013) aufgenommen wurde. Auf gewisse Weise schloss sich damit der Kreis. Aber Arve war da bereits tot und konnte sich aus diesem Grund weder darüber freuen noch heftig dagegen protestieren. Der Pfarrer sprach das Vaterunser. Dann trat Synne an den Sarg. Sie trug Huberts Kiste in den Händen, stellte sie auf den Deckel und schob eine Rose in das Laufrad. Eine Weile blieb sie mit dem Rücken zur Gemeinde stehen. Ob sie die Hände gefaltet hatte, war schwer zu sagen, aber durchaus möglich. Dann drehte sie sich um und las von einem kleinen Zettel einige Strophen aus Calderons *Das Leben ein Traum* ab: »*Denn in dieser Welten Raum ist das ganze Leben nur ein Traum; und die Menschen, das kann ich jetzt schaun, träumen all ihr Tun und Lassen, bis der Traum zuletzt davonschwebt. König sei er, träumt der König. Und vertieft in diesen Wahnsinn herrscht er, und alles ist ihm untertan. Dennoch bleibt fast nichts zurück, denn der Tod kehrt schnell zu Staub sein Glück. Oh bittre Not! Wer kann selig werden, weiß er doch, dass im Traum des Todes das Erwachen droht?*« Sie faltete den Zettel zusammen, dann fiel ihr noch etwas ein, plötzlich lächelte sie:

»Und übrigens habe ich die Prüfung mit 1,9 bestanden!«

Dann ging sie zurück an ihren Platz. Bevor sie sich setzte, sagte sie schnell zu Jokum:

»Möchtest du auch ein paar Worte sagen?«

Hatte Jokum eine Wahl? Ja, die hatte er. Er hätte seines Weges gehen können. Er hätte so tun können, als hätte er gar nicht gehört, was Synne sagte. Er hätte es ganz einfach sein lassen können. Wer konnte ihn zwingen? Er wollte kein einziges Wort sagen. Er wollte möglichst so davonkommen. Doch Arve Storvik bekam letztendlich doch recht. Es war so viel im Angebot, dass ihm keine Wahl mehr blieb. Jokum ging nach vorn zum Sarg, senkte den Kopf und schämte sich dafür, dass er sich nicht besser angezogen hatte, die alte Hose, das Hemd, wie sah denn das aus, das sah gar nicht aus, er sah nicht aus. Er dachte an seine Mutter. War sie krank, war der Vater deshalb allein gekommen? Er saß fast ganz hinten und hatte seinen Sohn im Blick. Jokum wusste nicht, was er sagen sollte. Er war noch nie zuvor bei einer Beerdigung gewesen. Der Tod war ihm fremd, genau wie er dem Tod fremd war. Der tauchte nur als eine Art Wunschdenken in schweren Stunden auf, eine unreife Sehnsucht, sentimental und selbstherrlich. Oder als ein Foto hinter Glas, eingerahmt. Der Tod war an einem anderen Ort. Er schämte sich auch, dass er nichts dabeihatte, weder eine Blume noch einen

Kranz. Er hätte doch den Kranz bei seinen Eltern holen können. Aber schickte sich das, mit einem Kranz zu kommen, der eigentlich für das Grab eines anderen gedacht, jedoch nie dorthin gelegt worden war? Kann ein Kranz zweimal verwendet werden? Und ob. Trug Synne etwa nicht die Trauerbinde, die sie vorher für Picasso getragen hatte? Alles kann noch einmal verwendet werden, was Trost und Fluch zugleich war. Aber Jokum hatte den Kranz nicht dabei. Die uralten Zwillinge behielten ihn im Auge. Der Pfarrer behielt ihn im Auge. Der Kirchendiener behielt ihn im Auge. Der Organist behielt ihn im Auge. Synne behielt ihn auch im Auge. Selbst die Wand hinter Jokum behielt ihn im Auge, Gottes Auge. Jokum war von allen Seiten unter Aufsicht. Er fühlte sich durchschaut. Er wusste nicht, was er tun sollte. Er wusste nicht, was er sagen sollte. Er wusste nicht, wohin mit seinen Händen. Die eine legte er auf den Rücken und die andere schob er in die Tasche und spürte einen heftigen Stich. Die Büroklammer! Die kaputte Büroklammer!

»Aua!«, rief er.

Jokum holte die Büroklammer heraus und stach sich erneut, dieses Mal in den Daumen, wohlgemerkt mit vollem Willen. Ein Tropfen Blut kam zum Vorschein, wie ein kleiner roter Ball, den der Finger aufgepustet hatte. Er spürte eine Art Genugtuung, ja, eine tiefe Genugtuung, über die Gewissheit, dass dieses kleine *Dingsbums*, diese verbogene Büroklammer, für zwei Kronen auf dem Flohmarkt der Kinder gekauft, Leben und Tod messen konnte, genauso präzise wie die genauesten Instrumente in den Laboratorien der Wissenschaft. Er hob die Hand, sodass alle das Blut sehen konnten. Seine Stimme trug:

»Das Leben ist trotz allem kein Traum. Wie ihr seht, sind wir wach und am Leben. Der Tod, er ist ein Traum. Und leider schläft Hubert. Möge er in Frieden ruhen.«

Schnell ging Jokum an seinen Platz zurück, und dieses Mal war es Synne, die ihm ein weißes Taschentuch gab, das er um den blutigen Daumen wickelte, während die schwarz gekleideten Damen ihren Kopf vor Ekel schüttelten. Dann beendete der Pfarrer die

Zeremonie auf die übliche Art und Weise, von Erde bist du gekommen und so weiter, und zu den Klängen von *Näher zu dir, mein Gott* sank der Sarg in den Keller, in den Untergrund, wo die fleißigen Arbeiter bei 980 Grad oder so etwas in der Art bereits warteten. In der darauffolgenden Stille wurden die Türen geöffnet, und das Licht, größer als die Dunkelheit, die eintrat und später die Herrschaft übernehmen sollte, schwappte wie eine hohe Welle herein. Synne weinte nicht mehr. Sie ließ Jokum ihren Arm nehmen, und gemeinsam gingen sie hinaus, etwas Feierlicherem hatte er noch nie beigewohnt, es war wie sterben und heiraten gleichzeitig. Darüber musste man sich Gedanken machen. Auf der Treppe blieben sie stehen. Für einen Moment war alles leer und in Bewegung. Der Vater kam zu ihnen und ergriff Synnes Hand, was dazu führte, dass Jokum sie loslassen musste.

»Mein Beileid. Alfhild lässt auch schön grüßen.«

»Danke.«

»Leider hatte sie keine Zeit.«

»Aber es war nett, dass du kommen konntest.«

»Das ist doch selbstverständlich. Und du weißt, dass bei uns zu Hause immer eine freie Kiste steht.«

Synne gab ihm schnell einen Kuss auf die Wange und zog ihre Hand zurück.

»Das ist wirklich sehr aufmerksam.«

»Und herzlichen Glückwunsch zur Prüfung. Mit so einer Note kannst du dir wohl aussuchen, wo du weiterstudieren willst.«

»Ja, ich habe schon mal ans Ausland gedacht.«

Ausland? Verdammt noch mal. Jokum trat von einem Fuß auf den anderen. Konnte sein Vater nicht endlich aufhören mit dem Kondolieren? Wie lange kann eine Beileidsbekundung dauern? Doch sein Vater sprach unbeirrt weiter:

»Den Horizont erweitern. Ja, den Horizont erweitern, das ist vernünftig!«

»Kommst du mit? Ich habe einen Tisch im Bakkekroen reserviert.«

»Tut mir leid, aber ich muss zurück zur Arbeit. Solange es noch hell ist.«

»Und ich muss auf meine Damen aufpassen. Damit sie auf dem Sørkedalsveien nicht überfahren werden.«

Synne lachte, sie lachte direkt vor dem Krematorium, und folgte dann den beiden schwarzen Schatten. Vater blieb stehen, obwohl er doch zur Arbeit musste. Jokum konnte nicht vergessen, dass er zusammen mit Synne den Mittelgang entlanggegangen war und sie anschließend seinen Vater auf die Wange geküsst hatte. Was bedeutete das? Es musste mehr bedeuten. Es war ernst gemeint. Aber dann – Ausland? War Jokum Teil von Synnes Plänen? Schmiedete sie Pläne für sie beide? Gab es einen Platz für ihn in ihren Träumen, in ihrem Leben?

»Sag bitte Mutter, dass ich morgen die schmutzige Wäsche bringe«, sagte Jokum.

»Die musst du wohl selbst waschen.«

»Selbst waschen? Warum das?«

»Weil deine Mutter beschäftigt ist. Das habe ich doch schon gesagt.«

Jokum kam ein schrecklicher Gedanke, ein Gedanke, der ihm schon einmal gekommen war, als er seine Mutter weinend am Küchentisch gefunden hatte, dass etwas nicht stimmte, dass sie, seine Eltern, sich scheiden lassen wollten, und dieser Gedanke war unerträglich, auch jetzt noch, denn wenn seine Eltern geschieden würden, würde auch er in zwei Teile gespalten werden. Aber wieso sollte etwas nicht in Ordnung sein?

»Womit beschäftigt?«

»Sie ist in der Stube, der Stuen.«

»In der Stube? Sitzt sie zu Hause in der Stube?«

»Nein, das tut sie nicht mehr. Sie sitzt in der Stuen am Vestkanttorget.«

»Rede endlich so, dass man dich versteht!«

»Sie hat beim Roten Kreuz angefangen. Als Ehrenamtliche.«

»Warum das?«

»Weil deine Mutter melancholisch ist, Jokum. Wir müssen auf sie aufpassen.«

»Melancholisch? Wieso das?«

»Das weiß ich nicht. Wahrscheinlich hat sie zu viel Zeit und möchte deshalb etwas Sinnvolles tun.«

»Bin ich nicht sinnvoll genug?«

»Doch. Aber nicht deine schmutzige Wäsche.«

Der Vater wollte gehen, als ihm aber offensichtlich etwas einfiel, was er vergessen hatte.

»Ach übrigens, wie ist denn deine Prüfung gelaufen?«

Jokum kratzte sich lange im Nacken.

»Ich werde sie erst im Herbst machen, Vater.«

»Ach so. Habe ich mir schon gedacht.«

»Du weißt, ich kann mich im Frühling nicht konzentrieren.«

»Aber da drinnen eben hast du eine gute Figur gemacht, Jokum. Ich war richtig stolz auf dich. Ich bin stolz auf dich.«

Jetzt fiel Jokum noch etwas ein:

»Ist es nicht merkwürdig, dass ihre Eltern gar nicht hier sind?«

Der Vater kratzte sich auch im Nacken und trat einen Schritt näher an den Sohn heran.

»Synne ist ohne Eltern aufgewachsen, Jokum.«

»Sind sie tot?«

»Nein, nicht direkt. Sie haben sich nur zurückgezogen.«

»Sich zurückgezogen? Wieso das?«

»Nach einem Jagdunfall. Heißt es.«

»Woher weißt du das?«

»Tja, woher weiß ich das? Ich habe es eben erfahren.«

Jokum wich einen Schritt zurück und musterte seinen Vater genau.

»Hast du geschnüffelt?«

»Geschnüffelt? Was ist denn das für ein Wort?«

»Hast du geschnüffelt, Vater? In ihrem Privatleben?«

»Was heißt schon Privatleben. So etwas weiß man einfach früher oder später.«

»Und dann noch ausgerechnet du!«

Verlegen schaute sein Vater weg.

»Es stand in allen Zeitungen. Damals. Über den Jagdunfall und alles. Und…«

»Ich will es gar nicht hören!«

»Gut! Dann reden wir nicht mehr darüber. Du hast ja auch vollkommen recht. Hier ist weder die Zeit noch der Anlass dazu.« Schweigend blieben sie auf der Treppe stehen und schauten aneinander vorbei.

»Dann reden wir nicht mehr darüber«, wiederholte der Vater.

»Aber wer sind dann die Damen?«

»Soweit ich verstanden habe, müssen das ihre alten Vormünder sein.«

»Gleich zwei?«

»Scheint so, Jokum. Zwei Stück.«

Der Vater ging Richtung Majorstua, während Jokum so schnell er konnte hinter Synne herlief und sie am Smestadkrysset einholte, wo sie ihre jetzt unmündigen Vormünder über den Zebrastreifen geleitete, und gemeinsam gingen sie die Treppe zum Bakkekroen hinauf, dem Restaurant in dem gekrümmten Gebäude an der Ecke. Am Fenster stand eine bereits fertig gedeckte lange Tafel für sie bereit. Sie bog sich unter den köstlichsten Leckerbissen. Jokum meinte, noch nie so etwas gesehen zu haben: Konfekt, Trauben, kandierte Birnen, Oliven, Backpflaumen, Erdbeeren, Bonbons, Feigen, Zahnstocher und Nelken. Es war überwältigend. Aber es gab Platz für viel mehr Menschen als nur diese kleine Gesellschaft, die jetzt eintraf. Schnell räumte der Kellner die überflüssigen Gedecke weg. Jokum sah die Finsternis, die in Synnes Blick aufblitzte, nur kurz, aber dennoch tief. Er hängte sich an diesen Worten auf, *überwältigend* und *überflüssig*, als könnte man sie gegeneinander aufrechnen und das hier zu einer ganz normalen Mahlzeit machen, zu einem normalen Lunch. Es blieb nur, sich hinzusetzen. Der Blick war frei auf den Verkehr auf der Ullernchaussee, die Røabanen und den Rauch, der aus dem Krematorium aufstieg und zwischen den grauen Schornsteinen und dem platten hellblauen Himmel einer weißen Säule glich. Und hätte Jokum etwas weiter nach links geschaut, nach Süden hin, hätte er das hohe Satteldach von Synnes Elternhaus sehen können, wie eine rote Landebahn für Skispringer, direkt hinter den scharfen Schwertern der Pappeln. Er hätte auch die grüne Spiegelung vom Schwimmbecken im Garten erkennen können. Doch Jokum schaute nicht hin. Die Blutung in seinem Daumen war gestillt, und er wollte Synne schon das Taschentuch zurückgeben, da besann er sich und ließ das blutige Tuch stattdessen schnell in seiner Jackentasche verschwinden. Der Kellner kam mit Schaumwein zurück und schenkte ein. Synne schlug ans Glas, und der zarte, trockene Klang übertönte alle anderen Geräusche.

»Ich möchte nur sagen, dass der Tisch gedeckt wurde nach Georg Flegels Dessert-Stillleben von 1604. Hubert zu Ehren. Es fehlt nur ein Papagei, aber es war etwas schwierig, einen zu beschaffen.«

Der eine Vormund murmelte laut vernehmlich:

»Kriegen wir nur Dessert?«

»Und vielen Dank, dass ihr gekommen seid. Besonders ihr beide. Das bedeutet mir sehr viel.«

Synne wandte sich den beiden Vormündern zu, hob ihr Glas und stellte es dann wieder ab.

»Und jetzt muss ich pinkeln.«

Sie stand auf, ging zwischen den anderen Tischen hindurch, Tische für eine Person, an denen Männer von gestern sich nach ihr umdrehten, und dann war sie fort. Sie blieb lange fort. Die Vormünder stürzten sich auf die Backpflaumen und das Konfekt. Jokum stocherte in einer kandierten Birne. Stellte sie ihn auf die Probe? Wollte sie herausfinden, wie viel er ertrug? Er richtete sich auf, legte das Besteck hin und ergriff die Gelegenheit.

»Ich wollte nur sagen, alles, was ihr für Synne tut, alles, was ihr getan habt, das ist, das ist... einfach fantastisch.«

Die beiden Damen schauten von ihren Servietten auf.

»Und wer bist du?«

»Ich? Ich bin Jokum. Jokumsen. Synnes Freund.«

Jetzt hatte er es gesagt. Einen Moment lang schauten sie ihn an, nickten, als wären sie sich einig geworden, er fing schon an, sie fast zu mögen. Die eine kratzte auf dem Teller, während die andere sich näher zu ihm vorbeugte.

»Es war eine Ratte«, sagte sie.

»Wie bitte? Eine Ratte?«

»Kein Hamster. Sondern eine Ratte aus dem Garten.«

Jokum lachte verhalten und hielt sich die Hand vor den Mund.

»Doch, doch. Es war ein Hamster. Ich habe ihn mit eigenen Augen gesehen.«

»Tatsächlich? Und du erkennst den Unterschied zwischen Ratte und Hamster?«

»Hubert war viel größer als eine …«

Der eine Vormund unterbrach ihn mit einem Zeigefinger.

»Die Ratten in unserem Garten waren riesig, junger Mann.«

Der andere Vormund war fertig damit, den Teller abzukratzen und sagte mit ungewöhnlich scharfer Stimme:

»Synne ist krank.«

Jokum bekam Angst, auf eine Art und Weise, wie er noch nie zuvor Angst bekommen hatte, er flüsterte:

»Krank?«

»Ja. Sie ist krank, Jokum.«

»Wieso denn? Ist es was Ernstes? Ich meine, wird sie sterben?«

Der andere Vormund klopfte sich plötzlich mit dem Knöchel gegen die Stirn.

»Sie ist krank hier drinnen, hier in ihrem kleinen Köpfchen.«

In dem Moment tauchte Synne hinter ihm auf. Sie stand in der Türöffnung, umgeben von dem gelben Licht der vielen Wandlampen. Das Kostüm bekam eine andere Farbe, es war nicht mehr grau, eher blau. Die vier schwarzen Knöpfe, von der Halsgrube bis zur Taille, wirkten plötzlich zu schwer. Der unterste hatte sich gelöst und hing nur noch an einem dünnen Faden. Von der Armbanduhr ging ein Glitzern aus, und Jokum hätte schwören können, dass er die vier Sekunden hörte, die vergingen, bevor er sich über den Tisch zu den Vormündern beugte und leise und entschlossen sagte:

»Dann werde ich sie gesund lieben.«

DER PELZ

Auch wenn Jokum Jokumsen natürlich trotz allem mein Mann in diesem Roman ist, möchte ich dennoch die Gelegenheit nutzen, ein wenig über Synne Sagers Hintergrund zu erzählen, denn nach so einem Satz, *dann werde ich sie gesund lieben,* kann man ganz einfach eine Weile nichts mehr sagen. Sie wurde geboren auf der Sonnenseite und wuchs auf in einem Elternhaus, das im Schatten stand. Was hauptsächlich an den Zypressen lag, die um das ganze Grundstück herum gepflanzt worden waren und nach einer Weile einen hohen, dichten und immergrünen Zaun bildeten. Ein Gärtner, der seit dem letzten Jahrhundert schon für die Familie arbeitete, oder, wie man in diesen Kreisen lieber sagte, zur Familie gehörte, kam einmal im Monat, pflegte die Gräber ganz hinten im Garten und fischte die weichen Nadeln aus dem Pool. Der Vater, Erik Sager, war stinkreich, wie es heißt, aber durch altes Geld. Er bezeichnete es als *ruhendes Kapital.* Womit er sich irrte. Geld kann nicht ruhen. Er begriff nicht, dass es in dieses Meer rann, in die Gesellschaft, mit der er nichts zu tun haben wollte. Kurz gesagt, er lebte nach alten Mustern: Aktien, Schiffsbeteiligungen, Wälder. Er hatte sein eigenes Portfolio vom Ertrag der Familie. Er wurde als lieber Mann bezeichnet, einige sagten, lieb und dumm, andere meinten, ihm fehle es an Rückgrat. Es kommt auf die Augen an, die sehen, und den Mund, der spricht. Ich will kein Urteil fällen. Ich glaube nur, man hat ihn falsch beurteilt. Wie dem auch sei, als es zu Ende war, als Erik Sager an der leeren Grube stand, die einstmals voll mit Geldern gewesen war, rief er aus, verblüfft wie ein Kind: *Wie konnte das geschehen?* Übrigens pflegte er eine Leidenschaft, nämlich die Jagd. Er liebte jede Art von Jagd, Treibjagd, Lockjagd, Pirsch, aber am meisten schätzte er die Ansitzjagd, wenn er in den Morgenstunden oder in der Dämmerung, zu Beginn des Tages oder an seinem Ende, auf das Wild wartete, möglichst auf einen Hirsch, diese stattliche Beute, umringt von blauem Atemhauch. Zur Jagd gehörten Hunde. Er hielt zwei englische Setter, schätzte aber auch den deutschen Griffon. Was den Pointer betraf, so war er eher an Dressur als an den Vögeln interessiert. Er lehrte sie zu apportieren, einen Zickzack-Kurs zu halten und nicht hinter den Hasen herzulaufen. Und er war jedes Mal begeistert, wenn einer seiner Pointer auf »Platz« stehen blieb, plötzlich erstarrte und mit erhobenem Kopf und angespanntem Schwanz verharrte, festgefroren im Tau des Grases, im Dampf der Erdkrume. Doch dadurch wurde er unaufmerksam gegenüber den Vögeln. Und deshalb kamen Erik Sager und diese Hunde nicht besonders gut miteinander zurecht. Die Tiere spürten den abgelenkten Blick des Jägers, seine Saumseligkeit, sie spürten die fehlende Konzentration ihres Herrn. Die tiefen Instinkte der Rasse und die Logik der Zucht mündeten in ein Chaos. Die Hunde wurden unruhig und handscheu. Zur Jagd gehörte auch die Waffe. Für Kleinwild benutzte Erik Sager eine kurze Hammerless Shotgun mit rauchfreien Patronen. Ansonsten fühlte er sich am wohlsten mit der Winchester Automatik, die immer für treffsichere Schüsse gut war. Es klingt nicht besonders nett, aber die Formen der Kolben erregten ihn mehr als die schmalen Hüften seiner Ehefrau. Und zur Jagd gehörte letztendlich das Fleisch. Alles vom Tier wurde verwendet. Erik Sager schwelgte gern in Genügsamkeit: Nichts sollte verloren gehen. Fleisch hing auf dem Dachboden. Im Keller lagen die Eingeweide in Weckgläsern. Was dann noch übrig war, schmückte die Wände und die Ehefrau, Hörner, Geweihe und das Fell. 1961 reiste er nach Kenia, um größeres Wild zu schießen, als er es in den heimischen Jagdrevieren vorfand. Drei Tage lang wohnte er im Chelsior Hotel in dem englischen Viertel von Nairobi und verhandelte mit den örtlichen Behörden um die Lizenzen. Des Nachts schaute er sich in der afrikanischen Hauptstadt um. Dafür brauchte er nicht weit zu gehen. Schließlich gelang es ihm, sich einen Platz auf Karen Blixens Farm zu kaufen, saß abends dort auf der Terrasse, wartete, trank Gin & Tonic und schaute über die Kaffeeplantage, die grünen Reihen, die bis ins Dunkel hinein wuchsen, dort, wo der Berg Ngong anfing. Aus irgendeinem Grund kamen ihm einige Zeilen von Kant in den Sinn: *Zwei Dinge erfüllen das Gemüt mit Ehrfurcht: Der bestirnte Himmel über mir, und das moralische Gesetz in mir.* Woher hatte er das? Er war nicht belesen. Es war nur eine Erinnerung, eine Erinnerung an eine Kultur, die nur eine Erinnerung war. Es hieß, Erik Sager war glücklich. Nach einer Woche durfte er mit einer deutschen Jagdgesellschaft mitgehen. Er kam nach Norwegen zurück mit zwei Stoßzähnen im Gepäck. Will, sein damaliger Pointer, stand an der Treppe. Als er den Hund streicheln wollte, biss dieser ihn in die Hand. Er war zu müde, um die Wunde zu reinigen, und am nächsten Tag vergaß er es. Das erste halbe Jahr merkte er gar nichts. Zur Weihnachtszeit bemerkte er eine Wunde im linken Mundwinkel, einen wachsenden Knoten, der nicht abheilen wollte. Er ging zum Familienarzt, Dr. Schmidt am Solli plass, der gab ihm eine Jodsalbe. Die nützte nichts. Später im Winter schwoll der rechte Fuß an. Er schläferte den Pointer ein und musste wieder Dr. Schmidt aufsuchen, dieser machte sich jetzt mehr Sorgen. Er benutzte einen Ausdruck, der Erik Sager wütend machte: *Mal en Afrique.* Der Hund hat mich gebissen, sagte er. Dr. Schmidt schrieb ihm Quecksilbertropfen auf. Den Rest des Frühlings und den ganzen Sommer über lag Erik Sager die meiste Zeit im Bett und träumte. Diese Träume, anfangs heiße, intensive Erinnerungen an die Jagdgründe, wurden bald zum Albtraum. Er schlief auf dem Grunde einer Schlachtung. Er wachte auf einer afrikanischen Farm auf. Man konnte seine Rufe im ganzen Haus hören. Wenn die Ehefrau zu ihm wollte, lehnte er ab. Sie hieß Astrid, und die beiden hatten sich beim Ballett im Det Militære Samfund ein Jahr nach Kriegsende kennengelernt. Sie stammte aus einer bodenständigen Familie von Notodden, Wald auf der einen Seite, Hydro auf der anderen, und hatte ein liebenswertes, entgegenkommendes Wesen – solange es anhielt. Es hielt nicht lange an. Doch davor war sie die perfekte Gastgeberin, wenn auch nicht in der Bedeutung, wie die freiwilligen Damen vom Roten Kreuz dieses Wort verwendeten. (Siehe das folgende Kapitel: *Melancholie*). Astrid Sager nähte die Gesellschaft zusammen, aber diese war bereits ein abgenutzter Flickenteppich. Sie vertrug einfach die neue Zeit nicht. Die Gewohnheiten passten nicht zu ihr. Außerdem gab es Gerüchte über eine Krankheit. Erik Sager zeigte sich kaum noch. Man hörte auf, Besuche abzustatten.

Synne, ihr einziges Kind, wuchs als Zeugin all dessen auf: das Jagdfleisch auf dem Dachboden, die Schatten der Zypressen, Vaters schleichendes Fieber, die Feste, die ein Ende fanden, die toten Hunde, Mutters Verfall. Synne wurde 1952 geboren, und aus ihrer Kindheit erinnerte sie sich am deutlichsten an das Licht auf dem Grund des Schwimmbeckens. Dort waren drei Lampen installiert, und abends sah es aus, als liefe das grüne Licht über den Rand und vermische sich mit dem Himmel. Der Einzige, zu dem sie ein Vertrauensverhältnis hatte, war der Gärtner. Dieser ungebildete Mann lehrte sie sein Motto: *Natura sole magistra. (Die Natur als einziger Lehrmeister.)* Man muss wissen, wovon man Abstand nimmt. Ansonsten war sie eigensinnig wie auch umgänglich, je nachdem. Sie tat, was sie wollte, ohne dass sie dadurch glücklich wurde. Aber wer wird das denn? Die Wahrheit ist doch wohl eher, dass sie tat, was sie wollte, weil sie keine andere Wahl hatte. Sie durfte mitten in der Nacht aufstehen, die Lampen im Pool einschalten und in dem grünen Licht schwimmen. Sie durfte im Garten liegen und die Sterne anstarren, während sich die Schatten um sie herum sammelten, und sie ließ sich auch nicht von den Insekten stören, die über sie krabbelten. Dachte sie das Gleiche wie ihr Vater, als er am Fuße des Ngong gesessen und gewartet hatte? Ich bezweifle es. Ich glaube, sie dachte gar nichts. Übrigens gab es viele Gerüchte über sie, und ich habe alle geglaubt. Sie war willig. Sie hatte einen Elefanten erschossen. Sie schlief zusammen mit den Hunden. Vielleicht sind es nur diese Gerüchte, die ich nach bestem Wissen und Gewissen zu veredeln versuche. Zumindest Folgendes ist wahr: Als die Eltern dahinschieden, sie starben nicht, nein, sie schieden dahin, voneinander fort, von Synne, von der Welt, wie angeschossene Schlafwandler, wurden Vaters unverheiratete, energische Tanten, die in einer Pförtnerwohnung lebten und behaupteten, ein Herz aus Gold zu besitzen, zu Vormündern ernannt. Sie verlangten, das Amt zu zweit auszuüben. Was nur recht und billig war. Synne brauchte zwei. Sie schickten sie nach Paris in ein Internat, fünfzehn Jahre alt. Unter diesem strengen Regiment wurde sie ein Meister darin, die Regeln zu brechen. Böse Zungen behaupteten, dass sie als Jungfrau abreiste und als Hure heimkam. Böse Zungen behaupten gern Derartiges. Ich tue das nicht. Man kann genauso gut sagen, dass sie als trotziges Kind abgereist und als entschlossene Frau heimgekehrt ist. Von den Studentenprotesten in der Stadt bekam sie nur wenig mit, allein ein leichtes Rauschen in den Baumkronen zwischen den Gebäuden auf dem bewachten Gelände und Rauch, der abends in einem der Frühjahrsmonate hinter Notre Dame aufstieg. Ich möchte dagegen etwas anderes betonen. Bei einem Klassenausflug in den Louvre sah Synne ihr erstes Stillleben, Willem C. Hedas *Frühstückstisch* von 1637. Es schien, als zöge dieses bescheidene Bild, 44 x 56 cm, bescheiden auch in seinem monochromen Charakter, sie magisch an: Der Trinkbecher, das Salzfass, ein umgekipptes Glas, zwei Teller mit Essensresten und ein Messer, das auf dem Tischrand balanciert. Synne blieb vor Hedas kleinem Meisterwerk stehen. Wer etwas davon versteht, weiß, dass es schwieriger ist, einen rostigen Nagel zu malen als ein Kreuz. Sie weigerte sich, weiter der Gruppe zu folgen. Es war wie ein Wiedererkennen von etwas, das sie nie zuvor gesehen hatte, eine Erinnerung ohne Erfahrung. Es war ein weiterer gedankenloser Gedanke, genauso wahrheitsgetreu wie jede Wissenschaft und jeder Glaube. Doch als sie in der folgenden Woche die Schule schwänzte und die Metro zum Louvre nahm, um sich Hedas *Frühstückstisch* noch einmal anzusehen, begriff sie, dass die Erinnerung, die dieses Gemälde weckte, doch nicht ohne Erfahrung dahinter war. Es war die Erinnerung an Abwesenheit und Tod. Und zwei offensichtlich sich widersprechende Gefühle oder Triebe nahmen in ihr Gestalt an, ja, sie nahmen Gestalt an: Begierde und Ekel. Aber sie widersprechen einander nicht. Sie nähren sich gegenseitig. Synne brach ihren Aufenthalt im Internat ab, einige behaupteten, sie wurde ausgewiesen, und machte später in Bjørknes das Abitur. Mit den allerbesten Noten. Der Aufruhr in Paris hatte schließlich auch Norwegen erreicht, wenn auch in anderen Formen. Nur wenige Pflastersteine wurden geworfen, dafür waren die Worte umso härter. Wogegen sollte Synne opponieren? Gegen wen? Gegen ihre Vormünder, die trotz allem keinen Kommentar abgegeben hatten? Synne revoltierte gegen das Fleisch. Sie revoltierte gegen das Fleisch, das auf dem Dachboden hing, ranzig und zäh. Sie revoltierte gegen die Eingeweide in den Weckgläsern im Keller. Sie revoltierte gegen ihr eigenes Fleisch, den Körper, der in dem ungepflegten Garten neben dem leeren Schwimmbecken lag, in dem nur noch Reste des Lichts den Grund erreichten, die immergrünen Nadeln. Sie stürzte sich aufs Fasten. Fisch, Obst und Wein waren das Einzige, was sie genießen konnte. Sie genoss es. Sie magerte ab. Es waren die gleichen Triebe wie im Louvre: Begierde und Ekel. Die Vormünder betrachteten ihr Verhalten als Ausdruck der Selbstverleugnung und der Reue. Was in ihren Augen Tugenden waren. Doch das Gegenteil war der Fall: Egozentrik und Sünde. Sie revoltierte gegen den Pelz. Und genau auf das will ich hinaus. Der Jagd folgen Geschenke und Unfälle. Und wir müssen Synnes heftige Reaktion, als Jokum so unfein war, so unbedacht zu fragen, wie viele Hamster auf einen Pelz gehen, im Licht dessen verstehen. Zu ihrem fünften Hochzeitstag schenkte Erik Sager nämlich seiner Ehefrau einen Pelz, aschgrau, glatt und weich, aus sogenanntem Platinfuchs, eine Mutation, die in der Zeit zwischen den Kriegen entstand und ungemein kostbar war. Auf einer Auktion in New York wurde ein einzelnes Fell für 11 000 Dollar verkauft. Erik Sager behauptete, jeden einzelnen Fuchs selbst geschossen zu haben, aber dieses Mal mit pulverfreiem Geld aus dem Doppellauf seiner Brieftasche. Astrid Sager trug ihn wie eine Königin, in den Zeiten des Wohlstands. Am ersten April brachte sie den Pelz zum Kürschner C.W. Madsen im Drammensveien, und an dem Tag, an dem es das erste Mal schneite, holte sie ihn wieder ab, eventuell am nächsten Tag, wenn es beispielsweise an einem Sonntag schneite. Sobald Synne alt genug war, durfte sie ihre Mutter begleiten. Der Pelz sollte abgeholt werden. Schnee in den Straßen, am ersten Dezember lag immer Schnee auf den Straßen. Mit dem Taxi zur Bygdøy allé. Mutter und Tochter Hand in Hand über den Solli plass, ein seltener Anblick. Wo war der Pelz in der Zwischenzeit geblieben? In Synnes Vorstellung wurde ein Märchen daraus. Der Pelz hatte Winterschlaf gehalten, einen umgekehrten Winterschlaf: Den ganzen Frühling, Sommer und Herbst über hing der Pelz in einem Kühlraum. Jetzt sehnten sich die Reste des Tiers nach der echten Kälte draußen und der Wärme des Menschen auf der Innenseite. Doch so weit dachte Synne nicht, noch nicht. Die Abholung des Pelzes verlief jedes Mal äußerst feierlich. Sie mussten in einem Zimmer mit weißem Kachelofen, Holzwänden und Stühlen mit senkrechten Lehnen warten, gemeinsam mit anderen Damen, die sich beschwerten, dass sie hier nicht rauchen durften. Dann wurden sie von der Sekretärin abgeholt und zum Kürschner C.W. Madsen höchstpersönlich geführt, einem korpulenten, ehrbaren Mann mit ganz besonderen Fingern, mit denen er über den Pelz strich, der schon auf dem Tresen bereitlag. *Ich vermisse ihn jetzt schon*, sagte er. Mutter kicherte. *Ach, hören Sie auf. Sie kriegen ihn im April doch wieder zurück.* Der Kürschner seufzte. *Er hat sich mustergültig benommen, wie Sie sehen.* Dann wandte er sich Synne zu. *Und wann soll die kleine Prinzessin einen Pelz bekommen?* Synne versteckte sich hinter der Mutter. Ich glaube, es war dort, dass sie das erste Mal Begierde und Ekel erfuhr, noch vor dem Louvre. Sie sah die Schönheit des Pelzes und spürte gleichzeitig einen Hauch von Kälte von den Händen des Kürschners. Als sie zum Taxistand gingen, hatten sich die Heilssoldatinnen der Heilsarmee bereits mit ihrem schweren schwarzen Weihnachtskorb an die Ecke gestellt. Drei Monate später lieferten sie den Pelz wieder ab, zur Freude des Kürschners, und Synne dachte: Der Pelz wohnt jetzt in einem Hotel. Das nächste Mal dachte sie: Der Pelz war im Gefängnis. Was hat der Pelz Böses getan? Das wiederholte sich Jahr um Jahr und war nahezu die einzige Verbindung zwischen Synne und ihrer Mutter, ein Band aus der Kindheit, durch die Zeit gezogen. Dann kam Synne auf das Internat in Paris, und danach wollte sie nicht mehr mit zum Kürschner gehen. Die Mutter musste allein gehen. Doch dieses Band war das Einzige, was sie noch aufrecht hielt und mit der Erinnerung an andere Tage verknüpft war, an Wohlstand, an das Licht. Dann wurde es auch zerschnitten. Sie hatte den Pelz zum letzten Mal abgeholt.

Und das kam so: Die Kälte war klar und glatt, als sie mit den toten Platinfüchsen in einer Tüte vom Kürschner kam. Der Atem stand wie eine Säule vor ihrem Mund. Sie zögerte, ging wieder hinein, zog den dünnen Herbstmantel aus, bat C.W. Madsen, ihn den Heilssoldatinnen zu geben und zog sich dafür den Pelz über. Jetzt war sie richtig angezogen. Sie war angezogen für den großen Winter. Sie ging hinunter zu Halvorsens Conditori, blieb in der Tür in der Wärme stehen und schaute nach jemand Bekanntem, zu dem sie sich setzen konnte. Sie sah kein bekanntes Gesicht. Alle schauten in eine andere Richtung. Niemand kannte sie. Sie bekam einen Tisch zwischen Küche und Kasse zugewiesen. Sie bestellte sich einen Sherry und ein Sahneschnittchen, die Reste des Festes. Dann nahm Astrid Sager ein Taxi für die Heimfahrt. Es hatte angefangen zu schneien. Dichter Schneefall. Ihr war warm. Sie balancierte am Schwimmbecken entlang. Die zerbrochenen Lampen auf dem Grund warfen den Schnee zurück. Sie hörte das Fenster nicht, das im ersten Stock geöffnet wurde. Was sah Erik Sager an diesem Abend über Kimme und Korn? Was sah er in seinem Fieber? War er im Jagdrevier unterhalb des Ngong? War er auf seinem Posten in den Wäldern hinter dem letzten Binnensee? Warum bellten die Hunde nicht? Er gab einen Schuss ab und traf sie am Arm. Später, als die Wunde geheilt war, brachten die Vormünder den Pelz zum Kürschner und baten ihn, sein Bestes zu geben. Sie holten ihn nicht wieder ab, aus reinem Trotz, und er blieb dort im Kühlraum hängen, Jahr um Jahr, bis Synne auf die Idee kam, ihn auszulösen.

Ich sagte einmal zu Synne, als wir in ihrem Zimmer saßen und

Tee tranken, während Jokum wie üblich unterwegs war um zu fotografieren, und ich möchte hinzufügen, dass ich damals wirklich so
sprach, denn ich war es nicht gewohnt zu reden:

»Du bist ohne Oberfläche.«

Sie stand auf, trat ans Fenster und blieb dort lange stehen, mit
dem Rücken zu mir. Ich hatte schon Angst, sie verärgert zu haben.
Das war das Letzte, was ich wollte. Ich wollte niemanden verärgern.

»Hast du den Toaster kaputt gemacht?«, fragte sie.

»Den Toaster? Ich? Wieso?«

»Er ist kaputt. Entweder die Scheiben verbrennen, oder sie springen gleich wieder raus.«

»Warum sollte ich ihn kaputt gemacht haben? Ich mag kein ge-
toastetes Brot.«

»Ich will ja nicht sagen, dass du es mit Absicht getan hast.«

»Was willst du dann sagen?«

»Dass alles um dich herum kaputtgeht. Hast du das noch nicht
bemerkt?«

»Das ist nicht wahr.«

»Dann eben nicht. Es ist reiner Zufall, dass die Sachen kaputtgehen, seit du hier eingezogen bist. Der Wecker. Die Heizung. Der
Toaster ...«

»Das ist ganz einfach nicht wahr! Das ist reiner Zufall.«

Synne lachte, drehte sich aber nicht um.

»Kannst du durch mich hindurchsehen?«

»Wie meinst du das?«

»Du hast gesagt, ich habe keine Oberfläche.«

»Vergiss es.«

»Dann musst du doch durch mich hindurchgucken können.
Wenn ich keine Oberfläche habe.«

»Nein. Nein. Ganz im Gegenteil.«

»Auch noch ganz im Gegenteil? Jetzt verstehe ich überhaupt
nicht mehr, was du meinst.«

»Vergiss es«, wiederholte ich.

»Unmöglich.«

»Das habe ich nur so dahingesagt.«

»Jetzt verstehe ich. Du meinst, ich bin hautlos.«

»Hautlos? Ganz und gar nicht.«

Endlich drehte Synne sich zu mir um.

»Wie läuft es mit deinem Roman?«

»Ach, der.«

»Ich glaube, du hast angefangen, über deinen Roman zu reden.«

Jetzt war ich an der Reihe, beleidigt zu sein. Ich wollte möglichst niemanden beleidigen, fühlte mich aber selbst schnell beleidigt. So war ich nun einmal, so bin ich nun einmal.

»Dann glaubst du also, er wird furchtbar schlecht?«

»Keine Ahnung. Wie soll ich das wissen?«

Obwohl ich nichts lieber getan hätte, als über diesen Roman zu sprechen, meinen großen Roman, der immer noch nur ein Bogen Papier war, und das kaum beschrieben, wollte ich doch lieber über etwas anderes sprechen. Begreife das, wer will. Deshalb kam ich in Gesprächen wie diesen so oft durcheinander. Ich sagte:

»Mir gefallen die Bilder bei dir an der Wand.«

Damit spielte ich auf die beiden Reproduktionen an, die zwischen der Tür und ihrem Schreibtisch hingen, beide von Willem C. Heda. Die eine war sein *Frühstückstisch,* die andere hieß ganz einfach *Stillleben,* auch auf ihr war ein gedeckter Tisch zu sehen. Nur herrscht eine ziemliche Unordnung in dem Motiv: Die weiße Tischdecke ist zerknittert, als hätte sie jemand wie eine Serviette zusammengelegt, ein Krug ist umgekippt, die Schalen stehen schräg übereinander.

»Welches gefällt dir am besten?«, fragte Synne.

»Das erste.«

»Dann gefällt dir also Disziplin.«

»Dieses Wort würde ich nicht benutzen.«

»Na gut. Zu der Zeit sprachen sie auch nicht von Disziplin. Sie zitierten lieber aus der Bibel: *Ihr sollt rechtes Gewicht und rechte Scheffel und rechtes Maß haben.* Irgendwie sehen die Bilder aus wie vorher und nachher.«

»Das nennt man *Chaotisierung der Situation*. Langweile ich dich jetzt?«

»Ganz und gar nicht. Der Ausdruck gefällt mir. Chaotisierung. Aber was ist eigentlich passiert?«

»Überfluss. Die Dinge haben ihre Bedeutung verloren. Ihre Ehre.«

Darüber musste ich genauer nachdenken, über die Ehre der Dinge. Besaßen Dinge eine Ehre? Das war mir neu. Dennoch fragte ich nach etwas anderem.

»Warum hat er ...«

»Heda. Er heißt Heda.«

»Warum hat Heda keine Menschen am Tisch gemalt?«

Synne zuckte mit den Schultern und seufzte. Ich langweilte sie.

»Eine Gabel ist genauso schwierig zu malen wie ein Gesicht«, sagte sie.

»Kann sein. Ja, das ist wohl so.«

»Gilt das auch fürs Schreiben?«

»Wie meinst du das?«

»Ist einen Menschen zu schildern genauso schwer wie das Schildern eines Gegenstands?«

Ich wusste nicht, was ich darauf antworten sollte. Ich wusste nur, dass diese Frage mich aufwühlte.

»Woher weißt du, dass ich einen Roman schreibe?«

»Weil ich direkt durch dich hindurchsehen kann.«

Für einen Moment glaubte ich, Synne meinte es ernst, doch dann lachte sie und unterbrach mich glücklicherweise.

»Nein, weil ich deine Schreibmaschine jede Nacht höre, du Dummkopf. Pang, pang. Pling, pling.«

Synne tat, als schriebe sie, wechselte die Zeile, und das war es ja genau, was ich auch tat. Die meiste Zeit schrieb ich in die Luft und wechselte die Zeile, wo nichts endete. Der Tee war kalt geworden.

»Hoffentlich halte ich dich nicht wach.«

»Nein, das schafft mein Verlobter schon.«

»Seid ihr verlobt? Meine Güte.«

»Da kommt er übrigens.«

Ich trat ans Fenster. Unten vor dem Pub, auf der nassen, schmutzigen Rasenfläche, hockte Jokum und fotografierte irgendetwas. Er ließ sich viel Zeit dabei. Es war Oktober, mitten im Oktober, und das Licht war genauso schmutzig wie das Gras, es erinnerte an Schimmel.

»Was macht er?«

»Was denkst du? Er fotografiert.«

»Ich meine, was? Was fotografiert er eigentlich?«

»Fass mich an«, sagte Synne.

Eine Weile standen wir da und betrachteten Jokum, ihren Verlobten. Es sah fast aus, als fotografierte er seine eigenen Schuhe. Dann wechselte er die Haltung, und in dem Moment glänzte etwas unter ihm in dem befleckten Gras, vielleicht eine Glasscherbe, eine Messerklinge, ein Kronkorken.

»Was hast du gesagt?«

»Fass mich an.«

»Das geht nicht.«

»Sei nicht so eingebildet.«

Synne hob meine Hand, senkte den Kopf und legte sie auf ihren Nacken. Ihre Haut war fest und kühl.

»Spürst du etwas?«, fragte sie.

»Ja.«

Sie richtete sich auf, und meine Hand fiel hinunter. Schnell steckte ich sie in die Tasche. Jokum stand nicht mehr da unten. Ich hörte seine Schritte auf der Treppe.

»Also hast du dich geirrt«, sagte Synne.

DIE MELANCHOLIE

D ie ehrenamtlichen Hausfrauen und Witwen beim Roten Kreuz nannten das alte Holzhaus am Vestkanttorget *Die Stube*. Sich selbst bezeichneten sie als Gastgeberinnen. Die Leiterin hieß Vorsteherin. Hier trafen sie sich und planten Flohmärkte, Kleidermärkte, Losverkäufe, Lotterien, Tombolas, Basare und alles, was etwas einbringen konnte, klingende Münze, die in den fleißigen Händen dieser Gastgeberinnen wiederum in reine Wohltätigkeit verwandelt wurde. Sie standen zu Diensten. Wohltätigkeit war übrigens ein Wort, das nur selten benutzt wurde. Sie sprachen stattdessen von *Pflicht* und *Güte*. Diejenigen, die hatten, sollten auch geben. Diejenigen, die nichts hatten, sollten etwas bekommen. So einfach war die Sache. Kein Ziel war zu groß und keines zu klein. Im Protokoll der Leitungssitzung vom 25. März 1976, der Frauenabteilung des Osloer Kreises, Frogner/Skillebekk, Norwegens Rotes Kreuz, zu der diese Frauen gehörten, konnte man beispielsweise lesen: *Wir wurden uns einig, 1000 Kronen für Heizmaterial für Ältere in unserem Stadtteil zu geben und 500 Kronen nach Afrika zu schicken.* Jetzt stand Jokum vor dieser Stube und schaute durchs Fenster hinein. Er sah sieben Gastgeberinnen, die um einen Tisch saßen und strickten, nähten und stopften. Auf dem Boden lag ein ganzer Kleiderberg. Alles ging langsam und ruhig vor sich, während der Berg immer kleiner wurde und die Stapel mit reparierten Stücken anwuchs, die Garderobe der einer Spende Würdigen und Bedürftigen. Jokum schaute all die Hände an, weißes Werkzeug, ebenso weiß wie das Zifferblatt über der Tür, auf der die schwarzen Zeiger an diesem unendlichen Vormittag dieser aufopfernden Gastgeberinnen stillstanden. Nein, nicht aufopfernd, in ihren eigenen Augen opferten sie nichts, nur sich selbst. An der Wand zwischen zwei gelben Lampen hing eine Weltkarte, fast vollständig bedeckt mit Stecknadeln in verschiedenen Farben, eine Stecknadel für jeden Ort, an dem das Rote Kreuz einen Standort hatte. Und genau das wollte seine Mutter. Sie wollte die Welt flicken. Sie wollte die Risse zusammennähen. Er konnte sie nicht entdecken. Du Armer.

»Du Armer!«

Jokum drehte sich schnell um, bereits geduckt, er fühlte sich auf frischer Tat ertappt. Eine stattliche Frau, die Vorsteherin höchstpersönlich, stand mit weit ausgebreiteten Armen vor ihm.

»Komm mit mir!«

Sie streckte die Hand aus, und Jokum folgte ihr, beschämt, aber dennoch folgte er ihr ums Haus herum. Dort schob sie ihn durch einen Windfang, und an einer Speisekammer vorbei gelangten sie in die Stube, die Stube der Stube. Es roch nach Backwerk und Motten. Jetzt konnte Jokum die Uhr hören, schwere Sekunden, als verginge die Zeit langsamer an diesen grünen, tapezierten Wänden. Die Vorsteherin schob ihn in den Raum.

»Seht mal, was ich gefunden habe. Wir müssen ihm ein Brot schmieren.«

Die Vorsteherin ließ die Hände eine Weile ruhen und schaute in die Runde. Die Älteste, auch wenn alle früher oder später hier drinnen gleich alt werden, sagte:

»Aber das ist doch nur der Sohn von Frau Jokumsen, der Neuen.«

In dem Moment kam sie, seine Mutter, mit Kaffee und Kuchen aus der Küche, blieb stehen und sah Jokum, ihren Sohn, mit einem Blick an, so leer und vielsagend, dass er sofort begriff, er sollte nicht hier sein, in dieses Haus hätte er nie einen Fuß setzen dürfen. Oder schämte sie sich für seine Kleidung, ungewaschen wie sie war? Er kam noch dazu zu denken, dass diese Vorsteherin nicht wissen konnte, mit wem sie es zu tun hatte, dem Hütchen höchstpersönlich, die schneller als alle Rote-Kreuz-Gastgeberinnen zusammen ein Kleid umsäumen konnte, die die Lazarusse auf dem Ankertor-

get und den Rest von Afrika einkleiden konnte, bevor jemand nur eine Nadel drehte.

»Anscheinend haben Sie Besuch«, sagte die Vorsteherin.

Die Mutter verteilte die Tassen und schenkte den Kaffee ein. Die Sekunden sammelten sich zu einer Stunde, und die Uhr schlug drei Mal. Die Gastgeberinnen legten das Nähzeug zur Seite und falteten stattdessen die Hände. Dann nahmen sie sich ein Stück Kuchen. Mutter schob Jokum in die Küche, wo der Abwasch wartete. Sie fühlte sich nicht wohl in ihrer Haut und sprach ganz leise.

»Was machst du hier?«

»Ach, ich bin einfach nur vorbeigekommen. Und du? Was machst du hier?«

»Hat Vater dir das nicht erzählt? Ich habe beim Roten Kreuz angefangen.«

»Ich meine, warum sitzt du nicht drinnen und nähst? Das kannst du doch am besten.«

»Die erste Pflicht der Gastgeberin ist die Küche. Dann werden wir sehen, was daraus wird.«

»Ist das sinnvoll?«, fragte Jokum.

Die Mutter saß am Fenster und schaute in eine andere Richtung, in das Licht, das sich auf der glatten Wachstuchdecke auf dem Tisch spiegelte, so als wäre Jokum nicht mehr da.

»Natürlich. Wir machen die Welt besser.«

»Tatsächlich, macht ihr das?«

»Gestern haben wir einem Ehepaar mit Alkoholproblemen im Briskebyveien fünfzig Kronen bewilligt. Alle Einnahmen vom diesjährigen Flohmarkt gehen nach Afrika, und zu Weihnachten werden die alleinstehenden Männer in der Grønnegaten 12 vierzig Pakete mit Schal, Tabak und Schokolade bekommen.«

»Das heißt drei neue Stecknadeln auf der Weltkarte.«

Die Mutter wandte sich Jokum zu, lächelte leicht, und er war wieder anwesend.

»Bist du zufällig vorbeigekommen?«

»Ich treffe mich mit Synne bei Naranja, dem Zoohandel.«

274

»Wie geht es ihr?«

»Sie kommt wohl darüber hinweg.«

»Vielleicht hätte ich besser fragen sollen: Wie geht es mit euch beiden?«

Jokum setzte sich an den Küchentisch, einen Moment lang wurde er von dem Licht auf der Wachstischdecke geblendet, vielleicht kam das Licht auch von seiner Mutter.

»Sie plant, sich ein neues Haustier anzuschaffen. Und möchte, dass ich dabei bin. Ist das kein gutes Zeichen?«

»Doch, das würde ich so sagen. Aber meinst du es auch ernst, Jokum?«

Er stützte den Kopf in die Hände.

»Ernst? Wie soll ich das wissen? Ich weiß nicht, wie sich dieser Ernst anfühlt.«

Vorsichtig legte die Mutter ihre Hand auf seinen Nacken.

»Das weißt du, wenn es sich richtig anfühlt.«

»Ich glaube, es fühlt sich richtig an.«

»Trotz allem sollst du nichts übereilen, Jokum. Du hast Zeit genug.«

»Habe ich die?«

Für eine Weile ließ die Mutter ihre Hand auf seinem Nacken liegen. Aber sie gab keine Antwort. Stattdessen sagte sie:

»Nun lass aber Synne nicht auf dich warten.«

Jokum hörte das summende, rhythmische Geräusch von Nadel und Faden, nur unterbrochen, oder vielleicht eher in Gang gehalten vom Uhrwerk. Er richtete sich auf, dann erhob er sich. Die Mutter war bereits auf den Beinen. Er folgte ihr zur Stube. Sie blieb stehen und begann sofort, die Tassen, Teller abzuräumen und die Servietten mit den leichten Lippenstiftspuren, dem diskreten Lippenstift der alten Gastgeberinnen, ein äußerst sonderbarer Anblick, als läge ihr wehmütiges Lächeln zusammengeknüllt zwischen den Krümeln. Die Vorsteherin hob den Blick.

»Du hast doch sicher etwas für unseren großen Flohmarkt übrig«, sagte sie.

Wieder duckte Jokum sich.

»Nein, das habe ich wirklich nicht.«

»Oh doch. So einer wie du, der ...«

Die Mutter kam mit dem Tablett vorbei und unterbrach sie, entschieden und ohne Umschweife.

»Jokum hat keine Zeit. Er trifft sich mit seiner Freundin.«

Sie hätte ebenso gut gleich *psch* sagen und ihn auf diese Art und Weise für immer loswerden können. *Psch!* Die anderen Gastgeberinnen hoben auch ihren Blick, soweit sie konnten, während die Vorsteherin ihren senkte, beleidigt, oder traurig, ja, eher traurig, darüber, dass ein Rendezvous der Pflicht vorging.

»Trotz allem hat das Rote Kreuz immer Verwendung für dich«, sagte sie.

Endlich durfte Jokum gehen, und mit langen Schritten überquerte er den Vestkanttorget. Es war klar. Es war klar, dass seine Mutter ihn dort nicht haben wollte, genauso wenig, wie er wollte, dass sie sich im Studentenwohnheim herumtrieb. Psch! Er sah ein, dass alle Menschen ihren eigenen Platz brauchen, ungestört, einen Platz abseits, nicht zu verwechseln mit dem Frieden des Privatlebens. Dieser Wunsch nach einem anderen Ort war gleich dem Wunsch nach einem anderen Leben. Wo war Jokums anderer Ort? Wo war sein anderes Leben? Bei Synne und nirgendwo sonst. Dort musste es sein. Und auch das ging ihm nicht aus dem Sinn: Hatte er etwas übrig? Wie kann man wissen, ob etwas übrig war? Ist ein Regenschirm übrig, wenn es nicht regnet? Außerdem hatte er nie einen Regenschirm benutzt, aus verständlichen Gründen, und sollte das auch nie tun. Aber die Gastgeberinnen in der Stube hatten mehr als genug übrig, sie hatten gute Taten übrig. War es das, was auch seine Mutter übrig hatte, gute Taten, für die sie nicht länger zu Hause Verwendung hatte? Und was hatte die Vorsteherin eigentlich sagen wollen, als seine Mutter sie unterbrach? *So einer wie du, der ... So einer wie du, der was? So einer wie du, der so groß ist?* Glaubte sie vielleicht, dass er Dinge übrig hatte, weil er so groß war? Er brauchte nicht mehr Dinge als andere, aber es kam vor, dass er längere Dinge brauchte. Das war ein gewisser Unterschied. Jokum war empört über das Rote Kreuz. Trotzdem beschloss er, eine Liste über Dinge aufzustellen, die er entbehren konnte. Aber er war in seinem Leben noch nicht so weit gekommen, um mit Wegwerfen oder Entbehren anzufangen. Hätte er es besser gewusst, er hätte seinen eigenen Lebenslauf mit Norwegens Entwicklung nach dem Krieg vergleichen können. Erst 1964 konnte das Rote Kreuz einen Flohmarkt in Oslo organisieren, ganz einfach, weil die Leute vorher nichts übrig hatten, nichts, was sie bis dahin hätten entbehren können. Und so konnte die Genügsamkeit schließlich ihr wahres Gesicht zeigen: die Generosität. Die Genügsamkeit ist generös. Später, als wir so reich wurden, dass wir uns nichts mehr leisten konnten, hielten die Dinge nur noch immer kürzere Zeit, bis sie bereits im gleichen Moment, in dem wir sie kauften, schon alt und verschlissen waren. Und der Zustand der Dinge färbte auf uns ab, auf die Käufer, die Kunden, die Nutzer, unsere Gedanken wurden in dem Moment, in dem wir sie dachten, alt und verschlissen. Der Überfluss zeigte sein ebenso wahres Gesicht: die Gier. So hängt das zusammen. Zum Schluss werfen die Dinge uns fort. Wir werden entbehrlich. Wir werden auf dem Friedhof der Dinge zurückgelassen. Jokum sollte später die Gelegenheit haben, dieses Phänomen näher zu studieren, ja, er weihte große Teile seines Lebens den Dingen, dem, was er gern den Zustand der Dinge nannte. Und er würde sich selbst, wenn auch widerstrebend, vielleicht ganz einfach, weil er keine Titel mochte, als *Rhyparographos* bezeichnen, das heißt, als *Fotograf der einfachen Dinge*. Es ist sicher auch erwähnenswert, dass die erste Dagsrevyen, die Nachrichten im Fernsehen, die von norwegischem Boden aus gesendet wurden, woher auch sonst, 1960 zu großen Teilen aus einem Bericht über einen Schrotthändler bestanden. Doch jetzt blieb Jokum vor Naranja stehen. Synne war noch nicht da. Also wartete er. Warten ist sterben. Jokum dachte: Ich habe Zeit übrig. Die kann ich dem Flohmarkt geben. Stunden und Minuten kann ich geben. Brauchen die Menschen in Afrika Zeit, mehr Zeit? Hieße das nicht nur, ihre Leiden zu verlängern, sie auszudehnen? Was hatte sein Vater noch gesagt? Dass Mutter zu viel Zeit hatte und deshalb melancholisch geworden war. Melancholie ist langsamer Zorn, leise Wut. Melancholie ist Unzufriedenheit, die nachdenkt. Melancholie ist Glut, keine Flammen. Die Sonne zog an den Bäumen an der Ecke vorbei und traf Jokum, der zusammensackte, sich umdrehte und eine Schildkröte sah, die im Fenster stehen blieb, vielleicht war sie auch vorher schon stehen geblieben, es war schwierig, nahezu unmöglich zu sagen. Der Abstand zwischen Bewegung und Ruhe ist im Falle einer Schildkröte so kurz, dass man die Erdrotation mit einbeziehen muss, will man ihn messen. Aber eines war zumindest sicher. Die Schildkröte zog ihren grünen, schlangenartigen Kopf zurück unter den Schild und wurde zu einem Schild, einem Waffenschild, einem Gegenstand, einem Ding zur Verwechslung ähnlich. Die Sonne zog nicht von Jokums Nacken fort, also ging dieser in den Laden. Der Geruch nach Futter, Pflanzen, Fell, Federn, Aquarien und Exkrementen brachte ihn für einen Moment aus der Fassung, weil er ihn so unerwartet traf, ein plötzlicher Dschungel mitten in Oslo, auch wenn er doch hätte vorbereitet sein müssen, aber seine Gedanken waren woanders, und jetzt wurden sie auf die gegenüberliegende Seite geworfen, in Form von Erinnerungen, und eigentlich sollte er zu jung sein, um Erinnerungen zu haben, sollte vielmehr das Gedächtnis des Studenten haben, genau wie er nicht alt genug war, um etwas übrig zu haben. Die Erinnerung: der Zoologische Garten in Kopenhagen. Die Giraffe hat mich angesteckt!, dachte Jokum, als er ein Kind war und zwischen seinen Eltern stand und zum ersten Mal eine Giraffe sah, als hätte er bereits damals seine eigene Art wiedererkannt, und dieses langhalsige Tier senkte den Kopf in einem goldenen Bogen, und die Augen waren so glänzend und leer, dass Jokum anfing zu weinen, sich von den Eltern losriss und stattdessen zu den Löwen lief, zu den Tigern und Leoparden, diesen heroischen, gefürchteten und bewunderten Tieren, doch er kam nicht weiter als bis zu den Pinguinen, die in ihren bürgerlichen Anzügen hoch auf ihren Zehen standen. Der Verkäufer, ein glatzköpfiger Mann mittleren Alters in dunklem Anzug, Hut,

Lederschürze und Handschuhen, brachte Jokum einen Stuhl und holte ein Glas Wasser.

»Das kommt vor«, sagte der Verkäufer.

Jokum trank das lauwarme Wasser und erholte sich.

»Was kommt vor?«

»Dass Leute sich hier herein verirren.«

»Das kommt vor?«

»Ich hatte schon Kunden, junger Mann, die haben sich selbst erst viele Tage, ja vielleicht sogar Wochen später wiedergefunden. Ja, die sind zurückgekommen, um nach dem Weg zu fragen.«

Für eine Weile ruhte sich Jokum in dem grünen Licht aus, das durch seine Augenlider sickerte und den Mund mit trockenen Algen füllte, so fühlte es sich an. Er trank noch mehr Wasser.

»Es geht wieder besser. Danke schön.«

Der Verkäufer lehnte sich gegen den Tresen und legte die Hand auf die hohe schwarze Kasse.

»Hat die Schildkröte Ihr Interesse geweckt?«

»Ich weiß nicht. Sie …«

»Leider kann ich jungen Menschen keine Schildkröte empfehlen.«

»Nein?«

»Schildkröten sind am besten für Rentner, Witwen und Witwer. Leute, die viel Zeit haben.«

Für Jokum passte das nicht zusammen. Haben die, die bald sterben werden, viel Zeit? Hat nicht vielmehr die Jugend reichlich Zeit? Oder ist das Betrachten der Schildkröte eine Übung im Sterben? Und was ist mit Mutter? Sollte er ihr eine Schildkröte kaufen, obwohl sie noch keine Witwe war, sondern nur viel Zeit hatte? Er schob diese Betrachtungen zur Seite und fragte stattdessen:

»Und was können Sie mir empfehlen?«

»Ratten.«

»Ratten. Na hören Sie mal.«

Der Verkäufer holte eine Kiste, stellte sie vor Jokum auf den Boden und nahm den Deckel ab. In der Ecke lag eine Ratte und fauchte mit spitzen Zähnen.

»Na, was meinen Sie?«

»Wer um alles in der Welt will Ratten haben?«

»Die Jugend. Angefangen hat das in London. Die tragen sie auf der Schulter, wenn sie draußen herumlaufen.«

»Lebendig?«

»Sehr lebendig. Das ist doch gerade der Sinn dabei.«

Plötzlich setzte der Verkäufer Jokum die Ratte auf die Schulter. Der steife, zähe Schwanz strich an seinem Gesicht vorbei, am Mund, Jokum schüttelte ihn ab. Der Verkäufer setzte das Tier wieder in die Kiste und legte den Deckel drauf. Sie hörten, wie das Tier an den Wänden kratzte.

»Also eher nichts für Sie?«

Jokum leerte das Glas und schaute hinaus. Die Schildkröte stand immer noch an der gleichen Stelle im Schaufenster. Ein Schatten löste den nächsten auf dem leeren Marktplatz ab. Synne war nicht zu sehen. Ein Geräusch ließ ihn sich umdrehen, eine Art mechanisches Lachen, aus einem Käfig, und in dem Käfig saß ein kräftiger Vogel mit blauen Flügeln und einem großen gelben Schnabel.

»Was ist das?«

»Das? Das ist ein Arakanga. Ein amerikanischer Papagei. – Interessiert?«

»Ich möchte nichts kaufen. Ich warte…«

In dem Moment klingelte das Telefon hinter dem Tresen. Sofort ahmte der amerikanische Papagei das Signal nach, aber in dem krummen Schnabel klang es eher wie besetzt. Der Verkäufer nahm den Hörer ab und sprach leise und vertraulich. Jokum stand auf und ging näher an den Käfig heran, in dem der Papagei die Stille nachahmte. Die Flügel glänzten. Die Federn ähnelten den Schuppen einer Schlange. Wozu kann man einen Papagei benutzen? Ich kann ihn zum Lernen benutzen, dachte Jokum. *Der Prozess*, flüsterte er zwischen den Gittersprossen hindurch, und sofort erklang aus dem Käfig: *Der Przess! Der Fremde. Dr Frmde! Gatsby. Gspy!* Es war fantastisch. Der Vogel war fantastisch.

»Für Sie.«

Jokum drehte sich um, und der Verkäufer reichte ihm den Hörer, bevor Jokum auch nur protestieren konnte. Der Anruf war unmöglich für ihn. Es war Synne.

»Ich schaffe es nicht, Jokum.«

»Du schaffst es nicht?«

»Nein. Aber es ist richtig nett von dir, dass du da bist.«

»Und warum schaffst du es nicht?«

»Ach, wenn du nur wüsstest.«

»Wenn ich wüsste?«

»Ja!«

»Und wann soll ich es dann wissen?«

»Triff mich um sieben Uhr vor dem Physikgebäude.«

»Was sollen wir dort?«

Synne wirkte aufgeregt und ungeduldig und vergaß zu antworten, bevor sie auflegte, sagte sie nur noch:

»Und grüße Arntzen und sage ihm vielen Dank.«

Jokum folgte dem Kabel bis zum Telefon und legte auf. Der Verkäufer hatte sich hinter den Käfig gestellt und goss Wasser in eine kleine grüne Schale.

»Laut dem Glauben der alten Christen ist der Papagei der Wächter über das Gute«, sagte er.

»Und wenn er im Käfig ist?«

»Wie viel haben Sie bei sich?«

»Zehn Kronen.«

»Dann kriegen Sie den Papagei für fünf Kronen und den Käfig gratis. Den Rest können Sie später bezahlen.«

»Und wie viel ist der Rest?«

»Zwanzig Kronen.«

»Da schlage ich zu«, sagte Jokum.

Jokum gab dem Verkäufer fünf Kronen, und anschließend schüttelten sie sich die Hand, um den Handel zu besiegeln. Dann nahm Jokum den Käfig und ging auf das Licht zu, blieb dann aber stehen, genau zwischen dem Dschungel und dem Vestkanttorget.

»Arntzen?«

Der Verkäufer schob die Lade in der Kasse zu.

»Ja? Das bin ich.«

»Ich soll schön von Synne grüßen und Danke sagen. Vielen Dank.«

»Was meinen Sie, welchem Tier ist sie am ähnlichsten?«

»Synne? Darüber habe ich noch nie nachgedacht.«

»Doch, das haben Sie bestimmt schon.«

»Vielleicht einem Hamster?«

Der Verkäufer nahm seinen Hut ab und schüttelte den Kopf.

»Leider konnte ich nicht zur Beisetzung kommen. Aber ich habe eine Beileidsbekundung geschickt.«

»Was finden Sie denn, welchem Tier sie am ähnlichsten ist?«

»Dem Tier, das ich bisher noch nicht gesehen habe.«

Der Verkäufer strich sich mit der Hand über den Schädel, dann setzte er sich den Hut wieder auf, er hatte noch mehr auf dem Herzen.

»Laut der buddhistischen Lehre warnen die Papageien vor Regen.«

»Dann hoffe ich, dass das auch stimmt.«

»Aber für die Hindus ist der Papagei ein Warnzeichen vor der Untreue.«

Langsam wurde es fast zu viel für Jokum.

»Wie kann er das denn alles auf einmal sein?«

»Nicht der Papagei, junger Mann. Die Menschen sind das alles auf einmal.«

Endlich kam Jokum aus dem Laden heraus und ging Richtung Majorstua. Was seine Gedanken betraf, so hatte er keinen Ordnungssinn mehr, hatte ihn noch nie gehabt, aber noch weniger jetzt, und er sehnte sich nach einem Ordnungssinn. Das Einzige, was er in seinen Gedanken haben sollte, war Synne, denn Ordnung hinsichtlich ihrer Person zu halten, war mehr als genug. Er schaute in den Himmel, glatt und weit, keine Wolken, kein Anzeichen von Regen, die Schatten hatten sich ein für alle Mal im Licht verkrochen, der letzte Tag im Mai, Kopfschmerzen. Doch er war kein Buddhist und auch kein Hindu. Der Papagei sollte über das Gute wachen. Jokum war Christ, oder? Er gehörte der Staatskirche an. Er hielt die andere Wange hin. Er war aus alter Gewohnheit Christ, sagte das aber nicht laut. Zumindest war er getauft. Verflucht sei die Taufe! An der Ecke zur Neuberggaten gab es jedoch Probleme mit dem Papagei. Es lag nicht daran, dass der Käfig plötzlich zu klein geworden war. Und die Welt draußen war auch nicht zu groß geworden. Der Papagei breitete seine blauen Flügel aus, hackte auf das Schloss ein und trat gegen die Gitterstäbe. Jokum hatte alle Hände voll damit zu tun, den Käfig festzuhalten. Leute blieben stehen und beobachteten das Schauspiel. Als ob sie nichts anderes zu tun hätten. Sie lachten. Als ob man über so etwas lachen konnte. Glaubten sie vielleicht, hier wäre immer noch die versteckte Kamera am Werk? Dass es wieder einmal jemanden gab, der für sie seinen Kopf hinhalten musste? Und trotzdem lachten sie, ein neues Lachen, das schadenfrohe. Die Botschaft des neuen Lachens lautete: Wie schön, dass ich es nicht bin. Deshalb lache ich. Was hätte Der sonderbare Mann gemacht? Er hätte getan, womit niemand gerechnet hätte. Er hätte den Papagei freigelassen. Anschließend wäre er selbst in den Käfig gekrochen. Er hätte sich auf die Seite des Papageis gestellt. Aber ist die Freiheit die Seite des Papageis? Ein Arakanga in Oslo? Wie frei ist er? Fast wäre Jokum hingefallen, so einen Aufstand machte der verdammte Vogel in seinem Käfig. Und noch lauter wurde das Gelächter. Es kam, wie es kommen musste. Die kleine Tür löste sich, und hinaus flog der Papagei, stieg höher und höher zum Applaus der Zuschauer, und schließlich landete er auf einer Regenrinne. Dort blieb er nicht lange sitzen. Er flog weiter zu einem Schornstein. Im nächsten Moment zog er jedoch einen Laternenmast vor. Dann befand er sich auf einer Telefonleitung. Jokum folgte dem Papagei so gut er konnte mit dem Blick, doch was half das schon? Was hilft es, wenn wir mit dem Blick dem folgen, das dennoch verschwindet? Der Papagei hob sich wieder in die Lüfte und flog vorbei am Frognerbad, an den Sprungbrettern, den Schwimmbecken und weiter in den Luftraum über der Vigelandanlage. Jokum lief mit dem

Käfig hinterher, als wäre der Käfig ein Kescher zum Vogelfang. Er lief zwischen Bäumen hindurch, zwischen Kinderwagen, zwischen Mädchen, die im Gras lagen und sich sonnten. Ja, ein sonderbarer Mann, trotz allem. Beim Monolith blieb er stehen. Da saß der Papagei, ganz oben, wo sonst, auf der Spitze dieses aufragenden Steinhaufens, da saß er und lachte. Der Prozess!, rief Jokum. Der Fremde! Gatsby! Doch es half nichts. Der Papagei wollte nur immer noch höher hinaus und verschwand in der Bläue, das Blau im Blau. Und Jokum blieb mit dem leeren Käfig zurück, der Erinnerung an den Papagei. Wenn der Herrscher stirbt, bleiben nur die Insignien der Macht zurück. Was jetzt? Was sollte er mit so einem Käfig anfangen? Er ging, wenn auch widerstrebend, zur Stube und klopfte an. Die Vorsteherin öffnete. Jokum gab ihr den Käfig.

»Den hatte ich noch übrig«, sagte er.

»Ich wusste es doch. Im tiefsten Inneren bist du doch gut.«

»Nun ja, ich geb mir alle Mühe.«

»Das können nicht alle von sich behaupten.«

Jokum duckte sich. Ihm kam in den Sinn: Er war hochmütig, und jetzt wurde er vom Roten Kreuz zurechtgewiesen. Er tauschte seine gute Tat gegen den Glorienschein ein. Doch was war mit den Notleidenden? Interessierte die der Gedanke, der hinter der Tat stand? Hatten sie nicht schon genug zu schaffen mit den Geschenken, mit dem, was übrig war?

»Ich weiß ja nicht, ob jemanden so einen Käfig gebrauchen kann«, sagte er.

»Es gibt immer jemand, der etwas gebrauchen kann. Möchtest du ein Stück Kuchen? Es ist noch übrig von den Gastgeberinnen.«

»Nein, danke. Ist meine Mutter noch da?«

»Sie ist für heute nach Hause gegangen. Bist du sicher, dass du nicht doch ein kleines Stück Kuchen haben möchtest?«

»Danke, wirklich nicht. Was ich sagen wollte. Meine Mutter ist absolut spitze im Nähen. Sie sollten sie dafür einsetzen. Nicht fürs Kaffeekochen.«

Die Vorsteherin schaute Jokum lange an. Er war nicht in der Lage, ihren Blick zu deuten. War er noch eine Zurechtweisung? Jedenfalls bereute er seine Äußerung schon. Er wollte sich mit dem Roten Kreuz nicht überwerfen. Er wollte nur seiner Mutter einen Dienst erweisen, und vielleicht endete es damit, dass er ihr stattdessen alles kaputt machte.

»Wir steigen hier von Grad zu Grad auf«, sagte die Vorsteherin.

»Ja, ich wollte natürlich nicht ...«

»Warte kurz. Niemand geht mit leeren Händen aus der Stube!«

Die Vorsteherin verschwand mit dem Käfig und kam mit einem eingewickelten Butterbrot zurück, das sie Jokum gab. Dann schloss sie die Tür. Er legte das Butterbrot in die Tasche. Und endlich konnte er zum Physikgebäude gehen. Der Abend kippte über die Häuserdächer, grün und sanft, ja, vielleicht einfach nur wohlgesonnen. Sollte es tatsächlich möglich sein, dass er anfing, den Frühling statt des Herbstes zu mögen? Sollte er ernsthaft dabeibleiben? Wenn der Frühling Synnes Jahreszeit war, dann sollte sie auch seine werden. Ist es vielleicht doch möglich, sich zu verändern? Ein befreiender Gedanke, ein gedankenloser Gedanke! Jokum blieb auf der letzten Anhöhe stehen. *Ich kann mich verändern!* Sie saß bereits da, allein auf der niedrigen Bank ganz oben, sie trug einen langen weißen Rock, eine weiße Bluse und Sandalen. Sie hatte eine Zigarette angezündet, das bleiche Dreieck ihres Gesichts, wenn sie an ihr zog und die Luft anhielt, bevor sie den Rauch wieder herausstieß, der in einer dünnen Wolke vor ihrem Mund hängen blieb, die sich schnell von allein auflöste. Sie hatte ihn noch nicht entdeckt. Wäre er vertrauter mit Synnes Studienplan, hätte er sich mit Leonardo da Vinci vergleichen können, als dieser vor der Grotte seines Lebens stand: *überwältigt von Begierde und Ekel.* Auf jeden Fall war es befreiend, so dazustehen, ebenso befreiend, wie sich zu verändern. Zu wissen, dass jemand auf ihn wartete. Und nicht nur das, sondern es mit eigenen Augen zu sehen. Dass jemand auf ihn wartete. Jokum beschloss, es sich zur Gewohnheit zu machen, zu spät zu kommen, zumindest als Letzter. Synne zündete sich eine neue Zigarette an der alten an und wirkte noch magerer. Da musste es genug sein. Da war die Sehnsucht nach ihm groß genug. Jokum ging hoch zur Bank und setzte sich neben sie.

»Tut mir leid«, sagte er.

»Was denn?«

»Dass ich zu spät …«

»Du hast die ganze Zeit da unten gestanden.«

»Ich musste ein bisschen ausruhen. Das …«

»Was hast du gesehen?«

»Was ich gesehen habe?«

»Ja, als du da unten gestanden und hergeguckt hast.«

»Ich habe dich gesehen.«

»Und was hast du da gesehen?«

»Nun, wie gesagt, ich habe dich gesehen«, wiederholte Jokum.

»Bist du dir sicher, dass du niemand anderen gesehen hast?«

»Nein, das verstehe ich jetzt nicht.«

»Aber wenn ich frage *warum*, das verstehst du doch, oder? *Warum* hast du da unten gestanden und hergeguckt?«

»Nur um zu sehen, wie schön du bist, Synne.«

Sie schob ihre Hand in seine, nachdem sie die Zigarette hatte fallen lassen, und zertrat sie mit der Sandale.

»Fandst du mich schön?«

»Ja. Fand ich.«

Jokum änderte seinen Entschluss. Er würde aufhören zu spät zu kommen, auch wenn dieses Mal das erste Mal gewesen war. Es war trotz allem besser zu warten, als erwartet zu werden. Wer erwartet wird, hat nur wenig oder gar nichts zu sagen. Er holte das Butterbrot heraus und öffnete das Papier. Zwei Stück Kuchen. Eins gab er Synne. Doch der Kuchen war inzwischen so trocken, dass er sich zwischen ihren Fingern auflöste und Krümel für Krümel hinunterrieselte, ins Gras, auf den Boden, wo augenblicklich eine andere Welt zum Vorschein kam, ein widerlicher Anblick, die unerschrockene, gierige Welt der Ameisen, der Würmer, der Käfer, der Insekten, diese Welt, die laut Synne das einzig Lebendige in den toten

Motiven des Stilllebens war. Jokum verging jeglicher Appetit. Er schaute auf dieses Gewimmel zwischen seinen Schuhen.

»Willst du weggehen? Ins Ausland?«

»Vielleicht.«

»Und wann?«

»Früher oder später.«

Jokum wollte fragen, ob er mitkommen solle, ob sie sich das schon überlegt habe. Er wollte mitkommen, wohin auch immer. Aber er brachte es nicht über sich. Er schaffte es nicht. Denn was, wenn die Antwort Nein war? Dann wäre es besser, nichts zu wissen, einfach im Fluss der Unwissenheit zu bleiben und es dabei zu belassen.

»Was hätte ich wissen sollen?«, fragte er stattdessen.

Synne gab ihm einen Kuss, und die Stimmung drehte sich.

»Wir wollen ins Konzert ins Chateau Neuf.«

»Mit wem?«

»Mit Leonard Cohen.«

Synne stand auf, und Jokum folgte ihr zur Tørtbergjordet hinunter, zum Fußballfeld. Während sie über das trockene Gras zwischen den Toren gingen, nahm sie seine Hand. Ja, der Frühling war schon eine besondere Zeit. Und Jokum dachte an alles, was man zum ersten Mal zusammen machen konnte: aufwachen, auf einer Bank sitzen, Kuchen essen, Hand in Hand gehen, zuhören, sehen, es war überwältigend, daran zu denken, dass man das meiste, was man allein macht, auch zusammen machen kann und man auf diese Art das Gewöhnliche zur Ausnahme erhöht. Was sie taten, sollte niemals zur Gewohnheit werden! Waren das die Gedankenbahnen der Verliebtheit? Ja, Jokum hatte die Gedankenbahnen der Verliebtheit betreten.

»Arve spielt das Warm-up«, sagte Synne.

Stimmung kaputt. Hinduistischer Papagei. Untreue. Jokum blieb stehen, zog seine Hand zurück, und dann platzte es einfach aus ihm heraus:

»Habt ihr etwas am Laufen?«

»Etwas am Laufen?«

»Ja, etwas am Laufen. Du und dieser Liedersänger.«

Synne lachte, sie lachte ihm direkt ins Gesicht.

»Arve mag keine Mädchen, Jokum.«

»Arve Storvik mag keine Mädchen?«

»Nicht auf diese Art und Weise.«

»Auf welche Art und Weise?«

»Du weißt schon.«

»Er mag keine Mädchen auf diese Art und Weise?«

»Nein. Und deshalb haben wir auch nichts am Laufen.«

»Woher weißt du das? Dass er keine Mädchen auf diese Art und Weise mag?«

»Ich weiß es einfach.«

»Aber er hat doch seine Bude immer voller Mädchen!«

Synne zuckte nur mit den Schultern, und der Abend wechselte seine Farbe.

»Vielleicht will er etwas beweisen, Jokum. Oder verbergen. Was ab und zu aufs Gleiche rauskommt.«

Jokum schaute zu Boden, traute sich nicht, ihrem Blick zu begegnen. Eigentlich sollte er erleichtert sein. Sie hatten nichts am Laufen. Aber das Gegenteil war der Fall, er war nicht erleichtert, er war bedrückt. Der Gedanke, dass die beiden, Synne und Arve, darüber vielleicht gesprochen hatten, war fast schlimmer, als wenn sie etwas am Laufen gehabt hätten. Er war ganz einfach unerträglich. Oder dass sie es bei ihm versucht und er sie abgewiesen hatte. Nein, nein und nochmals Nein. Undenkbar.

»Na gut«, sagte er.

»Und frag mich so was nie wieder. Niemals.«

»Was?«, fragte Jokum vorsichtig.

»Ob du dich auf mich verlassen kannst.«

Synne nahm seine Hand wieder auf, legte sie in ihre, und sie gingen weiter zum Chateau Neuf, vor dem bereits eine Schlange bis zum Sørkedalsveien stand, eine krumme, leise Schlange, so langsam, dass sie ebenso gut auch hätte stehen bleiben können. Sie stellten sich hinten an. Jokum dachte an die Schildkröte im Schaufenster. Die Schlange zu Leonard Cohens Konzert war eine Schildkröte. Aber dann kamen sie doch an die Reihe. Synne holte die Tickets heraus, für die sie einen halben Tag hatte anstehen müssen. Und es waren nicht irgendwelche Eintrittskarten, sondern Platz 17 und 18 in der Reihe 58, letzte Reihe, Jokums Lieblingsplatz, wo er niemandem die Sicht nahm. Selbst darauf hatte Synne Rücksicht genommen. Sie hatte auf ihn Rücksicht genommen. Ja, die Stimmung drehte sich erneut. Die Farben änderten sich. Oder waren es nur die letzten Karten, die noch zu haben gewesen waren, die *übrig* gewesen waren, die schlechtesten für alle außer Jokum, sodass sie gar keine andere Wahl gehabt hatte? Er dachte nicht weiter darüber nach. Es gab auch so schon genug, worüber er nachdenken musste. Und dann saßen sie schließlich ganz hinten, das heißt, ganz oben, im großen Saal, in der steilen Arena vom Det Norske Studentersamfundet. Hier schien keine Sonne an der Wand wie in der Aula, hier waren nur Rohre, Balken, Metall und Kabel, es waren keine Wände, sondern Maschinen, es schien, als säße man in einer Maschine, die Erwartungen produzierte, eingepackt in Sekunden, Minuten, Viertelstunden, die einzige Verpackung der Erwartungen, *die Zeit*. Denn es dauerte und dauerte. Leonard Cohen ließ auf sich warten. Nein, er ließ das Publikum auf ihn warten. Doch solange in der Zwischenzeit nicht Arve Storvik auftauchte, war Jokum eigentlich alles egal. Seine Hand in Synnes weißem Schoß. Feuchte Zigaretten, die den Mund wechselten. Dann endlich kam er, Leonard Cohen, auf die Bühne, ein Mann mittleren Alters, fast schon alt, mit schwarzem Haar, schweren Augen, einer abgegriffenen Gitarre, tiefen Zügen und tiefen Taschen. Ein Seufzer erfüllte den Saal, vorwiegend von den Damen, es war der Abend der Damen. Er fing an zu singen. Er sang den gleichen Song immer und immer wieder, mit der gleichen Stimme, und schlug haargenau die gleichen Akkorde. Nur die Worte veränderten sich in den Versen, wenn auch nur minimal, monotone Beschwörungen, leise, feuchte Bitten. Die Produktion im großen Saal war umgestellt worden, und jetzt lieferte Leonard Cohen die Waren: langsame Niederlagen in blauer Verpackung, die

Wiegengesänge der edlen Verlierer. Jokum war kurz vorm Einschlafen. Da tauchte ein anderer Mann auf, zum Glück auch jetzt nicht Arve Storvik, ein Mann, der offenbar nicht zum Programm gehörte. Es war ein Fremder in schmutziger Kleidung, ein Störer. Er ergriff das Mikrofon, das hässlich aufheulte, und im Publikum heulte es noch hässlicher. War das die Polizei? War das ein verdeckter Ermittler? Sollte hier eine Razzia durchgeführt werden? Der Mann bat um Ruhe, zunächst vergeblich. Eine Frau ging zu Leonard Cohen, flüsterte ihm etwas ins Ohr, und die beiden verschwanden gemeinsam hinter der Bühne, wo man eine Unruhe bemerken konnte, hastige Bewegungen, Dinge wurden verschoben, huschende Schatten. Nach einer Weile wurde es ruhig. Der Mann bat das Publikum, den Saal zu verlassen, sofort, in Ruhe und geordnet. Es gab keinen Grund zur Panik. Es war nur eine Bombendrohung eingetroffen. *Es war nur eine Bombendrohung eingetroffen.* Die Leute blieben sitzen. Einige lachten. Eine Bombendrohung? Eine Bombendrohung gegen das Chateau Neuf, gegen Leonard Cohen, gegen sie? Das konnte nicht stimmen. Sie hatten doch nichts Böses getan. *Wir haben nichts Böses getan.* Sie verließen den Saal nicht. Stattdessen fingen sie an zu klatschen, zu trampeln. Sie wollten Leonard Cohen zurück auf der Bühne haben. Sie hatten bezahlt. Das erwarteten sie. *Wir verdienen das.* Der Mann bat sie höflich ein weiteres Mal, er sagte, *ich bitte Sie,* er flehte sie an. *Es ist in Ihrem eigenen Interesse!* Niemand hörte ihm zu. Niemand hörte ihn. Seine Warnung ertrank im Applaus. An dieser Stelle möchte ich einwerfen: Hier saß eine Generation, die sofort an den Beginn des Dritten Weltkriegs am nächsten Morgen glaubte, aber nicht an eine Bombendrohung an diesem Abend. Es waren immer noch die harten Zeiten der Unschuld. Jokum dachte: Vielleicht kommt die Bombendrohung von Arve Storvik, weil er nicht vor Leonard Cohen spielen durfte. Doch dem möchte ich gleich entgegenhalten, dass dem nicht so war. Auch wenn sich lange Zeit ähnliche Gerüchte hielten. Die Beharrlichsten suchten nach verborgenen Botschaften und Geständnissen in seinen Texten, und wer nach so etwas sucht, der findet es auch. Vielleicht führten sie genau diese

Zeilen an aus *Unscheuer Blues: Ich lache mich tot/seh darin aber keinen Sinn/ich stehe zwischen der Bombe und dem Funken.* Ich stelle
also fest: Arve Storvik ist und bleibt unschuldig. Er hat nichts mit
der Drohung gegen Leonard Cohen im Chateau Neuf am 31.
Mai 1976 zu tun. Er nutzte diesen Abend, um aus dem Studentenwohnheim auszuziehen, der Startschuss zu seinem rastlosen Dasein, bis
er offenbar mit Frau, Kind und fester Stelle in Trondheim zur Ruhe
kam. Jokum beugte sich zu Synne:
»Vielleicht sollten wir gehen«, sagte er.
»Wir bleiben. Und warten ab, was passiert.«
»Und wenn es knallt?«
»Dann ist Leonard Cohen das Letzte, an das wir uns erinnern.«
Jetzt tauchte ein Polizeibeamter in Uniform auf der Bühne auf.
Der Applaus ging in ein Pfeifkonzert über, so schnell, als wären es
nur zwei Seiten einer Medaille. Wenn es wirklich knallte, würde
Jokum sich dann wirklich als Letztes an Leonard Cohen erinnern?
Nein, er würde sich an Synne erinnern, sie würde das Letzte sein,
und damit konnte er leben. Der Uniformierte fasste sich kurz. *Alle
Mann raus!* Das zeigte Wirkung. Das Publikum bewegte sich end-
lich auf die Ausgänge zu, in einer langsamen, selbstgefälligen Panik,
ganz im Stil von Leonard Cohens Liedern. Jokum und Synne folgten ihnen. Schließlich hatten sich alle auf dem Rasen hinter dem
Chateau Neuf versammelt, es herrschte eine ratlose Stimmung, niemand wollte nach Hause gehen. Das durfte doch wohl nicht das
Ende sein? Damit konnte es doch wohl nicht schon vorbei sein? Die
Dunkelheit war so weich, dass man sie trinken konnte. Jemand fing
an zu singen: *Suzanne takes you down to her place near the river.* Andere stimmten ein, nicht länger ratlos. Es war Gemeinschaftssingen
auf dem Tørtbergjordet. Es war Nachbarschaftshilfe in Moll. Jokum
tat, als sänge er. Immer noch hielt er Synne bei der Hand. Sie hielt
ihn immer noch bei der Hand. Dann geschah etwas, das niemand,
der an diesem Abend dabei war, dem letzten im Mai 1976, jemals
vergessen wird, zumindest nicht Jokum und Synne, vielleicht gerade die beiden nicht, denn das, was dann passierte, sollten sie be-

wahren, bis dass der Tod sie schied, und Jokum dachte immer mal wieder im Laufe seines Lebens, dass sein Schicksal von einem amerikanischen Papagei, einem kanadischen Charmeur und einer norwegischen Bombendrohung bestimmt worden war. Wie dem auch sei: Leonard Cohen kam heraus zu ihnen auf den Rasen, zu seinem Publikum, er kam zu *den Seinen*, mit der Gitarre über der Schulter, einer Weinflasche in der einen Hand und einer Zigarette in der anderen. Er setzte sich auf eine Kiste und konnte das Konzert fortsetzen, im Inneren eines Kreises dankbarer Jünger. Und während er *Bird on a Wire* sang, es ist wahr, er sang es, ich war dabei, verdammt noch mal, zeigte jemand in den Himmel, den offenen Himmel. Und dort zog ein großer blauer Vogel seine Kreise über ihnen, und nur Jokum wusste, was für eine Art von Vogel das war, ein Arakanga, ein freier Papagei. Kein Regen. Keine Untreue. Dafür das Gute. Er nahm Synnes beide Hände in seine und flüsterte:

»Willst du mich heiraten?«

SCHWARZ-WEISS IN FARBEN

Ein Studentenheim im Sommer ähnelt einer Katastrophe, wenn der Staub sich gelegt hat: der braune Rasen, leere Flaschen auf den Fensterbänken, die Aschenbecher auf den Tischen in dem menschenleeren Pub, der Supermarkt ohne Waren und Parolen ohne Demo. Die Bewohner waren ihrer Wege gegangen, nur ganz wenige waren noch geblieben, wer sich an die Hoffnung klammerte oder jeden Glauben verloren hatte. Ganz wenige, das ist z.b. Jokum Jokumsen. Er sitzt in seiner Bude mitten am helllichten Vormittag mit zugezogenen Gardinen und lernt. Es gibt so viel, was er sich merken muss. Er liest *Der Prozess* noch einmal, aber es gelingt ihm nicht zu lachen. Oh je. Stattdessen blättert er in Calderons *Das Leben ein Traum*. Er kommt zu dem Schluss, dass der Besuch in seinem Zimmer an dem besagten Morgen ein Traum gewesen sein muss. Träume sind lose Fäden. Und trotzdem wirken sie weiter im täglichen, im normalen Leben, sie wirken auf uns ein, sie bewegen uns, sie verändern unsere Richtung. Jokum schreibt an den Rand: *Wer zieht an den Fäden?* Aber hatte er nicht im Vestre Krematorium bewiesen, bei Huberts Beerdigung, dass dem nicht so war, dass das Leben nicht ein Traum ist und der Tod nicht wach. Er beginnt zu zweifeln. Ein Studentenwohnheim im Sommer ähnelt trotz allem nicht dem stummen Schlachtfeld einer Katastrophe. Das Studentenwohnheim im Sommer ist nur das Leben nach dem Tod. Jokum kommt nicht weiter. Der Text erinnert ihn zu sehr an Synne. Er hat nicht jeden Glauben verloren. Er klammert sich nur an die Hoffnung. Sie hat bis jetzt noch nicht geantwortet. Und gewisse Dinge fragt man nicht noch einmal. Vielleicht hat sie die Frage nicht gehört? Darauf hofft er. Dass sie sie nicht gehört hat. Dass sie sie zumindest überhört hat. Und so rücksichtsvoll wie möglich sein will. *Willst du mich heiraten?* Er war nicht zurechnungsfähig. Nein. Er hatte sich mitreißen lassen. Jokum verbirgt sein Gesicht in den Händen. Er weiß nicht, wo sie ist. Vielleicht ist es so das Beste. Dass er Synne zum letzten Mal gesehen hat. Das ist das Beste so. Es sind große Ferien. Es riecht nach Schweiß. Träume riechen nicht nach Schweiß. Er riecht nach Schweiß. Deshalb. Die Achselhöhlen, das Hemd, die Finger, der Schritt, die Socken. Deshalb kann er sich nicht konzentrieren. Jokum ist vollkommen verwirrt. Er verwirrt sich selbst. Er kann nicht länger warten. Er legt die schmutzige Wäsche in den Rucksack, wirft ihn sich über, bleibt kurz vor Synnes geschlossener Tür stehen, denkt, *wir könnten unsere Wäsche auch zusammen waschen,* geht hinaus, zwischen die Häuserblocks, durch das Licht, die Abwesenheit, zum Waschraum in Block 8, schließt dort auf, drei Maschinen, alle frei, er entscheidet sich für die hinterste, stopft die Wäsche in die Trommel, kippt Pulver in die Schublade und legt Münzen in den Schlitz. Auf welchen Knopf muss man drücken? Es gibt leider mehrere Knöpfe, ein Programm nach dem anderen. Jokum hat bisher noch nie Wäsche gewaschen. Es ist ihm gelungen, durch die Prüfung zu fallen, zu bumsen und um Synnes Hand anzuhalten. Aber nicht, seine eigene Wäsche zu waschen. Er ist immer noch ein Kind. Dann fällt ihm etwas ein. Die Kleider, die er trägt, sind ja genauso schmutzig. Und was macht man da? Er zieht alles aus, alles bis auf die Unterhose, und findet dafür auch noch Platz in der Trommel. Dann schließt er die Luke, hört, wie die Münzen fallen, als stünde er vor einem riesigen weißen Telefon und sollte die Sauberkeit anrufen, schließt die Augen und drückt auf Kochwäsche. Die Maschine fängt an zu zittern, Wasser läuft, es schäumt. So soll es ja wohl sein. Jokum setzt sich auf einen Hocker und sieht, wie sich die Kleider da drinnen drehen. Bleich wie das Waschpulver sitzt er da, nur in Unterhose, und sieht, wie er selbst erwachsen wird. Aber etwas stimmt da nicht. Langsam aber sicher wird der Schaum rosa. Er versucht die Maschine anzuhalten. Die lässt sich aber nicht unterbrechen. Was einmal begonnen hat, geht auch seinen Gang. Das Programm muss beendet werden. Er sieht, was geschieht, kann aber nichts daran ändern. Kochwäsche, Spülen, Schleudern. Die ganze Sogn Studentby erzittert. Er muss sich festhalten. Dann lässt die Trommel ein letztes Seufzen vernehmen. Jokum weiß es: Erwachsen werden heißt anfangen zu sterben. Er reißt die Luke auf und zerrt die Kleider heraus, eine rosa Garderobe, plus Synnes blutiges Taschentuch, das jetzt sauber und durchsichtig ist. Dass so ein kleines Ding so viel anrichten kann. Das Ganze war jedenfalls ein Reinfall. Was soll er anziehen für den Rückweg, oder soll er in der Unterhose laufen? Warum nicht? Schließlich ist er der Einzige auf dieser Welt. Er stopft die feuchte, verfärbte Wäsche in den Rucksack und macht auch gleich noch einen Umweg zu den Briefkästen unten im Hochhaus. Da liegt eine Karte für ihn, abgestempelt in Birkerød, mit einer Zeichnung von Storm P. *Von der Wiege bis zum Grab*, sie zeigt einen Clown, der einen Regenschirm hochhält, während er auf einem schlaffen Seil zwischen Nuckelflasche und Spaten balanciert. *Lieber Jokum! Uns geht es gut. Vater versucht, das Motorrad zu starten. Zum Glück gelingt es ihm nicht! Übrigens soll ich nach dem Sommer in der Stube anfangen zu nähen. Das Rote Kreuz hat mich bereits befördert. Darüber freue ich mich. Ich hoffe, dir geht es auch gut und dass du nicht zu viel studierst. Und herzlichen Glückwunsch zum Geburtstag. Du bekommst ein Geschenk, wenn wir wieder zu Hause sind. Liebe Grüße Mutter.* Jokum freut sich für seine Mutter, aber er ist nicht froh. Es stimmt, heute ist sein Geburtstag. Er wird 22 Jahre alt. Ein Geburtstag im Juli ist eine einsame Angelegenheit. Was Jokum ausgezeichnet gefällt. Er hätte an keinem besseren Tag in keinem besseren Monat geboren werden können. So hat er es immer schon gesehen. Er brauchte keine Freunde einzuladen, die er gar nicht hatte. Der Sommer kaschierte seine Einsamkeit. Das einzig Gute, was er über diese Jahreszeit sagen kann. Aber dieses Mal, in diesem Jahr, ist es anders. Er vermisst jemanden. Er vermisst Synne. Was die Einsamkeit doppelt so schwer macht. Der Sommer kann sie nicht länger verhindern und auch nicht kaschieren. Er ist erwachsen geworden. Er hat seine Kleidung gewaschen. Er nähert sich dem Spaten. Mit dem Rucksack auf den Schultern nähert er sich dem Wohnheim. Sobald er die Wohnung betritt, merkt er, dass jemand da ist. Hat Bengt Åker noch ein Plakat vergessen? Vermisst Arve Storvik eine Saite? Am liebsten würde er keinem von den beiden begegnen. Es ist Synne. Dass sie ihn so sehen muss. Sie hat sogar die Gardinen aufgezogen und das Fenster geöffnet. Jetzt sitzt sie auf seinem Schlafsofa mit einer kleinen runden Vase im Schoß.

»Aber Jokum. Läufst du nur in der Unterhose herum? Und was für eine!«

Er nimmt den Rucksack ab, zieht die Wäschestücke heraus und legt sie zum Trocknen auf die Fensterbank. Synne muss lachen und legt sich die Hand auf den Mund.

»Was ist denn nur passiert?«, fragt sie.

»Passiert? Ist etwas passiert?«

»Ich kann mich nicht daran erinnern, dass du rosa Kleidung hast.«

Jokum findet das dünne Taschentuch und gibt es ihr.

»Danke fürs Ausleihen. Es hat nur ein bisschen abgefärbt. Und du?«

Sie lässt das Tuch einfach auf den Boden fallen, ohne den Blick von ihm zu lösen.

»Und ich?«

»Ja, was machst du, abgesehen davon, dass du hier sitzt, meine ich.«

»Ich habe Huberts Urne abgeholt.«

»Ach so.«

Sie stellt die Urne auf den Tisch, Huberts letzter Blumenstrauß, und Jokum fragt sich, wie er nur auf so etwas kommt, er weiß es nicht, es passiert einfach, er denkt, dass die Seele sich zum Körper verhält wie der Duft zur Blume.

»Übrigens, herzlichen Glückwunsch zum Geburtstag«, sagt Synne.

»Woher weißt du …«

»Ich passe auf, Jokum.«

Er zeigt auf die Urne.

»Ist die für mich?«

Wieder muss Synne lachen, und während sie lacht, kann Jokum sehen, dass sie Farbe bekommen hat, die Beine, die Arme, die Schultern, das Gesicht, besonders die Schultern sind braun und glatt wie Kastanien, er hätte gern ein wenig mehr gesehen, jetzt, wo er erst einmal damit angefangen hat.

»Nein, sie ist für mich. Aber das hier, Jokum, das ist für dich.«

Sie holt ein Paket hervor, das sie hinter dem Rücken versteckt hatte, und gibt es Jokum. Er ist so überrumpelt, dass er vergisst, sich zu bedanken, er weiß nicht, was von ihm erwartet wird, soll er das Papier aufreißen oder nur das Band lösen und die Verpackung geduldig auseinanderfalten, wie es sich für einen Erwachsenen gehört. Warum muss jede einzelne Handlung, ganz gleich, wie klein sie auch ist, so viele Möglichkeiten in sich bergen? Warum kann es nicht nur eine einzige Art und Weise geben?

»Pack aus, Jokum.«

Also reißt er einfach das Papier auf. Was ist es? Was ist Synnes erstes Geschenk für Jokum? Das ist entscheidend. Es ist auch entscheidend, wie er reagiert. Ja, seine Reaktion ist vielleicht sogar wichtiger als das Geschenk selbst. Er muss auf der Hut sein. Er muss aufpassen. Seine Hand zittert. Es ist eine Kamera.

»Eine Kamera«, sagt Jokum.

Synne steht auf und tritt einen Schritt näher.

»Eine Leica. Ich fand, es wäre zu schade, wenn du aufhörst zu fotografieren.«

Und Jokum fasst einen Entschluss, im gleichen Moment fasst er den Entschluss, Fotos von Dingen zu machen, nicht von Menschen, sondern von leblosen Dingen, von unbeweglichen Gegenständen, von stillstehenden Sachen. Menschen sind zu lästig, Menschen sind zu instabile und anspruchsvolle Motive. Er will der Mann der Dinge sein, der Porträtist der Dinge.

»Danke. Vielen, vielen Dank.«

Es ist eine weitreichende Entscheidung. Jokum kann kaum sprechen. Vor Erschöpfung. Etwas Ähnliches hat er noch nie erlebt. Diese einzelne Entscheidung wiegt schwerer als alles, wozu er sich bis jetzt in seinem Leben entschieden hat, abgesehen davon, dass er sie gesund lieben will, und beides gehört, ohne dass er es weiß, auf jeden Fall zusammen. Gesund? Das eine bedingt das andere. Gibt es genug Film auf der Welt, um alle Dinge darauf unterzubringen? Wo soll er anfangen? Wo soll er in der endlosen Reihenfolge der Dinge anfangen?

»Mach mal ein Foto«, sagt Synne.

Jokum nimmt die Kamera in die Hand und beginnt hier, in Sogn Studentby, er drückt das rechte Auge gegen den Sucher, kneift das andere zusammen, die Grimasse des Fotografen, schraubt Studentenbude und Geburtstag, Ort und Zeit, vor und zurück, kann sich aber dennoch nicht entscheiden und wird von Synne unterbrochen.

»Du auch, Jokum. Du musst mit aufs Bild.«

Er stellt sich neben sie und hält die Kamera mit gestrecktem Arm von sich und drückt schließlich auf den Auslöser. Sie können das leise Klicken hören, das Seufzen des Lichts. Dann legt Synne ihre Arme um seinen mageren, bleichen Körper, und erst da fällt Jokum auf, dass er fast nackt ist, er hat nur Unterhose und Kamera an.

»Und außerdem antworte ich: Warum nicht«, sagt sie.

»Warum nicht?«

Sie lässt ihn los und schaut zu ihm auf.

»Hast du schon vergessen, was du mich gefragt hast?«

»Was denkst du? Nein, habe ich natürlich nicht.«

»Dann frag noch einmal.«

»Ja, das werde ich.«

»Ich warte, Jokum. Und du brauchst dafür nicht auf die Knie zu gehen.«

»Willst du mich heiraten? Willst du …«

Synne zuckt lachend mit den Schultern.

»Warum nicht?«

HINAB IN DIE NACHT

Tagebuch aus Limbus I

4. 10. 2001

Mir geht es nicht so gut. Womit ich übrigens nicht allein bin. Als ob das ein Trost wäre. Ich bin unter Ebenbürtigen. Deshalb kann ich sie nicht ausstehen. Gestern bin ich hier gelandet. Alles, was ich besaß, wurde mir weggenommen, sogar die Kleidung. Nur den Bleistift durfte ich behalten. Gestern ist bereits lange her. Oder war es gerade eben? Bis zu den Tagen, die vor mir liegen, ist es noch länger hin. Ich weiß nicht, wie viele es sind. Ich weiß nicht, in welche Richtung ich mich sehnen soll. Ich höre auf, mich zu sehnen. Die Zeit hat mich betrogen. Der Augenblick ist das Einzige, was noch geblieben ist. Wir, die Ebenbürtigen, teilen Dusche und Toilette. Ich kann mir nicht einmal die Hände in meinem Zimmer waschen. Das Bett ist hart und niedrig, das Dach schräg, und die Wände sind nackt, bis auf ein schmales Kreuz über der Tür. Was macht das hier? Es macht mich unruhig. Ich versuche es herunterzureißen, dieses verdammte Kreuz, aber es ist festgeschraubt, jemand hat das Gleiche wohl schon einmal versucht. Auf der Fensterbank liegt eine Fliegenklatsche. Bis jetzt habe ich noch keine Fliegen gesehen. Die Fliegen sind tot. Es ist Herbst. Es heißt, die Aussicht sei schön, doch was nützt das, wenn der Nebel wie ein grauer Teppich vor dem Fenster hängt? Es nützt nichts. Ich kann mir die Aussicht nicht vorstellen. Ich kann mir gar nichts mehr vorstellen, nicht einmal das Schlimmste. Nein, es geht mir nicht so gut. Schuld daran ist Bin Laden.

5. 10. 2001

Meine erste Lichtsitzung nach einer elendigen Nacht auf dem Na-
gelbrett: Mureren, Der Maurer, hat sich an die Stirnseite des Tisches
gesetzt. Wir sitzen an beiden Breitseiten. Dann zünden wir jeder
mit langen Streichhölzern unser Licht an. Die Kerze steht in einem
kleinen Glaskolben, wohl, um uns vor der Flamme zu schützen. Das
erinnert mich etwas zu sehr an Friedhofskerzen. Übrigens ist der
Stuhl genauso hart wie das Bett. Alles ist hart hier, das Essen, der
Schlaf, das Wasser. Ich schreibe *wir, wir* sitzen, *wir* zünden die Kerzen an. Das ist eine Zusammenkunft der Verlierer. Wir stammen
aus unterschiedlichen Nationen, sind jedoch alle Bürger des gleichen Landes: der Angst. Wir sind gleich gekleidet. Wir stehen auf,
fassen uns an den Händen und bilden auf diese Art und Weise einen
Kreis. Was äußerst unangenehm ist. Ich wäre lieber kein Teil eines
Kreises, zumindest nicht von diesem. Dann wiederholen wir unseren langen Refrain, der für mich noch kein Refrain ist, wie gesagt ist
es schließlich meine erste Lichtsitzung. Morgen dagegen, wenn ich
dann noch lebe, kann ich es einen Refrain nennen. Auch das kann
ich mir nicht vorstellen. Wir murmeln etwas in den Bart. Aber der
Maurer spricht mit lauter, klarer Stimme. *Ein Tag zur Zeit.* Über-
springt er die Nächte? Wie sollen wir die nehmen? Zwei auf einmal? Schließlich sind die Nächte unsere schwierigste Etappe. Und
auf welche Art von Tag zielt er ab? Den Sternentag, den wahren
Sonnentag oder den mittleren Sonnentag? Einige von uns würden
so etwas gern wissen. Und hat er auch in Betracht gezogen, dass
die Länge des wahren Sonnentages, die gemessen wird als Dauer
von einem Durchgang der Sonne durch den Zentralmeridian bis
zum folgenden Durchgang, nicht konstant ist, ganz einfach, weil
die Sonne sich auf einer ungleich langen ekliptischen Bahn bewegt,
und nicht nur das, sondern auch, weil diese Ekliptik einen Winkel
zum Äquator bildet, von dem ausgehend die Zeit berechnet wird.
Die Zeit ist also nicht *wahr.* Das versuche ich hier zu sagen. Man
muss das erst einmal in sich aufnehmen. Ich würde vorschlagen,

dass man stattdessen *døgn* benutzt, diesen nordischen Namen, dem sowohl Licht als auch Dunkelheit gehorchen. *Et døgn av gangen, ein Tag und eine Nacht zur Zeit.* Ja, das können wir singen. Doch für den Maurer ist der Spruch gültig, das heißt gleichgültig. Ich wünschte, mir ginge es genauso. Mein höchster Wunsch in diesen niedrigen Zeiten: vergeben. Warum bezeichnen die sich eigentlich als die Maurer? Er ist nämlich nicht der Einzige. Es gibt mehrere Maurer hier. Danach muss ich auch noch fragen. Übrigens habe ich da so einen Verdacht. Wir setzen uns. Ich werde gebeten, mich vorzustellen. Der Maurer bittet mich darum. Ich habe nicht das Wort. Doch, ich habe Worte, mehr als genug, aber sie stimmen nicht überein. Gibt das einen Sinn? Dass die Worte nicht mehr mit mir übereinstimmen? Dass die Worte und ich auf getrennten Seiten stehen? Außerdem habe ich einen trockenen Mund. Schließlich bringe ich heraus: *Ich bin ein erbärmlicher Anblick.* Für ein paar Sekunden schweige ich. Ist das wahr? Bin ich ein erbärmlicher Anblick? *Und verdammt noch mal, das seid ihr auch!*, füge ich hinzu, sicherheitshalber. Der Maurer unterbricht mich. *Wir haben hier eine Regel, eine sehr wichtige Regel, und die besagt, dass wir die anderen nicht kommentieren. Wir sprechen nur über uns selbst.* Darüber denke ich nach. Wenn wir wirklich einander ebenbürtig sind, in Körper wie in der Seele sozusagen, dann muss doch jeder Kommentar über mich auch für die anderen gelten, und umgekehrt. *Möchtest du noch mehr mit uns teilen?*, fragt der Maurer. *Zum Beispiel, wie du dich im Augenblick fühlst?* Ich ziehe die Fliegenklatsche heraus und knalle mit ihr auf den Tisch. Alle zucken zusammen, einige schreien auf, verbergen ihr Gesicht in den Händen, den schmutzigen Händen. Nur der Maurer sitzt vollkommen ruhig da und lächelt. *Du bist wütend,* sagt er nach einer Weile. Er ist so nett, dass ich anfange zu weinen. *Das ist vollkommen in Ordnung,* sagt er. *Was ist in Ordnung? – Dass du weinst.* Er streckt die Hand vor. Ich gebe ihm die Fliegenklatsche. Ein anderer ergreift das Wort: *Das hat Jesus auch gemacht. Ist bis zum Letzten gegangen. Verdammt, Jesus hat alles gegeben.* Der Maurer nickt. *Danke, Øster.* Auf Østers verwaschenem Hemd steht: *fix your eyes on jesus*, hebriah 12:12. Ich hebe die Hand. *Øster hat über Jesus geredet*, sage ich. Wieder nickt der Maurer. *Nein, Jesus hat für Øster gesprochen.* Dann singen wir. *Möge dein Weg sich dir zeigen und möge der Wind dein Freund sein, möge die Sonne deine Wange wärmen und möge der Regen sanft deine Erde benetzen, bis wir uns wiedersehen.* Zum Schluss werden die Arbeitsaufgaben verteilt:

Øster: die Flagge hissen und einholen
Mestermannen: Instandhaltung
John: Küchendienst morgens und am Vormittag
Jammers Minne: Küchendienst am Nachmittag und am Abend
Movitz: Gemeinschaftsraum unten putzen
Ulk: Toiletten und Dusche putzen
Tygge: die Kippen vom Hofplatz auflesen
Pil: Fensterputzen
Sorgmunter: sich um die Brieftauben kümmern
Sven: Bibliotheksdienst
Amper: Reparatur des Badmintonnetzes

Ich bin Amper, amper wie mürrisch. Es ist nicht mein richtiger Name. Aber irren Sie sich nur nicht. Ich saß damals in der Studentenbude in Block 3 in Sogn Studentby und hielt Synne und Jokum mit meiner mechanischen Schreibmaschine wach, bevor sie nach Kopenhagen abreisten. Ich bleibe sitzen, als die anderen gehen. Die Luft ist schlecht. Der Maurer öffnet ein Fenster. Der Nebel sickert in den Raum. *Das Bett ist zu hart*, sage ich. *Das soll so sein. – Die Zimmerdecke ist zu niedrig*, sage ich. *Das soll so sein. – Vor der Toilette muss man Schlange stehen*, sage ich. *Auch das soll so sein. – Warum soll das so sein? – Damit du dir niemals wünschst, hierher zurückzukommen.* Der Maurer schließt das Fenster und bleibt mit dem Rücken zu mir davor stehen. *Ich spiele kein Badminton*, sage ich. *Noch nicht*, sagt der Maurer. *Aber ich habe noch nie ein Badmintonnetz repariert. – Frag einfach Sven oder Smukk, wenn du etwas wissen willst. – Kann ich nicht lieber den Bibliotheksdienst überneh-*

men? – *Das wäre nicht gut für dich. – Oder mich um die Brieftauben kümmern? – Nicht, solange du so wütend bist. – Verdammt noch mal, ich bin nicht wütend.* Der Maurer lacht. *Da hörst du es selbst. Du bist wütend.* Ich schaue auf meine Hände. *Dann möchte ich lieber die Kippen aufsammeln. – Alles zu seiner Zeit,* sagt der Maurer. *Ich will die Fliegenklatsche zurückhaben,* sage ich. Der Maurer dreht sich um. *Schlag mich,* sagt er. *Mit der Fliegenklatsche? – Nein, mit der Faust. – Warum? – Du willst doch jemanden schlagen, nicht wahr? – Nein, das will ich nicht. – Sicher? – Ganz sicher,* sage ich. *Nicht einmal Bin Laden?* Ich schlage den Maurer so fest ich kann in den Bauch. Jetzt weiß ich, warum er Maurer genannt wird. *Sag Bescheid, wenn du so weit bist,* sagt er. *So weit – wofür? – Um drüber zu reden.*

10. 10. 2001

Es soll also so sein, dass ich die Maschen stramm ziehe und anschließend das weiße Band, das entlang der oberen Kante läuft, festzurre. Ich sitze in dem anderen Gruppenraum, in dem das Licht besser ist, mit dem ganzen Netz auf den Knien. Es sieht aus wie ein Fischernetz. In einem anderen Leben hätte ich Fischer sein können. Es ist ein blödes Netz. Je mehr ich repariere, umso kaputter wird es. Außerdem kann ich nur die linke Hand benutzen, die rechte ist immer noch geschwollen und tut weh. Ich lerne: Man kann ein Badmintonnetz nicht mit nur einer Hand reparieren. Ich werfe es von mir, gehe auf den Hof hinaus und zünde mir eine Zigarette an. Tief im Nebel sehe ich Tygge, einen gebeugten Schatten. Wir befinden uns in einem Kessel, in dem der Nebel still steht, gelb und dicht. Ich rauche zu Ende und lasse die Kippe auf den Boden fallen. Kaum kann ich die Glut noch sehen, als sie landet. Tygge bewegt sich jetzt auf mich zu. Er benutzt eine Art Stock mit einer Zange dran. Er schnappt sich die Kippe, hebt sie auf und bleibt für eine Weile so stehen. Ich nehme an, dass er etwas sagen will, doch das tut er nicht. Ich auch nicht. Dann macht Tygge ein paar Schritte in den Nebel hinein und lässt die Kippe los. Tygge ist mir also ebenbürtig. Ich weiß nicht so recht, was ich davon halten soll. Als ich zurück in den Gruppenraum gehe, wartet der Maurer auf mich. *Du gibst zu schnell auf,* sagt er. Ich gebe auf? *Aufgeben! Du hast doch keine Ahnung. Wie viel. Ich gekämpft habe! Ja, gekämpft!* Der Maurer wendet den Blick nicht von mir ab. *Ich denke an das Badmintonnetz,* sagt er. Ich hebe den rechten Arm. *Sieh selbst, was du getan hast. – Ich? – Ja. Du. Du hast meine Hand kaputt gemacht. Ich kann kaum noch schreiben. Wie soll ich dann ein Badmintonnetz reparieren?* Der Maurer schüttelt den Kopf. *Da hast du's mal wieder auf den Punkt gebracht,* sagt er. *Wie bitte?– Du hast es auf den Punkt gebracht, das sieht dir ähnlich,* wiederholt er. Ich muss lachen. *Wir reden hier von keinem Punkt,* sage ich. *Doch, genau das tun wir.* Der Maurer legt die Fliegenklatsche auf den Tisch. Einen Moment lang glaube ich, es wäre ein Federballschläger. Aber es ist nur die Fliegenklatsche. *Meinen PC will ich auch wiederhaben,* sage ich. *Alles zu seiner Zeit. – Alles zu seiner Zeit,* äffe ich ihn nach. *Und was ist, wenn die Zeit nun stillsteht? – Das tut sie nicht. – Für mich steht sie still. Und dann bedeutet es niemals. Niemals!* Der Maurer geht zur Tür. *Rede mit Sven über Geduld,* sagt er. *Sven weiß, wovon er redet.* Aber ich gebe mich damit nicht zufrieden. *Ein Bleistift ist gefährlicher als ein PC,* sage ich. Der Maurer bleibt stehen. *Was meinst du damit?* Ich erkläre es ihm gern. *Dass man mit einem Bleistift die Augen ausstechen kann. Dass man ihn verschlucken kann. Dass man sich die Spitze in die Pulsadern bohren kann. Dass man …* Der Maurer unterbricht mich. *Wenn du solche Gedanken hast, dann müssen wir dir den Bleistift wegnehmen.* Es ist zum Verzweifeln. Alles, was du sagst, kann gegen dich verwendet werden. Auch das, wofür du Feuer und Flamme bist, kann gegen dich sprechen. *Ich argumentiere doch nur!,* rufe ich. *Dennoch sollst du so nicht denken.* Der Maurer will die Tür hinter sich schließen. Aber ich will nicht, dass er das letzte Wort behält. *Wann muss das Netz fertig sein?,* frage ich. *Bis zum Kampf gegen die Damen.* Kampf gegen die Damen? *Wann ist der Kampf gegen die*

Damen?, frage ich und versuche möglichst uninteressiert zu erscheinen. *Wenn das Netz fertig ist.*

18. 10. 2001

Habe ich schon gesagt, dass dieses Land *Angst* heißt? Nein, Angst ist ein Kontinent, die Länder heißen Wut, Trauer und Not. Es gibt keine Grenzen zwischen ihnen. Und wir, die Bürger dieser verdunkelten Länder, die Vereinten Nationen der Angst, haben unsere Rechte verloren, wir sind intern vertriebene Flüchtlinge.

19. 10. 2001

Beim Frühstück zerbrach Movitz plötzlich ein Wasserglas und schnitt sich den ganzen Unterarm auf, bevor die Maurer eingreifen konnten. Was für ein Leben. Das Blut spritzte nur so. Die Leberwurst können wir glatt vergessen, den Hering auch. Movitz ist verheiratet und hat drei Kinder, zwei Jungs und ein Mädchen, alle im schulpflichtigen Alter. Seine Frau putzt die Büros im Rathaus von Viborg. Er selbst war Tischler und hat seinen Job verloren, als der Immobilienverkauf zurückging und keine neuen Häuser gebaut wurden. *Aber es ist nicht deshalb,* sagt Movitz. Er wollte nur sehen, wo es wehtat. Er hat den Schmerz von dem unsichtbaren Punkt im Fleisch auf den Frühstückstisch verschoben.

23. 10. 2001

Ich gehe nur unter die Dusche, wenn kein anderer da ist. Es ist immer jemand da. Das soll so sein. Ich schaue zu Boden. Ich sehe das Wasser im Abfluss, Haare, Nägel, der Körper verschwindet langsam aber sicher in einem schweren Strom. Was mir keine Sorgen bereitet. Ich habe es immer schon gewusst. Dass sich eines Tages das Skelett zeigen wird. Ich bin nur eine Garderobe für mein Skelett, eine Garderobe aus Fleisch. Schlimmer ist das Weinen. In den anderen beiden Duschkabinen stehen Männer und weinen. Ich will gar nicht sehen, wer das ist. Vielleicht glauben sie ja, dass Tränen und Wasser einander aufheben in diesem bedauernswerten Orchester. Aber ich höre es trotzdem. Also fange ich auch an zu weinen. Ich will nicht besser sein als sie. Ich will auch nicht schlechter sein. Wir weinen jeder für uns, während sich die Vorhänge wie klamme Kleider an den Rücken kleben. Als ich herauskomme, kniet Ulk unter dem Waschbecken und scheuert die Fliesen. Ulk sagt nicht viel. Ulk war dreizehn Jahre und zwei Tage lang nüchtern, und plötzlich hat er im Kühlschrank eine Flasche Bier gefunden – als er nach Butter suchte. Vielleicht lag sie schon seit Langem dort. Vielleicht hatte er den Kühlschrank als einzigen Ort vergessen, als er vor drei Tagen und dreizehn Jahren alle Flaschen aus dem Haus geschafft hatte. Suchen ist gefährlich. Ulk schloss den Kühlschrank wieder, radelte im Regen acht Kilometer weit, kam zurück, öffnete den Kühlschrank, schloss ihn erneut, fuhr noch fünf Kilometer, guckte sich zweimal *Far til fire* an, schrubbte den Fußboden, strich die Decke, ging in die Küche, öffnete den Kühlschrank, und das Licht fiel über ihn wie von einer elektrischen Bibel. Er legte die Finger auf die kalte, feuchte Flasche, und jetzt wollte er sie nicht mehr loslassen. Die Flasche ließ Ulk nicht los. Er denkt nie an das Bier, das er trinkt, nur an das nächste, das er öffnen wird. Übrigens hat er einen Sohn von 23 Jahren, der in Afghanistan ist. *Aber es ist nicht deshalb*, sagt Ulk.

27. 10. 2001

Die Hand ist auf dem Weg der Besserung. Aber die Zeit steht still. Ich weiß nicht, wie das zusammenhängt, aber es ist so. Es scheint tatsächlich, als hätte sich die Zeit im Augenblick festgesetzt. Nur das Datum wechselt. Die Zahlen ändern sich, aber nicht das Wetter. Ich gehe zu Sven in die Bibliothek. Die Bezeichnung Bibliothek ist vielleicht übertrieben, zwei Regale mit Büchern und eine Kiste mit Spielen. *Hast du ein Buch über Badminton?*, frage ich. Sven zeigt auf ein Lexikon. Ich ziehe den ersten Band heraus und schlage unter B auf. Ich kann lesen, dass *Badminton* ein uraltes Spiel und im 16. Jahrhundert aus Indien nach Europa gekommen ist. Beeindruckend. Dass es sich so lange gehalten hat. Den Namen bekam das Spiel nach dem englischen Schloss Badminton, wo man es in den 1870er-Jahren spielte. Ich nehme an, man hat sich gelangweilt. Man steht jeweils auf einer Seite eines Netzes, das 152,4 cm hoch über die Erde reichen soll, oder den Boden, in der Mitte, und 155 cm an den Pfosten. Man benutzt einen langschaftigen Schläger, um einen Ball zu schlagen, wenn man ihn so nennen darf, der 4,75 Gramm wiegt und aus Gummi und sechzehn gleich langen, im Inneren miteinander verbundenen Lenkfedern gefertigt ist, diese zwischen 62 und 70 Millimeter lang, während die Spitze einen Kreis von 58 Millimeter Umfang bilden soll. Es ist ein komplizierter Ball, und er ist vielleicht das Komplizierteste überhaupt an dem ganzen Spiel. Ein anderer Gedanke kommt mir: Pingpong ist kleiner als Badminton, und Tennis ist größer. Im Grunde genommen weiß ich nicht, was ich mit dieser Einsicht anfangen soll, aber wenn ich sie in meinen eigenen Bereich überführe, dann kann man sagen, dass Badminton eine Novelle ist, Tennis ein Roman und Pingpong ein Gedicht. Ich weiß auch nicht, was ich mit dieser Überlegung anfangen soll. Und das ist fast das Schlimmste, nicht zu wissen, was man mit den eigenen Gedanken machen soll. Werde ich durch sie etwa besser im Badminton? Der Kopf ist eine Trockenschleuder, in der diese Gedanken hin und her geworfen werden, und wenn ich sie heraushole, dann sind sie zu eng, sie sind eingelaufen, sie passen nicht mehr. Übrigens können Männer wie Frauen am Badmintonspiel teilnehmen. *Sie benutzen doch wohl nicht die Federn von Brieftauben?, frage ich. Oh nein. Heutzutage sind die meisten bestimmt aus Plastik,* antwortet Sven. *Sonst wären ja einzelne Vogelarten schon ausgerottet. Nachdem Badminton wirklich populär geworden ist.* Sven steht mit dem Rücken zu mir. *Da magst du recht haben. Man muss aufpassen. Sollen wir gegen die Damen spielen?*, frage ich. *Ja, aber wo sind die Damen? – Auf der anderen Seite des Sees. – Welcher See?* Sven dreht sich zu mir um. *Den wirst du sehen, wenn der Nebel sich lichtet. – Wenn der Nebel sich lichtet,* wiederhole ich. Mir wird klar, dass Sven schon seit einer ganzen Weile hier sein muss. Sein Gesicht ist vertikal geteilt in tiefe Furchen, die Haut grau und großporig. Er ist in meinem Alter. Ich weiß nicht, ob Sven ein Trost oder eine Bedrohung darstellt. *Wie läuft es mit dem Netz? – Ich habe so meine Zweifel, ob ich fertig werde, bis der Nebel sich lichtet.* Sven wischt sich Staub von den Fingern. *Wenn die Not kommt, du weißt, die Not, du kennst doch die Not, nicht wahr, weißt du, was ich dann immer getan habe? – Nein, Sven. – Ich bin raus in den Garten gegangen und habe Rasen gemäht. – Und hat das geholfen?*, frage ich. *Das Gras ist nicht schnell genug gewachsen,* antwortet Sven und sagt dann nichts mehr. Ich glaube, er hat etwas über Geduld gesagt. Als ich den Band wieder an seinen Platz auf dem Regal stelle, entdecke ich zufällig ein anderes Buch, das so dünn ist, dass vielleicht sogar ich es lesen kann. Der Titel lautet *Jens Munk*, der Autor heißt Niels Meyn. Die erste Zeile lautet folgendermaßen: *Unser Vaterland war immer reich an tapferen Helden der Kriegsmarine.* Ich finde, das ist ein vielversprechender Anfang. Selbst ist es mir nie gelungen, gleich zur Sache zu kommen. Ich nehme das kleine, abgegriffene Buch mit und unterschreibe in Svens Kartei. Als ich gehen will, nimmt er mich zur Seite, obwohl niemand außer uns hier ist, und flüstert: *Aber es ist nicht deshalb.*

2. 11. 2001

Es ist nicht deshalb. Auf den Knien hockend schreibe ich. *Aber es ist nicht deshalb.* Warum dann? Es ist der Rest, er bleibt übrig, wenn alles andere gemessen und gewogen wurde. Es ist die Schuld, die unter dem Strich bleibt, wenn alles andere ausgerechnet wurde. Es ist das weiße Feld, wenn alles erobert ist. Es ist der Fleck im Koffer, den der Zöllner nie sieht. Es ist das letzte Dunkel in der Erzählung, das sich nie aufhellen lässt. Es ist das, was sich nicht auskippen lässt. Das, was sich nicht füllen lässt. Das ist *der Rest.* Das ist das Mysterium. Das ist mein neuer Refrain, in der Nacht zu singen. *Aber es ist nicht deshalb.* Und jeden Morgen höre ich die Geräte in dem gelben Nebel, den Pflug, den Rechen, den Spaten, die unsichtbaren Geräte, die alle die gleiche alte Frage stellen: *Warum ist es dann?*

5. 11. 2001

Ich habe die Geschichte über Jens Munk gelesen. Sie ist fast zu gut, um wahr zu sein. So schrecklich war sie. 1619 verließ Jens Munk auf Befehl von Christian IV. Kopenhagen mit zwei Schiffen, der Lampren und der Enhjørning, und einer Mannschaft von 63 Mann, um die Nordwestpassage zu finden, die Abkürzung zur anderen Seite, die Abkürzung hin zu Gold, Gewürzen, Seide und Schatztruhen, kurz gesagt sollte er die königliche und imperialistische Abkürzung für den Weg von Europa zu den Kolonien finden. Allein das Wort hätte Jens Munk dazu bringen müssen, zu Hause in der Pilestrædet zu bleiben: *Abkürzung.* Alle Abkürzungen führen in die Hölle. Er sollte diese Schiffe durch das Nadelöhr der Sonne ziehen. Das ging schief. Es ging so schief, wie es nur schiefgehen konnte. Jens Munk war ein unübertroffener Skipper. Es gab nicht seinesgleichen. Aber was nützt das, wenn die Verzerrung bereits vor dem In-See-Stechen begonnen hat, wenn die Verzerrung bereits in den Karten, den Gedanken, in der Kompassnadel zu finden ist? Dann nützt alles nichts. Der richtige Kurs ist ein falscher Kurs. Keine Zeit stimmt. Die Abweichung lässt sich nicht vermeiden. Die Schiffe krängen. Jens Munk steckte in der verfluchten Hudson Bay fest, im Eis, im Winter 1619. Seine Männer starben einer nach dem anderen, an Skorbut, an anderen Krankheiten, an der Kälte, an der Sehnsucht. Bald war die Mehrzahl tot. Die noch Lebenden hatten nicht die Kraft, die Toten zu begraben. Sie lagen alle in der gleichen Koje unter dem gleichen leeren, sternenklaren Himmel. Die noch Lebenden setzten die Lampen in Brand, um sich zu wärmen. Die Toten verbrennen ihren Sarg. Ein Aufflackern von Glück! Doch auch die flüchtige Hitze der Flammen half nicht. Sie hinterließ nur noch einen tieferen Frost, Permatrauer. Die noch Lebenden starben. Sie starben auch. Jens Munk dachte: Wer soll den Letzten begraben, der stirbt?

Als die Sonne, dieses unerreichbare Nadelöhr, an dem spitzen Horizont erschien, waren nur noch Jens Munk selbst und zwei Mann, der Schiffsjunge und ein Matrose, am Leben. Es gelang ihnen, die Enhjørning nach Kopenhagen zu segeln, eine unmögliche Fahrt den wilden Fluss des Meeres hinunter. Sie kamen heim in ein Heim, das es nicht mehr gab. Ich kann nicht schlafen. Wach liege ich auf diesem harten Bett, auf allen Seiten von Schrift umgeben. Über der Tür kann ich Jesus erahnen. Wie groß muss eine Niederlage sein, damit jemand ein Held wird? Wie tief muss man fallen, um wieder hochgehoben zu werden? Ein Bild hat sich in mir festgesetzt: Wenn jemand an Bord einen anderen erschlug, war die Strafe folgende: Der Mörder wurde an sein Opfer gekettet, Gesicht an Gesicht, und anschließend wurden sie ins Meer geworfen. Ich sehe sie in den schwarzen Wellen zwischen den Eisschollen treiben, ein ungleiches Paar, das sich immer mehr ähnelt. Wem ähne ich?

8. 11. 2001

Heute Abend ist Øster die Treppe runtergefallen. Ich kann nicht verhehlen, dass ich schadenfroh war. Ich bin ein schlechter Mensch. Aber schadenfroh war ich so oder so. Er kam mit einem blauen Auge und einem platten Ohr davon. Aber Øster grinste nur. *Da hab' ich wohl heute Morgen mein Hemd falsch herum angezogen*, sagte er und drehte sich um. Hey folks! Fix your eyes on Jesus, Hebräer, 12:11 über den kugelrunden Bierbauch: *Alle Züchtigung aber, wenn sie da*

ist, dünkt uns nicht Freude, sondern Traurigkeit zu sein; aber danach
wird sie geben eine friedsame Frucht der Gerechtigkeit denen, die da-
durch geübt sind.

10. 11. 2001

Ist es nicht erschreckend, wie man sich an fast alles gewöhnen kann?
Ist es nicht erschreckend und gleichzeitig ein Trost? Der Gefangene
gewöhnt sich an die Zelle. Der Flüchtling gewöhnt sich an das Exil.
Der Kranke gewöhnt sich ans Wartezimmer, ja, auch an das Wartezimmer gewöhnt man sich. Wenn man lange genug gewartet hat,
wartet man nicht länger. Dann ist es nur ein Zimmer. Ich notiere,
ganz unten auf der Leiste unter dem Fenster: Das Normale ist das,
was ist.

12. 11. 2001

Ein Traum, ein verstörender Traum, ich ahne nicht, woher ich den
habe, er kam aus heiterem Himmel: Wir haben ein Taxi genommen.
Es muss in unserer eigenen Stadt gewesen sein, denn ich kannte
mich dort aus. Aber ich erkannte sie nicht wieder. Als der Fahrer
zum Hafen hin abbog, bat ich ihn, stattdessen geradeaus zu fahren, durchs Zentrum. Wir wollten auf die andere Seite. Was wir dort
wollten, weiß ich nicht. Es kam im Traum nicht vor. Dann entschied
ich mich doch um. Nein, Synne. Synne saß neben mir auf der Rückbank. Sie meinte, eine Fahrt am Fjord entlang wäre doch schön. Ich
legte ihr die Hand in den Nacken, fühlte, ob sie auch wirklich da
war, ob es wirklich sie war, und ließ ihr ihren Willen. Der Fahrer
bog also doch an der Ecke ab, und der Fjord, oder die Bucht, lag
direkt rechts vor mir. Die Straße wurde sofort schmaler. Ein Vor-
derrad rutschte über den Rand, und das Auto kippte, langsam, ganz
langsam, ins Wasser. Ich bekam keine Panik, niemand bekam die.

Alles geschah wie gesagt so langsam, dass es sich anfühlte, als fände der Unfall eigentlich gar nicht statt. Es gab auch keine Geräusche, und das verstärkte den Eindruck, das Ganze wäre nur ein Traum im Traum, ein doppeltes Erlebnis, klar und intensiv. Die Tür auf meiner Seite öffnete sich, während wir sanken, und ich wurde aus dem Auto gespült. Im nächsten Moment stand ich an Land, nackt, wie ich mich erinnere, auf einem Felsen, und sah, dass auch Synne zu sehen war. Sie zog sich hoch. Eine ältere Frau, die offenbar in der Nähe wohnte und das Ganze mit angesehen hatte, kam Hand in Hand mit dem Fahrer angelaufen und gab ihr einen Badeanzug. Wie war der Fahrer dorthin gekommen? Darüber sagte dieser Traum nichts, unvollständig und verdreht wie er war auf seine langsame, ruhige Art und Weise. Synne zog sich um. Ich schaute über die Bucht. In dem Moment wurde das Wasser durchsichtig, wie Herbstluft, und in der Tiefe, in dem feinen Spiel zwischen Schatten und Sonne, konnte ich Fotos sehen, Gesichter hinter Glas und Rahmen, eine versunkene Galerie. Diese Porträts waren auf dem Grund aufgereiht, in den Furchen des Sands, alte Gesichter, ernste, eine Art Familienalbum. Doch eins stach heraus. Das Bild eines Fötus, und der ganze Fötus, fast schon ein Mensch, trug einen schwarzen Anzug. Das Taxi war verschwunden, aber der Taxameter hing an einem weißen Faden, ich konnte sogar den Betrag ablesen, 162 Kronen: Dann lösten sich die Zahlen auf, und der Taxameter wurde zu einem Seestern, bedeckt von Schimmel. Dann wechselten Sonne und Schatten den Platz, und unterschiedliche Tiere erhoben sich aus den Algen in Wolken schweren Sands, die sie von sich abschüttelten, ein Löwe, eine Giraffe, ein Elefant. Ich hatte das deutliche Gefühl, das wäre der Traum eines anderen, ich wäre nur in ihm, jemand träumte mich. Aus einem Riss im Rücken des Löwen erhob sich ein blauer Vogel. Doch nichts von allem verblüffte mich. Was mich verblüffte, war die Tatsache, dass ich nicht an Synne gedacht hatte, nicht einen Augenblick, während das Auto sank und ich, befreit, durch die offene Tür hinausgetrieben wurde.

13. 11. 2001

Ich muss aufhören zu träumen. Ich muss aufhören, geträumt zu werden. Ich muss den Refrains im Nebel zuhören. Der Teufel gibt den Nackten Kleiderbügel. Aber Gott ist der Schneider, freigiebig und geschickt. Ich verdiene deinen Anzug noch nicht. Er ist zu groß. Er hat zu viele Taschen. Ich lerne Demut dadurch, dass ich auf den Boden schreibe. So werde ich gezüchtigt. Ich muss das Rätsel der Allgemeinheit ergründen, in dem alles zusammenkommt: Händewaschen, Mahlzeiten, Schlaf. Der Maurer hat gesagt: Abbitte ist die höchste Form von Liebe. Du kannst aus meiner Asche einen Diamanten machen und mich am Finger tragen. Wir leben ohne Qual, aber auch ohne Seligkeit.

15. 11. 2001

Ich gehe zu Sven und gebe das Buch über Jens Munk zurück. Sven trägt es in der Kartei aus und sagt, dass man den Tag nie vor dem Abend loben soll. Da hat er etwas Wahres angesprochen. Ich schlage unter *Brieftauben* nach, in dem gleichen Band, in dem alles über Badminton steht. Es ist interessant. Die wichtigste Eigenschaft einer Brieftaube ist ihr Orientierungssinn und ihre Fähigkeit zurückzufinden, wenn sie aus ihrem Taubenschlag herausgenommen wurde. Brieftauben werden deshalb als Boten benutzt. Was folgendermaßen geschieht: Eine Brieftaube wird zu einer Lokalität gebracht, die in größerem oder geringerem Abstand zu ihrem Heimatort, also dem Taubenschlag, liegt, und dort freigelassen. Wenn dies in einem Radius von 300 Kilometern geschieht, wird die Brieftaube meistens in der Lage sein, ihren Weg zu finden. Diese Fähigkeit wird inzwischen in erster Linie im militärischen Bereich benutzt. Brieftauben werden dabei mit Depeschen in einem Ring um den Fuß losgeschickt, beispielsweise von Orten, die sich hinter der Frontlinie des Feindes befinden. Aber wie kommt die Brieftaube hinter die Frontlinie? Sie fliegt ja nicht von allein dorthin. Also muss sie zu dem Ort gebracht werden, an dem der Brief, oder die Nachricht, geschrieben werden soll, in diesem Fall von Fallschirmspringern. Mir erscheint das ein ziemlich mühsamer Postweg. Übrigens weiß man nicht, welche Eigenschaften dieser Fähigkeit der Brieftaube, nach Hause zu finden, zu Grunde liegen. Der Ortssinn spielt dabei offenbar eine große Rolle. Bisher hat man noch keine blinden Brieftauben verwendet. Die Wahrscheinlichkeit, dass die Brieftauben den Weg finden, steigt beträchtlich, wenn sie schon im Vorfeld mit der Route vertraut sind. Man nimmt außerdem an, dass die Brieftaube einen speziellen Orientierungssinn hat, dessen Sitz sich im Kleinhirn befindet. Sven kommt zu mir. Sven war Friseur. Seine Leber wiegt acht Kilo und ist so groß wie ein Luftschiff. Zum Schluss hat er Haarwasser getrunken und der Seele einen Mittelscheitel verpasst. Als sein Sohn sechzehn wurde, sagte er seinem Vater: Vater, ich will deine Tochter werden. Ich habe bereits einen Termin beim Chirurgen, dem plastischen Pfarrer. *Aber es ist nicht deshalb.* Sven unterbricht sich selbst und sagt stattdessen: *Letzte Nacht hast du reichlich Krach gemacht.* Ich wende mich ab, beschämt. *Das tut mir leid.* Sven schüttelt den Kopf. *Es ist nicht meinetwegen. Ich denke dabei an dich.* Ich sage: *Die Zeit steht still. Nur das Datum verändert sich. Das ist eine Hölle.* Wieder pustet er sich den Staub von den Fingern. *Ja, das ist wirklich eine wahre Hölle, Amper. – Was ist eine wahre Hölle?*, frage ich. *Wenn das Gras aufhört zu wachsen,* sagt Sven.

19. 11. 2001

Der Nebel lichtet sich nicht. Es gibt keinen Winter in diesem Land. Alles erscheint wie eine einzige lange Jahreszeit auf einer verlassenen Sportplatzhälfte zwischen leeren Tribünen. Ich öffne das Fenster und schlage ein wenig mit der Fliegenklatsche. Eine Zeit lang könnte man fast glauben, dass es aufklart, dass es möglich sein könnte, den See zu sehen, aber anschließend zieht es nur noch mehr zu. Kann man Badminton im Nebel spielen? Ich habe da so meine Zweifel. Solange dieses Wetter herrscht, hat es keine Eile mit dem Netz. Aber so oder so muss ich darauf achten, dass die Maschen nicht zu eng werden, damit sich der Federball nicht darin festsetzt. Und sie dürfen auch nicht zu groß sein, sonst könnte der gleiche Federball direkt hindurchrauschen und damit Streit und Diskussionen über die Wertung entfachen. Ja, ich bin ein Fischer, ein seltsamer Fischer. Können die Brieftauben auch im Nebel ihren Weg nach Hause finden? Auch daran habe ich meine Zweifel. Selbst wenn der Ortssinn so entscheidend ist, wird ein derartiger Nebel, gelb und schwer, ein zu großes Hindernis bilden. Das ist ja, als flöge man mit einer Binde vor den Augen. Die Nachrichten würden in die falschen Hände gelangen. Ich schließe das Fenster, lege die Fliegenklatsche auf die Fensterbank und gehe hinunter zur Küche. Øster hat mitten auf die Treppe ein kleines Schild gestellt, *Vorsicht, glatt*. Er vertraut also nicht vollkommen auf Jesus. Die Gläubigen glauben nie vollkommen. Sie versichern das Haus, in dem sie wohnen. Jammers Minne kocht Kaffee für das Abendessen. Ich biete mich an, Brot zu schneiden. Er erlaubt es mir. Ich hätte große Lust zu hören, was Jammers Minne von Brieftauben hält, schließlich war er früher Briefträger auf der Landstraße 18 zwischen Vejle und Ørris. Übrigens finde ich es merkwürdig, dass nicht er, sondern Sorgmunter sich um die Brieftauben kümmert. Es erscheint mir unpassend. Da muss etwas dahinterstecken. 32 Jahre lang ging Jammers Minne mit der Post die Landstraße 18 zwischen Vejle und Ørris entlang. Jetzt ist diese Route stillgelegt worden. Heute holt man die Post in einem Fach im Supermarkt ab. *Vielleicht gibt es ja auch gar keine Menschen mehr entlang der Landstraße 18*, sagt Jammers Minne, *genau wie es mich nicht mehr gibt*. Ich muss protestieren. Immerhin steht Jammers Minne neben mir und kocht Kaffee, und wenn er auf die Platte fasst, verbrennt er sich. *Natürlich gibt es dich*, sage ich. *Woher weißt du das? – Weil du eine Oberfläche hast*, sage ich und lege ihm die Hand auf die Schulter. Jammers Minne heult auf. *Fass mich nicht an!* Der Maurer erhebt sich im Hintergrund. *Es gibt dich, weil der*

Kaffee herrlich duftet, sage ich und ziehe meine Hand zurück. Jammers Minne wird wieder ruhiger, und er schüttelt den Kopf. *Das beweist nur, dass es dich gibt,* sagt er, *dadurch, dass du ihn riechen kannst.* – *Na, jedenfalls gibt es dich, wenn der Kaffee überkocht,* sage ich. Im letzten Moment hebt Jammers Minne den Kessel von der Platte. *Ich habe in den vierzig Jahren wahrscheinlich mehr Kummer als Freude ausgetragen,* sagt er leise. Ich warte auf eine Fortsetzung. Sie kommt nicht. Stattdessen sagt er: *Wenn du nur wüsstest.* Was sollte ich nur wissen? Jammers Minne senkt die Stimme. *Was die Brieftauben* ... Wieder verstummt er, lässt diese Worte in der Luft hängen, *was die Brieftauben,* und sagt nichts mehr. Ich auch nicht. Mir fällt ein Plakat auf dem Küchenschrank auf, es ist mit vier Magneten befestigt, eigentlich ist es eher ein Aufruf. Auf ihm steht: *Wir sind Tischler, Soldaten, Makler, Lektoren, Piloten, Klempner, Schlachter, Uhrmacher, Dirigenten, Köche, Pfandleiher, Schildermaler, Zahnärzte, Pfarrer, Bäcker, Taxifahrer, Friseure, Fahrlehrer, Elektriker, Kabelzieher, Chirurgen und Schuhmacher.* Und das ist nur der Anfang. Weiter komme ich nicht. Denn plötzlich werde ich von einer heiligen Überzeugung ergriffen. Wie von einem Glauben. Sie übermannt mich. Es ist die heilige Überzeugung von der Kraft des Gewöhnlichen. Und ich weiß nicht, ob es an all diesen Berufen liegt, an der schönen Summe der Arbeit, oder nur an dem Brot, es ist fast schwarz, festes Körnerbrot, aber während ich weiter Brot schneide, beginnt die Zeit sich zu bewegen, zuerst ruckartig, dann in einem gleichförmigen Strom, mit jeder Scheibe fallen die Sekunden und die Stunden von meinen Schultern. Ich bin bereit.

20. 11. 2001

Ich bin bereit, sage ich. Der Maurer sitzt mit verschränkten Armen da und schaut mich an. *Bereit wofür?,* fragt er. *Darüber zu reden,* antworte ich. *Zuerst müssen wir über etwas anderes reden.* – *Ja, gut.* – *Du hast dich an deinem Zimmer vergriffen.* – *Vergriffen? Ich habe mich an meinem Zimmer vergriffen? – Ja. Du hast an die Wände geschrieben. – Ich hatte sonst nichts, worauf ich hätte schreiben können. – Aber gibt dir das das Recht, an unsere Wände zu schreiben? Glaubst du das? – Ich dachte nicht, dass es schaden könnte.* Der Maurer stand auf. *Das ist typisch für dich,* sagt er. Dazu mag ich nichts sagen. Er hat das schon früher gesagt. Soll er damit klarkommen. Für mich war nie etwas typisch. Aber nachdem ich schon mal so weit zusammenarbeitswillig war, hatte ich doch eine etwas andere Einstellung erwartet, nachdem ich fast eigenhändig einen derartigen Durchbruch geschafft habe, was das tägliche Brot betrifft. Ich lasse den Maurer weiterreden: *Wenn du zurück in deinem Zimmer bist, wirst du sehen, dass alles wie vorher ist. – Wie vorher? – Ja. Wie vorher. Was sagst du dazu?* Was ich dazu sage. Ich könnte ihm beispielsweise vom Konfuzianismus erzählen. Der Gründer der Qin-Dynastie, Shi Huang Di, der große Kaiser, der China zu einem Beamtenstaat vereinte, fürchtete sich so sehr vor dem Einfluss des Konfuzianismus, besonders vor dessen Lobpreisung der Vergangenheit, dass er im Jahr 213 beschloss, alle alten chinesischen Bücher zu verbrennen, die damals in Form von Bambustafeln vorlagen. Was auch geschah. Ein Feuer nach dem anderen flammte entlang der chinesischen Straßen auf. Die Qin-Dynastie wurde jedoch bald gestürzt. Wer Bücher verbrennt, wird früher oder später gestürzt, manchmal aber leider zu spät. Die folgende Han-Dynastie wollte gern die Weisheit des Konfuzianismus, beispielweise hinsichtlich Landwirtschaft und Medizin, Architektur und Erziehung, aber auch Poesie und Musik, wieder nutzen. Man bereute, was geschehen war. Welch große Reue! Aber kein Beamter, ganz gleich, auf welch hohem Posten er auch saß, konnte die weiße Asche deuten. Deshalb mussten sie unters Volk gehen und sich dort durchfragen. Es gab alte Frauen und Männer, die die Schriften immer noch auswendig kannten. Sie hatten sie von ihren Eltern gelernt. Ihre Erinnerungen wurden von Neuem aufgeschrieben, in neuen Bänden. Der Kopf ist eine Bibliothek, die nur der Tod leeren kann, und selbst der nicht. Ich könnte mir mit der Hand auf die Stirn schlagen und sagen: Da, da ist alles drin! *Das ist nicht mehr als recht und billig,* sage ich. Der Maurer setzt sich wieder hin, schaut auf die Uhr, und auch ich kann den kleinsten Zeiger erkennen, der die Zeit wegwischt wie ein Spieler, wenn er seinen Gewinn vom Spieltisch einheimst, mit einer gierigen, ungeduldigen Handbewegung, und mir kommt der Gedanke in den Sinn, dass unser Leben immer veraltet ist. *Dann bist du also bereit?*

21. 11. 2001

Liebe Brüder! Lange Zeit sah ich euch als meine Ebenbürtigen an. Jetzt weiß ich es glücklicherweise besser. Ihr seid mir überlegen. Das möchte ich nur gesagt haben, bevor ich anfange. Und ich will meine kleine Geschichte so redlich wie möglich erzählen, jetzt, nachdem mir das Wort erteilt wurde und ich es ergriffen habe, freiwillig und auf Aufforderung hin. Doch ich muss einen Vorbehalt anbringen. Er betrifft meine Erinnerung. Sie spielt mir oft einen Streich. Ich kann mich an Liebeskummer erinnern, aber nicht an die, die ihn verursacht hat. Aber vielleicht ist das gar nicht so schlecht? Ich erinnere den Schmerz, nicht aber das Messer. Das ist so, als könnte ich die Schatten erinnern, aber nicht das, was sie geworfen hat. Lasst mich dennoch mit dem Anfang anfangen. Womit sonst? Ich wurde geboren. Im gleichen Jahr, in dem Josef Stalin starb. Ich weiß ehrlich gesagt nicht, ob das von Bedeutung ist, wahrscheinlich nicht, aber es gefällt mir zu glauben, dass ein Tyrann zu Grabe getragen wurde und ein Prinz zur Welt kam. Da habt ihr mich, wie ich leibe und lebe. Außerdem wurde ich absolut unpraktisch geboren. Dinge gehen um mich herum kaputt. Unter anderem kann ich Toaster erwähnen, Heizgeräte und Wecker. Und ich kann sie nicht reparieren. Das nennt man einen Teufelskreis. Es gibt einen Ausdruck, der kaum noch verwendet wird, damals aber ganz üblich war, nämlich *etwas werden, was mit den Händen zu tun hat.* Eine Sache, die, was mich betrifft, ausgeschlossen war. Ich musste etwas mit dem Kopf werden. Den größten Teil meiner Kindheit verbrachte ich deshalb in meinem Zimmer. Dort konnte ich der Umgebung und der Welt am wenigsten Schaden zufügen. Meine Eltern, über die ich ansonsten nur Gutes zu sagen habe, versuchten mich herauszulocken, was ihnen aber nur selten gelang. Die große Frage war mittlerweile: Was sollte ich in meinem Zimmer anfangen? Was sollte ich tun, wenn die Hausaufgaben erledigt waren? Womit sollte ich die Zeit totschlagen, die noch übrig war? Eine Frage auf Leben und Tod. Von meinem Fenster aus blickte ich in einen großen Garten, mit hohen Bäumen, einem Holzhaus und einem alten Stall. Als das alles gebaut worden war, lag das Grundstück noch weit von der Stadt entfernt. Es war der Sommersitz für eine reiche Kaufmannsfamilie gewesen. Jetzt befand es sich mitten in der Stadt. Es wohnte niemand dort. Ich sah die Menschen vor mir, die das geschaffen hatten. Ich sah Kinder vor mir, die im Garten herumliefen, vielleicht vor hundert Jahren, damals, als die Bäume noch kleiner waren, vielleicht noch gar nicht gepflanzt. Ich sah Pferde im Stall vor mir. Es war eine Entdeckung, ein Fund, nein, eine Gabe. *Ich sah etwas vor mir.* Und es gefiel mir. Ich möchte betonen, dass das nicht mit Träumen verwechselt werden darf. Es geht darum, sich die Wirklichkeit zurechtzulegen, sie auszufüllen. Ich könnte auch sagen, *umzustellen.* Ich stellte die Möbel um. Könnt ihr mir folgen? Aber wozu sollte ich diese Gabe benutzen? Die Antwort erhielt ich, als ich eines Tages in der Schule *nachsitzen* musste. Der Bleistiftanspitzer auf dem Lehrerpult war kaputtgegangen, und ich hatte natürlich die Schuld daran bekommen. Also sollte ich hundertmal schreiben. *Ich werde das nie wieder tun.* Ich schrieb und schrieb, und meine Schrift wurde immer hässlicher. Die Buchstaben flossen ineinander. Der Füller wurde immer schwerer in der Hand. Es schien, als ginge er seiner eigenen Wege auf dem Papier, auf der weißen und scheinbar flachen Landschaft des Papiers, schaute man es sich aber durch ein Vergrößerungsglas oder ein Mikroskop an, dann zeigt sich, dass es hügelig ist, mit Bergspitzen, Abgründen und tiefen Tälern, durch die der Tintenfluss rinnt, ein Fluss, der plötzlich in einen dunkelblauen, fast schwarzen See mündet, wenn die Schreibfeder bricht, was auch geschah, und ich starrte in diese Tiefe, als könnte ich in ihr ertrinken, aber ich ertrank nicht, stattdessen *sah ich es vor mir,* ich sah, dass all meine Schrift in dieser Halde aus Tinte lag, diesem Schacht, Tinte, die sich danach sehnte, sich in Buchstaben, Worten und Sätzen auszubreiten, welche sich wiederum zu Erzählungen sammeln sollten, sich in Zeit und Raum erstreckend. Und ich wusste in dem Moment, was ich mit meinem Zimmer machen sollte. Ich wollte schreiben. Das beschloss ich. Ich war ein Schriftsteller. Ich war ein Schriftsteller, noch ohne Geschichte, noch ohne Erinnerung. Ich war noch nicht verwurzelt, wenn ich es denn jemals sein würde. Mein einziges Talent: *etwas vor sich sehen.* Ich wollte die Tinte verbreiten. Und das tat ich. Jeden einzelnen Tag schrieb ich. Und habe es seitdem getan. Bis jetzt. Entschuldigung. Aber darauf werde ich noch zurückkommen. Ich werde gleich dorthin kommen. *Komm zur Sache! Das ist es, wohin ich komme!* Ich wurde abhängig. Ich fand meine Ruhe. Ich fand ein Gleichgewicht zwischen mir und der Welt, es war wie eine Art Übereinkunft. Ich zerstörte nicht, ich schuf. Ich schrieb am Heiligabend, am siebzehnten Mai und am Mittsommertag, auch an meinem Geburtstag schrieb ich und an allen anderen gewöhnlichen Tagen, die ich ungewöhnlich machte, indem ich schrieb. Ohne Schrift wäre ich nicht durchgekommen. Ich konnte nicht anders. Der Biograf sagt das Gleiche über den dänischen Kriegsmarinehelden Jens Munk: *Er gehörte zu den Männern, die nicht anders konnten.* Anfangs schrieb ich mit der Hand. Ich benutzte Bleistift, Kugelschreiber, Füller, Tusche, Kreide, was auch immer, wenn man damit nur einen Strich, einen Kratzer, eine Kerbe in den Bogen machen konnte. Mit zwanzig zog ich von Zuhause aus. Gegen meinen Willen. Meine Eltern, immer noch kein böses Wort über sie, meinten inzwischen, ich müsste allein zurechtkommen. Am liebsten hätte ich mein Zimmer mitgenommen, die Aussicht auch, die hohen Bäume, das Licht im Laub, das verlassene Sommerhaus, den Stall ohne Pferd. Ich zog ins Studentenwohnheim, nach Sogn Studentby. Von meiner ersten Stipendienrate kaufte ich eine Schreibmaschine, eine Remington Premier. Ich meldete mich zu den Einführungsseminaren an, ging aber zu keiner Vorlesung und machte auch keine Prüfungen. Ich schrieb einfach nur. Die Zeiten waren politisch, man war dafür oder dagegen, man war dabei oder nicht, aber dafür hatte ich keine Zeit. Es gab in mir keinen Platz für mehr. Außerdem war die Politik zu klein für mich, obwohl ich ja keinen Platz für sie fand. Ich pflegte zu sagen, *der Zweifel hat immer recht*. Womit ich nicht weit kam. Ansonsten hatte ich nur wenige Freunde. Nein, Moment bitte, das ist übertrieben. Ich hatte keine Freunde. Wie gesagt, es gab für nichts mehr Platz außer dem Schreiben. Was ich nicht vermisste. Das Einzige, was ich vermisste, war das Schreiben, wenn ich nicht schrieb, denn leider musste ich ja auch essen, auf die Toilette gehen, zur Bank, Lebensmittel einkaufen, schlafen. Und ich schrieb mehr als je zuvor. Die Einzige, mit der ich ein bisschen in Kontakt kam, war eine Kunstgeschichtsstudentin namens Synne. Wir teilten uns die Küche, das Bad und das Telefon in diesem Studentenwohnheim. Sie studierte Kunstgeschichte und interessierte mich auf eine ganz besondere Art und Weise. Ansonsten war nichts zwischen uns. Das möchte ich klar und deutlich sagen. Sie war verlobt, wie es damals hieß, und nicht nur das, sie war auch noch mit dem Typen verlobt, der das Zimmer neben ihr hatte. Er hieß Jokum. Unter allen Namen, die man aussuchen kann, hatten seine Eltern Jokum ausgesucht. Nun gut. Ich soll ja nicht über andere reden, andere als ich selbst, und sie, ich meine Synne, hatte außerdem keinen Einfluss auf mich, absolut nicht, ich hätte sie ebenso gut gar nicht kennen können. Dann ging meine Schreibmaschine kaputt. Irgendetwas mit dem Zeilenabstand, mit dem Hebel, den man dafür zur Seite schob. Ich konnte die Zeile nicht wechseln. Man kann keinen Roman schreiben, ohne die Zeile zu wechseln. Das kam unerwartet, aber es war nichts anderes zu erwarten gewesen. Früher oder später hatte es passieren müssen. Ein Bleistift geht nicht kaputt. Man benutzt ihn, bis er nicht mehr da ist. Im schlimmsten Fall kann er, in einem übereifrigen, unvorsichtigen Moment, durchbrechen, und dann hat man plötzlich zwei Bleistifte, zwar beide jeweils kleiner als der eine, aber trotzdem. Die Schreibmaschine musste zur Reparatur. Ich brachte sie an einem Montag in eine Werkstatt in der Pilestredet und sollte sie am Freitag zurückbekommen. Ob ich in der Zwischenzeit eine Maschine ausleihen könnte? Das konnte ich nicht. So etwas machten sie nicht. Es wurde eine schreckliche Woche. Ich versuchte, mit der Hand zu schreiben, doch das nützte nichts. Ich fand keine Ruhe bei dem Werkzeug, das mich früher überhaupt erst zu dieser Ruhe geführt hatte. Wie weit ist es zwischen Angewohnheit und schlechter Angewohnheit, meine Brüder? Wo verläuft die Grenze zwischen Disziplin und Zwang, zwischen Zucht und Unzucht? *Amper, hör auf.* Ich weiß nur, dass ich die Wände hochging. Schlafen konnte ich auch nicht. Es passierte etwas mit mir im Laufe dieser Tage. Ich weiß nicht, was passierte, oder wie es passierte. Ich wurde ambitiös. Was ich schrieb, sollte zu etwas werden. Zu einem Roman. Es war erschreckend. Denn das bedeutete, dass ich ein Ziel hatte. Und ein Ziel bedeutet, dass man früher oder später fertig ist. Als endlich der Freitag kam, hob ich den Rest meines Stipendiums ab, holte die Maschine aus der Werkstatt und kaufte eine neue, noch bessere, eine türkisfarbene Remington Easy-Riter. Jetzt hatte ich zwei. Dass beide gleichzeitig kaputtgehen sollten, erschien mir nahezu undenkbar. Das konnte ich nicht vor mir sehen. Die alte stellte ich auf den Nachttisch, falls mir im Laufe der Nacht etwas einfiel. Mein Motto: das Werkzeug immer in Reichweite! Jetzt schrieb ich mehr als je zuvor. *Übertreibe nicht!* Wer sagte das? Es war Øster. Der Maurer mahnte ihn zur Ruhe. Ich hebe die Hand und rufe: *In dieser Welt ist es unmöglich zu übertreiben!* Aber die Freude währte nicht lange, die Ruhe war nicht vollständig, denn jetzt wusste ich, dass ich, je mehr ich schrieb, dem Schluss umso näher käme. Was aber von den Ambitionen, von meinem Ehrgeiz wieder aufgehoben wurde. Ich sollte, wenn alles kam, wie es kommen sollte, berühmt werden. Übrigens ist berühmt nicht das richtige Wort. Man sollte auf mich aufmerksam werden. Nein, auch das nicht. Hört ihr? Ich kann es nicht in Worte fassen. Das ist so verzwickt. Jetzt habe ich es! *Ich wollte fertig werden.* Danke. Die Semester verschwanden zwischen den Häuserblocks. Studenten kamen und gingen. Die Person, die ich kurz erwähnt habe, kam und ging auch, zusammen mit ihrem Verlobten. Dann wurde ich aus Sogn Studentby hinausgeworfen, mit einem Monat Frist. Ich machte ja keine Prüfungen. Ich war ein Student ohne Portfolio. Hinter meinem Rücken wurde über mich geredet. Man sprach über den, der nur faulenzte und auf Kosten der Staatskasse lebte. Wenn sie nur gewusst hätten. Ich stand vollkommen mittellos da. Und nicht nur das. Meine beiden Schreibmaschinen ließen mich im Stich, beide! Das Undenkbare geschah. Was ich nicht vor mir hatte sehen können, geschah jetzt direkt vor meinen Augen. Ich hätte es als ein Zeichen sehen sollen. Dass etwas Großes zu erwarten war. Dass etwas, das man in keinen Rahmen pressen kann, im Anmarsch war. Der Maurer unterbricht mich. *Sprich nicht im Namen anderer. – Tue ich das? – Du sagst man. – Ja? – Wer ist man? – Das ist, das sind wir, das ist die Allgemeinheit. – Genau. Also sprich nur in deinem Namen.* Dass also etwas, das *ich* nicht in einen Rahmen pressen kann, oder für das ich keine Worte hatte, im Anmarsch war. Die Remington Premier brach am Abend zusammen, die Walze löste sich. Am nächsten Morgen verhakte sich die Remington Easy-Riter. Ich konnte kein Blatt Papier mehr einspannen. Ich brachte beide in die Werkstatt. Der Verkäufer dort seufzte, als er diese in seinen Augen veralteten Maschinen sah. *Ihre Zeit ist um,* sagte er. Ich könne sie vergessen. *Wie meinen Sie das? Um? – Sie brauchen jetzt eine elektrische Schreibmaschine,* sagte er und stellte einen riesigen Apparat auf den Tresen, der der Frontseite eines Rolls Royce ähnelte, nein, eines auf Hochglanz polierten Panzers, denn stellt Remington nicht auch Waffen her? Es war eine Streamliner. *Mit der schreiben Sie leichter,* erklärte der Verkäufer die Zukunft, *Sie müssen die Tasten kaum noch berühren, dann ist der Buchstabe schon auf dem Papier, außerdem gibt es einen automatischen Zeilenwechsel und eine Korrekturtaste, die Maschine ist lautlos und last but noch least, sie kann sich etwas merken.* Meine Brüder, ich stutzte. *Sie kann sich etwas merken?,* fragte ich. *Oh ja, sie hat ihr eigenes Gedächtnis, genau genommen ein Kurzzeitgedächtnis, noch genauer für 60 Zeichen, aber immerhin.* Der Preis war schwindelerregend, aber sie war es wert. Zumindest sagte ich es mir selbst. Ob ich noch etwas für die alten Maschinen bekäme? Ja, Abwrackpreis, 10 Kronen. Da blieb mir nur noch, einen Platz zum Wohnen zu finden und etwas, um zu überleben. Ich fand beides in einer Anzeige im Aftenposten. *Zimmer frei für zuverlässigen und handwerklich geschickten männlichen Studenten, Chiffre: gegenseitige Zufriedenheit.* Ich war sowohl Mann als auch, soweit ich es selbst einschätzen konnte, zuverlässig. Zwei von drei Eigenschaften, das musste reichen. Ich rief aus einer Telefonzelle in der Pilestredet an, sprach mit einer Frau, einer kinderlosen Witwe, bekam die Adresse und fuhr schnurstracks nach Vinderen hoch, wo die Villa mit einem freien Zimmer in einer Seitenstraße entlang des Bachs lag, der … *Du brauchst nicht so in die Details zu gehen!* Was weiß der Maurer davon? Sind die großen Linien nicht aus Details gesponnen? Wenn man die Details weglässt, bleibt man dann nicht nur mit Behauptungen und leeren Versprechungen zurück? Bleibe ich dann nicht nur mit leeren Versprechungen und Behauptungen hier stehen? Ist nicht die Liebe, wenn man es genau betrachtet, die Architektur des Details, nicht die protzige Fassade, sondern die Wärme der Küche? Es sind nicht die Feiertage, die das Jahr rund laufen lassen. Die Villa lag in einem riesigen, ungepflegten Garten. Ich war nicht der Erste. Vor dem Eingang stand eine Schlange junger Männer. Ich stellte mich auch an. Hinter mir wuchs die Schlange noch. Dann war ich an der Reihe. Die Witwe, deren Namen ich nicht verraten will, ließ mich hinein, stellte mir ein paar Fragen, erklärte, welche Pflichten ein Untermieter hatte, und im nächsten Moment war das Zimmer meins. Ich weiß auch nicht. Sie hatte sich bereits entschieden. Die anderen mussten mit hängenden Schultern nach Hause gehen und weiter in dem magischen Realismus der Anzeigen suchen. Gegenseitige Zufriedenheit? Ich zog also in die Villa in Vinderen ein und schrieb weiter, in noch größerer Geschwindigkeit, auf meiner elektrischen Schreibmaschine, die sich einen ganzen Satz merken konnte, wenn er nicht mehr als sechzig Zeichen enthielt. Sie merkte sich unter anderem: *Ich habe nie einen oppositionellen Gedanken gedacht.* Der Bach, der gleich nebenan dahinplätscherte, war mein Kalender, ein Wasserfall im Oktober, eisbedeckt im Januar, trocken im Juli. Im Winter schippte ich Schnee. Im Frühling schnitt ich die Hecke. Im Sommer goss ich den Rasen, und im Herbst fegte ich das Laub zusammen. Den Rest des Jahres versuchte ich so gut ich konnte, das heißt vergebens, die baufällige Villa instand zu halten. Ich konnte nicht anders, ich musste mit ansehen, wie sie Tag für Tag verfiel. Es war nicht nur meine Schuld. Die morschen Wände stammten noch aus der Zeit vor mir. Aber zu irgendetwas musste ich anscheinend doch gut sein, denn die Witwe ließ mich dort wohnen. Die Zufriedenheit war auf ihrer Seite. Ich will nicht weiter in Details gehen. Eines Frühlings entdeckte ich, dass ich nicht mehr jung war. Auch ich war verfallen. Ungefähr zur gleichen Zeit versagte die Streamliner. Ich bekam sie nicht mehr an. Ich dachte, im Haus sei eine Sicherung durchgebrannt, aber es war die Maschine, mit der etwas nicht stimmte. Ich nahm ein Taxi in die Pilestredet und trug sie in die Werkstatt, die kaum wiederzuerkennen war, sie ähnelte fast einer Kommandozentrale. Ein neuer Verkäufer stand hinter dem Tresen, ein Junge mit frechem, dummem Gesicht und rot geränderten Augen. Er warf nur einen flüchtigen Blick auf die elektrische Schreibmaschine und fragte, was ich damit wolle. *Reparieren*, sagte ich. Der Bengel schüttelte lange den Kopf, ich dachte schon, ihm würde das Gehirn aus der Nase laufen. Schließlich fand er die Sprache wieder. Es war nämlich so, dass es für derartige Maschinen, die schon lange nicht mehr hergestellt wurden, keine Reserveteile mehr gab. Mit offenem Mund schaute er mich an. *Meine Güte, Mann, wo sind Sie denn die letzten Jahre gewesen?* Um es kurz zu machen: Das Ende vom Lied, wie es heißt, war der Anfang vom Ende. Ich fuhr zusammen mit diesem naseweisen Bengel zurück in die Villa, wo er einen sogenannten Computer für mich installierte. Mehrere Tage saß ich nur davor und starrte auf den Bildschirm, der immer mehr einem schwarzen Spiegel ähnelte, in dem mein zerfließendes, mitgenommenes Gesicht auf dem Grunde vom Nichts verschwand. Auch ich bekam rot geränderte Augen. Vorsichtig berührte ich die Tasten. Es war, als tauchte ich die Finger in Schaum. Ich konnte in die Luft schreiben. Ich konnte es dort stehen lassen. Aber ich bemerkte etwas anderes. Ich wurde ungeduldig, genau wie ihr, meine Brüder, *erkläre du uns nicht, was wir sind – tut mir leid,* ich wurde also ungeduldig, während ich dort saß, und Ungeduld und Ehrgeiz, das ist eine unheimliche Mischung. Sie endet in Eitelkeit. Das Einzige, was ich vor mir sehen konnte, war mein Ruhm. In der Zwischenzeit verlor meine Zimmerwirtin, die kinderlose Witwe, den Verstand. Sie ging hinaus in den Garten und sprach mit den Toten, und nicht zuletzt mit denen, die noch nicht einmal geboren worden waren. Ich ließ sie in Ruhe. Ich musste an meinen eigenen Ruhm denken. Doch bald tauchten Nichten und andere entfernte Verwandte auf, eine streitsüchtige und streitsuchende Bande, die plötzlich ihre Fürsorge zeigen wollte, etwas, das sie im Laufe der letzten fünfzig Jahre niemals getan hatte. Fürsorge bedeutete, sie wegzuschaffen. Auch mich bedachten sie nicht gerade mit freundlichen Blicken. Sie stellten mich in Zweifel. Sie wollten auch mich aus dem Weg räumen. Drohten mir und kamen mit unschönen Vorwürfen. Sie behaupteten, ich hätte die arme Witwe ausgenutzt. Sie sagten, ich hätte das Haus verfallen lassen. Es war die Rede von einer Rechtssache. Sie rasselten mit den Säbeln. Bis in die Fingerspitzen hinein waren sie gefühlskalt, abgesehen von den Momenten, wenn es um sie selbst ging. Dann waren sie großzügig. Sie wollten für sich selbst nur das Beste. Sie waren bereits dabei, das Grundstück aufzuteilen. Sie hatten bereits den Landvermesser kontaktiert. Sind die Menschen so geworden, dachte ich, packte meine Sachen zusammen und zog zurück zu meinen Eltern. Ich weiß nicht so recht, ob sie sich freuten, mich wiederzusehen. Ich war ja wie gesagt kein junger Mann mehr. Jedenfalls war die Freude oder die Sorge nur von kurzer Dauer. Sie starben nämlich, einer nach dem anderen, fast Hand in Hand. Das war nicht tragisch, nur wehmütig. Wehmut war ein neues Gefühl in meinem Leben. Ich war allein zu

Hause. Ich saß in meinem alten Zimmer, aber die Aussicht war nicht mehr die gleiche. Das Laub siebte das Licht auf eine andere Art und Weise. Die Baumstämme warfen neue Schatten. Das Gras wuchs in die entgegengesetzte Richtung. Der Stall war niedriger. Und da fiel mir auf, dass die Erzählung immer hinterherhinkt, genau wie unser Leben auch immer veraltet. Versteht ihr? Ich möchte so gern, dass ihr genau das versteht. Die Wirklichkeit verändert sich, bevor du sie hast schildern können. In der Gegenwart zu sein ist nicht möglich, ist nicht länger möglich, ganz gleich, wie schnell du schreibst, ganz gleich, wie leicht die Tasten sind. Es war, wie soll ich das sagen, es war, als ob das Pferd, das Pferd, das ich niemals gesehen hatte, nur vor mir gesehen hatte, aus dem Stall weggaloppiert wäre, ein schwarzer Schatten, verschwunden im großen Trab. Ich konnte nicht einmal die Hufschläge hören. Vielleicht war der Satz, den meine elektrische Schreibmaschine erinnerte, nicht wahr. Vielleicht befand ich mich doch in der Opposition, bei dem Flüchtigen. Ich wollte treu sein, ja, treu! Diese Synne, die ich kurz erwähnt hatte, sagte einmal, ja, ich weiß, wir sollen nicht für andere sprechen oder anderen Worte in den Mund legen, aber ich glaube, auch sie zitierte einen anderen, dann muss es ja wohl erlaubt sein, jedenfalls sagte sie: Bevor ein Stillleben gemalt werden kann, müssen erst ein Maler und ein Apfel aufeinandertreffen und einander korrigieren. Aber ich hatte keine Verbindung mehr. Jetzt blieb nur noch der Ruhm. Der Ruhm ist ein dunkler Anzug, maßgeschneidert. Ich sah ihn schon vor mir. Dann kam die Jahrtausendwende. Erinnert ihr euch noch? Erinnert ihr euch an die düsteren Prophezeiungen? Es war das schnelle goldene Zeitalter der Spekulanten und der Propheten. Es gab keine Grenzen für das, was geschehen sollte, Untergang und Wiederauferstehung, Kursverfall und Gewinn, Zusammenbruch und Halleluja. Vulkane sollten zum Leben erwachen und Meteore uns treffen. Alles sollte auf den Kopf gestellt werden. Die kleinste Tasche sollte noch umgestülpt werden. Dann geschah gar nichts. Es ging ebenso still vor sich, wie die Tage und Nächte im ganz normalen Zeitrhythmus den Platz tauschen. Es gab nur einen

Unterschied: Ich war fertig. Versteht ihr? *Ich war fertig!* Ich weiß nicht, ob es der Tod meiner Eltern war, die zerstörte Aussicht oder die Tatsache, dass ich also fertig war, was mich am trübsinnigsten machte. Wahrscheinlich bildeten alle drei Begebenheiten, oder Erfahrungen, zusammen einen wunden Punkt: Endgültig fertig! Ich sammelte alle meine Papiere zusammen, Dokumente und Mappen, und schickte sie an einen unserer größeren Verlage. Zwei Monate später saß ich in einer Konferenz mit dem Lektor, einer Frau, die jünger war als ich, die meisten waren das inzwischen, jünger als ich. Sie ihrerseits hatte vielleicht einen jungen Debütanten erwartet, vielleicht einen ziemlich flotten, und nicht einen versoffenen Kerl mittleren Alters. Jedenfalls war sie streng und aufrichtig. Sie gefiel mir nicht. Ich hatte gehofft, sie würde mich bitten, mehr zu schreiben, auszuschmücken, hinzuzufügen, was auch immer, dass sie mir einen Grund geben würde, einen Grund, fortzufahren. Doch das Manuskript war nicht nur zu lang, es war eine Masse, es war von so einem Umfang, dass sie kaum imstande war, durch die äußersten Schichten hineinzuschauen, aber tief drinnen in all dem Überflüssigen, all dem Nichtssagenden, all dem Rauschen, wie sie es bezeichnete, ahnte sie etwas, das sie interessierte, nämlich eine Geschichte. Ich hörte, wie jemand in der Marketingabteilung sagte: Diesem Manuskript muss das Fett abgesaugt werden. Ich bekam den Bescheid, nach Hause zu gehen, zu kürzen und einen Titel zu finden. Ein Roman ohne Titel ist wie ein Kind ohne Namen. Es gehorcht seinem Autor nicht. Ich tat wie geheißen. *Ich tat, wie geheißen!* Wenn das doch alles gewesen wäre! Aber ihr kennt diese Mühen, meine Brüder! Ihr kennt die Mühsal, den Schmerz und die Angst! Ihr kennt den weichen Punkt in uns! Zuerst musste ich mir das Schreiben abgewöhnen. Ich glaubte, ich wäre entwöhnt. Doch das war ich nicht. Die Gewohnheit saß in mir, wie ein Dorn im Fleisch! Jeden Morgen stand ich auf und schrieb nicht. Womit sollte ich die Tage anfüllen, nein, die Zeit? Die Zeit lief Gefahr, mich zu übermannen. Plötzlich erinnerte ich mich an damals, als ich nachsitzen musste und die Tinte verschüttete, und dort, in der schwarzen

Pfütze, da fand ich all meine Schrift. Jetzt war mir das große Löschpapier in die Hand gegeben worden, und ich musste hinter mir aufräumen. Es kam vor, dass ich eine alte Seite ausdruckte. Was auf die Dauer nichts half. Jeden Abend ging ich ins Bett und hatte nicht geschrieben. Und nicht nur das. Es genügte nicht, nicht zu sündigen. Ich musste meinen alten Sünden direkt in die Augen sehen. Ich musste einen Strich machen. Das war wie Schnee fegen, während es noch schneit. Die Wehmut ging über in eine Melancholie. Einige glauben, der Unterschied sei nicht besonders groß. Wir wissen es besser. *Ich* weiß es besser. Die Melancholie ist die langsame Wut. Ich will uns nicht mit etwas aufhalten, über das wir bereits alles wissen. Aber es schneite, während ich Schnee fegte. Ich strich 841 Seiten und blieb mit der Hälfte zurück. Dann strich ich die Metaphern und endete schließlich mit 492 Seiten. Ich hatte keinen Appetit mehr und verlor an Gewicht. Meine einzige Nahrung waren D-Vitamine, die ich von der Fensterbank leckte, als der Frühling kam, C-Vitamine und Staub. Zum Schluss musste ich einen Titel finden. Ich fand ihn in einer Erinnerung, die ich nicht loswurde, aber ich wusste nicht, ob es meine eigene Erinnerung war: *Magnet*. Die Lektorin zeigte sich zufrieden, fügte jedoch hinzu, dass man ja nie vollkommen zufrieden ist. Als wenn ich das nicht wüsste! Ob ich beispielsweise den Namen der Hauptperson ändern könnte. Er klang doch ein wenig zu weit hergeholt, wie sie meinte, man nahm ihn irgendwie nicht so richtig ernst. Da stampfte ich mit dem Fuß auf, mit meinem mageren, melancholischen Fuß. Einmal musste ich auch hart bleiben. *Das ist doch gerade der Sinn dabei,* sagte ich. Ich hätte ihn doch Georg nennen können und Jokum als Decknamen benutzen, schlug die Lektorin vor. Wieder setzte ich fest meinen Fuß auf. Es ist gut, wenn du bei deiner Meinung bleibst, sagte sie, und damit wollte sie wohl sagen, dass sie vollkommen anderer Meinung war und ich ihr gestohlen bleiben könnte. Dann schickte sie mich weiter in diese Marketingabteilung, die ich schon kurz erwähnt habe. Dort waren sie noch jünger und glaubten wirklich an diesen Roman. Der wird wie ein Magnet wirken, sagten sie und sahen einander dabei an, als wollten sie um Zustimmung werben oder auch nur meinem Blick entgehen. Sie wünschten sich wahrscheinlich, dass ich jünger gewesen wäre. Ich hatte den Eindruck, in meinem Alter zu debütieren erschien ihnen fast verdächtig. Mit anderen Worten: Ich war nicht leicht zu verkaufen. Sie planten die Herausgabe zum Herbst, also Herbst 2001, im September. Wie gesagt, ich interessiere mich nicht besonders für Politik. Jemand hat mal gesagt, Politik sei die Kunst des Unmöglichen. Ich finde, das ist ziemlich starker Tobak. Politik ist einfach nur unmöglich. Aber ich wandte ein, dass in dem Monat die Parlamentswahlen waren, vielleicht würde das ganze Brimborium in Verbindung damit die Aufmerksamkeit von meinem Roman ablenken? Da sahen sie einander wieder an und versicherten mir, dass kein Brimborium die Aufmerksamkeit von einem Roman wie *Magnet* ablenken würde. Zumindest nicht, wenn ihm das Fett abgesaugt und er gelyncht worden ist, dachte ich. Aber irgendjemand in der Marketingabteilung muss doch Rücksicht auf meinen Einwand genommen haben und so wurde beschlossen, dass die Lancierung am 11. September in dem Tanum bokhandel auf der Karl Johan stattfinden sollte, dem Tag direkt nach der Wahl. Bis dahin waren es noch genau sieben Monate. Ich hatte keine weiteren Einwände. Ich wartete. Jetzt war ich es, der keine Oberfläche hatte. Der Regen fiel durch mich hindurch. Das war schmerzhaft. Ich tröstete mich damit, dass ich auf etwas Gutes wartete, und erhob damit das platte Warten zur Erwartung. Aber Erwartung multipliziert mit einer gewissen Zeit steigt dir zu Kopf. Ich hob ab. Dann las ich Korrektur und kam wieder auf die Erde. Im Laufe des Sommers begann ich leider wieder den Boden unter den Füßen zu verlieren. Die Sonne heftete mir Flügel an die Schulterblätter. Jemand hätte an meiner statt Korrektur lesen sollen. Ja, Gott hätte in seinem Lebenswerk Korrektur lesen und dann auch schnell wieder auf die Erde kommen sollen! Darin zumindest können wir uns einig werden! Ich kaufte einen maßgeschneiderten dunklen Anzug, mit reichlich Platz für die Flügel. Die Arbeiterpartei verlor die Wahl. Die Christlichen gewannen. Dann war der Tag da. Ich schlief lange und blieb in gedankenvoller Einsamkeit bis 17:00 in meinen eigenen vier Wänden. Dann zog ich den dunklen Anzug an und nahm Kurs auf das Zentrum, die Karl Johan, bis dahin würde ich ungefähr zwanzig Minuten brauchen. Das Wetter war schön, dieses klare, sanfte Licht im September, bevor der Sommer ganz loslässt. Die Bäume hielten ihre Blätter noch fest. Die Bürgersteige waren trocken. Aber irgendetwas stimmte nicht. Es war fast menschenleer auf den Straßen. Die wenigen Menschen, die ich sah, kamen mir aus der anderen Richtung entgegen, sie gingen mit schnellem Schritt, geduckt, verbissen. In einem Auto, das bei Rot hielt, saß eine Frau und weinte. Ein Schwarm Tauben flog von einem Kirchendach auf und zog einen tiefen Schatten durch die Stadt. All das bemerkte ich. Es erinnerte mich an etwas, eine Erinnerung, die nicht meine sein konnte, sondern die meiner Eltern, die große Erinnerung ihrer Generation, es erinnerte mich an den Krieg. Alles war beunruhigend und bedrohlich. Aber das sehe ich erst jetzt, im Nachhinein, in diesem verfluchten Nachhinein, das uns mit sich schleppt. Und ist es nicht genau das, was ich immer sage, dass wir verspätet sind, unser Leben ist im Verzug, den Augenblick gibt es nicht. *Sei nicht so kategorisch, Amper.* Nun gut. Bis dahin war für mich also noch alles Friede, Freude, Eierkuchen. Ich war auf dem Weg zum Ruhm. Aber wenn ich geglaubt hatte, vor Tanum stünde eine Schlange, dann musste ich umdenken. Die Karl Johan war auch menschenleer. Nur alte Plakate, zerrissene, lächelnde Gesichter wurden vom Wind weggeweht, der gleichzeitig den Herbst mit sich brachte, eine raschelnde Stille, Kälte. An die Wand des Universitätsgebäudes hatte jemand gesprayt: *So viel ist im Angebot, da bleibt dir keine Wahl.* Auch im Buchladen war niemand. Ich ging hinein. Ein paar Stühle waren vor den Tresen zwischen die Regale gestellt worden. Ein Porträt von mir hing an der Wand. Ein Stapel mit meinem Roman war umgekippt. Die Exemplare lagen verstreut auf dem Boden. Es war, als könnte ich hören, wie sie fielen. Da hörte ich etwas anderes. Ganz hinten im Laden, bei einer Kaffeemaschine, saß eine Reinigungskraft und guckte Fernsehen. Der Ton war heruntergedreht, aber sie aß Kartoffelchips. Sie aß Kartoffelchips. Ihre Hand verschwand in der Tüte, grub tief hinein, wühlte herum, kam wieder zum Vorschein, eine Faust voll mit Kartoffelchips, die wurde zum Mund gehoben, einem aufgesperrten Mund, der kaum in der Lage war zu kauen, während sie auf den Bildschirm starrte. Ich ging zu ihr. Die Bilder zeigten ein Flugzeug, das in einen Wolkenkratzer stürzte, immer und immer wieder. Warum sitzt diese Putzfrau hier allein und guckt sich diesen Film an?, fragte ich mich. Ich versuchte mit ihr zu reden, aber offenbar verstand sie mich nicht, sie starrte nur weiterhin auf den Bildschirm, auf dem das Flugzeug immer wieder in den Wolkenkratzer stürzte. In einem Hinterzimmer, das aussah, als wäre es in aller Eile verlassen worden, fand ich ein Telefon und rief die Lektorin an. Ihre Stimme klang aufgeregt, unklar. Ich musste mehrere Male meinen Namen sagen. *Sollten wir nicht bald anfangen?*, fragte ich. *Anfangen, womit? – Womit? Na, mit der Präsentation natürlich.* Nach einem Augenblick der Stille wurde die Stimme der Lektorin deutlich. *An einem Tag wie heute? Dass du dich nicht schämst!* Da war die Verbindung bereits unterbrochen. Die Putzfrau war auch gegangen. Die leere Chipstüte lag noch auf dem Stuhl und viele Krümel, schimmliger Glitzer, der über alle Bücher gerieselt war. Die gleichen Bilder rollten vorbei und kamen in einer immer raffinierteren Wiederholung zurück. Ich drehte den Ton hoch. Rufe, Explosionen und Sirengeheul umringten mich. Eine schwere Wolke aus Staub und Glasscherben ergoss sich aus dem Bildschirm. Da begriff ich endlich, dass es kein Film war. Es war echt. Ich rief laut: *Das ist echt.* Ich lief zum Ausgang, aber die Tür war verschlossen. Ich nahm den Fernseher und warf ihn gegen das Fenster. Aber die Übertragung endete nicht. Wie viele Flugzeuge stürzten an diesem Tag in Wolkenkratzer? Ich bekam kaum Luft. Ich blutete im Mund. Der Anzug war zu eng. Ich riss ihn mir vom Leibe. Ich riss ihn mir vom Leibe, meine Brüder, und darunter trug ich nichts! Ich bin nur ein Kleiderbügel! Ich warf den Fernsehapparat noch einmal. Ich nahm das persönlich. *Und all das war Bin Ladens Schuld?* Der Maurer fragte. Die Kerzen waren heruntergebrannt. Die Hände auf dem Tisch lagen im Schatten. Ich dachte, ohne weiter darüber nachzudenken: Wie viele Zärtlichkeiten und Verbrechen halten diese Hände? Sind die Zärtlichkeiten in der Mehrzahl? *Aber es war nicht deshalb*, antwortete ich. *Weshalb dann?* Ich setzte mich. Ich war so erschöpft. Die Wut ist ein Knoten. Die Wut ist ein nasser Knoten, der eintrocknet, strammer und strammer wird. Die Wut ist die Zeit, die zerfällt. Ich habe sie auch kaputt gemacht. *Es lag an der Putzfrau.* Der Maurer stand auf. Das tat er immer, wenn sich jemand setzte. *An der Putzfrau? Was ist mit ihr?* Ich schaute woandershin. *Sie hätte niemals Kartoffelchips essen dürfen.*

21. 11. 2001

Als ich zurück in mein Zimmer kam, waren die Wände nackt. Genau dieser Begriff hat mir schon immer missfallen, *nackte Wände*, aber jetzt verstand ich ihn besser. Die Wände waren so nackt, dass ich fast errötete. Der Maurer hatte gehalten, was er versprochen hatte. Sogar das Kreuz über der Tür war fort. Und dabei hatte ich doch angefangen, es zu mögen, Jesus auch, der daran hing. Es empörte mich, dass ich nicht empörter war. Der Maurer hätte sicher das Gegenteil behauptet, dass es bedeutete, ich sei auf dem Weg der Besserung. Aber niemand fragt, wohin der Weg der Besserung führt. Man weiß nicht, was man vermisst, bevor es weg ist. In einem leeren Zimmer ist für niemanden Platz. Ich schaute in den Schrank. Es gibt mehr Bügel als Kleidung auf der Welt. Vergesst das nicht. Es gibt mehr Fäden als Nadeln. Und da stand mein PC. Erst dachte ich, es wäre ein dunkler Spiegel, der mein Gesicht hinabzog. Ich trank von dem schweren Wasser, und ein Buch öffnete sich, die Seiten waren leer und tief. Sie rollten vorbei wie ein Flussschiff in schwarzen Stromschnellen. Ich hätte auf der Hut sein sollen. Aber wenn man für einen Moment von den Schmerzen befreit ist, vergisst man, wer sie einem zugefügt hat, und glaubt an das Gute in allem.

24. 11. 2001

Während ich in der Bibliothek stehe, entdecke ich den Vogel, den Vogel auf der Glastür zum Nebel. *Wir sind mehr damit beschäftigt zu sterben, als ihr damit beschäftigt seid zu leben,* sagt Sven. Ich bin langsam und unkonzentriert. Kann die Augen nicht von dem Vogel lösen, der einfach nur dahängt, mit ausgebreiteten Flügeln, ich weiß nicht, ob auf der Außenseite oder der Innenseite. Ist das eine der Brieftauben, die zur falschen Adresse hingeflogen sind? Wie dem auch sei, es ist unwürdig. Jemand sollte ihn dort entfernen. *Was hast du gesagt?,* frage ich. Sven kommt näher. *Nicht ich. Sondern die. Die sind mehr damit beschäftigt zu sterben, als wir damit beschäftigt sind zu leben. Und was hat man dem entgegenzusetzen? Wenn die den Tod höher schätzen als das Leben?* Warum hat ihn niemand dort entfernt, hier, wo doch Tag und Nacht geputzt und geschrubbt wird. Ich gehe zur Tür und betrachte lange Zeit den Vogel, angespannt und wehmütig. Jeder Schritt, den ich mache, lässt das Gebäude vibrieren, aber der Vogel bleibt dort hängen. Er lässt sich nicht erschrecken. Die Toten lassen sich nicht erschrecken. Ich bin ein Leichenzug. *Von wem redest du, Sven?* Er bleibt stehen. *Von den Freibeutern,* antwortet er kurz. Dann begreife ich endlich, dass der Vogel nur zur Zier dort hängt, er ist einfach eine Dekoration. Ich kann nicht mehr sehen. Ich kann den Unterschied nicht mehr erkennen. Aber so einfach ist es doch nun wieder nicht. Der Vogel ist nicht nur zur Dekoration da. Die Dekoration ist gleichzeitig eine Warnung, ein Schild mit schwarzen Flügeln, damit wir verstehen, dass die Tür geschlossen ist, dass wir nicht durchs Glas gehen können.

26. 11. 2001

Ein anderer Traum, ebenso unpassend, vielleicht noch unpassender als der vorige, aber umso deutlicher, wie ein Relief im Schlaf. Ich träumte ihn letzte Nacht. Als ich aufwache, ist er zu Staub zerfallen.

Ich spüre den Geruch von Kampfer. Plötzlich steht die Geschichte des Ortes mir hier klar und deutlich vor Augen. Zuerst war das hier ein Kurort, dann wurde es zur Kaserne und zum Schluss zum Sanatorium. Das ist einfach der lange Marsch von der Freizeit durch den Krieg zur Angst. Aber es bleiben immer die gleichen Wände. Es ist der gleiche Fußboden. Es ist das Gleiche. Warum bezeichnen sie es als *Haus auf halber Strecke?* Weil alle, die glauben, sie reisten von hier für immer ab, zurückkommen. Dann ist dieser Augenblick fort, und der Traumstaub sammelt sich zu einem Bild: ein Kind und ein Meer. Das Kind will die Wellen mit der Hand anhalten. Ich sehe es, eine geballte, fast weiße Faust, wie eine weiche, dünne Muschel, die hohen Wellen, die sich nähern und der vollkommene Ernst des Kindes.

2. 12. 2001

Heute Morgen ist ein sonderbarer Mann aufgetaucht. Ich saß im Arbeitszimmer und reparierte immer noch das Netz, als er vorbeigeführt wurde. Aber sind wir das nicht alle? Sind wir nicht alle gleich sonderbar? Ich meine, es ist ein sonderbarer Mann hier gelandet. Niemand kommt hierher. Ich erkannte ihn nicht gleich wieder. Wie man wohl schon bemerkt hat, sind meine Sinne getrübt. Sie sind gedämpft. Und auch er selbst war nicht in einer Verfassung, die eine spontane Wiedersehensfreude erwarten ließ: eine Bohnenstange, in der Mitte gebeugt. Da wusste ich schließlich, wer es war. Natürlich Jokum Jokumsen. Ich bekam Angst. Nicht einmal die Zeit habe ich noch unter Kontrolle. Ich wechsle, als wäre morgen heute und gestern in einer Woche. Ich, der von der Reihenfolge wie besessen ist, wird ängstlich. Wer von uns kommt zuerst, ich oder Jokum? Das muss Jokum sein. Wer von uns ist ein Zufall, Jokum oder ich? Das muss ich sein. Übrigens bin ich ein großer Bewunderer von Jokums künstlerischer Arbeit, auch wenn ich nie auf einer seiner Ausstellungen war, ich habe nur die Besprechungen in der Zeitung gelesen, während ich bei der Witwe wohnte. Von Herzen habe ich ihm den Erfolg gegönnt. Das meine ich wirklich. Deshalb machte es mich so traurig, ihn hier zu sehen, denn ich musste an alles denken, was wir versäumen, wenn er nicht wieder auf die Beine kommt, denn niemand, der hier landet, kommt wieder auf die Beine. In vielerlei Hinsicht hatte ich außerdem das Gefühl, dass unser Streben miteinander verwandt war, meine mühselige Schrift und seine sachlichen Fotografien. Wir beschäftigten uns beide mit dem, was ich den *Zustand der Dinge* nennen würde. Außerdem hatten wir im Herbstsemester 1976 in der Sogn Studentby Küche und Bad geteilt. Ich kann mich daran erinnern, dass er bereits damals stets mit gezückter Kamera herumlief. Er fotografierte nie Menschen. Damit begann er erst später. Vielleicht ist das der Grund, dass ich ihn schon damals mochte. Meistens war sein Blick auf den Boden gerichtet, auf alles, was dort liegen konnte und was andere kaum wahrnahmen, was ihn jedoch beschäftigte, ein rostiger Schlüssel, eine Haarnadel, eine Streichholzschachtel, ein zerbrochener Kamm, der einem erschöpften Lächeln im Schmutz ähnelte. Von Derartigem machte Jokum Jokumsen seine Fotos. Es war sein Motivkreis. Er hätte dabei bleiben sollen. Übrigens erregte er Aufmerksamkeit, während er zwischen den Häuserblöcken der Sogn Studentby auf Motivsuche ging. Das ließ sich gar nicht vermeiden. Einige lachten auch über ihn, aber ich habe es nie erlebt, dass sie ihn geärgert haben. Er genoss auch einen gewissen Respekt, oder soll ich sagen, dass er so speziell war, dass die Leute einen gewissen *Abstand* zu ihm hielten, und auch das ist ja eine Form von Respekt. Außerdem war er zusammen mit, nein, er war *verlobt*, wie sie selbst sagten, mit dieser Synne Sager, und sie wurde auf jeden Fall respektiert, was auch Jokum zugutekam. Höchstwahrscheinlich war sie die energischste Lady der Sogn Studentby, abgesehen vielleicht von einigen der weiblichen Marxisten-Leninisten, aber die waren auf eine ganz andere Art und Weise energisch. Ich sagte einmal zu ihr, sie habe keine Oberfläche. Und ich bereue, das gesagt zu haben. Es stimmte nämlich. Aber all das ist lange her, fast ein ganzes Leben lang. Wenn du plötzlich Aug in Aug mit Menschen, Dingen oder Zerstörungen stehst, dann begreifst du, dass die Zeit vergangen ist. Ich hoffte dennoch, dass er mich wiedererkennen würde, aber wie schon gesagt, auch ich war ein jämmerlicher Anblick, und jämmerliche Anblicke sehen meistens aneinander vorbei. Wir wollen uns nichts Böses. Übrigens hat Arve Storvik einen Song über ihn geschrieben: *Er trägt den Kopf auf halbmast/er hat Schuhe aus Blei/doch wird er einmal wach, dieser Gast/dann ist er so gut wie neu.* So gut wie neu. Wenn es doch nur so wäre. Das Lied heißt *Hochfliegender Blues.* Jetzt war er nur noch Blues.

Erst als wir am nächsten Tag auf dem Weg zur Lichterrunde waren, sah ich Jokum Jokumsen wieder. Ich fasste ihn am Arm, was gegen die Regeln verstieß. Wir sollen lernen, unsere Aura zu respektieren. Sie umfasst 46 Zentimeter. Wir sollen Grenzen setzen. Ich fasste ihn dennoch am Arm. Er drehte sich langsam um und starrte mich an. Seine Augen waren schmutzig.

»Jokum«, sagte ich.

Er starrte unverwandt weiter, und ich ließ die Hand fallen.

»Jokum«, wiederholte ich. »Jokum Jokumsen.«

Es schien, als befände er sich in einem anderen Raum, nein, auf einem anderen Planeten, zumindest in einem anderen Stockwerk. So leicht gab ich mich nicht zufrieden.

»Sogn Studentby. Erinnerst du dich? Herbstsemester 1976. Ich habe die ganze Zeit geschrieben.«

»Ich heiße nicht Jokum.«

»Wie bitte?«

»Ich heiße nicht Jokum.«

»Nein?«

»Nein, ich heiße nicht Jokum.«

»Sollte ich mich irren?«

»Ich heiße Georg.«

»Aber selbst wenn du nicht Jokum heißt, dann war ich es jedenfalls, der die ganze Zeit dasaß und geschrieben hat.«

»Wie heißt du?«

Was sollen wir mit unseren Namen, unseren richtigen Namen, wir, die wir nicht mehr beim Namen gerufen werden. Wir sind Autos ohne Nummernschild, in der letzten Garage abgestellt. Wir sind enttaufte Kinder, ganz ohne Wasser. So könnte ich weitermachen.

»Amper«, sage ich.

»Dann hast du uns also mit deiner Schreibmaschine wach gehalten.«

Georg streckt die Hand vor, doch bevor ich meine heben kann, beginnt die Sitzung, und wir müssen die Kerzen anzünden, unsere kleinen Steinwarder. Natürlich kann Øster nicht an sich halten, als er Georg entdeckt. *Du kannst bestimmt schmettern, ohne hochzuspringen!*, sagt er. Ich verteidige Georg und richte den Zeigefinger auf Øster. *Und du bist so dick, dass du es bald nicht mehr bis zur Fahnenstange schaffst?* Der Maurer beruhigt uns, und wir singen. Jetzt ist es auch mein Refrain, denn ein Tag zur Zeit ist schon zu ziemlich vielen geworden. Es ist ein schwerer Kalender. Dann wendet sich der Maurer unserem neuen Ebenbürtigen zu. *Möchtest du etwas sagen, Georg?* Georg schaut zu Boden und schüttelt den Kopf. Der Maurer lässt ihn jedoch nicht in Ruhe. *Das, was dir Schmerzen bereitet, tut dir gleichzeitig gut*, sagt er. Ich schlage mit der Faust auf den Tisch. *Erspar uns das!* Der Maurer sieht mich nicht einmal an. *Sprich nicht über andere, sprich nur über dich.* Ich unterbreche ihn. *Lass Georg in Ruhe! Sprich nicht in seinem Namen. Und lass mich in Ruhe!* Der Maurer faltet die Hände. *Du hast dich noch in keiner Weise verändert.* Das war schön, solange es ging. Die Erregung erinnert dich daran, dass du lebst. Ich bekomme Lust, einzuschlafen oder mich zu verbrennen. *Warum sollte ich?*, frage ich und meine, den Nagel auf den Kopf getroffen zu haben. Der Maurer löst die Hände, und die Finger springen wie ein Blumenstrauß heraus. *Du hast gesagt, die Putzfrau sei schuld gewesen, nicht wahr?* Ich habe dieser Sache nichts mehr hinzuzufügen. Ich habe bereits mehr als genug gesagt. Mein Mund ist verschlossen. *Findest du es fair, ihr die Schuld zu geben?* Fair? Was ist fair auf dieser Welt? Die Gesetze der Welt sind aufgehoben. Mein Mund ist geschlossen. *Was ist hinterher passiert?* Ich benutze den uralten Trick und sage doch etwas: *Ich kann mich nicht mehr erinnern. – Erinnerst du dich nicht daran, was passiert ist, nachdem du den Fernsehapparat durchs Fenster geworfen hast?* Der Maurer wartet, aber dieses Mal wartet er vergebens. Wir singen noch einmal. Jetzt bin ich an der Reihe mit einer Frage. *Was ist eigentlich mit den Brieftauben?* Auch ich bekomme keine Antwort. Und ich bin an der Reihe damit, nicht lockerzulassen. *Was hätte ich wissen sollen?* Die Sitzung ist beendet. Ich gehe in mein Zimmer. Als ich den PC einschalte, sehe ich zuerst nur Wellen, schwarze Wellen, die gegen einen unsichtbaren, erfundenen Strand rollen, bevor mein Gesicht zwischen dem Strandgut auf dem Grunde des Bildschirmmeeres zum Vorschein kommt. Abends treffe ich Georg in der Dusche. Er versucht vergeblich, sich hinter einem Waschlappen zu verstecken. Er ist schüchtern. Er ist verlegen. Mir kommen fast die Tränen. Er hat sich immer noch seine Menschlichkeit bewahrt. Hier drinnen wirkt das komisch. Deshalb kommen mir fast die Tränen. Ich stehe von Kopf bis Fuß nackt da, als wäre das die natürlichste Sache der Welt, als käme nicht die Kleidung noch vor dem Essen, wenn wir in das Leben eintreten. Wir sind schüchtern geboren. Ich habe vergessen, was ich wollte.

»Was meinte er mit schmettern?«, fragt Georg.

»Er dachte dabei an das Badminton-Match.«

»Spielen wir hier Badminton?«

»Anscheinend sollen wir gegen die Damen spielen.«

»Welche Damen?«

»Die Damen auf der anderen Seite des Sees und des Nebels.«

Georg dreht das Wasser auf und zittert unter dem dünnen Strahl. Er ist ausgezehrt und mager. Die Hüften sind schief, er hat eine Narbe, die fast von der Taille bis zum Oberschenkel reicht. Um den Hals liegt ein dunkler, fast violetter Streifen, eine Mulde in der Haut, ein kaputter Schmuck. Das habe ich früher nie gesehen. Es tut weh. Ich spüre so eine Zärtlichkeit für ihn, eine Art Fürsorge. Gerade will ich etwas sagen, doch da sind wir nicht mehr allein. Jammers

Minne, Ulk und Øster wollen uns Gesellschaft leisten. Es ist keine gute Gesellschaft. *Jammers Minne hat ein Handtuch zu einem Seil gedreht. Du wirst uns doch nicht verraten?*, fragt er. *Verraten? Was meinst du damit? – Du weißt, was ich meine! – Nein. Ich bitte dich.* Jammers Minne kommt einen Schritt näher. Ich erkenne ihn kaum wieder. Wo ist der melancholische Briefträger geblieben. *Du darfst nicht laut sagen, was wir sagen! Die dürfen nicht wissen, dass wir wissen! Du musst die Klappe halten! Und besonders, was die Tauben betrifft!* Er schlägt mit dem nassen, festen Handtuch nach mir. Ich versuche auszuweichen, aber er trifft trotzdem. Ich wimmere. Øster und Ulk meinen bald, dass ich genug abgekriegt habe. *Besonders, was die Tauben betrifft!*, wiederholt Jammers Minne. Dann sind wir wieder allein. Es dauert eine Weile, bis wir reden können. Georg wirkt so verloren, dass er mich wohl tatsächlich braucht.

»Wir müssen aufeinander aufpassen«, sage ich leise.

»Über welche Tauben sollst du die Klappe halten?«, fragt er.

»Die Brieftauben. Oben auf dem Dach.«

»Warum?«

»Ach, das ist nicht so wichtig. Vielleicht können wir irgendwann einmal hochgehen und sie uns angucken.«

Georg lehnt sich mit beiden Händen gegen die Wand. Ich habe Angst, dass er hinfällt oder einfach in sich zusammensinkt. Doch dann sagt er etwas:

»Diese Lichterrunde, die hat mich an ein anderes Treffen erinnert, bei dem ich mal war. Nein, es war eher eine Art Verhör. Ja, ein Verhör. Als ich meinen Decknamen erhalten habe. Georg. Bis jetzt habe ich ihn noch nie benutzt. Aber ist es nicht so, dass alles irgendwann zu seinem Recht kommt?«

»Dann möchtest du lieber, dass ich dich Georg nenne, Jokum?«

»Ja. Georg ist meine schlechte Seite.«

»Soll ich dir den Rücken abtrocknen, Georg?«

»Wenn du da hinkommst.«

Wir schmunzeln beide, während ich auf den Zehen stehe und seinen schiefen, mitgenommenen Rücken abtrockne. Das ist meine

Zärtlichkeit, meine Fürsorge. Es gibt so viel, wonach ich fragen will, aber ich begnüge mich mit dieser Frage:

»Wie geht es eigentlich mit Synne?«

Lange Zeit bleibt Georg still, und ich bereue schon, dass ich gefragt habe. Vielleicht genießt er auch nur die Berührung. Dann sagt er:

»Ich habe sie gesund geliebt.«

GESCHENKE

Jokum machte das letzte Foto vor dem Pub. Ein Schlüssel lag im Schmutz unter ihm. Jetzt war er gesehen worden. Jetzt war er etwas, er hatte dafür seinen eigenen Ausdruck, *um das sich gekümmert worden war.* Es fing an zu schneien. Die Spuren verschwanden. Er richtete sich auf und ging langsam auf Block 3 zu. Er sah Synne im Fenster. Und diesen neuen Typen, der im Herbst eingezogen war, der jede Nacht auf seiner Schreibmaschine tippte und alle wach hielt. Gab es keine Schreibmaschine mit Schalldämpfer? Jokum gefiel es nicht, dass dieser Kerl in Synnes Zimmer war, was machte er dort? Warum trieb er sich nicht lieber in der Küche herum? Aber er wollte das besser nicht ansprechen. Denn er konnte sich noch gut daran erinnern, was sie geantwortet hatte, als er sie gefragt hatte, ob da etwas zwischen ihr und Arve Storvik am Laufen war: Frag mich so was nie wieder. Niemals. Außerdem konnte er eigentlich gar nichts sagen. Denn er wusste nur zu gut, was da hinter seinem Rücken getuschelt wurde, und nicht nur dort. *Wie hat Jokum Jokumsen es geschafft, sich diese Dame zu angeln?* Die Sache war ganz einfach. Er verdiente sie nicht. Damit konnte er leben. Sie winkte. Er winkte zurück, beeilte sich die Treppen hinauf, und sie hatte bereits für ihn die Tür geöffnet, während dieser aufdringliche Schriftsteller, wenn man ihn denn überhaupt so bezeichnen durfte, in seinem Zimmer verschwand und Löcher ins Papier hämmerte, bevor Jokum noch die Schuhe ausgezogen hatte.

»Heute holen wir den Pelz ab«, sagte Synne.

»Den Pelz?«

»Mutters Pelz. Es hat angefangen zu schneien.«

»Der bleibt nicht liegen. Der Schnee, meine ich.«

»Das spielt keine Rolle. Außerdem ist es an der Zeit.«

»An der Zeit?«

»Du wiederholst alles, was ich sage. Bitte, sei so gut und tu das nicht.«

»Ich werde es mir merken.«

»Es ist an der Zeit, dass du sie kennenlernst.«

»Wen?«

»Jetzt bist du aber besonders begriffsstutzig, Jokum.«

»Es gibt so vieles zu bedenken«, seufzte er.

»Meine Eltern. Wen denn sonst. Ich habe deine doch auch kennengelernt, nicht wahr?«

»Ja, das stimmt.«

Beides stimmte. Es gab so viel zu bedenken. Manchmal glaubte er, nein, er wusste es sogar, dass er nie fertig sein würde. Fertig? Es gibt keinen einzigen Menschen, der fertig wird. Das ist ein magerer Trost. Und Synnes Eltern hatte er auch noch nicht kennengelernt. Jetzt war es also an der Zeit. Es schneite in der Sogn Studentby. Er ließ sich auf den Hocker neben dem Telefon sinken, nervös und gleichzeitig aufgekratzt. Würde es sie beide nicht enger miteinander verbinden? War das nicht eine Art von Bestätigung? Bestätigung für was? Dafür, dass er sie liebte und dass auch sie so weit kommen konnte, ihn zu lieben. Ob das wohl stimmte? Abgesehen von Jokum und Synne selbst konnte das niemand wissen. Deshalb ist es ihre Wahrheit. Und die sollen sie auch für sich behalten. Einen Moment lang herrschte Stille in dem Zimmer des Ruhestörers. Die Tasten hinterließen tiefe, schmale Abdrücke in der Luft, eine Sprache, die nur Vögel verstehen. Dann hämmerte er erneut drauflos, immer nur mit einem Finger zur Zeit. Was wäre, wenn er einen ganzen Satz gleichzeitig hätte schreiben können, so wie ein Pianist einen Akkord anschlägt?

»Hast du keine Lust?«, fragte Synne.

Jokum stand eilig auf.

»Doch. Aber.«

»Was aber, Jokum?«

»Es gibt so viel zu bedenken.«

Synne lehnte sich an ihn, nur die Leica war zwischen ihnen.

»Weißt du, was Man Ray über das Fotografieren gesagt hat? Dass er wünschte, er könnte die Kamera wie eine Schreibmaschine benutzen.«

Jokum reagierte eifersüchtig und unbillig.

»Bist du der Meinung, ich sollte stattdessen lieber schreiben?«

»Das finde ich überhaupt nicht.«

»Oder möchte der Schriftsteller vielleicht die Schreibmaschine wie eine Kamera benutzen? Das könnte ja auch sein.«

Synne schob ihn von sich.

»Was ist denn los mit dir?«

Jokum holte tief Luft und bereute jedes einzelne Wort. Er hatte keinen Grund, eifersüchtig zu sein, und erst recht nicht, da sie ihm doch entgegenkam.

»Ich habe nur überlegt, was ich anziehen soll.«

Synne lachte.

»Wir gehen, wie wir sind. Und wenn das nicht gut genug ist, dann ist mir das auch egal.«

»Dann wechsle ich nur eben den Film«, sagte Jokum.

Anschließend nahmen sie die Bahn zum Nationaltheatret und gingen Hand in Hand den Drammensveien hinauf zum Kürschner C. W. Madsen, der mittlerweile fast der Letzte seiner Art war. Der Kachelofen war kalt. An den Wänden hingen feuchte Schatten. In einer Vitrine lagen ein Muff und verschiedene Kragen. Das Ganze ähnelte eher einem heruntergekommenen Museum. Niemand erwartete sie. Es war außerhalb der Saison. Es war erst Oktober mit seinem falschen Schnee. Die Pelze lagen noch in ihrer Höhle. Vielleicht war auch die Zeit der Pelze vorbei, vielleicht trugen immer weniger einen Pelz, und die hielten sich versteckt, wie menschenscheue Menschen. Jokum hatte eine Idee, nein, keine Idee, er hatte selten oder eigentlich nie eine Idee, wenn man unter Idee etwas Übergeordnetes versteht, einen größeren Plan, eine Denkweise. Er sah es eher als einen Auftrag an. *Er bekam einen Auftrag.* Den bekam er beim Kürschnermeister C.W. Madsen. Etwas rief ihn. Etwas wandte sich an ihn, ein Stoff, eine Umgebung, ein Kreis, und dieses Etwas hatte sein Heim in der Welt, es konnte gesehen werden. Es war zugänglich. Auf diese Art und Weise entstand eine Beziehung zwischen Jokum und dem Motiv, eine Art gegenseitiger Berührung, eine gemeinsame Bewegung. Möglicherweise ähnelte es Liebe. Was er aber niemals laut sagte. Stattdessen benutzte er das Wort Zärtlichkeit, was er später, wenn er widerstrebend über seine Arbeit sprach, durch den Begriff *Einfühlungsvermögen* ersetzte. Jokum wandte sich Synne zu. Sie wirkte auch verloren, aber auf eine andere Art. Sie schaute sich mit einem traurigen, trotzigen Blick um, war kurz vor den Tränen. So hatte Jokum Synne bisher noch nie gesehen, nicht einmal bei Huberts Beerdigung. Das ist auch ein Part des Verliebtseins: Jokum sah ihre Schwäche, ihre unbearbeitete Sentimentalität, und das machte ihn stärker. Sie brauchte ihn. Er wollte gerade den Arm um sie legen, da trat ein alter, heruntergekommener Mann durch die schmale Tür hinter dem Tresen herein. Es war C.W. Madsen in Person. Er blieb stehen, schaute Synne lange an, die nur seinen Blick erwiderte und nichts sagte, und im Laufe der Sekunden, die dieses Wiedersehen währte, wechselte der Raum seinen Charakter, die Feuchtigkeit in den Wänden verschwand, die Wärme pochte in den weißen Fliesen des Kachelofens, und Stimmen aus der Zeit, als der Kürschner noch als der absolute Herrscher über die weiche Konfektion der Damen galt, waren zu hören. C.W. Madsen lächelte, und ein kleines Zucken seiner trockenen Lippen wurde zu einem Erdbeben in seinem Gesicht, als wollte er sagen: *Ja, das ist aus mir geworden.* Doch stattdessen sagte er laut:

»Meine kleine Prinzessin! Die ...«

Dann kam er hinter dem Tresen hervor, nahm Synnes Hände in seine und verbeugte sich.

»Die keine kleine Prinzessin mehr ist, sondern ...«

Der Kürschner musste sich selbst unterbrechen, ließ Synne los und benutzte ein gelbes, zerknittertes Taschentuch, um eine Träne wegzuwischen, die sich aus dem Augenwinkel gelöst hatte. Worüber weinte er? Weinte er über diese eine Kundin, die ihn an das Handwerk erinnerte, das bald ganz verschwunden war, so wie die Sprache mit jedem einzelnen Tag verschwindet, weil niemand spricht oder sie länger pflegt?

»Nun, nun«, sagte Synne. »Sie sind auch älter geworden.«

»Ich hätte nie gedacht, dass du kommen wirst.«

»Und jetzt bin ich da, Herr Madsen.«

»Ich habe immer wieder angerufen.«

»Mutter geht nicht mehr ans Telefon. Und Vater ist abgemeldet.«

Für eine Weile blieb es still, nur ein dunkles, monotones Summen war zu hören, von dem Aggregat, das diese Welt immer noch, wenn auch nicht auf dem Laufenden, so doch am Laufen hielt. Der Kürschner holte tief Luft.

»Und die liebenswerten, alten Damen …«

Synne unterbrach ihn freundlich:

»Auf die kann man sich auch nicht mehr verlassen. – Wollen wir?«

Erst jetzt wandte sich der Kürschner Jokum zu und schaute direkt in dessen Kamera.

»Hast du einen Touristen mitgebracht, Synne? Bei diesem Wetter?«

»Das ist mein Verlobter. Er ist Fotograf.«

Jokum richtete sich ganz auf, während der Kürschner sich erneut verbeugte.

»Kommt mit.«

Sie folgten ihm hinter den Tresen und an der Werkstatt vorbei, in der vier Nähmaschinen standen, hergestellt bei Seidel & Naumann, Dresden, sie standen nutzlos da und strahlten eine akribische, aber sinnlose Schönheit aus, die auch Jokum ansprach. Dann waren sie am Kühlraum angekommen, der Stahlkammer des Kürschners. Er schob den Riegel hoch, die schwere Tür glitt langsam auf und die Kälte eines vergessenen Winters, einer aufgesparten Jahreszeit, schlug ihnen entgegen. Sie traten ein zwischen die Pelze, die an

Schienen in der Decke hingen, gehäutete Tiere, die auf ihre neuen Körper warteten, ein totes Kapitel an Kleiderbügeln aus Mahagoni. Jokum sah all das durch die Linse, traute sich aber nicht, Fotos zu machen. Der Kürschner holte den Platinfuchs herunter, den kostbarsten überhaupt, und er zeigte Synne die feine Naht an der Schulter, eine Narbe, die nichts anderes bedeutete, als dass der Preis fiel. Die Wunde war sichtbar. Die Wunde war zusammengewachsen.

»Ich habe mein Bestes getan«, sagte er. »Aber ...«

Ungeduldig unterbrach Synne ihn.

»Und das reicht auf jeden Fall. Lassen Sie uns jetzt den Mantel einpacken.«

»Aber leider wird er nie wieder so gut wie neu. Nichts, was beschädigt ist, wird wieder so gut wie neu. So ist es leider nun einmal. Willst du ihn nicht einmal überziehen?«

»Natürlich nicht. Er gehört meiner Mutter.«

»Was ist eigentlich passiert?«

Synne, die bereits auf dem Weg hinaus aus der Kälte war, blieb stehen und drehte sich um.

»Passiert? Womit?«

Der Kürschner schaute zu Boden und strich mit der Hand über den Pelz, immer und immer wieder.

»Mit deiner Mutter.«

»Sie ist auch nicht wieder so gut wie neu geworden. Kommst du, Jokum?«

Nein, dachte Jokum, er stand allein noch tief drinnen in der Kälte, das ist kein Stahlschrank, sondern ein zoologischer Garten für tote Tiere und ausgestopfte Menschen, eine schwere, ferne Erinnerung im Archiv der Gesellschaft, mit einem Geheimstempel versehen. Er hustete und drückte auf den Auslöser, ins Blinde, und er hörte Synnes Stimme, weit aus der Ferne:

»Jokum? Kommst du?«

Als sie wieder im Laden standen, packte C.W. Madsen den Mantel in Packpapier ein und schob diesen in eine benutzte Plastiktüte von Ferner Jacobsen, denn er konnte sich keine eigenen Tüten mehr leisten, und wenn er schon die Tüten anderer Geschäfte benutzen musste, dann war die von Ferner Jacobsen noch die einzige, die gutzuheißen war. Sollte etwa jemand den Kürschner C.W. Madsen mit einer Tüte von Bonus in den Händen verlassen, als schleppte er Konserven und Fertiggerichte mit sich, oder noch schlimmer, von Varner, diesem simplen Schneider herrenloser Kleidung? So weit kommt es noch. Am besten wäre es natürlich, wenn die Kundin ihre eigene Tasche dabeihätte oder das geliebte Stück über den Arm trüge, wie eine Trophäe, wie ein Kind. Synne wurde langsam ungeduldig und wollte C.W. Madsen den Pelz schon aus den Händen nehmen, aber da verkrampfte er sich und wollte nicht loslassen, die trockenen, schuppigen Hände klammerten sich an der Tüte fest, sie konnten nicht anders und ließen jede Rücksicht aus dem Spiel.

»Es tut mir leid, dir sagen zu müssen, dass du mir noch etwas schuldest, und zwar ...«

Synne unterbrach ihn.

»Aber ich habe kein Geld, Herr Madsen.«

»865 Kronen. Es sind so viele Saisons und Jahre vergangen. Das macht also 865 Kronen. Die schuldest du mir.«

Einen Moment lang schwieg Synne, als dächte sie über den Betrag nach, darüber, ob er angemessen sei oder unerhört, während C.W. Madsen mit gesenktem Kopf wartete, ihm war nicht wohl in seiner Haut. Geld war etwas, über das man nicht sprach, es war nur notwendig. Dann sagte sie:

»Wissen Sie was? Sie können stattdessen ein Foto von Jokum bekommen. Nicht wahr, Jokum?«

Sie drehte sich zu ihm um.

»Nicht wahr, Jokum? Du schaust einfach in den nächsten Tagen mit einem hier herein, das machst du doch, oder?«

Der Kürschner wirkte nicht begeistert.

»Ein Foto? Was soll ich denn damit?«

»Eines Tages wird es ein Vermögen wert sein, Herr Madsen.«

Der Kürschner drehte sich auch zu Jokum um.

»Dann hoffe ich nur, das geschieht noch, solange ich lebe.«

Synne öffnete lachend die Tür.

»Vielleicht ja morgen schon! Zehnmal 865! Mindestens. Und jetzt geben Sie mir bitte die Tüte.«

Der Kürschnermeister C.W. Madsen ließ endlich los, und Jokum folgte Synne, die fast zum Solli plass lief, von wo die beiden ein Taxi zur Villa zwischen den Zypressen nahmen. Sie ließen sich auf die Rückbank fallen. Synne lachte immer noch. Die Kastanienbäume in der Bygdøy allé fuhren in die entgegengesetzte Richtung. Jokum meinte, seine Mutter vor dem Gimle Kino zu sehen, in Gummistiefeln unter einem roten Regenschirm des Roten Kreuzes, aber es war nur eine Luftspiegelung, eine Sinnestäuschung, denn auf der Bygdøy allé ähnelten alle Damen ihres Alters einander.

»Hast du das ernst gemeint?«, fragte er.

»Ich meine immer alles ernst. Hast du das noch nicht begriffen?«

»Dass er ein Foto haben soll?«

»Jetzt haben wir es ihm versprochen, also soll er es auch kriegen.«

»Dass es so viel wert sein wird?«

»Ein Vermögen? Ja, das habe ich auch versprochen.«

»Dass du kein Geld hast?«

»Genau deshalb will ich dich heiraten. Weil du einmal reich werden wirst. Hast du das noch nicht kapiert?«

»Ich frage mich nur, ob der Kürschner wirklich an einem Foto interessiert ist?«

Synne kuschelte sich an ihn.

»Ist schon in Ordnung, Jokum, dass du keinen Spaß verstehst.«

Kurz erhaschte er einen Blick auf die Frognerkilen, die Ecke des Fjords, in der die Segelboote am Ufer lagen, ein strenger, nackter Wald, auch ein Kapital, das tote Kapital des Winters, bevor der Fahrer um die Blocks von Hoff bog und der Taxameter die Zahlen schneller wechselte als ein wild gewordener Kalender.

»Aber wer bezahlt dann das Taxi?«, fragte Jokum.

Sie hielten vor einer schmiedeeisernen Pforte, Synne beugte sich über die Schulter des Taxifahrers vor und hupte dreimal. Augenblicklich standen die Vormünder auf den Stufen des Pförtnerhauses, wütend und schwarz gekleidet, als befänden sie sich auf einer Beerdigung, die nie zu Ende ging. Synne kurbelte das Fenster herunter und winkte sie zu sich.

»Könnt ihr so nett sein und das Taxi bezahlen?«

Dann stieg Synne aus und schob das Tor zur Seite. Jokum folgte ihr. Die Vormünder versuchten, sich ihnen in den Weg zu stellen. Aber Synne schob auch sie beiseite. Niemand konnte Synne aufhalten. Ich will es mal so sagen: Sie wollte nicht dorthin, wohin sie sollte, und niemand konnte sie dabei aufhalten. Die beiden gingen weiter in den Garten. Der lief Gefahr, wieder zuzuwachsen. Das Schwimmbecken war ein Herbarium voller Nadeln, die von den dichten, pyramidenförmigen Zypressen fielen, ein Lärmschutz gegen den Verkehr und die Welt auf der anderen Seite von Familie Sagers Erzählung. Ganz hinten bei den krummen schwarzen Beerensträuchern standen vier Grabsteine. Synne zeigte auf das Haus, vor allen Fenstern waren die Gardinen zugezogen.

»Kannst du dir vorstellen, hier zu wohnen?«

Bevor Jokum antworten konnte, zog sie einen Schlüssel heraus und öffnete damit die Haustür. Eigentlich war er froh darüber, denn er wusste nicht, was er hätte antworten sollen, und so folgte er, immer noch zögernd, ihr nach und landete in einer hohen, unmöblierten Halle mit dunkler, fast burgunderfarbener Täfelung. Eine breite Treppe, mit blauem Samt bezogen, teilte sich in zwei Äste, die jeweils in einen Flügel führten. Jokum hörte keinen Laut, doch, einen Tropfen, der irgendwo stetig fiel. Am liebsten hätte er laut gerufen, aber noch mehr Lust hatte er, einfach still zu sein. Und am allerliebsten wäre er gegangen. Synne wandte sich ihm zu.

»Kannst du dich nicht ein bisschen mit Vater unterhalten, während ich Mutter den Mantel bringe?«

»Mit deinem Vater reden?«

»Er möchte dich so gern kennenlernen. Sein Büro ist im ersten Stock. Geradeaus. Und könntest du ihm sagen, dass ich nach Weihnachten mit meinem Studium an der Universität in Kopenhagen weitermachen will?«

Synne verschwand hinter einer anderen Tür, Jokum spürte kurz einen jähen, warmen Luftzug, bevor er sich auf den Weg machte, Stufe für Stufe, ohne nachdenken zu können und verwirrt. Kopenhagen? Geradeaus? Er musste doch entweder nach links oder nach rechts gehen. Er musste sich entscheiden. Geradeaus, da war die Wand. Sollte er gegen die Wand laufen? Ja, das war auch eine Möglichkeit. Kopenhagen? Und was war mit ihm? Was war mit Jokum? Er ging nach links, entschied sich dann doch anders und bog stattdessen nach rechts ab. Er kam auf einen Flur mit Türen auf der einen Seite, das Licht war ausgeschaltet. Vielleicht sparte man ja an Strom. Vielleicht war es schlecht um die Hausbewohner bestellt. Es war schlecht um sie bestellt. Er fand keinen Lichtschalter, es war, als ginge er durch einen Tunnel. Er klopfte an der ersten Tür. Niemand antwortete. Das Zimmer war leer und roch nach altem Obst. Er öffnete die nächste Tür: eine Badewanne auf Löwenfüßen, fast gelbblaue Fliesen, Wasser in den Rissen, das war der Tropfen, der das Haus bald umstürzen lassen würde. Später, und später ist viele Jahre danach, als Jokum keine Dinge mehr hatte, die er fotografieren konnte, bereute er, damals keine Fotos gemacht zu haben, als er in Synnes verlassenem Elternhaus, in Synnes *Zeit*, von Tür zu Tür ging. Aber wie gesagt, er konnte nicht nachdenken, und außerdem erschien ihm alles mit der Zeit wie ein Traum, und niemand kann das entwickeln, dem feste Punkte fehlen. Plötzlich ging das Licht auf dem Flur an, drei Deckenlampen. Schnell ging er in die andere Richtung und blieb vor der Tür zwischen den Flügeln stehen. Bevor er klopfen konnte, sagte jemand:

»Komm ruhig herein.«

Hinter einem massiven Schreibtisch ganz hinten in dem dunklen Zimmer, das mit Trophäen dekoriert war, Stoßzähne, Geweihe, Felle, saß ein in sich zusammengesunkener Mann in einem Seidenmorgenrock und weißem Hemd. Er rauchte eine dünne Zigarette und winkte Jokum näher zu sich, eine Bewegung, die ihn anscheinend die letzte Kraft kostete. Das war Synnes Vater, Erik Sager. Jokum ging zu dem Tisch, streckte die Hand aus, aber Erik Sager nickte nur zu dem freien Stuhl, und Jokum setzte sich. Erik Sager legte die Zigarette in einen Aschenbecher und ließ sie da vor sich hin glimmen.

»Wie du siehst, bin ich ein sehr kranker Mann. Es ist meine eigene Schuld, deshalb will ich nicht jammern.

Jammerst du, Jokum? Ist es in Ordnung, wenn ich dich Jokum nenne?«

»Ich heiße Jokum.«

»Ja, genau das meine ich. Beklagst du dich, Jokum?«

»Das ist wohl schon vorgekommen. Aber jetzt nicht mehr.«

»Jetzt nicht mehr. Und warum nicht?«

»Weil ich mit Synne zusammen bin.«

»Ja, ich habe gehört, dass ihr sogar verlobt seid. So richtig?«

»Richtig?«

»Ja, so richtig. Ist die Verlobung registriert? Ist sie öffentlich bekannt gegeben worden? Ist sie *gültig*?«

»Wir haben uns gegenseitig ein Versprechen gegeben.«

»Ach so ist das. Ein Versprechen. Das ist schön. Wirklich schön. Und kannst du es auch halten?«

»Ich werde mein Bestes geben.«

»Das sagen alle. Aber ist dein Bestes auch gut genug?«

»Das muss Synne entscheiden.«

Erik Sager zündete sich eine neue Zigarette an. Die Haut in seinem Gesicht war straff und sah aus wie dünnes Leder. Seine Haare waren glatt und schwarz, wahrscheinlich gefärbt. Der eine Teil seiner Oberlippe fehlte. Direkt unter dem Ohrläppchen klebte ein Pflaster. Er beugte sich über den Tisch. Sein Atem erinnerte an Harz.

»Was willst du mit ihr?«, fragte er.

»Mit Synne?«

»Ja. Mit meiner Tochter. Ist es so schwer, diese Frage zu beantworten?«

»Ich will sie lieben.«

»In guten wie in schlechten Tagen?«

»Ja. Und in denen dazwischen. Was die meisten sind.«

Erik Sager war zu seiner Zeit sicher ein flotter Mann gewesen, aber jetzt war nicht mehr seine Zeit. Jetzt war er nur noch Haut und Knochen. Er setzte sich wieder gerade hin, es schien, als fiele es ihm schwer, eine Position zu finden, die ihm gefiel, und er sah Jokum lange an.

»Und du fotografierst?«

»Ja. Ich …«

»Mit dem kleinen Apparat da? Werden das nicht ziemlich kleine Bilder?«

»Es kommt nicht auf die Größe an.«

Erik Sager lachte, was schmerzhaft für ihn sein musste. Er drückte beide Hände auf die Brust, schnappte nach Luft, und sein Lachen ging in einen gedrückten, tiefen Husten über, fast ein Röcheln.

»Synne hat mir gesagt, dass du keinen Spaß verstehst. Sie hatte recht.«

»Ich habe schon verstanden, dass das ein Spaß sein sollte. Und ich habe auch nur Spaß gemacht.«

»Ich glaube fast, ich mag dich, Jokum.«

»Danke.«

»Warst du schon mal in Afrika?«

»Nur in Dänemark.«

»Nur in Dänemark. Ich war in Afrika. Dort bin ich sehr krank geworden. Aber ich bereue es nicht. Und weißt du, warum?«

»Vielleicht haben Sie dort etwas gesehen, was das aufwiegt?«

Jokum verstummte und duckte sich, er hatte fast vergessen sich zu ducken, er verstand es selbst nicht, verstand nicht, wieso er hier mit geradem Rücken sitzen konnte. Es war schließlich mehr, als er ertragen konnte. Erik Sager lächelte mit dem, was von seinem Mund noch übrig war.

»Was was aufwiegt?«

»Die Krankheit.«

»Doch, du gefällst mir.«

»Danke.«

»Du musst dich nicht jedes Mal bedanken, wenn ich dich mag. Aber ich habe tatsächlich etwas gesehen. Weißt du, was ich gesehen habe? Nein, sag nichts. Ich werde es dir sagen. Ich habe das Auge des Elefanten gesehen.«

Erst jetzt bemerkte Jokum all das Elfenbein im Raum, abgesehen von den Stoßzähnen. Es kam in den Schatten zum Vorschein. Es trat hervor. Es machte sich bemerkbar: Der Griff des Brieföffners, ein Schrein, ein Ring.

»Das Auge des Elefanten?«

»Es gab jede Menge Zeit, Jokum. Ein Meer aus Zeit. Von dem lebe ich. Ich hätte schon lange tot sein sollen. Aber stattdessen lebe ich ewig. Das ist einfach schrecklich. Weißt du übrigens, wie man einen Elefanten begräbt?«

»Nein. Wie?«

»Man begräbt die Stoßzähne. Den Rest lässt man liegen.«

Jokum schaute zu den Stoßzähnen hinter dem Schreibtisch hoch.

»Dann ist der Elefant also hier begraben.«

»Das kann man so sagen. Wie du siehst, ist das hier eine Grabkammer.«

Plötzlich wurde Erik Sager von einer Unruhe ergriffen, er konnte nicht mehr stillsitzen. Er stand auf, mit großer Mühe, zitternd, unsicher, schaffte es kaum, sich aufzurichten, auf bloßen Füßen, die Zehennägel waren lang und gelb, und schlurfte bis ans Fenster. Etwas zog ihn dorthin. Er schaute zwischen den schweren grünen Gardinen hinaus. Jokum nutzte die Gelegenheit und stellte sich neben ihn. Die Luft war klar und durchscheinend. Unten im Garten, am Rand des Swimmingpools, lief Synne, im Pelz ihrer Mutter. Erik Sager verzog das Gesicht, die Knochenhände strichen sachte über sein Gesicht, was sah er dort? Seine Ehefrau, die Tochter oder eine Beute?

»Übrigens soll ich von Synne grüßen und sagen, dass sie nach Weihnachten anfängt, in Kopenhagen zu studieren«, sagte Jokum.

Erik Sager hörte nicht zu, er war in seiner eigenen Welt versunken, tief in seiner eigenen Welt, in der kein Platz für andere war. Dann ließ er die Gardinen los und stolperte zurück zu seinem Stuhl. Er winkte Jokum näher an sich heran. Dieser hatte noch nie zuvor einen so müden Menschen gesehen.

»Wie ich gesagt habe, die Krankheit, weit fortgeschritten. Aber es dauert so lange! Und ich bin ein ungeduldiger Mann. Bis auf den Moment, wenn ich jage. Und jetzt werde ich gejagt. Von einem faulen und boshaften Jäger. Willst du mir eine helfende Hand reichen?«

»Wie bitte?«

»Ich möchte unten im Gehölz ruhen. Zwischen meinen Hunden. Verstehst du?«

Jokum sank in sich zusammen und richtete sich wieder auf.

»Synne wartet. Ich muss ...«

Erik Sager unterbrach ihn:

»Aber du denkst doch nicht daran, sie im Stich zu lassen?«

»Im Stich? Nein. Natürlich nicht.«

»Dann fährst du also mit ihr gemeinsam nach Kopenhagen. Du kannst gehen.«

Jokum ging hinaus in den Garten und fand Synne hinten bei der kleinen Grabstätte. Sie hatte den Pelz wieder in die Tüte gelegt. Er las die Namen auf den Grabsteinen: Mira, Pil, all die toten Hunde. Erik Sagers engste Familie. Synne ergriff seine Hand.

»Was hat Vater gesagt?«

»Er hat gesagt, dass ich mit dir reisen soll.«

»Dann muss er aber gut gelaunt gewesen sein.«

»Wollte deine Mutter den Pelz nicht haben?«

»Er passt ihr nicht mehr.«

»Dann kannst du ihn anziehen.«

»Ich trage keinen Pelz.«

»Was willst du dann mit ihm machen?«

»Ihn begraben, vielleicht. Das war doch auch einmal ein Tier, nicht wahr? Ein Fuchs.«

»Glaubst du, das würde den Hunden gefallen?«

»Hubert liegt auch hier.«

Synne zeigte auf ein kleines Holzkreuz, das ein wenig abseits schief in der Erde steckte.

»Hast du nur seine Schneidezähne begraben?«, fragte Jokum.

Sie starrte auf den Boden, wo zwischen dem verrotteten Laub ein Regenwurm zum Vorschein kam.

»Jetzt bist du aber wirklich gehässig!«

Sie zog die Hand zurück und ging auf das Tor zu.

Ja, dachte Jokum, wirklich gehässig, hatte Erik Sager einen schlechten Einfluss auf ihn, der ihn im Laufe des Gesprächs so gemacht hatte, gehässig? Er eilte ihr hinterher. Das musste er wiedergutmachen.

»Wir können den Pelz dem Roten Kreuz geben! Die wollen einen Flohmarkt veranstalten. Einen Weihnachtsflohmarkt!«

Synne weigerte sich, sich umzudrehen.

»Ich rede heute nicht mehr mit dir, Jokum.«

Die Vormünder standen im Fenster des Pförtnerhauses und lächelten, als sie sahen, dass sie immer noch die Tüte in der Hand hatte und unverrichteter Dinge gehen musste.

Jokum dachte zu viel: War das der Grund, warum sie ihre Eltern besuchen wollte? Nicht, um der Mutter den Pelz zu geben, sondern um dem Vater zu erzählen, dass sie vorhatte, nach Kopenhagen zu ziehen? Hatte sie Angst, ihre Eltern nie wiederzusehen?

Synne wollte auch am nächsten Tag nicht mit Jokum reden.

In gleicher Weise verging eine ganze Woche.

Jokum verlor den Appetit, er schlief nicht und schaffte es kaum, ein einziges Foto zu machen.

Es gab nichts mehr zu fotografieren, solange Synne nicht mit ihm redete.

Dann geschah etwas anderes, worüber er nachdenken musste, und er dachte, dass es Synne vielleicht auch wieder zum Sprechen bringen würde: Ein Journalist der Studentenzeitung Universitas rief an und wollte ihn interviewen. Sie verabredeten, sich am nächsten Vormittag im Pub zu treffen, während Synne eine Vorlesung hatte. Es sollte eine Überraschung werden. Jokum duschte, zog sich ein frisches Hemd an und raffte sich auf. Der Journalist, ein dünn gekleideter Sympi im Grundstudium Geistesgeschichte, Schultertasche und Collegeblock, saß bereits da, als Jokum in das schäbige Dunkel eintauchte. Der Kellner kam mit Kaffee an den Tisch. Er hatte den Pub nur ihnen zuliebe aufgemacht. Worauf er sie ausdrücklich hinwies. Der Journalist wollte gleich anfangen. Er hatte eine Deadline. Dieses Wort sprach er aus, als wäre es eine Giftspritze: *Deadline, Mann.* Zuerst musste Jokum aber über etwas Gewissheit haben, auch wenn er sich scheute, die Frage zu stellen:

»Warum willst du mich eigentlich interviewen?«

»Warum? Du bist inzwischen ziemlich bekannt geworden. Deshalb haben wir gedacht, dass unsere Leser gut und gern mit dir noch etwas bekannter werden könnten. Deshalb.«

Das verstand Jokum nicht ganz. War er bekannt? Wie konnte das sein? Er hatte doch bisher niemandem seine Fotos gezeigt.

»Bekannt?«

»Ich meine, eine bekannte *Gestalt.* So gibt es beispielsweise in Sogn niemanden, der nicht weiß, wer du bist. Aber trotzdem wissen sie nicht, wer du *bist.* Kapiert? Wollen wir jetzt anfangen?«

»Das können wir.«

»Wie lange fotografierst du schon?«

»Seit dem Gymnasium. Oder noch länger.«

»Was oder wen fotografierst du am liebsten?«

»Früher habe ich Menschen fotografiert. Jetzt fotografiere ich Dinge.«

»Magst du keine Menschen?«

»Ich möchte, dass sie in Ruhe gelassen werden. Die Dinge dagegen, die interessiert das nicht.«

»Dann bist du also Materialist?«

»Materialist? Nein, das glaube ich nicht. Ich habe keine Lust, Dinge zu besitzen. So ist das nicht. Ich mag nur Dinge gern. Aber auf eine andere Art und Weise.«

»Könntest du das ein bisschen näher erklären?«

Jokum stützte den Kopf in die Hände und tat, als grübelte er. Er grübelte nicht. Kann man etwas nicht einfach mögen, ohne es unbedingt haben zu wollen? Das Einzige, was er wollte: etwas sagen, das einen guten Eindruck auf Synne machte.

»Die Dinge sprechen zu mir«, sagte er.

»Aha. Und was sagen sie?«

»Nun, was sagen sie? Es ist wohl eher so, dass ihre Schönheit zu mir spricht. Ja, die Dinge sprechen zu mir über ihre Schönheit und ihre Notwendigkeit. Verstehst du?«

»Das würde ich nicht behaupten. Aber du bist auch kein historischer Materialist?«

»Ich glaube an den Fortschritt. Aber ich habe kein Stimmrecht.«

»Kein Stimmrecht? Bist du unzurechnungsfähig, Jokumsen?«

»Ich bin Däne.«

»Wie kommt das?«

»Mein Vater ist Däne. Ich habe seine Staatsbürgerschaft geerbt. Und wohne also mit anderen Worten im Ausland.«

Der Journalist zündete sich eine Zigarette an, während die Falten seine hohe Stirn hinaufkletterten.

»Um dieser Sache auf den Grund zu gehen, und hier ist er entweder verdammt tief oder ziemlich flach, dann bist du also, abgesehen davon, dass du Däne bist, ein Romantiker?«

»Nein, das würde ich nicht sagen. Weit gefehlt. Aber …«

»Was bist du dann, Jokumsen?«

»Ich bin … ich bin ein Fotograf.«

»So kommen wir offenbar nicht weiter. Lass mich stattdessen folgende Frage stellen: Was für Dinge findest du, wenn du hier auf dem Gelände herumläufst und fotografierst?«

»Alles Mögliche. Schlüsselbunde. Haarspangen. Batterien. Vorhängeschlösser. Kugelschreiber. Skigummis, Bleistiftspitzer. Ja, alles Mögliche. Wenn du nur wüsstest.«

»Wenn ich nur wüsste? Bleistiftspitzer, hast du gesagt?«

»Und Werkzeug. Kneifzange. Hammer. Schraubendreher. Es ist wirklich eindrucksvoll.«

»Das kann ich mir denken. Unglaublich, was du alles findest.«

»Und an einem Tag habe ich ein Hundehalsband gesehen. Es lag im Laub beim Waschhaus. Mit Perlen darauf.«

»Aber keinen Hund.«

»Nein, nur das Hundehalsband.«

»Und die Schönheit dieses Hundehalsbands sprach also zu dir? Oder war es die Notwendigkeit, die zu dir sprach?«

»Vielleicht beides.«

»Das nenne ich aber wirklich einen Leinenzwang.«

Der Journalist kniff die Augen zusammen und schrieb eine Weile. Er schrieb unglaublich viel. Hatte Jokum all das gesagt? Wie dem auch war, er hoffte, dass es Synne gefallen würde. Deshalb hatte er ja alles gesagt. Der Kellner kam mit frischem Kaffee vorbei.

»Sag nur Bescheid, wenn du einen Kommentar von mir haben willst«, sagte er.

»Ich denke nicht.«

»Nicht? Wenn du nur wüsstest.«

Gekränkt zog sich der Kellner mit einer leichten Verbeugung zurück. Jokum wurde unruhig. Wenn er nur wüsste? Was wusste der Kellner? Der Journalist nahm den Faden wieder auf.

»Dann hast du nicht versucht, die Besitzer zu finden?«

»Die Besitzer?«

»Na, irgendjemand muss doch die Sachen verloren haben.«

Jokum spürte, dass dieses Interview dabei war, aus dem Ruder zu laufen.

»Ich glaube eher, dass jemand sie einfach weggeworfen hat. Sie werden nicht vermisst. Das sind, wie soll ich es sagen, einsame Dinge, heimatlose Dinge.«

Der Journalist trank den letzten Schluck und hustete.

»Es sind einsame und heimatlose Dinge«, wiederholte Jokum.

»Jetzt mal was anderes. Was studierst du?«

»Literaturwissenschaft. Auf Diplom. Also, im Grundstudium. Aber im Augenblick komme ich nicht so viel zum Studieren. Die meiste Zeit fotografiere ich.«

»Dann hast du dir das für die Zukunft als Schwerpunkt ausgesucht?«

»Ja, auf jeden Fall.«

»Du scheinst dir deiner Sache sicher zu sein?«

»So sicher, wie man es nur sein kann. Nach Weihnachten ziehe ich nach Kopenhagen. Um mich dort weiter als Fotograf ausbilden zu lassen.«

Jokum hörte, was er sagte, er hörte, wie er Pläne machte, während er locker daherredete, als wenn nichts wäre. Was würde Synne dazu sagen? Einen Moment lang bereute er das ganze Interview. Warum klopfte er nicht einfach an ihre Tür und sagte, wie es war: *Ich weiß nicht, was das bedeutet, weil ich so etwas noch nie erlebt habe, aber ich glaube, ich liebe dich.*

»Dann wird das hier ja auch so eine Art Abschiedsinterview«, sagte der Journalist.

»Ja, vielleicht. Ja, kann sein.«

»Hast du schon Fotos verkauft?«

»Was heißt verkauft. Zumindest habe ich bei einem Fotowettbewerb gewonnen, als ich vierzehn war, und da habe ich als Preis einen Farbfilm bekommen. Aber das hat wohl keine Geltung. Warte, doch, ich habe tatsächlich vor Kurzem eins verkauft.«

»Und für wie viel?«

»865 Kronen.«

»Wow. Nicht schlecht. Fotografierst du fürs Monopolkapital?«

»Für wen? Nein. Ich fotografiere für mich selbst.«

»Für dich selbst. Na gut. Apropos Farbfilm. Was ziehst du vor, Farbe oder Schwarz-Weiß?«

»Nur Schwarz-Weiß.«

»Und warum? Ich meine, ist das nicht ein bisschen reaktionär? Wenn es doch trotz allem den Farbfilm gibt.«

»Ich finde, die Farben bringen alles durcheinander.«

»Das musst du erklären.«

»Die Farben lassen die Bilder zu sehr der Wirklichkeit ähneln. Das will ich nicht.«

»Bist du nicht an der Wirklichkeit interessiert? Sind deine Fotos eine Flucht?«

»Nein, keine Flucht. Ich versuche nur die Wirklichkeit auf eine andere Art und Weise zu sehen. Ist das nicht erlaubt?«

»Da musst du nicht mich fragen. Ich entscheide hier in diesem Land nicht. – Hast du irgendwelche Vorbilder?«

»Vorbilder? Ich weiß nicht, ob ich welche habe. Kafka vielleicht. Man Ray.«

»Wer ist Man Ray?«

»Er hat gesagt, dass er die Schreibmaschine wie einen Fotoapparat benutzen will. Und Leonard Cohen.«

»Unterstützt du die Militärdiktatur in Griechenland?«

»Nein, absolut nicht. Und Wilse. Er ist wohl auch so ein Vorbild.«

»Wer ist Wilse?«

»Der fotografiert alle Ansichtskarten in Norwegen. Oder vielleicht sollte ich einfach Synne nennen. Synne Sager.«

»Synne? Mit der du …«

»Mit der ich verlobt bin, ja.«

»Verlobt? Meine Güte. Und wann soll die Hochzeit sein?«

»Das steht noch nicht fest. Aber …«

»Wollt ihr in der Kirche heiraten oder nur standesamtlich?«

»Das steht auch noch nicht …«

»Na gut. Unsere Leser sind sowieso nicht an deinem Privatleben interessiert. Aber wieso ist sie dein Vorbild? Ich meine, abgesehen davon, dass du dich Hals über Kopf in sie verliebt hast und so.«

»Weil sie … weil sie souverän ist.«

»Souverän. Sie ist *souverän*?«

»Nein, schreib das nicht. Das darfst du nicht schreiben. Storm P. Schreib stattdessen Storm P. Er ist wohl auch mein Vorbild. Ja, das ist er. Das kannst du schreiben.«

»Storm P. Tut mir leid, wenn ich die ganze Zeit nachfrage, aber ich muss ja unseren Lesern erklären, wer all diese Leute sind, die du hier erwähnst, nicht wahr? Damit sie sich nicht wie Idioten fühlen.«

»Storm P. war ein dänischer Clown.«

»Kapiert. Ist ja nicht gerade total überraschend, dass dir Clowns gefallen.«

»Nicht?«

Der Journalist beugte sich über seinen Collegeblock, und wäre es nicht so dunkel in dem Pub gewesen, wären nicht die Gardinen zugezogen gewesen und hätte das Interview in einem anderen Monat stattgefunden, beispielsweise im Mai und nicht im Oktober, dann hätte man sehen können, wie ihm die Röte in die Wangen schoss, als entwickele die Scham ihn für einen Moment in Farbe.

Dann trank er den kalten Kaffee aus, war wieder so blass wie vorher und fragte:

»Kannst du etwas darüber sagen, wie deine Meinung über die politische Situation ist?«

»Nein. Ich habe was ins Auge gekriegt.«

»Wie bitte?«

Jokum lachte herzlich.

»Staub. Das war nur ein Zitat. Von Storm P. Ich habe Staub ins Auge gekriegt.«

»Witzig. Das werde ich mir merken. Staub im Auge. Aber ich meine es ernst. Unsere Leser erwarten, etwas darüber zu erfahren. Wo stehst du politisch?«

»Die Kamera ist mein Standpunkt«, sagte Jokum.

Der Journalist schaute auf.

»Gut. Sehr gut. Dann habe ich alles, was ich brauche, bis auf ein Foto von dir. Ich meine, *von* dir, nicht von dir. Hast du deinen Fotoapparat dabei?«

»Den habe ich in der Tasche. Wieso?«

»Unsere Leser möchten dich gern in Aktion sehen, weißt du.«

Sie gingen hinaus, und der Journalist bat Jokum, sich auf die Straße unterhalb des Hochhauses zu stellen und irgendetwas auf dem Boden zu fotografieren, während er selbst seine Schultertasche öffnete und eine Nikon herausholte, ungefähr von der Größe der Kanonen der Akershusfestung. Er drehte und schraubte, fluchte und schimpfte. Das dauerte seine Zeit. Es fing an zu regnen. Jokum hätte ihm gern geholfen. Aber was hätte denn geholfen? Jokum war jetzt das Motiv, und das Motiv kann dem Fotografen nicht helfen. Dann verschwindet ja das Motiv. Es war bald Deadline. Jokum gefiel das Wort. November ist Deadline. Er wollte ein Foto machen, das *Deadline* hieß. Oder eine Ausstellung. Ja. *Dead Line. Schwarz-Weiß.* Endlich war der Journalist fertig und winkte Jokum zu sich.

»Nur noch eine Frage auf die Schnelle. Was sind deine Pläne jetzt? Willst du weiterhin Dinge fotografieren?«

»Ich hätte Lust, eine Serie mit Fotos von Pelzmänteln zu machen.«

»Pelzmäntel?«

»Ja, die im Kühlraum beim Kürschner hängen und auf den Winter warten. Das könnte ganz schön werden.«

»Wieso? Wieso könnte das ganz schön werden, meine ich.«

»Vielleicht sagt das etwas über unsere Zeit.«

»Und was zum Beispiel?«

»Tja, was? Einsamkeit vielleicht. Überfluss. Unser Verhältnis zum Tier. Zur Natur. Der moderne Mensch. Etwas in der Art. Und überhaupt.«

»Ja, und überhaupt.«

»Sie soll *Dead Line* heißen. Die Serie mit den Pelzen.«

»War richtig nett, mit dir zu reden, Jokumsen.«

Jokum ging zurück auf sein Zimmer und wartete auf die Universitas. Jetzt war er an der Reihe, nicht zu reden. Was kein Problem ist, wenn man ein Geheimnis hat, das man demnächst wird lüften können. Aber Synne kam ihm zuvor. Sie klopfte nicht an. Am folgenden Freitag stand sie plötzlich in der Tür und redete sehr laut.

»Wie dumm kann man nur sein?«

Jokum blieb kerzengerade auf dem Schlafsofa sitzen.

»Das weiß ich nicht.«

»Aber das weiß ich. So dumm!«

Sie warf ihm die Universitas zu. Die Zeitschrift landete auf seinem Schoß. Er traute sich nicht, darin zu blättern.

»Habe ich etwas Falsches gesagt?«

Synne holte tief Luft:

»Rede niemals, und ich meine wirklich *niemals* über etwas, das du *nicht* gemacht hast.«

Jokum verstand nicht so recht, aber ihm war zumindest klar, dass sie es ernst meinte.

»Habe ich das denn?«

»Du hast *Lust,* eine Serie mit Fotos von Pelzmänteln zu machen. Vielleicht *sagt diese etwas über unsere Zeit.* Mein Gott. *Dead Line.* Das kannst du jetzt vergessen. Die Idee ist verbrannt.«

»Worüber hätte ich denn sonst reden sollen? Ich habe doch noch gar nichts gemacht.«

»Dann sagst du entweder überhaupt nichts, oder du redest über alles andere. Warum grinst du so albern?«

»Weil du mit mir sprichst«, sagte Jokum.

Synne seufzte schwer und setzte sich neben ihn.

»Du musst die Kontrolle behalten«, sagte sie.

»Habe ich die nicht?«

»Hattest du denn beispielsweise die Kontrolle darüber, was der Kellner im Pub über dich sagt?«

»Ach du meine Güte. Was hat er denn gesagt?«

»Dass du ein *zerstreuter Einzelgänger* bist, der kein Bier trinkt.«

»Aber das ist ja fast wahr.«

»Wahr? Das hat doch nichts mit der Sache zu tun.«

»Was hat es dann?«

»Das hat etwas damit zu tun, welches *Bild* sich die Leute von dir machen sollen. Willst du, dass sie sich so ein Bild machen?«

Synne schlug die Mittelseiten auf, und da war nicht das Foto von Jokum zu sehen, das der Journalist gemacht hatte, sondern eine Zeichnung von Storm P., ein langer, magerer und vollkommen gekrümmter Mann mit einem Fotoapparat um den Hals, der von einem verwunderten, rundlichen Herrn angesprochen wird. – *Wie siehst du denn aus, alter Freund? – Ich bin Amateurfotograf geworden!* Im Text darunter stand: *Jokum Jokumsen, porträtiert von seinem großen Vorbild Storm P.* Jokum wandte sich Synne zu.

»Findest du, dass es mir ähnlich sieht?«

»Auch das hat nichts mit der Sache zu tun. Wenn es da steht, dann *bringen sie es dazu, dass es dir ähnelt*. Nur gut, dass es so ein unwichtiges, bescheuertes Blatt ist.«

Jokum empörte sich, auch wenn es ihm eigentlich nicht gefiel, was er da sagte:

»Universitas ist kein bescheuertes, unwichtiges Blatt. Es ist…«

»Das ist eine Zeitung für speziell Interessierte, die niemanden interessiert. Das nächste Mal, wenn du interviewt werden sollst, dann fragst du mich vorher. Abgemacht?«

»Das nächste Mal?«

Synne legte die Universitas zusammen.

»Ja. Nächstes Mal. Oder glaubst du, das war das letzte Mal? Glaubst du wirklich, das erste und letzte Interview mit dir soll in der Universitas stehen?«

»Nein, vielleicht nicht.«

»Und jetzt müssen wir auf jeden Fall die Sache mit dem Foto für Madsen hinter uns bringen. Ich finde, du solltest ihm das Foto geben, das du im Kühlraum gemacht hast.«

»Im Kühlraum? Ich habe gar nicht…«

»Doch. Hast du. Und noch etwas. Du sollst nie in irgendwelchen Interviews über mich reden. Verstanden?«

Jokum lieferte den Film zum Entwickeln bei Paulsens Foto in der Majorstua ab. Ich möchte den modernen Leser erneut daran erinnern, falls es ihn oder sie noch gibt, den modernen Leser/die moderne Leserin, wie viel *Zeit es dauert*, oder besser, wie viel Zeit es *dauerte*. Das meiste dauerte eine gewisse Zeit. Was ich *seine Zeit* nennen möchte. Alles hatte *seine Zeit*. Das Essen. Die große Wäsche. Sogar das Lesen hatte seine Zeit. Das wusste man, und man stellte sich darauf ein. Darüber zu klagen kam natürlich überhaupt nicht in Frage. Und bei wem sollte man sich beklagen? Ach, diese solide Fähigkeit, sich zu arrangieren, wo ist sie geblieben? Wo ist die Elastizität in unserem Wesen? Die Ungeduld herrscht. Gleichzeitigkeit ist das höchste Ziel, das wir vor Augen haben. Alles soll gleichzeitig vonstattengehen. Und dann sind wir schon im nächsten Augenblick und müssen von Neuem anfangen. Die Zwischenräume sind eingerissen. Die Süße der Wartezeit ist eingetrocknet, wie altes Obst in einem vergessenen Garten. Mit anderen Worten: Einen Film zu entwickeln war ein mühseliger Prozess. Er musste ins Labor geschickt werden. Es vergingen oft Wochen, bevor man ihn wiedersah, dann in Form von *Negativen*, schmalen Streifen mit umgekehrtem Licht, eingeteilt in einzelne Felder. Dann ging es darum auszusuchen, von welchen Bildern man eine *Kopie* haben wollte, und diese Negative wurden zurück in das gleiche Labor geschickt, wo man das Licht drehte und es auf einem dafür geeigneten Papier festhielt, in unterschiedlichen Formaten, je nachdem. Das bedeutete, dass der Abstand zwischen dem Augenblick, in dem man das Foto machte, und dem, wenn man es zu sehen bekam, gut und gerne zwei Monate betragen konnte, vielleicht drei. Das Bild weckte Erinnerungen. Das Bild war nicht nur eine Bestätigung. Und das ist ein Teil dessen, was dem gleichen modernen Leser/der modernen Leserin so schwer zu erklären ist, dass diese Langsamkeit *in allen Schritten* dazu führte, dass man *mehr* Zeit hatte. Ich spreche hier nicht von Qualität, wie man es in unserer Zeit tut, in der man sogar, aus reiner Verzweiflung über zu wenig Zeit, ein eigenes Wort dafür geschaffen hat, *quality time*, die Qualitätszeit, was bedeutet, dass der Rest der Zeit ein Material zweiten Ranges ist. Ich spreche ganz einfach davon, mehr Zeit zur Verfügung zu haben. Was man mit ihr macht, bleibt jedem Einzelnen überlassen. Zeit ist Möglichkeit. Kurze Zeit braucht also die längste Zeit. Lange Zeit dagegen schafft einen Überschuss, einen Extramonat, einen achten Tag. Während Jokum und Synne auf den Film warteten, folgten sie unter anderem den Vorlesungen, stellten Pensumslisten auf, putzten Fenster, bezogen das Bett frisch, hängten die Sommerkleider weg, und nicht zuletzt brachten sie den mutierten, abgelegten Platinpelz zur Stube am Vestkanttorget, denn das Rote Kreuz sollte am ersten Samstag im Dezember seinen Flohmarkt veranstalten, und was war besser als ein Pelz, wenn es auf Weihnachten zuging? Jokum klopfte an.

Die Vorsteherin öffnete. Sobald sie ihn sah, rief sie seine Mutter. Von drinnen hörten sie die trockene, wohltätige Musik von Nadel und Faden. Jokums Mutter kam, mit einem Fingerhut bewaffnet. Sie drückte Jokum an sich und fing fast an zu weinen. Er wand sich heraus, es war ihm peinlich. So lange war ihre letzte Begegnung ja nun auch noch nicht her.

»Du hättest mir schon sagen können, dass du weggehst«, sagte sie.

Jokum verstand nicht ganz.

»Ich soll weggehen?«

»Nach Kopenhagen. Um zu studieren. Oder nicht? Vater meint übrigens, du solltest dich an der Teknisk Akademi bewerben, da kannst du einen Gesellenbrief machen, wenn alles andere schiefgeht. Aber ich finde, du solltest selbst mit ihm reden.«

Jokum schaute zu Boden.

»Woher weißt du das?«

»Dass du einen Gesellenbrief machen solltest?«

»Nein! Dass ich nach Kopenhagen gehen will.«

»Frau Hultén, eine der Gastgeberinnen, hat es in einer Zeitung gelesen und mir erzählt. Es ist nicht in Ordnung, dass wir das auf diese Art und Weise erfahren, Jokum.«

Jokum wollte sich verteidigen, er hätte sagen können, dass Universitas eine Lokalzeitung war, dass alles, was in ihr stand, nicht für andere Ohren und Augen bestimmt war, nur für einen engen Kreis gedacht, die Studenten, einen isolierten Stamm mit eigener Sprache, Kleidertracht und Ökonomie zwischen Blindern und Kringsjå. Aber er hätte wissen sollen: Sobald man einen Satz von sich gibt, wird er zum Allgemeingut. Die Mutter wandte sich Synne zu.

»Ist es doch nicht, oder?«

Synne schüttelte den Kopf.

»Ganz und gar nicht. Ich habe es auch erst aus der Zeitung erfahren. Ich glaube, er ist ein bisschen hochnäsig geworden.«

»Und so dünn. Isst er denn nichts?«

»Er isst nur halb gare Kartoffeln.«

»Oh je. Aber du wirst doch mit Jokum nach Kopenhagen gehen, oder?«

»Nein«, entgegnete Synne.

Jokum drehte sich auch zu ihr um und sank in sich zusammen, vielleicht auch in umgekehrter Reihenfolge, er sank zusammen, während er sich nach ihr umdrehte. Alles in ihm wurde schwer, von der Seele bis zu den Zehennägeln. Die Schwerkraft zog ihn zur Erdmitte. Das Ganze war wie ein Fehlgriff. Er hätte es wissen müssen. Jetzt war es zu spät. Er würde niemals wieder mit einem Journalisten sprechen. Er wurde in der Stube des Roten Kreuzes gedemütigt, und das direkt vor seiner Mutter, deren Gesicht nur Sorge ausdrückte und die die Hand mit dem Fingerhut hob.

»Wirst du nicht?«

»Nein. Es ist Jokum, der mit mir geht.«

Synne lachte, Jokum lachte, und wie er lachte, und zum Schluss lachte auch seine Mutter und tätschelte ihrem Sohn die Wange.

»Wenn man sich vorstellt, dass du berühmt geworden bist!«

»Ich bin nicht berühmt, Mutter. Universitas ist nur …«

»Aber was macht ihr hier eigentlich? Es ist doch nichts passiert?«

Synne gab Jokums Mutter die Tüte. Diese zog den Pelz heraus, dabei sah sie aus wie ein Zauberkünstler, der von seinen eigenen Tricks hereingelegt wird.

»Der war übrig«, sagte Jokum.

Mutter seufzte.

»Der ist viel zu schön.«

»Der ist verwundet«, sagte Synne.

Mutter hörte ihr gar nicht zu, sie strich nur immer wieder mit den Fingern über die glänzenden Haare, und vielleicht war es dieses Geräusch, ein weiches, trockenes Rauschen, das die anderen Gastgeberinnen dazu brachte, sich von ihren Idealen zu lösen, die Handarbeit zur Seite zu legen und auf den Flur zu kommen, und diesen kostbaren Floh in Augenschein zu nehmen. Es wurde geflüstert, *ein Vermögen, wie viele hungrige Mäuler könnte man nicht mit so einem*

Pelz stopfen, und alle wollten ihn berühren, näher waren sie einem echten Platinfuchs noch nie gekommen.

»Der ist viel zu schön«, wiederholte die Mutter.

Da war die Vorsteherin zur Stelle und ergriff das Wort.

»Das Rote Kreuz lehnt keine Spende ab! Ganz gleich, wie groß oder klein sie auch sein mag.«

Es wurde Kaffee und Kuchen serviert.

Die Stimmung war lebhaft.

Anschließend gingen Jokum und Synne über den Vestkanttorget und blieben vor Naranja stehen. Die Schildkröte lag immer noch im Fenster und war nicht weitergekommen.

»Wollen wir uns ein Tier kaufen?«, fragte Jokum.

»Nicht, wenn wir bald abreisen wollen. Das wäre unverantwortlich.«

»Natürlich.«

Synne nahm seine Hand.

»Findest du, dass ich souverän bin?«

»Oh nein. Stand das da auch? Ich habe ihn doch gebeten, das nicht zu schreiben.«

»Ach, tatsächlich? Stimmt es nicht?«

Jokum nahm allen Mut zusammen, er wollte Synne ärgern. Er wollte ihr zeigen, dass auch er einen Spaß vertragen konnte.

»Ob es stimmt? Hat das etwas mit der Sache zu tun?«

Sie ließ seine Hand los.

»Ja. Wenn es etwas zwischen uns beiden ist, dann hat das etwas mit der Sache zu tun.«

»Es stimmt«, sagte Jokum.

An der Tür hing ein handgeschriebenes Schild: *Geschlossen wegen November. Viele Grüße, Arntzen.*

Drei Tage später waren die Negative fertig. Sie suchten, wie gesagt, das Motiv aus dem Kühlraum aus, die Idee war ja bereits verbrannt, also konnten sie ebenso gut das eine Bild weggeben. Die Kopie kam eine Woche darauf, und dann musste sie nur noch eingerahmt werden. Aber vorher musste Jokum das Bild signieren.

374

Musste er das wirklich? Ja, meinte Synne, sonst könnte es ja irgendein Bild sein. Er schrieb ganz unten in die rechte Ecke, *Jokum Jokumsen*, diese lang gezogene Signatur, die mit den Jahren immer mehr einem Strich ähneln sollte. Das war feierlich, Jokum konnte es nicht leugnen. Es war nicht das Gleiche wie das Unterschreiben einer Bewerbung und einer Examensaufgabe. Das hier war *etwas anderes*. Sein Name bekam eine andere Bedeutung. Er war seinem Namen so nahe, dass er ihn zum ersten Mal auf Abstand sehen konnte. Ja, Abstand, das pflegte sein Vater immer zu sagen, dass man einen gewissen Abstand brauchte, um klarzusehen. Jokum dachte: Jetzt kann sich niemand mehr über mich lustig machen. Jokum Jokumsen wurde noch einmal auf den gleichen Namen getauft, am Tresen von Berntsens Glass & Ramme hinterm Egertorget.

Sie bekamen eine Quittung und konnten das fertige Bild bereits am nächsten Tag abholen.

In der Zwischenzeit lieferte Synne eine Hausarbeit über die Chaotisierung in Hedas Stillleben ab.

Jokum bewarb sich für den Fotozweig in Det tekniske Akademi in Kopenhagen.

Dann endlich konnten sie die Fotografie C.W. Madsen überreichen, und auf diese Art eine alte Rechnung begleichen, genauer gesagt 865 Kronen. Der Kürschner betrachtete das Bild weder mit Begeisterung noch mit Enttäuschung, nur mit einer gewissen Resignation, dem Schulterzucken des Lebens, der Müdigkeit der Sinne, das, was eintrifft, wenn du dabei bist, aus der Mode zu kommen, und weißt, dass es dir niemals wieder gelingen wird, sie einzuholen. Der große Zug ist abgefahren. Die Epoche der Pelze war vorbei. Und er war nicht in der Lage, die fast epische Einsamkeit in der Schlichtheit des Motivs zu sehen: das karge Interieur im Kühlraum, wo die kostbaren Mäntel schief zu hängen schienen, ja, fast zu schweben, mit erhobenen Armen, was daran lag, dass dieses Bild aus Versehen abgeschossen worden war, es war ohne Gedanken gemacht worden. Jokum nannte das Bild *Abschied*.

»Danke«, sagte der Kürschner C.W. Madsen.

Als Man Ray am 18. November starb, trug keiner der norwegischen Kunstgeschichtsstudenten eine Trauerbinde, wie sie es getan hatten, als Picasso von uns ging, aber Synne zeigte Jokum ein Foto von ihm, *Butterflies*, von 1935. Diese bittere Schönheit überrumpelte Jokum: neun tote Schmetterlinge, platziert in einem anscheinend zufälligen Muster auf einer Mauer. Die grünen, weißen, roten, violetten und gelben Formen ähnelten Schmuckstücken, Kettenanhängern, Medaillen. Sie sprachen zu ihm. Wann wird etwas, das lebendig gewesen ist, *ein Ding*? Macht der Tod uns zu Gegenständen? Jokum konnte nicht genug von diesem Foto kriegen. Schließlich wurde er neidisch darauf. Warum war er nicht auf etwas ähnliches gekommen? Es wimmelte nur so von Insekten in Sogn Studentby. Er hätte eine ganze Welt mit seiner Kamera öffnen können, wenn er nur aufmerksamer gewesen wäre. Nicht nur die Dinge lagen direkt vor seinen Füßen, sondern ein ganzes Leben, ein heimliches, summendes, rastloses Dasein. Und hatte Synne es nicht bereits gesagt, dass die Insekten die Bewegung des Stilllebens waren? Aber jetzt war es so oder so zu spät. Man Ray war ihm zuvorgekommen. So sah Jokum die Sache. Er wurde von Schwermut überfallen. Das meiste war vergebens. Was sollte er mit Plänen, wenn andere die gleichen schon vor ihm gemacht hatten? Das Einzige, was er machen konnte, war, den Lauf der Zeit gehen lassen, oder noch besser, ihr ein Ende zu setzen. Dieser Gedanke erfreute ihn. *Der Zeit ein Ende zu setzen.* Schwermut ging über in Leichtsinn. Er konnte fliegen. Es war wie eine Art Verliebtsein, wenn er sich nicht irrte. Er fand Synne in der Küche. Sie versuchte den Toaster zu reparieren.

»Was meinst du, sollte ich mit Farbfilmen anfangen?«, fragte er.

»Nein. Warum?«

»Weil es sie gibt.«

»Vieles gibt es, um das du dich dennoch nicht kümmern musst.«

»Oder weil alle Farbfilme benutzen.«

»Wenn du so banal sein willst, dann finde ich, es ist besser, du gehst zurück in dein Zimmer und machst die Tür hinter dir zu. Oder du hilfst mir mit diesem blöden Toaster!«

Jokum ließ sich auf einen Stuhl sinken, die Schwermut hatte ihn wieder übermannt. Synne sah ungepflegt aus, in einem langen blauen Bademantel, mit Löchern in den Strümpfen, fettigem Haar, hatte sie etwa auch noch einen Pickel auf der Stirn? Er mochte sie gar nicht ansehen, obwohl sie doch mit dem Rücken zu ihm stand. Sie stopfte die Brotscheiben in den Toaster, schlug dreimal mit einer Kelle auf ihn ein und drehte sich dann zu Jokum um. Er schaute weg.

»Was ist los mit dir?«

»Nichts.«

»Nichts? Lüg mich nicht an, Jokum. So was will ich gar nicht hören.«

»Nichts, habe ich gesagt!«

»Liegt es an mir?«

»An dir? Wieso das?«

»Findest du, ich sehe schrecklich aus? Ja?«

Jetzt mochte Jokum sie jedenfalls überhaupt nicht mehr ansehen. »Es ist nur so«, setzte er an, »es ist nur so, dass alles bereits fotografiert wurde. Das hat gar keinen Sinn. Noch mehr Fotos zu machen.«

»Quatsch.«

»Doch. Das ist kein Quatsch.«

»Du hast es noch nicht begriffen, Jokum.«

»Was?«

»Dass alles die ganze Zeit immer wieder *neu* wird. Deshalb muss die ganze Zeit geschrieben, komponiert, gemalt, gespielt und fotografiert werden. Hast du es jetzt verstanden?«

Jokum beugte sich vor, und niemand konnte sich so weit vorbeugen wie Jokum, und legte den Kopf gegen ihren Bauch.

»Du bist souverän«, sagte er.

Synne lachte und tätschelte ihm den Kopf. Die Scheiben sprangen aus dem Toaster hoch. Diese Nacht wurde ziemlich gut.

Der Schnee, der in ihr fiel, blieb liegen.

Jokum sortierte die Negative, markierte die, von denen er meinte, sie seien brauchbar, und die, die bei einer späteren Gelegenheit entwickelt werden sollten. Am liebsten würde er sie so behalten, als Negative, als *Möglichkeiten*, er fürchtete sich vor dem, was aus ihnen werden konnte. Vielleicht wurde gar nichts aus ihnen. Vielleicht nahmen sie ihm allen Mut und zeigten, dass er gar kein Fotograf war, nur einer, der Fotos machte, ein Tourist, dass das Ganze nur etwas war, was er sich einbildete oder was Synne ihm eingeredet hatte. Und noch ein anderer Gedanke kam ihm beim Sortieren, ein Gedanke, der glücklicherweise den ersten überdeckte, denn der war nicht zu ertragen, nämlich, dass das Leben größtenteils darin besteht, die Zukunft zu entwickeln. Und wenn man älter wird, dann häuft sich da einiges an. Zum Schluss ist man nichts anderes als Vergangenheit. Nur die Neugeborenen und die Toten sind zeitgenössisch, dachte Jokum. Kein genialer Gedanke, auch dieser nicht, aber er dachte ihn dennoch.

Synne bekam eine 2,0 für ihre Hausarbeit, und sie würde nach einem Fest im Institut erst spät nach Hause kommen.

Jokum lag wach auf ihrem Schlafsofa und wartete. Er überlegte, wie schade es doch war, dass man nicht gemeinsam aufeinander warten konnte. Als die Uhr drei zeigte, ging er in sein eigenes Zimmer und legte sich dort hin, doch auch das half nichts. War das ein Teil des Verliebtseins, im schlimmsten Fall der Liebe, denn diese sollte ja laut den Gerüchten länger währen als das Verliebtsein? Gönnte er ihr nicht ein kleines kunsthistorisches Besäufnis? Doch, das tat er, sagte Jokum sich selbst.

Es war die verdammte Schreibmaschine nebenan, die ihn wach hielt, eine hackende Symphonie für einen Finger und Zimbel.

Dann endlich hörte Jokum Synne auf dem Flur kommen, und er beeilte sich, zurück auf ihr Schlafsofa.

Am Samstag vor dem ersten Advent, um 10:00 Uhr, lief der Flohmarkt des Roten Kreuzes vom Stapel. Er fand in der Turnhalle von Vestheim statt, Jokums alter Schule. Am liebsten wäre er nicht hingegangen, er lief Gefahr, an etwas erinnert zu werden, was er möglichst vergessen wollte. Er wollte Herr über seine eigenen Erinnerungen sein. Ist das zu viel verlangt? Ja, denn das ist unmöglich. Synne dagegen hatte Lust hinzugehen. Sie war neugierig, was wohl mit dem Pelz geschehen würde. Und natürlich kam Jokum mit. In der ganzen Stadt wuchsen die Schneewälle wie schmutzige Hecken. Es gab eine Schlange bis auf den Skovveien hinaus. Sie stellten sich hinten an. Gab es jemand Bekannten in der Schlange, vielleicht aus der Klasse, irgendeinen Quälgeist? Er sah niemanden. Was ihm eigentlich auch egal sein konnte. Denn jetzt machte sich keiner mehr über ihn lustig. Synne hatte seinen Namen gesegnet. Synne hatte sein Ziel gesegnet. Wer stand also dort in der Schlange? Brauchten die alle wirklich etwas? Waren es die alleinstehenden Männer aus der Grønnegata, waren es die Kriegsveteranen, die Obdachlosen, die Landstreicher und Zigeuner? Nein, die konnten es sich nicht leisten, billig einzukaufen. Sie standen außerhalb dieses Kreislaufes. Sie warteten in der Schattenökonomie der Almosen. Hier standen ganz normale Menschen, normale Leute aus den westlichen Stadtteilen, das metaphorische Frogner, die, die bereits mehr als genug hatten. Was erwarteten sie denn hier zu finden, einen Platinfuchs, den seltensten unter den Mutanten? Wohl kaum, denn um daran zu glauben, muss man zumindest wissen, dass es so etwas gibt. Und sie wussten doch nur, dass das, was sie bezahlten, auf jeden Fall für einen guten Zweck verwendet wurde. Also konnten sie jetzt kaufen und gleichzeitig geben. Welch wunderbare Regelung. Könnte man behaupten, dass die Dinge auf einem Flohmarkt das Beste in uns ans Tageslicht bringen? Aber natürlich waren auch diese ungesunden Jugendlichen gekommen, die sich zum Fest in scheinbare Armut kleideten. Sie standen in dichten Grüppchen neben der Schlange und rauchten Selbstgedrehte und froren in viel zu engen Hosen. Plötzlich fiel Jokum auf, dass er, seit er mit Synne zusammen war, oder seit er verlobt war, alle, die mehr als einen Tag jünger waren als er, als Jugendliche bezeichnete. Er wollte Synnes Hand nehmen, sie leicht drücken und sie fragen, ob sie der Meinung war, dass er *gesetzt* geworden war, doch da öffneten sich die Türen, und sie durften hineingehen. Die Gastgeberinnen standen an ihren Tischen bereit, alle mit einer roten Schürze. Sie boten ein ziemlich mageres Sortiment feil, wenn man ehrlich sein will, Lampenschirme, Kochtöpfe, Anoraks, Kerzenständer, Serviettenringe, Skier, ein Globus, Lampen, Handschuhe und Küchenstühle – unter anderem. Und gerade das macht doch einen Flohmarkt aus. Er ist etwas *unter anderem*. Das war also alles, was übrig war. Die Dinge waren immer noch langsam und treu. Die Dinge hielten sich zu Hause fest, bei denen, denen sie gehörten. Die Dinge waren noch nicht freigelassen worden. Der Zustand der Dinge befand sich noch in der Balance. Was bedeutet, dass es eine gesunde Beziehung zwischen dem Umlauf und dem Eigentum gibt. Jokum blieb mitten in der Turnhalle stehen. Hier hatte er früher einmal in seinem eigenen Knoten gelegen, einem Kreuzknoten aus Armen und Beinen, erniedrigt und der Lächerlichkeit preisgegeben, als der Turnlehrer ihn gebeten hatte, ein Rad zu schlagen. Ein Rad schlagen? Jokum Jokumsen aufzufordern, ein Rad zu schlagen, ist, als wollte man Geige auf einem Bügeleisen spielen. Wenn man versteht. Aber darauf will ich zurückkommen, wenn wir uns dem Schluss nähern, denn so ist es nun einmal, wenn es sich dem Schluss nähert, kommt alles zurück. Übrigens roch es nicht mehr nach Schweiß, Schulklasse und Tod. Es roch nach Motten, Staub und Teaköl, das unmissverständliche Parfüm der abgelegten und weggeworfenen Dinge. Die Dinge hatten ihr Rendezvous. Die Dinge waren zum Fest geladen. Glücklicherweise zeigten sich die Erinnerungen nicht, nur eine, und die war ungefährlich, eine von einem anderen Ort, aus dem Zoologischen Garten in Kopenhagen, die Erinnerung an die Pinguine. Auch dort herrschte die gleiche Melancholie, wie ein sanfter, fast erregender Duft. Ging diese Melancholie von den Gastgeberinnen oder von den Dingen aus? Jokum hatte übrigens seine Kamera dabei, wollte aber vorläufig nicht fotografieren. Er brachte es nicht über sich. Sowohl die Gastgeberinnen als auch die Dinge waren zu scheu. Synne zupfte ihn am Ärmel.

»Ich finde den Pelz nicht.«

Aber zumindest fanden sie Jokums Mutter, sie verkaufte Kaffee und Kuchen hinten an der Sprossenwand.

»Warum stehst du hier?«, fragte Jokum.

»Wie meinst du das?«

»Warum verkaufst du keine Flöhe? Das muss doch viel lustiger sein.«

»Das ist mein erster Flohmarkt. Und dann steht man hier. Alles zu seiner Zeit. Außerdem dient das Geld, das ich hier einnehme, zu genau dem gleichen Zweck. Wollt ihr eine Tasse oder etwas zu essen?«

»Nein danke. Vielleicht ...«

Mutter wandte sich Synne zu.

»Habt ihr was gefunden?«

»Oh ja, Aber nicht den Pelz.«

»Den Pelz? Nein, der ist schon weg.«

»Wie schön!«

Jokum unterbrach die beiden.

»Jetzt schon? Ihr habt doch gerade erst aufgemacht.«

»So ein Stück bleibt nicht lange liegen, das kannst du dir doch vorstellen.«

»Und wie viel habt ihr dafür gekriegt?«

»Nein, das weiß ich nicht.«

Die Mutter setzte frischen Kaffee auf und schnitt noch einen Kuchen in Stücke. Sie war überhaupt sehr beschäftigt, obwohl niemand wartete. Synne bekam Kopfschmerzen von dem Lärm, jedenfalls sagte sie das, und sie musste für einen Augenblick hinausgehen, um frische Luft zu schnappen. Jokum drehte eine Runde. Die Jugendlichen von vorhin probierten abgewetzte, zerschlissene Windjacken an und schienen mit fast allem unzufrieden zu sein. Unzufriedenheit war der neue Gesichtsausdruck. Ein kleines Mädchen drückte eine Puppe mit nur einem Auge an sich. Ein junges Paar, vielleicht waren sie ja frisch verheiratet, feilschte um die Töpfe. Das empörte Jokum. Zu feilschen, wenn das, was man bezahlte, einem guten Zweck diente, widerstrebte ihm auf das Heftigste, nein, es war eine Beleidigung der Dinge. Es war doppelte Gier. Und da stand tatsächlich der Vogelkäfig vom Naranja zwischen den Holzskiern und Pappkoffern. Jokum ging hin und zeigte auf ihn.

»Wie viel soll der kosten?«

Eine alte Gastgeberin schaute ihn lange an und lächelte.

»Na, Sie brauchen ja wohl keinen Vogelkäfig«, sagte sie.

Jokum ging weiter, unschlüssig, langsam wurde ihm schwindlig, auch er brauchte frische Luft. Aber da zog ihn noch etwas hin zu einem anderen Tisch, etwas, das er sich unbedingt näher ansehen musste, also ging er weiter. Dann sah er, was es war, auch wenn er kaum seinen eigenen Augen trauen mochte. Es war sein Foto. Neben einer Reihe von Armbanduhren, die alle zu einem anderen Zeitpunkt stehen geblieben waren, lag sein Bild aus dem Kühlraum des Kürschners. Deshalb also war seine Mutter so ausweichend gewesen. Sie hatte Jokums Foto gesehen und schämte sich, dass ihr Sohn bereits auf dem Flohmarkttisch gelandet war. Oder aber er tat ihr leid. Was im Grunde genommen auf das Gleiche hinauslief. Ja, es war ein kurzer Weg von der Neuigkeit in der Universitas bis zum Flohmarktgegenstand beim Roten Kreuz, dachte Jokum, nicht verbittert, das hatte er noch nicht gelernt, sondern bis ins Tiefste verwundert. Eine andere Gastgeberin tauchte auf.

»Na, soll es eine Uhr sein, die nicht geht?«, fragte sie lachend.

»Ich dachte eher an die Fotografie. Was kostet die?«

»Sagen wir fünf Kronen.«

Jokum duckte sich tiefer als üblich.

»Fünf Kronen!«

»Na, dann eben vier. Allein der Rahmen ist ja mehr wert.«

»Der Rahmen ist 34 Kronen wert!«

»Dann sind doch vier Kronen ein richtig guter Preis, junger Mann.«

»Also, ich könnte mir vorstellen, 100 Kronen zu bezahlen. Nicht eine Krone weniger!«

Die Gastgeberin war verwirrt, dieser Handel strengte sie an.

»Vier Kronen sind mein letztes Angebot. Nicht eine Krone darüber!«

Ein merkwürdiger, leicht verwirrender Gedanke traf Jokum: Ein Schnäppchen! Aber für wen? Für das Rote Kreuz, die Notleidenden oder für ihn? So oder so wollte er zuschlagen. Da stand Synne neben ihm.

»Tu das nicht.«

»Warum nicht? Vier Kronen?«

Sie ergriff seine Hand.

»Lass das Bild lieber seine Wanderung antreten«, sagte sie.

Jokum wusste nicht, ob er ganz verstanden hatte, was sie meinte, doch wenn sie das meinte, dann war er mit ihr einer Meinung. Er schlug nicht zu. Das Bild sollte von ihm aus gern seine Wanderung antreten. Aber erst wollte er ein Foto davon machen. Doch da wurde die Gastgeberin wieder bockig. Sie meinte, das sei unerhört. Sie meinte, er sei unverschämt. Das sagte sie klar und deutlich. Auf einem Flohmarkt des Roten Kreuzes *kaufte* man. Dinge zu fotografieren war fast wie stehlen, erst recht, wenn man ein Foto fotografierte. Und wem stahl er da etwas? Niemand anderem als den hungernden Kindern in Afrika. Jokum bekam reichlich etwas zu hören. Und er verstand sie. In seinem tiefsten Inneren verstand er sie. Synne flüsterte *Dummkopf*, und für einen Moment war er unsicher, wen sie damit meinte, die Gastgeberin oder ihn. Doch letztendlich gelang es Jokum, wenn auch mit schwerem Herzen, ein Foto zu machen. Es sollte den Titel *Epochen* bekommen und zeigte also das Foto aus dem Kühlraum, *Abschied,* im Kreis alter Armbanduhren, die stehen geblieben waren, doch das kann man auf dem Foto nicht sehen, auf einer Fotografie sind alle Uhren stehen geblieben, man sieht nur, dass sie unterschiedliche Uhrzeiten zeigen.

Dann gingen sie zurück zum Tisch seiner Mutter und tranken Kaffee. Jokum blickte immer wieder über die Schulter, während er C.W. Madsen verfluchte, diesen undankbaren Kürschner, sollte er doch in seinen Kühlraum eingesperrt werden und nie wieder herauskommen. Und da, da kaufte es jemand, das junge Paar, das gefeilscht hatte, kaufte sein Bild, sie bezahlten, Jokum konnte nicht sehen, wie viel, es wurde ihnen in Packpapier eingepackt, und sie trugen es zusammen mit den Töpfen davon. So begann Jokums Bild *Abschied* das, was Synne als *seine Wanderung* bezeichnet hatte. Und er spürte dieses besondere, luxuriöse Gefühl, das er immer wieder spüren sollte, an das er sich aber nie würde gewöhnen können, wenn ein Bild verkauft war, den Besitzer wechselte, in andere Hände fiel: Wehmut. Das Gefühl, etwas zu verlieren, verlassen zu werden, obwohl er doch, abgesehen von diesem einen Mal, immer mit Geld und Renommee dasaß, was auf dem Kunstmarkt nicht voneinander getrennt werden kann. Erst jetzt entdeckte Jokum, dass nicht seine Mutter Kaffee und Kuchen servierte, sondern sein Vater, er hatte sich sogar auch eine rote Schürze umgebunden.

»Die Angehörigen müssen auch mithelfen, wenn unsere Welt auf diese ungewöhnlich schwerfällige Art und Weise gerettet werden soll«, sagte er nur.

»Wo ist Mutter? Ist sie nach Hause gegangen?«

»Mutter sortiert andere Flohmarktsachen in der Garderobe. Wisst ihr, was das hier ist? Ein Müllhaufen. He? Könnten wir nicht einfach den Hungernden das Geld direkt geben und auf diesen Umweg verzichten?«

»Das hier ist mehr als Müll, Vater.«

»Ja. Krimskrams.«

Jokum wollte ihm sagen, dass er gerade ein signiertes Foto verkauft hatte, also weder Müll noch Krimskrams, sondern ein echtes Foto. Aber nein, er war nicht imstande, einen klaren Gedanken zu fassen, er wollte auf Teufel komm raus mit seiner Niederlage als Flohmarktartikel angeben, doch bevor er dazu kam, wandte sich sein Vater Synne zu.

»Wirst du Weihnachten mit deinen Eltern feiern?«

Jokum duckte sich.

»Nein, die feiern Weihnachten jeder für sich«, sagte Synne.

»Werden sie verreisen?«

»Jeder für sich, in seinem Teil des Hauses.«

Der Vater überlegte und schaute wieder Jokum an.

»Aber dann kann sie doch Weihnachten mit uns feiern, nicht wahr?«

Sie gingen zwischen den Schneewällen hoch zur Sogn Studentby, und noch bevor sie Majorstua erreichten, war der Weg so schmal, dass Synne vorangehen und Jokum ihr folgen musste. Wie schon gesagt, ging er gern hinter ihr, aber am liebsten im Frühling.

In den Fenstern der engen Studentenbuden hingen rote Fahnen und Sterne.

Eine Studentenstadt im Dezember ist zu viel des Guten.

Jokum bekam Antwort von Det tekniske Akademi in Kopenhagen.

Nur – was sollte er einer wie Synne schenken?

Jokum öffnete seinen Schrank und holte den Magneten heraus. Den konnte sie bekommen. Vorsichtig strich er mit einem Finger über das kleine Eisenteil. Dockte es am Herzen an? Nein, sie konnte den Magneten nicht bekommen. Er wollte ihr nichts schenken, was er selbst geschenkt bekommen hatte. Er legte den Magnet zurück an seinen Platz und schloss den Schrank.

Dann hatte Jokum endlich eine Idee.

Er nahm die Straßenbahn bis zum Nationaltheatret, ging zu seinem Elternhaus und klingelte, bevor er aufschloss. Die Mutter schmückte die Wohnung. Der Baum stand auf dem Balkon bereit. Sie setzten sich in die Küche und tranken Tee. Sie fasste sein Hemd mit zwei Fingern an.

»Kannst du deine Sachen ordentlich waschen?«

»Ja.«

»Aber die Maschine macht Kragen und Knöpfe kaputt.«

»Nein, die Maschine ist gut.«

»Vielleicht nimmst du auch zu viel Waschpulver. Und du passt doch auf, dass du Buntwäsche…«

»Hör auf.«

»Stimmt irgendwas nicht?«

»Warum sollte etwas nicht stimmen?«

Die Mutter schob ihre leere Tasse von sich.

»Ich weiß nicht. Weil du so plötzlich zu Besuch kommst. Sonst sehen wir dich doch so gut wie nie.«

»Das ist nicht wahr, Mutter.«

»Wann haben wir dich denn das letzte Mal gesehen?«

»Wann? Natürlich auf dem Flohmarkt. Und das ist noch nicht lange her.«

»Das ist etwas anderes.«

»Wie ist es überhaupt gelaufen? Habt ihr reichlich Geld eingenommen, meine ich?«

»Es waren insgesamt 4765 Kronen. Aber es gibt ja viele hungrige Mäuler zu stopfen. Übrigens hättest du sehen sollen, wie viel wir einfach wegschmeißen mussten. Es ist eine Schande, was die Leute da abgeben. Handschuhe mit Löchern, schief abgelaufene Schuhe, Strümpfe mit Laufmaschen, Gläser mit Sprung, nein, es ist wirklich eine Schande.«

»Vielleicht geben sie es deshalb weg. Um es loszuwerden.«

»Ich will dir mal was sagen, Jokum. Man soll niemals etwas weggeben, was man nicht selbst behalten möchte.«

Jokum musste an das Geschenk denken, das er Synne geben wollte, wollte er es selbst behalten? Ja, das wollte er. Manchmal war es wirklich beruhigend, sich mit der Mutter zu unterhalten.

»Und Frau Andersen bittet um Entschuldigung«, sagte sie.

»Wer?«

»Die Kollegin, die dir dein Foto nicht verkaufen wollte. Sie hat dich nicht wiedererkannt. Ich glaube, sie wird langsam ein bisschen senil, die Ärmste.«

»Sie hat bestimmt das Bild nicht wiedererkannt. Das macht nichts.«

»Du bist nicht traurig deswegen?«

»Weswegen, Mutter?«

»Weil dein Bild …«

»Synne meinte, es beginnt jetzt seine Wanderung. Ist das nicht eine schöne Vorstellung?«

»Wie ist es dort überhaupt gelandet? Auf unserem Flohmarkt?«

»Das ist auch eine lange Geschichte«, sagte Jokum.

Die Mutter schaute hinaus, Schnee auf der Fensterbank, zwei rote Vögel, dann waren sie fort.

»Und ich bin die Letzte, die etwas erfährt.«

»Ich bin in der Akademie in Kopenhagen angenommen worden.«

»Da wird Vater aber stolz sein.«

»Du nicht?«

»Ich fürchte, wir werden dich dann nicht wiedersehen.«

Jokum stand auf, fast hätte er den Stuhl umgeworfen.

»So darfst du nicht reden! Natürlich wirst du mich wiedersehen! Ist dir der Flohmarkt zu Kopf gestiegen?«

Die Mutter drehte sich zu ihm um mit Augen, die schmolzen.

»Willst du schon wieder gehen?«

»Ich wollte nur ein Geschenk für Synne holen.«

»Und sie kommt Heiligabend zu uns. Ja, ja.«

»Ja, ja? Freust du dich nicht?«

»Du weißt doch genau, dass ich mich freue. Sie tut mir nur ein bisschen leid.«

»Das braucht sie nicht.«

»Aber wenn du schon mal hier bist, dann können wir ihr Geschenk ja auch einpacken. Welches Geschenk ist es denn?«

Jokum ging in sein Zimmer und nahm *Einsames Trio* von der Wand. Und als er das tat, veränderte sich das Zimmer. Es war nicht länger seins. Und nicht nur das. Er war ein für alle Mal ausgezogen. Der helle Fleck, der noch an der Wand hing, sprach eine deutliche Sprache. Als er zurückkam, hatte seine Mutter das Geschenkpapier von Weihnachten letztes Jahr herausgeholt und es noch einmal auf dem Küchentisch glatt gestrichen. Sie schaute ihn an.

»Das willst du ihr schenken?«

»Ja, warum?«

»Weißt du denn, was sie sich wünscht?«

»Nein, ich habe nicht gefragt.«

»Das ist schon in Ordnung. So etwas musst du allein herausfinden.«

»Wo ist das Problem? Ihr hat das Bild gefallen.«

»Ja, vielleicht.«

»*Vielleicht?* Was soll das bedeuten?«

»Ich sage ja nur, dass das mit den Geschenken schon eine schwierige Sache ist, Jokum.«

»Und du hast gesagt, dass man nichts weggeben soll, was man nicht lieber selbst behalten würde. Und das Bild würde ich gern selbst behalten. Es bedeutet mir nämlich etwas.«

Endlich nahm die Mutter das Bild und packte es in altes Weihnachtsgeschenkpapier ein, das aussah wie neu. Und zum Schluss holte sie noch einen Geschenkanhänger. Der war nicht vom letzten Jahr, sondern vom Roten Kreuz. Jokum benutzte einen von Vaters Füllern und schrieb langsam: *Für Synne. Von Jokum.* Er signierte das Geschenk. Jetzt war es vollbracht.

»Was um alles in der Welt soll ich denn für sie kochen?«, fragte die Mutter. »Wo sie doch kein …«

Jokum saß eine Weile da und überlegte.

»Könnten wir nicht dieses Jahr den Tannenbaum ausnahmsweise einmal drinnen aufstellen, Mutter?«

Doch als Jokum und Synne um Punkt fünf Uhr am Heiligabend kamen, stand die Tanne immer noch auf dem Balkon, wenn auch geschmückt. Jokum seufzte. Etwas anderes war wohl nicht zu erwarten gewesen. Die Familie Jokumsen war berühmt für ihren Tannenbaum draußen. Er wechselte die Schuhe und warf einen langen Blick auf das Netz, in dem Synne die Geschenke hatte. Auch sie zog andere Schuhe an. Es roch süßlich in der Wohnung, nach Karamell und Schwarte. Dann saßen sie im Wohnzimmer und tranken Sherry vor dem Essen. Das Mobile im Fenster drehte sich langsam in der Wärme der Heizung. Synne hob ihr Glas.

»Und ihr habt also den Baum draußen und den Vogelgesang drinnen«, sagte sie.

Vater musste herzlich lachen, und dann lachten alle herzlich.

»Da sagst du was! Aber zum Glück nur auf der Schallplatte. Die Natur gehört in die Natur, findest du nicht?«

Synne stellte ihr Glas ab.

»Danke, dass ich kommen durfte.«

Die Mutter ergriff ihre Hand.

»Das ist doch selbstverständlich.«

»Danke«, wiederholte Synne.

Die Mutter ließ ihre Hand los.

»Ich weiß ja nicht, was du so gewohnt bist, da du ja nicht so gern…«

»Ich bin gar nichts gewohnt. Ich kann mich an alles gewöhnen.«

»Aber ich habe Brotsuppe mit Äpfeln und Kartoffelpfannkuchen gemacht. Und natürlich haben wir mehr als genug Rotkohl.«

»Danke. Ich esse alles, wirklich.«

Nach dem Essen standen sie eine Weile auf dem Balkon und schnappten frische Luft. Die Stadt war still wie der Schnee, der fiel. Die Kräne waren am Himmel festgefroren. Es war zu eng, um da draußen um den Tannenbaum zu gehen, also gingen sie hinein, bevor sie anfingen zu frieren, dennoch zitterten sie, und alle hatten gute Gründe, die anderen ein wenig in den Arm zu nehmen. Mutter nahm Jokum extra fest in den Arm.

»Komm mal mit mir«, sagte sie.

Jokum folgte ihr hinaus in die Küche, wo die Weihnachtskekse auf zwei Schalen lagen und der Kaffee am Kochen war.

»Das läuft doch gut«, sagte er.

»Du hättest mir aber auch sagen können, dass sie keine Vegetarierin mehr ist.«

»Ich wusste nicht, dass…«

»Glaubst du nicht, ich hätte auch so genug zu tun, ohne noch extra für sie zu kochen, und dann isst sie doch Rippchen?«

»Aber ich habe es doch nicht gewusst, Mutter.«

»Will sie mich zum Narren halten?«

»Natürlich will sie das nicht. Wie kannst du so etwas sagen? Vielleicht versucht sie ja nur nett zu sein. Niemand will dich zum Narren halten.«

Mutter nahm die Kanne von der Kaffeemaschine, goss den Kaffee in eine Silberkanne und drehte sich zu ihrem Sohn um.

»Entschuldige, Jokum. Es ist nur… es ist nur alles so schnell gegangen.«

»Ja. Das ist es.«

Gemeinsam trugen sie Kaffee und Kekse in die Stube, während der Vater die Pakete hervorholte und sie auf den Teppich zwischen dem Couchtisch und dem Kamin legte. Dann zündete er sich die Pfeife zum dritten Mal an. Er sollte für die Verteilung verantwortlich sein. So wie immer schon. Denn es war nicht unwichtig, in welcher Reihenfolge die Geschenke ausgeteilt wurden. So etwas tut man nicht auf gut Glück. Beispielsweise bekommt die gleiche Person nicht zwei Geschenke hintereinander. Außerdem soll auch keiner zu lange warten. Und es ist undenkbar, zwei Geschenke gleichzeitig auszuhändigen. Schließlich soll man doch die Gelegenheit haben zu verfolgen, wie ein anderer etwas auspackt, um auf diese Art und Weise an der Erwartung, der Überraschung und hoffentlich auch an der Freude teilhaben zu können. So lauteten die Regeln bei Familie Jokumsen. Jokum hatte vielleicht damit gerechnet, er solle dieses Jahr die Verteilung übernehmen. Aber er war froh, dass er davonkam. Denn ihm graute davor. Er fürchtete sich mehr vor dem, was er verschenkte, als vor dem, was er bekommen würde. Was hatte seine Mutter gesagt, dass Geschenke eine schwierige Angelegenheit waren? Geschenke sind eine schwierige Angelegenheit. Sie entlarven uns. Sie tratschen über uns oder sie loben uns. Und die unerwünschten Geschenke, die man nirgends wieder umtauschen kann, landen auf dem Flohmarkt. So war es. Die Mutter stand mit der Schere bereit. Das Papier sollte nicht zerrissen werden. Jokum und Synne saßen auf dem Sofa. Vater konnte anfangen. Er nahm das erste Geschenk auf und las:

»*Für Synne. Von Elle und Hütchen.*«

Er schaute Mutter an und nahm die Pfeife aus dem Mund.

»Das sind wir.«

Dann überreichte er Mutter feierlich das Paket, die es sofort an Synne weitergab. Diese öffnete es vorsichtig. Jokum ballte die Fäuste und faltete die Hände. Was war das? Was ist das? Es war eine Taschenlampe. Synne umarmte beide.

»Vielen Dank. Genau das, was ich brauche.«

»Siehst du«, sagte Vater. »Es kommt nämlich vor, dass in Kopenhagen der Strom ausfällt, und dann kann man die gut gebrauchen.«

Das nächste Geschenk: *Für Jokum. Von Mutter und Vater.* Jokum öffnete es und zog etwas heraus, das aussah wie ein blauer Plastiküberzug. War das ein Zelt? War das ein Duschvorhang? Was war das?

»Das ist ein Regencape mit Kapuze«, sagte Mutter.

»Oh, vielen Dank. Genau das, was ich brauche.«

Mutter zeigte ihm, wie das Cape benutzt wurde. Es war beeindruckend. Man konnte es zusammenfalten, bis es nicht mehr größer als ein Karamellbonbon war.

»Denk dran, es regnet oft in Kopenhagen. Und damit kannst du überall herumlaufen und Fotos machen, ohne nass zu werden.«

Der Vater legte die Pfeife hin und holte den Cognac. Jokum war nicht ungeduldig. Aber die Geschenke. Sie warteten. Sie beschwerten sich: Gebt uns weg, packt uns aus, lasst uns nicht hier rumliegen! Jokum hätte das Ganze am liebsten so schnell wie möglich überstanden, und trotzdem wünschte er sich, es aufzuschieben. Es war der alte Krieg. Alles, was in ihm zog und zerrte und ihn nicht in Ruhe ließ. Er versuchte, das nächste Geschenk, das mit dem hässlichsten Papier, mit dem Schuh wegzuschieben, aber sein Vater bekam es zu fassen.

»*Für Mutter. Von Jokum.*«

Mutter schlug die Hände zusammen.

»Für mich? Aber das wäre doch nicht nötig gewesen.«

Sie öffnete es so vorsichtig, dass man glauben konnte, es wäre nie eingepackt gewesen, und ließ dann das dünne grüne Buch auf dem Schoß liegen: *Rezepte für Vegetarier.*

»Nein, das war es wohl nicht«, murmelte Jokum.

Synne aß mehrere Kekse.

Und die Geschenke riefen, die Geschenke seufzten und wanden sich in ihrem Papier: Beeilt euch!

»*Für Vater. Von Jokum.*«

Er schob das Papier herunter: Eine Fahrradpumpe.

»Gut überlegt, Jokum.«

Jokum schaute zu Boden. Etwas hatte er nicht so genau überlegt, denn in erster Linie hatte er nur an die Geschenke gedacht, die er geben wollte, was heißt, nur an sich selbst. Wäre es nicht wie die Verkündung ihrer Verlobung, hätte auf einer Karte gestanden: *Von Synne und Jokum?* Warum hatte er das nicht geschrieben? Warum hatte er nicht daran gedacht?

»Sie sind eigentlich von uns beiden. Die Rezepte und die Fahrradpumpe. Von Synne und mir, meine ich.«

Glücklicherweise unterbrach Vater ihn:

»*Für Synne. Von Jokum.*«

Sie öffnete das frisch gebügelte Geschenk, schaute das Foto an, schüttelte leicht das Papier und wandte sich Jokum zu.

»Ist kein Haken dabei?«

»Was?«

»Der Haken, an dem es hing?«

»Nein. Aber wenn du … Gefällt es dir nicht?«

»Du weißt, dass es mir gefällt.«

Sie legte das Foto neben die Taschenlampe und gab Jokum einen langen Kuss auf die Wange. Aber war er lang genug, war es ein ehrlicher Kuss, oder war er nur pflichtschuldig? Und warum nicht auf den Mund, auch wenn seine Eltern da waren? Aber er hatte keinen Maßstab dafür. Er wünschte sich, er hätte einen Maßstab für so etwas. Weit entfernt hinter den Geschenkanhängern hörte er Vaters Stimme.

»*Für Jokum. Von Synne!*«

Als Jokum die Augen wieder öffnete, saß er mit einem Paket in den Händen da.

Es verriet bereits seinen Inhalt: eine LP. Aber welche? Leonard Cohen? Wollte sie Jokum ihren Geschmack schenken? Von mir aus gern, dachte Jokum. Oder erinnerte sie sich daran, dass er seinerzeit Oscar Peterson gesammelt hatte, auch wenn er nur eine einzige Platte von ihm besaß, die auch noch gestohlen war? Es war Arve Storviks erste LP, *Vannskille,* Wasserscheide. Auf dem Cover war das Foto einer Hand, die einen Fluss berührt, kein besonders gutes Bild, dennoch war Jokum neidisch darauf. Welcher Fluss war das? Oder war es ein See, vielleicht auch ein Meer? War das Arve Storviks Hand? Versuchte er, den Fluss aufzuhalten, oder den See oder das Meer? Was für ein lächerliches Bild. Trotzdem war er neidisch. »Ich wusste gar nicht, dass die Platte rausgekommen ist«, sagte er. »Die kommt erst im Januar raus. Er hat sie mir geschickt.« Jokum dachte, er dachte zu viel. Und sie hat sie weitergegeben. Ist das dann immer noch ein Geschenk? Wie oft kann ein Ding ein Geschenk sein? Was bedeutet das? Was bedeutete es, dass Arve Storvik nicht Jokum die Platte geschickt hatte, der doch sogar in einem Song genannt wurde, sondern Synne? Jokum drehte sich immer noch nicht zu ihr um.

»Ist sie gut?«, fragte er.

»Ich habe sie noch nicht gehört, Jokum. Du kriegst doch nichts Gebrauchtes von mir geschenkt.«

Jokum sank in sich zusammen. Da hatte sie es ihm gegeben. Das Bild, das er ihr geschenkt hatte, war gebraucht. Er hatte es gebraucht. Es hatte in seinem Zimmer gehangen, seit er es gemacht hatte. Synne war besser als er. Sie hatte die Anforderungen von Geschenken verstanden. Er schaute sich die Texte an, die auf der Rückseite abgedruckt waren und las die letzte Strophe von *Høyreist blues,* Hochfliegender Blues, leise für sich.

Er ist flach wie ein Schuh
Er ist lang wie eine Stang
Er ist flach wie ein Schuh
Er ist lang wie eine Stang
Geht er einmal seines Weges,
kommt er nie zurück, denn der Weg ist viel zu lang

»Danke«, sagte Jokum.

Langsam wurde es leer auf dem Boden, aber es war noch nicht zu Ende.

»*Für Synne. Von Elle.*«

Sie packte aus. Es war ein dänisch-norwegisches Wörterbuch. Vater stand auf und zündete sich die Pfeife an.

»Unsere Sprache ist ja fast gleich. Da gibt es nicht so viele Unterschiede. Aber dafür sind die Unterschiede groß. Nimm zum Beispiel *grine*.«

Jokum wand sich auf dem Sofa.

»Vater …«

»Das bedeutet beispielsweise genau das Gegenteil auf Dänisch. Es sind die nächsten Nachbarn, die einander am häufigsten missverstehen auf der Welt.«

»Vater …«

»Es braucht nicht viel dazu, Kanone mit Kanon zu verwechseln, wie Storm P. es gesagt hat, und dann ist die Hölle los. Merk dir meine Worte. Wenn jemand sagt, du bist *rar*, also merkwürdig, dann nimm ihm das nicht übel, denn er meint nur, dass du, ja, wie sagt man das in dieser Bauernsprache, ja, dass du entzückend bist!«

»Vater …«

»Und wenn jemand *uha* sagt, dann krieg keine Angst. Und *bom bom*, das bedeutet ganz einfach, darüber reden wir nicht mehr.«

»Bom bom«, sagte Jokum.

Doch Vater war noch nicht fertig. Er nahm einen Keks, der aussah wie ein gebratener Finger, und zeigte mit ihm auf Synne.

»Wenn ich *vrøvl*, also Ärger, sage, was sagst du dann?«

Synne lachte.

»Dann sage ich *uha*.«

»Nein, nein! *Vrøvl* ist der Name so einer kleinen Zuckerstange, wie wir sie in meinem bescheidenen dänischen Elternhaus in Hillerød immer Weihnachten gegessen haben. Wenn dich also jemand fragt, ob du *vrøvl* haben willst, was antwortest du dann?«

Es klingelte an der Tür. Niemand klingelt um halb zehn Uhr am Heiligabend an der Tür. Jokum und seine Eltern sahen einander an. Hatten sie gleichzeitig falsch gehört? Es klingelte noch einmal. Sie schauten Synne an. Ob Synne noch jemand erwartete? Nicht dass sie wüsste. Schließlich klingelte es ein drittes Mal. Alle drehten den Kopf zum Flur. Vater hob abwehrend die Arme und sagte, als wäre eine große Gefahr zu erwarten:

»Ihr bleibt sitzen!«

Dann ging er hinaus und öffnete jemandem. Sogleich kam er mit einem Paket zurück.

»Der Weihnachtsmann hat das abgegeben«, sagte er.

Mutter stand auf.

»Der Weihnachtsmann?«

»Na gut, ein Bote. Er hat ein *vrøvl* auf den Weg mitbekommen.«

»Aber für wen ist das?«

Vater gab seinem Sohn das Paket. Auf dem Geschenkanhänger stand mit dünnen, schrägen Buchstaben: *Für Jokum. Von Erik.* Die Mutter beugte sich über den Tisch.

»Von wem? Von wem ist das?«

»Von Synnes Vater.«

Synne zuckte nur mit den Schultern und schaute in eine andere Richtung.

»Das sieht ihm ähnlich«, sagte sie.

Jokum packte aus. Drinnen lag eine vergilbte, quadratische Karte mit der ebenfalls zittrigen Aufschrift: *Diesen Apparat habe ich 1952 gekauft, in dem Jahr, in dem Synne geboren wurde. Damals habe ich ein paar Fotos von ihr gemacht. Seitdem habe ich ihn nicht mehr benutzt. Jetzt gebe ich dir den Apparat und erwarte, dass du ihn in Ehren halten wirst. Erik S.* Jokum drehte die Karte um. Es war ein Schwarz-Weiß-Bild von einem Kind, einem Säugling, der tief unten in einem geflochtenen Korb lag, schlafend, während ein Schatten, wahrscheinlich der des Fotografen, schräg über die dünne Decke fiel. Das musste Synne sein. Ja, der Mund, die geschlossenen Augen, Synne, wer sonst, bereits damals wiederzuerkennen. Jokum steckte das Bild schnell in die Tasche und stellte das Geschenk auf den Tisch. Sein Vater beugte sich vor.

»Du meine Güte. Das ist eine Hasselblad. Eine Hasselblad 1600 F. Mit der kann man sogar auf dem Mond Fotos machen.«

Der Apparat sah aus wie ein Kunstobjekt. Jokum hatte wohl kaum vorher etwas so Schönes gesehen. Das Gerät war ein Kunstwerk in sich. Er wandte sich Synne zu.

»Das kann ich nicht annehmen.«

»Natürlich kannst du das.«

»Danke.«

»Bedanke dich nicht bei mir.«

Die Mutter trug die Kaffeetassen hinaus in die Küche. Synne nahm ihre Tasche und folgte ihr. Jokum und sein Vater blieben sitzen und betrachteten den Fotoapparat. Was für eine Art von Geschenk war das? War es ein Geschenk, das Erik Sager gern selbst behalten hätte, oder gab es nichts mehr, was er hätte fotografieren wollen, nein, besser: Hatten die Motive ihn verlassen? Er sollte nur noch sterben und ertrug keine weiteren Anblicke mehr.

»Ich werde sie niemals benutzen«, sagte Jokum.

Der Vater schaute auf.

»Blödsinn. Warum denn nicht?«

»Ich weiß es nicht. Ich weiß es einfach nur. Ich werde sie niemals benutzen.«

Die Mutter stand in der Tür. Beide Männer drehten sich zu ihr um. Für einen Moment schien sie unentschlossen zu sein.

»Synne ist anscheinend in deinem Zimmer«, sagte sie.

Jokum ging schnell dorthin. Sie hängte *Einsames Trio* wieder an die Wand. Das tat sie. Der Haken war ja immer noch dort. Und plötzlich war das Zimmer wieder seins. Dann ging sie einen Schritt zurück und betrachtete das Foto.

»Es gefällt dir nicht«, sagte Jokum.

»Es gefällt mir. Aber es gehört hierhin.«

»Findest du das auch von mir?«

Synne antwortete nicht darauf, sie sagte etwas anderes:

»Mir gefällt der Gedanke, dass etwas, das mir gehört, hier ist.«

Das Letzte, woran sich Jokum noch an diesem Heiligabend zu Hause erinnert, ist seine Mutter, die in einem Papierhaufen steht, der für die Geschenke im kommenden Jahr wiederbenutzt werden soll, während sein Vater auf den Balkon geht, um seinem Sohn und dessen Verlobter hinterherzuwinken, worauf beide sich umdrehen und zurückwinken. Dann gehen sie weiter durch die kühle, glänzende Nacht, die nach Kerzen riecht, nach Tannengrün und Parfüm. Die Fenster sind auf beiden Seiten der Straße geöffnet. Die Fassaden ähneln Kalendern, deren Zeit abgelaufen ist. Die Wohnungen werden eins mit dem Sternenhimmel. Die Geräusche sind weit weg, als würden sie von der Dunkelheit verschluckt, die die Menschen umhüllt. Die beiden bleiben auf dem Solli plass stehen und lauschen. Niemand, der in so einer Nacht durch Oslo gegangen ist, vergisst das, wohlgemerkt nicht nur, wenn der Spaziergang stattfindet, bevor die Telefone auch außerhalb der vier Wände der eigenen Wohnung zu klingeln beginnen und das Privatleben Allgemeinbesitz wird, sondern auch bevor normale Schlüssel aussterben und die Autos noch nicht wie waidwunde Tiere aufheulen, wenn der Besitzer sich mit der Fernbedienung nähert.

»Findest du, dass ich keine Oberfläche habe?«, fragte Synne.

»Wieso? Keine Oberfläche? Wer sagt das?«

»Ich frage nur.«

»Und ich antworte, dass das nicht stimmt.«

»Beweise es.«

Jokum hatte keine andere Wahl. Er wühlte in seinen Taschen und wollte die Karte mit dem Foto herausholen. Sie war Beweis genug. Wenn sie keine Oberfläche hätte, dann könnte man sie auch nicht fotografieren. Doch bevor er so weit kam, hielt ein Taxi auf der anderen Seite des Kreisverkehrs, an der Bygdøy allé, und heraus stieg eine ältere Dame in einem langen, glänzenden Pelz, dem Platinpelz, der die nackten Kastanienbäume erröten ließ. Es war niemand anderes als die Vorsteherin der Stube des Roten Kreuzes. Sie ging ein paar unsichere Schritte auf dem glatten Bürgersteig auf die hochherrschaftliche Tür von Nummer Fünf zu. Jokum ergriff Synnes Hand.

»Jetzt sollten wir das Gewehr dabeihaben. Entschuldige. Entschuldige. So war das nicht gemeint.«

»Aber wir haben Schneebälle«, sagte Synne.

Jeder formte einen und warf. Jokum verfehlte sein Ziel. Synne traf. Sie traf genau. Sie versteckten sich hinter Churchill, der auf dem Sockel vor dem Indeksbygget stand, eine lokale Abkürzung für Das Haus für Industrie und Export. Was Churchill ausgerechnet dort machte, ist schwer zu sagen, aber er war wie immer äußerst nützlich. Jokum und Synne umarmten einander kichernd wie ungezogene Kinder, während die Vorsteherin schimpfte und sich empörte. Dann glitt endlich die schwere Tür hinter ihr auf, und die Straßen waren so still wie zuvor, man konnte eine Schneeflocke fallen hören. Die Luft war rein, genau wie der Himmel. Sie liefen weiter, kichernd und außer Atem. Jetzt haben wir auch das zum ersten Mal gemacht, dachte Jokum, anderen einen Streich gespielt. Und als sie endlich in Sogn Studentby ankamen, saß ich allein in der trostlosen Küche. Mein Roman stockte, ganz gleich, wie viel ich schrieb, und um mich selbst war es auch nicht besser bestellt. Synne und Jokum wirkten etwas erschöpft, doch als ich sie mir näher ansah, waren sie es doch nicht. Sie waren absolut gut gelaunt. Sie kicherten. Sie waren genauso irritierend, wie Verliebte es sein können, und das kann ziemlich irritierend sein. Also freute ich mich nicht, sie zu sehen? Und ob ich mich freute. Die Frage war nur, ob die Freude gegenseitig war. Synne war in letzter Zeit etwas zurückhaltend gewesen, und mit Jokum sprach ich nur selten, ja, ich sah ihn kaum, meistens war er ja draußen und fotografierte. Auf jeden Fall folgte ich ihnen in Synnes Zimmer. Sie wollte eine LP abspielen, und währenddessen durfte ich kein Wort sagen. Wir sollten nur zuhören. Wir hörten zu. Jokum und ich saßen auf dem Sofa und sagten kein Wort. Ich rauchte mindestens drei Zigaretten. Die Platte stammte von einem Typen, der in dem Zimmer gewohnt hatte, das immer noch leer stand. Natürlich kann ich mich nicht an alle Lieder erinnern, dafür aber an die Stimme, denn es nützt nichts, wenn du einen guten Song hast, aber die Stimme fehlt. Es war eine Stimme ohnegleichen, eigenwillig und elastisch. Sie war nicht hübsch, aber schön, wie Rosenmalerei auf Sandpapier, wenn man das hören könnte. Ich wurde geradezu neidisch auf diese Stimme. Ich weiß nicht, ob es Jokum auch so ging, aber plötzlich, mitten in einem langsamen Song der *Skåret & Gleden* hieß, also Der Schnitt & Die Freude, da stand er auf und sagte etwas wie *die Platte hakt, tatsächlich, die Platte hakt, also hast du sie doch schon gehört!* Nach einer Weile hatte Synne ihn wieder beruhigt, sie pustete den Staub von dem Tonabnehmer und setzte ihn in die nächste Rille, *Knust kalender,* Zerbrochener Kalender.

Im Herzen hast du Trauer
In der Stirn eine Kugel, gib gut acht
Aber es könnte schlimmer sein
Hätten wir jetzt auch noch Weihnacht

Dann öffnete sie das Fenster sperrangelweit, um den Rauch hinauszutreiben. Die kühle Dunkelheit mischte sich mit den Strophen, und bald hörte man Sogn Studentbys gemischten Chor, die wehmütigen Engel, verlassen von der Familie, dem Zentralkomitee, den Genossen, der Arbeiterklasse, der Kolloquiumsgruppe, dem Kellner, Jesus, dem Briefträger und Mao, sie stimmten ein:

Der Himmel ist gelb
Und der Mond ist schwarz wie die Nacht
Aber es könnte schlimmer sein
Hätten wir jetzt auch noch Weihnacht

Eine andere Stimme erklang weit in der Ferne, vielleicht ganz oben vom Kringsjå: Aber es ist doch Weihnachten, verdammt noch mal! Synne machte das Fenster wieder zu. Jokum klappte das Schlafsofa auf. Ich holte noch eine Flasche, auch wenn nichts mehr in ihr war. Jetzt durfte noch nicht Schluss sein. Es musste weitergehen. Als ich zurückkam, waren Synne und Jokum dabei, ins Bett zu gehen, und zwei Wochen später zogen sie nach Kopenhagen. Ich hob trotzdem die leere Flasche und sagte:
»Prost! Prost auf das Stillleben, die Fotografie und den Roman!«

IM TAGESLICHT

Tagebuch aus dem Limbus II

Mit jedem Tag, der vergeht, nein, mit jeder Stunde, jeder Minute, jedem einzelnen Moment, ob ich nun wach bin oder schlafe, fühle ich, dass mich das Vergessen überkommt, eine Erosion des Geistes. Es ist ein langsamer, unerbittlicher Waldbrand, den das Stundenglas nicht löschen kann. Langsam aber sicher werden meine Erinnerungen weggespült, verdünnt, Bilder, die ich hatte, verblassen wie dünne Kleider in der Sonne; die Begeisterung, die ich früher spürte, erscheint mir unverständlich, Gesichter gleiten ineinander über und werden zu einem einzigen Gesicht, einem einzigen Gesichtszug, den ich nicht länger kenne, einem Fremden, der mit einem Blick voll lautlosem Donner auf mich hinabschaut. Selbst meine Eltern kann ich nicht mehr vor mir sehen, sie tauchen nur in einem kurzen Aufblitzen auf, während immer längerer Perioden sind sie abwesend, bevor auch sie zu dem einen Gesicht, dem einen Gesichtszug werden. Das tut weh. Ich bekomme ein schlechtes Gewissen. Einem Sohn soll es nicht so gehen. Eltern verdienen so einen Sohn nicht. Aber ich kann nichts dafür. Unablässig arbeitet die Zeit. Gott ist ein fleißiger Uhrmacher, nein, Gott ist ein emsiger Schneider. Aber das Gewissen ist auch eine Erinnerung. Ohne Gedächtnis kein Gewissen. Bald spüre ich nichts mehr, weder ein schlechtes Gewissen, noch Wut oder Trauer. Ich befinde mich in einem Teufelskreis. Selbst die Aussicht aus meinem Zimmer damals, als ich anfing zu schreiben, entgleitet mir, der Stall, die Bäume, das Sommerhaus. Und nachdem die Aussicht fort ist, verschwindet auch das Zimmer. Das sieht nach einem Plan aus. Alles ist abwesend, wie eine Art Taubheit, wie bei der Hand, die einschläft, wodurch du dann das verlierst, was du hältst, einen Bleistift, eine Zigarette, die Hand eines anderen, und du spürst es kaum. Jetzt sind es die Gedanken, die schlafen, nein, nicht die Gedanken, mein *Wesen* schläft. Und wenn keine weiteren Erinnerungen kommen? Ist das eine Erinnerung? Wird dieser Augenblick, zwischen Bett und Fensterbank, zu einer Erinnerung werden? Ist er stark genug, hat er eine *eigene Prägung*? Aber irgendwann wird auch diese Erinnerung untergehen, sich auflösen, vergänglich wie ein Duft. Es ist der gelbe Nebel, der mich raubt. Eines Morgens werde ich aufwachen, und es gibt mich nicht mehr. Das Einzige, was ich dann sehe, ist eine große Ebene, das bin ich, und ich weiß nicht, wo ich anfange und wo ich ende. Dann habe ich mich vollkommen aufgelöst. Alles, was ich in diesem Waldbrand habe, ist eine Fliegenklatsche. Ich schlage auf die Flammen. Auf die in die Kammern des Kapitalismus stürzenden Flugzeuge, die Kathedralen der Wirtschaft, die Zwillingstürme, die aufstrebende Schwerkraft, das schwere Wasser, das nach oben fließt. Die Menschen waren nicht das Ziel. Die Menschen, die dort arbeiteten, in einem Stockwerk über dem anderen, die in Staub in sich zusammensinken sollten, waren nur zufällig dort. Die Menschen zählten nicht. Sie starben. Aber der Schlag war nicht tödlich. Der Kapitalismus ist herzlos. Er hat viele Herzen. Geld ist untreu. Schon in der folgenden Woche lief der Handel wieder in der Wall Street. Das Geld kann ersetzt werden. Alles Geld ist sich gleich. Es ist dazu da, benutzt zu werden. Bin Laden hatte das falsche Ziel ausgesucht. Wie wäre es gewesen, wenn er ein Flugzeug ins Chicago Museum of Modern Art gesteuert und Edward Hoppers *Nighthawks* zerstört hätte? Das hätte einen Riss in unserer gemeinsamen Erinnerung bedeutet, den niemand hätte reparieren können. Es gibt unzählige Reproduktionen, aber auf die kann man sich nicht verlassen. Sie sind unwahr. Nur Edward Hoppers eigenes Gemälde ist wahr. Das macht es unersetzlich, was einmal gemacht wurde, kann nicht noch einmal gemacht und nicht wiederholt werden. Geld kann wiederholt werden. Geld ist dazu da, wiederholt zu werden. Es gibt keine Erinnerung, die ein Gemälde, eine Skulptur wiederholen kann. So etwas wird dann als Fälschung bezeichnet. Aber man kann sich an ein Gedicht erinnern, einen Roman, Wort für Wort, genau so, wie der Autor es geschrieben hat. Das haben Konfuzius' Anhänger uns gelehrt. Und habe ich das nicht gesagt? Jetzt weiß ich es. Ich brauche Georg, oder Jokum, ich brauche sie beide. Sie sind nur zwei Seiten der gleichen Sache.

Ich gehe hinunter in die Werkstatt. Da sitzt Georg bereits mit dem Netz im Schoß. Was für ein Anblick, aber ich werde das nicht kommentieren. Er hat schon genug Kommentare bekommen. Die ersten Tage soll er mein Assistent sein, bevor ihm andere Aufgaben zugewiesen werden. Wir breiten das Netz aus und finden die Maschen, die zu locker sind. Dann zeige ich Georg, wie wir das machen sollen. Ich erkläre ihm, wie wichtig es ist, dass die Maschen möglichst gleich groß sind, nicht nur, damit das Netz stramm zwischen den Stangen hängt, sondern auch aus ästhetischen Gründen. Sport und Ästhetik lassen sich nicht voneinander trennen, man denke nur an den Stabhochsprung oder ans Kugelstoßen, da sind Muskeln und Form für einen Augenblick eins. Wir benutzen nur die Hände. Endlich habe ich eine Handarbeit. Es ist ein langsames Werken. Georgs Hände sind immer noch so schwer, dass die Arme kaum das Gewicht heben können. Mit Werkzeug wie beispielsweise einer Häkelnadel oder einem Haken können wir uns verletzen. Aber ist die Welt nicht so oder so ein gefährlicher Ort? Tische, Stühle, Lampen, Besteck, Aschenbecher, Gläser und Vasen, mit allem können wir uns verletzen. Und können wir uns oder einander nicht auch mit den Händen verletzen? Ist der Körper an sich nicht eine Waffe? Wenn sie uns entwaffnen wollen, müssen sie die Welt leeren und uns den Körper nehmen.

»Du kannst mich Jokum nennen«, sagt Georg.

»Danke, Jokum.«

Ich sehe das als einen Vertrauensbeweis an. Ich kann nicht anders. Ich habe sein Vertrauen wiedergewonnen. Wieder? Wie dem auch sei, ich bin glücklich, für eine Weile zumindest, und das Gefühl ist so überwältigend und ungewohnt, dass mir das Netz aus den Händen rutscht und ich fast anfangen muss zu weinen. Wann habe ich mich das letzte Mal so vollkommen ganz und dennoch unfertig gefühlt? Ich kann mich nicht erinnern. Ich weiß nur, dass es irgendwann einmal so gewesen sein muss.

»Und wie soll ich dich nennen?«, fragt Jokum.

Ich nehme das Netz wieder auf und ziehe eine Masche stramm, während ich mich räuspere.

»Du kannst mich bei meinem richtigen Namen nennen«, sage ich.

Eine Weile arbeiten wir schweigend. Es geht langsam mit uns voran, und es ist ein langes Netz. Aber solange der Nebel sich nicht lichtet, haben wir Zeit. Ich finde die Sprache wieder.

»Wohin seid ihr von der Sogn Studentby gezogen?«, frage ich.

»Wir sind nach Kopenhagen gezogen. Synne hat ihr Diplom an der Universität gemacht. In Kunstgeschichte. Hollands Stillleben. Und ich.habe den Gesellenbrief in Fotografie gemacht. An der technischen Akademie.«

»Den Gesellenbrief?«

»Ja, oder Fachabschluss. Eigentlich wollte mein Vater es so. Er meinte, ich müsste ein Fach abschließen und den Beweis haben, dass ich das kann. Er selbst hat ja damals eine Maurerlehre gemacht. Und ich bereue es nicht. Übrigens habe ich mich nie als Künstler gesehen. Nie. Nur als eine Art Vermittler. Oder Archivar. Ich habe auch den Titel *Finder* benutzt. Einer, der findet. Synne, sie hat mich zum Künstler gemacht. Oder was immer ich auch war. Bei ihr muss ich mich für alles bedanken. Tut mir leid. Ich rede zu viel. Ich …«

»Hast du nicht auch den Titel *Rhyparographos* benutzt?«

Jokum lacht, ja, ich glaube, er macht sich. Dann bricht das Lachen ab, und er wird wieder trübsinnig.

»Ein Fotograf der einfachen Dinge. Wenn ich damit nur weitergemacht hätte.«

Ich meine, jemand am Fenster vorbeigehen zu sehen, ein Schatten im Nebel, vielleicht ist es nur Tygge, der eine Kippe an der Hauswand gefunden hat. Dann wird der Nebel wieder dichter, wie immer, wenn jemand versucht, ihn zur Seite zu schieben.

»Habt ihr in Kopenhagen auch im Studentenwohnheim gewohnt?«

»Nein, zuerst sind wir im Hotel untergekommen.«

»Im Hotel? Alle Achtung.«

»Im Hotel Amager. Synne hat das bezahlt. Sie hatte trotz allem Geld. Zumindest, wenn wir es brauchten. Nicht, dass wir über unsere Verhältnisse gelebt haben oder so. Wir aßen auf unserem Zimmer und waren selten, nein, nie in der Stadt. Vielleicht ab und zu mal im Kino. Aber sie hatte immer Geld. Sie bezahlte. Das hat mich schon ein wenig gestört.«

»Wo lag denn das Hotel?«

»In der Fiolstrædet. Direkt neben einem Gebrauchtwarenhändler. Ich bin oft davor stehen geblieben und habe die Dinge im Schaufenster fotografiert. Eines Tages kam der Besitzer heraus, und ich dachte, er wollte mich wegjagen. Aber stattdessen bat er mich herein, um auch drinnen Fotos zu machen. Er wollte einen Katalog von allem machen, was es im Laden gab. Daraus ist nie etwas geworden, aber er hat den Film bezahlt, und ich habe sogar einen kleinen Vorschuss bekommen. Da habe ich das erste Mal etwas mit dem Fotografieren verdient. Aber ich hätte die Fotos auch umsonst für ihn gemacht. Es war ein schöner Job. Ich habe nachts fotografiert. Lampenschirme. Karaffen. Messer. Scheren. Synne hat mir mit dem Ausleuchten geholfen. Sie hätte es am liebsten so künstlich wie möglich gemacht, aber ich wollte das Gegenteil, alles sollte ganz normal aussehen, vertrauenerweckend, wenn du verstehst. Da sagte Synne etwas, das ich nie vergessen habe, nämlich dass diese Dinge nicht mehr normal oder vertrauenerweckend waren. Sie waren bereits aus ihrem Zusammenhang gerissen worden, sozusagen aus ihrem Kreislauf herausgenommen. Deshalb war es so wichtig, das zu unterstreichen, es nicht länger verbergen zu wollen. Wir stritten uns immer wieder darum. Nein, wir stritten uns nicht, wir waren nur unterschiedlicher Meinung. Aber sie setzte ihren Willen durch. Zum Glück. Sie nannte es *romantischen Realismus* und gab den Bildern Titel wie *Tisch mit Werkzeug, aufgedeckt mit Messern und Schlüsseln, Helm und Servietten.* Ich machte sie einfach nur, die Bilder. Das war für mich genug. Es war eine schöne Zeit. Ja, eine schöne Zeit.«

Plötzlich scheint es, als hätte Jokum sich in etwas verloren. Es sieht aus wie ein Fall. Er hebt die Arme, als wollte er sich irgendwo festhalten, bekommt sie aber nicht hoch genug und verwickelt sich stattdessen in das Netz, und zum Schluss muss ich ihn aus dieser blauen, feinmaschigen Zwangsjacke fast herausschälen. Er lässt den Kopf hängen. Ich fange an zu reden, genau wie damals, als ich in Sogn Studentby wohnte, auch da war ich den Umgang mit Menschen nicht gewohnt, und meine Rede war schriftlich.

»Sind wir nicht auch wie diese Dinge, aus dem Zusammenhang gerissen?«

Jokum hebt den Kopf, das ist ein umständlicher, anstrengender Prozess, er sieht mich mit einem leichten Lächeln an.

»Nach einer Weile haben wir eine Wohnung in Nyhavn gefunden. Ich brauchte ja auch eine Dunkelkammer. Die gab es zwar auch in der Akademie, aber Synne war der Meinung, ich bräuchte eine eigene. Wenn es hinter den Vorhängen rot schimmerte, glaubten die Leute auf der Straße, wir betrieben ein Bordell. Stell dir mal vor. Übrigens war das in der gleichen Gegend, in der mein Vater zu seiner Zeit die Vermessungen gemacht hatte. Vom Wohnzimmer aus sahen wir dieselben Hausdächer, Hinterhöfe und Schatten wie er. Ich glaube, da habe ich ihn ein bisschen besser verstehen gelernt, verstanden, was er mit Abständen und Licht meinte. Selbst den Tattoo Jack gab es noch, wo er seine Tätowierung hatte machen lassen. Mein Gott.«

»Habt ihr deine Familie besucht?«

»Anfangs bin ich sonntags zu meinen Großeltern nach Birkerød gefahren. Es waren *reizende Menschen*, wie man so sagt, nein, wirklich. Hier kommt Jokum, Meter für Meter, sagten sie. Aber Synne wollte nicht mit. Was mich ein wenig verletzt hat. Doch ich glaube, sie hatte genug an ihrer eigenen Familie, auch wenn wir kaum etwas von der zu sehen bekamen. Ich weiß es nicht. Und ich konnte sie ja nicht dazu zwingen, nicht wahr?«

»Nein, wir haben alle unsere Grenzen, nicht wahr?«

»Ja, die haben wir. Wenn ich nachdenke, dann war das eine andere Art von Abstand, über die ich mehr lernte, als wir in Nyhavn wohnten. Synne wollte lieber allein schlafen. Was ich merkwürdig fand. Aber wie gesagt, ich konnte mich ihr doch nicht aufdrängen. Außerdem durfte ich in bestimmten Nächten auch zu ihr kommen, wenn du verstehst, aber ansonsten schlief ich in der Dunkelkammer. Was mir aber nicht geschadet hat. Die Chemikalien meine ich.«

»Habt ihr in Kopenhagen geheiratet?«

»Nein, das war später. In San Francisco. In der Seemannskirche. Ausgerechnet.«

Wir ruhen uns für einen Moment aus. Das gönnen wir uns. Unsere Hände liegen still auf dem Netz. Aber es gelingt mir nicht, das Thema ruhen zu lassen.

»Welche Art von Fotos hast du an der technischen Akademie gemacht?«

»Ich war ja vor allem mit meinen Dingen beschäftigt. Oder *den Gegenständen.* Synne nannte sie *Artefakte.* Wobei die Lehrer nicht so begeistert davon waren. Zur Gesellenprüfung mussten wir unter anderem acht Bilder abliefern, die *ein Milieu* schildern sollten. Leider in Farbe. Ich schwor ja auf Schwarz-Weiß. Schon von Anfang an war ich der Meinung, dass Schwarz-Weiß *wahrer* ist als Farben. Farben stören. Sie sind aufdringlich. Ich fand ein Milieu, oder wie ich es nun nennen soll, das mir zusagte, im Tivoli. Ich ging morgens hin, wenn es eigentlich noch geschlossen war, wurde aber dennoch hereingelassen, als ich meine Kamera zeigte. Die Kamera war eine Art Visitenkarte, die mir überall den Zugang verschaffte. Ja, es sprach mich an, dieses Milieu. Es war Spätsommer, fast Herbst. Das Riesenrad schien sich in dem schwebenden Himmel über dem Rådhusplassen festgefahren zu haben. Dieser fast gelbe Kies auf den Wegen. Die Artisten, die hinten auf dem Künstlergelände trainierten, magere, athletische Körper. Lautlose Bewegungen in der windstillen Sonne. Die Putzfrauen, die Berge schmutzigen Konfettis wegfegten. Die Kellner, die frisch gewaschene, rot karierte Decken auf die leeren Tische im Restaurant legten und sie mit Metallklammern befestigten, damit der Morgenwind sie nicht wegwehte. Diese Metallklammern. Sie glänzten. Sie stachen mir ganz besonders ins Auge. Sie waren schön und notwendig. Sie hielten das Licht an Ort und Stelle. Ja. Ich erinnere mich, wie Vater von diesen Morgenstunden im Tivoli erzählt hat, als er als Kind zu Besuch in Kopenhagen war, vor dem Gitterzaun stand und hineinschaute. Das war es wohl, was mich dorthin zog. Aber es schien, als übernähme ich seine Erinnerungen. Ich kann es nicht anders beschreiben. Deshalb wurden die Bilder undeutlich. Ich versuchte stattdessen eine Serie bei Tattoo Jack zu schießen, aber das war zu anstrengend mit all den Menschen, zu aufdringlich, ich wollte ja nur Fotos von der Nadel und war kurz davor, selbst eine ganze Tätowierung zu bekommen. Nein, nein. Zum Schluss fotografierte ich unten im Hinterhof, wo es eine Art Monument gab, einen Grabstein, den Synne so gern mochte, also kam sie mit aufs Foto. Es war eine Marmortafel mit einer Sanduhr und einem Pudel und dieser Inschrift, ich erinnere mich heute noch an sie: *Hier verbergen sich die sterblichen Überreste von Jordano, einem Muster an Treue. Er wurde geboren in Rom, im zweiten Jahr der Herrschaft von Pius VI. Er starb in Kopenhagen in dem merkwürdigen Jahr, in dem ein Pfund Zucker XVIII Schillinge kostete.* Das war 1776, wie wir herausfanden. Sie benutzten die Preise als Kalender. Wenn wir das auch so täten? Ich wurde geboren, als ein Kühlschrank 840 Kronen kostete. Synne beschloss übrigens, wir sollten uns einen Hund anschaffen und ihn Jordano nennen, aber es kam ja nie dazu … Tut mir leid, ich rede und rede …«

Wieder fiel sein Kopf herab, Nacken und Rücken bildeten einen steilen, unebenen Bogen, Ich wage es kaum zu sagen, aber hier unten haben wir nichts zu verlieren. Das weiß ich jetzt: Es ist die Freiheit, die ich von diesem Grunde mitnehmen muss. Ich sage:

»Übrigens habe ich eine Nacht von ihr geträumt. Von Synne, meine ich. Es war kein schöner Traum. Vielleicht war es auch deiner. Tut mir leid.«

Jokum dreht den Kopf mir zu und für einen Moment fürchte ich, er könnte aus dem Wirbel rutschen. Es knackt. Der ganze Körper drückt Schmerz aus, er *riecht* nach Schmerz. Die Narbe, oder dieses Zeichen um den Hals, verschwindet nicht, es ist in der Haut festgewachsen. Dennoch lächelt er. Und genau dieses Lächeln, unsicher und schief, ein wenig schräg im Gesicht, das kann ich nicht vergessen, das *will* ich nicht vergessen. Ich nenne es Jokums hohes Lächeln. Er fragt:

»Wieso hast du von Synne geträumt?«

»Man kann wohl nicht immer über seine eigenen Träume entscheiden.«

Jokum zieht an dem Netz, dass es sich zwischen uns spannt. Ich kann nur mit Mühe dagegenhalten. Aber was wir auch tun, es nützt nichts. Denn mit jeder Masche, die wir reparieren, reißt eine andere, manchmal sogar zwei. Das ist meine Schuld. Doch zumindest weiß ich, dass das Leben kein Traum ist. Ich bin schon länger hier als Jokum. Es ist nur eine Wartezeit. Ich spüre all das Unvollkommene in den Fingern, in meinen ungeschickten Händen. Ich muss ihn überzeugen. Dann lässt er endlich los, und das Netz fällt auf den Boden.

»Was für eine Tätowierung hatte dein Vater eigentlich?«, frage ich.

Der Maurer steht in der Tür. Ein viereckiger Schatten im Nebel. Ich weiß nicht, wie lange er da schon gestanden hat. Auf jeden Fall lange genug. Er hat die Arme verschränkt. Er schaut in meine Richtung.

»Komm mit mir«, sagt er.

Ich folge ihm ins Büro. Dessen Fenster zeigt auf den Hofplatz. Ich höre Tygge mit langsamen, schleppenden Schritten über den Kies gehen, als bewegte er sich in einer Halde versteinerter Tränen. Ich setze mich. Der Maurer bleibt auf der anderen Seite des Tisches stehen. Ein Computer wirft ein hartes Licht durch den Raum. Ich weiß nicht, welche Tageszeit gerade ist. Wenn ich jetzt aufstehe, wird der Maurer sich dann hinsetzen? Ich schaffe es nicht. Dann muss es halt so bleiben.

»Wir dürfen einander nicht anfassen«, sagt er.

»Ja, gut.«

»Wir brauchen Grenzen. Es ist zu unserem eigenen Besten.«

»Ich verstehe.«

»Verstehst du das wirklich?«

»Ich verstehe, dass wir Grenzen brauchen. Es ist zu unserem eigenen Besten.«

Der Maurer beugt sich über den Tisch, sein Gesicht ist blau und hart im Schein des Bildschirms.

»Stimmt es, dass du Georg den Rücken abgetrocknet hast, nachdem ihr geduscht habt?«, fragt er.

Ich muss wirklich lachen.

»Hat Øster gepetzt?«

»Gepetzt? Du redest, als wären wir eine kriminelle Bande. Außerdem hat Øster damit nichts zu tun.«

»Dieser scheinheilige Teufel.«

Der Maurer beugt sich noch weiter vor.

»Im Übrigen nehme ich deine Frage als ein Eingeständnis an. Du weißt, was das bedeutet?«

»Nein.«

»Du kannst nicht länger mit Georg zusammenarbeiten. Ihr…«

Der Maurer wird unterbrochen von etwas, das direkt vor dem Fenster geschieht. Jemand fällt. Jemand ist gefallen. Ich habe gehört, wie er gelandet ist. Ich habe es mit meinen eigenen Ohren gehört. Es klang, als träte man auf eine Muschel. Der Nebel wird aufgewirbelt. Dann sammelt er sich wieder in der Stille. Ich tue, als wäre nichts gewesen. Der Maurer läuft hinaus. Ich bleibe sitzen. Er kommt nicht zurück. Er ist immer noch nicht zurückgekommen. Ich stehe auf, gehe um den Tisch herum und schaue auf den Bildschirm. Es ist nicht der Nebel, der mich stiehlt, es ist der Maurer. Ich sehe das Zimmer, in dem ich wohne. Ich sehe das ungemachte Bett, die Fliegenklatsche, meine Kleider, die über einem Stuhl hängen. Das Zimmer ist leer. Ich weiß nicht, ob das jetzt ist. Es kann nicht jetzt sein. Ich habe ja meine Kleider am Leib. Und auf dem Bild hängen sie über dem Stuhl. Dann geht die Tür auf, und ich komme herein. Ich komme aus der Dusche. Ich habe ein Handtuch um den Leib gewickelt. Vor dem Bett bleibe ich stehen und stütze den Kopf in die Hände. Sehe ich so aus? Ja, ein trauriger Anblick, trauriger, als ich es mir hätte vorstellen können. Ganz unten in der linken Bildschirmecke stehen ein Datum und eine Uhrzeit. Es muss gestern gewesen sein, oder kürzlich. Ein anderer Gedanke kommt mir, ein Verdacht, denn ab jetzt ist jeder Gedanke ein Verdacht: dass es morgen ist, in einer Woche, es ist die Zukunft, die auf frischer Tat ertappt wurde. Dann knie ich mich hin, falte die Hände und schlage sie auf den Boden, wobei ich etwas sage, etwas rufe. Das dauert eine Weile. Zum Glück hat das Bild keinen Ton. Dennoch werde ich verlegen, sehr verlegen. Sich selbst so zu sehen. Nein, dass andere mich so sehen. Das ist das Schlimmste. Das ist mein einziges Gefühl, keine Wut, keine Angst, auch keine Trauer, sondern Scham. Ich schäme mich.

Ich gehe zurück in mein Zimmer, schließe die Tür so leise ich kann, atme aus und denke, nein, habe den Verdacht: Jetzt sehen sie mich. Jetzt sehen sie, dass ich ihre Kamera sehe. Ich versuche vertrauenswürdig zu erscheinen, nein, *unschuldig*, es geht darum, unschuldig zu wirken, unschuldig, bevor ich das Gesetz breche, bevor ich ein Verbrechen begangen habe. Wir sind nicht mehr unschuldig, bis das Gegenteil bewiesen ist, wir sind schuldig. Das ist das Grundgesetz der Überwachung. Und niemand verrät sich mehr als derjenige, der versucht unschuldig zu spielen. Dieses stramme Lächeln, die falschen Gesten und die schnellen Blicke, das sind die unfreiwilligen Eingeständnisse des Körpers, die Geständnisse der Muskeln. Es wird uns also nicht erlaubt, einander zu berühren, aber ist so gesehen zu werden nicht auch eine Art Berührung, die intimste Berührung, die es gibt? *Es ist zu deinem eigenen Besten.* Wenn jemand so etwas sagt, dann ist wirklich Gefahr im Verzuge. Ist die Kamera in der Deckenlampe oder im Fensterrahmen versteckt? Ist sie in dem Loch verborgen, vor dem Jesus hing? Haben sie deshalb das Kreuz entfernt, um stattdessen Platz für eine Kamera zu haben?

Es war übrigens Sorgmunter, der Taubenhüter, der gefallen war.

Er fiel vom Dach und war auf der Stelle tot. Jeder einzelne Knochen in seinem Leib war gebrochen, der Schädel auch, er fiel auf den Kopf, Das Gehirn ergoss sich über den Kies wie eine graue, fleckige Suppe, und wie es hieß, blieb er mit weit aufgerissenen Augen in so einer verdrehten und absurden Stellung liegen, dass die Sanitäter ihn überhaupt nur mit Mühe und Not ins Auto bekamen. Es hieß außerdem, er hätte sich das Gesicht an der scharfen Kante der Regenrinne abgerissen, und jetzt hinge es dort im Nebel, als eine Erinnerung. Und die Tauben sind auch abgehauen. Man fragt sich.

Man fragt sich, ob Sorgmunter von den Tauben erschreckt wurde und deshalb vom Dach fiel, oder ob er selbst die Luken des Taubenschlags geöffnet hatte und die Vögel freiließ, bevor er aus eigenem Willen sprang? Das fragt man sich. Wir haben keine Antwort, nur einen Verdacht. Gab es jemanden, der Sorgmunter gestoßen hat? Ist es das Werk des Maurers? Nein, ich saß ja mit ihm zusammen. Der Maurer war nicht auf dem Dach, als es passierte, das kann ich bezeugen. Was mich ärgert. Ich möchte nur ungern für den Maurer sprechen. Er kann aber für mich sprechen. Øster flüstert in den Ecken: *Dann hat Sorgmunter es zum Schluss verstanden.* Andere sagen: *Das hat er uns zuliebe getan. Er hat die Tauben uns zuliebe freigelassen.* Frei? Wann ist eine Brieftaube frei? Ist eine Brieftaube ohne Adresse frei? Ich sage nichts. Ich muss erst mit Jokum unter vier Augen sein.

Es ist übrigens eine groß angelegte Aktion gestartet worden, um die Brieftauben zurückzubekommen. Tierschützer, ornithologischer Verein und andere Freiwillige sind ausgeschwärmt. Aber der Nebel macht die Suche schwierig. Wir erfahren nichts. Deshalb wissen wir alles. Das Misstrauen hat freies Spiel. Wir müssen uns hüten. Wir müssen uns vor denen hüten, die über uns wachen. Ich stehe am Fenster, mit dem Rücken zum Loch, in dem mal Jesus befestigt war, und schaue hinaus. Mein Rücken hat keine Geheimnisse. Aber es gibt auch nichts zu sehen. Es ist ruhiger als üblich. Die Stille ist dennoch unruhig, aufbrausend. Ja. Es eilt. Ich muss Jokum unter vier Augen sprechen.

Heute ist die Gedenkfeier für Sorgmunter im Salon. Nur eine Kerze brennt. Sie ist für ihn. Der Maurer ist gezeichnet. Ich weiß nicht, was ihn am meisten erschüttert hat, die Tauben oder Sorgmunter. Ich glaube, es waren die Tauben. Er kann kaum aufstehen, nachdem wir uns gesetzt haben. Auch wir sind gezeichnet. Sogar die einzelne Flamme dringt in uns ein. Jetzt sehe ich es. Sie sind keine mir Ebenbürtigen. Es sind die Schönen, die einander gleich sind. Die Hässlichen dagegen stehen immer für sich und ähneln keinem anderen. Wir sind hässlich. Mir fällt auf, dass Øster ein anderes T-Shirt als sonst trägt, es ist eng anliegend und weiß, ohne Aufdruck. Der Maurer ergreift das Wort: *Heute muss ich über den Tod sprechen. Der Tod ist euch nicht fremd. Lange habt ihr engen Umgang mit dem Tod gepflegt. Er ergriff eure Hand, als ihr auf dem Weg zum Abgrund wart. Aber ihr hattet trotz allem genug Kraft, um loszulassen, auf die launische Kameradschaft des Knochenmannes zu verzichten und stattdessen unsere Hände zu ergreifen. Doch Sorgmunter gelang das nicht. Auch wenn ihr ihn nicht kennt, so kennt ihr ihn als einen zurückgezogenen und in sich verschlossenen Mann, immer zuverlässig, nur sich selbst gegenüber nicht. Sorgmunter hinterlässt übrigens eine Aufzeichnung, ein Bekenntnis, dass er nicht mithalten konnte, und das möchte ich euch vorlesen, damit wir aus seinem Fall lernen können, seinem Rückfall, seinem Todesfall. Und nicht zuletzt, damit es ein Ende hat mit all diesen Gerüchten. Seine hinterlassenen Papiere sind nicht misszuverstehen. Vergesst dabei nicht, dass er heute entlassen werden sollte, ja heute, er sollte nach Hause fahren. Aber er ist nicht mehr unsere Verantwortung. Nach dem Tod gehören wir allen.* Jokum steht auf und unterbricht die Rede. Er wirkt aufgewühlt, fast aus dem Gleichgewicht. *Das kann ich nicht zulassen*, sagt er mit zitternder Stimme. Der Maurer stutzt, sieht ihn an. *Was zulassen, Georg?* Jokum zittert immer noch. *Dass seine privaten Papiere… dass seine privaten Papiere hier… es gibt etwas, das heißt Schutz der Privatsphäre.* Jetzt ist es Jokum, der unterbrochen wird: *Es ist zu unserem eigenen Besten.* Jokum sinkt auf den Stuhl nieder. Der Maurer holt ein gelbes Notizbuch heraus und blättert

415

darin. Jokum steht auf und verlässt den Raum, was nicht unbeachtet bleibt, doch der Maurer macht nichts, lässt ihn einfach gehen. Ich sollte ihm folgen. Ich bleibe. Bald bin ich eingepasst. Bald passe ich in alle Anzüge. Dann hat der Maurer die richtige Seite gefunden und liest laut vor. Es sind nicht viele Worte, aber auch diese dringen in uns ein: *Meine Brüder. Ich hätte niemals auf das Dach gehen dürfen. Ich hätte unten bleiben sollen. Ich hätte unten auf der Erde sein sollen. Ich bin nicht Sorgmunter. Ich bin Der Müllmann. Jetzt endlich habe ich mich selbst rausgetragen.* Der Maurer verstummt, schluckt, streicht sich mit dem Handrücken über die Augen, ein Schauspiel. Sven sitzt mit krummem Rücken da und weint. Das ist echt. Øster und Jammers Minne müssen ihn trösten. Der Unterschied zwischen echt und Schauspiel ist der Blick. Der Schauspieler achtet auf die Reaktionen. Der Echte ist blind. Der Maurer liest weiter, und da gibt es einen Satz, den werde ich nicht los, als hätten Sorgmunter oder der Müllmann diese Gedenkfeier bereits vor sich gesehen: *Und vergesst nicht, meine Brüder, dass das, was ähnlich ist, nicht echt ist. Aber es ist nicht deshalb.* Der Maurer steckt das Notizbuch in die Jackentasche und schaut uns an, die wir alle zu Boden sehen, auf unsere kleinen Füße, die das Gleichgewicht halten sollen, wenn wir uns über diesen Abgrund erheben. *Weshalb dann?* Ich schaue auf. Der Maurer stiehlt auch mir die Worte, Wort für Wort. *Weshalb dann?* Er sieht mich geradewegs an, offen und schamlos. Ich habe keine Antwort. Sie hat er auch gestohlen, denn auch er kann nicht antworten. Anschließend gibt es eine Minute Stille, bevor wir in Reih und Glied an dem Bild des Müllmanns oder von Sorgmunter vorbeigehen, das neben der Kerze steht und herunterbrennt, während wir es passieren. Seine Augen sind hart und voller Schatten, die Stirn hoch und glatt, sie zog sich weit über den Schädel, ähnelt der Stirn eines Kindes, der Mund ist schmal und verbittert. Wir sind nicht *ein Tag zur Zeit.* Im Tod gibt es keine Tage. Ich spüre eine große Erleichterung, als ich rausgehe. Ich lege ihn hinter mich. Ich vermisse ihn nicht. Endlich bin ich frei. Ich finde Jokum im Nebel auf dem Hofplatz und stelle mich so dicht neben ihn, dass wir miteinander verschmelzen. Er ist immer noch empört. Ein alter Satz zittert in mir. Ich rede leise.

»Wir müssen oppositionell denken«, sage ich.

»Ja. Aber was sollen wir tun?«

»Fliehen. Wir haben keine andere Wahl.«

»Und wann?«

»So bald wie möglich.«

Jokum beugt sich vor, vielleicht will er auch nur, dass ich ihn besser höre.

»Ich bin noch nicht so weit.«

»Wann bist du so weit, Jokum?«

»Wenn der Nebel sich lichtet.«

»Ich werde so oder so auf dich warten.«

Jokum schiebt sich weiter in den Nebel hinein. Ich folge ihm.

»Vielleicht können wir ja in der Zwischenzeit unseren guten Willen zeigen«, sagt er.

»Warum? Zeigt denn der Maurer seinen guten Willen?«

Jokum zieht mich noch näher zu sich heran.

»Damit er nicht den Verdacht hat, dass wir etwas planen.«

Jokum hat recht. In diesem Haus muss man seinen guten Willen zeigen und möglichst nur den. Der gute Wille ist unser einziges Kapital, gegen ihn können wir alles Mögliche eintauschen.

»Wie sollen wir unseren guten Willen zeigen?«

»Mein Vater hatte einmal eine Schallplatte. Mit dänischen Vogelstimmen. Mehr als hundert verschiedene Arten. Wenn wir die laut spielen, kommen vielleicht die Tauben zurück. Ich weiß, das ist nicht echt, aber trotzdem.«

»Hast du sie hier? Die Vogelplatte?«

Jokum schüttelt den Kopf und schaut sich im Nebel um, für einen Moment in Zweifel, fast in Angst. Seine Stimme ist leise und belegt.

»Vielleicht kann ich sie zugeschickt bekommen. Wenn sie will.«

Ich nehme Jokums Hand. Er nimmt meine. Wir haben eine Abmachung. Der Nebel beschützt uns. Wenn er sich lichtet, werden wir fliehen. Dann gehen wir in unsere Zimmer.

Heute bekommen wir hohen Besuch. Es ist ein Mentaltrainer. Mentaltrainer ist ein Beruf. Er soll mit uns reden. Sonst redet er eigentlich mit Direktoren, Sportlern und Künstlern. Auch mit dem Ministerpräsidenten hat er schon geredet. Normalerweise nimmt er dreitausend Kronen die Stunde, um zu reden, aber mit uns wird er gratis reden. Was der Maurer nicht verschweigen will. Wir sollten beleidigt sein. So billig sind wir also. Wir sitzen im Gemeinschaftsraum. Nur Jokum fehlt. Er weigert sich zu kommen. Er sträubt sich. Der Mentaltrainer trägt eine abgewetzte Hose und ein kurzärmliges Trikot. Auf dem Bild von ihm, das an dem Schwarzen Brett hängt, trägt er Anzug, weißes Hemd und Krawatte. Solche Kleidung trägt er wohl, wenn er mit Direktoren, Sportlern und Künstlern redet. Und dem Ministerpräsidenten, der die Wahl verliert. Jetzt soll er also mit uns reden. Und dazu zieht er sich so an. Dafür ist er aber das ganze Jahr über sonnengebräunt. Der Maurer gibt Bengt Åker das Wort, und langsam, denn alles in mir arbeitet nur in einem langsamen Rhythmus, erinnere ich mich, dass ich früher einmal sein Zimmer im Studentenwohnheim übernommen habe. Damals war er Marxist-Leninist. Ich hoffe, er erkennt mich nicht wieder. Ich hätte es wie Jokum machen und auf meinem Zimmer bleiben sollen. Aber wieso sollte er mich wiedererkennen? Wir sind uns ja nie begegnet. Ich habe nur sein Zimmer übernommen. Dennoch werde ich verlegen, und genau das macht mich wütend. Ich muss beide Fäuste unter dem Tisch ballen und die Zähne zusammenbeißen. So banal ist mein Körper geworden. Ich heiße nicht ohne Grund Amper = mürrisch, gereizt. Bengt Åker ist aufgestanden. *Zunächst möchte ich mich dafür bedanken, dass ich herkommen durfte. Und ich bin mir sicher, dass ich mehr von euch zu lernen habe als ihr von…* Ich unterbreche: *Und was?* Der Maurer zieht die Augenbrauen hoch, während Bengt Åker sich zu mir umdreht. *Wie bitte? – Und was?*, wiederhole ich. *Was willst du von uns lernen? – Demut*, antwortet er. *Du meinst Demütigung? – Nein, ich meine Demut. Demütigung handelt von anderen, die dich schwach machen wollen. Demut handelt von dir selbst, sie will dich stark machen. Sag mal, haben wir uns schon mal gesehen?* Ich beiße die Zähne zusammen und murmle: *Nein, haben wir nicht, denn hier sind alle anonym, und das bedeutet, dass wir keine Vergangenheit haben, und deshalb kannst du mich nicht irgendwann vorher gesehen haben.* Bengt Åker lächelt, hebt beide Arme über den Kopf und applaudiert. *Schön! Lassen wir die Vergangenheit ruhen! Lasst sie ruhen! Konzentriert euch auf den Augenblick und den nächsten Augenblick. So schaffen wir die Zukunft!* Auch der Maurer applaudiert. Und wir tun es auch. Wir applaudieren. Bengt Åker stoppt den Applaus, indem er die Hände faltet. *Lasst mich dennoch die Vergangenheit erwähnen, denn von irgendwoher kommen wir ja, aber vergesst nie den Ort, an dem wir sind, und anschließend wollen wir den Fokus auf ihn richten! Als ich jung war, zweifelte ich nicht. Ich war meiner Sache bombensicher. Aber wessen war ich mir bombensicher? Ich war bombensicher, was die Politik betrifft. Ich war bombensicher, was das Volk betrifft. Ich wollte alles mithilfe der Politik verändern. Denn alles war Politik! So dachte ich. Und – veränderte sich alles? Weit gefehlt. Einiges bekamen wir schon hin. Aber das meiste ist immer noch gleich. War die absolute Sicherheit meiner Jugend mit anderen Worten vergebens? Nein, das war sie nicht! Denn ich lernte die Begeisterung dieser unerschütterlichen Sicherheit kennen! Auch heute zweifle ich nicht. Aber an wem zweifle ich nicht? Nicht mehr an dem Volk und der Politik, sondern an mir selbst! An dem Individuum! Wir müssen unserer selbst bombensicher sein. Und ich bin auch was euch betrifft, jeden Einzelnen von euch, bombensicher. Ihr seid alle einzigartig.* Ich hebe die Hand. *Und was nun, wenn wir nicht einzigartig sein wollen, sondern gleich?* Bengt Åker schüttelt den Kopf. *Das bedeutet defensiv denken, Kamerad. Und wir wollen offensiv denken. Dass wir einzigartig sind! Es gibt nur einen wie uns. Das… – Gott sei Dank,* sage ich. *Wie bitte? – Gott sei Dank, dass es nur einen wie uns gibt. Wenn man sich nur vorstellt, Øster wäre in zwei Exemplaren hergekommen und… – Amper!* Der Maurer unterbricht mich. Bengt Åker sucht nach Worten, vielleicht tut er auch nur so, um menschlich zu wirken. *Was wollte ich sagen? Ja, dass ich für alles einstehe, was ich getan habe. Ich bereue nichts. Und das sollt ihr auch. Wir wollen für das einstehen, was wir getan haben, nur so kommen wir weiter.* Ich habe noch eine Frage. *Ist es nicht gesund zu bereuen?* Bengt Åker schüttelt immer noch den Kopf. *Reue kommt immer zu spät. Außerdem sollt ihr euch nicht kleiner machen, als ihr seid. Steht auf von euren Stühlen, schlagt euch auf die Brust und sagt: I'm the man!* Leider tun wir, was er sagt. Wir stehen auf und schlagen. Es ist ein trauriges Trommelsolo. *I'm the man. – Lauter! – I'm the man! – Gut!* Wir setzen uns. Bengt Åker schreibt an die Tafel. Es sind drei Lehrsätze oder Lebensregeln: 1. Du schaffst mehr, als du glaubst. 2. Du kannst, was du willst. 3. Du musst nur erst wissen, was du willst. *Was glaubst du, wie viel ich schaffe?*, frage ich. Der Maurer zeigt auf mich. *Ich denke, du solltest jetzt lieber gut zuhören und nicht die ganze Zeit unterbrechen,* sagt er. Ich nicke. *So ist das also zu verstehen. Der Mentaltrainer soll nicht mit uns reden, sondern zu uns.* Letzteres sage ich nur im Stillen. Bengt Åker dreht sich von der Tafel weg. *Letztendlich weißt nur du allein, wie viel du einsetzen willst. Was sind deine Ziele?* Die Wut versinkt in Verlegenheit, und ich werde rot. *Das Badmintonnetz fertigzukriegen. Und außerdem will ich nicht für andere sprechen.* Bengt Åker klatscht in die Hände. Er hat einen Hang dazu. *Das Badmintonnetz! Das ist gut. Das ist ein Ziel! Und das nächste Ziel muss sein, Badminton zu spielen. Es wie ein Meister zu spielen. I'm the man!* Ich lächle. *Das kannst du wohl sagen.* Bengt Åker breitet die Arme aus und umfasst den Raum. *Und außerdem rede ich nicht für andere. Ich rede nur von mir selbst. Aber die Sache ist die, Kameraden, die Sache ist, dass ich euch ähnlich bin. Ich ähnle euch, weil wir uns ein Ziel setzen, auch wenn die Ziele unterschiedlich sind. Und wir müssen alle der gleichen Stimme in uns lauschen, die sagt: Wenn du etwas haben willst, dann geh und nimm es! Schlicht und einfach. Versteht ihr?* Er sagt immer noch *Kameraden,* als wären einige Worte in der Sprache hängen geblieben, hätten dort sozusagen überwintert, eingekapselt und hermetisch abgeschlossen auf der steilen Reise vom Volksleben zum Gefühlsleben. *Kameraden!* Ich kann nicht an mich halten. Ich bin ein Filibuster. Er soll seine eigene Medizin zu schmecken bekommen und nie zur Sache kommen. *Geh und nimm? Ist das eine Aufforderung zum Stehlen?* Bengt Åker holt tief Luft. *Du weißt genau, dass es das nicht ist. Du missverstehst mich absichtlich. So kann ich dir nicht helfen zu verstehen. Und die einzige Art und Weise, euch dazu zu bringen, zu verstehen, ist, indem ich eure Gefühle wecke. Und dein Repertoire ist größer als nur Wut.* Ich muss protestieren. *Ich bin nicht wütend!* Bengt Åker lächelt. *Da siehst du's. Du musst dich weiter öffnen. Du musst einsehen, dass der Weg sich zeigt, während du gehst.* Ich lache ihm direkt ins Gesicht. *Du irrst dich. Die Grabenkanten zeigen sich, während du gehst.* Eine Weile bleibt es still. Der Maurer beugt sich vor und flüstert: *Jetzt reißt du dich aber zusammen.* Bengt Åker trinkt Wasser und stellt das Glas mit einem Knall auf den Tisch. *Apropos Gefühle. Das stärkste Gefühl, das wir haben, ist der Schmerz. Seid ihr bereit, Schmerzen zu ertragen? Denn es wird schmerzhaft werden.* Wieder Stille. Aber ist der Schmerz nicht das Normale hier und die Linderung die Ausnahme? Was kann Bengt Åker uns über Schmerzen beibringen? Ich denke an Jens Munk und seinen Schmerz, schließlich musste er den Schmerz der ganzen Mannschaft tragen, und nicht nur ihn, er musste gleichzeitig die arktische Kälte ertragen, bis der Schmerz zu einem Maul wurde, das alle auffraß. *Seid ihr bereit, Schmerzen zu ertragen?,* wiederholt Bengt Åker. Movitz krempelt plötzlich seinen Ärmel hoch und zeigt den Arm, auf dem die Narben wie schwarze Stickereien nach dem blutigen Frühstück glänzen. *Nur Schmerz kann Schmerz lindern.* Movitz weiß das bereits. Er hat es uns gelehrt. Wir sind stolz auf Movitz. Das waren wir früher nicht. Aber wenn auf sonst niemanden, so können wir zumindest aufeinander stolz sein. Welcher Schmerz linderte Jens Munks Schmerz? Das Schicksal. Das Schicksal war ein Schmerz, der den Schmerz linderte. Aber wir, sind wir groß genug, um ein Schicksal in uns beherbergen zu können, wo wir doch kaum Platz genug für das Lachen haben? Ich habe so meine Zweifel. Bengt Åker weicht einen Schritt zurück. *Narben,* sagt er, *Narben sind verdammt gut.* Er schweigt einen Moment und sammelt sich, während Movitz den Ärmel wieder herunterrollt. *Als ich*

Student war, wohnte ich zusammen mit einem Liedermacher, der später berühmt werden sollte. Vielleicht nicht so sehr hier in Dänemark, aber ... Leider ist er tot. Jetzt ist es der Maurer, der Bengt Åker unterbricht. *Wir reden hier nicht über den Tod.* Und das muss gerade er sagen! Er, der die Toten wie ein Buch aufschlägt! Es ist ja wohl eher so, dass auch der Tod anonym ist. Der Tod hat noch andere Namen, Zeitvertreib, Vergessen, Schlaf, Arbeit, Brot, Tauben, bis wir tot sind. Erst dann sind wir persönlich. Dann sind wir Allgemeingut. Bengt Åker wirkt einen Augenblick lang gequält, gequält und glaubwürdig. Er sieht mich an. *Dieser Liedermacher schrieb jedenfalls einen Refrain, der folgendermaßen lautet, und ich werde nicht versuchen, ihn zu singen: Es ist Ausverkauf, Ausverkauf, Angebote ohne Zahl im Ausverkauf, und so viel ist im Ausverkauf, da bleibt dir gar keine Wahl. Aber das stimmt nicht! Er hat sich damals geirrt, und er irrt sich auch jetzt! Ihr habt die Wahl zwischen allem! Ihr habt das Leben selbst!* Bengt Åker trinkt mehr Wasser und fährt dann fort: *Deshalb müsst ihr visualisieren! Visualisieren ist nicht das Gleiche wie träumen. Visualisieren bedeutet, etwas vor sich zu sehen. Das vor sich zu sehen, das so geschehen soll, wie ihr es geschehen lassen wollt! Visualisiert euch selbst! Visualisiert die beste Ausgabe von euch selbst! Morgen früh wacht ihr auf und steht auf, obwohl ihr Lust habt, noch liegen zu bleiben! Morgen macht ihr sechs Liegestütz statt drei! Morgen geht ihr mit geradem Rücken! Aufrecht und nicht geduckt! Seht vor euch, wie der Nebel sich lichtet! Visualisiert die Zukunft und lasst sie gut aussehen!* Bengt Åker muss eine Pause machen. Er ist bewegt. Von so vielen Ausrufungszeichen. Sechs Liegestütz statt drei? Er weiß nicht, mit wem er redet. Er glaubt, wir sind Ministerpräsidenten. *Du weinst nicht, weil du traurig bist. Du bist traurig, weil du weinst. Also lache!* Oh ja. Ich verstecke mich nicht, weil ich Angst habe. Ich habe Angst, weil ich mich verstecke. Bengt Åker hebt wieder die Arme. *Mozart bekam ein Klavier, als er zwei Jahre alt war. Pelé bekam einen Fußball noch vor seinem dritten Geburtstag. Clapton bekam eine Gitarre, als er vier wurde. Und dann fingen sie an zu üben! Kümmert euch nicht um irgendein Talent. Es geht um die*

Übung! Und wenn man zehntausend Stunden übt, kann man so gut werden, wie man will! Das hat man ausgerechnet. Zehntausend Stunden. Denkt daran! Es liegt an euch! Deshalb kann ich sagen: Ihr seid auf dem Weg zur Vollkommenheit! Sprecht es mir nach: Wir sind auf dem Weg zur Vollkommenheit! Das Wort lässt sich nur widerwillig aussprechen, es hängt sich auf, es hakt. Es wird ein jämmerlicher Chor. Aber kann das stimmen? Übt man vierundzwanzig Stunden am Tag, braucht man ungefähr 419 Tage und Nächte. Aber niemand kann so viel üben. Dann übt man ja, bis man stirbt. Wenn man acht Stunden übt, also einen Arbeitstag lang, und zieht die Sonntage, Samstage, Feiertage und Urlaubstage ab, dann braucht man mindestens zwölf Jahre. So rechnen wir. Es ist eine unmögliche Rechenaufgabe. Es ist ein trauriges Rechenexempel. Bengt Åker kommt zum Schluss: *Ich habe früher als Krankenträger in einem Krankenhaus gearbeitet. Wenn ich die Toten das letzte Stück zum Kühlraum geschoben habe und sie dann dort habe liegen sehen, erloschen und fertig, dann habe ich gedacht…* Der Maurer muss ihn unterbrechen: *Wir reden hier möglichst nicht über den Tod.* Bengt Åker lächelt. *Aber ich rede vom Leben! Ich habe gedacht: Was hast du vom Leben gehabt, mein unbekannter Freund? Hast du das Beste aus dir selbst gemacht? Denkt daran, meine Freunde. Denkt daran, bevor es zu spät ist. Okay? Ziele auf den Mond. Wenn du ihn verfehlst, landest du dennoch zwischen den Sternen.* Ich bin der Erste, der geht. Ich bleibe im Nebel stehen und rauche. Der Wagen mit Bengt Åker fährt weg. Kurz darauf fährt er rückwärts wieder auf den Hof und kurbelt das Fenster hinunter: *Ich weiß, dass ich dich schon mal gesehen habe.* Ich beuge mich hinab und puste das Wageninnere mit Rauch voll. *Unmöglich.* Bengt Åker lächelt. *Oh doch. Du bist der Quälgeist. In einer Versammlung von mehr als acht Personen gibt es immer einen Quälgeist. Und dieses Mal warst du es.* Er gibt Gas und verschwindet auf dem schmalen Weg, der von uns fortführt. Bald sind wir alle, bis auf Jokum, jeder für sich im Nebel versammelt, nervöser und einsamer als je zuvor. Später stoße ich vor dem Zimmer auf Jokum.

»Ich habe einen Brief an Synne geschickt«, sagt er.

»Vielleicht kommt sie ja zu Besuch?«

»Oh nein. Das tut sie sicher nicht. Aber ich habe sie gebeten, die Vogelplatte zu schicken.«

»Na, das ist ja jedenfalls ein Anfang.«

»Was hat er gesagt?«

»Wer?«

Jokum redet leiser:

»Dieser pensionierte Marxist-Leninist. Hat er was gesagt?«

»Ich glaube nicht, dass er schon in Pension ist. Aber du hast nichts versäumt. Er meinte, wir sollten aufrecht gehen, nicht geduckt.«

»Das kann er leicht sagen. Dieser Drecksack.«

Der Maurer kommt den Flur entlang. Leider schaffen wir es nicht, in unseren Zimmern zu verschwinden. Wir müssen unseren guten Willen zeigen. Er bleibt vor Jokum stehen, sieht mich gar nicht an.

»Du hättest bei dem Treffen dabei sein sollen, Georg. Dann hättest du gelernt, dass der Augenblick zählt. Und der nächste Augenblick, der wie ein Pfeil in die Zukunft ist. Wie ich schon immer gesagt habe: Vergesst die Erinnerungen!«

Der Maurer folgt Georg in sein Zimmer. Ich gehe in meins. Dort liege ich wach und visualisiere. Ich sehe es vor mir. Das habe ich ja immer schon. Aber das hier ist anders. Ich sehe keine Metaphern, sondern eine andere Wirklichkeit. Ich sehe den Badmintonkampf vor mir. Ich sehe vor mir, wie ich einen Stein aufhebe. Ich sehe vor mir Jokum, der schmettert. Aber erst muss ich vor mir sehen, dass das Badmintonnetz fertig ist. Ich visualisiere das Badmintonnetz. Es gibt so viel, an das man denken muss, wenn die Träume wahr werden sollen.

Weihnachten kommt. Keine Kerzen. Keine Sterne. Kein Baum. Ich vermisse das nicht. Auch den Schweinebraten nicht, und ich bin nicht hungrig. Die Geschenke werden geöffnet, bevor uns erlaubt wird, sie zu öffnen. Ich bekomme keine Geschenke. Ich liege in meinem Zimmer und will an keinen Veranstaltungen teilnehmen. Es gibt keine, an denen ich teilnehmen könnte. Soll es ihnen doch gut gehen. Soll es mir doch gut gehen. Wie gesagt, mir geht es nicht so gut. Ich stehe auf und stelle mich vor Jesu Grab, ja, Grab, das Grab in der Wand, wo das Auge ist. Sie können sehen, was sie wollen. Ich habe nichts zu verbergen. So tief bin ich also gesunken, dass ich nichts mehr zu verbergen habe. Der das nicht mehr hat, ist ein armer Tropf. Dann zucke ich zusammen. Ich war gedankenlos, nein, ich war zu *gutgläubig*. Denn ich habe doch etwas zu verbergen! Ich will fliehen! Jokum und ich, wir wollen fliehen! Psst! Einen Moment lang bin ich glücklich. Ich habe etwas zu verbergen. Das macht mich zumindest menschlich. Der Maurer kommt herein. Er klopft nicht an. *Ich weiß es wohl*, sage ich, bevor er den Mund aufmachen kann. *Was?*, der Maurer steht hinter mir. Wenn er mir in die Augen sehen will, muss er um mich herumgehen. *Warum ihr den Jesus heruntergenommen habt.* Der Maurer bleibt am gleichen Fleck stehen. *Und warum haben wir das gemacht?*, fragt er. *Um eine Kamera in dem Loch in der Wand zu verstecken. Ich weiß es wohl.* Und sofort bereue ich meine Worte. Nicht ich bin es, der sie entlarvt. Es ist umgekehrt. Ich entlarve, dass ich es weiß. Der Maurer lacht. *Nein, da irrst du dich.* Ich drehe mich um, und wir stehen Aug in Aug. *Warum habt ihr es dann gemacht?*, frage ich. *Warum habt ihr Jesus abgehängt? – Aus Rücksicht auf die anderen Gläubigen*, sagt der Maurer. *Die anderen? Gibt es andere Gläubige hier?* Der Maurer zuckt mit den Schultern. *Nein, ehrlich gesagt weiß ich das nicht. Das ist Privatsache.* Ich muss lachen. *Ihr denkt also, Glauben ist Privatsache? Aber die Gedanken nicht?* Der Maurer tritt einen Schritt zurück und steckt die Hände in die Taschen. *Was ist eigentlich anschließend passiert? – Anschließend an was? – Nachdem du Tanum bokhandel verwüstet hast?* Ich setze mich aufs Bett. Plötzlich möchte ich den Maurer am liebsten mit der Fliegenklatsche schlagen. Aber was würde das nützen? Ich zeige ihm lieber meine gute Seite. Und die gute Seite ist die Oberfläche des guten Willens. *Ich bin hier gelandet.* Eine Weile schweigen wir beide. Es tropft von der Regenrinne, vielleicht ist es auch ein Wasserhahn, der irgendwo leckt, oder jemand, der weint.

Du bist befreit, sagt der Maurer. Ich protestiere. *Ich bin noch nicht tot!* Er lacht, kurz und herzlos. *Du bist vom Badmintonnetz befreit. – Darf ich fragen, warum? – Weil du nicht fertig wirst. Und das bedeutet, dass deine Zusammenarbeit mit Georg auch beendet ist.* Ich verstehe. Er will nicht, dass wir, dass Jokum und ich Kontakt haben. Ich verstehe das nur zu gut und tue, als wenn nichts wäre. *Was soll ich stattdessen tun?*, frage ich. *Wozu hättest du denn am meisten Lust?* Das ist eine gefährliche Frage, vielleicht die gefährlichste von allen. *Zu dem, was du gern möchtest*, sage ich. Der Maurer schaut hinaus. Auch er kann nicht weiter als bis in den Nebel sehen, aber er weiß, was auf der anderen Seite ist, und das ist natürlich etwas anderes. *Und wenn ich dich jetzt bitte, die Toilettenschüsseln mit den nackten Händen zu putzen? – Irgendjemand muss auch das tun*, sage ich. Der Maurer sieht mich wieder an. *Du bist eingeteilt für den Bibliotheksdienst. Das wolltest du doch, oder?* Ich zucke mit den Schultern. *Kann sein. Und was ist mit Sven? – Er ist jetzt am Badmintonnetz.* Der Maurer kommt näher. *Du weißt nicht, was du willst, aber wir wissen das. Wir wollen für dich nur das Beste.* Ich will etwas sagen, dass der Zweifel immer recht hat, stattdessen sage ich: *Und was soll Jokum, ich meine Georg, was soll Georg tun?* Der Maurer schaut sich mit langsamem Blick im Zimmer um. *Ausruhen.* Dann geht der Maurer endlich zur Tür, und ich bin froh, ihn loszuwerden, doch so einfach geht das doch nicht. Er bleibt stehen und zieht einen Brief hervor, den er auf den Nachttisch legt. Auf dem Umschlag steht der Name einer Anwaltskanzlei: *Bieler & Company.* Ich habe es doch gewusst. Gegen mich ist Klage erhoben worden. Ich bin angeklagt. Ich lasse den Brief liegen. *Willst du ihn nicht öffnen?*, fragt der Maurer. *Das hast du doch sicher schon. Kannst du mir nicht einfach erzählen, was in ihm steht?* Der Maurer seufzt tief. *Jetzt bist du ungerecht. Du machst dir Gedanken.* Das stimmt nicht. Ich habe einen Verdacht. Ich wage es, aufzuschauen. *Außerdem ist er nicht für mich. – Warum sagst du das? – Weil niemand weiß, dass ich hier bin. – Er ist trotzdem für dich.* Endlich schließt der Maurer die Tür hinter sich. Der Brief zieht das gesamte Licht im Zimmer zu einem tiefen, glänzenden

Fleck an sich. Ich lasse ihn weiterhin dort liegen. Die Briefmarken sind norwegisch. Lange bleibe ich auf dem Bett sitzen, bis ich ganz sicher bin, dass der Maurer nicht zurückkommen wird, aber ganz sicher kann man nie sein. Ich hätte sagen sollen, dass der Zweifel immer recht hat, das heißt, er ist das einzig Wahre. Dann schiebe ich den Stuhl an die Wand, stelle mich darauf und stecke den Finger in das Loch, wo Jesus hing. Es rieselt nur Mörtel herunter, trockener grauer Staub. Das Grab ist leer. Das ist ein Strich durch die Rechnung. Jetzt sehen sie, dass ich suche. Jetzt sehen sie, dass ich nicht finde. Es wird höchste Zeit! Jetzt lachen sie über mich. Dieses neue Lachen, das heimliche Lachen, privatisiert und geschlachtet. Schnell stelle ich den Stuhl wieder an seinen Platz. Vielleicht haben sie es ja nicht gesehen. Nein, sie sehen alles. Von wo aus sehen sie mich? Ich öffne den PC. Mein Gesicht kommt als Erstes zum Vorschein, bevor es ausradiert wird, wie eine Wolke von dem blauen Hintergrund, einem leeren, zeitlosen Himmel. Jetzt verstehe ich es. Hier sehen sie mich. Ich bleibe ganz still sitzen. Dann schließe ich die Maschine, vorsichtig, und drehe sie um. Können sie mich immer noch sehen? Sind ihre Augen offen, auch wenn das Gerät geschlossen ist? Ist es die Luft, die sieht, die Luft, die ich einatme, sodass sie mich auch von dieser Seite sehen können? Sicherheitshalber lasse ich das Gerät auf den Boden fallen, lausche, niemand kommt. Ich trample auf ihm herum, trete es gegen die Wand, ich brauche es nicht, ich brauche das Gerät nicht und all seine Erinnerungen und all seine Archive, ich erinnere mich, ich erinnere mich, nicht wahr? Und was ich vergesse, ist die Erinnerung nicht wert. Dann schlafe ich ein. Ich träume, dass ich ein brennendes Bücherregal hinaufklettere, das in Terrassen an einer steilen Bergwand gebaut wurde. Die Windböen werfen die Flammen hin und her. Ich kann den Geruch von verbranntem Schilf und Bambustafeln wahrnehmen, auf denen alles steht, auf denen alles geschrieben steht. Der Brief weckt mich. Er liegt immer noch auf dem Nachttisch. Wenn ich ihn lange genug liegen lasse, ungelesen, wird er zum Schluss verschwinden, zurück zum Absender, zu den Anwälten, und sie werden eine Zeile nach der anderen streichen, bis der Brief nur noch ein blanker Papierbogen ist, nie abgeschickt. Dann muss ich mich auf das Visualisieren konzentrieren. Ich muss visualisieren, dass Sven mit dem Badmintonnetz fertig wird, sonst nützt es nichts. Ich muss visualisieren, dass ich einen Stein finde. Aber eines Morgens wache ich vom Vogelgesang auf. Es ist nicht der Frühling. Es ist Jokums Schallplatte. Der Nebel hängt noch genauso schwer, und ab und zu wird die Lautstärke hochgefahren und manchmal ganz hinunter. Die eine Vogelart übernimmt von der anderen, ich kann zumindest zwölf verschiedene Stimmen zählen, leises Piep, jähe Schreie, Triller, Skalen, es sind Vögel aus allen Nationen. Können sie die Brieftauben wieder herlocken? Lange warte ich damit aufzustehen. Es kommt mir ein Gedanke, oder ein Verdacht, bald bin ich für alle Zeit darin verwickelt: Wurden diese Vögel auch überwacht? Wenn jemand den Vogelgesang in unserer Sprache nachdichten könnte, und so jemanden gibt es sicher, dann könnten wir vielleicht etwas hören, was wir noch nie gehört haben, was zu hören gar nicht geplant war, denn dann bekämen wir Flügel. Wir würden die Geheimnisse der Vögel hören. Welches Recht haben wir dazu? Ich stehe trotz allem auf und gehe hinunter in die Bibliothek. Dort ist es wieder still geworden. Ich soll die Regale leeren. Das nennt sich Aufräumen. Das ist jetzt meine Arbeit. Leere Regale sollen beruhigend wirken. Ich trage die Bücher hinaus ins Lager und lege sie dort in Kisten. Dann höre ich erneut den Vogelgesang. Als ich zurückkomme, hat Jokum das Grammophon ins offene Fenster gestellt. Er dreht die Lautstärke auf und winkt mich zu sich. Ich gehe zu ihm. Sein Gesicht ist anders. Es ist hart, verkniffen. Diese Vögel tun ihm nicht gut. Er bewegt den Mund. Ich höre nicht, was er sagt, verstehe jedoch, was er meint. Der Gesang soll uns übertönen. Der Gesang soll unser Gespräch überdecken.

»Ich bin bereit«, sagt Jokum.

»Aber der Nebel hat sich noch nicht gelichtet.«

Er lächelt, macht zumindest einen tapferen Versuch, und schaut für einen Moment hinaus, dorthin, wo es keine Sicht gibt.

»Der Nebel lichtet sich, wenn ich bereit bin.«

Ich lege ihm die Hand auf die Schulter, ziehe sie aber schnell wieder zurück. Berührungen kann kein Vogel überdecken.

»Ich bin auch bald bereit.«

»Ich weiß.«

Jokum fängt an zu weinen.

»Es gibt nichts, wovor du Angst haben musst«, sage ich.

»Das ist nicht deshalb.«

»Weshalb dann?«

Die Tränen laufen ihm weiterhin aus den Augen, die mageren Wangen hinunter, vorbei an dem schmalen Mund, über das spitze Kinn. Aber sie machen dort Halt, wo das Seil sich um den Hals geschnürt hat und einen Burggraben in die Haut gepresst hat.

»Wegen all der schönen Erinnerungen«, sagt Jokum.

Ich empfinde so eine Fürsorge für ihn. Sorge und Empfindlichkeit arbeiten immer in uns. Am liebsten hätte ich ihm diese Tränen abgewischt, aber ich besinne mich eines Besseren.

»Deshalb bist du bereit?«

Der Tonabnehmer gleitet in die innerste Rille, hinter den Vogelgesang sozusagen, während Jokum sich mit dem Handrücken über die Augen wischt.

»Hast du von Jens Munk gehört?«, fragt er.

»Ja, war das nicht schrecklich?«

»Aber jetzt ist er zurückgereist und hat seine Sachen gefunden.«

Jokum blättert vorsichtig in einem Buch, das er zur Seite geschafft hat, *Jens Munk,* und zeigt mir ein paar Fotos, die dort gemacht wurden, wo die Mannschaft 1619 überwinterte, damals, als es diesen Ort noch gar nicht gab, ungeboren und uralt außerhalb aller Karten. Die Fotos sind in Schwarz-Weiß, leidenschaftslos und historisch: ein Stein, durch den ein Loch gebohrt wurde, wahrscheinlich zum Vertäuen benutzt, eine Stange aus Gusseisen, eine Kanonenkugel, die Glasscheibe eines Spiels, das Mundstück einer Tonpfeife, ein Silberknopf, ein Filzhut, eine Schuhsohle. All das hat die Toten überlebt. Mich bewegt das genauso wie Jokum. Es sind die menschlichen Dinge, die von Schmerz und Jahreszahl berichten, von Handwerk, Überleben und Eitelkeit. Es sind die menschlichen Dinge, die die Mannschaft auf dem Boden der Zukunft abgelegt hat.

»Das werden wir auch«, sagt Jokum.

Dann lichtet sich der Nebel. Endlich lichtet der Nebel sich. Wie aus dem Nichts. Als wäre nichts passiert. Als zöge jemand einfach an den Fäden. Die Welt, die nächstgelegene Welt, kommt zum Vorschein. Wir sind auf dem Land. Weiße, niedrige Steinhäuser, Fachwerk. Gras auf den Dächern. Mitten auf dem Hofplatz ein Brunnen. Dort steht auch Tygge, mit einer Kippe in der Hand, verwundert und verängstigt. Die Fahne entfaltet sich in einem langsamen Windzug. Ein paar Tiere grasen entlang einer Steinmauer, und ein grüner Bergrücken rollt das Gras hinunter zum See, der wie ein blankes, sanftes Schild ganz unten in der Natur liegt. Alle versammeln sich in der leeren Bibliothek, Øster, John, Movitz, Ulk, Pil, Jammers Minne, Sven, Mestermann, auch Tygge eilt herbei, wir sind aufgekratzt und melancholisch. Wir sind wie Kinder. Die Luft ist so klar, dass wir fast in ihr verschwinden. Als Letzter kommt der Maurer. Er schlägt Jokum freundschaftlich auf den Rücken und sagt *gute Arbeit, Georg,* bevor er sich den anderen zuwendet: *Und morgen werden wir Badminton gegen die Damen spielen, meine Herren.* Augenblicklich werden wir schüchtern und nachdenklich. Der Maurer hat aber noch mehr auf dem Herzen. Er senkt die Stimme, um den Ernst der Lage zu unterstreichen. *Eigentlich sollte ich dieses Treffen absagen, nach allem, was passiert ist. Aber ich bin ein vernünftiger Mann.* Plötzlich sieht er mich geradewegs an. Ich schaue zu Boden. *Und wenn jemand auf komische Gedanken kommt, ihr wisst schon, was ich meine, dann denkt daran, auf wen das zurückfällt.* Alle nicken. Es ist verstanden. Einen Augenblick lang habe ich ein schlechtes Gewissen. Ich bekomme schon im Voraus ein schlechtes Gewissen. Ich sehe Jokum an. Er sieht mich an. *Morgen.* Morgen werden wir auf komische Gedanken kommen. Morgen werden wir die Nacht verlassen.

Es ist bereits morgen, und wir werden heute aufstehen.

Wir rudern über den See. Wir rudern durch das Licht hindurch.

Echte Vögel singen, zeigen sich aber nicht. Die Brieftauben sind auch nicht unter dem klaren Himmel zu sehen. Die Frauen aber, sie warten auf dem anderen Seeufer. Sie sind schwer und breit, vielleicht lassen auch nur die Kopftücher und Kleider sie so erscheinen. Jedenfalls winken sie. Die Männer werden unruhig. Auch die Ruderer werden unruhig, obwohl sie doch mit dem Rücken zum Ziel sitzen. Sie merken, dass etwas in der Luft liegt. Sie kommen aus dem Takt. Das Boot kippt zur Seite. Wir laufen Gefahr, im Kreis zu fahren, im schlimmsten Fall zu kentern. Øster und Pil rudern. Sie müssen sich zusammenreißen. Der Maurer greift ein und bringt uns wieder ins richtige Fahrwasser. Manchmal ist es gut, den Maurer zu haben, besonders jetzt, da wir ihn endlich verlassen werden. Die dunklen Tropfen fallen von den Ruderblättern, wie sie sollen. Jokum und ich sitzen achtern. Wir trauen uns kaum, einander anzusehen. Das ist auch nicht nötig. Der Plan ist klar. Er muss nur noch durchgeführt werden. Ich habe den PC unter dem Hemd versteckt. Als der Maurer woanders hinschaut, und das tut er jetzt, lasse ich das Gerät ins Wasser gleiten, das sich sofort über ihm schließt, eine tiefe Wunde, von hier bis zum Grunde, die in einer anderen Geschwindigkeit zusammenwächst. Dann vertäuen wir das Boot an dem kleinen schwimmenden Anleger und tragen die Ausrüstung an Land. Die Frauen, es gibt mindestens zwölf von ihnen, sind nicht mehr so entgegenkommend. Sie ziehen sich zurück. Heimlich schauen sie zu uns hinüber und lachen mit der Hand vor dem Mund. Aber als sie verstohlen Jokum anschauen, hören sie auf zu lachen. Jokum lässt sich nichts anmerken. Sven und Ulk spannen das Netz zwischen den Pfosten auf, die bereits auf dem Spielfeld vor dem Nadelwald bereitstehen. Die Maschen sind exakt stramm genug, und das weiße Band oben bildet einen schönen Bogen in mustergültiger Höhe über dem Boden. Wir applaudieren. Die Damen applaudieren auch. Sie haben sich auf ihre Spielfeldhälfte gestellt. Sven ist stolz. Dazu hat er auch allen Grund. Er verneigt sich, wird rot, fast schön wird er. Ich finde einen passenden Stein, den ich Jokum gebe, ohne dass jemand etwas merkt. Der Maurer packt aus, Schläger, Federbälle und Sonnenschutz. Aber zunächst wollen er und Smøreren, die Schmiererin, so heißt wohl die Aufsichtsperson der Damen, wie wir erfahren haben, einige Schläge austauschen. Sie hat kräftige Schultern und einen gnadenlosen Aufschlag. Anschließend tut der Maurer, als hätte er sie gewinnen lassen, doch selbst ich, mit meinen begrenzten Kenntnissen übers Badminton, konnte erkennen, dass sie auf ehrliche und überlegene Art und Weise gewonnen hat. Wir trinken Saft, den Jammers Minne gemischt hat. Er schmeckt gut in der Hitze. Ich finde noch einen Stein. Jokum meint, einer reicht. Wer passt auf uns auf? Wer passt eigentlich auf uns auf? Nur der Maurer und die Schmiererin? In dem Fall können wir einen Aufstand wagen. Wir sind ja in der Mehrzahl. Wenn wir auch nicht in unserer besten Form sind, immerhin sind wir in der Mehrzahl. Wenn wir jetzt einfach fortgingen, in alle Richtungen, was könnten sie da machen? Nichts. Sie könnten uns nur mit langem Hals nachschauen. Aber dann müssten alle gleichzeitig aufbrechen. Und das tun wir nicht. Es scheint, als gefiele es uns – abgesehen von Jokum und mir – hier, wir fühlten uns hier wohl, nein, wir gehörten hierher, ganz gleich, wie sehr wir uns auch beschwerten. Für einen Moment erscheint Jokum ruhelos zu sein. Ich bleibe in seiner Nähe, ohne dass es auffällt. Auffallen, das ist das Letzte, was wir wollen. Plötzlich steht Øster neben mir. *Jetzt sehen uns die Tauben nicht mehr,* flüstert er. *Wie meinst du das?* Øster lächelt. Øster nervt. *Die Tauben haben uns gesehen. Sie haben Wache gehalten. Deshalb hat Sorgmunter sie freigelassen.* Ich versuche ihn abzuschütteln. *Wie meinst du das?,* wiederhole ich. Øster ziert sich, indem er schrecklich freundlich wird. *Das in der Dusche tut mir leid. Ich hoffe, es tat nicht weh?* Ich habe keine Lust, darauf etwas zu sagen. *Was war das mit den Tauben?,* frage ich zum letzten Mal. Øster kommt einen Schritt näher. Wir stehen Schulter an Schulter, sonst wäre der Bauch im Weg. Er hat heute Rasierwasser benutzt. *Das sind keine normalen Brieftauben. Das sind Spionagetauben. Die im Krieg benutzt wurden. Sorgmunter hat es schließlich rausgekriegt.* Ich denke an die Tauben in der Höhe und die Maschine in der Tiefe. Ich denke an alles, was in der Stille arbeitet, ein Dasein außerhalb unseres Blickfelds, beruhigend und furchteinflößend gleichzeitig. *Jetzt weißt du es*, sagt Øster. Der Maurer ruft uns auf. Endlich wird der Sonnenschutz aufgesetzt. Es ist mehr als recht und billig, dass Sven anfangen darf. Die Dame, gegen die er spielt, ähnelt den anderen. Es ist kaum möglich, einen Unterschied zwischen ihnen festzustellen. Deshalb sind sie schön. Ich glaube nicht, dass sie das Gleiche über uns denken. Anstand und gute Erziehung, man kann es auch gern Schweigepflicht nennen, verbietet es mir, etwas über Svens Spiel zu sagen, nur dass die Dame sämtliche Sätze gewinnt. Sven trägt es mit Fassung. Er bedankt sich für das Spiel und macht einen guten Eindruck. Er ist ein guter Verlierer. Offenbar wissen die Damen diese Eigenschaft oder Veranlagung nicht zu schätzen, sie verhöhnen ihn mit ihrem Gelächter. Ich finde, das ist nicht in Ordnung. Wollen sie lieber einen schlechten Gewinner haben? Offenbar. Dann ist Øster an der Reihe, sich zu beweisen. Er ist überraschend schnell in den Bewegungen, und seine Gegnerin gewinnt mit dem knappsten Ergebnis, 22-20. Hinterher ist Øster erschöpft, er bekommt zwei Glas Saft und eine Zigarette und bleibt im Gras liegen, über einen Schaden im Knie klagend, der schuld daran ist, dass er den Sieg nicht mit nach Hause nehmen kann. Ich ziehe die überlegene Niederlage vor. Wir machen eine Pause. Jammers Minne hat auch noch etwas zu essen dabei, Butterbrote mit Gummiband drum herum, damit der Aufschnitt, Lachs, Eier und Käse, nicht herunterfällt. Man muss nur daran denken, das Gummiband zu entfernen. Der Maurer bittet uns, nicht zu viel zu essen. Wir sind schon so schwer genug. Dann wechseln wir die Seite. Die Sonne ist weitergezogen und wirft so gut wie keinen Schatten. Bald ist alles erleuchtet. Der Maurer wechselt ein paar Worte mit der Schmiererin. Anschließend sucht er sich Jokum heraus. *Du musst schmettern, Georg!* Die anderen umringen die beiden, sogar Øster kommt auf die Beine. Darauf habe ich gewartet zu sehen, wie Jokum gegen die Damen schmettert. *Du musst schmettern*, wird geflüstert, wie ein leises, inständiges Echo. Die Taktik darf nicht verraten werden, obwohl sie doch offensichtlich sein muss für

die Damen. Der Maurer bittet Jokum, sich einen Partner auszusuchen. Es ist also Zeit für ein Doppel. Jokum schaut sich um. Die Da-
menmannschaft ist schon bereit. Der Maurer bittet Jokum, eine
Entscheidung zu treffen. Er wählt mich. Es wird gemurmelt. Aber
Jokum hat seine Entscheidung getroffen. Er hat mich ausgesucht. Es
läuft nach Plan. Ich bekomme einen Schläger. Wir stellen uns in Position. Die Damen haben den Aufschlag. Sie verstehen ihren Job. Ich
schlage nach dem Federball und stoße scheinbar mit Jokum zusammen. Die Männer stöhnen. Die Damen lachen. Der Maurer ruft etwas. Ich höre nicht zu. Das macht nichts. Wir werden so oder so gewinnen. Wir werden einen anderen Sieg einfahren. Wenn sie nur
wüssten. Die Damen bauen ihre Führung aus. Ich habe den Aufschlag. Der Federball wiegt so wenig, dass er von selbst in der Luft
anhält und herunterfällt. Genau so soll es sein. Genau das haben wir
uns so gedacht. Viereinhalb Gramm sind zu leicht für die Freiheit.
Badminton ist ein gewichtsloses Spiel. Badminton ist das Spiel, das
im Sport der Melancholie am nächsten kommt, wenn man von der
Geschwindigkeit einmal absieht. Der nächste Aufschlag geht gerade
eben übers Netz, kommt aber in rasender Fahrt zurück und mit
einer Drehung, die das Gras umfallen lässt. Die Damen müssen trainiert haben. Die Damen müssen zehntausend Stunden trainiert haben. Aber wann hatten sie Zeit dazu? Dann müssen sie schon lange
hier gewesen sein, und es muss mindestens zehntausend Stunden
her sein, dass der Mentaltrainer bei ihnen gewesen ist. Die Zeit
spielt mir erneut einen Streich. Wohin gehören diese Damen eigentlich? Ich kann kein anderes Haus in der Nähe sehen und auch kein
Boot, nur unser eigenes breites Ruderboot. Ich schaue in den Himmel. Er ist nackt und bleiern. Die Damen lachen und klatschen in
die Hände. Jokum hilft mir auf. Wir unterliegen. Das macht nichts.
Jetzt steht der entscheidende Schlag aus. Ich habe es visualisiert. Ich
habe es vor mir gesehen. Immer wieder habe ich den Ablauf gesehen: Jokum steckt schnell den Stein in den Federball, wirft ihn in
die Luft, lehnt sich zurück, bleibt einen kurzen Moment wie ein
schiefer Bogen stehen, schwingt den Arm und schlägt mit aller

Kraft zu. Jokum trifft. Der Federball fliegt zwischen die Bäume und verschwindet dort. Ein Seufzer geht durch das Publikum, bei den Damen wie bei den Herren. Was für ein Schlag! Aber was für ein verschenkter Schlag! Glauben sie. Wenn sie nur wüssten. Jokum sieht mich an, und wir legen beide vorsichtig die Schläger ins Gras. Dann laufen wir auf den Wald zu, in dem auch wir verschwinden wollen. Der Maurer hält uns auf, bevor wir so weit kommen. *Wo wollt ihr hin?*, fragt er. *Den Federball holen,* sage ich, bereits außer Atem. Der Maurer schüttelt den Kopf. *Macht jetzt kein dummes Zeug. Wir haben mehr Federbälle als genug. Spielt weiter.* Er gibt Jokum einen neuen Federball, vier Gramm Gefängnis. Ich habe vergessen, den Maurer zu visualisieren. Er blieb auf der Stelle stehen und griff in unseren Lebenslauf ein. An was man alles denken muss. Was soll ich jetzt noch vor mir sehen? Es ist leer. Es ist vorbei. Ich sehe nichts vor mir. Wir setzen das Spiel fort. Aber nicht so wie vorher. Ich hole stattdessen die Fliegenklatsche heraus und schlage mit ihr um mich. Es wird gepfiffen. Ich habe nichts zu verlieren, nur den Kampf. Jokum dagegen, er ist so enttäuscht, dass er über sich hinauswächst. Er schmettert, bis das Gras auf der Spielhälfte der Damen gelb ist. Wir gewinnen. Der Sieg ist kostbar. Die Niederlage ist atemberaubend. Während des gemeinsamen Essens geht Tygge hinunter ins Wasser. Es kann nicht um alles auf der Welt ein Zaun gezogen werden. Will er schwimmen oder sich ertränken? Er wird erst bemerkt, als nur noch der Kopf zu sehen ist. Dann ist auch der weg. Der See trägt noch einen großen Kummer in sich. Der Maurer springt vom Anleger aus hinein. Als auch er weg ist, taucht Tygge an einer anderen Stelle zwischen den Lilien auf. Will Tygge diesen Tag kaputt machen, diesen einzigen Tag? Er sieht keinen Unterschied zwischen Nebel und Wasser. Er sehnt sich zurück zum Nebel. Er will die Kippen in der Tiefe aufsammeln. Ein Moment Panik: Vielleicht findet er ja stattdessen meine Maschine? Nein, so tief kommt er nicht. Aber Tygge macht den Tag nicht kaputt, er rettet ihn. Alle laufen hinunter ans Ufer, nur Jokum und ich nicht. Wir laufen in die andere Richtung, in den Nadelwald hinein, und dort laufen wir weiter, bis wir nicht mehr können. Das dauert nicht besonders lange. Wir verstecken uns unter Farnblättern. Da liegen wir. Ist die Suche bereits in Gang? Ich kann niemanden kommen hören. Der Waldboden ist ein Uhrwerk, das stillsteht. Nach einer Weile höre ich Hundegebell, das sich nähert. Wir kriechen noch näher aneinander heran. Sie haben Witterung aufgenommen. Aber das ist nur Einbildung, eine akustische Fantasie. Es sind nur unsere Herzen, die schlagen. Wir leben. Das Licht fließt ab. Die Dunkelheit steigt wie schwarzer Dampf auf. Eine andere Welt bewegt sich, ein anderes Zeitalter, feucht und aufdringlich. Wir sind niedergeschlagen. Wir sind in den Niederungen von allem. Wir liegen in einem biologischen Diorama. Es ist ein schmaler Ort zwischen Disteln, Ziegenlippe und Anemonen. Hier wächst und verwelkt alles gleichzeitig, in einem Rad aus Erde. Würmer, Kröten und Schlangen, zischend, sehend. Wir befinden uns in einer langsamen, wehmütigen Bewegung. Wer solches Aas anrührt, der wird unrein sein bis auf den Abend. Das Buch Mose. Woran denkt Jokum? Denkt er, dass wir uns in einem Stillleben von Marsens verstecken, in einem Biotop auf der Unterseite aller Farben? Denkt er an Synne? Jokum weint. Warum weint er? *Vor langer Zeit lag ich auch einmal so, ganz unten in einem Wald, unter der Welt, doch damals, damals war ich glücklich.* Schließlich denken wir in den gleichen Bahnen: Warum sucht niemand nach uns? Sind wir ihnen egal? Dann rutscht die Rinde von den Baumstämmen. Die Jahresringe leuchten in dem weißen Holz, bis zum ersten Morgen des Baumes. Wir schieben die Farnblätter zur Seite und gehen ins Tageslicht.

JETLAG

HONEYMOON

Jokum und Synne heirateten in der Norwegischen Seemannskirche in San Francisco, am 10. September im dritten Jahr von Ronald Reagans erster Amtszeit. Sie behielt ihren Mädchennamen, und er wechselte nicht zu ihrem. Das brachte er trotz allem nicht über sich. Sie hießen immer noch wie vorher, Jokum Jokumsen und Synne Sager. Mit anderen Worten: Es war eine schlichte Zeremonie, so schlicht, wie sie nur sein konnte. Sie wollten es so. Es war keine Verwandtschaft dabei, nur die Behördenvertreter, Synnes Doktorvater von der University of Berkeley, Professor Theodore Cease und seine Ehefrau, Lilith Cease, die auch die Trauzeugen waren, ein älteres norwegisch-amerikanisches Paar, das sie nicht kannten, das aber immer bei solchen Gelegenheiten auftauchte, ein schon vor langer Zeit an Land gegangener Schiffsjunge, der Pfarrer selbst und der Organist, der damit prahlte, dass er von seinem Platz ganz oben unter dem Gewölbe einen Blick auf die Golden Gate Bridge und Alcatraz hatte. Als Jokum den Ring auf Synnes Finger schob, fiel ihm ein, dass er seit Huberts Beerdigung nicht mehr in der Kirche gewesen war. Anschließend gab es eine ebenso schlichte Zusammenkunft für die Anwesenden, Kaffee und frisch gebackene Waffeln. Professor Cease hatte eine Flasche Champagner dabei. Den mussten sie draußen auf der Terrasse trinken. Jokum blieb neben dem kleinen Kiosk stehen, in dessen Regalen sich Vollmilchschokolade, Schokoriegel, Backpulver, Ziegenkäse, Makrelen in Tomatensauce, Regia-Kakao und Kvikk lunsj stapelte. Er überlegte, ob er Heimweh hatte. Aber dafür hatte er an einem Tag wie diesem keine Zeit. Jokum ging schnell zu den anderen und bekam ein Glas in die Hand gedrückt. Er blieb stehen. Synne lehnte sich über das Geländer. Sie wollte keine weiße Braut sein. Aber in dem blauen Kleid war sie dennoch schöner, als er es verdiente. Er wusste, dass die anderen genauso dachten. Doch heute hatte er keine Zeit, an so etwas zu denken. Im Hintergrund stieg der kalte Nebel in einzelnen Fetzen aus der Bucht auf und legte sich unter den lachsfarbenen Himmel, bis eine Windböe ihn wegwehte und alles von vorn anfangen konnte. Jokum ging zu Synne. Er brauchte nicht mehr als zwei Schritte, dennoch schien ihm, als ginge er durch verschiedene Zonen von Hitze, Kälte und Zeit. Einen Moment lang war er unschlüssig. Zog er die Kälte mit sich, oder empfing sie ihn mit Hitze? Wer von ihnen ging richtig? Er schwitzte und fror in dem grünen Anzug. Oder lag das einfach nur an dem Klima in San Francisco? Es konnte auch einfach an den Achtzigern liegen. Sie gaben sich einen Kuss. Jokum war glücklich. Synne nicht? Sie hatte soeben Ja gesagt. Der Professor hielt eine kurze Rede auf seine Doktorandin, die blaue Braut, und ihren Mann, aber wie sprach man eigentlich seinen Namen aus, *joke?* Sie prosteten einander zu. Der gealterte Schiffsjunge fing an zu weinen. Dann fuhren Jokum und Synne auf Hochzeitsreise. Zuerst ging es die Hyde Street entlang, die keine Straße war, sondern ein Hügel, so steil, dass Jokum kaum die Balance halten konnte, am sichersten wäre es gewesen, sich flach hinzulegen. Und der Champagner machte die Sache nicht besser. Schließlich stiegen sie in den Wagen ein, den Synne von Professor Cease hatte leihen dürfen, einen langgestreckten Cadillac Eldorado 1950, perlgrau, mit Flügeln, die sich jeden Moment in eine Spanne aus Lack und Chrom entfalten konnten. Allein das zeigte, welches Vertrauen er in sie setzte. Der Cadillac lag ihm sehr am Herzen. Der Professor, der nicht einmal seinen Namen aussprechen konnte, hatte angedeutet, dass Jokum doch ein Porträt von ihm machen könnte, *ein Porträt,* das waren seine Worte. Auf dem Rücksitz lagen zwei Schlafsäcke, Wäsche zum Wechseln und kalifornischer Wein. Jokum fuhr nicht. Es genügte ihm schon, dass er Platz für seine Füße finden musste, ohne sich auch noch mit den Pedalen abzumühen. Er nahm die Krawatte ab und hängte sich stattdessen die Kamera um. Jetzt erschien der Hügel noch steiler, wie der Auslauf einer Sprungschanze. Das Auto schien bereits zu kippen. Das Einzige, was sie noch auf ihren Plätzen hielt, waren die Sicherheitsgurte. Synne drehte den Schlüssel und legte die Hand auf die Handbremse. Wenn sie jetzt unvorsichtig war oder nur ein bisschen Pech hatte, würden sie auf dem Grunde der San Francisco Bay landen. Darüber waren schon Songs geschrieben worden. Jokum schloss die Augen und stellte fest, dass er keine Angst hatte. Er hatte keine Angst. Er vertraute Synne. Er vertraute seiner Ehefrau voll und ganz. Heute bestand daran kein Zweifel. Er dachte: Sie wird uns sicher dahin bringen, wohin wir wollen, und dort wird es sicher für uns sein. Als er die Augen wieder öffnete, rollten sie langsam aber sicher hinunter zum Hafen und zur Kreuzung mit der Ampel. Hinter ihnen entstand ein fürchterlicher Lärm, als würden sie von einem betrunkenen Orchester mit zertrümmerten Instrumenten verfolgt. Jemand hatte Konservendosen an der Stoßstange befestigt. Kurz sahen sie die Gäste, die winkend auf der Terrasse standen.

»Ich will auf keinen Fall so werden wie die«, sagte Synne.

»Wie wer?«

»Das Paar.«

»Der Professor und …?«

»Nein. Diese Norwegisch-Amerikaner. Meine Güte.«

»Konzentriere dich jetzt lieber aufs Fahren.«

»Hast du jemals so etwas Müdes und Überdrüssiges gesehen? Ich möchte wetten, dass sie zu Beerdigungen von Leuten gehen, die sie gar nicht kennen.«

»Und ich möchte möglichst nicht so werden wie dieser Zurückgelassene. Der älteste Schiffsjunge der Welt.«

»Aber du hättest seine Tätowierung fotografieren sollen. Bevor sie verschwindet.«

»Wann hast du die denn gesehen?«

»Als er den Kopf gesenkt und geweint hat. Direkt über dem Hemdenkragen im Nacken. Du musst schon aufpassen, Jokum.«

In dem Moment musste er an seinen Vater denken, und es war

lange her, dass er das getan hatte. Er hatte dazu keine Zeit gehabt, doch, Zeit hatte er wohl gehabt, aber keine Gedanken. Er dachte an die Tätowierung seines Vaters, die er nie gesehen hatte, er hatte seinen Vater nie in ganzer Person gesehen. Du musst schon aufpassen, das hatte er immer gesagt, Jokum wandte sich Synne zu.

»Sag mal, wollen wir nicht den Lärm loswerden. Ich kann ja kaum hören, was du sagst.«

»Ja, lass uns den Lärm hinter uns loswerden. Versprichst du mir das?«

»Was hast du gesagt?«

Synne bog auf eine Tankstelle ein und parkte neben einem Container. Jokum stieg aus dem Wagen aus und versuchte das Leergut loszuwerden, aber es war mit Angelschnur befestigt, er bekam es nicht hin, und je stärker er zog, umso enger wurden die Knoten. Eine Bande in weiten Hosen und langen Unterhemden mit einer Nummer auf der Brust hing an der nächsten Zapfsäule herum. Alles an ihnen war verkehrt herum. Laute, aufdringliche Musik erklang aus einem tragbaren Plattenspieler. Jokum überlegte, ob er die ganze hintere Stoßstange abbauen musste. Einer der Jungs kam zu ihm, in einem langsamen, wiegenden Gang. Die anderen folgten ihm, mit der Musik zwischen sich, bald saßen sie auf der Motorhaube und wippten. Der Erste ging sich langsam wiegend um den Wagen herum, klopfte gegen die Fensterscheiben, trat gegen die Radkappen und blieb direkt vor Jokum stehen, der erst jetzt Angst bekam. Er trat einen Schritt zur Seite. Der Junge trat eine der Konservendosen weg, es war tatsächlich eine von Vesterålens fiskeboller, und plötzlich hatte er ein Messer in der Hand. Die Schneide traf die Sonne und stand einen Moment lang in Flammen.

»*Trouble with the knot, man?*«

Jokum trat noch einen Schritt zur Seite, jetzt in die entgegengesetzte Richtung, kam aber nicht weit. Er sah die mageren Muskeln kreuz und quer in den glatten Schultern und Armen, die Adern zitterten wie Saiten direkt unter der Haut, die Musik, hart und eckig, ging auf den Verstand los. Jokum traute sich nicht, den Blick des Jungen zu erwidern, er schaute zu den Zapfsäulen, würde ihm von dort jemand zu Hilfe kommen? An der Ecke der Werkstatt hing ein Telefon, ein Mann in einem dreckigen Overall stand mit dem Rücken zu ihnen dort und redete. Kurz darauf legte er auf und verschwand unten in der Schmiergrube. Der Junge lehnte sich zurück und hob die andere Hand. Jokum hielt die Kamera fest, das war das Einzige, was es zwischen ihnen gab. Der Junge beschattete die Augen.

»You're too fucking high, man.«

Dann schnitt er die Schnüre durch, klappte das Messer zusammen, das Licht wanderte langsam den rauen Asphalt entlang, er gab ein Zeichen, worauf die anderen Jungs von der Motorhaube herunterrutschten, und die Bande schlenderte weiter entlang der Schatten, während die Musik ihnen wie ein wütender, aber treuer Hund folgte. Jokum warf den Müll in den Container. Synne kurbelte das Fenster hinunter. Sie hatte sich bereits umgezogen: Fleecejacke, Sonnenbrille und Baseballcap. Hatte sie sich auf dem Vordersitz umgezogen, während die Jungs auf der Motorhaube saßen?

»Bist du bald fertig?«

»Ich muss nur noch meine Eltern anrufen. Hast du Geld?«

Synne suchte in der Tasche und im Handschuhfach und gab Jokum eine Handvoll Münzen. Er ging zu dem Telefonautomaten, legte die Münzen rein, wählte zuerst die norwegischen Zahlen, dann die Nummer seiner Eltern, die er immer noch auch als seine eigene ansah, obwohl er doch verheiratet und wohnhaft in San Francisco war, er rief also buchstäblich zu Hause an, und endlich hörte er den Summton, die Münzen kullerten in die Schleuse, es war der gleiche Summton wie überall, er genoss ihn, eine magische Repetition, denn jetzt klingelte es im Eingang in der Observatoriegaten auf der anderen Seite der Weltkugel, es war einfach nicht zu glauben. Es dauerte seine Zeit. Der glatte Hörer roch nach Öl – warum antworteten sie nicht? Dann fiel Jokum ein, dass er sich in einer anderen Zeit befand, aber er konnte sich nicht erinnern, in welche Richtung die Zeit verging, ob er ihnen voraus war oder hinterherhinkte. War es Nacht oder Tag in Skillebekk? Er wollte schon auflegen. Da nahm die Mutter den Hörer ab, ihre Stimme klang ängstlich über das Meer und die Kontinente, ihr Name drang durch Dunkelheit, Sonnenaufgang, Mondlicht und Wind:

»Jokumsen.«

»Ich bin es! Jokum! Hörst du …«

»Jokum! Bist du es?«

»Ja, Mutter! Es ist …«

»Ist etwas nicht in Ordnung?«

»Nein, es sind nur nette Menschen hier. Wie geht es euch?«

»Nun ja. Die meiste Zeit bin ich in der Stube. Und weißt du was, Jokum? Das Rote Kreuz hat eine große Spendensendung im Fernsehen! Und ich soll mitmachen!«

»Wir haben geheiratet.«

»Es ist mitten in der Nacht, Jokum.«

»Wir haben gerade geheiratet, Mutter!«

»So richtig?«

»Ja. In der Norwegischen Seemannskirche.«

»Habt ihr mitten in der Nacht geheiratet?«

»Hier ist es erst …«

»Jetzt steht Vater neben mir.«

Jokum konnte hören, dass etwas gesagt wurde in dem Eingang auf der anderen Seite der Weltkugel, schnell und leise, dann hörte er Vaters Stimme, als stünde dieser direkt neben ihm, nein, noch näher, denn die Geräusche von der Stadt, dem Meer, dem Verkehr, der Klang im Licht, alles verschwand gleichzeitig.

»Das ist ja fantastisch!«

»Ja, nicht wahr? Wir sind …«

»Stehst du wirklich in Amerika und redest jetzt? Hörst du mich?«

Jokum holte tief Luft und duckte sich.

»Du musst nicht so laut reden, Vater.«

»Und ich höre dich genauso gut! Mutter musste eben nachsehen, ob du nicht unten im Kiosk von Skillebekk stehst und dir einen Scherz mit uns erlaubst.«

»Es wird langsam teuer, Vater. Ich habe gleich kein …«

»Wie steht eigentlich jetzt der Kurs? Weißt du das?«

»Ein Dollar ist etwas mehr als sechs Kronen.«

»Dann haben wir ja noch viel Zeit.«

»Tut mir leid, wenn ich euch geweckt habe.«

»Ich hoffe, es geht dir besser in Amerika als damals Storm P. Denn ihm ging es richtig schlecht.«

»Vater …«

»Er wurde von der Geschwindigkeit dort ganz melancholisch. Aber glücklicherweise fuhr er so schnell wie möglich nach Hause nach Fredriksberg.«

»Vater, wir …«

»Man sagt ja, dass die Welt kleiner geworden ist, aber das stimmt nicht. Sie ist größer geworden, Jokum. Viel, viel größer.«

»Na, jedenfalls ist es hier ziemlich groß. Wir …«

»Ist Synne schwanger?«

»Was sagst du da? Ob Synne …«

Die Verbindung wurde irgendwo zwischen ihnen gestört, andere Gespräche kreuzten die Spur, Sprache in allen Sprachen, ein elektrischer Sturm, die letzten Münzen verschwanden, bald war die Verbindung unterbrochen. Die Abstände waren wiederhergestellt. Jokum legte auf. Lange wischte er die Hände am Anzug trocken. Er würde ihn ja doch nie wieder benutzen. Vaters Stimme hing noch in dem Lärm um ihn herum. *Ist Synne schwanger? Dann ging er zurück zum Wagen und setzte sich hinein.

»Ich soll grüßen.«

»Was haben sie gesagt?«

»Wollen wir fahren?«

»Willst du dich nicht erst umziehen? Wie siehst du eigentlich aus? Warst du unten in der Schmiergrube?«

Jokum schnallte sich an.

»Ich brauche wohl einen etwas größeren Umkleideraum als einen Cadillac. Ich brauche den ganzen Redwood Nationalpark.«

Denn dorthin wollten sie. Sie wollten die Flitterwochen unter den Redwood-Bäumen verbringen. So lautete Synnes Vorschlag.

»Übrigens habe ich vergessen, mich für das Geschenk zu bedanken, das du mir nicht gegeben hast«, sagte sie.

Jokum fiel, nicht einmal der Sicherheitsgurt konnte ihn an seinem Platz halten.

»Aber wir waren uns doch einig darüber, dass wir nicht ... dass wir ...«

Synne seufzte.

»Du glaubst also, dass ich das Gegenteil von dem meine, was ich sage. Das ist ziemlich ermüdend. Ich *meine* es so, Jokum. Hast du etwas von mir bekommen?«

»Nein. Vielen Dank.«

»Da siehst du es. Wir haben es geschafft, nicht umzufallen. Und jetzt wollen wir die Belohnung dafür einheimsen.«

»Welche Belohnung?«

Sie gab ihm einen Kuss auf die Wange.

»Du schmeckst wie ein Mechaniker. Mach das Armaturenbrett nicht schmutzig.«

Schließlich fuhren sie weiter die Bucht entlang, ließen Fishmarket Wharf hinter sich, erneut lichtete sich der Nebel wie schwereloses Silber und zog vorbei, das Wasser war rau und aufgewühlt, es blendete von allen Seiten. Dann kamen sie zur Golden Gate Bridge und bogen ab, nein, hoch in die Schlange auf die rote Spange, die kein Ende zu nehmen schien. Sie verschwand einfach in dem großen Licht. Jokum klappte die Sonnenblende runter und sah plötzlich sein Gesicht, er war mager und knochig geworden, oder lag das am Blickwinkel, an der Geschwindigkeit, den schnellen, schmalen Schatten, die von den Stahlträgern durch den Innenraum geworfen wurden, oder vielleicht an dem kühlen, salzigen Luftzug aus dem Fenster auf Synnes Seite, hatte ihn das so verändert? War das wirklich *er* in dem kleinen Spiegel, dem Taschenspiegel der Reise? Und genau in diesem Moment entdeckte Jokum den Mann, der auf dem Geländer stand. Er trug einen langen schwarzen Ledermantel, an den Füßen schwere Stiefel, und er hielt sich mit beiden Händen fest, schwankte dabei vor und zurück, als wollte er Schwung holen, schaffte es jedoch nicht, sich zu entschließen, vor und zurück, in einem unmöglichen, abgehackten Rhythmus. Sie waren bereits vorbei. Jokum klappte die Sonnenblende wieder hoch.

»Hast du ihn gesehen?«

»Wen?«

»Den Mann. Der versucht hat …«

»Ich habe niemanden gesehen.«

»Du musst anhalten.«

»Red keinen Quatsch. Ich kann hier nicht anhalten.«

»Doch. Du musst anhalten.«

»Und warum?«

»Hast du es denn nicht gesehen? Er …«

»Ich habe niemanden gesehen, Jokum.«

Jokum drehte sich um. Der Mann war weg. Er konnte nur noch die Tropfen erkennen, die sich wieder auf dem Geländer sammelten. Jokum dachte, und er wusste nicht, warum er das dachte: *Sein Platz ist jetzt frei.* Meistens wusste er nicht, warum er etwas dachte. Er hob die Kamera und schaffte es noch, ein Foto zu machen, von diesem freien Platz, durch die Heckscheibe gesehen, auf dem Weg fort. Dann setzte er sich wieder zurecht, steif und unruhig. Synne schaltete die Scheibenwischer ein, sie zerteilten das fleckige Licht in der Mitte.

»Du musst aufpassen«, sagte Jokum.

»Aufpassen? Ich fahre.«

Dann waren sie auf der anderen Seite. Nicht nur die Brücke nahm hier ein Ende, auch die Stadt. Sie waren auf dem amerikanischen Land. Das letzte Stück sagten sie gar nichts. Jokum hatte geglaubt, dass die Redwood-Bäume ihnen wie majestätische, höfliche Schatten entgegenkommen würden, die sich langsam aber sicher in all ihrer Pracht vom Boden erhoben. Doch so war es nicht. Jokum hatte über den berühmten Wald gelesen, nachdem Synne vorgeschlagen hatte, dorthin zu fahren. Die Bäume waren mindestens hundert Meter hoch und mehr als zweitausend Jahre alt. Sechzig Männer und Frauen mussten sich mit ausgestreckten Armen an den Händen fassen, um einen zu umrunden, und manchmal reichte nicht einmal das. Aber wo waren sie? Was war aus dem Wald geworden? Warum zeigten sie sich ihm nicht? So einen Wald sollte man doch auf Kilometer Entfernung sehen können. Synne parkte den Wagen, und Jokum hatte immer noch nichts gesehen. Sie gingen mit all ihrem Gepäck durch ein Tor. Viel Gepäck hatten sie nicht. Und plötzlich waren sie im Redwood-Wald. Umringt von Sequoia sempervirens, von hochgewachsenem rotem Holz, das sich die grünen Flammen emporreckte. Jokum beugte sich nach hinten. Dieses Mal war es Jokum, der sich nach hinten beugte. Und ganz gleich, wie weit er sich zurückbeugte, so konnte er doch nicht genug sehen. Es war, als stünde er auf dem Boden eines weichen Brunnens, bedeckt mit Rinde und Moos. An diesem Ort durfte sogar Jokum sich klein fühlen. Hier konnte er sich recken, ohne oben anzustoßen. Hier durfte er zaghaft sein. Er legte den Arm um Synne, die auf diese Idee gekommen war, ja, sie war es, die den Redwood-Wald nur ihm zuliebe gefunden hatte, dieses zähe Holz, das die größten Bauwerke und die stabilsten Schiffe hervorbrachte, die Möglichkeiten dieses Holzes waren grenzenlos, sogar eine kleine Bank konnte dabei herausspringen. Wenn das nicht echte Liebe war, dann wusste er es auch nicht. Und er wusste, dass er sie liebte.

»Ich habe mich anders entschieden«, sagte sie.

Es durfte also doch nicht so bleiben. Jokum hatte schon häufiger diesen Gedanken gewälzt, dass das Ganze ein Missverständnis sei, etwas Vorübergehendes, oder nur ein *Traum*, so wie er sich das Leben vorgestellt hatte, als er noch ein Student gewesen war und das meiste außerhalb seiner Reichweite lag. Und er hatte auch gedacht, dass er dankbar sein musste, dankbar für das, was er trotz allem bekommen hatte. Durfte er eigentlich mehr erwarten als sechs Jahre Verlobung und anderthalb Stunden Ehe? Er ließ sie los und schaute wieder hinauf in die Baumkronen. Er dachte, jetzt fest und klar: Nicht einmal die Natur ist natürlich. Sie ist übertrieben und aufdringlich. Er dachte: Hier werde ich niemals Fotos machen können. Dann huschte Synne hinter einen Stamm und tauchte auf der anderen Seite wieder auf, wieder ganz blau und schmal. Jokum atmete auf und dachte: Hier brauche ich keine Fotos zu machen. Sie gingen in den Wald hinein, nein, hinunter, Hand in Hand, sie im Brautkleid, er in dem grünen Anzug, es war eine Art Mittelgang in dieser kalifornischen Nadelwaldkathedrale. Der Boden war so weich, dass ihre Schritte nicht zu hören waren. Es schien, als stünden sie still, oder als glitten sie, denn alle die gewohnten Geräusche waren aufgehoben und erstattet von einem unsichtbaren Chor, der sie in einem neuen Rhythmus leitete, fremd und freundlich gesonnen. Ein Eichhörnchen kam direkt vor ihnen zum Vorschein. In dem Moment verschwand die Sonne, aber das Licht blieb zurück, wie auch die Zeit. Alles war verspätetes Licht und verspätete Zeit. Der Ort war eine Reise für sich. Der Baum, an dem sie gerade vorbeigegangen waren, stand hier seit Jesu Zeiten. Ich möchte das nur erwähnen. Das sind keine Jahresringe im Fleisch des Baumes, das sind Jahrhundertringe. Der älteste, der General-Sherman-Baum, war älter als die Pyramiden, und ein Beerdigungsinstitut, *Baker & Sons*, hatte ausgerechnet, dass man aus dem Holz allein dieses Baumes genügend Särge für alle Einwohner von San Francisco fertigen könnte. Dann blieben Jokum und Synne vor einem anderen Baum stehen, dessen Rinde sich wie ein Vorhang öffnete, und sie krochen hinein in den Stamm, in den Hohlraum aus Holz. Es gab gerade genug Platz für die beiden. Sie rollten ihre Schlafsäcke aus. Ein schöneres Hotel kann man nicht finden.

»Was hat Hütchen gesagt? Dazu, dass wir geheiratet haben.«

»Sie hat sich gefreut. Für uns.«

»Dann hat sie sich selbst also nicht darüber gefreut.«

»Doch, aber vor allem war sie wohl überrascht. Wollen wir es nicht auch deinen Eltern erzählen?«

»Die werden es schon rechtzeitig erfahren.«

»Übrigens kommt meine Mutter ins Fernsehen.«

»Was?«

»Mit dem Roten Kreuz. Ich habe auch mit meinem Vater gesprochen.«

»Hat er sich auch für uns gefreut?«

»Ich glaube, es ist das erste Mal, dass er meint, der Abstand sei zu groß.«

Eine Weile lagen sie nur da und lauschten. Bald hörten sie ein Gewirr von Geräuschen, die sich um sie herum bewegten. Es war das Gespräch des Waldes, das niemand wiedergeben kann. Dann hörten sie das Herz des anderen. Synne:

»Frierst du?«

»Ein bisschen.«

»Dann komm her.«

Jokum legte sich zu ihr. Platz war da für ihn. Hinterher traute er sich nicht, sich danach zu erkundigen, was sein Vater gefragt hatte. Aber er spielte mit dem Gedanken: ein Kind, empfangen in einem Baum. Dann schliefen sie ein. In Jokums Traum tauchte das Eichhörnchen wieder auf. Auf dem Weg zum nächsten Stamm wurde es zu einem Bären, der immer höher kletterte, und als er auf einen Ast kletterte, der sich unter seinem Gewicht bog, wurde der Bär zu einem Vogel, und der Ast hob sich und ließ den Vogel frei. Jokum wachte auf. Jetzt weiß ich, was ein Baum träumt, dachte er. Synne schlief noch. Er hockte sich hin und betrachtete sie, das Haar, das sich um den Kopf herum ergoss, die Gesichtszüge, die Symmetrie des Antlitzes, der Mund, der unsichtbare Atem, der sie am Leben hielt, der Sauerstoff, der den Wald zum Stehen brachte, meine Ehefrau, sagte er, *meine Ehefrau.* Sie wachte nicht auf. Jokum ließ sie schlafen und kroch durch die Rinde hinaus. Der Morgen war voller Spinnennetze und Feuchtigkeit. Im ersten Licht schmolzen die Tropfen schnell, und die Spinnen krochen zum Schlafen unter die Steine, ins Moos, in die Wurzeln. Dann wachte Synne doch auf und kam hinter ihm her. Sie sahen es gleichzeitig, etwas, das störte, ein *Unding,* fast verdeckt von den braunen, trockenen Nadeln, die zwischen den Stämmen verstreut lagen. Sie gingen hin. Es war eine blaue Rassel, kaputt, von Geräuschen geleert. Ein Schatten glitt über sie, und kurz darauf fing es an zu regnen. Sie spürten es kaum, hörten es nur. Synne eilte zurück zum Baum und packte. Jokum blieb stehen. Er konnte den Blick nicht von der Rassel lösen. Sie erfüllte sein ganzes Blickfeld und wurde zum Schluss größer als der Wald. Dann gingen sie zurück zum Auto und fuhren nach Hause. In dieser Richtung kostete es einen Dollar, die Golden Gate Bridge zu passieren, von der anderen Seite her war es gratis. Es regnete nicht mehr. Leute in Windjacken gingen auf den Fußwegen spazieren, als wäre nichts passiert. *Nach Hause* war übrigens eine kleine Wohnung, die Dr. Cease ihnen besorgt hatte, am Telegraph Hill, so mussten sie nicht länger im Dormitorium draußen auf dem Campus wohnen. Synne wollte duschen. Jokum setzte sich in die schmale Küche, alles war schmal in San Francisco, und trank ein Glas Wasser. Über dem Herd hing eine Reproduktion von Edward Hoppers *Hotel by the Railroad*. Jokum fand das Bild rührend: das alte, treue Paar, das beinahe in der eigenen Ruhe ruhte, in der eigenen Balance, sie, noch nicht angezogen, die im Sessel sitzt und liest, während er am Fenster steht, in der Sonne, die auch auf sie fällt. Aus irgendeinem Grund war er sich sicher, dass es ein Sonntag war, es konnte nichts anderes als ein Sonntag sein. Aus dem Küchenfenster konnte Jokum übrigens selbst auf rostige Eisenbahnschienen in dem gelben Gras zwischen den Gebäuden gucken. Auf einem schmalen Balkon schlief ein langhaariger, halb nackter Mann. Er trug einen Kranz aus verwelkten Blumen um den Hals, eine trockene Erinnerung an die Gärten der Träume. Am Turm auf dem Hügel, der dem Viertel seinen Namen gegeben hatte, kam der Mond zum Vorschein. Was jetzt?, fragte Jokum sich. Die Flitterwochen waren vorbei. Er war ein Ehemann. Er trank noch ein Glas Wasser. Es schmeckte bitter, vielleicht nach Chlor. *Was mache ich jetzt?* Aber war es nicht genau das, wonach er sich gesehnt hatte, die Normalität, mit ihr zu verschmelzen, in der Normalität aufzugehen, das, was Ralph Waldo Emerson in seiner Rede *The American Scholar,* bereits 1837 publiziert, als *Erfahrung von Werkstatt, Pflug und Buchhaltung* bezeichnet hatte. Weiter schrieb er: *Ich umarme das Gewöhnliche, erforsche das Bekannte und liege dem Niedrigen zu Füßen. ... Zeige mir die tiefste Bedeutung dieser Dinge.* Es war das schönste Zitat, das Jokum kannte:

Ich erforsche das Bekannte und liege dem Niedrigen zu Füßen. Synne kam aus dem Bad, im Bademantel, um das Haar ein Handtuch gewickelt. Sie beugte sich zur Fensterbank vor und zündete sich eine Zigarette an.

»Was mache ich jetzt?«, fragte Jokum.

»Erst einmal bringst du unsere Kleidung zur Reinigung zum Chinesen.«

»Sollen wir sie denn wiederbenutzen?«

Synne schüttelte den Kopf und setzte sich auf seinen Schoß.

»Und dann sollst du fotografieren. Oder bist du kein Fotograf?«

AUSWÄRTSSPIEL

San Francisco war zu steil. Das war das Schlimmste. Ganz gleich, welchen Weg Jokum nahm, immer lief er schräg. In der Hyde Street ging man am besten rückwärts, und schon auf der kurzen Strecke hinauf nach Chinatown musste er dreimal stehen bleiben, um das Gleichgewicht zu halten. Aber das Beste an San Francisco war, dass niemand auf ihn achtete. Hier konnte man die verrücktesten Kapriolen machen, sich in schicke Capes oder Lumpen hüllen und gern mal auf dem Kopf stehen, während man am Jackson Square auf grünes Licht wartete. Es beachtete dich sowieso niemand. Man konnte sterben oder Geschlechtsverkehr auf dem Bürgersteig haben, ohne dass sich jemand umdrehte. Das war das zweischneidige Erbe der sogenannten Blumenkinder, die vor langer Zeit vertrocknet waren, auch wenn es noch gar nicht so lange her war, dass sie in voller Blüte gestanden hatten. Man kann das *die Freiheit der Abwesenheit* nennen. Es war die Abwesenheit von Grenzen, was gleichzeitig die Abwesenheit von Schuld bedeutet. Was wiederum einer gewissen Gleichgültigkeit ähnelt. Es war *one size fits all*. Jetzt waren die meisten Größen zu klein geworden. Jetzt zog eine andere Bürde alle hinab: Zinsen und Infektion. Solange es währte, genoss Jokum die Freiheit der Abwesenheit, doch das ist nur ein persönlicher Genuss und deshalb nicht von Dauer. Er war nämlich nicht in der Lage zu fotografieren. Er hatte geglaubt, dass diese Stadt, mit all dem Fremden und Unbekannten in ihr, sich ihm öffnen würde, ihn empfänglich und hellwach auf eine ganz andere, neue Art und Weise machen könnte. Er hatte geglaubt, er könnte das Gleiche über San Francisco sagen, wie es Robert Doisneau über Paris gesagt hatte: *Paris ist ein Theater, in dem man seinen Platz mit verlorener Zeit bezahlt.* Das Gegenteil war der Fall. Die Stadt entglitt ihm. Er fand keinen Halt. Das meiste zog vorbei, vage Eindrücke, eine Art Vermischtes, in dem sich nichts Einzelnes hervortat, alles war seicht und bunt. Natürlich machte er Fotos, aber in erster Linie um des Scheins willen: Fassaden, Häuserecken, Fenster. Er traute sich nicht, Menschen zu stören, selbst hier nicht, in den Resten der Freiheit der Abwesenheit. Nur an einer Stelle blieb Jokum stehen, ein riesiges Schild an einer Fassade hatte seinen Blick gefangen, mit Ziffern, die in einem fort anstiegen, ein Rechenstück, das niemals fertig wurde, die Summe war immer unleserlich: *The National Debt.* Er machte ein Foto, ging weiter und dachte an etwas, was ihm sein technischer Lehrer in Kopenhagen erzählt hatte, über das, was man als erstes Foto der Welt ansieht, gemacht 1826, das jetzt zur berühmten Sammlung von Gernsheim in Texas gehört. Es zeigt einige Gebäude und einen Birnbaum. Das ist alles. Nièpce, wie der Fotograf heißt, hatte die Kamera in sein Fenster gestellt. Er fotografierte also dort, *wo er war.* Die Entwicklung dauerte acht Stunden und zwölf Minuten. Er hatte also nicht nur Gebäude und einen Birnbaum fotografiert, sondern die Zeit, die Zeit an sich, ihren Verlauf. War die Zeit, die diese Häuser und diesen Baum umgab, auch lokal? Wie lange kann man gehen, bevor man die Uhr stellen muss? Mit anderen Worten: Jokum sehnte sich nach Hause. Er öffnete die Tür zur Reinigung, ging hinein in die feuchte Wärme, die fast wie eine Komplementärfarbe wirkte und ihn an die Kälte im Kühlraum des Kürschners erinnerte, eine Erinnerung, die sich augenblicklich aufteilte in eine ganze Skala, bestehend aus dem Pelz, dem Gewehr, dem Schwimmbecken, dem Flohmarkt und dem Foto *Abschied,* bevor er Anzug und Kleid auf den Tresen legte, die Hochzeitskleidung, der Chinese die Hose mit beiden Händen hochhob und den Kopf schüttelte, während er sagte:

»Kann aber nicht vor einer Woche abgeholt werden.«

Jokum steckte den Abholschein in die Tasche und ging hinaus in die würzige, von Menschen wimmelnde Straße. Wohin gehe ich jetzt?, überlegte er. Obwohl das eigentlich ganz gleich war. Er bog nach rechts ab, änderte seine Meinung und ging stattdessen in die andere Richtung. Der Dampf aus einer Küche schlug ihm entgegen. Als er den durchschritten hatte, wollte ihm ein Mann in einem weiten schwarzen Anzug Uhren verkaufen. Jokum wollte keine kaufen. Der Mann folgte ihm in seiner eigenen Sprache. Wieder änderte Jokum seine Meinung. Er wollte trotz allem eine Uhr. Der Mann sagte einen Preis, öffnete seine Jacke, und auf der Innenseite hingen achtzehn glänzende Armbanduhren. Der Anblick überwältigte Jokum. Er hob die Kamera. Sofort schloss der Mann die Jacke und sagte einen anderen Preis. Jokum nickte. Von Neuem öffnete der Mann sein dunkles Uhrmachergeschäft, *no face, no face,* Jokum verneigte sich und sagte, *no face, only watches,* und machte ein Foto, schnell und nachlässig, bekam eine Uhr, bezahlte zu viel und beeilte sich weiterzukommen. An den Straßenbahnschienen blieb er stehen, außer Atem und glücklich, vielleicht hatte er ein Foto gemacht, das etwas wert war? Dann ging er auf gut Glück weiter, bis er vor einem pyramidenförmigen Wolkenkratzer stehen blieb, *Bank of America.* Er schaute durch die hohen Fenster hinein, die riesige Marmorhalle war leer, abgesehen von denen, die hinter den Schaltern und dem Tresen saßen, die Kassierer, es sah aus, als zählten sie unsichtbare Scheine, während zwei bewaffnete Wachleute an der Tür standen und die wachsenden Schulden bewachten. Wer wollte die schon überfallen? Etwas anderes interessierte Jokum: die Uhren an der Wand, San Francisco, New York, Tokio, Singapur, London. Zeit ist Geld. London lag von allen Oslo, Skillebekk, am nächsten, 06:44. Er stellte seine neue Uhr, 06:44 und band sie sich um das rechte Handgelenk, ein Arm zu Hause und ein Arm hier, dachte Jokum, und er dazwischen. Dann ging er den gleichen Weg zurück, kannte aber nichts wieder. An einer Stelle gab es eine Schlange die Straße hinunter, eine bunte Versammlung, die wartete, beim Pfandleiher an die Reihe zu kommen, *Jim's Pawnshop,* Penner und Beamte, alte Hippies und Arbeiter. Es war eine andere Art von Flohmarkt, nicht der Wohltätigkeit geschuldet, sondern dem Zwang. Die

Bank der Beladenen. Hier landete, wer in der Arbeitslosigkeit gestrandet war, wer sich Zeit kaufen musste, Zeit auf Kredit. Der Jetlag des Kapitalismus. Zum ersten Mal sah Jokum in San Francisco Schüchternheit. Wer in dieser Schlange, die sie selbst verachteten, langsam vorrückte, wandte sich ab, schaute zu Boden, stumm, fern, aber wenn er genauer hinsah, dann entdeckte er nicht Schüchternheit, sondern Scham. Einige trugen ihre Besitztümer offen in den Händen, zu groß, um sie zu verstecken, Gitarren, Stereoanlagen, LPs, die meisten standen mit den Händen in den Taschen da, vielleicht um einen Ring geballt, ein Schmuckstück, einen Silberlöffel. In schlechten Zeiten fangen die Dinge an sich zu bewegen, sie lösen sich, und die Menschen verlieren das, was ihnen am liebsten ist. Jokum eilte schnell vorbei. Warum machte er kein Foto? Weil auch er sich schämte. Er wollte nicht eine Bürde auf die andere legen. Wer will schon in der Stunde der Erniedrigung fotografiert werden? Wenn ich sie bezahlte, dachte Jokum, würden sie das Geld annehmen? Würden sie ihr Gesicht als Pfand geben, ihren Blick in seiner Dunkelkammer? Einer der Dozenten an der Technischen Akademie, ein Fotograf, der zum Kreis um die Zeitschrift *Blå Port* gehörte, sprach immer wieder von der *Visualisierung*, wie wichtig es sei, die Bilder vor sich *zu sehen*, sie fast schon vorher zu machen. Er nannte es bearbeitete Bewusstmachung. Kann man ein Meisterwerk visualisieren? Diese *Disziplin* war jedenfalls nicht im Gesellenbrief aufgeführt. Sie gehörte zur Metaphysik der Technik. Jokum hegte ein großes Vertrauen in Fügung, Zufall, Unglück, Ereignisse aufs Geratewohl, all das, was *einfach auftaucht*. Dennoch versuchte er, das Bild, das er gerne von der Schlange gemacht hätte, während er weiterging, zu visualisieren, das heißt, nicht von der Schlange, sondern von den Dingen, die die Einzelnen bei sich hatten. Könnte so ein Bild die Trauer der Dinge zeigen? Das Ziel musste sein, die Trauer der heimatlosen Dinge zu zeigen. Die Hände müssten auch zu sehen sein, die Hände, die diese Dinge hielten und sie bald loslassen sollten. Wurden nicht so die besten Bilder gemacht? Trotz allem ein unmöglicher Gedanke. Ein Auto hupte. Das Klingeln einer Straßenbahn ganz in der Nähe. Jokum überquerte die Straße und ging ins City Lights, den berühmten Buchladen, der immer noch existierte, hier suchte er Schutz. Er setzte sich in der Kunstabteilung unter die Treppe und blätterte in einigen Fotobüchern, Irving Penn, Ansel Adams, Richard Avedon, Walker Evans, nein, während er deren Fotos anschaute, verließ ihn der Mut, besonders die von Walker Evans, die Bilder von der Depression, der Sandsturm in den Augen, Müßiggang im Herzen, das wahre Gesicht der Wirtschaft, Jokum wurde inspiriert, aufgestachelt von diesen Bildern, aber gleichzeitig verließ ihn der Mut. Er verlor das Gleichgewicht. Was hatte er hier beizutragen? Jokum war, wie schon gesagt, noch nicht standhaft genug. Seine Vision war noch nicht robust genug. Zu starke Eindrücke warfen ihn ganz einfach aus der Bahn. Er hatte noch kein eigenes Fundament, um darauf zu stehen. Also nahm er stattdessen Lloyd Goodrichs Prachtband über Edward Hopper in die Hände. Das verschaffte ihm eine gewisse Ruhe. Hoppers amerikanischer Realismus ähnelte keinem anderen Bild, das er bisher gesehen hatte: ein Maler mit vollständiger Kontrolle über Menschen, die dabei waren, die Kontrolle zu verlieren. Das war ein Realismus, der sich selbst übertraf. Trotz der fast perfekten Nachahmung auf den Gemälden war alles irgendwie *scheinbar*. Er durfte nicht vergessen, Synne das zu sagen. Dass alles *scheinbar* war. Er fühlte sich schlau. Sie schrieb ihre Doktorarbeit über Edward Hopper: *Still Life in Edward Hoppers Interiors*. Dann fiel sein Blick auf ein Zitat in Verbindung mit *Nighthawks*, dass die Menschen auf Hoppers Bildern sich in *einem Gestrüpp verlorener Beziehungen* befinden. Jokum las den Satz noch einmal, bevor dieser Gehör in ihm fand. *Ein Gestrüpp verlorener Beziehungen*. Genau das war es doch, das war der Ort, an dem er sich selbst befand. Als er zurück zum Telegraph Hill kam, saß Synne im Schlafzimmer und schaute sich Dias an. Sie benutzte die weiße Wand über dem Bett als Leinwand. Jokum erkannte die Motive wieder, *Hotel by the Railroad, Morning Sun, Room in New York*. Das Schlafzimmer war ein Edward-Hopper-Museum geworden. Sie ließ *Morning Sun* hängen, trat näher an die Wand heran, und es schien, als wollte sie ins Gemälde hineingehen, als wäre das gar keine Wand, sondern ein anderer Raum, in dem die Frau in ihrem eigenen Licht saß. Synne strich mit den Fingern den Fensterrahmen entlang und warf Schatten über den ruhigen Himmel draußen. Dann schaltete sie den Apparat aus, öffnete die Gardinen, und einen Moment lang konnten sie sich nicht sehen, geblendet, bevor alles wieder an seinen Platz rückte.

»Hast du Heimweh, Jokum?«

»Nein. Wieso?«

»Du hast dir eine Uhr gekauft.«

»Ich habe sie billig gekriegt.«

»Das bedeutet nur, dass du reingelegt worden bist.«

»Aber sie geht immer noch. Guck nur.«

Jokum zeigte Synne, wie spät es in Oslo war. Es war 11:46. Dann zeigte er auf den anderen Arm. Sie lebten in der Zukunft. Sah sie das? Oder war es umgekehrt? Hinkten sie hinterher? Synne lachte.

»Hast du dran gedacht, die Kleider abzugeben?«

»Ich kann sie in einer Woche wieder abholen.«

»Das ist gut. Wir sind nächsten Samstag bei Theo eingeladen.«

»Theo?«

»Theodor. Mein Professor.«

»Muss ich mitkommen?«

Synne sortierte die Dias wieder ein, die sie aus dem Institut ausgeliehen hatte.

»In der Küche steht etwas zu essen. Falls du Hunger hast.«

»Bist du heute Vegetarierin oder nicht?«

»Rate mal.«

Jokum betrachtete sie, wie sie sich zum Schreibtisch vor dem Fenster drehte. Ihr Haar hatte sie zu einem Knoten gebunden, der Nacken war glatt und weiß, an den Füßen trug sie nichts.

»Na, heute Abend magst du sicher kein Fleisch.«

Jokum ging in die Küche und setzte sich. Es stand eine Schüssel mit Leinsamensuppe dort. Sie war nur noch lauwarm, dafür schmeckte sie nach Honig. Daneben lagen *San Francisco Chronic-*

les, die ungefähr dreieinhalb Kilo wogen. Er blätterte im ersten Teil, auf Seite drei stoppte er: ein Bild von der Golden Gate Bridge mit der Unterschrift *Suicide No. 949*. Ein Mann, 32 Jahre alt, war am Samstag, dem 10. September, von der Brücke gesprungen und vier Tage später drei Kilometer weiter in der Bucht an Land gespült worden. Der Mann war ein arbeitsloser Musiklehrer gewesen. *Nr. 949*. 949 Selbstmorde, seit die Golden Gate Bridge 1937 eröffnet wurde. Das war die Bürde der Brücke. Wie könnte man diese Tragödien verhindern? Höhere Geländer, elektrischer Stacheldraht, bewaffnete Wachen auf beiden Seiten? Man könnte natürlich auch vorschlagen: Senkt die Zinsen, verteilt kostenlose Medikamente, stimmt die Gitarren.

»Es ist wichtig, dass du mitkommst, Jokum.«

Synne stand in der Tür.

»Na gut. Aber warum?«

»Es kommt eine Galeristin, die solltest du kennenlernen. Edith Fremm. Sie hält ab und zu Vorlesungen in Berkeley. Sie ist an deinen Fotos interessiert.«

»Wie kann sie das? Sie hat sie doch noch gar nicht gesehen.«

»Weil ich ihr von dir erzählt habe. In Ordnung?«

»Ja. In Ordnung.«

»So läuft das hier.«

»So läuft das hier. Du fängst ja fast schon an, Norwegisch-Amerikanisch zu reden.«

»Du solltest dich lieber bedanken.«

Jokum dachte nach, während er die Zeitung zuschlug.

»Sollen wir die gleichen Kleider tragen?«

»Warum nicht? Wir sind immer noch frisch verheiratet und arm.«

Nachdem sie ins Bett gegangen waren und Jokum nicht schlafen konnte, lag er stattdessen ruhig da und betrachtete Synne in dem blauen Licht, das durch die Gardinen sickerte und alle Ecken und Kanten rundete, und er wusste, dass er sich nicht in einem Gestrüpp befand, er war nicht verloren. Sie war seine Beziehung.

DIE DUNKELKAMMER

Jokum stand im Eingang und knöpfte seinen doppelreihigen Anzug zu, der immer noch weich vom chinesischen Dampf war. Er ging in die Hocke, zog den Schlips fest und wollte gerade sagen: *Gar nicht so schlecht, Jokum. Gar nicht so schlecht, frisch verheiratet und arm zu sein.* Da kam Synne aus dem Bad, sie blieb stehen, hob die Hand vor den Mund und lachte.

»Du willst doch wohl nicht so gehen?«

Er drehte sich um. Sie trug nicht das blaue Kleid, sondern eine weite rote Hose, eine ockerfarbene Bluse und hochhackige Schuhe, sie hatte auch etwas mit dem Haar gemacht, es vielleicht abgeschnitten, er konnte nicht genau sagen, worin der Unterschied zu vorher bestand, denn alles wirkte irgendwie anders, nicht nur das Haar.

»Warum nicht?«

»Komm mit mir, Jokum.«

Er folgte ihr ins Schlafzimmer. Da lag eine ganze Garderobe auf dem Bett bereit: schwarze Hose, graues T-Shirt, Dogskin-Jacke und flache Schuhe. Es fehlte nur ein Hut. Plötzlich erinnerte er sich, dass sie einmal gesagt hatte, er solle sich einen Hut zulegen, dass ein Hut ihn *abschließen* würde.

»Ich dachte, wir sind arm«, sagte Jokum.

»Das ist *Vintage*.«

»Vintage?«

»Secondhand. Außerdem sind wir heute reich.«

»Tatsächlich?«

»Ja. Heute sind wir reich und essen Fleisch.«

Jokum zog sich um, wurde aber das Gefühl nicht los, dass sie ihn in die Kleidung anderer Menschen steckte. Das Schlimmste daran war fast, dass sie passten. Ging jemand anderes in San Francisco herum, der die gleichen Maße hatte wie er? War das auch einer, der die nächste Rate nicht bezahlen konnte und pro Stunde Geld brauchte? Vielleicht würden sie aufeinanderstoßen und nicht wissen, wer wer war. Jokum fühlte sich aber dennoch wohl. Im Grunde genommen hatte er nichts dagegen, ein anderer zu sein. Er war fremd und gefasst. Er würde das Beste draus machen, schon Synne zuliebe. Sie stellte sich hinter ihn. Sie standen Rücken an Rücken. Er spürte ihren Kopf irgendwo zwischen den Schulterblättern.

»Nicht schlecht«, sagte er.

»Jetzt fehlt nur noch die Kamera.«

Sie drehten sich beide gleichzeitig um.

»Die Kamera? Brauche ich die?«

Synne seufzte.

»Hast du es schon vergessen? Theo wollte doch, dass du seinen Cadillac fotografierst.«

»Im Ernst? Ist das sein Ernst?«

»Sein voller Ernst, Jokum.«

»Aber ich meine, mache ich denn so etwas?«

»Du darfst dir nie eine Chance entgehen lassen, jemandem einen Gefallen zu tun.«

»Jetzt könntest du die Predigt in der Seemannskirche halten.«

Sie gingen zur Haltestelle und nahmen den Bus über die Bay Bridge nach Berkeley. Jokum schaute hinaus. Auf dieser Brücke waren keine Selbstmörder zu sehen. Sie hatte nicht die gleiche Anziehungskraft für die Verzweifelten wie die Golden Gate, die für einen kurzen Moment die verlorenen Leben in ihrem letzten Fall erhöhen konnte. Ja, dachte er, Golden Gate war wie ein majestätischer Übungsraum für den Tod.

»Schade, dass du die Hasselblad nicht mitgenommen hast«, sagte Synne.

»Wieso?«

»Die Amerikaner lassen sich gern beeindrucken.«

»Ich werde sie auch so beeindrucken.«

»Das ist gut, Jokum. Das ist gut.«

Sie lehnte sich an seine Schulter, und er legte den Arm um sie. Sie waren schon ein Paar, das auffiel, zumindest an diesem Abend, als sie ganz hinten im Bus saßen, während die Lichter der Brücke über ihre Gesichter huschten, schneller und immer schneller, bis es keinen Schatten mehr gab. Sie waren angekommen. Sie stiegen aus. Synne wusste, wie es weiterging. Jokum folgte ihr unter dem Laub entlang, vorbei an tadellosen Gärten und riesigen Briefkästen. War sie schon einmal bei ihnen, oder bei *ihm* gewesen? Der Professor wartete auf der Treppe zwischen den Säulen vor einem Gebäude, das Jokum an Kolonialzeit und Donald Duck denken ließ, er wusste nicht warum, es kam einfach so. Sie wurden in die Halle eingelassen, in der Mrs. Cease mit Drinks und Eiswürfeln bereitstand, sie nahmen jeder ein Glas und gingen weiter ins Wohnzimmer, Mr. Cease redete übers Wetter, wie es doch wechselte, man musste schon in San Francisco geboren sein, um sich an die raue Kälte und die ebenso heftige Hitze zu gewöhnen, er selbst stammte aus Boston, seine Frau war in Seattle aufgewachsen, sie wohnten hier jetzt seit dreißig Jahren, zweiunddreißig, korrigierte sie, und immer noch fühlten sie sich wie fern der Heimat. Jokum schaute sich um, während sie redeten, Bücher vom Fußboden bis zur Decke, Ledersessel, breite Armlehnen mit goldenen Nägeln, Fußschemel, Leselampen, ein gotisches Gemälde von einem Mann in Rüstung. Es kam ihm in den Sinn, dass alles aussah wie nachgemacht, er wiederholte das in Gedanken, *alles sieht aus wie nachgemacht,* aber was versuchte es nachzumachen, war nicht alles etwas anderem nachgemacht? Synne nahm seine Hand, und sie gingen zu Tisch.

»Kommt Edith nicht?«, fragte sie.

»Sie kommt immer erst später«, antwortete der Professor.

Sie bekamen Rinderbraten und einen lokalen Rotwein serviert. Synne schnitt die fetten Stücke von dem blutigen Fleisch ab. Jokum trank Wasser. Was ist der Grund, dass man, manchmal ganz plötzlich, einem Menschen ähnelt? Ist es das Aussehen, sind es die Kleider, ist es die Stimme, der Blick? Entscheidet das Wissen, das man über den Betreffenden schon im Vorfeld besitzt? Aber wenn man nichts weiß, was ist es dann? Ist es der Händedruck, das Lachen, die Umgebung, sind es die Umstände? Oder ist es etwas Tieferes, etwas, das man einfach *wittert*, eine Seelenverwandtschaft, ein Band, also ein verschlungenes Zusammenspiel einer Reihe von Eigenschaften, die das Individuum überschreiten? Ja, etwas in der Art ist es. Auf jeden Fall gefielen Jokum diese Menschen. Sie waren in Besitz einer Art ungekünstelter Überlegenheit, mit der er leben konnte, ja, die es ihm einfacher machte, auszuhalten, denn diese Überlegenheit bestand auch aus Nachsicht, einem Talent, das viel zu wenig geschätzt wird. Mrs. Cease schenkte Jokum mehr Wasser ein.

»Ist es in Norwegen üblich, dass man zwei Uhren trägt?«, fragte sie.

Synne wollte das verneinen, aber Jokum kam ihr zuvor, er hob den rechten Arm.

»Diese zeigt, wie lange wir schon verheiratet sind«, sagte er.

Mrs. Cease hob ihr Glas.

»Da hast du einen sehr umsichtigen Mann reden gehört, Theo.«

Sie prosteten einander zu. Mr. Cease ergriff das Wort:

»Apropos, laufen Sie Ski, *Jokum,* habe ich es jetzt richtig ausgesprochen?«

»Perfekt«, sagte Synne.

Jokum verstand nicht so recht, warum der Professor *apropos* gesagt hatte. Was hatten Skier mit seiner zweiten Uhr zu tun? Dann begriff er: Mr. Cease hatte ihn natürlich durchschaut. Nicht umsonst war er ein Professor. Er verstand, dass es eine Uhr für das Heimweh und andere nostalgische Gefühle war, und deshalb brachte er in einer amerikanischen Assoziation, die wie maßgeschneidert ist für eine lockere Konversation, den sogenannten *Small Talk*, das Skilaufen ins Spiel. Jokum hätte auch behaupten können, dass er diese Uhr benutzte, um sicher zu sein, dass er seine Eltern nicht aufweckte, wenn er sie anrief.

»Es ist lange her, dass ich Ski gelaufen bin«, sagte er.

Mr. Cease beugte sich zu Jokum.

»Wissen Sie, was mich wirklich an euch Norwegern fasziniert? Das ist die Nachdenklichkeit, die Ruhe, darf ich sagen, *das Zögern*. Es dauert fast eine ganze Mahlzeit, bevor ihr antwortet. Abgesehen von Synne. Sie…«

»Ich bin auch Däne«, sagte Jokum.

»Aber sagen Sie mir, stimmt es, dass es in Norwegen viel Widerstand gegen den Skaterstil gibt?«

»Ja, wahrscheinlich. Habe ich auch gehört.«

»Obwohl es vorläufig nur um das Skaten eines Beines geht? Was passiert denn erst, wenn man mit beiden Beinen skatet? Gibt es dann eine Revolution in Norwegen?«

Beide lachten herzlich darüber und prosteten sich zu. Jokum verstand nicht, wieso sich ein Professor so für Langlauf interessierte. War es ihretwegen? Hatte er sich vorbereitet, um sicher zu sein, dass die Unterhaltung nicht stocken und ersterben würde?

»Die Norweger unterhalten sich gern, wenn sie Ski laufen«, sagte Jokum. »Das ist im Skaterstil schwierig.«

»Sie unterhalten sich? Wenn ihr über den Südpol geht, ja. Aber doch nicht bei Wettbewerben, oder? Da geht es doch nur darum, wer am schnellsten ist. Na, wie dem auch sei. Wie kann man denn gegen etwas sein, was einfach schneller ist?«

Jokum wusste darauf nicht sofort etwas zu antworten. Er dachte, dass ein norwegisches Gespräch ein Diagonalgang ist, während das amerikanische im Stil des Schlittschuhlaufens verläuft, mit beiden Beinen. Er wusste, es würde ihm niemals gelingen, in diesen Kurven mitzuhalten. Mrs. Cease reichte die Platte mit dem roten, triefenden Fleisch lachend weiter. Jokum sagte:

»Es liegt daran, dass derjenige, der auf diese Idee gekommen ist, ein Amerikaner war. Hätten wir es selbst erfunden, wären wir auf jeden Fall dafür. Wie hieß er noch? Bob?«

»Bill Koch«, erklärte der Professor. »Und er kam auf die neue Technik, weil er *nicht gut genug war*. Merkt euch das. Er ist ein mittelmäßiger Sportler. In dem alten Stil lief er nicht gut genug, deshalb musste er eine andere Art finden, schneller vorwärtszukommen. Wenn die anderen das Skating gelernt haben, werden sie ihn wieder einholen, und dann muss er sich wieder etwas Neues ausdenken oder aufgeben. Wahrscheinlich Letzteres. Niemand kommt zweimal nacheinander auf schlaue Ideen.«

Synne nahm sich noch einmal von dem Fleisch, und Jokum fiel auf, dass ihre Lippen schwer und dunkel waren, sie hatte etwas *Gieriges* an sich, was ihn gleichzeitig erregte und abstieß.

»Die Norweger sind gegen das Skating, weil sie einfach konservativ sind«, sagte sie.

Professor Cease musste protestieren.

»Nein, *wir* sind konservativ! Wir glauben, wir seien die Ersten, dabei liegen wir weit zurück! In den meisten Bereichen.«

Jokum schaute auf seine Uhren und wollte etwas sagen, über *den genauen Unterschied*, ließ es jedoch glücklicherweise, er sagte nur:

»Abgesehen vom Ski-Skating.«

»Da haben Sie vollkommen recht, im Ski-Skating, in der Reklame und der Kriegsführung sind die Amerikaner einzigartig.«

Mrs. Cease stand abrupt auf und verließ das Wohnzimmer, die Türen fielen hinter ihr leise wie aus Seide zu. Mr. Cease blickte auf, einen Moment verstummt und beschämt.

Jokum fiel ein anderes Argument ein:

»Uns gefällt das am besten, was wir schon immer konnten«, sagte er.

Synne hatte das letzte Wort:

»Europa bleibt in der Tiefe stecken, während Amerika im Geschwindigkeitsrausch verschwindet.«

Mr. Cease drehte sich um, als wäre er plötzlich aufgewacht, und wandte sich Jokum zu.

»Ach übrigens, haben Sie die Kamera dabei?«

Nach dem Dessert, warmem Apfelkuchen mit Eis, gingen sie zusammen in die Garage. Jokum wünschte, Synne wäre mitgekommen, aber sie half Mrs. Cease beim Abräumen. Das erinnerte ihn daran, als sie das erste Mal bei seinen Eltern zum Essen war und sein Vater ihn unter allen Umständen mit in den Keller nehmen wollte, damit Synne und die Mutter *sich in Ruhe unterhalten konnten*. Hatten Mrs. Cease und Synne etwas unter vier Augen zu besprechen? Und wo war diese Galeristin? Die beiden Männer blieben vor dem Tor stehen. Der Professor zögerte.

»Du – ich darf doch du sagen? Du findest das albern, nicht wahr?«

»Ganz und gar nicht. Ich finde ...«

»Du findest, ich bin ein oberflächlicher, affektierter Amerikaner.«

»Nein, das würde ich nicht sagen.«

Mr. Cease lachte.

»Der auch noch zwei Doktortitel hat.«

»Zwei?«

»Einen im amerikanischen Bürgerkrieg und einen in der modernen amerikanischen Malerei. Wie findest du das?«

»Ich bin beeindruckt.«

»Den ersten habe ich aus Notwendigkeit gemacht. Den zweiten aus Freude. Und jetzt möchte ich, dass du ein Porträt von meinem Auto machst.«

»Ja, mit Freude.«

»Weißt du, wir haben keine Kinder mehr.«

Jokum wusste nicht, was er wissen sollte, aber er ahnte irgendwie eine Verbindung, wie es für ihn üblich war, vage Linien, die Bereiche, Gedanken und Worte miteinander verknüpften. Es war eher ein ästhetischer Sinn als ein menschlicher Instinkt.

»Ich habe keinen Farbfilm«, sagte er.

Mr. Cease schob das Tor auf. Da stand der Cadillac, nur er, sonst nichts. Der ganze Wagen blinkte und blitzte und erfüllte die Garage mit einem ganz eigenen Licht, mit *seinem Licht*. Jokum dachte an den Zoo, das tat er oft, das Tier, das im Käfig kniete, schön und unglücklich, vielleicht ein Gepard dieses Mal. Langsam ging er hinein, als wollte er dieses Tier nicht wecken. Mr. Cease ließ das Tor wieder zugleiten. Das Licht verdichtete sich, es war fast schwer, darin zu atmen. Jokum musste sich in eine Ecke drücken, um den ganzen

Wagen mit aufs Bild zu kriegen. Aber so oder so würde es nicht gut werden. Er verstand immer noch nicht, was Mr. Cease mit so einem Bild wollte.

»Du musst froh sein, Synne zu haben.«

Jokum schaute ihn verblüfft an.

»Das bin ich.«

»Und du bist sicher eine große Stütze für sie. Bis zum Rigorosum im März.«

»Ich gebe mir alle Mühe ...«

»So viel darf ich doch wohl sagen. Als Trauzeuge, meine ich. Dass sie eine außergewöhnliche ...«

Der Professor, dieser *doppelte* Professor verlor den Faden, oder er verzichtete ganz einfach darauf, den Satz zu beenden. Hatte er geplant, hier ein sogenanntes Männergespräch zu führen? Jokum wollte kein Männergespräch führen. Es war schlimm genug, ihm diesen einen Gefallen zu tun. Er drückte auf den Auslöser, fast blind, und ging in die andere Ecke.

»Willst du nicht mit drauf?«, fragte er.

»Was meinst du? Du bist der Fotograf.«

»Ich weiß nicht, was du mit dem Foto machen willst. Ob du ...«

»Ich möchte es einfach nur haben. Ganz einfach. Du brauchst es nicht komplizierter zu machen.«

Mr. Cease trat einen Schritt zur Seite, dichter an die nackte Wand heran. Jokum hockte sich hin und suchte den passenden Winkel. Er bereute, zugesagt zu haben. Er hätte ablehnen können. Aber er tat es Synne zuliebe. Ihr wollte er einen Gefallen tun. Oder hatte nicht Mr. Cease ihnen bereits einen Gefallen getan, indem er ihnen den Wagen geliehen hatte, und standen damit Jokum und Synne in seiner Schuld? Aber war das nicht ein Geschenk, ein Hochzeitsgeschenk gewesen und nicht ein Gefallen, also etwas, das keine Wiedergutmachung erforderte, abgesehen von einem Dankeschön? Der Cadillac füllte das gesamte Bild aus. Für einen Moment schien es, als schimpfte der Wagen ihn aus. Jokum richtete sich wieder auf. Mr. Cease schaute ihn an.

»Wie ist es geworden?«

»Das weiß ich noch nicht.«

»Ach, bist du einer von denen, die den größten Teil der Arbeit in der Dunkelkammer machen?«

»Nein, eigentlich nicht, aber …«

»Es hilft doch nichts, stundenlang in der Dunkelkammer zu bleiben, wenn man nicht vorher ein brauchbares Foto geschossen hat, nicht wahr? Auf das Negativ selbst kommt es an. Der Rest ist nur Veredelung.«

»Ich glaube, es könnte gut werden.«

»Vielleicht sollte ich mich hineinsetzen?«

»Du entscheidest.«

»Nein, jetzt entscheidest du, Jokum.«

»Du kannst es ja versuchen.«

Als Mr. Cease die Tür zum Fahrersitz öffnen wollte, entdeckte er etwas, er zuckte zusammen, als hätte ihn jemand geschlagen, und er beugte sich über die Kühlerhaube, zeigte auf eine Stelle.

»Siehst du das? Das ist eine Delle!«

»Eine Delle?«

»Ja, eine Delle! Siehst du sie nicht? Wie konnte das passieren?«

»Das weiß ich nicht.«

Mr. Cease drehte sich abrupt zu Jokum um. Etwas Wildes und gleichzeitig Ruhiges war in seinem Blick, etwas, das lautlos überlief, Wut, Trauer, Träume.

»Hattet ihr einen Unfall auf eurer Hochzeitsreise?«

»Nein, nicht dass ich …«

»Irgendetwas muss ja passiert sein. Ich habe diese Delle nicht gemacht.«

Jokum schaute zu Boden, es waren noch drei Fotos auf dem Film.

»Da haben ein paar Jugendliche draufgesessen«, sagte er.

»Ein paar Jugendliche haben da draufgesessen? Warum zum Teufel haben da ein paar Jugendliche draufgesessen?«

»Wir haben angehalten, um zu tanken …«

»Der Tank war voll.«

»Um zu telefonieren, meine ich. Ich musste zu Hause anrufen. Meine Eltern. Und ihnen erzählen, dass wir …«

»Ja? Und dann?«

»Die sind angekommen und haben sich einfach draufgesetzt. Ich habe nicht gesehen, dass sie irgendwelche Dellen gemacht haben. Sonst …«

Mr. Cease atmete aus, schwer, er stützte sich an der Karosserie ab und strich mit der Hand über diese fast unsichtbare Mulde, nur eine leichte Neigung im Lack.

»Mein Gott, was ist aus dieser Stadt geworden.«

Dann setzte er sich auf den Beifahrersitz, nicht hinters Lenkrad, mit den Händen im Schoß starrte er durch die Windschutzscheibe, als suchte er nach irgendeiner Ausfahrt, einem Ausweg. Für einen Moment ähnelte das Auto einem steifen Anzug, der ihm nicht mehr passte. Jokum machte die letzten Fotos. Jetzt konnte er sehen, dass die Delle das Licht in der Garage verändert hatte, die Balance war verschoben, alles kippte jetzt, nachdem die beiden auf diesen Fehler aufmerksam geworden waren. Die Balance war verschoben. Die Schatten flossen auf den Boden. Eine Weile blieb Mr. Cease noch so sitzen, neben einem Fahrer, den es nicht gab. Dann war es vorbei, was immer es auch gewesen sein mochte. Er stieg aus, schloss die Tür und legte die Hand auf Jokums Schulter.

»Jetzt gehen wir zurück zu den Damen.«

In der Zwischenzeit war es vollkommen dunkel geworden. Die Fenster im Haus leuchteten wie tiefe Löcher. Sie gingen zwischen den Säulen hindurch, die Treppe hinauf. Jokum steckte die Kamera in die Tasche. Mr. Cease hatte seine Hand immer noch auf Jokums Schulter liegen.

»Synne freut sich wirklich auf New York nächste Woche.«

Jokum hörte genau, was der Professor sagte, dass Synne sich auf New York freute, und nicht nur das, sie freute sich *wirklich*.

»Aha.«

»Die Hopper-Sammlung im Whitney Museum ist obligatorisch. Alles beginnt und endet dort, weißt du.«

Als sie im Wohnzimmer standen und Jokum sich nicht mehr daran erinnern konnte, dass er das letzte Stück gegangen war, durch die Tür, den Flur entlang, hierher, stand eine andere Dame auf, von der er zuerst glaubte, sie wäre ein Mann, sie erhob sich aus dem tiefen, fast viereckigen Ledersessel, und er hatte das Gefühl, dass sie gerade über ihn gesprochen hatten.

»Da bist du ja!«

Jokum verneigte sich und reichte die Hand, vielleicht in umgekehrter Reihenfolge, er reichte die Hand und verbeugte sich. Sie lachte, aber es war kein ansteckendes Lachen, sondern schwer und müde. Es stieß auf seinem Weg auf Widerstand.

»Du brauchst nicht so förmlich zu sein. Übrigens, schicker Anzug. Vintage?«

»Ja, Vintage.«

»Ich liebe Vintage. Und wollen wir nicht gleich ein Date machen? Ich freue mich wirklich darauf, deine Fotos zu sehen. Nach allem, was Synne mir erzählt hat.«

Sie gab Jokum eine Visitenkarte, *Edith Fremm, Counsellor, F. Gallery.* Sie hatte bereits Datum und Uhrzeit unter die Adresse geschrieben, der kommende Freitag, zwölf Uhr, also während Synne in New York sein würde.

»Soll ich dich abholen?«

Jokum schaute Edith Fremm wieder an. Sie trug einen schwarzen Herrenanzug, weißes Hemd, Krawatte. Ihr Gesicht war blass, die Lippen lackiert, als wollte sie alle Schäden verdecken, die dem Mund wohl schon zugefügt worden waren.

»Das ist nicht nötig. Ich …«

»Und du bringst alles mit, was du hast, nicht wahr, dann sehen wir es uns gemeinsam an.«

»Ja. Dankeschön.«

»Für ein Dankeschön ist es noch zu früh, Jokum. Habe ich das richtig gesagt?«

»Was?«

»Deinen Namen. *Jokum.*«

»Perfekt.«

Jokum steckte die Karte in die Tasche und merkte dabei, dass dort noch etwas anderes lag. Es war auch eine Visitenkarte, mit seinem Namen, Adresse, Telefonnummer und Berufsbezeichnung: *Photographer*. Er gab sie Edith Fremm, als wenn nichts wäre, dachte er und schaute zu Synne, die einen Moment lang gequält aussah, verbissen, nein, *angestrengt*, bevor sie sich zu glätten schien und ihm zulächelte, nickte, natürlich brauchte er eine Visitenkarte. War ihr vom Essen übel geworden? Sie setzten sich wieder, Mrs. Cease kam mit weiteren Drinks. Der Professor zündete den Kamin an. Die Hitze zog durch den Raum.

»Wie gefällt dir San Francisco?«, fragte Edith Fremm.

Jokum versuchte Synnes Blick einzufangen, doch das gelang ihm nicht, sie schien ihn erst einmal dieser Frau in Herrenkleidung überlassen zu haben, oder stellte sie ihn auf die Probe? Er musste allein zurechtkommen.

»Ich weiß es noch nicht«, antwortete er.

»Das glaube ich dir. Alle behaupten, sie liebten die Stadt vom ersten Moment an. Nein, bereits, bevor sie hierherkamen. Sie lieben die Vorstellung von San Francisco. Aber das ist eine Lüge. Denn das ist unmöglich. Nimm dir die Zeit, die du brauchst. Und es ist nicht gesagt, dass du die Stadt dann wirklich magst.«

»Und du? Gefällt dir San Francisco?«

»Ich bin hier geboren.«

Das Gespräch stockte. Es schien, als wäre die Gesellschaft erledigt, wie ein Job. Jokum wollte nach Hause, heim zu der Adresse auf seiner Visitenkarte, doch er traute sich nicht, als Erster aufzubrechen. Edith Fremm machte Anstalten aufzustehen, um etwas zu sagen, jetzt doch noch. Mrs. Cease unterbrach sie.

»Erzähl doch mal, wie du eingeheizt hast für, wie hießen die noch…«

Edith Fremm unterbrach Mrs. Cease.

»Das habe ich doch schon so oft erzählt…«

»Aber Synne und Jokum nicht!«

471

Sie ließ sich zurück auf den Sessel sinken, hielt sich an den breiten Armlehnen fest und begann zu erzählen, und sie erzählte ohne Freude, ohne Freude erzählte sie von einer anderen Art von Freude, und da meinte Jokum es zu wissen, jetzt, in diesem Augenblick: Edith Fremm, sie war diese Stadt, sie war San Francisco, und er musste sie einfach mögen.

»Nun ja, ich sollte also das Publikum für Captain Beefheart in Stimmung bringen, im The Boarding House. Sie hatten *Safe as Milk* herausgegeben und wurden so langsam berühmt, zumindest berüchtigt. Ich habe damals Gitarre gespielt und gesungen. Wie alle anderen.«

»Nicht wie alle anderen!«

Es war Mrs. Cease, die wieder unterbrach und einen Toast aussprach, so begeistert, so erwartungsvoll war sie, denn sie kannte die Geschichte ja auswendig. Sie war erwartungsvoll, weil Synne und Jokum zu Besuch waren, neue Zuhörer, die die alte Geschichte neu machten. Ein paar Sekunden lang blieb Edith Fremm schweigend sitzen, als müsste sie sich plötzlich anstrengen, sich an das zu erinnern, was für sie offensichtlich ein abgeschlossenes Kapitel war. Sie fuhr fort:

»Es war Don selbst, der mich einlud. Ich kannte ihn ein wenig. Wir verkehrten in den gleichen Kreisen, wisst ihr. Er wollte mir nur einen Gefallen tun. Alle taten sich gegenseitig einen Gefallen. So war das damals. Es wimmelte von Leuten, im Sommer 67, ich war neunzehn, mein Gott, es war so heiß, ich kann mich noch an die Stimmung erinnern, sie war … elektrisch, nein, *unschuldig*, unschuldig und rau, kurz bevor, bevor alles ernsthaft losging. Ich sang drei Songs, das ging ganz gut, ich glaube, keiner hörte genauer zu, sie warteten natürlich auf Captain Beefheart. Aber als ich von der Bühne gehen wollte, hakte ich hinter ein Kabel, ich wäre fast gefallen, und damit ging das Licht aus, und nicht nur das, auch der Ton verschwand. Und sie kriegten es nicht wieder hin. Das Publikum begann sich aufzuregen, auf die schlechte Art, wisst ihr. Die Leute glaubten, die Polizei hätte das Konzert unterbrochen. Es endete mit

Krawallen und Prügeleien. Zum Schluss musste die Polizei Tränengas einsetzen. Es war unheimlich. Alles drehte sich innerhalb einer Sekunde vom Idyll zum Chaos. In den Zeitungen stand am nächsten Tag, dass man nicht mehr eine Blume im Haar brauchte, wenn man nach San Francisco kam, sondern einen Schlagstock in der Faust. Und das Ganze war meine Schuld. Aber ich traute mich nicht, das offen zu sagen.«

Edith Fremm hob die Hand und verbarg ihren Mund dahinter, um ein Lachen oder ein Seufzen zu verbergen. Mrs. Cease, die das meiste buchstäblich auffasste, beugte sich tröstend zu ihr:

»Es muss dir doch klar sein, dass es nicht dein Fehler war, meine Liebe! Das wäre so oder so passiert. Alles, was passiert ist, meine ich.«

Dann drehte sie sich langsam ihrem Mann zu, und ihre Stimme wurde leiser, klang fast wie ein Flehen.

»Wäre es doch, oder?«

Mr. Cease fuhr sie nach Hause, zuerst setzte er Synne und Jokum ab. Auf dem Weg die Treppe hinauf wechselten sie kein Wort. Sie machten kein Licht. Synne ging direkt ins Schlafzimmer und begann sich auszuziehen, doch plötzlich hielt sie inne, als hätte sie vergessen, was sie da eigentlich tat, blieb mit einem Schuh in der Hand auf dem Bett sitzen. Jokum zog die Gardinen vor. Er konnte sie im Fenster sehen, als säße sie auf der anderen Seite, draußen, außer Reichweite. War sie in Gedanken versunken, Gedanken an New York? Er musste sie fragen.

»Was ist los? Hast du zu viel gegessen?«

»Ich habe zu viel *gesagt*!«

Jokum drehte sich um.

»Aber du hast doch gar nicht viel gesagt.«

Sie hörte ihm nicht zu.

»Mein Gott! Dass ich so etwas Dummes gesagt habe!«

»Was denn, Synne? Du hast doch nichts Dummes gesagt.«

»Dass Europa in der Tiefe stecken bleibt ...«

»... während Amerika im Geschwindigkeitsrausch verschwindet. Ich finde, das war schön gesagt.«

»Das war verrottet. Das stinkt.«

»Jetzt übertreibst du aber.«

»Genau so redet jemand, der *angeben* will.«

»Tröste dich damit, dass Storm P. genau das Gleiche gesagt haben könnte.«

Synne warf einen Schuh nach Jokum und traf. Sie war wie schon gesagt treffsicher. Er ging ins Badezimmer, zog sich dort aus und putzte sich die Zähne. Es war ungerecht. Er hätte einen Schuh nach ihr werfen sollen. Ja, so war das. Er hatte seine Gründe dafür. Sie kam herein und stellte sich neben ihn. Sie putzte sich auch die Zähne, was eine Weile dauerte. Endlich spuckte sie aus und sagte:

»Entschuldige.«

»Das macht nichts.«

»Hast du eine Verabredung mit Edith?«

»Ja. Nächsten Freitag.«

Fast hätte Jokum hinzugefügt: *Wenn du in New York bist.* Er sagte:

»Danke für die Visitenkarte.«

»Es liegen noch mehr in deiner Nachttischschublade.«

Synne spülte sich den Mund aus, lehnte den Kopf zurück und gurgelte, bevor sie noch einmal ausspuckte. Dann bürstete sie sich das Haar. Sie sahen einander im Spiegel an. Jokum duckte sich. Das hatte er lange nicht mehr getan.

»Was macht Mrs. Cease eigentlich?«, fragte er.

»Sie trauert.«

»Weshalb?«

»Sie trauert um ihren Sohn, der in Vietnam verschollen ist. Er wurde nie gefunden. Neunzehn Jahre alt. Sie hat nicht einmal sein Zimmer ausgeräumt.«

»Woher weißt du das?«

»Woher? Theo, Mr. Cease hat das gesagt.«

Jokum legte eine Hand auf die Wand, auf die kühlen Fliesen, warum legte er nicht stattdessen den Arm um Synne und zog sie an sich? Er pustete schwer aus.

»Ich verstehe.«

»Was verstehst du?«

»Fliegst du nach New York?«

»Ja, um Hopper *live* zu sehen. Habe ich dir das nicht gesagt?«

»Nein, Theo, ich meine, Mr. Cease, hat es mir gesagt.«

»Ach übrigens, konntest du das Foto machen? Das vom Auto?«

»Ja.«

»War Theo zufrieden?«

»Ich hoffe, du hast nicht vor, ihm auch noch einen Gefallen zu tun.«

Synne drehte sich langsam zu ihm um, wandte sich vom Spiegel ab.

»Wenn du das meinst, was ich glaube, dann kannst du heute Nacht im Wohnzimmer schlafen.«

Sie ging zurück ins Schlafzimmer. Der Spiegel war danach leer. Jokum wartete, bis er es nicht mehr aushielt. Dann folgte er ihr, legte sich so still er konnte ganz an den Rand neben sie. Er hörte ihr Atmen. Es war ein wacher Atem. Sie zog an der Bettdecke.

»Manchmal habe ich einfach so eine verdammte Angst«, sagte er, leise in der Dunkelheit.

DAS ERDBEBEN

Nachdem Synne mit Professor Cease nach New York gefahren
war, widmete sich Jokum der Dunkelkammer, die er zwischen
Badezimmer und Flur hatte einrichten lassen. Er machte Abzüge
von *seinem amerikanischen Film,* wie er ihn nannte. Es waren nicht
viele Fotos. Wenn er so weitermachte, würde er nie ein Fotograf
werden, auch wenn das auf seiner Visitenkarte stand. Er musste
mehr fotografieren. Sonst war er kein Fotograf. Synne hatte recht.
Außerdem gehörte Jokum nicht zu denjenigen, die möglichst lange
in der Dunkelkammer sein wollten, in dem roten Licht unter dem
gelbgrünen Filter, aber jetzt, da er allein war, konnte er sich keinen
besseren Platz denken. Und es bereitete ihm eine gewisse Freude
zu sehen, wie die Motive in der klaren Flüssigkeit zum Vorschein
kamen, als stiegen sie vom Grund eines Traums nach oben. *Finger
weg,* wie der Dozent in Chemie immer gesagt hatte. Vorsichtig hob
Jokum die feuchten Teile mit einer Pinzette heraus und hängte sie
mit Klammern zum Trocknen auf, 25x20, ein anspruchsvolles Format, aber kleiner konnte er es nicht machen, wo doch so viel auf
dem Spiel stand. Er tat es Synne zuliebe. Er wollte sie nicht enttäuschen, 25x20, sie hatte diesen Fanatismus in den Details verdient,
was hieß, zu vermeiden oder zu überdecken: Staub, Kratzer, Kör-
ner, Schrammen, seine eigene Unzulänglichkeit überdecken und
verstecken, das war die Hauptsache. Er musste sich setzen. Warum
rief sie nicht an? War das Flugzeug abgestürzt? Hatte sie ihn bereits
vergessen? Jokum hoffte, dass nur das Flugzeug abgestürzt war. Er
stand wieder auf und studierte die Bilder, die später bekannt wurden unter den Titeln *True Magician, Rage, Number 949* und *Mis-*

sing, von denen er jeweils zwei Kopien gemacht hatte, eine nur von dem Wagen in der Garage und eine mit Mr. Cease auf dem Beifahrersitz. Jokum schaute sich das letzte Bild genauer an. Sah man, was der Mann vorhatte? Erahnte man seine Geschichte, seinen Verlust? Ja, er konnte einen Verlust erahnen, in diesem Blick hinter der Windschutzscheibe, vielleicht weil er bereits von dem Verlust wusste, von dem gefallenen oder vermissten Sohn. Aber zu sehen, was Mr. Cease vorhatte, war ihm nicht möglich. Später meinte Jokum, das Bild solle nur *Dent* heißen, nicht *Missing*, denn letzteres war eine Interpretation, kein Titel, er war davon überzeugt, dass ein Titel auch in dem Bild zu sehen sein musste, er musste sichtbar sein, wie die Delle, eine Mulde, in der sich alle Aufmerksamkeit sammelte. Das Telefon klingelte. Jokum lief auf den Flur, so erwartungsvoll, dass er fast das Licht in der Dunkelkammer angelassen und damit alles zerstört hätte. Es war nicht Synne, sondern der Pfarrer der Norwegischen Seemannskirche. Sollte ihn doch der Teufel holen. Ein Paket für sie beide war angekommen, von Jokums Eltern, mit Absender, daher wusste er es. Jokum könnte es abholen, wann immer er wollte. Also bekamen sie doch Geschenke. Es war nicht zu vermeiden. Und nicht nur das. Er bekam ein schlechtes Gewissen. Denn er hatte seinen Eltern die Adresse nicht gegeben, sie hatten nicht einmal seine Visitenkarte bekommen. Jokum ließ die Fotos hängen, leerte die Schalen aus, schaltete den Entwicklungsapparat aus und ging so schnell er konnte zur Seemannskirche. Er fand den Pfarrer nicht. Also nahm er sich einen norwegischen Schokoriegel aus dem Regal und legte einen Dollar in die Spardose. Die Schokolade war hart und grau. Er hatte keinen Hunger. Im Wohnzimmer saß das norwegisch-amerikanische Paar, Betty und Will hießen sie. Die beiden freuten sich, ihn zu sehen. Sie freuten sich über jeden, den sie sahen. Sie berichteten ihm, dass der Pfarrer mit dem Matrosen beschäftigt sei, da war wohl gerade etwas nicht in Ordnung, wie Betty sagte, er brauche Seelsorge, *immer wieder besoffen*, flüsterte der Mann, dass dieser Seemann kein Schiff Richtung Heimat finden kann? Jokum lauschte diesem brüchigen Dialekt, der nur in ihrem Mund zu finden war, eine schiefe Aussprache, die zwischen alle Kontinente fiel. Betty schenkte ihm Kaffee aus einer weißen Thermoskanne ein. Will legte die Hand auf seinen Arm.

»Aber sagen Sie mir, junger Mann, wie ist die Stimmung auf dem Strøket?«

»Auf dem Strøket?«

»Karl Johan, junger Mann. Sind Sie nicht aus Oslo?«

»Doch. Skillebekk.«

»Sind die Mädchen immer noch so entzückend und...«

Betty unterbrach ihn mit einem Lachen:

»Aber Willy! Sei nicht so frech, ich bin auch noch hier.«

»Und welches Orchester spielt heutzutage im Rondo?«

Da erkannte Jokum: Wenn man verreist, bleibt die Zeit an dem Ort stehen, den man verlässt, während sie schneller als je zuvor dort vergeht, wo man angekommen ist. Und das ist die Ursache für die idealistische Erinnerung des Landesflüchtlings, die der des Schriftstellers nicht unähnlich ist, der wiederum oft davon gequält wird, dass die Erinnerung ins Stocken gerät, während die Erzählung von dannen eilt. Übrigens schmeckte der Kaffee wie die Schokolade. Sollte er ihnen sagen, dass das Rondo schon vor langer Zeit abgerissen worden war?

»Ich glaube, ich habe den Pfarrer gehört«, sagte Jokum.

Er ging hinunter in die Kapelle. Es war niemand dort. Er setzte sich auf den Hocker vor der Orgel. Doch, es stimmte. Von hier konnte er die Golden Gate Bridge und Alcatraz sehen. Eine Wolkenbank, durchzogen von einem gelben Licht, fast wie ein Schwamm, zog an der Brücke vorbei. Das Gefängnis lag im Schatten. Er hob die Kamera, wenn er Glück hatte, bekam er auch noch Jesu' linke Hand mit drauf. Wenn er Glück hatte? Wenn er gut war. Nein, wenn er gut war und Glück hatte. Er erinnerte sich an einen Fotografen, über den in Kopenhagen gesprochen worden war, er war blind, er *lauschte* seinen Motiven. Eines seiner Bilder hieß *Vielleicht ein Hund*. Es zeigte ein Stück Rasen, scheinbar leer, verlassen, doch wenn man genauer hinsah, konnte man eine Pfote ganz unten in der

Ecke verschwinden sehen. Als Jokum die Kamera senkte, stand der Pfarrer zwischen dem Gestühl unter ihm.

»Bin ich mit drauf?«

»Dieses Mal nicht. Tut mir leid.«

»Schöne Aussicht, nicht wahr?«

»Ja, der Organist hatte recht.«

»Aber Jesus hat immer die beste Aussicht. Wollen Sie das Paket abholen?«

Jokum folgte dem Pfarrer durch das Wohnzimmer. Betty und Will waren gegangen. Der Matrose saß mit dem Rücken zu ihnen, er hielt einen Kaffeebecher in beiden Händen. Die Tätowierung, die gerade eben über dem vergilbten runden Kragen im Nacken zum Vorschein kam, ähnelte einer gepressten Blume. Beinahe schob der Pfarrer Jokum weiter in sein Büro, schloss die Tür, holte tief Luft.

»Der Matrose braucht Ruhe«, sagte er.

»Brauchen wir die nicht alle.«

Der Pfarrer selbst brauchte wohl eher ein wenig Ruhe. Er setzte sich hinter den Schreibtisch, stützte für einen Moment den Kopf in die Hände, bevor er wieder aufschaute.

»Und wie geht es den Frischgetrauten?«

»Ich finde, es geht gut.«

»Du kommst gut zurecht hier?«

An der einen Wand hinter dem Pfarrer hing ein Porträt von König Olav, neben dem Fenster hing Präsident Reagan und an der Tür Jesus.

»Ich? Ja, ich denke schon.«

»Das freut mich zu hören, Jokum.«

»Warum sollte ich nicht zurechtkommen?«

»Ich dachte nur, weil du ja nichts zu tun hast, da können die Tage ziemlich lang werden.«

»Ich habe mehr als genug ...«

»Also, falls du Lust hast, bei unserer Wohltätigkeitsarbeit mitzumachen, wir brauchen immer Freiwillige ...«

»Wie gesagt, ich habe mehr als genug ...«

»Ich habe schon mit Betty und Will darüber gesprochen. Wir wollen ja eine Weihnachtsauktion veranstalten und ...«

»Ich könnte Spenden für den Matrosen sammeln. Damit er nach Hause fahren kann.«

Der Pfarrer stand auf.

»Aber er will gar nicht nach Hause. Er war schon zu lange weg.«

Jokum spürte einen Stich im Herzen. *Zu lange weg.* Die Zeit steht nicht nur an dem Ort still, den man verlässt, der Ort ist auch nicht wiederzuerkennen. Wo, oder wann, verläuft die Grenze?

»Vielleicht könnte ich jetzt das Paket kriegen«, sagte er.

Der Pfarrer öffnete einen mit Rosen bemalten Schrank und holte das Paket heraus, groß wie ein Kopfkissen, eingewickelt in Packpapier, mit einer kräftigen Schnur drum herum. Er blieb stehen und schaute Jokum eine Weile an, als wäre er in Gedanken versunken.

»Quält dich etwas?«

Jokum verstand nicht, was der Pfarrer meinte. Weil er ein Paket von den Eltern bekam? Sollte ihn das quälen? Nein, jetzt verstand er es. Der Pfarrer wollte natürlich wissen, ob Jokum ein schlechtes Gewissen hatte, weil er seinen Eltern die Adresse nicht gegeben hatte, sodass sie das Hochzeitsgeschenk an die Seemannskirche schicken mussten. Oder wusste er etwas? Wusste er etwas über Synne und den Professor? Und wenn, dann wollte Jokum es sowieso nicht wissen.

»Was sollte das sein?«

»Dass du so groß bist.«

Es sollte also ein norwegischer Pfarrer notwendig sein, um das auf den Tisch zu bringen, hier in San Francisco, wo doch alle willkommen waren und niemand beachtet wurde.

»Eigentlich nicht.«

»Wenn dem nämlich so wäre ...«

»Quält es dich?«

Jokum nahm dem Pfarrer das Paket aus den Händen und eilte auf seine umständliche Art und Weise nach Hause, geduckt und verbissen, als ginge er seitwärts durch Skillebekk und nicht zum Telegraph Hill. Er legte das Paket auf den Küchentisch, setzte sich und schaute es an, bis das Licht am Fenster blau und klar wurde. *Jokum und Synne Jokumsen.* Er fotografierte es aus allen Winkeln, das Packpapier, die Schnur, die Namen, die Briefmarken, einen Riss, der fast schon verriet, was drinnen war. Das Telefon klingelte nicht. Er ging hinaus auf die Rückseite des Hauses, durch das trockene gelbe Gras und blieb an den rostigen Eisenbahnschienen stehen, Schienen, die nirgends hinführten. Der Hippie lag auf seinem schmalen Balkon und hielt sich an einem Kranz um den Hals fest. Zwischen den morschen, fast schwarzen Schwellen entdeckte Jokum etwas, das aus der Erde hervorragte. Als er genauer nachschaute, sah er, dass es eine Gabel war, ein zusammengedrückter Serviettenring, ein verbogener Teelöffel, eine Messerschneide, schwarzes Silber. Und Jokum sah sofort den Speisewagen vor sich, die Kellner, die Fahrgäste, in weiter Ferne, vielleicht an einem anderen Bahnhof, er hörte den Schaffner rufen *all abord*, es waren die Reste einer Reise, vielleicht unterbrochen von dem Erdbeben, ja, so musste es gewesen sein, es war das Besteck der Reise, das noch nicht zur Ruhe gekommen war. Er machte mehrere Bilder. Diese Serie würde später genau diesen Titel bekommen, *Cutlery of the journey,* aber am liebsten hätte er sie ganz einfach *Backyard* genannt. Er hätte gern eine amerikanische Redewendung gehabt, wahrscheinlich aus der Werbung, das würde passen, auf der Visitenkarte, unter *Photographer: what you see ist what you get.* So arbeitete er, und in der Arbeit fanden sich auch seine Gedanken. Plötzlich, als es langsam zu dunkel wurde, erinnerte Jokum sich an den alten Mann in Skillebekk, der ihm an dem Tag, als Synne zum ersten Mal zum Essen kommen sollte, einen Kranz gegeben hatte. Er wusste nicht, warum er sich ausgerechnet hier draußen auf diesem kärglichen Grasstück zwischen den niedrigen Gebäuden auf dem Telegraph Hill daran erinnerte, an den Kranz, den fast wütenden Witwer, den er noch nie zuvor gesehen hatte und auch niemals wiedersehen würde, aber diese Erinnerung stand ihm so klar vor Augen, dass er einen Moment lang glaubte, er sähe ihn durch die Kameralinse, was ihn wiederum fast verlegen machte. Jokum schob die Kamera schnell in die Tasche, schaute sich um, ob jemand ihn gesehen hatte, ging zurück in die Küche und öffnete das Paket. Es waren mehrere Päckchen darin, ein kleines, hartes für Synne, ein großes, ziemlich weiches für sie beide und ein entsprechendes für Jokum. Auch davon machte er mehrere Fotos. Zum Schluss fand er einen Brief, mit Mutters Schrift. *Lieber Jokum, ja, nun bist du also.* Er schnitt die Briefmarken aus, legte sie zusammen mit der Schnur in eine Schublade, strich das Papier glatt, dann konnte er es noch einmal benutzen und vielleicht ein Paket nach Hause schicken, ja, das wollte er tun, ein *Amerikapaket.* Was sollte es enthalten? Es musste etwas sein, was die Eltern noch nicht hatten. Aber was war das? Er musste sich etwas ausdenken. Erst einmal trank er ein Glas Wasser und setzte sich.

Lieber Jokum, ja, nun bist du also auch verheiratet! Wir freuen uns so für dich und sind glücklich, Synne als Schwiegertochter bekommen zu haben, auch wenn wir sie nicht so gut kennen, wie wir es gern würden, aber vielleicht ist das ja noch irgendwann möglich. Ihr seid doch sicher nicht für alle Zeiten fort, oder? Ich habe Vater vorgeschlagen, dass wir doch reisen und euch besuchen könnten. Aber ich glaube nicht, dass ich ihn dazu bringen kann, ganz bis Amerika zu reisen, und allein fahre ich nicht, da lässt sich nichts machen. Außerdem kostet das ja schrecklich viel Geld. Es war schön, deine Stimme zu hören, aber ich finde schon, wir hätten vorher etwas von der Hochzeit wissen müssen, damit wir die Geschenke rechtzeitig hätten schicken können. Aber ihr hattet wahrscheinlich so vieles zu bedenken. Und jetzt habt ihr eine ganze Ehe vor euch, die es zu bedenken gilt. Und eine gute Ehe kommt nicht von ganz allein. Legt euch niemals schlafen, ohne vorher dem anderen ein liebes Wort zu sagen. Und fangt jeden Tag mit so einem lieben Wort an. Das machen Vater und ich seit 35 Jahren, und wir sind immer noch verheiratet! Übrigens ist Vater aufgestiegen. Er arbeitet jetzt im Innendienst, im eigenen Büro. Du kannst dir denken, wie stolz ich bin. Und er genauso. Ich selbst hatte viel zu tun mit der Spendensammlung fürs Rote Kreuz. Es ist wichtig, anderen zu helfen, denen es schlecht geht, sonst vergessen wir so leicht, wie gut wir es eigentlich haben. Wir haben jetzt Decken, Kleidung und Schuhe nach Afrika geschickt, aber ich komme wohl trotzdem nicht ins Fernsehen. Es wurde unter den Gastgeberinnen in der Stube gelost, und dieses Mal habe ich nicht gewonnen. Aber ich bleibe auch lieber hinter den Kulissen, wie man so sagt, und da ist ja das meiste zu tun. Ich möchte nur noch sagen, dass der Ring von meiner Mutter ist, sie hat ihn wiederum von ihrer Mutter geerbt, damit du das weißt. Und Vater wollte dir unbedingt den Hut geben, aber wahrscheinlich trägst du noch keinen Hut, oder? Oder ist das vielleicht Mode in San Francisco? Ansonsten hoffe ich, dass ihr einiges von unseren Geschenken gebrauchen könnt. Es ist ja nicht so leicht, etwas zu finden, wenn man nicht weiß, wie ihr wohnt. Außerdem hoffe ich, dass es gut mit Synnes Studium läuft. Stimmt es wirklich, dass sie Professor werden will? Meine Güte. Dann ist sie damit jedenfalls die Erste in unserer Familie. Wer hätte das gedacht, Jokum? Dass du eine Professorin kriegst? Und außerdem hoffe ich, dass du das getan bekommst, was du dir vorstellst. Herzliche Grüße von deiner Mutter. PS. Wir lesen hier von dieser schrecklichen Krankheit, aber das hat wohl nichts mit euch zu tun. Seid bitte trotzdem vorsichtig. Übrigens benutze ich oft das Kochbuch, das ich von dir an dem Heiligabend bekommen habe, bevor ihr abgereist seid. Vater isst so gern die weiße Bohnensuppe und die Kartoffelpfannkuchen. Jokum faltete vorsichtig den Bogen zusammen, stand auf und stellte sich ans Fenster. Die Dunkelheit war dicht und nahe. Das Licht von den anderen Gebäuden änderte daran nichts. Das Einzige, was er sich wünschte, war, dass er einen ähnlichen Brief an irgendjemanden schreiben könnte. Aber jetzt wusste er zumindest, worum es sich bei zweien der Geschenke handelte, und musste sie nicht auspacken, Familiensilber und ein Stetson. Das dritte konnte warten, bis Synne zurückkam. Bohnensuppe und Kartoffelpfannkuchen. Jokum weinte ein wenig, aber nicht viel. Er schaute auf seine Uhren, hier war es kurz nach Mitternacht, in Skillebekk bald früher Morgen, oder war es Abend? Er kam durcheinander mit dem früher oder später. Und New York? Wie spät war es dort? Musste er sich noch eine Uhr anschaffen? War Synne an einem Ort in der Zwischenzeit? Er eilte zum Telefon auf dem Flur und wählte die ganze Nummer zu Hause, *zu Hause*, und er war froh, dass er sie immer noch auswendig kannte. Dann fiel ihm ein, dass Synne vielleicht versuchte anzurufen, und dann war hier nur besetzt. Er warf den Hörer wieder auf. Es wurde ganz still. Stattdessen holte er einen Bogen Papier und einen Stift heraus und schrieb einen langen Brief an die Eltern. Dann konnte Synne ihn gleichzeitig anrufen.

BESCHNEIDUNG

D er Teufel sollte die Seemannskirche holen. Jokum war also in San Francisco herumgelaufen und hatte keinerlei Argwohn gehegt. Er hatte sich selbst vergessen. Ja, er hatte vergessen, dass er so groß war. Und dann musste dieser norwegische Seemannspfarrer ihn daran erinnern. Als hätte Jokum nicht auch so schon genug zu bedenken. Andererseits würde er am liebsten das, was er auch so schon zu bedenken hatte, aus seinen Gedanken verbannen. Deshalb war es eigentlich besser, an all diese Zentimeter zu denken, die er so maß. Ja, eigentlich hätte er dem Pfarrer dafür danken müssen, dass er Jokum etwas anderes zu bedenken gegeben hatte, so dass er nicht mehr an Synne in New York denken musste. Trotzdem konnte er nicht schlafen. Er lag im Bett und lauschte in die fremde Nacht, in der er allein war, die Sirenen, Schiffe, Musik. Plötzlich sah er vor sich glänzende Pokale. Kehrten vielleicht die Gedanken zu ihm zurück, sobald Synne fort war? Dann hoffte er, Synne würde nie wieder fort sein. Er sah die Pokale in dem Schaufenster des Prämiengeschäfts ganz oben im Kirkeveien vor sich. Dorthin war er ganz allein nach der Schule gegangen. Ein ganzer Tagesmarsch. Er war 13 Jahre. Er wollte keine Pokale kaufen, sondern Doktor Eidsbø besuchen, der seine Praxis ein Stockwerk darüber hatte. Trotzdem blieb er eine Weile vor dem Schaufenster stehen und betrachtete diese Pokale in allen Größen, die auf ihre Siege zu warten schienen, die darauf warteten, vom Sieger mit beiden Händen in die Luft gehoben zu werden, ob er nun am schnellsten gelaufen oder am höchsten gesprungen war. Dieser Anblick löste etwas in Jokum aus. Und was nun, wenn niemand mehr gewann? Was, wenn diese Zeit vorbei war? Was sollte dann mit den Pokalen passieren? Müssten sie hier stehen, bis sie matt und zerbeult waren, bis niemand sie länger haben wollte, auch wenn man wieder anfing, Siege zu feiern? Ein Kunde betrat den Laden, er war untersetzt, mit einem schwammigen Gesicht, und man konnte kaum den Unterschied zwischen seinen Händen und seinen Fingern erkennen. Das weiße Hemd war auf dem Rücken dunkel vom Schweiß, es hing über den Gürtel, der nur mit Mühe und Not die Hose hochhielt. Wie man sich denken kann, war das im Mai, in Jokums schlimmstem Monat. Der Kunde wurde von einem Verkäufer begrüßt und zwischen den Regalen herumgeführt. Was hatte so ein Mann gewonnen? Doch dann begriff Jokum es: Der Mann nahm eine Abkürzung. Er wollte ganz einfach einen Pokal kaufen, ohne etwas gewonnen zu haben. Und warum auch nicht? Es gab sicher mehr Pokale auf der Welt, als es Siege gab. Und was sollte man mit den Pokalen machen, die übrig blieben? Jokum wünschte sich einen Pokal zu seinem Geburtstag. Er hatte ihn verdient. Schließlich war er der Größte in seiner Klasse. Er war eine Klasse für sich. Deshalb wollte er auch zu Doktor Eidsbø. Er wollte nicht in so einer Klasse bleiben. Er lief hinauf in den ersten Stock und setzte sich ins Wartezimmer. Er war der Einzige dort. Niemand war im Mai krank. Dazu hatten sie keine Zeit. Die Sprechstundenhilfe schaute zu ihm hinein.

»Aber Jokum, du hast doch gar keinen Termin heute!«

»Ich weiß.«

»Geht es dir schlecht?«

»Ja. Natürlich.«

Sie blieb eine Weile stehen und musterte ihn, obwohl es doch so leicht war zu sehen, woran er litt, alle konnten das sehen.

»Ich werde dem Doktor Bescheid sagen.«

Sie schloss wieder die Tür. Jokum wartete. Das tat man in Wartezimmern. Dann wurde er endlich zu Doktor Eidsbø hineingelassen. Dieser saß im weißen Kittel mit Kugelschreiber und Brille in der Brusttasche und einem Stethoskop um den Hals hinter seinem Schreibtisch. Er war schon der Arzt der Mutter gewesen, seit ihrer

Geburt, und von dort, wo Jokum stand, konnte er die Wohnung sehen, in der sie aufgewachsen war und in der jetzt fremde Menschen wohnten. Hätte Jokum in die andere Richtung geschaut, hätte er auch die Gørbitz gate sehen können, aber Jokum wusste noch nicht, wodurch dieser Gørbitz sich eine Straße verdient hatte, wenn auch eine ziemlich kurze. Doktor Eidsbø war übrigens inzwischen so alt, dass er selbst gut einen Arzt hätte gebrauchen können.

»Setz dich, Jokum.«

»Ich stehe lieber.«

»Wie du willst. Weiß deine Mutter, dass du hier bist?«

»Nein.«

»Ich verstehe. Du willst also ein Mann-zu-Mann-Gespräch?«

»Ein was?«

»Quält dich der Geschlechtstrieb?«

Jokum setzte sich.

»Ich möchte kürzer werden.«

Doktor Eidsbø schwieg für eine Weile. Da hatte er so einiges zu denken bekommen. Schließlich fragte er:

»Was stört dich am meisten daran, dass du so groß bist, Jokum?«

»Abgesehen davon, dass es anstrengend ist, gefällt es mir nicht, so auf andere Leute hinabzusehen.«

»Das ist eine gute Eigenschaft. Dass du nicht auf Leute hinabsehen willst. Aber stelle dir doch lieber vor, dass sie zu dir hochschauen.«

Genau das Gleiche sagte sein Vater immer. Hatten sie sich nicht sogar darauf geeinigt, dass das die Rettung war? Jokum wollte aber weder herabsehen, noch dass zu ihm hochgeschaut wurde. Er wollte, er wollte ganz einfach nur geradeaus sein.

»Das ist leichter gesagt als getan«, sagte er.

Doktor Eidsbø putzte seine Brille, sie war rund und dünn, in dem einen Glas kam ein Riss zum Vorschein.

»Hast du dir vielleicht auch schon Gedanken darüber gemacht, wie das gehen soll?«

»Amputieren.«

»Aha. Du willst also deine Beine amputieren lassen?«

»Nur bis zu den Knien. Das müsste erst einmal reichen.«

»Dadurch wirst du zweifellos kürzer. Aber der Eingriff selbst hat ja so gewisse Nebenwirkungen, wie man so sagt. Sag mal, wie bist du auf diese Idee gekommen?«

»Ich habe einen Film im Fernsehen gesehen. Über einen Maler, der hieß Låtrekk. Ich durfte nicht alles sehen. Aber er hatte Schuhe an den Knien. Da habe ich gedacht, das könnte eine Möglichkeit sein.«

»Ich möchte dich nicht unnötig enttäuschen, Jokum, aber ich glaube, diese Möglichkeit müssen wir ausschließen.«

»Und wenn ich weniger esse? Oder gar nichts?«

»Dann wirst du dünner. Und zum Schluss wirst du wahrscheinlich zusammensinken, und man könnte sagen, dass du dadurch auch kürzer wirst. Aber das Problem ist, dass du es nicht schaffen wirst, wieder aufzustehen. Und das willst du doch wohl nicht?«

»Könnte ich zusammengepresst werden, ungefähr wie beim Werkunterricht?«

»Das würde aber wehtun, ganz schrecklich wehtun.«

»Ich bin bereit, das in Kauf zu nehmen.«

»Aber es wird nicht funktionieren, Jokum. Wir sind ja keine Holzklötze. Selbst wenn wir es schaffen, dich ein paar Millimeter zusammenzudrücken, so wirst du dich hinterher nur wieder ausdehnen, vielleicht sogar noch mehr als vorher.«

»Gibt es keine Hilfe im Ausland? In Amerika zum Beispiel?«

»Es ist überall das Gleiche.«

»Dann bin ich verloren.«

»Rede nicht so, Jokum. Du bist nicht verloren.«

»War meine Mutter auch so groß, als sie klein war?«

»Nein, sie war ganz normal.«

»Und genau das möchte ich ja auch sein«, erklärte Jokum.

Doktor Eidsbø schob sich die Brille auf den Nasenrücken und stand auf.

»Dann wollen wir dich erst einmal messen, wenn du schon den langen Weg hierhergekommen bist.«

Jokum stellte sich vor das Lineal an der Wand, und Doktor Eidsbø drückte ihm den kalten Winkel auf die Kopfhaut und notierte sich eine Zahl auf einem Zettel.

»Habe ich zugelegt?«

»Ich würde dir ja gern sagen, dass du ein paar Zentimeter abgenommen hast, aber der Eid verbietet mir zu lügen.«

»Sagen Sie die Wahrheit, Doktor Eidsbø.«

»Drei Zentimeter seit letztem Mal.«

Jokum verbarg sein Gesicht in den Händen.

»Höre ich denn nie auf zu wachsen?«

»Damit musst du wohl noch ein paar Jahre rechnen, dann gibt sich das.«

»Und Sie können mir nicht helfen?«

»Nein, glücklicherweise kann ich das nicht.«

»Glücklicherweise?«

»Wir sollten dankbar sein für den Körper, den wir trotz allem haben.«

»Na, ich weiß nicht.«

»Und vergiss nicht, es ist das Innere, das zählt. Und da ist bei dir alles wunderbar in Ordnung.«

»Das ist mir keine große Hilfe«, sagte Jokum.

Doktor Eidsbø schenkte Jokum eine Kronenmünze als Prämie, dann ging Jokum wieder den Kirkeveien hinunter. Er blieb bei Brubben stehen, einem kleinen Kiosk, fast nur ein Verschlag, in der Einfahrt gegenüber der Prestenes kirke, nicht zu verwechseln mit Esthers Kiosk, der an der Ecke zur Færdens gate liegt. In Esthers Kiosk kann man hineingehen, während man bei Brubben draußen steht. Das ist der große Unterschied. Größer kann er nicht sein. Dort kaufte er bei der Dame in der karierten Schürze für die Krone ein Eis. Er blieb davor stehen und mühte sich, das klebrige Papier abzuziehen. Da kam ein anderer Junge heran und stellte sich vor die Luke, er musste auf Zehen stehen, um überhaupt so weit hochzureichen. Blonde Locken hatte er auch, aber die nützten ihm nicht viel. Er reichte nicht bis an den Tresen. Stattdessen musste die

Dame sich aus der Luke hinausbeugen und ihm das hinunterreichen, was er haben wollte, eine Tüte Kandis. Jokum bekam fast gute Laune. Wie konnte man nur so klein sein. Es war geradezu eine Erleichterung, dass er so nicht war. Gott sei Dank. Der Junge drehte sich um, die beiden schauten sich jeder von seinem Posten auf dieser Welt aus an.

»Wie heißt du?«, fragte der Fremde.

»Jokum.«

»Jokum? Du lügst doch, du Bohnenstange.«

»Nein, das stimmt. Und wie heißt du?«

»Barnum.«

»Du lügst auch, du Gnom.«

»Nein, das stimmt wirklich. Du kannst sie fragen.«

Die Dame in der Luke nickte, faltete die Hände unter dem Kinn und sagte:

»Wisst ihr was, Barnum und Jokum? Ich glaube, ihr könntet direkt die besten Freunde werden.«

Dann wachte Jokum auf, er hatte geschlafen, ohne es zu wissen. Ein Satz aus Mutters Brief ließ ihn nicht los: *Ich hoffe, dass du das getan bekommst, was du dir vorstellst.* Es war noch nicht der nächste Morgen. Er stand auf, machte die Dunkelkammer fertig und arbeitete weiter mit den Fotos. Er tat das, was er sich vorgestellt hatte. Er tat das, was Doktor Eidsbø nicht geschafft hatte. Er beschnitt, er grenzte ein, das ist die Kunst dabei, das Begrenzen. Er wollte es ihnen zeigen. Er wollte es Synne zeigen, auch wenn sie nicht anrief, nein, *weil* sie nicht anrief.

BUSINESS & PLEASURE

Als Jokum an diesem ersten Freitag im November durch China-town ging, auf dem Weg zur F. Gallery, war er sich nicht mehr so sicher. Was hatte er schon zu zeigen, was niemand vorher gesehen hatte? Was bildete er sich ein? Die Fotos hatte er in dem alten Koffer dabei, 42 Kopien, verteilt auf drei Mappen: *Oslo*, *Kopenhagen* und *San Francisco*. Die Luft war feucht und kalt, bald würde der Winterregen einsetzen. Er fror und musste immer wieder die Hand wechseln, die den Koffer trug. Synne hätte hier sein sollen. Und wenn sie schon nicht hier war, dann hätte sie zumindest anrufen können. Jokum graute vor dem Termin. Trotzdem war er mehr als rechtzeitig aufgebrochen. Jemand rief seinen Namen. Er blieb stehen. Es war der Matrose, er stand an der Ecke und stampfte den Takt, vielleicht fror er auch nur, in dem immer gleichen dünnen, abgescheuerten Anzug, eine rote Mütze tief in die Stirn gezogen und die Arme verschränkt. Jokum ging zu ihm.

»Kannst du mir einen Dollar leihen?«

Jokum gab dem Matrosen stattdessen zwei Scheine, die dieser mehrmals zählte, bevor er aufschaute.

»Darf ich dir einen Kaffee spendieren?«

Sie fanden einen Tisch im Chop Suey, dem protzigen Café auf der anderen Straßenseite. Im letzten Moment entschied sich der Matrose doch anders und bestellte ein Bier. Er trank das halbe Glas leer und fragte: »Willst du schon abmustern?«

»Wie bitte?«

»Jedes Mal, wenn ich einen Koffer sehe, denke ich an den ganzen Mist, weißt du.«

Jokum rührte seinen Kaffee um, er war grau und lauwarm, vielleicht hätte er auch ein Bier nehmen sollen, ein Bier vor zwölf, und mit einem kleinen Schwips zu dem Termin gehen.

»Nein, nein, ich will nur mit meinen Fotos zu einer Galerie gehen. F. Gallery.«

Der Matrose nahm die Mütze ab.

»Du bist ja auch ein Künstler, du.«

»Das würde ich nicht so sagen.«

»Was bist du dann?«

»Ein Sammler.«

»Was sammelst du?«

»Dinge, die ich sehe.«

»Nein, ich verstehe nun einmal nichts von Kunst.«

Der Matrose leerte sein Glas und wollte noch eins haben. Bis das mit einem Schaumkragen auf dem Tisch stand, schwiegen sie. Jokum schaute schnell auf die Uhr, San-Francisco-Time, er hatte immer noch Zeit genug und wäre am liebsten zu spät gekommen.

»Wann hast du das Tattoo im Nacken machen lassen?«, fragte er.

»Kannst du jetzt schon durch mich durchgucken?«

Jokum lachte.

»Ist mir bei der Trauung aufgefallen.«

»Man wird nicht besoffen von diesem chinesischen Bier. Muss nur dauernd pissen.«

»Ich wollte nicht aufdringlich werden.«

»Macht nichts. Für zwei Dollar sage ich alles, was du willst.«

Jetzt lachte der Matrose, bevor er den Kopf und die Stimme senkte:

»Irgendwann mal. In irgendeinem Hafen. Du gehst an Land als Kind und kommst als flotter Kerl wieder an Bord.«

Er brach ab, versank in Gedanken, die er nur schwer in den Griff bekam. Jokum bekam Kopfschmerzen von den grellen Farben und wollte gerade etwas sagen, als der Matrose plötzlich seine Hand ergriff.

»Meine Mutter wird sauer, wenn sie das sieht, weißt du. Das

Letzte, was sie mir gesagt hat, weißt du, was das war? Keine Tätowierungen, Junge! Versprich mir das!«

Jokum schaute den alten Mann an, sein Gesicht war gleichzeitig zerfurcht und jungenhaft, die Nase hatte einen leichten Knick in der Mitte, und in den Augen hingen Tränen. Hinter dem Blick warteten die Toten mit Ermahnungen und Liebe. Wieder bekam Jokum Angst vor den Abständen zwischen den Reisenden.

»Darf ich dich fotografieren?«, fragte er.

»Findest du, ich bin etwas, das es sich zu sammeln lohnt?«

»Auf jeden Fall deine Tätowierung.«

Jokum bereute seine Worte sofort, nachdem er sie gesagt hatte. Deshalb fotografierte er ja keine Menschen. Es konnte so leicht schiefgehen. Der Mensch war ein zerbrechliches Motiv. Der Matrose zog seine Hand zurück.

»Auf jeden Fall muss ich erst mal pissen.«

Sie gingen beide auf die Toilette. Das Licht hier war blass und schmutzig, es gab nur eine Glaskuppel in der Decke, und in der Kuppel krochen irgendwelche Insekten, wie Flecken auf der Netzhaut. Der Matrose stellte sich zur Wand, mit dem Rücken zu Jokum, schob den verschlissenen Hemdenkragen herunter, und eine Rose kam zum Vorschein, sie wuchs den Nacken entlang und erblühte zwischen den Schultern. Aber sie würde bald verwelken, die Farben waren fast verblichen, die Haut war eine leere Vase mit einem Sprung. Jokum holte seine Kamera heraus und stellte sich so dicht heran, dass er den scharfen Geruch nach altem Schweiß und Tabak registrierte. Er sah die Zeit bei der Arbeit. Der Matrose spannte die Muskeln an, für einen Moment war die Rose neu und duftete. Jokum machte ein Foto, nur eines, das musste reichen, es hieß entweder oder: *Shoreleave*. Der Matrose entspannte sich und drehte sich um.

»Das musst du mir zeigen, wenn es fertig ist«, sagte er.

»Natürlich.«

»Ich habe es selbst noch nie richtig gesehen, weißt du. Das Tattoo. Nur Gerüchte darüber gehört.«

Plötzlich musste Jokum an seinen Vater denken, an die Tätowierung von Tattoo Jack in Nyhavn, die er niemandem zeigen wollte, zumindest nicht seinem Sohn. War Jokum ein Sammler? Er konnte es noch nicht sagen, er wusste nicht, dass es alle seine Motive bereits gab, einige waren noch in Bewegung, andere ruhten, es ging nur darum, sie zu finden. Jokum war kein Sammler. Er war ein Finder.

»Wie viel schulde ich dir?«

Der Matrose schüttelte den Kopf und sah an ihm vorbei.

»Vielleicht kann ich ja doch nach Hause fahren. Jetzt, nachdem das Tattoo zur Kunst geworden ist.«

Dennoch blätterte Jokum ein paar Scheine hin, besann sich dann aber und steckte sie wieder in die Tasche. Es lag an diesem unmöglichen Gewicht des Geldes, er wollte den Matrosen nicht ausnutzen, ihn aber auch nicht beleidigen.

»Du wirst der Erste sein, der es zu sehen bekommt«, sagte er.

Der Matrose öffnete seinen Hosenschlitz, beugte sich über die Rinne, in der in dem gelben Schaum Kippen schwammen, und fing an zu singen, oder fast zu psalmodieren, während er versuchte zu pissen:

»San Rafael. Miller. Ignacio. Novato. Crown. Windsor. Chiquita. Hopland. Largo. El Roble. Willits. Kekawaka und Fortuna!«

Er seufzte schwer, zog die Hose wieder an ihren Platz und drehte sich erneut zu Jokum um.

»Stehst du immer noch hier, mein Junge?«

»Was war das? Was hast du da gesungen?«

»Die Zugtabelle zwischen San Francisco und Eureka. Wenn ich keine Heuer kriege, nehme ich stattdessen den Zug nach Hause.«

»Tu das.«

Der Matrose lächelte.

»Aber jetzt beeil dich. Die Amerikaner mögen keine Leute, die zu früh kommen.«

Jokum holte den Koffer vom Tisch, legte doch noch die Scheine auf die Tischdecke, eine höfliche Transaktion, und ging weiter hinunter zum Anfang der Grant Avenue. Dort fand er die F. Gallery in einer Seitenstraße. Glänzende Schatten huschten über die Fassaden. Es war zwölf Uhr. Er ging hinein. Die Wände waren leer. Momentan gab es keine Ausstellung. Man erahnte einige hellere Felder, dort, wo die vorherigen Bilder gehangen hatten. In einer Ecke stand eine Leiter, eine Rolle aus durchsichtigem Plastik lag auf dem Boden. Jokum blieb stehen. Edith Fremm kam eine Treppe herauf und stellte sich neben ihn. Sie trug auch heute einen Anzug, dieses Mal einen grauen, und das Hemd war am Hals geöffnet, so dass ein kleiner Anhänger Glanz auf ihre bleichen Schlüsselbeine warf. Die Joggingschuhe an ihren Füßen waren mehrere Nummern zu groß.

»Müsst ihr jedes Mal neu streichen?«, fragte Jokum.

»Ja. Und einige Künstler wollen auch noch eine ganz bestimmte Hintergrundfarbe.«

»Ich ziehe Weiß vor.«

Edith Fremm legte die Hand auf seinen Ellenbogen.

»Es gefällt mir, dass du pünktlich bist. Wollen wir?«

Jokum folgte ihr in ein Büro. Sie schloss die Tür, setzte sich an einen Tisch aus Glas und schob einige Papiere beiseite. Er hatte den Eindruck, alles hier wäre aus Glas. Es war zu schick hier. Er passte hier nicht hin. Und wieder kam Jokum der Gedanke, dass sie, Edith Fremm, ihm, oder Synne, nur einen Gefallen tat. Was war er ihr dann schuldig? Mit der Art amerikanischer Buchführung in Naturalien kam er nicht zurecht. So oder so würde er letztendlich bei jemandem in der Schuld stehen.

»Ich möchte nur noch einmal sagen, dass ich ungemein dankbar bin, dass du ...«

»Ich dachte, Norweger haben immer einen Rucksack.«

»Mein Vater ist Däne.«

»Und die haben keine Rucksäcke?«

»Er findet, in Städten sollten Rucksäcke verboten sein. Sie nehmen auf unglückliche Art und Weise zu viel Platz ein und können eine Gefahr für andere sein, beispielsweise, wenn man sich zu schnell umdreht.«

»Ich sehe, du hast das alles sehr genau bedacht.«

»Wie schon gesagt, mein Vater benutzt immer einen Koffer. Sogar beim Skilaufen hat er einen Koffer dabei.«

Edith Fremm sah ihn lächelnd an.

»Übrigens kann ich mir Synne auch nicht mit einem Rucksack vorstellen. Könntest du das?«

Jokum versuchte es, aber in diesem Augenblick konnte er sich Synne überhaupt nicht vorstellen. Es war erschreckend. Als hätte er sie vergessen, und dennoch war sie doch alles, woran er dachte.

»Synne mag lieber Schultertaschen«, sagte er.

»Wollen wir uns ansehen, was du im Gepäck hast?«

Jokum schob die Verschlüsse zur Seite, öffnete den Deckel und legte Edith Fremm die drei Mappen hin. Sie öffnete *San Francisco* zuerst. Plötzlich wurde er nervös, auf eine unerwartete Art und Weise, ihm wurde fast übel, dabei hatte er doch geglaubt, er hätte nichts zu verlieren. Jetzt hatte er alles zu gewinnen. Er musste etwas sagen.

»Das sind nur Arbeitskopien ...«

»Psst.«

»Entschuldigung.«

Er ließ Edith Fremm in Ruhe blättern. Wagte es nicht einmal, sie anzusehen, schaute aber doch verstohlen zu ihr. Sie verzog keine Miene. War das auch ein Zeichen? Und war es dann ein gutes Zeichen, zumindest kein schlechtes Zeichen? Wie oft hatte sie so dagesessen, während ein hoffnungsvoller und hoffnungsloser Amateur darauf wartete, dass etwas gesagt wurde? Sie klappte San Francisco zu und öffnete *Kopenhagen*. Ging das so schnell?

»Erzähl ein wenig über dich«, sagte sie.

»Was soll ich über mich sagen?«

»Etwas, das mich überraschen könnte.«

Jokum überlegte. Er sagte:

»Fotografieren gefällt mir besser, als in der Dunkelkammer zu arbeiten. Ich finde, in der Kamera geschieht das Dramatische.«

»Ich meine, von dir selbst, Jokum. Den Rest kann ich auf den Fotos sehen.«

»Ich mag Jazz. Ich kann nicht tanzen. Und ich habe bis jetzt nicht verstanden, dass Synne mich wirklich haben will.«

Edith Fremm schaute auf und legte die Fotos vom Gebrauchtwarenhändler in Kopenhagen auf den Tisch.

»Sie hat diesen Motiven ihren Stempel aufgedrückt«, sagte sie.

Jokum zuckte mit den Schultern und versuchte, unbeeindruckt zu wirken.

»Ich habe ihr wahrscheinlich auch meinen Stempel aufgedrückt.«

»Außerdem erinnern sie an Walker Evans.«

Jokum sank in sich zusammen, hatte er es doch gewusst, alles war schon vorher aufgenommen worden, was bleibt, sind nur Kopien.

»Wer ist Walker Evans?«

»Das solltest du wissen. Warte kurz.«

Edith Fremm stand auf und suchte im Bücherregal. Jokum wollte die Fotos vergessen. Am liebsten hätte er den Koffer genommen und wäre gegangen. Er wollte über etwas anderes reden, während sie mit dem Rücken zu ihm dastand.

»Singst du nicht mehr?«

»Ich habe mich für *business* statt *pleasure* entschieden. Verstehst du?«

»Musik war nur *pleasure*?«

»Ja. Und für die meisten wurde es dann doch *serious business*.«

Jokum wusste nicht, ob er das richtig verstand, er fand alles ziemlich sinnlos, zufällig.

»Ach so«, sagte er.

»Captain Beefheart tauschte die Gitarre gegen den Pinsel. Jetzt sitzt er draußen in der Wüste und malt.«

Jokum bereute schon im Vorfeld, was er sagen wollte. Dennoch sagte er es:

»Ich hoffe, du tust mir nicht nur einen Gefallen?«

Edith Fremm fand endlich das Buch und drehte sich abrupt um.

»Deshalb brauchst du keine Angst zu haben.«

»Nein, natürlich nicht.«

»Wie ich schon gesagt habe, das hier ist kein *pleasure*. Das ist …«

»Business. Serious. Tut mir leid.«

»Hier kannst du's sehen.«

Sie zeigte ihm Walker Evans' *Secondhand Shop Window,* von 1930. Tat sie das, um ihm eine Lektion zu erteilen? Vielleicht einfach nur, um seine Unselbstständigkeit zu unterstreichen, seine *Naivität,* von der er in guten Momenten vielleicht glaubte, sie könnte als *Authentizität* angesehen werden. Er war also entlarvt, auf frischer Tat ertappt, und ein Künstler, wenn Jokum Jokumsen das nun letztendlich sein sollte, kann niemals seine Unschuld beweisen. Und ihm kam die Erkenntnis, dass es nicht zu viele Pokale auf der Welt gibt, es gibt zu viele Teilnehmer. Hatte Jokum nicht vor vielen Jahren etwas Ähnliches gedacht, als er beschloss, Jazz zu mögen, dass es keinen Unterschied mehr gab zwischen Saal und Bühne, zwischen Wand und Boden, vielleicht denke aber auch nur ich in diesem Zusammenhang so für ihn, eine norwegisch-amerikanische Assoziation. Eins steht jedoch fest: Er erinnerte sich in diesem Moment an die Instrumente auf der Bühne in der Aula vor dem Konzert mit Oscar Peterson, *die Möglichkeit der Musik,* und in einem plötzlichen Aufblitzen sah er alle Bilder vor sich, die er nie gemacht hatte und auch nie machen würde, seine größte Ausstellung.

»Das ist schön«, sagte er.

Secondhand Shop Window war wirklich schön: ein kleiner Herd, eine Lebensmittelwaage, Zinnkrüge, Tassen, Schalen, Vasen, Kaffeekannen, durch das Fensterglas gesehen, das dem Ganzen den Hauch eines Traums gibt, etwas Vorübergehendes, eine *visuelle Melancholie,* die von dem weißen Kopf verstärkt wird, wahrscheinlich aus Bakelit, schlafend, mit offenem, leerem Blick, und wenn man sich erst einmal an diesem Gegenstand festhält, einer Art erwachsener Puppe, wird Walker Evans' Bild augenblicklich beunruhigend, unangenehm, ein Traum von schlechten Zeiten, von Tod und Pfandstücken. Deshalb bereute Jokum, was er gesagt hatte, aber es war ja noch nicht so lange her, er konnte noch etwas hinzufügen, im gleichen Atemzug sozusagen, und auf diese Art und Weise rettete er sich, zumindest in seinen eigenen Augen:

»Es ähnelt dem Nachlass von The Great Gatsby.«

Edith Fremm schien nicht besonders beeindruckt zu sein, sie stellte das Buch wieder an seinen Platz aufs Regal und blätterte in der letzten Mappe weiter, *Oslo,* die auch die dickste war, jetzt im Stehen, die Ellenbogen auf den Tisch aufgestützt. Ihr Gesicht war immer noch gleich ebenmäßig und verschlossen. Setzte sie so eine Maske auf, bevor sie zur Arbeit ging? Jokum mochte ihr nicht zuschauen, er drehte ihr den Rücken zu und trat näher ans Fenster. Die Schatten trieben vorbei, das Licht war scharf und kalt. Da hielt ein Taxi vor der Tür, und Synne stieg aus dem hinteren Teil aus. Sie trug eine Sonnenbrille, ein Tuch um den Kopf, oder eher eine Haube, einen blauen Mantel und weiße Handschuhe. War sie jetzt eine andere? Jokum erkannte sie kaum wieder. Sie zündete sich eine Zigarette an und rauchte hastig, während der Fahrer ihren Koffer aus dem Kofferraum hob. War sie auch nervös? War sie eine andere als vor ihrer Abreise? Sie warf die Kippe in einen Gulli und zog den Koffer hinter sich her zur Tür. Jokum drehte sich nicht um. Er hörte, wie sich das Geräusch der kleinen Räder näherte. Er freute sich, dass sie kam, und wünschte, sie würde nicht kommen. Er stand immer noch an der gleichen Stelle, als es an der Tür klopfte. Erst als sie hereingekommen war, drehte er sich um. Edith Fremm klappte die Mappe zu.

»Hallo Synne! Wie war es in New York?«

»Darüber können wir ein andermal reden. Wie läuft es hier?«

Wollte sie nicht darüber sprechen? Verbarg sie etwas vor ihm? Jokum würde jedenfalls nicht fragen. Nein, das würde er nicht. Er würde überhaupt nichts sagen. Nie im Leben. Edith Fremm drückte Synne an sich, nein, sie küsste sie auf die Wange, zuerst auf die eine, dann auf die andere und dann noch einmal auf die erste.

»Ich habe alles gesehen, was ich brauche. Aber könnte ich die Bilder eine Weile hierbehalten?«

»Noch kein Vertrag unterschrieben?«

Edith Fremm ließ Synne los und lachte.

»Nein, das ist ein umständlicher Prozess. Die künstlerische Leitung muss zunächst noch Stellung nehmen. Der Vorstand muss eventuell auch noch einer Abmachung zustimmen. Jede Menge Bürokratie. Du weißt schon.«

»Ja, natürlich.«

»Und ich kann nichts versprechen. Absolut nichts. Ich möchte dir keine falschen Hoffnungen machen.«

»Das verstehe ich.«

»Gut. Und ich freue mich drauf, etwas über New York zu hören. Es ist schon so lange her, dass ich dort gewesen bin.«

Jokum gab es nicht. Er war nicht im Raum. Er war in Skillebekk. Er war in Kopenhagen und im Studentenwohnheim in der Sogn Studentby. Dann drehte Synne sich zu ihm um, nahm die Sonnenbrille ab, und er war wieder da, allergnädigst.

»Wollen wir dann sagen, dass die Sitzung beendet ist?«, fragte sie.

Jokum nickte, bekam von Edith Fremm einen, nur einen Kuss auf die Wange, ließ sein Gepäck stehen und musste Synnes Gepäck den ganzen Weg durch San Francisco ziehen. Plötzlich war kein Taxi zu finden, die Straßenbahnen fuhren in die falsche Richtung, und die Busse blieben stehen. Das Geräusch, dieses Geräusch der kleinen, etwas schiefen Räder, die jede Unebenheit auf dem Bürgersteig registrierten, ein stetes Unwohlsein, würde er nie vergessen, es setzte sich in seiner akustischen Erinnerung fest, eine Tonspur, der Jokum in aller Stille treu folgte.

»Kennst du Walker Evans?«, fragte er.

»Nein. Wer ist das?«

»Ein amerikanischer Fotograf. Ich kannte ihn auch nicht. Aber Edith Fremm hat gesagt, dass meine Bilder an seine erinnern. Besonders die aus Kopenhagen.«

»Und – macht das was?«

»Das war das Einzige, was sie gesagt hat. Dass meine Bilder an Walker Evans erinnern.«

»Ja und?«

»Ja und? Sie hat angedeutet, dass ich kopiere. Ich, der bisher nie etwas von Walker Evans gesehen hat. Dass ich ... dass *wir* stehlen!«

Synne blieb stehen und hielt Jokum zurück, aber das Geräusch war weiter zu hören, die Räder des Koffers rollten und rollten.

»Natürlich nicht. Jetzt hörst du auf damit.«

»Das war das Einzige, was sie gesagt hat! Sonst hat sie nicht ein Wort zu meinen Bildern gesagt. Nicht eins!«

»Hast du geglaubt, sie würde dich loben? Wirklich? Nun reiß dich aber zusammen. Sie ist ein Profi, Jokum.«

»Ja. Business.«

»Genau. Business.«

»Vielleicht ist sie ja auch lesbisch.«

»Lesbisch?«

»Trägt ja immer einen Anzug. Und …«

»Rede jetzt nicht noch mehr dummes Zeug, Jokum.«

»Wie war New York?«

Synne ging weiter, Jokum folgte ihr, und für einen Moment schien San Francisco stillzustehen, bevor sich die Räder in ihm wieder drehten. Zu Hause duschte sie lange, zog sich um, lüftete das Schlafzimmer, kochte Tee, und dann setzten sich die beiden jeder mit seinem Glas und den Päckchen von Jokums Eltern zwischen sich in die Küche.

»Willst du wissen, wie New York war?«, fragte Synne.

»Nur wenn du es erzählen willst.«

»Sie waren so klein.«

»Klein? Was war klein?«

»Die Gemälde von Hopper. Ich hatte gedacht, sie wären größer.«

»Aber in all deinen Büchern stehen doch die Maße.«

»Ich weiß. Und ich kann die Maße auswendig. *Early Sunday Morning* ist 89,4x153. *Railroad Sunset* ist 74,3x121,9. Trotzdem. Die Gemälde waren kleiner, als ich sie mir vorgestellt hatte.«

»Warst du enttäuscht?«

»Nein. Es war nur anders. Ich musste sozusagen neu denken.«

»Anders«, wiederholte Jokum.

Er dachte: *Ein Bild ist mehr als sein Rahmen. Es setzt sich fort.* Er hätte es auch sagen können, tat es aber glücklicherweise nicht.

Stattdessen gab er ihr den Umschlag mit den beiden Bildern aus der Garage von Mr. Cease. Sie legte die Hand auf seine.

»Die sind lieb.«

»Wer?«

»Deine Eltern natürlich, Elle und Hütchen.«

»Na, Hochzeitsgeschenke sind ja eigentlich üblich.«

»Du bist auch lieb.«

»Ich?«

»Ja, dass du sie noch nicht ausgepackt hast.«

Jokum schob das kleinste Päckchen näher zu Synne, zusammen mit einer Schere. Sie riss dennoch das Band und das Papier ab, öffnete ein kleines grünes Etui und nahm vorsichtig den Goldring heraus, der darin lag. Er half ihr, ihn auf den Finger zu schieben. Es war, als heirateten sie noch ein zweites Mal, nur dass er nicht noch einen Ring bekam. Er bekam einen Hut. Den setzte er sich auf, und dabei brauchte er keine Hilfe.

»Jetzt bin ich abgeschlossen«, sagte Jokum.

Synne schaute ihn an und hob ihr Glas.

»Nein, Jokum. Jetzt hast du gerade erst angefangen.«

In dem letzten Paket, dem, das für sie beide war, lagen vier handbestickte Decken und drei Taschentücher mit dem Monogramm der Familie Jokumsen. Unnötig zu erwähnen: Jokum fotografierte alles.

PFAND

D as, woran man sich am besten erinnert, sind nicht die Ereignisse, sondern ihre Umgebung, die Umstände, ein Zusammenhang ohne Verbindungen, Wetter, Farben, Wind, Musik, kurz gesagt; das, was nicht geschieht. Ganz anders ist das mit den Dingen. Man vergisst, woher sie kommen und wozu sie benutzt wurden. Der Sinn der Dinge gerät einem aus dem Blick, man sieht nur noch ihre reine Einsamkeit. Warten bedeutet mit anderen Worten, die Zeit verstreichen lassen. Jokum drehte sich um sich selbst. Ob ein Nein von Edith Fremm ihn wohl zerstörte? Und würde in dem Fall ein Ja ihn in den Himmel heben, als wäre er nicht bereits jetzt dort? Lag sein Leben in den Händen der künstlerischen Leitung? Hatte die Geschäftsführung der F. Gallery ihn also in der Hand? Verhielt es sich tatsächlich so? Stimmt es, dass unsere Leben in den Händen anderer liegen, dass die Entscheidungen an anderen Orten gefällt werden, dass man folglich nicht sein eigener Herr ist, genau wie es vom Willen oder Pech anderer abhängt, dass man überhaupt geboren wird? Jokum fasste einen Entschluss: Es spielt keine Rolle. Er sagte es laut: *Es spielt keine Rolle.* Er wiederholte es an den folgenden Tagen. Er sagte es, während er duschte. Er sagte es, wenn er die Kartoffeln neun Minuten lang kochen ließ. Er sagte es laut, wenn er in der Dunkelkammer war und es ihm nicht gelang, Schritt zu halten und die Bilder in blassen Schatten verschwanden: *Es spielt keine Rolle.* Dann mochte er sich nicht länger nur um sich selbst drehen, er nahm seinen Hut und ging. Er ging hinaus in die Stadt, San Francisco, mit der er nie richtig Kontakt bekommen hatte, obwohl er doch in dieser Stadt in Ruhe gelassen wurde, frei von Blicken und

Kommentaren war, und obwohl er in dieser Stadt seinen Durchbruch haben sollte. Dennoch waren und blieben sie ein Paar, das
nicht zusammenpasste. Vielleicht hatte es etwas mit San Franciscos Geschichte zu tun, war die Stadt doch entlang einer Nahrungs-
kette aus Gold und Obst gebaut worden, die zu einer aus Geist und
Kapital wurde, nur unterbrochen von Erdbeben, Feuersbrünsten
und Überdosen. Jokum sah es so: San Francisco war bereits Geschichte: Schulden und ansteckende Krankheiten. Dennoch musste
er sich eingestehen, dass er von ihrer Schönheit ergriffen wurde,
die gleichzeitig bitter und süß, intim und protzend war. Jetzt sah er
nichts als das harte, schräg fallende Licht im Wind, die Wellen unter der roten Brücke, über die sich an diesem Tag niemand hinüber-
traute, die Straßenbahnschienen, die entlang der Fahrbahnen ver-
liefen und die Weihnachtsbäume im Schaufenster von Macy's und
Gump's, ein Wald aus Plastik. Es war Dezember, und noch nie hatte
der November so viel Zeit gebraucht. Jokum blieb vor Jim's Pawnshop stehen, und bevor er sich versah, stand er in der verkniffenen
Schlange, die sich Schritt für Schritt vorwärtsschob, ungeduldig und
unwillig, auf den Tresen zu, wo man schließlich mit dem Pfandleiher über seine umgekehrten Geschenke feilschte: Gürtelschnallen,
Halsketten, Radios und Kerzenständer. Jokum entdeckte so einiges,
und wieder musste er denken, dass sie diese Dinge nicht übrig hatten, im Gegenteil, es war das Letzte, was sie hätten entbehren können. Und einige, die ihn sahen, bemerkten die Kamera, die ihm um
den Hals hing. Wie viel würde er wohl dafür kriegen? Nicht viel.
Jokum erstarrte zusammen mit den Verfrorenen. Dann wurde er
in die Wärme hineingelassen, und die Lager trennten sich. Er war
nicht einer von ihnen. Er war nur zu Besuch. Er ging nicht zum Tresen und verhandelte schüchtern und beschämt, rief, flüsterte und
bettelte, sondern zwischen die Regale, und hier sah er die Einsamkeit der Dinge, dieser Dinge, die im Zentrum der Ereignisse standen
und von ihnen abgetrennt. Jokum fühlte sich ebenso verloren. Er
schaute sich die Medaillen in einer Vitrine an, Purple Heart, Bronze
Star, Legion of Merit, 2. Weltkrieg, Korea, Vietnam. Wer wollte die

Auszeichnungen eines anderen Helden kaufen? Diese Medaillen waren von den Uniformen entfernt worden, von dem rechten, pochenden Herz, sie waren von dem Revers gelöst worden und hier gelandet, wie verrostete Seesterne auf dem Grunde dieses Brackwassers. Da legte ihm jemand eine ziemlich schwere Hand auf die Schulter, und hinter ihm stand ein vierschrötiger Mann in grauem, gestreiftem Anzug, er hätte ebenso gut in einem Beerdigungsinstitut angestellt sein können, und Jokum schoss durch den Kopf, dass dies hier der Friedhof der Dinge war, hier gingen sie zur Ruhe, um in anderen Ökonomien wieder aufzuerstehen oder ein für alle Mal zu Staub zu werden, ihrer allerletzten Würde beraubt, denn nicht einmal das erinnerten sie noch: den Preis. Und der eine oder andere schadenfrohe Gedanke kam ihm, verhielt es sich nicht mit der F. Gallery genauso, waren nicht Edith Fremm und ihre ganze Truppe eigentlich Agenten eines Bestattungsinstituts, das die Kunst versenkte, diese hart erarbeiteten, verwöhnten Dinge, ins Grab, oder aber sie hoben sie hinauf an die Wand, um ihnen dort ein ewiges Leben zu geben, zumindest für fünfzehn Sekunden. Warum hatte er noch nie davon gehört? Er schob diese Gedanken beiseite. Das spielte ja so oder so keine Rolle.

»*Do you want to pawn it or sell it?!*

Der Mann zeigte auf die Kamera.

Jokum schüttelte den Kopf.

»Ich schaue mich nur um«, sagte er.

»Machst du Fotos?«

»Ich ...«

»Es ist verboten, hier drinnen zu fotografieren.«

»Ich ...«

»Hast du nicht gehört, was ich gesagt habe? Es ist verboten, hier zu fotografieren!«

Der Mann schob Jokum energisch zur Tür, an der Schlange vorbei, die niemals kürzer wurde, Jokum stolperte hinaus und stand wieder auf dem Bürgersteig, die Luft war kälter, das Licht schärfer an den Rändern. Warum war es nicht erlaubt zu fotografieren? Aus Rücksicht auf die Dinge? Waren die Dinge vielleicht auch schüchtern? Ja, der letzte Wert der Dinge war nicht ihr Preis, sondern ihre Schüchternheit. Vielleicht war das der Grund dafür, dass Walker Evans sein Foto durchs Fenster hindurch gemacht hatte. Er wollte die Dinge nicht in Verlegenheit bringen. Jokum eilte weiter. Er wollte hinüber nach Berkeley und dort auf Synne warten, dann würden sie gemeinsam nach Hause gehen. Aber eine Windböe wehte ihm den Hut vom Kopf. Er lief ihm hinterher, eine Straße hinunter, eine andere hinauf. Dann sah er ihn nicht mehr, blieb also stehen und schnappte nach Luft. Jokum wusste nicht, wo er war. Er hörte Weihnachtslieder. Als er schließlich weiterging, stieß er auf Mrs. Cease. Sie kam ihm entgegen, als hätten sie es so verabredet, sie trug einen grünen weit geschwungenen Mantel und Tüten von Masy's und Gump's in beiden Händen. Es war zu spät, um zu entkommen.

»Joke!«

»Mrs. Cease.«

»Du kannst Lilith zu mir sagen.«

»Lilith. Es war nett bei Ihnen. Es war wirklich …«

Sie schaute auf, legte den Kopf schräg und lächelte.

»Du siehst etwas verloren aus, mein Freund.«

»Ja, ich glaube, ich habe meinen Weg verloren.«

»Willst du mir nicht mit den Tüten helfen?«

»Ja, natürlich. Weihnachtsgeschenke?«

»Nein, alles nur für mich.«

Sie drückte Jokum die Tüten in die Hände, und das hieß, dass er Lilith Cease folgen musste. Er konnte ja nicht einfach woandershin gehen. Also folgte er ihr zu einer Avenue, die er noch nie gegangen war, bis in ein Hotel, Fairmont, das für einen Moment dem Schloss in Oslo ähnelte, dort setzten sie sich in der Lobby in viel zu niedrige, weiche Sessel zwischen Plüsch und grüne Lampen. Es summte.

»Wir haben doch wohl Zeit für einen Kaffee?«, fragte sie.

»Nun, schon …«

»Wir, die wir doch nichts anderes vorhaben.«

Ein Kellner tauchte auf mit einem Silbertablett auf den Fingerspitzen. Mrs. Cease beugte sich zu Jokum hinüber. Ob er nicht lieber einen Drink haben wollte? Sie nämlich schon, nach allem, was sie heute erledigt hatte. Sie atmete schwer, nickte dem Kellner zu, der in den Schatten verschwand, und mit zwei Gin-Tonic und acht Erdnüssen zurückkam. Sie prosteten sich zu.

»Wie spät ist es in Norwegen?«

Jokum schaute kurz auf seinen linken Arm.

»Halb elf.«

»Dann haben wir ja noch reichlich Zeit.«

Mrs. Cease, Lilith, stellte das Glas gar nicht erst ab. Jokum schaute sie verstohlen an. Sah so eine trauernde Frau aus, eine Mutter ohne Sohn, eine Mutter mit einem vermissten Sohn? Das kleine Gesicht war kräftig geschminkt, wie Wandputz. Dennoch zauberte die Wärme hier drinnen Farbe auf ihre Wangen. Für einen Moment sah die Haut wie Bernstein aus. Sie schien ruhig und erregt zugleich. Er wagte es nicht, sie weiter heimlich zu betrachten, denn er bekam den Eindruck, dass sie das Gleiche tat, also schaute er sich lieber um. Es blitzte vor glänzenden Bestecken und Tassen. Hier waren die Dinge an ihrem Platz. Weiße Tischdecken ragten wie kleine Teiche in den Raum hinein, Vasen mit langstieligen Rosen, ein stiller Luxus, nur den wenigen vorbehalten, die sich auf der richtigen Seite befanden. Welche Seite? Auf der richtigen Seite unter dem Strich. Jokum ließ sich noch tiefer in den unmöglichen Sessel sinken. Er fühlte sich wie in einem Treibhaus. Das Eis schmolz, bevor es die Zunge traf. Er hatte das Gefühl, nie wieder ganz auf die Beine kommen zu können.

»Und was hast du heute gemacht, Joke?«

Jokum richtete sich auf. Vielleicht wusste Mrs. Cease ja etwas? Schließlich kannte sie Edith Fremm auch. Oder aber sie wusste von anderen Dingen, von New York, von Dingen, von denen Synne nichts erzählt hatte. So oder so, er wollte das gar nicht wissen.

»Bin etwas herumgelaufen.«

»Du hast dich verlaufen, meinst du?«

»Ich habe im, wie heißt der noch, in Jim's Pawnshop vorbeigeschaut, und dann ist mir der Hut weggeweht.«

»Oh je.«

»Ja, ich mochte den Hut. Es war ein …«

»Nein, ich meine Jim's Pawnshop. Du solltest nicht an solche Orte gehen, Joke.«

»Wie gesagt, ich habe nur vorbeigeschaut.«

»Du hast doch wohl nichts gekauft?«

»Nein, was für eine absurde Idee.«

»Wenn du etwas kaufen willst, dann tu das in den ordentlichen Geschäften.«

»Ich durfte dort nicht einmal fotografieren. In Jim's Pawnshop.«

»Das wundert mich gar nicht. Dort werden doch nur lichtscheue Geschäfte getrieben. Mit Diebesgut. Das ist der Grund. Du solltest dich da raushalten, Joke. Versprichst du mir das?«

Hätte er ein Foto gemacht, hätte ihn das dann mitschuldig werden lassen, wäre er zu einem Hehler geworden? Ist das nicht der Zauber der Fotografie, ist das nicht der Zauber, der in allen Disziplinen verborgen ist, die im Zeichen der Nachahmung stehen: Man wird vom Wesen des Motivs angesteckt. Jokum spürte, wie die verwelkende Rose im Nacken brannte. Er spürte das kalte, feuchte Geländer der Golden Gate Bridge in den Handflächen. Er spürte den Blick des einsamen Vaters auf dem Beifahrersitz. Jokum beugte sich vor, ihm war übel und schwindlig.

»Ich hoffe, Mr. Cease …«

»Theo. Sag einfach Theo.«

»Ich hoffe, dass Theo zufrieden ist mit … mit den Porträts.«

Mrs. Cease umklammerte ihr Glas. Das Eis war noch nicht geschmolzen, als zeigten auch die beiden Drinks unterschiedliche Zeiten, Präsens und Heimweh.

»Habt ihr schon mal überlegt, eine Familie zu gründen?«, fragte sie.

Jokum ließ sich wieder in den Sessel zurückfallen.

»Schon, aber …«

»Entschuldige, das geht mich gar nichts an.«

»Das macht nichts. Wir warten nur, bis …«

»Ihr wartet, bis was?«

»Bis Synne fertig ist. Bis wir wieder nach Hause kommen.«

Mrs. Cease stellte endlich ihr Glas ab. Jetzt sah Jokum es. Ihre Hand war weiß von der Kälte.

»Synne wird niemals fertig werden«, sagte sie.

»Doch, natürlich.«

»Und ihr werdet nie nach Hause kommen.«

Mrs. Cease legte ein paar Scheine auf den Tisch, stand abrupt auf und ging auf den Ausgang zu. Jokum holte sie erst wieder auf dem Bürgersteig ein.

»Danke für …«

»Soll ich dich irgendwohin fahren?«

»Mich fahren? Nein, das ist nicht … Ich gehe …«

Sie lachte und streichelte ihm die Wange.

»Und verläufst dich wieder? Das kann ich nicht zulassen.«

Ein Auto blieb direkt vor ihnen stehen. Es war der Cadillac. Ein Junge in enger Uniform stieg aus, verbeugte sich und hielt Mrs. Cease die Tür auf. Sie gab dem Jungen einige Münzen, setzte sich hinters Steuer und schaute Jokum an, als wäre das ein Befehl. Er gehorchte. Er tat Dinge, zu denen er gar keine Lust hatte. Er ging um den Wagen herum und fand kaum Platz auf dem Beifahrersitz. Er schnallte sich an und dachte: Hätte ich den Hut nicht verloren, wäre mir das alles erspart geblieben. Nein, hätte Vater ihn mir nicht geschickt, hätte ich jetzt an einem anderen Ort sein können. Mrs. Cease fädelte sich in den Verkehr ein. Jokum hatte keine Ahnung, wohin es ging, in welche Richtung, er hatte auch noch den Orientierungssinn verloren, denn wie gesagt, San Francisco war für ihn ein Auswärtsspiel. Keiner sagte etwas. Doch ganz unten in der Stockton Street, in dem schienenbelegten Wellental, drehte sich Mrs. Cease zu ihm um, während sie an der Ampel warteten und Jokum bemerkte, dass die Delle im Kotflügel beseitigt war, und sagte:

»Willst du mich nicht auch fotografieren?«

»Ja, wenn Sie ...«

»Dann tu es jetzt. Zeig, wie gut du bist.«

»Hier? Sie meinen ...«

»Ja. Verlier keine Zeit, Joke. Gleich schaltet die Ampel um.«

Jokum hob die Kamera, sie starrte ihn weiterhin an, der Blick war starr, der Mund geschlossen wie ein Strich, zusammengekniffen wie ein Reißverschluss, so sah er sie durch die Linse. Genau in diesem Moment war sie ein Ausschnitt der Welt, eine Büste aus Fleisch und Blut, mit Haut und Schminke überzogen. Er machte das Foto, und für einen Moment verschwand alles in Schwarz. Einen Augenblick lang war die Welt, von der sie ein Ausschnitt war, fort. Dann hupte es hinter ihnen, und Mrs. Cease fuhr weiter, wechselte die Gänge, und so langsam erkannte Jokum einiges wieder, Chinatown, die Seemannskirche, Fisherman's Wharf. Schließlich hielt sie vor dem schmalen Haus in Telegraph Hill, und Jokum war dankbar, dass dieser Tag, zumindest der Vormittag, bald vorbei sein würde. Er löste den Gurt. Mrs. Cease stellte den Motor ab und legte eine Hand auf sein Knie.

»Hast du die Wahrheit mit drauf?«

»Die Wahrheit?«

Sie zeigte auf sich selbst.

»Die Wahrheit im Gesicht.«

»Das weiß ich noch nicht.«

»Du musst sie sehen.«

»Aha. Und wie sieht sie aus?«

Mrs. Cease startete den Motor wieder und legte die Hände auf das Lenkrad.

»Wie ein Stein, der an die Oberfläche steigt«, sagte sie.

Jokum stieg umständlich aus, blieb dann auf dem Bürgersteig stehen und winkte ihr nach, bis der Cadillac nicht mehr zu sehen war. Er hoffte, für immer. Erst dann ging er hinein und wollte die Treppen hinaufsteigen. Aber er war so müde. Die Kamera um seinen Hals wog hundert Kilo. Das lag an dem Gewicht des Steins in Mrs. Ceases Gesicht. Er musste sich erst einmal für eine Weile hinsetzen.

Und er war sich seiner Sache sicherer als je zuvor. Die Menschen, das war nicht sein Metier. Nicht nur, dass er sie verwirrte, sie verwirrten ihn genauso sehr. Was ihn unruhig machte. Kurz gesagt: Die Menschen waren zweifelhaft. Ihnen kam man nicht auf den Grund, und dorthin wollte er auch gar nicht gelangen. Die Dinge dagegen waren loyal. Die Dinge waren und blieben sein Ding. Keiner kann alles mitkriegen. So war das nun einmal. So musste es sein. Man musste sich für etwas entscheiden. Man musste die Gelegenheit nutzen. Jokum entschied sich für die Dinge. Die Idee liegt im Stoff, nicht umgekehrt. Die Idee, ob der Mensch in den Dingen zu finden ist. Er musste nicht den langen Umweg über die Menschen gehen. Jokum stand auf und schleppte die Kamera die letzten Stufen hinauf, schloss auf, hängte seine Jacke an den Haken, legte die Kamera neben das Telefon auf den Sekretär, der unter der Last umkippte, aber er schaffte es nicht aufzuräumen, schlurfte einfach weiter, und in der Küche saß Synne, sie saß da und schaute ihn an, als hätte auch sie einen Stein auf dem Grund ihres Gesichts.

»Wenn du nur wüsstest«, sagte er.

»Es ist Post gekommen.«

»Zuerst habe ich den Hut verloren, und dann habe ich Mrs. Cease getroffen und musste einen Drink mit ihr nehmen.«

»Da ist ein Brief für dich, Jokum.«

»Ich glaube nicht, dass sie so ganz richtig im Kopf ist. Sie hat mich gebeten, ein Foto von ihr zu machen, während wir an der roten Ampel gewartet haben ...«

Synne schlug mit der Hand auf den Tisch.

»Hörst du nicht, was ich sage? Da ist ein Brief für dich gekommen!«

»Ein Brief? Von Vater und Mutter?«

»Von der F. Gallery.«

Jokum setzte sich. Sie schob einen weißen, quadratischen Brief über den Tisch. Es gab keinen Zweifel: Er war für ihn. Zumindest standen sein Name und seine Adresse auf dem Umschlag, und oben in der linken Ecke entdeckte er das Logo der F. Gallery. Er studierte

die Briefmarken. Ließe er ihn einfach nur liegen, wäre doch alles
wie vorher.

»Hast du ihn gelesen?«

»Natürlich habe ich ihn nicht gelesen. Er ist doch an dich gerichtet.«

»Ja. Er ist an mich gerichtet.«

»Willst du ihn nicht öffnen?«

»Das kannst du gern machen.«

Jokum schob den Umschlag zu ihr zurück. Am liebsten hätte
er jetzt ein Glas Wasser, traute sich aber auch nicht aufzustehen.
Synne holte ein Messer und schnitt mit einer schnellen Bewegung
den Umschlag auf, zog einen Briefbogen heraus und begann zu lesen, und plötzlich konnte er das Bild nicht wegschieben von dem
einen Mal, als sie einen anderen Brief am Tisch zu Hause in der Observatorie terrasse gelesen hatte, und dadurch begriff er, dass alles
zusammenhing, ohne etwas miteinander zu tun zu haben, Städte,
Straßen, Räume und Augenblicke. *Lieber Jokum, der künstlerische
Vorstand hat deine Bilder mit großem Interesse angeschaut, und wir
möchten dir gern eine Chance in unserer Galerie geben. Ich schlage
vor, dass wir uns so bald wie möglich wieder treffen, auf jeden Fall vor
Weihnachten, um die Auswahl, das Format, die Finanzen und den
Zeitpunkt zu besprechen. Mit freundlichen Grüßen Edith Fremm. Ps.
Ich bin ganz verliebt in das Bild mit dem Hundehalsband.* Mit einer
langsamen Handbewegung legte Synne den Brief auf den Tisch und
schaute auf.

»Du weißt, was das bedeutet, Jokum?«

»Warum gefällt ihr ausgerechnet dieses Bild?«

»Was?«

»Warum gefällt ihr ausgerechnet das Hundehalsband? Es gibt
doch andere Bilder, die …«

»Weil ihr nun einmal genau dieses Bild gefällt, und das bedeutet
nicht, dass ihr die anderen nicht …«

»*Mir eine Chance geben?* Tut sie mir einen Gefallen? Ist das so zu
verstehen? Denn dann …«

Synne stand auf und gab Jokum eine Ohrfeige. Er hatte sie nicht kommen sehen. Er wusste, dass sie treffsicher war, aber trotzdem. Er spürte nur, wie seine Wange brannte, und er hörte ihre Stimme gleich darauf wie eine weitere Backpfeife.

»Jetzt reiß dich aber zusammen, Jokum Jokumsen! Sonst kann ich nicht mehr!«

Er ließ die Luft heraus und stöhnte:

»Das habe ich verdient.«

In dieser Nacht, nachdem sie treu und brav versucht hatten, eine Familie zu gründen, lag Jokum wach und versuchte zu verstehen, was er eigentlich fühlte. Das war nicht leicht, denn ihn durchzog ein ganzer Strom von Eindrücken, manchmal aufbrausend, im nächsten Moment ganz ruhig. Seine Laune wechselte ununterbrochen. Zum Schluss konnte er zumindest sagen, was er fühlte: Freiheit und Zweifel. Fühlen ist übrigens nicht das richtige Wort. Es sei denn, man könnte einen Gedanken fühlen. Besser sollte man sagen, dass Jokum Erfahrungen machte. Und die Summe dieser Erfahrungen aus Freiheit und Zweifel ergab ein zerbrechliches Glück, das nie weit entfernt war und sich die ganze Zeit einer Art von Melancholie näherte. Und plötzlich erinnerte er sich, als das Licht wie ein Stab auf den Boden fiel, an das, was Mrs. Cease gesagt hatte, dass Synne niemals fertig werden würde und sie niemals nach Hause kämen.

»Ich habe das, was ich gesagt habe, nicht so gemeint.«

Synne drehte sich gähnend im Bett um.

»Doch, Jokum. Du hast es verdient. Sowohl die Ohrfeige als auch den Brief. Widersprich dem nicht. Und wenn wir morgen Edith treffen, dann ...«

»Morgen?«

»Dann sollst du dich nicht ducken. Verstehst du? Du tust ihr einen Gefallen. Und sie hat die Chance, deine Bilder auszustellen.«

Eine Weile lag Jokum reglos da und überdachte diese Äußerung.

»Ich meine, ich meinte nicht, was ich über Mrs. Cease gesagt habe. Dass sie nicht ganz richtig im Kopf ist.«

AUSWAHL

Sah man Jokum an, dass er ein anderer war? War sein Blick neu? War jede Bewegung, die er tat, eine angenehme Überraschung, und warf er einen aufrechteren Schatten? Er konnte es nicht abstreiten. Ihn verwunderte nur die Tatsache, dass die Welt immer noch dieselbe war. Er bemerkte keinen Unterschied. Die Wolken waren und blieben wie zuvor. Die Autos fuhren ihre Kilometer in der Stunde, und die Fahrer waren genauso ungeduldig wie am Tag zuvor. Die Straßen waren nicht weniger steil, und die Menschen hatten ihre Kleidung auch nicht gewechselt, nur mehr übergezogen, denn der Dezember in diesem Jahr ähnelte dem gleichen Monat im Vorjahr, und so war es schon immer gewesen, Wind, Nebel und kalter Regen, der irgendwo in der Höhe Schnee gewesen, aber auf dem Weg herab zur Erde geschmolzen war. Er ging neben Synne die Grant Avenue hinunter. Und was war mit ihr? Hatte sie sich verändert? Er versuchte, das zu überprüfen, sah jedoch nichts, nur das Chanel-Tuch um den Kopf, die Sonnenbrille, den Mantel, die Stiefeletten, die dünnen Handschuhe, die Schultertasche. Wer es nicht besser wusste, hielt sie für eine Stewardess auf einer geheimen Route. Jokum wusste es besser. Synne war auch dieselbe. Und er dachte: Gott sei Dank. Sie sagte:

»Ich übernehme das Wort, wenn es um die Verträge und alle praktischen Dinge geht. Einverstanden?«

»Vollkommen einverstanden.«

»Aber über die Bilder entscheidest du natürlich, wenn wir so weit gekommen sind.«

»Du kannst gerne auch dabei mitentscheiden.«

»Der Trick dabei ist, nicht zu viel zu sagen.«

»Was ist dann der Trick?«

»Zuzuhören. Danach können wir Stellung nehmen.«

Als sie an der F. Gallery ankommen, war diese noch nicht geöffnet, aber Edith Fremm stand schon bereit und empfing sie. Jokum musterte sie verstohlen. Auch sie war dieselbe, zumindest soweit er sehen konnte. Der Anzug hatte eine andere Farbe, dieses Mal braun, aber den gleichen Schnitt. Sie ließ Synne den Vortritt. Die beiden Frauen blieben mit dem Rücken zu Jokum stehen, während dieser an der Tür wartete. Es schien fast, als hätten sie ihn vergessen. Er versuchte mitzubekommen, was sie wohl so Dringendes auf dem Herzen hatten, und es war fast ein Schock für ihn, als er begriff, dass sie übers Wetter sprachen und nicht über ihn. Synne und Edith Fremm unterhielten sich über das Wetter, an einem Tag wie diesem redeten sie über Nebel, Regen, Wind, sie sprachen über Beinstulpen, Strumpfhosen und Hautcremes. Sie sprachen nicht über seine Bilder. Aber sobald er sich von dem Schock erholt hatte, war er im Grunde erleichtert, zumindest froh. Vielleicht hätte er es gar nicht ertragen. Es war besser, dass sie über etwas anderes redeten. Und am besten wäre es gewesen, hätte er überhaupt nichts sagen und auch gar nichts über seine Bilder hören müssen, sie nur zeigen. Jokum schaute sich um. Die Weihnachtsausstellung war bereit, Popart, psychodelische Rosenmalerei, Plattencover hinter Glas und Rahmen. Edith Fremm wandte sich ihm zu, und er hatte das Gefühl, sie hätte ihn trotz allem die ganze Zeit schon im Blick gehabt.

»Wie findest du's?«

»Schön.«

»Ja, findest du?«

»Ja. Schöne Farben. So im Großen und Ganzen.«

Edith Fremm verschränkte die Arme.

»Wollen wir eine Abmachung treffen, Jokum?«

Er schaute Synne an, die direkt neben Edith stand, auch sie verschränkte die Arme und nickte.

»Ja. Gern.«

»Dass wir ehrlich sind. Einhundert Prozent.«

»Auf jeden Fall. Einhundert Prozent.«

»Sonst könnten wir einander nicht vertrauen, nicht wahr?«

»So soll es sein.«

»Wenn ich sage, dass ich etwas gut finde, dann muss ich auch sagen können, dass etwas schlecht ist.«

»Das versteht sich von selbst.«

Edith Fremm löste die Arme und stattdessen umklammerte sie fast die ihr am nächsten stehende Wand.

»Also, wie findest du es wirklich?«

»Ist nicht so ganz mein Stil«, sagte Jokum.

»Meiner auch nicht. Wollen wir?«

Sie folgten Edith Fremm ins Büro. Die Bilder von Oslo, genauer gesagt von der Sogn Studentby, lagen ausgebreitet auf dem Schreibtisch, achtzehn Stück insgesamt. Die Mappen von Kopenhagen und San Francisco standen im Regal, geschlossen. Jokum registrierte das alles. Bedeutete es, dass sie diese beiden Mappen nicht gut fand? Er wollte etwas sagen, doch Synne unterbrach ihn:

»Kommt sonst keiner?«

Edith Fremm setzte sich, vertauschte zwei Fotos, was Jokum schrecklich irritierte, dann blickte sie auf.

»Nein, ihr müsst mit mir vorliebnehmen. Ich habe die Zustimmung der Leitung für diese Ausstellung. Innerhalb eines gewissen finanziellen Rahmens, natürlich.«

Sie stand wieder auf und zeigte auf Jokum.

»Du musst wissen, dass ich dafür gekämpft habe. Wirklich. Wenn also diese Ausstellung den Bach runtergeht, dann werden wir beide mitgerissen. Ist das klar?«

Jokum dachte: Sagte sie das nur so, oder war sie jetzt ehrlich? Er musste es riskieren. Er musste ihr glauben, dass sie das wirklich meinte. Wieder kam ihm Synne zuvor, wogegen er absolut nichts hatte.

»Wir werden dich nicht enttäuschen, Edith.«

Einen Moment lang blieb es still, und im Laufe dieser Zeit, die fast sofort vorüber war, wurde Jokum der Ernst der Lage bewusst. Ihm wurde übel. Die zerbrechliche Verbindung zwischen Freiheit und Zweifel verlor ihr Gewicht, und nur der Zweifel blieb, unbrauchbar und zerstörerisch. *Nein, wir werden dich nicht enttäuschen.* Aber was war, wenn er enttäuscht wurde? War das besser? Was sollte er dann machen? Es war doch so oder so unmöglich, etwas zu versprechen, und ebenso unmöglich war es, daran zu glauben.

Edith Fremm schob den hohen Bürostuhl zur Seite, sodass sie alle drei am Tisch stehen konnten.

»Ich würde vorschlagen, dass die Ausstellung nur Bilder aus der norwegischen Mappe umfasst. Das ist der richtige Ort, um anzufangen. Und dann werden wir sehen, was weiter geschieht.«

»Das klingt vernünftig«, sagte Synne.

Edith Fremm wandte sich Jokum zu.

»Was meinst du? Du entscheidest schließlich.«

»Doch, ja, das klingt vernünftig. Damit anzufangen. Denn damit habe ich ja auch angefangen.«

»Übrigens, hast du schon über einen Titel nachgedacht? Ich meine, einen Titel für die Ausstellung?«

»Norwegian Things«, sagte Synne.

Edith Fremm klatschte in die Hände.

»Perfekt. Norwegian Things. Bist du damit einverstanden, Jokum?«

»Ja. Norwegische Dinge. Denn darum geht es ja.«

»Gut!«

Jokum beugte sich über den Tisch. So hatte er seine Bilder noch nie gesehen, gesammelt, unter einem Motto, in einer Art Reihenfolge. Er hatte sie bisher nur jedes für sich gesehen. Und er betrachtete sie mit einer gewissen Zufriedenheit. Das war etwas, das stimmte einfach. Aber es gab genauso viel, was er lieber verändert hätte, vielleicht sogar noch mehr, was *nicht* stimmte. Und sofort sah er, dass etwas fehlte in der ruhigen, eigensinnigen Erzählung, die diese Dinge ja trotz allem ausmachte, ein Motiv, das sie in einen anderen Zusammenhang rücken würde, *ein Bruch, der verdichten könnte.* Plötzlich wusste Jokum genau, was noch dazu gehörte.

»Ich habe ein anderes Foto, ich glaube, das gehört noch dazu.«

Edith Fremm sah ihn an.

»Schön, aber es dürfen nicht zu viele sein. Achtzehn sind mehr als genug.«

»Dann können wir es gegen das Hundehalsband austauschen.«

Synne mischte sich ein:

»Das Hundehalsband muss natürlich dabei sein. Er macht nur Scherze.«

Edith Fremm schob den Stuhl wieder an seinen Platz.

»An welches Foto denkst du?«

»Das von einer Tätowierung. Ich habe es in der Toilette von Chop Suey gemacht. In Chinatown.«

»Aber die Ausstellung heißt doch Norwegian Things, Jokum.«

»Es ist eine norwegische Tätowierung.«

»Bring es mit. Beim nächsten Mal. Dann werden wir sehen.«

Jokum wandte sich Synne zu, diese schaute direkt an ihm vorbei und wandte sich stattdessen an Edith Fremm:

»Du hast gesagt, achtzehn Bilder sind mehr als genug. Und da stimme ich dir zu. Aber dann müssen die Formate größer werden, wenn das Ganze nicht an den Wänden da draußen verschwinden soll.«

»Die Ausstellung soll hier unten hängen. Im *Showroom.* Off-F. Gallery, sozusagen. Außerdem finde ich, den Bildern steht das kleinere Format. Die Intimität. Ich stelle mir vor, dass das Publikum sich zu den Bildern hinunterbeugen muss, so wie Jokum sich über die Motive gebeugt hat. Was denkst du, Jokum?«

»Meinst du das wirklich?«

Beide sahen ihn an. Synne kam einen Schritt näher. Edith Fremm schien verwirrt zu sein, sie fühlte sich offenbar nicht wohl in ihrer Haut. Verlegen strich sie sich den Pony aus der Stirn.

»Was soll ich meinen?«

Synne trat Jokum gegen das Schienbein. Es half nichts. Er hatte es bereits gesagt:

»Dass du diese Ausstellung haben willst?«

Edith Fremm schaute Jokum lange an, sprach jedoch mit Synne. »Wie kann ich ihn davon überzeugen, dass ich keinen Scherz mache?«

»Können wir nicht einfach die praktischen Fragen durchgehen, und in der Zwischenzeit schöpft Jokum ein wenig frische Luft?«

Wie vorher schon gesagt, so hörte Jokum diesen Vorschlag mit Erleichterung. Er verließ den Zweifel und ging nach Hause, zu der tragbaren Freiheit in der Dunkelkammer, wo er sofort anfing, mit der Tätowierung zu arbeiten. Er holte so viel er konnte aus den Ressourcen des Negativs heraus und war zum Schluss, nach vielen missglückten Versuchen, zufrieden, soweit man das in diesen Bereichen sein kann, die zu der schöpferischen Arbeit gehören. Wenn ein Stuhl perfekt ist, fertigt man den gleichen noch hundertmal an, aber wenn ein Bild perfekt ist, fasst man es nicht wieder an. Er betrachtete den obersten Teil des grobkörnigen, fleckigen Rückgrats des Matrosen, den schiefen, festen Nacken, die verblasste, verwelkte Blume zwischen den Schulterblättern, in einer sterbenden Symmetrie, welche die einzige Schönheit des Bildes bildete. Und um den Stiel, der unter dem abgescheuerten Hemdenkragen verschwand, wand sich ein Name, vier Buchstaben, den hatte Jokum bis dahin noch nicht gesehen, als käme er erst jetzt, genau in diesem Moment zum Vorschein, geschrieben mit einer dünnen blauen Feder, e-l-s-e, und ein Datum, das nicht zu entziffern war, eine Jahreszahl, verschwunden im Abfall der Haut, das, was niemand tätowieren kann, *die Zeitpunkte*, das, was niemals beständig ist. Hatte er es doch gewusst. Dieses Bild, das er *Tattoo with name* nennen wollte, und das aussah, als wäre jemand darauf herumgetrampelt, würde hoffentlich ein Licht, eventuell auch einen Schatten auf die anderen Motive werfen. Die Dinge bekämen durch dieses Foto einen Willen, eine andere Richtung, weg von ihm selbst, so weit wie möglich vom Fotografen entfernt. Dann begann Jokum mit dem Porträt von Mrs. Cease, nicht, weil es bei der Ausstellung mit dabei sein sollte, sondern weil er etwas tun musste, etwas anderes als zu warten, während er auf Synne wartete. Er hatte nur ein Foto im Auto gemacht. Mit ihm stand und fiel alles. Er sah, wie das Gesicht in der Schale entstand. Da kam kein Stein an die Oberfläche, sondern ein Lächeln. Er war verblüfft. Warum hatte er das nicht gesehen? So hing es also zusammen: Er ist blind, während er das Foto macht, und während er das Foto macht, verschwindet auch die Welt, sie verschließt sich, und in dieser Dunkelheit formte sich Mrs. Ceases Lächeln, ein vorsichtiges, tastendes Lächeln, das um Erlaubnis fragt, das fragt, ob es erlaubt sei zu lächeln. Das war ihre Trauer, schwerer als ein Stein. Er hängte das Bild zum Trocknen auf, löschte das Licht, leerte die Schalen und wusch sich die Hände. Als das Bild trocken war, legte er es in einen Umschlag und fand Mr. Ceases Adresse neben dem Telefon. Dann setzte er sich in die Küche, erschöpft. Synne kam nicht vor Mitternacht nach Hause. Jokum saß immer noch dort.

»Du warst lange dort«, sagte er.

»Wir hatten viel zu besprechen. Und dann haben wir noch zusammen gegessen. Gleich neben der Galerie. *San Sushi*.«

»Bist du heute Vegetarierin?«

»So halb. Übrigens können die zur Eröffnung etwas zu essen liefern.«

»Nur ihr zwei?«

»Nur wir zwei?«

»Die gegessen haben?«

»Ja, wieso?«

»Das habe ich mich nur gefragt.«

»Was?«

»Nichts.«

»Hast du dich nicht gefragt, wie es gelaufen ist?«

»Wie ist es gelaufen?«

»Gut. Hast du was gegessen?«

»Ich habe keinen Hunger.«

Synne zog einen Stapel Papiere aus ihrer Schultertasche und legte ihn vor Jokum auf den Tisch.

»Da hast du den Vertrag. Zwischen dir und der F. Gallery. Alles ist dabei. Datum. Prozente. Rechte. Presse. Es fehlt nur noch deine Unterschrift.«

»Wo?«

Synne gab ihm auch einen Stift, blätterte all die Paragraphen durch und zeigte auf das leere Feld ganz unten auf der letzten Seite. Er fügte seinen Namen neben Edith Fremms Unterschrift ein.

»Glaubst du jetzt, dass sie es so meint?«, fragte Synne.

Jokum legte den Stift hin und schaute auf die norwegische Uhr. Sie zeigte erst zehn Minuten nach halb acht.

»Ich muss zu Hause anrufen.«

»Sag ihnen, dass wir doch nicht zu Weihnachten kommen.«

»Tun wir das nicht?«

»Glaubst du etwa, wir hätten Zeit dazu? Du musst mit den Kopien fertig werden. Wir müssen den Katalog erstellen und eine Gästeliste schreiben. Und wir müssen die Interviews vorbereiten.«

»Willst du mit ihnen sprechen?«

»Mit den Journalisten?«

»Mit Mutter und Vater.«

»Natürlich will ich das.«

»Und ihnen sagen, dass wir nicht kommen?«

Synne beugte sich weiter vor und gab Jokum einen Kuss, sie schmeckte nach Salzwasser, Algen, als leckte man einen Umschlag ab, und plötzlich erinnerte er sich an den Abend im Lesesaal, allein im April, als er sich mit Kafka abmühte und sein Leben noch im Dunkel lag und noch nicht entwickelt worden war, obwohl sich der Frühling näherte. Er sollte dankbar sein. Sollte das Licht sehen, in dem er jetzt badete. Dennoch dachte er: Ist das auch Heimweh, wenn die Vergangenheit für dich verständlich wird?

»Aber Elle und Hütchen können doch herkommen, Jokum! Zur Vernissage! Am 24. März.«

»Am 24. März! Solltest du nicht im März disputieren?«

Synne setzte sich auf seinen Schoß.

»Jetzt habe ich andere Dinge zu bedenken, nicht wahr?«

Jokum schaute wieder auf die norwegische Uhr. Sie zeigte bereits zehn Minuten nach halb acht. Es war immer noch erst zehn nach halb acht. Sie war stehen geblieben.

INTERVIEW

Was wollen Sie mit Ihren Bildern erreichen?«
»Nun, ich will wohl die Leute zum Sehen bringen.«

»Du brauchst dabei nicht ›wohl‹ sagen.«

»Nein, gut.«

»Was sehen?«

»Das, was sie normalerweise übersehen. Nicht beachten. Ich möchte sie dazu bringen, dort stehen zu bleiben, wo sie normalerweise weitergehen.«

»Alle Bilder, mit einer Ausnahme, zeigen Gegenstände, die auf dem Boden liegen. Können Sie darüber etwas sagen?«

»Solche Dinge interessieren mich. Dinge, die die Leute verloren haben, weggeworfen oder einfach vergessen. Das sind irgendwie unsere Spuren.«

»Irgendwie?«

»Ach, ich kriege das nicht hin.«

»Doch. Kann man sagen, dass Sie das Normale abbilden?«

»Von mir aus gern. Ich möchte die Normalität feiern. Zeigen, dass die Schönheit nicht nur dem Schmuck, Blumenbuketts und Sternen vorbehalten ist.«

»Die Ausstellung trägt den Titel ›Norwegische Dinge‹. Aber diese Gegenstände sind doch nicht alle norwegisch?«

»Die Bilder wurden in Norwegen gemacht. Die meisten in der Sogn Studentby in Oslo. Sie sind also sehr lokal, aber gleichzeitig auch international. Wenn man das so sagen kann. Kann man das so sagen?«

»Du kannst das.«

»Aber ich bin der Meinung, dass alle Fotografien lokal sind. Sie sind ein Ausschnitt aus der Welt. Es ist eine Wahl, eine Auswahl. Sie enthalten eine gewisse Anzahl an Lichtpunkten, die es nur dort gibt, genau in dem Moment, in dem sie gemacht werden.«

»Was wollen Sie mit diesen Bildern erreichen?«

»Das hast du doch schon mal gefragt, oder?«

»Und ich möchte gern deine Antwort noch einmal hören.«

»Sie sind das, was du siehst.«

»Nicht mehr?«

»Es ist Sache des Publikums, sie zu interpretieren, mehr herauszufinden, die Tiefe zu sehen, wenn man so will. Aber alles beginnt an der Oberfläche. Ohne sie keine Tiefe.«

»Können Sie mir sagen, wie Sie arbeiten?«

»Ich sehe. Es geht darum zu sehen. Ich habe immer die Augen dabei. Und die Kamera. Sonst nützt es nichts. Übrigens glaube ich an den Zufall, ein Zusammentreffen, Unglücke oder dass man einfach Glück hat.«

»Wollen Sie damit sagen, dass Sie nicht die Kontrolle haben, wenn Sie fotografieren?«

»Das kann man so nicht sagen. Es ist eher wie ein Gebet. Du weißt nicht, ob du erhört wirst. Aber dennoch betest du.«

»Aber in der Dunkelkammer handelt es sich doch nicht um Zufall, oder? Dort geht es nicht um ein Gebet?«

»Nein, aber das Dramatische geschieht in der Kamera. Nicht in der Dunkelkammer. Wenn ich so weit bin, sind die Fotografien bereits gemacht worden. So ist das.«

»Haben Sie irgendwelche Vorbilder?«

»Keine, von denen ich wüsste.«

»Was meinen Sie damit?«

»Dass ich jedes Mal, wenn ich ein Foto mache, versuche, von vorn anzufangen.«

»Ist das denn überhaupt möglich?«

»Ich versuche es jedenfalls, so gut ich kann. Ich studiere nicht die Arbeit anderer, um besser zu werden. Ich schaue mich auch nicht um. Warum es sich so schwer machen? Ich mache Bilder. Ich stelle die Ka-

*mera ein und richte die Linse auf einen bestimmten Punkt und drücke
auf einen Knopf. Mehr nicht.«*

»*Was ist mit amerikanischen Fotografen? Beispielsweise Walker
Evans?*«

»*Ich habe seine Bilder erst jetzt gesehen. Ich möchte es so sagen: Es
gibt einen Widerhall in mir.*«

»*Sie brauchen sich nicht zu entschuldigen. Jeder ist irgendwie beeinflusst.*«

»*Ich versuche nur zu sagen, dass es unmöglich ist, nicht jemand
anderem zu ähneln. Leider.*«

»*In einer Zeit, in der viele Fotografen mit Form und Techniken
experimentieren, pflegen Sie das Einfache. Warum?*«

»*Mir gefällt das Einfache. Das Reine. Ich will nicht, dass etwas das
Motiv zerstört. Und ich bin auch kein technischer Virtuose. Mein Repertoire ist äußerst begrenzt. Aber ich bin nicht darauf aus, jemandem
zu imponieren. Ich bin nicht auf Bewunderung aus. Ich möchte lieber
Gefühle wecken.*«

»*Welche Art von Gefühlen?*«

»*Ich möchte die Seele des Publikums berühren.*«

»*Die Seele?*«

»*Ja. Soll ich das nicht sagen?*«

»*Das hört sich ein bisschen altmodisch an.*«

»*Ich versuche auch nicht modern zu sein. Ich möchte gern ein Anachronismus sein. Ich glaube, die Kunst braucht Anachronismen.*«

»*Warum das?*«

»*Weil sie unsere Art zu sehen herausfordern. Anachronismen sind
in gewisser Weise ein umgedrehter Modernismus. Und der währt viel
länger. Glaube ich.*«

»*Ich möchte gern auf diese Ausnahme zurückkommen, die ich
schon erwähnt habe, nämlich die Tätowierung. Warum haben Sie
das Bild in einer Ausstellung mit dabei, die ›Norwegische Dinge‹
heißt?*«

»*Eine Tätowierung ist eine Art Ding. Eine konkrete Erinnerung.
Etwas, das du mit dir trägst, oder an dir. Ich möchte, dass man das*

Geräusch der Nadel hört und den Schmerz spürt, wenn man das Bild anschaut.«

»Sonst fotografieren Sie keine Menschen?«

»Doch, schon. Aber am liebsten fotografiere ich Dinge. Die Dinge der Menschen. Sie sagen oft mehr über die Menschen aus als die Menschen selbst. Außerdem fühle ich mich in der Gesellschaft von Dingen wohler.«

»Inwiefern?«

»Als das Fotografieren noch neu war, im vorigen Jahrhundert, da benutzte man häufig eine kräftige Nackenspange in den Studios, damit die Leute während der langen Belichtungszeit stillsaßen. So etwas könnte ich mir heute auch gut vorstellen, wenn ich ausnahmsweise einmal Menschen fotografiere.«

»Das wäre lustig.«

»Findest du?«

»Wie sehen Ihre Pläne jetzt aus, nach dieser Ausstellung?«

»So langsam kriege ich Hunger.«

»Bitte, antworte.«

»Das wird die Zeit zeigen. Ich bin offen für Eindrücke.«

»Offen für neue Eindrücke. Das ist gut.«

»Wann willst du die dummen Fragen stellen?«

»Das waren die dummen Fragen, Jokum.«

Synne trat ans Fenster, blieb dort stehen, die eine Hand auf dem Kühlschrank, als könnte sie sich nicht so recht entscheiden. Das Licht von draußen war farblos. Schnee lag auf dem toten Gras. Er würde im Laufe des Tages schmelzen oder weggeweht werden. Aber morgen früh lag er sicher wieder da.

»Was ist?«, fragte Jokum.

»Denk dran, dass alles, was du jetzt sagst, dir für den Rest deines Lebens anhängen wird.«

»Na so schlimm wird das wohl nicht sein.«

»Doch, so schlimm ist es. Deshalb müssen wir vorbereitet sein.«

»Kann ich nicht einfach sagen, wie es wirklich ist?«

»Das ist zu langweilig. Du musst dich hervorheben.«

Plötzlich wurde Jokum störrisch.

»Ich möchte genau das Gegenteil. Ich ...«

Synne unterbrach ihn.

»Du verstehst das falsch, Jokum. Du musst *sichtbar* werden.«

Er lachte laut auf.

»Sichtbar? Verdammt, ich bin ja wohl jetzt schon sichtbar genug.«

»Ich kann es nicht ertragen, wenn du gegen mich arbeitest, Jokum.«

»Entschuldige. Ich wollte nicht ...«

»Ich tue das, um dir zu helfen, nicht wahr?«

»Ich weiß. Ich ...«

»Und beende deine Antworten nicht mit ›ich glaube‹. Wenn du einen Zweifel ausdrücken willst, dann tu das auf eine raffiniertere Art.«

»Und wie?«

»Behalte ihn für dich. Und dann solltest du noch sagen, dass du dir das selbst beigebracht hast.«

»Aber ich war doch auf der Technischen Hochschule. Ich habe einen Gesellenbrief.«

»Das solltest du auch lieber nicht erwähnen.«

Synne setzte sich und blätterte in ihren Notizen. Es dauerte eine Weile, bis sie wieder aufschaute. Die vier Kerzen auf dem Tisch warfen spitze Schatten.

»Was ist?«, fragte Jokum.

»Mir gefällt das Wort *Ding* nicht. Ich hätte lieber Begriffe wie *Objekt* oder *Gegenstand*.«

»Aber die Ausstellung trägt doch den Titel ›Norwegische‹ ...«

»Außerdem gibt es ein englisches Wort, *artifacts*. Das kannst du auch benutzen. Und erwähne nicht die Melancholie. Die ist so voraussehbar und bürgerlich. Momentan ist alles nur Melancholie. Sage lieber energisch, wütend, intensiv. Nur nicht melancholisch.«

»Energische Schönheit? Wütende Schönheit? Intensive ...«

»Ja, genau. Viel besser. Übrigens ist es schon in Ordnung, demütig zu sein, aber werde nicht zu bescheiden. Unterschätze nicht dich selbst. Das mögen die hier nicht. Dann glauben sie, du wolltest dich einschmeicheln. Und um Gottes willen, übertrage die Verantwortung nicht auf das Publikum.«

»Tue ich das?«

»Du hast gesagt, das Publikum solle die Bilder deuten. Das bedeutet doch nur, dass du keine Ahnung hast, was du da eigentlich tust. Und das Wort *Publikum* ist auch nicht gut. Das ist unpersönlich, ein Haufen, eine Masse. Du musst immer von dem Einzelnen reden, vom Individuum, vom Zuschauer, dem Gast.«

»Das kann ich mir nicht alles merken. Das ist ja wie eine mündliche Prüfung.«

»Stimmt. Und dann musst du ein Geheimnis haben.«

»Ich habe kein Geheimnis.«

»Dann finden wir eins. Können wir nicht den Brief benutzen, den Elle uns damals gezeigt hat. Den ich laut vorgelesen habe.«

»Was soll damit sein?«

»Ich kann mich noch genau an den ersten Satz erinnern. *Vor vielen Jahren, wahrscheinlich so um die Zeit, als die Leibeigenschaft 1788 aufgehoben wurde, kam ein Mann zu einer Landauktion nach Asdal im Bezirk Vendsyssel …*«

Jokum sah Synne an, fast verlegen, hatte er sie jemals mehr geliebt als in diesem Augenblick? Oder wäre es besser zu fragen, ob er sie jemals mehr *geschätzt* hatte? Sie machte ihn zu ihrer Sache. Er war in Bewegung. Ihm kam der Gedanke, nein, das war eher ein Verdacht, den er so schnell wie möglich von sich weisen wollte: *Will ich das?* Auch sie schien für einen Moment verlegen zu sein, vielleicht aber aus anderen Gründen. Auf jeden Fall gab es an diesem Nachmittag spät im Dezember eine gewisse Liebe am Küchentisch. Denn Reisen, Abwesenheit, beides macht etwas mit der Liebe, sie wird gefüllt von einem anderen Sauerstoff, sie muss auf einer anderen Waage gewogen werden.

Jokum schaute auf den Tisch.

»Der erste Jokum Jokumsen«, flüsterte er. »Laut meinem Vater.«

»Übrigens gibt es da etwas, worüber wir reden müssen.«

»Worüber? Über Vater?«

»Über deinen Namen. Edith hat das erwähnt.«

»Stimmt etwas nicht mit Jokum?«

»Theo, also der Professor Cease, ist nicht der Einzige, der ihn mit *joke* verwechselt.«

Soll ihn doch der Teufel holen, dachte Jokum, zwei Doktortitel, und dann kann er nicht ordentlich sprechen.

»Hat er was wegen der Delle gesagt?«

»Welche Delle?«

»Er behauptet, wir hätten ihm eine Delle in den Kotflügel gemacht, als wir den Wagen geliehen haben.«

»Nein, davon hat er nichts erwähnt. Haben wir das denn?«

»Ich glaube, die war schon vorher drin, Synne.«

»Gut, aber der Name …«

»Von mir aus kannst du machen, was du willst, aber ich würde schon gern meinen Namen behalten.«

»Ach ja, er war sehr zufrieden mit den Fotos, die du in der Garage gemacht hast.«

»Tatsächlich?«

»Und ich auch. Ich finde sogar, das sind mit die besten, die du je gemacht hast.«

Als Synne das sagte, wurde Jokum klar, dass ein Lob, speziell von ihr, ihn weich machte, fügsam, schwach, es war herrlich, aber er wollte nicht, dass es so war, denn er wusste nicht, ob er auch das Gegenteil ertragen könnte, Kritik, Gelächter, Schulterzucken, wahrscheinlich nicht, und plötzlich sehnte er sich nach einer Art Gleichgültigkeit, er sehnte sich nach einer Maske, und er begriff, mitten in diesen Gedankenfolgen, dass Synne ihm genau damit jetzt half.

»Warte nur, bis du das Porträt von Mrs. Cease gesehen hast«, sagte er.

»Und natürlich soll dir niemand deinen Namen wegnehmen. Ganz im Gegenteil, du kriegst noch einen dazu, einen Künstlernamen. Hast du einen Vorschlag?«

»Die Marxisten-Leninisten gaben mir aufgrund eines Missverständnisses den Decknamen Georg.«

»Georg Jokumsen. Georg Jokumsen. Nein, das ist nicht gut. Das klingt wie ein Kolonialwarenverkäufer.«

Jokum lachte.

»Und was ist mit Lurst?«

»Lurst? Woher hast du den?«

»Von meinem Großvater. Er war Kassierer. Zum Schluss unterschrieb er alles mit Lurst.«

»Das klingt wie ein schlechtes Graffiti. Wie wäre es mit Sager?«

»Das ist doch dein Name.«

»Ist doch egal, wessen Name das ist. Du hättest ja bei unserer Hochzeit auch meinen Namen annehmen können. Viele Männer machen das. Jokum Sager.«

»Jokum Sager.«

»Oder ganz einfach nur Sager. Denk mal drüber nach. Ich weiß, das ist ein bisschen ungewohnt, aber … Und dann musst du dir noch die Titel überlegen.«

»Wieso das? Die Titel stehen doch fest.«

»Nein, du musst neue finden. *Kneifzange im Laub. Hundehalsband auf dem Rasen.* Findest du, das klingt spannend?«

»Sie sollen danach heißen, was sie sind.«

»Das ist ziemlich langweilig.«

»Langweilig? Walker Evans' Fotos heißen *Secondhand Shop Window* und …«

»Und dann sagst du, du hättest keine Vorbilder.«

»Und alle Stillleben heißen entweder *Decke mit Falten, Decke ohne Falten* oder …«

»Jetzt übertreibst du aber.«

Jokum schaute auf die Reproduktion hinter Synne, sie verblasste bereits, das musste am Winterlicht liegen.

»Und die Bilder von Hopper heißen *Hotel by The Railroads, Morning Sun* und *Western Motel.*«

»Ja und? Ich dachte, wir wollten das auf unsere Art machen.«

»Ich will, dass der Titel in dem Bild wiederzufinden ist. Wenn nicht, dann ist das Betrug. Getue. Ich will nicht affektiert wirken.«
»Das wäre das Letzte, was dir jemand vorwerfen würde. Aber wie du willst. Ich finde dennoch, *Shoreleave* ist eleganter als *Tattoo with name*. Und jetzt müssen wir gehen.«

Synne stand auf und schaute auf die Uhr.

»Können wir nicht einfach zu Hause bleiben?«, schlug Jokum vor.

»Nein. Das ist wichtig. Und langsam müssen wir uns beeilen.«

»Bitte. Ich könnte den restlichen Abend dafür nutzen, neue Titel zu finden.«

»Wir müssen uns zeigen, Jokum.«

Sie zogen sich ihre Vintagekleidung an und nahmen ein Taxi, das sie durch den weißen, erleuchteten Wind zur Seemannskirche fuhr. Auf der Außentreppe schnupperte Jokum schon den Duft von Weihnachtsgebäck, und allein das machte ihm ein schlechtes Gewissen. Er sah seine Mutter in der Küche in der Observatorie terrasse vor sich, wo sie genauso viele Sorten backte wie früher, obwohl doch nur noch Vater und sie davon essen sollten. Synne schob ihren Arm unter seinen. Sie waren die Letzten. Drinnen im Wohnzimmer war es bereits voll mit Menschen. Alle, selbst die Kinder, hatten Geschenke dabei. Jokum entdeckte Edith Fremm, Mr. und Mrs. Cease, das norwegisch-amerikanische Paar, den Organisten und natürlich den Pfarrer, der dabei war, alle zu dem traditionellen Weihnachtsfest zu begrüßen, das in diesem Augenblick in allen norwegischen Seemannskirchen auf der ganzen Welt gefeiert wurde. Er erinnerte daran, dass Weihnachten auch ein Fest der Familie war, und hier, in diesem Haus, waren alle eine große Familie. Dann sang man *Oh Tannenbaum*, während die Kinder ihre Päckchen unter den Baum legten, der in voller Montur zwischen dem Klavier und den Schiebetüren stand. Jokum sah die Fichtenzweige auf dem Altar vor sich, und ihm wurde der Brustkorb noch enger, als hätte das Herz zugenommen, als wäre es ganz einfach zu schwer geworden für alles, was es in sich bergen sollte. Es war nicht zu ertragen. Jeder bekam seinen Becher mit süßem Glögg gereicht. Synne ging zu Mr. Cease. Sie unterhielten sich leise, fast erregt, wie Jokum fand, der wiederum mitten in einem Kreis neugieriger Kinder landete, die ein größeres Interesse an ihm als an dem Tannenbaum entwickelten, und sie hoben ihren Blick, dass es in den zarten, frisch gewaschenen Nacken nur so knackte. Edith Fremm, in einem senfgelben Anzug, erbarmte sich glücklicherweise seiner und fand einen Platz für sich und ihn.

»Wie läuft es?«

»Danke, es läuft gut.«

»Gibt es etwas noch Nervigeres als Kinder?«

›»Nun, die können auch ziemlich ... hast du ein Geschenk dabei?«

»Ja, natürlich. Übrigens kannst du froh sein, dass du Synne hast. Ohne sie ... Nein, ich weiß wirklich nicht.«

Jokum schaute sich um, konnte aber weder Synne noch Mr. Cease entdecken.

»Ja, ich bin froh, dass ich Synne habe.«

Edith Fremm lachte.

»Wir sollten beide froh sein, dass wir sie haben. Aber sie ist ein harter Verhandlungspartner.«

»Das ist sie. Übrigens, hast du ...«

»Es wird gut gehen, Jokum. Wir haben großes Vertrauen in dich.«

»Danke. Ich ...«

Der Pfarrer näherte sich, er tauschte den Platz mit Edith Fremm, als wäre das abgesprochen. Auch er nahm Jokum zur Seite, und zum Schluss standen sie ein Stück von den anderen entfernt, hinten beim Kiosk. Auf einem handgeschriebenen Schild stand dort: *Backpulver, halber Preis.*

»Letztes Mal gab es wohl ein paar Missverständnisse zwischen uns, Jokum.«

»Das ist schon in Ordnung. Es macht nichts.«

»Ich wollte natürlich nichts ... nichts Unvorteilhaftes über deine Größe sagen ...«

»Nein, den Eindruck habe ich auch nicht gehabt.«

»Aber solltest du ihn doch bekommen haben, dann war das nicht gewollt.«

»Wie gesagt, das ist …«

»Wenn wir das also einfach vergessen könnten, wäre ich dafür äußerst dankbar.«

»Wie gesagt, das ist schon in Ordnung. Außerdem …«

»Danke. Dann kann ich jetzt Weihnachten feiern ohne …«

»Ist der Matrose nicht da?«

»Wie bitte?«

»Der Matrose. Ist er nicht hier?«

Der Pfarrer legte Jokum eine Hand auf die Schulter, offenbar war er erleichtert, über etwas anderes reden zu können.

»Zu dieser Jahreszeit bleibt er normalerweise lieber für sich. Das wird zu viel für ihn. All die Erinnerungen, weißt du. So geht es leider vielen. Die Erinnerungen, die früher einmal schön waren, werden stattdessen zu einer bitteren Entbehrung.«

»Dann ist er nicht abgereist?«

»Oh nein. Vielleicht ist er ein paar Stationen Richtung Norden gefahren, um die schlimmste Unruhe zu bändigen. Aber weiter nicht.«

»Dann kommt er also wieder zurück?«

Endlich nahm der Pfarrer die Hand fort.

»Fred kommt immer wieder zurück. Was ich noch sagen wollte … ja, habt ihr die Geschenke unter den Baum gelegt?«

»Die Geschenke? Nein …«

»Wir verteilen immer Geschenke. In diesem Jahr gehen sie an die Kranken hier in der Stadt.«

»Die Kranken?«

»Ja, du weißt, die Kranken. Das ist. Einfach schrecklich. Wirklich schrecklich. Was da passiert. Die Geschenke sollen auf den Krankenstationen verteilt werden.«

Jokum wusste nicht, was er sagen sollte.

»Es ist nur zu hoffen …«

»Ja. Hoffen. Niemals aufhören zu hoffen. Niemals. Ich bin froh, dass wir darüber haben reden können, Jokum. Wirklich.«

Der Pfarrer ging zu den anderen Gästen zurück, die Schlange

standen, um ihre Geschenke unter den Tannenbaum legen zu können. Was sollten die Kranken mit Geschenken? Was wünschten die Todkranken sich? Nur Zeit, mehr Zeit. Wieder scharten sich die Kinder um Jokum. Er ging durch sie hindurch. So fühlte es sich an. Er ging direkt durch die Kinder hindurch. Er musste Synne finden. Wo war sie? Er fand sie in der Garderobe, immer noch im Gespräch mit Mr. Cease, ein Gespräch, das beendet wurde, sobald Jokum sich zeigte. Mr. Cease grüßte kurz und missgelaunt, dann verschwand er die Treppe hinauf. Hatten sie gestritten? Hatten sie wegen der Delle gestritten? Waren sie miteinander so vertraut, dass sie sich streiten konnten?

»Was war denn?«, fragte Jokum.

»Theo will, dass ich an einem Seminar im Januar teilnehme, und ich habe gesagt, dass ich keine Zeit habe. Komm.«

Synne packte ihn am Arm und wollte Mr. Cease folgen. Jokum hielt sie jedoch zurück.

»Hast du Geschenke dabei?«

»Ich habe keine Geschenke dabei. Was für Geschenke?«

»Alle haben Geschenke mitgebracht. Für die Kranken.«

»Aids?«

»So was in der Art. Wohltätigkeit. Nur wir nicht. Wie peinlich.«

Synne dachte einen Moment nach, dann lächelte sie.

»Komm«, wiederholte sie.

Sie gingen ins Wohnzimmer hinauf. Die Geschenke lagen an Ort und Stelle unter dem Baum. Synne ließ seinen Arm los, ging zu Edith Fremm, die beiden wechselten ein paar Worte, dann stellte Synne sich ans Klavier und schlug einen Akkord an, er klang vertraut, und damit verstummten die Gespräche, selbst die Kinder wurden leise. Synne ließ die Stille eine Weile nachklingen, bevor sie begann:

»Liebe Anwesende! Ich muss euch leider enttäuschen, mehr kann ich nicht von Griegs Norwegischen Tänzen.«

Sie wartete wieder, schaute in die Runde.

»Wie ihr alle wisst, gehen unsere Geschenke dieses Jahr an die,

die sie am allermeisten brauchen, die, die von dieser Krankheit getroffen wurden, von dieser... diesem Fluch. In dem Zusammenhang möchte ich gerne mitteilen, dass mein Mann am 24. März in der F. Gallery eine Fotoausstellung eröffnet und dass fünf Prozent des Überschusses für diesen Zweck abgeführt werden, für diese Sache, die mir außerordentlich viel bedeutet.«

Synne holte Luft und wischte sich eine Träne fort. War das eine Träne? Vielleicht lag es nur an der Hitze hier drinnen? Oder zog es von einem Fenster her? Jokum drehte sich zu Edith Fremm um, die kaum wahrnehmbar nickte, während Mr. Cease den Kopf schüttelte. War er gerührt oder nur peinlich berührt? Jokum konnte die Zeichen nicht länger deuten. Die Gesten wurden unklar und zu Doubletten. Zum Schluss wusste er nicht mehr, wohin er schauen sollte. Wieder war Synnes Stimme zu vernehmen:

»Und ich heiße natürlich alle zur Eröffnung am 24. März herzlich willkommen. Vielen Dank für die Aufmerksamkeit.«

Sie ging zu dem Pfarrer, und die beiden umarmten sich. Alle klatschten, zuerst zögernd, bald im Takt. Als der Applaus sich endlich gelegt hatte und die Kinder die Rosinen vom Boden der leeren Becher pulten, kurz gesagt, als es an der Zeit war, aufzubrechen, blieb das norwegisch-amerikanische Paar vor Jokum stehen, und beide schauten ihn lange an.

»Wir dachten, ihr wolltet zu Weihnachten nach Hause fahren«, sagte Betty.

»Dazu fehlt uns leider die Zeit.«

»Ja, da gibt es wahrscheinlich genug zu tun, jetzt, wo du die Ausstellung haben sollst.«

»Ja, eine ganze Menge.«

Sie ergriff Jokums Hand, ließ sie aber gleich wieder los.

»Wir sind so stolz auf dich.«

»Danke. Aber im Sommer werden wir heimfahren.«

Wilhelm, oder Will, in seinem blauen zweireihigen und etwas abgetragenen Blazer, trat einen Schritt zurück, um Jokum besser betrachten zu können, sein Blick war hart und wehmütig.

»Jetzt bist du einer von uns«, sagte er.

»Wie bitte? Einer von …«

»Du sitzt hier fest. Du …«

Betty versuchte ihren Mann zu unterbrechen.

»Verwirr Jokum jetzt nicht. Er hat mehr als genug …«

Will schob Betty zur Seite, ohne ihr nahezukommen, und ließ den Blick, diesen harten, wehmütigen, nicht von Jokum weichen.

»Du hast heimfahren gesagt.«

»Heimfahren? Ja. Habe ich das gesagt?«

»Alle, die von Heimfahren sprechen, kommen nie wieder wirklich nach Hause.«

Jokum wollte ein Taxi nehmen. Synne wollte gehen. Sie gingen.

Am nächsten Tag lag ein kleines Päckchen für Jokum im Briefkasten. Es war von seiner Mutter. Er machte ein Foto davon. Auf eine Weihnachtskarte hatte sie geschrieben: *Du hast zwar gesagt, wir sollten keine Geschenke schicken. Aber ich dachte, vielleicht möchtest du das hier doch haben. Ich habe es gefunden, als ich die Sachen aufgeräumt habe, die ihr bei uns untergestellt habt. Und es ist ja kein Geschenk. Liebe Grüße. Mutter. PS. Ich denke, ihr solltet nicht damit rechnen, dass wir zu deiner Ausstellung kommen. Es ist so ein weiter Weg. Sei bitte nicht traurig deshalb.* Jokum öffnete die letzte Papierhülle und machte noch ein Foto. Es war der Magnet. Seine Mutter hatte ihm den Magneten geschickt. Er vibrierte in seiner Hand. Eine angenehme Wärme durchströmte seinen Arm, stieg hoch in die rechte Schulter und weiter den Rücken entlang, wo sie sich bis zu den Hüften und weit hinunter in die Füße ausbreitete. Die Schuhe wurden zu eng. Er musste sich an der Wand abstützen und fürchtete einen Moment lang, in Ohnmacht zu fallen. Nein, das war nur die Nostalgie, die ihm einen Streich spielte. Er ging wieder hoch in die Wohnung und arbeitete weiter an den Titeln der Bilder. Dann legte er den Magneten in die Tasche des grauen Anzugs, der ganz hinten im Schrank hing. Jokum dachte: Der Magnet ist mein Geheimnis.

VERNISSAGE

Jetzt wurde es ernst. Der Januar erschien wie eine fremde Jahreszeit, die es nur hier gab; die Tage versanken im Nebel, die Nächte erhoben sich im Neon. San Francisco war ein Krater, das Epizentrum der Sensibilität. Synne befand sich die meiste Zeit in der Galerie. Jokum gab den Fotos in der Dunkelkammer den letzten Schliff. Die beiden sahen sich jeden Abend, manchmal auch nur am Morgen. Jokum fiel etwas ein: Fotografieren war wie Angeln. Aber wenn erst einmal einer angebissen hatte, sagen wir eine Forelle, dann hätte er sie am liebsten wieder freigelassen, statt weitere Zeit fürs Säubern und Zubereiten zu verwenden, ganz zu schweigen vom Servieren. Er sehnte sich nur danach, dass wieder einer anbiss, nach einem neuen Fang, einem anderen Gewässer. Er war es so leid *zu veredeln*. Der Gedanke lockte ihn: die Bilder wieder freizulassen, ganz einfach die Tür zu öffnen und die Bilder in den Fluss des Lichts lassen, zurück. So dachte er: Steht das nicht genau im Gegensatz zur Kunst an sich? Widerstrebt es nicht dem Wesen der Kunst, das doch im Sammeln besteht und nicht im Auflösen? Soll die Kunst nicht festhalten, in Schrift, in Punkten, in Tönen? Nein, es stand vollkommen im Einklang mit den modernen Idealen, die das Vergängliche pflegten, *das, was es nicht gab,* denn das Vergängliche ist unangreifbar, und das, was währt, findet niemals seinen Frieden. Also wollte Jokum *zeitgleich* sein. Aber kämen die Bilder allein zurecht, wenn Jokum sie freiließe? Könnten sie überleben? Oder waren die Negative nur Schatten, bereits tot in der Kamera? Trotz allem fühlte er eine gewisse Verantwortung für diese Bilder. Dann tröstete er sich damit, dass er kein Künstler war. Er sagte es laut: *Ich bin kein Künstler.* Da mochten Synne und

Edith Fremm sagen, was sie wollten. Er war kein Künstler. Das war ein Trost. Es machte ihn überlegen. Im Februar waren *die Platten* fertig, Vintage Gelatine Silver Print, achtzehn Stück, 37/16. Sie sollten direkt an der Wand hängen, ohne Glas und Rahmen. Es sollte *roh* sein. Erst Anfang März hatte er die Titel bereit. Jokum war unsicher. Sie konnten komisch wirken und die Bilder dadurch zu Witzen machen, beispielsweise hieß das Hundehalsband jetzt *Beware of the Dog.* Er dachte: *Die Dinge lachen nicht.* Doch als Jokum noch einmal darüber nachdachte, konnte er damit leben. Er war ja kein Künstler. Er war eher mit Storm P. verwandt als mit Walker Evans. Während Synne ihr ewiges Take-away aß, das sie jeden Abend mit nach Hause brachte, heute war es Pasta, las er ihr diese Titel laut vor:

1. *Shoreleave.*
2. *Silent music.*
3. *After the party.*
4. *Old news.*
5. *Good luck.*
6. *After the party II.*
7. *Yesterday's birthday.*
8. *Revolution is cancelled.*
9. *Beware of the dog.*
10. *Christmas in March.*
11. *September's tailor.*
12. *Good Looking.*
13. *Work in progress.*
14. *Out of time.*
15. *Calendar without Sundays.*
16. *Autumn's barbershop.*

Jokum legte den Bogen zur Seite und wartete darauf, dass Synne etwas sagte. Sie stand auf, warf den Pappbecher und die Stäbchen in den Mülleimer und zündete sich eine Zigarette an.

»Sie gefallen mir.«

»Sind sie nicht zu witzig?«

»Macht das was?«

»Vielleicht ja nicht.«

»Sie lassen mich eher an Haikus denken. Und es gefällt mir, dass sie mich an Haikus denken lassen.«

»Das ist auf jeden Fall besser, als wenn sie witzig sind.«

»Übrigens habe ich gute Nachrichten für dich, Jokum.«

»Tatsächlich? Was für welche?«

»Aber vorher müssen wir über etwas anderes reden.«

»Die schlechten Nachrichten?«

Synne setzte sich wieder hin.

»Der Preis, Jokum.«

»Was ist damit?«

»Was meinst du, was die Bilder kosten sollen?«

Er war sich sicher, die beiden, Synne und Edith Fremm, hatten das längst beschlossen, und jetzt wollten sie Jokum nur in dem Glauben lassen, dass er etwas zu sagen hätte.

»Fünfzigtausend Dollar«, sagte er.

»Sei nicht albern. Dafür haben wir keine Zeit.«

»Ich meine, für alle zusammen.«

Synne drückte die Zigarette im Aschenbecher aus.

»Sie dürfen nicht zu teuer sein. Sonst sind wir weg vom Markt. Aber wenn sie zu billig sind, glauben die Leute, dass du nichts wert bist.«

Jokum dachte an die Dinge, die in Jim's Pawnshop verkauft wurden, Dinge, die für den Verkäufer teuer und wertvoll waren, aber zu Schrott und Nippes wurden, sobald sie auf dem Tresen lagen, sie verwelkten, sobald sie in andere Hände kamen.

»Auf dem Flohmarkt des Roten Kreuzes habe ich fünf Kronen gekostet. Erinnerst du dich?«

Synne lachte und zündete noch eine Zigarette an.

»Das meine ich ja. Der Preis ist die Summe aus Zeit und Ort. Verstehst du?«

Jokum verstand es ganz und gar nicht und hatte auch keine Lust, es besser zu verstehen. Er versuchte auszurechnen, was die Bilder ihm wert waren, aber diese Zahl gab es nicht, es war entweder null oder alles.

»Erinnerst du dich auch noch, was du damals gesagt hast? Dass jetzt das Bild seine Wanderung antritt.«

»Ja. So was in der Art. Es geht darum, die Bilder in Bewegung zu setzen.«

»Was glaubst du, wie weit es gekommen ist?«

»Wie weit? Na, vielleicht legen es die Leute, die es gekauft haben, in einen Karton, wenn sie in eine größere Wohnung ziehen, vergessen es, aber nach ein paar Jahren lesen sie über dich in einer Zeitung, dass du berühmt geworden bist, und dann fällt ihnen das alte Foto wieder ein, sie holen es heraus, sehen, dass es tatsächlich von dir stammt, und dann hängen sie es wieder an die Wand, oder wenn sie knapp bei Kasse sind, dann lassen sie es auf einer Auktion versteigern und werden reich, und das Bild setzt seine Wanderung fort.«

Für einen Moment versank Jokum in Träumereien, er wurde mitgerissen, hochgehoben, doch schnell sah er eine Müllhalde vor sich, auf ihr war das Bild gelandet, zwischen allem, was nicht nur übrig war, sondern für alle Zeiten überflüssig.

»Bestimme du den Preis«, sagte er.

»Wir müssen auch an die fünf Prozent für die Wohltätigkeit denken. Die etwas kaufen, sollen dabei das Gefühl haben, etwas zu geben.«

»Bedeutet das, dass die Bilder teurer werden? Oder billiger?«

»Edith Fremm hat 400 Dollar vorgeschlagen.«

»In Ordnung.«

»Übrigens kommen *Artnews*, *San Francisco Chronicle* und *City Light Press* zur Vernissage.«

Plötzlich wurde Jokum übel, vielleicht lag es am Zigarettenrauch, vielleicht waren es die Essensreste, die Gewürze, vielleicht war er einfach nur erschöpft und übermüdet, schmerzten ihn die Augen von den Chemikalien, von dem umgekehrten Licht in der Dunkelkammer. Er erinnerte sich an das, was seine Mutter immer zu sagen pflegte, dass er auf den *Zug* achten solle, besonders auf den *Durch-zug*, er war an den meisten Dingen schuld, er konnte tödlich sein. Jetzt zog es von allen Seiten. Jetzt war es ernst.

»Waren das die guten Neuigkeiten?«

»Dass die Kritiker kommen? Hätte gerade noch gefehlt, dass die nicht kommen.«

»Was ist es dann?«

»Hier kommen die guten Neuigkeiten, Jokum.«

Synne zog aus der Schultertasche, die über dem Stuhlrücken hing, eine Rolle heraus und entrollte sie auf dem Küchentisch. Es war das Plakat: *Jokum Jokumsen* in weißen Buchstaben auf dem Bild von dem Hundehalsband, darunter *F. Gallery, 24.3.–12.4.* Aber etwas daran stimmte nicht.

»Ist das nicht toll!«

»Doch, ja.«

»Und wir haben deinen Namen genommen. Alles andere wäre nur blöd gewesen.«

Erst jetzt entdeckte Jokum es. Sein Blick war verspätet, unsauber. Der Titel der Ausstellung war ein anderer. Sie hieß jetzt *Norwegian Still Life.*

»Warum heißt es nicht *Norwegian Things*?«

»Wir haben uns doch auf diesen Titel geeinigt.«

»Wir haben uns geeinigt?«

»Ja. Dass Dinge nicht gut klingt. Erinnerst du dich nicht mehr?«

»Mir gefällt das Wort. Dinge.«

»Gefällt dir still life nicht?«

»Dir gefällt es. Dir. Dir! Immer geht es hier nur um dich!«

Jokum sah, wie sich Synnes Gesicht auflöste, es wurde weich, verlor die Form und wechselte die Farbe, während der Mund zitterte. Es wäre ihm lieber gewesen, sie wäre wütend geworden. Es war nicht auszuhalten. Doch am meisten erschreckte ihn, dass er in der Lage war, jemanden zum Weinen zu bringen. Er legte seine Hand auf ihre. Sie zog sie fort.

»Ich dachte, du würdest dich freuen«, sagte sie.

»Ich freue mich auch. Nicht …«

»Ach, das sagst du nur so.«

»Nein, das meine ich.«

»Ich war den ganzen Tag in der Druckerei. Und …«

Synne fuhr sich mit dem Handrücken unter der Nase entlang und schluchzte. Jokum suchte in seinen Taschen und fand ein Taschentuch. Er reichte es ihr über den Tisch hinweg.

»Es ist ganz sauber«, sagte er.

Sie schnappte es sich und putzte sich die Nase.

»Danke.«

»Und es gehört mir. Siehst du? Das Monogramm der Familie Jokumsen.«

Synne legte das Taschentuch wieder zusammen und lächelte, lächelte sie tatsächlich? Jokum beugte sich weiter vor. Sie lächelte, ganz leicht.

»Ich kann sie bitten, morgen ein neues Plakat zu drucken. Aber …«

»Das ist nicht notwendig.«

»Warum …«

»Mir gefällt still life besser als Dinge.«

»Warum hast du das dann gesagt?«

»Was?«

»Dass es immer nur um mich geht?«

»Ich habe das nicht so gemeint. Ich bin nur erschöpft. Nervös. Und du auch …«

Synne nahm seine Hand.

»Es geht um uns, Jokum. Um uns.«

Sie gingen ins Bett.

Jokum dachte an etwas, das er gelesen hatte, erinnerte sich jetzt aber nicht mehr daran, welcher Fotograf es gesagt hatte: Dass es entscheidend sei, *die Augen zu waschen*. Ist der Schlaf die Seife, oder sind es die Träume? Als er aufwachte, lag eine Nachricht für ihn auf dem Nachttisch: *Nimm dir heute frei, Jokum. Es wird alles gut gehen. Synne*. Er küsste den linierten Zettel.

Frei?

Jokum duschte, trank zwei Gläser Wasser, räumte die Küche auf, wusch ab und brachte den Müll hinunter. Die Luft war mild, fast windstill, beinahe schon Frühling. Er bekam Lust, sich zu strecken. Er streckte sich. Dann holte er das Foto heraus, das er auf der Golden Gate Bridge gemacht hatte, schob es in die Tasche seiner Dogskinn-Jacke, ließ die Kamera zu Hause und ging zu Jim's Pawnshop. Heute gab es dort keine Schlange, drinnen war es auch ruhig, die Dinge standen in aller Ruhe da. Staub rieselte von einem siebenarmigen Kerzenständer. Ein grünes Modellflugzeug brütete in der Hitze unter der Decke. Die Medaillen hingen im Schrank, an ihren Preisen befestigt, wie die Personenkennziffer an einer Leiche. Hatten die Dinge in diesem Monat, außerhalb der Saison, auch frei? Nein, beide waren gleich unfrei, die Dinge wie Jokum, gefangen in ihrer Form, ihr Wert geschätzt von anderen. Was nicht getauscht werden konnte, wurde hier verkauft. Der Türwächter, im gleichen gestreiften Anzug, drehte sich mit einem Schulterzucken zu Jokum um, der das Bild auf den Tresen legte.

»*Do you want to pawn it or sell it?*«

Die Frage kam von Jim, auch ein kräftiger Kerl, in schwarzem T-Shirt mit dem Logo der Pfandleihe auf der Brust.

»Verkaufen«, sagte Jokum.

»Bist du der Fotograf?«

»Ja.«

Jim hielt das Bild ins Licht.

»Hübsch. Aber davon gibt es Tausende.«

»Tausende?«

»Ja. Bilder von der Golden Gate. Die werden jeden Tag gemacht.«

»Nicht dieses.«

»Und was macht dieses so besonders, Sir?«

»Das ist gemacht worden, kurz nachdem ein Mann übers Geländer gesprungen ist.«

Jim schaute sich das Bild noch einmal an.

»Woher soll ich das wissen?«

Jokum wurde von dieser Frage überrumpelt.

»Woher? Weil … weil ich es sage.«

Jim lachte.

»Wenn du wüsstest, womit die Leute herkommen und was für Geschichten sie mir dazu erzählen!«

»Aber es ist wahr.«

»Wahr? Ich betrachte alles als eine Lüge, bis das Gegenteil bewiesen ist. Und nimm das bitte nicht persönlich. Ich vertraue niemandem.«

»Aber über diesen Selbstmord stand auch was in der *Chronicle*. Das war Nummer 949.«

»Das Problem ist, dass es niemanden gibt, der *auf dem Foto* übers Geländer springt.«

Jokum bemerkte, dass der Ton, obwohl sie doch mitten im Feilschen waren, einem Feilschen um Glaubwürdigkeit, dennoch freundlich war, als erforderten die Gegenstände, von denen sie umgeben waren, diese *Artefakte,* einen gewissen Respekt.

»Ich verstehe. Außerdem – wer will schon ein Bild von einem Ort, an dem sich jemand das Leben genommen hat.«

»Sag das nicht. Du hast keine Ahnung, was die Leute so sammeln.«

»Ich möchte es auch gar nicht wissen.«

Jim lachte.

»Was hast du dir eigentlich gedacht, was du für das Bild haben willst?«

»Wie wäre es mit 400 Dollar?«

Jim lachte noch lauter, und der Ton wurde ein anderer; jetzt war es das Geld, das anfing zu reden.

»Kommt gar nicht in Frage.«

»Nicht?«

»Nicht einmal annähernd. Weit gefehlt.«

»Und was könntest du dir denken, was du mir zu geben bereit wärst?«

»Ich könnte mir denken, mindestens eine Null zu streichen, Sir.«

Ein Mann mittleren Alters stellte sich neben Jokum, er legte fünf Baseballkarten auf den Tresen und unterbrach die Verhandlungen.

»Ich will die hier verkaufen. Babe Ruth von 1953.«

»Wir sind mitten in einer …«

»Das geht schnell. Ich will tausend Dollar haben, 200 pro Stück.«

Jim schaute Jokum an, dieser nickte, von ihm aus, er hatte frei an diesem Tag, oder etwa nicht? Nach einem schnellen Blick auf die Karten sagte Jim:

»Wo hast du die her?«

»Die liegen seit zwanzig Jahren in der Garage. Stammen von meinem Vater. Ich dachte, es wäre an der Zeit, weiterzukommen.«

Jokum stutzte, *weiterzukommen*? Warum sagte der Mann nicht einfach, dass er Geld brauchte, dass die Rechnungen bald fällig waren, dass er pleite war, dass er Schulden hatte? Warum sagte er nicht einfach, wie es war? Nein, das war zu peinlich, er musste das Gesicht wahren, obwohl doch alle wussten, dass alle, die hier landeten, nur ein Gesicht hatten, das der Armut, und keine Maske konnte es verbergen.

Jim nahm ein Vergrößerungsglas und schaute sich die Karten näher an.

Der Mann wurde ungeduldig.

»Na, was sagst du?«

»Nichts.«

Der Mann verstand nicht.

»Nichts?«

»Genau. Nichts. Du kriegst nichts für diese Karten.«

»Machst du Witze?«

Jim richtete sich auf.

»Auf dieser Seite vom Tresen mache ich nie Witze. Die sind wertlos.«

»Wertlos? Die sind fehlerfrei. Sieh sie dir doch an!«

»Aber die sind nicht echt.«

»Willst du damit sagen, dass sie gefälscht sind?«

»Ich will sagen, dass sie nicht echt sind, Sir.«

Der Mann begriff es immer noch nicht.

»Aber die haben in der Garage gelegen… Ich habe sie von meinem Vater gekriegt, der… Das kann nicht stimmen…«

»Es sind nur Kopien. Das Papier verblasst. Die Farben verschwinden. Sieh selbst.«

Der Mann sagte nichts. Er wollte nicht. Er traute sich nicht. Jäh wurde er von blinder Wut übermannt und ballte die Fäuste.

»Willst du damit sagen, dass ich ein Schwindler bin?«

»Das habe ich nicht gesagt, Sir. Ich sage nur, dass die Baseballkarten nicht echt sind.«

Der Wachmann kam näher und stellte sich wortlos hinter den Mann, der augenblicklich kleinlaut und nachdenklich wurde, die Wut erstarb in ihm, nutzlos und hilflos. Er musste sich gegen den Tresen lehnen, konnte kaum reden.

»Wenn die falsch sind, was ist dann echt? Ist mein Vater echt? Meine Frau? Meine Kinder? Hä?«

»Es tut mir leid, dass wir nicht ins Geschäft kommen, Sir.«

»Oder was ist mit dem da? Ist der echt?«

Er zerrte an seinem Ehering. Der saß fest.

Der Wachmann legte ihm den Arm um die Schulter.

Doch niemand kann einem Menschen, der sich im freien Fall befindet, in die Augen sehen.

Der Mann gab auf, er schob die blassen Karten zusammen, nur noch eine schlechte Hand, und der Wachmann brachte ihn bis zur Tür. Ein plötzlicher Durchzug ließ die Dinge in dem Geschäft für eine Weile erzittern. Dann stand alles wieder still. Jim Jr. wandte sich Jokum zu.

»Das passiert hier jeden Tag.«

»Ja, das kann ich mir denken…«

»Ehrliche Männer mit falschen Waren.«

»Ja, er glaubte nur das Beste.«

»Und das ist auch nur eine Kopie, weißt du.«

Jim schob das Bild über den Tresen.

»Ich kann es signieren«, sagte Jokum.

»Was nützt das? Du kannst noch viele signieren, wenn du wieder zu Hause bist.«

»Du kannst das Negativ kriegen.«

»Vielleicht hast du schon einen ganzen Stapel an Kopien. Woher soll ich das wissen?«

»Ich verspreche …«

»Das brauchst du nicht. Ich vertraue so oder so niemandem. Und ich weiß gar nicht, warum ich immer noch hier stehe und mit dir rede.«

»Ich auch nicht.«

Jim schüttelte den Kopf.

»Wahrscheinlich, weil mir dein Bild gefällt. Hier kommt mein Vorschlag: Wir machen einen Tauschhandel. Ich habe eine Kiste voller alter Fotografien. Such dir etwas aus, was dir gefällt. Und ich behalte die Golden Gate.«

»Vorher nur noch eins: Wie viel hättest du mir eigentlich bezahlt?«

»Du meinst, wie viel ich eigentlich nicht bezahlt hätte.«

»Ist vielleicht das Gleiche.«

»Das Bild hat keinen Wert an sich. Erst wenn jemand kommt, der es haben will, kann man dafür einen Preis ansetzen.«

»Abgemacht.«

Sie gaben einander die Hand. Es waren gute Hände. Sie hatten eine Abmachung. Der Wachmann holte einen Karton mit Fotos. Jokum begann zu suchen. Er wusste nicht, wonach er suchte. Er blätterte zwischen Porträts, Landschaften, Städten und Katastrophen. Nichts interessierte ihn. Vielleicht war es doch eine schlechte Hand, wenn man alles mit in Betracht zog. Dann fand er es doch, als hätte dieses Bild genau auf ihn gewartet, und deshalb war seine Wanderung hier beendet, in diesem Karton in Jim's Pawnshop: Ein junges Paar sitzt auf einer Kirchentreppe mit einem Kind zwischen sich. Zunächst sieht es so aus, als läge das Kind in einer Wiege, mit Blumen geschmückt. Vielleicht ist es gerade getauft worden. Eine glückliche Familie. Doch wenn man näher hinschaut, dann erkennt man, dass das Kind in einem Sarg liegt, in einem offenen Sarg. Das Kind schläft nicht. Es ist tot. Es wird beigesetzt. Bald kommt es in die Erde. Der Vater hält seinen Hut in der Hand und betrachtet sein totes Kind. Die Mutter hat den Blick zur Kamera gewandt, als wollte sie sich vergewissern, dass der Fotograf auch alles mit aufs Bild bekommt, oder ist sie vielleicht nur eitel, auch noch in diesem Moment? Auf jeden Fall ist es herzzerreißend und sehr ernst gleichzeitig. Auf der Rückseite befindet sich ein Stempel. *Sylvester Wange, Hawley, Minnesota.* Jokum schob das Bild in die Tasche und ging nach Hause. Synne war noch nicht zurückgekommen. Er war nicht in der Lage, etwas zu tun. Er hatte nichts zu tun. Er hatte frei, und noch nie hatte er sich so eingesperrt gefühlt, eingesperrt und ausgeschlossen. Er konnte nur eins tun, er versteckte dieses Bild in einer Schublade in der Dunkelkammer. Dann legte er sich ins Bett. Er hatte einen Selbstmord auf der Golden Gate Bridge gegen ein totes Kind in Hawley, Minnesota, getauscht. Er fing an zu weinen. Wuschen Tränen die Augen? Musste er weinen, um ein guter Fotograf zu werden? Synne weckte ihn. Licht erfüllte das Zimmer.

»Heute ist die Vernissage!«, sagte sie.

Jokum verbarg sein Gesicht in den Händen. Sie setzte sich auf die Bettkante und schob die Hände vorsichtig zur Seite.

»Was ist denn los mit dir?«

»Nichts.«

»Hast du geweint?«

»Nein, nur schlecht geschlafen.«

Sie gab ihm einen Kuss auf die Stirn.

»Es gibt nichts, wovor du Angst haben musst, Jokum. Du sollst dich nur freuen! Hörst du?«

»Ja. Mich freuen.«

»Nun komm schon. Wir müssen dich zurechtmachen.«

Dann nahmen sie ein Taxi zur Galerie.

Aber die Vernissage ist nicht der Tag, es ist der Tag davor. Es ist der Tag, bevor die Ausstellung öffnet und die letzte Chance für den

Künstler, die Bilder zurechtzumachen, also zu firnissen. Jetzt wurde die Vernissage auch dazu genutzt, spezielle Gäste einzuladen, die sich lieber nicht unter das gewöhnliche Publikum mischten und dabei Gefahr liefen, dass ihr Blick von anderen Blickwinkeln gestört werden könnte. Ich will hier auf die Kritiker hindeuten. Und es soll auch nicht verschwiegen werden, dass es den Kritikern gefällt, als Auserwählte behandelt zu werden, als etwas Besonderes, sie gehören der Klasse an, die VIP genannt wird, oder die sich selbst als VIP bezeichnet, und ich möchte außerdem hinzufügen, dass es von VIP nur ein kleiner Schritt bis zu RIP ist, wie der Volksmund sagt.

Jokum hatte nichts anderes zu tun, als sich zu vergewissern, dass die Bilder richtig hingen, das heißt, entlang des goldenen Schnittes auf der Linie zwischen Fußboden und Decke, was in seinen Augen viel zu niedrig war, aber Jokum war ja auch kein Maßstab. Plötzlich vermisste er schmerzhaft seinen Vater, sein Vater hätte jetzt hier sein sollen und dafür sorgen, dass Licht und Abstand im Einklang waren. Außerdem sollte Jokum sich zur Verfügung halten. Er blieb auf der Treppe hinunter in den Showroom stehen. Ein älterer Mann mit weißem, schütterem Haar und eine jüngere Frau in engem schwarzem Kleid standen schweigend vor der Wand, er nippte an einem Glas Champagner, sie hatte die Hände auf dem Rücken. Jokum schlich sich wieder zurück ins Büro und schloss die Tür.

»Wer sind die beiden?«, flüsterte er.

Edith Fremm senkte ebenso die Stimme, vielleicht ergab sich das auch einfach nur. Sie wirkte gehetzt, fast außer Atem.

»*Chronicle* und *Light Press*. Die sind *wichtig*. Wir lassen sie erst mal eine Weile in Ruhe.«

»Wer ist wer?«

»Sie ist vom *Chronicle* und er …«

»Wo ist Synne geblieben?«

»Hängt die letzten Plakate auf.«

»Ich hoffe, du bist zufrieden mit ihnen? Wir sind sehr zufrieden.«

»Ja. Sie …«

»Hast du den Katalog gesehen? Der ist gerade hereingekommen … eigentlich hätte er gestern schon hier sein sollen. Warum ist alles immer verspätet? Ist das ein Naturgesetz?«

Sie gab ihm ein Faltblatt, mit *Shoreleave* auf der Titelseite, in der Mitte standen die Titel und die Preise, und ganz hinten hatte Edith Fremm eine Präsentation geschrieben. Darin konnte man unter anderem lesen: *Die Bilder sind zu einem Schnittpunkt zwischen den subjektiven Gefühlen des Fotografen und der Eigenart des Motivs geworden. Jokum Jokumsens Blick ist in dem Stoff. Er schenkt den leblosen Objekten ein Leben. Es ist der Triumph des Stilllebens und gleichzeitig sein Geheimnis. Mit seinen Schwarz-Weiß-Fotografien fügt er sich ein in eine grafische Tradition mit Spuren sowohl der japanischen Poesie, des amerikanischen Dokumentarismus und europäischer Kunstfotos. In diesem Spannungsfeld findet Jokum Jokumsen seine Nische in einer sachlichen Empfindsamkeit, mit der er den Zauber des Gewöhnlichen erforscht.*

Jokum faltete das Blatt wieder zusammen.

»Ich freue mich wirklich darauf, die Bilder dieses Jokumsen zu sehen«, sagte er.

Edith Fremm musste über ihn lachen.

»Es war Synnes Vorschlag, dass kein Bild von dir drauf sein sollte, also ich meine, kein Bild von dir …«

»Ich verstehe schon.«

»… im Katalog. Und heute steht eine Notiz in *The Chronicle*. Nur die Pressemitteilung. Übrigens hat mir gefallen, was du über Gefühle gesagt hast.«

»Gefühle?«

»Dass du Gefühle erwecken willst. Nicht Bewunderung. Das erinnert mich an alte Zeiten.«

»Was für alte Zeiten?«

»Die Sechziger.«

»Na, die sind ja nun noch nicht so lang her.«

»Doch. Sind sie. Damals wollten wir auch …«

»Gefühle erwecken?«

»Ja. Aber wir müssen realistisch bleiben.«

Jokum verstand nicht ganz, was sie meinte, auf jeden Fall klang das bedrohlich, es klang wie eine Warnung und schlechte Nachrichten gleichzeitig.

»Ja. Realistisch. Das habe ich doch die ganze Zeit gesagt.« Edith Fremm gab ihm mehrere Faltblätter in die Hand.

»Du kannst jetzt zu ihnen hinuntergehen«, flüsterte sie.

»Könnte ich nicht darum herumkommen?«

»Das steht im Vertrag, Jokum. Du musst...«

»Dich zur Verfügung halten?«

»Ja. Hältst du dich zur Verfügung?«

Jokum nahm einen Stapel mit, am liebsten wäre er weggelaufen, doch er tat, worum er gebeten worden war. Auf der Treppe sah er, dass die beiden, die schwarz gekleidete junge Frau und der Mann mit den schütteren Haaren, bereits gegangen waren. Der Raum war leer und erfüllt vom Licht, das die Bilder aufsogen. Er war erleichtert und beunruhigt zugleich. War das so schnell überstanden? War er nur ein Schulterzucken wert? Man bekommt ein Glas Champagner, wirft einen Blick, und dann hat man genug gesehen, um ein Urteil zu fällen. Er ging wieder nach oben. Synne war zurückgekommen. Wo war sie in der Zwischenzeit gewesen? Sie saß im Büro. Edith Fremm war aufgestanden. Auf dem Tisch zwischen ihnen stand ein Foto hinter Glas und im Rahmen. Jokum verstand den Zusammenhang nicht. Das war doch das Bild von der Golden Gate Bridge.

»Wie ist das hierhergekommen?«

Synne wandte sich ihm zu.

»Zuerst musst du mir erklären, wie das in Jim's Pawnshop gekommen ist.«

Als wäre er auf frischer Tat ertappt worden.

»Ich wollte nur, dass es seine Wanderung beginnt«, sagte Jokum.

»Und der erste Halt auf dieser Wanderung ist hier.«

»Aber wie...«

Plötzlich lachte Synne.

»Ich habe bei Jim's Pawnshop ein Plakat aufgehängt. Und im Fenster habe ich dein Foto gesehen. Und es gekauft. Bitte schön.«

»Wie viel musstest du bezahlen für …«

Edith Fremm unterbrach ihn.

»Ich möchte es bei der Ausstellung dabeihaben. Es ist fantastisch!«

Jokum holte tief Luft.

»Aber letztes Mal wolltest du es nicht. Außerdem heißt die Ausstellung Norwegische …«

»Letztes Mal habe ich nicht genau genug hingeschaut. Warum hast du auch nichts gesagt?«

»Gesagt? Was sollte ich gesagt haben?«

»Der Stiefel!«

Synne nahm das Bild hoch und zeigte es ihm.

»Jim Jr. hat mich darauf aufmerksam gemacht. Man braucht fast eine Lupe. Aber wenn du genau hinschaust, siehst du, dass er da steht.«

Jokum schaute genau hin. Er schaute sich sein eigenes Bild an, als wäre es nicht seins, als hätte er nichts mehr damit zu tun. Unter dem Geländer stand noch der eine Stiefel, das Einzige, was an einen Menschen erinnerte. Der Selbstmörder musste sich so kräftig abgestoßen haben, dass er sich gelöst hatte, er musste sich ganz plötzlich entschieden und Anlauf genommen haben. Und dieser Stiefel veränderte das ganze Bild, nicht nur die Komposition, die einen anderen Schwerpunkt und eine neue Diagonale bekam, sondern auch den Inhalt selbst. Der neutrale, fast meteorologische Augenblick auf der Brücke breitete sich aus zu einer grenzenlosen Geschichte. Meinte Jokum das mit Zufall, Zusammentreffen, glückliche Fügung? Nein, die glückliche Fügung war, *dort zu sein*. Dann kann alles geschehen. Das Bild firnisste sich selbst. Aber dennoch spürte er ein intensives Glück, nein, eine Zufriedenheit, und er schämte sich deshalb.

ERÖFFNUNG

Die Eröffnung folgte bereits am nächsten Tag. Dieses Gefühl hatte Synne: begonnen und vorüber im gleichen Atemzug. Jokum und Synne kamen als Letzte, er im grauen Anzug mit weißem Hemd, sie in roter Lederjacke und schwarzer Karottenhose. Das war ihre Idee, er sollte *bürgerlich* aussehen. Der uniformierte Türsteher grüßte mit der Hand an der Mütze und ließ sie hinein. Synne ergriff Jokums Hand und drückte sie. Daran würde er sich immer erinnern, an die Art, wie sie seine Hand drückte, in einer eigenen Sprache. Sie blieben mitten auf der Treppe stehen und nahmen den Applaus entgegen. Es waren so viele Menschen im Raum, dass man kaum die Bilder sehen konnte. Da waren Will und Betty. Da waren Mr. und Mrs. Cease. Da waren der Pfarrer und der Organist. Wer war der Mann zwischen ihnen, mit einem rot-weiß-blauen Button am Revers? *Der Konsul*, flüsterte Synne. Und da waren all die anderen, von denen er nicht wusste, wer sie waren, die aber Jokum kannten, die Galerieleitung, Musiker, Kollegen, Kritiker, Direktoren, alle, die auf der Liste standen. Eine Gruppe magerer Männer mit Halstüchern und zu großen Augen klatschten, ohne dass die Hände sich berührten. Jokum registrierte all das mit einem einzigen Blick, die weißen Handschuhe der Kellner, die Sushihäppchen, die dreieckigen Servietten, die Zahnstocher, der unruhige Champagner, der Knick in den Handgelenken, eine Schleife in einem Knopfloch, ein Glas, das auf einem Katalog stand, und Edith Fremms langes, enges Kleid, das über einem Paar blauer Joggingschuhe endete. Jetzt schlug sie mit dem Ring gegen eine Flasche, und bei dem spröden Klang wurde es still.

»Meine Damen und Herren! Wie Sie wissen, zeigte die erste Ausstellung hier in der F. Gallery die Bilder der Nasa vom Mond. Dieses Mal haben wir uns auf eine andere Reise gemacht, zu einem Ziel, weit entfernt und gleichzeitig ganz nah bei uns. Zu dem, was wir nicht sehen, was nur der Künstler sieht, für uns sieht. Zu der Geschichte der Dinge und ihrem Zauber. Ich heiße alle herzlich willkommen zur Eröffnung von *Norwegian Still Life* und ganz besonders den Künstler selbst, Jokum Jokumsen, der sich den ganzen Abend zur Verfügung halten wird.«

Wieder brach der Applaus los. Ich bin kein Künstler, dachte Jokum. Synne schob ihren Arm unter seinen, und sie gingen die letzten Stufen hinunter, bekamen jeder ein Glas und verloren sich aus den Augen. Jokum hielt sich zur Verfügung. Er hielt sich zur Verfügung und gleichzeitig fern, genau wie seine Dinge. Ganz gleich, wohin er sich drehte und wendete, überall begegneten ihm Freundlichkeit und gute Worte, das eine stärker als das andere. Aber Lob macht etwas mit dir. Es macht dich wehrlos, und zum Schluss stehst du nur mit einem Schafslächeln da und nickst. Deshalb war es eine Erleichterung, als Will den Weg versperrte und Betty ihn am Arm packte und sagte:

»Warum machst du keine Fotos von schönen Dingen, Jokum?«

»Das ist eine gute Frage.«

»Ich verstehe es gar nicht, wie findest du nur all diese …«

Will unterbrach sie:

»Das darfst du nicht missverstehen, du bist ein guter Fotograf. Aber ehrlich gesagt …«

Edith Fremm kam hinzu, sie zog Jokum mit sich und glaubte vielleicht, sie hätte ihn gerettet.

»Wir brauchen dich mal eben«, sagte sie.

»Was ist los?«

»Übrigens: Du siehst gut aus.«

Sofort wurde Jokum misstrauisch und fing an, an allem zu zweifeln. Meinte sie nicht eigentlich das Gegenteil? War das nur etwas, was sie so dahinsagte? Warum sagte sie es dann? Er war fast allergisch geworden gegenüber jedem freundlichen Wort. Lieber wäre er zurück zu den Norwegisch-Amerikanern gegangen, um sich verhöhnen zu lassen. Dann erinnerte er sich daran, dass sie einander versprochen hatten, ehrlich zu sein.

»Du auch«, sagte er.

»Danke.«

»Das Kleid steht dir.«

»Anzüge trage ich nur im Alltag. Psst.«

Einer der mageren Männer stellte sich auf einen Stuhl, sofort wurden alle aufmerksam. Er begann zu sprechen.

»Wir danken …«

Seine Stimme war heiser, die Finger lang und unruhig, der Blick fast nicht einzufangen. Jokum schaute stattdessen auf seine Hose mit Schlag, eine Mode, von der er gedacht hatte, sie wäre schon vor langer Zeit vorbei gewesen, aber da wusste er noch nicht, dass ursprünglich die Seeleute Schlaghosen trugen, landete man im Wasser, war es leichter sie auszuziehen. Der Mann hustete zweimal, dann fing er noch einmal an:

»Wir danken der F. Gallery und dem Fotografen Jokum für die Unterstützung. Jokum Jokumsen gibt unserer Sache nicht nur seine Unterstützung in Form einer ökonomischen Spende, sondern auch ein moralisches Signal. Jokum sagt, er möchte lieber Gefühle wecken als Bewunderung. Wir können hinzufügen, dass wir Liebe erwecken wollen, keine Angst.«

Der Mann musste etwas trinken, er hustete erneut und fuhr sich mit dem Handrücken langsam über den Mund. Dann zeigte er auf das Foto, das allein neben der Treppe hing, Golden Gate Bridge, es hatte den Titel *Number 949* bekommen.

»Jokums Bilder wecken Gefühle. Sie zeigen uns, dass wir keinen verlieren dürfen, und die, die wir verloren haben, dürfen wir nicht vergessen. Dankeschön.«

Seine Stimme versagte, bevor er fertig gesprochen hatte. Die Freunde halfen ihm vom Stuhl herunter. Niemand traute sich zu klatschen. Edith Fremm beugte sich näher zu Jokum, der den Zusammenhang zwischen dem Bild und der Sache nicht verstand, sie flüsterte:

»Du musst etwas sagen, Jokum.«

»Kann nicht Synne …«

»Edith hat recht. Alle warten auf dich.«

Jokum drehte sich um. Synne stand hinter ihm. Sie wirkte aufgewühlt, zumindest bewegt. Für einen Moment bekam ihr Gesicht Risse, wie Porzellan. Es war immer noch vollkommen still. Er hatte keine Wahl. Er ging zum Stuhl, und während er dieses kurze Stück zurücklegte, tauchte die alte Sehnsucht in ihm auf, die Sehnsucht nach Katastrophen, danach, dass etwas geschah, *etwas anderes,* etwas, das die Aufmerksamkeit von ihm ablenken könnte, ein Erdbeben beispielsweise, das die Bilder von den Wänden fallen ließe, und alle würden zur Treppe laufen, zum Notausgang, und er könnte auch noch beschließen, nie wieder bei einer Eröffnung anwesend zu sein, wenn es denn nach all dem hier überhaupt jemals wieder eine Eröffnung geben würde. Schließlich kam er bei dem Stuhl an, und glücklicherweise musste er nicht auf ihn steigen. Er schob die Hand in die Tasche, um ungezwungen zu wirken, entspannt, und fühlte, dass da etwas drinnen lag. Er begann. Irgendwo musste er schließlich anfangen.

»Vielen Dank. Ich muss mich bedanken. Vielen Dank für diese Möglichkeit, aus der Dunkelkammer herauszukommen. Vielen Dank der F. Gallery und Edith. Ich bedanke mich bei Synne, meiner Ehefrau, meinem *Mädchen für alles,* was sie für mich war, die für mich unverzichtbar ist. Gibt es noch etwas, was ich sagen sollte? Ja. Jemand hat mich gefragt, also Betty, die wir alle kennen, Betty, ist es in Ordnung, wenn ich erzähle, was du mich gefragt hast? Danke, ja, sie fragte mich, wie ich all diese merkwürdigen Dinge finde, die ich fotografiere. Und das werde ich Ihnen sagen. Ich benutze das hier. Das ist das Geheimnis hinter meinen Bildern.«

Jokum nahm die Hand aus der Tasche und zeigte den Magneten. Alle rückten näher an ihn heran. Er schaute zu Synne, die stehen geblieben war, sie schüttelte den Kopf und lächelte dabei. Was bedeutete das? Edith Fremm begann zu klatschen, und der Applaus breitete sich aus. Jokum verneigte sich und suchte Zuflucht in der Toilette, wo er das Gesicht mit kaltem Wasser wusch. Es half nicht. Er wusste nicht, wogegen es hätte helfen sollen. Schließlich war es ja sein Abend. Er sollte sich freuen. Es lief gut. Zumindest lief es nicht schlecht. Er erinnerte sich an etwas, das er über Synne gesagt hatte, dass sie *souverän* sei. Er wäre gern souverän. Also fasste er einen Entschluss. Er war souverän. Als er sich aufrichtete, sah er einen anderen im Spiegel. Mr. Cease.

»Du hast sie mir weggenommen.«

Jokum drehte sich nicht um.

»Wie bitte?«

»Du hast mir Synne weggenommen.«

»Ich verstehe nicht, was Sie sagen.«

Mr. Cease zog einen Umschlag aus der Innentasche.

»Sie kommt nicht mehr zu den Vorlesungen. Sie hat Seminare abgesagt. Sie liefert keine Arbeiten mehr ab.«

»Das kann ich nicht …«

»Du bist jetzt ihre Doktorarbeit.«

Er legte den Umschlag auf den Waschtisch, ging schnell zur Tür, blieb dort stehen, sagte:

»Das mit dem Magneten war übrigens ein billiger Trick.«

Dann war er draußen. Jokum blieb stehen. Er öffnete den Umschlag. Es war die Rechnung der Autowerkstatt, die Reparatur der Motorhaube. 120 Dollar. War das Mr. Ceases Art zu trauern? Konnte die Trauer im Laufe der Jahre zu so etwas mutieren? Hatte die Trauer sich dermaßen verlaufen? Wie dem auch war, Jokum fand sich damit nicht ab, nicht an einem Abend wie diesem. Er folgte Mr. Cease mit dem Umschlag in der Hand und holte ihn an der Treppe ein.

»Darf ich daran erinnern, dass ich zwei Fotos für Sie gemacht habe?«

»Du verstehst das falsch, Jokum.«

»Und dass meine Fotos, wie Sie sehen, jetzt auf 400 Dollar taxiert werden?«

Jemand drehte sich zu ihnen um, so langsam erregten sie Aufsehen. War es vielleicht das, wonach Jokum sich sehnte, *etwas anderes*? Nein, darauf hätte er lieber verzichtet. Er spürte bereits, dass er sich auf dem Rückzug befand. Was war es, was hatte er falsch verstanden? Mr. Cease lächelte und legte ihm eine Hand auf die Schulter. Die Leute wandten sich wieder ab. Die beiden führten ja nur eine nette Unterhaltung.

»Du hast mir einen *Dienst* erwiesen, Jokum. Genau wie ich dir einen Dienst erwiesen habe, als ich euch den Wagen geliehen habe. Verstehst du?«

»Ja, aber...«

»Aber die Delle, das ist kein Dienst, oder?«

»Nein, aber...«

»Die steht außerhalb der gegenseitigen Aufrechnung der Freundschaftsdienste und muss deshalb beglichen werden. Findest du nicht?«

»Ich finde nur, Sie hätten sich eine andere Gelegenheit dafür aussuchen sollen.«

Jokum schob den Umschlag in die Tasche, unschlüssig und beherrscht. Mr. Cease ließ ihn los.

»Ich soll von meiner Frau grüßen. Sie musste gehen. Kopfschmerzen.«

»Ach so. Ich...«

»Du weißt, all die Menschen, die schlechte Luft, Champagner. Übrigens ist sie ein großer Bewunderer von dir. Aber das weißt du ja.«

»Danke. Nein, ich...«

»Du hast doch auch ein Foto von ihr gemacht.«

»Ja, das hat sich so ergeben...«

»Du bist fast unser Familienfotograf geworden, was? Aber du hättest es trotz allem persönlich vorbeibringen können, nicht nur mit der Post schicken.«

»Es gab so viel zu tun, deshalb...«

Mr. Cease legte Jokum wieder die Hand auf die Schulter und sprach leise, vertraulich.

»Du hast etwas gesehen, das ich seit Langem nicht gesehen habe. Ja, ich hatte fast vergessen, dass es da ist. Ich glaubte, es wäre … verloren gegangen.«

Jokum schaute sich suchend um, nach Synne, nach Edith Fremm, konnte keine von ihnen entdecken.

»Ich hoffe nicht …«

»Aber du hast es gesehen. Das ist das Kennzeichen eines hervorragenden Fotografen. Der Teufel soll dich holen.«

Der Professor sprang fast die letzten Stufen hinauf und verschwand hinter der Garderobe. Jokum musste sich erst einmal sammeln. *Ein hervorragender Fotograf.* War das Gespräch tatsächlich so verlaufen, von der Leugnung hin zur Bestätigung? Dann geschah doch noch etwas, etwas anderes, Jokum hörte Lärm, lautes Schimpfen vom Eingang her, er ging dorthin.

»Was ist los?«

Der Wachmann lehnte sich gegen die Tür und schob seine Mütze zurecht.

»Alles in Ordnung, Sir. Nur ein Besoffener, der versucht hat, reinzukommen.«

»Ein Besoffener?«

»Er hat behauptet, er wäre der da auf dem Plakat.«

Jokum lief auf den Bürgersteig hinaus, schaute sich in alle Richtungen um, aber es war niemand zu sehen, nur die Autos, die ihr Licht hinter sich durch die einbrechende Nacht schleppten. Er ging zurück zum Wachmann, der jetzt kleinlaut geworden war.

»Kann ich irgendetwas …«

»Hat er sonst nichts gesagt?«

»Nur, dass er derjenige sei, der … Alles in Ordnung, Sir?«

Jokum setzte sich ins Büro. Er herrschte sowieso Aufbruchsstimmung. Er betrachtete das Plakat, das direkt vor ihm hing, die Tätowierung, die Blume, die im Herbarium der Haut verwelkte, der Name, *else.* Plötzlich überfiel ihn eine große Tristesse, keine Trauer, sondern Tristesse. Er hörte, wie Synne die Gäste verabschiedete. Er dachte: Die Eröffnung ist kurz, die Schließung ist lang. Er musste schmuzeln. *Die Eröffnung ist kurz, die Schließung ist lang.* Das klang wie eine schlechte Fotografie, nein, wie schlechtes Handwerk. Dann kam sie herein, lehnte sich gegen die Wand und atmete tief aus, lange.

»Worüber haben Theo und du geredet?«, fragte sie.

»Findest du mich hässlich?«

Synne riss die Augen auf.

»Was sagst du da?«

»Du wolltest kein Foto von mir im Katalog haben.«

»Denk doch mal nach, Jokum.«

»Ich habe nachgedacht.«

»Findest du es in Ordnung, dass ein anderer Fotograf sein Bild in deinem Katalog hat?«

Darüber hatte Jokum nicht nachgedacht, und das gab er auch bereitwillig zu:

»Darüber habe ich nicht nachgedacht.«

»Aber ich. Das nächste Mal ...«

»Das nächste Mal? Es gibt kein *nächstes Mal.*«

»Ich weigere mich, mit dir zu arbeiten, wenn du in dieser Verfassung bist. Das ist einfach respektlos deinen Bildern gegenüber.«

Jokum schaute sie an und dachte, *darüber habe ich auch noch nicht nachgedacht.* Sie dachte einfach an alles.

»Tut mir leid«, sagte er.

»Und das nächste Mal machst du ein Selbstporträt. Denk mal drüber nach.«

Edith Fremm kam herein und stellte sich neben Synne, genauso erschöpft und erleichtert.

»Oder Captain Beefheart kann eine Zeichnung machen.«

Jokum stand auf.

»War er hier?«

»Nur einige seiner Musiker. Ihnen hat gefallen, was sie gesehen haben. Allen hat gefallen, was sie gesehen haben, nicht wahr, Synne?«

»Das stimmt. Alle, mit denen ich gesprochen habe – und ich

habe mit allen gesprochen – gefiel, was sie sahen. Er sollte zufrieden sein. Stattdessen sitzt er hier rum und beschwert sich.«

Jokum setzte sich wieder und fragte:

»Wird das jetzt *business?* Oder war das nur *pleasure?*«

»Nun werde nicht zu amerikanisch, Jokum. Eins nach dem anderen. Übrigens, deinen Magneten, den liebe ich einfach!«

Edith Fremm gab Jokum einen Brief, er war gestern gekommen, aber liegen geblieben. Er sah sich den Umschlag an, norwegische Briefmarken, sein Name war mit der Schreibmaschine geschrieben, *Fotograf Jokumsen,* F. Gallery. Er öffnete ihn und zog einen gelben, vergilbten Bogen heraus, den er entfaltete, es war ein Telegramm, ein Schmucktelegramm, das mit dem knienden Jungen, der einen Blumenstrauß hochhält. Sofort erkannte er Vaters gleichmäßige, eckige Schrift wieder, jede Zeile war wie eine Straße in einer luftigen Stadt. Er gab Synne das Telegramm und sagte auf Norwegisch:

»Lies du es.«

»Nein, nicht jetzt.«

»Doch, in unserer Familie liest immer du laut vor.«

Sie schüttelte den Kopf.

»Das ist Edith gegenüber unhöflich. Sie versteht nicht …«

»Es ist nicht an sie gerichtet.«

»An mich auch nicht. Es ist für dich, Jokum.«

»Tu einfach, was ich sage. Das ist mein Abend.«

War Jokum bereits betrunken? Als er das letzte Mal betrunken war, da hatte er auch Champagner getrunken, nördlich von Sognsvann, und zum Schluss war ein Song daraus geworden. Vielleicht war er jetzt auf Amerikanisch betrunken? In dem Fall wollte er das zu einer Gewohnheit werden lassen. Plötzlich fühlte er sich rundum wohl. Synne begann zu lesen: *Lieber Jokum, als wir dir ein Schmucktelegramm schicken wollten, haben sie uns beim Telegrafen gesagt, dass sie damit 1980 aufgehört haben. Kannst du dir das vorstellen? Brauchen wir kein Schmucktelegramm mehr? So ein Schmucktelegramm ist vielleicht die schönste Art und Weise, seine Begeisterung zu zeigen, sachlich, kurzgefasst und mit einem gewissen Abstand, so-*

dass die Person, die mit Begeisterungsausbrüchen überschüttet wird, die Möglichkeit hat, es in aller Ruhe sacken zu lassen. Aber jetzt muss ich also das Schmucktelegramm mit ganz normaler Post schicken, denn zum Glück hatten wir noch eins von unserer Hochzeit übrig, auf dem nichts stand, und weißt du was, 1946 wurden in Norwegen 3,2 Millionen Schmucktelegramme verschickt, nicht allein an uns natürlich, sondern in ganz Norwegen. Der Vorteil daran, ein Schmucktelegramm im Umschlag zu schicken, besteht ja darin, dass ich nicht überlegen muss, wie viele Worte ich benutze, was vor 1980 ein kostspieliges Vergnügen war, aber damals haben wir auch das sagen können, was wir sagen wollten, vielleicht sogar noch deutlicher, weil wir uns mit Bedacht ausdrücken mussten, sowohl der Platz als auch der finanzielle Spielraum waren begrenzt, und deshalb mussten wir das Beste draus machen, und vielleicht macht man gerade dann das Beste, nicht, wenn alles möglich ist. Überleg das mal, Jokum, jetzt, nachdem du dich in Amerika niedergelassen hast, wo es von allem viel gibt und das meiste größer ist als irgendwo sonst. Wenn die Post den Brief so befördert, wie ich es ausgerechnet habe, bekommst du dieses Schmucktelegramm genau an dem Tag, an dem deine Ausstellung eröffnet wird. Deshalb schicke ich es direkt an die Galerie, deren Adresse ich nach langem Suchen herausgefunden habe. Ich hoffe, die Ausstellung kann auch nach Norwegen kommen, da wir ja nicht nach Amerika kommen. Was hältst du davon, lange Elle? Jetzt hoffe ich nur, dass deine Bilder richtig im Verhältnis zum Raum an den Wänden hängen, und dabei meine ich, wie du schon verstehst, die kubische Logik des Raumes. Aber das hast du sicher ganz genau bedacht. Ich selbst habe auch so einiges zu bedenken. Wir planen nämlich hinter Ekeberg ein neues Wohngebiet, und da heißt es, das Licht reichlich zu verdünnen, damit es für alle reicht. Das ist mein Königsgedanke, weißt du, und zwar schon seit meinen jungen Jahren in Nyhavns Schatten, dass alle eine Wäscheleine mit ein wenig Sonne haben sollen, an der ein Bettlaken im Laufe eines Vormittags trocknet. Eine Wohnung soll ein Schloss sein. Aber solche Gedanken musst du dir ja zum Glück nicht machen. Dagegen musst du genauso viel die Dunkelheit bedenken, vielleicht sogar noch mehr. Versprich mir nur eines, ja, dass du auch das Licht in deine Bilder einfallen lässt. Viele Grüße, die Elle, dein lieber Vater. PS. Grüße an Synne und sag ihr, dass wir… Synne verstummte, blieb einfach stehen und schaute eine Weile auf das Telegramm, bevor sie den Blick wieder hob und sagte:

»Den Rest kannst du allein lesen.«

»Nein, mach du das. Es ist so schön, dich lesen zu hören.«

»Edith ist eingeschlafen.«

Jokum schaute zu ihr hinüber. Sie war auf einem Stuhl zusammengesunken, saß da, das Kinn auf der Brust und ließ leise, kindliche Geräusche aus dem Mund hören, als bliese sie im Schlaf einen Luftballon auf.

»Das wird ihr nur guttun.«

»Ich möchte das aber lieber nicht, Jokum. Auch wenn ich *dein Mädchen für alles* bin.«

Jokum lachte nur.

»Aber ich möchte das. Lies bitte den Rest.«

»Was ist nur los mit dir?«

»Ich bin betrunken auf Amerikanisch. Bitte.«

Noch einen Moment schwieg Synne, dann fuhr sie fort: *Grüße an Synne und sag ihr, dass wir in diesen schwierigen Zeiten mit ihr fühlen. Wir haben keine Blumen schicken können, denn es stand dort nur, dass die Beisetzung in aller Stille stattgefunden hatte. Wir hätten ihn gern kennengelernt. Im Nachruf wurde er als ein zurückhaltender Ehrenmann beschrieben, aber in erster Linie war er ja Synnes Vater. Und ich erinnere mich an das wunderbare Geschenk, das er dir zu Weihnachten hat schicken lassen, die Hasselblad. Sie liegt immer noch hier, nur dass du das weißt. Du bist jetzt ihre Stütze, Jokum, und wir denken natürlich auch an Synnes Mutter, die arme Witwe.* Synne holte tief Luft und schaute Jokum an, der erst jetzt aufstand, in Gedanken und Bewegungen verspätet. War das die Katastrophe, nach der er sich gesehnt hatte? Er schämte sich, doch noch bevor er den Tisch umrundet hatte, war Edith Fremm aufgewacht, auch sie ebenso schwerfällig, und sagte:

»Seid ihr bald fertig?«

Synne starrte immer noch Jokum an.

»Es fehlt nur noch ein Satz. Soll ich den auch lesen?«

Jokum war nicht in der Lage, einen Unterschied in ihrer Stimme zu hören, aber Edith Fremm, die bis jetzt geschlafen hatte und sowieso kein Wort verstand, ließ ihr Glas fallen und hob die Hände vors Gesicht.

Er sagte:

»Synne, du musst nicht ...«

Doch sie unterbrach ihn und las den letzten Satz:

»*Nein, mit diesem Telegramm ist kein großer Staat zu machen.*«

HEIM

Seht das alles im größeren Zusammenhang: Lasst euch nicht davon irritieren, dass alles gleichzeitig vor sich geht oder davon, dass über manches unmöglich etwas in Erfahrung zu bringen ist. Das meiste geschieht, ohne dass wir es wissen. Anders kann es nicht sein. Wir sind zu unserer Begrenzung verdammt. Aber das ist auch ein Segen. Wir werden in Ruhe gelassen, solange es anhält. Aber es gibt auch Spuren, die gekreuzt werden müssen, und Linien, die sich begegnen, unerwartet und dennoch unumgänglich, unsanft und manches Mal ganz sanft. Es gibt Abstände, die sich zu Punkten zusammenziehen, ob wir das nun wollen oder nicht, Schulden, Liebe, Erbe, Kunst und Krankheit: Lange lag es in aller Ruhe da, dann erwachte es, breitete sich aus und griff den Körper an, der dessen unfreiwillige, großzügige Herberge gewesen war. Erik Sager starb hinter den Gardinen seines Arbeitszimmers, auf dem Stuhl, auf dem er immer gesessen hatte, und von dem sich zu erheben ihm nicht mehr möglich war. Als sie ihn fanden, sah es fast so aus, als schliefe er, auf den Tisch und den grünen Filz gelehnt, wie ein Kopfkissen unter seiner Wange, oder wie eine Pfütze grünen Bluts. Aber der Gestank deutete auf etwas anderes hin, auf Tod und Untergang. Die Vormünder fanden ihn so. Sie riefen den Familienarzt an, Dr. Schmidt, sagten aber, es habe keine Eile. Eine von ihnen konnte sich nicht zurückhalten, sie musste ihren Scherz loswerden: Vielleicht sollten wir lieber den Kürschner herbeirufen? Worüber sie beide den Kopf schüttelten und herzlich lachten. Dann gingen sie hinüber in den anderen Flügel und fanden die Mutter im Bett, es war mitten am Tage. Diese brach nicht zusammen. Sie war bereits früher zusammengebrochen und in kleinste Teile zerbrochen, zuerst in Wut, dann in Trauer, anschließend in Scham, der sich in Gleichgültigkeit verwandelte, das wahre Gesicht der Verbitterung.

»Das steht mir besser«, sagte sie.

Die Vormünder halfen ihr auf die Beine.

»Was denn, meine Liebe?«

»Witwe zu sein.«

Dr. Schmidt kam erst am nächsten Morgen und hatte auch dann noch keine Eile. In der offiziellen Urkunde, die Erik Sager die Erlaubnis geben sollte, weiter in den Staub hineinzufahren, schrieb er ganz einfach *Schlaganfall*. Die Sterbeurkunde war eine Metapher, wie der Nachruf ein Märchen war und die Anzeige ein Gedicht. *Zwei Dinge erfüllen das Gemüt mit immer neuer und zunehmender Bewunderung und Ehrfurcht: der gestirnte Himmel über mir und das moralische Gesetz in mir.* Dann wurde er in einen Sarg gelegt, dieser verplombt und ins Krematorium gebracht. Die Vormünder verbrannten seine Kleidung im Schwimmbecken. Es ähnelte fast einem der geglückten Feste vor langer Zeit. Die Beisetzung fand wie gesagt in aller Stille statt. Alles, was gefunden wurde, fand in der gleichen Stille statt. Man kann sich das beispielsweise aus dem Blickwinkel der Vögel ansehen, aus luftiger Höhe, hell und überwältigend. Aber man sollte nicht allzu genau hinschauen. Sonst verliert man das meiste aus den Augen. Synne schaffte es noch, zur Urnenbeisetzung zu kommen. Erik Sager fand schließlich seinen festen Platz zwischen den Hunden in der Ecke ganz hinten im Garten, so weit wie möglich von Huberts schiefem Kreuz entfernt. Ansonsten waren nur die Witwe, die Vormünder, der Gärtner und Doktor Schmidt anwesend, auch sie in aller Stille, wie die Asche auf dem Grund des Schwimmbeckens. Als der Gärtner, der Pfarrer des Gartens, das Loch in der Erde wieder gefüllt hatte, meinte Synne, es fehle etwas, ein Kranz, trotz allem fehlte ein Kranz auf dem Grab. Und sie beschloss, daran etwas zu ändern. Aber am gleichen Abend kam der Notar der Familie zu Besuch, dienstlich, sonst wäre er nicht gekommen, also musste sie diese Aufgabe auf den nächsten Tag verschieben. Übrigens hatte er es geschafft, der Familie die Erlaubnis zu besorgen, Erik Sager im Garten zu beerdigen. In kurzen Worten berichtete er über das, was er *den Stand der Dinge* nannte, was in seiner Sprache Finanzen, Verträge und Eigentum bedeutete, kurz gesagt, Erik Sagers letzter Wille. Jokum hätte auch gern dabei sein können, zusammen mit Synne, er hätte an ihrer Seite stehen sollen, wie er es in der Seemannskirche versprochen hatte. Denn waren das vielleicht keine schlechten Tage? Zumindest waren es keine guten. Aber Synne hatte allein reisen wollen, er durfte nicht mitkommen. Er wäre gern ihre Stütze gewesen, doch sie ließ das nicht zu. Jokum saß in der Küche, trank Wasser und lauschte noch dem Geräusch ihres Koffers, den kleinen Rädern des Gepäckstücks. Vor ihm lag das Foto, das er mit der Leica gemacht hatte, in seinem Zimmer im Studentenwohnheim, an dem Tag, als er 22 Jahre alt geworden und Synne ihm diese Kamera als Geschenk überreicht hatte, und er hatte hoch und heilig versprochen, Dinge zu fotografieren, keine Menschen. Und dann waren auf dem ersten Bild doch Menschen, nämlich sie beide. Es war noch gar nicht so viele Jahre her, trotzdem wirkten sie so jung, als wären sie jetzt bereits alt, was sie ja nicht waren, sie standen immer noch am Anfang, zumindest in der Fortsetzung. Oder verhält es sich vielleicht so, dass auch die Zeit in dem Bild nicht stillsteht, dass auch sie sich bewegt, ein neues Licht auf sie wirft, andere Schatten darauf legt? Synne lächelt affektiert und kindisch, sie spielt ihm etwas vor, das steht ihr, es sieht aus, als wollte sie gleich den Arm um Jokum legen, der fast nackt ist, sein Oberkörper ist dünn und grau, der Nacken schief, das Gesicht gleichzeitig ernst und verblüfft, sie sind beide unscharf, sozusagen in Bewegung, das einzig Ruhige ist die Urne mit Huberts Asche auf dem Tisch zwischen ihnen, hinter ihnen. Jokum mag das Bild, es ist nicht besonders gut, damit hat das nichts zu tun, aber es weckt die Liebe in ihm, die Liebe und die Sehnsucht. Was würden die davon halten, die nicht die Geschichte des Motivs deuten können, die nichts von dem Augenblick vor der Aufnahme wissen? Ist das Bild *privat?* Worin besteht dieses Private? Ist es ein moralisches oder vielleicht ein emotionales Feld, *bis hierher und nicht weiter.* Sind Träume privat? Nein, Träume können sogar eine historische Bedeutung haben. Auch dein Gesicht ist nicht privat, deine Hände, ganz zu schweigen von den Augen. Das Private ist *die Situation.* Wir sehnen uns nach diesen Situationen, in denen wir in Frieden wir selbst sein können, in denen wir *spurlos* sind, in denen wir unserer eigenen Logik folgen können und das spüren, was ich *die kleine Freiheit* nenne. Ich stehle, wie üblich, aus Band 7 des Salmonsen, den Jokum mir überlassen hat, als er und Synne nach Kopenhagen gezogen sind; er hatte keine Verwendung mehr für das Lexikon, nachdem er beschlossen hatte, Fotograf zu werden: **Schutz des Privatlebens, *das Strafgesetz von 1930 legt die Strafe einer Geldbuße oder Haft bis zu 6 Monate fest für denjenigen, der jemandes Frieden kränkt mittels öffentl. Mitteilungen über dem Privatleben zugehörige Verhältnisse, die aus gutem Grund der Öffentlichkeit entzogen werden sollten.* Heute ist es umgekehrt. Heute gibt es Prämien dafür, den Schutz des Privatlebens zu brechen. Heute wird der Schutz des Privatlebens als die größte Einsamkeit überhaupt angesehen, die größte Scham. Heute sickert das Private in alle Räume und erobert alle Situationen. Es gibt keine Schwellen mehr. Was wollte ich sagen, ja, hat dieses Bild aus der Sogn Studentby nur für Jokum und Synne eine Bedeutung und ist für alle anderen nur zufällig und bedeutungslos? Oder kann jeder seine eigene Erzählung aus dem Bild herauslesen und auf diese Art und Weise die Einsamkeit für einen kurzen Moment aufheben, indem er es genau anschaut? War Sylvester Wanges Foto des toten Säuglings zwischen den Eltern auf der Kirchentreppe in Hawley auch privat? Oder haben die Jahre, die seitdem vergangen sind, das Ehepaar von dem Motiv befreit, ihnen dieses Joch von den Schultern genommen und es zu dem unseren gemacht? Ja, es ist die Zeit, sie bewegt das Bild. Es wird mit uns geteilt. Ach, wer doch den Weg des Bildes verfolgen könnte, seine Wanderung, vom Fotoalbum, von Glas und Rahmen auf dem Nachttisch in dem engen Schlafzimmer des kinderlosen Siedlerpaares außerhalb von Hawley bis zu dem Karton mit Postkarten und anderem in Jim's Pawnshop, San Francisco, von einer teuren Erinnerung zum Sonderangebot. Das ist das Unerbittliche. Jokum beschloss, dem Bild von Sogn den Titel *Accidental Birthday* zu geben. Übrigens machte es ihm Sorgen, dass er keinen Unterschied in Synnes Stimme gehört hatte, nein, dass er keinen Unterschied *gesehen* hatte, als sie das Telegramm vorlas, das Schmucktelegramm. Ja, es quälte ihn. Hatte sie davon schon gewusst, von dem Verscheiden ihres Vaters, die ganze Zeit, und nur nichts gesagt, aus Rücksicht ihm gegenüber, um ihm die Ausstellungseröffnung nicht kaputt zu machen? Oder hatte sie es ganz einfach erst jetzt erfahren? Synne verlor kein Wort darüber, und Jokum fragte auch nicht. Er dachte: Ich muss mich den Menschen nähern. Ich muss sie besser kennenlernen. Es stimmte schon, dass die Dinge ihn auf ihre ganz besondere Art und Weise anzogen. Aber in erster Linie brachte ihn seine Schüchternheit dazu sich abzuwenden, nein, sich dem anderen zuzuwenden, der stillen, anspruchslosen Ordnung der Dinge. Sollte Jokum seine Schüchternheit überwinden? Oder ist Schüchternheit nicht auch eine edle Eigenschaft, ein Vorzug, der uns einen gewissen Abstand halten lässt, um Vaters Worte zu benutzen, der deinem Nächsten Raum gibt, Spielraum, *Situationen,* der deinen Nächsten in Ruhe lässt? Doch seine Schüchternheit, von der San Francisco ihn momentan befreit hatte, ihn fast von ihr erlöst hatte, war nicht freiwillig. Sie leitete sich ab von seiner Scheu, die wiederum mit seiner Physik zusammenhing, die er auch nicht freiwillig gewählt hatte, oh nein, sie war ihm auferlegt worden, sie war ihm aufgebürdet worden. Kann denn etwas, das nicht freiwillig ist, auch edel sein? Ja, kann es. Es gibt keine reinen Eigenschaften, keine reinen Züge, alles ist gemischt, alles bricht sich in Wellen, mit denen und in denen wir leben müssen. Was hatte Synne noch vorgeschlagen? Dass er mit sich selbst anfangen solle. So könnte er sich den Menschen nähern. Er fing an, oder besser gesagt, er fuhr mit sich selbst fort. Das Licht in der Küche war flach, wie das Wasser im Glas. Das passte gut. Es war das Licht der Wartezeit. Sie steht still. Er hielt die Kamera in der rechten Hand, in Höhe der Augen, schaute hinaus auf die toten Eisenbahngleise im Gras und machte zwei Fotos. Dann ging er nach

Chinatown und lieferte den Anzug und den Hosenanzug in der Reinigung ab. Wann er das zurückhaben wolle? Das hatte keine Eile. Nächste Woche. In einem Jahr. Zu ihrer Silberhochzeit. Das Einzige, was eilte, war Synne. Der Chinese schüttelte den Kopf und sagte: *Wenn Sie gestern kommen, gibt es noch mehr Flecken, aber kommen Sie vorgestern, dann verspreche ich Ihnen, dass alles sauber sein wird.* Auf dem Heimweg hielt Jokum nach dem Matrosen Ausschau. Er war nirgends zu sehen. Was Jokum nur freute. Er hatte mehr als genug an Gedanken im Kopf. Er hatte Synne. Bereits auf der Treppe hörte er das Telefon klingeln. Er lief die letzten Stufen hinauf, riss die Tür auf und schaffte es gerade noch.

»Synne ist hier gewesen.«

Seine Mutter.

»Du musst lauter sprechen«, rief Jokum.

»Synne war neulich hier!«

Jokum hielt den Hörer mit beiden Händen und wurde so froh, so innerlich froh, er hätte sich auf dem Boden wälzen können, in seiner vollen Länge.

»Was wollte sie, Mutter?«

»Aber Jokum. Sie wollte uns nur besuchen. Und dann haben wir einige Bilder sehen können, von deiner Ausstellung, sie hatte sie in einer Mappe dabei. Wie schön die sind. Auch wenn es nur Kopien waren, aber da sehe ich sowieso keinen Unterschied. Und der Katalog. Auch noch auf Englisch. Und ein Zeitungsausschnitt mit einem Artikel über dich. Wir freuen uns so … Ach, entschuldige.«

Es blieb still.

»Mutter, was ist denn? Mutter? Was …«

Ihre Stimme war wieder zu hören, aus weiter Ferne.

»Ach, dass ich so etwas sagen kann.«

»Was sagen, Mutter? Mutter! Das wird zu teuer so!«

»Dass wir uns freuen. Wo es Synne doch so schlecht geht.«

»Ja, aber …«

»Außerdem wollte sie heute den Kranz abholen. Den du damals mitgebracht hast. Erinnerst du dich?«

»Doch, ja, Mutter. Was …«

»Und der dann einfach liegen geblieben ist. Vater dachte wohl, sie wollte die Hasselblad holen oder wie die nun heißt, aber es ging um den Kranz.«

»Was wollte sie mit dem?«

»Nein, Jokum, jetzt musst du aber wirklich … Sie wollte ihn wohl auf das Grab ihres Vaters legen, und damit sicher auch zeigen, dass er von euch beiden kommt. Sie denkt an alles.«

»Weine nicht, Mutter. Sonst wird es nur noch teurer.«

»Ich wiederhole nur das, was ich Vater schon gesagt habe: Dass Synne zu gut für dich ist, Jokum.«

»Ja, sie …«

»Aber sie ist viel zu mager. Ist sie wieder Vegetarierin geworden?«

»Sie ist in Trauer, Mutter.«

Der Vater rief irgendetwas im Hintergrund, und offenbar legte die Mutter die Hand über den Hörer. Jedenfalls waren eine Zeit lang nur ein Knistern und andere Geräusche zu hören. Dann war sie wieder dran:

»Vater lässt ausrichten, dass ihm das Foto von der großen Brücke gut gefällt. Aber du hättest den Stiefel vorher wegnehmen sollen, der steht im Weg.«

Jokum holte tief Luft.

»Hat sie gesagt, wann sie nach Hause kommt? Ich meine …«

»Aber eins will ich dir noch sagen, Jokum. Und du musst mir jetzt genau zuhören. Du hättest mit ihr fahren sollen, das hättest du, ja.«

»Ich muss mich um die Ausstellung kümmern, Mutter.«

»Das ist keine Entschuldigung. Es gibt wichtigere Dinge im Leben als Fotos, Jokum. Ganz gleich, wie schön sie auch sind.«

»Ich weiß, Mutter. Hat sie …«

»Das scheint aber nicht so. Dass du das weißt. Sonst wärst du jetzt bei ihr. Ich glaube, du bist schon zu lange in Amerika gewesen.«

Jokum holte noch tiefer Luft, ihm tat der Hals weh.

»Hat sie gesagt, wann sie nach Hause kommt?«

»Sie wollte wohl an einem der kommenden Tage abreisen. Und dann musst du sie gut empfangen. Versprichst du mir das, Jokum?« Zum Glück legte die Mutter auf, bevor sie wieder anfangen musste zu weinen.

Am nächsten Morgen fuhr Jokum hinaus zum Flughafen und wartete dort auf Synne. Ihm erschien dieser Ort, die Ankunftshalle, prall gefüllt mit Gefühlen, mit Erwartung, Ungeduld, Freude, Melancholie, Trauer und Wut, aber ohne jeden Humor. Das Lachen, das man selten mal hörte, war entweder vergeblich oder nur ein Irrtum, der schnell korrigiert wurde. Daran bestand kein Zweifel. Einem Flughafen fehlt es an Humor. Es steht zu viel auf dem Spiel. Es ist zu viel zu verlieren. Es gibt keine mildernden Umstände. Deshalb gelang es Jokum auch nicht, ein paar Fotos zu machen, während er wartete. Er versuchte es, wusste aber im gleichen Moment, dass nichts daraus werden würde. Außerdem fühlte er eine Art Widerstand um sich herum, eine Abneigung, genau wie in Jim's Pawnshop, in dem die Dinge auch forderten, in Ruhe gelassen zu werden. Hier, auf San Franciscos International Airport, wollten die Menschen in Ruhe gelassen werden, sie wollten sich selbst überlassen sein. Sein Fotoapparat war eine Bedrohung. Niemand wollte seine Verbissenheit teilen, ja die Verbissenheit, mit ihm teilen. Sie fürchteten, entlarvt zu werden. Ihre Gefühle konnten sich als falsch erweisen oder als gestohlen. Jokum wurde erneut von seiner alten Schüchternheit übermannt und legte die Leica in die Tasche. Am nächsten Morgen nahm er sie gar nicht erst mit. Aber was nun, wenn sie anrief und sagte, sie hätte sich anders entschieden und komme doch nicht, sie komme nie wieder zurück? Da konnte er nur froh sein, auf dem Flugplatz zu warten und nicht ans Telefon gehen zu können. Er schaute auf die Anzeigetafel. Über welche Stadt flog sie? Kopenhagen, Stockholm, London, Frankfurt, Amsterdam, New York? Er wusste es nicht. Es konnte jede von ihnen sein. Er las die Bescheide sowohl für die, die warteten, als auch für die, die abfliegen wollten: delayed, cancelled, on time. Das waren die drei Zeiten des Lebens, nicht mehr und nicht weniger. Nie stand dort, dass ein Flugzeug zu früh landen oder starten würde. Er notierte sich das, verspätet, gestrichen, planmäßig. Am fünften Tag hörte er endlich das Geräusch ihres Koffers, es näherte sich ihm von der anderen Seite her. Er konnte sich nicht irren. Mitten in all dem Lärm hörte er ihre Räder. Und schon bald ging Synne durch Türen, die sich für sie öffneten, mager, blass und mit einem speziellen Glanz in den Augen nach einer verlorenen Nacht. Sie ging direkt auf ihn zu, in seine offenen Arme, als wäre es für sie vollkommen selbstverständlich, dass er hier stand und auf sie wartete, vielleicht war sie aber auch einfach nur so müde, dass sie über so etwas kaum noch nachdachte.

»Wo ist deine Kamera?«, fragte sie.

Übrigens sah ich sie, als sie in Oslo war. Sie überquerte den Solli plass, in Mantel, dünnen Schuhen, mit Sonnenbrille. Mir fiel auf, dass sie bereits leicht amerikanisch aussah, aber das ist vielleicht ungerecht. Ich hatte ja das Gerücht gehört, dass die beiden nach San Francisco gezogen seien, wo sie in Berkeley studierte, wohl ihren Doktor in Kunstgeschichte machte, Edward Hopper, und Jokum versuchte, sich als Fotograf einen Namen zu machen. Viel Glück. Unter dem Arm trug sie eine dünne schwarze Mappe, und in der anderen Hand hielt sie ein Netz. Zunächst konnte ich nicht sehen, was darin war. Ich selbst kam gerade aus der Apotheke in der Bygdøy allé, die mein Stammlokal werden sollte, mit Zoloft in der Innentasche. Wie gesagt, es war im März, das Wetter war wie üblich ungemütlich, Schneeregen, der manchmal plötzlich von einem harten grauen Licht abgelöst wurde, nie ist Oslo schlimmer als im März, der März ist ein Monat für Kopfschmerzen, Melancholie und Anfälle. Ich wollte schon rufen, entschied mich dann aber doch um und folgte ihr stattdessen. Ich hatte nichts anderes zu tun als diesen Roman zu schreiben, im Grunde genommen war es also auch keine vergeudete Zeit. Sie ging den Drammensveien hinunter, durch den Schlosspark und ins Kunstneres Hus. Dort blieb sie mindestens eine Stunde. Ich wartete unter den schwarzen Bäumen auf der anderen Straßenseite. Ich fror, bekam nasse Füße und rauchte viel zu viele

Zigaretten. Dann endlich kam sie wieder heraus, immer noch mit Mappe und Netz, und ging weiter Richtung Zentrum. Jetzt war es die FotoGalleri, die sie besuchen wollte. Ich beobachtete sie durch das große Schaufenster, sie öffnete die Mappe und zeigte zwei Herren in Jeans, beide mit Pferdeschwanz und großen Gürtelschnallen, eine Reihe von Bildern, doch diese schienen nicht besonders interessiert zu sein, so weit ich das beurteilen konnte. Dennoch behielten sie die Mappe bei sich. Anschließend ging sie zu der Telefonzelle in Grensen, legte ein paar Münzen in den Schlitz, aber offenbar funktionierte der Apparat nicht. Sie ging schnell zur Telefonzelle am Grand Hotell, doch auch dort war das Telefon kaputt, die Schnur, die zum Hörer führte, war durchgeschnitten, das Telefonbuch zerfetzt. Nehmen wir das als ein Bild von Oslo in den Achtzigern: eine verwüstete Telefonzelle in einer belebten Straße. Und auch der Herzensseufzer von Jokums Vater klingt wie ein gemeinschaftlicher norwegischer Seufzer: Das Jahrzehnt begann damit, dass man keine Schmucktelegramme mehr verschicken konnte. Jetzt gab es nur noch Feste, Schmuck und keine Telegramme mehr. Es ging etwas zu Grunde in all diesem toupierten Optimismus, nämlich eine gewisse Ruhe und Ordnung. Ich bitte zu beachten, dass ich nicht *Recht* und Ordnung geschrieben habe, sondern *Ruhe* und Ordnung, was gewiss nicht das Gleiche ist. Nur, damit das gesagt ist. Lassen Sie mich außerdem zwei Züge erwähnen, die durch das Land marschierten, nein, drei, es waren drei Züge. Zuerst kam der Karneval, ein hysterischer Freudentaumel, eine verspätete Geburtstagsgesellschaft, die im Rinnstein in einem bankrotten Sonnenuntergang endete. Und aus diesen Resten, aus diesen Masken, Glasscherben und Schuldscheinen, erhob sich ein anderer Zug, ein anderer Marsch durch Oslos Straßen, farblos, sprachlos und ohne Lachen, nur voller Wut: Männer, die auf Khomeini hörten und den Kopf des Schriftstellers Salman Rushdie auf einem Silberteller verlangten. Da marschierte der makabre Karneval der Religion weiter. Männer, die mit geballten Fäusten die Parole der Terroristen von sich gaben: *Der Tod ist mir lieber als dir das Leben.* Und noch einen dritten möchte ich erwähnen: Die Eisenbahnschule der NSB wurde von der theologischen Fakultät übernommen. Metaphysische Schlafwagen rollten bald auf den Schienen. Die große Privatisierung des Menschen hatte begonnen. Dann lief Synne zu Halvorsens Conditori, ich hatte meine Mühe, ihr zu folgen, und dort durfte sie ein Telefon hinter dem Tresen leihen, der ältere Kellner kannte sie aus besseren Zeiten wieder. Sie sprach schnell und entschlossen mit jemandem, legte auf und suchte sich einen freien Tisch ganz hinten im Lokal. Ich setzte mich ans Fenster, zu den Einsamen, wie ich mir einbildete, den Frauen, die ihre Vanilleschnitte mit Gabeln aßen, die kleinen Baggerschaufeln ähnelten, bei ihrer Arbeit in der unendlichen Grube des Nachmittags. Ich bestellte einen Kaffee, zündete mir eine Zigarette an und schaute hinüber zu Synne. Früher hatte ich ihr einmal gesagt, *sie habe keine Oberfläche*. Das war meine hilflose Art zu reden. Aber jetzt ist sie wirklich. Ich wünschte, ich könnte das Gegenteilige sagen, dass sie oberflächlich und schön ist. Böse Zungen in der Sogn Studentby meinten übrigens, sie sei so vornehm, dass sie nur Lust auf sich selbst habe. Und das sei der Grund, laut der gleichen bösen Zungen, dass sie sich für Jokum entschieden habe, um wieder auf die Erde zu kommen. Verstehe das, wer kann. Ich fand das jedenfalls ziemlich böse gesagt. Sie behielt ihren Mantel an. Aber dennoch sah ich es. Sie war ohne Oberfläche. Beugte man sich ihr entgegen, würde man versinken – zumindest bildete ich mir das ein. Vielleicht war sie krank. Vielleicht war die Trauer über den Tod ihres Vaters so tief. Was weiß ich? Für einen Moment schaute sie in meine Richtung, aber sie erkannte mich nicht wieder, oder sie wollte mich nicht wiedererkennen. Ich machte keine große Sache daraus. Warum hätte ich das tun sollen? Nach einer halben Stunde kam ein älterer Mann herein, in einem langen, schweren Mantel und einem ordentlichen Hut, den er abnahm, als er in der Tür stehen blieb. In der Hand hielt er einen Koffer, so einen Reisekoffer mit kleinen Rädern. Es war der Gärtner. Synne winkte ihm zu, und er trug den Koffer bis an ihren Tisch, vorsichtig, fast seitwärts gehend, um nichts umzuwerfen. Dann setzte er sich. Sie legte die Hände auf seine. Er zog seine zurück und schien sich unwohl zu fühlen. Vielleicht lag es an den Örtlichkeiten. *Natura sole magenta.* Hier half es nichts, die Natur als einzigen Lehrmeister zu haben. Hier gab es keine Natur, abgesehen von der einen oder anderen Geschäftigkeit, die schnell unter einer Serviette oder hinter einem Taschenspiegel verborgen wurde. Vielleicht quälte ihn auch nur die Situation. Was weiß ich? Sie quälte mich auch. Synne wollte sich eine Zigarette anzünden. Er nahm sie ihr fort. Sie lachte und sagte etwas, das ich nicht hören konnte. Ich bereute, mich nicht näher zu ihr gesetzt zu haben. Sie hätte ja doch nicht erkannt, wer ich war. Ich ließ eine Tablette in den Kaffee fallen und trank ihn. In der darauffolgenden Ruhe wurden die Krümel zum Kranzkuchen und die Rinden zum Krabbensandwich. Die Worte, die gefallen waren, rutschten zurück auf ihren Platz auf den Reihen der Gespräche und Geständnisse. Synne beugte sich über den Tisch. Der Gärtner schüttelte den Kopf. Sie hob die Stimme und gab ihm das Netz. Jetzt sah ich, was in ihm lag. Es war ein Kranz. Ich konnte hören, was Synne Sager sagte: *»Doch, leg ihn auf Huberts Grab.«*

Dann stand sie auf und zog den Koffer zwischen den Tischen hindurch. Es war dieses Geräusch, das Jokum bereits hörte. Er hörte die Rollen, als sie diesen Koffer aus Halvorsens Conditori in Oslo zog und durch die Türen in der Ankunftshalle auf dem San Francisco International Airport ging. Dort stand er und wartete auf sie. Er tat ihr fast leid, er schien ebenso übernächtigt und verdreht zu sein wie sie. Er hatte vergessen, Strümpfe anzuziehen, und die Kamera hatte er auch nicht dabei, seine Haare standen ihm zu Berge, als hätte die Wartezeit ihn unter Strom gesetzt. Doch er öffnete seine langen Arme und legte sie dreieinhalbmal um sie herum. Das war ihr erstes echtes Wiedersehen. Und Synne dachte, dass dieser lange Lulatsch, dieser unbeholfene Junge, zu gut für sie sei.

»Wo ist deine Kamera?«, fragte sie.

»Ich habe sie zu Hause gelassen …«

»Du musst sie immer bei dir haben. Immer.«

»Ja, gut.«

Er konnte nicht an sich halten, musste sie immer und immer wieder küssen. Synne lachte und musste ihn zum Schluss von sich schieben.

»Und jetzt nehmen wir ein Taxi«, sagte sie.

»Können wir uns das leisten?«

»Ja.«

SERIOUS BUSINESS

Am nächsten Morgen klingelte das Telefon. Synne schlief noch. Sie hatte Zeit wieder einzuholen oder zu verlieren, und das einzige Heilmittel dafür war Schlaf. Jokum musste den Hörer abnehmen. Es war Edith Fremm.

»Ist Synne zurück?«

»Sie ist gestern angekommen. Sie…«

»Ihr müsst herkommen.«

»Was ist los?«

»Wir haben vieles zu bereden.«

»Und was?«

»Serious business, Jokum. *Serious business.*«

Edith Fremm legte auf. Jokum holte Kaffee, ging ins Schlafzimmer und setzte sich auf die Bettkante. Er ließ Synne noch ein wenig schlafen. Er hätte jetzt ein Foto von ihr machen können. Jetzt hätte er sich ihr nähern können. Das Haar ergoss sich über das Kopfkissen. Das Gesicht war blass und glatt, fast durchsichtig. Sie spitzte den Mund, als pfiffe sie jedes Mal beim Luftholen. Das Bild sollte *Innocent when you dream* heißen. War es möglich, an der Haut zu sehen, wie die Zeit verging? Wenn man lange genug hinschaute, musste es möglich sein, das Alter kommen zu sehen, die Verschiebungen, alles, was sich löste. Aber er wollte lieber den Augenblick in ihr sehen. Was träumte sie? Das konnte er nicht wissen, ganz gleich, wie viele Fotos er auch machte. Aber er kam sowieso nicht dazu. Sie wachte auf, drehte sich langsam um und schaute ihn an.

»Kannst du dir vorstellen, in dem alten Haus zu wohnen, Jokum?«

»Was meinst du?«

»Es gehört jetzt mir. Die ganze Bruchbude. Wir könnten drin wohnen, wenn wir alt sind.«

Jokum war dankbar. Sie bezog ihn mit ein. Sie nahm das hier ernst.

»Vielleicht. Könntest du?«

»Oh Scheiße, nein.«

Er gab ihr die Kaffeetasse, sie hielt sie mit beiden Händen und trank.

»Scheiße, nein?«

»Genau. Auf keinen Fall. Und vorläufig wohnt meine Mutter ja da. Und die Hexen.«

»Aber vielleicht sehen wir das anders, wenn wir alt sind.«

»Das stimmt. Und deshalb will ich schon jetzt eine Entscheidung treffen. Ich will niemals wieder in diesem Haus wohnen.«

»Und wie läuft es in Skillebekk?«

»Hat Hütchen angerufen und dir erzählt, dass deine magere Ehefrau bei ihnen zu Besuch war?«

»Ja. So etwas in der Art.«

»Denen geht es gut. Aber sie vermissen dich.«

»Sie vermissen uns, Synne.«

»Vor allem dich, Jokum. Mich zu vermissen, so weit sind sie noch nicht gekommen.«

»Auf jeden Fall bin ich froh, dass du sie besucht hast.«

Synne setzte sich auf und schüttelte den Schlaf aus dem Haar.

»Was wollte Edith?«

»Sie hat gesagt, es ist eilig.«

Sie nahmen ein Taxi zur F. Gallery. Es war langsam schon zur Gewohnheit geworden, in San Francisco ein Taxi zu nehmen. Edith Fremm wartete auf sie, ging mit ihnen hinunter in die Ausstellung, die ihre letzte Woche hatte. Sechs Bilder waren verkauft worden, das heißt, eine wohltätige Organisation hatte vier Exemplare von *Number 949* erstanden, das norwegische Konsulat hatte *Clarity & Vision* gekauft, und eine Privatperson hatte sich *Shoreleave* gesichert. Eine Weile standen sie zusammen, ohne etwas zu sagen.

»Können wir damit zufrieden sein?«, fragte Synne schließlich.

Edith Fremm zuckte mit den Schultern.

»Ich habe ja gesagt, wir müssen realistisch sein. Aber das heißt nicht ...«

Jokum unterbrach sie:

»Wer hat *Shoreleave* gekauft?«

»Ob du's glaubst oder nicht, ein alter Seemann, Jokum.«

»Ein Seemann?«

»Er hat bar bezahlt und damit geprahlt, dass er dich kennt.«

Jokum wandte sich Synne zu, doch bevor er etwas sagen konnte, fasste Edith Fremm sie am Arm und nahm ihren Faden wieder auf:

»Was ich sagen wollte: Wir müssen realistisch sein, aber es ist noch nicht vorbei. Lasst uns ...«

»Du hast gesagt, es eilt?«

Sie gingen hinauf ins Büro und setzten sich dort. Jokum fühlte sich nicht wohl in seiner Haut, eher wie ein Dieb, und nicht nur das, er hatte sogar Diebesgut an den Besitzer zurückverkauft, zum vollen Preis, mit Zinsen. Er verbarg das Gesicht in den Händen. Er war ein Dieb. Er stahl Dinge. Bald würde er Menschen stehlen. Die Tätowierung war erst ein Anfang, ein Übergang. Edith Fremm schaute Synne an.

»Hast du alles in Oslo regeln können, was du regeln wolltest?«

»Ja. Alles in Ordnung. Jetzt bleibt nur noch der Jetlag zu überstehen.«

»Glaub nicht, dass es mit Kaffee besser wird. Das Einzige, was hilft, ist Zeit und Wasser.«

»Zeit und Wasser?«

»Man sagt, dass der Körper für jede Stunde, die man verliert, 24 Stunden braucht. Oder kriegt. Aber mit der Seele ist es schlimmer.«

Synne lachte.

»Ach, hör auf. Ich habe keine Seele.«

»Und zweimal gekochtes Wasser reinigt die Gedärme. Jokum kann doch bestimmt gut Wasser kochen, oder?«

Sie wandten sich ihm zu.

»Er soll sein Geld wiederkriegen«, sagte Jokum.

»Wer?«

»Der Matrose. Das ist seine Tätowierung. Er soll sein Geld zurückkriegen. Verstehst du?«

Edith Fremm schüttelte den Kopf.

»Das ist eine Sache zwischen ihm und dir.«

»Verdammt, ich will das Geld nicht haben! Ich schulde *ihm* Geld!«

»Und ich betreibe ein Geschäft, Jokum. Das musst du mit dem Matrosen selbst regeln. Warum hast du ihn nicht zur Eröffnung eingeladen?«

»Er wurde nicht reingelassen! Kapierst du? Und das nennst du *serious business*? Ja?«

Synne hob die Stimme.

»Wir finden ihn bestimmt in der Seemannskirche, und dann regeln wir das dort. Nicht wahr, Jokum?«

Edith Fremm stand auf, schloss die Tür und legte die Hände auf den Rücken.

»So, und jetzt werde ich euch mal erzählen, was serious business ist! Tom Waits ist interessiert daran, das Hundehalsband, ich meine *Beware of the Dog*, als Cover für seine nächste Platte zu verwenden!«

Edith Fremm trippelte auf der Stelle, während sie auf den Beifall wartete. Der kam nicht. Sie ging fast in die Knie.

»Habt ihr nicht gehört, was ich gesagt habe? *Tom Waits* ist interessiert!«

Synne lächelte und legte den Kopf schräg.

»Wie gesagt, ich bin etwas langsam heute, aber wer ist Tom Waits?«

Edith stöhnte und setzte sich wieder hin.

»Hoffnungslose Norweger. Tom Waits ist hier an der Westküste eine Legende, Leute. Und als alle glaubten, es wäre vorbei mit ihm und er könnte einpacken, da gab er so etwas Tolles wie *Swordfishtrombones* heraus und erneuerte nicht nur sich selbst, sondern den ganzen Rock'n Roll. Versteht ihr? Wir reden hier von *weltweit*.«

Synne wandte sich Jokum zu.

»Ist das nicht fantastisch?«

»Ich will mit Rock 'n Roll nichts zu tun haben.«

Für einen Moment war es still im Büro, beide Frauen sahen Jokum an, der reglos auf seinem Stuhl saß. Edith Fremm stand auf, hob beide Arme, ließ sie wieder fallen und trat einen Schritt näher heran.

»Was willst du nicht?«

»Ich will nichts mit Rock'n'Roll zu tun haben«, wiederholte Jokum.

»Das habe ich gehört. Aber warum nicht?«

»Weil Rock nicht zu mir passt.«

»Das passt nicht zu dir? Was soll das bedeuten?«

»*One size fits all.* Aber nicht mir.«

Edith Fremm lachte.

»One size fits all? Dann hast du noch nie Tom Waits gehört, Jokum.«

»Vielleicht könnte ich ein Cover für eine Jazzplatte machen, aber nicht für Rock. Jazz interessiert mich.«

»Aber es hat kein Jazzmusiker sein Interesse angemeldet, Jokum. Nur Tom Waits.«

»Ich möchte trotzdem nichts mit ihm zu tun haben.«

»Weißt du was, Jokum? Es ist ein bisschen zu früh, um sich rar zu machen. Du musst erst einmal mehr am Laufen haben. Und vorläufig hast du gar nichts.«

Wieder wurde es still. Jokum duckte sich. Das tat im Nacken weh.

»Warum will er mein Bild benutzen?«

»Weil der Titel seiner nächsten Platte von Hunden handelt.«

»War er hier? Dieser …?«

»Nein, Paul, der Bassist von Captain Beefheart, hat ihm den Tipp gegeben. Die waren hier. Das habe ich ja erzählt.«

Jetzt war es Jokum, der lachen musste:

»Dann hat er das Bild nicht einmal gesehen?«

Edith Fremm setzte sich wieder und sah jetzt Synne an.

»Dann ist da noch etwas. Ich dachte, das sei eine schlechte Nachricht, aber jetzt frage ich mich, ob sie nicht doch gut ist. Die Familie des Selbstmörders auf der Golden Gate hat reagiert.«

Jokum richtete sich auf.

»Reagiert? In welcher Form?«

»Sie haben den Stiefel wiedererkannt. Und jetzt fühlen sie sich brüskiert. Sie sind der Meinung, wir hätten den Schutz der Privatsphäre gebrochen. Und drohen mit Klage.«

»Meine Güte.«

»Sag das nicht, Jokum. Wenn es zur Klage kommt, können wir das zu unserem Vorteil nutzen.«

»Ich will niemanden brüskieren.«

»Nun hör mal. Wenn dieser Typ sich dafür entscheidet, von der Golden Gate Bridge itself zu springen, dann kann er nicht mit viel Schutz für sein Privatleben rechnen. Dann hätte er sich in seinem Badezimmer erhängen sollen.«

»Ich will niemanden brüskieren«, wiederholte Jokum.

Edith Fremm seufzte.

»Wie gesagt, bring deinen Mann zur Vernunft, Synne.«

Dann zog sie eine Schublade auf und holte eine LP heraus, es war Tom Waits' *Swordfishtrombones*.

»Und so lange hört ihr das.«

Synne legte die Platte in ihre Schultertasche und wollte wieder mit dem Taxi nach Hause fahren. Sie hatte Zeit aufzuholen. Jokum wollte gehen. Er brauchte auch Zeit, aber von einer anderen Sorte, er brauchte mehr Zeit. Er brauchte Luft. Zuerst ging er in die Bank of America und bezahlte Mr. Ceases Rechnung. Das Konto war gerade eben ausgeglichen, aber Jokum wollte einen Schlussstrich unter die Sache ziehen. Auch wenn er der Meinung war, Mr. Cease nichts zu schulden, wollte er die Rechnung begleichen. Es fühlte sich nicht richtig an, nur gut. Dann hob er 400 Dollar ab und ging zur Seemannskirche, wo eine größere und wahrere Schuld auf ihn wartete: der Matrose. Jokum hörte den Organisten unten in der Kapelle üben. Welches Kirchenlied war das? Nein, das klang eher wie ein Schlager. Schließlich fand er den Pfarrer in der Küche. Dort schmierte er sich Leberwurst auf eine dünne Brotscheibe. Zwei Scheiben mit Kaviar aus der Tube lagen schon bereit.

»Du kommst genau richtig zum Lunch, Jokum. Was kann ich dir anbieten? Im Kühlschrank ist auch noch *Hapå*.«

»Nein danke. Ich habe keinen ... Ich ...«

»Nein, nein, ihr seid wohl nie hungrig, was? Sag mal, essen Künstler eigentlich nie? Ich darf dich doch einen Künstler nennen, oder?«

»Doch, wir nehmen schon mal was zu uns.«

»Wenn ich das hier verputze, Jokum, dann sehe ich die Worte des Herrn deutlicher vor mir. *Stabburet leverpostei!* Lach du nur. Aber das ist mein voller Ernst.«

»Ich lache nicht.«

»Ach, übrigens: Was hältst du von dem neuen Repertoire unseres Organisten?«

Der Pfarrer nahm die Scheibe hoch und biss zufrieden hinein, während er den zitternden und gleichzeitig festen Tönen lauschte, die die *Norske Sjømannskirken* voll und ganz ausfüllte.

»Vielleicht ein bisschen zäh«, sagte Jokum.

Der Pfarrer sprach mit dem Brot im Mund.

»Ich weiß auch nicht so recht. Vielleicht sollte er etwas an Tempo zulegen. Das ist ein neues Lied aus Norwegen. Kennst du es nicht?«

»Nein, ich habe es noch nie gehört.«

»Aber der Text ist schön. Auch noch im Dialekt. Ich habe ihn auswendig gelernt ... *Myttji lys å myttji* ... also viel Licht und viel ...«

Der Pfarrer sang noch eine Weile weiter, begleitet vom Organisten, und hielt den Takt mit der Brotscheibe. Er wurde immer emsiger. Jokum hätte jetzt gern ein Foto gemacht. Er machte ein Foto. Schließlich näherte er sich ja den Menschen. Der Pfarrer ließ sich nichts anmerken. Vielleicht merkte er auch nichts. Er sang unverdrossen weiter in der Küche. Jokum machte noch eins. Er musste den weißen Kragen mit drauf haben, das war das Einzige, was darauf hinwies, dass es sich um einen Pfarrer handelte. In diesem weißen Kreis sollte das ganze Bild vor sich gehen. Alles sollte von diesem blendenden Kragen angezogen werden, die Hand mit der Brotscheibe, die Krümel, die Dose mit der Leberwurst auf der Arbeitsplatte, deren Deckel zur Seite verdreht war wie eine dünne Welle aus Metall, das Messer, das Kreuz. Sie sollten *Norwegian Halleluja* heißen. Dann hörte der Organist auf zu spielen. Der Pfarrer stieß die Luft aus und trank ein Glas Milch.

»Na, du bist wohl immer bei der Arbeit, was?«, sagte er.

»Es tut mir leid, falls ...«

»Genau wie ich. Nein, nein. Das ist schon in Ordnung. Bist du deshalb gekommen? Um ein Foto von mir zu machen?«

»Ich suche den Matrosen.«

»Den habe ich gestern gesehen. Er wollte das Geld abholen, das wir für ihn aufbewahrt haben.«

»Hatte er sein Geld hier deponiert?«

»Er wollte eine Art Sicherheit haben. Hat den Banken nicht getraut, und bei ihm saß das Geld zu locker.«

»Hat er gesagt, wofür er es brauchte?«

Der Pfarrer stellte das Glas ab und schüttelte den Kopf.

»Ich habe versucht, es ihm auszureden. Aber er ist stur, weißt du. Auf seine Art. Ich hoffe, er hat es für das Ticket nach Hause gebraucht. Ich habe ihm noch gesagt, ich könnte ihm behilflich sein. Aber ...«

»Und seitdem hast du ihn nicht wiedergesehen?«

»Wenn er wirklich abgereist ist, werde ich es schon erfahren. Aber du kannst es ja in der Pension versuchen. Er hat ein Zimmer dort. In Chinatown. Ein schrecklicher Ort. Ich habe ihm gesagt, dass er hier schlafen kann, wenn er will, aber er wollte sein eigener Herr sein, wie er sagt. Sein eigener Herr. Wie würdest du Freiheit erklären, Jokum?«

»In Ruhe gelassen zu werden.«

Der Pfarrer nickte, schrieb eine Adresse auf und gab Jokum den Zettel.

»Grüße Synne. Ich habe das von ihrem Vater gehört. Wenn sie jemanden braucht, mit dem sie reden kann, dann ...«

»Dann hat sie mich.«

»Ja, Jokum. Dich. In guten wie in schlechten Tagen. Hat sie das?«

»Ja.«

»Übrigens – was willst du von dem Matrosen?«

»Ich schulde ihm ein Bild.«

In dem Moment begann der Organist wieder zu spielen, dieses Mal ein altes Kirchenlied, schwer, gnadenlos und eingebunden in schwarzes Leder, *Gud er Gud om alle mann er døde* – Gott bleibt Gott, selbst wenn alle Menschen tot sind. Der Pfarrer richtete sich auf, lauschte und lächelte, mit Leberwurst in den Mundwinkeln.

»Das ist schon besser, ja. Und jetzt möchte ich auch ein wenig in Ruhe gelassen werden.«

Jokum ging hinaus, schleppte sich den Hügel hinauf und lief weiter zur Chinatown. Er fand die richtige Straße nicht. Er wollte nach der Reinigung fragen, vielleicht konnte er bei dieser Gelegenheit gleich die Kleider abholen, doch die war geschlossen und öffnete erst in zwei Stunden wieder. Schließlich entdeckte er den Uhrenverkäufer, der zunächst unwillig erschien. Man verkauft keine zwei Uhren an dieselbe Person. Er versuchte sich davonzustehlen, doch es gelang ihm nicht. Seine Schritte waren zu kurz, und der Mantel war zu schwer. Jokum zeigte ihm den Zettel. Der Uhrenverkäufer schüttelte lange Zeit den Kopf, während er mit einem krummen Finger um die Ecke zeigte. Jokum ging dorthin. Die Pension lag in einem Hinterhof. Er musste an einer Reihe Mülltonnen vorbei- und eine Außentreppe hinaufgehen, bei der jede zweite Stufe locker war wie die Zahnreihe in einem kaputten Mund. Schweigend standen Kinder dort und schauten ihm nach. Er stieß sich den Kopf an einem Balken. Niemand lachte. Ganz oben saß eine ältere Frau, mit einem hellbraunen, runzligen Gesicht, und säuberte Fische. Sie beachtete Jokum gar nicht. Hinterher, nachdem sie gegangen war, als er glaubte, es sei zu spät, bereute er, kein Foto von ihr gemacht zu haben, mit dem glänzenden Fisch im Schoß, die kleinen Hände, die glatten Augenlider, die schwarze Katze, die geduldig unter dem Stuhl wartete, ein Bild, das die Serie hätte bereichern können, die später *Nostalgia of a Sailor* betitelt wurde. Doch er hatte anderes im Kopf. Er dachte: Ich darf jetzt an nichts anderes denken. Er schlängelte sich entlang der schmalen Balustrade mit dem Rücken zur Wand. Einen Moment lang ergoss sich die Sonne in die Tiefe zwischen den schiefen Gebäuden und erfüllte sie wie einen Brunnen. Ebenso schnell war er wieder leer. Jemand zupfte an seinem Hosenbein. Er schaute nach unten, ein glatzköpfiges Mädchen zeigte auf eine Tür hinter einem kaputten Klavier, offenbar wusste sie, wohin Jokum wollte. Sie gingen dorthin. Jokum klopfte. Andere kamen näher, Kinder, Greise, Gäste, Flüchtlinge, Diebe. Sie versuchten sich in der Reihenfolge der Neugier. Jokum klopfte noch einmal und rief den Namen des Matrosen. Niemand antwortete. Niemand öffnete. Das Mädchen trat plötzlich mit einem nackten, schmutzigen Fuß gegen den Türrahmen, und die Tür öffnete sich. Zunächst lag der Raum dahinter im Dunkel, dann glitt ein gelbes Licht durch den Staub, und Jokum sah: ein Kühlschrank, aus dem Kälte und Wasser leckten, eine Matratze, ein Tisch, auf dem eine Dose *Vesterålens Fiskeboller* stand, eine platt gedrückte Kaviartube und eine leere Flasche Whisky. In der Ecke war kaum Platz für den Schaukelstuhl. An der Wand neben einem Fenster, das mit schwarzer Plastikfolie verdeckt war, hing ein vergilbter Kalender von 1953, mit einem Bild der MS Oslofjord, Wilhelm Wilhelmsens Amerikalinje. Darunter entdeckte Jokum das Porträt des Matrosen als junger Seemann, mit dem Seesack über der Schulter, im Hafen von Oslo, im gleichen Jahr. An einem rostigen Nagel hingen ein dunkler, abgewetzter Anzug und ein weißes Hemd. Ein brauner Koffer mit zwei glänzenden Schlössern stand auf dem Boden bereit. Die Reise hatte bereits begonnen. Jokum ging einen Schritt hinein. Es roch nach Rasierwasser. Dann entdeckte er das Foto, *Shoreleave*, zusammengerollt und in die Tasche der Anzugjacke geschoben. Er setzte sich in den Schaukelstuhl und wartete. Er wartete, bis die Neugierigen ihre Plätze verlassen hatten. Doch der Matrose kam nicht. Zum Schluss konnte Jokum nicht länger warten. Er nahm *Shoreleave*, legte es unter die Whiskyflasche und hockte sich neben den Koffer, so hatte er die Tätowierung und gleichzeitig das Porträt des jungen Seemanns an der Wand im Bild, und so würde dieses Foto, das vorletzte in *Nostalgia of a Sailor*, an ein Vanitas-Stillleben erinnern, was so einige Kritiker kommentieren würden, zu Synnes Freude. Zwei Zeitebenen kamen zum Vorschein, der jugendliche Schiffsjunge im Hafen und die verwelkte Tätowierung des alten Seemanns. Dazwischen lag die unerbittliche Reise, die Vergänglichkeit heißt. Das ist die Sache, zu der wir sonst nicht in der Lage sind, allein in der Kunst: unseren zukünftigen Zustand zu sehen, *mors absoconditus*. Wir sind blauäugig. Das ist unser Segen. Hätte der Junge an der Wand einen kurzen Blick auf den Tisch geworfen und sich selbst in dreißig Jahren gesehen, hätte er seine eigene, verwaschene Tätowierung gesehen, hätte er wahrscheinlich aufgegeben. Der Koffer, die Dose mit Fischklößen, die Kaviartube und der Anzug kamen auch mit aufs Bild, und an den Außenkanten konnte man den Schaukelstuhl erahnen, der immer noch in Bewegung war, sowie einen Teil des Kühlschranks, wie ein weißer Sarg, der hochkant stand. Synne würde ein Zitat von dem Porträt von Barthel Bruyn dem Älteren, gemalt von Jane-Loyse Tissier, hinzufügen, 1524, ein Porträt, das übrigens aus einem Totenkopf und einem Unterkiefer besteht: *Omnia morte cadunt/mors linia rerum*. Diese Zeile, durch die Jahrhunderte geflüstert, konnte Jokum sich gut auf seinem eigenen Grabstein vorstellen: Alles verfällt mit dem Tod, der Tod ist die letzte Grenze der Dinge. Aber stimmte das? Die Dinge überleben uns doch. Wir sind es, die sie verlassen. Sie führen ihr ewiges Leben in Jim's Pawnshop. Als Jokum auf den Auslöser drückte, meinte er zu hören, wie jemand kam. Das Licht sammelte sich in der Kamera und ließ den Raum ins Dunkel fallen. Doch es war nur ein Windstoß gewesen, der den Duft nach Suppe und Kräutern mit sich brachte. Er legte *Shoreleave* wieder an Ort und Stelle in die Tasche des Anzugs des Matrosen, zusammen mit 400 Dollar und der Nachricht: *Danke. Jokum.* Dann fiel sein Blick auf ein abgegriffenes, fleckiges Heft, das auf der Matratze lag. *Bewegung früher, heute und morgen*, eine Beilage zur Zeitschrift *Hjemmet*, redigiert von Professor Edgar B.

Schieldrop. Er blätterte vorsichtig, fürchtete, es könne in seinen Händen zu Staub zerfallen. Im Vorwort stand, dass dieses Album in 100 Bildern einen Überblick über die Geschichte der Bewegung, der großen Fahrt und des Verkehrs gab. Das Ganze begann mit *indiansk sleper*, einer Einrichtung, hinter das Pferd zu hängen, und endete mit einem sogenannten *Autogiro*, einer Mischung aus Hubschrauber und Rakete, die vertikal landen konnte. Jokum legte das Heft, oder besser das Album, neben die leere Whiskyflasche und machte mehrere Fotos. Ihm gefiel der Ton in der Flasche nicht, also füllte er sie mit Wasser. Das war besser. Anschließend schloss er leise die Tür hinter sich, als wollte er niemanden stören. Die alte Frau war gegangen. Leise fluchte er und fotografierte stattdessen die Katze, die auf dem Stuhl lag und schlief, schwarz, schwer und glänzend, mit einer Fischgräte im Maul. Dann ging er unter einem violetten Himmel nach Hause und war bei genauer Betrachtung unzufrieden. Zunächst konnte er nicht sagen, warum. Doch bald wurde es ihm klar: *Er hatte Dinge verschoben.* Er hatte sie zurechtgelegt. Das Foto vom Zimmer des Matrosen war nicht echt. Das machte Jokum zu dem Künstler, der er nicht sein wollte. Er wollte nur einer sein, der zufällig an einem Punkt vorbeikam, *wo etwas ist.* Und aus dem, was ist, sollten die Bilder entstehen und durch sie bestehen. Die Bewegungen anderer sollten entscheidender sein als seine: was sie weglegten, verloren, vergaßen und verließen. Jetzt hatte er *arrangiert*, als wäre die Welt ein Studio. Jokum schien, als wäre er bereits in Synnes Ästhetik gefangen. Er wusste nicht, was das bedeutete. Er wusste nicht, was er glauben sollte. Er wusste nur, dass die Fotos gut sein würden und dass er unzufrieden sein würde. Synne saß im Pyjama in der Küche und wartete.

»Wo bist du gewesen?«

»Ich habe nach dem Matrosen gesucht.«

»Ich habe mir Sorgen gemacht.«

»Das brauchst du nicht. Tut mir leid.«

»Hast du ihn gefunden?«

Jokum schüttelte den Kopf und setzte sich.

»Ich muss dich etwas fragen, Synne.«

»Frag ruhig, Jokum.«

»Du hast dich nicht meinetwegen geopfert?«

Synne schaute ihn lange an, und er hörte selbst, wie hilflos diese Worte klangen.

»Was meinst du damit?«

»Ich meine, du hast nicht dein Studium geopfert? Mir zuliebe, meine ich?«

»Ich habe gar nichts geopfert.«

»Gut. Ich will nicht, dass du etwas opferst.«

»Darüber hast du also mit Professor Cease bei der Eröffnung geredet?«

Jokum fiel auf, dass sie nicht Theo sagte, sondern Professor Cease. Aber er konnte sich nicht erklären, was das zu bedeuten hatte.

»Nein. Natürlich nicht.«

»Worüber habt ihr dann geredet?«

»Die Rechnung.«

»Welche Rechnung?«

»Von der Autowerkstatt. Er hat behauptet, wir hätten eine Delle in seine Motorhaube gemacht.«

»Haben wir das?«

»Ich weiß es nicht. Vielleicht.«

»Hast du sie bezahlt?«

»Natürlich nicht.«

»Wieso sehe ich dir an, wenn du nicht die Wahrheit sagst?«

Jokum senkte den Blick. Er schaute auf seine Hände. Waren sie es, die ihn verrieten? Waren es die Finger, die petzten, war jeder Fingernagel ein Verräter?

»Ich habe die Rechnung bezahlt.«

»Wie viel war das?«

»142 Dollar.«

»Das können wir uns leisten.«

»Wenigstens schulden wir Professor Cease jetzt nichts mehr.«

»Wir haben ihm nie etwas geschuldet.«

»Er hat gesagt, dass er dich verloren hat und dass ich jetzt deine Doktorarbeit geworden bin.«

»Das hat er gesagt?«

Synne schob etwas über den Tisch. Es war eine Visitenkarte. *Synne Sager, Curator.* Jokum schaute sie endlich wieder an.

»Kurator?«

»*Curare*, Jokum. Latein. Sich kümmern.«

»Ungefähr so wie die Vormünder?«

»Das war nicht lustig.«

»Darf ich dich noch etwas anderes fragen?«

»Da bin ich mir nicht so sicher. Aber schieß los.«

»Wenn ich nun den Stiefel absichtlich auf die Brücke gestellt hätte, was hätte das mit dem Bild gemacht?«

»Nichts.«

»Nichts?«

»Solange es niemand weiß.«

»Aber ich, wir wissen es doch.«

»Genau deshalb soll ein Künstler nicht zu viel sagen. Sag mal, warum lag das eigentlich hier?«

Sie hob das Foto aus Sogn Studentby hoch, *Accidental Birthday*, und hielt es ihm hin. Als er es so sah, mit einem gewissen Abstand, erschien es ihm anders, fast idyllisch, die Urne wurde zu einer Vase zwischen ihnen, es war nicht länger privat, als hätte sich das Bild von seinem Ursprung gelöst und wäre zu der Erzählung zweier Fremder geworden, nicht seine, nicht ihre.

»Das sag ich nicht«, sagte Jokum.

»Das sagst du nicht?«

»Du hast es doch selbst gesagt. Ein Künstler soll nicht zu viel sagen.«

»Aber mir kannst du es doch sagen, Jokum.«

»Nein.«

»Doch. Bitte.«

»Ich habe dich einfach so schrecklich vermisst.«

Synne ging um den Tisch herum, setzte sich auf seinen Schoß und war schnell mit den Fingern. Sie hatten es noch nie in der Küche gemacht, direkt unter Hoppers *Hotel by the Railroad*, und sie vergaßen die Gardinen zuzuziehen. Hinterher stand Jokum lange vor dem Badezimmerspiegel und musterte sein Gesicht. Er erinnerte sich an das Zitat aus dem *Prozess*, von ihr, die fand, jeder Mann, der angeklagt wurde, sei schön. Aber er hielt nach etwas anderem Ausschau: Wenn ihn nicht die Hände entlarvt hatten, was dann, abgesehen von der Sprache, die ebenso gern benutzt wurde, um etwas zu verbergen oder zu verstecken? Ist es der Mund, sind es die Augen, ist es ein besonderer Zug, der uns öffnet, ein Riss, der Licht und Dunkelheit hindurchfließen lässt? Er fand diesen Punkt in seinem Gesicht nicht. Der plötzliche Liebesakt hatte ihn neutral werden lassen. Er war wie alle Männer. Das freute ihn. Dann ging er in die Dunkelkammer, zog eine Schublade heraus und legte das Bild, *Accidental Birthday*, dort hinein. Da fiel es ihm ein: Der Magnet war weg. Der Magnet fehlte. Er lag in dem Anzug in der chinesischen Reinigung. So können alle Geschichten erzählt werden, auch diese: Man liegt still, man wird angestoßen, man wird mitgezogen und in Bewegung gesetzt, bis man wieder vollkommen still liegt, außerhalb der Irreführungen, außerhalb der Zeitunterschiede.

KARRIERE

Oder lassen Sie es mich mit Jokum sagen: *Die Eröffnung ist kurz, die Schließung ist lang.* Erfolg ist langweilig. Erfolg ist letztendlich mittelmäßig. Jokum hatte Erfolg. In einem Interview in Verbindung mit der Biennale 1994 in Venedig sagte er etwas, das Einzelne stutzen ließ und vielleicht einer der Gründe war, dass *Pregnant Things/Silent Birth,* was eigentlich die Krönung seines Werks sein sollte, wie man so sagt, in vielerlei Hinsicht das Ende markierte, nicht weil es seinen Zweifel an der eigenen Arbeit und Position ausdrückte, alle Künstler eines gewissen Formats hegen Zweifel, sondern weil er Zweifel hinsichtlich derer säte, die an ihn geglaubt hatten, und das ist etwas anderes, das ist unverzeihlich, auch wenn es nicht seine Absicht war. In meinen Ohren klang das, was er sagte, übrigens echt, zumindest aufrichtig in einer Epoche, die sich ansonsten als falsch und verstellt präsentiert, mit allen ihren Einfällen, die gern mit Ideen verwechselt werden, mit all ihrer Ironie, die als kritische Distanz und intellektuelle Temperatur angesehen wird, aber nur eine simple, dahingeworfene Parodie auf den menschlichen Abstand war, den Jokum von seinem Vater gelernt hatte, nämlich die Distanz der Bildung, der Zwischenraum des Lichts. Er sagte: *Im Grunde genommen bin ich mit meiner ersten Ausstellung am zufriedensten, Norwegian Still Life. Die war ehrlich. Diese Bilder habe ich ohne Hintergedanken gemacht, ohne Ablenkungen, ohne einen Plan oder irgendeine Ambition, nur mit dieser tiefen Freude, die jedem Anfang innewohnt. Seitdem war ich eigentlich nur damit beschäftigt, mich nicht zu blamieren.* Oder lassen Sie uns das einfach so nehmen, wie es kommt, und diese Ereignisse auf die Jahre verteilen, die wir zur Verfügung haben:

Am nächsten Morgen, noch bevor Synne aufgewacht war, ging Jokum schnurstracks zur Reinigung. Eigentlich wusste er nicht, ob er den Magneten wirklich noch brauchte. Auf dem Weg dorthin dachte er: Schließlich kümmert sich ja Synne jetzt um mich. Sie ist meine Kuratorin. Es gibt keine Irreführungen mehr. Trotzdem konnte er es nicht lassen. Er betrat den Raum mit dem feuchten Dampf. Vor ihm am Verkaufstresen stand ein langhaariges, unruhiges Knochengeripppe, in Lumpen gehüllt, mit Sandalen an den Füßen. Es bezahlte mit Münzen, und als es sich umdrehte, sah Jokum, wer es war: der Hippie von der Terrasse, der immer noch draußen im Garten der Träume schlief. Jokum wollte an ihm vorbeihuschen, doch der Hippie blieb stehen und zeigte ihm, was er abgeholt hatte, einen weißen Anzug und einen Kranz alter Blumen, die für einen Moment in ihren frischen Farben erstrahlten.

»Ich habe euch gesehen«, sagte er.

»Uns gesehen? Wo?«

»In der Küche. Ihr hättet die Gardinen zuziehen sollen.«

Jokum fühlte sich nicht wohl in seiner Haut, als wäre er der Schuldige und nicht der Spanner.

»Tut mir leid.«

»Außerdem habt ihr kein Kondom benutzt.«

Dem Mann, der wahrscheinlich nur ein paar Jahre älter war als Jokum, gelang es nicht, die weit aufgerissenen Augen zu schließen. Er war ein Flugzeug, das zu landen versuchte, aber es gab keine Rollbahn, die ihn aufnehmen wollte. Der Tropfen der Säure vom Sommer 1967 wuchs immer noch im Löschpapier des Gehirns. Er lächelte verhalten zwischen den blauen Zähnen.

»Und das heißt entweder Krankheit oder Kind.«

Dann legte er sich langsam den Kranz um den Hals, den Anzug über den Arm und ging hinaus, während die Blumen verwelkten und der Kranz sich auflöste, wie eine Kette aus Staub. Der Chinese stand hinter dem Tresen, als wenn nichts geschehen wäre. War es ja auch eigentlich nicht. Jokum holte tief Luft und gab dem Wäschereibesitzer seine Quittung. Sofort begann die Kette, sich entlang der

Schienen in der Decke zu bewegen, und eine ganze Prozession mit Kleidungsstücken zog vorbei, Kleider, Uniformen, Mäntel, Jacken, Hemden, Pullover, aber Jokum konnte nicht sagen, ob es sich nun um einen Trauermarsch oder eine Parade handelte. Ihm gingen die Worte des Hippies nicht aus dem Sinn, *Krankheit oder Kind, Kind oder Krankheit.* Dann entdeckte er Synne, ganz hinten, und sie kam nicht allein, sondern zusammen mit ihm, Jokum, der Hosenanzug und der Anzug kamen zum Schluss Hand in Hand heran. Der Chinese hob sie herunter und legte die Kleider auf den Tresen. Jokum griff in die Anzugtaschen. Sie waren leer.

»Da war ein Magnet in der Jacke«, sagte er.

Der Chinese schüttelte den Kopf.

»Nichts in den Taschen.«

»Doch, ein kleiner Magnet. Nicht größer als …«

»Wollen Sie damit sagen, dass ich ein Dieb bin?«

»Nein, absolut nicht …«

»Dann wollen Sie sagen, dass ich ein Lügner bin?«

»Nein, das auch nicht. Aber …«

»Der Hippie, das ist ein Lügner. Ich nicht.«

»Ja, er …«

»Sie sollten nicht auf Lügner hören.«

Jokum holte sein Portemonnaie heraus, doch der Chinese schüttelte wieder den Kopf.

»Sie brauchen nichts zu bezahlen«, sagte er.

»Deshalb habe ich das nicht gesagt. Das ist meine Schuld. Ich muss …«

»Nicht wegen des Magneten. Sondern weil Sie heute in der Zeitung stehen, Jokumsen.«

Der Chinese sprach seinen Namen vollkommen richtig aus, aber in einem eigenen Rhythmus, einem eigenen Tonfall, der ihn in der Einrichtung der Wäscherei glänzen ließ.

»Was? Steht da was über …«

»In *The Chronicle.* Sie sind berühmt, mein Freund. Mit oder ohne Magnet.«

Jokum lief nach Hause, er lief aus freien Stücken, die Kleider unter dem Arm und den Kopf im Himmel. Die Zeitung lag auf dem Küchentisch. Synne war gegangen. Er zog die Gardinen vor. Niemand sollte ihn sehen, während er seine erste Rezension las. Die Sache ging nur ihn und den Rezensenten etwas an, niemanden sonst. Er war froh, allein zu sein. Wo war Synne? Das Telefon klingelte. Er ging nicht ran. Er wartete, bis es nicht mehr klingelte. Warum hörte es nicht endlich auf zu klingeln? Dann wurde es wieder still. Er setzte sich an den Tisch, blätterte die Zeitung durch und fand den Artikel, eine schmale Spalte ganz am Rand der Seite. Geschrieben von einer Ann S. Ferguson. *Die Melancholie der Dinge* lautete die Überschrift. *Vielversprechender norwegischer Debütant in der Off-F. Galerie.* Vielversprechend? Jokum musste aufstehen, von Raum zu Raum gehen, es gab nicht besonders viele, er war bald wieder zurück in der Küche. Die Zeitung zog ihn an, und er schob sie von sich. Er zog die Zeitung zu sich, und sie schob ihn von sich. *Bei seiner Suche nach der Poesie in diesen Objekten, einem Kamm, einem Kalender, einer Schere, bekommt die Ausstellung insgesamt gesehen etwas Monomanisches.* Er musste es erneut aufgeben. Schaffte es nur, jeden dritten Satz zu lesen. *Die Idee an sich läuft Gefahr, wichtiger zu werden als die einzelnen Bilder. Damit kann die Melancholie mechanisch werden, ohne die Kraft der Berührung. Das Gleiche lässt sich über die Titel sagen, die als Kommentare zu den Bildern fungieren, sozusagen als Beschriftung. Hier ist er Doisneau zu Dank verpflichtet, doch bis jetzt fehlt ihm noch der empathische Humor des Meisters. Zwei Ausnahmen sollen erwähnt werden. Das Bild **Number 949** ist eine herzzerreißende Komposition: die Golden Gate Bridge in einem der seltenen Augenblicke, leer, verlassen, abgesehen von einem Stiefel, der dort wie ein Emblem steht, die Erinnerung an einen Menschen, den Selbstmörder. Dieses Bild, das verdientermaßen viel Aufmerksamkeit bekommen hat, weist auf eine breitere Thematik hin und lässt hoffen, dass wir es nicht nur mit noch einem Skandinavier zu tun haben werden, der sich an dem amerikanischen Elend weidet. Und ich glaube, davor brauchen wir keine Angst zu haben. Jokum Jokumsen besitzt* *offenbar eine künstlerische Disziplin und Orientierung, die wegführt von der Oberflächlichkeit.* Jokum schaute zwischen den Gardinen hinaus, um sicher zu sein, dass ihn niemand sah. Oder sah ihn doch jemand? War da jemand, der ihn in diesem Moment im Blick hatte, in dem er am verwundbarsten war, wie ein Kind, das nicht weiß, ob es in Gelächter oder Weinen ausbrechen soll? Er konnte niemanden sehen. Die Terrasse des Hippies war leer. Er zog die Gardinen wieder ganz zu und las weiter. *Und zum Schluss möchte ich **Shoreleave** hervorheben, das Porträt eines älteren Seemanns, das heißt, seiner Tätowierung. Das Bild ist technisch unvollkommen, in aller Eile gemacht, wie es scheint, aber seine Wirkung hält umso länger an. Hier wird mit einfachen Mitteln eine Geschichte erzählt, und außerdem finden wir hier möglicherweise einen Schlüssel zu Jokumsens Blickwinkel. Auf der banalen Tätowierung finden sich überraschenderweise die Buchstaben **e-l-s-e**, ein hilfloses Englisch. Jokumsen identifiziert sich mit **dem anderen**.* Jokum ging ins Schlafzimmer, legte sich aufs Bett und lachte. Er lachte. Else! Glaubte sie tatsächlich, dass *else* andere bedeutete? Was für ein Blickwinkel war das bitte schön? Als er fertig gelacht hatte, setzte er sich wieder in die Küche und las den Rest. *Es ist legitim zu fragen, wo das **Norwegische** in diesen Bildern zu finden ist; sind es die Motive an sich, oder ist es der Blick selbst? Ich glaube nicht, dass man auf diese Frage zu großen Wert legen sollte. Die Bilder sind so oder so Gemeingut. Aber wenn ich trotzdem versuchen will, eine Antwort auf diese Frage zu geben, muss ich noch einmal **Shoreleave** und die Tätowierung nennen, die in einem überraschenden Griff die Ausstellung kommentieren. Das sanfte Gefühl des Fremdseins gegenüber der Umgebung wird zeitweise als exotisch, also norwegisch erlebt. **Norwegian Still Life** ist einen Besuch wert. Fünf Prozent der Einnahmen gehen an die San Francisco Aids Foundation.* Es kam jemand. Jokum faltete die Zeitung zusammen. Synne stand in der Türöffnung. Hinter ihr wartete Edith Fremm.

»Wo bist du gewesen?«, fragte Synne.

»In der Reinigung. Warum?«

»Ich habe angerufen.«

»Ich bin nicht rangegangen.«

Synne ging zu Jokum und legte die Arme um ihn.

»Sitzt du hier im Dunkeln?«

»Ja.«

»Du musst doch nicht die Gardinen zuziehen …«

»Doch!«

Synne ließ ihn los.

»Das ist eine *gute* Rezension, Jokum!«

»Sag nicht dauernd meinen Namen!«

»Sie vergleicht dich mit Doisneau.«

»Du brauchst es gar nicht zu versuchen, Frau Kuratorin! Das tut sie nicht. Und *Shoreleave* ist nicht *in aller Eile* gemacht worden! Woher will sie das wissen? Woher?«

»Sie hat halt gewisse Vorbehalte. Und …«

»Und außerdem bin ich monoman!«

»Darf ich die Gardinen jetzt öffnen?«

»Nein!«

Synne seufzte und wandte sich zu Edith Fremm um.

»Erklär du es ihm.«

Diese setzte sich an den Küchentisch und schaute Jokum an.

»Synne hat recht. Es ist eine gute Rezension.«

»Was ist dann bitte schön eine *schlechte* Rezension?«

»Daran brauchst du jetzt überhaupt nicht zu denken, Jokum, also tue es nicht. Du bist mit im Spiel. Die Leitung hat angerufen und gratuliert. Und wenn die zufrieden sind, dann bin ich zufrieden, und dann bist du auch zufrieden. Und umgekehrt. Darin sind wir uns doch einig, nicht wahr?«

»Ja.«

»Dann gibt es nur noch eine Kleinigkeit zu regeln.«

Jokum unterbrach sie.

»Jemand muss ihr sagen, dass Else ein üblicher norwegischer Mädchenname ist!«

Edith Fremm lachte.

»Lieber Jokum, das ist ein hübsches kleines Missverständnis, mit

600

dem wir alle gut leben können. Lass Anne ruhig in ihrem Glauben. Und die Ausstellung ist um eine Woche verlängert worden.«

Schließlich öffnete Synne doch die Gardinen, und das Licht fiel auf Jokum, der dort mit einem schafsähnlichen Grinsen saß, der Grimasse des Gelobten.

»Was müssen wir regeln?«, fragte er.

Edith Fremm stand auf.

»Wir sollen die Eltern von Number 949 in einer halben Stunde treffen.«

Jokum zerbiss das Grinsen in Fetzen.

»Ich will nicht dabei sein.«

»Du brauchst gar nichts zu sagen. Es ist nur wichtig, dass du da bist. Und deinen Respekt zeigst. Damit schaffen wir das Problem aus der Welt, okay?«

»Und zieh deinen Anzug an«, sagte Synne.

Jokum zog sich um, der Anzug fühlte sich sonderbar leicht und fremd an ohne den Magneten, vielleicht lag das auch nur an der Reinigung, dann folgte er den anderen hinunter zu dem bereits wartenden Taxi. Da fiel ihm ein, dass er etwas vergessen hatte, also ging er noch einmal hoch und holte es. Synne und Edith blieben so lange auf der Rückbank sitzen. Es dauerte seine Zeit. Der Fahrer zündete sich eine Zigarette an und schaltete das Radio ein, ein alter Schlager erfüllte den Innenraum. *Every breath you take*, und ich habe mich entschlossen, den kurzen Dialog zwischen den beiden Frauen hier einzufügen.

»Alle halten das für ein Liebeslied«, sagte Edith.

»Ist es das denn nicht?«

»Es ist ein Lied über Eifersucht, Verfolgung, Hass.«

»Ist das nicht auch Liebe?«

Edith lehnte den Kopf an Synnes Schulter.

»Ist Jokum abergläubisch?«

»Wie kommst du darauf?«

»Der Magnet.«

Synne lachte.

»Ach der, nein. Ich glaube, er hat nur Heimweh.«

»Werdet ihr zurück nach Norwegen fahren?«

»Jokum vielleicht. Ich nicht.«

Dann kam er endlich, klappte sich vorn zusammen und fand nach einiger Mühe Platz für seine beiden Füße. Als er das Fenster heruntergekurbelt hatte, war auch genügend Platz für seinen rechten Arm und den Ellenbogen. Synne und Edith saßen jeweils in ihrer Ecke der Rückbank. Der Fahrer warf die Kippe hinaus und startete. In einem Fächer blauen Lichts fuhr ein Streifenwagen an ihnen vorbei. Am St. Mary's Square gab es aufgrund eines Autounfalls eine Umleitung. Auf der Grant Avenue erstarb das Radio.

»Was wollen die eigentlich?«, fragte Jokum.

»Die Eltern? Geld. Es geht immer um Geld. Und jetzt glauben sie, sie könnten mit ihrem missratenen Sohn ein bisschen Geld verdienen.«

»Vielleicht geht es nur um eine Wiedergutmachung?«

»Ja, und Wiedergutmachung heißt in diesem Land Geld, Jokum. Aber wofür?«

»Vielleicht fühlen sie sich wirklich gekränkt?«

»Gekränkt? Nun hör mal, ihr Sohn ist von der *Golden Gate Bridge* gesprungen. Wenn jemand sich auf den Schutz der Privatsphäre berufen will, dann soll er sich lieber das Leben in seinem Kinderzimmer nehmen.«

»Das letzte Mal war es das Bad«, sagte Jokum.

Eine Weile schwiegen sie alle. Jokum wünschte sich, Synne würde etwas sagen, doch das tat sie nicht. Stattdessen beugte sich Edith zwischen den Sitzen nach vorn.

»Hast du dir übrigens jetzt Tom Waits angehört? *Swordfishtrombones.*«

»Noch nicht. Gibt es was Neues?«

»Nein. Aber die Gerüchte kursieren.«

»Was für Gerüchte?«

»Dass du das Cover für seine nächste Platte machst. Es wird über dich geredet, Jokum. Die richtigen Leute reden über dich. Versprich mir, dass du sie dir bald anhörst.«

Synne sagte etwas:

»Ich habe sie mir angehört.«

»Und was meinst du?«

»Interessant«, sagte Synne.

Edith klopfte Jokum auf die Schulter und ließ sich lachend wieder zurück auf ihren Sitz fallen.

»Interessant?«

»Ja. Interessant.«

»Das bedeutet, dass sie dir nicht gefallen hat.«

»Nein, ich fand, sie war interessant.«

»Wenn jemand mit *interessant* antwortet, bedeutet das, dass die Musik ihm nicht einen Furz gegeben hat oder er sich nur gelangweilt hat oder wahrscheinlich beides zugleich.«

»Das trifft nicht auf mich zu. Ich finde, die Platte war interessant.«

Der Fahrer hielt vor der F. Gallery.

»Jetzt werden wir sehen, was ›interessant‹ bedeutet«, sagte Edith Fremm.

Sie bezahlte und ging ins Gebäude. Die Eltern von Number 949 saßen bereits im Büro, ein verschämt anmutendes Paar, die Hände im Schoß, sie trauten sich kaum aufzusehen, wollten weder Kaffee noch Tee noch etwas anderes, das Obst auf dem Tisch ließen sie liegen, das Konfekt rührten sie nicht an. Die Stimmung war gedrückt, sehr gedrückt. Es sah fast so aus, als wäre das Paar zu einem unangenehmen Verhör einbestellt worden, und nicht, als hätten sie um dieses Treffen gebeten. Jokum fühlte sich unwohl, das lag am Anzug, er fiel auf, er war zu gut, zu glänzend, er war zu *leicht*. Der Mann und die Frau trugen einfache, grobe Kleidung, Arbeitskleidung, er hatte um beide Ärmel seiner Jacke, die er nicht geöffnet hatte, Reflektorstreifen, sie auf der Brust das Logo einer Ladenkette. Wie sollte Jokum so seinen Respekt zeigen? Er verfluchte den Anzug. Er wollte ihnen ähneln. Aber er ähnelte niemandem. Edith Fremm ergriff das Wort.

»Ich möchte Sie im Namen der F. Gallery herzlich willkommen

heißen. Und Ihnen unser tiefstes Mitgefühl aussprechen. Wie Sie sehen, haben wir keinen Anwalt mitgebracht, zum Glück, möchte ich sagen, denn wir möchten diese Angelegenheit in gutem Einvernehmen lösen. Aber dazu meine erste Frage: Was ist hier eigentlich zu lösen?«

Sie schaute den Mann an, der lange nach Worten suchte.

»Milfred, meine Frau, sie wollte eigentlich nur etwas fragen.«

Die Frau wandte sich Jokum zu.

»Haben Sie ihn gesehen?«

»Wen?«

»Mike. Meinen Jungen. Haben Sie ihn an dem Tag auf der Brücke gesehen?«

Jokum wollte antworten, doch Synne kam ihm zuvor.

»Nein. Wir haben nur den Stiefel gesehen. Der dort stand.«

»Danke. Das war alles, was ich wissen wollte.«

Der Mann legte den Arm um seine Frau, die fast auf dem Stuhl in sich zusammensackte.

»Das war alles, was sie wissen wollte«, sagte er.

Einige Sekunden lang blieb es still. Jokum kam in den Sinn, dass sich doch das meiste um Trauer drehte. Aber es war noch zu früh, so zu denken. Er sollte noch früh genug seinen Teil der Trauer bekommen und brauchte ihn nicht im Voraus zu nehmen. Doch er dachte bereits daran. Letztendlich ist die Trauer in der Mehrzahl. Es gibt Trauer in der F. Gallery. Es gibt Trauer in Jim's Pawnshop. Es gibt Trauer in der Reinigung des Chinesen. Es gibt Trauer in Mr. Ceases Garage. Edith klatschte in die Hände. Das klang unpassend, wie ein Pfeifen auf dem Friedhof.

»Na, dann sind wir wohl alles in allem fertig hier. Wenn es nicht noch etwas gibt, das ...«

Der Mann sprang auf.

»Doch, das gibt es!«

Seine Ehefrau war auch sogleich auf den Beinen und ergriff seine Hand. Es war offensichtlich, sie hatten sich abgesprochen, waren sich einig darüber geworden, das war der Grund, warum sie hergekommen waren. Sie standen da und hielten sich gegenseitig aufrecht. Der Mann sprach weiter:

»Wir wollen, dass Sie wissen, dass unser Sohn sich nicht angesteckt hat. Mike war ein gesunder Junge.«

Jetzt stand auch Edith auf.

»Aber niemand hat behauptet, dass Mike sich angesteckt hätte!«

»In der Zeitung stand, dass der Überschuss an diese, diese *Foundation* geht. Wir wollen nicht, dass Mike damit in Verbindung gebracht wird. Da gibt es so viele Missverständnisse.«

»Aber es weiß doch niemand, dass es Mikes Stiefel ist!«

Die Mutter schüttelte den Kopf.

»Oh doch. Alle erkennen Mikes Stiefel wieder. Er hat die Schnürsenkel immer auf eine ganz spezielle Art gebunden. Immer eine Doppelschleife. Und jetzt. Jetzt steht der einfach da. Das gehört sich nicht. Nein. Das gehört sich nicht.«

Weiter kam sie nicht, sie schaute zu Boden, entmutigt und außer Atem. Eltern dürfen ihr Kind nicht verlieren. Es sind die Kinder, die ihre Eltern verlieren sollten. Das ist die richtige Reihenfolge. So soll es sein. So soll die Schlange aussehen. Wir können uns nicht einfach vordrängeln. Wir dürfen nicht an den Tresen des Todes stürmen und uns bedienen. Jokum sagte:

»Mein Vater meinte genau das Gleiche. Dass es sich nicht gehört. Er hätte dort nicht stehen dürfen.«

Alle sahen ihn an. Jokum holte das heraus, was er in der Tasche hatte, es wog fast nichts, ein Streifen mit Negativen, den legte er auf den Tisch und schaute wieder das Ehepaar an.

»Was ist das?«, fragte der Mann.

»Das sind die Fotos, die ich gemacht habe. Sie gehören Ihnen.«

»Was sollen wir damit?«

»Ich dachte, dass ...«

»Der Schaden ist bereits angerichtet.«

Trotzdem steckte der Mann die Negative in die Tasche, und Edith Fremm brachte das Ehepaar hinaus. Jokum stützte den Kopf auf die Hände, es gab zu viel, worüber er nachdenken musste. *Der Schaden ist bereits angerichtet.* Man kann ein Foto nicht wieder zurückziehen. Fotografieren ist eine Handlung. Nein, er wollte sich von den Menschen fernhalten. Er wollte sich lieber an die Dinge halten. Die Dinge waren nie überfrachtet, ganz gleich, wie zerbrechlich sie waren. Dinge zu fotografieren war dasselbe, wie sie zu streicheln. Doch was nützte das, wenn die Besitzer der Dinge, wenn die *Angehörigen* der Dinge kamen und ein Wort mitreden wollten?

»Ja, das war wirklich interessant«, sagte Synne.

Jokum richtete sich langsam auf.

»Warum hast du behauptet, wir hätten ihn nicht gesehen? Ich habe ihn gesehen.«

»Um es nicht noch komplizierter zu machen, als es schon ist.«

»Ist die Wahrheit komplizierter?«

»Auf jeden Fall. Dann hättest du erklären müssen, warum wir nicht angehalten und versucht haben, ihn zu retten.«

Edith Fremm kam zurück und klopfte Jokum auf die Schulter.

»So, das wäre aus der Welt geschafft.«

Nein, dachte er, sie irrt sich, jetzt ist es *in* der Welt.

Doch im Großen und Ganzen konnte Jokum mit der Resonanz auf *Norwegian Still Life* zufrieden sein. Es ist nun einmal so, dass ein Debütant an einer Art umgekehrter Überempfindlichkeit gegenüber den Kritikern leidet. Die lobenden Worte resultieren nur in einem schafartigen Lächeln, vorübergehend und idiotisch, während ein unschuldiger Einwand zu einem lang anhaltenden Schaden führen kann, einem ewigen Stachel, denn ein Debütant hat das Gedächtnis eines Elefanten. Etwas Ähnliches lässt sich über den alternden Künstler sagen, der sich auf der Gangway befindet, doch hier ist es spiegelverkehrt. Er sucht mit Lupe und Taschenlampe nach der geringsten Anerkennung, dem unbedeutendsten Wort, wenn es denn nur gut gemeint ist, während das gnadenlose und unerbittliche Urteil ihn gar nicht erreicht: Es ist vorbei.

»Du musst immer allen voraus sein, Jokum, immer ein Bild weiter. Mit dem, worüber die Kritiker schreiben, bist du doch schon längst fertig. Es sind die Kritiker, die hinterherhetzen. Deshalb solltest du nicht in deinen alten Fotos blättern. Und schon gar nicht in denen aus der Sogn Studentby. Vergiss sie lieber.«

Synne sagte das noch am selben Abend zu ihm, während sie auf dem amerikanischen Sofa im Wohnzimmer saßen und *Swordfishtrombone* lauschten. Jokum bekam gar nichts davon mit. Er hatte genug mit diesen fremden Geräuschen zu tun, die aus speziellen, seltenen Geräten der musikalischen Werkstatt erklangen: bell plate, snare, marimba, congo, bag pipes, African talking drum. Und was Tom Waits' Stimme betrifft, möchte ich auf keinen Fall der Versuchung verfallen, Klischees wie »sie ist ersoffen in Whisky und Tabak« zu missbrauchen oder wie ein norwegischer Schriftsteller im *Dagbladet* schrieb: »Offenbar isst Tom Waits Stacheldraht zum Frühstück.« Ich will mich mit der Erklärung begnügen, dass Tom Waits' Stimme aus vielen Stimmen besteht, so wie ein Schriftsteller auch seinen Blickwinkel von einer Geschichte zur anderen wechselt. Und diese Stimmen, die mal hoch und mal tief sein können, tun alles, was in ihrer Macht liegt, um die Sentimentalität zu verbergen, die auf dem Grund der Lieder ruht. Aber Jokum war trotz allem in erster Linie mit dem Cover beschäftigt. Auf einem Bild in groben Farben, fotografiert von Michael Russ, posiert der Sänger in einer Art musikalischem Zirkustrupp zwischen Harlekinen und Zwergen, was Jokums Ansicht von der Sache an sich bestätigt, nämlich dass beim Rock *die persona* wichtiger ist als *das œuvre*. Beim Rock wollen sich alle auf Gedeih und Verderb hervortun, und auf diese Art und Weise ähneln sie einander, und zum Schluss werden alle Eigenbrötler eins in einer gemeinsamen, makabren Angst und nicht zuletzt Verachtung für das Gewöhnliche. Es war einfach nur die banale Huldigung des *Geizes*. Dennoch musste er einräumen, dass die grafische Komposition über eine gewisse beherrschte Eleganz verfügte, mit anderen Worten, sie hatte Stil, und es machte ihn noch froher, nein, *stolzer*, dass er, Jokum Jokumsen, möglicherweise *sein* Bild auf dem nächsten Cover von Tom Waits haben konnte. Um mehr oder weniger ging es nicht. Man denke nur daran, wer alles so daliegen und *Beware of the Dog* betrachten würde, während sie die neue Platte spielten, die laut Plan im folgenden Jahr herauskommen sollte. Und unter diesen Leuten gäbe es sicher einen Idioten, der Jokums Fotografie genau mustert, das Hundehalsband in dem feuchten Laub, den Kopf schüttelt und denkt, *das kann ich besser*. Es wurde schon einmal gesagt: Kunst, wenn wir uns darüber einig sind, diesen Begriff zu benutzen, trotz Jokums etwas unklaren Einwänden, ist Bewegung. Und mit Kunst meine ich alle die Disziplinen, die *etwas aus dem Nichts* schaffen, oder *etwas anderes aus etwas,* also im Gegensatz zu Terror, der aus allem ein Nichts schafft. Und ganz gleich, ob Kunst etwas hinzufügt oder wegnimmt, so setzt sie etwas in Gang, setzt *etwas* in Gang. Und wenn das erst einmal gemacht wurde, dann kann es nicht mehr aufgehalten werden. Ich wiederhole: Kunst kann nicht zurückgezogen werden. Sie kann nicht wieder aus der Welt genommen werden, und man darf nicht glauben, dass die Welt wieder dieselbe wird wie vorher, vor der Kunst. Der Gründer der Chin-Dynastie hatte so große Angst vor Konfuzius' Schriften, dass er alle seine Bücher verbrennen ließ. Doch er konnte nicht allen den Mund mit Erde stopfen, die sich genau an diese Schriften erinnerten. Dann kam ein Song, der Jokum dazu brachte, sich aufzusetzen. Es war ein einfacher, unmittelbarer Song, nur mit Klavier und Kontrabass im Hintergrund. Die Worte wirkten umso stärker, näher. Der Song hieß *Soldier's Things* und diese armseligen Dinge des Soldaten hatten etwas an sich: *Frack, Boxhandschuhe, Manschettenknöpfe, Felgen, Badeanzüge und Bowlingkugeln.* Und plötzlich erinnerte Jokum sich an etwas, das Synne gesagt hatte, über Mrs. Cease, dass sie das Zimmer ihres Sohnes bis jetzt nicht leer geräumt hatte. Es sah immer noch so aus wie an dem Tag, als er es verlassen hatte, um in den Krieg zu ziehen, aus dem er nie zurückkehrte. Jokum wollte *seine* Dinge fotografieren. Er wusste nicht, wie er das hinbekommen sollte. Er wusste nicht einmal, ob er das Synne sagen wollte. Er wusste nur, dass er es tun musste. Der Stift rutschte über die letzten Rillen.

»Was ist los, Jokum?«

»Ich glaube, ich mag Edith Fremm nicht.«

»Warum nicht?«

»Was sie im Taxi gesagt hat. Das war … unschön.«

»Was hat sie gesagt?«

»Das über Mike. Dass er sich in seinem Kinderzimmer hätte erhängen können. Das war … respektlos.«

»Sie war nur etwas nervös wegen des Termins.«

»Wenn sie anderen gegenüber respektlos ist, dann kann sie genauso gut auch mir gegenüber respektlos sein.«

»Jetzt bist du aber sehr empfindlich, Jokum. Guck mal.«

Synne richtete sich auf und zog etwas aus ihrer Schultertasche, die neben ihr lag. Es waren die Negative von der Golden Gate Bridge. Sie legte sie auf den Tisch.

»Wie …?«

»Edith hat das geregelt. Wir machen keine Geschenke. Das ist nicht nötig. Magst du sie jetzt ein bisschen mehr?«

»Magst du sie?«

»Ich mag Edith, solange wir sie brauchen.«

»Ach so.«

Jokum wollte in die Küche gehen, er brauchte ein Glas Wasser, doch Synne hielt ihn am Hemd zurück.

»Außerdem war es gar nicht das, was du sagen wolltest«, behauptete sie.

»Doch. Genau das.«

»Nun sag schon.«

Jokum setzte sich wieder hin, immer noch mit trockenem Mund.

»Ich könnte mir vorstellen, das Kinderzimmer von Mrs. Ceases Sohn zu fotografieren.«

»Sozusagen *Soldier's things*!«

Er schaute sie direkt an.

»Ja! *Soldier's things*!«

»Das hat mir auch am besten gefallen.«

»Mir auch! Was meinst du? Hältst du das für eine gute Idee?«

»Ja, Jokum. Das ist eine gute Idee. Aber es gibt ein kleines Problem.«

»Und das wäre?«

»Momentan habe ich zu Mr. Cease nicht das beste Verhältnis.«
Jokum hatte keine Lust zu fragen, ob es sich vielleicht so verhielt,
dass Mr. Cease ihr keinen Gefallen mehr schuldete. Aber vielleicht
hatte ja Jokum noch etwas gut bei ihm, nachdem er schließlich die
Rechnung der Autowerkstatt bezahlt und nicht zuletzt ein Foto von
Mrs. Cease gemacht hatte, das bewies, dass sie immer noch lächeln
konnte.

»Ich dachte, du bist meine Kuratorin.«

»Könntest nicht lieber du mit Mrs. Cease sprechen?«

»Ich? Nein.«

»Bitte. Sie mag dich.«

»Tatsächlich?«

»Ja, da bin ich mir ganz sicher. Wollen wir uns noch ein bisschen
hinlegen und die andere Seite hören?«

»Ich habe genug gehört.«

»Aber wir können uns doch trotzdem noch für eine Weile wieder
hinlegen. Dann kann ich mich um dich kümmern.«

Doch vorher zog Jokum die Gardinen zu.

Die folgenden drei Tage arbeitete er in der Dunkelkammer mit dem
Foto, das er von dem Hocker des Organisten gemacht hatte, und das
inzwischen den Titel *Between the Devil and The Deep Blue Sea* trug.
Er bekam es nicht hin. Er war nicht zufrieden, hatte das Gefühl,
dass dieses Bild wichtig war, vielleicht wichtiger als die anderen, mit
denen er arbeitete, dass es sich hervorhob, dass es etwas über die
Spannung aussagte, in der er und seine Arbeit sich befanden. Deshalb war es auch unerlässlich, die perfekte Balance zwischen Alcatraz und der Golden Gate Bridge zu finden, und ebenso das exakte
Gewicht in den Nebelbänken, in den fließenden Wolken zu finden, die diese beiden Architekturen, das Gefängnis und die Brücke,
miteinander verbanden. Es war unterschiedlicher Stoff, der vereint
werden musste, Beton, Eisen, Luft, in der Alchemie des Lichts. Dass
das Bild außerdem noch durch ein Fenster hindurch gemacht wor-

den war, machte die Sache nicht einfacher. Die Rahmen verdoppelten sich: die Ränder dort, wo die Fotografie selbst endete, und die Rahmen, die sowohl die Aussicht begrenzten als auch den Raum definierten, in dem er, Jokum, saß, also in der Kapelle von *Den Norske Sjømannskirken* in San Francisco. Nein, er bekam es nicht hin. Am dritten Abend rief er nach Synne und schleuste sie hinein.

»Was stimmt da nicht?«, fragte er.

Synne warf einen raschen Blick auf die vier Abzüge, die an der Leine hingen.

»Das Fenster.«

»Ja! Ich habe es doch gewusst!«

»Warum fragst du mich dann?«

»Weil ich nicht weiß, was mit dem Fenster nicht stimmt.«

Noch einmal warf sie einen Blick darauf.

»Übrigens – hast du mit Mrs. Cease gesprochen?«

»Was? Nein, noch nicht.«

»Deshalb kommst du nicht weiter.«

»Kann sein. Wie heißt er? Hieß er, meine ich. Der Sohn.«

»Edward. Guck mal. Siehst du nicht das Kreuz?«

Jokum beugte sich vor.

»Wo?«

»Auf dem Boden. Der Schatten des Kreuzes. Genau auf dem balanciert das ganze Bild.«

Ja, Jokum sah es, aber erst jetzt, erst nachdem Synne es gesehen hatte, es *seinetwegen* gesehen hatte. Was ihn glücklich und verzweifelt werden ließ. Manchmal war er blind gegenüber seinen eigenen Bildern. Sie waren größer als er. Er brauchte Hilfe, um sich in ihnen zurechtzufinden, sonst verlief er sich.

»Kannst du nicht mitkommen?«

»Wohin?«

»Ich glaube, ich weiß, wo wir sie finden können.«

Das Fairmont Hotel war gerade fertiggestellt worden, als sich das Erdbeben am 18. April 1906 um 05.12 Uhr ereignete. Es blieb stehen wie ein Schloss zwischen Ruinen. Die Gäste spürten nur ein leichtes Zittern und glaubten vielleicht, das sei das Echo von Caruso, der am Abend zuvor in der Oper gesungen hatte. Danach hielt das Hotel fast allem stand, Feuer, Defizit, Weltkriege, Tonfilm, Börsencrash, freier Liebe und tödlichem Sex, als wäre es gesegnet und uneinnehmbar, aber vielleicht stimmt es ja, dass sich gewisse Hotels außerhalb der Zeit befinden und sich deshalb nicht von irgendwelchen Ereignissen erschüttern lassen. Denn wenn Sie die breite Treppe von der Mason Street hinaufgehen und durch die Türen des Fairmont, kommen Sie in eine andere Geschwindigkeit, eine andere Art von Ökologie, das war Jokum in den Sinn gekommen, als er hier mit Mrs. Cease zum ersten Mal gewesen war, genau, ein Treibhaus. Fairmont ist ein Treibhaus. Er hielt Synne an der Hand, und ein Oberkellner führte sie zu einem Tisch zwischen zwei Säulen. Ein junger Bursche in weißer Jacke fuhr mit einer glänzenden Bürste über die Tischdecke. Etwas Ähnliches hatte Jokum noch nie gesehen. Es schien, als kämmte der Junge den Tisch, er kämmte die Decke für die neuen Gäste, bis sie wie ein hübscher, ordentlicher Pony über ihren Knien hing. Davon hätte Jokum gern ein Bild gehabt, von diesem ihm bis jetzt unbekannten Handwerk, den Friseuren der Tischdecken, doch als er seinen Fotoapparat herausholte, war der Oberkellner bereits wieder zur Stelle und ließ Jokum wissen, diskret, aber energisch, dass man eine Sondererlaubnis brauche, um hier drinnen fotografieren zu dürfen, aus Rücksicht auf die Gäste, auf das Privatleben der Gäste. Jokum fand, dass die Lobby des Fairmont, wie vielleicht alle Lobbys, Abfahrtshallen und Pfandleihen sich ähnelten, nirgends sonst waren Menschen und Dinge so *fragil*, sie trugen Stempel, sie konnten zerbrechen, nicht durch Erdbeben, sondern durch ungeahnte Blicke, eine falsche Bewegung. Dann kam ein Kellner und nahm ihre Bestellung auf. Jeder hier im Fairmont hatte seinen Teil der Arbeit zu verrichten, und die Summe all dieser Tätigkeiten ergab den Luxus der Reisenden, und alle, die ihren Fuß über die Schwelle des Hotels setzten, gehörten zu den Reisenden. Hier wurden alle befördert. Synne bat um Tee und den Kuchen des

Hauses, weiße Schokolade, den wollte Jokum auch haben. Er konnte Mrs. Cease nicht entdecken. Synne beugte sich zu ihm hinüber.

»Genau wie in der Halvorsens Conditori«, flüsterte sie.

»Wieso?«

»Da darf man auch nicht fotografieren.«

»Warum nicht?«

»Weil dort lichtscheue Geschäfte getätigt werden.«

Jokum senkte seine Stimme auch:

»Glaubst du, die gehen hier auch vor sich? Lichtscheue Geschäfte?«

»Natürlich. Nimm doch nur uns beide.«

Synne lachte leise:

»Wohin haben Hütchen und Elle dich immer mitgenommen, wenn ihr euch etwas gönnen wolltet?«

»Zu Bäcker Hansen im Frognerveien«, sagte Jokum.

Mrs. Cease entdeckte die beiden, bevor sie Mrs. Cease sahen. Sie waren viel zu sehr miteinander beschäftigt. Plötzlich stand sie an ihrem Tisch, bepackt mit Einkaufstüten, und lächelte Jokum an, der sofort aufsprang.

»Du darfst aber nicht glauben, dass ich die ganze Zeit nur einkaufe«, sagte sie.

»Nein, nein.«

»Aber morgen ist Edwards Geburtstag, deshalb …«

Die Worte erstarben in ihrem Mund, und jetzt stand auch Synne auf.

»Wollen Sie eine Tasse Tee mit uns trinken?«

»Ich, ich will nicht …«

»Sie stören nicht. Bitte. Es wäre zu nett.«

Sie setzten sich alle drei. Mrs. Cease öffnete ihren Mantel und atmete schwer aus, ganz heiß im Gesicht.

»Der Frühling, er kommt immer zu Edwards Geburtstag. Und ihr? Was feiert …«

Sie wurde von dem Kellner unterbrochen, der sich vor ihr verneigte.

»Das Übliche, Mrs. Cease?«

»Nein, wieso das Übliche? Eine Tasse Tee bitte. Und ein Stück Kuchen. Ist das heute der mit weißer Schokolade?«

»Aber natürlich.«

Der Kellner wollte schon gehen, da entschied sich Mrs. Cease doch anders.

»Nein, kein Kuchen. Ich habe gerade gegessen, wissen Sie. Bringen Sie mir stattdessen einen Gin Tonic. Schließlich ist ja ...«

»Aber natürlich, Mrs. Cease. Und was ist mit dem Tee?«

»Nein, den können Sie sein lassen ...«

»Also nur das Übliche?«

Der Kellner drehte sich um, und bis der Drink kam, sagte niemand etwas. Mrs. Cease trank schnell einen Schluck, für einen Moment wirkte sie wie verloren, dann kam sie zur Ruhe, immer noch fern und schutzlos. Jokum hoffte, dass Synne jetzt nicht seine Pläne zur Sprache bringen wollte. Er bereute sie. Wenn irgendetwas zu dem zu respektierenden Privatleben gehörte, dann waren es die Dinge des Soldaten. Er wollte diesen Frieden nicht brechen.

»Apropos Edward«, sagte Synne.

Mrs. Cease beugte sich vor, fast hätte sie das Glas umgekippt.

»Ja?«

»Wir wollten Sie fragen, ob Jokum vielleicht sein Zimmer fotografieren dürfte.«

»Wozu das?«

»Wir planen eine Ausstellung mit dem Titel *Soldier's Things*. Und dabei dachten wir, es könnte schön sein, mit Edwards Zimmer anzufangen.«

»Na, wenn ihr glaubt, dass das etwas ist, was ...«

Mrs. Cease hob mit beiden Händen ihr Glas und trank, und Jokum hatte das Gefühl, als kollidierten die Eiswürfel in seinem Kopf miteinander. Er sagte:

»Wenn Sie meinen, es sei unpassend, dann ...«

Sie unterbrach ihn.

»Wisst ihr was? Kommt doch morgen! Zu seinem Geburtstag.«

Jokum wollte etwas sagen, dankend ablehnen, aber wie üblich kam Synne ihm zuvor:

»Das wäre unglaublich nett. Und wann?«

»Ein Uhr. Passt das?«

»Ein Uhr passt perfekt.«

Mrs. Cease stand auf. Synne war schon auf den Beinen und half ihr mit den Tüten. Jokum dagegen war plump in allen seinen Bewegungen, deshalb blieb er lieber sitzen. Mrs. Cease sah ihn an. »Wann kriege ich eigentlich das Foto, das du von mir im Auto gemacht hast?«, fragte sie.

Jokum sah sie an.

»Aber ich habe es doch schon geschickt… Professor Cease, Ihr Mann, er hat gesagt…«

Er schlug den Blick nieder.

»Ja. Natürlich. Meine Schuld, ich habe nur…«

Mrs. Cease öffnete ihre Tasche, ihre Lippen zitterten, sie holte ein Portemonnaie heraus. Synne legte ihr schnell die Hand auf den Arm.

»Das übernehmen wir heute. Bitte. Und vielen Dank für die Einladung.«

Synne blieb stehen, bis Mrs. Cease durch die Tür hindurch verschwunden war. Erst dann setzte sie sich wieder. Der Tee war kalt geworden. Jokum rührte seinen Kuchen nicht an.

»Sollen wir ein Geschenk mitbringen?«, fragte er.

»Du sollst deine Kamera mitbringen.«

In dieser Nacht schlief Jokum unruhig. Mehrere Male hatte er Lust, Synne zu wecken. Doch er tat es nicht.

Am nächsten Tag nahmen sie ein Taxi bis Berkeley. Jokum hatte noch einen Zusatzfilm in der Tasche, 24 Bilder. Aber so oder so hatte er keine Lust, Fotos zu machen. Er schaute hinunter auf den Sund, der plötzlich glatt wie Linoleum unter ihnen lag. Synne sagte auch nicht viel, sie sprach erst wieder, als sie ausstiegen.

»Professor Cease hat jetzt eine Vorlesung«, sagte sie.

Sie gingen das letzte Stück zwischen den mächtigen grünen Bäumen die Allee entlang. Der kleine Garten vor dem Haus war rechteckig, voller gelber Blumen, deren Namen sie nicht kannten. Doch, Mrs. Cease hatte recht gehabt, der Frühling war gekommen, aber nicht, um zu bleiben. Sie wartete bereits auf der Treppe, hübsch zurechtgemacht, mit schmaler Taille, ungeduldig und froh, und ließ die beiden in die Küche eintreten, wo für drei gedeckt war. Hinter einem gelben Blumenstrauß auf der Fensterbank stand eine geöffnete Flasche. Sie schenkte Kaffee in weiße, dünnwandige Tassen ein und redete in einem fort. Sie sprach über den Wind, der Salz übers Gras streute. Sie sprach vom Rasenmäher, der rostete. Sie sprach vom Wetter, das die ganze Zeit wechselte, aber an diesem Tag war immer schönes Wetter, an Edwards Geburtstag, und heute wäre er 35 Jahre alt geworden, man stelle sich das mal vor, 35 Jahre, waren sie wirklich schon so alt? Sie lachte und blieb plötzlich vor Synne stehen, die Lippen fielen in harter Trauer in sich zusammen.

»Wenn man erst einmal einen Sohn bekommen hat, kann man ihn nie wieder verlieren.«

Dann zündete sie sich eine Zigarette an, nahm einen kräftigen Zug und legte sie anschließend in den Aschenbecher, wo sie vor sich hin glühte, als inhalierte das ganze Haus, dann schlug sie die Hände zusammen.

»Ich habe ja ganz vergessen …«

Sie stellte eine Platte mit Muffins auf den Tisch.

»Ihr habt doch sicher Hunger. Zumindest du, Jokum. Edward mochte immer so gern …«

Jokum bediente sich. Das Backwerk wuchs in seinem Mund, schwer und trocken. Er schaute weg, während er angestrengt kaute, schaute hinaus, durch die Läden vor dem Fenster, auch hier Salz, Salz vom Golden Gate Bay. Mrs. Cease stand mit dem Rücken zu ihnen, unruhig. Der Filter ihrer Zigarette fiel auf die Tischdecke.

»Vielleicht sollten wir anfangen«, schlug Synne vor.

Mrs. Cease drehte sich um und faltete die Hände um das leere Glas.

»Ja. Natürlich. Ihr seid ja nicht …«

Sie folgten Mrs. Cease die Treppe in den ersten Stock hinauf, gelangten dort auf einen Flur und blieben vor der letzten Tür stehen. Mrs. Cease klopfte an und wartete lauschend einen Moment lang.

»Das habe ich immer so gemacht«, sagte sie, »angeklopft, das hat etwas mit Respekt zu tun, nicht wahr, er hatte ja so viel Besuch, auch Mädchen, aber jetzt ...«

Ihre Stimme verschwand, und sie öffnete die Tür. Jokum schaute Synne an. Am liebsten wäre er gegangen, nach Hause, irgendwo anders hin, wenn er nur nicht hier wäre. Synne schüttelte kaum merkbar den Kopf. Jokum holte seine Kamera heraus. Sie traten ein. Sofort spürte er es, obwohl er es doch noch nie zuvor erlebt hatte, so gab es keinen Zweifel: Es war ein toter Raum. Die Dinge, die unberührt dastehen, nutzen sich schneller ab, als wenn sie in Gebrauch sind, nur auf eine andere Art und Weise. Eine Weile sammeln sie auf und in sich Zeit und glänzen, kräftiger als je zuvor, doch umso schneller verblassen sie und brechen schließlich unter dem Gewicht all des Ungetanen, des Versäumten, zusammen. Mrs. Cease lehnte sich gegen die Wand und seufzte. Sie wollte etwas zur Seite legen, einen Tennisball, Jokum rief, *Nein, nicht anfassen!* Er wollte nicht noch einmal den gleichen Fehler machen, den Raum präparieren. Mrs. Cease zog schnell die Hand zurück, strich sich über den Mund, die Lippen. Synne hielt sich schweigend im Hintergrund. Jokum wusste nicht, wo er anfangen sollte. Das Licht aus dem Fenster, das auf den Nadelwald direkt hinter dem Haus zeigte, bewegte sich über dem Boden und gab ihm eine Frist. In einer Stunde, vielleicht schon früher, würde alles im Schatten liegen, und er wollte es möglichst vermeiden, noch einmal herkommen zu müssen. Er musste fertig werden. Also hockte er sich hin und begann mit den Autoschlüsseln, die an einer Cadillacmarke aus Plastik hingen und neben einem Schulatlas auf dem Schreibtisch lagen, und er machte weiter mit einem Baseballschläger, der in der Ecke stand, dem Plattenspieler, der LP von den Beach Boys, *Endless Summer,* einem weißen Hemd, einem Füller, einem elektrischen Rasierapparat, einem Paar Turnschuhe, Socken, die in sie hineingestopft worden waren, einem Päckchen Zigaretten, Lucky Strike. Von jedem Motiv machte er zwei Fotos. Er dachte, genau wie er schon auf der Golden Gate Bridge gedacht hatte: Das hier ist ein Tatort, überall, wo Menschen gewesen sind, ist ein Tatort. Er musste einen neuen Film einlegen. Bald vergaß er alles um sich herum. Die Geräusche verschwanden. Dann vergaß er auch sich selbst. Das war das Beste. Das Licht wanderte nach links, schneller als er erwartet hatte, während die Dinge näher rückten, ein Taschenmesser, ein glatt gestrichener Dollarschein, ein Dinke-Toys-Auto, eine runde Schachtel, *Boy Scouts of America Official Aid Kit*, eine akustische Gitarre, das Klassenfoto vom letzten Jahr in der Highschool, 1965.

»Was zum Teufel geht hier vor?«

Jokum richtete sich auf und spürte einen heftigen Schmerz in den Hüften. Mr. Cease stand in der Tür, immer noch in Straßenkleidung, die Schultern seines Staubmantels waren feucht, es hatte angefangen zu regnen. Synne schaute weg. Mrs. Cease hob die Hände in einer hilflosen, gespreizten Geste.

»Jokum macht nur ein paar Fotos, bevor ich es einpacke«, sagte sie.

»Einpacken?«

»Ja. Das willst du doch, nicht wahr? Dass ich alles zusammenpacke und wegwerfe. Oder weggebe. Wem könnten wir es geben, vielleicht...«

Mr. Cease machte einen Schritt ins Zimmer hinein und füllte es ganz aus.

»Das ist mir egal, er soll hier nicht fotografieren! Niemand soll...«

Er wollte Jokum zur Seite schieben, doch Mrs. Cease ging dazwischen, und ihre Finger wurden zu zwei festen Fäusten.

»Warum habe ich das Bild nicht zu sehen bekommen, das Jokum von mir gemacht hat?«

Mr. Ceases Wut verlor für einen Moment die Orientierung und damit auch den Inhalt. Alle Bewegungen in ihm stoppten.

»Welches?«

»Das weißt du ganz genau.«

»Ich dachte …«

»Er dachte! Schämst du dich meinetwegen? Findest du, ich bin hässlich?«

»Natürlich nicht. Red doch nicht so, wenn … Ich bitte dich …«

Mrs. Cease wandte sich Jokum zu, und jetzt war ihre Stimme wieder ruhig und klar.

»Mach deine Arbeit nur fertig.«

Fertig? Jokum würde niemals hier drinnen fertig werden. Das wurde ihm bewusst, mit aller Wucht, wie ein Stempel, er würde niemals fertig werden, die Welt konnte nicht wiedergegeben werden, nicht einmal ein einziger Raum auf dieser Welt konnte dokumentiert werden.

»Ich glaube, ich habe alles, was ich brauche«, sagte er.

Sie gingen hinunter. Es war so oder so an der Zeit zu gehen. Mrs. Cease wartete im Hintergrund, jetzt wieder schweigend. Es war unmöglich zu erkennen, worauf sie gewartet hatte. Mr. Cease ergriff Synnes Hand mit beiden Händen, es wirkte ganz feierlich, oder eher gekünstelt, demonstrativ.

»Du weißt, du kannst jederzeit zurückkommen«, sagte er.

»Hierher?«

Mr. Cease hielt Synnes Hand noch eine ganze Weile fest, dann öffnete er den Griff und lächelte.

»Nein, nicht hierher. Ins Institut.«

Auf der Straße entdeckten sie kein Taxi, mussten deshalb ganz bis zur Bushaltestelle am Campus gehen, wo es von Studenten nur so wimmelte, die lachten, sich gegenseitig freundschaftlich schubsten und mit den Regenschirmen spielten, frei und unbeschwert. Es war Freitag. Jokum und Synne lachten nicht, und sie waren auch nicht frei und unbeschwert. Sie waren aus dem Gleichgewicht geworfen worden. Sie waren aufgewühlt. Jemand erkannte Synne, aber sie tat, als würde sie ihn nicht kennen, und bahnte sich ihren Weg zu einem freien Platz, während Jokum in der Schlange stand, um zu bezahlen. Der Bus fuhr schon los, bevor er sich hatte setzen können. Fast wäre er in dem Mittelgang gestürzt. Zwei Jungs hielten ihn fest. Wieder spürte er den Schmerz in den Hüften, nein, *um die Hüften herum*. Als gäbe das ganze Gerüst nach. Synne half ihm auf seinen Platz.

»Ich hasse Busse«, sagte sie.

Jokum schloss die Augen und atmete schwer.

»Was denkst du, was ich tue?«

»Warum haben Busse immer so große Fenster?«

»Damit du rausgucken kannst, warum sonst?«

»Damit alle reinsehen können. Und sehen, dass du mit dem Bus fährst.«

»Ja und?«

»Ich hasse Busse.«

»Du hättest ja deinen Professor bitten können, ein Taxi zu bestellen.«

»Wie viele Fotos hast du machen können?«

»38. Jeweils zwei.«

»Du musst zurück.«

»Keine Chance.«

»Doch. Du musst zurück und noch mehr machen.«

»Da war nichts, was an Krieg erinnert hat.«

»Das ist es doch gerade, Jokum.«

»Absolut nichts! Da hätte ich gleich meinen alten FNL-Button fotografieren können.«

»Abgesehen davon, dass es nicht von der FNL war, sondern vom Freundeskreis für norwegische Lawinenhunde …«

»Hat Arve Storvik gesagt, ja. Der berühmte Chansonnier.«

»Und außerdem hast du ihn nördlich vom Sognsvann vergraben. Aber daran erinnerst du dich wahrscheinlich nicht mehr.«

Jokum öffnete die Augen, und für eine Weile schien es ihm, als führe der Bus einfach weiter direkt in die Luft hinein, über den Sund, umgeben von Regen und Wind.

»Absolut nicht«, wiederholte er.

Synne seufzte.

»Erkennst du deine eigene Idee nicht mehr?«

»Doch. Ich …«

»Du machst Fotos von Edward, nicht wahr? Nicht vom Soldaten. Da hast du deine verdammte Normalität!«

»Ja, da hast du sie«, sagte Jokum.

Es war still geworden im Bus. Synne legte ihm die Hand auf den Schoß.

»Entschuldige.«

»Das macht nichts.«

»Wir sind wohl nur ein bisschen …«

»Ja, ich weiß. Wir sind nur ein bisschen …«

»Entschuldige«, wiederholte sie.

Jokum lehnte sich an sie.

»Weißt du, was das Schlimmste ist? Dass ich glaube, die werden richtig gut. Die Fotos. Autoschlüssel und Atlas.«

Synne lehnte sich an ihn.

»Hausschuhe und Geldscheine.«

»Und Gitarrensaiten und Bibel.«

»Wir müssen raus, Jokum.«

Jokum drehte sich dem Fenster zu und sah, dass der Bus bereits auf dem Land angehalten hatte, am Fisherman's Wharf. Sie waren allein an Bord. Trotzdem blieb er sitzen. Er blieb sitzen, weil er nicht auf die Beine kam. Dreimal versuchte er es. Er wippte vor und zurück und nahm Schwung. Es ging nicht. Das war ihm noch nie passiert. Er verfluchte das Schicksal, das seine Form in diesem unwilligen Körper gefunden hatte, diesem unzugänglichen Klappergestell. Er war nicht dafür geschaffen, Fotograf zu sein, in die Hocke zu gehen, zu knien und sich zu drehen und zu wenden. Er hätte Vogelbeobachter werden sollen. Er hätte Sternenleser, Giraffenwächter oder Fahnenmastmaler werden sollen. Synne war auch keine große Hilfe. Sie musste den Fahrer holen. Der sang *My Way*, während sie zogen und zerrten. Schließlich bekamen sie Jokum in die Senkrechte und zirkelten ihn zwischen den Sitzen entlang. Auf dem Weg den Telegraph Hill hinauf musste er an jeder Ecke eine Pause einlegen. Synne machte sich Sorgen.

»Bist du krank? Oder liegt es an …«

Und Jokum dachte: Niemals wurde ich höher geliebt, und dennoch kann sie mich nicht kleiner lieben.

»Ich bin gesund.«

»Aber du hast Schmerzen?«

»Es geht mir gut.«

»Lüg nicht. Du hast Schmerzen. Gib es zu.«

Jokum holte tief Luft und versuchte aufrecht zu stehen.

»Sind wir jetzt reich?«

Synne schaute ihn misstrauisch und verblüfft an.

»Wie meinst du das?«

»Reich. Nachdem dein Vater gestorben ist.«

»Kann sein. Und was wäre, wenn?«

»Dann werden wir auf jeden Fall niemals wieder, das verspreche ich, niemals wieder …«

»Was werden wir niemals wieder, Jokum?«

»Den Bus nehmen«, sagte er.

Drei Tage lang blieb Jokum im Bett. Synne brachte die Filme zum Entwickeln, kam zurück mit schmerzstillenden Tabletten und löste sie in lauwarmem Wasser auf. Jokum trank davon und träumte, seine Bilder wären Lieder. Er träumte, er säße auf einer Bühne in einem alten, muffigen Theater und sähe, dass *meine Bilder keinen Gemälden ähneln, sondern nervösen Liedern*. Dann kam Synne mit den Negativen zurück, und am vierten Morgen begann Jokum in der Dunkelkammer zu arbeiten. Er sah es sofort, das, was er bereits wusste: Er musste nicht noch einmal zu Mrs. Cease zurückgehen und weitere Fotos machen. Die, die er hatte, sie stimmten. Jetzt ging es nur darum, den richtigen *Klang* zu finden. Er konnte es nicht anders sagen. Oder spielte der Inhalt ihm wieder einmal einen Streich? War es die Geschichte dieses Zimmers, die für die Qualität der Bilder sorgte? Was nun, wenn Edward durch die Tür hereinkäme, sich auf das Sofa setzte und Gitarre spielte? Was nun, wenn er gar nicht tot wäre? Was, wenn die Geschichte gar nicht *stimmte*? Würde das Bild von den Autoschlüsseln genauso stark wirken, wären das Zigarettenpäckchen und die Bibel genauso bedeutungsvoll? Wer sich diese Fotos ansehen würde, wenn es denn irgendwann einmal so weit käme, musste die *Geschichte* kennen, musste *ein wenig mehr* über das alles wissen, als die Bilder zeigten. Wie konnte er das umgehen? Wie konnte er die Bilder *für sich selbst* sprechen lassen, ohne andere Stimmen, die erzählen mussten, was die Kamera nicht hervorbrachte? Da wurde es ihm klar: Alles ist unvollständig. Wie üblich war er hoch oben und tief unten. Plötzlich sah er sein Zimmer in seinem Elternhaus in Skillebekk vor sich. Dort war der Krieg sichtbar: der FNL-Soldat, der in Saigon aus nächster Nähe durch einen Kopfschuss hingerichtet wurde. Sollte er, Jokum, jemals in dieses Zimmer zurückkommen? Er war zu jung, um es ehrlich zu vermissen, und zu alt, es sein zu lassen. Aber einer Sache war er sich sicher: der Reihenfolge. Die Reihenfolge ist das Entscheidende. Denken Sie doch nur an Ihr eigenes Leben. Nein, denken Sie an einen Tag in Ihrem Leben, das genügt, und sehen Sie vor sich den Schlaf, die Träume, die Arbeit, die Mahlzeiten, das Spiel, die Vertiefung und die Dunkelheit, die zum Schluss alles abrunden. Es gab keinen Zweifel. Die Ausstellung, wenn es denn zu einer Ausstellung kommen sollte, musste mit dem Klassenfoto beginnen, mit Edward Cease, 17 Jahre alt, Nummer drei von links in der hintersten Reihe. Aber womit sollte sie enden? Mit der Uhr? Mit der Uhr, die stehen geblieben war? Das war zu billig. Und die Uhren sind auf allen Fotos stehen geblieben. Jokum löschte das Licht und ging in die Küche. Synne saß auf der Fensterbank und notierte etwas in einen Taschenkalender.

»Ich brauche einen Leichensack.«

Synne schaute auf.

»Was sagst du?«

»Einen Leichensack. So einen, in den man tote Soldaten packt.«

»Was willst du denn mit dem?«

»Ein Foto machen, das *Soldier's Things* abschließt.«

»Das ist keine gute Idee, Jokum. Wirklich keine gute Idee.«

»Warum nicht?«

»Weil es melodramatisch ist. Außerdem ist es nicht wahr.«

»Nicht wahr?«

»Du solltest dich an das halten, was im Zimmer ist. Und da gibt es keinen Leichensack. Da gibt es nur Hoffnung, Erwartung, Unschuld. Und Trauer.«

»Das, was Mrs. Cease gesagt hat, stimmte auch nicht.«

»Was denn?«

»Dass ich alles fotografiert habe, weil sie es einpacken will. Sie hat das nur gesagt, weil ...«

»Das wissen wir nicht. Das können wir nicht wissen.«

»Doch. Das hat sie nur so gesagt. Zu Mr. Cease.«

Synne zuckte mit den Schultern und legte den Kalender zur Seite.

»Übrigens habe ich Edith von unseren Plänen erzählt. Soldier's Things.«

»Wirklich? Ist das nicht etwas zu früh?«

»Natürlich muss sie erst die Bilder sehen, aber die F. Gallery will uns so oder so eine weitere Chance geben. Was sagst du dazu, Jokum?«

»Wir werden sehen.«

»Wir werden sehen? Was werden wir sehen?«

»Ob sie gut genug werden. Die Bilder.«

»Zweifelst du jetzt auch noch daran?«

»Nein, aber ...«

»Auf jeden Fall hast du Zeit genug. Edith meinte, momentan sei die Stimmung für so eine Ausstellung sowieso nicht gut. Mit Reagan und dem neuen Nationalismus und all dem. Die Amerikaner versuchen, ihre Wunden zu lecken, nicht wahr?«

»Das ist mir scheißegal.«

»Wie bitte? Was sagst du da?«

Jokum schaute zu Boden, beschämt, weil ihm eingefallen war, dass es sich hier schließlich um Mrs. Ceases Wunden handelte, jeder einzelne Tag war ihr Memorial Day.

»Ich will nur anachronistisch sein.«

Synne öffnete wieder ihren Kalender.

»Apropos. Ich habe einen Termin für dich gemacht.«

»Wo?«

»Beim Arzt, Jokum.«

»Ich bin nicht krank.«

»Was da im Bus passiert ist, das will ich nicht noch einmal erleben.«

Jokum setzte sich.

»Aber wir wollen doch nie wieder den Bus nehmen«, entgegnete er.

Ganz besonders denke ich an die Reihenfolge, wenn ich versuche, Jokum Jokumsens Karriere zu schildern, mit den Mitteln, die mir zur Verfügung stehen, Sprache, Zeit und Abstand. Sie ist es, die Reihenfolge, die dem Realismus eine gewisse Gerechtigkeit zuteilwerden lässt, und ich wünsche, genau wie Jokum selbst, realistisch zu sein, oder lassen Sie mich ein anderes Wort benutzen, das auch in der Fotografie verwendet werden kann, ich wünsche *pünktlich* zu sein. So habe ich beispielsweise keine Lust, zu spät zur Biennale in Venedig zu kommen, oder ins Løkke Sanatorium, wo sich unsere Wege auf dem zerbrechlichen Boden der Freiheit kreuzen sollen, aber auch zu früh will ich nicht kommen. Denn in beiden Fällen entgeht einem das Wesentliche, und das kann ich mir nicht erlauben. Deshalb fahre ich folgendermaßen fort: *Norwegian Still Life* wurde am letzten Montag im Mai geschlossen. Da hatten die Bilder zwei Monate lang dort gehangen. Niemand war damit unzufrieden, aber es jubelte auch keiner lauthals aus diesem Grunde. Jokum und Synne saßen auf der Treppe und sahen zu, wie die jungen Assistenten vorsichtig ein Bild nach dem anderen von der Wand nahmen und sie in durchsichtige Plastikboxen legten, sie *magazinierten*, die Fotos waren weiterhin frei für den Verkauf, und trotzdem tot, zumindest begraben. Jokum dachte an das, was Synne ihm gesagt hatte: dass er nicht in den alten Bildern blättern solle, sondern nach vorn schauen. Sie hatte recht. Plötzlich, so sah es zumindest aus, waren die Wände nackt, und es schien, als gäbe es sie nicht mehr. Jokum machte ein Foto von dem leeren Raum, *room without walls*.

»Wo ist Edith Fremm?«, fragte er.

»In New York. Spricht mit der Plattenfirma von Tom Waits.«

»Hast du etwas gehört?«

»Noch nicht. Vielleicht müssen wir auch hin.«

»Du kannst hinfahren.«

»Hast du keine Lust?«

»Ich muss arbeiten. Du kannst uns besser *repräsentieren* als ich.«

Synne lachte.

»Du weißt, dass du heute zum Arzt musst?«

»Nein. Mist! Gut, dass du mich dran erinnerst.«

Sie gab ihm Geld fürs Taxi.

»Und vergiss nicht, deinen Anachronismus zu erwähnen. Vielleicht gibt es dafür auch eine Kur.«

Jokum musste sich auf jeden Fall merken, Synne zu fragen, wo sie ausgerechnet diesen Arzt gefunden hatte. Sein dünnes graues Haar war streng nach hinten gekämmt und in einem glatten Pferdeschwanz gesammelt, er trug einen weißen Anzug, keinen Kittel, und seine Praxis lag direkt über Starbucks in der Stockton Street. An den Wänden hingen keine anatomischen Tafeln, sondern diverse Plakate, unter anderem für eine Lesung mit Allen Ginsberg, einen Auftritt von Lenny Bruce und ein Konzert mit Captain Beefheart, nun gut, wahrscheinlich war er zu Edith Fremms Chirurg und Seelendoktor gekommen. Außerdem fiel Jokum etwas auf, das wohl für einen Sehtest dienen sollte, geschrieben mit kleinen und großen Buchstaben auf weißem Grund: *acid, booze and ass/needles, guns and grass.* Der Mann nannte sich Dr. Q, und es gab keine Wartezeit. Als Erstes maß er Jokums Länge, notierte die Zahl auf einem Zettel, dann setzten sie sich.

»Haben Sie einen Arzt in Norwegen?«, fragte Dr. Q.

»Ja. Doktor Eidsbø. Aber ich weiß nicht, ob er noch lebt.«

»Und was sagt er? Oder sagte er?«

»Er riet von einer Amputation ab.«

»Da sind wir auf einer Wellenlänge. Aber Abraten ist das Einfachste auf der Welt. *Zuraten* ist schwerer. Hatte er keinen Rat?«

»Wie wäre es mit einem Stock?«

»Ein Stock macht Schlimmes noch schlimmer. Dann bräuchten Sie zumindest zwei, und das nennt man Krücken. Wollen Sie anfangen mit Krücken zu gehen, Mr. Jokumsen?«

»Nein.«

»Dachte ich mir. Legen Sie ab.«

»Wie bitte?«

»Machen Sie den Oberkörper frei. Und stehen Sie wieder auf.«

Jokum tat, was Dr. Q wollte, und stand schließlich verlegen und unbeholfen da, die Arme vor der Brust verschränkt.

»Wie groß bin ich eigentlich?«

Dr. Q schaute auf den Zettel und nannte ihm die Zahl. Jokum lächelte.

»Dann bin ich kleiner geworden.«

Jetzt war Dr. Q an der Reihe mit Lächeln.

»Sie lügen sich selbst in die Tasche. Sie sind ganz genau gleich viele Zentimeter groß wie vorher, aber Sie versuchen sie zusammenzudrücken. Sie haben eine gekrümmte Haltung eingenommen, die inzwischen für Sie natürlich geworden ist. Was meinen Sie, ist es natürlich, gekrümmt zu sein, Mr. Jokumsen?«

»Nein, das ist ...«

»Der Horizont ist gekrümmt. Nicht der Mensch. Und der Horizont ist gekrümmt, damit die Sonne einen Ort hat, wo sie untergehen kann, und der Mensch steht aufrecht, um in die Zukunft schauen zu können. Was meinen Sie, wie wäre es, wenn es nun umgekehrt wäre? Nun?«

»Das ist schwer zu sagen.«

»Doch, das ist ganz einfach zu sagen. Wir blieben auf der Stelle stehen, und die Sonne würde sich festhaken.«

»Kann ich mich wieder anziehen?«

»Gern.«

Jokum zog sich an und blieb stehen.

»Also, was raten Sie mir?«, fragte er.

Dr. Q blätterte in irgendwelchen Papieren.

»Da muss ich leider zunächst bei dem Repertoire der Schulmedizin Zuflucht suchen, nämlich beim *Ab*raten. Benutzen Sie keine Schultertasche. Tragen Sie keine zu engen Schuhe. Und Schluss mit schmerzstillenden Medikamenten. Die bringen Ihren Körper nur dazu zu lügen.«

»Lügen?«

»Ja, das Gehirn anzulügen. Aber der Schmerz spricht die Wahrheit. Er ist der Kompass des Körpers, der die Rosen der Erkenntnis zum Blühen bringt.«

»Ach so.«

»Ja, auf jeden Fall. Und jetzt komme ich zu meinen Ratschlägen: Sie brauchen Bewegung, Mr. Jokumsen.«

»Oh nein.«

Dr. Q schaute auf.

»Sie sind verheiratet, wie ich sehe.«

»Ja. Sehen Sie das?«

»Ihre Frau hat den Termin gemacht. Wie ist es mit dem Sexualleben?«

»Das geht seinen Gang.«

»Sie haben keine Probleme, den Sexualakt zu vollziehen?«

Jokum wand sich.

»Es ist eigentlich am besten, wenn sie oben sitzt.«

»Ich verstehe. Daran müssen Sie etwas ändern.«

»Und was?«

»Nehmen Sie sie von hinten. Wohlbemerkt auf den Knien. *Nicht* stehend. Das ist genau das, was Sie brauchen.«

»Nennen Sie das Bewegung?«

»Genau das. Nicht das Gewicht macht Ihnen Probleme. Es ist die *Balance.* Wenn Sie Ihre Frau von hinten nehmen, genau wie ich es beschrieben habe, stärkt das die Kernmuskulatur der Hüften und des Beckens, und es wird einfacher für Sie, auf die Beine zu kommen und aufrecht zu stehen. Aber Sie müssen jedes Mal alles geben.«

Jokum wäre jetzt gern gegangen, er machte einen Schritt auf die Tür zu.

»Ja, gut«, sagte er.

Dr. Q legte die Beine auf den Tisch, trübsinnig schaute er aus dem Fenster und zog an seinem Pferdeschwanz. Einen Moment meinte Jokum, der Mann habe etwas Bekanntes an sich, die aufgerissenen Augen, aber er war nicht in der Lage, sich daran zu erinnern, wo er ihn schon einmal gesehen hatte, vielleicht bei der Ausstellungseröffnung. Dr. Q sprach zu sich selbst oder zu Gespenstern aus einer nahen Vergangenheit, die dennoch fern wirkte, denn das war letztendlich auch nur eine Sinnestäuschung, ein gefälschter Kalender.

»In früheren Zeiten verachteten wir die Ehe. Sie war ein Gefängnis. Jetzt ist die Ehe die einzige Möglichkeit, ein bisschen freien Sex zu haben. Freier Sex im Gefängnis. Das ist gut, nicht wahr?«

Jokum hatte auch fürs Taxi nach Hause das Geld. Er fand Synne im Schlafzimmer. Das passte gut. Sie sortierte die Vorlesungsnotizen. Da konnte er sie so oder so unterbrechen. Aber dann unterbrach sie ihn.

»Edith hat angerufen.«

»Ja?«

Jokum erstarrte. Synne nahm seine Hände und hielt sie fest.

»Du brauchst nicht nach New York zu fahren.«

»Und was ist mit dir?«

Sie schüttelte den Kopf.

»Tom Waits wird das Foto eines schwedischen Fotografen nehmen. Anders Petersen.«

»Ja, gut. Dann freue ich mich, es später zu sehen.«

»Ist das alles, was du dazu zu sagen hast?«

»Na, es ist ja trotz allem etwas Gutes dabei herausgekommen.«

»Und was?«

»Ich habe *Soldier's Things* gehört.«

Jokum versuchte Synne ins Bett zu bekommen, aber sie blieb störrisch stehen.

»Kannst du nicht wenigstens ein bisschen enttäuscht sein.«

Sie ließ ihn los und ging aus dem Zimmer. Jokum folgte ihr. Es endete in der Küche.

»Möchtest du gern, dass ich enttäuscht bin?«

»Ich möchte, dass du *ehrgeizig* bist. Und wütend.«

»Wütend auch noch?«

»Zumindest ein bisschen wütend. Wenn du es schaffst.«

»Gut, *jetzt* bin ich ein bisschen wütend«, sagte Jokum.

Er packte Synne und drückte sie auf die Knie. Sie versuchte, sich zu widersetzen, fiel auf den Boden, rief und wehrte sich.

»Sei nicht anachronistisch mit mir! Ich habe …«

Doch Jokum ließ sich nicht beirren. Er fiel auf die Knie und gab alles. Anschließend sank er an ihrem Rücken entlang zu Boden, verschwand in ihrem Haar und spürte plötzlich eine sanfte Hand um den Nacken, ohne zu wissen, woher sie kam.

»Aber Jokum«, sagte Synne.

Er schnappte nach Luft.

»Verdammt, woher hast du diesen Arzt?«

»Aber das ist doch unser Nachbar«, antwortete Synne.

»Welcher Nachbar?«

»Na, der Hippie.«

»Der von der Terrasse?«

»Wenn er kein Arzt ist, dann sitzt er da. Alle sagen, dass er richtig gut ist. War er gut?«

Jokum hielt die Luft an und schaute vorsichtig über den Fensterrahmen. Die Terrasse auf der anderen Seite war leer. Nur der vertrocknete Blumenkranz lag noch dort. Er zog die Gardinen vor. Das hatte er vergessen.

Ich erwähne das so im Vorbeigehen, weil es etwas aussagt, wie ich glaube, über *den komischen Blick*, ein Begriff, den einzelne Kritiker bezüglich Jokums Bilder verwenden sollten, wofür er aber nicht viel übrig hatte. Überhaupt wünschte er sich einen gewissen Abstand zu allem zu halten, was als lustig aufgefasst werden konnte, vielleicht lag es daran, dass er schon so viel Gelächter begegnet war.

In diesem Zusammenhang muss ich eine andere Episode erwähnen. Jokum war in den Straßen von San Francisco unterwegs, in der Nähe von The Wharf. Wohin er wollte, weiß ich nicht, und das braucht uns auch nicht zu interessieren. Vielleicht wollte er nirgendwohin. Wahrscheinlich wollte er nur eine Pause von der Dunkelkammer machen, von den Chemikalien, dem roten Licht und den Dingen des Soldaten, die tropfend an der Wäscheleine hingen. Jeden Tag war Memorial Day. Da traf er den Seemannspfarrer. Und allein die Tatsache, dass er plötzlich und unverhofft auf einen Bekannten stoßen konnte, ließ Jokum die Stadt in einem ganz anderen Licht erscheinen, oder vielmehr seinen Platz in San Francisco: Die Straßen waren nicht mehr so steil, und der Wind war nicht mehr so kräftig. Er war kein Fremder mehr, er gehörte schon fast dazu.

»Du bist momentan ja richtig wacker, Jokum!«

Jokum lachte und hatte ganz vergessen, dass er den Pfarrer nicht mochte.

»Wacker? Da sagst du was.«

»Wir müssen die alten Worte wahren und unsere Sprache pflegen, wenn wir im Ausland sind. Aber ansonsten habe ich leider eine traurige Nachricht.«

»Die da wäre?«

»Unser Matrose, Jokum. Er ist tot.«

»Nein. Wie …«

»Er wurde letzte Woche bei den Kais gefunden.«

»Hast du ihn gesehen?«

»Ich habe ihn im Leichenschauhaus gesehen.«

»Wo ist er jetzt? Ist er …«

»Er ist schließlich nach Hause gekommen.«

»Hatte er eigentlich seinen Anzug an? Die Anzugjacke?«

»Im Leichenschauhaus sind wir alle nackt, Jokum. Warum …«

Sie wurden von einer vorbeifahrenden Straßenbahn unterbrochen, ihre Glocken klangen wie ein erschöpftes Orchester, die Fahrgäste ähnelten einer blassen, nichtsahnenden Trauergesellschaft, dachte Jokum, die gute Stimmung, in der er sich befunden hatte, war vorbei, und während ihm plötzlich ein kalter Schauer den Rücken hinunterlief, fragte er:

»Was ist mit seinem Zimmer? In der Pension.«

»Ich bin auf dem Weg dorthin. Um seine Sachen abzuholen. Kommst du mit?«

Sie setzten den Weg fort Richtung Chinatown, vorbei an der zugigen Ecke, betraten den Hinterhof und gingen die Stufen der wackligen Treppe hoch. Die gleiche alte Frau saß auf ihrem Stuhl und säuberte mit glänzenden Fingern Fische. Die Katze lag auf einer schwarzen Seilrolle unter ihr. So bekam Jokum noch einmal die Chance, als wäre die Zeit zurückgedreht worden, nur für ihn, nicht für den Matrosen. Er hob die Kamera, die Frau beachtete ihn auch dieses Mal nicht, und machte das Foto. Die Kinder zogen sich langsam zurück, näherten sich dann doch und entfernten sich ebenso langsam wieder, als ihre Mütter sie riefen. Ein paar Männer in weißen Unterhemden wirkten zunächst bedrohlich, dann drehten sie den beiden Eindringlingen jedoch den Rücken zu, gleichgültig. Jokum folgte dem Pfarrer, der vor der letzten Tür stehen geblieben war, und schaute sich um. Niemand interessierte sich weiter für sie. Zunächst klopfte er an. Die Tür glitt auf, als stünde jemand dort und hieße sie willkommen. Doch dem war nicht so. Nur der Geruch nach Seife und Terpentin schlug ihnen entgegen. Das Zimmer war leer. Nicht ein einziges Teil stand noch drinnen. Selbst der Nagel, an dem der Anzug gehangen hatte, war weg. Der Pfarrer bekreuzigte sich. Wieder hob Jokum die Kamera. Er musste das Loch von dem Nagel in der Wand festhalten, also trat er näher. Er musste die verblassten Schatten festhalten, die einzigen Spuren, die noch vom Matrosen zu finden waren, die Signatur der Dinge. Er dachte, *daraus kann was werden.* Er wusste, das hier war etwas, was viele als einen *Glückstreffer* bezeichneten, noch ein Glückstreffer. Er fand seine gute Laune wieder und schämte sich. Später dachte er, als sein Gemüt finsterer war: Ich leere die Räume, wenn ich sie fotografiere.

Als Edith Fremm *Soldier's Things* gesehen hatte, war sie sich ihrer Sache vollkommen sicher: Jokum stand vor seinem Durchbruch. Aber was das *timing* betraf, war sie sich nicht so sicher: Sie wollte lieber noch warten. Momentan gab es zu viele Störungen, zu viele

Ablenkungen. Sie wollte lieber noch warten. Synne war ganz ihrer Meinung. Es eilte nicht. Sie mussten ihr Pulver sparen. Außerdem erforderte die Ausstellung Abstand und Konzentration. Nehmen die beiden das nicht alles viel zu ernst, dachte Jokum.

»Das sind doch nur ein paar Fotos«, sagte er.

Beide drehten sich zu ihm um. Sie saßen in der F. Gallery und tranken Kaffee aus Pappbechern. Es war Herbst geworden, doch das fühlte Jokum nicht. Er musste den Kalender drei Monate zurückschrauben, um eine norwegische Jahreszeit zu bekommen. Der September in San Francisco war wie der Juni zu Hause.

»Nur ein paar Fotos?«, wiederholte Synne.

»Ja, nur ein paar Fotos aus einem Jungenzimmer.«

Edith Fremm stand auf.

»In Vietnam sind 120 000 amerikanische Soldaten gefallen. Das bedeutet, dass es Fotos aus 120 000 Jungenzimmern sind. Verstehst du?«

Sie setzte sich wieder und wollte wissen, ob Jokum noch etwas anderes hatte, etwas in der Hinterhand, abgesehen von der Kopenhagenmappe und der amerikanischen Serie. Das hatte er. Er hatte *Nostalgia of a Sailor*. Aber diese Reihe bestand nur aus zwölf Bildern, kaum eine Ausstellung, und es wäre nicht richtig, sie mit anderen Motiven zusammenzuhängen. Synne machte einen Vorschlag: Sie könnten sie in der Seemannskirche zeigen. Auf diese Art und Weise bliebe Jokums Name heiß, wie man so sagte, und das wäre ein würdiger Übergang zu *Soldier's Things*. Es war ganz einfach die richtige Reihenfolge. Außerdem war es eine Geste für die norwegische Gemeinde, was vielleicht einen gewissen Widerhall in den norwegischen Zeitungen mit sich bringen könnte. Und hinterher, wenn die Zeit gekommen war, würde Jokum aus dem Keller in den Hauptsaal der F. Gallery aufrücken, nicht wahr? Synne warf Edith Fremm einen Blick zu. Diese fand, das sei ein fantastischer Plan, natürlich fand sie das, sie lachte sogar verhalten.

»Ja, aber dann musst du mit denen reden. Ich bin immer so unbeholfen bei diesen Religiösen.«

Aber was war mit Jokum? Wie war seine Meinung dazu? Er dachte immer noch an die 120 000 amerikanischen Jungenzimmer, und in all diesen Zimmern lief Mrs. Cease herum, wischte Staub und räumte Dinge auf, die nicht mehr bewegt wurden. Es fehlte nicht viel, und sie hätten ihn aus dieser unruhigen Vision aufwecken müssen. Und als er sich wieder gefasst hatte, war es ihm im Grunde genommen auch egal. Er hatte die Fotos gemacht. Das sollte genügen. Er hatte seinen Teil beigetragen. Das Einzige, was etwas bedeutete, war Mrs. Ceases Reihenfolge, dass die stimmte. Bereits am nächsten Tag nahm Synne Kontakt zu dem Pfarrer auf, der war auch von der Idee begeistert, ja, so könne man sogar zwei Fliegen mit einer Klappe schlagen, wie er meinte. Man hielt so ja gleichzeitig eine Gedenkfeier für den Matrosen ab. Aber etwas zum Verkauf anzubieten kam nicht in Frage. Synne erinnerte sich doch wohl an Matthäus 21.12. Das tat sie leider nicht. *Und Jesus ging zum Tempel Gottes hinein und trieb heraus alle Verkäufer und Käufer im Tempel und stieß um der Wechsler Tische und die Stühle der Taubenkrämer.* Würde sich nicht der Speisesaal eignen, wenn man Tische und Stühle wegräumte und alles etwas hübscher machte? Der Matrose hatte dort immer gern mit einer Tasse Kaffee gesessen. Aber vorher müsste der Pfarrer die Bilder sehen. Man durfte ja nicht irgendwas an die Wände der Kirche hängen. Synne zeigte ihm die Serie. Der Pfarrer blätterte sie durch und schüttelte den Kopf.

»Eigentlich hatte ich gehofft, dass ein gutes Foto von dem Matrosen dabei wäre«, sagte er.

»Da ist er.«

Synne zeigte auf das Vanitas-Stillleben, auf dem man den Matrosen als jungen Seemann und die faltige, verblichene Tätowierung sehen konnte, wie ein Ausschnitt der Zeit, die noch kommen sollte. Der Pfarrer musste sich dichter drüberbeugen, dann schüttelte er wieder den Kopf.

»Weißt du eigentlich, wer diese Else war?«, fragte er.

»Nein. Eine Geliebte? Die Verlobte?«

»Seine Mutter.«

Nostalgia of a Sailor öffnete am 5. Oktober im Speisesaal der Norwegischen Seemannskirche. Der Pfarrer hatte Synne überredet, eine Kopie von *Shoreleave* auf einen Tisch am Eingang zu stellen, daneben eine brennende Kerze. Gegen Jokums Willen. An diesem Abend lief das meiste gegen Jokums Willen. Die Bilder schufen eine düstere, gedrückte Stimmung, ja, die Gäste trauten sich kaum zu reden, lieber schauten sie zu Boden, als verursachten diese zwölf Motive von der letzten Reise des Matrosen oder von seinem Abmustern bei ihnen ein Unbehagen. So wollte Jokum es nicht. Er wollte es anders. Er wollte das Gegenteil, die Bilder sollten erhebend sein, ganz gleich, wie finster sie waren, so sollten sie auch ein gewisses Licht verbreiten. Die Ästhetik und *Energie* der Bilder sollte dafür sorgen. Er wollte den Matrosen *feiern.* Jetzt musste Jokum feststellen, dass ihm das missglückt war. Und der Grund war ganz einfach: Er hatte geschummelt. Er hatte *arrangiert,* als wäre das Zimmer des Matrosen Jokums privates Studio gewesen, und auf diese Weise wurde die Serie zu einer Reihe grotesker Postkarten, abgesehen von dem Bild des leeren Zimmers am Ende und der alten Frau auf dem Stuhl, obwohl auch das ein Schwindel war, da es als letztes gemacht worden war, hinterher, und trotzdem hing es an erster Stelle, wie der Anfang dieser Erzählung: Der Tod ist dabei, dich zu reinigen. Er war nur *fleißig* gewesen. Plötzlich fühlte sich Jokum im Namen des Publikums verlegen. Er entdeckte weder Mrs. Cease noch Mr. Cease und war froh darüber. Synne stand etwas abseits zusammen mit dem Konsul. Betty und Will wichen ihm aus. Sie wollten möglichst nichts zu diesen schrecklichen Bildern sagen, und auch dafür war Jokum dankbar. Wer war das eigentlich, den Edith Fremm begrüßte? Dann erkannte er die Dame wieder. Er hatte sie doch kurz in der F. Gallery gesehen, bei der Vernissage. Es war Ann S. Ferguson, die Kritikerin von *The Chronicle.* Jokum entschloss sich zu gehen. Zu spät. Edith zeigte in seine Richtung, und die junge Frau war bereits auf dem Weg zu ihm, mit einem Glas Milch in der Hand. Sie blieb vor ihm stehen, schaute zu ihm hoch und lächelte mit weißen Mundwinkeln.

»Gratuliere«, sagte sie.

»Danke.«

Jokum reichte ihr ein Taschentuch, und schnell wischte sie sich die Lippen ab.

»Hier gibt es viel Sehnsucht«, sagte sie.

Es soll erwähnt werden, dass die Kritikerin das englische Wort *longing* benutzte, das wahrscheinlich mehr beinhaltet als nur *Sehnsucht*, es ist stärker und zeigt in mehrere Richtungen. Jokum gefiel, was er da hörte, er wurde auf eine andere Art verlegen als vorher und wusste nicht, was er sagen sollte.

»Darf ich Ihnen etwas zeigen?«, fragte er.

»Gern.«

Jokum führte sie zu dem Tisch, auf dem *Shoreleave* stand und zeigte auf die Tätowierung.

»Das haben Sie doch schon einmal gesehen, nicht wahr?«

»Ja, es hing doch in der vorigen… über die ich geschrieben habe.«

»Else ist ein ganz normaler norwegischer Name.«

»Ja?«

»Es ist der Name seiner Mutter.«

Ann S. Ferguson lachte kurz auf.

»Seiner Mutter? Warum müssen Seeleute immer so sentimental sein?«

Jokum sah sie an, verblüfft, hatte sie schon vergessen, was sie geschrieben hatte? Warum erinnerte er sich dann daran? Jesus hätte auch die Kritiker aus Gottes Tempel werfen sollen, und nicht zuletzt aus der Norwegischen Seemannskirche.

»Sie haben geschrieben, dass Else *ein anderer* bedeutet.«

Ann S. Ferguson schaute zu Boden, während ihr die Röte in die Wangen stieg.

»Ja, das habe ich wohl.«

»Und Sie haben noch mehr gemacht. Es gedeutet.«

»Schon, aber …«

»Und was gedenken Sie jetzt damit zu tun?«

»Damit zu tun?«

»Nun, Sie könnten beispielsweise ein Dementi schreiben. Oder eine neue Kritik.«

Ann S. Ferguson schaute wieder hoch, jetzt blass wie die Milch in ihrem Glas.

»Können wir es nicht einfach als Missverständnis stehen lassen?«

Jokum dachte nach.

»Doch. Dann machen wir es so. Eigentlich kann ich damit leben. Sie auch?«

»Ich werde es versuchen. Hilft es ein wenig, wenn ich sage, dass mir das Foto trotzdem gefällt. Es gefällt mir richtig gut.«

Dennoch wollte Jokum es nicht dabei belassen.

»Wie konnten Sie nur glauben, ein norwegischer Seemann könnte sich *eine andere* in den Nacken tätowieren lassen?«

»Ich wusste nicht, dass er Norweger war. Das hätte ich natürlich …«

»Glauben Sie denn, Seeleute sind Modernisten?«

»Nein …«

»Sie haben es doch selbst gesagt. Dass sie sentimental sind.«

»Ja. Und es tut mir leid. Es tut mir wirklich sehr leid.«

Jokum lachte.

»Oder dass sie sich mit Witzen schmücken. Ich habe *eine andere*.«

Ann S. Ferguson stellte das Milchglas ab, hob die Hand, um sich den Mund abzuwischen oder um etwas zu unterstreichen, das sie sagen wollte, wurde aber so oder so von dem Pfarrer unterbrochen, der um eine Minute des Schweigens für den Matrosen bat. Als gäbe es nicht auch so schon genug Stille hier. Jokum nutzte die Gelegenheit, um nach Hause zu gehen. Ihm wurde ganz kühl im Kopf. Das war nicht gut. Er musste sich immer wieder selbst versichern, dass sie es verdient hatte. Jedes einzelne Wort hatte sie verdient. Oder etwa nicht? Auf der Treppe saß eine Dame. Sie mochte so um die sechzig sein, wahrscheinlich doch jünger, und sie war elegant gekleidet in einem blauen Jackenset. Auf dem Absatz, vor ihrer Wohnungstür, stand eine hellbraune, karierte Reisetasche. Ein Paar schwarze, hochhackige Schuhe lagen eine Stufe tiefer. Jokum blieb stehen. Die Dame blieb sitzen und zündete sich mit der linken Hand eine lange dünne Zigarette an, während sie ihn die ganze Zeit betrachtete. Einen Moment lang schien sie zu frieren. Dann erkannte Jokum sie, obwohl er sie noch nie zuvor gesehen hatte. Es war etwas in ihrem schmalen Gesicht, etwas in den Augen, es war der tote Arm, es war Synnes Mutter. Sie stand auf.

»Du musst Jokum sein«, sagte sie.

»Und Sie ...«

»Nenn mich bitte Astrid.«

»Ja, gut. Astrid. Herzlich willkommen.«

Jokum streckte ihr die Hand entgegen.

»Die benutzt du lieber, um das Gepäck reinzubringen«, sagte sie.

Er nahm die Reisetasche, die Schuhe schaffte sie allein, dann schloss er auf und ließ sie eintreten. Sie schaute sich um.

»Witzige kleine Wohnung.«

»Ja, uns gefällt sie ...«

»Wo ist Synne?«

»Sie ist in der Seemannskirche geblieben. Ich hatte heute Abend eine Ausstellungseröffnung.«

Sie gingen in die Küche. Jokum stellte die Reisetasche ab. Astrid warf ihre Zigarette in das Spülbecken.

»Habt ihr auch ein Badezimmer?«

»Ja, natürlich. Soll ich ...«

Schnell drehte sie sich um.

»Jokum! Erst einmal sollst du uns einen Drink machen, damit mein armer Kopf wieder an Ort und Stelle kommt. Und dann werde ich mich ein bisschen hübsch machen.«

»Wir haben nicht besonders viel ...«

»Aber ich habe. In der Reisetasche.«

Jokum öffnete sie und fand ganz oben einen Ballantine's. Er schenkte zwei Gläser ein, nur um des Scheines willen. Sie setzte sich und trank mit geschlossenen Augen.

»Hast du sonst kein Gepäck?«, fragte er.

»Ich reise gern mit leichtem Gepäck.«

»Ich möchte gern kondolieren. Wegen deines … wegen Synnes Vater.«

Sie schaute auf.

»Möchtest du? Es steht mir, Witwe zu sein. Findest du nicht?«

»Ich denke, Synne wird bald kommen.«

Jokum zog die Gardinen zu. Es war bereits dunkel, obwohl es noch ziemlich früh war. Kurz sah er den Hippie, oder Dr. Q, er saß in einem dicken Pelz mit weißem Kragen auf der Terrasse. Synnes Mutter schenkte sich nach. Es war ihre Flasche.

»Sag mal, Jokum. Geht es dir und Synne gut?«

Jetzt setzte er sich auch.

»Ja, ich denke schon. Wir …«

»Und warum bist du dann allein zu Hause?«

»Weil ich meine eigenen Ausstellungen nicht ertragen kann.«

Sie zeigte auf die Reproduktion über dem Herd, Edward Hoppers *Hotel by the Railroad*, das eingeschlossene Ehepaar, im selben Raum, aber jeder in seiner eigenen Welt.

»Hauptsache, ihr werdet nie so wie die«, sagte sie.

»Wie lange …«

Sie unterbrach ihn mit einem Lachen.

»Aber Jokum. Fragst du mich jetzt schon, wann ich wieder abreisen werde?«

»Nein, das war nicht meine Absicht.«

»Kannst du nicht ein Foto von mir machen?«

»Ein Foto? Jetzt?«

»Darüber wird Synne sich bestimmt freuen. Aber zu Kindern habt ihr es bisher noch nicht gebracht?«

»Nein, wir …«

»Nun ja, Synne hat eigentlich nie Kinder gemocht. Sie mochte sich selbst nicht einmal, als sie ein Kind war.«

»Wir wollen erst …«

»Aber das geht mich im Grunde genommen ja gar nichts an.

Möchtest du mich lieber erst fotografieren, wenn ich mich zurechtgemacht habe?«

Jokum holte den Fotoapparat, der im Eingang lag. Jedenfalls besser, als dort zu sitzen und reden zu müssen, ja, es war sogar noch mehr. Zum ersten Mal hatte Jokum das Gefühl, dass die Kamera ihn beschützte. Sie wurde zu einem Spiegel in eine Richtung zwischen ihm und Astrid Sager, Synnes Mutter, die als Witwe von den Toten auferstanden war und das Flugzeug nach San Francisco genommen hatte. Er brauchte diesen Abstand, gleichzeitig beunruhigte er ihn. Sollte die Kamera nicht eine Tür in die Welt sein, sodass er und seine Umgebung miteinander verschmolzen, sich zumindest einander näherten? Dieser Welt, die jetzt in der Küche saß, wollte er sich möglichst gar nicht nähern müssen. Jokum ging zu seinem Besuch zurück, hob die Kamera, suchte und fand sie in dem Sucher. Sie warf ihren Kopf nach hinten, wodurch sich die Falten um Augen und Mund wie vier dünne Fächer ausbreiteten, bevor das Gesicht in einem harten, fast anklagenden Ausdruck erstarrte, der mit einer Art schläfriger Ruhe verwechselt werden konnte: *Mother with Jetlag.*
Danach zündete Astrid Sager sich eine Zigarette an.

»Ich habe keine Angst mehr, hässlich zu sein«, sagte sie.

Jokum legte die Kamera hin.

»Aber du bist nicht hässlich. Die Bilder werden ...«

Sie legte einen Kreis aus Rauch um ihn.

»Wir beide, Jokum, wir haben die Schmeichler schon seit Langem durchschaut. Oder nicht?«

Jokum schaute zu Boden.

»Doch. Vielleicht haben wir ...«

»Und besonders du.«

Er schaute wieder auf, jetzt war er an der Reihe, in einer bitteren Anklage zu erstarren:

»Warum? Warum besonders ich?«

»Weil du ein Künstler bist, Jokum.«

Jokum wollte antworten, dass er das ganz einfach nicht war. Er war kein Künstler. Er war ein Sammler, ein *Finder*. Und schmeicheln war etwas, das er nicht gewohnt war, ganz im Gegenteil, er war eher mit den Gesten und Phrasen des Hohns vertraut, falls das als Trost herhielt. Außerdem wollte er fragen, ob Synne krank war. Ja, das wollte er.

»Das Bad ist erste Tür links«, sagte Jokum.

Astrid Sager stand auf und lächelte müde.

»Weißt du, warum die meisten Damen auf Taubenjagd gehen?«

»Nein. Tun sie das?«

»Ja. Weil die Tauben taub sind, und deshalb können die Damen unbekümmert plappern, während sie darauf warten, auf eine zu schießen.«

Sie ergriff die Reisetasche und ging hinaus ins Bad.

Jokum blieb am Tisch sitzen: die Gläser, die Flasche, der Aschenbecher, in dem die Zigarette weiterbrannte bis zum Filter, der vom Lippenstift gefärbt war, hellrot, wie dünnes Blut. Er hörte, wie die Dusche angestellt wurde, nach einer Weile wurde sie wieder abgestellt. Dann hörte Jokum Synne kommen. Sie kam direkt zu ihm, blieb am Fenster stehen und warf das Taschentuch nach ihm. Doch es nützt nichts, treffsicher zu sein, wenn man ein Taschentuch wirft. Es fiel zwischen ihnen zu Boden.

»Was hast du ihr gesagt?«

»Wem?«

»Tu nicht so! Ann! Der Kunstkritikerin! Von *The Chronicle*!«

»Ich habe … gar nichts gesagt!«

»Nichts? Du hast nichts gesagt?«

»Ich habe sie nur aufgeklärt.«

»Aha, also du hast sie nur *aufgeklärt*? Nein, du warst *gemein*!«

»Ich habe ihr nur gesagt, dass Else ein norwegischer …«

»Du warst gemein!«

»Hat sie das gesagt? Dass ich gemein war?«

»Und du *kritisierst* keinen Kritiker!«

»Ich habe sie nicht kritisiert. Ich habe nur aufgeklärt, dass …«

»Ich habe keine Lust, dir weiter zuzuhören, Jokum. Es ist einfach so: Du kritisierst keinen Kritiker, der dir auch noch gute …«

»Gute! Nennst du das gut? *Die Melancholie kann dadurch mechanisch werden. Er steht bei Doisneau in der Schuld. Insgesamt betrachtet etwas mono ...*«

»Kannst du das auswendig?«

»Nein. Nicht ganz. Nur ...«

»Und wenn sie dich geschlachtet hätte, so hättest du trotz allem ihr gegenüber höflich sein müssen! Kapierst du das? Oder ihr aus dem Weg gehen. Begreifst du eigentlich, was du getan hast?«

»Glaubst du denn, glaubst du, sie wird Rache nehmen?«

»Wer weiß? Und wenn, dann hast du dir das einzig und allein selbst zu verdanken. Geh zurück auf Start. – Trinkst du, Jokum?«

»Du hast Besuch.«

»Besuch?«

»Ich meine, wir.«

»Was meinst du?«

»Wir haben Besuch, Synne.«

»Und wen?«

Jokum stand auf, und im selben Moment war Astrid Sagers heisere Stimme zu hören.

»Du hast dich überhaupt nicht verändert.«

Synne drehte sich so langsam um, dass alle in diesem Zeitraum älter wurden.

»Mutter?«

Diese stand da, an den Türrahmen gelehnt, in Synnes Morgenrock, und hob die Hand zu einem vorsichtigen Gruß, während der andere Arm senkrecht herunterhing.

»Ja, meine Liebe. Wie du siehst, bin ich es.«

Sie trat einen Schritt auf ihre Tochter zu, doch Synne ließ sie nicht an sich heran.

»Was willst du?«

»Ist das alles, was du zu sagen hast?«

»Ist etwas passiert?«

»Ich stand draußen im Garten und hatte plötzlich Lust, ein Fest zu geben.«

»Ein Fest?«

»Ja. Wie in alten Tagen. Aber alle Freunde waren entweder fort oder tot, und im Schwimmbecken war nur Asche und …«

Astrid Sager legte sich die Hand auf den Mund, als wollte sie selbst nicht hören, was sie da sagte. Eine Träne zitterte in dem einen Augenwinkel. Synne hätte fast ein Taschentuch herausgeholt, ließ es dann aber sein.

»Und deshalb bist du hierher gereist?«

»Du bist doch die Einzige, die ich …«

»Hör auf, Mutter.«

Die Hand fiel wieder vom Gesicht.

»Sag mir wenigstens, dass du dich freust, mich zu sehen.«

»Du kannst hier nicht wohnen.«

Jokum ertrug es nicht mehr, er stand auf.

»Ich kann gern auf dem Sofa im …!«

Synne unterbrach ihn in einer Art, die keinen Zweifel aufkommen ließ:

»Misch dich nicht ein, Jokum! Sie geht ins Hotel!«

Dann richtete sie den gleichen Zeigefinger auf ihre Mutter:

»Zieh dich an. Und pack deine Sachen.«

Astrid Sager warf Jokum ein müdes Lächeln zu.

»Vielleicht verstehst du jetzt, warum ich mit leichtem Gepäck verreise«, sagte sie.

Synne bestellte ein Taxi und fuhr mit ihrer Mutter ins Fairmont. Sie wollte eine Suite haben. Die sie auch bekam. Und dort schlief sie noch in den Kleidern ein. Synne fuhr wieder nach Hause und konnte nicht schlafen. Auch Jokum war wach. Er wollte ihr eine Stütze sein, doch auch das wollte sie nicht mit ihm teilen. Schweigend saßen sie in der Küche, schauten aneinander vorbei, als warteten sie nur auf einen unvermeidlichen Skandal, und daran war nichts mehr zu ändern, war er doch unvermeidlich. Dann rief schließlich Astrid Sager an, nach 28 Stunden, und bat sie zu kommen. Sie fanden Synnes Mutter im Frühstücksraum. Sie trank Champagner und wirkte ausgeruht und zielbewusst, geradezu in ihrem Element. Die Kellner umschwärmten sie mit Silberkannen und Aschenbechern. Sie legte Briefpapier und Stift des Hotels vor Synne auf den Tisch.

»Schreib alle Namen auf von denen, die ihr in San Francisco kennt«, sagte sie.

»Wozu das?«

»Damit ich sie einladen kann, meine Liebe. Das habe ich dir doch schon gesagt.«

Zu Jokums Verblüffung begann Synne tatsächlich zu schreiben. Vielleicht meinte sie einfach, ihrer Mutter etwas schuldig zu sein, ein Fest. Vielleicht wollte sie sie auch nur einfach loswerden. Jokum, bereits aus Schaden klug geworden, sagte nichts. Was hätte er auch sagen sollen? Synne war fertig und schob den Bogen ihrer Mutter hin, diese warf einen kurzen Blick darauf, unzufrieden und fast hämisch.

»Kennt ihr wirklich nicht mehr Leute in dieser großen Stadt?«

Synne war kurz vorm Platzen, Jokum sah es ihr an, die Muskeln in ihrem Nacken zitterten wie Schiffstrosse.

»Das reicht jetzt, Mutter, geh nicht zu ...«

»Wir sind immer über zwanzig Leute. Manchmal sogar dreißig. Erinnerst du dich, Synne? Und die Lichter, die im Schwimmbecken schwammen.«

Jokum schenkte beiden Kaffee ein.

»Wir können den Chinesen aus der Reinigung einladen«, sagte er.

Synne hob den gleichen Zeigefinger wie am Tag zuvor, oder war es schon zwei Tage her? Jokum dachte, er hätte den Jetlag ein für alle Male überwunden, aber Astrid Sager hatte wohl beide angesteckt.

»Misch du dich da nicht ein!«

Astrid Sager lachte.

»Ein Chinese, das wäre doch was!«

Synne wandte sich wieder ihrer Mutter zu.

»Vergiss es. Und wann willst du dieses Fest geben?«

»Ich dachte, wir sollten es nur als einen Empfang bezeichnen. Weil wir doch so wenige sind. Heute Abend passt es gut.«

»Heute Abend?«

»Der Hoteldiener kann die Einladungen austragen.«

Und gesagt, getan. Jokum hatte sonderbare Gedanken, als er im Anzug in der zwölften Etage stand, umgeben von Champagner, Kanapees und Rosen, und auf die Gäste wartete, er dachte, man müsse wohl tot sein, bevor man seinen Willen bekommt. Die Kamera hatte er in der Tasche. Astrid Sager hatte ihn gebeten, sie mitzubringen. Sie wollte, dass Jokum diesen Abend *verewigte*. Plötzlich vermisste er den Magneten. Warum, konnte er nicht sagen. Aber er vermisste ihn dennoch. Er war vom Kurs abgekommen. Wer hatte den Magneten jetzt? Dann kamen die Gäste. Er zog sich zurück und überließ den Rest Synne und ihrer Mutter. Er wollte sich nicht einmischen. Betty und Will waren die ersten. Sie hatten sich zu diesem Anlass mit kleinen norwegischen Flaggen geschmückt und wirkten jünger, fast aufgeregt, als hätte die Zeit sie wieder eingeholt, endlich waren sie zu einer der berühmten, oder sagen wir besser berüchtigten Gesellschaften der Sagers eingeladen, dreißig Jahre zu spät. Aber das spielte keine Rolle, denn sie kamen pünktlich, und alte Tage wurden zu neuen. Hört ihr nicht die Hunde hinten im Garten bellen? Sie konnten Astrid Sager nicht oft genug für die Einladung danken.

»Und wie ist die Stimmung auf dem Regnbuen?«, fragte Will.

»Dem Regnbuen?«

Will lächelte verschmitzt, während Betty an seinem Ärmel zupfte.

»Na, ihr kippt doch wohl immer noch Lack auf den Bogen?«

Astrid Sager verdrehte die Augen und wollte etwas erwidern, doch glücklicherweise trafen die anderen der Reihe nach ein, und sie musste sich um die neuen Gäste kümmern: um den Pfarrer, Edith Fremm, den Konsul und Doktor Q, der gleichzeitig auch der Hippie auf der Veranda war und damit als zwei Gäste zählte. Zum Schluss kam Mr. Cease. Er kam allein. Und hinter ihm schlich sich die Kritikerin von *The Chronicle* herein. Jokum schaute in eine andere Richtung, es gelang ihm, kurz mit Synne unter vier Augen sprechen zu können.

»Musstest du die …«

»Du kannst ja versuchen, es wiedergutzumachen, Jokum. Sag ein paar freundliche Worte zu ihr. Sie heißt Ann.«

»Ich meine den Arzt. Oder …«

»Nein, den musste ich nicht einladen. Aber durch ihn wird es etwas belebter. Findest du nicht?«

Jokum lachte verhalten.

»Gut gesagt. Jetzt mischen wir uns, bis wir sterben.«

Synne mischte sich unter die Gäste, und Jokum sah, wie sie diese Übung meisterte, ohne geübt zu haben, als läge ihr das schon in den Genen, ein angeborenes Talent, wie bei Zauberkünstlern und Taschendieben. Er selbst versuchte, Ann S. Ferguson zu vermeiden, und sie wich ihm offenbar auch aus, und auf diese Art und Weise waren sie geradezu gezwungen, aufeinanderzutreffen. Sie balancierten jeder ein Glas.

»Danke für die Einladung«, sagte sie.

»Nicht mir gebührt der Dank, sondern Synne.«

»Dann werde ich das tun. Synne danken.«

»Ja, gut. Sie steht da drüben. Hinter den Blumen.«

Ein Kellner in weißer Uniform blieb stehen, und beide tauschten sie ihre Gläser. Jokum blieb stehen. Ann blieb stehen. Sie kamen nicht voneinander los.

»Ich bin noch nie hier im Fairmont gewesen«, sagte sie.

»Sind Sie deshalb hier?«

»Nein, es ist nur …«

Und in dem Augenblick, in dem Jokum die Frage stellte, kam ihm in den Sinn, dass Synne vielleicht wirklich recht hatte, dass er gemein gewesen war, dass er nicht von Grund auf gut war, und nur bei wenigen war der Grund so tief wie bei Jokum, wenn man alles in Betracht zog. Es war nur Smalltalk, es war nur leises Gerede auf höchstem Niveau. Oder verhielt es sich so, dass jedes Gespräch zwischen ihnen dazu verflucht war, zu missglücken, weil eine andere Sprache, die unvergessliche Kritik, bereits im Weg stand, ihnen den Weg versperrte, und vielleicht war das der Grund, warum sie nicht weiterkamen. Können Richter und Gefangener die Anwesenheit des anderen genießen und über Gott und die Welt reden, als wenn nichts gewesen wäre? Jokum beeilte sich, etwas zu sagen:

»Es ist ja selten, dass man in seiner eigenen Stadt im Hotel wohnt. Denke ich mir.«

»Ich bin aus New York.«

»Ich war noch nie in New York.«

»Vor drei Jahren bin ich hergezogen.«

»Aber Synne war schon in New York. Sie steht da drüben. Zusammen mit…«

»Ja, ich werde mit ihr reden. Und vielen Dank. Für die Einladung.«

Jokum entdeckte eine Taube auf dem Balkon.

»Entschuldigen Sie mich.«

Schnell ging er hinaus und konnte endlich wieder Luft holen. Die Taube saß auf dem Geländer. Stimmt es, dass Tauben nicht hören können? Er stampfte mit dem Fuß auf. Die Taube rührte sich nicht. Auch die Geräusche der Stadt, ein Abfluss aus fernem Lärm, gesiebt durch den Nebel, der vorbeizog, konnte sie nicht stören. Und als jemand die Musik aufdrehte, die auch wie Lärm klang, blieb sie immer noch sitzen, wackelte ein wenig mit dem Kopf, ja, sie schien taub zu sein. Jokum beneidete sie. Er drehte sich zu den Fenstern um, den Glastüren, plötzlich waren mehr Menschen da drinnen, Menschen, die er nicht kannte – kannte Synne sie, standen sie auf ihrer Liste? Einige tanzten, mit kurzen, eckigen Bewegungen, wie in einem alten, abgenutzten Film, kamen näher, verschwanden, während andere mit den Armen über dem Kopf davonglitten. Für einen Moment entdeckte er Will und Betty, er starrte auf etwas, das unmöglich zu erkennen war, fern und erschüttert, sie riss die Bänder mit der norwegischen Flagge los, war kurz vorm Weinen. War sie wirklich kurz vorm Weinen? Alles, was Jokum sah, ähnelte einem Aufbruch und einem Wiedersehen zugleich. Die Taube saß immer noch ungestört auf dem Geländer. Jokum lehnte sich dagegen. Als gönnte er ihr, der Taube, nicht, *ungestört* zu sein. Erst jetzt bemerkte er die Dunkelheit. Die Autos da unten zogen glänzende Fäden in alle Richtungen, als wäre die Stadt in ein selbstleuchtendes Spinnennetz versunken, ein Muster, das ununterbrochen die Fasson änderte. Das Gleiche taten die Flugzeuge am Himmel, vielleicht waren es auch nur Sternschnuppen. Jokum sehnte sich heim. Das Gefühl übermannte ihn, präzise und schwer. Plötzlich war es still geworden. Astrid Sager legte ihm die Hand auf die Schulter.

»Denkst du dran, uns zu verewigen?«

Nach *Volltreffer* war *verewigen* das schlimmste Wort, das Jokum sich denken konnte.

»Ich dachte, ich fange mit der Taube an«, erklärte er.

»Du bist ein richtiger Eigenbrötler, Schwiegersohn.«

»Das bin ich sicher nicht.«

»Sonst hätte Synne dich nicht gefunden.«

»Wir haben einander gefunden, Schwiegermutter.«

Astrid Sager brach in herzliches Gelächter aus.

»*Lack auf den Bogen kippen.* Hast du das gehört?«

»Darf ich fragen, was das bedeuten soll?«

»Das bedeutet, im Regnbuen zu tanzen. Dem Nachtclub, weißt du. Die armen Menschen.«

»Arme Menschen?«

»Diese Norwegisch-Amerikaner. Die gebrochen Ostoslo-Dialekt reden und glauben, König Haakon lebe immer noch. Ich musste ihnen erzählen, dass der Regenbogen dichtgemacht hat. Und der Rosenkeller auch.«

Jokum drehte sich wieder zur Glastür um, sie saßen da drinnen, waren im Laufe eines Augenblicks zu Greisen geworden, die Haut, die gerade noch glatt gewesen war, sah jetzt aus wie Krepp, das Haar war eine Strähne nach der anderen ergraut. War sie deshalb hergekommen, diese Astrid Sager, um alles kaputt zu machen? Jokum wollte etwas sagen, etwas Hartes und Zurechtweisendes, er wollte sich wirklich einmischen, doch dann ließ er es sein, holte stattdessen seine Kamera heraus und hängte sie sich um den Hals. Die Taube plusterte ihre Federn auf, dann kam sie wieder zur Ruhe. Doch als er auf den Auslöser drückte, ein Geräusch, das kaum zu hören war, hob sie jäh ab, fast panisch, als lauere ganz in der Nähe große Gefahr, und verschwand in der Dunkelheit zwischen Stadt und Himmel.

»Daneben. Du hast nicht getroffen!«

Astrid Sager lachte erneut. Sie war zu eifrig. Sie war zu sehr *da*. Sie war eine Wirtin, aller Pflichten entbunden. Sie war imstande zu zerstören.

»Aber vielleicht habe ich sie auch gefunden«, sagte Jokum.

»Wen?«

»Synne. Deine Tochter. Ist alles in Ordnung?«

»Natürlich! Übrigens, findest du nicht auch, dass dieser Doktor, wie heißt er noch, dass er einfach fabelhaft ist?«

»Ist er das?«

»Er sagt, er kann meinen Arm heilen. Guck mal! Ich kann ihn jetzt schon ein bisschen bewegen.«

Astrid beugte langsam den Arm und streckte ihn wieder.

»Ein Wunder«, sagte Jokum.

Sie ließ den Arm wieder hängen und musterte ihr Gegenüber.

»Ich finde, es steht dir«, sagte sie.

»Was?«

»So groß zu sein. Der Pfarrer hat das auch gesagt.«

»Was hat er gesagt?«

»Dass es dir steht, so groß zu sein, Jokum. Genau wie es mir steht, Witwe zu sein. Findest du nicht?«

»Ich habe dich nie gesehen, bevor du…«

»Und ich habe dich nie kleiner gesehen. – Wollen wir?«

Astrid Sager schob Jokum wieder hinein. Er fotografierte, zufällig, ziellos und ohne jedes Interesse: Die Champagnerkorken auf dem Teppich, die Schnur mit norwegischen Flaggen in der Badewanne, leere Zigarettenschachteln, ein Obstmesser, Zahnstocher, eine Rasierklinge, einen zusammengeknüllten Dollarschein. Jemand wandte sich ab, verbarg das Gesicht in den Händen. Andere lächelten und kamen näher. Mit jedem Bild, das er machte, löste sich das Fest ein wenig auf. Die Gäste wurden immer spärlicher. Einer nach dem anderen verschwanden sie. Jokum leerte die Suite. Es war wie ein Fluch. Doch dieses Mal war es gleichzeitig ein Segen. Er leerte die Räume mit der Kamera. Zum Schluss waren nur noch diese Personen übrig: Synne, ihre Mutter, Edith Fremm und Mr. Cease, sie saßen, lagen fast auf den niedrigen Sesseln, müde, berauscht, abgesehen von Jokum, der war nicht berauscht, nur müde und deutlich, er hatte zumindest dieses Gefühl, *deutlich* zu sein, ohne zu verstehen, was das bedeutete. Niemand sagte etwas, es war schon nach Mitternacht, sie hätten nach Hause gehen sollen, doch sie blieben, als warteten sie darauf, dass etwas Größeres geschähe, größer als das Fest, das vorbei war. Jokum machte ein Foto von Mr. Cease, dessen Schlips hing locker um den Hals, Flecken auf dem Hemd, und Jokum hoffte, er werde verschwinden. Doch das tat er nicht. Stattdessen stand er abrupt auf, musste sich auf Jokum stützen, der einen Moment lang glaubte, sein Gegenüber gehe zum Angriff über, doch er wollte nur das Telefon an der Wand neben der Tür zu fassen bekommen. Er wählte eine Nummer, stand mit dem Rücken zu den anderen und sprach schnell und unzusammenhängend, mehrere Male musste er seinen Namen sagen. Dann legte er auf, drehte sich zu den Resten der Gesellschaft um:

»Ich würde gern alle zur After-Party einladen!«

Jokum wollte das möglichst vermeiden, doch er hatte keine Macht, keinen Einfluss, so wie Astrid Sager keine Pflichten hatte. Und Synne ließ es geschehen. Sie nahmen den Fahrstuhl nach unten, der Piccolo fuhr den Cadillac vor, Edith, Synne und Jokum setzten sich auf die Rückbank, während Synnes Mutter sich auf den Beifahrersitz fallen ließ, einen Champagner im Schoß, und Mr. Cease rutschte hinter das Lenkrad, startete und bog auf die California Street ab, an der in alle Richtungen die Lichter stillstanden. War er denn überhaupt in der Lage zu fahren? Jokum dachte: Wir sind auf dem Weg zu einem Unfall. Und ein anderer Gedanke tauchte gleichzeitig auf: Er hoffte, es würde nicht wehtun. Das war seine einzige Sorge in dem Zustand, in dem er sich befand, nicht der Unfall, sondern dass es wehtun könnte. Astrid Sager schickte die Flasche in die Runde. Die Straßen ähnelten leeren Aquädukten. Sie fuhren auf dem Grund der Stadt. Fuhr Mr. Cease nicht in die falsche Richtung? Mussten sie nicht eine andere Straße nehmen? Ein Polizeiwagen stand an der nächsten Ecke, zwei Beamte hatten sich auf den Bürgersteig gestellt. Synne versteckte die Flasche in einer Wolldecke. Jokum machte sich so klein wie möglich, ohne ganz zu wissen, warum. Mr. Cease ging mit der Fahrt herunter, bis sie vorbei waren, und sie kamen noch einmal davon. Sie waren gerettet. Gerettet? Sie kurbelten die Fenster herunter, lachten, tranken, rauchten, sie hatten etwas Ungehemmtes an sich, etwas Wildes, das Jokum Angst machte. Er wollte Mr. Cease fragen, wohin die Fahrt ging, doch nicht Berkeley, aber er hielt sich zurück, ließ sich mittreiben, fuhr mit den anderen dorthin, wo sie hin sollten. Sie sollten zum Pacific Heights. Bald kam eine andere Zeit zum Vorschein, direkt unter der Oberfläche, unter der modernen Dunkelheit lag das vorherige Jahrhundert und atmete schwer und herzlos: die Architektur der alten Vermögen, viktorianisch und überwältigend, wie Kulissen ganz hinten in geschlossenen Gärten. Es war immer das gleiche Viertel, ganz gleich, in welche Stadt man kam. Mr. Cease hielt vor einem breiten, vergoldeten Tor, stieg aus, drückte einige Knöpfe, setzte sich wieder in den Wagen und wartete. Schließlich war es Synne, die fragte:

»Was machen wir hier?«

»Abwarten, Synne. Warte es ab.«

Dann glitt das Tor zur Seite, wie eine Welle, und sie fuhren bis vors Haus, wo ein mexikanischer Diener an der Treppe stand und sie empfing. Er verteilte dünne weiße Handschuhe, nur sicherheitshalber, als ein Gruß von Mr. und Mrs. R. Crosby Kemper, die hier wohnten, aber leider momentan auf einer Reise in Europa waren. Jokum musste dem Diener seine Kamera geben, und anschließend folgten sie ihm durch das Erdgeschoss, Galerien, Bibliotheken, Speisesäle, Rauchzimmer, eine Treppe hinunter und einen gebogenen Korridor entlang, fast ein Gewölbe, der gleichzeitig der Weinkeller war, temperiert und dunkel, bis zu einer Tür aus Eisen und Samt. Der Diener öffnete sie mit einem Code, verneigte sich und ließ sie eintreten. Dünne Leuchtstoffröhren blitzten auf. Und dort hing es, an der Stirnseite, 101,6 x 152,4 cm, in einem einfachen Holzrahmen. Edward Hoppers *Intermission*, 1963 gemalt, nur vier Jahre vor seinem Tod, als er all seine Kräfte und das gesamte sorgfältig sein ganzes Leben lang eingeübte Repertoire sammelte, um sich selbst zu übertreffen, ein letztes Mal in dem stillen Meisterwerk des Alters. Und nie kam er der Tonleiter der absoluten Einsamkeit näher als in diesem Bild, nicht nur aufgrund des Motivs und der aufwühlenden Farbwahl, sondern auch, weil die Einsamkeit in einem öffentlichen Raum stattfindet, einem Kinosaal, in dem eine Frau mittleren Alters in der Pause sitzen geblieben ist, allein, und die leeren Sitze sind das negative Beisammensein, das ihre Isolation multipliziert. Warum ist sie nicht auch ins Foyer hinausgegangen, um sich eine Erfrischung zu kaufen, die Beine zu strecken, eine zu rauchen? Worauf wartet sie? Sie wartet auf die Fortsetzung. Sie will sehen, was geschieht. Wollen wir das nicht alle? *Wir wollen sehen, wie es weitergeht.* Aber wir werden es niemals erfahren. Die Pause ist das Leben. Der Tod ist die Fortsetzung, ohne unseren Blick, ohne unser Bewusstsein, ohne uns. Synne griff Mr. Ceases Hand. Jokum verstand das Zeichen. Der Professor wollte sie zurücklocken, und er war gewillt, alle Tricks zu benutzen, damit es klappte, aber bis dahin ist es noch eine Weile hin, und es waren andere Gründe, die Synne dazu brachten, umzukehren. All das empörte Jokum. Das private Besitzrecht sollte nicht für die Kunst gelten. Edward Hopper war zum Gefangenen geworden. Sie sollten ihn befreien, indem sie das Bild stahlen. Das wäre eine gute Tat gewesen, eine revolutionäre Handlung, *oppositionell* im besten Sinne. Doch Jokum sagte nichts. Synne ließ Mr. Cease los. Edith Fremm hielt den Atem an. Selbst Astrid Sager hatte es die Sprache verschlagen. Es schien, als hätte die Disziplin des Gemäldes sich auf die Betrachter übertragen. Sie wurden nüchtern, wach, anwesend. Sie kamen zu sich. Dann stand der Diener wieder in der Tür: Sie hatten genug gesehen. Er löschte das grüne Deckenlicht, und das Gemälde verschwand, langsam, als versänke es in eine Wand aus Wasser, auf den Grund des Privatbesitzes.

Das Fest war vorbei.

Mr. Cease fuhr sie nach Hause.

Am nächsten Morgen reiste Astrid Sager erster Klasse zurück nach Norwegen, und ebenso schnell und heftig, wie sie erblüht war, verwelkte sie wieder im Flügel des Hauses mit dem leeren Swimmingpool. Sie war eine blaue Tulpe in einer viel zu großen Vase. Es verlief so schlecht, dass sie tägliche Fürsorge brauchte, und als die Vormünder entschliefen, mit nur wenigen Stunden Zwischenraum, als gönnte die eine der anderen nicht, allein tot zu sein, da musste Astrid Sager, die einst so perfekte Gastgeberin, mit nur 64 Jahren in ein Pflegeheim gebracht werden, wo sie dahingegen ewig lebte. Das Heim hieß *Prinds Christian Augusts Minde*, im Volksmund nur *der Prinz* genannt, und als Synne und Jokum sie dort einige Jahre später besuchten, konnte sie in einzelnen, klaren Momenten im Scherz erzählen, dass dieser Ort früher ein Hospital für junge Damen mit Geschlechtskrankheiten gewesen sei, und dazu lachte sie ziemlich unheimlich, während die uralten Damen, mit denen sie in einem Kreis aus Benommenheit und Urin zusammensaß, ihre Röcke hoben und sich präsentierten. Der Gärtner, diese treue Seele, kümmerte sich übrigens um das Praktische und hielt auch weiterhin den Garten in Schuss. Er vergaß auch nicht, die Gräber zu pflegen. Das Schwimmbecken füllte er jedoch nie.

Aber das Fest der Mutter war trotz allem noch nicht ganz vorbei.

Am selben Abend, an dem sie abreiste, klingelte es an der Tür bei Synne und Jokum. Sie fürchteten schon, sie hätte es sich anders überlegt und käme zurück. Doch es war schlimmer. Es war die Polizei, zwei uniformierte Beamte, breitschultrige Kerle, die Hände in die Seiten gestemmt, dazu ein Mann in Zivil mit Papieren, die ihm das Recht gaben, die Wohnung zu durchsuchen. Sie gingen gründlich zu Werke. Jede einzelne Schublade wurde ausgekippt. Jeder Schrank wurde geleert. Nicht einmal die Dunkelkammer ließen sie in Ruhe. Es war eine Qual, ihnen bei ihrem Werk zuzusehen. Sie nahmen keinerlei Rücksicht. Im Gegenteil, es schien, als strengten sie sich an, möglichst viel Unheil anzurichten. Jokum nahm an, es handele sich um die leichtsinnige Fahrt nach Pacific Heights, und pries sich glücklich, keinen Führerschein zu haben. Er hatte nichts zu verlieren. Der Detektiv, ich werde ihn so nennen, sagte nicht, worum es ging, erst als sie nichts gefunden hatten, zeigte er mit einem Kugelschreiber auf Synne.

»Zimmer 1204, oder die Suite, im Fairmont Hotel, sie ist doch letzte Nacht auf Ihren Namen gemietet worden?«

»Ja.«

»Wir haben Spuren narkotischer Stoffe dort gefunden. Können Sie mir das erklären?«

»Narkotika? Nein. Du meine Güte.«

»Kokain.«

»Wie haben Sie das gefunden? Ich meine ...«

»Es gab diverse Gründe für den Verdacht, gnädige Frau. Nach mehreren Beschwerden. Doch als die Polizei eintraf, hatte die Gesellschaft sich schon aufgelöst.«

»Kokain?«

»Im Badezimmer. Können Sie das erklären?«

»Vielleicht stammt es ja noch von den vorherigen Gästen?«

»Oh nein. Seit August hat niemand mehr in der Suite gewohnt. Suchen Sie sich bessere Ausreden.«

»Ich weiß es ganz einfach nicht. Ich ...«

»Geben Sie mir eine Liste von allen, die dort waren.«

»Das weiß das Hotel. Abgesehen von den ungebetenen Gästen.«

»Ungebetene Gäste?«

»Sie kamen später. Ich habe keine Ahnung, woher sie kamen. Meistens junge Männer. Sicher waren sie es, die ...«

»Das ist eine dumme Ausrede.«

Synne schaute zu Boden, als dächte sie nach, vielleicht tat sie auch nur so.

»Meine Mutter«, setzte sie an.

»Ja? Was ist mit ihr?«

»Ich weiß, dass sie viele Medikamente nimmt, schmerzstillende, wegen ihrer Schmerzen nach einer alten Verletzung.«

»Und wo ist sie jetzt? Hier?«

»Sie ist heute Morgen nach Norwegen zurückgereist.«

Der Detektiv nickte und steckte sich den Kugelschreiber in den Mund.

»Das ist auch eine dumme Ausrede.«

»Eine Ausrede? Es ist wahr.«

»Wahr? Ja, das hoffe ich wirklich für Sie. Dass Sie die Wahrheit sagen.«

Synne öffnete die Tür und hielt sie offen.

»Sollte ich den norwegischen Konsul kontaktieren? Oder einen Anwalt?«

»Sie hören von uns.«

Die Beamten folgten ihm die Treppen hinunter. Synne schloss die Tür, nicht mit einem Knall, wie Jokum erwartet hatte, sondern vorsichtig und lautlos, und damit wurde ihm schließlich der Ernst der Lage bewusst.

»Du gibst deiner Mutter die Schuld?«

Synne schob ihn beiseite und watete durch das Durcheinander zum Telefon.

»Ach, das habe ich doch nur so gesagt. Glaubst du, ich will die anderen da mit reinziehen?«

»Aber wer kann das gewesen sein?«

»Keine Ahnung.«

»Vielleicht diese Kritikerin vom *Chronicle*. Sie wirkte etwas nervös. Wird man nervös von Kokain?«

»Ich versuche zu denken, Jokum.«

»Oder Mr. Cease! Du hast doch gesehen, was er gemacht hat? Er …«

»Mr. Cease hat Pfeife geraucht! Meine Güte …«

»Jetzt weiß ich es! Doktor Q! Der Hippie! Natürlich, der war es. Genau! Er hat doch auch …«

Synne nahm den Hörer ab und rief Edith Fremm an. Jokum ging in die Küche und fing an aufzuräumen. Er war nicht in der Lage, sich die Dunkelkammer vorzunehmen, die musste später drankommen. Bestecke, Teller, Lebensmittel, Milchkartons und Glasscherben waren über den Boden verteilt. Ihm kam der Gedanke, dass jemand, der durchsucht, damit unzivilisiert und ruppig wird. Er kann nicht mit der Macht umgehen, die ihm gegeben ist, nämlich mit dem Gesetz in der Hand den Frieden der Privatsphäre zu brechen. Er verliert seine Bildung und *wühlt herum*. Er kann sich nicht länger beherrschen. Er muss zerstören, während er sucht, und diese Zerstörung wird zur Signatur der Durchsuchung selbst, das *Unnötige* ist ihr Kennzeichen. Jokum schaute zwischen den Gardinen hindurch und konnte niemanden hinten auf der Terrasse entdecken. Der Mond zog über den Himmel. Da klingelte es wieder. Jokum eilte zurück auf den Flur. Synne legte auf und öffnete. Es war der Detektiv, dieses Mal allein. Er wandte sich Jokum zu.

»Haben Sie auf diesem Fest Fotos gemacht?«

Jokum antwortete, noch bevor Synne ihn daran hindern konnte:

»Ein paar. Warum?«

»Dann würde ich gern den Film haben.«

Synne stellte sich ihm in den Weg.

»Haben Sie ein Recht dazu?«

Der Detektiv zeigte die gleichen Papiere noch einmal vor, wobei er weiter unverwandt Jokum ansah.

»Können Sie sie holen?«

»Die sind nicht besonders gut. Die Bilder, meine ich.«

»Nun, wir haben wohl eine etwas unterschiedliche Meinung davon, was gut und was schlecht ist.«

Jokum holte die Kamera, spulte den Film zurück und gab ihn dem Detektiv. Synne schloss die Tür hinter ihm, diesmal heftig, dann sah sie Jokum an.

»Idiot«, sagte sie.

»Ich hatte ja wohl keine andere Wahl.«

»Du hättest lügen können.«

»Das hätte er durchschaut.«

Synne setzte sich in den Haufen von Schuhen, Stiefeletten, Mänteln, Schals und Regenschirmen und verbarg das Gesicht in den Händen.

»Du hast recht. Er hätte dich durchschaut.«

Jokum setzte sich zu ihr.

»Kann es der Pfarrer gewesen sein?«

Synne lachte durch die Finger hindurch, stellte aber schnell fest, dass das überhaupt nicht lustig war. Sie legte die Hände in den Schoß.

»Mein Gott, Jokum. Wir können doch jetzt nicht die gesamte Norwegische Seemannskirche da mit hineinziehen. Oder den Konsul.«

Jokum wurde nervös.

»Was sollen wir tun?«

»Wir tun, was Edith gesagt hat. Außerdem hat sie einige Kontakte.«

»Was hat sie gesagt?«

»Dass wir den Ball flach halten sollen.«

»Den Ball flach halten? Was bedeutet das? Müssen wir uns verstecken? Den Namen wechseln? Müssen wir umziehen …«

Synne warf einen Schuh an die Wand und stand auf.

»Das bedeutet, dass du dich flach auf den Boden legst und dort bleibst, bis alles vorbei ist.«

»Ach so.«

Dann lächelte sie plötzlich und zog ihn hoch.

»Vielleicht ist ein kleiner Skandal trotz allem gar nicht so schlecht«, sagte sie.

»Ein Skandal?«

»Vielleicht ist es genau das, was du brauchst. Einen Skandal. Alle brauchen ab und zu mal einen Skandal.«

Jokum verwandte den Rest des Abends darauf, die Dunkelkammer wieder in Ordnung zu bringen. Es hatte offenbar keine Grenzen für die Beamten gegeben, alles hatten sie hin und her geschoben, umgedreht, ausgegossen, nach links gedreht und geleert. Und er erlebte, besser gesagt, er erfuhr etwas Sonderbares, nämlich etwas, das ihm noch nie zuvor in den Sinn gekommen war: dass er eine *Privatsphäre* hatte. Nicht einmal, als er diesen unerwarteten und bis heute unerklärlichen Besuch im Studentenwohnheim bekommen hatte, von der Abordnung, nicht einmal da hatte er eine Privatsphäre gehabt, nur ein *Pensum*. Die Privatsphäre war ein Leben, das einzig und allein ihm gehörte. Er teilte es mit niemandem sonst, nicht einmal mit Synne. Eigentlich wusste er nicht, woraus diese spezielle Sphäre, die Privatsphäre, bestand. Hatte er doch nicht einmal etwas zu verbergen. Er wusste nur, dass er nicht ohne sie leben konnte.

Dann, als er die Abzüge zusammensammelte, die überall verstreut herumlagen, entdeckte Jokum etwas. Den Magneten. Es war tatsächlich der Magnet! Der Magnet war sein Geheimnis, das kein Geheimnis mehr war. Er ließ alles, was er in den Händen trug, fallen und hob das kleine Teil vorsichtig auf. Wo kam der her? Hatten die Polizisten ihn hier deponiert? Doch sogleich schob er diesen Gedanken von sich. Warum hätten sie das tun sollen? Er musste sich wohl eher eingestehen, dass er ein Talent hatte, Dinge zu verlieren, während die Beamten ein Talent hatten, etwas zu suchen, selbst wenn sie keine Ahnung hatten, was sie da fanden. Später ging er ins Schlafzimmer und legte sich neben Synne, die bereits schlief. Er erinnerte sich daran, was er in Sogn Studentby gemacht hatte, an dem Abend, als er zum ersten Mal *standhaft* gewesen war. Vorsichtig strich er mit dem Magneten ihre Schultern entlang. Er bekam ein schlechtes Gewissen. Vertraute er ihr nicht mehr? Dennoch strich er weiter. Biss er an? Hakte sich der Magnet fest? Jokum hielt die Luft an. Nein, der Magnet glitt vorbei, am Nacken und der strammen Halsgrube, in der das Blut langsam unter der fast durchsichtigen Haut pochte, die einzige Bewegung im Motor des Schlafs. Synne war immer noch Gold. Synne war immer noch Gold wert.

Die nächsten Tage hielt Jokum also den Ball flach, das heißt, er blieb die meiste Zeit im Haus, während er auf den Skandal wartete. Jetzt sollte sein Film auf dem Polizeirevier entwickelt werden. Bald studierte der Detektiv die Bilder, diese achtlos gemachten Bilder, um zu sehen, ob jemand weißen Staub in den Nasenlöchern hatte. Es war zum Verzweifeln. Auf Fotos sind alle verdächtig. Jokum versteckte den Magneten in einem alten Schuhkarton, zusammen mit dem Brief seiner Mutter, und schob ihn unter den Leuchttisch in der Dunkelkammer. Synne ging auch nicht aus. Hatte sie recht? Brauchten sie einen Skandal? Stand es tatsächlich so schlecht um sie? Während seiner gesamten Kindheit und Jugend, seit er begonnen hatte, in die Höhe zu schießen, hatte er sich selbst als einen Skandal angesehen. Er war ein Skandal in sich selbst. Nein, er brauchte keine weiteren. Er war sich selbst genug. Ich muss an etwas denken, das Rilke geschrieben hat, *Ruhm ist die Summe der Missverständnisse, die sich um einen Namen sammeln.* Ein deprimierender Gedanke. Jokum beschloss, auf den Ruhm zu pfeifen, sollte er ihm irgendwann einmal zuteilwerden. Nicht er, Jokum Jokumsen, sollte berühmt werden, sondern seine Bilder. So dachte er, idealistisch wie ein großes, simples Kind. Doch der Skandal ließ auf sich warten. Stattdessen kam etwas anderes. Das Telefon klingelte. Synne warf sich darauf, nein, zunächst zögerte sie, dann warf sie sich über den Apparat. Jokum ging in die Küche und drehte den Wasserhahn auf. Er wollte nichts mehr hören. Die Gardinen waren zugezogen. Er wusste kaum, welche Tageszeit es war. Dann hörte er, wie Synne auflegte und ging. Sie *ging*. Die Wohnungstür fiel hinter ihr ins Schloss. Es wurde nur immer schlimmer. Was sollte er jetzt tun? Schon bald kam sie zurück. Plötzlich stand sie in der Küche, außer Atem, und versteckte etwas hinter dem Rücken. Sie streckte die rechte Hand vor und gab ihm eine Rose. Er stellte sie in ein Wasserglas und sah sie an.

»Sind wir freigesprochen worden?«

»Noch besser, Jokum. Viel besser.«

In der anderen Hand hatte Synne die Beilage von *The Chronicle*. Sie schlug die Zeitung auf und machte sich bereit vorzulesen. Und ich gebe hier Teile der Kritik wieder, die die junge Ann S. Ferguson schrieb, und nutze gleichzeitig die Gelegenheit, das starke Band zu betonen, das sich auch zwischen Kritiker und Künstler bilden kann, wenn sie sozusagen ihre Karriere gleichzeitig beginnen und auf diese Art und Weise auf den anderen jeweils einen Wechsel ausschreiben können. Ann S. Ferguson war die Erste, die über Jokums Bilder schrieb, wenn man von dem Interview in der Universitas absieht, und das tun wir, und Jokums Ausstellungen, *Norwegian Still Life* und *Nostalgia of a Sailor,* waren die ersten, die sie anmelden durfte. Vielleicht kann ich es so sagen, dass Jokum die Stange war, die Ann S. Ferguson überspringen musste, ohne sie zu reißen? Und das ist leichter gesagt als getan. Hier sind also ein paar Zeilen aus der Ausgabe des *The Chronicle* von dem Tag, die Synne Jokum laut in der Küche der kleinen Wohnung vorlas, in der alle Gardinen zugezogen waren:

Der norwegische Fotograf Jokum Jokumsen eröffnete seine erste Ausstellung in der F. Gallery Anfang des Jahres. Deshalb überrascht es, dass seine neuen Bilder jetzt im Speisesaal der Norwegischen Seemannskirche in Los Angeles zu sehen sind. Rein karrieremäßig betrachtet kann das unklug erscheinen, von einer unserer anerkanntesten Galerien zurück zu einer fast provisorischen Wand zu gehen. Gleichzeitig zeugt das von Selbstvertrauen, von Unvorhersehbarkeit und nicht zuletzt von Glaubwürdigkeit. Um es deutlich zu sagen: Mit **Nostalgia of a Sailor** *bekräftigt Jokum Jokumsen seine Position als einer der spannendsten Fotografen, der in diesem verwirrenden, vulgären und geplagten Jahrzehnt, den Achtzigern, aufgetaucht ist. Die zwölf Fotografien erzählen, indirekt und poetisch, von dem Tod eines Seemanns, eines Seemanns, dem wir übrigens bereits in der vorherigen Ausstellung begegnen durften, auf dem Bild* **Shoreleave**, *das seine Tätowierung zeigte, ein sentimentales Motiv mit dem Namen der Mutter darin, ein Klischee, das Jokumsen zu Kunst erheben konnte, weil er den Zuschauer dazu brachte,* **die Zeit zu sehen, die in der Zwischenzeit vergangen war.** *Jetzt zeigt er uns die gleiche Tätowierung, das heißt, sein eigenes Bild, in einer mutig arrangierten Komposition, bei der der Seemann als junger Matrose mit von der Partie ist, und so fängt er den Zeitraum an sich in dem Raum ein, von der ersten bis zur letzten Reise. Überhaupt kann man sagen, dass Jokumsen mutiger geworden ist, gerade weil er den Menschen in sein Feld hinein-*

zieht. Er ist immer noch besessen von **den Dingen,** *einer Whiskyflasche, einer Kaviartube, einer Fischkonserve, doch diese Dinge gehören jetzt zu einem Lebenslauf, sie sind nicht länger losgerissen. Der Anzug, der an einem Nagel hängt, zeugt von der Nacktheit des Todes, seiner Exponiertheit. Das Heft, das zwischen den Dingen auf dem Tisch liegt, mit einem Flugzeug auf der Titelseite, weist auf die Kindheit in der Erinnerung, im Raum hin. Der Schaukelstuhl führt die Gedanken zum Alter.* **Das Abwesende ist anwesend.** *Die Abwesenheit wird umdefiniert und aufgehoben durch eine künstlerische Disziplin, die einen an Edward Hopper denken lässt. Nur zweimal bewegt Jokumsen sich außerhalb dieses Zimmers, zuerst im Porträt der chinesischen Frau, die Fische säubert, auch das eine mutige Wahl, weil es leicht überdeutlich und exotisch hätte werden können, aber in Jokumsens Blick wird es zu einem unruheweckenden Bild des Schicksals. Und zum Schluss sehen wir nur noch ihren Stuhl, leer, und eine schläfrige, überfressene Katze. Der Kreis hat sich geschlossen. Das einfache Bild kann für sich erlebt und gelesen werden, doch erst im Zusammenhang kommt es zu seinem Recht. Die Bilder beleuchten einander. Sie handeln vom äußersten Rand des Daseins, von Heimatlosigkeit und Tod. Da ist es trotz allem vielleicht nicht so überraschend und auch nicht unklug, dass Jokum Jokumsen für* **Nostalgia of a Sailor** *eine andere Arena ausgesucht hat. Die Seemannskirche ist Aufenthaltsstätte (hier benutzt Ann S. Ferguson das Wort* sanctuary*) für die Verirrten, für die Gestrandeten, ein Hafen für alle auf fremder Erde.*

Synne ließ die Zeitung sinken und schaute Jokum ruhig an, der dachte, er müsse jetzt einen Einwand finden, er konnte das nicht einfach so stehen lassen.

»Das war ja heftig«, sagte er.

»Heftig?«

»Na, *du* hast jedenfalls gekriegt, was du verdient hast.«

»Wie meinst du das?«

»Ich meine für deine Wahl der Seemannskirche. Und nicht die F. Gallery. Und Hopper hat sie auch noch erwähnt.«

Synne trat einen Schritt näher an Jokum heran.

»Findest du nicht, dass *du* das gekriegt hast, was du verdient hast?«

»Nein. Denn es ist nicht wahr.«

»Was ist nicht wahr?«

»Die Bilder. Die sind nicht wahr.«

»Jetzt zehrst du aber ziemlich an meiner Geduld, Jokum.«

»Sie schreibt es doch. Sie sind *arrangiert.*«

»Das ist es doch, was Kunst ausmacht.«

»Ich will keine Kunst machen.«

Synne schlug Jokum mit der Zeitung, als säße eine Fliege auf seiner Wange, die sie unbedingt töten musste.

»*Wir* machen Kunst, Jokum! Ob du es nun willst oder nicht! Und lass mich mit deinen Flausen zufrieden. Bist du jetzt glücklich, oder bist du nicht glücklich?«

Jokum duckte sich und schaute gleichzeitig auf.

»Ich glaube, ich bin ziemlich glücklich«, flüsterte er.

Synne öffnete mit einem Ruck die Gardinen, und das Licht ergoss sich im Raum. Auf der Terrasse auf der anderen Seite der stillgelegten Eisenbahnschienen stand Doktor Q in seinem weißen Anzug, vielleicht hatte er endlich den Hippie hinter sich gelassen, oder aber er war mit ihm verschmolzen, denn er hob den Arm und zeigte mit den Fingern das alte V-Zeichen, die Siegesgeste, die Churchill benutzt hatte und die von den Blumenkindern vereinnahmt wurde, zu einem Friedensgruß, indianisch und vertraulich, aber kann man Frieden ohne Siege erreichen, und erfordern Siege nicht einen Krieg? Wie dem auch sei, dieses Zeichen war ein für alle Mal in Verruf gebracht worden, als Nixon es zeigte, *mit beiden Händen,* bevor er in den Hubschrauber stieg, der ihn in tiefster Scham vom Weißen Haus wegbrachte. Synne und Jokum erwiderten trotz allem den Gruß, mit der gleichen Fingersprache, sie waren in bester Laune, und mit guter Laune geht oft der Leichtsinn einher. Und in diesem Augenblick war Jokum berühmt. Er bekam *einen Namen,* als wenn er nicht bereits einen gehabt hätte, Ab jetzt ging es nur aufwärts, bis es wie gesagt in Venedig kippte. Der Ruhm ist nur ein Zeitpunkt in der unerbittlichen Reihenfolge. Das Telefon klingelte. Jokum hätte lieber mit niemandem gesprochen. Er meinte, seine Stimme klänge heller als sonst, und er wollte nicht eifrig erscheinen, das war das Letzte, was er wollte, eifrig erscheinen. Synne kümmerte sich darum. Zuerst war der Konsul in der Leitung. Er musste zu der Besprechung gratulieren. Das bedeutete ja wohl, dass das Bild, das das Konsulat, also der norwegische Staat, gekauft hatte, eine gute Investition war? Er lachte und konnte berichten, dass das Konsulat im Laufe des Tages bereits mehrere Anfragen von Journalisten in Norwegen erhalten hatte, Gerüchte verbreiten sich schnell, auch gute. Was sollte er ihnen sagen? Synne bat ihn, auf Edith Fremm von der F. Gallery zu verweisen. Schließlich bedankte sich der Konsul noch für den denkwürdigen Abend im Fairmont Hotel, als wäre er in einem Roman von Fitzgerald gewesen, sagte der Konsul, in *The Great Gatsby*. Synne wusste nicht, ob das ein Kompliment sein sollte, atmete aber trotz allem erleichtert auf, offenbar hatte die Polizei ihn nicht aufgesucht. Sie legte auf, und sofort klingelte es erneut. Dieses Mal war es der Pfarrer. Er verlangte mit dem berühmten Fotografen persönlich zu sprechen. Jokum nahm widerstrebend den Hörer von Synne entgegen, diese blieb mit einem Lächeln neben ihm stehen.

»Ich habe noch nie so einen Ansturm auf die Kirche wie jetzt erlebt«, sagte der Pfarrer.

»Ich hoffe nur, dass sich alle ordentlich aufführen.«

»Nur schade, dass es dir gilt, Jokum, und nicht Jesus.«

Jokum wusste ehrlich gesagt nicht, was er dazu sagen sollte, er schaute Synne an, die sich eine Hand vor den Mund hielt, um das Lachen zu verbergen. Jokum musste wegschauen, um nicht selbst laut loszuprusten.

»Das tut mir wirklich leid«, sagte Jokum.

Jetzt war es der Pfarrer, der lachte:

»Kannst du keinen Scherz vertragen, Jokum! Das war ein Scherz!«

»Ja, natürlich.«

»Wir können auch Scherze machen, obwohl wir Pfarrer sind.«

»Ja, natürlich könnt ihr das.«

Jokum gab den Hörer an Synne zurück, und diese sprach den Rest des Abends mit Journalisten, Galeristen und Hausierern. Sie tat das, was sie am besten konnte. Sie machte sich rar. Um elf Uhr klingelte es an der Tür. Augenblicklich nahm Synne den Telefonhörer und lauschte eine Weile dem tiefen, elektrischen Sausen, ohne jede Bedeutung, bevor sie begriff, dass jemand zu Besuch kommen wollte. Edith Fremm kam mit Champagner, Rosen und Kalendern, auf denen sie Tage ankreuzen konnten. Jokum ging ins Bett, während Synne und Edith weiter Pläne für ihn schmiedeten. Und in dieser ersten Nacht seines zweiten, nein, seines dritten Lebens kam ihm der sonderbare und gleichzeitig verlässliche Gedanke, dass er ab jetzt nicht mehr in Ruhe würde träumen können.

Am nächsten Morgen fand Jokum eine Liste in der Küche, zwischen der leeren Champagnerflasche, den Rosen und *The Chronicle*. Zunächst machte er vier Fotos vom Tisch, von dieser Komposition, die sich um ihn drehte, die jedoch andere geschaffen hatten. Das Licht war matt, nahe, fast vertraulich auf eine Art und Weise, die er noch nie zuvor erlebt hatte. Die Sinne spielten ihm einen Streich. Es schien, als könnte er die einzelne Blume verwelken sehen, und wenn man es nicht besser wüsste, konnte man glauben, dass sie sich im gleichen Augenblick entfalteten. Er bemühte sich, das Datum der Besprechung in der Zeitung zu registrieren: *gestern*. Alle Bilder sind von gestern. Welche Jahreszeit herrscht in dieser Erzählung? Es ist Frühling. Welcher Monat ist es in diesem Blickwinkel? Es ist Oktober, immer Oktober. Anschließend musste Jokum in sich hineinhorchen, um sagen zu können, ob er irgendeine Art von Freude spürte. Das tat er nicht. Er war zu durcheinander. Synne stand in der Tür, im Morgenmantel, mit nackten Füßen, zerzaustem Haar, schweren Augenlidern, einem tapferen Lächeln. Das erinnerte ihn an einen anderen Morgen, in Sogn Studentby, bevor ihre Zeit begann, da war sie ebenso wenig zurechtgemacht und schön gewesen, und diese Erinnerung brachte ihm zumindest etwas Freude.

»Gut«, sagte sie.

»Was ist gut?«

»Dass du nicht in alten Fotos blätterst. Sondern neue machst.«

»Das hast du schon einmal gesagt.«

Synne setzte sich, schob die Champagnerflasche zur Seite und stützte den Kopf für eine Weile in die Hände.

»Was hältst du davon?«

»Wovon?«

»Von der Liste. Der Liste, die wir aufgestellt haben.«

Sie reichte Jokum das Papier, aber er war eigentlich nicht interessiert daran, am liebsten hätte er sich gar nicht um ihre Liste gekümmert. Sollten sie doch ihre Dinge machen, dann würde er das Gleiche tun. Er warf nur einen schnellen Blick darauf, tat, als läse er sie, nickte. Doch auf einem der Fotos von diesem Morgen, *Future with a Hangover*, ein Titel, den Synne übrigens nicht besonders mochte, kann man deutlich die sieben Punkte erkennen, oder besser gesagt, die *Wünsche*, die alle erfüllt wurden, abgesehen von einem:

1. *Soldier's Things*
2. *Zeitschriften*
3. *Magnum*
4. *Einkauf, Museen*
5. *Veröffentlichungen*
6. *Norwegen*
7. *Familie*

Die künstlerische Leitung der F. Gallery beschloss, dass *Soldier's Things* im März des folgenden Jahres im Hauptsaal gezeigt werden sollte. In der Zwischenzeit stellte die Polizei die Untersuchungen ein, aus Mangel an Beweisen oder aus anderen Ursachen, von denen ich nichts Genaueres weiß. Edith Fremm hatte wie gesagt so ihre Kontakte. Alle hatten so ihre Kontakte. Es war ein Teil der amerikanischen Naturalwirtschaft. Und keiner, der an dem besagten Abend im Fairmont Hotel gewesen war, konnte sich an etwas erinnern, das möglicherweise hilfreich gewesen wäre, und schließlich konnte man nicht die ganze Gesellschaft festnehmen, ganz gleich, wie gerne man das auch täte. Die Fotos halfen auch nicht, es waren nur ein paar unscharfe *snapshots,* wie der Detektiv sagte, als er den Film und die Abzüge wieder ablieferte. Doch Jokum konnte die Sache nicht einstellen. Er ging sorgfältig jedes einzelne Bild durch und war bereit, dem Detektiv recht zu geben. Es waren nichts anderes als Schnappschüsse, unscharf, schief, herausgerissen, sie schufen eher Verwirrung als Übersicht. Er sah fremde Gesichter hinter Glas und Zigaretten, Hände in Bewegung, Blicke, Flecken, Konfetti, wo kamen sie her, diese Menschen? Jokum erinnerte sich nicht daran, dass jemand Konfetti mitgebracht hatte. Und ihm kam in den Sinn, dass er ebenso gut *nicht* dort gewesen sein könnte. Sein Gedächtnis und der Inhalt der Bilder, oder vielmehr der fehlende Inhalt, stimmten nicht überein. Er sagte es laut: *Das ist ein anderes Fest!* Und vielleicht ist das die gleiche Erfahrung, die ich jetzt mache, während ich *meinen* Film in der Schale der Sprache entwickle, dass alle Spuren, Erinnerungen und Träume sich zu einer gemeinsamen Erinnerung vermischen, auf die niemand Anspruch erheben kann, die aber vielleicht trotzdem sinnvoll und auf ihre eigene Art und Weise wahr ist, zumindest wahrheitsgemäß. Doch ein Bild stach heraus: Synnes Mutter steht zusammen mit einem unbekannten jüngeren Mann, wahrscheinlich einer von der Aids Foundation, Jokum erinnerte sich nicht einmal daran, dass sie eingeladen gewesen waren. Dieser Mann, oder der Junge, hat sich auch noch wie ein Matrose verkleidet, was das Ganze noch nervenzehrender, quälerischer macht. Sie stehen ziemlich dicht beieinander, ihre Figuren sind undeutlich, sie sind dabei zu verschwinden, jede auf dem Weg in die eigene Richtung, so scheint es, doch die Gesichter sind sonderbarerweise ganz klar. Er ist verblüfft, nicht schockiert, nur verblüfft, und in diesen mageren Gesichtszügen ist große Trauer zu finden, die tiefste Schicht der Verblüffung. Astrid Sager ihrerseits zeigt in diesem Augenblick, in dem gleichen Augenblick, Abscheu, eine Abscheu, die keiner plötzlichen Reaktion ähnelt, sondern einer alten Haltung, die langsam zum Vorschein kommt. Jokum studierte dieses Foto lange. Er wurde nicht schlau aus ihm. Das Bild zieht in alle Richtungen. Deshalb gefiel es ihm. Es schien, als läge es außerhalb von Jokums Willen. Er legte die ganze Serie, die schnellen, unbearbeiteten Kopien der Polizei, in eine Schublade in der Dunkelkammer. Vielleicht ist es ja letztendlich doch so, dass nur eine Erinnerung sich erheben und sichtbar werden kann, hervortreten, in dem Gewissen der Erinnerungen: die taube Taube auf dem Geländer der Nacht.

Die Zeitschrift *Spin* wollte die ganze Folge *Nostalgia of a Sailor* abdrucken. Synne lehnte ab, die Papierqualität war zu schlecht und würde den Bildern nicht gerecht.

In den norwegischen Zeitungen stand einiges über die Besprechung in *The Chronicle,* aber es kam von keiner einzigen Galerie in Norwegen eine Anfrage, was Synne empörte. Sie bezeichnete die Norweger als *provinziell.* Jokum dachte, sagte es aber lieber nicht: Ich wäre gern provinziell.

Es kamen Nächte mit Kältegraden.

Synne wünschte sich auch dieses Weihnachten nichts. Jokum wollte sie sowieso überraschen. Er ließ die Kamera zu Hause und ging zu *Jim's Pawnshop.* War die Schlange länger als letztes Jahr? Ja, sie war länger. Trugen sie mehr in ihren Händen? Ja, sie trugen mehr in ihren Händen, nichts von dem, was sie übrig hatten, sondern von dem, was sie verkaufen mussten, sie mussten das verkaufen, an das sie sich klammerten. Der Schnee fiel auf sie. Der Wind fuhr durch die Reihe. Es war eine kalte Schlange. Es war eine Schlange, die nicht umkehren konnte. Der breite Türwächter erkannte Jokum wieder und klopfte ihm auf die Schulter. Jokum missverstand ihn und blieb stehen.

»Ich will nicht fotografieren.«

Die Wache schüttelte nur den Kopf und ließ ihn vorbei. Aber Jokum wollte nicht vorbei. Er wollte mit in der Schlange stehen.

Er wollte in der gleichen Kälte frieren. Doch er hatte nicht die Wahl. Die Wache schob ihn an sich vorbei. Und drinnen in dem Laden ließ Jim seine Kunden warten und wollte Jokum die Hand geben.

»Ich kann nicht sagen, wer wen das letzte Mal reingelegt hat«, sagte er.

Jokum schaute diesen Mann an, der die groben, eindeutigen Züge des Feilschens im Gesicht hatte, aber auch die feine, fast nervöse Aufmerksamkeit für die Bewegung der Dinge im Blick.

»Oh, ich hoffe, das hat keiner von uns gemacht.«

»Nein, wenn man alles in Betracht zieht, sind wir wohl quitt.«

»Für wie viel haben Sie *Number 949* verkauft?«

Jim schüttelte den Kopf.

»Sie sind offenbar teurer als ich, Sir.«

»Dann hat der Kunde also ein Schnäppchen gemacht?«

»Wir alle haben ein Schnäppchen gemacht. Aber es ist selten, dass die Zeit für beide Seiten des Tresens arbeitet.«

»Das werde ich mir merken«, sagte Jokum.

Jim lachte und ließ seine Hand los.

»Übrigens können Sie gern hier fotografieren. Aber sagen Sie mir vorher Bescheid.«

Jokum bedankte sich und ging weiter zwischen den Regalen entlang. Die Medaillen hingen an ihrem Platz in der Glasvitrine. Niemand hatte sie gekauft. Sie waren zu kostbar. Er blieb an einem Tisch stehen, auf dem diverse alte Kameras gestapelt waren, Leica, Nikon, Olympus, Kodak, einige noch aus der Zeit vor dem Krieg, verrostete, leere Behälter, sogar zwei Balgenkameras. Sie machten Eindruck auf Jokum. Sie rührten ihn. Würde seine Kamera auch an so einem Ort landen? Jokum wurde pessimistisch und dennoch glücklich, denn er wusste, dass er Jim beim Wort nehmen und zurückkommen würde, um diese verlassenen, unbrauchbaren Apparate zu fotografieren. Er hatte bereits einen Titel parat: *Stillborn Cameras.* Dann fiel sein Blick auf ein abgenutztes Heft, *Große Fahrt, in der Vergangenheit, Gegenwart und Zukunft.* Es lag in einem Korb zwischen allerlei Krempel. Er nahm es heraus. Doch, es war tatsächlich das Heft des Matrosen. Es war ihm zunächst nicht aufgefallen, aber auf der Innenseite stand eine Widmung. *Für Fred zum 10. Geburtstag, von Mutter.* Jokum eilte zurück zu Jim und wartete, bis er an der Reihe war.

»Wer hat das hergebracht?«

»Die Chinesen.«

»Ich kannte denjenigen, dem das gehört hat.«

Jim wurde unruhig.

»Die Chinesen sind ehrliche Leute.«

Jokum zeigte auf das Heft:

»Das ist auf Norwegisch.«

»Sie können es einfach mitnehmen.«

»Hatten sie noch mehr aus diesem Nachlass dabei?«

»Nichts, was ich haben wollte. Aber es sind ehrliche Leute.«

»Hatten sie keinen Anzug dabei? Mit einem Foto in der Tasche?«

»Ich habe nur dieses Heft gekauft. Sie können es haben.«

»Ich möchte gern dafür bezahlen.«

»Ich sagte doch schon, Sie können es so mitnehmen. Weil es auf Norwegisch ist.«

»Und ich sage, dass ich gern bezahlen möchte. Weil es einem Freund gehört hat.«

Jim zuckte mit den Schultern und seufzte.

»Sie sind ein harter Verhandlungspartner. Ein Dollar.«

»Können Sie nicht höher gehen? Ich möchte ihm gern meinen Respekt erweisen. Wie wäre es mit anderthalb?«

»Zwei Dollar. Das ist mein allerletztes Angebot.«

Die beiden gaben sich noch einmal die Hand.

Jokum bezahlte am Schalter und ging mit dem Heft des Matrosen nach Hause, aber ohne Geschenk.

Wie schon gesagt, in San Francisco bleibt der Schnee nie liegen.

Eine Woche vor Weihnachten kam ein Brief für Jokum an. Er setzte sich in die Küche und öffnete ihn. Er wusste natürlich schon, von wem er war. Von seiner Mutter. Sie schrieb, dass zu Hause alles gut war und sie hoffe, dass das Gleiche auf die in der Fremde zuträfe. *In der Fremde.* Vater machte viele Überstunden, und sie selbst hatte genug beim Roten Kreuz zu tun. Sie war drei Tage die Woche in der Stube. Da gab es immer etwas zu erledigen. Es gab so viel Elend auf der Welt. In dem Brief lag noch ein anderer Brief. Den hatte sie gefunden, als sie alte Sachen aufgeräumt hatte. Jokum bekam Angst. Aufgeräumt? Warum räumte sie auf? Stimmte etwas nicht? Nirgends war Frieden zu finden. Der Brief stammte von einem Bruder ihres Großvaters, der 1897 nach Amerika ausgewandert und Pfarrer in der Stadt Boulder, Colorado geworden war. Vielleicht interessierte Jokum das ja. Er las: *Ich war 3 Monate in Californien und verkündete Gottes Wort und besuchte unsere Kirchen in verschiedenen Städten an der Küste des Stillen Meeres. Bei mir hatte ich nur das wunderbare Evangelium, das für jeden, der glaubt und der glauben will, eine Kraftquelle für die Erlösung ist. Ich war zur gleichen Zeit in San Francisco und sah das Erdbeben. Es war ein hässlicher Anblick. An dem Morgen, als es kam, war ich in der Eisenbahn, viele Meilen entfernt, aber ich spürte es trotzdem. Gottes Gnade bewahrte mich vor allem Bösen. Dem Herrn sei Lob und Preis!* Wieder wurde Jokum unruhig. Da stand so viel zwischen den Zeilen, eine Unruhe, eine Trauer, gab es auch zwischen Mutters Zeilen Trauer? Es gefiel ihm nicht, dass etwas zwischen den Zeilen stand. Dort sollte es nackt und kahl sein, durchsichtig und still. Er machte ein Foto von dem Papierbogen, wie er auf dem Küchentisch lag, neben dem Umschlag, am liebsten hätte er die Zeit aufgehoben, die inzwischen vergangen war. Übrigens hatte der Vater einen Zeitungsausschnitt beigelegt, eine »Fliege«, also eine kleine Zeichnung von Storm P. mit dem Text: *Warum benutzt der Dirigent keinen Taktstock? – Ach, das würde nur das Orchester irritieren.* Was sollte das bedeuten? Müsste Jokum es verstehen? Wenn sie damit etwas sagen wollten, warum sprachen sie es nicht direkt aus, wie er es von ihnen gewohnt war? Etwas war zwischen sie getreten, nicht nur der Abstand, sondern die Sprache, nein, nicht die Sprache, eher *der Sinn.* Jokum legte den alten Brief in die Tasche und ging zur Seemannskirche. Er wollte ihn dem Pfarrer zeigen. Der Tisch mit dem weißen Tuch und *Shoreleave* war weggeräumt worden. Es duftete von allen Seiten nach Pfefferkuchen und Schweinerippen. Synne war dabei, *Nostalgia of a Sailor* abzuhängen, während der Organist und der Koch die Weihnachtsdekoration aufhängten. Jokum blieb stehen. Endlich überkam ihn eine gewisse Ruhe. Ihm gefiel, was er da sah. Er machte ein Foto von diesem Austausch, diesem *Wechsel*. Synne bemerkte ihn nicht. Sie war mit ihrer eigenen Arbeit beschäftigt. Nein. Mit *ihrer gemeinsamen* Arbeit. Jokum war mit seiner eigenen Arbeit beschäftigt. Er fand den Pfarrer unten in der Kapelle. Dort saß er mit gekrümmtem Rücken auf dem vordersten Stuhl. Er war auch mit seiner Arbeit beschäftigt. Er betete. Ab und zu ging ein Beben durch seinen Körper, eine heftige Welle, war das eine Antwort oder nur Schweigen? Jokum wollte wieder gehen. Was er da sah, gefiel ihm nicht. Es war nicht richtig, Zeuge dessen zu sein. Das Gebet gehört zum Privatleben. Da drehte der Pfarrer sich um und winkte ihn zu sich.

»Ich wollte nicht stören«, sagte Jokum.

»Das macht nichts. Gott kann warten.«

»Ich auch.«

»Du auch«, wiederholte der Pfarrer.

Doch dann saßen sie nebeneinander, zuerst ohne etwas zu sagen, als wäre der Pfarrer trotz allem mit seinem Gebet noch nicht fertig gewesen; die letzten Worte rannen ihm durch die festen Finger. Dann zeigte Jokum ihm den Brief. Der Pfarrer las ihn langsam. Die undeutliche, verblichene Schönschrift stieg vom Grunde des gelben Papiers auf. War die Schrift auch so ein Ding, das zum Leben erweckt wurde, indem man sie las?

»Ein makelloser Brief.«

»Ja, er kam heute.«

»Ende gut, alles gut. So sagt man doch, oder?«

»Nicht alles, was sich verspätet, ist automatisch gut.«

»Nein, da sagst du etwas. Ist der von diesem Kerl, von dem du mir erzählt hast?«

»Nein. Jokum war auf der väterlichen Seite. Er war wohl eine Art Wegelagerer. Das hier stammt aus Mutters Familie.«

»Ja, gut. Hauptsache, du hältst deinen Pfad *immaculate!*«

Der Pfarrer schlug sich mit der Hand vor die Stirn und lachte.

»Nein, hast du das gehört? Ich fange schon an, Kauderwelsch zu reden!«

»Immaculate?«

»Unbefleckt, Jokum. Rein. Ein schönes Wort, ganz gleich in welcher Sprache. Weißt du übrigens, was so einzigartig am Christentum ist?«

»Nein. Die Vergebung?«

»Die auch. Nein, ich denke an die Familie, Jokum. Vater. Sohn. Die heilige Mutter. Es gibt diese Bande im Glauben. Und sie sind auch Bande für uns.«

»Und was ist mit denen, die allein sind?«

»Keiner ist allein im Glauben. Das ist der springende Punkt. Was wollte ich noch sagen?«

Synne rief aus dem oberen Stockwerk nach Jokum. Er stand auf. Der Pfarrer blieb sitzen, mit dem Brief in der Hand.

»Ja, genau. Könnte ich das für meine Weihnachtspredigt benutzen? Gottes Gnade bewahrte mich vor allem Bösen.«

»Das würde meine Mutter sicher sehr zu schätzen wissen.«

»Danke. Was wollte ich noch sagen?«

»Das haben Sie gerade gesagt.«

Jokum ging die Treppe hinauf. Der Pfarrer folgte ihm, schob dabei den Brief unter den Mantel.

»Doch, ja, pass auf, dass dir der Ruhm nicht zu Kopfe steigt, Jokum.«

»Oh nein. So hoch kommt der bestimmt nicht.«

Synne rief noch einmal nach ihm.

Sie nahmen ein Taxi zur F. Gallery, wo sie *Nostalgia of a Sailor* zu *Norwegian Still Life* ins Archiv legten. Edith Fremm war nicht mit ihrer Arbeit beschäftigt. Sie hatte Fieber. Die Weihnachtsausstellung machte sie krank. Schlechter Geschmack sollte so teuer sein, dass niemand ihn sich leisten könnte. Leider war es umgekehrt. Wer Geld in die Finger bekommen hatte, prahlte nur mit seiner Kaufkraft. Ansonsten waren diese Menschen machtlos. Die Mittellosen, von denen es immer mehr gab, hatten nicht einmal Zeit übrig. Es wurde von Jahr zu Jahr schlimmer. Ihre Menstruation wurde im Dezember unregelmäßig, heftig und schmerzhaft. Sie blutete fast ununterbrochen einen ganzen Monat lang. Darauf, sich das anhören zu müssen, hätte Jokum gern verzichtet. Er wollte nichts von Edith Fremms Menstruation hören. Er wollte von keiner Menstruation von wem auch immer hören und erst recht nicht von ihrer. Das war das Letzte, was er hören wollte, genauso wenig wie er die Gebete des Priesters hatte hören wollen. Dann nahmen sie endlich ein Taxi zu sich nach Hause. Im Autoradio war es White Christmas, aber nicht in San Francisco. Der Abstand zwischen den Schlagern und der Wirklichkeit wurde immer größer. Während Synne duschte, rief Jokum seine Eltern an. Das dauerte so seine Zeit. Wäre das Freizeichen nicht gratis, wären die meisten schon pleite. Dann geschah etwas Seltsames. Er hörte einen Klick, als legte jemand irgendwo im Universum auf. Doch das Gegenteil traf ein. Plötzlich hörte er Vaters Stimme, fremd und mechanisch, es hätte ebenso gut ein Schauspieler sein können, der ihn nachahmte, und diese Stimme, nicht sein Vater, sagte: *Hier ist der Anschluss von Familie Jokumsen. Wir sind leider nicht zu Hause. Versuchen Sie es gern später noch einmal. Wir wünschen Ihnen noch einen schönen Tag und bedanken uns für Ihren Anruf.* Jokum ließ den Hörer fallen. Er landete auf dem Boden. Dort wurde weitergesprochen. Jokum hob ihn wieder auf. Aber es war nur die gleiche Nachricht. *Hier ist der Anschluss von Familie Jokumsen.* Was ging da vor sich? Ein automatischer Anrufbeantworter? Ein automatischer Anrufbeantworter in Skillebekk? Was wollten sie mit einem automatischen Anrufbeantworter? Warum gingen sie nicht einfach ans Telefon, wenn er anrief? Und wenn sie nicht zu Hause waren, dann sollten sie es doch einfach klingeln lassen. *Wir wünschen Ihnen noch.* Jokum legte auf. Synne war fertig mit dem Duschen. Sie rief aus der Küche nach ihm. Jetzt rief sie also wieder nach ihm, dachte Jokum und ging ins Bad. Er konnte auch eine Dusche gebrauchen. Da sah er, dass das Wasser, das immer noch in den Abfluss lief, dunkelrot war, nein, braun, fast schwarz, und auf den gelben Fliesen lag noch ein rostiger Schaum, der ganz zäh war, wenn man auf ihn trat. Er verlor das Gleichgewicht, riss im Fall den Vorhang mit sich und blieb in dem Wirrwarr in dieser Pfütze liegen, dem monatlichen Abfall, den Vorhang wie eine Tunika um den Leib, und während er versuchte aufzustehen, erinnerte er sich an etwas, das jemand gesagt hatte, war es Dr. Q gewesen, an dem Abend im Fairmont, gut möglich, dass San Francisco nicht am Stillen Ozean lag, sondern unter der Gürtellinie. Und Jokum hatte eine Idee, für die er sich sofort schämte: Fotos von Synnes Menstruationsblut zu machen. Konnte man privater werden, konnte man intimer werden? Es war abstoßend, überhaupt auf so eine Idee zu kommen. Er musste weg von diesen Ideen. Das wurde ihm klar, während er da auf dem Abfluss lag: Er musste weg von den Ideen.

Am Heiligabend sprach der Pfarrer vom Evangelium, das eine Kraft zur Erlösung ist, aber gleichzeitig ein persönlicher Zeugenbericht, der zu einer Kraft für andere werden kann, wofür dieser Brief ein Beweis war. Er war vor fast achtzig Jahren geschrieben worden, der Absender war schon seit Langem tot, genau wie der Adressat, aber heute sind *wir* die dankbaren Empfänger. *Gelobet sei der Herr!* Er zeigte der Gemeinde den Briefbogen, als hätte er eine Fackel in der Hand. Die Schrift war eine Flamme in seiner Hand. Jokum wünschte sich, er hätte dem Pfarrer stattdessen P.s Karikatur gegeben. Warum benutzt der Dirigent keinen Taktstock? Ach, das würde das Orchester nur irritieren.

Diese Weihnachten aß Synne nur Fisch.

Dann zeigte sich, dass sie doch ein Geschenk für Jokum hatte. Es war zwar verzwickt einzupacken, dafür aber umso wertvoller: *Esquire* wollte drei Fotos von ihm in der Februarausgabe veröffentlichen: *Number 949, Good Luck* und *Shoreleave*. Der Zeitpunkt könnte nicht besser sein. Das war *timing* auf Amerikanisch.

»Ich habe nichts für dich«, sagte Jokum.

Synne umarmte ihn.

»Dieses Geschenk ist für uns beide.«

Jokum umarmte sie.

»Anscheinend kannst du anfangen, deine Liste abzuhaken.«

»*Unsere* Liste, Jokum.«

Als Jokum zwischen den Tagen allein spazieren ging, die Bucht entlang, in der die Sonne niedrig hinter dem Nebel stand, der die Geräusche dämpfte, die der Wellen, des Verkehrs, der Schiffe, der Vögel, überfiel ihn ein heftiger Zweifel. Was konnte er eigentlich? So wenig. Fast nichts. Er wurde bald dreißig und hatte einen Gesellenbrief aus Kopenhagen. Er konnte *knipsen*. Konnten das nicht alle? Es waren unangemessene Gedanken. Das wusste er selbst, und trotzdem dachte er sie. Sie zu denken, war angenehm. Widerstrebend musste er zugeben, dass es ihm guttat, sie zu denken. Er wusste nicht, warum. Es war eine alte Übung: sich kleiner zu machen, als man ist. Und der Zweifel, den er immer auf Abstand zu halten versucht hatte, den er um jeden Preis hatte vermeiden wollen, wirkte jetzt beruhigend. *Es ist gar nicht so gefährlich.* Jokum lief in einem Stummfilm in Farben herum. Doch, er musste weg von diesen Ideen. Es ging um das einzelne Bild, nicht um den Zusammenhang, in dem es stand, nicht um die Zeit, nicht um den Zeitraum, sondern um den Augenblick, herausgerissen und bedeutungsvoll. Er erinnerte sich daran, wie ihn jemand in der Sogn Studentby genannt hatte, wahrscheinlich war es der verfluchte Bengt Åker gewesen: *Überbau.* Jokum musste zurück auf die Erde, er musste wieder auf der Erde landen. Dann kam er an einem Zeitungskiosk bei The Wharf vorbei. Im Fenster lag die Monatsausgabe des *Esquire*, das Weihnachtsheft, glatt und glänzend, mit Elizabeth Taylor auf der Titelseite. Er kaufte ein Exemplar, und anschließend fand er auf dem Markt einen frischen Wolfsbarsch. Für das Mittagessen. Doch erst einmal legte er das Heft mit Liz Taylor und den fetten Fisch in dem braunen Papier auf eine Bank und fotografierte diesen *Auftritt*. Die Augen des Wolfsbarschs waren groß wie Glasmurmeln. Der Blick der Diva war abgewandt.

Silvester gingen sie früh ins Bett und blieben liegen, während sie dem Feuerwerk lauschten, das die Wände die Farbe wechseln ließ. Jokum dachte, dass es eigentlich vollkommen egal war, wo sie waren. Das Feuerwerk war so oder so immer das Gleiche. Es war genau, als wären sie in einem Zugabteil eingesperrt, oder in einer Schiffskabine, sie waren unterwegs und nicht er bestimmte, wohin sie fuhren. Er kam einfach mit.

»Welche Pläne hast du?«, fragte Synne. »Abgesehen von ...«

»Ich dachte, die darf man nicht verraten.«

»Nein, die Wünsche nicht, Jokum. Mit Plänen ist das was anderes. Und Vorsätze haben wir keine. Oder?«

»Ich dachte, ich soll nicht über Pläne sprechen.«

»Aber doch mit mir.«

»Ich will Fotos von dem Unsichtbaren machen«, sagte Jokum.

Synne legte sich über ihn.

»Ach hör auf. Ich meine es ernst.«

»Ich auch. Ich werde das Unsichtbare fotografieren.«

Synne legte sich noch mehr über ihn.

Die restliche Nacht träumte Jokum von Kränen, Baggern und Arbeitsplätzen mit hohen Zäunen drum herum, zu denen Kinder keinen Zutritt hatten. Er träumte von Gerüsten, *dem äußeren Skelett,* eines Tages würde er auch so ein Gerüst brauchen, wenn der Überbau zu schwer sein würde und die Hüften versagten.

Im neuen Jahr war Jokum zurück in Jim's Pawnshop. Jetzt war es still hier. Die Dinge ruhten sich aus. Er wollte die Kameras fotografieren. Sie lagen immer noch auf dem gleichen Tisch. Der Aufpasser schaltete eine Stehlampe ein, die auch zu verkaufen war. Jokum bat ihn, das nicht zu tun. Er benutzte das Licht, das es gab, das realistische Licht, verstaubt, fleckig, ein Licht, das Abstand schuf. Und wenn es nicht genug Licht gab, würde er warten. Zuerst machte er Fotos von jeder einzelnen Kamera, fasste sie jedoch nicht an, legte sie nicht zurecht. Es schien, als ginge eine Kamera in die andere über, so wie die Knochen sich in einem Massengrab vermischen. Anschließend fotografierte er den Tisch von oben. Da entdeckte er, dass in einer Kamera noch ein Film war, in einer Nikon in braunem Lederetui. Jokum tat etwas, das er nicht mehr getan hatte, seit er im Musikkhuset in Oslo eine LP mit Oscar Peterson gestohlen hatte, und er war immer sicher gewesen, dass er das niemals wieder tun würde, weder früher noch später. Er stand mit dem Rücken zum Raum, nahm den Film heraus und legte ihn in die Tasche. Auf dem Heimweg litt er die schlimmsten Qualen. Beim letzten Mal war er erwischt worden. Er warf einen Blick über die Schulter. Er bewegte sich wie ein Dieb. Er war ein Dieb. Er hatte zwei Mal gestohlen. Damit war es Diebstahl, kein Zufall. Jemand rief nach ihm, rief seinen Namen. Er zuckte zusammen. Ein Dieb findet niemals Ruhe. Es war Doktor Q. Dieser stand in seinem weißen Anzug auf dem gegenüberliegenden Bürgersteig und rief. *Richte dich auf, Kerl!* Aber die Tasche war zu schwer, Jokum tat, als sähe er niemanden, ging das letzte Stück genauso gebeugt und geknickt weiter und legte schließlich den Film, das Diebesgut, zusammen mit dem Magneten in den Schuhkarton.

Den ganzen Februar und März arbeitete Jokum mit den Fotos für die Ausstellung *Soldier's Things*, nicht in der Dunkelkammer, wo er am liebsten gewesen wäre, sondern in einem Atelier oder Studio, mit dem F. Gallery zusammenarbeitete. *Silver Spoon*. Er hatte Assistenten. Sie kochten für ihn Kaffee. Sie kauften etwas für die Mittagspause ein. Sie holten ihn morgens ab und fuhren ihn jeden Abend dorthin, wo er hinwollte. Jokum wollte nach Hause. Es gefiel ihm nicht. Es gefiel ihm nicht, Leute auf diese Art und Weise um sich zu haben. Aber noch schlimmer war die Art derjenigen, die meinten, etwas sagen zu müssen, die in bester Absicht mit Vorschlägen kamen, mit Licht, dem Ausschnitt, der Auflösung, dem Format. Sie löste etwas in Jokum aus. Sie verunsicherte ihn. Und das ist etwas anderes als Zweifel. Zweifel kann eine großartige Kraft sein, die dich vorantreibt. Unsicherheit verschweißt dich mit dem Trivialen, dem Kleinlichen, lässt dich zögern, auf der Stelle treten, herumirren. Bald wusste er nicht mehr, ob er Zucker oder Milch im Kaffee haben wollte. Er musste entscheiden. Er musste sich entscheiden.

Es wurde übrigens entschieden, dass die Ausstellung *The Soldier's Things* heißen sollte, nicht *Soldier's Things*. Die Galerie wollte nicht riskieren, das Management von Tom Waits auf den Hals gehetzt zu bekommen, das heißt angeklagt zu werden. Kann man ein Copyright auf Worte haben? Kann man alle Rechte auf ein Motiv haben? Kann man das Patent auf die Aussicht anmelden? Tut mir leid, aber der Sonnenuntergang gehört mir. Und was ist mit *Shoreleave?* Einer der Songs auf *Swordfishtrombone* hieß so. Wer hatte hier von wem gestohlen? Wer war der Erste gewesen? Ich kann nur für mich selbst sprechen: Ich erfinde die Worte nicht. Sie sind bereits da. Aber ich erfinde die Reihenfolge dieser Worte. Genau wie Jokum bestimmte, dass die Fotos in der Reihenfolge aufgehängt wurden, in der sie gemacht worden waren. Und so wurde es gemacht. Die Ausstellung begann mit den Autoschlüsseln und dem Atlas und endete mit dem Klassenfoto von 1965, auf dem Edward Cease, siebzehn Jahre alt, sich der Zukunft zuwendet, *seiner* Zukunft, die bald abbrechen sollte. Bereits auf dem Weg in die Galerie, wo die Gäste auf ihn warteten, wusste Jokum: Es würde gut gehen, es würde ein Erfolg werden. Er konnte nicht sagen, warum. Aber da war etwas mit den Blicken, den Gesichtern, der Art, wie man klatschte, mit der ganzen *Haltung*. Synne fühlte, oder wusste offenbar das Gleiche, denn sie drückte seine Hand zweimal kurz nacheinander. Es war ihre Sprache. Dann blieben sie stehen und nahmen den Applaus entgegen. Jokum erschien das plötzlich unpassend. Denn es war auch eine Gedenkstunde. Er entdeckte Mrs. Cease, sie stand ganz hinten, in einer Ecke. Die Gäste wichen zurück, als er zu ihr ging.

»Danke«, sagte sie.

»Ich muss Danke sagen.«

Sie schaute lächelnd auf.

»Das ist eine schöne Ausstellung, Jokum. Du kannst stolz sein.«

»Danke schön. Ist denn nicht ...«

»Weißt du, wie lange die erwartete Dienstzeit 1967 in Vietnam war?«

»Was? Nein. Zwei Jahre?«

»Vierzehn Minuten. Wir glaubten, Edward würde nach vierzehn Minuten zurück nach Hause kommen.«

»Ist Mr. Cease nicht …«

»Er ist zu Hause geblieben.«

»Ich verstehe.«

Mrs. Cease schaute auf und hob das schlanke Glas.

»Wirklich? Er räumt Edwards Zimmer.«

Synne kam hinzu und führte Jokum weiter, es gab da jemanden, den er begrüßen musste, wichtige Gäste, es eilte, aber sie fand die Zeit, sich zu ihm zu beugen und zu fragen:

»Geht es ihr gut?«

»Ich glaube schon. Schlimmer ist es wohl …«

»Hauptsache, sie bricht nicht zusammen.«

Dann begrüßte Jokum den Redakteur von *Esquire*, der extra aus diesem Anlass aus New York hergeflogen war, er gab dem Vorstandsvorsitzenden der Galerie die Hand, der Besitzer von City Lights Bookshop wedelte mit seinem weißen Bart, er traf den norwegischen Konsul, es war ein anderer als beim letzten Mal, aber er sagte das Gleiche, und ansonsten gab es da eine Reihe von Menschen, von denen Jokum nicht wusste, wer sie waren. Alle drückten ihre Bewunderung aus, ihren *Respekt*. Er konnte nicht anders, er musste ihnen glauben, und er hatte auch keinen Grund, es nicht zu tun. Wie dem auch war, als er später durch die Räume ging, er wollte zur Toilette, fiel ihm etwas auf: Die Leute blieben vor den Bildern stehen und *erkannten sich wieder*. Sie erkannten sich in den Dingen wieder. Die Dinge erinnerten sie an ihr Leben, der Rasierapparat, die Zigarettenpackung, der Plattenspieler, die Pfadfinderausrüstung, *die Schuhe,* die längliche, ungeöffnete Konservendose im Bücherregal, *Civil Defence All Purpose/Survival Crackers,* das Pausenbrot des Kalten Krieges. Sie erinnerten sich an etwas, von dem sie geglaubt hatten, es vergessen zu haben. Es fiel ihnen wieder ein. *Sie schmunzelten.* Das empörte Jokum. Schließlich ging es hier um den *Krieg.* Die Dinge waren die Requisiten des Friedens in der Abwesenheit des Soldaten: die Schlacht. Man sollte sich bei diesen

Bildern nicht *amüsieren*. Er musste feststellen, dass die Ausstellung ein Erfolg war und dass er versagt hatte. Hinten am Büfett entdeckte er Mrs. Cease wieder. Sie bediente sich dort. *Hauptsache, sie bricht nicht zusammen.* Jemand wollte wieder mit ihm sprechen. Er kam gerade noch davon und blieb eine Weile in der Garderobe stehen, erschöpft. Es roch von den Mänteln, die hier hingen, nach Tabak und Parfüm. Die Tür zu *Damen* war angelehnt. Ann S. Ferguson, die Kritikerin, wusch sich die Hände. Jokum ging zu ihr hinein. Sie drehte sich sofort um, es tropfte von ihren Fingern.

»Du bist am falschen …«

Jokum unterbrach sie.

»Wie findest du's?«

»Frag nicht.«

»Warum nicht? Du …«

Ann S. Ferguson hielt die Hände unter den Trockner, und Jokum sagte nichts mehr, solange der lief; vielleicht sagte sie etwas, aber zumindest hörte er es nicht. Plötzlich wurde es wieder still.

»Du bist am falschen Ort«, sagte sie.

»Wir können stattdessen auch zu den Herren gehen.«

»Aber dann bin ich am falschen Ort. Verstehst du?«

»Gibt es denn keinen Ort, wo wir miteinander reden können?«

»Vielleicht soll es ja so sein.«

»So? Was heißt so?«

»Dass ich deine Bilder ansehe und du meine Besprechung liest. Wenn du magst.«

»Das ist eine ziemlich mühsame Art, um …«

»Aber ich habe einen Vorschlag.«

»Ja?«

»Ich kann dich im City Lights Bookshop interviewen. Ich gehöre da zu einer Gruppe. Wir arrangieren dort jeden letzten Donnerstag im Monat ein Treffen.«

»Du meinst, so auf einer Bühne …«

»Alles ganz informell. Nur eine Unterhaltung unter netten Leuten.«

»Wird da jemand kommen und zuhören?«

»Ganz bestimmt. Schließlich hast du inzwischen einen Namen.«

»Wenn ich den habe, dann habe ich das dir zu verdanken.«

»Bitte, sag so etwas nicht. Du hast es deinen Bildern zu verdanken.«

»Ich weiß nicht, ob …«

»Und wenn keiner kommt, dann haben wir zumindest die Möglichkeit, miteinander zu reden. Abgemacht?«

Jokum ging weiter zum richtigen Raum, *Herren,* pisste lange und gründlich, und auf dem Weg zurück zur Ausstellung und zu den Gästen stieß er auf Mrs. Cease, in der Garderobe, sie musste sich für einen Moment auf ihn stützen, bevor sie einen Schritt zurück trat, auf die Kleiderbügel zu und zu Boden schaute, ihr Gesicht war verzerrt und gequält, sie *platzt,* dachte Jokum, *jetzt platzt sie und fließt aus,* aber sie schrie nicht, brach nicht zusammen, sie flüsterte nur, ihre Stimme war fest und weich, als vertraute sie ihm ein Geheimnis an, und vielleicht tat sie ja genau das. Ihre Trauer hatte sich in ihr gewendet und war zu einem Gewissen geworden, einem schlechten Gewissen. Die Anklagen konnten nicht groß genug sein, nicht zahlreich genug, die Anklagen, die eigentlich umgedrehte Gebete sind, und sie richtete sie nicht nur gegen sich selbst, sondern an die Geschichte, Amerika, an uns.

»Wir tragen so viel Schuld. Alles, was wir bewirkt haben … alles, was wir …«

Jokum wusste nicht, was er sagen sollte.

»Daran trägt wohl niemand die Schuld, Mrs. …«

»Doch, Jokum. Und wir werden dafür bestraft werden. Hart bestraft werden. So hart bestraft werden.«

Mrs. Cease fand endlich ihren Mantel, und in dem fand sie einen Flachmann, aus Silber, einen Flachmann, das war so jämmerlich, so erbärmlich im Vergleich zu ihren Gedanken, Anklagen. Sie schraubte den Verschluss auf, trank hastig und entschlossen und wandte sich dann wieder Jokum zu, verbittert und prophetisch:

»Trauer ist Mathematik. Sie wird mit jedem Tag größer, den Edward nicht erleben darf.«

Sie trank noch einen Schluck, dann schloss sie die Augen.

»Aber das ist nicht der Grund. Das ist nicht der Grund dafür, dass ich …«

Ihre Stimme versickerte im Dunkel zwischen den Kleidern. Dann lachte sie jäh auf.

»Die warten da drinnen auf dich, Jokum.«

Er reichte ihr den Arm.

»Wollen wir?«

»Nein, ich muss woandershin. Geh jetzt. Geh zu den *Deinen*.«

Jokum öffnete die Tür und wurde mit offenen Armen empfangen. Edith Fremm stand an einem Mikrofon in der Ecke und begann ihre Dankesrede, und ihr folgten der Konsul, der Galerievorsitzende und der Redakteur, alle wollten Jokum danken, ihm danken und ihn feiern, und er blieb auf der Stelle stehen, allein in der Menge, mit einem schafsähnlichen Lächeln, das er nicht aus seinem Gesicht wischen konnte.

Lassen Sie mich in diesem Zusammenhang etwas sagen, denn auch wenn wir zwei verschiedene Handwerke repräsentieren, bei denen *die Zeit* den größten Unterschied ausmacht, die Fotografie und die Literatur, so haben wir doch die gleichen Erfahrungen gemacht, ich denke dabei an Jokums Erlebnis mit dem Publikum, das sich in seinen Bildern wiedererkannte: Die Sprache ist ein Fenster, durch das ich schaue. Auf der anderen Seite des Fensters sehe ich die Menschen, gewöhnliche, einzigartige Menschen, das, was wir das normale Volk nennen, und das zu lieben ich so gut ich kann versuche. Sie essen, arbeiten, lieben, lesen, bringen den Müll hinaus, schlafen, putzen Zähne, sterben. Doch wenn sie sich meinem Text zuwenden, meinem Fenster, durch das ich schaue, dann sehen sie nur einen Spiegel: sich selbst. Jokums Fotografien waren auch ein Spiegel, in dem die Betrachter ihr eigenes Leben erkennen konnten.

Vielleicht ist es genau das, was ich gern wäre: Ich wäre gern auf beiden Seiten, auf beiden Seiten des Spiegels.

Ich will den Spiegel zerstören, ich will ihn zerbrechen und gleichzeitig wieder zusammensetzen.

Ich schlage mir selbst auf den Mund, während ich das schreibe.

Übrigens gefiel es Synne nicht, dass Jokum eine Verabredung mit Ann S. Ferguson getroffen hatte, nein, es gefiel ihr ganz und gar nicht. Sie kümmerte sich um Derartiges. Sie wollte, dass er das Treffen absagte. Jokum weigerte sich. Dieses Mal bestand er auf seinem Entschluss. Er hatte ein Treffen vereinbart und würde seine Abmachung einhalten. Edith Fremm war ganz seiner Meinung. City Lights Bookshop war ein guter Ort für ihn. Dort konnte er mit den richtigen Leuten reden. Dort hatte er ein Heimspiel. Wer sind *die richtigen Leute*? Sind sie gesegnet mit einer hohen Einsicht oder einem hohen Einkommen? Gehören sie einer bestimmten Klasse an, die sich von den Trivialitäten der Ökonomie hat losreißen können? Verwalten sie ein mystisches Kapital, das sie zu den Auserwählten und Schönen macht? Jokum dachte: Wer sind dann die *unrichtigen* Leute? Lieber wollte er mit denen sprechen.

»Hauptsache, du redest nicht über Politik«, sagte Synne.

»Politik? Ich verstehe doch gar nichts von Politik. Und das weißt du.«

»Genau deshalb. Und hättest du etwas davon verstanden, dann hättest du auch nicht über Politik reden sollen.«

Edith Fremm lachte. Sie saßen in ihrem Büro, zwei Tage nach der Eröffnung. Der größte Andrang war vorbei. Zwölf Fotos waren bereits verkauft worden, unter anderem zwei Exemplare von den Autoschlüsseln und dem Atlas und vier von *Boy Scouts of America, Official Aid Kit*. Jokum verspürte keine Freude, ganz im Gegenteil. Aus dem Zusammenhang gerissen verlor das Motiv seinen Sinn, seinen *Grund*, und wurde zur Dekoration. Deshalb musste er wegkommen von den Ideen. Er hätte eine Forderung stellen sollen: dass man entweder die ganze Serie kaufte oder gar nichts. Aber diese Zufallskäufe waren nicht das Wichtigste. Es waren die *Kontakte*, die zählten, die Anfragen von anderen Galeristen, von Redakteuren, Sammlern, Museen, Büros, Verlagen. *Verzweigungen* des Werks, die nicht notwendigerweise zu einem neuen und größeren Publikum führten, aber zu denen, die anheben und unterstreichen konnten, nicht die Bedeutung des Werks, sondern Jokums *Ruf*, und die auf diese Art und Weise entschieden, nicht den Preis des Werks, sondern, wie viel Jokum wert war. Und allein die *richtigen* Leute waren dazu in der Lage.

»Nur die Ruhe. Es redet sowieso keiner mehr über Poltik. Außerdem ist Ann wohlwollend eingestellt. Sie ist es doch, die dich interviewen soll, nicht wahr?«

Edith Fremm wandte sich Jokum zu, dieser nickte. Bereits jetzt begann er die Sache zu bereuen, stand aber dennoch dazu. Und als sie auf dem Weg waren, alle drei, zum City Lights am letzten Donnerstag im März, musste er an den Brief denken, den er dem Pfarrer vor Weihnachten geliehen hatte, denn diese Gedanken ließen ihm keine Ruhe. War derjenige, der das geschrieben hatte, der das Erdbeben 1907 überlebt hatte, war er auch einer von den *Richtigen*, schließlich hatte Gott ihn verschont, gerade ihn hatte er in dem wütenden Flammenmeer verschont. War er deshalb einer der Richtigen im Umlauf des Glaubens, in der Gerüchteküche des Glaubens? Verwaltete er die Gnade und bekam den Preis der Erlösung, durfte aufsteigen? Ach, die Welt ist voll mit richtigen Menschen, die nicht der Meinung waren, dass die anderen richtig waren. Frühling, oder eine andere Saison, die Jokum noch nicht mit Namen benennen konnte, war als eine Andeutung in der Luft, eine leichte Berührung zwischen den Windböen. Sie wurden von dem Besitzer empfangen, Lawrence F., dem alten Poeten, und sie durften in einem Hinterzimmer im ersten Stock warten, wo blaue Weintrauben, Eiswasser, Tabak, kalifornischer Wein und Tee auf einem Tisch bereitstanden. Jokum trug einen dunklen Anzug und ein graues Hemd, bis zum Hals zugeknöpft. Er ließ sich in ein viel zu niedriges Sofa sinken. An den Wänden hingen Plakate von früheren Veranstaltungen: *Ginsberg, Michael McClure, Graham Parker, Burroughs.* Was die Sache nicht besser machte. Doch er bereute es. Ihm *graute* davor. Synne hatte recht. Er hätte nicht um die Kamera herumgehen sollen, auf die andere Seite, also hierher. Er hätte sich im Hintergrund halten sollen. Vorn, das war nicht richtig. Ab jetzt wollte er Synne immer recht geben. Aber er hatte Ann S. Ferguson einen Gefallen erwiesen. Oder war es umgekehrt? Die Reue war so oder so da. Er sollte aufhören, jemandem einen Gefallen zu tun, und niemand sollte ihm einen tun. Wo blieb sie eigentlich? Jokum hörte Leute die Treppe heraufkommen. Er hörte jemanden die Mikrofone testen. Er trank Wasser, das schmolz. Synne legte ihm die Hand aufs Knie.

»Nervös?«

»Ich hätte auf dich hören sollen.«

»Das wird schon gut gehen. Denk nur an alles, was wir besprochen haben. Du erinnerst dich doch?«

»Ja.«

»Und antworte kurz. Möglichst mit nur einem Satz. Sonst verhedderst du dich noch. Und Ann ist auf deiner Seite. Vergiss das nicht.«

»Aber wo ist sie?«

Lawrence F. öffnete die Tür und zog seinen weißen, fast gelben Bart herunter, sodass ein breites, altes Lächeln zum Vorschein kam.

»Volles Haus, Jokum. Bist du bereit?«

Synne stand auf.

»Wo ist Ann? Wir würden gern mit ihr reden, bevor ...«

»Habt ihr denn die Nachricht nicht gekriegt?«

»Welche Nachricht?«

Er ließ los, und der Mund rutschte an seinen Platz.

»Wir waren der Meinung, dass Ann etwas, wie soll ich es sagen, etwas *inhabil* ist. Sie wissen, diese Kritiker und ... Deshalb ist der gute alte Scott Appleford heute Abend dein Gesprächspartner.«

»Wer ist Scott Appleford?«

Edith Fremm stand auf und holte tief Luft.

»Ein gebildetes Arschloch.«

Und dieser Scott Appleford, auf den ich nicht zu viel Zeit verschwenden möchte, denn er ist nur ein Narr unter anderen Narren auf dieser Bühne, er tauchte hinter Lawrence F. auf und verneigte sich. Er war ein äußerst gepflegter Mann mittleren Alters, der in erster Linie bekannt war, weil er die meisten kannte, die nach dem Krieg an der Westküste bekannt waren. Er behauptete selbst, zwei Nächte im Kofferraum von Jack Kerouac geschlafen zu haben, worüber er ein ganzes Buch schrieb, *Art, Poetry & Friends in the San Francisco Bay Area 1945–67* (UC Press). Weibliche Bekanntschaften, von denen es jede Menge gab, wussten zu berichten, dass er eine Tätowierung auf dem Penis hatte, ausgeführt 1958 in Marrakesch, und die wohl das Vergnügen dieser Damen innerlicher machen sollte. Ein paar Jahre später, als die Mauer gefallen war und diese Frauen sich über die gleiche Tätowierung lustig machten, wurde er berühmt für eine Bemerkung, laut der Rocksänger der einfachen Kategorie von Menschen angehören, die in einem gewissen Alter von einem treulosen Manager um all ihr Geld betrogen werden, und dabei handelt es sich leider um viel, allzu viel, um sich dann den Kopf zu rasieren, ins Kloster zu gehen und Buddhist zu werden, und nach drei Jahren als sogenannter gereifter Mann eine persönliche Wiedervereinigungstournee im früheren Ost-Europa zu veranstalten, um dadurch die letzten Rechnungen ihres Lebens bezahlen zu können. Laut Scott Appleford sollte diese Berufsgruppe lieber sterben, bevor sie 27 Jahre alt wurde, was sich als das Beste für die meisten herausgestellt hätte. Jokum öffnete den obersten Knopf und atmete aus, und gemeinsam mit diesem Mann betrat er das kleine Podium zwischen den Bücherregalen, und dort setzten sie sich in zwei rote, abgewetzte Ohrensessel. Jokum warf einen Blick aufs Publikum, und dabei fielen ihm spontan zwei Worte ein: Gefühl und Metall. Ich kann hier nicht wortgetreu das ganze Gespräch wiedergeben, wenn man es denn so nennen soll, zwischen Scott Appleford und Jokum, begnüge mich mit einem Auszug, oder einer Zusammenfassung, die auf dem beruht, was ich von Leuten gehört habe, die tatsächlich dort waren, und dem, was in einzelnen Zeitschriften wie *Spin* und *Creem* referiert wurde. Ich hoffe, ein wahrheitsgetreues und damit gerechtes Bild von dem abzugeben, was an diesem Abend im City Lights Bookshop passierte. Scott Appleford stellte Jokum auf eine geradezu generöse und sehr präzise Art und Weise vor, was den Fotografen natürlich weich und widerstandslos werden ließ. Er saß nur da und nickte. Scott Appleford hatte selbst einen ganzen Tag in der F. Gallery verbracht und wollte *The Soldier's Things* als *ein grafisches Gedicht über die Einsamkeit der Dinge* beschreiben. Das klang ja wie Musik in Jokums Ohren: *ein grafisches Gedicht über die Einsamkeit der Dinge.*

»Aber wie landet ein norwegischer Fotograf in San Francisco?«

»Meine Frau schreibt, oder schrieb, ihre Doktorarbeit an der Uni Berkeley.«

»Dann sind Sie also nur auf den fahrenden Wagen aufgesprungen, wie es in dieser Zeit die meisten Männer machen?«

»Nein, ich wollte ja auch gern hierher.«

»Wie finden Sie unsere berüchtigte, gemarterte und sündige Stadt?«

»Ich *liebe* sie, wie Sie hier sagen.«

»Und warum, wenn ich fragen darf?«

»Weil ich hier in Ruhe gelassen werde.«

Scott Appleford drehte sich kurz zu Jokum um, er lächelte, während das Publikum, zumindest der empfindsamere Teil davon, applaudierte. Jokum schaute zu Synne, sie stand ganz hinten, zusammen mit Edith, und sie erwiderte seinen Blick und nickte, nickte kaum merklich, es tat so gut, sie nicken zu sehen, plötzlich meinte Jokum, er habe alles und alle fest im Griff.

»Ihre Frau schrieb oder schreibt ihre Doktorarbeit über Edward Hopper, nicht wahr?«

»Ja.«

»Kann man davon Spuren in Ihren Fotos sehen?«

»Das ist schon möglich.«

»In welcher Form?«

»Ich interessiere mich wohl vor allem für das, was *die nähere Umgebung* genannt wird.«

Dann fuhren sie fort, genauer gesagt war es Scott Appleford, der fortfuhr, über die klassischen amerikanischen Fotografen zu reden, besonders über Ansel Adams, der Porträtist der großen Landschaften, der den Blickwinkel der Pioniere einnahm. Scott Appleford argumentierte sich hin zu folgender Behauptung: dass die Modernisten von den Details geschluckt wurden, der Enge der Gesellschaft, den kleinen Räumen, alles, was sich an uns *heftet*. Kann man sich beispielsweise eine engere Erzählung als *Der Prozess* vorstellen? Und deshalb konnte man sagen, dass die *Stadt* die Voraussetzung für den Modernismus bildet. Je weniger Platz, um sich zu bewegen, umso mehr Modernismus im Kopf. Gebirgsketten, Binnenseen und Wälder bieten genug an Einsamkeit und Vertiefung, aber nicht an Nerven und Konspiration. Gibt es in Norwegen Städte von Bedeutung?

»Kaum. Der Modernismus ist noch nicht so weit vorgedrungen. Es gibt dort zu viel Natur.«

»Wollten Sie schon immer Fotograf werden?«

»Ich habe schon ein bisschen fotografiert, als ich noch ziemlich jung war. Dann habe ich den Fotoapparat aufs Regal gelegt und lange geglaubt, ich sollte Schriftsteller werden. Aber das habe ich dann verworfen.«

»Warum?«

»Fotografieren geht schneller.«

»Kann sein. Aber viele Fotografen brauchen mehrere Jahre für ein Bild.«

»Um es zu *machen*, bedarf es weniger als eine Sekunde. Aber eigentlich bin ich auch an der Fotografie nicht sonderlich interessiert.«

»Nicht? Ein Fotograf, der nicht an der Fotografie interessiert ist?«

»Ich interessiere mich für die *Motive*. Und die Kamera ist nur mein Werkzeug.«

»Können Sie etwas über Ihre Routinen sagen? Gefällt es Ihnen am besten draußen im Feld oder drinnen in der Dunkelkammer?«

Jokum hätte jetzt gern etwas gesagt über die *Werkzeuge*, dass er eine ganz normale Leica besaß und dass er die bis zu seinem letzten Foto benutzen wollte. Ja, das wollte er. Das hätte er beschwören können. Er hätte auch etwas darüber sagen können, dass die Technologie der Fluch der Fotografie ist. Es wurde *leichter*. Bald spielen Zeit und Licht keine Rolle mehr, Zeit und Licht, die doch *die Tinte des Bildes* sind. Ein Maler dagegen benutzt heute noch Pinsel, die aus den Haaren eines Hermelins gefertigt sind. Ein Autor schreibt mit dem Bleistift auf den gleichen Papierbögen wie früher. Zu all dem hätte Jokum gern etwas gesagt, doch er erinnerte sich an Synnes Rat, oder Warnung, *antworte kurz*.

»Es gefällt mir besser, einen Fisch zu angeln, als ihn zu säubern, zuzubereiten und zu servieren.«

Scott Appleford stutzte:

»Sie vergleichen Angeln und Fotografieren?«

»Ja, beide Male geht es darum zu warten. Das ist es, was Zeit kostet.«

»Wenn Sie hier im City Lights ein Foto machen wollten, welches Motiv würden Sie sich aussuchen?«

Jokum zog den Fotoapparat aus der Tasche, richtete ihn aufs Publikum und knipste, bevor jemand auch nur seufzen konnte.

»Euch«, sagte er.

Jetzt nähere ich mich den Menschen, dachte Jokum, sah jedoch nicht Mr. Cease, der im gleichen Moment oben auf der Treppe stehen blieb und sich gegen das Geländer lehnte, den Mantel voller Regen; wieder diese negative Erfahrung, dass die Kamera die gleiche Welt im selben Moment öffnete und schloss.

»Können Sie etwas über Ihre Grundhaltung als Fotograf sagen?«

»Wer sich dazu entschieden hat, Künstler zu sein – wobei ich einfügen möchte, dass ich mich niemals so nennen würde –, weil er sich anders fühlt, der muss bald einsehen, dass er nur etwas schaffen kann, wenn er die Gleichheit zwischen sich und den anderen einräumt.«

»Ich sehe, Sie haben Ihren Camus gelesen. Können Sie dem noch mehr hinzufügen, vielleicht etwas, was aus Ihrer eigenen Brust stammt?«

»Es ist nicht so wichtig, woher es stammt. Hauptsache, es ist wichtig.«

»Es ist ein Vergnügen, sich mit Ihnen zu unterhalten, Jokum.«

»Doch, eine Ergänzung: Ich möchte mich nicht aufdrängen. Das ist auch als Mensch meine Grundhaltung.«

»Dass Sie sich nicht aufdrängen wollen?«

»Ich habe einmal meine Mutter weinen sehen. Und zwar, als sie einem Streich, der sich Versteckte Kamera nennt, ausgesetzt worden war. Das war ein Missbrauch.«

»Und das ist Ihre Grundhaltung, sowohl als Mensch wie auch als Fotograf?«

»Ich möchte, dass meine Bilder wahr sind.«

»Wahr?«

»Zumindest wahrhaftig.«

Hier nahm das Gespräch wohl eine andere Richtung, aber vielleicht hatte es das bereits von Anfang an getan, damit es dorthin steuerte, wo Scott Appleford es haben wollte. Zumindest legte er seinen Notizblock beiseite und zündete sich eine Zigarette an.

»Könnten Sie das näher erklären?«

»Nun, dass die Bilder die Welt zeigen sollen, wie sie ist.«

»Die Welt. Ist das nicht ein großes Wort für einen Modernisten?«

»Ich meine den Ausschnitt aus der Welt, den ich zeige. Den ich so zeige, wie ich ihn sehe, oder, besser: wie ich ihn sah.«

»Das ist ja etwas anderes. Das ist *Ihre* Wahrheit.«

»Außerdem bin ich kein Modernist.«

Scott Appleford lachte.

»Und ein Künstler sind Sie auch nicht. Was sind Sie dann?«

»Ein *Rhyparographos*.«

»Ein was?«

»Einer, der einfache, bodenständige Themen bearbeitet. Und ich hoffe nicht hochmütig zu wirken, wenn ich sage, dass ich lieber die Nummer eins im Alltäglichen sein möchte als die Nummer zwei im Erhabenen.«

»Im Erhabenen sind die meisten Nummer zwei.«

»Sie können mich auch einen *Finder* nennen. Ich finde Dinge. Und fotografiere sie. Ganz einfach.«

»Und Sie *fanden* also diese Dinge des Vietnamsoldaten?«

»Ja, so kann man es wohl sagen. Ich …«

»Sie haben nicht das Gefühl, sich aufgedrängt zu haben?«

»Wieso?«

»Sie stellen hier Fotos aus einem privaten Zimmer aus, in dem die persönliche Trauer fast von den Wänden fließt.«

»Das Ganze geschah im Einverständnis mit …«

»Natürlich. Ihre vorherige Serie, *Nostalgia of a Sailor*, die ich, Hand aufs Herz, als ein kleines Meisterwerk bezeichnen würde, sie wurde in der Norwegischen Seemannskirche ausgestellt?«

Jokum entspannte sich wieder. Dazu war so wenig nötig.

»Ja, der richtige Ort für genau diese Bilder.«

»Und anschließend wurden sie im *Esquire* abgedruckt. War das eine bewusste Wahl? Ich meine, das *Esquire*?«

»Mir hat das Papier gefallen.«

»Ihnen hat das Papier gefallen. Das ist gut. Früher einmal schrieben Fitzgerald und Hemingway im *Esquire,* aber das war wie gesagt früher.«

Das war keine Frage. Trotzdem antwortete Jokum:

»Ich möchte lieber auf eine Postkarte kommen als ins Moma.«

»Na, vom Moma sind Sie ja nun noch nicht eingekauft worden, aber lassen wir das. Nehmen Sie eigentlich auch Aufträge an? Beispielsweise für Werbung?«

»Nein. Ich möchte meine Freiheit behalten. Meine, wie soll ich es nennen …«

»Freiheit. Das gibt mir jedenfalls die Gelegenheit, Sie zu fragen, ob Sie uns etwas über Ihre weiteren Pläne sagen können.«

Jokum ging davon aus, dass es sich jetzt dem Schluss näherte.

»Nein«, sagte er.

»Antworten Sie immer so kurz? Oder sind das nur übliche norwegische Umgangsformen?«

»Ja.«

Doch, doch, Jokum hatte sein Publikum, sowohl Gefühl als auch Metall, in der hohlen Hand. Einer von denen, die dort waren, drückte es so aus: Er trat bis an die Türen, ohne sie zu öffnen.

Scott Appleford zündete sich eine Zigarette an. War es noch nicht zu Ende? Nein, war es nicht.

»Obwohl momentan niemand über Politik redet, möchte ich Sie trotzdem fragen: Wenn Sie Vorsitzender einer politischen Partei wären, was wäre Ihre wichtigste Aufgabe?«

Jokum taten die Achseln weh. Er erinnerte sich an die politischen Verhöre in der Gemeinschaftsküche im Studentenwohnheim, und ihn überfiel ein kalter Schauer. *Alles ist Politik.* Nirgends fand man Ruhe.

»Dass alle Bürger eine anständige Beerdigung bekommen«, sagte er.

»Eine anständige Beerdigung?«

»Ich finde, das haben wir verdient. Alles andere ist inakzeptabel.«

»Mit so einem messerscharfen Programm möchte ich das Thema Politik beenden. Würden Sie die Dinge eines Nazis genauso fotografieren?«

»Das weiß ich nicht. Eines Nazis?«

»Ja. Sie haben die Dinge eines Vietnamsoldaten fotografiert. Könnten Sie das Gleiche mit einem Nazi machen?«

»Wie gesagt, das weiß ich nicht. Ich müsste sie wohl erst einmal sehen.«

»Oder um ein anderes Beispiel zu nehmen: Die USA haben Granada vor gar nicht langer Zeit den Krieg erklärt. Wir brauchten ein bisschen mehr Selbstbewusstsein und haben das kleinste Scheißland ausgesucht, das wir finden konnten, und es in der großen Pause verprügelt. Könnten Sie das Kinderzimmer eines dieser Soldaten mit der gleichen Inbrunst fotografieren?«

»Das weiß ich auch nicht. Ich wollte nur humanisieren ...«

»Alle wissen, dass Soldaten auch Menschen sind.«

»Oder generalisieren. Worauf wollen Sie eigentlich hinaus?«

»Nun, als ich mir Ihre Ausstellung angeschaut habe, kam mir in den Sinn, dass Vergebung …«

»Ich vergebe nicht. Das ist eine moralische Übung. Ich mache Fotos. Außerdem hat er mir nichts getan.«

»Aber Sie haben schon mitbekommen, dass es gegen die Kriegsführung der USA in Vietnam einen gewissen Widerstand gibt?«

»Ich habe früher selbst den FNL-Button an der Jacke getragen. Nur um das einmal gesagt zu haben.«

»Aber ich, als *Zuschauer*, ich erlebe *The Soldier's Things* als eine Art Vergebung. Und dabei kam mir der Gedanke, dass Vergebung eine große Sünde voraussetzt, ein schweres Verbrechen, ein schlimmes *Unrecht*, um überhaupt eine Bedeutung zu haben. Und das ist als ein Kompliment gemeint, Jokum.«

»Danke. Auch wenn ich nicht verstehe, was Sie meinen.«

»Ich meine, dass es nur einen Sinn macht, eine Tragödie zu generalisieren, oder zu humanisieren, keine Farce. Granada ist eine Farce. Vietnam ist eine Tragödie.«

»Ich verstehe leider nur wenig von Politik.«

»Und daran schließt sich meine Frage an: Was streben Sie eigentlich an?«

Einen Moment lang schwieg Jokum, er traute sich nicht, Synne anzusehen, vielleicht war sie ja auch bereits gegangen, vielleicht ertrug sie es nicht, noch mehr von diesem Gerede mit anzuhören. Dann sagte er etwas, wofür er sich wirklich schämte, nicht für das, was er tatsächlich sagte, sondern dass *er* so etwas überhaupt sagen konnte, er gab doch nur an, machte sich besser, als er war.

»Ich möchte nur, dass wir die Veteranen würdigen. Ganz gleich, aus welchem Krieg sie kommen. Lebend oder tot.«

Scott Appleford brach die darauf folgende Stille.

»Ja. Sei Gott mit ihnen. Aber ich möchte noch einmal auf Hopper zurückkommen. Der amerikanische Philosoph, ja, auch wir haben so etwas, Ralph W. Emerson hat Hoppers Werk mit den Worten *alienated majesty* beschrieben. Können Sie sich darin wiederfinden?«

»Sicher ist das eine zutreffende Formulierung. Aber ich möchte mich nicht mit einem Meister wie Hopper auf eine Stufe stellen.«

»Und wenn wir schon einmal dabei sind, der Doktorvater Ihrer Frau in Berkeley ist Professor Cease, nicht wahr?«

»Ja, soweit ich weiß. Zumindest war er das.«

»Und er ist auch der Vater von Edward, dem vermissten Soldaten, dem diese Dinge gehören, die Sie fotografiert haben. Was denken Sie, wie Professor Cease das Ganze erlebt?«

»Wie schon gesagt, alles fand im Einverständnis mit der Familie statt.«

»Übrigens ist Professor Cease hier. Dann kann er ja gleich selbst antworten.«

Jokum schaute auf, und erst da bemerkte er Mr. Cease, der seinen schweren Mantel öffnete und einen Schritt näher trat, zwischen die, die auf dem Boden saßen. Er sagte mit lauter, klarer Stimme, als begänne er eine Vorlesung, die er schon des Öfteren gehalten hatte, nicht im Auditorium, aber vor dem Spiegel:

»Während Hopper immer einen gewissen Abstand zu seinen Motiven bewahrt hat und dadurch eine anständige Intimität in seinen Gemälden schuf, hat Jokumsen, um seine eigenen Worte zu benutzen, *sich aufgedrängt*. Er hat meine Gastfreundschaft ausgenutzt. Er hat diese Bilder *gestohlen*. Er hat sie aus dem Zimmer gestohlen, das meinem Sohn gehörte. Das ist, als müsste ich ihn noch einmal verlieren. Das war, als verlöre ich die Hoffnung selbst. Und meine Frau…«

Mr. Cease schwieg einen Moment lang, hob die Hand, ließ sie wieder fallen und fuhr fort:

»Und meine Frau, die bei der Ausstellungseröffnung zugegen war, sie bekam nicht einmal ein Dankeschön, ein kleines Dankeschön.«

Es war ganz still geworden. Was enthielt diese Stille? Auf welcher Seite stand sie? Das war unmöglich zu sagen. Metall und Gefühl wurden eins und sammelten sich in einem Nullpunkt, an dem die Abweisung begann. Jokum stand unter Schock. Er hatte immer

an das Gute im Menschen geglaubt, sogar bei sich selbst. Jetzt war
er sich da nicht mehr sicher. War das nun der Skandal? Hatte er
in der Zwischenzeit nur einige Umwege gemacht, wie Skandale es
gern tun, denn der Skandal ist dreckig und wünscht nicht gesehen
zu werden. Aber wenn er erst einmal da ist, will er sich allen zeigen,
schamlos und eitel. Oder war das *die Strafe*? Jokum drehte sich nach
Synne um. Es war offensichtlich, dass auch sie Mr. Cease bis zu diesem Zeitpunkt nicht bemerkt hatte, als wäre alles in geschlossenen
Kreisen geschehen, alles auf seine Art und Weise. Sie stand langsam
auf und hielt die Luft an, zumindest war ihr Gesicht unbeweglich,
verkniffen, fast nicht wiederzuerkennen, doch plötzlich lächelte sie
Jokum zu, er fand es unbegreiflich, dass sie lächeln konnte, aber tatsächlich lächelte sie durch diese Maske hindurch, die sie trug. Wie
viel Zeit war vergangen? Scott Appleford ergriff das Mikrofon und
sagte:

»Dann möchte ich damit abschließen, dass ich noch einmal Camus zitiere, nämlich dass eine Lüge immer Einsamkeit verbreitet.
Oder gibt es noch Fragen aus dem Publikum?«

Es gab keine Fragen aus dem Publikum.

An mehr konnte Jokum sich nicht erinnern, als er sich endlich
wieder im Hinterzimmer befand. Dort waren auch Synne, Edith
Fremm und Scott Appleford, die Wein einschenkten, als wäre alles
in allerbester Ordnung. Während Mr. Cease auf dem Sofa saß und
Trauben aß. Er zupfte sich die kleinen Steinchen aus dem Mund
und legte sie in eine Serviette. Wie lange hält der gerechte Zorn an?
Wann hört er auf gerecht zu sein und wird stattdessen zum Zorn der
anderen? Also war es Mr. Cease und nicht Mrs. Cease, der platzte.
Auf diese Art geben wir die Handlung aus der Hand. Wir überlassen
es unseren Nächsten, sie zu beenden. Synne ergriff das Wort.

»Könnten bitte alle mal für einen Augenblick hinausgehen, bis
auf Mr. Cease.«

Sie taten, wie ihnen geheißen worden war. In Synnes Stimme war
kein Zweifel zu hören gewesen. Sie schloss die Tür hinter ihnen.
Jokum blieb zusammen mit Edith Fremm bei den Toiletten stehen.

»Was ist passiert?«, fragte er.

»Eine Falle. Wir sind in eine verdammte Falle getappt. Scheiße aber auch.«

Jokum verbarg sein Gesicht in den Händen.

»Nie wieder«, flüsterte er. »Nie wieder. Nie wieder.«

In dem Moment wollte Scott Appleford an ihnen vorbeigehen. Edith Fremm stellte sich ihm in den Weg.

»Zufrieden?«

»Ich habe nur meinen Job gemacht, meine Liebe.«

»Ich meine mit der Tätowierung. Jetzt, wo Sie ihn nicht mehr hochkriegen.«

Scott Appleford war kurz davor, den Wein über sie zu kippen, stattdessen bespritzte er Jokum und legte den Kopf schräg wie eine theatralische alte Schrulle.

»Ach Edith, Edith. Auf welchem Niveau bewegen wir uns denn da!«

»Sie wissen nicht, mit wem Sie sich da anlegen, mein Lieber.«

»Ich mache nur meinen Job«, wiederholte Scott Appleford.

Er verschwand auf der Toilette, und dort blieb er.

Sie warteten noch eine Weile.

»Was nie wieder?«, fragte Edith Fremm.

»Nie wieder sitze ich auf einer Bühne.«

Sie nahm seine Hand, und plötzlich erschien diese Berührung persönlich und unpassend.

»Beruhige dich. Wir kriegen das schon hin.«

Jokum hatte eine Erscheinung, und in dieser Erscheinung vermischten sich die Erinnerungen an eine Soiree in der Turnhalle und an ein Jazzkonzert in der Aula, doch die Vision war dennoch vollkommen klar: Seine Bilder lagen auf dem Boden der F. Gallery, und das Publikum stand darauf, während er an der Wand hing.

»Ich meine das ernst. Ich werde zu Hause bleiben. Ab jetzt werde ich nur noch zu Hause bleiben.«

Dann kam endlich Synne heraus. Sie gab Edith einen Kuss auf die Wange, sagte etwas zu ihr, leise und schnell, legte einen Arm

um Jokum und wollte gehen, nicht fahren. Kurz fiel sein Blick auf
Mr. Cease im Hinterzimmer. Er saß immer noch auf dem Sofa, die
Hände voll mit Trauben, mit gebeugtem Rücken, der Mantel war
schwer wie eine Last. Was hatte Synne zu ihm gesagt? Jokum fühlte
sich schmutzig. Er fühlte sich von oben bis unten schmutzig, und
das war nicht gerade wenig. Leider hatte es aufgehört zu regnen.
Die Straßen glänzten in alle Richtungen. Die Dunkelheit war ein
einziger Farbmischmasch. Als sie unten am Washington Square auf
grünes Licht warteten, sagte Synne:

»Du solltest doch nicht über Politik reden.«

»Habe ich doch auch nicht. Ich habe nur geantwortet. Schließlich
hat er mich gefragt. Dieser Mistkerl.«

»Ich meine das, was du über das Moma und die Ansichtskarte gesagt hast. *Das* ist Politik. Und darüber sollst du nicht reden.«

»Entschuldige.«

»Ansonsten warst du gut.«

Jokum legte auch einen Arm um sie. Das war nicht schwer. Inzwischen fühlte er sich fast wieder sauber.

»Findest du?«

»Das finden alle.«

»Nicht Mr. Cease.«

»Vergiss ihn.«

Mehr sagte sie nicht, nichts außer *vergiss ihn*, trotzdem kam
Jokum nicht zur Ruhe.

»Und was passiert jetzt?«

»Nichts.«

»Nichts? Nach allem, was…«

»Und wenn etwas passiert, dann nur zu unserem Vorteil.«

»Woher…«

Synne lächelte, als die Ampel umschaltete.

»Ich bin deine Kuratorin, Jokum. Ich habe das geregelt.«

Sie gingen nach Hause.

In der gleichen Nacht wachte Jokum davon auf, dass er im Bett
saß. Die Geräusche der Stadt huschten leise vorbei. Vorsichtig legte

er die Wange auf Synnes Schulter und spürte die ruhigen Schläge des Schlafs, wie winzige Tropfen in ihr, und sie vermischten sich mit dem Strom draußen. Und ihm kam der Gedanke, dass alles, all das, ein Umweg war. San Francisco, die Galerie, sogar seine Bilder, das alles war ein Umweg. Ein Umweg wohin? Er wusste es nicht. Das war nicht seine Sache. Er richtete sich wieder auf.

»Können wir nicht einfach nach Hause fahren?«, fragte er.

Synne öffnete ihre Augen nicht. Vielleicht glaubte sie ja, es sei ein Traum und Jokum spreche irgendwo dort zu ihr.

»Wohin?«

»Nach Hause, Synne. Oslo. Skillebekk. In die Villa.«

»Und wie wäre es mit Sogn Studentby?«

»Von mir aus gern. Wir könnten da eine ganze Wohnung für uns allein haben.«

»Aber was sollen wir studieren?«

»Du kannst doch deine Doktorarbeit schreiben. Und ich, ich kümmre mich um dich.«

Synne lächelte im Schlaf und zog ihn näher an sich heran.

»Zuerst müssen wir das hier beenden«, sagte sie.

Jokum konnte nicht schlafen. Er schaffte es auch nicht zu arbeiten. Und Appetit hatte er auch nicht. Er musste es wissen. Er musste wissen, was Synne zu Mr. Cease gesagt hatte. Sonst konnte er nicht wie ein Mensch leben. Eines Morgens klingelte das Telefon. Synne war bereits in die Galerie gegangen, vielleicht auch auf den Markt, um Fisch einzukaufen. Vielleicht war sie aber auch einfach nur gegangen. Jokum wusste es nicht mehr. Zuerst traute er sich nicht, abzuheben. Doch das Telefon klingelte weiter. Er hätte ja auch rausgehen können. Aber dann hätte es in seinem Kopf weitergeklingelt und niemals aufgehört. Er hob den Hörer mit beiden Händen ab. Es war Ann S. Ferguson. Sie wollte nur sagen, dass sie nichts mit dem zu tun hatte, was vor Kurzem im City Lights Bookshop passiert war. Ehrenwort. Natürlich kursierten Gerüchte. Dazu waren nicht mehr als zwei Personen nötig: Einer, der es verbreitet und einer, der leugnet. Jokum glaubte ihr. Was hätte er auch sonst tun können. Außerdem, sagte Ann S. Ferguson, käme am nächsten Samstag im Magazin von *The Chronicle* eine Besprechung. Sie legte auf, bevor sie noch mehr sagte.

Ehrenwort? Wieso benutzte sie so starke Worte? Durfte er ihr auch nicht vertrauen?

Jokum war unruhig, also machte er einen Spaziergang zur Seemannskirche. Dort fand er den Pfarrer vollauf damit beschäftigt, zu packen. Sein Dienst war beendet. Zum Sommer sollte ein neuer Kapitän auf die Brücke kommen. Diese Worte wählte er. Die Zeit war gekommen. Er hatte ja fast schon angefangen, Amerikanisch zu sprechen. Deshalb war es Zeit, den Kurs heimwärts zu richten, bevor es zu spät war. Jokum gefiel das gar nicht. Er mochte keine Veränderung. *Synne* war seine Veränderung, und die genügte ihm. Er wollte nicht noch mehr Veränderung haben. Aber da war doch noch der Brief? Der Pfarrer, der plötzlich zum Pfarrer im Ruhestand geworden war, schaute zu Boden.

»Es ist zum Verzweifeln, aber ich kann ihn einfach nicht finden. Er muss ...«

»Ihn nicht finden?«

»Natürlich hätte ich dir das sagen müssen, bevor ich meinen Posten verlasse. Aber ich hoffe noch bis zur letzten ...«

»Gut, dass ich ein Foto von ihm gemacht habe«, sagte Jokum.

Der Pfarrer konnte aufatmen.

»Und ich trage ihn im Herzen! *Gottes Gnade bewahrte mich vor allem Bösen. Dem Herrn sei Lob und Preis!*«

Und während der Pfarrer aus dem verschwundenen Brief zitierte, dachte Jokum, dass es das, was man verliert, gibt, es gibt es, es gibt es immer noch. Übrigens kann ich beide beruhigen, denn den Brief gibt es auch in Wirklichkeit, nicht nur im Herzen und in den Galerien. Ich habe mich seiner angenommen.

»Ja, dem Herrn sei Lob und Preis!«, wiederholte Jokum.

Der Pfarrer hob den Blick.

»Was ist eigentlich gestern Abend in dem Buchladen passiert?«

»Das weiß ich ehrlich gesagt auch nicht so recht. Das Ganze war ein Missverständnis.«

»Ich dagegen habe gehört, dass Mrs. Cease enttäuscht war, weil ihr bei der Ausstellung niemand gedankt hat.«

»Kann sein.«

»Trotz allem ist es ihr Sohn. Auch wenn es deine Bilder sind.«

»Natürlich, aber ...«

»Und sie verdient wahrlich einen Dank. Du kannst doch nicht die ganze Zeit mit einem schlechten Gewissen herumlaufen, Jokum. Das frisst dich von innen auf.«

»Aber ich habe ihr gedankt.«

»Hast du dich auch *richtig* bedankt, Jokum?«

Jokum schaute sich um, sah all die Kartons, voll mit Büchern, Kerzenständern, Servietten, Salzstreuern, Besteck, Zeitungsausschnitten und Kreuzen. Er war ruhelos. Jetzt wurde er auch noch niedergeschlagen. Das lag wieder an diesen Dingen, die auf Wanderung waren, aber dieses Mal wurden sie zumindest vom Pfarrer begleitet.

»Richtig? Schwer zu sagen. Ich habe es zumindest versucht. Danke zu sagen.«

Der Pfarrer legte ihm die Hand auf die Schulter, selten ein gutes Zeichen.

»Du hast es schnell erreicht, Jokum.«

»Schnell? Was denn?«

»Den Erfolg. Und denk dran, was ich dir letztes Mal gesagt habe. Es darf dir nicht zu Kopf steigen ...«

»Das tut es auch nicht. Außerdem ...«

»Ich glaube dir, Jokum. Aber du darfst auch niemandem auf die Füße treten. Das macht den Erfolg nur zu einer Niederlage.«

»Ich trete doch niemandem ...«

»Weißt du was, Jokum? In zwei Tagen ist Memorial Day. Ich finde, da solltest du Mrs. Cease Danke sagen. Zeig ihr, dass du es wirklich meinst. Dass du ihr dankbar bist. Aber jetzt muss ich wohl endlich ...«

Der Pfarrer griff nach einer Bibel mit schwarzem Ledereinband. Auf dem Weg zurück holte Jokum den Anzug in der Reinigung ab und hoffte, dort nicht Dr. Q zu treffen. Das tat er auch nicht. Jetzt wohnte er schon so lange in dieser Stadt, dass er anfing, gewissen Leuten aus dem Weg zu gehen. Der Chinese strich mit der Hand über Jacke und Hose und sagte auf seine holprige Art: *Immaculate!* Als Jokum dieses Wort das nächste Mal hörte, und das war das dritte Mal, denn der Pfarrer hatte es als Erster gesagt, war es Samstagmorgen. Er wachte davon auf, dass jemand die Tür zum Schlafzimmer aufriss. Edith Fremm stand in der Tür und wedelte mit *The Chronicle.* Jokum suchte nach Synne, fand aber nur die Bettdecke.

»Ich bin nackt«, sagte er.

»Du bist *immaculate!*«

»Wo ist Synne?«

»Sie macht Frühstück für uns! Komm!«

Jokum bekam seinen Morgenmantel zu fassen und ging mit in die Küche. Und während Synne Pfannkuchen mit Sirup servierte, las Edith Fremm laut aus der Besprechung vor. Jokum wünschte, es wäre umgekehrt, dass es Synne wäre, die las, immer war es doch Synne, die laut vorlas, aber jetzt war es Edith Fremm. Das war nicht in Ordnung. Sie nahm Synnes Platz ein. Aber der Artikel blieb derselbe, egal, wer ihn vorlas. Er ging über eine Doppelseite im Magazin, und man hatte *Sweet Dreams,* das schiefe Foto von *Sports Illustrated* auf dem Boden mit der Gitarre im Hintergrund, ausgesucht. Vielleicht ist es richtiger, diese Besprechung als eine *Einführung* zu bezeichnen, eine Einführung in Jokums visuelle Demokratie, wenn man es so nennen darf. Alle, die gern lesen wollen, was Ann S. Ferguson insgesamt geschrieben hat, können das in dem großen Archiv finden. Hier möchte ich nur die Bruchstücke zitieren, die Jokum mitbekam, denn er musste feststellen, dass er ganz einfach nicht imstande war, alles aufzunehmen, etwas in ihm, von dem er nicht wusste, was das war, leistete Widerstand. Lob bringt nur dein dämlichstes Lächeln hervor. Anerkennung weckt dein Misstrauen, deinen tiefsten Verdacht: Da muss etwas anderes dahinterstecken.

War Ann S. Ferguson wirklich so positiv, so überschäumend, weil sie ein schlechtes Gewissen hatte? Trotz allem hatte sie ihn ja dazu gebracht, sich im City Lights zu präsentieren. Benutzte sie deshalb diese lobenden Worte? Hier also einiges von dem, was sie schrieb:

»The first photograph I saw by ( ) Jokum Jokumsen was **Number 949**, *a portray of a shoe in the mist on Golden Gate Bridge. The character of this photograph seemed to me perfectly located between an obviously crafted approach to abstract image planning, and, on the other hand, a realm of* **foundness**, *as though the object portrayed simply presented itself, duly, to the camera.«*

»While being rather severe and oddly impersonal in psychological tenor, they do betray a certain temperamental skew, an adge of emotion. This tension between the fortuitous and the intended creates a strange result; I can use the word **portended** *to describe their character of having preexisted their execution. It is as though their overtly composed sense is perceived so natural, so* **given**.«*

»His sensibility is naturally refined and deeply **aesthetic**.«*

»He succeeds because he needs to do what is most difficult – to acknowledge reality.«

»It is a change which reflects the artist's own maturation.«

Synne und Edith Fremm schauten Jokum an, der lange dasaß, ohne die Pfannkuchen anzurühren. Er versuchte nachzudenken. Er versuchte, klar zu denken. Schließlich sagte er:

»Reif? Bin ich seit dem letzten Mal irgendwie reif geworden?«

Edith Fremm legte ihre Hand auf seine.

»Das schreiben die Kritiker, wenn sie *überwältigt* sind und gleichzeitig versuchen, die Fassung zu bewahren.«

Synne lachte:

»Außerdem stimmt es.«

Jokum zog seine Hand zurück und sah sie an.

»Es stimmt?«

»Du hast eine bessere *Haltung* gefunden, langer Lulatsch.«

Synne gab Jokum einen Kuss auf die Wange, und er verstand, was sie meinte.

Edith Fremm stand auf und verstand gar nichts.

»Ist das die übliche Art, wie Norweger reagieren?«

Beide drehten sich nach ihr um.

»Wieso?«, fragte Synne.

Edith Fremm zeigte auf Jokum.

»Freut er sich denn überhaupt nicht? Ist er nicht glücklich? Er hat die beste Besprechung der Welt in der zweitgrößten Zeitung der Westküste. Über ihn wird in *Spin, Esquire* und *Artnews* geschrieben. Man *spricht* über ihn. Er hat einen heißen Namen. Ist er da nicht zumindest ein klein wenig *stolz*?«

»Er macht das mit sich selbst aus.«

»Dann hat er damit wohl viel zu tun, denke ich.«

»Das ist einfach unsere Art, es zu zeigen«, sagte Synne.

Jokum wischte sich Sirup von der Wange.

»Die der Dänen auch«, murmelte er.

Edith Fremm küsste ihn auf die andere.

»Ich wünschte, du könntest deine Brust etwas anschwellen lassen? Ein bisschen *cocky* sein!«

Cocky?

Der Ruhm kitzelt die Eitelkeit. Das ist wie mit dem unerfahrenen Gewichtheber vor dem Spiegel: Er trainiert nur die Muskeln, die zu sehen sind. Dadurch wird er zu schwer, fällt hin und kann nicht mehr aufstehen. Er hat sich das Rückgrat verklemmt. Und berühmt sein ist fast gleichzusetzen mit berüchtigt sein. Berühmt zu sein bedeutet nicht, gemocht zu werden, ganz im Gegenteil. Deshalb wollen die meisten Künstler lieber *bewundert* werden. Aber ein Teil von ihm, oder von ihr, sehnt sich auch nach Widerstand, nach Unverstand, nach dem herrlichen Rausch, missverstanden, ausgestoßen zu werden. Wie Albert Camus es in seinem Vortrag *Der Künstler und seine Zeit* sagte, den er an der Universität in Uppsala am 14. Dezember 1957 hielt, als er den Nobelpreis entgegennahm, und dieser Satz ist übrigens schon bei früheren Gelegenheiten zitiert worden: *Der Künstler träumt davon, den Applaus und die Buhrufe des Publikums gleichzeitig zu erleben.* Also eigentlich von dem Moment, wo es abhebt. Und diesem trivialen Ausdruck, *abheben,* wohnt bereits der Schluss inne, wie ein dunkles Versprechen, ein Schatten auf dem Grund. Alles, was abhebt, muss früher oder später landen, oder es ist einfach weg. Wobei Letzteres wahrscheinlich das Beste ist, was Scott Appleford mit Freuden unterschrieben hätte. In der folgenden Zeit kamen Anfragen aus dem ganzen Land, von der Fokal Point Gallery in Madison, Wisconsin, von der Gallery of Art in Burlington, Vermont, von der Paintbox Gallery, dem Harkness House und dem Burpee Museum, Rockford, Illinois, um nur einige zu nennen. Auch Norwegen ließ von sich hören. Die Fotogalleriet wollte gern die Chancen für eine Ausstellung diskutieren. Synne sagte, ihr könnt mich mal. Sie hatten ihre Chance gehabt und sie nicht genutzt. Jetzt mussten sie sich hübsch in die Schlange stellen. Jokum sah seine Frau kaum. Sie plante, zusammen mit Edith. Sie kümmerte sich. Er selbst lief umher, wartete und hatte keine Ahnung, auf was er wartete. Er machte es nicht mit sich selbst aus, er lief herum und kam nicht weiter. Eines Tages blieb er zwischen The Sentinel Building und der Transamerica Pyramid stehen, mitten zwischen Erdbeben und Kapital, blieb stehen und lauschte. Der Lärm wurde ihm bewusst. Natürlich hatte er ihn schon früher gehört, jeden einzelnen Tag, seit sie hergekommen waren, hatte er ihn gehört, aber erst jetzt wurde ihm der Lärm in all seiner Grausamkeit bewusst und wurde zur akustischen Tatsache. Es war nicht der Verkehr, der ihn quälte, die Sirenen, die Rufe, auch nicht die Musik aus den vielen Ghettoblastern, es war das amerikanische Lachen. Er gewöhnte sich nicht daran. Das amerikanische Lachen war außerhalb jedes bekannten Repertoires; es war kein Zeichen von Freude oder Überlegenheit, es war kein Versuch, die Schüchternheit zu verbergen, und es entstand nicht als natürlicher Ausbruch nach einem guten Witz oder einem komischen Auftritt, das, was die Philosophie *das Niesen der Seele* nennt. Das amerikanische Lachen war der reine Wille. Und weil die Amerikaner gern Willensstärke zeigten, war es laut, sehr laut, es war eine Explosion im Gesicht, und keiner wusste, wann sie kam. Jokum dachte an das Bild, das er auf der Hochzeitsreise gemacht hatte, als sie an der Tankstelle angehalten hatten, um anzurufen; er hatte es *Rage* genannt. Vielleicht musste er den Titel ändern. Vielleicht lachte der Junge auf der Kühlerhaube ja nur? Was ihn wiederum an Mrs. Cease denken ließ, an ihr Lächeln im Coupé, das in der Dunkelkammer an die Oberfläche des Mundes aufgestiegen war. War es wirklich ein Lächeln? Vielleicht war das Lächeln die Fratze der Wut. Vielleicht hatte er alles missverstanden. Er musste herausfinden, was Synne an dem Abend im City Lights zu Mr. Cease gesagt hatte. Dann vergaß er den 17. Mai, den norwegischen Nationalfeiertag, und erinnerte sich stattdessen an den Memorial Day. Es war schon seit langer Zeit Sommer, lauer Wind, Segelboote in der Bucht, Dr. Q lag auf seiner Terrasse, wieder wie ein Hippie gekleidet. Jokum wollte spazieren gehen. Synne hatte keine Zeit. Sie arbeitete an den neuen Katalogen. Er ging hinunter zur Main Post, wo die Parade begann. Eine andere Art von Geräuschen: The 191st. Army Band. Messing und Sonne. Dieser Tag hatte etwas an sich. Es schien, als hätten sich alle Krieger an ihm versammelt, sich von ihrer Bürde befreit, aufgeschwungen zur Leichtigkeit. Die Soldaten waren von ihren Lasten befreit. Sie durften abtreten. Leute, die Jokum nicht kannte, grüßten ihn. Zuerst wurde er verlegen, bald wusste er es zu schätzen. Er folgte dem Zug zum National Cemetry. Die weißen Kreuze ähnelten einer Stickerei, der Saum des Todes in der Kriegsuniform. Da entdeckte er Mrs. Cease. Nach ihr hatte er doch die ganze Zeit Ausschau gehalten. Sie stand allein im Menschenstrom, den sie an sich vorbeigleiten ließ. Sie war gut gekleidet und trug einen dünnen Schleier vor dem Gesicht, oder waren das nur Schminke und Trauer? Jokum nahm all seinen Mut zusammen und ging zu ihr.

»Es tut mir leid, dass wir vergessen haben, Ihnen zu danken«, sagte er.

Sie sah ihn an, fern und sanft.

»Mir zu danken?«

»Bei der Eröffnung. Wir hätten Ihnen danken müssen. Schließlich war es ja Ihre Schuld, ich meine, Ihr Verdienst, dass ...«

»Aber du hast mir doch gedankt, Jokum. Erinnerst du dich nicht?«

»Dann möchte ich mich noch einmal bedanken. Ordentlich.«

»Ordentlich? Hast du das letztes Mal nicht getan?«

»Wenn ich Sie auf irgendeine Weise verletzt habe oder Ihren Schmerz habe größer werden lassen, als er schon war, dann tut mir das aufrichtig leid.«

Mrs. Cease wandte sich den Kreuzen zu, vor denen Frauen knieten und Blumen auf den grünen Boden legten.

»Es wäre besser, wenn ich wüsste, dass er tot ist. Dann hätte ich ein Grab statt das hier, diese Hoffnung.«

»Ich dachte, die Hoffnung war ...«

»Nein, Jokum. Die Hoffnung ist nicht besser. Die Hoffnung zerstört dich. Zum Schluss wirft sie nur noch Schatten. Alles verwelkt. Zu hoffen ist nur eine andere Form von Verschwinden.«

Jokum schaute zu Boden, für einen Moment geblendet.

»Ist denn Mr. Cease nicht ...«

»Er ist fertig mit Aufräumen. Jetzt haben wir also ein freies Zimmer. Aber in einem leeren Zimmer ist für nichts Platz. Hast du dir das auch schon mal überlegt?«

Mrs. Cease wandte sich wieder Jokum zu, bevor er antworten konnte:

»Übrigens hat er mir alles erzählt. Es tut mir leid, dass du an dem Abend alles abbekommen hast.«

»Das macht nichts.«

»Aber du sollst auch wissen, dass das, was Synne sagt, nicht stimmt.«

»Was meinen Sie?«

»Wessen sie ihn beschuldigt. Aber es ist schwer für ihn, sich zu verteidigen. Was wäre, wenn ich dich der gleichen Dinge beschuldigen würde? Nein, das würde sowieso niemand glauben!«

Mrs. Cease hielt sich die Hand vor den Mund, fast schluchzte sie. Jokum spürte einen Hauch von Alkohol, ihr Schleier hob sich. Dann schob sie den Arm unter seinen.

»Wollen wir ein Stück zusammen gehen?«

»Das können wir gern.«

Sie gingen mit der Sonne im Rücken.

»Hast du deinen Apparat gar nicht mit?«

»Nein. Ich dachte, es ist besser, wenn ich die Leute heute mal in Ruhe lasse.«

Später am Abend saß Jokum am Küchentisch, er hatte die Gardinen vorgezogen. Synne war im Schlafzimmer und arbeitete immer noch. Briefe mussten geschrieben und Antworten verschickt werden. Dann rief sie nach ihm. Er fasste einen Beschluss. Er kam nicht. Schließlich kam sie.

»Jokum!«

»Ja.«

»Ich habe nach dir gerufen. Es geht um …«

»Was hast du zu Mr. Cease gesagt?«

»Darüber brauchst du dir keine Gedanken zu machen.«

»Ich mache mir aber Gedanken darüber.«

»Er wird uns keine Probleme mehr machen.«

»Wessen hast du ihn beschuldigt?«

»Ich habe nur seine eigenen Worte über Hopper benutzt.«

»Welche Worte?«

»Anständige Intimität. Ich habe nur schnell gefragt, ob er der Meinung ist, dass *seine* Intimität genauso anständig war.«

Jokum stand auf, eigentlich wollte er gar nicht mehr wissen.

»Und – ist das wahr?«

»Wieso wahr? Es war eine Frage. Eine Frage kann nicht wahr sein.«

Synne ging zurück ins Schlafzimmer, und Jokum hörte, wie sie die Tür schloss. Er setzte sich wieder hin und dachte über die Worte nach, die Mrs. Cease benutzt hatte, *leeres Zimmer, Schatten, verwelken*. Wie konnte er fotografieren, was in ihrer Sprache, in ihrem Lebenslauf, auf eine so exakte und so loyale Art und Weise ausgedrückt wurde? Eine Vase, nur mit Wasser gefüllt? Ein Telefon, das von einem toten Baum hängt? Ein Schlüssel auf dem Grund eines Sees? Nein, das waren nur Umwege, Metaphern, Gaukelei. Und er erkannte, dass Synne sich irrte. Es gibt wahre Fragen. Die Antworten sind die Lügen. Seine Bilder sollten wahre Fragen sein.

Vorläufig hielt Jokum sich an das, was er versprochen hatte: nie wieder. Synne versuchte auch gar nicht, ihn zu überreden. Damit konnte er leben. Edith Fremm und Synne gingen mit *The Soldier's Things* auf Tournee. Die Serie wurde in acht Galerien in fünf verschiedenen Staaten gezeigt. Sie wurde ein Erfolg. Das Publikum strömte herbei, ein zu dieser Zeit fast unerhörtes Phänomen für eine Fotoausstellung. Was natürlich an den Motiven lag. Nein, es lag vielmehr an allem, was das Publikum über die Motive wusste, dass die Dinge einem vermissten Soldaten gehörten, denn wären sie sonst interessiert an einem Foto von einer Sportzeitschrift, einer Gitarre, einem Paar Hausschuhe, einem Atlas, einem Autoschlüssel, ganz gleich, wie gut es auch war? Ein Kritiker in Wisconsin bezeichnete Jokum als *den Fotografen des Zurückgelassenen* und zitierte das, was Jokum im City Lights Bookstore gesagt hatte: *Ich möchte die Veteranen würdigen.* Ich bin da schief rausgekommen, dachte Jokum, ich muss wieder reinkommen. In dieser Periode, während Synne fort war, machte er nur ein einziges Foto. Er ging in der Gegend spazieren, in der die Häuser *Painted Ladies* genannt wurden. Diese geschwungenen, viktorianischen Fassaden, in blau, gelb und weiß, gefielen ihm, und er war sich sicher, dass auch sein Vater sie gemocht hätte. Sie zogen das Licht an sich und sammelten es in den Fenstern und auf den flachen Treppen, die zu den Eingangstüren führten. Jokum wurde von einer heftigen Sehnsucht gepackt. Für einen Moment schien es, als hätte er etwas verloren, nein, *jeman-*

den, jemanden, ohne den er nicht leben konnte, und damit konnte er nicht leben. Er musste sich augenblicklich auf einen Zaun setzen, und da sah er das Motiv, einen Wäscheständer in einem der kleinen Gärten, und das Einzige, was daran hing, das war ein Schnürsenkel, ein schwarzer Schnürsenkel. Er holte die Kamera heraus und fand die richtige Position. Er musste den Himmel mit drauf haben, eine Wolke, es ist die Wolke, die den Himmel sichtbar macht. In dem Moment, als er das Foto machte, ließ eine Windböe den Ständer sich in einem langsamen Kreis drehen, mit dem Schnürsenkel im Schlepptau sozusagen, und die ersten Blätter fielen von den Straßenbäumen. So lange war Synne fort gewesen. Jokum erinnerte sich an ein Lied, das sie zusammen in einem Taxi gehört hatten, und eine Zeile aus ihm wurde zum Titel für dieses Bild: *every step you take*. Jokum freute sich auf seine Arbeit mit dem Foto. Er glaubte auf der richtigen Spur zu sein. Da war etwas mit dem *Unwesentlichen* des Motivs, das gleichzeitig geheimnisvoll war. Aber man musste nicht mehr wissen, um es zu verstehen. Man musste nicht wissen, wer den Schnürsenkel zum Trocknen aufgehängt hatte. Man brauchte ihn nur zu sehen. Jokum fand, das Bild ähnelte einer wahren Frage. Am gleichen Abend rief Synne an. Sie bat ihn, nach New York zu kommen. Jokum wollte nicht nach New York. Er wollte arbeiten. Sie bestand darauf. Es war die Rede von einem Termin, über den sie nicht am Telefon sprechen wollte. Sie würden darüber reden, wenn er nach New York kam. Jokum lachte. Nicht am Telefon sprechen? Ist es geheim? Ja. Es ist geheim. Dann könnten sie doch darüber reden, wenn sie nach Hause kam. Außerdem konnte sie von ihm aus gern allein zu dem Termin gehen. Schließlich war sie seine Kuratorin. Willst du mich nicht sehen?, fragte Synne schließlich. Dagegen konnte Jokum nichts sagen. Die Tickets lagen für ihn am United-Schalter bereit. Jokum legte auf und dachte, wenn auch zu spät: *Sie ist schwanger.* Jetzt stimmt etwas nicht, und sie müssen zum Arzt gehen. Er wollte sie zurückrufen, wusste aber nicht, wo er anrufen sollte. Da fiel ihm ein Sketch von Storm P. ein: *Es sollte ein Telefonbuch für alle falschen Nummern geben.* Diese Nacht schlief er nicht.

Er packte. Er erinnerte sich an etwas, das Astrid Sager gesagt hatte, etwas in der Richtung, mit leichtem Gepäck zu reisen. Er legte Unterwäsche, Strümpfe, ein sauberes Hemd, die Kulturtasche und den Magneten in den kleinsten Koffer. Vielleicht war ja auch alles in Ordnung. Aber dann hätte Synne das doch wohl gesagt? Am nächsten Morgen nahm er ein Taxi zum Flughafen, holte die Tickets ab, checkte ein, und eine Stunde später saß er in der ersten Klasse, mit einem Glas Champagner, das er nicht anrührte, hoch über den weißen Wolken, wo man den Himmel nicht sehen kann. Er hätte lieber in der letzten Klasse gesessen, auf dem Weg zu guten Nachrichten. Sie erwartete ihn in der Ankunftshalle vom J. F. Kennedy-Airport. Sie umarmten sich eine ganze Weile. Sie war dünner geworden. Er übrigens auch. Dann ließ sie ihn los. Eine schwarze Limousine mit getönten Scheiben stand draußen bereit. Die Sitze waren breit und tief. Der Fahrer trug eine Uniform. Synne drückte auf einen Knopf, und eine Glasscheibe trennte den hinteren Innenraum vom vorderen. Es wurde noch stiller. Sie wusste kaum, wo sie anfangen sollte.

»Bis jetzt ist alles gut gegangen, sehr gut, du kannst ...«

»Bist du schwanger?«

»Was? Warum fragst du das?«

»Nein, ich dachte nur ...«

»Ich bin nicht schwanger. Vergiss es. Mein Gott. Wir ...«

Jokum wusste nicht, ob er enttäuscht oder erleichtert war. Er hätte erleichtert sein sollen. Er hätte dankbar sein sollen. Es war alles in Ordnung.

»Worum geht es dann?«

»Das versuche ich dir ja gerade zu erzählen. Mit *The Soldier's Things* ist es so gut gelaufen, dass wir das Angebot für einen Auftrag haben, der ...«

»Ich nehme keinen Auftrag an.«

»Ich weiß, Jokum. Aber du kannst doch nicht wissen, ob du ihn annehmen sollst, bevor du weißt, was du da ablehnst? Oder?«

New Yorks Skyline kam entlang des Hudson zum Vorschein, ein Relief aus Licht und Schatten, das architektonische Kardiogramm der Stadt. Es war schön. Es war von Menschenhand geschaffen. Jede einzelne Linie war gezeichnet worden. Jeder einzelne Stein war in diese Höhen hochgetragen worden. Aber Jokum war nicht beeindruckt. Amerika hatte etwas mit ihm gemacht. Er konnte nicht mehr wirklich beeindruckt sein. Eher im Gegenteil. Je kleiner etwas war, umso größer die Begeisterung, wie beispielsweise bei einem Schnürsenkel. Dennoch fand er, Synne übertrieb. Er fühlte sich unwohl. Er fühlte sich übertrieben.

»Können wir uns das leisten?«

»Was?«

»Die erste Klasse. Einen eigenen Wagen. Mit Fahrer.«

»Das bezahlen nicht wir, Jokum.«

»Bezahlt Edith das? Die F. Gallery …«

»Das bezahlt der Auftraggeber.«

»Dann hast du also schon zugesagt? Hast du?«

»Selbstverständlich nicht. Wie kannst du so etwas glauben?«

»Tut mir leid. Übrigens – wo ist Edith?«

»Edith Fremm ist nach Hause gefahren. Nach San Francisco.«

»Warum das?«

»Vielleicht brauchen wir sie nicht mehr.«

»Wir brauchen sie nicht mehr?«

Synne lehnte sich an seinen Arm.

»Hier geht es nur um uns beide, Jokum. Und weißt du was?«

»Nein. Was denn?«

»Ich glaube, du wirst dem Auftrag zustimmen.«

Die Sache war die: Sie sollten einen Mann treffen, der eine Anfrage an Synne geschickt hatte, nachdem er *The Soldier's Things* in Baltimore gesehen hatte. Er repräsentierte eine Gruppe, die sich *Black Pyjamas* nannte, eine Gruppe von Vietnam-Veteranen. Er wollte, dass Jokum ein Foto von ihnen machte. Der Fahrer hielt Ecke Madison Avenue und 63rd Street. Es war Regen in der Luft. Ein Türsteher stand mit einem Regenschirm bereit. Er führte sie hinein ins The Lowell, ein diskretes, gedämpftes Hotel, fünf Sterne. Synne gab dem Portier ihre Karte, und er brachte sie in The Pembroke Room im ersten Stock. Dort wurden sie zu einem Tisch am Fenster geleitet. Durch die dünnen Gardinen sahen sie die amerikanische Flagge, sie wickelte sich um den Mast über dem Eingang. Ansonsten: Herbstblumen in chinesischen Vasen, Damast, Silberteile, Nippes, Kerzenständer, Spiegel. Das Ganze ähnelte einer schönen Kopie. In einer Ecke saßen zwei Männer und lasen jeder einen Teil der The New York Times. Eine ältere Frau mit einer Frisur, die an blaue Zuckerwatte erinnerte, trank Kaffee und aß Muffins mit den Fingern, während ihre Zigarette im Aschenbecher lag und in dem bernsteingelben Mundstück vor sich hin qualmte. Ein Ehepaar mit zwei Töchtern sagte nicht ein Wort. Sieben Zitronen lagen in einer schwarzen Schale. Synne hatte sie auch gesehen, ein Stillleben, zusammen mit dem Oberkellner, der wie tot im Hintergrund stand, die Hände auf dem Rücken. Der Kellner, mit weißer Jacke und Pferdeschwanz, schenkte ihnen Eiswasser in die Gläser, Jokum fühlte sich umgeben von Bildern, Ausschnitten, Arrangements. Er wollte schon seine Kamera herausholen. Da kam ein Mann mittleren Alters auf ihren Tisch zu, mit Synnes Visitenkarte in der Hand. Wo kam er her? Jokum hatte ihn nicht kommen sehen. Er war einfach aufgetaucht, ein schmächtiger, blasser Mann mit schütterem Haar, *schwach* war der erste Eindruck. Synne wollte aufstehen, was ihr Gast mit einer höflichen, aber entschlossenen Bewegung abwehrte, um sich selbst zu setzen. Der rosa Empiresessel betonte die graue Symmetrie dieses fremden Mannes. War das ein Veteran? Irgendetwas störte sein Gleichgewicht. Und als er die Hände auf den Tisch legte, sah Jokum schließlich, was es war. Das letzte Glied des rechten Zeigefingers fehlte. Er stellte sich nicht vor, schob nur einen maschinengeschriebenen Briefbogen und einen Kugelschreiber zu Synne hinüber.

»Ich möchte, dass Sie das unterschreiben, bevor wir anfangen.«

»Und was ist das?«

»Nur eine Bestätigung, dass dieses Treffen nie stattgefunden hat, für den Fall, dass wir uns nicht einig werden. Also eine reine Formalie.«

Synne zögerte einen Moment lang. Dann schrieb sie ihren Namen auf die gestrichelte Linie. Der Mann faltete das Papier zusammen, schob es in die Innentasche und wandte sich dann Jokum zu.
»Wir schätzen das, was Sie gesagt haben. Dass Veteranen mit Würde behandelt werden sollen. Aber dabei ist es nicht unbedeutend, aus welchem Krieg sie zurückkommen. Es ist nur ohne Bedeutung, was sie getan haben. Und uns gefallen Ihre Bilder. Wir respektieren Sie. Deshalb wünschen wir uns, dass Sie für uns arbeiten.«

Jokum spürte ein heftiges Unbehagen, er musste Wasser trinken, bevor er reden konnte. Das Eis tat an den Zähnen weh.

»Für Sie? In welcher Form?«

Der Mann lächelte.

»Vielleicht gehe ich zu schnell voran, aber ich wollte mich nur vergewissern, dass wir uns verstehen. Verstehen wir uns?«

Jokum schaute schnell Synne an, die nickte.

»Ja.«

Das Lächeln des Mannes erlosch.

»Gut. Ich repräsentiere also The Black Pyjamas. Ob ich zu der Gruppe gehöre oder nicht, spielt keine Rolle. Sehen Sie mich als Mittelsmann an, einen Boten. Dennoch sage ich *wir*. Und wir waren eine Geheimtruppe in Vietnam zwischen 67 und 69. Die meisten kamen nicht zurück. Und die, die es taten, zumindest die Lebenden, die gibt es nicht.«

Jokum beugte sich über den Tisch vor, er konnte seinen Blick nicht von dem fehlenden Fingerglied abwenden.

»Die gibt es nicht?«

»Wir sind aus den Archiven gestrichen worden. Aus den Büchern. Unsere Korrespondenz ist geschreddert worden.«

»Warum?«

»Weil keiner sich zu uns bekennen will. Wir mussten Dinge tun, von denen niemand etwas wissen wollte.«

»Was denn?«

»Das wollen Sie lieber nicht wissen. Aber wollen Sie sich zu The Black Pyjamas bekennen?«

»Wie sollte ich das tun?«

»Indem Sie uns fotografieren, Jokum. Ist es in Ordnung, wenn ich Jokum sage?«

»Ja. Das ist ...«

»Gut. Sie haben natürlich vollkommen freie Hand. Abgesehen davon, dass wir schrecklich eitel sind.«

Der Mann lachte, wandte sich wieder Synne zu und legte einen Briefumschlag vor ihr auf den Tisch.

»Das ist ein kleiner Vorschuss. Und wir sind sehr großzügig. Wenn es um Leute geht, die wir mögen. Und ...«

Jokum nahm all seinen Mut zusammen, er hörte, wie seine Stimme den Fremden unterbrach:

»Warum soll ich Sie fotografieren?«

Der Mann blieb einen Moment schweigend sitzen, während das Lachen zwischen den Herbststräußen erstarb, er schaute auf den verstümmelten Finger.

»Ist das nicht offensichtlich? Sie sollen zeigen, dass es uns gibt!«

Dann stand er auf.

»Wir melden uns, wenn es so weit ist. Ansonsten steht Lowell zu Ihrer Verfügung. Noch einen interessanten Abend in New York.«

Der Mann verließ The Pembroke Room.

Jokum wollte keinen interessanten Abend in New York verbringen.

Auf dem Weg hinaus zum JFK bat Synne den Fahrer, am Moma, dem Museum of Modern Art, in der 54. Straße, anzuhalten. Sie lief hinein und gab eine Mappe mit Silberabzügen von *Nostalgia of a Sailor* bei der Rezeption ab. So lief das zu der Zeit. Wer wollte, konnte dort Bilder hinterlegen. Jokum erschien das Museum wie eine andere Art von Pfandleihe, man gab seine Arbeit zunächst voller Hoffnung ab, und wenn es echte Ware war, in Ehren, wenn nicht, beschämt. Sie flogen noch am gleichen Abend zurück nach San Francisco.

Es vergingen mehrere Monate, bevor sie etwas hörten.

Vielleicht haben einige bemerkt, was ich alles *nicht* erwähnt habe: Fernsehen, Kino, Restaurants, Konzerte. Der Grund dafür: Jokum und Synne hatten keinen Fernseher, und ansonsten hatten sie genug aneinander. Wenn Jokum nicht auf den Straßen unterwegs war und auf ein Bild wartete, blieb er zu Hause, und am liebsten in der Dunkelkammer. Synne ging es genauso. Und nach dem Bruch mit Edith Fremm, was immer auch der Grund dafür gewesen sein mochte, gab es niemanden, mit dem er Synnes Aufmerksamkeit teilen musste, abgesehen von denen, die *seine* Aufmerksamkeit wünschten, Zeitschriften, Galerien, Agenten, Käufer. Jokum hatte das in einer Nacht ja schon vor sich gesehen: Sie, nur sie beide, befanden sich in einem Abteil oder einer Kabine. Aber er wusste immer noch nicht, wohin sie auf dem Weg waren. Was Freunde betraf, so hatte Jokum nie einen Bekanntenkreis gehabt. Er hatte nie einen *Freund* gehabt. Seine Klassenkameraden pflegten immer zu sagen: *Wir treffen uns bei Jokum.* Da kam es zu keinem Irrtum. Doch dann gingen sie ihrer Wege und ließen ihn stehen. Ein grundlegendes Gefühl von Einsamkeit, oder besser gesagt, von *Isolation*, verließ ihn nie; Ruhm und Nachfrage änderten nichts daran. Aber jetzt waren sie zu zweit. Sie hatten in diesem Traum eine Doppelkabine gebucht. Und sie reisten Erster Klasse. Ich wäre gern sein Freund geworden, sein Vertrauter. In Sogn Studentby hatten wir nicht genügend Zeit, denn es braucht seine Zeit, Freunde zu werden, wenn man die zwanzig erreicht hat. Man kann problemlos das Grundfach in einem Semester schaffen, aber keine Freundschaft. Ist man jedoch acht oder zwölf Jahre alt, genügen eine Bewegung, ein Blick, um einen Pakt zu besiegeln, der ein Leben lang andauern kann. Vielleicht war es auch nur Synne, die damals im Weg stand. Als wir uns das nächste Mal begegneten, im Løkke Sanatorium, waren die Umstände jedenfalls so, dass wir weder auf eigene noch auf die Gefühle anderer Rücksicht nehmen konnten, auch wenn ich gern glauben würde, dass wir uns in diesem unheilschwangeren Viertel unseres Lebens näher kamen. Aber ich habe den Faden verloren. Krawalle, Attentate, Filme, Moden und Katastrophen rauschten an Jokums Haus vorbei. Er war ein Bürger ohne Portefeuille, um es so zu sagen. Man hätte ihm das Wahlrecht wegnehmen können, er hätte es nicht bemerkt, was übrigens gar nicht nötig gewesen wäre, denn Jokum hatte kein Wahlrecht. Er war dänischer Staatsbürger, nach seinem Vater, und durfte deshalb nicht an der norwegischen Parlamentswahl teilnehmen. Er durfte auch nicht für das Parlament in Dänemark abstimmen, weil er den größten Teil seines Lebens im Ausland, sprich Norwegen, gelebt hatte. *Jokum war geboren und aufgewachsen im Ausland.* Vielleicht prägte ihn das. Kann sein. Es unterstreicht seine Position als *fremd.* Aber mein Anliegen ist vielmehr zu hinterfragen, ob es möglich ist, als ein Künstler zu wirken, ein Titel, von dem wir wissen, dass Jokum ihn nicht akzeptierte, *sinnvoll* zu wirken, wenn man der Gesellschaft den Rücken zuwendet? Ja, denn es ist ganz einfach unmöglich, der Gesellschaft den Rücken zuzuwenden. Dann kommt stattdessen die Gesellschaft um die Ecke und schaut dir trotzdem in die Augen. Die Gesellschaft lässt dich nicht einfach gehen, nicht, solange du noch nicht tot bist, und dann nur mit Mühe. Du kannst in die Wüste ziehen, beispielsweise nach Joshua Tree, wie es viele in dieser Zeit taten, und von Kakteen und Insekten leben, aber eines Tages, früher oder später, kreuzt ein Flugzeug über den Himmel und zieht ein Tau aus Gift durch deinen eingetrockneten Traum. Das ist die Gesellschaft. Es ist die Gesellschaft, die sich meldet. Und so fand die Gesellschaft auch ihren Weg in seine Bilder, ob er es nun wollte oder nicht. Lasst es mich deshalb so formulieren: Jokums Anachronismus hatte auch seine Zeit.

Trotzdem muss ich eine Episode aus Jokum Jokumsens zurückgezogenem, privatem Dasein in San Francisco erwähnen. Ich meine, was soll man davon halten: Weihnachten näherte sich, und er ging in die Norwegische Seemannskirche, um eine Tube Kaviar zu kaufen. Vor ihm am Kiosk stand ein Mann in Sportkleidung. Als dieser Mann seine Ware erhalten hatte, eine Freya Milchschokolade, und gehen wollte, sah Jokum, wer das war. Der Vikar aus der Fagerborg Kirche, der Huberts Beisetzung ausgerichtet hatte. Jokum bereute seinen Wunsch nach Kaviar und versuchte wegzukommen, bevor auch er wiedererkannt wurde, doch das gelang ihm nicht. Wie schon gesagt, er war nicht für einen diskreten Rückzug geschaffen. Der Vikar, oder der Pfarrer, streckte die Hand aus, und damit war es zu spät.

»Jokum. Jokumsen! Ich habe so viel von Ihnen gehört. Von allen Ihren Erfolgen. Und von Synne. Von Synne und Ihnen. Wie schön, Sie hier in unserer Kirche zu treffen. Ich bin der neue Seemannspfarrer.«

»Danke. Ja, und herzlich willkommen.«

»Ja, das sind große Fußstapfen, die man da ausfüllen soll, da muss ich noch ein bisschen wachsen.«

»Das ist wohl das Beste.«

Der Pfarrer brach ein Stück Schokolade ab, schob es sich in den Mund und lutschte lange daran, bevor er zu kauen begann.

»Wissen Sie … wissen Sie was, Jokum?«

»Nein. Was?«

»Die Rede, die Sie damals gehalten haben, die war etwas ganz Besonderes. Und ich habe sie nicht vergessen, wenn Sie das geglaubt haben.«

»Ich glaube fast, ich habe es aber. Sie vergessen, meine ich.«

»*Das Leben ist kein Traum. Der Tod, er ist ein Traum.*«

»Habe ich das tatsächlich gesagt?«

»Und ich habe viel über diese Worte nachgedacht. Aber es war ja auch ein ganz besonderer Anlass. Und ich bin froh, dass ich dabei sein durfte. Ja, ich möchte behaupten, dass ich als Mensch dadurch gewachsen bin.«

»Tatsächlich? Wieso?«

»Ich glaube, alle unsere Erfahrungen machen uns größer, Jokum. Im Guten wie im Schlechten. Aber sagen Sie, wie geht es Synne?«

»Ihr geht es gut, danke.«

»Ja, jetzt sind Sie ja ihr Hamster.«

Jokum wusste nicht so recht, ob er richtig gehört hatte. Hatte er aber. Dass jemand so redete. Dass jemand so mit ihm redete. Und dann auch noch ein Pfarrer, der Seemannspfarrer. An das Gute im

Menschen zu glauben war ein Missverständnis. Er war sich seiner Sache jetzt sicher. Es war nur ein Wunsch, die Hoffnung, dass alle gut sein mögen. Das waren sie nicht. Er sollte damit aufhören. An das Gute zu glauben. Die Menschen waren nicht gut. Er wollte auch nie wieder Kaviar aus der Tube essen. Nein, das musste ein Scherz gewesen sein, genau genommen ein schlechter Scherz, aber trotz allem ein Scherz. Wobei religiöse Leute nur selten Humor haben. Überzeugte Menschen haben überhaupt kaum welchen. Wohingegen sie an einem großen humoristischen Defizit leiden. Wenn sie lachen, wird ihr Lachen amerikanisch. Dann ist Gefahr im Verzug, aber wie dem auch war, Jokum musste etwas erwidern. In dem Moment klingelte es, es klingelte bei dem Pfarrer, ein kräftiges, mechanisches Geräusch. Jokum zuckte zusammen. Lief der Pfarrer mit Kirchenglocken in der Tasche herum? Dieser hob abwehrend die Hand, noch bevor Jokum etwas sagen konnte, er holte ein viereckiges Teil heraus, einen schwarzen Apparat mit Antenne, das Ding hatte geklingelt, er stoppte das Klingeln, drückte sich diesen Apparat ans Ohr und begann laut und aufdringlich in einer Mischung aus Englisch und Norwegisch zu sprechen. Und in dem Augenblick hatte er Jokum schon vergessen, der nach Hause ging, ohne Kaviartube und trüben Gemüts. Synne fand ihn in der Küche.

»Hast du keinen …?«

»Nein.«

»Hatten sie keinen? Bestimmt kriegen sie eine neue Lieferung vor …«

»Sie hatten welchen. Aber ich bin gestört worden.«

»Gestört?«

»Ich werde niemals wieder in die Seemannskirche gehen. Niemals.«

»Warum nicht?«

»Ich habe den neuen Pfarrer getroffen.«

»Ach ja? Und der hat dir nicht gefallen?«

»Das ist derselbe, der Huberts Beisetzung geleitet hat.«

Synne setzte sich.

»Stimmt das wirklich?«

»Und weißt du, was er gemacht hat? *Weißt* du, was er gemacht hat?«

»Nein, das weiß ich nicht. Mein Gott, was hat er gemacht?!«

»Er… er hat in einen Apparat gesprochen… ein Telefon ohne Kabel. In ein Telefon, das er in der Tasche seines Trainingsanzugs hatte und das nach ihm geklingelt hat.«

Synne schaute lange diesen ihren Mann an, und Jokum erwiderte ihren Blick im Vorbeihuschen, denn momentan wollte er möglichst woanders hinschauen. Sah sie den Hamster?

»Das war sicher ein Dr. Mark Cooper Cellphone«, sagte sie.

»Ein was?«

»Ein kabelloses Telefon.«

»Du kennst so was? Du weißt, was das ist?«

»Bald werden alle eins haben. Alle, die es sich leisten können.«

»Das ist nicht in Ordnung. Einfach in die Luft hinein reden. Er hat einfach in die Luft hinein geredet.«

»Er hat ins *Telefon* gesprochen, Jokum. Du kannst es mitnehmen, wohin immer du willst, und anrufen, und wer immer will, kann dich anrufen.«

»Aber woher wissen die, wo du bist?«

Synne kam um den Tisch herum und setzte sich auf seinen Schoß.

»Du hast gar nicht gefragt, was in dem Umschlag war.«

»Ich will es auch gar nicht wissen.«

»Geld. Viel Geld. Und das ist erst die Hälfte. Und ich fordere gar nicht, dass du es für Geld machst. Denn das brauchst du nicht.«

»Ich weiß nicht, ob das richtig ist.«

»Richtig? Zumindest ist es nicht *falsch*. Sieh es als eine Trilogie an. Zuerst *The Soldier's Things*. Dann *Black Pyjamas*.«

»Trilogie? Das sind zwei. Was ist das Dritte?«

»Das wissen wir noch nicht, Jokum.«

Eine Zeit lang saßen sie schweigend da. Sie strich ihm durchs Haar.

»Wir können ein Dr. Mark Cooper Cellphone für das Geld kaufen«, sagte Synne.

»Ja, mach das. Kauf etwas, das ich auf keinen Fall haben will, mit dem Geld für etwas, das ich möglichst nicht machen möchte.«

»Manchmal muss man handeln, auch wenn man nicht sicher ist. Sonst erreicht man nichts. Nicht wahr?«

Jokum wurde nachdenklich, was ihn nicht auf fröhlichere Gedanken brachte. Hatte Synne ihn aufgrund dieser Überlegungen ausgesucht? Hatte sie aus Unsicherheit gehandelt, nur damit es erledigt war, nur um es überstanden zu haben? Er war nichts anderes als ihr Zweifel.

»Ich hoffe, Gott ruft ihn an und erklärt ihm, wer hier das Sagen hat!«

»Wen?«

»Diesen verfluchten Pfarrer!«

»Red nicht so hässlich über …«

»Nein, Gott kann nicht anrufen, denn Gott weiß verdammt noch mal nicht, wo der Pfarrer ist!«

»Jokum …«

»Ich hoffe, ich hoffe, er … ich hoffe, er wird seekrank!«

In der darauf folgenden Zeit arbeitete Jokum mit dem Foto mit dem Schnürsenkel, nur damit, er schien besessen und unzufrieden zu sein. Er ging wieder in die Straße mit *The Painted Ladies*. Ein altes Motiv aufzusuchen war gegen seine Überzeugung. Er tat es dennoch. Es schien ihm, als gäbe es noch etwas Unerledigtes hier. Er wusste nicht, was. Der Schnürsenkel hing natürlich nicht mehr an der Wäscheleine. Sie war leer und gab ein rostiges, klagendes Geräusch von sich, obwohl der Ständer stillstand. Eine einfache Erkenntnis: Das alte Motiv gibt es nicht mehr. Es ist nur noch eine Erinnerung. Allein der Fundort der Erinnerung ist zugänglich. Er machte ein Foto. Niemand macht zweimal das gleiche Foto.

Schließlich kaufte Synne ein Dr. Mark Cooper Cellphone. Es war nie weit von ihr entfernt. Sie trug es den ganzen Tag bei sich. Wenn sie schlief, lag es auf dem Nachttisch. Jokum dachte: Nicht ich bin ihr neuer Hamster, sondern Dr. Mark Cooper. Eines Morgens redete sie mit ihm, und es redete auch mit ihr. Jokum stürzte davon. Ein Telefon sollte sich nicht so aufführen. Ein Telefon sollte still dastehen. Es sollte mit einer Wand verbunden sein, und diese Wand sollte Teil eines Heims sein, und in diesem Heim sollte der Friede des Privatlebens herrschen. Er bildete sich ein, dass die Gespräche ihren Charakter änderten, sie wurden lauter, zerfransten eher und wurden unpräzise, denn je mehr man miteinander reden kann, *umso* weniger bekommt man gesagt. Und bald waren die Gespräche überall. Jokum wollte sie nicht hören. Er hatte keinen Platz. Er nannte das zweite Foto des Wäscheständers *Abonded Drying Stand*. Er war nicht zufrieden. Dann musste er anderes bedenken. Als er sich sicher war, dass der Mann aus The Pembroke Room sich nicht mehr melden würde, dass es weder The Black Pyjamas noch dieses generöse Phantom gab, genau wie das äußerste Glied seines rechten Zeigefingers, da hinterließ dieser eine Nachricht auf Synnes neuem Telefon, abgeschickt von einer Geheimnummer. Es war nicht länger möglich, sich zu drücken. Alles wurde hell und klar. Sie sollten am 3. Mai nach San Diego fliegen, jemand würde sie am Flughafen abholen. Sie flogen nur mit Handgepäck. An Bord des Flugzeugs, wieder in der Ersten Klasse, sagte Synne:

»Vielleicht brauchst du das.«

Sie wirkte nicht überzeugt davon. Ihre Äußerung ähnelte eher einer Frage. Sie schaute aus dem Fenster. Tief unten am Himmel passierte eine andere Maschine in entgegengesetzter Richtung, es war das Einzige, woran sie die Geschwindigkeit messen konnten. Ansonsten war da nur nichtssagendes Licht. Jokum wünschte, dass sie wirklich meinte, er brauche das, er war für alles bereit, nur nicht dafür, dass *sie* zweifelte.

»Warum sagst du das?«

»Weil ich das Gefühl habe, dass du in letzter Zeit auf der Stelle trittst.«

»Ich habe nichts dagegen, auf der Stelle zu treten. Hauptsache, es ist eine gute Stelle.«

Synne lachte.

»Und ist sie gut?«

»Ich weiß es nicht.«

»Genau das sage ich ja.«

In der Ankunftshalle stand ein mexikanischer Mann mit einem Schild: *Jokumsen*. Er sagte kein Wort, brachte sie ins Hacienda Hotel. Als sie in den alten Stadtteil einbogen, sahen sie für einen Moment den Hafen. Im Hitzedunst schienen sich die Flugzeugträger vom Meer zu lösen und sahen aus wie graue Wolken, mit weißen Engeln betupft. Erst jetzt bemerkten sie die Hitze. San Diego lag in anderer Richtung als San Francisco, nach Süden gewandt, mit der Wüste direkt hinter der Stadt. An der Rezeption bekamen sie die Nachricht, sie sollten auf ihrem Zimmer warten. Die Temperatur stieg auf 112 Fahrenheit, noch bevor es ein Uhr war. Der Ventilator schlug die Luft zu Schlagsahne. Sie lagen halb nackt auf dem Bett mit feuchten Handtüchern auf den Gesichtern.

»Erinnerst du dich noch daran, was du Silvester gesagt hast?«, fragte Synne.

»Nein. Was denn?«

»Dass du das Unsichtbare fotografieren wolltest. Und ich habe über dich gelacht.«

»Ja, und?«

»Jetzt sollst du das tun. Das Unsichtbare fotografieren.«

Ihre Stimmen klangen schwer und feucht. Jokum zog das Handtuch weg und holte tief Luft. Das brannte. Er setzte sich auf. Sah ihren mageren Körper, die Schenkel, die schmalen, knochigen Hüften, den glatten Bogen ihres Bauchs, die Brüste, den Flaum auf den Armen, der in Schweiß schwamm, das Gesicht unter dem dünnen weißen Stoff, wie weicher Marmor. Es schien, als wäre sie umhüllt von Licht, ganz dicht und intim, er wurde eifersüchtig auf das Licht und legte sich auf sie. Sie wollte das Handtuch entfernen, doch Jokum wollte das nicht, und dann ließ sie es liegen. Er küsste die weiche Maske. Währenddessen flüsterte sie: *Tust du so, als wäre ich eine andere?* Wer hätte das sein sollen? Jokum hatte nie eine andere gehabt. Hinterher holte er die Kamera heraus und machte ein Foto von ihr dort auf dem Bett im Hacienda Hotel, und es war dieses Bild, das später den Titel *Mother Marble* bekam, als das Negativ endlich wieder aufgetaucht war. Der Ventilator an der Decke hielt an. Im gleichen Moment hörte er Musik, up tempo Jazz. Er lehnte sich ans Fenster. Unten neben dem Swimmingpool stand ein Trio und spielte *Travellin' Light*. Er erinnerte sich an ein anderes Konzert, in der Universitätsaula; damals war es Munchs Sonne, die über den Instrumenten schien, jetzt glühte das Elfenbein in einer anderen, fast entflammten Farbe. Dann klopfte es an die Tür. Jokum zog sich einen Morgenmantel über und öffnete. Der gleiche mexikanische Mann kam herein und stellte ein Tablett mit Brot, Obst und Wasser aufs Bett. Er würdigte Synne so gut wie keines Blickes und sagte auch kein Wort. Zwischen dem Besteck lag eine Nachricht. Das Fotografieren sollte um 00:15 Uhr beginnen. Synne blieb liegen, die Beine an der Wand hochgestellt. Jokum schlief. Als er aufwachte, hatte er Kopfschmerzen. Es war bereits dunkel. Er hörte Lachen und Stimmen vom Swimmingpool. Synne war im Bad. Er ging zu ihr und duschte. Um zwölf Uhr waren sie bereit und warteten. Sie machten kein Licht an. Jokum hatte das Gefühl, die Kontrolle verloren zu haben. Er war zufällig hier gelandet, oder, noch schlimmer, aufgrund eines Missverständnisses. Er hatte etwas gesagt, das zu groß für ihn war, *wir sollten die Veteranen mit Würde behandeln, ganz gleich aus welchem Krieg*, und das war die Strafe: Er war beim Wort genommen worden.

»Glaubst du, die tragen schwarze Pyjamas?«, fragte er.

»Sei nicht so dumm.«

»Ich versuche es mir ja nur vorzustellen ...«

Es landete ein Gespräch auf Synnes Telefon, und Jokum dachte, ganz ohne Ironie: Vielleicht weiß Gott ja doch, wo wir sind. Sie lauschte und stand dann auf.

»Komm«, sagte sie.

Jokum folgte ihr den Flur entlang, bis zum Fahrstuhl, den sie ins Untergeschoss nahmen, den Keller. In dem engen Abteil roch es nach Obst und Parfüm. Als die Türen zur Seite glitten, stand der Mann von The Lowell dort, direkt vor ihnen, in Hawaiihemd und weißer Hose. In seinem Mundwinkel hing eine tote Zigarre. Er gab beiden die Hand, Jokum spürte den halben Finger, und er fragte nach, ob denn alles in Ordnung gewesen sei, bevor der Mann die beiden mit sich nahm bis zu einer roten Tür, die sich augenblicklich öffnete. Sie gingen hinein. Schnell ließ Jokum seinen Blick wandern, wie er es gewohnt war, ohne aufdringlich zu starren, es ging dabei darum, den Blick nicht *anzuhalten,* bis er ihn auf Synne richtete, die sich auf einen Stuhl rechts von ihm gesetzt hatte. Was er sah: Mitten im Raum stand ein Billardtisch. Eine breite Deckenlampe warf grüne Schatten, die aber auch von dem Filz stammen konnten, auf dem die Queues kreuz und quer lagen. In seinen Augen war das ein unmögliches Licht. Aber es war das einzige Licht, und er musste damit arbeiten. Er musste den letzten Tropfen aus ihm herauswringen. Es gab keine Fenster. Ganz hinten befand sich der Bartresen. An der Wand hing eine amerikanische Flagge. Aber in erster Linie sah er diese Veteranen, *The Black Pyjamas,* fünf Männer, und trotz aller Unterschiede, bezüglich Hautfarbe, Alter und Kleidung, ähnelten sie einander, denn sie hatten eine Gemeinsamkeit, die sie zu Brüdern machte, allen *fehlte* etwas. Zwei saßen im Rollstuhl, beiden waren die Beine amputiert worden. Der dritte hatte nur einen Arm. Der vierte hatte keine Hände. Der fünfte war ohne Gesicht. Sie schauten Jokum an, jeder aus seiner Richtung, aber alle mit dem gleichen Blick, weder feindlich noch herablassend, und das nächste Wort, das Jokum einfiel, war *Niemandsland.* Er dachte: Ich werde auf die Probe gestellt. Schwieriger als das hier kann es nicht mehr werden. Und als ihm das klar wurde, spürte er auch eine gewisse Freude, und er schämte sich dafür. Er begann zu fotografieren, zuerst mit Abstand, er wollte alle auf einem Bild haben, und er wollte ihnen auch keine Anweisungen geben. Sie sollten, wenn das möglich war, das tun, was sie zu tun pflegten. Und langsam aber sicher begannen sie sich im Raum zu bewegen, holten Bier von der Bar, lehnten sich gegen den Billardtisch, blieben unter der amerikanischen Flagge stehen, und Jokum fiel auf, dass alles lautlos geschah, nicht ein Geräusch war von diesen verletzten Männern zu hören. Er traute sich näher heran, nein, er musste sich gar nicht trauen, denn sie ließen ihn herankommen, sie nahmen ihn auf. Er machte die letzten Bilder, von dem, was fehlte, die Füße, die Hände, das Gesicht. Er ging zwischen sie, zwischen die Narben und Medaillen, und ihre Stille wurde seine, und die Freude, die er für einen Moment spürte, ähnelte fast dem Glück. Als er sich schließlich wieder Synne zuwandte, saß diese auf ihrem Stuhl und weinte.

Der Mann im Hawaiihemd bat Jokum, ihm den Film zu geben. So stand es im Vertrag. Was wollte er damit? Darüber bräuchte Jokum sich keine Gedanken zu machen. Sein Job war erledigt. In ihrem Zimmer lag ein Briefumschlag.

Aber Jokum dachte dennoch darüber nach.

Und je länger er nachdachte, umso deutlicher sah er eine Art Logik darin. Kann man es eine poetische Logik nennen? Er hatte die fotografiert, die es nicht gab, und jetzt waren auch die Bilder von ihnen fort.

Schlimmer wurde es, als er überlegte, was sie gemacht haben könnten. Er durfte gar nicht daran denken. Er konnte nicht schlafen. Waren ihre Taten, oder ihre Untaten, das Einzige, was sie hinterließen, die einzigen Spuren, die sie zurückließen, Untaten und Honorar?

Am nächsten Morgen sahen sie niemanden aus der Nacht zuvor. Das Zimmer war bereits bezahlt. Sie nahmen das Flugzeug zurück nach San Francisco. Synne hatte am gleichen Abend noch eine Verabredung mit Edith Fremm. Es ging um die Rechte an *Norwegian Still Life* und *Nostalgia of a Sailor*. Jokum wollte mitkommen, in erster Linie, weil er nicht allein sein wollte. Aber Synne hielt das für keine gute Idee. Er sollte lieber zu Hause bleiben, ins Bett gehen, er sah elendig aus. Die Verabredung war business, kein pleasure. Aber Jokum wollte nicht allein bleiben.

»Du kannst mich nicht verleugnen!«

»Es ist zu deinem eigenen Besten.«

Jokum erinnerte sich, das hatten schon andere gesagt, ein schweres Echo aus dem Studentenwohnheim, aus den Wohngemeinschaften auf Blindern, *es ist zu deinem eigenen Besten*, als könnte jemand das für ihn entscheiden, in seinen Bahnen denken, mit seinen Augen sehen, nein, es war eher so, dass sie nicht auf dich hören wollten, du solltest auf sie hören. War sie überhaupt *seine* Kuratorin, Synne Sager?

»Zu meinem eigenen Besten? Es sind meine Rechte, um die es geht!«

»*Unsere*, Jokum. Ich ...«

»Warum hast du geweint?«

»Was?«

»Du hast geweint. Als ich die Soldaten fotografiert habe.«

Sie lehnte sich an ihn, und er strich ihr mit der Hand durchs Haar, das plötzlich dünn schien, fast verwelkt.

»Sie taten mir so leid«, flüsterte sie.

»Mir auch. Und ich glaube, deshalb sind die Bilder nicht gut geworden.«

»Hauptsache, sie sind zufrieden. Uns geht das Ganze ja nichts mehr an.«

»Ist denn etwas Gutes dabei herausgekommen? Und damit meine ich nicht Geld.«

»Ich weiß es nicht, Jokum. Ich weiß es nicht.«

Er zog Synne noch näher an sich heran und wünschte sich, sie wüsste es.

»Was passiert jetzt mit ihnen? Mit den Bildern?«

»Vielleicht rahmen sie sie ein und hängen sie sich an die Wand über dem Fernseher, neben Jesus und Dolly Parton und Reagan.«

Jokum ließ sie kurz los.

»Ich dachte, sie tun dir leid.«

»Ja. Es hat mich an meinen Vater erinnert. Wollen wir los?«

Synne hatte recht. Es war business, nicht pleasure, in der F. Gallery. Jokum erinnerte sich nicht daran, dass der Tisch so groß war. Jeder saß auf seiner Seite: Edith Fremm, der Vorstandsvorsitzende, der Rechtsanwalt der Galerie, Synne und er selbst. Er erinnerte sich auch nicht daran, dass der Tisch so viele Seiten hatte. Er hätte zu Hause bleiben sollen. Aber hätte er das getan, hätte er gedacht: Ich hätte mitgehen sollen. Jetzt saß er hier. Er hörte kaum zu. Er hörte nur die Stimmen, die sich hoben und senkten, wie sie es immer tun, wenn Geld im Spiel ist. Erst als diese kühlen Gespräche und Wortwechsel beendet waren, die nötigen Papiere unterschrieben und sie gehen wollten, da begriff Jokum, warum sie keine Verwendung mehr für Edith Fremm hatten. Sie kam zu ihm, ganz bis zu ihm kam sie, legte die Hand auf seinen Arm und sagte leise:

»Du bist ja inzwischen fast zum Rambo der Fotografie geworden.«

Zunächst verstand Jokum gar nicht, was sie meinte. Er verstand nur, dass es nicht freundlich gemeint war.

»Rambo?«

»Ja. Alle diese Veteranen, die du momentan knipst. Du bist ja geradezu ihr Mann geworden.«

»Die ich *knipse*?«

»Ich war absolut nicht Synnes Meinung, wie du vielleicht schon bemerkt hast. Du hättest diesen Auftrag nie annehmen sollen. Aber viel Spaß mit dem amerikanischen Elend.«

Edith Fremm drehte sich um und ging hinunter zur Garderobe.

Jokum war den ganzen Heimweg über wütend, und die Wut verließ ihn auch die Nacht über nicht. Offenbar war es also erlaubt, ihn zu beleidigen, ihn auf das Gröbste zu beleidigen. Er drehte sich im Bett, und zum Schluss musste er Synne wecken.

»Sie hat mich Rambo genannt!«

»Ach, scheiß auf sie, Jokum.«

»Aber das war nicht das Schlimmste. Sie hat gesagt, ich knipse. Ich würde *knipsen*!«

»Sag ich doch. Scheiß auf sie.«

»Gleich nach *Glückstreffer* und *verewigen* ist *knipsen* das schlimmste

Wort, das ich kenne. Nein, ich glaube, ich ändere meine Meinung. Knipsen ist das schlimmste Wort, das ich kenne.«

Die Wut hielt bis zum nächsten Abend an. Da musste sie der Unruhe und Nervosität weichen, und wäre es nach Jokum gegangen, hätte er sich lieber an die Wut gehalten. Und es wurde nicht besser, als ihm klar wurde, dass das Foto von Synne im Bett im Hacienda Hotel, gleich nachdem er sie geliebt hatte, und das auf eine ganz spezielle Art, weg war. Er hatte es ganz einfach weggegeben. Es war auf dem gleichen Film wie *The Black Pyjamas*. Er hätte weinen können. Half es zu hoffen, dass der Mann mit dem halben Finger es zurückschicken würde? Nein, es half nicht. Es war, als hätten sie Synne als Geisel genommen. Und auch ihr wagte er nichts davon zu sagen. Er saß untätig in der Dunkelkammer, mit dem Magneten in der Hand. Auch der nützte nichts. Überhaupt geschah nach San Diego etwas mit Jokum. Er kam nicht weiter. Wenn Synne der Meinung gewesen war, er trete eine Weile auf der Stelle – dann stand er jetzt da wie festgeleimt. Und unsicher. Am Ende sah er nichts anderes vor sich als die malträtierten Menschen um den Billardtisch herum. Sie warfen Schatten. Das Licht wich Jokum aus, während diese Schatten wuchsen, monumental und deformiert, zuerst wurden sie zu einem Park, dann zu einem dichten Wald, *das Theater der Nacht*, für alle geschützt, abgesehen von ihm. Er musste etwas tun. Er wusste nicht, was. Dann, eines Morgens, wusste er es. Er wollte nach Hause. Nicht für immer. Er wollte nur mal nach Hause fahren. Das sagte er Synne noch am gleichen Abend, als sie in der Küche Sushi aßen, direkt aus der Verpackung.

»Ich glaube, ich möchte mal nach Hause fahren.«

Synne hatte keine Zeit, etwas anderes hatte er eigentlich auch nicht erwartet, obwohl er nicht so recht wusste, womit sie so emsig beschäftigt war, aber sie bat Jokum um etwas, das ihn überraschte. Sie wünschte sich, er möge doch ihre Mutter besuchen.

Dann breitete sie eine Zeitschrift vor ihm aus, *Rolling Stone*, aufgeschlagen auf Seite 34, dort stand eine Art Reportage über *The Soldier's Things* in Iowa, zusammen mit einem Foto von Jokum und Synne, die in San Francisco spazieren gingen, er hatte keine Ahnung, wann das gemacht worden war oder wer das gemacht hatte, es war nichtsahnend gemacht worden, und darunter stand: *The new couple in contemporary warfare – photography.* Er war nicht in der Lage, Fotos zu beurteilen, auf denen er selbst zu sehen war. Der Fotograf hatte ein Teleobjektiv benutzt, das veränderte die Gesichter, die Gesichtszüge bekamen eine Art zusammengepresste Symmetrie, und die Perspektiven verschoben sich in eine verdichtete Tiefe, was die beiden fast gleich groß wirken ließ, vielleicht hatte Synne an diesem Tag auch besonders hohe Absätze getragen. Es ist ein wahres Bild, das lügt.

»*The Black Pyjamas* können in der Trilogie nicht dabei sein«, sagte Jokum.

»Warum nicht?«

»Weil es sie nicht gibt.«

Jokum bestellte ein normales Ticket nach Oslo über Kopenhagen, möglichst mit einem Platz am Mittelgang.

An Bord geschah etwas: Er saß also auf den niedrigsten Sitzen, ganz hinten in der Maschine, unter denen, die als Letzte ihre Plätze erreichten. Er wollte es so. Er wollte nicht Erster Klasse nach Norwegen kommen. Das war nicht richtig. Deshalb war der Platz ziemlich eng. Entweder, seine Beine waren seit dem letzten Mal gewachsen, oder aber das Flugzeug war kleiner geworden. Auch hatte er nicht den Platz am Mittelgang bekommen. Und der Mann neben ihm wollte nicht tauschen. Er hatte genug mit sich selbst zu schaffen, das heißt, dafür zu sorgen, dass der Sicherheitsgurt um den Bauch reichte. Dieser quoll aus dem verschwitzten weißen Hemd hervor. Außerdem lag sein Ellenbogen auf der ganzen Armlehne, ein spitzer, ekliger und ebenso umfangreicher Ellenbogen. Jokum musste seinen ganzen Körper gewerkschaftlich organisieren, damit es hinkam. Er musste die Balance zwischen Knien und Nacken finden. Er musste sich an das Unbehagen gewöhnen. Doch als er endlich die Augen schließen konnte und versuchte, vor sich zu sehen, wie das eigentlich ablaufen würde, wurde er von einer Stewardess gestört, die sich über seinen Nachbarn beugte und flüsterte:

»Mr. Jokumsen, ich möchte Sie gern upgraden.«

»Upgraden?«

»Es gibt in der Ersten Klasse noch einen freien Platz.«

»Aber das hier ist mein Platz.«

Die Stewardess lächelte und legte ihm die Hand auf die Schulter.

»Und der ist nicht besonders gut. Deshalb möchten wir Ihnen ein Upgrade anbieten.«

Aber warum? Wollten sie ihm einen Gefallen tun, weil seine Beine zu lang waren, oder weil er eine bekannte Person war? War Jokum so bekannt, dass die Stewardessen ihn wiedererkannten? Tat er ihnen leid, oder bewunderten sie ihn? Lachten sie oder holten sie tief Luft? Das war nicht auszumachen. Wobei mir auffällt, dass das meiste nicht auszumachen ist. Selbst in dieser mehr oder minder trivialen Episode sind die Gründe dunkel und spekulativ, und ich muss mich an das halten, was ich gern den zerbrechlichen Refrain dieses Romans nenne: *aber es ist nicht deshalb.*

»Ich sitze gut hier«, sagte Jokum.

»Nein, das tun Sie nicht. Haben Sie irgendwelches Gepäck?«

Der Nachbar unterbrach sie. Jetzt war er mehr als bereit, den Platz zu tauschen.

»Wenn er nicht will, nehme ich ihn gern.«

»Das geht leider nicht. Haben Sie Gepäck in der Ablage, Mr. Jokumsen?«

»Nur eine Kamera.«

Die Stewardess fand die Kamera und schaute dann auf den Nachbarn herab, freundlich, aber nicht höflich:

»Jetzt können Sie sich ausbreiten, so weit Sie wollen. Aber wären Sie vorher so freundlich, Mr. Jokumsen vorbeizulassen?«

Jokum entfaltete sich auf dem Mittelgang und folgte mit gesenktem Kopf der Stewardess. Das Flugzeug wollte gar kein Ende nehmen. Es war wie der Weg nach Hause. Und die Blicke, die ihn trafen. Die Passagiere verstanden, was da vor sich ging. Einer aus der Economy sollte hinter die geheimnisvollen Gardinen gelotst werden. Er fühlte sich wie ein Verräter. Er verriet seine Klasse. Er wollte kein Upgrade. Lieber ein Downgrade. Dann war er auf der anderen Seite angekommen, wo es so teuer war, dass alles gratis war, wo Jokum jetzt hingehörte. Ihm wurde auf seinen Platz geholfen, dieser war breit und bequem wie ein Ferienhausgrundstück, er durfte zwischen Champagner und Chablis wählen, bat aber um Wasser ohne Eiswürfel, sein letztes Band zur Genügsamkeit, und der Sitz wird zu einem Bett, jemand breitet eine blaue Decke über ihm aus, und Jokum verschwindet in einem transatlantischen Traum: Er klingelt an der Tür in der Observatoriegaten und hört, wie sich von innen Schritte nähern, und seine Mutter, die sagt: *Du hättest doch sagen können, dass du kommst.* Er versucht, sie zur Vernunft zu reden. *Du musst öffnen, Mutter.* Einen Moment lang ist es still. Dann antwortet sie: *Aber wir sind nicht angezogen, Jokum.* Er sucht in allen seinen Taschen. Er findet die Schlüssel nicht. Er öffnet den Koffer. Dort sind sie auch nicht. Der Koffer ist leer. Er klingelt wieder. Jetzt hört er den Vater. Der sagt das Gleiche: *Du hättest doch sagen können, dass du kommst.* Jokum wachte in Kopenhagen auf, wechselte das Flugzeug, wartete in Fornebu eine Stunde auf das Gepäck und dachte: Ich reise zu schwer. Er wechselte Geld, fand ein Taxi vor dem Gebäude und bat, in die Observatorie terrasse gefahren zu werden. Doch als er sich auf dem Drammensveien Skillebekk näherte und jeder einzelne Pflasterstein ihm wie eine Erinnerung erschien, verlor Jokum Mut und Freude und wurde stattdessen von Scheu überfallen. Er hatte die Wahrheit geträumt. Er hatte nicht Bescheid gesagt, dass er kam. Er bat den Fahrer, der immer noch die Winteruniform trug, stattdessen in die Bygdøy allé zu fahren, zum Uhrmacher Enger, und anschließend wollte er hinunter ins Zentrum. Zum Glück sahen die Kastanienbäume aus wie immer. Ein Trost. Das Laub färbte den Asphalt grün. Aber der Autolärm zerstörte das Licht und gab ihm einen giftigen Klang. Jokum ging in den Laden, und erst hier, zwischen allen Uhren, die unterschiedliche Zeiten zeigten, merkte er seinen Jetlag, eine Taubheit in den Fingern, ein zähes Fieber. Es war Astrid Sagers Jetlag, der sich fortsetzte. Er brauchte nur eine Armbanduhr, eine einfache Armbanduhr mit Ziffern und Zeigern, die nichts anderes konnte, als die Zeit anzeigen. Es war zehn nach fünf. Das Datum bekam er noch dazu. Es war der letzte Samstag im Mai. Es war Memorial Day. Jokum bezahlte und setzte sich wieder ins Taxi, dieses Mal nach vorn. Der Fahrer fuhr weiter zum Solli plass.

»Haben Sie auch einen Jetlag?«, fragte Jokum.

»Einen Jetlag? Nein. Wieso?«

»Weil Sie noch die Winteruniform tragen, dabei ist doch Frühling.«

»Mit den Uniformen ist Schluss. Deshalb trage ich sie noch, so lange sie hält.«

»Schluss mit Uniformen? Was soll das bedeuten?«

»Dass man in kurzen Hosen und Sandalen Taxi fahren darf, wenn man will. Auch im Trainingsanzug.«

»Schrecklich.«

»Bald kommt man wahrscheinlich auch ohne Krawatte ins Stortinget.«

»Das ist wohl auch so eine Art Jetlag.«

»Sind Sie sicher, dass Sie ins Zentrum wollen?«

»Ja. Warum nicht?«

»Sie entscheiden.«

Jokum wusste ehrlich gesagt nicht, was er dort eigentlich wollte. Vielleicht in Halvorsens Conditori gehen? Aber eigentlich war es auch egal. Er wollte nur *aufschieben*. Dabei hätte er sich lieber beeilen sollen. Auf dem Weg hierher hatte er eine Nacht verloren, eine Nacht war ein Tag seiner Eltern. Er versank in Erinnerungen, unklar und trüb, eher ein Schlaf als ein Gedanke, es waren Erinnerungen, die an einen Traum erinnerten, sie zogen durch ihn hindurch, Springbrunnen, Tierläden, Vogelbauer, Skulpturen, die sich auflösten, Kupfer, das zu Pelz wurde, Granit, der zu Federn wurde, akustische Gitarren und Trommeln, Tamtam-Trommeln, waren das wirklich Tamtam-Trommeln? Wo kamen diese Trommeln her? Jokum öffnete die Augen und glaubte ihnen nicht. Der Fahrer war an Grensen angehalten. Die Straße war abgesperrt. Eine Parade mit Frauen und Männern passierte, betrunken, aufdringlich und laut gröhlend hinter Schminke, Perücken und grellen Masken, verkleidet mit Baströcken, Umhängen, Bikinis, in allen möglichen grotesken Kostümen aus den Garderoben der Theater, der Politik und des Albtraums, während ein grün gestrichenes, schwankendes Orchester Samba spielte, und hinter ihnen, hinter dem Karneval, lag eine Schleppe aus leeren Flaschen, Glasscherben, Müll, Urin, Verbänden, Blut und verlorenen Gesichtern. Jokum erinnerte sich an ein Wort aus Synnes Kunstgeschichte, über die Bewegung des Stilllebens von der Ordnung zur Unordnung, *Chaotisierung*. Aber in erster Linie dachte er an Dr. Qs Sehtest: *acid, booze and ass/needles, guns and grass*. Aus Oslo war eine pazifistische Kriegszone geworden, ein geschmücktes Schlachtfeld. Ja, das war Norwegens Memorial Day. Jokum holte seine Kamera heraus, wartete aber noch, dann traute er sich auszusteigen. Eine Wolkenbank zog über den Himmel und presste das Licht zu biblischen Projektoren über dem funkelnden Müll zusammen. Den Titel hatte Jokum bereits parat, *After the Carneval*, doch er schaffte es nicht, das Bild zu machen. Er schaffte es einfach nicht. Er konnte sich nicht entscheiden. Er konnte keine Wahl treffen. Er war erschrocken. Es fing an zu regnen. Die letzten Farben liefen in den Rinnstein. Jokum setzte sich wieder ins Auto und sagte:

»Zurück nach Skillebekk!«

Sie fuhren zu dem Springbrunnen in dem kleinen Park, der von allen Metaphern geleert war und nicht mehr Olaf Bulls plass hieß, der Fahrer in seiner Winteruniform und Jokum mit seinem Zeitunterschied. Er bekam ein paar Kronenmünzen als Wechselgeld und schleppte den Koffer zur Telefonzelle. Er wollte seine Ankunft ankündigen. Er legte die Münzen in den Apparat, doch als er die Nummer wählen wollte, hatte er sie vergessen. Die Ziffern saßen nicht mehr in seinen Fingern. Die Finger waren taub. Die Freude verschwand, und stattdessen schämte er sich. Er musste nach seinem eigenen Namen im Telefonbuch suchen, *Jokumsen*, und da erkannte er: Das ist das Telefonbuch der falschen Nummern. Endlich bekam er eine Verbindung, aber die Verbindung war bereits unterbrochen. Er hörte nur den automatischen Anrufbeantworter, *Hier ist die Nummer...* Er legte auf und ging das letzte Stück, am Rikstrygdeverket vorbei, den kleinen Hügel hinauf. Standen die Eltern auf dem Balkon und warteten, obwohl sie noch gar nicht wussten, dass er kommen würde? Nur der Tannenbaum stand dort, immer noch grün und mit dem Stern an der Spitze, und zwei Campingstühle. Alles war Vorschuss oder verspätet. Dann konnte Jokum endlich klingeln. Bald hörte er Schritte in der Wohnung, die Schritte seiner Mutter, sie waren langsamer als früher, waren sie auch schwerer, bewegte sie sich in einem anderen Rhythmus, in einem anderen Leben? Und da fiel ihm ein, dass er gar keine Geschenke dabeihatte. Er hätte Geschenke mitbringen sollen, große, amerikanische Geschenke, die niemand braucht und über die sie hätten lachen können, die die Scheu hätten dämpfen können, die gesamte Peinlichkeit nach all diesen Jahren. Ach, hätte er doch den Tag einmal drehen und den Koffer noch einmal packen können! Zu spät. Mutter öffnete die Tür, schaute zu Jokum auf, und so blieb sie stehen.

»Willst du mich nicht reinbitten, Mutter?«

»Wir sind fast fertig mit dem Essen.«

»Es gab im Flugzeug etwas zu essen.«

»Und trotzdem bist du ziemlich dünn.«

Schließlich ließ ihn die Mutter eintreten, er ließ das Gepäck im Eingang stehen und ging mit ihr ins Wohnzimmer, wo der Vater über das Dessert gebeugt saß, eine Schale mit Ananas und Schlagsahne, und die weiße, dreieckige Serviette war an dem obersten Hemdenknopf befestigt und hing wie ein Segel zwischen ihm und dem Tisch. Er drehte sich nicht zu Jokum um, sagte nur:

»Du weißt doch, dass wir am Samstag immer um fünf Uhr essen.«

»Ja, Vater.«

»Du hättest zumindest *versuchen* können, mal die Zeit einzuhalten.«

»Ja, Vater.«

»Deine Mutter hätte das bestimmt sehr zu schätzen gewusst.«

Die Mutter verschwand in der Küche und kam zurück mit einem Teller, der bis zum Rand mit Kartoffelbrei, Sauce und Frikadellen gefüllt war.

»Ein bisschen ist für dich noch übrig geblieben«, sagte sie.

Und Jokum war erleichtert, glücklich und erleichtert. Genau so wollte er empfangen werden. Er konnte sich nur schwer einen herzlicheren Empfang vorstellen. Er war froh, keine Geschenke dabeizuhaben. Das hätte alles zerstören können. Er nahm Messer und Gabel in die Hand und spürte das feine Gewicht des Wiedersehens und der Liebe in den einzelnen Besteckteilen.

Doch als Jokum ins Bett gegangen war, in das alte, verlängerte Bett, konnte er trotzdem nicht schlafen. Vielleicht war es die Reise, die einfach weiterging. Vielleicht waren es die leisen Stimmen aus dem Wohnzimmer, die er nicht ausschalten konnte, ohne dass er hörte, was sie sagten. Vielleicht waren es auch die Fotos an der Wand, ja, sie waren es wohl, die ihn wach hielten. In dem stillen blauen Licht, das den Juni ankündigte, rückten sie näher und änderten ihre Bedeutung: Der Polizeichef, der den FNL-Soldaten in Saigon erschießt, standen da Black Pyjamas dahinter? Und *Einsames Trio*, an der Ecke von Grensen, begann dort der Karneval? Nein, nur die Überfahrt in ihm fand kein Ende. Er reiste in der Klasse des Kinderzimmers, hier ist Platz genug, aber es gibt keine Sicherheitsgurte, und als einzige Mahlzeit werden Erinnerungen serviert. Am nächsten Morgen war es bereits Vormittag, und die Eltern warteten in der Küche. Jokum setzte sich, und seine Mutter goss Kaffee in seine Tasse ein.

»Hast du gut geschlafen?«

»Eigentlich nicht. Es gab so viel zu überdenken.«

Schnell warf die Mutter dem Vater einen Blick zu, dieser legte die Pfeife beiseite.

»Ja, das haben wir auch schon gedacht. Ja, das haben wir.«

»Was denn, Vater?«

Jetzt schaute der Vater die Mutter an.

»Nein, Hütchen, das musst du regeln. Ich schaffe es nicht.«

»Oh doch. Du schaffst es.«

Der Vater seufzte, holte eine alte Zeitung, die neben dem Brotkasten gelegen hatte, und zeigte auf sie.

»Hier steht, dass du keine Ausstellung in Norwegen machen willst. In der Fotogalleriet. In Oslo. Dass wir warten müssen. Dass wir warten müssen, bis wir die Ehre haben, die Bilder von Jokumsen persönlich zu sehen.«

»Synne meinte, ich sollte noch warten. Bis ich mich im Ausland etabliert habe.«

»Dann will ich dir mal sagen, was ich meine, Jokum. Storm P. ist aus Amerika nach nur zwei Wochen wieder nach Hause gefahren. Amerika wurde ihm zu klein. Er musste heim nach Fredriksberg, um groß denken zu können. Ja, das musste er. Und du…«

Jetzt seufzte die Mutter.

»Aber das wolltest du eigentlich gar nicht fragen, Elle.«

Der Vater schob sich die Pfeife in den Mund und schaute weg.

»Frag du ihn, Hütchen. Ich habe gesagt, was ich zu sagen hatte.«

Die Mutter setzte sich und schenkte Kaffee nach.

»Warum bist du gekommen, Jokum?«

»Danach fragt ihr? Wollt ihr mich nicht hierhaben?«

»Natürlich wollen wir dich hierhaben. Wir machen uns nur unsere Gedanken, Jokum. Und manchmal tun diese Gedanken weh.«

»Aber worüber macht ihr euch Gedanken?«

»Wir fragen uns, ob vielleicht etwas nicht stimmt. Zwischen dir und Synne. Stimmt da etwas nicht?«

»Doch, da gibt es überhaupt kein Problem. Übrigens soll ich schön grüßen. Das habe ich gestern vergessen. Sie konnte nur nicht mitkommen. Sie muss so viel regeln. Sie regelt alle meine Sachen. Ausstellungen, Verträge, Briefe. Das ist nicht gerade wenig. Wisst ihr, was sie ist? Und sagt jetzt nicht flott.«

Die Eltern sahen einander an, dann wandte die Mutter sich wieder Jokum zu.

»Was sie ist? Was ist sie?«

»Sie ist meine *Kuratorin*. Sie kümmert sich um…«

Der Vater legte die Pfeife weg.

»Wir wissen, was ein Kurator ist, Jokum. Das ist einer, der dir den Weg frei macht und hinter dir aufräumt.«

Eine Weile blieben sie schweigend sitzen und dachten nach, darüber oder über andere Dinge. Dann sagte die Mutter:

»Dann ist also alles in Ordnung? Zwischen Synne und dir?«

»Ja. Ist es. Habe ich doch gesagt. Dass alles so ist. Wie es sein soll.«

Sie legte die Hand auf Jokums Arm.

»Das ist schön zu hören. Jetzt sind wir beruhigt. Nicht wahr, Elle?«

»Ja, Hütchen. Jetzt sind wir beruhigt. Aber er hat immer noch nicht gesagt, warum er gekommen ist.«

Jokum dachte eine Weile nach. Es lag etwas in der Luft. Er hätte sagen können, dass er wissen wollte, was sein Vater auf dem Rücken tätowiert hatte. Er hätte sagen können, er sei gekommen, um seine Mutter zu fotografieren. Aber das wollte er nicht sagen. Denn es war nicht deshalb. *Es war nicht deshalb.* Musste er überhaupt einen Grund haben? Es gibt nie nur einen einzigen Grund. Der Grund war Sehnsucht, der Grundstamm der Gefühle, die die Kunstkritikerin Ann S. Ferguson *longing* nannte.

»Ihr antwortet ja nicht, wenn ich anrufe! Da ist nur dieser verfluchte Anrufbeantworter! Ich wollte einfach sehen, wie es läuft. Mit deinem neuen Job, Vater. Mit...«

Sofort stand der Vater auf.

»Warte kurz. Dann wirst du sehen!«

Er verschwand in seinem Arbeitszimmer und schloss die Tür hinter sich. Die Mutter seufzte erneut und nahm die Hand weg.

»Das Rote Kreuz hat uns gebeten, so eine Maschine zu installieren. Für den Fall.«

»Für welchen Fall?«

»Dass sie mit mir sprechen wollen natürlich. Man kann ja nie wissen. So, wie die Welt heute aussieht. Aber jetzt türmen sich die Nachrichten da drinnen nur. Ich kenne mich da nicht mehr aus.«

Sie schaute aus dem Fenster. Das Licht, Skillebekks ganz eigenes

Licht, fiel auf ihr Gesicht und legte Gold in die Falten, die früher nicht da gewesen waren.

»Ich möchte ein Foto von dir machen, Mutter.«

»Von mir? Nein, nicht jetzt, bitte. Ich bin dafür nicht angezogen…«

Jokum hörte die Stimme aus dem transatlantischen Traum, und er hätte schwören können, dass sie errötete, auch wenn das von seiner Position aus nur schwer zu sehen war. War der Abstand so groß geworden, also hier, in der Küche, am selben Tisch?

»Wir können das ein andermal machen. Und du musst nicht…«

»Du bleibst doch wohl eine Weile?«

»Ja, wenn ich schon einmal so weit gekommen bin.«

»Aber nicht für immer, oder?«

»Nein, das ist nur ein Heimaturlaub.«

Vater rief nach Jokum, und Mutter drehte sich um, strich das Licht weg und lächelte.

»Geh zu ihm rein. Er ist so stolz.«

Jokum tat, was sie gesagt hatte. Vater wartete vor seinem Arbeitszimmer. Die Tür hinter ihm war geschlossen. Er hatte sich einen weißen Kittel angezogen. In der Brusttasche war eine Reihe von Bleistiften und Farbstiften zu sehen, bereit zum Angriff. Sorgfältig putzte er die runde Brille, setzte sie sich dann auf die Nase und schaute den Sohn an.

»Ich muss dich bitten, die Schuhe auszuziehen.«

Jokum schüttelte die Pantoffeln ab.

»Und du gehst nirgends hin, ohne mich vorher zu fragen.«

»Nein, natürlich nicht. Was meinst du damit? Wollen wir spazieren gehen?«

»So könnte man es auch nennen.«

Vater öffnete die Tür und trat einen Schritt zur Seite, sodass Jokum etwas sehen konnte. Auf dem Fußboden standen kleine Häuser, kleine Häuser in allen Größen, einige sahen aus wie Wolkenkratzer, und zwischen ihnen gab es Straßen, Bahnhöfe, Plätze und Parks, eine ganze Stadt, Oslo, von den Hafenspeichern im Osten bis zum Vigelandpark im Westen. Sie gingen hinein und stellten sich an die Wand.

»Hast du das gebaut?«, fragte Jokum.

»Aus Sperrholz, Träumen und Mathematik. Wie findest du es?«

»Es ist fabelhaft. Aber ist … ist das dein neuer Job?«

Vater ging um die Stadt herum, blieb am Fenster stehen und warf einen Schatten auf das Schloss.

»Das ist ein Regulierungsmodell, Jokum. Eins zu einer Million. Mindestens. Siehst du irgendeinen Unterschied?«

»Wozu?«

»Zwischen dem Modell und Oslo selbst. Und dabei denke ich nicht an die Größe.«

Jokum ließ seinen Blick von einem Viertel zum anderen wandern, erkannte einige Straßen, andere waren ihm unbekannt, fremd, als gehörten sie zu einer anderen Stadt.

»Sind es weniger Häuser?«

»Unter anderem, ja. Wir müssen abreißen, um Platz zu bekommen. Und nicht nur das. Siehst du nicht, dass die Straßen breiter sind?«

»Doch, ja, kann sein.«

»Das Stichwort ist *Durchfahrt*, Jokum. Der Verkehr im Zentrum verläuft nicht mehr im Kreis. Er geht quer durch. Wir müssen von der einen Seite zur anderen. Und wahrscheinlich auch wieder zurück. Die provinziellen Zeiten, als das meiste still stand, sind vorbei. Jetzt dreht es sich ausschließlich um die Musikalität!«

»Die Musikalität?«

»Ja, die Musikalität. Eine richtige Stadt ist eine Komposition aus Bewegung und Licht. Wie findest du es?«

»Fabelhaft, Vater. Das habe ich ja schon gesagt.«

»Danke. Das war wirklich eine Prüfung. Tag und Nacht habe ich gebaut. Aber es war die Mühe wert. Ich finde, irgendwie zieht sich eine Linie von meiner Arbeit in Nyhavn bis zu dieser. Eine Art von Konsequenz. Findest du nicht auch?«

»Doch, ja. Auf jeden Fall. Wo sind wir eigentlich? Ich meine, wo ist Skillebekk?«

Vater hockte sich hin, faltete einen Zollstock auseinander, und mit dem zeigte er in die Ecke direkt vor ihnen.

»Genau da stehen wir, Jokum.«

»Das ist Skillebekk? Wo ist der Springbrunnen?«

»Ach weißt du, da führt stattdessen eine zweispurige Straße hindurch.«

Jokum beugte sich tiefer, um besser zu sehen, vielleicht in erster Linie, ob der Vater immer noch gut aufgehoben war. Hatte er das mit *großen Gedanken* gemeint?

»Das ist ja fast amerikanisch«, sagte er.

Und da verlor Jokum das Gleichgewicht, oder ganz einfach den Halt, er klappte zusammen und fiel auf die Stadt. Hinterher war alles still. Die Gebäude lagen um ihn verstreut. Das Straßennetz war ausradiert. Nur der Stortorget und die Gegenden um Akerselva waren unbeschädigt. Schließlich gelang es ihm, wieder auf die Beine zu kommen.

»Ich glaube, ich möchte jetzt einen Moment lang allein sein«, sagte Vater.

Jokum ging in sein Zimmer, setzte sich aufs Bett, verstört, verletzlich und unglücklich, öffnete den Koffer und begann erst jetzt auszupacken, Strümpfe, Unterwäsche, zwei Hemden, Anzugjacke, Hosen und den Magneten. Er versteckte ihn in der Nachttischschublade. Hier sollte er liegen. Hier sollte er alles sammeln und festhalten, was Jokum nicht verlieren wollte. Um den Rest musste er sich selbst kümmern. Der Rest war Jokums Sache. Zum Schluss fand Jokum etwas, von dem er gar nicht wusste, dass er es dabeihatte, Synne musste es hineingelegt haben, einen Hut, einen sogenannten *Pork-pie-hat*, rund und flach, der Jazz-Hut. Jokum liebte Synne, er wollte sie haben, er wollte sie sofort haben, aber im Augenblick war sie unerreichbar, und er bereute, dass er überhaupt gereist war. Wäre er jedoch nicht gereist, hätte sie ihm nicht den Hut mitgeben können. Oh, die Gründe für das, was wir tun, sind unergründlich und rückwärts gerichtet, sie stehen Schlange und fordern Aufmerksamkeit. Die Gründe sollen uns beruhigen. Aber oft ist das Gegenteil der Fall. Denn für jeden Grund gibt es mindestens zwei Möglichkeiten. Jokum legte den Hut auf das Kopfkissen, nahm all seinen Mut zusammen und ging ins Wohnzimmer. Mutter räumte auf dem Nähtisch auf. Das alte Nähetui, mit den Initialen A.S., denn so hieß sie noch, als sie nach dem Krieg nach Kopenhagen gefahren war, lag offen daneben. Das blaue Etui betonte den Glanz der Nadeln, des Trennmessers, der Schere und des Fingerhuts, aus Alpaka gefertigt, einem verstärkten Neusilber, die Legierung der Stiche. Ihr Schoß war voll mit Knöpfen, die aussahen wie abgegriffene Münzen. Das war ihre Währung. Sie konnte nur in Reparaturen und Wiederverwendung eingetauscht werden. Schnell schaute sie zu Jokum auf, schaute dann wieder nach unten. Vater saß im Sessel neben dem Radio, immer noch in dem weißen Kittel, er zeichnete auf einem Papierbogen, vielleicht neue Autobahnen, neue Wolkenkratzer.

»Es tut mir wirklich leid«, sagte Jokum.

»Wir können nur froh sein, dass es nicht in Rumänien passiert ist.«

»Rumänien?«

Vater schob den Bleistift in die Brusttasche.

»Eine Delegation des Osloer Regulierungskomitees hat im Winter Bukarest besucht. Was die dort wollten, weiß ich nicht, aber die Rumänen sind sehr gut im Abreißen. Nun, wie dem auch sei, sie wurden in dem Palast dieses kleinen Diktators da unten herumgeführt, und das ist nicht weniger als das größte öffentliche Gebäude in Europa, Jokum.«

Vater nahm seine Pfeife und brauchte länger als sonst, um sie zu stopfen und anzuzünden. Vielleicht war Jokum auch nur ungeduldig geworden und maß die Zeit deshalb in Fahrenheit, nicht in Celsius. Jedenfalls wartete er auf die Fortsetzung. Denn die hatte er trotz allem verdient.

»Ja, und später, als sie ausgingen und Pflaumenschnaps tranken, da erzählte ihr Führer ihnen in aller Vertraulichkeit eine interessante Anekdote. Während des Palastbaus, als der gerade begonnen worden war und man Architekten, Maurer und die besten Steinmetze aus dem ganzen Land geholt hatte, kam Ceausescu persönlich zu Besuch. Er wollte das Modell dieses Gebäudes sehen, das sein persönliches Monument werden sollte, um sicher zu sein, dass alles so geschah, wie er es sich vorgestellt hatte. Die Planer führten ihn in einen Raum, in dem das Modell auf einem Tisch stand, es war bis ins letzte Detail genau nach den Plänen gebaut worden. Doch Ceausescu wurde wütend. Mein Gebäude soll nicht so klein sein!, schrie er. Mein Gebäude soll größer sein! Größer als jedes andere Gebäude! Ich glaube, er hat mehrere Architekten hinrichten lassen.«

Mutter fiel ein Knopf auf den Boden.

»Du sollst nicht so schreien«, flüsterte sie.

Vater lachte.

»Wo war ich? Ja, dieser kleine Diktator verlangte, dass das Modell in voller Größe gebaut werden sollte! Nicht kleiner! Niemand sollte ihn hereinlegen. Also mussten sie das tun. Sie mussten das Modell eins zu eins bauen. Verstehst du, Jokum? Eins zu eins. Sie mussten ganze Stadtviertel abreißen und Leute verjagen, um Platz dafür zu schaffen. Da hast du die Diktatur auf den Punkt gebracht. Alles ist eins zu eins. Nicht mehr und nicht weniger.«

»Aber hat das Regulierungskomitee etwas daraus gelernt, abgesehen von dem eins zu eins?«, fragte Jokum.

Vater legte die Pfeife in den Aschenbecher und dachte nach.

»Sie haben gleichzeitig etwas anderes gelernt, Jokum. Am nächsten Tag bekamen sie nämlich einen neuen Führer. Der erste war bereits wegen antikommunistischer Propaganda verhaftet worden. Denn in einer Gesellschaft, in der alles eins zu eins ist, gibt es keine Vertraulichkeit.«

Jokum wollte den Knopf aufheben, doch seine Mutter hielt ihn zurück.

»Du sollst dich nicht für mich bücken«, sagte sie.

Am gleichen Abend saßen sie um den Anrufbeantworter herum und hörten sich alle Nachrichten an. Die meisten Anrufer legten auf, bevor sie ein Wort gesagt hatten, aber manchmal konnte man

Atmen hören, Räuspern, als nähme der Betreffende Anlauf und gäbe dann doch auf. Mutter wurde immer nervöser. Was wollen die von uns?, fragte sie immer wieder. Ansonsten gab es eine Nachricht von der Friseurin, die einen freien Termin hatte, vom Hausmeister, der irgendetwas in den Hörer schrie, das klang wie *wollt ihr euch über mich lustig machen, lasst den Scheißtannenbaum endlich verschwinden*, und von Vater, der sagte, dass er später aus dem Büro heimkomme, aber das war schon mehrere Tage her, vielleicht schon Wochen. Darüber lachten sie herzlich. Schließlich gab es noch zwei Nachrichten für Jokum. Die erste war von Arve Storvik. *Hallo Jokum. Falls du da bist. Ich habe keine andere Nummer gefunden. Aber anscheinend bist du ja nicht da. Herzlichen Glückwunsch zum Erfolg. Wer hätte das gedacht? Ich könnte mir vorstellen, eines deiner Bilder für meine nächste Platte zu benutzen. Meldest du dich mal? Sag mal, stimmt es, dass Synne und du verheiratet seid?* Dann leierte er eine Nummer herunter, die Jokum nicht so schnell mitschreiben konnte. Die letzte Nachricht war von mir: *Vielleicht treffen wir uns ja irgendwann einmal wieder.*

Dann leuchtete es nicht länger rot. Der Beantworter hatte keine Fragen mehr.

Vater stand auf und sagte:

»Wenn man ins Telefon spricht, sollte man von Angesicht zu Angesicht reden!«

Damit zog er den Stöpsel heraus und wollte den Apparat wegwerfen. Doch Mutter hielt ihn auf.

»Vielleicht nimmt das Rote Kreuz ihn. Für den Flohmarkt.«

Stattdessen trug Vater den alten Tannenbaum in den Hof hinunter.

»Jetzt musst du aber Synne anrufen«, sagte Mutter.

Jokum wählte die Nummer, die er auswendig gelernt hatte, bevor er abgereist war. Aber dieses Mal war es ihr Anrufbeantworter, der mit ihm sprach, und er legte auf.

Was tat Jokum sonst noch in diesen Tagen, direkt an der Grenze des Sommers, vielleicht die schönste Zeit in Oslo, die Zeit der weißen Sprungtürme, des durchsichtigen Laubs, während die Stadt noch nicht freigenommen hat, sich nur auf die trägen Tage vorbereitete, die bald kommen sollten? Meistens lag er in seinem Zimmer und dachte nach. Was er dachte, ist schwer zu sagen. Ab und zu spielte er mit dem Gedanken, in ein Hotel zu ziehen, vielleicht ins Gabelshus, gleich nebenan, oder ins Hotel West, etwas weiter entfernt, das dafür Bar und Nachtclub hatte. Aber es blieb bei dem Gedanken. In seiner eigenen Stadt im Hotel zu wohnen ähnelte einer Scheidung, Niederlage und Betrug. Dabei fiel ihm ein, dass er mit Ann S. Ferguson darüber gesprochen hatte. Ich möchte seinen Zustand als eine stille Krise bezeichnen. Er musste *The Black Pyjamas* vergessen. Sie nahmen den gesamten Raum ein. Sie hielten ihn zurück. Sie verbreiteten Finsternis. Er fühlte sich *beendet*. Er musste sie vergessen, nein, er musste die *Bilder* vergessen, die er gemacht hatte und die er wahrscheinlich niemals zu sehen bekommen würde, diese Porträts, zu denen auch Synne gehörte, *das Marmorporträt*, nackt, mit dem dünnen weißen Handtuch über dem Gesicht. Doch je mehr er versuchte zu vergessen, umso stärker wurde die Erinnerung. Der Vater hätte bei dieser Gelegenheit Storm P.s berühmte »Fliege« zitieren können: *Ein gutes Gedächtnis ist eine wunderbare Sache – aber es kann auch das Gegenteil sein.* Mit anderen Worten, er dachte, ganz einfach: *Werde ich es jemals wieder schaffen zu fotografieren?* Da bemerkte Jokum, dass etwas fehlte. Er stand aus dem Bett auf und lauschte. Was fehlte? Die gewohnten Geräusche von Akers Mek., sie waren fort, der feine Lärm der Arbeit, die Skala des Klopfens, die Stöße zwischen jeder Verlagerung, der große Sog, wenn ein Schiff zu Wasser gelassen werden sollte. Am folgenden Tag ging er hinunter zum Rathaus. Ihm begegnete kein Bekannter, trotzdem drehten sich einige nach ihm um und lachten über den flachen Hut. Der Hafen war auch nicht wiederzuerkennen. Die gesamte Westseite war eine einzige Baustelle. Die großen Werften gab es nicht mehr. Die Docks waren fort. Da hätte man auch gleich den Fjord leeren können. Was soll man mit einem Fjord, wenn man kein Schiff mehr hat? Jokum ging wieder nach Hause, krumm und langsam. Hätte jemand schätzen sollen, wie alt er war, hätte er wohl gesagt, 45, vielleicht an die 50, aber nicht 33 Jahre.

Am nächsten Morgen, als der Vater im Büro war und Jokum zusammen mit seiner Mutter in der Küche saß und Tee trank, sagte sie:

»Ich finde, du solltest zu Doktor Eidsbø gehen.«

»Warum das?«

»Weil ich mir Sorgen um dich mache.«

»Sorgen? Das brauchst du nicht.«

»Du bist hingefallen, Jokum.«

»Ich habe nur das Gleichgewicht verloren. Das ist nichts…«

»Ich habe einen Termin für dich vereinbart. Heute um ein Uhr. Ich kann mitkommen.«

Jokum stand auf und wäre fast wieder hingefallen.

»Du brauchst nicht mitzukommen! Ich bin… Hast du… Du hast für mich einen Termin vereinbart?«

»Ja, Jokum.«

Er setzte sich wieder hin und schaute seine Mutter lange an, bis sie woanders hinsehen musste.

»Ich werde gehen, wenn ich dich fotografieren darf«, sagte er.

»Du nervst aber wirklich. Du weißt doch, dass ich es nicht mag, wenn…«

»Ich meine das ernst, Mutter. Es ist wichtig für mich.«

»Wichtig, ach du. Aber du sollst kein Foto machen, bevor ich nicht beim Friseur war.«

»Das ist nicht nötig. Ich…«

»Willst du nicht, dass deine Mutter gut aussieht, wenn du sie fotografierst?«

»Doch. Natürlich.«

Sie legte ihre Hände auf seine.

»Und dann versprichst du mir zu gehen?«

Jokum nahm ein Taxi bis zur Kuppe des Kirkeveien. Dort blieb er eine Weile stehen und schaute auf die Gørbitz gate, er fand, sie wäre zu kurz. Dann ist es fast besser, wenn nach einem überhaupt keine Straße benannt wird. Nein, er änderte seine Meinung, ganz schnell änderte er die Meinung: je kürzer, umso besser. Eine kleine Gasse hätte gepasst. Jokum war und blieb wankelmütig. Dann drehte er sich zu den Schaufenstern des Premiemagasinet um und dachte das Gleiche wie letztes Mal: Gibt es zu viele Pokale oder zu viele Verlierer auf der Welt? Er war noch nie in dem Laden gewesen. Es war erst Viertel vor eins. Also ging er hinein. Ein älterer Verkäufer mit dem Logo des Ladens, Lorbeer und ein Speer, am Revers, kam ihm entgegen. Jokum zeigte auf den erstbesten Pokal, er sah aus wie ein hoher, glänzender Kerzenständer.

»Wofür ist der?«

Der Mann faltete die Hände.

»Wofür? Ich verstehe nicht so recht.«

»Ich meine, für welche Sportart.«

»Ach so. Nein, das können Sie selbst entscheiden. Schlittschuhlaufen, Fechten, Stabhochsprung. Oder für lange, treue Dienste. You name it.«

»Man kann also irgendeinen Pokal kaufen?«

»Ja, das kann man so sagen. Aber wir gravieren gern Namen und Titel ein. Haben Sie an etwas Spezielles gedacht?«

»Ich möchte mich erst einmal nur umschauen.«

Der Verkäufer folgte Jokum auf dem Weg zwischen den Vitrinen und Regalen.

»Darf ich auf Gehen tippen?«

Jokum drehte sich um.

»Wie bitte?«

»Gehen. Das war bestimmt Ihre Sportart, nicht wahr? Das Gehen. Und jetzt haben Sie damit aufgehört? Wegen Verschleiß? Beim Gehen, gibt es da großen Verschleiß? Besonders bei den Hüft ...«

»Ich habe nie etwas mit Gehen zu tun gehabt.«

Jokum schnappte sich einen Pokal, eine Art Vase mit einem Sockel, mit Goldbehang, bezahlte und eilte davon, soweit er dazu imstande war, hoch ins Wartezimmer. Es gab keine Krankenschwester, die ihn in Empfang nahm. Die Zeitungen waren von gestern. Fünf Minuten nach eins öffnete Doktor Eidsbø die Tür und ließ ihn herein. Er war inzwischen ein alter Mann geworden. So ist es, wenn man fort ist. Man sieht den Zeitsprung.

»Du bist doch hoffentlich nicht wieder wegen einer Amputation gekommen?«

»Ach, wenn es nur das wäre.«

Jokum setzte sich und legte den Hut und das Paket auf den Tisch. Doktor Eidsbø beobachtete ihn genau dabei.

»Du warst unten im Laden, wie ich sehe.«

»Ich habe mir schon immer einen Pokal gewünscht.«

»Ja, anscheinend hast du ja viel Erfolg da in den USA. Das freut mich. Es freut mich genauso sehr zu hören, dass du eine Frau gefunden hast.«

Was meinte er damit? Jokum stellte fest, dass Norwegisch eine unhöfliche Sprache ist. Wer Norwegisch sprach, will vielleicht höflich sein, aber die Sprache sagt etwas anderes.

»Ich glaube, sie hat eher mich gefunden«, sagte er.

Doktor Eidsbø lachte und setzte sich.

»Was bereitet dir am meisten Sorgen, Jokum? Oder besser gesagt, was bereitet deiner Mutter Sorgen?«

Jokum wusste nicht, wo er anfangen sollte, denn an dem, was ihm Sorgen machte, konnte Doktor Eidsbø doch nichts ändern: Bring mir das Fotografieren wieder bei!

»Ja, es war meine Mutter, sie hat den Termin vereinbart.«

»Sie hat dich ja lange nicht gesehen. Vielleicht sieht sie da einen Unterschied.«

»Ich bin hingefallen.«

»Wo?«

»Direkt aufs Schloss.«

»Wie bitte?«

»Im Arbeitszimmer meines Vaters. Er hat ein Modell der Stadt gebaut. Ich mache mir Sorgen um ihn.«

»Jetzt reden wir erst einmal über dich, Jokum. Was ist passiert?«

»Ich bin kaum wieder auf die Beine gekommen.«

»Hast du Schmerzen?«

»Nachts. Und wenn ich zu lange laufe.«

»Bist du in den USA mal bei einem Arzt gewesen?«

Jokum zögerte.

»Ich war bei einem in San Francisco. Doktor Q.«

»Und was hat der gesagt?«

»Er hat anscheinend an irgendeiner Fakultät zusammen mit Ihnen studiert.«

»Ich hoffe, er hat dir keine Medikamente gegeben?«

»Nein, ganz im Gegenteil. Er hat mich gebeten, keinen Stock zu benutzen und die Kamera nicht über der Schulter zu tragen.«

»Ja, ja, nicht besonders tiefsinnig, aber auch nicht schädlich, Gott sei Dank. Zieh dich bitte aus.«

Doktor Eidsbø folgte jeder von Jokums Bewegungen mit den Augen, die Schnürsenkel, die Strümpfe, die Knöpfe, der Gürtel, Jokum fühlte sich wie ein Kind, das alles wieder neu lernen muss, und zum Schluss stand er nur in der Unterhose an der Wand, dort, wo er schon so oft gestanden hatte, gemessen und gewogen und für zu groß befunden worden war.

»Sagen Sie etwas«, sagte Jokum.

»Es ist schlimmer geworden, und es wird auch nicht besser.«

»Bin ich gewachsen?«

»Nein, nein, die Zeit ist glücklicherweise vorbei. Aber du bist schiefer geworden. Die Belastung auf den Hüften und den Knien ist zu groß. Eines Tages wirst du es nicht mehr schaffen, aufrecht zu stehen. Das ist leider nicht zu vermeiden.«

»Ehrlichkeit war eindeutig Pflichtfach an Ihrer Fakultät, Doktor Eidsbø.«

»Weder du noch ich, keiner hat etwas davon, wenn ich um den heißen Brei herumrede.«

»Gibt es etwas, das wir tun können?«

»Besorge dir einen Rollstuhl. Oder lass sie austauschen.«

»Die Hüften?«

»Aber noch nicht jetzt. In der Regel hast du nur einmal die Chance, was diesen Tausch betrifft, also sieh zu, dass du sie noch eine Weile behältst.«

»Genieße es, solange du kannst. Sagt man nicht so?«

Jokum zog sich wieder an und dachte, dass es sich mit dem Körper genau wie mit Dingen verhält, du kannst sie nicht zweimal umtauschen. Doktor Eidsbø gab ihm die Hand und sagte:

»Ich gehe davon aus, dass du den Ernst der Lage verstanden hast, Jokum.«

»Ich habe mein ganzes Leben lang den Ernst der Lage verstanden, Doktor Eidsbø.«

»Und warum machst du dir Sorgen um deinen Vater?«

»Ach, ich weiß nicht. Er hat so merkwürdige Ideen. Autobahn durch Skillebekk. Wolkenkratzer.«

»Du solltest dir eher Sorgen um deine Mutter machen.«

Jokum ließ seine Hand los, ein kalter Schauer überkam ihn:

»Mutter? Ist sie krank?«

»Sie ist melancholisch.«

»Melancholisch? Ich dachte, sie arbeitet für die Wohltätigkeit.«

»Vielleicht macht sie das gerade deshalb. Das geht nicht so leicht vorüber.«

»Ist das meine Schuld? Weil sie mich vermisst?«

Doktor Eidsbø schüttelte den Kopf und sah Jokum an.

»Das muss nicht der Grund sein. Eine Mutter ist mehr als nur ihre Kinder.«

»Ich möchte lieber Ehrlichkeit. Sie reden in Rätseln.«

»Das liegt nur daran, dass die Melancholie ein Rätsel ist«, sagte Doktor Eidsbø.

Jokum wartete draußen, bis ein freies Taxi kam. Als er wieder den Kirkeveien hinunterfuhr, sah er, dass Brubben, der kleine Kiosk in der Toreinfahrt gegenüber Prestenes kirke, nicht mehr da war. Auch den kleinen Jungen mit den Locken, der vielleicht sein bester Freund hätte werden können, wenn sie die Chance gehabt hätten, sich in der Mitte zu begegnen, konnte er nirgends entdecken.

Die Mutter war beim Friseur gewesen. Sie saß in der Küche und wartete. Jokum blieb in der Tür stehen, versteckte den Pokal hinter dem Rücken. Sie stand sofort auf.

»Was hat Eidsbø gesagt?«

»Dass ich keinen Hut tragen soll.«

Er nahm den Porkpie ab, warf ihn auf den Haken im Eingang, verfehlte diesen jedoch. Mutter kam näher.

»Du sollst keinen Hut tragen?«

»So wenig Belastung wie möglich. Er wollte außerdem, dass ich mir die Haare schneiden lasse. Jedes Gramm zählt.«

»Red keinen Quatsch. Was hat er gesagt?«

»Dass ich nicht anfangen darf, fürs Gehen zu trainieren. Und das, wo ich doch schon immer Lust dazu hatte!«

Mutter musste lachen.

»Auf Doktor Eidsbø kann man sich verlassen!«

»Und die Friseurin? Was hat sie gesagt?«

»Immer das Gleiche, alter Klatsch und Tratsch. Aber jetzt erzähl endlich, was er wirklich gesagt hat!«

»Dass ich steif von der Flugreise gewesen bin. Und dass wir abwarten sollen. Du siehst gut aus.«

»Ach, das ist nur immer dieselbe alte Frisur.«

»Der kleine Kringel in der Stirn auch? Der ist doch neu, oder?«

Mutter fuhr sich schnell mit der Hand übers Gesicht.

»Wenn du mich unbedingt fotografieren willst, dann mach das jetzt.«

Jokum holte die Kamera. Als er zurückkam, hatte sie sich nicht von der Stelle bewegt. Er hätte das Foto dort machen können, war sich aber unsicher. Das graue Linoleum ließ das Licht plötzlich hart und industriell erscheinen. Als steckte er seine Mutter in eine Rüstung. Diese Unsicherheit erschreckte ihn. Wollte er nicht mit dem Licht arbeiten, das ihm zur Verfügung stand? War das nicht seine *Pflicht*? Jokum hatte eine Pflicht dem Licht gegenüber. Die Welt war kein Studio. Er bereute es. Er hätte das Foto von seiner Mutter machen sollen, als sie noch nichts davon gewusst hatte, nicht insgeheim, das war die Methode der Spione, einfach nur unerwartet, wie ein Blick, aber ein freundlicher Blick. Jetzt konnte er sich nicht mehr zurückziehen. Was würde sie sonst von ihm glauben? Dass ihm ihre Frisur nicht gefiel?

»Wo sollen wir es machen?«, fragte er.

»Das musst du entscheiden.«

»Ich möchte ja, dass du zufrieden bist.«

»Vielleicht im Wohnzimmer?«

»Das finde ich auch.«

Sie gingen hinein. Die Mutter setzte sich an den Nähtisch in der Ecke. Sie befestigte das Schild vom Roten Kreuz an der Brust. Neben ihr stand ein Korb mit alten Kleidern, Hemdenschößen, Pullovern, Schals, Jacken, Hosenbeinen, es waren Kleider, die nicht länger zur Bekleidung dienten, sondern *Stoff* waren. Das gefiel Jokum. Die Nachmittagssonne blieb in den Tüllgardinen stecken, auf der Fensterbank liegen. Die glänzenden Schatten der Nähmaschine, der alten, treuen Singer Featherbird, gaben dem Raum um die Mutter herum eine klare Tiefe. Er hockte sich hin, hob die Kamera und bemerkte den Schmerz in den Hüften nicht, denn die Freude war größer, nein, die Ruhe war größer, sie schob den Zweifel fort, und er machte das Foto ohne zu zögern. *Es muss einfach sein.* Hätte er das Foto in der Küche gemacht, hätte er es *Mother, Melancholy* genannt, hier, im Wohnzimmer hieß es *Mother, Charity*, und es wurde das dritte Bild in der Serie, die mit Mrs. Cease begann, *Mother, Rage*, und dann folgte Astrid Sager, *Mother, Jetlag*. Jokum dachte, während er sich langsam wieder aufrichtete, dass er doch eigentlich fertig war mit den *Ideen*, beruhigte sich aber gleich wieder. Die Mutter war keine Idee. Mütter waren keine Idee.

»Hast du Schmerzen?«, fragte sie.

Jokum schüttelte lächelnd den Kopf.

»Nein, Mutter. Überhaupt nicht.«

Am gleichen Abend schauten sie die Fernsehnachrichten, während Vater im Arbeitszimmer war und mit dem Wiederaufbau Oslos begann. Jokum hatte seit mehreren Jahren kein Fernsehen mehr geschaut und bereute es nicht. Es gab nur schlechte Nachrichten. Die UNO gab bekannt, dass sich mindestens 50 000 Menschen in Afrika mit AIDS angesteckt hatten. Die Gesundheitsbehörden verboten den Verkauf von Gemüse aus Trøndelag, weil es nach dem Tschernobyl-Unfall immer noch zu viel Cäsium enthielt. Die Bauern verzweifelten. Dänemark forderte, dass Schweden umgehend das Kernkraftwerk Barsebäck schloss. Norwegen war Weltmeister in lateinamerikanischen Tänzen. Die Mutter strickte und bekam kaum etwas mit. Was strickte sie da? Einen roten Schal im Juni. Da klingelte das Telefon. Es war das erste Mal, dass es klingelte, seit der Anrufbeantworter entfernt worden war, und es klingelte einfach immer weiter. Und viele Jahre später würde Jokum schwören, dass er sofort hörte, dass diese Signale etwas Besonderes an sich hatten, sie waren länger und dunkler, es lag möglicherweise an der Entfernung, denn er wusste natürlich bereits, dass Synne anrief, aber da war noch etwas mehr, ein anderer Klang, fast wie Glocken, den er nie wieder loswerden würde. Jokum stand noch vor seiner Mutter auf, ging auf den Flur, schloss die Tür, nahm den Hörer ab und fragte:

»Ist etwas passiert?«

So sehr konnte er sich irren und dennoch recht haben. Es war wieder das wahre Bild, das gleichzeitig lügt. Synne antwortete nicht, fragte stattdessen:

»Erinnerst du dich an den letzten Punkt auf unserer Liste?«

»Auf welcher Liste?«

»Jetzt enttäuschst du mich aber, Jokum. Die Liste aller Dinge, die wir machen wollen. Und da steht *Familie*.«

Jokum musste die Hand wechseln und sich setzen.

»Ich werde deine Mutter morgen besuchen. Das verspreche ich. Bisher habe ich …«

Sie unterbrach ihn.

»Ich bin schwanger.«

Jokum saß ganz still und lauschte.

»Wir bekommen ein Kind, Jokum. – Bist du noch da?«

Jokum war da. Er wünschte, er wäre dort, bei ihr.

»Wann ist das passiert?«

»Nach meinen Berechnungen höchstwahrscheinlich im Hotelzimmer in San Diego.«

Jokum dachte: Ich muss das Bild von The Black Pyjamas zurückkriegen, das Bild von Synne auf dem Bett, der vierten Mutter, *Mother, Marble.*

»Ich komme so schnell ich kann!«, rief er.

»Das eilt nicht. Ich wollte es dir nur erzählen.«

»Nein, du musst herkommen, Synne! Du musst nach Hause kommen und…«

»Beruhige dich. Auch in Amerika werden Kinder geboren.«

Jokum änderte seine Meinung.

»Du hast recht. Bleib, wo du bist. Hier ist es momentan unheimlich. Selbst der Salat ist radioaktiv.«

Synnes Stimme wurde leiser:

»Und noch eins: Sag es niemandem.«

»Wieso? Stimmt etwas nicht? Ist es…«

»Alles ist in Ordnung. Ich möchte dich nur bitten, noch nichts davon zu sagen. Versprichst du mir das?«

Nachdem er aufgelegt hatte, blieb Jokum eine Weile sitzen, ohne Gedanken, ängstlich und glücklich. Dann ging er zurück ins Wohnzimmer. Jetzt war auch der Vater gekommen. Er stand hinter der Mutter, in dem weißen Kittel, eine Hand auf ihrer Schulter. Die Hände mit den Stricknadeln ruhten im Schoß. Die beiden schauten sich die Wetternachrichten an. Die Winde aus dem Osten, aus der Sowjetunion, drehten sich. Ein gutes Zeichen. Die Hüttenbesitzer in Süd-Norwegen wurden dennoch davor gewarnt, Regenwasser zu trinken. Ansonsten würden die Temperaturen steigen. Und plötzlich taten sie Jokum leid, Hütchen und Elle, er wusste nicht so recht, warum, es kam einfach über ihn, eine Art Mitleid, ein Mitgefühl, das nicht ohne tiefe Liebe entstehen kann und das von seinem eigenen unerwarteten Glück gestört wurde.

»Das war Synne.«

Die Mutter schaute auf.

»Es ist doch wohl alles in Ordnung?«

»Ja. Warum sollte es nicht?«

»Weil du sie nicht angerufen hast, Jokum.«

Er wollte sich entschuldigen und sagen, dass, wenn sie einander nicht anriefen, alles in Ordnung war, doch das hätte ja bedeutet, dass jetzt etwas nicht in Ordnung war, hatte sie ihn doch gerade angerufen. Das war zu viel, um es zu erklären. Glücklicherweise kam da der Vater hinter dem Stuhl hervor, legte jetzt Jokum eine Hand auf die Schulter und sagte:

»Ich habe mir etwas überlegt, Jokum. Willst du es nicht mal mit Luftaufnahmen versuchen?«

Jokum verlor den Faden. So weit war es also gekommen. Selbst sein Vater beleidigte ihn.

»Machst du Scherze mit mir, Vater?«

»Scherze? Nein, ich …«

»Oder machst du dich über mich lustig?«

»Aber Jokum. Nichts von alledem. Wie kannst du so etwas nur glauben? Hat Amerika dich so dünnhäutig gemacht?«

Oder war es der Erfolg, der ihm zu Kopf gestiegen war?

Jokum schaute zu Boden.

»Tut mir leid. Sollen wir einen Hubschrauber mieten?«

Sein Vater lachte.

»Ich dachte, du könntest erst einmal mit meinem Modell anfangen.«

Die Stricknadeln ließen leises, schnelles Klacken vernehmen, wie Insekten. Der Vater nahm die Hand fort. Jokum holte Luft und fand den Faden wieder.

»Ich soll grüßen«, sagte er.

Mutter strickte noch schneller.

»Ich hoffe, du hast auch von uns gegrüßt.«

»Sie lässt euch grüßen und sagen, dass ihr Großeltern werdet.«

Während Jokum nicht das hielt, was er versprochen hatte, dachte er: Ich sage das, damit sie sich so lange wie möglich freuen können.

Es wurde wieder ganz still. Der Vater musste seine Brille putzen. Die Maschen verloren sich in dem roten Schal und fielen in Mutters Schoß. Sie stand auf und zog Jokum an sich.

»Du solltest jetzt bei Synne sein.«

Jokum nahm sie in den Arm. Welche Mutter war das? Die wohltätige oder die melancholische? Keine von beiden. Das war bereits die Großmutter.

»Ich fahre, sobald ich kann«, sagte er.

Am nächsten Tag, nachdem er Vaters Stadt aus der Luft fotografiert hatte, nahm Jokum erst einmal die Straßenbahn nach Ullern und ging zur Villa. Er ging langsam, wollte die Hüften nicht belasten, aber in erster Linie, weil er sich nicht gerade freute. Der einzige Trost war, dass er mit einer guten Neuigkeit kam. Nachdem er das Versprechen gebrochen hatte, tat er es gern noch einmal. Das ist die Logik des Bruchs eines Versprechens, seine umgekehrte Gerechtigkeit: Er musste Astrid Sager erzählen, dass auch sie in den Divisionen der Mütter aufrücken sollte. Am Pförtnerhaus blieb er stehen. Die Vormünder kamen nicht heraus. Er wartete noch einen Moment. Niemand zeigte sich. Also ging er weiter in den Garten, in dem die Zypressen dunkelgrüne, steife Schatten warfen. Das Gras war frisch geschnitten. Der Swimmingpool war trocken, aber auch nicht voll mit Nadeln. Die blauen Fliesen auf dem Grund glänzten. Hinter dem Sprungbrett stand ein gelber Liegestuhl. In den Fenstern sah er niemanden. Das Haus wirkte geschlossen, verlassen. Trotzdem klingelte er. Ein Vogel flog von dem steilen Dach hoch. Niemand öffnete. Er klingelte noch einmal. Eigentlich war er erleichtert. Anschließend ging er zu der kleinen Grabstätte. Auf Huberts Platz lag ein Kranz, den er wiedererkannte, auch wenn er fast in Fetzen zerrissen war. Vielleicht hatte sich ein Dachs hier herumgetrieben, oder Ratten. Vielleicht soll so ein Kranz am Ende auch in Wind und Wetter verrotten und auseinanderfallen. Jokum stutzte. Sollte er nicht vor Erik Sagers Stein liegen? Er wollte ihn hochheben, fand, es sei nicht richtig, dass er dort noch lag, ganz gleich, auf welchem Grab. Da hörte er jemanden kommen. Er ließ den Kranz fallen und drehte sich um. Es war der Gärtner, in schwerer Arbeitskleidung. Über der Schulter trug er einen Spaten.

»Ist Synne mitgekommen?«, fragte er.

Jokum schüttelte den Kopf und bürstete sich den Staub von den Händen.

»Sie ist in …«

»San Francisco?«

»Ja. In San Francisco. Nur ich bin hier. Ist Astrid zu Hause?«

»Nein.«

»Weißt du, wo sie ist?«

»Ist das wichtig?«

»Ja, schon. Ich habe eine Nachricht für sie.«

»Die kann ich ihr überbringen.«

»Das würde ich lieber selbst tun.«

Der Gärtner stieß den Spaten in die Erde und stützte sich auf ihn.

»Sie ist eingewiesen worden. Vor einem Monat. Und …«

»Eingewiesen?«

»In ein Krankenhaus unten in der Stadt. Und bis auf Weiteres darf sie keinen Besuch empfangen. Bis auf mich.«

»Ist sie sehr …?«

»Ja. Sie kommt nicht mehr zurück. Sie wird sterben, bevor sie stirbt. Wenn du verstehst.«

Jokum wusste nicht so recht, ob er verstand, nickte aber dennoch. Die Schatten füllten jetzt das Schwimmbecken aus. Ein Fliegenschwarm stand in der Luft.

»Was ist mit den Vormündern?«, fragte er

»Die sind tot. Wusstest du das nicht?«

»Dann bist du der Einzige, der noch hier ist?«

»Was willst du damit sagen?«

»Nein, nichts. Ich habe nur gedacht, vielleicht wohnst du …«

Der Gärtner zog seine schmutzigen Handschuhe aus und strich sich mit dem Handrücken über die hohe weiße Stirn.

»*Ad majorem domus gloriam*«, sagte er.

»Und was soll das heißen?«

»Zur höchsten Ehre des Hauses. Ich habe Synne versprochen, das hier instand zu halten. Ich halte nur, was ich versprochen habe.«

Jokum trat einen Schritt näher.

»Warst du mit Erik Sager damals in Afrika?«

»Warum?«

»Ich frage mich nur, was da eigentlich passiert ist.«

»Er hat einen Elefanten geschossen. Und ist von einem Insekt gebissen worden. Was für Neuigkeiten wolltest du überbringen?«

»Synne kriegt ein Kind.«

Und Jokum, der nicht das hielt, was er versprochen hatte, sah, wie der alte Gärtner sich aufrichtete, wie sein trockenes Gesicht in Bewegung kam und in einem Lächeln explodierte, als wäre er von einem Tropfen Freude getroffen worden.

»Dann werdet ihr hier wohnen?«

»Kann sein. Ich weiß es nicht.«

»Weißt du, was ich jetzt tun werde?«

»Wasser in den Swimmingpool einlassen?«

»Die Zypressen fällen. Und Licht hier reinlassen. Sag das Synne.«

»Das werde ich.«

»Und versprich mir, gut auf sie aufzupassen.«

Jokum warf einen Blick auf den erbärmlichen Kranz, ließ ihn aber liegen und erreichte noch das nächste Flugzeug nach San Francisco, über Amsterdam. Dieses Mal entschied er sich für die Erste Klasse. In einem Gefühl mehrdimensionalen und nicht unkontrollierbaren Glücks dachte er: Das tue ich Synne zuliebe. Als er endlich zu Hause ankam, schlief sie. Es war immer noch Morgen. Er war nicht müde. Die Reise war bereits aus ihm verschwunden. Lange blieb er einfach stehen und schaute sie an. Er konnte keinen Unterschied feststellen. Synne wachte auf, zog sich die Bettdecke bis zum Kinn hoch, fast verlegen. Er streckte eine Hand aus und lächelte:

»Der Gärtner hat die Zypressen gefällt«, sagte er.

Das war alles, was Jokum sagte.

Und langsam sah er die Veränderungen eintreten, in ihrem Körper, in der Haut, dem Mund und den Augen, im Rhythmus, der

Stimme und in ihrer Temperatur. Den einen Augenblick warf sie einen Schuh nach ihm, im nächsten backte sie Schokoladenkuchen und aß mit den Fingern. Zum Mittagessen kam sie im Morgenmantel, und vor dem Abendessen zog sie sich plötzlich ein langes Kleid an, ein Kleid, das sie übrigens später am Abend zerschnitt und wegwarf. Veränderte Jokum sich? Ja, er war die Welle, die ihren Windböen folgte. Er war übermütig und verängstigt. Er war himmelhoch jauchzend und zu Tode betrübt, genau wie Synne. Ansonsten war sie wie immer. Sie pflegte die Kontakte zu den Galerien und Zeitschriften, schrieb Verträge mit Büros und Agenturen, plante Ausstellungen und katalogisierte nicht zuletzt alle Fotos in chronologischer, nicht thematischer Reihenfolge, von *Einsames Trio*, das sie als sein erstes echtes Bild betrachtete, bis *Mother, Charity*, das Jokum überrascht hatte, als er damit in der Dunkelkammer gearbeitet hatte, er hatte es sich als ein dunkles, nachgiebiges Porträt vorgestellt, das Gesicht der Mutter in Licht und Stoff, stattdessen schien es, als trüge sie eine Rüstung. Sie ähnelte einem Soldaten. Nur mit Mühe erkannte er sie wieder. Und wusste sofort, dass es ein gutes Porträt war. Das ließ ihn an Doktor Eidsbøs Worte denken, dass eine Mutter mehr ist als ihr Kind, was immer er auch damit gemeint hatte. Ebenso verblüfften ihn die Luftaufnahmen des Modells; er hatte geglaubt, es wären nur Archivaufnahmen, aber sie hatten eine sonderbare, unerwartete Qualität, etwas von einer Begegnung zwischen Traum und Plan, und besonders eines fand seine Aufmerksamkeit: Vaters Hand kam zum Vorschein, sie war dabei, ein Gebäude aufzustellen. Er nannte es *Father, Master*. Synne meinte, sie sollten sich überlegen umzuziehen, nicht nach Hause, auch wenn die Zypressen weg waren, aber in eine größere Wohnung in San Francisco. Sie besichtigten einige, unter anderem auch in der Straße mit *The Painted Ladies*, konnten sich aber doch nicht entscheiden. Jokum stand am Fenster im Erker, während Synne mit dem Makler sprach, er schaute hinunter auf den Wäscheständer, der entfernt und durch einen kleinen, merkwürdigen Springbrunnen ersetzt worden war, vielleicht aus Anlass der Besichtigungen, und er wusste, dass sie sich früher oder später entscheiden mussten, ob das Kind hier oder in Norwegen aufwachsen sollte. Er selbst hatte keinerlei Zweifel. Sie wurden laufend von diesem Wahrsager der American Bank auf dem Laufenden gehalten, er meinte, die Preise seien am Fallen, sie sollten noch eine Weile warten, sie sollten auf schlechtere Zeiten warten. Synne sprach auch wieder mit Edith Fremm, was Jokum nicht so recht verstehen konnte, und er versuchte es auch gar nicht erst. Er war voller Demut. Eines Tages hatte sie ein Buch auf den Küchentisch gelegt, *The Other Sex*, von Simone de Beauvoir, die gerade gestorben war. Er schlug es auf und las das Zitat des griechischen Philosophen Pythagoras, es leitete das erste Kapitel ein, und er nahm an, dass der Rest des Buches das Gegenteil davon beweisen sollte. *Es gibt ein gutes Prinzip, das die Ordnung, das Licht und den Mann, und ein schlechtes Prinzip, das das Chaos, die Finsternis und die Frau geschaffen hat.* Er konnte gar nicht heftig genug widersprechen. Diese Monate würde er später als die glücklichste Zeit seines Lebens erinnern, ein Glück, das ihm niemand nehmen konnte. Und er stellte sich vor, dass dieser Ausnahmezustand in eine immerwährende Verfassung überginge, nämlich die der Freude, ein organisiertes Glück. Synne war 36 Jahre alt und ging zur Kontrolle ins St. Francis Memorial Hospital. Alles war in Ordnung. Und sie hatte *eine Idee*, Jokum war wie schon gesagt fertig mit Ideen, eine Idee für eine neue Serie: Er sollte Fotos von den Vorbereitungen machen, von der Erwartung, wie sie tatsächlich in diesem Interregnum, das Schwangerschaft heißt, vorkommt, kurz gesagt, er sollte unter anderem das Erbrechen fotografieren, Kinderspiele, Rezepte, Blutproben, Süßigkeiten, Kleidung, Thermometer, Temperaturen, Blumen, Kalender, Essensreste (Fisch), abgebissene Nägel, nasse Papierservietten, Namenslisten (Jungs auf der einen, Mädchen auf der anderen). Jokum konnte offenbar nicht Nein sagen, und er kam auch gar nicht auf die Idee. Er tat, was sie sagte. Er passte auf sie auf. Das musste, so wie er es sah, eine fast dokumentarische Serie werden, etwas, das ihm nicht fremd war, die Bilder sollten persönlich sein und trotzdem sachlich, oder *faktisch*, das Wort hatte Synne selbst benutzt, ganz einfach, weil sie nicht mit auf den Fotos sein sollte, nur ihre nächste Umgebung. Sie wurden sich zum Schluss auch über einen Titel einig, nachdem sie diverse Vorschläge verworfen hatten: *Pregnant Things*. Übrigens sagte Synne etwas, worüber Jokum stutzte, nämlich dass er daran denken sollte, den Humor hervorzuheben. Hatte er bisher keinen Humor gehabt? War nicht die ganze Zeit Humor dabei gewesen, von *Einsames Trio*, oder *Dänischer Tourist*, das *er* als sein erstes echtes Bild ansah? Außerdem war Humor nichts, was man hervorhob. Humor ist nicht in den Dingen selbst, sondern in deren Verhältnis zueinander, ihrer Geometrie sozusagen. Aber er würde nicht noch einmal der Versuchung erliegen, etwas zu arrangieren. Er würde den Lippenstift nicht auf den Teller mit der halb gegessenen Meeresforelle legen oder eine Rose in die Urinprobe stecken. Der Humor musste bereits vorhanden sein. Wenn er es recht überlegte, waren die einzigen Bilder, denen es vollkommen an Humor fehlte, die Serie von *The Black Pyjamas*, aber die hatte er nie gesehen. Vielleicht war Synne der gleichen Meinung. Jedenfalls widersprach Jokum ihr nicht. Sollte er nicht den Humor hervorheben? Er machte sich mit einer Begeisterung an die Aufgabe, die er nie zuvor gekannt hatte, und eine Weile hatte er Angst, dass dieses Ungleichgewicht, dieser Mangel an Kontrolle sich schlecht auf die Bilder auswirken könnte. Seine Hand war ruhig, doch die Seele zitterte. Eines Morgens, als Synne duschte, klingelte das Telefon. Es war seine Mutter. Sie machte sich Sorgen. Warum ließen sie nie von sich hören? War etwas nicht in Ordnung? Jokum sprach leise und schnell, wie es die Schuldbewussten tun, er versicherte ihr, dass alles in Ordnung war und es Synne gut ging. Die Mutter wollte mit ihr selbst sprechen, sie wollte mit ihrer Schwiegertochter sprechen, hatte sie ihr nicht so einiges an Ratschlägen zu geben, schließlich hatte sie Jokum in sich getragen, außerdem wollte sie gern ein Paket mit Kinderkleidung, Spielzeug und anderen nützlichen Dingen aus Jokums erster Zeit schicken. Er wurde ganz taub und verlegen, schließlich hätte es ja gar nicht erzählen dürfen, also sagte er, dass Synne bei einer Kontrolluntersuchung sei. Er versprach, häufiger anzurufen. Auf jeden Fall etwas häufiger als nie, sagte die Mutter zum Schluss und war offenbar beruhigt, was Jokum aber nicht war, denn sie fügte hinzu, mit resigniertem Schmunzeln: Übrigens hast du deinen Hut vergessen. Und den Magneten.

Dann verging fast eine halbe Jahreszeit, ohne dass Jokum irgendeinen Unterschied an Synne feststellen konnte. Er sah keinen Unterschied. Das machte ihm Angst. Waren seine Augen trüb geworden? Oder stimmte mit dem Kind etwas nicht? Aber dann hätte sie doch etwas gesagt. Er traute sich nicht zu fragen. Er wollte sie nicht erschrecken. Er war machtlos. Er war außen vor, ein Zuschauer. Der, so gut er konnte, dem Geschehen folgte. Er wollte die geringste Bewegung in ihrem Körper bemerken und erinnern. Er wollte das sehen, was sich zusammenzog und was sich ausdehnte. Er hatte so große Angst, nicht aufmerksam genug zu sein, dass er gar nichts bemerkte. Doch eines Morgens, endlich, als ob es ganz plötzlich geschähe, sah er Synne mit langsamem, tropfendem Schritt vom Bad ins Schlafzimmer gehen, und der Schatten ihres Bauchs hatte keinen Platz mehr auf der Wand zwischen Küche und Wohnzimmer. Da kam er zur Ruhe. Sie war größer als alles. Alles in ihr war größer als alles. An einem anderen Morgen, als Jokum ihr feuchtes, zerwühltes Laken nach einer weiteren schlaflosen Nacht fotografierte, kam *ihm plötzlich eine Frage in den Sinn: War das der dritte Teil der* Trilogie, von der Synne gesprochen hatte? War *Pregnant Things* der Abschluss von *The Soldier's Things* und *The Black Pyjamas*? Nein, das konnte nicht sein. The Black Pyjamas gab es ja nicht. Außerdem bekam er das nicht zusammen. Das Kind war nicht das Ende. Das Kind war der Anfang. Er schob den Gedanken von sich. Anfang November, als Synne bereits sechseinhalb Monate schwanger war, wurde die Weihnachtsausstellung in der F. Gallery eröffnet, bei der *Cutlery of the Journey* eine der Hauptattraktionen war, zusammen mit der ziemlich schicken *Kükenserie* der New Yorker Fotografin Janica Yoders, entstanden auf einer Farm in Michigan, und den vornehmen Familienporträts von

Henry Callagan, einem ältlichen Gentleman der amerikanischen Fotografie, der übrigens auf der Biennale in Venedig 1978 ausgestellt hatte und der einige Jahre später ein gutes Wort für Jokum einlegen sollte. Aber Synne war der Mittelpunkt, sie zog alle Aufmerksamkeit auf sich. Womit Jokum zufrieden war, solange es sie nicht zu sehr anstrengte. Er passte auf sie auf. Die Bilder der zugewachsenen Eisenbahngleise zwischen den Häusern riefen geradezu eine stille Begeisterung hervor. Henry Callagan nannte sie einen *Fund*. Edith Fremm nahm Jokum zur Seite, stellte sich auf die Zehenspitzen und gab ihm einen Kuss auf das Kinn, dann behauptete sie, das wäre das Gleiche wie ein Ritterschlag. Von dir auf das Kinn geküsst zu werden? Sie lachte. Nein, von Henry Callagan gelobt zu werden. Sie senkte die Stimme und wollte ihm noch sagen, dass sie das nicht gemeint hatte, was sie da über Rambo gesagt hatte, es war einfach dumm dahergesagt, sie war damals frustriert, hatte es nicht so gemeint, okay? Okay. Beide drehten sich nach Synne um, diese stand mitten im Saal, in dem roten, engen Kleid, das auf die schwarzen Schuhe hinunterfloss, während das Publikum sich nach ihr umdrehte, und Edith Fremm sagte wieder etwas, das Jokum missfiel, es missfiel ihm außerordentlich: *Heute Abend ist Synne wie ein Kunstwerk.* Als sie nach Hause kamen, musste Jokum ihr aus dem Kleid helfen. Während sie sich für die Nacht fertig machte, fotografierte er die Kleider, die in einem Haufen auf dem Boden liegen geblieben waren. Ein Knopf am Ärmel hatte sich gelöst. Er bekam den dünnen Faden mit drauf. In dieser Nacht wollte sie, dass er sie in den Arm nahm. Darum hatte sie noch nie gebeten. Sie lag mit dem Rücken zu ihm, und er schob seinen Arm vorsichtig über ihre Schulter, ließ die Hand auf die schweren Brüste hinuntergleiten und auf den strammen, glatten Bauch, und er dachte an den unmöglichen Abstand zwischen beschützen und schaden, zwischen liebkosen und zerstören. Vier Tage vor Weihnachten holte Jokum ein Paket vom Postamt ab und eilte damit nach Hause. Zum Glück war Synne unterwegs, hatte sich mit Edith Fremm verabredet. Sicherheitshalber öffnete er das Paket in der Dunkelkammer.

Seine Mutter hatte es geschickt. Auf einer Karte schrieb sie: *Wir wissen ja nicht, ob es ein Junge oder ein Mädchen wird, aber wir schicken das hier trotzdem, dann könnt ihr sehen, was ihr gebrauchen könnt.* Zuoberst lag der Hut, flach wie ein Teller. Jokum musste lachen. Darunter lagen Dinge von Jokums Zeit, eine Rassel, André Bjerkes ABC, ein Lineal, eine Spieldose, EPs mit dänischen Vogelstimmen, ein Teddy, ein Abakus, all das, was bald zu einer anderen Oberfläche aufsteigen sollte, die bis jetzt noch nicht durchbrochen worden war. Er machte eine Reihe von Bildern, auch eins, auf dem er selbst mit drauf war: Gesicht in Halbprofil, der Mund offen, der Blick auf das zerknitterte Papier gerichtet. Schließlich fand er den Magneten, den hatte seine Mutter auch hineingelegt, und da wurde er unruhig. Wo blieb Synne? Vielleicht hatte er sie ja nicht kommen hören. Er ging ins Wohnzimmer. Er öffnete die Tür zum Schlafzimmer. Er rief ihren Namen. Sie saß in der Küche, schaute ihn an, und er erkannte diese Augen nicht wieder.

»Ich glaube, du musst einen Krankenwagen rufen«, sagte sie.

Erst da sah Jokum das Blut in ihrem Schoß. Er lief auf den Flur. Die Nummer des Memorial Hospital lag neben dem Telefon. Seine Finger waren steif und nicht zu steuern. Die Zahlen wollten nicht loslassen. Alles war langsam, und dennoch gab es keine Zeit. Die Gedanken erreichten ihr Ziel nicht. Er ließ die letzte Zahl los. Endlich meldete sich jemand. Er sagte die Adresse. Er sagte, dass es eile. Es eilte. Es war zu spät. In dem Moment hörte er, wie die Sirenen sich näherten. Dann erinnerte Jokum sich an kaum noch etwas, bis er in der Cafeteria des Krankenhauses saß und wartete, er erinnerte sich nur an den Verkehr, die Trage, laute Stimmen, dass er im Weg stand. Warum waren sie nicht im Kreißsaal? Warum durfte er nicht bei ihr sein? Ein Tannenbaum aus Plastik stand neben der Kaffeemaschine und blinkte. Andere Angehörige kamen und gingen. Er hielt eine Krankenschwester an. Er wollte mehr wissen. Warum durfte er nicht zu ihr? Warum war er hier? Die Krankenschwester konnte ihm nichts sagen und eilte weiter. Wollte sie nicht, oder wusste sie nichts? Die Leuchtstoffröhren an der Decke summten.

Bald war er allein. Die Dunkelheit draußen rückte näher. Jemand sang ein Stockwerk höher. Er war kurz davor einzuschlafen und zuckte von einem neuen, fremden Geräusch zusammen, das auch aus einem Traum hätte stammen können. Er schaute sich um, verwirrt und ängstlich. Eine Putzfrau zog einen großen Müllsack hinter sich her. Eine feuchte Spur zog sich über den Boden. Die Frau verschwand eine Treppe hinunter. Da hörte Jokum Schritte, die sich aus der anderen Richtung näherten. Ein Arzt kam zu ihm. Er ging nicht schnell genug, Jokum eilte ihm entgegen. Der Arzt blieb stehen und schaute auf eine Tabelle, die mit einer glänzenden Klammer an einer Mappe befestigt war, bevor er Jokums Blick begegnete.

»Es war eine stille Geburt«, sagte er.

Jokum atmete aus, Gott sei Dank, alle Unruhe verflog, er schien wie im Dampf zu stehen, hob beide Hände und wusste nicht, wo er sie lassen sollte.

»Junge oder Mädchen?«

Der Arzt schaute zur Seite und wartete, bis die gleiche Putzfrau wieder vorbeigegangen war, jetzt schob sie einen breiten Wischmopp vor sich her und wusch die Spuren fort.

»Es war ein Mädchen«, sagte er.

Jokum bemerkte nicht die Zeitform in der Antwort, er sah nicht den Kalender der Worte, dazu war er zu glücklich.

»Dann haben wir schon einen Namen, sie soll …«

Der Arzt hielt ihn fest.

»Sie verstehen nicht richtig. Das Kind hat nicht gelebt. Es tut mir leid.«

So blieben sie stehen, ohne etwas zu sagen, bis der Arzt ihn losließ und weitereilte. Plötzlich war die gleiche Krankenschwester wieder zur Stelle und brachte Jokum in die andere Richtung, zum Beobachtungsraum, sie sagte etwas, das er nicht hörte, öffnete eine Tür, und er ging langsam hinein. Synne lag im Bett, neben ihr verschiedene Geräte und Stative, sie bekam etwas Schmerzstillendes intravenös, ihr Gesicht war bleich, es glänzte, es erinnerte Jokum an Marmor, feuchten Marmor, gleichzeitig schien sie wach und klar zu sein. Jokum traute sich nicht, ihre Hand zu nehmen, die lag auf der Bettdecke, er fürchtete, gegen die Kanüle zu kommen, etwas kaputt zu machen, noch mehr kaputt zu machen. Sie sah ihn an, lächelte, lächelte sie? Sie lächelte.

»Hast du die Kamera dabei?«

»Ja, ich dachte, ich könnte …«

»Das brauchst du nicht.«

»Ich habe sie trotzdem mitgebracht.«

»Es könnte ein schönes Bild werden.«

»Wo ist sie?«

»Wer?«

»Unser Kind, Synne.«

Sie drehte sich zu dem Apparat um, auf dem der Herzrhythmus in leuchtenden Punkten vorbeihuschte.

»Es gibt kein Kind«, sagte sie.

Jokum trat näher, nur einen Schritt, er streckte die Hand aus.

»Ich weiß. Aber …«

Sie setzte sich im Bett auf, schaute ihn an, einen Moment lang war sie vollkommen fremd.

»Es gibt kein Kind! Hörst du nicht? Es gibt kein Kind!«

Die Krankenschwester kam herein und holte Jokum. Synne brauchte Ruhe. Er könnte sie am nächsten Morgen besuchen. Mehr konnte er jetzt nicht tun. Die Worte trafen ihn wie ein Hieb. *Mehr konnte er jetzt nicht tun.* Konnten sie denn etwas für ihn tun? Das spielte keine Rolle. Sie konnten nichts für ihn tun. Allein Synne könnte etwas für ihn tun, aber er konnte nichts für sie tun. Er hatte Fieber. Dennoch fror er. Wo war die Toilette? Die Krankenschwester zeigte es ihm. Jokum schleppte sich über den Flur, die Wand entlang, um nicht hinzufallen, an der Cafeteria vorbei, am Tannenbaum vorbei, die Treppe hinunter, noch eine Treppe, die Stufen waren glatt, er gelangte in den Keller, zwei Türen, aus Eisen, wie ein Gewölbe, das Gewölbe des Krankenhauses. Bewahrten sie hier den Schmuck des Krankenhauses auf? Die erste Tür war verschlossen. Vor der zweiten Tür gab es Flecken, Spuren, die langsam eintrockneten, wie Schorf auf dem Boden. Die Putzfrau war nicht sorgfältig genug gewesen. Es war unmöglich, sorgfältig genug zu sein. Es gelang ihm, die Tür zur Seite zu schieben. Eine Lampe an der Decke leuchtete auf. Das war kein Gewölbe. Hier lagen keine wertvollen Dinge. Hier war der Abfall, das, was nicht mehr gerettet werden konnte, Kohle, die nie zum Diamanten geworden war. In der Ecke lag ein Haufen mit schwarzen Säcken. An der Wand eine Luke: der Ofen. Er ging dorthin, beachtete die Hitze, den Gestank gar nicht. Er öffnete den ersten Sack, der immer noch leckte. Er hob die Kamera und sah nur seinen eigenen gekrümmten Schatten, hörte das Klicken, konnte aber nicht sagen, ob er tatsächlich ein Foto machte. Dann fand er den Weg wieder hinaus, trat in die kühle Luft, die in der Brust brannte, sank auf die Knie und erbrach sich. Als er nach Hause gekommen war, konnte er nicht schlafen, er versuchte es auch gar nicht erst. Stattdessen machte er sich daran aufzuräumen. Das war sinnlos und notwendig. Er räumte auf. Aufräumen ist wie sterben. Aufräumen heißt, dem Tod Platz zu schaffen. Er versteckte die Sachen seiner Mutter in der Schublade in der Dunkelkammer. Er bezog das Bett neu. Er hängte Synnes rotes Kleid in den Schrank. Er legte den Hut auf das Regal im Eingang. Er putzte die Schuhe, die dort standen. Er wischte Staub. Die Reproduktion in der Küche, Edward Hoppers *Hotel by the Railroad*, war ihm plötzlich zuwider. Die alten Eheleute waren unappetitlich und hoffnungslos. Das Licht, das auf sie fiel, war dreckig. Er nahm es ab. Aber er wusste nicht, was er damit machen sollte. Später am Abend hängte er es wieder auf. Was sollte er eigentlich mit dem Magneten machen? Was sollte er jetzt noch damit? Er könnte das Fenster öffnen und ihn hinauswerfen. So einfach war das. Er ging wieder in die Dunkelkammer, spulte den Film zurück, *Pregnant Things,* nahm ihn heraus und legte ihn und den Magneten in die unterste Schublade. Dort sollten sie liegen bleiben. Dann entdeckte er das Foto, das er in Jim's Pawnshop gekauft hatte, das mit den Eltern, die auf der Kirchentreppe in Hawley, Minnesota, sitzen, das friedliche Kind zwischen ihnen in einem offenen, aufwendig geschmückten Sarg. In der Schublade lag außerdem noch die Kamera, die er auch dort gekauft hatte, und Jokum kam ins Grübeln. Früher einmal waren Fotos darin gewesen, Bilder und Augenblicke, so wie das auch ein Augenblick gewesen sein musste, das Bild des toten Kindes, wenn auch nur ein einziger, glänzender Anblick. Jokum klammerte sich an diesen Gedanken, er umarmte ihn. Aber welches Bild? Welches Bild, welcher Anblick, von niemandem gesehen? Er richtete sich auf. Die Hüften schmerzten. Es war seine Schuld. Er hatte sich nach Katastrophen gesehnt, als er im Lesesaal in Blindern saß und noch unreif war, unerträglich, und er hatte geglaubt, dass ein großes Unglück seine eigene Unzufriedenheit ausgleichen könnte. Die Wut und Eitelkeit der Jugend. Es war seine Schuld. Sollte er jemanden anrufen? Sollte er seine Eltern anrufen und ihnen erzählen, was passiert war, was nicht passiert war, dass aus dem, von dem er nichts hätte erzählen dürfen, nichts geworden war? Es hatte keine Eile. Der Tod kam zu früh. Schlechte Nachrichten können warten. In der Zeit der Römer benutzte man einen Sklaven, wenn man eine Nachricht durch die feindlichen Linien schicken wollte. Man rasierte ihm den Kopf, tätowierte die Nachricht darauf und wartete, bis das Haar wieder gewachsen war. Dann schickte man den Sklaven los. Jokum stand auf, nahm eine der EPs, ging ins Wohnzimmer und legte sie auf. Sogleich war die ganze Wohnung erfüllt mit dänischem Vogelgesang. Er meinte, es sei der Gesang der Zugvögel. Es war Winter. Sie waren auf dem Weg in eine andere Jahreszeit. Dann schlief er auf dem Sofa ein, auf dem Grund aller Kindheiten. Als er aufwachte, war es still, nur das Telefon klingelte, Synnes Telefon, er kroch herum und suchte es, doch jedes Mal, wenn er glaubte, in der Nähe zu sein, klingelte es woanders, er war kurz vor den Tränen, ein Telefon darf nicht weglaufen, ein Telefon muss an Ort und Stelle bleiben, man muss wissen, wo man anruft, so langsam geriet er in Panik, dann klingelte ja wohl doch nicht ihr Telefon, und zum Schluss fand er es, auf dem Küchentisch, und konnte gerade noch drangehen. Der Makler. Er hatte eine Wohnung in Aussicht, wie maßgeschneidert für das junge Paar. Aber sie mussten schnell zuschlagen.

»Wir haben es verloren«, sagte Jokum.

»Wie bitte?«

»Das Kind. Wir haben es letzte Nacht verloren.«

»So ein Mist. Dabei habe ich doch …«

»Wie bitte?«

Die Stimme der American Bank klang anders, müde:

»Das tut mir leid. Wirklich.«

Jokum legte das Telefon hin. Dann war also der Makler der Erste, dem er es gesagt hatte. Er ging mit seiner Trauer zum Makler.

Synne blieb die Weihnachtstage über zur Beobachtung im Krankenhaus und kam Silvester nach Hause. Sie ging durch die Räume und schaute sich um, als wäre sie niemals zuvor hier gewesen, als machte sie eine Hausbesichtigung.

»Du hast aufgeräumt«, sagte sie.

»Ja, ich dachte, dass …«

»Das ist schön von dir.«

Jokum betrachtete sie, sie wirkte so leicht, sie schwebte über dem Boden, ohne Schwere, ohne Widerstand.

»Müssen wir irgendjemanden anrufen?«, fragte er.

Sie blieb stehen und schaute Hoppers Bild über dem Küchentisch an.

»Wer sollte das sein?«

»Die, die davon wissen. Ich meine. Die es noch nicht wissen. Edith. Und …«

»Wir wollen doch die Feiern nicht kaputt machen«, sagte sie.

Sie gingen früh ins Bett. Jokum fiel etwas auf: Synne war schüchtern geworden, nein, scheu, sie wollte nicht, dass er sie ansah. Sie drehte sich weg. Dann lagen sie wach nebeneinander und lauschten dem Feuerwerk. Jokum vergaß den Unterschied zwischen Vorsätzen und Hoffnung, er fragte:

»Wünschst du dir etwas?«

»Nein. Du?«

»Wir können uns noch ein Kind wünschen.«

Lange Zeit schwieg Synne, und Jokum bereute, was er gesagt hatte.

»Ich kann keine weiteren kriegen.«

»Ach so.«

»Ach so? Willst du mich jetzt nicht mehr haben?«

»Bitte. Rede nicht so. Ich will …«

Plötzlich lachte sie, ein anderes Lachen, eines, das er nicht kannte.

»Weißt du, was ich bin?«

Er wollte gern sagen, was, nein, wer sie war, in seinen Augen, da war sie seine Frau, seine Geliebte, seine Kuratorin, seine …

»Du bist …«

»Ich bin ein Stillleben, Jokum.«

Ich will uns nicht länger damit aufhalten. Es ist nicht mehr nötig, wie der römische Sklave das Haar über die Erzählung wachsen zu lassen. Und was wäre noch zu sagen? Nur das: Sie saßen in Edith Fremms Büro. Diese hatte geweint. Synne musste sie trösten. Das war nicht richtig. Auf dem Tisch lag die letzte Nummer von *Esquire*. Unter der Überschrift *Triumph and Miscarriage* war dort ein Foto von Synne in dem roten Kleid, auf der Weihnachtsausstellung zu sehen. Jokum schaute hinaus, scharfer Januar. Er wünschte sich, seine Eltern hätten den Anrufbeantworter behalten, dann könnte er dort eine Nachricht hinterlassen, einfach hinterlegen und auflegen. Und noch besser wäre es, läge der Anrufbeantworter in einem Karton auf dem Flohmarkt des Roten Kreuzes, dann könnten die es dort hören, und der Preis würde mit seiner Nachricht steigen: *Synne hat das Baby …* Nein, der Preis würde fallen. Wer will für traurige Nachrichten bezahlen? Wie dem auch war, er kam in seinen Überlegungen nicht weiter. Schließlich riss Edith Fromm sich zusammen.

»Wollt ihr sie verklagen?«, fragte sie.

Synne setzte sich.

»Wen? *Esquire*? Die schreiben doch positiv über Jokums *Journey*.«

»Ich meine das Krankenhaus.«

»Die haben nichts falsch gemacht.«

»Das kannst du nicht wissen. Das ist es doch gerade. Unser An-walt...«

»Vergiss es, Edith.«

Sie verbarg ihr Gesicht wieder in den Händen, es stand ihr nicht.

»Warum hast du es nicht erzählt? Warum hast du nicht angerufen? Warum musste ich darüber in dieser bescheuerten Zeitschrift lesen?«

Stattdessen dachte Jokum: Jetzt brauchen wir Edith Fromm nicht mehr.

Synne zündete sich eine Zigarette an.

»Weinst du deshalb?«

Edith Fremm legte die Hände auf den Tisch, und plötzlich sah sie ganz alt aus.

»Wie wäre es mit einer Therapie. Das würde bestimmt...«

»Was wir brauchen, ist eine neue Ausstellung.«

Synne wandte sich Jokum zu.

»Nicht wahr? Nicht wahr, Jokum?«

Er fand nicht den richtigen Ton. Er konnte nur ehrlich sein.

»Ich schaffe es im Augenblick nicht, Fotos zu machen.«

Synne drückte die Zigarette im Aschenbecher aus.

»Was seid ihr doch für Nieten.«

»Synne...«

»Außerdem brauchst du gar keine neuen machen. Du kannst mit *Pregnant Things* arbeiten.«

Plötzlich fiel Jokum auf, dass Synne zu viel Schminke benutzt hatte, nicht Schicht für Schicht, nein, einfach zu viel, und da wurde ihm auch klar, was sie eigentlich gesagt hatte, das Gegenteil von dem, was sie sonst immer sagte, jetzt sollte er also in alten Bildern blättern, nicht nach vorn sehen. Er sollte auf der Stelle treten. Er wollte protestieren. Er wollte widersprechen. Doch Edith Fremm kam ihm zuvor, ihre Stimme klang heiser:

»*Pregnant Things?*«

»Jokum hat während der ganzen Schwangerschaft Fotos ge-macht. Solange sie dauerte, meine ich. Und die sind gut geworden. Nicht wahr, Jokum?«

Es war das zweite Mal, dass sie *nicht wahr, Jokum*, sagte. Er wusste nicht, was wahr sein sollte.

»Kann sein. Ich weiß nicht.«

Edith Fremm flüsterte fast:

»Bist du dir dessen sicher, Synne?«

»Ja. Aber es soll *Silent Birth* heißen.«

Am gleichen Abend schrieb Jokum seinen Eltern einen Brief, was einfacher war als zu telefonieren, aber dennoch schwieriger. Er fand nicht die richtigen Worte. Er musste erzählen und trösten. Immer wieder fing er von vorne an. *Synne ist guten Mutes. Ich auch. Wir planen neue...* Da klingelte es an der Tür. Jokum öffnete. Es war der Pfarrer. In Trainingsanzug und Joggingschuhen. Schweiß lief ihm von der Stirn.

»Ich komme nur, um zu sehen, wie es euch geht«, sagte er.

»Ach so. Danke.«

»Geht es euch gut?«

»Nein.«

»Wir haben euch Heiligabend vermisst. Und am ersten Weihnachtstag.«

»Wir hatten dieses Jahr keinen Anlass.«

»Ja, inzwischen verstehe ich ja, warum. Dürfte ich um ein Glas Wasser bitten?«

Nur widerstrebend ließ Jokum den Pfarrer eintreten, aber auch nur auf den Flur, und holte ihm ein Glas. Der Pfarrer zögerte.

»Ist das aus dem Wasserhahn?«

»Ja. Woher sonst?«

»Hast du keins aus der Flasche?«

Jokum ging zurück in die Küche und schaute in den Kühlschrank. Dort stand eine Flasche. Der Pfarrer folgte ihm und setzte sich. Jokum reichte ihm die Flasche. Der Pfarrer schraubte den Verschluss ab, trank fast die ganze Flasche mit einem einzigen Zug leer, wischte sich über den Mund und atmete aus.

»Ein gutes Training, die Steigungen«, sagte er.

Jokum setzte sich nicht.

»Davon gibt es viele hier.«

»Ja, Jokum. Eine Steigung ist besser als zehn abschüssige Strecken. Aber die Steigung, die ihr jetzt zu bewältigen habt, das ist die steilste.«

Jokum blieb stehen. Versuchte der Pfarrer ihre Trauer zu verallgemeinern? Glaubte der Pfarrer, er spende hier Trost? Nein, es war eine Beleidigung. Die Trauer soll gepflegt werden, beschützt und gewürdigt. Die Trauer soll wie Silberzeug geputzt werden. Ja, sie sollte wie Familiensilber geputzt werden.

»Laufen Sie oft?«, fragte Jokum.

»Nun ja, wenn sich die Gelegenheit bietet. Das könnte dir vielleicht auch guttun.«

»Laufen ist leider nicht meine Sache.«

»Nein. Ich verstehe. Aber es gibt andere Möglichkeiten, sich zu trainieren. Hast du früher irgendeinen Sport getrieben?«

»Oh ja. Ich habe sogar einen Pokal bekommen. Weitsprung aus dem Stand.«

Der Pfarrer schaute ihn an, nickte.

»Alles hat so seinen Sinn«, sagte er.

»Wollen Sie den Pokal sehen?«

»Das ist nicht nötig, Jokum. Ich glaube dir auch so.«

»Welchen Sinn?«

»Die Trauer zeigt, dass wir am Leben sind.«

Sollte er sich bedanken? Sollte er dankbar für das Unglück sein? War das alles, was von dem Glauben noch übrig war, eine bittere, falsche Hoffnung, ein Betrug?

»Dann möchte ich lieber tot sein«, sagte Jokum.

Der Pfarrer schaute auf, plötzlich empört, bevor er wieder lächelte, als wäre nichts geschehen, nichts gesagt worden:

»Ist Synne zu Hause?«

»Sie schläft.«

In dem Moment hörten sie ihre Stimme:

»Haben wir Besuch, Jokum?«

Synne stand in der Tür, im Morgenmantel, mit frisch gewasche-

772

nem Haar, eine nicht angezündete Zigarette zwischen den Fingern, das Gesicht wirkte absolut nicht verschlafen, wie gereinigt. Lange schaute sie den Pfarrer an, der sofort aufstand und ihr die Hand reichte.

»Schön, dich wiederzusehen, Synne.«

»Tut mir leid. Ich habe Sie nicht wiedererkannt. Sind Sie gelaufen?«

»Ich laufe jeden Abend. Die Hügel hoch und runter. Wie ich gerade Jokum gesagt habe...«

»Sie waren also joggen, und dann ist Ihnen die Idee gekommen, bei uns mal vorbeizuschauen?«

Synne steckte sich die Zigarette in den Mund und wollte sie anzünden. Der Pfarrer zeigte auf das Feuerzeug.

»Es wäre nett, wenn du das nicht machst.«

»Was?«

»Hier drinnen rauchen.«

Einen Moment lang zögerte Synne, dann zündete sie die Zigarette an, nahm einen tiefen Zug und schickte eine ganze Reihe von Ringen über den Küchentisch.

»Ich denke, Sie sollten Ihre Joggingtour jetzt lieber fortsetzen«, sagte sie.

Der Pfarrer fand allein hinaus. Synne und Jokum blieben stehen, bis sie hörten, wie die Tür ins Schloss fiel. Dann brachen sie in lautes Lachen aus. Es war das erste Mal, dass sie lachten, seit die beiden sie verloren hatten, sie, die es nicht geschafft hatte, einen Namen zu bekommen. Sie umarmten sich und lachten, und Jokum spürte, wie eckig und schmal Synne geworden war, all das Überflüssige, das, was uns menschlich macht, war fort. Als sie wieder ins Bett gegangen war, beendete er den Brief. *Synne ist guten Mutes. Ich auch. Wir planen neue Ausstellungen.* Er legte das Porträt seiner Mutter am Nähtisch und das Luftbild vom Arbeitszimmer seines Vaters bei, aber nicht die besten Versionen. Im Grunde genommen wunderte sich Jokum über sich selbst. Warum wollte er seinen Eltern nicht die besten geben? Ganz einfach. Wenn die Fotos ihnen nicht gefielen, würde er sagen, dass er noch bessere hatte. So war Jokum. Er hielt etwas zurück. Das ist die Angst des Großzügigen.

Am nächsten Tag schickte er den Brief ab.

Ein Gruß von Mrs. Cease traf ein. Sie schrieb am Ende: *Jetzt wisst ihr vielleicht, wie sich das anfühlt.*

Plötzlich sah Jokum vor sich, dass das Kind ein Soldat war, gefallen im Kampf. Synne warf die Karte fort und sprach nicht darüber.

Man benutzt oft den Ausdruck *seine Sorgen ertränken.* Das traf jedoch nicht auf Synne und Jokum zu. Zum einen war ihre Sorge, ihre Trauer in der Einzahl. Es war eine Sorge ohne Erinnerungen, eine Sorge ohne Körper, es war eine Sorge ohne Ort. Zum anderen ließen sie die Sorge, die Trauer, lieber an die Oberfläche aufsteigen, sodass sie sich am Grund unter ihnen spiegelte. Mit anderen Worten, sie arbeiteten an Jokums Katalog, seiner *backlist.* Jokum lief zwischen Labor, Dunkelkammer und Studio hin und her. Synne saß am Telefon, nein, bald saß niemand mehr am Telefon, man stand, man ging mit dem Telefon. *Mothers I-III* wurde in Vanity Fair abgedruckt und später in einer Reihe von Zeitschriften und Illustrierten, sowohl in den USA wie auch in Europa, unter anderem in Le Point und Der Stern. *Random Shots,* das aus *True Magician, Liz Taylor/ Seabrass, Honeymoon in the Tree, Audience & Shame, Abandoned Drying Stand, Letter from the Past* und *Shame* bestand, wurde in The Visual Factory, Washington D.C. präsentiert, während *Gifts, Unwrapped* und *Copenhagen Stills* den ganzen Frühling über in der F. Gallery hingen. Über Resonanz konnten sie nicht klagen. Sie war einwandfrei. Jokum war inzwischen keine Überraschung mehr, kein Anfänger, kein Anfang. Er war eine Fortsetzung. Er wurde erwartet. Die Sprache in den Besprechungen war dadurch geprägt, gedämpft, sachlich, es war die Prosa der Bestätigung. Dennoch spürte er keine Freude. Das Einzige, worüber er sich hätte freuen können, wäre die Aufnahme neuer Bilder gewesen. Doch das machte er nicht. Er blätterte in alten. Er trat nicht auf der Stelle. Wenn es das nur wäre. Er war auf dem Weg zurück. Er begann sich nach einer anderen Art von Widerstand zu sehnen, nach jemandem, der ihn zurechtwies, nein, noch härter, der ihn *entlarvte*, beispielsweise Ann S. Ferguson. Er sehnte sich nach Ann S. Ferguson, seiner Kritikerin. Sie war nach Seattle gezogen. Ihr Mann spielte Bass. Die einzige Freude, die Jokum überhaupt noch spürte, und auch sie saß sehr, sehr tief, war: Zurückhaltung. Er hielt *Pregnant Things* zurück, die Synne *Silent Birth* betiteln wollte. Sie schliefen immer noch im gleichen Bett, waren aber dem anderen nicht nah.

Eines Morgens stand sie nicht auf. Jokum ließ sie liegen. Sie hatten keinen Termin einzuhalten. Er duschte und machte sich fertig, langsam und umständlich. Er wollte ihr Zeit geben. Dann ging er in die Küche und deckte den Tisch, ebenso langsam, während das Wasser kochte.

»Synne?«

Er briet ein Ei, das sie sich teilen konnten, und goss Grapefruitsaft in ein Glas und Wasser in ein anderes.

»Synne? Kommst du?«

Synne kam nicht. Jokum ging zu ihr und setzte sich auf die Bettkante.

»Ich bin so müde«, sagte sie.

»Das macht nichts.«

Sie schaute woandershin.

»Ich werde nie wieder richtig wach werden.«

Jokum nahm ihre Hand.

»Ich werde dich wecken«, sagte er.

Sie schaute zu ihm auf.

»Schaffst du das?«

»Ja. Ich werde dich wecken.«

Sie schloss die Augen.

»Vielleicht will ich gar nicht aufwachen.«

Jokum wurde von einer anderen Art von Zärtlichkeit erfüllt, heftig und alles umschließend, und dabei ging es nicht nur um Synne, sondern um die ganze Welt und alles in ihr. Es ähnelte einer Verletzlichkeit des Herzens. Er drückte ihre Hand, sie verschwand fast in seiner.

»Dann muss ich auch schlafen«, sagte er.

Am gleichen Abend kam sie zu ihm ins Wohnzimmer, mit einer Flasche Weißwein, und setzte sich.

»Erinnerst du dich, was du im Interview für City Lights gesagt hast?«

Er glaubte, sie meinte die Floskeln über die Veteranen.

»Das möchte ich möglichst schnell vergessen.«

Sie schenkte Wein in zwei Wassergläser ein.

»Ich aber nicht. Du hast gesagt, dass du lieber auf eine Ansichtskarte kommen möchtest, als vom Moma eingekauft zu werden.«

»Ach, das war doch nur, um das Ganze aufzumischen.«

»Leider kommst du nicht auf eine Postkarte.«

»Wieso?«

»Stattdessen bist du vom Moma eingekauft worden.«

Eine Weile blieb Jokum ganz still sitzen und versuchte zu verstehen, was das bedeutete, was das mit sich brachte, ob er sich freuen sollte, stolz sein, oder beides, nein, was hatte er damals gedacht? Dass das Museum auch eine Pfandleihe sei, und jetzt hatten sie ihn mit Ehre bezahlt.

»Woher weißt du das?«, fragte er.

»John Szarkowski persönlich hat angerufen.«

»Wer ist das?«

»Der Kurator für Fotografie im Moma. Er hat persönlich angerufen und gesagt, das Museum wolle die komplette *Nostalgia of a Sailor* haben. Im Herbst wird es offiziell. Weißt du, was das bedeutet?«

»Was bedeutet das?«

»Das bedeutet, dass du jetzt oben bist. *Da oben.*«

Sie zeigte in die Richtung, als gäbe es einen Zweifel daran.

»Sag doch was, Jokum.«

»Ich habe Schmerzen in der Hüfte.«

Synne schaute ihn lange an.

»Ich glaube, du hast es tatsächlich ernst gemeint«, sagte sie.

»Was denn?«

»Dass du lieber auf die Ansichtskarte willst.«

Dann nahm sie die Flasche und ging zurück ins Schlafzimmer. Jokum leerte das Glas, das Synne eingeschenkt hatte. Jetzt habe ich sie geweckt, dachte er. Er schlich sich zu ihr, und sie ließ ihn kommen. Sie waren hart und eckig, bevor sie miteinander verschmolzen. Zum ersten Mal, seit die Trauer sie getroffen hatte, weinten sie.

Eines Morgens fand Jokum einen Umschlag im Briefkasten, ohne Briefmarke, nur mit seinem Namen darauf. In drei Schritten nahm er die Treppe, wieder optimistisch in der Hüfte, aber immer noch finster im Gemüt, setzte sich an den Küchentisch und öffnete den Brief. Auf einem zusammengefalteten Zettel stand: *Sorry for your loss. God bless you. The Black Pyjamas.* Auf dem Papier lag ein Negativ, nur ein Bild, abgeschnitten vom restlichen Film. Er hielt es gegen das Fenster. Es war Synne auf dem Bett im Hotelzimmer in San Diego. Sie hatten sie freigelassen. Er sah sie deutlich in den umgekehrten Schatten, das Gesicht in schwarzen Marmor eingehüllt, der nackte, verdunkelte Körper, damals noch kein Stillleben. Jokum arbeitete mehrere Tage daran, eine Kopie herzustellen, mit der er zufrieden war, ja, die ihn *befriedigte*. Er musste das Licht aus Synne herauslocken. Schließlich gelang es ihm. Er war nicht mehr so finster im Gemüt. Das Licht in ihr, das ihnen keiner nehmen konnte, er sagte es zu sich selbst, *das keiner uns nehmen kann*, breitete sich aus. Zunächst nannte er das Bild *Mother, Invisible*, dann, später, entschied er sich für einen anderen Titel, *Mother, Marble*. Er bat Synne, in die Dunkelkammer zu kommen, während es zum Trocknen hing. Lange stand sie schweigend da. Dann sagte sie nur:

»Ich kann mich nicht daran erinnern, dass du das Foto gemacht hast.«

Als sie gegangen war, hängte Jokum das Bild aus Hawley, Minnesota, das der Eltern mit dem toten Kind, links von *Mother, Marble* auf und fotografierte beide so, dass sie in Beziehung zueinander standen, in einem gegenseitigen Zusammenhang, also in einer bestimmten Reihenfolge, das eine steif, fast rissig, das andere immer noch tropfend.

Nach dem Sommer bekam Jokum eine Anfrage vom Norwegischen Rundfunk. Sie wollten ihn gern aus Anlass des Ankaufes des Moma interviewen, als Teil eines größeren Porträts, das in der »Dagsrevyen«, den Nachrichten, gesendet werden sollte, an einem Samstag, also in der Lørdagsrevyen selbst, wie sie es nannten, die fast an die eine Million Zuschauer hatte. Jokum war äußerst unwillig, doch Synne meinte, die Zeit sei reif, um die Beziehung zu Norwegen zu pflegen. Er hatte sich lange genug rar gemacht. Jetzt war er *da oben* und konnte es sich leisten, bescheiden zu sein. Wobei er sich wünschte, sie würde einen anderen Ausdruck als *da oben* benutzen. Denn dort war er ja schon immer gewesen. Verstand sie das nicht? Und das war ein einsamer Ort. Er wollte lieber *hier unten* sein. Er wollte, dass sie sagte: *Du bist jetzt hier unten, Jokum.* Rar? Jokum wollte nicht wissen, wie viele Anfragen und Angebote sie abgelehnt hatte. Aber dieses Mal sollten sie zusagen. Er bekam die Möglichkeit, gleichzeitig zu allen zu sprechen, und alle waren genauer gesagt die Galeristen, die Museumsdirektoren, die Redakteure, die Kritiker, die Kollegen und die Sammler. Jokum würde am liebsten drum herumkommen, zu allen gleichzeitig zu sprechen. Da erklärte Synne ihm langsam, dass in erster Linie *die Bilder* für sich sprechen sollten, und für ihn. Vertraute er ihr nicht? Er sträubte sich immer noch. Fotos im Fernsehen zu sehen ist so, als wollte man Aquarelle unter Wasser zeigen. Doch dann fiel ihm etwas ein. Er konnte die Gelegenheit nutzen, um die Ehre der Familie nach der schamlosen Behandlung seiner Mutter bei *Verstehen Sie Kamera* wiederherzustellen. Ihr zuliebe wollte er sich darauf einlassen. So dachte Jokum. Er vertraute Synne. Also stimmte er zu. Die Aufnahmen sollten in San Francisco wie auch in Oslo gemacht werden. Im November kam der USA-Korrespondent von NRK zu Besuch, zusammen mit einem amerikanischen Team. Zunächst folgten sie Jokum in San Franciscos Straßen auf dem Fuße, vom City Lights Bookstore bis zur Seemannskirche und von der Reinigung bis zur F. Gallery. Dann wollten sie filmen, während Jokum fotografierte. Er spielte mit, seiner Mutter zuliebe, und fotografierte seine Schuhe. Anschließend wollten sie mit in die Dunkelkammer. Sie wollten die Zuschauer die *Magie* an sich sehen lassen. Jokum ließ sie filmen, während er eine Kopie von *Mother, Charity* machte. Synne überwachte das Ganze und ließ ihn nicht eine Sekunde aus den Augen, eine Woche lang. Jokum erinnerte sich anschließend nur noch daran, dass der norwegische Korrespondent ihm die Frage gestellt hatte: *Ist Fotografie eigentlich Kunst?* Außerdem erinnerte er sich daran, dass Synne gestöhnt hatte und kurz davor gewesen war, einzugreifen. Doch Jokum hielt es für eine gute Frage. Wenn alles Kunst ist, ist nichts Kunst. Zu Silvester reisten sie nach Norwegen, um dort die letzten Aufnahmen zu machen. Es war das erste Mal, dass Synne und Jokum gemeinsam nach Oslo flogen, seit sie von Sogn Studentby nach Kopenhagen gezogen waren. Er hätte sich eine andere Gelegenheit gewünscht, die sie endlich wieder nach Hause führte, etwas Größeres, nicht nur das Fernsehen, auch wenn es die Lørdagsrevyen war. Synne meinte, es sei das Beste, während ihres Aufenthalts im Hotel zu wohnen, und sie hatte bereits eine Suite im Gabelshus bestellt, nicht weit von Skillebekk entfernt. Jokum rief seine Mutter an und sagte, wie es war, dass es das Beste war, wenn sie im Hotel wohnten, es gab so viel zu tun, Leute kamen und gingen, und überhaupt. Sie verstand. Sie war so froh, dass sie trotz allem mit heiler Haut angekommen waren, nach der Sache mit dem Flugzeug über Lockerbie, man war ja nirgends mehr sicher. Aber sie hatte ein zweites Bett in sein Zimmer gestellt und beide gemacht. Und noch eins, Jokum senkte die Stimme und drehte sich zum Fenster. *Wir reden nicht über das, was passiert ist. Kein Wort. Versprichst du mir das? Versprich mir das, Mutter!* Nach dem Telefonat blieb er am Fenster stehen und schaute hinaus, die Gegend war ihm so vertraut gewesen, doch jetzt wirkte sie fremd, unbekannt, wie eine Straße, die er zum ersten Mal sah. So ist es, wenn man in seiner eigenen Stadt im Hotel wohnt. Es war eine Warnung. Dadurch geschieht etwas mit dir. Du probierst schon einmal die Auflösung.

Plötzlich erinnerte Jokum sich, vielleicht teilte er die Erinnerungen der Hotels, er erinnerte sich an etwas, das Mrs. Cease bei ihrem ersten Treffen in der Lobby des Fairmont gesagt hatte: *Synne wird niemals fertig werden. Und ihr werdet nie nach Hause kommen.*

Am nächsten Morgen wurden sie von einem neuen Team abgeholt, zum Glück war es nicht so groß wie das amerikanische, nur Bild und Ton, mit dem Moderator der »Dagsrevyen« an der Spitze. Er wollte gern, dass Jokum sie dorthin führte, wo es angefangen hatte. *Wo es angefangen hatte?* Wo war das? Gibt es den Ort, wo man auf den Boden zeigen kann und sagen: Hier, genau hier hat es angefangen? Er schaute Synne an, diese nickte. Sie hatten die gleichen Gedanken gehabt. Es war eine Erleichterung, nein, das war mehr, eine Bestätigung. Sie fuhren im Kleinlaster vom NRK hoch zur Sogn Studentby. Dort filmten sie Jokum, der zwischen den Häuserblocks entlanglief und so tat, als suchte er etwas. Auf den Fensterbänken standen leere Bierflaschen und Aschenbecher. Ein Studentenviertel im Februar entspricht bereits gebrochenen Vorsätzen. Es ist hoffnungslos. Es fehlen Vitamine. Der Kameramann rief, Jokum solle sich umdrehen und den gleichen Weg zurückgehen, gern etwas langsamer. Dann könne der Moderator das Interview vor dem Eingang 3 führen, dort, wo Jokum gewohnt hatte. Jokum tat, wie ihm gesagt worden war. Es lag Schnee in der Luft, schon schmutzig, bevor er fiel. Hatte er spezielle Gefühle, jetzt, wo er wieder in alten Gefilden war? Er versuchte in sich hineinzuhorchen, vergebens. Trotz allem war es ja nicht so lange her. Die Melancholie, oder *longing*, um Ann S. Fergusons Wort zu benutzen, braucht Zeit, um zu ihrem Recht zu kommen. Vielleicht lag es auch daran, dass er fror. Was weiß ich? Da entdeckte er einen Typen mit Pferdeschwanz, der einen Gitarrenkasten den Hügel zum Pub hochtrug. Synne hatte ihn auch gesehen. Es war Arve Storvik, er blieb stehen und stellte den schwarzen Kasten ab. Und während Synne und Arve sich umarmten, musste Jokum auf die Frage des Journalisten Torgersen antworten: *Wie ist es, wieder zurück zu sein?* Es könnte schiefgehen. *Ich musste nach Norwegen heimkommen, um große Ge-*

780

danken zu denken. Der Journalist schob das Mikrofon näher heran. *Große Gedanken? Welche denn zum Beispiel?* Jokum sah, wie Arve den Gitarrenkasten wieder aufnahm und im Pub verschwand. *Das wird sich noch zeigen.* Synne kam zu Jokum, bibbernd, die Arme vor der Brust verschränkt.

»Hast du gesehen, wer das war?«

»Der Liedermacher.«

»Er wird heute Abend im Pub spielen.«

»Oh nein.«

»Oh doch. Wir können hingehen. Er hat uns auf die Gästeliste gesetzt.«

»Ich finde, wir sollten lieber Eintritt bezahlen. Er sah so aus, als bräuchte er das Geld.«

Jokum sah zu, wie Arve Storvik sich auf der kleinen Bühne hinter all den Tischen einrichtete. Eine weitere einsame Tonprobe. Synne zündete sich eine Zigarette an und wandte sich Svein Torgersen zu.

»Und das soll also morgen gesendet werden?«

»So ist der Plan.«

»Ich würde es mir gern vorher anschauen.«

Der Moderator hob die Augenbrauen.

»Wir haben hier in Norwegen keine Zensur.«

Auf dem Weg zum Auto blieb Jokum vor dem Anschlagbrett stehen, an dem zwischen veralteten Parolen vom ersten Mai im vorletzten Jahr das Plakat für das abendliche Konzert hing, an rostigen Heftzwecken: *Die Legende Arve Storvik spielt im Pub, 20. Februar, 21.00 Uhr. Covercharge kr. 80.* War er bereits zu einer Legende geworden, oder bedeutete es, dass er vollkommen vergessen worden war? Jokum machte ein Foto von dieser traurigen Anzeige und wusste im selben Moment, dass schon viele zuvor Ähnliches gemacht hatten, beispielsweise Walker Evans, würde sein Bild besser werden als dessen *Circus Poster, Alabama, 1935?* Es war das alte Gefühl, dass alles etwas anderem *ähnelte,* dass er nur in einer Schlange von Wiederholungen stand, und in dieser Schlange rückte niemand vor. Es lag an Sogn Studentby. Er konnte nichts dafür. Alte Orte sind alte Gefühle. So ist es. Vielleicht hatte sein Vater ja recht. Das Beste ist abzureißen. Sie nahmen ein Taxi zum Gabelshus Hotel, aßen auf dem Zimmer und legten sich ins Bett, während es immer dichter und dichter gegen das Fenster schneite, bis man gar nicht mehr hinaussehen konnte.

»Ich muss leider Mutter morgen besuchen«, sagte Synne.

»Leider?«

»Du brauchst nicht mitzukommen.«

»Aber ich würde gern mitkommen.«

»Letztes Mal hast du sie nicht besucht.«

Jokum setzte sich auf, einen Moment lang schwindlig, plötzlich erinnerte er sich, was er versprochen und nicht gehalten hatte.

»Sie war nicht zu Hause. Sie…«

»Ich weiß, wo sie war. Und sie wird nicht mehr nach Hause kommen. Deshalb muss ich sie besuchen.«

Jokum legte sich wieder hin.

»Weißt du, was covercharge bedeutet?«, fragte er.

»Ich habe so einen Verdacht.«

»Es bedeutet, dass die Leute bezahlen müssen, um reinkommen und Bier trinken zu dürfen.«

»Etwas in der Art. Die Armen.«

Sie fuhren rechtzeitig zurück zu Sogn Studentby. Das wäre nicht nötig gewesen. Um neun Uhr hingen nur ein paar redselige Humanisten am Tresen, und die Tische, die mit karierten Tischdecken und schiefen Kerzen geschmückt waren, standen leer, abgesehen von dem, an dem Jokum und Synne saßen. Gegen halb zehn waren noch elf weitere Gäste gekommen, acht von ihnen waren eine Truppe mit langem Haar, breiten Schultern und glänzenden Anzugjacken, es sah aus, als hätten sie in Goldstaub geduscht, offenbar wollten sie noch weiter, in die Stadt, hier war nur ein Aufenthalt auf der Strecke. Aber Arve Storvik zeigte sich immer noch nicht. Machte er sich rar? Sich rar zu machen ist ein riskantes Spiel. Da muss man dich vermissen, dich wirklich heftig vermissen. Doch niemand schien Arve Storvik zu vermissen. Er war gleichzeitig legendär und vergessen. Dann ging die Kellnerin, ein junges Mädchen, zum Mikrofon, schnippte mit den Fingern und stellte den Mann hinter der bekannten Platte vor, sie musste auf einen Zettel in ihrer Hand gucken, *Wasserscheide*, den Troubadour Arve Storvik. Endlich kam er, setzte sich mit der Gitarre im Schoß auf den Hocker, trank einen Schluck Bier, noch einen, eine gewisse Stille senkte sich über den Raum, und dann fing er an zu singen. Er sang *Wahl, Wahl, alles steht zur Wahl*. Er begann also an der Spitze, so konnte er sich gewissermaßen nach unten vorarbeiten. Das war wahrscheinlich ganz schlau. Die Stimme trug immer noch. Sie war sogar besser geworden, wie Jokum fast unwillig einräumen musste, tiefer, heiserer, als hätte er in letzter Zeit häufiger geweint. Sie wirkte ganz einfach *wahrer*. Doch was half das? Auf das Publikum machte es keinen Eindruck. Die Stille, die sich eben noch herabgesenkt hatte, wurde wieder zu Unterhaltung, Lachen und Bestellungen. Arve Storvik fuhr mit den nächsten beiden Songs fort. Er war schwer zu hören. Die Kasse klang wie ein betrunkener Spielmannszug im Hintergrund. Jokum bekam Mitleid mit ihm. Es war nicht in Ordnung. Er wollte kein Mitleid mit Arve Storvik haben, der die Zähne zusammenbiss und fast fauchte, *es könnte schlimmer sein, es könnte Weihnachten sein*. Jemand schrie, Weihnachten sei vorbei. Ob er das nicht mitbekommen hätte? Dass Weihnachten vorbei war. Einen Moment wartete Arve Storvik, dann sagte er, *verdammt, deshalb singe ich es doch*. Jemand lachte. Die meisten, wenn man das überhaupt bei zwölf Leuten sagen kann, pfiffen. Jokum erinnerte sich plötzlich an etwas, das Synne gesagt oder zumindest angedeutet hatte, dass Arve Storvik kein Frauenschwarm sei. Er ähnelte aber auch nicht gerade den mageren, abgehetzten Männern in San Francisco. Aber wer ähnelt sich schon selbst? Wer ähnelt dem, der er ist? Wie dem auch sei, jetzt war Arve Storvik so oder so von niemandem der Schwarm. Nach dieser Unterbrechung schien das Publikum das Interesse zu verlieren. Er war nur etwas, das stattfand, das aber leider nicht leiser gedreht werden konnte, dessen Haltbarkeitsdatum aber höchstwahrscheinlich im Laufe des Abends ablaufen würde. Synne flüs-

terte, *sag, dass mir schlecht geworden ist,* und damit ging sie, bevor
Jokum sich versah, während Arve Storvik zwischen zwei Songs
einen Halben holte. Als er wieder an Ort und Stelle war, schloss er
mit *Klagelied* ab, ein ganz neuer Song, wie er berichtete, ohne dass
die Kasse zur Ruhe kam. Ich gebe den Text hier wieder:

Sie klagen übers Essen
Sie klagen übers Licht
Zuerst ist es zu kalt
Und frieren wollen sie nicht
Sie klagen über den Stuhl
Sie klagen über den Tisch, sag bloß
Die Flasche ist zu klein
Die Gläser sind zu groß

Gibt es noch andere, die wir ärgern können
Es muss noch mehr geben, über das wir uns beschweren können

Sie klagen übers Wetter
Sie klagen über Schneewehen
Sie klagen über den Krach
Sie können nicht hören, nicht sehen
Sie klagen über die Musik
Sie klagen über den Mann
Und ist er es nicht, ja dann
Finden sie einen andern, der ist dann dran

Gibt es noch andere, die wir ärgern können
Es muss noch mehr geben, über das wir uns beschweren können

Sie klagen übers Wasser
Das Wasser ist zu nass
Sie klagen übers Leben
Das Leben ist zu kurz

Doch klagen sie über den Tod
Da gibt es einen Haken nur
Sie kommen nicht in den Himmel
Sie kommen zurück, retour

(und singen)

Gibt es noch andere, die wir ärgern können
Es muss noch mehr geben, über das wir uns beschweren können

Arve Storvik schlug den letzten Akkord, stampfte mit dem Fuß auf, legte eine Hand auf die Saiten, trank mit der anderen und schaute zu Boden. Der Applaus galt wohl eher der Tatsache, dass er offensichtlich fertig war. Dann schaute er auf, begegnete Jokums Blick, lächelte, ein schmerzliches Lächeln, krumm und bescheiden, und dann sagte er ins Mikrofon:

»Da ihr um eine Zugabe bettelt, werde ich noch einen Song spielen, er ist einem guten Freund gewidmet, nämlich Jokum Jokumsen, der hier vor gar nicht so verdammt langer Zeit in diesem Studentendorf gewohnt hat und heute ein weltberühmter Fotograf in den Vereinigten Staaten ist, und wenn ihr das nicht glaubt, dann guckt nur morgen die Dagsrevyen, und außerdem sitzt der Typ himself heute Abend hier, und wie wäre es mit einem kleinen Applaus auch für ihn, und nicht nur für mich?«

Die Gäste drehten sich nach Jokum um und klatschten pflichtschuldigst, als trauten sie sich nicht, etwas anderes zu versuchen. Und Arve Storvik sang *Hochfliegender Blues, er ist hoch oben, wenn er tief unten ist, aber meistens ist er stattdessen das Gegenteil,* und als er endlich fertig war und die Gitarre auf die Leichenkiste gelegt hatte, kam er an den Tisch, zuckte mit den Schultern, eine zweideutige Bewegung, und fragte:

»Darf ich ein Bier ausgeben?«

»Nein danke. Ich bleibe beim Kaffee.«

»Aber du bist nicht sauer?«

»Ich bin nur seit dem Champagner in der Nordmarka etwas vorsichtig, was den Alkohol betrifft.«

Arve Storvik lachte und setzte sich.

»Ist Synne schon gegangen?«

»Ihr war übel.«

»Meinetwegen?«

»Nein, nein, ihr ist nur …«

»Du musst das nicht erklären.«

»Schlecht.«

»Aber sag ihr, dass heute eins der besseren Konzerte war.«

»Das werde ich. Eins der besseren?«

Die Kellnerin legte die Heuer auf die Tischdecke, genug für einen weiteren Halben und die Heimfahrt. Arve Storvik ließ das Geld liegen, schaute Jokum an.

»Wenn sie dich Troubadour nennen, dann weißt du, dass die Sache gelaufen ist.«

»Was ist denn so schlimm am Troubadour?«

»Ich singe *Wahl, Wahl* jetzt seit mindestens zwölf Jahren, und plötzlich kapiert das keiner mehr. Was ist denn schlecht daran, die Wahl zu haben, fragen sie. Hast du jemals dieses schleichende Gefühl gehabt, missverstanden zu werden, Jokum?«

»Die ganze Zeit.«

Sie lachten, und Arve Storvik beugte sich weiter vor.

»Aber du musst nicht unbedingt ein Genie sein, um missverstanden zu werden. Das muss klar sein.«

»Vollkommen klar.«

»Weißt du was, Jokum. Verdammt, ich schaffe es einfach nicht, neidisch auf dich zu sein.«

»Warum solltest du?«

»Nun, schließlich bin nicht ich es, der momentan vom NRK interviewt wird. Der überhaupt interviewt wird. Guck dich doch in diesem Loch nur um. Ich bin der Troubadour fürs Vorglühen.«

»Es ist Februar, Arve. Ein Studentendorf im Februar entspricht bereits gebrochenen Vorsätzen.«

»Du meinst Versprechen?«

»Ja. Gebrochenen Versprechen.«

»Du sagst es. Hast du übrigens meine Nachricht gekriegt?«

»Ja, zum Schluss schon, aber ...«

»Vergiss es. Ich rechne nicht damit, dass es noch weitere Platten werden.«

»Nicht?«

»Soll ich mich etwa erneuern oder so etwas in der Art? Verdammte Scheiße, nein. Außerdem werde ich nächsten Monat nach Trondheim ziehen. Ich werde heiraten und so weiter und so fort.«

»Du wirst heiraten, Arve?«

»Ja. Warum nicht?«

»Nein, ich hatte das nur nicht gedacht.«

Arve Storvik beugte sich über die Tischdecke vor und wurde energisch.

»Sie heißt Ruth. Nur dass du es weißt. Und erwartet noch vor dem Sommer ein Kind.«

»Herzlichen Glückwunsch. Das ist ...«

»Und ich werde im Herbst anfangen, an der Schule zu unterrichten. Im musischen Zweig. Ich habe mir schon eine Tweed-Jacke gekauft. Und nun sag mir, Jokum: Bin ich auf dem Weg nach oben oder nach unten?«

»Nach oben, Arve. Nach oben. Aber pass auf. Die Steigung ist steil.«

»Da sagst du was.«

Jokum stand auf und reichte ihm die Hand.

»Und ich möchte dir trotz allem ein Bild geben. Wenn du es haben willst.«

»Natürlich will ich. Das ist verdammt nett von dir. Verdammt nett, Jokum.«

Arve Storvik stand auch auf und ergriff Jokums Hand. Eine Weile standen sie nur da und schüttelten sich leicht die Hände. Es war das letzte Mal, dass Jokum ihn sah, aber er hielt auf jeden Fall sein Versprechen und schickte ein Bild, es wurde für den Umschlag der LP benutzt, oder der CD, die posthum erschien, sie trug den Titel *Falsche Spur*. Jokum brauchte frische Luft und ging den ganzen Weg zum Gabelshus Hotel zu Fuß, dabei überlegte er, welches Foto er aussuchen sollte. Das Plakat an der Infotafel wäre ein unpassendes Geschenk. Er musste etwas anderes finden. Der Schnee hing unter den Straßenleuchten wie unruhige Heiligenscheine. An der Rezeption lag eine Nachricht für ihn, von seiner Mutter. War Synne immer noch Vegetarierin? Konnte sie Fisch servieren? Oder lieber nur Gemüse? Es war zu spät, jetzt noch zu Hause anzurufen. Diese Generation rief man nicht nach zehn Uhr abends an, es sei denn, es handelte sich um einen Todesfall, Feuer oder einen Lottogewinn. Als er ins Zimmer kam, schlief Synne bereits, vielleicht tat sie auch nur so. Er legte sich neben sie in das fremde Bett, und sie sagte, als lebten sie in einer verspäteten Zeit, vielleicht sprach sie auch nur im Schlaf, aber das war auch nicht wichtig, *hoffen wir das Beste*, sagte sie, und Jokum flüsterte, etwas verspätet, aber noch rechtzeitig in der Nacht: *Warum sollten wir das nicht?*

21. 2. 1989

Alfhild Jokumsen schrieb an diesem Morgen in ihren Kalender: *Unruhig geschlafen. Habe beschlossen, alles schon fertig herzurichten, bevor sie kommen, um auf der sicheren Seite zu sein. Leichter Nieselregen.*

Jokum und Synne tranken Kaffee in dem Frühstücksraum des Gabelshus Hotels.

Anschließend gingen sie wieder hoch aufs Zimmer. Edith Fremm hatte eine Nachricht hinterlassen. *Mothers I–IV* war von der *The Daniel Crown Collection* gekauft worden. Das sollte doch wohl mit in den norwegischen Fernsehbericht, wenn es noch nicht zu spät war? Synne führte ein paar Telefonate. Jokum legte einen neuen Film ein und überlegte immer noch, welches Bild er Arve Storvik geben sollte. Hätte er doch nur das Foto von dem Karneval gemacht, als er das letzte Mal hier war, dann gäbe es keinen Zweifel. *Nach dem Karneval*, was auch ein sehr viel besserer Titel gewesen wäre als *Falsche Spur*. Jokum schien überhaupt konfus zu sein, fast hätte er die Kamera vergessen, als sie das Gabelshus Hotel verließen, um Astrid Sager in Prinds Augusts Minde zu besuchen, wo die Besuchszeit von 13:00 bis 15:30 dauerte. Jokum hätte am liebsten ein Taxi genommen. Er war am Abend zuvor genug gelaufen. Die Hüfte tat ihm weh. Synne wollte gern spazieren gehen. Sie brauchte Zeit. Also liehen sie sich an der Rezeption einen Regenschirm und folgten dem Drammensveien bis ins Zentrum. Auf den Straßen lag kein Schnee mehr. Im Schlosspark ließen die Bäume dünne schwarze Äste direkt unter dem schweren grauen Himmel hängen. Einen Moment lang blieben sie vor dem Geschäft von Horn stehen und schauten sich die Möbel an, Glas und Stahl, nur Glas und Stahl und weiße Ledersessel. Die neue norwegische Inneneinrichtung. Dein Wohnzimmer sollte aussehen wie das Foyer einer Bank oder das Wartezimmer eines plastischen Chirurgen. Dann gingen sie weiter, an der Leuchtreklame der alten Versicherungsgesellschaft auf der Spitze des Glitnebakken vorbei, *Die Zeit vergeht, die Gegenseitige besteht.* Ein paar Kinder, vielleicht auch Jugendliche, der Unterschied war kaum noch zu erkennen, zeigten auf Jokum und lachten. Synne schlug mit dem Regenschirm nach ihnen. Da lachten sie nur noch mehr, zeigten mit dem Finger auf die beiden und liefen nicht einmal weg, bis das Paar in die andere Richtung verschwand. Jokum dachte, dass es am folgenden Tag, wenn er in der Samstagsrevue gewesen war, sicher anders sein würde. Am Nationaltheater standen zwei bewaffnete Polizeibeamte. Die Karl Johan war abgesperrt. Fand ein Staatsbesuch statt? Gab es Tumulte? Was konnte Schlimmes in Oslo an einem Samstag im Februar geschehen? Ein Stück weiter hörten sie Rufe, rhythmische Rufe in einem fremden Tonfall, mit einem dunkleren Akzent. Sie gingen um die Universität herum, in die Kristian August gate, überquerten diese zur Tullinløkka, jetzt ein Parkplatz, die Rufe kamen näher, und als sie Grensen erreichten, glaubte Jokum einen Augenblick lang, dass er wieder einen Karneval sah, dass er eine neue Chance bekommen hätte, ihn zu fotografieren, aber etwas war falsch, etwas stimmte nicht. Er hörte keine Tamtam-Trommeln. Er sah keine Farben. Die Masken waren zu einem einzigen Gesicht geworden. Die Kostüme waren zu einer einzigen Tracht umgenäht: *one size fits all.* Es war der Karneval des Winters, der Nacht, der sich aus den Rinnsteinen erhoben hatte und jetzt durch Oslo marschierte. Es war die Demonstration des islamischen Verteidigungsrats gegen den Schriftsteller Salman Rushdie. Eine sogenannte Fatwa war von den Geistlichen im Iran ausgerufen worden. Ein Staat, ein *Reich*, hatte den Krieg gegen ein Individuum ausgerufen. Man forderte seinen Tod. Eine Belohnung war ausgesetzt worden. Er hatte mit seinem Roman *Satanische Verse* die Muslime verärgert. Lasst es mich wiederholen: Wenn alles Politik ist, gibt es keine Vernunft mehr, und wenn alles Religion ist, gibt es auch keinen Gott mehr. Jokum dachte, das hier, ja, das hier war *wirklich* nach dem Karneval. Da entdeckte er jemanden, den er kannte. Zuerst dachte er, er hätte eine Erscheinung, und es gab viele an diesem Tag, die Erscheinungen und Tatsachen miteinander vermischten. Es war Ottar Hansen, der frühere Kolloquiumsleiter der Literaturwissenschaft an der Universität Oslo. Jetzt lief er mit denen mit, die den Tod eines Schriftstellers forderten. Jokum holte seine Kamera heraus, doch in dem Moment warf ihn jemand zu Boden und dicht neben sich hörte er wütende Stimmen. Leute strömten herbei. Um ihm zu helfen oder um ihm zu schaden? Er blieb liegen und umklammerte die Kamera. Er kam nicht wieder hoch. Synne hockte sich neben ihn und strich ihm mit der Hand durchs Haar. An der Schläfe hatte er eine Schürfwunde. Sie bat ihn, etwas zu sagen. Er sagte seinen Namen, Jokum Jokumsen, und wiederholte ihn, um sicher zu sein, Jokum Jokumsen. Ein unbewaffneter Polizist kam schließlich zu Hilfe und wollte wissen, ob Jokum ärztliche Hilfe brauche. Er blutete. Aber er brauchte keinen Arzt. Er brauchte nur Hilfe. Er brauchte Hilfe beim Aufstehen. Seine Hüften waren weich wie Marzipan. Er war ein Kind mit Muskelkater. Es war schmachvoll. Schließlich gelang es ihnen, Jokum auf die Füße zu ziehen, er musste gelockert werden, während die Demonstranten mit ihren gekränkten Blicken, ihren Drohungen und makabren Parolen vorbeizogen. Wollte er jemanden anzeigen? Jokum hatte kaum sehen können, was passiert war. Er war einfach nur zu Boden gerissen worden. Und außerdem wäre er sowieso nicht in der Lage, den Täter wiederzuerkennen. Schließlich war Karneval, der Karneval des Winters und der Nacht. Hatte Ottar Hansen ihn geschubst? Jokum wollte ihn nicht anzeigen. Er dachte an den *Prozess*. Er wollte keine Hexenjagd veranlassen. Er hatte sich vielleicht geirrt. Die meisten dachten an diesem Tag so. Sie hatten sich vielleicht geirrt. Sie hofften, sich geirrt zu haben. Es war ihre einzige Hoffnung. Deshalb taten sie nichts. Sie ließen diese bigotte und mörderische Parade passieren, und nicht nur das, sie ließen sie fortsetzen. Synne bat stattdessen, ins Prinds Augustsminde in der Storgaten gebracht zu werden, sie waren bereits spät dran. Also wurden sie das letzte Stück in einem Peterwagen gefahren und schafften es gerade noch zur Besuchszeit, doch die, die den Besuch bekamen, konnten die Uhr nicht mehr lesen. Von außen gesehen wirkte das Prindsen wie ein herrschaftlicher Landsitz, der von der Stadt umringt worden war. Tritt man ein, sieht man die Dinge anders. Eine Pflegerin brachte sie einen Flur entlang, auf dem sich die Farbe von der Decke löste. Vor allem machte sie sich Sorgen wegen Jokum und nahm ihn mit in ein Büro, wo sie die Wunde mit Jod reinigte und ein Pflaster draufklebte. Ob er sich ein wenig hinlegen wolle? Sollte sie einen Rollstuhl holen? Krücken? Jokum biss die Zähne zusammen und wollte nichts von alledem. Er wollte allein zurechtkommen. Er wurde wütend, und Synne musste ihn beruhigen. Inzwischen ist es erwiesen, dass er nach diesem Tag nie wieder ganz auf die Beine kam. Bis er neue Hüften hatte. Dafür verlor er danach den Halt. Schließlich fanden sie Astrid Sager im Gemeinschaftsraum. Sie saß an einem Tisch, zusammen mit anderen Frauen, die viel älter als sie waren und Windeln trugen. Alle redeten, aber nur mit sich selbst. Es roch nach Urin, Essensresten und Parfüm. Synne blieb stehen und betrachtete lange ihre Mutter, die ihre Tochter noch gar nicht entdeckt hatte, wenn sie denn dazu überhaupt in der Lage war. Jokum musste sich an der Wand abstützen. Das Porträt, das er von ihr gemacht hatte, war in Erfüllung gegangen. Das hier war der große Jetlag. Sie war so weit gereist, dass sie für immer die Zeit hinter sich gelassen hatte. Sie war bar jeder Erfahrung und erfüllt von Vorstellungen, verdrehten und wechselnden. Hatte sie jemals die Nachricht erhalten, dass Synne ein Kind erwartete? Sollte dem so sein, hoffte Jokum, dass sie es wieder vergessen hatte. Synne ging zu ihrer Mutter, legte ihr die Hand auf die Schulter und sagte etwas. Und Jokum glaubte zu erkennen, dass Synne mit ihrer Mutter abrechnete, ohne zu wissen, was das bedeutete, aber sie beglich ihre Rechnung, und wirkte dabei ruhig, nein, *gefasst*, während sie das tat, und ihm kam ein merkwürdiger Gedanke, ihm schien, als sähe er sie zum ersten Mal wieder, und er wurde von einem Gefühl des Glücks getroffen, denn das ähnelte einem Anfang. Astrid Sager schaute ihre Tochter an, und einen Moment lang wirkte alles ganz normal, bevor sie plötzlich anfing zu lachen, und die anderen Damen hoben ihre Röcke, wippten und stampften, als säßen sie dort und tanzten, auf der Unterseite eines verdunkelten Traums. Vergessen und Karneval. Sie fuhren direkt zum Gabelshus Hotel zurück und ruhten sich aus. Jokum traute sich nicht, sich hinzulegen. Er fürchtete, nicht rechtzeitig wieder aufstehen zu können. Also blieb er im Sessel am Fenster sitzen und fragte Synne nicht danach, was sie zu ihrer Mutter gesagt hatte. Doch einige Jahre später sagte sie es, im Vorübergehen, in einem anderen Zusammenhang: *Jokum ist heute Abend im Fernsehen, Mutter.* Um sechs Uhr gingen sie durch Skillebekk zur Observatorie terrasse. Der Weihnachtsbaum stand nicht mehr auf dem Balkon. Vater öffnete und starrte auf das Pflaster auf Jokums Stirn, sagte jedoch nichts, als hätte er strenge Anweisungen bekommen, den Mund zu halten. Dann ließ er die beiden eintreten und half Synne aus dem Mantel, vorsichtig, wie ein Arzt, der einen Verband entfernt. Jokums alte Hausschuhe standen bereit. Sie setzten sich ins Wohnzimmer, wo der Fernseher weiter vorgezogen worden war und die Stühle so hingestellt waren, dass alle gleich gut sehen konnten. Vater schaltete das Gerät ein, um zu zeigen, dass es funktionierte, vielleicht nicht so scharf wie in Amerika, aber immerhin. Er lachte und musste die Antenne ein wenig drehen, um das Bild an Ort und Stelle zu bekommen. Kinderprogramm. Der Bildschirm wurde wieder schwarz. Übrigens war die Rede davon, das Haus zu verkabeln. Dann könnte man 21 Sender sehen. Der Vater zeigte eine Broschüre der Kabelgesellschaft. Was sollten sie aber mit 21 Sendern, wenn sie bereits die besten beiden hatten: an und aus? Sie hörten die Mutter in der Küche rumoren. Synne musste ins Bad. Vater schaute zum Fenster, in die Dunkelheit und wartete einen Augenblick, bevor er sagte: *Ich bin jetzt Rentner.* Dann kam Synne zurück, zusammen mit Mutter. Diese hatte gar nicht gehört, dass die beiden angekommen waren. Sie nahm ihre Schürze ab. Darunter trug sie das blauweiße Kleid, das sie immer bei festlichen Anlässen trug. Vater richtete seine Krawatte. Sie durften zu Tisch gehen. Mutter hatte sich in letzter Minute doch noch umentschieden und *Ofenkartoffeln* für alle gemacht. Es war nicht richtig, dass sie unterschiedliche Gerichte essen sollten. Sie servierte zum ersten Mal Ofenkartoffeln, mit einem Schnitt in der Schale, den sie von beiden Seiten drücken konnten, und auf diese Art und Weise öffnete sich die kochend heiße Kartoffel, fast wie eine Wunde, und sie gossen geschmolzene Butter oder saure Sahne drüber. Als Beilage gab es Salat mit Dressing. Der Vater schenkte Wein ein, aber er hatte auch Bier, falls jemand wollte, beides konnte man zu Ofenkartoffeln trinken, wie es hieß. Sie wollten Wein. Mutter sagte auch nichts zu dem Pflaster. Jokum fuhr sich mit dem Finger schnell über die Stirn. Das fühlte sich an wie so ein knorriger Knoten, der bei alten Bäumen am Stamm wächst. Stattdessen sagte Mutter, dass Vater auch eine kleine Rente aus Dänemark bekam, schließlich war er ja Maurer und Vermesser in Kopenhagen gewesen, und die wollten sie für Reisen nutzen. Reisen? Vater schüttelte den Kopf und sagte, dass seit damals das meiste auf den Kopf gestellt worden war. Mutter unterbrach ihn, fast mit einem Stöhnen. Vielleicht konnten sie endlich einmal in die USA reisen. Auf jeden Fall nach Birkerød. Was Vater zu sagen versuchte: Während er in Rente geschickt worden war, geradezu zur Seite geschoben, war die Mutter aufgestiegen, von der Gastgeberin zur Vorsteherin beim Roten Kreuz. Außerdem war es, was das Reisen betraf, keine Frage des Geldes. Sie sprachen einen Toast auf die Mutter aus, die fand, sie sollten keine große Sache daraus machen. Doch als Vater einen Zeitungsausschnitt aus der Tasche holte und ihn Synne zeigte, hinderte sie ihn nicht daran. Denn nicht nur Jokum war berühmt. Der Ausschnitt war aus der Abendausgabe der Aftenposten vom 4. Januar. Synne durfte ihn gern laut vorlesen. Was sie auch tat: *In der Grønnegt. 19 befindet sich ein Heim für ältere Männer, mit 42 unglücklichen Bewohnern. Der Majorstuen-Verband des Roten Kreuzes hat das entdeckt und uns, die wir hier wohnen, immer wieder Mut zugesprochen. Am Mittwoch, dem 12. Dezember 1988, richteten sie eine Veranstaltung für uns aus, die wir nicht vergessen werden, mit Butterbroten, Kuchen und Unterhaltungsprogramm. Es war nicht das erste Mal, dass sie an uns dachten, und alle, die einsam sind, wissen, was es bedeutet, wenn man spürt, dass man nicht von allen vollkommen vergessen wird. Herzlichen DANK, ganz besonders Frau Alfhild Jokumsen, der Vorsteherin des Verbands. Die Bewohner von Grønnegt. 19.* Mutter schaute zu Boden und wurde rot und betonte, dass alle Gastgeberinnen gleich viel getan hatten. Außerdem hatten sie gebrauchte Nähmaschinen gesammelt, die sie zusammen mit ausgebesserter Kleidung an das internationale Zentrum des Roten Kreuzes in Nairobi geschickt hatten. Es ist wichtig, dass die Armen nicht nur Kleidung bekommen, sondern auch Nähmaschinen, sodass sie sich selbst helfen können. Nichts ist besser, als den Leuten dabei zu helfen, sich selbst zu helfen. Die Nähmaschinen von dem Kürschner C. W. Madsen waren auch dorthin geschickt worden, zusammen mit den Pelzen, die schließlich niemand mehr abgeholt hatte. Was sollten sie mit Pelzen in Nairobi? Sie konnten sie des Nachts benutzen. Plötzlich wurde Mutter ganz traurig. Warum machten sich so viele über Wohltätigkeit lustig? Taten das viele? Ja, man behauptete, dass Wohltätigkeit in erster Linie eine Hilfe für die abgedankten Hausfrauen war, die glaubten, Nähkreise könnten die Welt retten. Vater räusperte sich, legte den Zeitungsausschnitt zurück in die Tasche und berichtete, dass sein altes Motorrad, die Royal Enfield, oder die Königliche Einfalt, wie man die Marke im Volksmund genannt hatte, immer noch in Birkerød stand, und es hatte wie schon gesagt einen Beiwagen, sodass Jokum Platz für Arme und Beine finden würde, sollte er damit fahren wollen. Alle lachten. Übrigens war es gar nicht schlecht, Rentner zu sein. Das Stadtplanungsbüro erlaubte ihm, sein Modell von Oslo zu behalten, und solange er das hatte, war es kein Problem, die Zeit totzuschlagen. Sie redeten über alles andere, fürchteten, etwas Falsches zu sagen, etwas, das plötzlich Dinge zum Vorschein kommen lassen könnte, die sie nicht sagen wollten. Eine Weile sagten sie gar nichts. Sollte man auch die Schale der Kartoffel mitessen? Synne nahm sich noch einmal von dem Sa-

797

lat. Jokum schaute Vater an. Dieser kratzte die Innenseite der Kartoffel mit dem Löffel aus. Jokum fühlte eine Zuneigung, die ihn traurig und froh zugleich machte. So einen Ausschnitt in der Tasche zu tragen, das ist Liebe. Dann brachte der Vater plötzlich den Magneten zur Sprache. Hatte Jokum ihn immer noch? Dieser antwortete ausweichend, doch, ja, der lag irgendwo herum. Er müsse gut auf den Magneten aufpassen. Der Vater selbst hatte ihn bei der Vermessung in Nyhavn benutzt. Vielleicht war die Ausrüstung damals ziemlich primitiv gewesen, aber niemand konnte ihm den Vorwurf machen, nicht die korrekten Abstände zwischen Schatten und Licht in den Hinterhöfen der Arbeiterklasse gefunden zu haben. Aber wie hatte er ihn überhaupt benutzt? Zog der Magnet das Licht an und stieß die Dunkelheit ab? Da war es an dem Vater, ausweichend zu antworten. Stattdessen lachte er. Erinnerte Jokum sich noch daran, als er ihn verschluckt hatte? Jokum leugnete das, vielleicht hatte er ihn im Mund gehabt, aber er hatte ihn nicht geschluckt, es war nicht möglich, einen Magneten zu schlucken. Doch der Vater beharrte darauf. Jokum habe den ganzen Magneten verschluckt, und der sei am nächsten Tag auf natürlichem Weg wieder zum Vorschein gekommen. Auch Synne lachte, und die Mutter schaute sie an, erleichtert und gleichzeitig unruhig, sie war also in der Lage zu lachen, wie konnte sie das nur, nach dem, was passiert war? Die Mutter schlug auf den Tisch. Also, Vater, bitte! Wir essen! Trotzdem lachte auch sie. Zum Dessert gab es Moltebeeren und Weihnachtskekse. Alles hielt ja länger, wenn man zu Weihnachten allein war. Um Viertel nach sieben setzten sie sich ins Wohnzimmer. Die Mutter schenkte Kaffee aus einer Thermoskanne ein, keinen aus Pulver, nur dass sie das wussten, sondern Kochkaffee. Der Vater musste erneut die Antenne richten. Die Bedingungen waren besonders schwierig, wenn der Regen in Schnee überging und gefror. Doch endlich bekam er es hin. Dann saßen sie ganz still da und warteten. Jokum hatte seine Kamera nicht mitgebracht, deshalb gibt es leider keine Bilder von diesem Abend. Ich hätte sie gern gesehen. Warum hatte Jokum seine Kamera nicht mitgenommen? Er wollte nicht als zu groß erscheinen, er wollte als Synnes Mann kommen, als der Sohn seiner Eltern, als Jokum, nicht als Fotograf. Die Mutter dachte wahrscheinlich genau gegenteilig, dass er jetzt, wo er so groß geworden war, nicht mehr zu Hause bei ihnen fotografieren wollte. Um Punkt halb acht rollte die leere Erdkugel über den Bildschirm, und Einar Slyngstad wünschte mit einer Stimme, die so sanft war, dass selbst schlechte Nachrichten gut erscheinen konnten, aber nicht an diesem Abend, er hieß alle herzlich willkommen zur Dagsrevyen an diesem Samstag, dem 21. Februar 1989, die mit einem Film des Robbenfanginspektors Odd Lindberg über die norwegische Robbenjagd beginnen sollte. Der hatte international für heftige Reaktionen gesorgt, besonders in England und Schweden. Norwegens Ansehen im Ausland war beschädigt worden. Der Fischereiminister Bjarne Mørk Eidem musste Rede und Antwort stehen. Obwohl das Töten von Robben mit dem sogenannten Robbenknüppel sowohl gesetzlich erlaubt als auch vertretbar war, war offensichtlich, dass die Regeln gebrochen worden waren. Nach einer Warnung an die Zuschauer wurden einzelne Szenen aus dem Film gezeigt: Blutspuren auf dem Eis, ein Robbenjunges, das auf den Kopf geschlagen und dann an Bord des Bootes gezogen wird, wo es enthäutet wird – ist es noch am Leben? Es sah danach aus. Es windet sich unter dem Messer. Nahaufnahme des Auges des Seehunds. Dann ein Schnitt zum erwachsenen Seehund, der auf dem Eis liegt, in einer Pfütze aus Blut, seinem Jungen nachschaut und heult. Plötzlich hörte Jokum ein Stöhnen. Synne, sie schaute zu Boden, verbarg das Gesicht in den Händen. Die Mutter wollte ihr die Hand auf den Rücken legen, zögerte aber in letzter Sekunde und ließ es bleiben. Bjarne Mørk Eidem kam wieder ins Scheinwerferlicht und erklärte, dass die Regierung baldmöglichst ein Verbot der Jagd auf Seehundjunge verabschieden werde. Der Beitrag dauerte ewig. Bald war kein Platz mehr für etwas anderes. Denn der Wetterbericht sollte ja auch noch kommen. Schlachten sieht immer schrecklich aus für den, der es nicht gewohnt ist. Mutter trat Vater gegen das Schienbein. Schlachten *ist* schrecklich. Aber das muss doch nicht so wehtun, auch wenn viel Blut fließt. Sie trat ihn noch einmal. Pst! Synne hatte noch nicht wieder aufgeschaut. Der nächste Beitrag handelte von der Gegend rund um das zerstörte Kernkraftwerk Tschernobyl. Kälber wurden ohne Köpfe geboren. Jetzt schaute auch Jokum zu Boden. Der sowjetische Rückzug aus Afghanistan wurde laut Absprache vollzogen. Afghanistan war endlich frei. Beide schauten wieder auf. Das Bild eines sich im Wind wiegenden Mohnfeldes erfüllte den ganzen Bildschirm und erinnerte an das Blut auf dem Eis. Die Demonstrationen in Oslo gegen *Die Satanischen Verse* waren friedlich verlaufen. Friedlich? Ist das zu wünschen oder zu *fordern*, dass der Tod eines Menschen friedlich sein soll? Entsteht so nicht eine Aufrüstung der Gedanken, die den Mund militarisiert, die Sprache bewaffnet und früher oder später in einer Handlung endet, nämlich einer Hinrichtung, einem Mord? Ein Kioskbesitzer sagte, er würde Salman Rushdie gern mit seinen eigenen Händen töten. Norwegens Botschafter in Teheran war nach Hause beordert worden, um über die Situation zu berichten. Im Sport gab es ein längeres Interview mit Trond Einar Elden, der Gold in der Kombination bei der Ski-WM in Lahti errungen hatte. Dann berichtete der Staatsmeteorologe Håkon Melhus von Minusgraden und Sonne, aber auch von Sturm in einzelnen Regionen. Wo blieb Jokum? Einar Slyngstad verabschiedete sich. Die Erdkugel rollte zurück ins Dunkel, immer noch leer. Jokum kam nicht. Er war reingelegt worden. Er war ganz bis nach Norwegen gereist, nur um reingelegt zu werden. Nein, er hatte seine Eltern reingelegt. Er fühlte eine große Verlegenheit, fast Scham, murmelte etwas, *Entschuldigung*, bevor er bemerkte, dass seine Eltern noch verlegener waren als er, alle waren verlegen, bis auf Synne, die aufsprang, das Wohnzimmer verließ und telefonierte. Mutter legte die Hand, die sie so gern auf Synnes Schulter gelegt hätte, stattdessen auf Jokums Arm. Sie wusste, wie sich das anfühlte. Glaubte er ihr das nicht? Vater schaltete den Apparat aus. Sie konnten ja nicht für alle Zeiten dasitzen und warten. Aber konnten Synne und Jokum nicht bei ihnen übernachten, es war schließlich ihre letzte Nacht hier, und es war doch nicht sicher,

Mutter nahm die Hand weg und sagte nichts mehr. Was war nicht sicher? Synne kam zurück, legte das Telefon in die Tasche, und da konnte Mutter nicht mehr an sich halten, es platzte aus ihr heraus, sie konnte nichts dafür:

»Es ist ja so schrecklich!«

Synne schaute sie verblüfft an, sie verstand die Wucht in Mutters Stimme nicht.

»Na, so schlimm ist es nun auch nicht. Sie senden es sicher später irgendwann.«

Dann wandte sie sich Jokum zu.

»Hast du erzählt, dass die *Daniel Crown Collection* vier Bilder gekauft hat? Und eins davon ist das Porträt von Hütchen?«

Jokum schüttelte den Kopf und fragte stattdessen:

»Ist es in Ordnung, wenn wir heute Nacht hier schlafen?«

Synne kam nicht dazu, zu antworten, denn die Mutter ging durch den Raum, ängstlich und erleichtert gleichzeitig, denn jetzt hatte sie es endlich gesagt, sie nahm Synne in den Arm.

»Ich meine dein Kind! Das Kind, das du verloren hast! Das war ja so schrecklich!«

Synne musste einen von Jokums alten Pyjamas ausleihen. Das Oberteil genügte. Sie gingen früh ins Bett. In dem Spalt unter der Tür sah Jokum, genau wie früher, wie eine Lampe nach der anderen in der Wohnung gelöscht wurde, bis auf die im Eingang, damit niemand glaubte, die Familie Jokumsen sei verreist.

»Du kannst dich gern hierhin legen«, sagte er.

»Pst.«

»Wir können tauschen, wenn du willst.«

»Sei still.«

»Es tut mir leid. Dass ich ihnen das erzählt habe. Ich …«

Synne drehte ihm in dem klapprigen Campingbett, das seine Mutter ins Kinderzimmer dazugestellt hatte, den Rücken zu. Jokum wusste, dass er nicht schlafen würde.

»Ich wollte ihnen doch nur eine Freude machen, Synne. Ich wollte …«

Er hörte ihre leise Stimme von der anderen Seite:

»Und jetzt sind sie traurig.«

»Ich weiß. Sie ...«

»Und diese Traurigkeit hält viel länger an als die Freude. Was hältst du von dieser Rechnung?«

»Das ist doch nur Mist«, sagte Jokum.

Später in der Nacht musste er pinkeln. Er kam kaum auf die Beine. Die Hüften taten ihm weh, schlimmer als je zuvor. Er schlich sich hinaus ins Bad, musste sich setzen, er hatte noch nie im Sitzen gepinkelt, jetzt schon. Auf dem Weg zurück sah er, dass in Vaters Arbeitszimmer Licht brannte. Er warf einen Blick hinein. Vater stand mitten in der Stadt und schob Häuser und Plätze hin und her. Für einen Moment schaute er zu seinem Sohn hoch und lächelte. Jokum schleppte sich an den Wänden entlang weiter. Die Tür zum Schlafzimmer der Eltern war nur angelehnt. Die Mutter saß im Bett unter dem sparsamen gelben Licht der Wandlampe und schrieb etwas in ihren roten Kalender. Als er endlich in seinem eigenen Zimmer angekommen war, hatte Synne die Bettdecke weggetreten und lag auf dem Rücken auf dem Campingbett, die Arme an den Seiten, als sonnte sie sich in der Dunkelheit. Er erahnte die Fotografie an der Wand neben dem Fenster, die er ihr zum ersten Weihnachtsfest geschenkt hatte, die sie aber hier hatte hängen lassen. Und plötzlich sah er klar in der Nacht. Er sah, dass die Dinge sich trotzdem veränderten, wenn sie den Besitzer wechselten, wie auch die gleichen Worte in dem Mund eines anderen zu einer anderen Sprache wurden. Der Titel gehörte jetzt ihnen. Synne und Jokum bildeten ein einsames Trio.

Als sie nach San Francisco zurückkehrten, in der ersten Amtszeit von Präsident George Bush, kaufte Synne einen Fernsehapparat. Sie war der Meinung, sie sollten dem Geschehen folgen. Im Laufe des Jahres sahen sie unter anderem einen jungen Mann in weißem Hemd und mit Plastiktüten in der Hand, der sich auf dem Platz des Himmlischen Friedens den Panzern in den Weg stellte. Er ähnelte einer Ameise vor einem Nashorn. Trotzdem blieben die Panzer stehen. Was hatte er in den Plastiktüten, das er nicht loslassen wollte? Es hieß, er hätte darin *Das chinesische Dreizeichenbuch*, nach Konfuzius, und es war aufgeschlagen auf Seite 14, wo der chinesische Student folgende Worte unterstrichen hatte: *Gibt es ein einfaches Wort, das jedem als praktische Lebensregel dienen könnte? Konfuzius antwortete: Gegenseitigkeit.* Später sahen sie die Mauer fallen. Doch den größten Eindruck auf sie machte die Hinrichtung von Ceausescu und seiner Frau Elena. Sie sprachen mit ihren Henkern, als wären sie immer noch an der Macht. Sie redeten mit ihnen, wie man mit unerzogenen Kindern redet. Doch es hörte keiner mehr auf sie. Da mussten sie einsehen, dass das, was geschah, wirklich wahr war. Es war wahr. Alles, was wahr war, war zu spät. Jetzt war der Tod nicht nur schmachvoll, ehrlos und kurz bevorstehend, jetzt war er 1:1, dieser Tod war das Modell des Lebens, ihres jämmerlichen Lebens in voller Größe. Jetzt mussten sie umziehen in diese zugigen Kulissen, die auch bald umgeweht werden sollten. Ein Augenblick diktatorischer Einsamkeit. Er wurde immer und immer wieder gezeigt. Sie wurden in einer Wiederholung nach der anderen erschossen, jedes Mal genauso gekränkt und verlassen.

Jokum wurde weder klüger noch glücklicher.

Ein neues Jahrzehnt begann, das letzte im vergangenen Jahrhundert. Man zählte den Countdown. Man zählte den Countdown zu der großen Wende. Jokum machte keine Fotos mehr. Er arbeitete nur mit denen, die er bereits gemacht hatte. *Er blätterte in alten Bildern.* Er versuchte etwas anderes in ihnen zu finden, etwas, das er übersehen hatte, einen Schatten im Hintergrund, eine Bewegung, ein Zeichen. Er saß in der Dunkelkammer, umgeben von tropfenden Kopien. Er fand es nicht. Es gelang ihm nicht, das letzte Licht aus ihnen herauszuwringen. Doch eines Tages, als er auf dem Weg zur F. Gallery war, um einen Vertrag zu unterzeichnen, blieb er vor der American Bank stehen und schaute hoch zu dem protzigen Schild, als wäre es eine Reklame für eine nachgefragte Ware: *The National Debt.* Die Zahlen rollten immer weiter. Die Zahlen blieben nicht stehen. Es war ein wilder, lautloser Fluss. Man zählte nicht den Countdown. Man addierte. Das war das Rätsel des umgekehrten Reichtums: Bald sah man den Unterschied zwischen Überfluss und Schulden nicht mehr. Jokum hatte es schon früher fotografiert. Jetzt tat er es noch einmal. Nur die Summe war eine andere. Und auf dem Bild blieb der Betrag stehen: 2 432 561 788 901. Der Augenblick der Nation. Später mal verglich er die beiden Fotos. Die Zahlen, die sie voneinander unterschieden, entsprachen genau der vergangenen Zeit.

Im ersten Monat des Jahres 1991 starteten die USA ihre Luftangriffe auf den Irak, der wiederum in Kuwait einmarschiert war. Das ist wichtig, das ist entscheidend in einem Krieg: die Reihenfolge. Der Krieg bekam übrigens eine andere Sprache. Er war *chirurgisch*. Der Krieg ist eine Operation an einer kranken Gliedmaße ohne Betäubung. Dann ging König Olav von uns. Diese Begebenheiten folgten in so kurzem Abstand aufeinander, dass einige meinten, er sei an diesem neuen Krieg gestorben. Sein Herz verkraftete das nicht. Man griff ein Waffenlager in Bagdad an und traf einen norwegischen König. In der Seemannskirche wurde halbmast geflaggt und eine Gedenkstunde abgehalten, bevor der Pfarrer das Porträt von König Olav abnahm und das von König Harald und Königin Sonja an die Wand hängte, direkt über dem Laufband, das in seinem Büro stand. Der Thronwechsel war eine Tatsache. Jokum schaute lieber in Jim's Pawnshop vorbei. Er war eine ganze Weile nicht dort gewesen. Inzwischen gab es dort noch weniger Platz. Bald würde gar kein Platz mehr da sein. Die Dinge stapelten sich übereinander. Sie standen still. Sie machten ihn nicht mehr empfindsam, nur deprimiert. Sie sprachen in einer strengeren Art und Weise zu ihm, verbittert und anklagend, die Smokings, Eismaschinen, Cocktailgläser, Spazierstöcke, Portemonnaies, Eheringe, Kassettenspieler und Zylinder. Dann entdeckte er etwas, etwas, das sich durch sein Schweigen hervorhob, einen Ziegelstein, auf rotem Samt in einer Vitrine fixiert. Jim, der auch verbittert und anklagend geworden war, denn er teilte das Schicksal der Dinge, kam hinzu und erklärte. Es sei kein gewöhnlicher Ziegelstein, falls Jokum das gedacht hätte. Er war historisch. Er stammte aus der Mauer in Berlin. Er könne ihn für 200 Dollar haben. Weiter runter konnte er nicht gehen. Jokum wollte keinen Mauerstein aus Berlin haben. Er dachte: Die Frontlinien verschieben sich schneller als die Gedanken. Wie wäre es mit 180 Dollar? Jim feilschte für Jokum. 165? Das konnte er sich doch wohl leisten. War er nicht inzwischen ein geschätzter Mann? War er nicht berühmt? Lief das nicht aufs Gleiche hinaus? Zum Schluss bezahlte Jokum 220 Dollar für den Mauerstein aus Berlin, bekam einen Stock noch obendrauf, eilte nach Hause und legte den Stein auf den Fernseher und stellte den Stock in den Schrank. Ihm war etwas eingefallen: der Film in der Kamera, die er auch in Jim's Pawnshop gekauft hatte. Er gab ihn zum Entwickeln ab. Es würde seine Zeit dauern. Der Film war alt und empfindlich und musste in ein spezielles Laboratorium geschickt werden, wo man Experten hatte, um derartige Rollen zu restaurieren. Jokum betonte: Er wolle den Film so zurückhaben, *wie er war*. Dabei verblüffte es ihn, dass er nicht ungeduldig wurde. Er hatte Zeit genug. Das war fast erschreckend. Dann konnte er endlich den Film abholen, und am gleichen Abend noch legte er die Negative auf den Leuchttisch und studierte sie. Nur ein Bild war in Bewegung. Er brauchte die ganze Nacht, um eine brauchbare Kopie zu bekommen. Das Letzte, was die tote Kamera gesehen hatte: Risse und schiefe Schatten. Wenn es etwas ähneln sollte, dann mussten das weiße Wolken sein, die einen Moment lang an Gesichter erinnerten und im nächsten an Türen, die geschlossen oder geöffnet werden sollten, alles je nachdem, von welchem Einfallswinkel man das Bild betrachtete. Aber so oder so gab es keinen Sinn. Jokum sagte es laut, *das gibt keinen Sinn,* diese Leere und Fülle im gleichen, glänzenden Anblick.

Synne rief nach ihm.

Jokum wusch sich die Hände und ging zu ihr. Sie saß am Küchentisch. Die Sonne fiel auf das Telefon neben der Kaffeetasse. Es war früher Morgen.

»Ich habe eine gute Nachricht«, sagte sie.

»Wirklich?«

»Eine sehr gute Nachricht, Jokum.«

Er lehnte sich an den Türpfosten und hob die Hand, um die Augen zu beschatten, aber er musste dennoch zu Boden schauen, alles blendete ihn, es brannte in den Augen, als läge er selbst in den Chemikalien, lichtscheu und erwartungsvoll. Er hörte, wie Synne aufstand und sich ihm näherte.

»Was ist mit dir? Weinst du?«

Vorsichtig schüttelte er den Kopf und spürte ihre Finger, die über seine Stirn strichen, genau wie er es mochte. Sie lachte.

»Weinst du vor Freude, noch bevor ich dir erzählt habe, worum es eigentlich geht?«

»Ja, Synne. Ich weine vor Freude.«

»Mein dummer Schatz. Du bist für den norwegischen Pavillon auf der Biennale ausgewählt worden. Hörst du? Hörst du, Jokum?«

»Ich höre. Also müssen wir nach Venedig fahren.«

»Und jetzt müssen wir anfangen zu arbeiten.«

Als Jokum viele Jahre später die Wohnung seiner Eltern aufräumte, fand er in einer Hutschachtel im elterlichen Schlafzimmer den Kalender seiner Mutter. Unter dem Datum 21.2.1989 las er – und er erinnerte sich daran, dass er sie im Bett hatte sitzen und über diesen Tag hatte schreiben sehen, der bereits gestern war, so wie es immer ist; wenn wir schreiben, ist es vorbei: *Wir waren fast wieder eine Familie. Sternenklar.*

ABSCHIED

Jokum stand am Fenster und schaute hinunter auf den Kanal. Eine schwarze Gondel, ausgekleidet mit roter Seide, glitt an den Pfählen vorbei, die aussahen wie Zuckerstangen. Die Sonne fiel auf sein Gesicht und das weiße Hemd. Das Licht, das sich verbreitete, war gleichzeitig schroff und süß. Dachte Synne das Gleiche wie er, dass sie jetzt dem Paar in Edward Hoppers *Hotel by the Railroad* ähnelten, abgesehen davon, dass das Zimmer im Liassidi Palace größer war und das Hotel nicht neben den Eisenbahngleisen lag, sondern direkt neben dem schmalen grünen Wasserlauf?

»Woran denkst du?«, fragte sie.

Er wandte sich zu Synne um, sie saß im Sessel, nur in Unterwäsche, und blätterte im Ausstellungskatalog: *Pregnant Things/Silent Birth/Retrospective*. Wo die Wand auf Hoppers Gemälde nackt war, hing hier eine Reproduktion von Velasquez' *Infantin*, ein Kind ohne Kindheit, gefangen in einem riesigen Kleid. Die nackte Wand war besser.

»An etwas, das ich auf dem Weg hierher gelesen habe.«

»Und was?«

»Dass die Behörden von Venedig ein Gesetz verabschiedet haben, das Koffer mit Rädern verbietet. Sie machten auf dem Kopfsteinpflaster zu viel Lärm.«

»Ist das nicht schön?«

»Schön? Die ganze Stadt versinkt, und man macht sich Gedanken über Koffer.«

Synne schaute auf, und das Licht traf ihre Stirn und ihre Arme.

»Bist du nervös?«

»Nein. Du?«

Es klopfte an der Tür. Jokum öffnete. Edith Fremm schaute herein.

»Wir sind fertig, wir können gehen.«

»Gib uns noch fünf Minuten.«

»In Ordnung. Wir warten unten.«

Jokum wollte schon die Tür schließen, doch Edith blieb stehen, einen Moment lang beunruhigt.

»Alles in Ordnung mit euch?«

»Synne kann sich nicht entscheiden, welches Kleid sie anziehen soll.«

Edith lächelte.

»Natürlich das rote. Bitte sie, das rote anzuziehen.«

Jokum schloss die Tür und ging ins Bad, wo Synne vor dem Spiegel stand, in einem schwarzen Kleid, und sich die Ohrringe anlegte. Er stellte sich hinter sie. Ihre Blicke trafen sich.

»Wir haben noch fünf Minuten«, sagte er.

Er strich mit dem Finger über den glänzenden Reißverschluss auf dem Rücken. Synne seufzte.

»Ziehst du ihn hoch oder runter?«

»Hoch. Willst du, dass ich ihn in die andere Richtung ziehe? Wir haben…«

»Noch fünf Minuten. Ich glaube, du bist trotz allem nervös. Aber alles wird gut.«

Doch Jokum war nicht nervös. Und das erschreckte ihn. Es fühlte sich an, als hätte er viel zu viel Dessert gegessen. Er war mager und schwer. Am liebsten hätte er sich übergeben. Er zog den Reißverschluss das letzte Stück hoch und gab ihr einen Kuss in den Nacken.

»Was meinst du, soll ich die Anzugjacke oder die Lederjacke anziehen?«

»Das entscheidest du selbst.«

»Ich möchte, dass du entscheidest.«

»Die Lederjacke. Es kann kühl sein, wenn wir nach Hause gehen.«

Jokum ging zurück ins Zimmer, aß ein paar blaue Weintrauben, trank ein Glas Wasser, öffnete den Garderobenschrank und stand lange davor und schaute die Kleiderbügel an, alle waren unterschiedlich, als hätten die Gäste vergessen, sie wieder mitzunehmen. Er entschied sich trotzdem für die Anzugjacke. Er wollte schnell wieder nach Hause. Synne setzte sich aufs Bett und zwängte die Füße in ein paar spitze, flache Schuhe. Und so sehe ich die beiden vor mir; in diesen fünf Minuten, deren Frist schon lange ablief, sie sind der Rest ihres Lebens. Diese fünf Minuten sind ihre Gnadenfrist. Und sie nutzen sie, um sich vorzubereiten auf etwas, das sie im Innersten gar nicht wollen. Sie wissen es. Sie wissen es bereits.

»Ich nehme den gelben Schal«, sagte Jokum.

»Der steht dir.«

»Wenn es kalt wird, meine ich.«

Synne stand auf.

»Und vergiss nicht den Stock.«

Vergiss nicht den Stock.

Sie gingen hinunter in die Lobby und wurden von dem skandinavischen Sekretär empfangen, der sie zum Boot brachte, einem frisch gestrichenen venezianischen Motorboot, das am Hotelanleger bereitlag. Edith half zuerst Synne an Bord, danach war Jokum an der Reihe. Er brauchte keine Hilfe. Trotzdem war es unglaublich, wie viele Hände ihm helfen wollten. Am liebsten hätte er um sich geschlagen. Dann saß er endlich auf seinem Platz, und jemand legte ihm eine Wolldecke in den Schoß. Diese Welt war von Kuratoren bevölkert. Alle kümmerten sich um Jokum. Immerhin war er froh, dass er nicht in einer Gondel transportiert werden sollte. Gondeln erinnerten ihn an Särge und Jahrmarkt. Niemand sagte auf der Fahrt hinüber zur Punta Del Dogona etwas. Edith Fremm zeigte ihnen eine SMS vom Kritiker für den nächsten Tag. *Silent Birth/Pregnant Things, breathtaking and majestic privacy.* Die starken Wellen warfen das Licht zurück. Synne gab Jokum eine Sonnenbrille, und er verschwand hinter ihr. Mehrere kamen unterwegs hinzu, VIP-Leute, sie tranken Champagner und rauchten dünne Zigaretten.

Jokum hörte jemanden die Namen der Haltestellen ausrufen, war das *Palazzo Grassi, San Samuele, Campo della Carità,* und plötzlich musste er an den Matrosen denken, an die Bahnhöfe in dem seekranken Traum des Matrosen. Sie waren angekommen. Jokum wurde von ebenso vielen Händen wieder an Land geholfen. Jetzt stützte Synne ihn auch noch. Das könnte sie wirklich sein lassen. Er war sein eigener Stock. Er wollte nicht jämmerlich wirken. Der Direktor des skandinavischen Pavillons empfing sie. Die Stimmung war bereits elektrisch. Er flüsterte das, *elektrisch.* Die Sonne brannte von dem Kirchturm ganz an der Spitze der Halbinsel. Jokum nahm den Schal ab. Synne schob einen Arm unter seinen. Dann folgten sie dem roten Läufer hinein in das alte Salzlager, das jetzt eine Kunsthalle war. Die Gäste applaudierten. Es klang aufrichtig. Jemand trampelte sogar mit den Füßen. Jokum war verlegen, denn er sah es sofort: Es waren zu viele Bilder. Sah Synne es auch? Dass es zu viele Bilder waren? Sie drückte noch einmal seine Hand, so wie sie es beim ersten Mal gemacht hatte, auf der Treppe der F. Gallery. Er wusste nicht mehr, was das bedeuten sollte. Im ersten Saal hing unter anderem *Cutlery of the Journey, The Soldier's Things,* eine Auswahl aus *Norwegian Still Life, Father-Trilogie, Stillborn Cameras* und das, was Synne *Random Shots* nannte, unter anderem *True Magician/Watches, Honeymoon/At the Bottom of the Tree, Liz Taylor/Seabrass* und *The New Wall,* der Ziegelstein aus der Berliner Mauer, der auf dem Fernseher liegt, während das grauenvolle Gesicht eines gefolterten amerikanischen Piloten, der im Januar 1991 über Bagdad abgeschossen worden war, auf dem Bildschirm zu sehen ist. Zwei Bilder aus Kopenhagen waren auch dabei: Die Wäscheklammern, die im Tivoli die Tischdecke an Ort und Stelle halten, während Konfetti vorbeiweht, und ein Porträt von Synne in Nyhavn, neben der Marmortafel zur Erinnerung an den Hund Jordano. Aber Jokum hatte nun einmal das Gefühl, seine Bilder wären ausgetrocknet. Verwelkt, wie ein großer Blumenstrauß. Sie hatten gleich nach dem Pflücken angefangen zu welken. Nur die Vase war noch da. Nein, so nicht. Plötzlich erinnerte er sich an den Mann in

Jim's Pawnshop, der am Tresen stand und die Baseballkarten verkaufen wollte, die mit dem berühmten Babe Ruth. Er hatte geglaubt, sie wären ein Vermögen wert, und dann stellte sich heraus, dass sie falsch waren, simple Kopien. Er erinnerte sich an den Fall des Mannes. So war es. Doch Jokum fiel nicht. Er stand im Beifall. Es gab keine Übereinstimmung zwischen Erfahrung und Gefühl, zwischen Anerkennung und Gedanke. Es gab keine *Gegenseitigkeit* mehr. Er drückte Synnes Hand. Wusste sie, was das bedeutete? Im nächsten Raum hingen *Pregnant Things/Silent Birth*, das mit *Mother/Marble* begann, Synne im Bett im Hotel in San Diego, und endete mit der Montage des alten Fotos von den Kirchenstufen in Hawley, Minnesota, das mit einer Wäscheklammer an einer Schnur in der Dunkelkammer befestigt war. Hier drinnen herrschte eine Stimmung, die Jokum nicht deuten konnte. Synne nahm seinen Schal und legte ihn in die Tasche. Die Gäste warteten mit dem Rücken zur Wand und folgten ihnen mit den Augen. Als die Hände sich trafen, kam plötzlich kein Ton. Er sah den Applaus nur. Jokum war immer noch in einer Welt ohne Verbindungen. Auf einem Podium in der Ecke standen zwei Stühle, zwischen ihnen ein Tisch, eine Wasserkaraffe, zwei Gläser. Dort sollte er hingehen. Ann S. Ferguson half ihm die zwei Stufen hinauf. Ihr Haar war ganz schwarz. Es musste gefärbt sein. Im Nacken hatte sie eine graue, fast weiße Locke vergessen. Sie war noch jung, aber auf zu vielen Begräbnissen gewesen. Er setzte sich, bekam ein Mikrofon ans Jackenrevers geklemmt. Ann S. Ferguson sagte etwas, es wurde still, vielleicht war es auch schon die ganze Zeit still gewesen, sie drehte sich zu Jokum um.

»Was für ein Gefühl ist es, hier auf der Biennale in Venedig die eigenen Hauptwerke alle vereint zu sehen, in der vornehmsten Kunstarena der Welt?«

Jokum schaute über die Versammlung, ein zeitgenössischer reisender Zirkus in Schwarz-Weiß, die Frauen waren auf null gestellt und mager, mit der Hand an kleinen Telefonen, die Männer mit Ringen in den Ohren, in den Augenbrauen, alles war tierisch und zahm zugleich. Er wünschte sich, Synne hätte doch das rote Kleid angezogen und er den gelben Schal umbehalten. Er dachte: Wenn ich schon berühmt sein muss, dann wäre ich es gern in Skillebekk. Was sollte er denn sonst mit dem Ruhm? Jokum suchte nach Worten und fand sie:

»Genau genommen war ich nur mit meiner ersten Ausstellung wirklich zufrieden. Sie war ehrlich, mit Bildern, die ich ohne Hintergedanken gemacht hatte, ohne Ablenkung, ohne einen Plan oder Ambitionen, nur mit dieser tiefen Freude, die jedem Anfang innewohnt. Seitdem bin ich eigentlich nur damit beschäftigt, mich nicht zu blamieren.«

Ann S. Ferguson musste lachen:

»Also, ich kann Ihnen versichern, dass Sie sich nicht blamiert haben. Sie…«

Er unterbrach sie.

»Und zum Schluss haben Sie recht behalten.«

»Wie bitte? Ich habe recht behalten?«

»Sie haben über *Norwegian Still Life* geschrieben, dass ich Gefahr laufe, *mechanisch* zu werden. So etwas in der Art haben Sie doch geschrieben, oder?«

Sie wurde unruhig und verlor den Faden.

»Damals waren wir beide noch sehr jung. Ich wollte mich nur etwas hervortun.«

Jetzt war Jokum mit Lachen an der Reihe:

»Sie brauchen sich nicht zu entschuldigen. Ich übernehme das.«

Es gibt eine Stille, die über jeden Zweifel erhaben ist. Sie hat das absolute Gehör. Und dann gibt es eine andere Sorte, bei der die geringste Bewegung wie eine verdächtige Geste hervortritt. So eine Stille herrschte jetzt. Als Jokum seine Arbeit verleumdete, verleumdete er auch die Gäste, und das duldeten sie nicht. Jokum lief Gefahr zu fallen. Ann S. Ferguson bemühte sich, ihn aufrecht zu halten.

»Niemand wird ja wohl *Pregnant Things/Silent Birth* als mechanisch bezeichnen. Im Gegenteil, die Bilder sind in ihrer Unvorhersehbarkeit geradezu gewalttätig.«

»Und der Raum, in dem sie hängen, ist auch nicht meiner, sondern Synnes, der Raum gehört meiner Frau, die auch meine Kuratorin ist.«

»Das müssen Sie …«

»Ich bin der Fotograf. Die Ausstellung ist ihre Sache.«

»Soll das bedeuten, dass Sie nicht dahinterstehen?«

Jokum schaute zu Synne hinunter, die ganz vorn stand, nicht weit weg vom Podium, trotzdem war er nicht in der Lage, ihr Gesicht zu deuten. Stand Trauer darin geschrieben, Anklage? Er sagte:

»Ich will die Ehre nur nicht für mich allein beanspruchen.«

»Ja, Sie beide sind ja ein Team.«

»Ohne sie säße ich nicht hier.«

»Ich weiß, das klingt ein wenig lächerlich, aber auf was sind Sie, seid ihr, von allem, was ihr erreicht habt, am stolzesten?«

»Ich denke, auf die Bilder, die ich nicht gemacht habe.«

Jokum hörte selbst, wie dumm das klang. Es waren bereits viel zu viele Bilder, und jetzt wollte er noch die hinzufügen, die ihm entgangen waren. Ann S. Ferguson sagte auf fast kindliche Art, denn ihr Enthusiasmus war zu groß, als wollte sie ihn vor sich selbst retten:

»Fotografieren heißt ja *aussuchen*.«

»Nein. Fotografieren heißt *weglassen*. Das ist nicht dasselbe.«

»Können Sie Bilder benennen, die Sie gern gemacht hätten?«

»Dafür ist es ja sowieso zu spät. Aber zwei kann ich gern nennen. Die Instrumente, die auf der Bühne der Universitätsaula in Oslo standen, im Licht von Edvard Munchs Sonne, kurz vor dem Konzert mit dem Oscar Peterson Trio im Herbst 1967. Es hätte den Titel *Vor der Musik* gehabt. Es wäre was geworden.«

»Und das andere?«

»Es hätte *Nach dem Karneval* heißen und Konfetti im Rinnstein zeigen sollen, in Oslo, zwanzig Jahre später, nachdem der letzte Narr vorbeigegangen war.«

Es klang zu schön, zu ausgedacht, wie eine Phrase, die man vor dem Spiegel einübt.

»Wenn Sie den Karneval fotografieren wollen, oder nach dem Karneval, dann wäre das hier in Venedig doch die Gelegenheit.«

Jemand lachte.

Doch Jokum hörte nicht, was Ann S. Ferguson sagte. Als er schließlich zu reden begann, schien er es vor allem mit sich selbst zu tun:

»Ich kann auch Bilder nennen, die ich *nicht* hätte machen sollen.«

»Welche?!«

»Die vom Müll.«

Ann S. Ferguson versuchte, die dünnen Fäden einzusammeln, in die Jokum sich verstrickt hatte.

»Eines Ihrer letzten Fotos, *The New Wall*, könnte man politisch deuten. Sind ...«

Er unterbrach sie erneut:

»Tut mir leid, ich kümmere mich nicht um Politik.«

»Nein?«

»Die Kamera ist mein einziger Standpunkt.«

Diese alten Formulierungen erweckten unter den Gästen eine gewisse Begeisterung. Zumindest hörte man ein Seufzen der Erleichterung. Jokum wies sich selbst zurecht, nicht die Zuhörer. Sie sollten nicht ihm zuhören, sondern seinen Bildern. Ann S. Ferguson richtete sich auf, offenbar war auch sie erleichtert, obwohl dieses Gespräch nur sehr kurz gewesen war, vielleicht aber auch gerade deshalb.

»Möchten Sie noch etwas hinzufügen, bevor wir uns den Bildern widmen, Ihren *Standpunkten?*«

»Ich möchte gern den amerikanischen Philosophen Ralph Emerson zitieren, der sagte: *Ich erforsche das Bekannte und liege dem Niedrigen zu Füßen.* Ich möchte gern sagen können, dass ich versucht habe, das Gleiche zu tun. Das ist im Grunde alles.«

Die Stille war wieder bedeutungsvoll. Dann brach der Jubel los. Doch Jokum glaubte ihm nicht. Aber nicht der Jubel war falsch. Er war es. Es war diese Gegenseitigkeit. Sie war fort. Es gab keine Verbindung zwischen dem Jubel und dem Herzen.

Ann S. Ferguson hatte trotzdem noch eine Frage:

»Ich erinnere mich an etwas, was Sie getan haben, als Sie die Rede bei Ihrer Debütausstellung gehalten haben.«

Jokum wurde verlegen.

»Nun ja, Rede … Das waren nur ein paar Worte. Ich musste mich ja bedanken.«

»Jedenfalls haben Sie einen kleinen Magneten herausgeholt und gesagt, das sei Ihr Geheimnis. Durch ihn fänden Sie Ihre Motive. Ich fand, das war richtig schön.«

»Danke. So etwas sagt man halt.«

»Haben Sie ihn immer noch bei sich?«

Unwillkürlich schob Jokum die Hand in die Tasche, aber die Tasche war leer, und da sah er, dass der Anzug schmutzig war, unscharfe Flecken kamen in dem schwarzen Stoff zum Vorschein, er war nicht länger Vintage, er war nur alt und abgetragen, und Jokum dachte, *jetzt würde meine Mutter sich vor Scham zusammenkrümmen.*

»Der Magnet? Nein, ich glaube, der wirkt nicht mehr.«

Sie fuhren frühzeitig zurück zum Liassidi Palace. Synne wollte nicht aufs Motorboot warten, stattdessen stiegen sie in eine Gondel ein. Es war dieselbe, die Jokum früher am Tag gesehen hatte. Die rote Seide stand ihr. Es war noch nicht dunkel, aber bereits kühl. Er legte seine Anzugjacke über ihre nackten Schultern. Sie gab ihm den gelben Schal. Dann ließen sie sich den Canal Grande entlangtreiben, auf die andere Seite zu.

Am nächsten Morgen wachte Jokum davon auf, dass jemand an die Tür klopfte. Synne schlief noch, mit dem Rücken zu ihm, die dünne Decke war auf den Boden gefallen. Er stand auf, zog sich den Morgenmantel an, hinkte auf den kleinen Flur und öffnete. Es war nicht Edith Fremm mit den Kritiken. Es war auch nicht der Kellner mit dem Frühstück. Es war ein Paar, ein Ehepaar, etwas älter als Jokum und Synne, beide trugen die gleichen Freizeitblousons, blau und weiß. Sie wirkten verlegen und aufgeregt. Der Mann wollte etwas sagen, auf jeden Fall sprach er Norwegisch, doch er gab sogleich auf und überließ das Reden seiner Frau.

»Wir haben versucht, Sie gestern zu treffen, aber Sie …«

»Worum geht es?«

»Wir haben Sie doch hoffentlich nicht geweckt? Ich meine, Sie und Ihre Frau. Wir haben …«

»Ich bin wach. Wenn Sie etwas von mir möchten, können Sie eine Nachricht bei der Rezeption abgeben oder meinen Galeristen kontaktieren, deshalb müssen Sie nicht hierher …«

Die Frau sah unglücklich und beschämt aus.

»Wir müssen unser Flugzeug erreichen, wissen Sie, deshalb …«

Sie verstummte und schaute schnell ihren Mann an, der etwas aus der geräumigen Tasche herausholte und es zeigte. Eine Fotografie hinter Glas und Rahmen. Jokum erkannte sie wieder. Es war das Bild, das er im Kühlraum des Kürschners C.W. Madsen gemacht hatte. Er sagte nichts, lehnte sich nur an den Türrahmen und wartete auf die Fortsetzung. Die Frau fuhr fort:

»Wir haben das auf dem Flohmarkt vom Roten Kreuz gekauft, Weihnachten 1976. Und wir mochten es immer so gern.«

»Wieso?«

Wieder schaute sie ihren Mann an, der immer noch das Bild in beiden Händen hielt.

»Das war das Erste, was wir zusammen gekauft haben«, sagte er.

Jokum versuchte sich aufzurichten, doch die Hüften versagten, vielleicht vertrug er ja die kühle, feuchte Luft nicht, den Durchzug im Flur, auf jeden Fall lief er Gefahr, zu Boden zu gleiten, in sich zusammenzusinken. Doch der fremden Frau gelang es, ihn aufrecht zu halten, entschlossen und mit starker Hand.

»Sind Sie nicht gesund?«

»Doch. Danke. Das war nur alles ein bisschen zu viel. Das war …«

Der Mann wollte schon gehen, er drehte sich zu seiner Frau um.

»Habe ich doch gesagt. Er …«

Jokum unterbrach ihn.

»Ich bin froh, dass Sie gekommen sind. Froh, dass Sie gekommen sind.«

Sie ließ ihn los, vorsichtig, und er blieb stehen.

»Wir haben ja alles über Sie gelesen. Und als wir gesehen haben, dass Sie hier die große Ausstellung haben, da haben wir beschlossen, ein wenig Geld beiseitezulegen und hierherzufahren.«

»Aber ich habe Sie gestern gar nicht gesehen.«

»Wir sind nicht reingekommen. Da waren ja nur geladene Gäste.«

Jokum erinnerte sich an einen anderen, der auch nicht reingekommen war. Der Matrose, er dachte an alle, die nicht reinkamen, an die, die als Erste hereingelassen werden sollten, und er wurde wütend.

»Ich werde dafür sorgen, ich werde dafür sorgen, dass Sie ...«

Sie legte wieder die Hand auf seinen Arm.

»Das macht nichts. Wir müssen sowieso bald abreisen. Aber wir haben gedacht, vielleicht könnten Sie einen Gruß schreiben. Auf die Rückseite.«

Der Mann hatte bereits einen Filzstift parat.

»Wie heißt ihr?«, fragte Jokum.

»Sie können schreiben: Für Marit und Finn.«

Jokum drehte das Bild um und schrieb: *Für Marit und Finn. Wenn ihr wüsstet, was das bedeutet.* Dann gab er dem Mann das Bild und den Filzstift zurück, und dieser nahm nun all seinen Mut zusammen, er hatte noch etwas auf dem Herzen:

»Wie war eigentlich der Titel?«

»Wie habt ihr es genannt?«

Die Frau lachte etwas verlegen.

»Wir haben es nur *Begegnung* genannt.«

»Das ist ein viel besserer Titel als meiner. Behaltet ihn.«

Als Jokum die Tür wieder schloss, dachte er in einem Augenblick tiefen und ehrlichen Glücks: *Das war es wert.*

Synne saß, bereits vollständig angezogen, vor dem offenen Fenster zwischen dem Bett und Velasquez. Die Luft war ganz blau in den dünnen Gardinen. Neben dem Stuhl stand ihr Gepäck schon bereit. Auf dem Tisch lag ein dicker Schlüsselbund. Sie schaute auf, lächelte leicht. Die gleichen Züge, die er am Tag zuvor gesehen hatte, ein Gesicht ohne Adresse.

»Die Wanderung hat ein Ende«, sagte sie.

Jokum setzte sich.

»Ja, das hat sie wohl.«

Sie legte ihre Hand auf seine.

»Eine schöne Wanderung, nicht wahr? Vom Flohmarkt in der Vestheim skole zur Biennale in Venedig?«

»Aber eigentlich trat sie die ganze Zeit auf der Stelle. Hast du das auch schon einmal überlegt?«

Synne stand auf und legte die Hand stattdessen auf den Koffer.

»Ich fahre zurück nach San Francisco und beende die Doktorarbeit.«

»Ist dein Platz in Berkeley denn noch frei?«

»Professor Cease hat es mir versprochen.«

Eine Weile blieb Jokum schweigend sitzen, während ein leichter Wind die durchsichtigen Gardinen anhob und die Sonne den Boden entlanglaufen ließ.

»Was ist das?«, fragte er.

Er nickte zum Schlüsselbund.

»Der große ist fürs Haupthaus. Die anderen sind für den Schuppen und die Pförtnerwohnung.«

Synne gab Jokum einen Kuss auf die Wange. Er versuchte nicht, sie zurückzuhalten. Also nahm sie den Koffer und ging. Er stellte sich ans Fenster und schaute hinunter auf den Kanal. Es schien, als wäre der Wasserstand höher als am Tag zuvor. Vielleicht war auch nur der Himmel niedriger. Sie kam nicht auf die schmale Brücke. Sie benutzte die Tür auf der anderen Seite, zu den ebenso schmalen Gassen. Jokum hörte nicht, wie Synne ihn verließ. In Venedig gab es ein Gesetz, das Koffer mit Rollen verbot.

JOKUM JOKUMSENS
GEDÄCHTNIS-EXPEDITION

Als wir auf der anderen Seite aus dem Wald kamen, war das Licht so blendend und groß, dass wir beide die Augen beschatten mussten, Jokum besonders, denn er ist der Sonne ja näher. Nach einer Weile konnten wir jedoch wieder sehen, zumindest durch die Finger, und wir standen direkt vor einem Bach, der ruhig in schönen blauen Bögen durch die grüne Landschaft floss. Es war wie bestellt. Wir fanden eine tiefere Stelle, und rissen uns die Kleider vom Leib, schamhaft und still. Trotzdem war ich nicht in der Lage, Jokum anzusehen, ich musste mich wegdrehen und hoffte, dass es nicht besonders auffiel. Ich wollte ja möglichst meinen Freund nicht verletzen. Er war so heruntergekommen, dass selbst ich einen Kloß im Hals bekam. Die Narbe um seinen Hals ähnelte einer missglückten Tätowierung, und auch sonst war kein großer Staat mit ihm zu machen. Ich hatte ihn ja bereits nackt unter der Dusche im Løkke Sanatorium gesehen, aber hier draußen in Gottes freier Natur war es anders. Hier draußen, wo auch wir natürlich sein sollten, waren wir stattdessen das genaue Gegenteil. Wir waren komisch und fremd. Und mir kam in den Sinn, voll Kummer kam mir in den Sinn, dass wir vielleicht doch in Løkke,, in dem Haus auf halber Strecke, zu Hause waren. Gott lachte heimlich über uns. Dann ließen wir uns ins Wasser gleiten, es war klar und kühl, und Schnecken, Spinnen und Käfer lösten sich von unseren Körpern und trieben davon. Es gibt eine Träne, die größer ist als das Auge. Es gibt einen Tropfen, der größer ist als ein Ruderblatt. In allem, was größer ist, müssen wir einen Platz finden. Wir kamen zu Kräften. Jokum stand auf dem Grund, während ich im Wasser trieb. Beide hatten wir den Kopf über Wasser.

»Vielleicht sollten wir bald wieder zurückgehen«, sagte er.

Fast wäre ich wieder untergegangen.

»Wohin zurück?«

»Nach Løkke.«

»Warum das? Wir sind doch gerade erst geflohen!«

Jokum ging einen Schritt näher zum Ufer, es schien, als bewegte er sich auf dem Mond.

»Vielleicht ist es trotzdem das Beste. Dann können The Black Pyjamas kommen und uns befreien.«

»Und du glaubst, dass sie das tun?«

»Sie sind es mir schuldig.«

Ich musste an Jens Munk denken, als er nur noch mit zwei Mann auf dem Eis war, und beide überlegten, wer von ihnen wohl als Erster sterben würde, denn der Letzte, der starb, konnte keine christliche Beerdigung mehr bekommen, und dann würde seine Seele für ewige Zeiten in Kälte und Wind umherirren. Ich sprach mit Wasser im Mund:

»Ich will dir etwas sagen, Jokumsen. Oder Jokum. Oder Georg. Die sind sicher alle tot, und außerdem existieren sie gar nicht. Und übrigens gibt es niemanden, der uns etwas schuldet! Wir sind allein!«

Ich konnte mich ans Ufer ziehen und half anschließend Jokum, in Sicherheit zu kommen. Dann lagen wir auf dem Rücken in dem feuchten Gras, ließen alles von uns abfallen und sahen den Himmel vorbeiziehen, wie ein blaues Rad auf dem Weg zum Rand der Welt. Wir hörten nichts, weder Hundegebell noch Sirenen oder Hubschrauber. Aber man kann nie sicher sein. Die Vögel, die von dem steilen Waldrand aufstiegen, sind sie auf unserer Seite? Sind es die geheimnisvollen Tauben? Sie verschwanden in einer Wolke, die für einen Moment den Bach schwarz färbte. Plötzlich wurde es kühl. Ich setzte mich auf.

»Wir müssen die Kleider auf links ziehen«, sagte ich.

»Warum das?«

»Damit sie uns nicht wiedererkennen.«

»Du denkst aber auch an alles.«

Jokum setzte sich auch auf und wir drehten Hosen, Hemden, Strümpfe und Jacken auf links. Die Schuhe ließen wir, wie sie waren. Da fiel ein Brief aus der Innentasche meiner Jacke. Der Brief des Notariats *Bieler & Company*. Ein Brief ist der Beweis, dass du noch lebst, genau wie Vogelgezwitscher, ob nun von einem Zweig oder einem Grammophon. Zumindest war das früher so, als die Briefe von niemandem außer dem Adressaten gelesen wurden und die Vögel zweifelsfrei Vögel waren. Ich öffnete den Brief mit zitternden Händen, zog einen Briefbogen heraus und gab ihn Jokum.

»Lies du. Laut. Aber nicht zu laut.«

»Ich mache das normalerweise nicht. Das ist…«

»Ich weiß, Jokum. Ich weiß. Aber Synne ist nicht hier. Wir müssen allein zurechtkommen.«

Jokum nahm den Briefbogen und begann zu lesen, lange Sätze mit juristischen Spitzfindigkeiten und Kapriolen, höflichen Phrasen und Umschreibungen alltäglicher Sprache, die zu einem schriftlichen Mysterium wurde. Wir verstanden kein Wort. Doch zum Schluss mussten die Notare doch widerstrebend damit rausrücken: Ich hatte das Vermögen der herzensguten und großzügigen Witwe geerbt. Ich hatte tatsächlich das ganze Brimborium geerbt. Ich hatte 3.459.643,00 norwegische Kronen und ihr Silber geerbt. Wir kamen auf die Beine und tanzten in unseren auf links gedrehten Kleidern. Doch bald sackten wir zu Boden, außer Atem und schwindlig, wir hatten keine Übung in Freude und guten Nachrichten. Außerdem darf man nicht über ein Erbe jubeln, das schickt sich nicht, denn das Erben beinhaltet immer jemandes Tod. Erben ist der letzte Seufzer des Toten.

»Dann können wir nach Asdal fahren und das Grab meines Ur-Ur-Ur-Urgroßvaters besuchen«, sagte Jokum.

»Wir können hinfahren, wohin wir wollen. Gern auch einmal um die ganze Welt.«

»Ich will nicht um die Welt fahren.«

»Zumindest können wir nach Amerika fahren!«

»Ich will nach Asdal, dorthin, wo ich herkomme.«

»Aber zuerst müssen wir zur Bank. Du bist erst reich, wenn du das Geld bei dir hast.«

Wir liefen über die Felder, bis wir eine Straße mit zwei Richtungen fanden, und der folgten wir weiter, wohlgemerkt nur in die eine Richtung, und wir beschlossen, auf die Sonne zuzugehen. Diese verschwand nach einer Weile, und wir gingen im Schatten weiter, bis wir uns einer Stadt näherten. Sie hieß Viborg. In Viborg gab es eine Bank, *Den Jydske BrukerBank*. Ich bat Jokum, draußen zu warten. Wir wollten möglichst keine Aufmerksamkeit erregen. Ich zog eine Wartenummer, wartete, bis ich an der Reihe war, und zeigte der Kassiererin hinter dem Schalter den Brief. Sie studierte ihn lange, bevor sie mich wieder ansah.

»Ich würde fürs Erste gern 250 000 abheben«, sagte ich.

»Warten Sie hier.«

Sie nahm den Brief mit sich und verschwand hinter einem Regal ganz hinten im Raum. Ich wurde unruhig. Endlich kam sie zurück und bat mich, ihr zu folgen, zu jemandem, der größere Vollmachten und sein eigenes Büro in der Ecke dieser Etage hatte. Er saß da und las den Brief von *Bieler & Company*, als wäre er an ihn gerichtet. Ich setzte mich auch. Er legte den Brief vor sich und schaute auf. Ein junger Mann in hellblauem Hemd, wahrscheinlich so einer, den man aufwärtsstrebend nannte.

»250 000«, sagte er.

»Ja. Fürs Erste, wie gesagt.«

»Karneval?«

»Wie bitte?«

»Der Anzug. Wollen Sie zum Karneval?«

»Man könnte wohl eher sagen, dass ich daher komme.«

»Das Problem ist nur, dass wir auch eine Unterschrift der Notare benötigen. Es ist ein umständliches Prozedere. Besonders, da Sie ja im Ausland sind.«

»Warum ist das notwendig? Es ist mein Geld. Das steht in dem Brief.«

»Die Sache ist doch die, dass man in diesen Zeiten nicht vorsichtig genug sein kann.«

»Sie meinen misstrauisch?«

»So kann man es auch sagen.«

»Aber ich brauche das Geld jetzt.«

»Dann möchte ich vorschlagen, dass Sie einen sogenannten Blitzkredit aufnehmen. Die Zinsen sind zwar ziemlich hoch. Dafür haben Sie das Geld schon morgen.«

»Einen Kredit? Aber ich bin doch reich! Das steht in dem Brief!«

»Sie sind erst reich, wenn Sie Schulden haben.«

Hatte ich eine Wahl? Nein, hatte ich nicht. So sah die neue Freiheit aus.

»Wie viel kann ich kriegen?«

»Die Frage ist, wie viel Sie haben möchten.«

»250 000?«

Jetzt begriff ich, warum es nicht länger Sparkasse hieß. Dieser aufwärtsstrebende junge Mann holte ein Formular heraus und schob es über den Tisch.

»Dann brauche ich Ihren Ausweis.«

Das war ein Problem. Ich konnte mich nur mit meinem eigenen Namen ausweisen. Alles andere lag in Løkke, bei dem Maurer.

»In dem Brief steht doch, dass ich das bin«, sagte ich.

»Das reicht leider nicht. Wir können wie gesagt nicht vorsichtig genug sein.«

»Sie meinen misstrauisch.«

»Sie haben doch sicher einen Personalausweis. Oder einen Führerschein?«

Ich versuchte die Frage wegzulachen.

»Beim Karneval braucht man keinen Ausweis«, sagte ich.

Der junge Spund dachte lange nach, er ging zur Tür, schloss sie, kam zurück und setzte sich auf die Tischkante, ein Zeichen von Vertraulichkeit.

»Wenn ich es mir recht überlege, gibt es noch eine andere Möglichkeit«, sagte er.

»Und welche?«

Er senkte seine Stimme und beugte sich vor.

»Ich kann Ihnen einen Kredit geben. Unter der Hand, wie man so sagt. Dazu braucht es keine Papiere. Aber das bedeutet, dass wir uns aufeinander verlassen können müssen.«

»Uns aufeinander verlassen können? Sie meinen, kritisch sein?«

»Genau. Sie bekommen noch heute das Geld. Dafür betragen die Zinsen für die ersten drei Monate 30 Prozent und 50 für die nächsten neun. Take it or leave it.«

Wieder hatte ich keine andere Wahl.

Ich wollte ihm die Hand geben. Da wurden unsere Geschäftsverhandlungen von einem heftigen Radau unterbrochen, laute Rufe, Schreie, Dinge, die zu Boden fielen, sogar ein Schuss, wenn ich nicht falsch gehört hatte. Streng genommen hätten wir uns verstecken müssen, zumindest hätten wir dort bleiben sollen, wo wir waren, doch stattdessen liefen wir hinaus in die Geschäftsräume, ohne nachzudenken, wie Helden es gewöhnlich tun. Ein Überfall. Die Kassiererin und ein paar Kunden lagen auf dem Boden, die Hände über dem Kopf. Zwei Räuber, beide mit kurzem, schwerem Gewehr, standen hinter dem Tresen, also auf unserer Seite, und füllten eine Tüte mit Scheinen. Ihre Gesichter waren von schwarzen Kapuzen verdeckt oder so einer Art Schleier, der bis zu den Schuhen hinunterreichte. Als sie uns entdeckten, fingen sie wieder an zu schreien, ich konnte nicht verstehen, was, nur dass es nicht freundlich gemeint war. Als sie dazu noch mit diesen abgesägten Schrotflinten wedelten, war es nicht mehr falsch zu verstehen. Wir legten uns zwischen umgeworfenen Stühlen und zerbrochenen Blumentöpfen auf den Boden. Ich weiß nicht, wie lange es gedauert hat. Die Angst misst die Zeit nicht. Aber mit dieser Angst konnte man leben, obwohl ich doch hätte sterben können. Sie war offensichtlich und geklärt, im Gegensatz zu der Angst, die jede einzelne Sekunde zählt, sich selbst aber nicht messen lässt. Dann hatten die Diebe offenbar genug zusammengerafft. Sie schossen noch einmal in die Decke und stürmten hinaus. Wir blieben liegen, bis es ganz still war und der Mauerputz nicht mehr herunterrieselte. Und selbst dann zögerten wir noch. Es schien, als hätten wir keine Lust aufzustehen. Wir lagen da so schön. Und es war nicht unsere Schuld. Wir trugen keine Verantwortung. Am liebsten hätten wir geschlafen. Wir waren wieder wie Kinder. Wir wünschten uns, es sollte so bleiben. Doch bald hörten wir Sirenen. Die Zeit begann wieder zu vergehen. Es war vorbei. Einige schrien. Andere weinten. Ich kam auf die Beine.

Ich habe schon immer ein großes Misstrauen denen gegenüber gehegt, die behaupten, dass es nie so schlimm sein kann, dass es nicht doch noch für etwas gut wäre. Diese Art von Rechnung kann ich nicht akzeptieren. Doch dieses Mal stimmte es. Die Diebe hatten eine Schublade vergessen. In der lag Geld. Ich stopfte mir die Taschen voll und benutzte eine Tür auf der Rückseite, bevor der ganze Bereich abgesperrt sein würde. Jokum wartete wie abgesprochen im Park an der Domkirken. Er war natürlich besorgt, besonders, weil er befürchtete, die Polizei wolle mich ergreifen. Ich konnte ihm versichern, dass ich unschuldig war. Trotzdem sah ich keinen Grund zu bleiben. Und da wir darüber hinaus auch noch Geld hatten, war es nicht schwer, eine Entscheidung zu treffen. Welche Transportmittel konnte man benutzen, ohne sich auszuweisen? Wir nahmen den ersten Zug nach Hjørring. Es war eine unvergessliche Fahrt durch die jütländische Heide, wo die meisten Orte etwas mit *høy*, hoch hießen, Galgehøj, Højmose und Kæmpehøje, obwohl doch alles platt war, wie eine grüne Tischdecke, die über einen schräg stehenden Esstisch ausgebreitet worden war. Wir schliefen die ganze Zeit. Ich glaube, man kann kaum einem wahren Erlebnis von Calderons Titel *Das Leben ein Traum* näher kommen. Leider verschliefen wir und wurden in Hirtshals geweckt. Der Zug fuhr nicht weiter. Das Meer stand im Weg. Mit anderen Worten: Wir wurden rausgeworfen. Eine Zeit lang wanderten wir auf gut Glück hin und her, doch das gab keinen Sinn. Zum Schluss legten wir uns zwischen die trockenen Grashalme auf den Sandbänken in der Jammerbucht. Wir sahen die Riffe, an denen sich die Wellen dreimal brachen. Ein heftiges Sausen erfüllte die Luft, wie Musik eine Oper erfüllt.

»Hast du Synne wirklich gesund geliebt?«, fragte ich.

Jokum schloss die Augen.

»Ja. Auf meine Art und Weise.«

»Dann muss sie dich genauso stark geliebt haben.«

»Kann sein. Auf ihre Art und Weise.«

»Doch, doch. Denn sonst hättest du es nicht so weit gebracht.«

Viel mehr sagten wir nicht, denn es war kaum etwas zu verstehen. Doch dann hörten wir dennoch etwas anderes. Unten am Strand lief ein kleines Mädchen entlang, direkt vor der Brandung, sie trug einen langen blauen Mantel, keine Schuhe, und schien sich um nichts zu kümmern, weder um das Wasser noch um den Wind. Wir kamen auf die Beine und konnten uns in den heftigen Böen kaum aufrecht halten. Jokum hielt mich fest, und ich hielt Jokum fest. Was keine große Hilfe war. Jetzt wussten wir wenigstens, warum das hier die Jammerbucht hieß. War das Mädchen in Gefahr? Es schien nicht so. Sie ging unerschüttert, aufrecht und langsam, wo andere hinfallen würden. Dann entdeckte sie uns und kam auf uns zu. Und je näher sie kam, um so unglücklicher wurde sie, als stammte sie von einem Schiffbruch. Aber es war umgekehrt. Wir waren die Schiffbrüchigen. Ich erinnerte mich an einen Ausdruck, der kaum noch benutzt wurde: in echt. *Das war in echt so.* Wenn etwas so ist, dann herrscht keinerlei Zweifel. Das letzte Mal sagte ich das, als die Flugzeuge ins World Trade Center stürzten. Zuerst glaubte ich, das sei ein schlechter Film. Dann war ich sicher, dass es ein Trick war. Zum Schluss begriff ich, dass es in echt so war. So spricht ein Kind, unverfälscht und einfach. Ich bekam Lust zu rufen: *Hab keine Angst. Wir sind in echt so.* Aber das war ja gerade das, was so erschreckend war. Das Mädchen blieb stehen und schaute uns an, besorgt und freundlich.

»Wollt ihr einen Stein haben?«, fragte sie.

Ich schüttelte den Kopf.

»Einen Stein? Nein danke. Was sollen wir mit einem Stein?«

»Damit ihr nicht wegweht.«

Jokum ließ mich los und wäre fast umgefallen.

»Aber ich hätte gern einen Stein.«

»Du kriegst zwei.«

Das Mädchen schob beide Hände in die Taschen und holte zwei glänzende, glatte Steine heraus, die sie Jokum gab. Eine Zeit lang blieb sie noch stehen und betrachtete uns, weiterhin freundlich und besorgt, aber jetzt auch mit einer gewissen Trauer, besonders, wenn sie Jokums Blick begegnete. Dann packte der Wind den Mantel, blies ihn zu einem blauen Segel auf, und ihre kleinen weißen Füße verloren den Halt, und sie trieb davon, den Strand entlang, über die Klippen, höher und immer höher kam sie, bis sie in einer Wolkenbank verschwand, die der Brandung ähnelte, die sich im Himmel spiegelte. Jokum sank auf die Knie und legte die Hand auf die Spuren, die das Mädchen im Sand zurückgelassen hatte. Bald waren auch sie ausgelöscht und alles, was daran hätte erinnern können, dass sie verschwunden war, abgesehen von den beiden Steinen. Ich half Jokum wieder auf. Wir mussten Schutz vor dem Wind suchen. Er tat ihm nicht gut. Auf der anderen Seite der Klippen war besseres Wetter. Wir kreuzten einen kleinen Weg, und an einer Tankstelle gleich dahinter stand ein freies Taxi. Ich setzte Jokum auf den Beifahrersitz und nahm selbst hinten Platz.

»Zur Asdal Kirche«, sagte ich.

Der Fahrer, ein Kutscher mit schütterem Haar, schaute Jokum lange an, dann drehte er sich zu mir um und setzte an:

»Nicht, dass ich euch nicht vertraue, aber …«

»Sie trauen uns einfach nicht«, beendete ich den Satz.

Er lachte.

»So weit ist es gekommen. Man kann nicht vorsichtig genug sein.«

»Sie meinen misstrauisch.«

»Ich möchte nur vorher Geld sehen.«

Ich zeigte ihm ein paar Scheine, und endlich fuhren wir los. Wir fuhren übers Land. Ein Regenschauer, der bald vorbei war, ließ die Felder glänzen, fruchtbar und schön. Der Rest war nicht so schön. Im Gegenteil, es war niederschmetternd. Das, was die Menschen gebaut hatten, stand vor dem Verfall. Vor den Bauernhöfen waren große Schilder in den Boden gerammt worden: *Zu verkaufen*. Wir fuhren an einem Schild nach dem anderen vorbei. Alles war zu kaufen. In einigen Häusern waren die Fenster bereits zugenagelt worden, und heimatlose Tiere grasten in den Straßengräben. Was sollen wir mit der Erde, wenn wir sie nicht bestellen? Was sollen wir mit den Grundstücken, wenn wir nicht auf ihnen wohnen? Was sollen wir mit Türen, die niemand mehr öffnet? Ich wurde sentimental und verbittert, nicht um meiner selbst, sondern um der Wege der Menschen willen. Dann wurde ich reisekrank. Der Fahrer muss das Unwohlsein und die Unruhe bemerkt haben, sowohl vorn als auch hinten, er schaltete das Radio ein und fand einen Sender, bei dem er sich offensichtlich heimisch fühlte. Mit gelben Fingern schnipste er den Takt, noch bevor die Musik begann. Ein Künstler mit Namen Bob Carpenter wurde vorgestellt, von Dr. Q, einem Medizinmann aus San Francisco, der die Medizin verlassen hatte und es sich lieber zur Lebensaufgabe gemacht hatte, vergessene und fallen gelassene Genies aus dem dunklen Loch des Vergessens zu retten. Bob Carpenter war dieses übersehene Genie, das seine Tage, und nicht weniger seine Nächte, natürlich viel zu früh, mit den Studien von Meskalin und religiöser Mystik beendet hatte. Ein anderer Amerikaner, der Schriftsteller und Journalist Scott Appleford, wurde auch in Verbindung mit Bob Carpenters Wiederauferstehung interviewt, und er sagte, dass, auch wenn Bob Carpenters Musik äußerst vital war, so war der Mann glücklicherweise – und er betonte das Wort glücklicherweise – mausetot, sodass ihm die demütigende Etappe erspart blieb, wenn man sich selbst nicht mehr übertreffen kann, sondern nur noch Tourneen mit altem Material in dem früheren Ost-Europa macht, um alte Schulden zu bezahlen, wenn man nicht die Zeit mit Reha, Gesichtslifting und Buddhismus verbringt. Doch seine letzte Platte, *Silent Passage*, wird trotz allem immer auf dem obersten Regal stehen. Bob Carpenter gehörte zu der Schattenregierung des klassischen Rock. Es war an der Zeit, ihn ins Licht zu stellen. Ich musste unwillkürlich den folgenden Refrain mitsummen, eine wahre Kraftexplosion: *acid, booze*

and ass/needles, guns and grass. Es hätte nicht besser passen können. Auch Jokum richtete sich auf. Wir bekamen gute Laune. Zum
Schluss waren wir alle dabei: *acid, booze and ass/needles, guns and
grass!* Das war ein Song, wie Arve Storvik ihn hätte schreiben können, zumindest hätte er ihn unterschreiben können. Dann waren
wir angekommen. Die weiße Kirche ähnelte in der klaren Luft
einem Riff. Ich gab reichlich Trinkgeld, kam aber ins Zweifeln, als
der Fahrer fragte, ob er uns auch zurückfahren solle, denn da überfiel mich ein Gedanke mit voller Wucht: Ist das das Ende? Sollen wir
bis hierherkommen und nicht weiter? Ich gab ihm noch etwas mehr
und sagte, er könne warten, sicherheitshalber. Man kann nie wissen.
Jokum war bereits ohne fremde Hilfe ausgestiegen. Er war ungeduldig. Ich wusste nicht, was er eigentlich erwartete, und fürchtete, er
könnte enttäuscht werden. Jedenfalls nahm ich ihn am Arm, und
gemeinsam gingen wir auf den Asdaler Friedhof, wo gepflegte, sym-
metrische Hecken das Gelände zu einem Labyrinth machten, das
die Lebenden auf eine harte Probe stellte. Die Toten hatten den Ausgang ja bereits gefunden. Wir jedoch fanden nicht das richtige Grab.
Da entdeckten wir einen kümmerlichen Mann, einen Zwerg, der die
Blumen vor einem Gedenkstein aus dem Krieg goss. Wir wollten
nicht mit der Tür ins Haus fallen, näherten uns also langsam und
vorsichtig. Er trug eine grüne Windjacke, Knickerbockers und Stiefel. Sein Rücken stand wie ein Bogen über ihm. Dann drehte er sich
um und beschattete die Augen. Sein Gesicht hatte die Form eines
Fenchels, und die Stirn war ganz weiß, als spiegelte sie die glänzenden Ziegelsteine der Kirche.

»Wir suchen nach dem Grab meines Urururururgroßvaters«, sagte
Jokum.

»Ich brauche den Namen des Gastes, bevor ich euch helfen
kann.«

»Jokum Jokumsen heißt er. Genau wie ich.«

Der Zwerg wusch die Hände ab und dachte nach.

»Jokum Jokumsen? Und Sie sind sicher, dass er hier logiert?«

Jokum holte tief Luft und sagte die Worte, die er im Herzen trug, seit Synne sie laut beim ersten Sonntagsessen bei seinen Eltern in Skillebekk vorgelesen hatte:

»*Vor vielen Jahren, wahrscheinlich so um die Zeit, als die Leibeigenschaft 1788 aufgehoben wurde, kam ein Mann zu einer Landauktion nach Asdal im Bezirk Vendsyssel. Der Mann kam in einem alten Wagen vorgefahren, der von einem Ochsen gezogen wurde, er trug weiße Lederbeinkleider und schien ein armer Mann zu sein, im Wagen hatte er jedoch eine Eisenkiste mit Goldstücken, und auf der Auktion erwarb er die Höfe Hestehaven, Skovgaard und Gedbro und dazu viel Land, das er mit klingender Goldmünze bezahlte. Wie der Mann hieß und woher er kam, wurde nie geklärt. Dieser Mann war der Urururururgroßvater von Lauritz. Sein einziger Sohn liegt begraben auf dem Asdal Friedhof. Er hieß Jokum Jokumsen.*«

Er atmete aus, er hatte es geschafft, hatte gehalten, was er versprochen hatte, und jetzt waren die Worte dorthin getragen worden, wo sie zu Hause waren.

Der Zwerg nickte:

»Warum hast du das nicht gleich gesagt?!«

Wir folgten ihm zur letzten Hecke und blieben vor einem bescheidenen, fast verschämten Grab stehen. Aus der Erde ragte ein einfaches, schief stehendes Kreuz mit eingeritzten Initialen heraus: *J. J.* War das alles? Gab es nicht mehr? War dieser kleine Fleck Punktum und damit der Anfang? Jokum war offensichtlich enttäuscht. Der Zwerg bekam es mit und sagte:

»Ich erinnere mich sogar noch an den Mann mit der weißen Lederhose, seinen Vater.«

Ich musste protestieren.

»Sie sind zwar alt, aber *so* alt nun auch wieder nicht.«

Der Zwerg zeigte auf sein Herz.

»Man ist genauso alt wie das, was man erzählen kann«, sagte er.

Jokum beugte sich zu ihm hinunter.

»Erzähl!«

»Er wurde hier nicht begraben, aber er hat zumindest in dieser Kirche geheiratet.«

»War er groß?«

Der Zwerg lachte.

»Groß? Oh nein. Er war eher klein. Kleiner als ich war er.«

Das wollte Jokum nicht glauben:

»Das kann nicht sein. Du musst ihn mit jemand anderem verwechseln.«

»Dann will ich dir etwas zeigen.«

Wir folgten dem Zwerg, vorbei an den Hecken, hinaus aus dem Labyrinth des Todes, ja, jedenfalls kamen wir lebendig davon, und in die Kirche. Da fiel mir etwas auf. Das Kreuz hinter dem romanischen Taufbecken war mit einem Laken verdeckt. Zunächst sah ich das als ein gutes Zeichen an.

»Renoviert ihr?«, fragte ich.

Der Zwerg zuckte mit den Schultern.

»Nein, morgen soll hier eine Beisetzung stattfinden, und die Hinterbliebenen glauben wohl nicht an Gott.«

»Tatsächlich? Ja, und?«

»Deshalb wollten sie Jesus weghaben. Sie fanden, er sei, wie haben sie es gesagt, ja, kränkend.«

»Dann sollen sie sich doch lieber selbst vor den Hecken begraben!«

Ich wollte das Laken herunterreißen, aber Jokum hielt mich zurück. Wir waren aus anderen Gründen hier. Er wollte seine Wurzeln finden, seinen Sinn. Der Zwerg führte uns weiter in einen Raum am Ende des Seitenschiffes, der war gleichzeitig Bibliothek und Putzkammer. Der Zwerg zog einen breiten, in Leder gebundenen Foliant aus dem Regal, befeuchtete sich die Finger und blätterte vorsichtig darin, bis er zur richtigen Jahreszahl kam. Also hatte er das echte Kirchenbuch hervorgeholt. Er zeigte auf eine Seite.

»Hier steht es schwarz auf weiß, dass dein Urururgroßvater 1789 in dieser Kirche geheiratet hat. Und was über das Brautpaar geschrieben steht, will ich laut vorlesen: *Die Braut war groß, schön und aufgeschlossen, während der Bräutigam klein und untersetzt war.*«

Der Zwerg schloss vorsichtig das Buch, stellte es wieder an seinen Platz im Regal und lächelte uns an.

»Ich kann euch sogar erzählen, woher Jokum Jokumsen senior all die Goldtaler hatte.«

Jokum schien nicht länger interessiert zu sein, ganz im Gegenteil, es stimmte einen fast traurig, ihn so zu sehen. Vielleicht sah er ein, dass er recht gehabt hatte, als Synne den Brief laut vorlas, und er behauptete, er sei eher dazu geeignet, etwas zu verdecken als etwas zu entlarven, er sei nur ein Stillleben im mageren Licht der Geschichte. Nichts ist schlimmer, als recht zu haben, wenn man sich möglichst irren möchte. Und was nützte Konfuzius' Lehre, die forderte, seine Vorfahren bis ins fünfte Glied zurückzuverfolgen, wenn die Familie doch jäh mit Jokum endete? Ich musste uns beide bei Laune halten. Und das ist für einen, der größtenteils eher in Moll gestimmt ist, keine einfache Sache. Doch ich trug eine Verantwortung.

»Erzähl«, sagte ich.

Der Zwerg trank einen Kaffeerest, der sich noch in einer Tasse befunden hatte, und wandte sich dann Jokum zu:

»Oh ja, dein Ur-Ur-Ur-Urgroßvater war ein sogenannter *Falkner*. Und mit dieser Tätigkeit gab es viel zu verdienen. Falken wurden ja für die Jagd und bei Festen auf den Schlössern benutzt, aber sie waren schwierig, ja fast unmöglich zu fangen. Er aber fand heraus, wie das klappen könnte. Im Frühling, wenn die Nester voll mit Falkenjungen waren, kletterte er auf die Bäume und befestigte einen Metallring an ihren Füßen. Und wenn sie schließlich groß genug waren, um zu fliegen, waren sie zu schwer und sanken stattdessen zu Boden. Und da konnte Jokum senior die Falken ganz einfach aufsammeln, sie in einen Sack stopfen und mit ihnen zum nächsten Edelmann gehen und sie verkaufen. Da siehst du, woher die Goldtaler kommen.«

Plötzlich ergriff der Zwerg Jokums Hand. Ich weiß nicht, ob er sich verabschieden oder ihm etwas ans Herz legen wollte.

»Die ganze Familie Jokumsen wurde zu Falknern. Und du kannst dir denken, dass sie die Bäume nicht hätten hochklettern können, wenn sie genauso groß gewesen wären wie du.«

Wir verließen die Kirche von Asdal, hatten genug, worüber wir nachdenken mussten. Wobei ich nicht mit Sicherheit sagen kann, ob Jokum dieser Gedanke gefiel. War sein Vater, Lauritz Jokumsen, deshalb so interessiert an Vögeln, dass er sogar Schallplatten mit ihren Stimmen kaufte, ein Interesse, oder eine Leidenschaft, die Jokum bis zu einem gewissen Grad teilte? Das ergab in gewisser Weise einen Sinn. Aber was sollte er damit? Wozu sollte er diese Wurzeln benutzen? Würde er sich dadurch selbst besser kennenlernen? Würde ihn das zu einem besseren Menschen machen? Jokum wirkte eher gleichgültig und deprimiert. Es gab nur ein Wort dafür: *gequält*. Ich für meinen Teil dachte in anderen Bahnen. Ich dachte, das könnte der Grund dafür gewesen sein, dass Sorgmunter die Vögel freiließ. Doch das gab keinen Sinn. Aber es war zumindest ein schöner Gedanke. Der Refrain verfolgte uns, nicht Bob Carpenters zynisches Couplet, nein, der verzweifelte, unvollendete Refrain von Løkke. *Aber es ist nicht deshalb.* Auf dem Parkplatz standen jetzt viele Autos. Nur das Taxi sahen wir nicht. Unser Fahrer war weggefahren. Etwas anderes war ja auch wohl nicht zu erwarten gewesen. Wenn man nicht vorsichtig genug sein kann, dann kann man sich auch auf niemanden verlassen. Wir machten uns zu Fuß auf den Weg. Ich hätte Jokum gern etwas über das norwegische Sprichwort »*høk over høk*, also ein Falke über dem anderen Falken« erzählt. Vielleicht wäre das ein Trost gewesen. Denn es hat gar nichts mit Vögeln zu tun, sondern ist eine Verdrehung von »*høy over høy*, also hoch über hoch«, in dem Sinne, dass es über dem Hohen, dem Oberen, immer noch einen Höheren gibt, und das wiederum ist hergeleitet aus den oppositionellen Versen im Prediger Salomo, Vers 5,7: *Siehst du dem Armen Unrecht tun und Recht und Gerechtigkeit im Lande wegreißen, wundere dich des Vornehmens nicht; denn es ist ein hoher Hüter über den Hohen und sind noch Höhere über die beiden.* Doch so weit kam ich nicht. Denn auf dem ersten Hof, den wir erreichten, ging etwas vor sich. Wir blieben stehen. Möbel, Maschinen und Inventar standen auf dem Hofplatz, und Leute standen Schlange, um all das in Augenschein zu nehmen. Es waren keine Leute von hier, sondern Stadtbewohner und Ausländer. Man erkannte es an ihren Schuhen. Und auch sonst verhielten sie sich typisch, im Gegensatz zur Familie, Mutter, Vater, ein Sohn und eine Tochter, die im Hintergrund warteten und dabei Zeugen ihrer eigenen Auflösung wurden. Sie sollten aus einer weiteren Hörigkeit entbunden werden, doch dieses Mal nur, um an andere Ketten gebunden zu werden: an die Wanderschaft der Arbeitskraft. Die Erde ist kein Ort zum Bleiben. Ihre Gesichter waren verbittert und weich. Der Auktionator stellte sich an ein Pult und hob den Hammer.

»Willkommen in Hestehaven! Wir beginnen mit den Maschinen und Geräten.«

Jokum stieß mich an.

»Hestehaven? Das ist doch der Hof, den Jokumsen gekauft hat!«

Aber niemand war daran interessiert, für das zu bieten, was zu gebrauchen war. Sie wollten nicht pflügen und anbauen. Sie wollten nicht säen und ernten. Sie wollten schmücken und abreißen. Sie wollten schlachten und verkaufen. Und die Nachbarn, die bis jetzt noch ausgehalten hatten und die einen Trecker, einen Pflug oder eine Hacke gebrauchen konnten, sie konnten es sich nicht leisten, und sie waren auch gar nicht gekommen. Sie waren dazu nicht in der Lage. Denn sie wussten nur zu gut, dass sie als Nächste an der Reihe waren. Es war teuer, sich zu verkaufen. Es ist billig zu kaufen. Es kam mehr Fahrt in die Sache, als man ein Gewehr von 1864 anbot, einen Bierkrug, aus dem Holberg getrunken haben sollte, eine Kupfervase und einen Sarg. Die Preise stiegen und stiegen. Der eine überbot den anderen. Ein Falke über dem anderen Falken. Jokum wurde immer unruhiger. Lag es daran, dass er das Schicksal der Dinge teilte, der Dinge, die aus ihrem Zusammenhang herausgerissen werden sollten, um auf den Regalen der treulosen Krämer und Ästhetiker zu landen? Zum Schluss, als eine einfache Brosche unter den Hammer kommen sollte, konnte er nicht länger still stehen, sein Arm fuhr in die Höhe.

»Drei Millionen, vierhundertundneunundfünfzigtausend und sechshundertunddreiundvierzig Kronen!«, rief Jokum.

Es wurde ganz still. Alle drehten sich zu ihm um. Der Auktionator hob die Augenbrauen, und es schien, als hätte der Hammer in seiner Hand Flügel bekommen, er wollte einfach nicht landen.

»Sagen Sie das noch einmal, seien Sie so gut.«

»Drei Millionen, vierhundertundneunundfünfzigtausend und sechshundertunddreiundvierzig Kronen!«

Wenn jemand glaubt, dieses Angebot wäre mit Begeisterung aufgenommen worden, so irrt er sich. Ganz im Gegenteil. Der Betrag stieß auf Misstrauen, Wut und Angst. Er störte die Handelsbalance. Einige redeten leise miteinander und fanden den Ton. Ich trat Jokum gegen das Schienbein und flüsterte:

»Was treibst du da?«

»Ich will Haus und Hof kaufen und den Besitzern zurückgeben!«

Aber alle, die gerade noch Erzfeinde gewesen waren, rotteten sich zusammen und blockierten Jokum. Der Hammer fiel, und der Zuschlag ging an den zweithöchsten Bieter, einen Geizkragen, der 45 Kronen geboten hatte. Ruhe und Ordnung waren wiederhergestellt. Wir zogen uns zurück. Wir waren nicht länger willkommen. Was ich verstehen kann, wenn man die Sache politisch betrachtet. Es verwunderte mich jedoch, dass auch die Familie, diese Verbitterten und Gekränkten, nicht auf unserer Seite waren. Denn dazu muss man das Ganze menschlich betrachten. Und von Menschen verstehe ich nichts mehr. Sie ließen uns einfach gehen. Ich sah ihr wahres Gesicht. Sie waren unter den Hammer gekommen. Sie vertrauten dem Hammer, der sie zerschmettern würde. War das der Grund? Hier könnte ich uns zurücklassen: Jokum und ich auf dem Weg fort von Hestehaven, mit dem Rücken zu allem, ich könnte den Sonnenuntergang über den jütländischen Heideflächen zu dem Licht machen, das diese Geschichte schluckt, ja, ich könnte so enden, das wäre das Beste, wenn denn hier Schluss gewesen wäre. Jokum blieb stehen und sagte, vielleicht brachte dieser Frühlingsabend, diese Empfindsamkeit in der blauen Dämmerung ihn auf diesen Gedanken:

»Ich muss Synne finden.«

Wir fuhren mit einem Bus nach Hjørring, und von dort nahmen wir den Nachtzug gen Süden. Dieses Mal hatten wir ein Abteil im Schlafwagen. Trotzdem lagen wir wach, bis wir aussteigen mussten, in aller Frühe am Hauptbahnhof von Kopenhagen. Es war noch vor der Arbeitszeit, im stillen Fahrwasser des Tages, zwischen Schlaf und Stempel. Während der Staub noch liegen bleiben konnte. Doch die Neuigkeiten ruhten nicht. Die Zeitungen lagen stapelweise vor den Zeitungskiosken. Es verging eine Weile, bis ich bemerkte, dass wir die Neuigkeit waren. Auf dem Titelblatt war ein Foto von mir. Ich stehe im Fenster meines Zimmers und wedele mit etwas, das ich in der Hand halte, auf den ersten Blick sieht es aus wie eine Waffe. Das Bild ist unscharf und schief und wirkt dadurch umso echter. Ich bin nicht nur ein erbärmlicher Anblick. Ich wirke verrückt. Der Titel lautet: *Der Fliegenfängerautor schlägt zu.* Unter diesen Hammer war ich gekommen, unter diese Überschrift. Ich war zu verkaufen. Ich riss eine Zeitung heraus und schlug sie auf. Dort stand mehr über mich. Nein, nicht über mich, sondern über das, was ich geschrieben hatte. Jemand hatte all das, was ich geschrieben hatte, in die Hände bekommen und es benutzt. Hatte der Maurer es der Zeitung nur aus einer Laune heraus geschickt, oder lag meine Maschine mit einem Leck auf dem Grunde des Sees? Genau genommen war auch das egal. Es fühlte sich so oder so wie ein Diebstahl an. Ja, es fühlte sich wie ein Diebstahl an. Jemand war bei mir eingebrochen und hatte das Kostbarste entwendet, was ich besaß, meine Geschichte. Die sowieso nicht für andere bestimmt gewesen war. Und jetzt konnte ich sie nicht mehr selbst erzählen. Dafür war es zu spät. Jemand hatte sie bereits erzählt. Und damit nicht genug. Ein Rezensent war auf die Sache angesetzt worden. Er kannte keine Gnade. Er meinte, ich sei hier der Dieb. In den *Tagebüchern aus dem Limbus* stahl ich nämlich aus meiner eigenen Umgebung. Ich bestahl meine Mitmenschen, die Gutgläubigen. Ich lieferte sie aus. Wer Vertrauen zu mir hatte, den ließ ich im Stich. Ich missbrauchte die Schutzlosen. Ich kränkte sie. Und da ich außerdem ein verwirrter Dieb war, *der nicht wusste, was für ihn das Beste war,* stand das Urteil fest. Ich bekam, was ich verdient hatte. Ich bekam nur einen Stern, und den nur für die Schilderung von Sorgmunter, oder dem Müllmann, der vom Dach fällt und stirbt. Ich hatte nicht nur meine Geschichte verloren. Ich hatte auch das Gesicht verloren. Aber es kam noch schlimmer. Auf der nächsten Seite stand Folgendes über uns: Der Fliegenklatschenautor war aus dem Løkke Sanatorium geflohen, gemeinsam mit dem oft überschätzten Fotografen Jokum Jokumsen, der nach der Biennale 1994 in Venedig nur noch die skandalösen Bilder seiner Frau ausgestellt hat und in der Zwischenzeit seinen Lebensunterhalt als Kriminalreporter verdient.

Es gab auch zwei Fotos von ihm: Auf einem tritt er einen kleinen Hund, es scheint auf einem Friedhof zu sein, und auf dem nächsten steht er mit einem Seil in der Hand, fast wie ein Lasso, er scheint aufgeregt zu sein, fast verrückt. Ich fragte nicht, woher die stammten. Ich wollte Schlimmes nicht schlimmer machen. Aber ich hatte so meinen Verdacht. Üblicherweise hat man doch wohl kein Seil dabei, wenn man auf den Friedhof geht?

»Es tut mir leid, dass ich dich da mit reingezogen habe«, sagte ich.

Jokum schüttelte den Kopf.

»Wir haben uns ja wohl gegenseitig gezogen.«

»Ich bin froh, dass du das so siehst. Denn eines ist klar: Froh bin ich nicht darüber.«

Jokum beugte sich über meine Schulter und lachte:

»Steht da wirklich *Kriminalreporter*?«

Sie durften gern schreiben, dass Jokum überschätzt war. Das interessierte ihn nicht. Er ertrug die Sätze nicht, die dem folgten. Sie hatten auch seine Geschichte gestohlen, ein schwerer Diebstahl: *Nach einem missglückten Selbstmordversuch, der wahrscheinlich mit seiner künstlerischen Krise und einem aufwühlenden Privatleben zu-*

sammenhing, wurde Jokum Jokumsen ins Løkke Sanatorium eingewiesen. Jetzt verbarg er das Gesicht in den Händen und stöhnte:
»Was bin ich froh, was bin ich froh, dass Mutter tot ist!«

Und das ist das Schlimmste, dass jemand Jokum dazu bringen
konnte, so etwas zu sagen, dass jemand Jokum dazu bringen konnte,
zu sagen, dass er froh sei, dass Alfhild Jokumsen, seine Mutter, tot
war, sodass sie das nicht lesen musste, was da über ihn geschrieben
stand. Das ist Körperverletzung. Sie brachten Jokum dazu, falsch zu
denken, sie brachten ihn dazu, falsch zu fühlen, ganz im Gegensatz
zu seinem ehrlichen Herzen. Denn er vermisste seine Mutter ja! Er
vermisste sie sehr! Er war aus seinem Zusammenhang gerissen worden. Die Gegenseitigkeit war zerbrochen. Da gibt es jemanden, der
deinen Erinnerungen zuvorkommt. Da gibt es jemanden, der dir
die Möglichkeit nimmt zu erzählen. Deine letzte Freiheit ist zu entscheiden, *wann* du erzählen willst, *wie* du erzählen willst und *wem*
du es erzählen willst. Und die haben *mich* einen Dieb genannt! Sie
haben die Narbe von Jokums Hals gelöst und sie als falschen Trick
zum Verkauf angeboten. Wir sind alle unter den Hammer gekommen. Ich ließ die Hände fallen und flüsterte:

»Aber es ist nicht deshalb.«

Ich hätte fragen können, doch ich tat es nicht: *Warum, Jokum,*
warum dann? Die Wut verrauchte. Ich war nicht mehr wütend. Es
war erschreckend. Vielleicht zeigte der Aufenthalt in Løkke seine
Wirkung. Und plötzlich richtete Jokum sich auf und fragte:

»Woher willst du eigentlich wissen, dass es missglückt war?«

Der Tag nahm seinen Lauf.

Von allen Seiten kamen Menschen zum Vorschein, wirbelten
Staub auf und hinterließen ihre Spuren. Sie hatten keine Geheimnisse mehr. Sie waren angeklagt, und ich erinnerte mich an die pro-
phetischen Worte aus *Der Prozess*, die Jokum im Kolloquium zitiert
hatte und die nicht auf guten Boden gefallen waren: dass jeder, der
angeklagt ist, auch schön ist.

Das muss das erste Gebot ein: Du sollst deinen Nächsten nicht
verraten.

»Sollen wir die Fähre nach Oslo nehmen oder den Zug?«, fragte
ich.

Jokum war etwas anderes in der Zeitung aufgefallen, er zeigte darauf.

»Siehst du, was da steht?«

»30. Mai.«

»Morgen ist Memorial Day.«

»Wir sind noch nicht gefallen, Jokum.«

Er lächelte.

»Wir nehmen Vaters Motorrad.«

»Motorrad? Wir zwei?«

»Es hat einen Beiwagen«, sagte Jokum.

Wir stiegen in den Regionalzug nach Birkerød ein und stellten
uns ans Ende des Waggons. Es gab keinen einzigen freien Sitzplatz.
Aber das machte nichts. Wir schauten zu Boden. Würde uns jemand
wiedererkennen? Doch die Menschen hatten genug, mehr als genug, mit sich selbst zu tun, mit Telefonen, Ohrstöpseln, Bildschir-
men, jeder saß in seiner eigenen Zone, und ich dachte: Alle werden gesehen, und niemand sieht den anderen. Die Einsamkeit ist
grenzenlos. Ich war nicht in der Lage, mehr zu erkennen. Die Einsamkeit ist grenzenlos. Selbst die berechtigte Wut war mir plötzlich
fremd. Dann entdeckte doch jemand Jokum, ein Blick fand seinen
Weg zwischen den Passagieren hindurch, und ein Lächeln öffnete
die Stille im Coupé der Pendler. Es war eine junge Frau, vielleicht
eine Studentin, jedenfalls guckte Karen Blixens *Die afrikanische
Farm* aus ihrer Schultertasche, sie stand auf und signalisierte mit
einem Kopfnicken, dass sie wollte, dass Jokum sich dort hinsetzte.
Er wurde verlegen, mürrisch und abweisend, setzte sich zum Glück
schließlich aber doch, sonst hätte ich es noch getan, alles andere
wäre undankbar gewesen. Die junge Frau, die bereits eine kleid-
same Bräunung auf den Schultern erreicht hatte, musste sich am
Sitzrücken festhalten, denn die dänischen Eisenbahnen legen sich
ziemlich forsch in die Kurven. Fast hätte ich ihr eine helfende Hand
gereicht, doch Jokum kam mir zuvor, er gab ihr stattdessen etwas

anderes, er gab ihr die zwei Steine, die er in der Jammerbucht bekommen hatte.

»Nur damit Sie nicht fallen«, sagte er.

Sie legte sie in die Taschen ihrer weiten Hose, ließ sich los und
hielt die Balance, während der Zug langsamer wurde. Sie schaffte es
sogar, sich vorzubeugen und Jokum schnell auf die Wange zu küssen. Dann hielt der Zug in Lyngby, und sie stieg aus, und ein junger Mann, der auf dem Bahnsteig wartete, umarmte sie, und auch
er bekam einen Kuss, der noch anhielt, als wir die beiden nicht
mehr sehen konnten. Das war etwas anderes als der kleine Streif-
kuss, der Jokum getroffen hatte, und dennoch saß dieser da, kerzengerade, die Hände im Schoß gefaltet, als wäre er soeben gesег-
net worden. Da sah ich, wie alt und klapprig er eigentlich war. Das
Glück macht uns deutlich. Meine Erkenntnis war unpräzise gewesen. Die Einsamkeit ist nicht grenzenlos. Die Einsamkeit ist präzise. Dann waren wir angekommen. Doch niemand nahm uns auf
dem Bahnsteig von Birkerød in Empfang. Jokums Großmutter und
Großvater waren seit langer Zeit tot, und außerdem wussten sie
nicht, dass wir kamen. Birkerød ist zum Glück nicht dazu geeignet, sich zu verlaufen, schließlich fanden wir also das Haus, in dem
sie gewohnt hatten, abgesehen davon, dass es nicht mehr stand. Es
war abgerissen worden. Jetzt stand an seiner Stelle ein Geschäfts-
gebäude. Auch die Aussicht war abgerissen worden. Hätte Lauritz
Jokumsen immer noch in einem dieser Fenster gestanden und die
Abstände zwischen Schatten und Licht gemessen, er hätte keines
von beiden gesehen, denn alles war auf den kleinsten Grundstücks-
preis zusammengepresst worden. Wir mussten einen Umweg um
diesen Palast machen, und auf der Rückseite entdeckten wir einen
windschiefen, klapprigen Schuppen, er erinnerte an einen verrotteten Zahn in einem modernisierten Lächeln. Warum hatte ihn niemand gezogen? Aus Rücksicht uns gegenüber, oder war das nur
wieder eine Erscheinungsform der sentimentalen Hochschätzung
der alten Werte? Wie dem auch sei, jedenfalls öffnete Jokum vorsichtig die Tür, und als sich unsere Augen an die Dunkelheit, den

Staub und die Zeit gewöhnt hatten, sahen wir es: An einem Nagel hing eine rote Jacke, wie ein letzter Gruß von dem dänischen Postwesen, und an der Wand stand sie, die Royal Enfield mit Beiwagen, das Motorrad des Zweiten Weltkriegs, auch Königliche Einfalt genannt. Jokum setzte sich rittlings auf den Sitz und legte die Hände auf das Lenkrad, genau wie er es als Kind getan hatte. Es fehlte nicht viel, und er hätte die passenden Geräusche gemacht. Ja, er, der gerade einem Greis geähnelt hatte, war wieder zum Kind geworden, und sein Alter blieb gleich, er stand mitten im Leben und wusste nicht, in welche Richtung er gehen sollte.

»Kannst du fahren?«, fragte ich.

»Ich habe es mir oft vorgestellt«, antwortete Jokum.

Doch das Motorrad ließ sich nicht starten, wie oft Jokum es sich auch vorgestellt hatte. Der Benzintank war leer, und außerdem wirkte der Motor verrostet und ramponiert. Wir schoben das ganze Fuhrwerk auf die Straße. Hinten beim Rathaus gab es eine Werkstatt. Der Mechaniker wurde ganz feierlich im Gesicht, als er sah, was wir da brachten. Er wischte sich die Hände an einem Lappen ab und ging langsam um die Maschine herum, dann schaute er uns lange an.

»Na, wir brauchen wohl eine gründliche Überholung«, sagte er.

»Ja, und Benzin.«

»Ich meinte euch.«

Der Mechaniker lachte und klopfte auf den breiten Ledersitz.

»Die hier dagegen, die braucht Liebe.«

»Wann kannst du sie fertig haben?«

»Morgen. Wenn ich im Laufe des Tages kriege, was ich brauche.«

Jokum lächelte.

»Ich dachte, du hast gesagt, sie braucht Liebe.«

»Aber das ist eine alte Liebe, Mann. Und neue Teile dafür sind selten.«

Wir mussten dem Mechaniker vertrauen. In der Zwischenzeit kamen wir im Hotel Birkerød unter, ein zweigeschossiger Hof aus roten Klinkern, auch nicht weit vom Bahnhof entfernt. Das Zimmer war in Ordnung, zwei Betten mit einem Nachttisch dazwischen, Fernseher, Badewanne und Föhn. Übrigens nahmen wir den Mechaniker beim Wort. Wir riefen bei der Rezeption an und baten darum, neue Anzüge für uns zu besorgen und sie mit auf die Rechnung zu setzen. Als Teil unserer persönlichen Überholung. Jokum wollte nämlich möglichst nicht selbst in einen Laden für Herrenausstattung gehen, das rief nur schlechte Erinnerungen an unsensible und sarkastische Verkäufer hervor, und das ertrug er im Augenblick nicht. Ich gab die entsprechenden Maße an den Mann an der Rezeption weiter, doch der unterbrach mich und erklärte, das sei nicht nötig. Er hatte uns bereits gesehen. Dann lagen wir jeder in unserem Bett und warteten, schliefen ein wenig, träumten, wachten wieder auf und gähnten, während die Sonne langsam und still über den Boden wanderte, wie goldenes, warmes Wasser.

»Dann sind also deine Eltern beide tot«, sagte ich.

»Ja. Mutter ist zuerst gegangen. Sie ist einfach im Esszimmer umgefallen. Genau wie ihre Mutter. Sie schuften sich zu Tode, die armen Mütter. Und trotzdem gibt es Leute, die behaupten, sie hätten nichts zu tun.«

»Das ist ungerecht. Denk nur an die Wäsche. Und all die Mahlzeiten.«

Jokum setzte sich im Bett auf und schaute mich an.

»Spottest du?«

»Nein. Nein! Ich meine das ernst. Die Wäsche. Die Mahlzeiten. Ihre Arbeit ist wie die eines Dichters. Sie hört nie auf. Erst wenn alles zu Ende ist.«

Jokum legte sich wieder hin, schob die Hände unter den Nacken und starrte an die Decke.

»Vater ist ihr ein Jahr später gefolgt. Er starb im Diakonhjemmet. Ich bekam dort selbst gerade eine neue Hüfte eingesetzt. Kannst du dir das vorstellen? Ich habe mich auf Krücken in den dritten Stock geschleppt und stand die letzten Tage stundenlang an seinem Bett. Ich konnte ja nicht sitzen. Aber wir hatten viele schöne Gespräche. Obwohl er nicht mehr wusste, wer ich war.«

»Worüber habt ihr gesprochen? Über Storm P.?«

»Über den auch. Aber am meisten über Jens Olesens Weltuhr. Die steht in Kopenhagen. Sie zeigt die Uhrzeit auf der ganzen Welt. Und nicht nur das. Jens Olesens Weltuhr zeigt, wie spät es gestern war und wie spät es morgen sein wird, nächste Woche, in zwei Jahren. Vater war endlich Herr über Zeit und Raum geworden. Da habe ich verstanden, was es heißt zu sterben.«

Jokum schloss die Augen und blieb schweigend so liegen. Lange.

»Was heißt es zu sterben, Jokum?«

»Zu sterben heißt, die Zeit zu verschlingen. Du wirst zu allen Uhrzeiten. Und es gibt keine Abstände mehr.«

Ich schmunzelte ein wenig.

»Das muss im Grunde genommen doch herrlich sein.«

Jokum öffnete die Augen und schüttelte den Kopf.

»Das ist nicht herrlich. Es schmeckt bitter. Und alles kommt so nah, dass du zum Schluss gar nichts mehr siehst. Das hat mich am meisten erschreckt. Ich habe es versucht. Ich habe einen großen Schluck genommen. Hast du das vergessen?«

»Nein, Jokum. Ich habe es nicht vergessen.«

»Aber in letzter Sekunde habe ich es wieder ausgespuckt.«

»Ich dachte, der Zweig sei abgebrochen?«

Jetzt musste auch er schmunzeln.

»Weißt du eigentlich, an was ich mich von diesen Tagen bei Vater am besten erinnern kann?«

»Erzähl es mir, Jokum.«

»An den Fahrstuhl. Der konnte reden. Als Vater tot war, stand ich im Fahrstuhl, drückte auf Erdgeschoss, die Türen schlossen sich hinter mir, und der Fahrstuhl sagte: *Sie sind jetzt auf dem Weg nach unten.*«

Schließlich schlief ich wieder ein und träumte von Veränderungen; von solchen, die so klein sind, dass du sie zuerst gar nicht bemerkst, der Schnitt einer Uniform, die Farben auf einem Zebrastreifen, das Gewürz in einem Essen, und wenn du sie erst einmal bemerkt hast, dann werden sie bleiben. Und in diesem Traum sind die Veränderungen nichts, was man hinzufügt, sondern etwas, das man abzieht: das Bild, das von einer Wand verschwindet, das Lied, das im Konzert nicht gesungen wird, das Wort, das im Roman gestrichen wird, der Aufschnitt, der nicht auf den Tisch gestellt wird. Es sind diese Veränderungen, die bei null enden. Der Tod ist ihr Ziel. Und wer hat gesagt, dass sie der Freude dienen? Ich weiß nicht, warum ich so etwas geträumt habe. Vielleicht lag es an dieser Weltuhr. Vielleicht war es diese Freiheit, die ich vom Grund mit hochgenommen hatte. Vielleicht war es auch Bin Laden. Jokum weckte mich. Er war im Fernsehen. Er hatte unter den Sendern den norwegischen NRK gefunden. Und jetzt war er in der Lørdagsrevyen. Man kann ja viel über den NRK sagen, aber sie halten doch, was sie versprechen, auch wenn es so seine Zeit dauert. Jokum lief in San Francisco herum, mit langsamen, schlurfenden Schritten, die Kamera in der Hand. *Ist Fotografie eigentlich Kunst?*, fragte der Reporter, off screen, als käme die Frage aus dem Universum, von Gott. *Ist Fotografie eigentlich Kunst?* Jokum sucht in San Franciscos Wind nach der Antwort, findet sie nicht, und es gibt einen Schnitt zu Synne, die als Jokums Ehefrau und Managerin präsentiert wird. *Sie haben Jokum entdeckt, nicht wahr?* Synne wirkt gleichzeitig entspannt und entschlossen, oder welches Wort hat Jokum immer für sie verwendet, ja, *souverän*. Sie steht vor der F. Gallery. *Das kann man gern so sagen. Ich habe eins seiner ersten Fotos gesehen, bei ihm zu Hause, als wir gerade zusammengekommen sind, es heißt Einsames Trio, und ich habe sein Talent sofort erkannt.* Einsames Trio wird gezeigt, fast wie ein Aufblitzen, bevor wir Synne wieder sehen, jetzt steht sie vor dem Haus, in dem sie wohnen, sie hat sich ein Tuch um den Kopf gebunden und lächelt in die Kamera. Plötzlich ist der Reporter im Bild, mit dem riesigen, in Fell gehüllten Mikrofon, und er fragt: *Wie ist es, Ehefrau und Managerin zugleich zu sein?* Synne dreht sich zu ihm um: *Ich bin seine Kuratorin, nicht seine Managerin. Und wir machen immer eins zur Zeit.* Der Reporter beharrt auf einer Antwort: *Was kommt zuerst, die Kuratorin oder die Ehefrau?* Synne lacht. *Die Kuratorin natürlich.* Dann geht sie ins Haus, und es folgen diverse Bilder von San Francisco, die Brücke, die Seemannskirche, der Buchladen, bevor wir wieder Jokum sehen, er fotografiert etwas auf dem Boden, dort, wo Synne gerade noch gestanden hatte, und er hat immer noch nicht die richtige Antwort auf die Frage gefunden, *ist Fotografie eigentlich Kunst?* Deshalb bekommt er stattdessen eine andere gestellt: *Wie gefällt Ihnen Ihr neues Leben hier in San Francisco?* Jokum versucht sich aufzurichten, schafft es aber nicht ganz. *Da muss ich eigentlich Storm P. zitieren. Hier in den USA gibt es zwei Probleme. Die USA selbst und fünfzehn Prozent Trinkgeld!* Von dieser energischen Äußerung ist der Übergang zu Edith Fremm einfach, die mitten im größten Saal der Galerie auf einem Stuhl sitzt, umgeben von den Bildern von *Nostalgia of a Sailor.* Auch sie spricht direkt in die Kamera, ohne zu zögern: *Wir sind stolz, Jokum Jokumsen entdeckt zu haben und dass er in unserem Stall ist. Jokum Jokumsen gehört einer neuen Generation Fotografen an, deren Bilder gleichzeitig sachlich und expressiv sind. Sie haben keine Angst, dem Publikum das zu geben, was das Publikum haben will, aber auf der Grundlage ganz eigener Prämissen. Sie stellen die Regeln auf. Und das Publikum folgt ihnen.* Der Reporter will wissen, ob es von Bedeutung ist, dass Jokum Norweger ist. Edith Fremm lacht. *In der Kunst gibt es keine Grenzen. Aber auf jeden Fall ist Jokum Jokumsen bescheiden. Ich habe gehört, das sei eine norwegische Eigenschaft. Und außerdem schaut er immer zu Boden.* Edith Fremm fährt sich mit der Hand durch ihr kurz geschnittenes Haar. *Ist er nicht eigentlich Däne?* Man hört Gelächter, off screen. Dann sind wir in der Dunkelkammer. Man erkennt nur schwer, was da vor sich geht. Die Stimme des Reporters ist leise, fast flüsternd, vielleicht fürchtet er Jokum zu stören. *Hier drinnen geschieht die Magie.* Nach einer Weile können wir *Mother, Charity* zum Vorschein kommen sehen, ja es ähnelt tatsächlich der Magie, dabei handelt es sich doch um Chemie. Man verweilt bei diesem Foto von Jokums Mutter an der Nähmaschine im Esszimmer in Skillebekk, streng, zielbewusst, als hätte eine größere Aufgabe, oder eine *Mission*, ihren Blick von den Routinen gehoben. Anschließend sind wir in New York, in der Halle des Moma. John Szarkowski hat das Wort: *Wir sind stets auf der Suche nach neuen Talenten. Jokum Jokumsen ist eins. Wir sind stolz, ihn bei uns zu haben.* Der Reporter fragt, was Jokum denn so speziell macht. John Szarkowski lächelt: *Ich weiß nicht, ob er so speziell ist. Er ist einfach er selbst.* Ein Flugzeug hebt ab. Und schon sind wir in Sogn Studentby in Oslo. Jokum läuft steif und mit gesenktem Kopf zwischen den niedrigen Wohnblocks herum, die Kamera in der Hand, leichter Schnee schwebt in der Luft, der Boden ist schmutzig, alles ist grau und schmutzig, vielleicht wirkt es auch nur so, weil die Aufnahmen so alt sind. Jokum dreht sich um und geht den gleichen Weg wieder zurück. Musik ist unterlegt, Arve Storviks *Hochfliegender Blues*. Er wird langsam ausgeblendet, als Jokum sich nähert, und erst jetzt versucht er auf die Frage aus San Francisco zu antworten, es scheint, als hätte er die ganze Zeit darüber nachgedacht: *Ich sehe mich selbst nicht als Künstler. Ich bin ein Finder. Deshalb schaue ich zu Boden.* Jokum wird von etwas gestört, was hinter ihm geschieht. Arve Storvik persönlich kommt den Hügel hoch, mit dem abgewetzten Gitarrenkoffer in der Hand. Die Musik setzt dort wieder ein, wo sie aufgehört hatte, aber mit einem anderen Song. Das Bild zoomt auf ihn und wird zum Still, während die letzten Verse zu hören sind: *Ich schaute nach unten in der Pilestredet/es war Herbst/es sah aus wie Regen/du erkanntest mich nicht wieder/und ich wollte dir ein Zeichen geben/ doch so weit kam ich nie/das war nicht mein Stil/wir gingen weiter, jeder in seine Richtung/wir waren beide auf der falschen Spur.* Dann übernimmt die Moderatorin Nina Owing im Studio: *Eine CD mit hinterlassenen Songs des Künstlers Arve Storvik, der vor drei Jahren starb, kommt in der kommenden Woche in den Handel.* Sie zeigt die CD in die Kamera, *Falsche Spur*, und das Cover ist *Dent*, das Foto aus der Garage von Mr. Cease.

Jokum saß still, vollkommen reglos da. Alles war in ihm drinnen, nichts draußen.

»Jetzt bist du jedenfalls in Birkerød berühmt«, sagte ich.

Doch es war noch nicht zu Ende. Nina Owing fuhr fort: *Und unser Samstagsgast ist Synne Sager, die morgen fünfzig Jahre alt wird.*

Jokum zuckte zusammen, als hätte er einen Stromschlag bekommen. Aber trotz allem war es eine Erleichterung zu sehen, dass er sich bewegen konnte. Die Bühne im Studio wechselte, und der Moderator Jon Gelius beugte sich zu Synne vor, sie saß auf einem roten Sessel, die Beine übergeschlagen, sie trug einen blauen Hosenanzug, ein hellblaues Halstuch, sie sah aus wie eine Stewardess, doch wenn die Kamera näher an sie heranfuhr, erkannte man die Spuren ihrer Krankheit, die strammen Züge, die Falten, die wie in die Haut geschnitten und jetzt mit Schminke ausgefüllt waren. Sie hatte die Oberfläche selbst geschaffen. Hätte ich es nicht besser gewusst, ich hätte behauptet, dass sie schließlich doch amerikanisch geworden war. Und folgendermaßen verlief das Interview, oder das Gespräch:

»*Synne Sager, willkommen in der Lørdagsrevyen. Sie haben sich diese ganz besondere Reportage gewünscht, die vor, lassen Sie mich nachschauen, vor fast 13 Jahren gedreht wurde?*«

»*Ja, sie ist bisher nie gezeigt worden, deshalb fand ich, es sei langsam an der Zeit. Als eine Art Tribut an zwei große Künstler.*«

»*Zwei große Künstler, ja. Arve Storvik, der viel zu früh von uns gegangen ist. Und der in diesen Tagen einen zweiten Frühling erlebt. Wenn man das so sagen darf. Und der Fotograf Jokum Jokumsen. Können Sie das kommentieren, was in den Zeitungen stand, betreffend…*«

»*Das gehört ins Privatleben. Und sein, wie soll ich es nennen…*«

»*Selbstmordversuch?*«

»*Sein **Unfall** gehört auch ins Privatleben. Genau wie auch Arve Storviks Unfall.*«

»*Aber was Sie betrifft, so haben Sie keine Angst, sich selbst preiszugeben? Ich denke dabei an die letzten Fotos von Jokum Jokumsen, **The Making of a Deathbed**. Die haben sie, wie soll ich sagen, berühmt gemacht. Oder…*«

»*Vielleicht eher berüchtigt? Diese Serie war der dritte Teil einer Trilogie, die mit **The Soldier's Things** und **Nostalgia of a Sailor** begann. Und wie Sie sagten. Selbst. Ich habe mich **selbst** preisgegeben. Das ist der Unterschied. Ich habe zugelassen, dass er mich fotografierte, wäh-*

rend ich starb. Übrigens bin nicht ich berühmt geworden, sondern die Bilder.«

»Aber wie wir sehen, sind Sie nicht gestorben?«

»Nein, das war ein Strich durch die Rechnung.«

»Ja, so kann man das auch sehen. Wir wollen uns einige dieser Fotos anschauen. Ist das in Ordnung?«

»Gern.«

»Aber das war es nicht immer? In Ordnung, meine ich.«

»Nein, aber das war, bevor ich erkannte, dass die Bilder wichtiger sind als ich. Wenn Sie verstehen.«

»Lassen Sie uns die Bilder ansehen.«

Zwei Fotos von Synne im Memorial Hospital erscheinen auf dem Bildschirm. Was ihnen natürlich nicht gerecht werden kann. Jokum sagte einmal, Fotografien im Fernsehen zu zeigen, sei wie Aquarelle unter Wasser auszustellen. Das erste zeigt Synne im Bett, verbunden mit Schläuchen und Kanülen, der Blick ist abgewandt, unerreichbar, das Gesicht ist angeschwollen, um den Kopf ein Verband, eher eine Kapuze. Das Bild ist trivial, erzählend, abgesehen davon, dass wir den Namen dieser Patientin kennen, Synne Sager, und auf eine Fortsetzung warten. Diese hat ein anderes Format als das erste, einen anderen Klang, der es spektakulärer macht, aber ich weiß nicht, ob es mir gefällt, es ist *schick*, vielleicht liegt es auch nur daran, dass ich Synne nicht so sehen mag. Auf dem folgenden Bild, das viele Monate später gemacht wurde, sitzt sie auf einem Stuhl am Fenster, nackt, sie ist nur Haut und Knochen, das Licht fällt auf das Gesicht, das auch abgemagert ist, mager und hart, der Schädel ist weiß und kahl, doch das sie umhüllende Licht ist weich, es ist Jokums eigenes Licht.

»Die Bilder sind ziemlich hart.«

»Aber auch schön. Oder finden Sie nicht?«

»Nun, auf jeden Fall ist es mutig.«

»Ich möchte dafür nicht den Begriff Mut verwenden. Diese Bilder zeigen etwas, das Angehörige, Ärzte, Putzfrauen und das Personal jeden einzelnen Tag sehen. Warum also soll man es nicht in einer

Galerie oder in einer Ausstellung zeigen? Soll die Kunst uns denn nicht für alle Schmerzen und alle Schönheit öffnen? Die Kunst soll uns nicht beschützen. Sie soll uns vielmehr daran erinnern, wer wir sind. Und dabei müssen wir auch an den Tod erinnert werden. Genau wie es die beiden Edvards tun. Munch und Hopper.«

»Da sagen Sie etwas. Aber jetzt sind Sie wieder gesund?«

»Ja, ich bin gesund. Ist es nicht ziemlich warm hier?«

Synne fährt sich mit der Hand durchs Haar, zieht die Perücke herunter und legt sie sich in den Schoß. Es sieht fast so aus, als hielte sie einen kleinen Hund in den Händen, ein braves Schoßtier. Ihr Kopf erscheint plötzlich ägyptisch. Der Moderator Jon Gelius verliert für einen Moment den Halt, findet ihn aber schnell wieder:

»Apropos Munch und Hopper. Sie leben und arbeiten in San Francisco, wo Sie Ihre Doktorarbeit über diesen amerikanischen Künstler, Edward Hopper, geschrieben haben. Und ein Teil Ihrer Doktorarbeit bestand darin, wie soll ich es sagen, in einer Dramatisierung von …«

*»Sie dürfen es gern so nennen. Oder **Chaotisierung**.«*

»Ja gut. Also einer Chaotisierung von Hoppers Gemälden. Das ist ziemlich ungewöhnlich, oder?«

»Ich bin damit nicht die Erste. Es ist lange her, dass jemand der Erste damit war.«

»Ach so. Aber warum haben Sie das getan?«

Einen Augenblick lang schaut Synne weg. Wahrscheinlich bemerkt es gar keiner. Nur eine Verschiebung, die sofort wieder korrigiert wird. Doch Jokum tut es. Jokum sieht es. Und diese Bewegung, dieser *Ruck*, brennt sich in ihm fest, bevor sie fortfährt, genauso ruhig wie zuvor:

»Ich möchte Dinge in Bewegung setzen.«

»In Bewegung?«

»Ja. Ich möchte sehen, wie die Zeit vergeht.«

»Das lassen wir hier so stehen. Aber jetzt sind Sie in Oslo, um eine Ausstellung vorzubereiten oder zu planen. Können Sie dazu etwas sagen?«

»The Hopper Foundation, in deren Vorstand ich sitze, bereitet die

größte Hopper-Ausstellung aller Zeiten vor. *Alle seine Gemälde sollen zusammengetragen werden, aus privaten Sammlungen und verschiedenen Museen auf der ganzen Welt, und unter anderem sollen sie in den europäischen Hauptstädten gezeigt werden. Und in dem Zusammenhang möchte ich eine Verknüpfung zwischen Edvard Munch und Edward Hopper schaffen, und das gerade hier in Oslo.«*

»*Dann sind Sie also der Ansicht, dass die beiden mehr als nur den Vornamen gemeinsam haben?*«

»*Beide zeigen uns Räume, in denen sich der moderne Mensch befindet.*«

»*Und darf ich fragen, in welchem Raum Synne Sager sich jetzt befindet, kurz vor ihrem fünfzigsten Geburtstag?*«

»*Ich bin in dem gleichen Raum wie die Frau in Edward Hoppers* **Morning Sun.**«

»*Morning Sun, ja. Das bedeutet dann wohl, dass Sie momentan in Ihrem Leben einen Sonnenaufgang erleben. Danke, dass Sie zu uns gekommen sind, Synne Sager. Und wir möchten die Sendung hier mit einem Auszug aus der, wie nannten Sie es, der Chaotisierung abschließen.*«

Edward Hoppers Gemälde füllte den Bildschirm aus, und eine Voice-over begann zu reden, oder zu lesen, zögernd und sachlich: *Siebzehntes Bild. Morning Sun. Es ist das Licht. Es ist das Licht in diesem nackten Zimmer, und sie, die im Bett sitzend dem Licht begegnet, von Angesicht zu Angesicht. Ihr Tod ist anwesend. Das schiefe Feld an der Wand ist nicht der Widerschein vom Fenster, sondern der Zeit, die vergangen ist, Reste von Krankheit, Fieber, Träumen. Sie ist am Leben. Das Haar ist in einem Knoten im Nacken festgesteckt. Es ist der Morgen des Krankenhauses, ein Morgen für Keuschheit und Disziplin. Ihr Alter kommt zum Vorschein. Es ist der Wendepunkt des Bildes, das Licht, das sich bewegt. Sie altert vor unseren Augen.*

Eine andere Stimme kommt zu Wort, die Stimme der Frau, der Frau auf dem Gemälde:

Es ist das Licht. Das Licht am Morgen. Seit ich ein Kind war, habe ich es nicht mehr gesehen. So erinnere ich es. Es ist ein schönes Licht, das ich mir anziehen könnte, mir anziehen, tragen. Vielleicht war es auch das Licht, das ich war, den Tag hindurch, bis zur Nacht. Wann ist es zerfallen, dieses Licht? Wann fängt die Dunkelheit an? Begann das Licht in dem Moment zu zerfallen, als ich es angezogen habe? Ich glaube, jetzt weiß ich es. Die Dunkelheit ist das Futter des Lichts. Aber irgendwann einmal muss das Licht ganz gewesen sein. Irgendwann einmal muss es uns umschlossen haben. Vielleicht zerfällt es, wenn wir anfangen zu träumen. Wann fangen wir an zu träumen? Vielleicht, wenn es bergab geht, wenn du es nicht mehr im Griff hast, wenn du Gefahr läufst zu fallen? Nein, du fängst an zu träumen, wenn es dir gut geht, wenn du die Witterung des guten Lebens aufgenommen hast. Dann träumst du, träumst von mehr. Du musst den Geschmack des Traums spüren, bevor du träumen kannst. Dann verlöschen sie, die Träume, einer nach dem anderen, wie die Straßenlampen in einer Einbahnstraße. Und ein anderes Licht fängt an zu strömen. Aufwachen heißt, die Dunkelheit abwerfen. Aufwachen heißt, wieder zu einem Kind zu werden.

Danach wurde die Lørdagsrevyen abgerundet mit dem Sport, dem Wetter und einer Zusammenfassung der wichtigsten Neuigkeiten: die Anzahl gefallener amerikanischer Soldaten bis jetzt in Afghanistan. Haben wir richtig gehört? 949? Wir saßen schweigend da und starrten auf den Bildschirm, ohne eigentlich etwas zu sehen, wir waren in unsere eigenen Gedanken versunken. Synne hatte uns dorthin geführt. Als die neue Erdkugel, die einem Gitter ähnelte, mit lauter Musikbegleitung über den Bildschirm zog und verschwand, klopfte es an der Tür. Jokum schaltete den Fernseher aus. Ich glaube, er hatte geweint. Sein Gesicht war jedenfalls gestreift, fast schmutzig. Aber ich wusste nicht, was diese Tränen bedeuteten. Ein junges Zimmermädchen kam herein, hielt sich die Hand vor den Mund, als sie uns sah und verlor gleichzeitig die Bügel, die sie in der Hand trug. Ich sammelte die Kleidungsstücke auf, während Jokum die Tüten mit den Schuhen entgegennahm. Als das Mädchen sich gefasst hatte, entschuldigte sie sich heftig.

»Es tut mir leid. Ich wollte nicht… Ich dachte, ihr seid vom Ebberød Hof.«

»Ebberød?«

Sie schaute zu Boden und flüsterte:

»Der Anstalt für Geisteskranke.«

Wir lachten.

»Nein, so schlimm ist es nicht um uns bestellt«, sagte Jokum. »Wir sind nur aus dem Sanatorium von Løkke!«

Sie lachte mit uns, dann wurde sie wieder ernst.

»Das Essen wird im Gasthaus um acht Uhr serviert. Und nach dem Essen gibt es ein Unterhaltungsprogramm. Immer samstags. Weil…«

Das Mädchen machte einen Knicks und zog sich zurück, war aber sofort wieder da.

»Ich kann Ihnen gern einen Tisch reservieren.«

»Wird es denn voll?«

»Eine arabische Ölgesellschaft hat hier in der Stadt ihre Büros, und die kommen heute Abend.«

Ich bürstete ein wenig Staub von der schwarzen Jacke.

»Und wer sorgt für die Unterhaltung?«

Das Mädchen senkte die Stimme:

»Der Ebberød Hof. Das ist Tradition hier. Deshalb habe ich…«

Dann war sie gegangen. Wir zogen uns um, und kurz vor acht Uhr gingen wir hinunter in den Speisesaal. Wir bekamen einen Tisch an dem ovalen Fenster, das zur Eisenbahn zeigte. Die Tischdecken waren weiß, dekoriert mit Birkenzweigen und Servietten. Eine burgunderfarbene Auslegware trug zu einer intimen, oder soll ich sagen, lokalen Stimmung bei. Desgleichen die Balken an der Decke und die Holztäfelung. Wir waren in Dänemark, kein Zweifel. Zwischen dem Kamin, in dem keine Flamme brannte, und der Tür zur Küche war eine kleine Bühne aufgebaut, auf der ein Zeichenbrett stand, ein Flipover, wie man auch sagt. Ein paar Stammgäste hatten sich in einer Ecke versammelt. Sie wirkten unzufrieden, aber trotzdem freundlich, und grüßten mit einem kurzen Nicken. Das war vorläufig alles. Wir sahen uns die Speisekarte an. Mehrere Gerichte waren durchgestrichen, unter anderem Schweinebraten mit Backpflaumen, goldbraunen Kartoffeln und Stangenspargel. Jokum bemerkte:

»Sie hat mir vergeben.«

»Wer?«

»Synne. Synne hat mir vergeben.«

»Hat sie das nicht schon vor langer Zeit?«

»Wieso?«

»Na, als sie dir die Vogelplatte geschickt hat, hat sie es nicht da schon?«

Jokum legte die Speisekarte hin, und ich kann mich nicht erinnern, ihn jemals so ruhig, so abgeklärt gesehen zu haben, das Lächeln fiel an seinen Platz auf dem Längengrad des Gesichts, und es schien, als täte auch die künstliche Hüfte nicht mehr weh. So weit gehen, das als Vollendung zu bezeichnen, will ich nicht. Das Wort überlasse ich Bengt Åker und seinesgleichen. Doch zumindest konnte Jokum Karen Blixens Worte bestätigen, dass Glück die Abwesenheit von Schmerzen ist. Und ich kann hinzufügen: die Abwesenheit eines schlechten Gewissens.

»Aber hast du ihr verziehen?«, fragte ich.

Jokum schüttelte den Kopf, als beträfe ihn die Frage gar nicht:

»Das ist nicht notwendig.«

Wir studierten die Speisekarte noch einmal. Es gab dänische Moorente, Rebhuhn, Fasan und Wildtaube, alles serviert mit Sahnesauce, Gelee und Waldorfsalat. Aber wir hatten keine große Lust auf Geflügel und wanderten deshalb mit unserem Blick weiter zu den Suppen: Echte Schildkrötensuppe mit Ei & Sherry oder Klare Brühe mit Gemüse. Ich stellte mir eher ein Fischfilet bonne-femme vor, gedünstet in Weißwein. Ich musste einfach nachfragen:

»Hast du tatsächlich vergessen, dass Synne fünfzig wird?«

Jokum legte die Speisekarte hin.

»Wir haben nie Geburtstag gefeiert. Bis auf einmal. Als ich 22 geworden bin. Da hat sie mir die Leica geschenkt.«

Er blieb eine Weile in Gedanken versunken sitzen.

»Was soll ich ihr schenken? Was um alles in der Welt soll ich ihr schenken?«

Die Kellnerin blieb an unserem Tisch stehen. Sie trug eine große Schürze mit Spitze. Aber es war das gleiche Mädchen, das in unser Zimmer gekommen war. Hier mussten offenbar alle alles selbst machen.

»Haben die Herren sich entschieden?«

Jokum zeigte auf die Spezialität des Birkerød Kros:

»Omelette mit Bacon und Speck. Und ein Glas Wasser. Gern lauwarm.«

»Leider servieren wir abends kein Bacon und Speck. Aber Sie können gern lauwarmes Wasser und nur Omelette bekommen.«

»Warum servieren Sie kein …«

Die Kellnerin unterbrach ihn:

»Ich kann die Tarteletts mit Hummer und Spargel empfehlen.«

»Gut, dann nehme ich die. Tarteletts und lauwarmes Wasser.«

Sie schrieb es auf ihrem Block auf und wandte sich mir zu.

»Und ich möchte gern Dänische Heringsvariationen mit Brot & Butter. Und …«

»Das müssen mindestens zwei Gedecke sein.«

»Aber ich esse für zwei, junge Dame. Und Bier und Schnaps dazu.«

»Sie können gern zweimal Dänische Heringsvariationen mit Brot und Butter haben. Aber leider servieren wir heute Abend keinen Schnaps.«

»Warum nicht?«

»So ist es nun einmal heute Abend. Aber ich kann das Fischfilet Florentine empfehlen, angerichtet mit in Butter gedämpftem Spinat und einer Sauce Mornay.«

»Dann nehme ich das.«

»Und was möchten die Herren zu trinken haben?«

»Wasser«, sagte ich. »Möglichst kalt.«

Die Kellnerin verschwand mit unserer Bestellung in der Küche.

Es hätte mich nicht verwundert, wenn sie auch noch das Essen hätte kochen müssen. Dann hielt die arabische Delegation ihren Einzug. Sie waren zahlreich. Alle in ihre traditionellen Gewänder gekleidet. Die freien Tische wurden schnell zusammengeschoben. Die Stammgäste mussten sich noch weiter in die Ecke zurückziehen. Und die Fremden wurden auch als Erste bedient, obwohl sie doch zuletzt gekommen waren. Vielleicht hatten sie ja schon im Voraus bestellt. Vielleicht schlug ja auch die dänische Gastfreundschaft hier zu. Als wir endlich unsere Portionen bekamen, waren sowohl die Tarteletts, das Fischfilet als auch das Wasser lauwarm. Doch ich wollte mich nicht beschweren. Es gab auch so genügend Trubel. Außerdem bin ich mir sicher, dass die Kellnerin ihr Bestes tat. Wir aßen schweigend. Nach dem Essen gab es also die Unterhaltung. Ein junger, ungepflegter Typ in kurzer Hose und Unterhemd hieß alle in mehreren Sprachen willkommen und erklärte, dass der Künstler des Abends, der uns *das Schnellzeichnen* auf höchstem, internationalem Niveau präsentieren sollte, gern Vorschläge aus dem Publikum entgegennahm. Dann überließ er die kleine Bühne einer großen, schweren, fast birnenförmigen Gestalt in Anzug mit Weste und Schleife. Diese stellte sich an die Staffelei, und in dem Moment, als der Mann den bereitliegenden Stift ergriff, verlor er seine Schwere, seine Plumpheit und wurde leicht und graziös. Als wäre der Stift ein Zauberstab. Jokum saß sprachlos da und starrte auf diesen Auftritt, und sein Lächeln wurde breiter und breiter. Dann fand er wieder zu Mund und Stimme, streckte den Arm in die Luft und rief:

»Ein sonderbarer Mann!«

Der Künstler des Abends hob den Blick und ließ ihn einige Sekunden lang auf der arabischen Delegation ruhen. Anschließend begann er zu zeichnen. Es sah aus wie im Film. So schnell war er. Auf dem ersten Bogen geht der sonderbare Mann eine Straße entlang. Er trägt Frack und Zylinder und hält die Hände auf dem Rücken. Ihm entgegen kommt ein anderer Mann, in weißer Hose und mit einem genauso hohen Hut, aber ohne Krempe. Er lässt die

Arme frei schwingen. Auf dem zweiten Blatt begegnet dieser Mann einem Freund, der genauso gekleidet ist. Sie begrüßen sich herzlich. Der sonderbare Mann ist stehen geblieben und betrachtet die beiden. Bogen Nummer drei zeigt den sonderbaren Mann allein. Er hat den Zylinder abgenommen und schneidet die Krempe ab. Im letzten Bild geht er weiter, lässt die Arme frei schwingen und trägt exakt den gleichen Hut wie die anderen auf dem Kopf, während die Krempe hinter ihm auf dem Bürgersteig liegt.

Es wurde vollkommen still im Birkerød Kro.

Jokum beugte sich über den Tisch und flüsterte:

»Er hat die Palme vergessen!«

»Welche Palme?«

»Im Hintergrund muss eine Palme stehen!«

Dann brach der Applaus los. Besonders die arabische Delegation war begeistert. Einige aus der Gruppe standen auf und klatschten weiter. Der Schnellzeichner verneigte sich zu allen Seiten, und ermuntert durch diese heftige Zustimmung fuhr er mit einer neuen Serie fort: Der sonderbare Mann sitzt an einem Tisch und schaut betrübt auf ein Bild oder ein Foto, das in Glas und Rahmen vor ihm steht. Es ist jedenfalls ein Porträt von jemandem, zu dem er ein enges Verhältnis hat oder gehabt hat. Es muss seine Frau sein. Auf der nächsten Zeichnung sitzt er mit einem Revolver in der Hand da, er ist nachdenklich, versonnen und hat sich von dem Porträt abgewendet. Auf dem dritten Bild dreht er sich wieder zum Tisch hin, immer noch mit dem Revolver bereit in der Hand. Leider hat der Schnellzeichner aber etwas mit dem Porträt geschlampt. Es ist einfach zu schnell gegangen. Jetzt sieht es eher wie ein langhaariger Hippie oder ein abgedankter Prophet und nicht wie eine treulose Ehefrau aus. Im letzten Take, wenn ich das so nennen darf, schießt der sonderbare Mann, aber nicht auf sich selbst, sondern das Bild in Stücke.

Wieder war es in Birkerøds Kro ganz still geworden.

Doch diese Stille war von anderer Art, nicht entgegenkommend, sondern nur bedrohlich.

Dann erhob sich die arabische Delegation und verließ voller Wut den Speisesaal.

Stühle fielen um, Servietten wurden weggeworfen, Gläser fielen zu Boden.

Der Schnellzeichner verneigte sich, sein gesamter Oberkörper wippte auf und nieder, mechanisch und schwerfällig, als wirkte der Stift nicht mehr. Zwei weiß gekleidete Männer kamen aus der Küche, nicht die Köche, sondern die Aufseher von Ebberød Gård.

»Mehr!«, rief Jokum.

Wieder begann der Schnellzeichner. Der Stift schien trotz allem zu wirken. Und jetzt nahm er wirklich Fahrt auf. Er hätte uns ebenso gut fotografieren können. Er war fertig, noch bevor die Aufseher eingreifen konnten: Wir sitzen auf einer Bank oder auf einer Pritsche, beide in unseren besten Anzügen. Ich, die Hände im Schoß gefaltet und mit einer besorgten, fast lebensmüden Miene, frage: *Was hältst du von der Weltlage?* Jokum, der leicht hingeworfen dasitzt, kratzt sich irritiert am Auge und antwortet: *Nichts – ich hab' was ins Auge gekriegt.* Dann wird der Schnellzeichner weggeführt. Er ging zwischen seinen Wächtern und rief: *Ich bin Storm P.! Ich bin der echte Storm P.!* Ich winkte die Kellnerin heran und fragte vorsichtig:

»Vielleicht könnte ich jetzt einen Schnaps haben?«

Doch da kam die Polizei, beschlagnahmte das Zeichenbrett und den Stift, und wir mussten ihr folgen. Wir wurden zum Revier gebracht und in eine Zelle gesteckt. Wie lautete die Anklage? Wir waren der Störung der öffentlichen Ordnung angeklagt, im schlimmsten Fall der Aufwiegelei. Ich schaute Jokum an. Er sah mich an. Wir sahen einander an. Besonders schön waren wir nicht.

»Was hältst du von der Weltlage?«, fragte ich.

Jokum gab keine Antwort. Er war wieder in Gedanken versunken. Ich versank in meine. Ich dachte, dass wir nicht nur in der Epoche des Misstrauens leben, sondern auch in der des Missverständnisses. Und Missverständnis und Misstrauen sind zwei Seiten einer Medaille. Was hatte doch Bengt Åker, ehemaliger Marxist-Leninist und jetzt Mentaltrainer, gesagt? Wenn du etwas zehntausendmal machst, dann wirst du perfekt. Wenn du etwas zehntausendmal missverstanden hast, dann hast du alles verstanden. Wenn du jemandem zehntausendmal misstraust, wird er schuldig. Und wenn du dich zehntausendmal irrst, bekommst du recht. Das dachte ich in dieser Nacht im Arrest in Birkerød. Es braucht nicht mehr als eine Palme, damit eine Geschichte eine andere wird, ja, buchstäblich auf den Kopf gestellt wird. Die Palme ist der Abstand und der Zollstock des sonderbaren Mannes. Er ist weit fort von zu Hause. Und er möchte sich den Gebräuchen dort anpassen. Denn er ist nicht nur ein sonderbarer Mann. Er ist außerdem gebildet. Doch ohne Palme steht er stattdessen wie ein einschmeichelnder, unterwürfiger Mann da. Es braucht auch nicht mehr als ein übereiltes Porträt, dass jemand empört ist. Wusste die arabische Delegation, wo sie war? Ich musste auch wieder an Storm P. berühmten Dialog denken: – *Ist es nicht eine lächerliche Aufgabe, Clown zu sein? – Nein, nicht, wenn man weiß, dass man es ist.* Storm P.s wusste das. Der Patient vom Ebberød Gård wusste es nicht. Er hielt sich für vollkommen, doch Nachahmung hat immer ein Manko, ganz gleich, wie gut sie ist. Wussten Jokum und ich, wer wir waren? Übrigens machte es mir Sorgen, dass Synne mich mit keinem Wort erwähnt hatte. Lange hatte ich geglaubt, dass wir das einsame Trio waren. Hatte denn nicht ich an einem Heiligabend in der Sogn Studentby auf das Stillleben, die Fotografie und den Roman angestoßen? Jokum wachte auf und sagte:

»Jetzt hab' ich es.«

»Was hast du, Jokum?«

»Was ich Synne schenken werde.«

Da wurden wir von einem älteren Herrn in Uniform abgeholt. Wir folgten ihm in ein Büro, in dem Königin Margarethe an der Wand hing. Wir setzten uns. Er wirkte müde und resigniert und schaute aus dem Fenster. Die Straße draußen lag in einem schönen, fast grünen Licht da. In der Ferne war eine Sirene zu hören.

»Es herrschen unruhige Zeiten«, sagte er. »Unruhige Zeiten.«

Der Mann, der wahrscheinlich der Polizeidirektor hier im Ort war, beugte sich plötzlich über den Tisch vor.

»Es fehlt nicht viel, nur ein winziger Funke, und die Hölle bricht los.«

Er schnipste mit den Fingern, ein scharfer Knall war zu hören, dann zeigte er auf uns:

»Und ihr beide macht es auch nicht besser.«

Ich ergriff das Wort:

»Es war nie unsere Absicht, jemanden zu stören.«

Der Polizeidirektor schüttelte den Kopf und seufzte.

»Wisst ihr, was mich so traurig macht? Dass wir mit dem Unterhaltungsprogramm vom Ebberød Gård aufhören müssen. Es war all die Jahre eine so schöne Tradition. Jeden Samstag im Birkerød Kro.«

Eine Weile saß er schweigend und gebeugt da, schaute auf ein Blatt Papier, dann richtete er sich auf.

»Ich habe Kontakt mit dem Løkke Sanatorium aufgenommen. Aus dem ihr kommt. Das Problem ist nur, dass ich niemanden habe, der euch zurückbringen kann. Ich musste alle meine Leute nach Kopenhagen schicken.«

Jokum schaute zu Boden und knetete die Finger, er konnte kaum ruhig sitzen.

»Was machen all Ihre Leute in Kopenhagen?«, fragte ich.

»Es gibt Krawalle.«

»Was für Krawalle?«

»Jemand in Kuwait hat Bilder aus dem Birkerød Kro verbreitet. Sie sind der Meinung, wir hätten ihren Propheten beleidigt. Und sogar auf ihn geschossen.«

Jokum wachte auf und war kurz davor aufzustehen.

»Aber das ist doch ein Missverständnis! Das war nicht der Prophet! Es war die Ehefrau des sonderbaren Mannes!«

Der Polizeidirektor seufzte erneut.

»Ja. Ein Missverständnis. Versuchen Sie mal, denen das zu erklären.«

»Außerdem war es doch nur eine Zeichnung! Niemand ist erschossen worden!«

Jokum sank genauso schnell wieder in sich zusammen, wie er aufgewacht war, und von seinen Händen, die er aneinanderrieb, war eine Art Melodie zu hören.

»Ich kann nicht zurückgehen. Ich kann nicht nach Løkke zurückgehen.«

Der Polizeidirektor unterbrach ihn.

»Ihre Ehefrau, Synne Sager, wartet dort auf Sie.«

Jokum wippte nach vorn und hielt sich am Tisch fest.

»Wo?«

»In Løkke.«

»Woher weiß sie, dass ich dort bin?«

»Das stand doch in den Zeitungen, Jokumsen. Alle wissen das.«

Jokum wippte wieder zurück auf seinen Platz und schaute zum Fenster, hinter dem eine weitere Sirene in dem grünen Licht verschwand.

»Ich glaube Ihnen nicht«, sagte er.

Der Polizeidirektor holte ein Handy heraus, tippte eine Nummer ein, wartete, bekam eine Antwort und reichte den Apparat Jokum.

»Da möchte jemand mit Ihnen sprechen.«

»Wer?«

»Ihre Frau.«

Jokum wollte das Handy nicht nehmen. Er hob beide Hände wie ein unwilliges, erschrockenes Kind. Ich verstand ihn. Sie hatten nicht mehr miteinander geredet, seit Synne *The Making of a Deathbed* gestoppt hatte, und auch da hatten sie nicht miteinander gesprochen, sondern nur über ihre Anwälte. Ich hätte sagen können: *Sie hat dir doch verziehen.* Ich hätte hinzufügen können: *Und hast nicht du sie gesund geliebt?* Doch ich ließ es. Ich sagte nichts. Er hätte nur geantwortet: *Aber das ist nicht der Grund. Das ist nicht der Grund, weshalb ich nicht rangehen will.* Was war dann der Grund? Weil er fürchtete, sie könnte ihn nicht mehr lieben? Nein, weil er die Liebe ins Pfandhaus gebracht hatte, und er fürchtete, er hätte nicht genug, um sie wieder auszulösen. Doch zum Schluss nahm er das Telefon, drückte auf einen falschen Knopf, so nervös und ungeschickt war er, und wir konnten das ganze Gespräch mithören, obwohl er sich abwandte und jedes Wort fast flüsterte. Ich gebe dieses Gespräch, was also ihr letztes sein sollte, hier in Gänze wieder:

»Herzlichen Glückwunsch zum Geburtstag.«

»Ich warte auf dich.«

»Wo?«

»In Løkke, Jokum. Kommst du? Dann können wir das alles hier regeln.«

»Willst du mich reinlegen?«

»Dich reinlegen? Warum sollte ich das?«

»Um mich zurück nach Løkke zu locken.«

»Ich will dich nicht reinlegen.«

»Wie soll ich dann wissen, dass du dort bist?«

»Jetzt bist du aber ziemlich albern, Jokum. Natürlich bin ich hier. Glaubst du mir nicht?«

»Du kannst doch sonst wo sein. Erinnerst du dich nicht daran, was du gesagt hast? Dass du, wenn du anrufst, sonst wo sein und wen auch immer anrufen kannst?«

Synne brach das Gespräch ab. Mit hängenden Ohren saß Jokum da, das Handy in der Hand, und bereute, was er gesagt hatte. Dann legte er den Apparat auf den Tisch. Genau genommen waren wir keinen Schritt weitergekommen. Die Missverständnisse und das Misstrauen vermischten sich sogar mit der Liebe. Doch dann pfiff es schrill, der Polizeidirektor schaute auf das Display, lächelte und zeigte es uns. Synne hatte ein Foto vom Løkke Sanatorium geschickt, auch das war das Letzte, was Jokum von ihr sah, ein aufgelöstes, unscharfes Foto: Sie steht auf dem Hof, an der Wasserpumpe, trägt einen Kapuzenpullover, sodass es unmöglich zu erkennen ist, ob sie eine Perücke trägt oder nicht. Sie wirkt ungeduldig, als würde sie sich selbst antreiben, mit der Hand, die das Telefon hält, mit dem sie das Bild macht. Sie wartet auf Jokum. In ihren Augen hängt eine Sehnsucht, anders kann ich es nicht benennen, eine Sehnsucht, die den harten Zügen ihres Gesichts etwas Weiches oder Nachgiebiges zufügt. Aber wie dem auch sei, Abstand, Bewegung und schlechtes Licht können nicht die Entschlossenheit verbergen, die vor vielen Jahren Jokum dazu brachte, sie als *souverän* zu bezeichnen. Sie ist immer noch souverän. Was man von denjenigen, die an den Fenstern standen und glotzten, nicht behaupten konnte. Sie waren verkommener und verlassener als je zuvor. Ihre Sehnsucht und Angst waren verdoppelt, denn sie fürchteten, wonach sie sich sehnten. Und etwas hatte sich verändert. Es gab Gitter vor den Fenstern. Was nützt eine Aussicht, wenn Gitter vor den Fenstern sind?

»Sie hat mich gefunden«, sagte Jokum.

Er stand auf, ich glaube, er wischte sich eine Träne aus dem Auge, vielleicht hatte er auch nur Staub ins Auge bekommen. Ich tat es ihm nach. Ich stand auf. Wenn ich weinte, dann ihretwegen, für Øster, Sven, Mestermann, Movitz, Ulk, John, Jammers Minne und Pil. Wenn ich weine, dann für sie alle dort im Hintergrund. Der Polizeidirektor öffnete die Tür und streckte die Hand aus.

»Ich muss Sie leider fragen: Können Sie auf sich selbst aufpassen?«

Ich blieb stehen und ergriff seine Hand.

»Zumindest können wir aufeinander aufpassen«, sagte ich.

Jokum nickte, er hatte es eilig.

Dann gingen wir durch die leeren Straßen, in die Stille der Pflastersteine und des Laubs, die einer Vertraulichkeit ähnelte. Und sie vertrauten sich Jokum an. Hier pflegte sein Vater zu gehen, immer die gleichen Schritte, immer mit den gleichen Abständen. Hier hatte sein Großvater die Post ausgetragen, und hier hatte sich seine Großmutter beeilt, zum Birkerød Kro zu kommen, um die Gäste zu bedienen, die damals noch einen Scherz vertrugen. Der Himmel lag klar über uns. Es war Sonntag. Hatte der Mechaniker etwas versprochen, das er nicht halten konnte?

»Was hast du für Synne gefunden?«

»Abwarten.«

»Was meinst du, könnte das von uns beiden sein?«

Jokum zögerte, ich bereute, dass ich so einen Vorschlag gemacht hatte.

»Du musst nicht mitkommen. Wenn du nicht willst.«

»Hast du nicht gehört, was ich gesagt habe? Hast du nicht gehört, was ich gerade eben gesagt habe?«

»Was hast du gesagt?«

»Dass wir aufeinander aufpassen können.«

Die Werkstatt war geöffnet, und der Mechaniker hielt, was er versprochen hatte. Das Motorrad, der Stolz der Engländer, der Alliierten, stand glänzend vor uns. Jetzt fehlte nur noch ein Krieg, um durch ihn hindurchzufahren. Der Mechaniker wischte sich die Hände an einem Lappen ab, während er um die Maschine herumlief und berichtete:

»Es war gar nicht schwer, die Ersatzteile zu finden. Inzwischen gibt es hier ja mehr Gebrauchtwarenhändler als Bauernhöfe. Die Leute lassen doch alles stehen und liegen, was sie nicht mitnehmen wollen, wenn sie in die Stadt ziehen. Nur mit Benzin und Öl war es schwieriger. Aber zum Glück hatte ich noch ein paar Kanister extra, der Tank ist also gefüllt, vorn wie hinten. Ist gestern im Gasthaus was passiert?«

Ich bezahlte den Mechaniker großzügig für seine Arbeit und legte noch etwas drauf. Ich konnte es mir leisten, schuldeten wir dem Hotel nach der Nacht in der Arrestzelle ja auch nichts mehr.

»Was soll das gewesen sein?«

»Es kursieren so einige Gerüchte. Es heißt, dass der Schnellzeichner aus Ebbegård einen Revolver in die Hand gekriegt hat und auf die kuwaitischen Scheiche geschossen hat.«

»Nein, so schlimm war es zum Glück nicht. Er hat einen Revolver *gezeichnet,* und außerdem hat er in die andere Richtung gezielt.«

»Gut zu hören. Man weiß ja nicht mehr, was man glauben soll.«

»Schlimmer ist, dass man nicht mehr glaubt, was man weiß«, sagte ich.

Der Mechaniker seufzte und warf seinen Lappen fort.

»Das Einzige, was wir verlangen, ist etwas zu essen auf dem

Tisch, eine Arbeitsstelle, genügend Reserveteile, ein Feld, um es zu bestellen, ein guter Film im Kino und jemand, dem man seine Liebe schenken kann. Ist das zu viel verlangt? Und dass der Polizeidirektor die richtigen Verbrecher verhaftet. Aber bevor ich euch losschicke, muss ich wohl fragen: Habt ihr einen Führerschein?«

Jokum zeigte auf seine Innentasche.

»Ich hatte das Recht, ein Motorrad bis zu 2.500 Kilogramm zu lenken. Von Københavns Amts Nordre Birks Politikammer. Du hast nicht zufällig einen Schraubenzieher übrig?«

Wir bekamen noch einen dicken Schraubenzieher dazu. Wozu wir den brauchten, da hatte ich keine Ahnung. Aber es war gut, ihn dabeizuhaben, sicherheitshalber. Dann verabschiedeten wir uns von dem Mechaniker, der es noch zum Gottesdienst schaffen wollte, wenn nicht auch der abgesagt war, und schoben das Motorrad hinaus ins Licht. Jokum setzte sich rittlings auf den Sitz, legte die Hände aufs Lenkrad und wippte die Standstütze hoch, während ich es schaffte, in den Beiwagen zu klettern.

»Hast du wirklich einen Führerschein?«, fragte ich.

»Nun ja, wie man's nimmt. Er wurde 1944 ausgestellt auf Lauritz Jokumsen.«

Aber wir hatten nur einen Helm, fast war es ein Soldatenhelm, grün mit einem Riemen unter dem Kinn. Ich wollte, dass Jokum ihn aufsetzte, schließlich war er trotz allem der Fahrer und am verletzlichsten, falls etwas passieren sollte. Er meinte genau das Gegenteil, dass ich mich am ehesten in der Gefahrenzone befand, und dazu noch am niedrigsten saß, außerdem war ich sein Passagier, und damit trug er die Verantwortung für mich. Er benutzte mein Argument: Er war trotz allem der Chauffeur. Dagegen wandte ich ein, dass wir gegenseitig die Verantwortung füreinander trugen, also konnten wir ebenso gut die Münze werfen. Worauf Jokum sich aber nicht einlassen wollte. Verkehrssicherheit und Schicksal dürften nicht auf Zufällen beruhen. Ich erklärte, dass Jokum ja schließlich das meiste zu verlieren hatte; sollte er doch trotz allem Synne treffen, wenn ich nicht unbeschadet oder tot ankam, könnten sie sicher damit leben. Schließlich schlug er vor, wir sollten den Helm teilen, das heißt, ich sollte ihn auf Seeland und Fünen aufsetzen und er könnte ihn dann in Jütland übernehmen. Ich hielt das für eine gute, gerechte Lösung. Also setzte ich mir den Helm auf und sah aus wie ein Soldat in einem Kinderwagen mit Flügeln. Wir waren unterwegs! Dafür, dass er sich alles nur vorgestellt hatte, war Jokum ein hervorragender Fahrer. Wir fuhren in einem großen Bogen hinunter nach Øresund, nach Rungsted, wo wir Karen Blixen winkten, die allein unter einem Baum im Garten saß und las, nein, das war nur das Mädchen vom Tag zuvor, war ihr bereits vergeben worden? Sie legte das Buch ins Gras und die Steine darauf, damit der Wind die Seiten nicht umwehte und damit verriet, wie es weiterging, und erwiderte unser Winken. Dann folgten wir der Küste, und bald hatten wir Skodborg, Taarbæk und Charlottenlund hinter uns gelassen. Waren wir trotz allem auf dem Weg nach Kopenhagen? Hatte Jokum die Warnungen des Polizeidirektors nicht mitbekommen? Aber es war so oder so zu spät. Jokum wusste, wohin er wollte. Er fuhr einen Bogen um die Lagerhäuser, und wir kamen nach Nyhavn, das wie ein nasser Arm in die Hauptstadt hineinragt und ihr fast in den Schritt greift. Es war überraschend still. Die Stühle der Cafés standen leer da. Selbst Tattoo Jack hatte geschlossen. Über der Tür las ich es mit eigenen Augen: *Wer nicht tätowiert ist, der ist nackt.* Jokum fuhr weiter zum Kongens Nytorv und parkte vor dem Eckhaus. Wir schlichen uns auf den Hof. Er blieb vor einer Gedenktafel stehen, und jetzt fiel mir ein, dass er davon erzählt hatte, es gab sogar ein Foto davon, von seiner Zeit in Kopenhagen: Eine Eieruhr mit der Grabinschrift: *Hier verbergen sich die sterblichen Überreste von Jordano, einem Muster an Treue.* Er holte den Schraubenzieher heraus, bat mich, Wache zu halten, und fing an, den Marmor aufzustemmen. Da hörte ich Stimmen vom Hinterhof, aufgeregte Stimmen, und ich gab Jokum ein Zeichen, den Schraubenzieher zu verstecken und näher heranzukommen. Waren das die Krawalle? Und dabei fällt mir auf, während ich das schreibe, während ich hier sitze und das Silber putze, dass es im Norwegischen das Wort *opp-*

tøyer, Krawalle, nur im Plural gibt. Es kommt von *opptog*, Spektakel, Schauspiel. Die Krawalle beginnen also im Fest, in der Freude. Selbst in der Sprache gehen Freude und Feste in Wut und Zerstörung über. Übrigens waren das, was in diesem engen, schattigen Hinterhof in Nyhavn vor sich ging, eher persönliche Krawalle. Das ist etwas anderes. Ein junger Mann in langem Arbeitskittel, Holzschuhen und mit einem Metermaß um den Hals war dabei, einen anscheinend distinguierten Herren unseres Alters auszuschimpfen, was dieser offensichtlich nicht gewohnt war, er war es auch nicht gewohnt, andere auszuschimpfen, denn er stand nur da und nahm eine Salve nach der anderen entgegen, als hätte er in diesem Ausnahmezustand sowohl Mund als auch Sprache verloren.

»Sie behandeln meine Verlobte wie einen Sklaven, aber sie ist kein Sklave! Sie ist ein freier Mensch! Und wenn sich in Ihrem Benehmen keine Veränderung zeigt, dann werden Sie es mit mir zu tun kriegen!«

Der Herr wich einen Schritt zurück, während der junge Mann seine runde Brille abnahm und auf den Herrn zeigte.

»Und dann gestatten Sie auch noch, dass Ihre Angestellten an ihr herumfummeln! Damit findet sie sich nicht ab! Und ich finde mich damit auch nicht ab! Vielleicht fummeln Sie ja auch noch an ihr herum? Ja? Tust du das, du Neureicher! Fummelst du an meiner Verlobten herum?«

Der junge Mann gab dem Herrn einen Stoß, schubste ihn näher zur Kellertür, und in dem niedrigen Fenster unter ihnen kam ein Gesicht zum Vorschein, eine ebenso junge Frau, mit Haarnetz und roten Wangen, die sofort bleicher wurden, als sie sah, was da oben passierte.

»Und jetzt leistest du Abbitte, mein Herr! Du wirst sie um Entschuldigung bitten! Und du wirst ihr drei Abende in der Woche freigeben und dazu jeden zweiten Samstag und den Lohn um zwei Kronen erhöhen! Du Neureicher!«

Der junge Mann schob den Herrn hinein, die Tür fiel hinter ihnen zu, die Frau verschwand aus dem Fenster, und ein glänzendes, fast goldenes Licht erfüllte den Hinterhof. Jokum drehte sich zu mir um, sagte nichts, doch sein Blick erzählte so gut wie alles, als behauptete jemand – nicht immer zu Recht –, dass ein Bild mehr als tausend Worte sagen kann. Nicht weit entfernt hörten wir Sirenen, die sich kreuzten. Jetzt hatte Jokum es eilig, er holte den Schraubenzieher wieder heraus und hebelte und bearbeitete die Gedenktafel mit Stundenglas, Grabinschrift und dem Relief des Pudels Jordano, bis sie sich endlich von der Wand löste. Er gab sie mir, und gemeinsam liefen wir hinaus zum Motorrad. Hinten auf dem Kongens Nytorv war etwas los. Dort fanden die Krawalle statt. Rauch stieg auf, Fahnen, Flaggen und Plakate wurden hochgestreckt, und wir hörten Rufe, laute, rhythmische Rufe. Es klang wie ein fremder, falscher Refrain aus dem Mund eines wütenden Kindes, *allahu akbar, allahu akbar.* Eine Reihe von Polizeibeamten stand mit dem Rücken zu uns und versperrte den Weg. Zum Glück stand sie mit dem Rücken zu uns. Ich kletterte in den Beiwagen. Jokum stieg auf den Fahrersitz und beugte sich zum Lenkrad vor. Ob er jetzt den Helm haben wollte? Nein, es war abgemacht, dass er ihn erst in Jütland bekäme. Ein Pferd bäumte sich auf, als es von einer Flasche getroffen wurde. Jemand durchbrach die Absperrungen, junge Männer, sie blieben stehen und zeigten, sie zeigten auf mich, sie zeigten auf die Gedenktafel, die ich umklammerte, und sie schrien noch lauter: *Hund! Hund!* Jokum konnte die Maschine starten, wir schickten einen stillen Dank an den Mechaniker, drehten eine Kurve und fuhren in die andere Richtung, am Kanal entlang, den einzigen Weg, der offen war. Die jungen Männer liefen hinter uns her. Da flog eine Taube von den glänzenden Pflastersteinen vor uns auf, und sie war nicht allein, ein ganzer Schwarm erhob sich direkt vor uns, warf unruhige Schatten in alle Richtungen, und die Flügelschläge erfüllten die Luft mit einem grauen peitschenden Sausen, das die Rufe übertönte. Für einen Augenblick waren wir im Niemandsland, zwischen den Krawallen und den Tauben. Ach hätten wir nur dort bleiben können, in diesem friedlichen Niemandsland. Dann fuhren wir direkt in den Schwarm hinein, und Jokum verlor die Gewalt über den Lenker, wahrscheinlich, weil er versuchte, die Tauben zu verscheuchen, um besser sehen zu können. Das Motorrad kippte langsam auf meine Seite zu, die Räder drehten sich in der Luft, und als ich über den Brückenrand fiel, bevor ich das schmutzige, trübe Wasser traf, fiel mir plötzlich etwas ein, das ich geschrieben, gelesen oder geträumt hatte: *Ich war niemals in Amerika.* Und das Letzte, was ich sah, das war Jokum, der den Mund aufgerissen hatte und mit einer Grimasse, einem Fischmund, schluckte er die Zeit in einem einzigen Schluck. Für einen Moment standen die Jahresringe still. Dann sank auch ich auf den Grund, auf den Einsamkeit und das tägliche Brot gehören.

EPILOG

EPILOG

Dieser Roman endet nicht so:
Die Frau lag in der Küche, sie war zu Tode gefoltert worden. Ihr Gesicht war stark aufgequollen, blaurot mit großen Flecken. Das Haar war an mehreren Stellen ausgerissen, die Nase gebrochen und die Augen fast zugeschwollen. Außerdem gab es ein großes Ödem auf dem Kehlkopf, und die Haut hatte sich vom Hals bis auf die Brust hinunter gelöst. Auf der linken Hand befanden sich tiefe Risse und Wunden. Der Braten im Ofen war verbrannt. Die Sauce in dem Topf auf dem Herd war angesengt. Sie war 41 Jahre alt und trug eine weiße Schürze über einem langen gelben Kleid, und sie hielt immer noch einen Topflappen in der rechten Hand.

Jokum machte die ersten Fotos von der Lage der Leiche im Raum, dann von den diversen Schäden am Körper, dem Zustand der Kleidung und zum Schluss von den Spuren auf dem Boden, an den Wänden und Möbelstücken, was in diesem Fall hieß von Blutflecken, einem Zahn und einem Ohrläppchen. Es galten zwei Regeln, die nicht voneinander zu trennen waren: Die Erinnerung ist eine schlechte Methode, und *nichts* darf an einem Tatort verändert oder verschoben werden, bevor nicht *alles* fotografiert ist. Im Grunde waren es dieselben Prinzipien, nach denen er immer schon gearbeitet hatte. Er hatte sogar seine Leica behalten dürfen, die alte Kamera, musste aber leider Farbfilme benutzen. Dafür hatte er nichts mehr mit Galerien, Vernissagen, Eröffnungen, Kritikern, Kuratoren, Kunstsammlern, lächelnden Gesichtern und Publikum zu tun. *Das bleibt in den vier Wänden*, wie man so sagt. Der Einzige, der außerhalb dieser vier Wände die Bilder zu sehen bekam, war der

Verdächtige, und der Verdächtige war auch meistens der Schuldige, also blieb es doch in den polizeilichen vier Wänden.

Der Ehemann, der schlief, als die Polizei eintraf, leugnete, seine Frau getötet zu haben. Er bewies seine Unschuld mit der Logik des Schläfers: Er konnte sich an nichts erinnern.

Die Leiche wurde abgeholt und die Wohnung abgesperrt.

Jokum folgte der Bahre hinaus in das ruhige Viertel im Westen Oslos, an einem Sonntagmorgen im September, die Luft war klar und kühl. Er zog sich die Handschuhe aus, den Anzug, das Haarnetz und den Schuhschutz und gab die ganze Ausrüstung einem Beamten. Dann fuhr er zusammen mit den Technikern ins Polizeigebäude, lieferte den Film im Labor ab, holte den Stock aus der Garderobe, legte die Kamera in den Schrank, verschloss ihn und wollte nach Hause gehen. Die Straßen waren voller Müll und Glasscherben. In den amerikanischen Kiosken standen festlich gekleidete Jugendliche Schlange. Das Absacken war nicht vor dem Vorglühen zu Ende. Man zählte den Countdown zum Jahrtausendwechsel. Er stand kurz bevor. Was hatte sich in dieser Stadt verändert, abgesehen von diesem Bild, abgesehen von dem Tagesrhythmus und der Mode? Die Stille. Es gab die Stille nicht mehr. Die Stille an der Adresse des Verbrechens ist immer eine Ausnahme. Die Musik hörte nicht auf. Aber Jokum konnte sich vor allem nicht an die Autos gewöhnen. Sie heulten wie alleingelassene Hunde, wenn der Besitzer sich ihnen mit seinem ferngesteuerten Schlüssel näherte. Er ging in den Seven Eleven auf Majorstua, dort war früher eine Apotheke gewesen, und kaufte sich eine Tiefkühlpizza. Das Mädchen vor ihm in der Schlange redete ins Handy, während sie bezahlte. Alle taten mindestens zwei Dinge auf einmal. Sie arbeiteten und telefonierten. Sie aßen und telefonierten. Sie liefen und telefonierten. Sie telefonierten sogar, während sie mit anderen sprachen. Jokum kam eine Idee, die er sofort wieder verwarf, denn er war fertig mit diesen Dingen: Eine Serie, die hieß: *Der abgelenkte Mensch*. Alle waren woanders. Er mochte das letzte Stück nicht mehr gehen und hielt ein Taxi an. Auch der Fahrer tat zwei Dinge gleichzeitig. Er fuhr und redete Arabisch. Jokum gab ihm norwegisches Geld und stieg vor dem Haustor aus. Der Garten war noch grün, und die Zypressen warfen keine Schatten mehr. Neben dem Sprungbrett stand ein gelber Liegestuhl. Jedes Mal, wenn Jokum die Tür zur Villa aufschloss, musste er an das Motto seines Vaters denken: Alle Wohnungen sollen ein Schloss sein. Jetzt wohnte er in einem Schloss mit Mikrowellenherd und benutzte nur drei Zimmer. Den Rest der Flügel hatte er abgeschlossen. Es dauerte drei Minuten, die Pizza heiß zu machen. Trotzdem mochte er sie nicht essen, ließ sie auf der Anrichte in der Küche liegen. Er zog sich einen Hausmantel an, hinkte hinaus und setzte sich in den Liegestuhl. Der Straßenverkehr klang wie ein Fluss von der anderen Seite. Es war zwölf Uhr. Er hörte die Kirchenglocken, vielleicht war es auch nur ihr Echo, ein verspäteter Klang in der Tiefe des Sonntags. *Ich kann mich an nichts erinnern.* Das war der neue Refrain. Er nahm den Roman hoch, den er angefangen hatte zu lesen, *Der Prozess.* Er wollte untersuchen, wie er jetzt auf ihn wirkte, mehr als zwanzig Jahre später. Und er musste Stig Halvorsen, dem ehemaligen Hausmeister der Historisk Filosofisk fakultet, recht geben. *Der Prozess* war *auch witzig.* Ließ das Alter womöglich alles zur Komödie werden? Sollte das, was in der Jugend als Tragödie dastand, mit den Jahren einer Farce ähneln? Jokum musste bereits auf Seite acht lachen. Und zwar als Josef K. nach seinen *Legitimationspapieren* sucht und einer der Wächter sagt: *Er scheint vernünftig zu sein.* Josef K. findet eine Radfahrlegitimation, fürchtet jedoch, dass diese nicht genüge, und sucht weiter nach dem Geburtsschein. Was beweist, wer wir sind? Wieder dachte Jokum an den Refrain: *Ich kann mich an nichts erinnern.* Und diese Szene in *Der Prozess* ließ Jokum einsehen, dass es nicht genügte, die Leiche und den Tatort zu fotografieren.

Wie üblich ging er früh zu Bett und hoffte, Synne würde zurückkommen und ihn wecken.

Am Montagmorgen war bereits Herbst.

Als Erstes holte Jokum im Polizeigebäude in Grønland seine Kamera und fuhr dann weiter ins Rikshospital, wo Dr. med. Anita

Fehn, eine der führenden Gerichtsmediziner des Landes, die Frau herausrollte und das Laken abzog. Die Frau lag mit der rechten Hand unter der Brust da und war nur noch verletzte Stille und Kälte. Er machte die Fotos, die er machen wollte. Anita Fehn schob sie zurück, hielt dann aber inne.

»Warum machst du das eigentlich?«, fragte sie.

Jokum schaute die Gerichtsmedizinerin verblüfft an, sie war in seinem Alter, meistens sehr wortkarg und entgegenkommend, deshalb war er so verblüfft.

»Wie meinst du das? Das ist mein Job.«

»Du bist doch berühmt.«

»Vielleicht war ich einmal berühmt.«

»Aber du musst das nicht tun.«

»Bist du nicht zufrieden mit meinen Bildern?«

»Ganz im Gegenteil. Ich hoffe nur, dass du nicht planst, Kunst aus ihnen zu machen?«

»Ich bin kein Künstler. Ich habe den Gesellenbrief der Technischen Akademie in Kopenhagen.«

»Die Toten haben auch ein Recht auf Privatleben.«

»Vertraust du mir nicht?«

»Ich mache mir nur Sorgen um dich.«

»Die Hüfte ist montagmorgens immer etwas steif.«

»Daran dachte ich nicht, eher an dein Immunsystem.«

»Mein Immunsystem?«

»Du hast zu spät damit angefangen, Jokumsen. Du wirst es auf Dauer nicht aushalten. Ich gebe dir ein Jahr. Höchstens.«

»Da denke ich, dass vorher die Hüfte versagt.«

Anita Fehn zeigte auf die Leiche:

»Die Todesursache ist Schockeinwirkung auf das Herz. Aber es kann auch Verhinderung des Atems sein. Selten oder nie gibt es nur eine Ursache. Das nennt man *konkurrierende Todesursachen.*«

»Ist das als ein Trost gemeint?«

»Der einzige Trost ist, dass die meisten Männer ihre Frauen *nicht* so behandeln.«

»Hat der Ehemann gestanden?«

Sie schob die Bahre wieder an ihren Platz in dem Schrank, schloss die Tür und drehte sich erneut zu Jokum um.

»Natürlich kann er sich an nichts erinnern.«

Jokum ging zurück zum Polizeigebäude, lieferte den neuen Film ab und bekam die Bilder vom Tag zuvor ausgehändigt. Auch das hatte er gefordert, sonst hätte er die Arbeit nicht in einer in seinen Augen zufriedenstellenden Art und Weise ausführen können: Papierabzüge. Schnell blätterte er den Stapel durch. Es war alles in Ordnung mit ihnen, sie waren scharf, ausreichend und genau genügend an der Zahl. Aber dennoch stimmte etwas nicht. Etwas *fehlte*. Er wandte sich noch einmal an den Laboranten und bat ihn, einen Stoß Schwarz-Weiß-Kopien zu machen, auch von der Leichenschau. Der Junge, wohl kaum älter als 25, schaute zunächst lange Zeit auf Jokums Stock, anschließend hob er den Blick, soweit er konnte, schüttelte den Kopf und nickte in einer einzigen ununterbrochenen Bewegung, ein fast akrobatisches soziales Signal. Jokum verzichtete auf eine Erklärung, es war die Mühe nicht wert, stattdessen ging er weiter zu dem Ermittler, Per Hansen, der an dem Fall dran war. Dieser studierte die gleichen Fotos auf dem Bildschirm und winkte Jokum zu sich, ohne sich umzudrehen.

»Du kommst nicht weiter, wie ich gehört habe?«, fragte Jokum.

»Schön, dass du mich dran erinnerst. Ich vergesse es nämlich die ganze Zeit.«

»Ich glaube, ich weiß, wie du ihn dazu bringen kannst, sich wieder zu erinnern.«

Per Hansen drehte den Stuhl und schaute Jokum an.

»Erzähl mir alles, was ich nicht weiß.«

»Es reicht nicht, Fotos nur von der Leiche und dem Tatort zu machen. Ich will auch Fotos von den anderen Dingen machen, die nichts mit dem Verbrechen, aber mit ihrem Leben zu tun haben.«

»Hast du Schmerzen, Jokumsen? Du bist ganz schief.«

»Ich bin immer schief, wenn das Wetter umschlägt.«

»Und wozu soll das gut sein? Diese Fotos zu machen?«

»Das Foto von der zusammengeschlagenen Frau bringt den Ehemann dazu zu vergessen. Zu leugnen. Oder einfach nur die Augen zu schließen. Ich dachte, du könntest ihm ein paar Bilder zeigen, die ihn dazu bringen, sie zu öffnen.«

»Sicher, dass du dich nicht hinsetzen willst?«

»Was uns dazu bringen kann, etwas zu erinnern, ist das Gefühl, und das heißt, *die Zeit* an sich, die die Fotos beinhalten.«

»Ich verstehe keinen Furz von dem, was du da sagst, aber mach weiter.«

»Außerdem glaube ich, es wäre eine gute Idee, Schwarz-Weiß-Kopien zu benutzen«, fuhr Jokum fort.

Per Hansen drehte seinen Stuhl zurück und gestikulierte Jokum hinaus.

Später am Tag fuhr Jokum zurück in die Wohnung. Sie war immer noch versiegelt. Er dachte etwas, das er schon früher gedacht hatte: Wie lange ist ein Ort ein Tatort? Bis der Fall geklärt ist? Bis die Strafe gesühnt ist? Die Welt ist ein Tatort. Ein Beamter ließ ihn hinein. Hier hatten ganz gewöhnliche Menschen gelebt, bis das Verbrechen sie ungewöhnlich machte: tot und unter Verdacht stehend. Was erinnerte am meisten an dieses gewöhnliche Leben? Er blieb im Wohnzimmer stehen. Der Tisch war für zwei gedeckt. Ein Schälchen mit Zahnstochern stand neben einer Vase, in der sieben gelbe Tulpen noch nicht verwelkt waren. Die Requisiten des Sonntagsessens. Er fotografierte: die Mahlzeit, zu der sie es nicht mehr schafften.

Es fing an zu regnen.

Als Jokum nach Hause kam, war der Swimmingpool geleert und *Der Prozess* lag am Rand, aufgeweicht und nicht mehr lesbar. Ein Augenblick der Freude über das, von dem er doch wusste, dass es nicht wahr war: Synne war gekommen. Es war der Gärtner. Er war unten an den Gräbern beschäftigt. Jokum wartete im Regen. Der Gärtner nahm sich die Zeit, die er brauchte. Dann gingen sie aufeinander zu. Der Gärtner blieb als Erster stehen, er hielt einen Kranz in der Hand, von dem nur noch die Drähte und ein paar trockene Zweige übrig waren.

»Alles in Ordnung im Haus?«

»Ich benutze nur wenige Zimmer.«

»Ja, du bist ja der Einzige, der hier wohnt.«

»Stimmt, momentan bin nur ich hier.«

»Es ist nicht gut für die Zimmer, wenn sie leer stehen.«

»Wie gesagt, momentan ...«

»Sie lösen sich auf.«

»Wie bitte?«

»Die Zimmer. Sie lösen sich auf. Ist dir das noch nicht aufgefallen?«

Plötzlich bemerkte Jokum, wie nass er war.

»Die standen schon lange leer, bevor ich gekommen bin. Und du kannst gern hier wohnen ...«

Der Gärtner unterbrach ihn:

»Ich komme zurecht.«

»Ich bin mir sicher, Synne würde gern ...«

»Ich komme zurecht«, wiederholte der Gärtner.

»Natürlich tust du das.«

»Und wir würden wahrscheinlich nicht so gut miteinander auskommen.«

»Nein, das würden wir wohl nicht.«

Dennoch blieben sie im Regen stehen.

»Ich kann mich gut an deine Mutter erinnern«, sagte der Gärtner.

»An meine Mutter?«

»Sie hat uns immer Geschenke in die Gøssegata gebracht. Vom Roten Kreuz.«

»Wohnst du da? In dem Heim für ...«

»Ja. Kommt schon vor.«

»Mein Gott. Du kannst das Pförtnerhaus benutzen, wenn ...«

Der Gärtner schüttelte den Kopf.

»Sie war ein guter Mensch.«

Jokum durfte nicht vergessen, ihr zu sagen, dass sie ein guter Mensch war.

»Ist«, korrigierte er. »Sie *ist* ein guter Mensch.«

Der Gärtner hielt den mageren Kranz hoch.

»Den können wir ja wohl wegschmeißen?«

»Ja, und nimm das Buch gleich mit.«

Jokum beeilte sich, ins Haus zu kommen. Die Pizza auf der Anrichte in der Küche war kalt und steif wie Dachpappe. Und er hatte immer noch keinen Hunger. Er fror. Er fand keine Wärme. Also öffnete er die Türen zu Zimmern, in denen er nie gewesen war. Doch es half nichts. Die Kälte hing in den Wänden. Die Kälte stand auf dem Boden. Hatte der Gärtner das gemeint, als er sagte, dass die Zimmer sich auflösten, dass die Kälte gekommen war, um zu bleiben? Oder meinte er, dass die Zimmer sich aus dem Haus lösten, aus der Einheit des Hauses, wenn diese denn jemals existiert hatte, dass es auseinanderfiel, Flügel für Flügel, Stockwerk für Stockwerk, bis nichts mehr übrig war außer der Zeichnung des toten Architekten? Möglicherweise war es auch einfach nur so, dass die Tapete wie hohe Wellen über das Muster dahinrollte, das einem feuchten Waldboden ähnelte. Jokum ging die Treppe hinauf, der Stock fand auf den Stufen seinen Rhythmus nicht, er ging weiter den Flur entlang, zögerte, dann tat er es doch, er öffnete die Tür zu Synnes Zimmer. Es war nicht richtig. Er hätte es nicht tun sollen, dennoch hatte er es getan. Er schnupperte an den alten Kleidern, die in den Schubladen lagen. Jokum glaubte, es könnte ihn enger mit ihr verbinden, den Abstand verringern. Er glaubte an Erinnerungen und atlantische Magie. Stattdessen fühlte er Wut. Es war nicht richtig. Es war das Letzte, was er hatte fühlen wollen. Er legte sich ins Bett. Er musste sich zusammenkauern, um genügend Platz zu finden. Konnte er eine Wärme von Synnes Nächten erspüren? Er teilte nur ihren Blick, den die Zeit in der Zwischenzeit zu einem Stillleben hatte erstarren lassen, eine Vanitas aus mattem Licht, Regentropfen und Träumen.

Am nächsten Freitag wurde Jokum in Per Hansens Büro gerufen. Der Ehemann hatte gestanden. Der Anwalt hatte ihm natürlich davon abgeraten, doch der Ehemann hatte ein volles Geständnis abgelegt. Und plötzlich erinnerte er sich an jeden Schlag, jeden Tritt, jeden Stich, und damit konnte er nicht leben. Er konnte nicht mit den Erinnerungen leben. Wem gebührte die Ehre für diesen Durchbruch? Per Hansen. Was Jokum ausgezeichnet gefiel. Er hatte genug Ehre erhalten. Er wollte sie gar nicht haben. Er wollte in aller Stille arbeiten. Doch die Gerüchte um seine Bilder, genauer gesagt, um deren *Wirkung*, verbreitete sich im ganzen Haus. Es hieß, es seien die Zahnstocher und die Tulpen gewesen, die den Mann dazu gebracht hatten, zu gestehen. Am Abend wollte jemand im Lompa etwas trinken gehen, und Jokum konnte sich dem nicht entziehen. Er trank Wasser mit Kohlensäure und fühlte sich unwohl, während die Techniker einen Halben nach dem anderen bestellten und ihn aufforderten, doch zu erzählen, was der Trick an diesen Bildern war. Sie selbst waren ausschließlich mit *sachlichen Spuren* beschäftigt, also dem, was *sichtbar* war. Das war Jokum auch. Was er immer und immer wieder unterstrich. Im Sichtbaren liegen die Geheimnisse. Es ist das Sichtbare, in dem sich das Verborgene befindet. Wo sonst? Doch er kam damit nicht durch. Er war nicht in der Lage, es ihnen zu erklären, nicht hier. Und da war noch etwas. Es war, als beherrschte er die Sprache nicht mehr. Er kam nicht mit den Menschen zurecht. Er kam nicht mit den Codes zurecht, die sie zu einer Truppe machten, einer Horde, sie in Blicken, Andeutungen, Gesten und Anmerkungen zusammenschweißte. Der älteste Techniker meinte, es sei *der Künstler* Jokum, der den Verdächtigen zum Reden gebracht hatte. Jokum schüttelte nur den Kopf und fühlte sich unwohl. Der Laborant, der junge Mann, schlug auf den Tisch und behauptete dagegen, das Geheimnis liege in der antiquarischen Kamera, die Jokum benutzte, aus den Sechzigern, oder den Fünfzigern, nicht wahr, Jokum? Jokum verwies auf den abgenutzten Witz unter Fotografen: *Ja, ich gehöre zum Leica-Kreis.* Doch niemand verstand ihn, und Jokum hatte nicht die Kraft, ihn zu erklären. Er hörte das Wort *Volltreffer*. Er hörte das Wort *Glück gehabt*. Ein Geständnis ist kein Beweis. Außerdem verlief sich dieses Gespräch bald in anderen Themen, abgebrochenen Sätzen, Rufen, Gelächter, all dem, an dem er nicht teilhaben konnte, als wäre auch das ein abgesperrter Bereich, ein Tatort, wo es *geschah*. Jemand sprach einen Toast auf konkurrierende Todesursachen aus. Jokum übte sich bereits in Isolation. Als er endlich beschlossen hatte zu gehen, möglichst unbemerkt, wechselte Anita Fehn, die Gerichtsmedizinerin, ihren Platz und setzte sich neben ihn. Sie sagte, sie verstehe den Witz. Er sei lustig. Übrigens habe sie auch eine Leica-Kamera, benutze sie aber selten. Vielleicht gehörten sie dem gleichen Kreis an? Jokum fühlte sich noch unwohler. Ihr Knie berührte seines. Er stand abrupt auf und ging auf die Toilette, wusch sich die Hände, jemand lachte hinter ihm, machte eine Bemerkung, nicht böse gemeint, nur eine beschwipste Bemerkung. Als er wieder herauskam, wartete Anita Fehn auf der Treppe auf ihn. Wie sie dastand, war sie schön, etwas unsicher, lachend. Er blieb drei Stufen vor ihr stehen, stützte sich auf den Stock und seufzte.

»Ich fühle mich alt«, sagte er.

Jokum wusste nicht, warum er das sagte, ihr sagte, nur dass es stimmte.

»Wie soll ich mich dann fühlen?«

Anita Fehn legte ihm eine Hand auf die Schulter, strich mit dem Daumen den Hemdenkragen entlang.

»Ich bin verheiratet«, sagte Jokum.

Er holte seinen Mantel und ging. Er war dankbar. Dankbar, weil sie ihm die Gelegenheit gegeben hatte, treu zu sein. Man sollte mehr derartige Chancen bekommen. Leichten Herzens ging er nach Hause und schlief zum ersten Mal seit Langem.

Doch die Dinge begannen an Jokum zu zehren. Die Erfahrungen, selbst die *Erscheinungen*, wurden zu einer umgekehrten Kraft, die ihn mit Leere füllte, mit dem Leerlauf des Herzens. Es erinnerte an das Vanitas-Motiv, das Röntgen der Kunst, wodurch unerbittlich das Skelett tief im Innersten des Neugeborenen gezeigt wird, der Tod, der stets in deiner Armbeuge ruht, diese Gewissheit, die eine unbekümmerte Lebensfreude nicht länger zulässt. Er sehnte sich nach Fällen, in denen der Verdächtige unschuldig war. Doch das bedeutete nur, dass ein anderer schuldig war. Und damit war man genauso weit gekommen. Am besten waren die Fälle, bei denen *alle* unschuldig waren, aus, wie es hieß, *natürlichen Ursachen.* Leider war es selten, dass etwas natürliche Ursachen hatte. Und wenn das geschah, musste man ganz besonders aufmerksam sein. Nichts kann man leichter missverstehen als natürliche Ursachen. Ich will nicht weiter ins Detail gehen. Ich bin schon viel zu weit in die Details gegangen. Doch zwei Fälle müssen genannt werden. Der erste lief später unter dem Namen *Balkonmädchen.* Ein Mädchen, ausländischer Herkunft, wie es so heißt, war in einem Wohnblock ganz in der Nähe, in Enerhaugen, vom Balkon gestürzt. Dort wohnte sie zusammen mit ihren Eltern im siebten Stock. Sie war sechzehn Jahre alt. Sie konnte sich auch selbst vom Balkon gestürzt, Selbstmord begangen haben. Aber es war nicht auszuschließen, dass jemand sie gestoßen hatte. Dann sähe der Fall anders aus. Man ging davon aus, dass ein Selbstmord am wahrscheinlichsten war. So oder so war der Tod heftig. An diesem Morgen schneite es, und das Blut lag in einem Fächer mehrere Meter um die Leiche herum. Jokum machte die notwendigen Bilder dort auf dem Boden. Die eine Seite des Gesichts war zerschmettert, der Rest unbeschädigt, ein halbes Mädchen in Enerhaugen, in Mantel und Hausschuhen. Ihr Schal wurde bei den Mülleimern gefunden, auf der anderen Seite der Straße. Dann musste Jokum hoch auf den Balkon im siebten Stock. Der Vater saß in dem kahlen Wohnzimmer, stumm und verhärmt. Man musste einen Dolmetscher herbeiholen. Hinter einer geschlossenen Tür waren Weinen und laute Rufe zu hören. Die Techniker suchten auf dem Geländer nach Fingerabdrücken. Jokum war unschlüssig. Was hatte das Mädchen als Letztes gesehen? Hatte sie sich umgedreht und war dem Blick des Vaters begegnet? Nein, wenn er dort gesessen hatte, hätte er ja wohl alles, was in seiner Macht stand, getan, um sie zu retten. Jokum machte stattdessen Fotos von der Aussicht, Oslo im Dezember, er hatte die Stadt noch nie von dieser Seite her gesehen, aus diesem Winkel, die neuen Hochhäuser, die fremden Türme, die Dachziegel, die gedämpfte Sonne, der Frostnebel, es schien, als wäre die Stadt in blaues Eisen geschlagen, was die Abstände verringerte, alles näher aneinanderpresste. Er musste daran denken, dem Vater davon zu erzählen. Schließlich beugte sich Jokum über das Geländer und fotografierte den Fall: ein Tatort von sieben Stockwerken. Oder ist Selbstmord eine natürliche Ursache? Das Mädchen war bereits fortgebracht worden. Nach den religiösen Riten musste sie am nächsten Tag beerdigt werden. Ihr Blut war noch auf dem Boden zu sehen. Bald wäre auch das weg.

Zwei Tage lang versuchte Jokum, Dr. Qs Rat zu folgen: Er benutzte den Stock nicht. In der Kantine stieß er auf Anita Fehn. Sie hatte etwas auf dem Herzen. Sie wirkte besorgt und verlegen zugleich. Jokum machte sich ihretwegen Sorgen.

»Du nervst mehr als je zuvor«, sagte sie.

»Das liegt nur am Winter.«

»Außerdem hast du den Stock vergessen.«

»Tut mir leid, dass ich an dem Abend so nervig war.«

»Das braucht dir nicht leidzutun. Eher habe ich mich zu bedanken.«

»Bedanken? Was soll das bedeuten?«

Jokum schüttelte nur den Kopf.

»Wie geht es eigentlich dem Balkonmädchen?«, fragte er stattdessen.

»Frag lieber, wie es mit ihr *ging*.«

»Ja?«

»Erinnerst du dich an *Auf Enerhaugen*? Das Lied, das Alfred Nilsen gesungen hat?«

»Nicht so richtig.«

Anita Fehn fing an zu singen. An den anderen Tischen wurde es still. War wieder jemand durchgeknallt, oder war sie nur bester Laune? Übrigens begnügte sie sich nicht mit dem ersten Refrain, sie sang alle vier und niemand traute sich, sie zu unterbrechen:

Die Nacht war blau
Maja war grün
Es blüht auf Enerhaugen

Maja war weiß
Ich war in Schwarz
Es jubelt auf Enerhaugen

Der Garten ist grün
Maja ist grau
Es abendrötet auf Enerhaugen

Die Zeit ist vergangen
Die Glocke hat geschlagen
Es läutet von Enerhaugen

Alle klatschten. Es war diese Art von Applaus, den man nach peinlichen Auftritten gibt, in erster Linie, um das Gesicht zu wahren, vor
allem das eigene. Das Gespräch wurde also fortgeführt, wenn auch
etwas gedämpft und langsam. Jokum schaute Anita Fehn an, fand
jedoch ihre Augen nicht.
»Und was soll das bedeuten?«, fragte er nur.
Sie atmete aus und bekam wieder einen klaren Blick.
»Unfreiwilliger Selbstmord.«
Per Hansen sagte das Gleiche, bis auf das unfreiwillig. Er war
kein Gedankenleser. Das Mädchen war allein auf dem Balkon gewesen. So viel stand fest. Sie allein hatte ihren Tod verursacht. Niemand hatte Hand an sie gelegt. Der Vater seinerseits behauptete, es
sei ein Unfall gewesen. Plötzlich wurde er ganz redselig und auf-
gebracht, das heißt, er redete zu viel. Sie musste gefallen sein. Es
war glatt. Das Geländer war zu niedrig. Es war die Schuld des Bal-
kons. Selbstmord kam bei ihnen nicht vor. Er wollte seine Familie
reinwaschen, nicht die Tochter. Aber das spielte so oder so keine
Rolle. Der Fall wurde eingestellt, hinterließ jedoch eine vage, unangenehme Unruhe. Dann nahm er noch einmal eine neue Wendung.
Die Mutter vertraute sich einem Sozialarbeiter an. Die Tochter hatte
die Familie entehrt. Sie hatte den falschen Liebsten ausgesucht. War
mit ihm Hand in Hand herumgelaufen. Die Mutter weinte. Sie

weinte zu spät. Sie hatten keine Wahl gehabt. Die Tochter musste sterben. Wenn sie es nicht aus eigenen Kräften tat, musste der Vater es tun. Sie tat es aus eigenen Kräften, *mit ihrer eigenen Kraft.* Sie erwies dem Vater einen Dienst. Er legte nicht Hand an sie. Der Einzige, der Hand an sie gelegt hatte, war ihr Liebster gewesen. Ob sie das verstehen konnten? Ob sie das verzeihen konnten? Was hatte der Mutter das schlechte Gewissen gegeben, das auch eine Form der Erinnerung ist? Sie sagte, das Foto, das Per Hansen ihr gezeigt hatte, von dem Ausblick aus dem siebten Stock, die letzte Aussicht ihrer Tochter: die zwei mit Frost überzogenen Minarette auf der neuen Moschee im Åkerbergveien.

Was aber an dem Fall nichts änderte. Er war und blieb eingestellt. Niemand wurde verurteilt. Alle waren unschuldig.

Es gab zu viele Balkone auf der Welt.

Aber am schlimmsten waren die toten Kinder.

Als Jokum zu dem Ort kam, man wusste noch nicht, ob es ein Tatort war, war der Junge bereits in die Gerichtsmedizin gebracht worden und das Wasser in der Badewanne kalt. Die Mutter selbst hatte die Polizei alarmiert. Ihr Sohn atmete nicht mehr. Sie konnte ihn nicht wiederbeleben. Das sagte sie immer wieder, bis sie zusammenbrach und von einem Arzt behandelt werden musste: Er war nur wenige Sekunden allein, vielleicht eine halbe Minute. Wieso hatte sie ihren Sohn allein in der Badewanne gelassen? Sie musste ans Telefon gehen. Es lag in der Küche. Aber sie war nicht mehr als eine halbe Minute weg gewesen, vielleicht auch nur ein paar Sekunden. Eine gelbe Quietscheente schwamm hin und her, als schöbe eine unsichtbare Hand sie. Jokum wollte ein Foto machen. Per Hansen hielt ihn zurück. Das sei nicht notwendig. Außerdem hätten sie keine Erlaubnis. Es gab so etwas wie den Schutz des Privatlebens. Aber nichts deutete hier auf Schutz hin: die leeren Flaschen, ein umgekippter Stuhl, ein überquellender Aschenbecher, ein verhaktes Rollo, Lampen, die kaputt waren. Vielleicht sagte Per Hansen es auch in einer anderen Reihenfolge: Sie hätten keine Erlaubnis. Außerdem sei es nicht notwendig. Es war nur ein Ort, kein Tatort.

Und dennoch entstand wieder diese vage, unangenehme Unruhe, der Zweifel, der mit der Zeit trivial wird, eine alte Gewohnheit, doch nicht für Jokum. Er stieß den Stock ins Wasser und löste den Verschluss. Das Grab leerte sich, die schmutzigen Ringe am Rand kamen zum Vorschein, bis nur noch ein Büschel blonder Haare und eine gelbe Ente auf dem Grund lagen, als Erinnerung an eine Kindheit, aus der nie etwas anderes geworden war. Später am Tag rief Anita ihn zu sich. Er nahm ein Taxi ins Rikshospital. Sie lehnte sich gegen einen leeren Tisch und zog sich die Handschuhe aus.

»Du hast nicht auf meine Frage geantwortet«, sagte sie.

Jokum blieb in der Tür stehen.

»Auf welche?«

»Warum du mir lieber danken wolltest, statt dass ich mich entschuldige.«

»Vergiss es.«

»Lieber nicht. Ich habe genug zu überdenken.«

»Du hast es geschafft, dass ich schlafen konnte. Du hast mich dazu gebracht...«

»Ja, ja, Ich bringe bestimmt Männer dazu, treu zu sein. Womit ich auch etwas Gutes hier auf der Welt ausrichte.«

»Hast du dir den Jungen angesehen?«

»Auf jeden Fall.«

»Und was sagst du?«

»Luftgefüllte und mit Blut angereicherte Lunge, die große Mengen feinblasiger, schaumiger Flüssigkeit enthielt.«

»Was bedeutet?«

»Erstickungstod durch Ertrinken.«

»Brauchst du Fotos davon?«

Anita Fehn stand auf und hob die Hand, konnte sie aber nicht länger so halten, und der Arm fiel wie eine Schranke hinunter. Jokum folgte ihr weiter in den Saal hinein, zu einer Bahre, auf der eine kleine Gestalt unter einem weißen Laken lag. Das harte, unbewegliche Licht ließ alles silbern glänzen.

»Es ist lange her, dass er beim Friseur gewesen ist«, sagte sie.

»Gehen so kleine Kinder zum Friseur?«

»Was weiß ich. Jedenfalls habe ich ihm jetzt die Haare geschnitten.«

»Ach so. Und du willst, dass ich ein schönes Foto von der neuen Frisur mache?«

Anita Fehn warf Jokum schnell einen Blick zu, und er fühlte sich sofort unwohl. Er versuchte nur, einer Sprache gerecht zu werden, die überdecken, die abschrecken sollte, einen Abstand schaffen, die ihn aber stattdessen viel exponierter dastehen ließ, weil es eine unwahre und herzlose Sprache war, ohne Gegenseitigkeit.

»Du gibst ja nur an«, sagte sie.

»Tut mir leid. Das war … das war respektlos.«

»Ich meine, wenn du behauptest, du fühltest dich alt.«

Jokum schaute nach unten und stellte seine Kamera ein.

»Ich habe mich schon immer alt gefühlt. Seit ich geboren wurde, fühlte ich mich älter als die meisten.«

Anita Fehn war kurz vorm Lachen, begnügte sich dann aber mit einem Lächeln.

»Aber du *bist* nicht alt. Noch nicht.«

»Warum dieses Gespräch hier?«

»Jemand wollte diesem Kind Böses.«

Sie zog das Laken zur Seite. Jokum wusste nicht, was er da sah. Der kleine, nackte Kopf war fast vollständig mit einem eigentümlichen Muster bedeckt, das zunächst einer Tätowierung ähnelte, einem schmutzigen Tattoo, sich dann aber als die Spuren eines Autoreifens herausstellte, die fest in den Schädel geritzt waren. Jemand hatte diesem Menschen Böses zugefügt. Jemand war über den Jungen gefahren und hatte später sein Haar wachsen lassen. Das war kein Unglück. Nicht die Unglücke kommen selten allein, es sind die Verbrechen. Der Junge lag mit offenem Mund und geschlossenen Augen da, so schmal und mager, dass man kaum einen Sarg würde finden können, der klein genug war. War es ein Trost, dass nicht alle Mütter ihre Söhne so behandelten? Es war kein Trost. Jokum hob die Kamera und dachte, während er diesen Jungen vom Grund des

Todes aufsteigen sah, des Todes, der um ihn gerungen und gewonnen hatte, dass ein Kind keine Privatsphäre hat.

Dann schaffte er es nicht mehr.

Das Haus war zu groß. Ganz gleich, wie viele Zimmer Jokum auch verschloss, es war und blieb zu groß. Er fand sich nicht zurecht. Er brachte die Zeit nicht dazu zu vergehen. Er setzte sich im ersten Stock ans Fenster und sah, wie der Swimmingpool sich mit Schnee füllte, die einzige Bewegung, die er sehen konnte. Eines Morgens stand übrigens ein Mann im Garten. Jokum erkannte ihn nicht gleich wieder. Es war sein Vater. Er wirkte so schüchtern in dieser Umgebung, fast verloren. Was wollte er? Jokum sollte doch zu ihnen zu Besuch kommen. Er ahnte das Schlimmste, ging nach unten und öffnete die Tür.

»Es geht um Mutter«, sagte der Vater.

Sie hatte einen Schlaganfall gehabt. Im Wohnzimmer, zum Glück, wenn man sich vorstellte, es hätte draußen passieren können. Er fand sie auf dem Boden liegend. Sie war die ganze Nacht auf gewesen, um einige alte Kleidungsstücke für den Flohmarkt noch fertigzubekommen. Es war ja bald Weihnachten. So langsam wurde es eilig. Jetzt lag sie im Diakonhjemmet. Sie nahmen das Taxi dorthin. Sie war noch nicht wieder bei Bewusstsein. Jokum kannte sie nicht wieder. Das Gesicht war schief, in der Mitte fast aufgeteilt in zwei Teile, die nicht mehr zueinanderpassten. Ein Arzt erklärte: massiver Gehirnschlag, fast eine Explosion im Kopf. Er musste ihnen die Wahrheit sagen. Es war nicht sicher, ob Frau Alfhild Jokumsen wieder aufwachte. Und wenn doch, dann war noch unsicherer, in welchem Zustand sie das tun würde. Den Rest des Tages saßen sie bei ihr. Es gab keine Anzeichen für eine Veränderung. Sie war von einem unsichtbaren Feind niedergestreckt worden, einem inneren Feind. Wäre es das Beste, wenn sie nicht wieder aufwachte? Vorsichtig beugte sich Jokum über das Bett, wollte etwas sagen, dass sie ein guter Mensch war, das meinten ja alle von ihr, auch die grünen Worte des Gärtners. Eine neue Ärztin kam zur Visite. Sie sagte das Gleiche wie der vorherige, nur in anderen Worten. Es brauche viel

Zeit, vielleicht Wochen. Und sie könnten ja nicht für den Rest ihres Lebens hier sitzen. Den Rest ihres Todes, korrigierte Vater und blieb sitzen. Sie bekamen Kaffee und Brote. Dann, später in der Nacht, fiel Jokum etwas auf. Es schien, als käme das Gesicht seiner Mutter endlich wieder zu seinem Recht und wurde eins, ein Lächeln, ein Kummer, als streiche eine unsichtbare Hand, oder was es nun auch war, über sie und glätte ihre Haut, bis sie einem jungen Mädchen ähnelte, sanft und vollkommen. Doch ihr Blick war so entschlossen, dass Jokum sich umdrehen musste, um zu sehen, ob nicht jemand hinter ihm stand. Niemand stand dort. Sein Vater schaute zum Fenster. Es hatte aufgehört zu schneien. Bald sollte es heller werden. Es war vorbei. Jokum holte den dritten Arzt. Sie warteten auf dem Flur, während dieser den Totenschein ausschrieb. Wer konnte ein besseres Zeugnis als Alfhild Jokumsen bekommen? Der Vater wollte sich nicht setzen. Er wollte stehen bleiben, auch wenn er kurz davor war, hinzufallen. Dann durften sie wieder hineingehen. Die Krankenschwester hatte das Bettzeug gewechselt und die Mutter zurechtgemacht. Die Augen waren geschlossen. Die Hände lagen auf der Brust. Ein dünnes Band unter dem Kinn hielt den Mund an Ort und Stelle. Auf der Fensterbank brannte eine weiße Kerze mit einer blassen, schmalen Flamme. Der Vater blieb stehen und schaute die Frau an, die fast 50 Jahre lang seine Ehefrau gewesen war. Sie war bereits eine andere, wie sie es gewesen war, bevor sie einander kennengelernt hatten. Doch auf der rechten Hand steckte immer noch der Fingerhut, glänzend und massiv, und sie ließen ihn dort, falls jemand auf dem Vestre Gravlund eine Näherin brauchte. Außerdem stand er ihr. Das kleine, hohle Werkzeug war zu einem Schmuck geworden, so wie sie ja auch nicht mehr sie selbst war. Später, während Vater auf der Toilette war, kam ein Krankenträger, um Alfhild Jokumsen mit in den Kühlraum hinunterzunehmen. Jokum traute seinen eigenen Augen nicht, was er sonst immer tat. Bengt Åker, der selbst proletarisierte Marxist-Leninist aus der Sogn Studentby, war etwas fülliger als früher, aber auch in dem weißen Kittel und den Holzschuhen gab es keinen Zweifel. Dass er, ausgerechnet *er* die Mutter das letzte Stück begleiten sollte, widerstrebte Jokum. Es war nicht richtig. Jokum wollte sich beschweren. Er wollte sagen, dass es einfach nicht richtig war. Aber er brachte kein Wort heraus. Was hätte er sagen sollen? Worüber hätte er sich beschweren sollen? Jokum zog sich stattdessen zurück, damit Bengt Åker ihn möglichst nicht wiedererkannte. Doch es war zu spät. Als Bengt Åker das Bett drehte, um es auf den Flur zu schieben, schaute er Jokum direkt in die Augen, sodass dieser sich wie auf frischer Tat ertappt fühlte.

»Was machst du hier?«, fragte Bengt Åker.

Jokum trat einen Schritt vor, nicht länger ertappt, sondern empört.

»Was ich hier mache? Meine Mutter ist tot. Du schiebst da meine Mutter.«

»Das tut mir leid für dich, Jokum. Aber so läuft es nun einmal.«

»Für dich auch?«

»Für mich auch. Nur dass ich damit rechne, noch ein bisschen Zeit zur Verfügung zu haben. Wenn ich meine Pflicht getan habe. Und die Zeit will ich verdammt gut nutzen. Und du?«

Irgendwie ging Jokum die Luft aus, wie schon so oft.

»Nun, ich weiß nicht so recht. Zuerst muss ich noch was regeln mit…«

»Ich meine, was hast du seit damals gemacht, Jokum?«

Jokum lächelte, plötzlich fühlte er sich frei:

»Ich benutze jetzt einen Stock.«

Bengt Åker schien einen Moment lang verblüfft zu sein, dann zuckte er mit den Schultern.

»Nun ja, ich muss deine Mutter aus der Welt schaffen.«

»Was hast du gesagt?«

Er hatte das ohne zu zögern gesagt, *muss deine Mutter aus der Welt schaffen,* und damit schob er das Bett über die Türschwelle, zögerte dann aber doch noch einen Moment und drehte sich um.

»Da ist etwas, für das ich Selbstkritik üben muss«, sagte er.

»Das brauchst du nicht.«

»Es ist aber verdammt wichtig für mich.«

»Dann spuck's aus.«

»Dass ich dir diese Tablette vor der Prüfung gegeben habe. Ich hätte beide selbst nehmen sollen. Das war ...«

Jokum unterbrach ihn:

»Das macht nichts.«

»Aber mir macht es etwas. Darum will ich ja Selbstkritik üben. Und das tue ich hiermit.«

»Meine Mutter ist tot«, sagte Jokum.

»Jedenfalls war es gut, es endlich mal gesagt zu haben.«

»Ja?«

»So ist das jetzt auch aus der Welt.«

Bengt Åker löste die Fußbremse und rollte Alfhild Jokumsen weiter zum Kühlraum.

Jokum stützte sich mit beiden Händen auf seinen Stock und fing an zu lachen. Was hätte er sonst machen sollen? Er hatte keinen besseren Vorschlag. Er lachte. Ein Krankenpfleger blieb auf dem Flur draußen stehen und schaute zu ihm hinein. Er benutzte die letzten Reste seines Lachens, um die Kerze auf der Fensterbank auszulöschen.

Dann fuhr er mit dem Vater nach Hause.

Im Wohnzimmer lag noch der umgekippte Nähtisch, und auf dem Fußboden waren die Nadeln verstreut: Mutters Schlachtfeld. Sie krochen auf allen vieren herum und räumten auf. Das dauerte seine Zeit. Als zupften sie einen Rasen aus Metall. Dann gingen sie in die Küche, in der immer noch das Frühstück bereitstand. Dabei war es fast Abend. Als Jokum sich auf Mutters Platz setzen wollte, hielt Vater ihn zurück und deckte stattdessen noch einen Platz ein. Alles war wie früher, abgesehen davon, dass die Mutter woanders beschäftigt war. Jokum aß und war nicht hungrig.

»Musst du nicht zur Arbeit?«, fragte der Vater.

»Ich bin krankgemeldet.«

»Sind es die Hüften?«

»Die auch.«

Der Vater schaute zu Boden und wischte sich mit der Serviette einen Blutstropfen vom Daumen.

»Es tut dir nicht gut, allein in dem großen Haus zu wohnen«, sagte er.

»Du kannst ja dort einziehen. Jetzt, nachdem …«

»Nein, das geht nicht, Jokum.«

»Es ist wie ein Schloss, Vater.«

Der Vater schaute auf:

»Solltest du sie nicht anrufen?«

Das Telefon stand immer noch im Eingangsflur, und ihre Nummer in San Francisco hing an der Wand. Jokum wählte die Ziffern und wartete. Wie spät war es dort drüben? Er erinnerte sich nicht mehr daran, und eigentlich war es auch egal. Es antwortete sowieso niemand. Er legte auf und wusste nicht, ob er nun erleichtert oder deprimiert war. Vielleicht beides, und das war fast das Schlimmste. Als er zurück in die Küche kam, hatte der Vater eine Flasche Aquavit und zwei Gläser herausgeholt. Jokum trank und war nicht durstig.

»Was Storm P. wohl gesagt hätte«, bemerkte er.

Der Vater schenkte erneut ein.

»Das will ich dir sagen. Nämlich, dass ein Regenschirm nichts wert ist, wenn man Löcher in den Schuhen hat.«

Jokum lächelte.

»Oder dass es unsere eigene Schuld ist, wenn die Zeit vergeht.«

Der Vater schüttelte den Kopf.

»Er hätte gesagt, dass es etwas Tragisches an sich hat, dass man einen Vogel ausstopfen muss, damit er still steht.«

»Oh je«, sagte Jokum.

Eine Weile saßen sie schweigend da und tranken auch nicht mehr.

Im Fenster gegenüber wurde ein Weihnachtsstern eingeschaltet.

Plötzlich war ein Seufzer, oder war es ein Stöhnen, vom Vater zu hören:

»Wir hätten zusammen fahren sollen!«

»Was meinst du, Vater?«

»Ich hätte gelenkt, und sie hätte im Beiwagen gesessen.«

Jokum war sich nicht sicher, ob er seinen Vater richtig verstand, jedenfalls gefiel ihm nicht, was er hörte.

»Vielleicht kann ich ja hier wohnen«, sagte er. Der Vater schaute ihn an und hob die Hand, als wollte er auf den Tisch schlagen.

»Ich komme allein zurecht.«

Jokum seufzte.

»Aber ich vielleicht nicht, Vater.«

Der Vater legte vorsichtig die Hand ab, schaute woandershin und schien davon nicht betroffen zu sein.

»Wir haben einiges verändert«, sagte er.

»Ja?«

Der Vater nahm seinen Sohn mit zum alten Kinderzimmer, das nicht länger sein Kinderzimmer war. Die Fotografien waren ausgetauscht worden gegen Mutters Stickereien, und das Schlafsofa hatten sie letztes Jahr zum Flohmarkt gebracht. Stattdessen standen zwei Ohrensessel jeweils mit Fußhocker da. Zwischen ihnen befanden sich ein Korb mit Strickzeug und ein Stapel Bücher. In die Ecke hatten sie einen Fernseher gestellt. Jokum wusste auch dieses Mal nicht, ob er erleichtert oder deprimiert war. Er schämte sich über die vielen gemischten Gefühle an einem Tag wie diesem, an dem sein Herz doch eigentlich rein und geklärt sein sollte. Der Vater drehte sich zu ihm um.

»Ihr seid ja nie mehr zu Besuch gekommen, deshalb …«

»Das macht doch nichts.«

»Du kannst in meinem Zimmer schlafen.«

Jokum war nunmehr endgültig aus seinem Elternhaus ausgezogen und im selben Augenblick zurückgekommen. So ist das, wenn Mütter sterben. Er folgte dem Vater weiter durch die Wohnung, in der jeder Schritt einen anderen Widerhall verursachte, und blieb dann vor dem Zimmer des Vaters, seinem Arbeitszimmer, stehen. Jokum wollte etwas sagen, dass es nicht nötig sei, dass er auch gern im Wohnzimmer schlafen könne, auf dem Sofa, doch der Vater machte sich sofort daran, die Stadt zusammenzuräumen, Haus für

Haus, Straße für Straße, Platz für Platz, und zum Schluss legte er alles in einen Karton, den Jokum wiedererkannte, es war derselbe Karton, den sie deshalb aus dem Keller hochgeholt hatten, falls Hubert einen Platz gebraucht hätte. Jetzt war darin Platz für eine ganze Stadt.

»Hast du damals gesehen, wie Ceausescu und seine Frau erschossen wurden?«, fragte Jokum.

Vater legte den weißen Kittel mit allen Bleistiften oben auf Skillebekk.

»Ich werde eine Matratze und eine Decke reinlegen.«

»Es war ein schrecklicher Anblick.«

»Und du kannst ja einen meiner Pyjamas leihen.«

»Aber vielleicht haben sie auch nur bekommen, was sie verdient haben.«

Der Vater wandte sich zu Jokum um.

Es war nicht nur ein anderer Klang, eine andere Tiefe in der Wohnung, die Gerüche hatten sich auch verändert, als öffnete man die Türen nach einem langen Urlaub ohne Erinnerungen. Jokum konnte nicht schlafen. Ob es an den Hüften lag oder an der Trauer, was ihn letztendlich wach hielt, war schwer zu sagen. Sie waren auch kaum voneinander zu trennen, die Schmerzen und die Sehnsucht. Würde die Trauer auch vorübergehen, wenn er neue Hüften bekam? Auf jeden Fall war es besser, auf Vaters nacktem Boden zu liegen als auf Mutters spitzem Rasen, wo die Nähnadeln wuchsen. Der Schnee leuchtete draußen unter den Straßenlaternen. Jokum stand auf und rief noch einmal Synne an. Wieder antwortete niemand.

Ein schrecklicher Gedanke kam Jokum: dass es besser sei, tot als einfach weg zu sein.

Alfhild Jokumsen wurde in der alten Kapelle des Vestre Krematoriums beigesetzt. Unter den Anwesenden können die Gastgeberinnen der Stube genannt werden und die frühere Vorsteherin, die es sogar wagte, in dem Pelz zu erscheinen, den sie für einen Apfel und ein Ei, vielleicht sogar gratis bekommen und damit das missbraucht hatte, *was übrig war* und die Dritte Welt um eine beträchtliche Summe betrog. Übrigens hatte das Rote Kreuz zwei Kränze gesandt, einen lokalen vom Vestkanttorgets Krets und einen nationalen vom Generalsekretär, was laut Vater, der plötzlich gleichzeitig aufgemuntert und bewegt zu sein schien, zusammen einen internationalen Dank ausmachte. Die schüchternen alleinstehenden Männer aus der Grønnegata, zumindest die, die noch lebten, saßen auf der hintersten Bank und sangen am lautesten von allen: *Gott, wenn du zum Aufbruch rufest, tritt jeder Tag des Lebens vor uns herein. Kindheit, Jugend, reifes Alter, Arbeit, Ruhe, Taten, Heim.* Der pensionierte Doktor Eidsbø war auch anwesend. Er warf einen besorgten Blick auf Jokum, der es kaum schaffte, sich hinzusetzen, aber noch weniger, wieder aufzustehen. Der Pfarrer, wahrscheinlich einer der letzten Ehrenmänner in der Volkskirche, sprach lange und feierlich von Johannes 10.14, was gleichzeitig ein Gruß von Majorstuen an Alfhild Jokumsen war aus der Zeit, als sie konfirmiert wurde: *Ich bin der gute Hirte und kenne die Meinen und bin bekannt den Meinen.* Anschließend erklärte der Pfarrer, dass die Mutter auf ihrem Posten gefallen sei. Was auch stimmte. Dann wollte Vater eine Rede halten und stellte sich neben den Sarg. Jetzt sah Jokum es erst. Er war an den Rändern abgewetzt. Er war dabei zu verschwinden. Bald war er übrig. Das Einzige, was er herausbrachte, war: *Heute geht meine Uhr wohl fünfzig Jahre zu langsam.*

Als sie schließlich den schmalen, rutschigen Weg zwischen den Gräbern entlanggingen, die tief stehende Sonne in den Augen, dachte Jokum, dass der Friedhof auch eine Art Stadt war, aber nur die Männer in dieser Hauptstadt der Toten waren jemand. Anwälte, Postbeamte, Generalkonsuln, Versicherungsexperten, Richter am höchsten Gericht, Redakteure und nicht zuletzt Soldaten, englische, jugoslawische, kanadische, niederländische, polnische und amerikanische Soldaten. Auch sie waren auf ihren Posten gefallen und nahmen ihren Rang mit, als sie umzogen. Die Frauen dagegen besaßen auf den schmalen Türen aus Granit und Marmor nur ihren Namen, und den nur mit Mühe. *Bekannt den Meinen?* Vielleicht stimmte das ja doch nicht. Vielleicht hatten sie sie niemals gekannt?

Vielleicht hatte nur sie die anderen durchschaut? So war es. Sie hatte die anderen aufrecht gehalten. Jokum holte tief Luft, es brannte ihm im Mund, und das Licht sank in die Lunge. Was sollte auf Alfhild Jokumsens Stein stehen? War sie nicht auch mehr als ihr Name? Verdiente sie nicht auch einen Rang, einen Beruf?

»Hütchen soll draufstehen«, sagte Vater.

Jeden Morgen deckte er auch für sie. Er meinte, es ihr schuldig zu sein. Und er tat es bei jedem einzelnen Besteckteil mit Liebe. Doch er selbst konnte kaum etwas essen. Er nahm ab. Bald waren ihm seine Kleider zu groß. Der Ehering schlackerte an seinem Finger. Die Brille rutschte die Nase hinunter, die wiederum einen Schatten auf das magere Gesicht warf, das einmal rund und farbig gewesen war. Er sprach auch nicht mehr viel, und das Wenige, was er von sich gab, war bedeutungslos. *Grundlagen und Erdarbeiten*, sagte er. Er sagte *Materiallehre, Nivellierung und Bauhygiene*. Er lebte in seiner eigenen Welt, in der die Uhr nicht zu langsam ging, sondern einfach zurückgestellt worden war. Er befand sich im ersten Vers des Psalms, in seiner Jugend. Er maß wieder die Abstände in Nyhavn, während die Entfernungen im Augenblick unüberschaubar waren. Ja, Vater verschwand in Zeit und Raum, über die nur er Herr war. Es blieb immer weniger von ihm übrig. Und Jokum, der Tag für Tag Zeuge davon war, wurde immer schiefer. So tief berührte es ihn. Er musste etwas tun. Zu Silvester, am Letzten, bevor die Zahlen in der großen Kasse sich änderten, bestellte er ein Taxi, fuhr hinaus zu dem verlassenen Haus, holte den Mikrowellenherd, fuhr wieder heim und fand für ihn einen Platz auf der Arbeitsplatte, genau zwischen Kühlschrank und Brotkasten. Dann wartete Jokum gespannt darauf, was sein Vater sagen würde. Endlich kam dieser in die Küche, und ausnahmsweise war er einmal in seinem richtigen Alter.

»Was sollen wir damit?«, fragte er.

»Essen kochen.«

»Wir kochen doch auch so Essen.«

»Aber mit dem geht es viel schneller.«

»Ja und?«

»Fischgratin aufzuwärmen dauert nur fünf Minuten.«

»Ja und?«, wiederholte der Vater.

»Ich sage ja nur, dass es schneller geht. Ein Fischgratin aufzuwärmen.«

Vater schaute Jokum lange an.

»Ich habe keine Eile.«

»Das habe ich auch nicht behauptet.«

»Im Gegenteil, ich kämpfe darum, dass sie vergeht. Verstehst du das?«

»Das verstehe ich.«

»Wirklich?«

»Ja, ich meine, es gibt ja nichts mehr, was eilig sein könnte.«

»Und warum bringst du dann so ein Krematorium hierher?«

Jokum ließ den Mikrowellenherd dort stehen, aber sie benutzten ihn nicht. Sie begnügten sich mit halb garen Kartoffeln oder lauwarmem Wasser. Es kam übrigens vor, dass sie noch eine Nadel fanden, wenn sie durchs Wohnzimmer gingen. Dann setzte der Vater sich in den Sessel, machte den Fernseher nicht an und verfiel in noch tiefere Gedanken. Er wollte möglichst nicht hinter der Mutter aufräumen. Nichts sollte angefasst werden, nichts, abgesehen von diesen Nadeln, die sie immer wieder fanden und auf ihren Platz im Nähtisch legten. Jokum schlief nachts nicht und schleppte sich durch die Tage.

Für Vater und Sohn lief der Countdown in Skillebekk.

Im Laufe des Frühlings wurde es für beide so schlimm, dass sie ins Diakonhjemmets Krankenhaus eingeliefert werden mussten. Jokum für eine neue linke Hüfte, der Vater, um wieder zu Kräften zu kommen, er war unterernährt, deprimiert und dehydriert.

»Jetzt war die gesamte Familie Jokumsen schon hier«, sagte er.

Zwei Tage nach der Operation gelang es Jokum, wenn auch mithilfe von Krücken und einem Physiotherapeuten, den Vater im dritten Stock zu besuchen. Er war nicht auf dem Weg der Besserung. Es ging eher in die andere Richtung. Er lag in einem Vier-

Bett-Zimmer, hinter einem Vorhang. Ein Beutel mit dunkelgelbem, fast braunem Urin hing unter dem Bett. Er war unrasiert. Er versuchte zu lächeln, doch die Lippen waren schmal und trocken und schafften es nicht bis zu den Mundwinkeln.

»Warum kommst du mitten in der Nacht zu mir?«, fragte er.

Jokum wollte erwidern, dass draußen die Sonne schien. Nicht der Mond. Doch er ließ es.

»Habe ich dich geweckt?«

»Noch nicht.«

»Wir gehen bald wieder nach Hause, Vater.«

»Du gehst vielleicht nach Hause. Ich nicht.«

»Wie meinst du das? Natürlich gehst du mit nach Hause.«

»Ich muss weiter mit der Fähre nach Kopenhagen, Jokum.«

Der Vater hob die Hand, die nur noch Haut und Knochen und braune Flecken war. Jokum setzte sich auf den Bettenrand und befeuchtete die Lippen des Alten mit Salbe und Wasser. Der Vater seufzte, fast freudig.

»Ich will nach Kopenhagen und mir Jens Olesens Weltuhr ansehen.«

Jokum hinkte hinunter in sein Zimmer und ruhte noch zwei Tage lang aus.

Am selben Abend kam eine Krankenschwester mit einer Zeitung vorbei. Ob Jokum vielleicht etwas zu lesen haben wollte? Wollte er nicht. Er hatte schon so genug zu überdenken. Sie ließ die Zeitung dennoch liegen, falls er sich noch umentscheiden sollte, was er tat, schon dadurch, dass sie dort lag. Und während er an Badetemperaturen, Sportergebnissen, Wettermeldungen und dem Horoskop vorbeiblätterte, sah er die kleine Notiz, eingequetscht zwischen Erdbeerpreisen und Pollenwarnung: Arve Storvik war tot. Er war auf dem Weg von einem Auftritt in Steinkjer ums Leben gekommen. Er hatte allein im Auto gesessen, das in acht Meter Tiefe zwischen Mære und Indrefjord gefunden worden war. Kein anderes Fahrzeug war in diesen Unfall verwickelt. Arve Storvik war vor allem bekannt geworden durch das Album *Vannskille*, also Wasserscheide. In den letzten Jahren war es still um ihn geworden. Er hinterließ Frau und zwei Kinder.

Still um ihn geworden in den letzten Jahren.

Die letzten Jahre sind sehr häufig die meisten.

Jokum bereute, ausgerechnet *Dent* an Arve Storvik geschickt zu haben: den führerlosen Cadillac in der Garage und den wütenden Mr. Cease auf dem Beifahrersitz. Es schien ihm, als wäre das Bild auf irgendeine Art und Weise in Erfüllung gegangen. Jokum war froh, dass er nicht mehr Bilder gemacht hatte. Es war das Einzige, worüber er froh war. Und er schämte sich dafür, dass er gleich daran dachte, dass dieses Bild jetzt zum Glück doch nicht als Cover für Arve Storviks Songs benutzt worden war.

Die Gedanken kämpften gegeneinander. Sie passten nicht zusammen.

Wer kommt in einer schönen, hellen Sommernacht direkt von der Straße ab?

Hätte Jokum nicht im Krankenhaus gelegen, wäre er auf jeden Fall zur Beerdigung gegangen.

Beim nächsten Mal gelang es Jokum, die Treppen allein zu gehen. Es lief wie geschmiert. Die Abwesenheit von Schmerzen ist eine gute Gesellschaft. Er wollte noch eine Hüfte haben, so schnell wie möglich. Der Vater war in ein anderes Zimmer verlegt worden, wo er allein liegen durfte. Sein letztes Privatleben. Er war rasiert, und in der Halsgrube klebte ein kleines Pflaster. Hatte er sich geschnitten? Es erinnerte Jokum an einen anderen Vater, den er kannte, an hektische Morgenstunden, in denen er so ungeschickt gewesen war und die Mutter ein kleines Pflaster auf den Riss kleben musste. Es erinnerte ihn an Zeiten, in denen alle mit solchen Notizzetteln herumliefen, damit sie nicht vergaßen, wer auf sie aufpasste. Es war ein Morphiumpflaster. Es saugte die Schmerzen heraus. Es schickte Linderung in den ruhelosen Körper. Jokum bekam Angst.

»Siehst du?«, fragte er.

Der Vater schaute an ihm vorbei. Sein Blick ähnelte Mutters Blick. Jokum musste sich umdrehen. Dort war niemand.

»Was soll ich sehen, mein Junge?«

»Ich kann gehen, Vater.«

»Das wurde auch höchste Zeit.«

Jokum lachte.

»Vielleicht können wir zusammen einen Ausflug zum Springbrunnen machen, wenn wir wieder zu Hause sind.« Der Vater drehte den Kopf plötzlich nach hinten und holte mit scharfem, kurzem Quietschen Luft. Danach wirkte er ängstlich, verwirrt.

»Papperlapapp«, sagte er.

Jokum setzte sich auf die Bettkante.

»Was ist los, Vater?«

»Ich war da.«

»Wo?«

»Habe ich doch gesagt, du dumme Kuh, in Kopenhagen.«

»Und was wolltest du da?«

»Die Weltuhr besuchen, du blöder Arsch.«

»Eben war ich noch eine dumme Kuh«, sagte Jokum.

Der Vater ergriff seine Hand und legte all seine Kraft darein.

»Ich habe gehört, das nächste Jahr soll auf einen Sonntag fallen«, sagte er.

Als Jokum das letzte Mal zu Besuch kam, war der Vater tot. Eine Weile stand Jokum da und schaute auf den Mann im Bett. Das Pflaster in der Halskuhle war verschwunden. Er dachte an alles, das zu fragen jetzt zu spät war, beispielsweise, was Vater diesem widerlichen Großhändler gesagt hatte, bei dem Mutter in Kopenhagen in Diensten stand, und was dazu führte, dass er schließlich ihr Herz gewann.

Bald kam eine Krankenschwester, um den Vater zurechtzumachen. Sie bat Jokum, draußen zu warten, wenn er nicht unbedingt dabei sein wollte. Er erklärte, er wolle den Vater lieber selbst in den Kühlraum schieben. Das durfte er nicht. Das Krankenhaus hatte eigene Leute dafür, die Krankenträger. Und außerdem ging es nicht einfach nur um das Schieben. Man musste um Ecken, über glatten

Boden, durch enge Korridore. Es war ein Handwerk. Nicht jeder konnte das. Aber er dürfe ihr gern helfen, den Vater umzudrehen, wenn er denn unbedingt helfen wolle. Denn die Toten umzudrehen ist Schwerstarbeit, wenn man allein im Dienst ist. Jokum musste sagen, wie es war, dass er nicht mit der Art zufrieden war, wie seine Mutter geschoben worden war:

»Ich will, dass Bengt Åker nicht auch noch meinen Vater schiebt!«

Da erzählte die Krankenschwester ihm, dass Bengt Åker in der Zwischenzeit das Krankenhaus verlassen hatte und jetzt in der Privatwirtschaft arbeitete. Da beruhigte Jokum sich und wartete draußen. Dann fiel ihm etwas ein, wofür es trotz allem noch nicht zu spät war. Er ging wieder ins Zimmer. Eine Kerze brannte auf der Fensterbank, es war Mutters Kerze, die immer noch brannte, aufbrannte. Aber die Flamme verschwand im Licht der Sonne, das den Raum erfüllte. Der Vater lag auf dem Bauch, während die erschöpfte, fleißige Krankenschwester seine Schultern und den Nacken mit einem blauen Schwamm wusch. Sie hatte schon vieles gesehen, aber das noch nicht. Jokum beugte sich über das Bett. Zum ersten Mal sah er seinen Vater nackt. Sein Rücken ähnelte Pergament und war fast gänzlich mit schwarzer Schönschrift und geraden Zahlen von Tattoo Jack bedeckt, dem Meisterbrief, den Vater nicht aus den Händen geben wollte und der ihn jetzt in Ewigkeit zum Vorarbeiter machen sollte, oder zumindest in der Erinnerung, solange sie währte:

Vermessung:	7
Perspektivzeichnen:	7
Nivellierung:	5
Bauhygiene:	7
Ordnung:	7

Jokum durfte von einem Büro aus Synne anrufen. Auch bei diesem dritten Versuch antwortete sie nicht. Die Krankenschwester kam mit einem Glas Wasser. Er bedankte sich bei ihr, fing an zu weinen und musste sich für ein paar Minuten hinsetzen, was keine Schmerzen machte. Es war der Schmerz an sich. Als er wieder aufstehen konnte, war er nicht in der Lage, die Treppen zu gehen, obwohl doch der Physiotherapeut sagte, dass es ihm guttäte. Ihm tat jetzt gar nichts gut. Stattdessen nahm er den Fahrstuhl. Er drückte auf Erdgeschoss. Die Türen schlossen, und der Fahrstuhl sprach mit ihm. Der Fahrstuhl sprach mit Jokum, als die Türen sich schlossen und sich der Boden unter seinen Füßen bewegte: *Sie sind jetzt auf dem Weg nach unten.*

Nach der Beisetzung, die auch in der alten Kapelle stattfand, ging Jokum heim in die leere Wohnung, die immer noch voll war mit den Dingen seiner Eltern. Dort blieb er. Er wollte aufräumen. Was nicht bedeutete, dass es unordentlich war. Das war es nicht. Alfhild Jokumsen verließ nie eine unaufgeräumte Wohnung, selbst wenn sie nur kurz mit dem Fahrrad zum Kaufmann fahren wollte. Und Lauritz Jokumsen wusste, wo alles seinen Platz hatte. Man hätte diese Wohnung in der Observatorie terrasse an das Norsk Folkemuseum auf Bygdøy übergeben sollen, damit junge Leute die Gelegenheit hatten, die Wohnverhältnisse der letzten Generation zu studieren, die Genügsamkeit dem Überfluss vorzog, die Disziplin der Begierde und nicht zuletzt den Stil dem Luxus, denn Übertreibung ist immer geschmacklos, abgesehen von der Kunst. Hier konnte die Jugend die Mäßigung mit eigenen Augen sehen, wie sie in unzähligen Dingen zum Vorschein kam, den Abstand zwischen ihnen und dem Gebrauchswert dieser Dinge. Sie konnte lernen, bevor man mit einem neuen Jahrtausend startete, dass es eine Gefahr bedeutet, wenn das Unnötige das Notdürftige übersteigt. Dann ist der Rücken nicht länger gerade. Jokum wollte also nicht *auf*räumen, er wollte *hinterher*räumen. Doch jedes Mal, wenn er etwas veränderte, kam er nicht weiter. Er berührte einen Kerzenständer und verbrannte sich die Finger. Er wollte eine Blumenvase wegwerfen, und sein Arm verdorrte. Er wollte das Bett der Eltern machen und fiel in den Schlaf. Die Dinge hatten die Oberhand gewonnen. Was Jokum bereits gewusst hatte: Aufräumen ist sterben. Bald war der

Sommer vorbei. Er wärmte Notproviant aus dem Kalten Krieg in der Mikrowelle auf. Er sparte Zeit. Doch was sollte er mit der Zeit machen, die er gewonnen hatte, wenn er doch gar nichts zu tun hatte? Er ging nicht einmal ans Telefon. Zum Schluss zog er den Stecker. Er pflegte auch sich selbst nicht und verfiel, genau wie die Dinge, aus Mangel an Fürsorge und Pflege, auch Staub sammelten und ihren Sinn verloren, bis sie einer zufälligen Zusammenhäufung ähnelten und nicht einem sorgfältig geplanten Ganzen, bei dem das eine nicht ohne das Licht des anderen leuchten kann. Jokum vernachlässigte sich. Er verwilderte. Es wurde Herbst. Er widmete sich diesem Leben, das auch eine Art Leben war. Was nicht schwer war. Es erfordert nur einen gerechtfertigten Zorn, einen gewissen Willen und Konserven. Im Oktober jedoch klingelte es an der Tür. Jokum ließ das Wasserglas auf den Boden fallen und hielt die Luft an. Die vertrauten, lieb gewonnenen Töne erinnerten ihn nicht länger an das, was man als den Schoß der Familie bezeichnet. Es waren die gleichen Töne, doch aus einer anderen Welt, aus der Welt da draußen, der er den Rücken zugekehrt hatte. Er hatte vergessen, dass sie so nahe war. Sie lag nur eine Tür entfernt. Und dennoch wirkten die Geräusche fern. Als es zum dritten Mal klingelte, öffnete Jokum. Ein Mann in Regenumhang und Gummistiefeln und mit einer Tasche in der Hand schaute ihn lange an. Der Gärtner.

»Synne braucht dich«, sagte er.

»Das tue ich auch.«

»Es eilt, Jokum. Willst du mich nicht reinlassen?«

»Warum?«

»Weil ich das halten will, was ich versprochen habe.«

Der Gärtner schob Jokum zur Seite, schaute sich in der Wohnung um und ging dann weiter in die Küche. Jokum war in Körper und Geist ganz schwer geworden, schließlich schloss er die Wohnungstür und folgte ihm, folgte seinem ungebetenen Gast.

»Wie meinst du das?«

Der Gärtner holte eine Schere, einen Hobel und diverse Werkzeuge aus der Tasche.

»Ich habe Synne versprochen, den Garten in Ordnung zu halten«, sagte er.

Kurz gesagt: Der Gärtner setzte Jokum instand. Als dieser endlich fertig im Licht in der Küche stand, in Cordhose, blauem Rollkragenpullover und der grünen Tweed-Jacke, entdeckte er etwas in der Tasche. Es war die Eintrittskarte für die Aula, das Konzert mit dem Oscar Petersons Trio, und er dachte kurz und heftig das, was er nicht hatte denken dürfen, oder was er damals nicht hatte denken können, weil er zu jung gewesen war, zu unwissend, nämlich, dass nirgendwo der Abstand größer ist als zwischen Jazz und Stillleben.

»Ist Synne hier?«, fragte er vorsichtig.

Der Gärtner legte einen Umschlag auf den Tisch, auf dem immer noch für die Mutter gedeckt war. Jokum öffnete ihn widerstrebend. Es war ein Flugticket nach San Francisco, über Frankfurt, am selben Abend.

»Und außerdem soll ich dich noch bitten, das Weihnachtsgeschenk mitzubringen«, sagte der Gärtner.

»Das Weihnachtsgeschenk? Welches …«

»Das du von Erik Sager bekommen hast. Du hast nur ein einziges Mal ein Geschenk von ihm bekommen.«

Während der Gärtner ein Taxi bestellte, ging Jokum in das Zimmer, das früher einmal seins gewesen war, öffnete den Schrank, und dort, hinter den Schulbüchern, dem Turnbeutel und alten Schuhen, fand er die Hasselblad, die er an dem ersten Heiligabend zusammen mit Synne bekommen hatte.

Es war fast wie Aufräumen.

Jokum stand leicht auf, während die Kamera schwer war.

Auf dem Weg nach Gardermoen, wo jetzt Oslos Hauptflugplatz lag, nachdem Fornebue zu klein geworden war und zu nahe an der Stadt lag, die ständig wuchs, geschah etwas, das zu erwähnen es vielleicht wert ist, auch wenn Jokum keine Zeit hatte. Er wurde von den Scheibenwischern, die den Regen von der Windschutzscheibe in glänzenden, tropfenden Bögen wegfegten, müde, war kurz davor einzuschlafen und versank in Bilder und Vorstellungen, über die er nicht mehr Herr war. Er sah Synne vor sich, die auf ihn in der Ankunftshalle wartete, genau wie er auf sie gewartet hatte, als sie das erste Mal getrennt gewesen waren, und darin gab es eine Art gerechter Mathematik, eine Rechnung, die aufging, es lag ein Sinn in diesen Vorstellungen, die ihn beruhigten, alles sollte ineinander aufgehen, sein Rad sollte zu ihr rollen, alles würde wie früher werden – wie früher? Aber kurz nach der Abfahrt nach Jessheim bog der Fahrer auf einen Rastplatz ab und hielt an. Er stieg aus, wusch sich die Hände mit Wasser aus einer Flasche, holte einen kleinen Teppich aus dem Kofferraum, schaute zum Himmel, der keine große Hilfe war, so niedrig und schwer, wie er war, fand eine Richtung, legte den Teppich auf den Boden und kniete sich im Regen darauf. Eine Minute lang blieb er so liegen, vielleicht war es auch kürzer, es erschien aber so oder so wie ein Meer an Zeit. Dann stand er auf, legte den Teppich zurück in den Kofferraum, setzte sich hinters Steuer, wischte sich das Gesicht mit einem Handtuch ab und fuhr weiter, als wenn nichts gewesen wäre, so dachte Jokum, *als wenn nichts gewesen wäre*, und er beugte sich zwischen den Sitzen nach vorn.

»Ich muss ein Flugzeug kriegen.«

Der Fahrer schaute lächelnd in den Spiegel.

»Das startet so oder so weder früher noch später«, sagte er.

Jokum erreichte sein Flugzeug.

Edith Fremm erwartete ihn in San Francisco. Sie wirkte plötzlich so alt. Die Falten um ihren Mund breiteten sich wie Blumensträuße aus, wenn sie lächelte. Sie streckte sich und gab ihm einen schnellen Kuss auf die Wange.

»Du siehst gut aus.«

»Du auch. Wo…«

Sie zupfte an seiner Jacke.

»Und schick. Ist das die neuste Mode in Norwegen?«

Jokum musste fragen:

»Wo ist Synne?«

Edith Fremms Lächeln verdorrte und ging über in ein trockenes Weinen.

»Komm.«

Sie verließen das Gebäude. Jokum fror. Er wusste nicht, wie spät es war. Aber das spielte auch keine Rolle. Er war an Ort und Stelle. Der Wind zerrte an dem gleißenden Licht. Ein schwarzer Wagen stand bereit. Sie setzten sich auf die Rückbank und wurden ins Memorial Hospital gefahren. Jokum spürte einen beißenden, drückenden Geschmack. War es das, was ihn erwartete? Sollte er hier noch einen Menschen verlieren? Er wandte sich Edith Fremm zu. Er bekam eine Flasche Wasser und spülte sich Hände und Gesicht ab, bevor er einen Schluck trank. Er fragte sich: Muss ich auch beten? Dann gab sie ihm einen Umschlag. Er öffnete ihn. Es war eine kurze Nachricht von Synne: *Mach ein Foto von mir, ohne dass ich es weiß.* Wieder schaute er Edith Fremm an.

»Ich warte auf dich«, sagte sie.

Jokum nahm die Hasselblad, ging ins Gebäude und meldete sich an der Rezeption. Er war Synne Sagers Ehemann. Er musste es wiederholen und seinen Ausweis zeigen. Er legte den Pass auf den Tresen. *Ich bin Synne Sagers Ehemann.* Eine Krankenschwester führte ihn in die Intensivabteilung. Sie sagte nichts. Dort traf er auf einen jungen Arzt, der ihn das letzte Stück begleitete. Er blieb vor einer Tür stehen und schaute Jokum an, der die Kamera bereit machte. Jetzt sah er durch die Linse die Welt auf dem Kopf stehen. Dann musste er Schuhschutz und ein Haarnetz anlegen. Wieder sollte er einen Tatort aufsuchen. Der Arzt öffnete die Tür. Synne lag im Bett, mit dem Rücken zu ihnen. Ihr Haar war kurz und dünn. Im Licht des Fensters sah es aus wie feine Daunen. Der Nacken war stramm und mager, nur eine Schnur mit Knoten. Die Füße ragten unter der Bettdecke hervor. Sie waren faltig und wirkten dennoch weich. Die Nägel waren gelb. Es war der Jetlag, nicht der Abstand zwischen Oslo und San Francisco, sondern die Zeit, die in Synne verloren war. Jokum machte das erste Bild der Serie, die *The Making of a Deathbed* heißen sollte. Es war unscharf und schief, er war diese Kamera nicht gewohnt. Außerdem zitterte sein Herz. Es zitterte. Er spürte einen bitteren Geschmack im Mund, als wollte sich etwas

Schweres, Hartes an den Gaumen pressen. Dann ging Jokum zu Synne hinein. Er machte noch ein Foto, als sie sich im Schlaf zu ihm umdrehte und aufwachte, für einen Augenblick frei von allen Fristen. Sie hob den Arm, der mit einer Sonde verbunden war, in die eine durchsichtige Flüssigkeit tropfte.

»Hast du gemacht, worum ich dich gebeten habe?«

»Habe ich das nicht immer gemacht?«

»Guck mich nicht so an.«

»Was geschieht hier, Synne?«

Sie kam seiner Hand näher.

»Nichts, außer dass ich sterbe.«

»Du stirbst? Was meinst du damit? Du stirbst doch nicht.«

»In drei Monaten. Wenn ich Glück habe.«

»Wie kannst du das wissen?«

»Weil es so weit gekommen ist.«

»Was ist so weit gekommen?«

Synne blieb auf dem Rücken liegen. Jokum sah ihr Profil, scharf, hart, als hätte jemand den weichen Marmor abgekratzt, der einmal ihr Gesicht bedeckt hatte. Er hob die Kamera mit beiden Händen, drückte dann aber doch nicht ab. Sie lächelte.

»Mach es ruhig.«

»Bitte …«

»Du hast schon zwei gemacht, nicht wahr? Deshalb bist du doch hier.«

Jokum hatte gehört, was sie gesagt hatte, aber es gab keinen Platz in ihm, um sich zu empören. Er war bereits die Geisel der Krankheit. Er machte das Foto mit geschlossenen Augen und dachte plötzlich an den blinden Fotografen, von dem er in Kopenhagen gehört hatte, der sich auf die Zufälle verließ, nicht auf die Absicht. Von nun an wollte er der blinde Fotograf sein und die Augen erst wieder öffnen, wenn alles vorbei war.

»Was ist so weit gekommen?«, wiederholte er.

»Es liegt in der Familie.«

Jokum öffnete die Augen, und nichts war vorbei.

910

»Was liegt …«

Synne unterbrach ihn, wie sie es immer tat, und es tat ihm fast gut zu hören, dass es etwas in dieser unvollständigen Dunkelheit gab.

»Vielleicht können wir nur froh sein, dass wir das Kind doch nicht gekriegt haben«, sagte sie.

Jokum ging zum Fenster, blieb dort mit dem Rücken zum Raum stehen.

»Und wenn du tot bist, soll ich dann auch ein Foto machen?«

»Ja, das sollst du. Genau so, wie du mich siehst. Danke, Jokum.«

»Dann ist das also sozusagen dein Plan.«

»Es ist der dritte Teil unserer Trilogie. Nur schade, dass ich ihn nie fertig sehen werde.«

»Du hattest immer einen Plan.«

Die Lichter draußen verschwanden in schnellen Strichen und kamen als schwere, glänzende Tropfen zurück.

»Es tut mir leid, Jokum. Ich habe es nicht so gemeint. Was ich gesagt habe.«

Er drehte sich zu ihr um, und jetzt war er an der Reihe, sie zu unterbrechen:

»Das macht nichts.«

»Edith hat die Schlüssel für die Wohnung. Du bist sicher müde.«

»Gut.«

Jokum wollte zur Tür gehen, wusste aber nicht, ob er es jemals bis dorthin schaffen würde.

Synne setzte sich im Bett auf, und dafür brauchte sie alle ihre Kräfte, sodass sie kaum noch sprechen konnte:

»Du siehst gut aus.«

»Ich habe eine neue Hüfte«, sagte Jokum.

Auf dem Weg hinaus führte er ein kurzes Gespräch mit dem Arzt, einem jungen, etwas geschwätzigen Mann.

»Stimmt es, dass sie sterben wird?«

»Ja, leider. Es stimmt.«

»Gibt es keine Hoffnung?«

»Nein, leider gibt es keine Hoffnung. Aber Sie können trotzdem gern hoffen.«

Jokum schaute ihn unwillig an, fast verächtlich.

»Wie heißt ihr Tod?«

»Vorläufig hat er noch keinen Namen.«

Als Jokum an der Kantine vorbeikam, hörte er den Lärm der Kaffeemaschine und drehte sich danach um. Eine Putzfrau stützte sich auf ihren Besen und sah zu, wie die Tasse sich füllte. Auf dem Boden neben ihr lag ein schwarzer Müllsack. Jokum musste sich an der Wand abstützen und nach Luft schnappen. Alles, was zurückkehrt, die Geräusche, Bilder, Visionen, sind Narben, die du nicht loswirst, eine Narbe in der Zeit. Die Wand gab nach. Die gleiche Krankenschwester wie vorher half Jokum weiter. Edith Fremm wartete in der Limousine auf ihn. Sie fuhren nach Hause. Nach Hause? Dort war kein Zuhause mehr. Jokum sollte nur zu Hause vorbeischauen. So weit war es gekommen. Sie sagten kein Wort, bis der Fahrer vor dem Eingang hielt.

»Kommst du zurecht?«, fragte sie.

»Ja. Alles ist gut.«

»Du musst nicht sagen, dass alles gut ist, Jokum. Sag lieber, dass alles zum Teufel ist.«

Jokum lehnte sich an ihre Schulter und weinte. Sie legte ihm vorsichtig die Hand in den Nacken. So blieben sie eine Weile sitzen. Dann ging er hoch in den ersten Stock und schloss auf. Die Gerüche waren anders. Das Licht fiel anders. Seine Erinnerungen liefen Gefahr verloren zu gehen, nicht für ihn, sondern für Synne. Aber der dänische Vogelgesang lag immer noch auf dem Plattenspieler. Es hatte seit damals keine andere Musik gegeben. Es hatte hier keine andere Musik gegeben, seit sie das Kind verloren hatten. Er setzte sich an den Küchentisch. Synne hatte indessen nicht für ihn gedeckt. Aber genau das hatte sie doch getan. Jokum kam an den gedeckten Tisch. Und jetzt sollte er abräumen. Er könnte Nein sagen. Er könnte es sein lassen. Er brauchte nur zu sagen, dass er sie nicht fotografieren wollte. Es gab keinen Grund, es zu tun. Dafür entschied er sich. Sie konnte ihn nicht zwingen. Er spürte eine tiefe Erleichterung, die sogleich von Zweifeln abgelöst wurde und zum Schluss zu einer Art Dankbarkeit wurde. Sie tat es ihm zuliebe. Tat sie es ihm zuliebe? Die Fenster von Dr. Q waren dunkel. Ein Rennrad stand auf dem Balkon. Vielleicht war er weggezogen. Jokum änderte seinen Entschluss. Er würde es trotzdem tun. Es gab keinen Grund, es *nicht* zu tun. Er wollte es ihr zuliebe tun. Er zog die Gardinen zu. *Hotel by the Railroad* hing nicht mehr in der Küche. Es hing im Schlafzimmer, zusammen mit anderen Motiven von Hopper, unter anderem *Intermission, Nighthawks, Automat, Morning Sun, Room in New York* und *Night Windows.* Alle waren fast gänzlich überdeckt mit Strichen, Kreisen, Pfeilen und Kommentaren. Auf dem Schreibtisch stand ein Computer. Das Bett auf seiner Seite war nicht gemacht worden. Aber er wollte sowieso nicht schlafen. Er ging in die Dunkelkammer. Hier stellte er keinen Unterschied fest. Alles war wie zu dem Zeitpunkt, als er sie verlassen hatte, abgesehen von den beiden Abzügen, die immer noch an der Leine hingen, sie blichen langsam aus: *American Debt One* und *American Debt Two.* Aber die Zahlen waren die gleichen, einmal 16. 126. 785. 924. 069 und 18. 432. 579. 852. 663. Jokum öffnete die Schublade. Plötzlich war es Nacht. Er hatte geschlafen, ohne es zu wissen, und geträumt, dass Synne sich etwas von seiner Zeit leihen konnte, so viel leihen, wie sie wollte. Er wusste nichts mit ihr anzufangen, wenn nicht auch sie Zeit hatte. Was sollte er denn mit ihr, wenn sie keine Zeit mehr hatte? Sie brauchte auch keine Zinsen zu bezahlen. Nein, sie sollte sie geschenkt bekommen. Stand er nicht bereits in ihrer Schuld? Und wenn er eines Tages pleite war, dann würde sie ihm vielleicht eine Woche oder zwei spendieren. Dann wachte Jokum auf, in den Kleidern, den Magneten in der Hand. Sofort fuhr er zum Memorial Hospital, kaufte am Kiosk einen Strauß Rosen und nahm den Fahrstuhl hoch zu ihrer Abteilung. Die Krankenschwester warf die Blumen fort. Blumen sind ansteckend. Alles, was verwelkt, ist ansteckend. Der Arzt bat ihn, mit in sein Zimmer zu kommen. Jokum musste einen Vertrag unterzeichnen, er hätte das bereits am Tag zuvor machen sollen. Er bekam nur die Erlaubnis, in dem Zimmer zu fotografieren, in dem Synne lag, und an keinem anderen Ort auf dem Gelände des Krankenhauses und keine andere Person, ohne Zustimmung durfte er weder das Personal noch einen Patienten fotografieren. Ein Verstoß würde zu Strafverfolgung und Beschlagnahme sowohl des Films als auch der Abzüge führen. Jokum unterschrieb das gern. Die Welt war ja sowieso nicht größer als Synnes Bett. Es gab noch einen Vertrag, von Edith Fremm. Eine Auswahl der Bilder sollte, in Zusammenarbeit mit Synne Sager, solange diese noch in der Lage dazu war, eine Woche nach ihrem Tod in der F. Gallery ausgestellt werden, unter dem Titel *The Making of a Deathbed*. Außerdem wollte Synne verbrannt und in ihrem Garten in Oslo beerdigt werden. Zu Hause in Oslo. Jokum las diesen Satz noch einmal. Zu Hause in Oslo. Ist das nötig? Er fragte nicht. Er unterschrieb auch das, er hätte was auch immer und wo auch immer unterschrieben, fragte aber stattdessen:

»Hat sie Schmerzen?«

»Ja.«

Jokum durfte im Krankenhaus wohnen. Sie schoben ein zweites Bett in Synnes Zimmer. Er fotografierte sie, wenn sie schlief. Er fotografierte sie, wenn sie aufwachte und vor Schmerzen weinte oder still und unnahbar dalag, erschöpft von diesem Schmerz. Er fotografierte, wenn die Krankenschwestern sie gewaschen hatten und die trockene, graue Haut eine Weile glänzte, glatt und frisch. Er fotografierte die Haare, die sie verlor und ihre Kopfform. Er fotografierte sie, wenn sie, was nur selten geschah, es schaffte, in einem Rollstuhl am Fenster zu sitzen und das Licht in einem Winkel auf ihre Stirn fiel, der sie erhaben und durchsichtig erscheinen ließ. Sie versprachen sich gegenseitig hoch und heilig, keine Weihnachtsgeschenke zu kaufen, und Synne lachte, und Jokum fotografierte sie, während sie lachte. Er fotografierte das Blut in der Kanüle und die Pisse, die in den Beutel lief. Er fotografierte sie, als sie Suppe mit einem Strohhalm trank. Er fotografierte die Veränderungen, den Wechsel, den Takt der Krankheit, der rhythmisch und unerbittlich war, und den man nur erkennen konnte, wenn man die Bilder verglich, ein Zug im Gesicht, die Größe des Blicks, die Muskeln zwischen den Fingern, die eingetrocknet waren. Er fotografierte ihren Rücken und ihre Schultern, und wenn sie sich im Bett umdrehte, eine Bewegung, die einen Tag oder eine Sekunde dauern konnte, dann fotografierte er die Brüste, die kaum noch zu sehen waren, sie ähnelte einem mageren Jungen, und eines Morgens legte Jokum vorsichtig seine Hand darauf und ließ sie dort liegen, bis Synne es nicht mehr ertrug und ihn wegjagte und dann bat, zurückzukommen. In diesen Wochen waren sie einander näher als jemals zuvor. Ich nenne das Liebe. Denn wenn die Liebe eine Frist bekommt, dann wird sie um so deutlicher. Sie war nicht verdünnt. Sie war stark. Wie das Gewicht Kohle zum Diamanten presst, so presst der Tod die abgemachte Zeit zu einer einzigen Sekunde, die alles in sich birgt, was sie nicht mehr erleben werden. Sie schauten sich die Bilder zusammen an, die ersten Abzüge, die Jokum jeden Abend machte. Einige legte Synne sofort zur Seite, andere machten sie verlegen, sie waren ihr fast peinlich, oft wurde sie sauer, fast wütend, oder aber sie war nur stumm, und manchmal sagte sie sogar: *Da bin ich schön.* Jokum war glücklich, wenn sie das sagte. *Da bin ich schön. Findest du nicht auch?* Das waren genau die Fotos, die er machen wollte. Er wollte sie diesen Satz sagen hören. *Da bin ich schön.* Doch sie sagte ihn immer seltener. Besonders mit einem Bild wurde sie nicht fertig: Sie sitzt im Bett, die Hände um die Knie, während Licht und Schatten sich im Fensterrahmen und entlang der Wand aufteilen. Das Bild ist abgeklärt, oder genauer gesagt, Synne ist abgeklärt, als wäre sie zu einer Einsicht gekommen, die eine tiefe Ruhe in sich birgt.

»Das hätte in Farbe sein sollen«, sagte sie.

Jokum räumte die Abzüge zusammen, die auf dem Bett lagen.

»Meinst du alle? Sollten alle in Farbe sein?«

»Nein, nur das hier. Etwas Grünes. Es sollte etwas Grünes drauf sein.«

»Ich kann es versuchen.«

»Du musst das nicht machen, wenn du nicht meiner Meinung
bist.«

Da sagte er etwas Dummes:

»Du bist es, die entscheidet.«

Synne trat ihn gegen das Schienbein. Mit ihren letzten Kräften
trat sie ihm direkt gegen das Schienbein, während sie versuchte, aufzustehen.

»Ich entscheide gar nichts! Hörst du? Ich entscheide kein kleines
bisschen!«

Dann fiel sie zurück aufs Kissen.

»Entschuldige«, flüsterte sie.

Jokum hob die restlichen Bilder vom Boden auf.

»Das macht nichts.«

»Das macht nichts«, äffte Synne ihn nach.

»Ich habe eine neue Hüfte gekriegt«, sagte Jokum.

Eine Krankenschwester erschien in der Tür, schaute zu ihnen hinein und schloss dann leise wieder die Tür.

Synne suchte nach seiner Hand. Er setzte sich zu ihr. Nein, er
setzte sich erst zu ihr, und dann suchte sie nach seiner Hand.

»Du magst die Kamera, nicht wahr?«

»Das ist die gleiche wie die, die sie auf dem Mond benutzt haben.«

»Auf dem Mond?«

»Ja. Die Nasa hat eine Hasselblad benutzt. Und die erste Ausstellung in der F. Gallery hat Bilder vom Mond gezeigt. Hast du daran
schon mal gedacht?«

Sie lachte und fing an zu husten.

»Nein, daran habe ich noch nie gedacht. Du?«

»Ab und zu.«

Jokum legte eine Hand unter Synnes Nacken und gab ihr Wasser
zu trinken. Die Lippen spannten straff über den Zähnen. Sie schloss
die Augen und flüsterte:

»Bin ich so weit weg?«

In dieser Nacht holte Jokum den Magneten heraus, und während

Synne schlief, strich er ihn an ihren Armen entlang und spürte dabei, dass etwas Widerstand leistete, etwas *in* ihr zog, der Weg, den die Kräfte gingen. Sie schob nicht die Welt von sich, sie zog sie immer näher an sich heran, bis alles Platz in ihr fand. Er tat es noch einmal. Es passierte wieder, stärker dieses Mal, als wäre sie nicht länger Gold, sondern voll mit schmutzigen Eisenspänen, einem anderen, fremden Pol. Jokum legte den Magneten zurück in die Jackentasche und blieb an ihrem Bett sitzen. Als sie aufwachte, war sie plötzlich ganz nah, nah und ungeduldig, so hatte er sie nie zuvor gesehen.

»Es tut mir leid, dass ich nicht da gewesen bin«, sagte sie.

»Als ich die neue Hüfte gekriegt habe?«

»Nein! Als deine Eltern starben.«

»Das macht nichts.«

»Sag das nicht!«

»Was?«

»Das macht etwas!«

Jokum sah eine Art von Wut, doch es war nur ein Abdruck, ein Echo, eine Wut ohne Eile, sie stand still und hielt nicht an, sie verblasste und verschwand.

»Das macht etwas«, wiederholte Synne. »Das macht es. Das.«

Auch die Zeit stand still. Die Sekunde ließ nicht los, wie ein Tropfen, der unter einem Wasserhahn hängt. Man wartet darauf, dass er fällt. Man wartet auf das Geräusch, wenn er landet, eine Explosion, kürzer als eine Sekunde.

Jokum fotografierte die Liegewunden außen an ihrem linken Oberschenkel.

Er war nicht länger die Geisel der Krankheit. Die Krankheit warf einen Glanz auf ihn. Er konnte es nicht aussprechen, kaum sich selbst eingestehen, denn es war nichts anderes als eine Schande, aber es war die Wahrheit: Es kam vor, dass er in diesen Wochen glücklich war.

Fotografieren heißt den Atem anhalten.

Doch außerhalb, außerhalb ihres Zimmers, lief die Zeit wie nie zuvor, und man fürchtete, dass sie in Finsternis enden würde. Das neue Jahrtausend näherte sich, die Aussichten waren düster, und der Warnungen gab es viele. Diese Warnungen schufen etwas wie eine vorbereitete Panik. So oder so konnte man die Zeit nicht anhalten, abgesehen von Synne und Jokum, die in ihrer eigenen Zeit lebten. Die Welt würde die neuen Zahlen nicht ertragen, 2000, zu viele Nullen, die Welt würde sie abstoßen wie fremde Gliedmaßen, und der Körper der Gesellschaft würde zusammenbrechen. Mit anderen Worten: Man fürchtete das Schlimmste: Computer würden sich ausschalten, Telefonverbindungen würden unterbrochen werden, Herzschrittmacher würden in den Brustkörben von Männern mittleren Alters, die an den Schaltzentralen der internationalen Banken saßen, implodieren, und die Kurse würden so tief fallen, dass man dafür bezahlen musste, um sein eigenes Geld abheben zu dürfen, das es aber gar nicht mehr gab, Züge würden entgleisen, Flugzeuge abstürzen und Schiffe sinken, Atomkraftwerke schmelzen, Ampeln würden sich aufhängen und auf allen Kreuzungen nur noch gelb blinken, die Kompasse würden verdorren wie verrückte Himmelsrichtungen, die Uhren rückwärts gehen bis zurück ins Mittelalter, und die Post würde niemals mehr den Adressaten erreichen.

Das Einzige, was noch funktionierte: Bleistifte, Radiergummi und Streichhölzer.

Doch nichts von alledem würde in Synnes Zimmer geschehen.

Eines Morgens fragte Jokum, ob es noch etwas gebe, was sie wolle, was er für sie tun könne. Sofort bereute er seine Frage. Es war eine gnadenlose Frage. *Noch etwas, was sie wolle.* Sie klang wie ein Abschied. Was er nicht gewollt hatte. Es schien, als müsste er die Sprache neu lernen, denn die Worte bekamen einen anderen Schwerpunkt, sie wurden zerbrechlich und hatten keinen Grund mehr, und selbst die einfachsten unter ihnen ließen Missverständnisse zu. Doch als Synne den Mund öffnete, kam kein Laut über die trockenen Lippen. Sie versuchte etwas zu sagen, doch das gelang ihr nicht. Das Gesicht wurde zu einem Knochen, der sich in tiefer Stille auflöste. Jokum rief den Arzt, der schob ihr eine Sonde in den Hals.

Dann verband er sie mit einer Sauerstoffmaschine. Die Stille verbreitete sich im Raum, bis an die Wände, die Decke und das Fenster. Die Stille verbreitete sich bis zu Jokum. Die Maschine atmete auch für ihn. Doch am nächsten Morgen sagte die Krankenschwester, jemand wolle mit ihm in der Kantine sprechen. Jokum wollte nicht. Er wollte mit niemandem sprechen, solange Synne nicht mit ihm sprechen konnte. Er wollte mit niemandem außerhalb dieser vier Wände sprechen. Sie reichte ihm. Dennoch nahm er den Fahrstuhl nach unten. Mr. Cease saß an einem Tisch in der Ecke und umklammerte eine Kaffeetasse. Sein Mantel hing über dem Stuhl. Hinter ihm blinkte der immer noch gleiche, grelle Tannenbaum. Jokum wollte woandershin gehen. Mr. Cease entdeckte ihn jedoch, stand auf und streckte die Hand aus. Jokum ging zu ihm, begrüßte ihn, sie setzten sich beide. Jokum wollte keinen Kaffee haben. Mr. Cease wirkte bedrückt, fast verwirrt.

»Lange her, seit wir dich gesehen haben«, sagte er.

»Ich war ... zu Hause. Meine Eltern sind gestorben.«

»Ja. Mein Beileid.«

»Danke. Ich musste mich darum kümmern. Es gibt so viel, worum man sich jetzt kümmern muss.«

»Ich dachte an deine Bilder. Du hast nicht mehr ausgestellt seit ...«

»Venedig. Nein. Aber das hat keine Eile. Das ...«

Mr. Cease beugte sich über den Tisch vor und hätte fast seine Kaffeetasse umgekippt.

»Ich darf sie nicht besuchen.«

»Nein, das darf nur ich.«

»Ich würde so gern mit ihr über ihre Doktorarbeit sprechen, weißt du.«

»Sie spricht nicht mehr.«

»Und ihr sagen, dass ihre Idee, Hoppers Motive zu dramatisieren, vom Komitee gutgeheißen wurde, wobei es natürlich darauf ankommt ...«

»Synne spricht nicht mehr«, wiederholte Jokum.

Mr. Cease fiel auf seinen Stuhl zurück und fuhr sich mit den Fingern durchs Haar, mehrere Male.

»Sie spricht nicht mehr?«

Jokum schaute an ihm vorbei, sah den Weihnachtsstern, ein paar Kinder, die unter den tiefsten Zweigen spielten, den glänzenden, gebohnerten Boden, wie ein Spiegel oder ein Abgrund, in dem alles zu versinken drohte, und plötzlich dachte er an ihre Hochzeitsreise, in Mr. Ceases Auto, in den Redwood-Wald, wo er und Synne zu Füßen des riesigen Baumes gespielt hatten, mit dem Gedanken an ein Kind gespielt hatten.

»Sie ist halbseitig gelähmt«, sagte Jokum.

Mr. Cease blieb eine Weile schweigend sitzen, beide blieben schweigend sitzen, dann sagte der Professor:

»Ich habe ein kleines Geschenk für sie dabei, für euch, ich meine von uns. Meine Frau lässt auch schön grüßen und …«

Weiter kam er nicht und legte schnell ein Päckchen vor Jokum auf den Tisch.

»Wie geht es ihr?«

»Wie soll ich sagen, sie macht das Beste daraus.«

»Das freut mich zu hören.«

»Edward, unser Sohn, ist endlich für tot erklärt worden.«

»Ist er gefunden worden?«

»Sie hat es nicht länger ertragen.«

Jokum schaute zu Boden, fast geblendet von ihm, und wünschte, er hätte das Gespräch vermeiden können.

»Grüßen Sie sie herzlich von mir. Wirklich.«

»Übrigens werden wir nächstes Jahr nach New York ziehen. Zumindest Lilith. Ich meine, also sie will das unbedingt. Vielleicht kannst du das Synne erzählen. Wenn sie …«

»Ja, das werde ich.«

Sie standen gleichzeitig auf. Mr. Cease warf sich den Mantel über die Schultern, als hätte er es plötzlich schrecklich eilig, und streckte wieder die Hand aus.

»Wir hatten gehofft, ihr könntet Silvester zu uns kommen, aber …«

»Nein, wir werden wohl hier im Zimmer bleiben. Aber vielen Dank.«

»Vielleicht traut sich sowieso niemand an dem Abend hinaus.«

»Da sagen Sie etwas. Hier haben sie schon die Notaggregate angeschlossen.«

Doch Mr. Cease ließ nicht locker.

»Weißt du, was ich hoffe, Jokum. Ich hoffe, diese Propheten des Jüngsten Tages werden Recht bekommen. Ich hoffe, dass alles zusammenbricht. Ich hoffe, dass alles zum Teufel geht. Genau um zwölf Uhr Mitternacht, geradewegs zum Teufel. Ich werde mit einem Drink dasitzen, mich amüsieren und den Countdown zählen.«

Endlich war Mr. Cease fertig und ging hinaus.

Jokum wusste nicht, was er mit dem Geschenk tun sollte. Er konnte es nicht wegwerfen. Es war trotz allem ein Geschenk. Er steckte es in die Tasche und nahm den Fahrstuhl hoch zu Synne.

Es hatte keine Veränderung gegeben.

Sie war nicht in der Lage sich umzudrehen.

Eines Nachts legte Jokum sich zu ihr, ganz vorsichtig, damit er nicht an die Schläuche und Kabel kam oder an die Wunde, die nicht zuwuchs. Er war sich nicht sicher, ob sie merkte, dass er da war. Ihr Körper war ein anderer, als gehörte er niemandem. Er küsste ihre Schulter, die gesunde, und strich mit der Hand über die Hüfte, warum brachte man sie nicht auch einfach in die Werkstatt, damit die verrosteten Teile ausgetauscht wurden? Was wäre dann noch übrig? Wäre das dann immer noch Synne? Da sah er, dass sie doch bemerkt hatte, dass er da war, dass er bei ihr war, vielleicht träumte sie auch nur etwas, wenn sie überhaupt noch träumte.

Aber dann geschah doch nichts. Alle Vorhersagen wurden der Lächerlichkeit preisgegeben. Die Welt nahm die neuen Zahlen an, 2000, ohne zu mucken, ohne dass eine einzige Sicherung herausflog. Es wurde nur großer Zulauf zu den Krawallen in Los Angeles gemeldet, doch das lag an der traditionellen Unzufriedenheit, kurz gesagt an politischen oder persönlichen Problemen. Die Leute fühlten sich einfach verraten. Sie waren zum Narren gehalten worden. Es war ihnen etwas versprochen worden, aus dem nichts geworden war: Zusammenbruch, Unfälle, Untergang. Was sie trotz allem haben wollten. Sie wollten haben, was man ihnen versprochen hatte. Wie in Tom Kristensens Gedicht, das Jokum als Student, literarisch und romantisch, gelesen und verinnerlicht hatte, es zu seiner einzigen, selbstsüchtigen Sehnsucht gemacht hatte, bevor Synne kam und ihn befreite: *Ich sehnte mich nach Schiffskatastrophen, nach Vandalismus und plötzlichem Tod.*

Es gab noch nicht einmal einen Riss in der Zeit, eine Kerbe.

Vielleicht sahen die Menschen ein, dass die Zeit nicht von Menschen geschaffen wird, sondern nur die Kalender und Uhren.

An dem Morgen, dem ersten im neuen Jahrtausend, war alles still.

Mr. Cease schlief im Wohnzimmer, die leere Whiskyflasche im Schoß.

Mrs. Cease schloss vorsichtig die Tür zu Edwards Zimmer, um niemanden zu wecken.

In Oslo saß ich ohne Idee vor dem Roman, von dem ich sicher war, dass er niemals fertig werden würde, wenn ich nicht nach Amerika käme, und so weit kam ich nie.

Und Jokum beugte sich über Synnes Bett, mit der Hasselblad in den Händen, er spürte die feine Schwere dieser Kamera, in der Mechanik, in der Möglichkeit, und diese Schwere ermöglichte es ihm, das Gleichgewicht zu halten. Er sah sie kopfüber. Vielleicht lag sie ja auch richtig herum, während der Rest der Welt auf dem Kopf stand. Er wusste es nicht länger. Aber es war auch nicht wichtig. Sie hatten ihre eigenen Gesetze. Wie üblich lag Synne mit dem Gesicht dem Fenster zugewandt. Ohne es zu wissen holte sie sich das letzte Licht und sammelte es in einem Punkt in ihrem Blick, und von dort verbreitete es sich weiter bis zu Jokum, Synne holte das Licht für ihn. Er wollte das Foto machen. Da drehte sie sich. Er bemerkte es nicht. Er bemerkte nicht, dass sie es schaffte, sich umzudrehen. Und sie brach auch die Stille, sie sagte:

»Tu das nicht.«

Jokum machte einen Schritt zurück und war kurz davor hinzu-fallen.

»Tu das nicht«, wiederholte sie.

Es schien, als hörte er sie erst jetzt, und daraufhin musste er auch zu ihr etwas sagen:

»Du kannst reden, Synne.«

»Und ich sage dir, dass du das Bild nicht machen sollst.«

»Soll ich nicht?«

Synne hustete, kam im Bett hoch, sie zitterte am ganzen Körper, sie hustete und spuckte die Sonde aus, die ihr im Mundwinkel hing.

»Nein! Das sollst du nicht. Leg die Kamera weg!«

Sie sank zurück aufs Bett und schlief ein, tief und erschöpft, aber sie war anders, als risse und zerrte etwas in ihr, sie hatte Farbe im Gesicht, Fieber, Wellen durchzogen es. Dann ebbte auch das wie-der ab, und sie lag ruhig da, wie vorher, es war kein Unterschied zu sehen, nur die Sonde hatte sich gelöst. Jokum legte die Kamera auf den Nachttisch, rief den Arzt und berichtete ihm, was passiert war. Jokum musste das Ganze gleich noch einmal erzählen. Vielleicht war es ein Krampf, eine heftige, klonische Konvulsion. Nicht ungewöhnlich. Der Arzt befestigte die Sonde wieder und überprüfte den Herzrhythmus. Die Krankenschwester wechselte den Verband auf der Liegewunde.

»Aber sie hat gesprochen«, sagte Jokum.

Der Arzt drehte sich zu ihm um.

»Sie meinen, sie hat *Geräusche* von sich gegeben?«

»Nein, sie hat *gesprochen*. Sie hat mich gebeten, nicht mehr zu fotografieren.«

Der Arzt wandte seinen Blick lieber der Krankenschwester zu, die fertig mit ihrer Arbeit war, und Jokum war sofort klar, dass die beiden ihm nicht glaubten.

»Ich kann gut verstehen, dass Sie weiterhin die Hoffnung auf-rechterhalten wollen«, sagte der Arzt.

»Die Hoffnung ist mir scheißegal!« Jokum schrie fast.

Der Arzt legte ihm die Hand auf die Schulter.

»Sie sollten eine Pause machen. Fahren Sie nach Hause. Ruhen Sie sich aus. Tun Sie mal etwas anderes. Es gibt ja sowieso nichts mehr, was Sie tun ...«

Der Arzt zögerte, den Satz zu beenden, dann ließ er die Hand fallen.

»Und übrigens, ein schönes neues Jahr.«

Dann ging er zusammen mit der Krankenschwester.

Jokum setzte sich, und der Jetlag überfiel ihn ganz plötzlich, eine heftige Müdigkeit, die nicht nach Schlaf rief, sondern nach Hellsichtigkeit.

Synne hatte einmal gesagt, selbst wenn etwas unwahrscheinlich war, bedeute das nicht, dass es nicht doch geschehen kann.

Sie behielt recht.

Der Fluss kehrte um, und das Wasser floss zurück.

Die Ärzte konnten es sich nicht erklären. Sie hatten sich nicht geirrt. Die Patientin hatte sich geirrt. Sie gaben der Patientin die Schuld. Sie sprachen von Hysterie, einer klinischen Hysterie, bei der sich alles in Übertreibungen äußert und durch die die Sinne abgeschnitten oder bis zu einer abnormen Empfindsamkeit hin geschärft sind. Eine Hysterie, die verlangte, dass sich alles um Synne drehte, während alle anderen ihr gleichgültig waren. Doch das, was nicht erklärt werden konnte, geschah dennoch. Synne ging es besser. Die Wunde schloss sich. Synne atmete. Sie aß. Sie begann wieder die Alte zu werden, abgesehen von dem Haar, das nicht wachsen wollte. Und in den Augen hing immer noch ein Rest von etwas anderem, der Blick eines anderen, der das Unerhörte gesehen hatte, wenn man es so sagen kann, *der das Unerhörte gesehen hatte*, als eine Art Beweis dafür, wie weit fort sie gewesen war.

Aber was vielleicht noch sonderbarer war, und auch dafür hatte Jokum keine schlüssige Erklärung: Er spürte keinerlei Freude. Er hätte dankbar sein sollen. Doch das war er nicht. Er hätte auf die Knie fallen und sich glücklich preisen sollen. Doch auch das tat er nicht.

Er fühlte sich hereingelegt, oder noch schlimmer: im Stich gelassen.

Eines Morgens war Synne kräftig genug, um im Bett zu sitzen, mit einem Kissen im Rücken. Das Zimmer war nicht länger ein Tatort. Sie bat darum, mit Edith Fremm sprechen zu können. Sie wollte mit ihr allein sprechen.

Jokum ging hinunter in die Kantine, fand einen freien Tisch und wartete. Der Weihnachtsbaum war fort, aber dort, wo er gestanden hatte, lag grüner Staub auf dem Boden. Plastik rieselte herunter. Er holte das Geschenk von Mr. und Mrs. Cease heraus und packte es aus. Es war eine kleine Lupe, so eine, die man wahrscheinlich benutzt, um Briefmarken genauer zu studieren, ob an ihnen eine Zacke fehlt, oder ob sie gestempelt sind. Sie hatte Edward, ihrem Sohn, gehört. Hatten sie angefangen, seine Dinge wegzugeben, als Geschenke? Jokum überlief ein Schaudern, und er packte die Lupe schnell wieder ein. Warten fiel ihm schwer, besonders in der Kantine. Er wurde misstrauisch. Er konnte sich nicht damit abfinden. Hatte Synne das alles arrangiert, damit die Fotos gemacht wurden? Hatte sie sich selbst zum Kunstwerk gemacht und ihn benutzt, damit er die Sache durchzog? Aber warum sollte sie? Und was sollte er mit einer Lupe? Er fühlte sich wie ein Mülleimer. Dabei sollte er sich doch wie eine Kirche fühlen, aber das tat er nicht. Endlich kam Edith Fremm. Ihr folgte ein junger Mann, einer der Rechtsanwälte der Galerie, den Jokum flüchtig von irgendwelchen Terminen oder Vernissagen kannte, doch nur ein Gesicht, amerikanisch, angenehm und zynisch. Sie setzten sich. Edith Fremm ergriff Jokums Arm mit beiden Händen und rüttelte daran.

»Ist das nicht fantastisch?!«

»Ja.«

»Sie lebt! Sie wird überleben!«

»Ja.«

Edith Fremm ließ ihn los.

»Jokum? Was ist los?«

»Ich weiß es nicht.«

Eine Weile blieben sie schweigend sitzen. Die Geräusche von Schritten drangen aus allen Richtungen zu Jokum, Sirenen, die Kaffeemaschine, Stimmen, er war inzwischen diese weiße Stille gewohnt, fühlte sich hier schmutzig, wäre am liebsten gegangen.

Der Anwalt holte einen Vertrag aus seiner Tasche und legte ihn vor Jokum auf den Tisch.

»Der gilt nicht mehr«, sagte er.

»Warum nicht?«

Der Anwalt schaute Jokum lächelnd an.

»Weil der eine Partner, Synne Sager, Ihre Ehefrau, den Vertrag gebrochen hat.«

»Gebrochen?«

»Sie ist nicht gestorben.«

Jokum wandte sich Edith Fremm zu.

»Bedeutet das, dass es keine Ausstellung geben wird?«

»Das bedeutet es.«

»Aber wir müssen sie ja nicht *The Making of a Deathbed* nennen. Wir können ihr ja einen anderen Namen geben.«

Wieder legte sie ihm die Hände auf den Arm.

»Synne will das nicht.«

»Synne will das nicht? Oder wollt ihr das nicht?«

Jokum zog den Arm an sich.

»Es tut uns genauso leid wie dir Jokum«, sagte Edith Fremm.

Sie legte sich schnell die Hand vor den Mund und schüttelte den Kopf.

»Oh Gott, so habe ich es nicht gemeint. Das habe ich nicht gemeint, Jokum. Alles ist nur so …«

Jokum lächelte und war auf eine Art und Weise erleichtert:

»Vielleicht sind wir einfach ausnahmsweise einmal ehrlich.«

Der Anwalt gab ihm einen neuen Vertrag und drehte die Kappe von einem schwarzen Füller.

»Sie müssen alle Originalplatten und die Abzüge, die Sie eventuell schon gemacht haben, an uns übergeben.«

»Und dann?«

»Dann werden wir sie zerstören.«

Jokum nahm den Füller, unterschrieb, ließ den Füller auf dem Tisch liegen, auf den er tropfte, und sprang auf. Doch als er gehen wollte, fiel ihm etwas ein, was Synne gesagt hatte, dass sie Edith Fremm so lange brauchten, wie sie sie brauchten. Er wollte es aussprechen. Dass er sie nicht mehr brauchte. Vielleicht hatte er es ja früher schon mal gesagt, zumindest gedacht, aber er wollte es auf jeden Fall noch einmal sagen. Er blieb stehen und schaute auf Edith Fremm hinunter, brachte es jedoch nicht zuwege. Niemand hat es verdient, so etwas zu hören.

»Ich hoffe, wir sehen uns irgendwann mal wieder«, sagte er.

Sie schaute zu ihm auf und nickte nur.

Der Anwalt folgte Jokum auf die Station. Jokum gab ihm die Platten, 48 insgesamt, plus die Abzüge, die meisten waren zerknittert, einige in Stücke gerissen. Der Anwalt stopfte alles in seine Tasche.

»Und Sie sind sicher, dass das alles ist?«

»Wollen Sie vielleicht auch noch die Hasselblad haben?«

Der Anwalt streckte die Hand aus.

Jokum ging zu Synne hinein. Sie schlief. Nicht den Schlaf der Krankheit, medikamentös und unzuverlässig. Den ganz normalen Schlaf. Er öffnete die Nachttischschublade. Darin lagen die ersten Streifen, die er aus der Kamera gezogen hatte, feucht und glatt, gleich nachdem das Bild gemacht worden war. Jetzt waren sie trocken, streifig, wie alte Taschenspiegel. Er legte sie in seine Tasche. Mehr brauchte er nicht. Dieses Mal wollte er mit noch leichterem Gepäck reisen. Dann gab er Synne vorsichtig einen Kuss. Sie wachte langsam und ruhig auf. Er setzte sich ans Bett.

»Hast du alles geregelt?«, fragte sie.

»Ja.«

»War das in Ordnung?«

»Ich habe Edith gesagt, wir könnten doch einen anderen Titel finden. Du bist so gut im Titel finden. Könntest du nicht einfach einen anderen Titel finden?«

Eine Weile lag Synne da und schaute an die Decke. Das dauerte seine Zeit. Jokum wollte nicht drängeln. Schließlich sagte sie:

»Das nützt nichts, Jokum.«

»Warum nicht? Die Bilder sind gut. Vielleicht die besten, die ich je gemacht haben. Du hast sie gesehen.«

Sie lächelte, schläfrig und müde.

»Sind deine Bilder jetzt wichtiger als ich?«

Jokum beugte sich vor:

»Nicht dieser Spruch. Verdammt, nicht dieser Spruch. Das ist scheinheilig. Scheinheilig ist das!«

Synne lächelte nicht mehr, sie war wach, scharf:

»Willst du wissen, warum?«

»Ja! Ich will wissen, warum.«

»Weil ich nicht will, dass andere mich so sehen.«

»So?«

»Schwach. Sterbend. Das ist privat.«

»Du bist nicht schwach. Du bist stark.«

»Jetzt bist du scheinheilig, Jokum.«

»Außerdem bist du nicht gestorben.«

»Genau. Wäre ich tot, könnte es mir egal sein. Dann könntest du aus dem Ganzen deinen Nutzen ziehen. Und dein Comeback lancieren. Das war der Plan.«

»Comeback? Hast du es meinetwegen getan?«

»Weshalb denn sonst?«

Jokum stand auf. Der Stuhl fiel um.

»Weißt du, was ich glaube? Ich glaube nicht, dass du an mich denkst. Ich glaube, du, wie heißt das, ich glaube, du hast versucht, deinen eigenen Tod zu *kuratieren*, hast es aber nicht hingekriegt. Du hast den Mut verloren. Du ...«

»Glaubst du wirklich, dass ich sterben wollte?«

»Ich weiß es nicht, Synne. Ich weiß nicht mehr, was ich glauben soll. Ich ...«

»Es tut mir leid, dass du es so aufnimmst, Jokum. Ich dachte, du würdest dich vielleicht freuen.«

Jokum brauchte lange Zeit, um den Stuhl wieder an seinen Platz zu stellen.

»Können wir nicht darüber reden?«, fragte er.

»Es ist entschieden. Es gibt nichts mehr darüber zu reden.«

»Na gut. Dann ist es also so.«

»Hast du dem Anwalt alles gegeben?«

»Ja.«

Jokum ließ den Stuhl los, warf sich den Beutel über die Schulter, ganz entgegen Dr. Qs Rat, und ging zur Tür.

»Wo willst du hin?«, fragte Synne. Er drehte sich nicht um.

»Du brauchst mich nicht mehr«, sagte Jokum.

Er nahm den Fahrstuhl nach unten bis zur Rezeption, lieferte dort die ID-Karte ab, die er während der letzten Zeit um den Hals getragen hatte, fand ein Taxi, bat den Fahrer, zunächst zu Jim's Pawnshop zu fahren und dort zu warten. Er ging hinein und stellte die Hasselblad auf den Tresen. Inzwischen gab es hier mehr Wachleute als früher. Die Stimmung war angespannter. Es stand mehr auf dem Spiel. In Zeiten des Niedergangs sind die Pfandleihen das Finanzministerium der Nation. Alle, die hierherkommen, haben etwas gemeinsam: Sie brauchen Geld. Und je größer die Schuld ist, umso mehr Dinge müssen losgerissen werden. Eine neue Vitrine stand an der Wand. Sie war voll mit Goldzähnen und Prothesen. Jokum brauchte kein Geld. Endlich kam Jim zum Vorschein, grüßte und sah lange die Hasselblad an.

»Was haben wir denn hier.«

»Eine magische Kamera«, sagte Jokum.

Jim schaute auf.

»Magisch?«

»Wenn man mit ihr Kranke fotografiert, werden sie gesund.«

»Sie wollen mir also eine *Voodoo-Kamera* verkaufen, Mr. Jokumsen!«

»Nennen Sie sie, wie Sie wollen. Sie ist und bleibt magisch.«

»Erinnern Sie sich daran, was ich gesagt habe, als Sie das erste Mal hier waren?«

»Dass ich nicht fotografieren durfte.«

Jim lachte und schüttelte den Kopf.

»Dass ich niemandem vertraue. An dem Tag, an dem ich das tue, bin ich in dieser Branche erledigt.«

»Aber es stimmt, Jim. Ich habe es mit meinen eigenen Augen gesehen.«

»Warum behalten Sie sie dann nicht selbst, wenn sie magisch ist?«

»Weil ich sonst niemanden kenne, der krank ist«, erwiderte Jokum.

Jim gab ihm 50 Dollar. Ein Spottpreis. Jokum dachte, *jetzt verkaufe ich auch Geschenke.* Jetzt brach er das Versprechen des Geschenks. Er unterschrieb die Quittung und gab das Geld gleich weiter an eine ältere Dame hinter ihm, die sich ein hellrotes, tropfendes Gebiss von den Lippen riss. Das Gesicht klappte in einem platten Kuss zusammen, bevor sie blitzschnell die Scheine unter den Hut schob und Jokums Hände ergriff, sie wollte sie nicht wieder loslassen, sie umklammerte sie, sodass er sich zum Schluss losreißen musste. Aber sie trat nicht aus der Schlange heraus. Sie ging nicht mit unversehrtem Mund nach Hause. Stattdessen trat sie einen Schritt näher an den Tresen und lachte ohne Zähne. Nicht die Zeit ist Geld, sondern der Körper. Dann fuhr Jokum weiter zum Flughafen und kaufte sich ein Ticket nach Oslo via Chicago und München. Abflug am gleichen Abend. Als er das Handgepäck auf das Band gelegt hatte und durch die Sicherheitsschleuse gehen wollte, begann es zu piepsen. Er musste die Schuhe ausziehen und es noch einmal versuchen. Es piepste immer weiter. Er erklärte, dass er eine neue Hüfte bekommen habe. Könnte sie schuld sein? Die Sicherheitsleute durchsuchten ihn. Er hatte etwas in der Tasche. Zuerst glaubte er, es wäre die Lupe, aber die lag ja in dem Beutel. Es war der Magnet. Was wollte er mit dem? Jokum zuckte mit den Schultern. Wozu benutzte er ihn? Jokum wusste keine Antwort darauf. Die Sicherheitsleute gaben ihm den Magneten nicht zurück. Sie beschlagnahmten ihn. Jokum hatte nicht die Kraft zu protestieren. Es spielte keine Rolle mehr. Sollten sie doch alles nehmen, was sie wollten. Er ließ sowieso alles hinter sich. Dann zog er die Schuhe wieder an, nahm sein Gepäck und spürte eine tiefe, stille Trauer, als er an Bord der Maschine ging und sich zum letzten Mal in die erste Klasse setzte. Ein Sitzplatz ist ohne Humor.

Es sollte noch schlimmer kommen.

Als Jokum zurück in Oslo war, in der Wohnung in Skillebekk, begann er sofort mit der Arbeit an den Bildern. Aber es war anders als alles, was er je zuvor gemacht hatte. Es ging in erster Linie darum, sie zu retten. Außerdem waren es *Originale*. Es gab nur sie. Es waren originale Kopien. Wenn er sie zerstörte, gab es sie nicht mehr. Er ertappte sich dabei, dass ihm diese Grenze zwischen Existieren und dem Gegenteil gefiel. Ihm fiel kein anderes Wort ein. *Das Gegenteil*. Was ist das Gegenteil von existieren? Ist es die Abwesenheit? Das Vergessen? Es kam vor, dass er kurz davor war, alles in den Müllkeller hinunterzutragen und wegzuschmeißen. Er tat es nicht. Er wusste nicht, was er tun sollte. Ganz besonders mühte er sich an *Morning Sun* ab, dem einzigen Farbfoto. Nicht nur, weil das Papier in einem erbärmlichen Zustand war, es lag auch an Synnes Blick, wie sie da im Bett saß, die Arme um die Knie geschlungen, er bekam ihn nicht zu fassen. Es schien, als wäre sie trotz allem auf ihn aufmerksam geworden, während er in der Tür stand und sie im Morgenlicht fotografierte. Sie posierte. Sie benahm sich wie ein Model, während sie den Tod arrangierte. Und dann sah er noch etwas anderes in dem gleichen Bild, sie war umschlossen von ihrer eigenen Zeit, unzugänglich, die Welt verschwand in ihr. Nachts lag Jokum wach, und manchmal rief er ins Dunkel: *Komm und halte mich auf, Synne. Komm und halte mich auf!* Sie kam nicht. Schließlich suchte er die Nationalgalerie auf und machte einen Termin mit der Museumskuratorin aus. Als er die Treppe zum Keller und den Magazinen hinunterging und dieselbe Frau traf, die ihm Johan Gørbitz' *Männlicher Akt* gezeigt hatte, dachte er, ohne zu wissen, was es bedeutete: *Ich bin gefangen*. Übrigens hatte sie sich nicht verändert. Erkannte sie ihn wieder? Er zeigte ihr die zwölf Fotos, die er ausgesucht hatte.

»Sollen sie Ihrer Meinung nach alt aussehen?«, fragte sie.

»Alt?«

»Na, sie sind ja schon zerkratzt und …«

Jokum unterbrach sie:

»Nein, so einen schlechten Geschmack habe ich trotz allem nicht.«

Sie schaute ihn an und lächelte.

»Der Stabhochspringer, nicht wahr?«

»Es hat viel für mich bedeutet, dass Sie mir das Gemälde gezeigt haben. Vielen Dank.«

»Ja, Sie sind seit damals ziemlich hoch gesprungen.«

Jokum wollte nicht sagen, wo er gelandet war.

»Ich möchte, dass man sehen kann, dass die Bilder repariert worden sind«, sagte er.

»Sie meinen restauriert.«

»Von mir aus.«

»Das kann ich nur in meiner Freizeit machen. Darum muss ich Sie um Geduld bitten.«

Jokum ging nach Hause und saugte die Wohnung.

Und lassen Sie mich zum letzten Mal in Salmonsens kleinem Lexikon nachschlagen, das im Studentenwohnheim zurückblieb, nachdem er mit Synne nach Kopenhagen gezogen war und nachschauen, was man unter der Rubrik *Zeit* dort lesen kann: *Die erlebte Zeit unterscheidet sich von der physischen in ihrer Struktur und u.a. ist für sie charakteristisch, dass Erlebnisse innerhalb eines gewissen physischen Zeitraums einerseits gegenwärtig für das Bewusstsein sind, andererseits unbemerkt in neue gegenwärtige Erlebnisse hineingleiten.* Aber vielleicht ist in unserem Zusammenhang das interessanter, was am Ende steht: *Man kann zwei Geräusche als einander folgend, aber ohne Zwischenraum wahrnehmen, wenn zwischen den Geräuscheinwirkungen ein Abstand von 0,002 sec. besteht.*

Wie kurz darf der Abstand zwischen zwei Bildern sein, um zu sehen, dass die Zeit vergeht?

Jokum hörte nichts von Synne. Sie hielt ihn nicht auf. Was sollte sie denn aufhalten? Welchen Dingen in ihm sollte sie einen Riegel vorschieben? Er wusste es noch nicht. Stattdessen kamen mehrere Briefe von dem Anwalt. Ob auch sicher sei, dass Jokum das gesamte Material abgeliefert habe? Er wurde daran erinnert, dass der Vertrag, den er unterschrieben hatte, juristisch bindend war. Jokum antwortete nicht. Schließlich öffnete er die Briefe gar nicht erst. Ansonsten ging er häufig in den Park von Skillebekk, dem früheren Olaf Bulls plass, und setzte sich auf eine der Bänke in dem Kreis um den Springbrunnen. Einige behaupten, er käme in diesem Frühling und Sommer jeden Tag hierher. Es gefiel ihm wohl, den Erinnerungen so nahe wie möglich zu sein, auch wenn alles um ihn herum heruntergekommen und verfallen erschien. Das Gras war braun, Müll lag verstreut auf dem Boden, selbst die Bäume schienen krank zu sein, als hätten die Blätter Mühe, auszuschlagen oder zu fallen. Auch die Tauben schienen unsicher zu sein. Sie konnten sich nicht entscheiden, ob sie auf der Skulptur von Anders Svor landen sollten, die trotz allem von Mai bis September dort plätscherte. Jokum machte sich ein paar Gedanken zu dem Titel, nicht den, der der Skulptur von dem Volk verliehen worden war, *das Haar in der Suppe*, sondern der des Künstlers: *bølgen*, die Welle, eine Bewegung, in Stein erstarrt. War die Fotografie das nicht auch, eine Bewegung des Lichts, die erstarrt war, eine eindimensionale Skulptur, gemeißelt in die Zeit. Jokum bekam wieder einen krummen Rücken. Jemand meinte, er ähnelte nach einer gewissen Zeit einem alten, abgemagerten Pferd, einem Klepper. Früher einmal hatte er einen Kranz bekommen, als er dort saß und wartete, auf dieselbe wartete, auf die er immer noch wartete. Jetzt bekam er nichts. Er war in Skillebekk nicht berühmt. Die Zeit lief ihm davon, und er selbst konnte sie kaum zum Weitergehen bewegen. Wie lange muss man fort gewesen sein, um ein Comeback starten zu können? Bald reicht es, wenn man sich nur umgedreht hat. Dann bekam Jokum die Nachricht, dass seine Bilder fertig waren. Er ging zurück in den Keller der Nationalgalerie. Die Konservatorin hatte die Fotos jeweils in eine Plastikhülle geschoben. Es sah aus wie ein Familienalbum.

»Darf ich fragen, wer das ist?«

»Jemand, den ich kenne.«

Jokum stand direkt hinter der Konservatorin, vielleicht lag es an der Dunkelheit um sie herum, den Gerüchen von Parfüm und Chemikalien oder ganz einfach an der unerwarteten Intimität des Augenblicks, dass er sie plötzlich bei den Hüften packte und an sich zog.

»Was zum Teufel tun Sie da?«

Er ließ sie ebenso schnell wieder los und sank in sich zusammen.

»Ich versuche, den Rücken aufzurichten«, sagte er.

»Das ist Ihre Frau, nicht wahr?«

»Ja. Das stimmt.«

Jokum ging beschämt und nicht mehr aufrecht wieder nach Hause und dachte: Ich hatte die Chance, untreu zu werden.

Ich schrieb: *Er ähnelte einem mageren Pferd.*

Und das ist der Zeitpunkt, an dem ich hinsichtlich der Reihenfolge unsicher werde, jetzt, wo doch die Reihenfolge entscheidend ist. Aber ich habe genug mit meinem eigenen Weh und Ach zu tun. Ich habe mit diesem Roman gekämpft. Dieser Roman hat mit mir gekämpft. Ich hatte für nichts anderes ein Ohr. Ich befand mich im Endspurt. Ich schwankte zwischen Glück und Hoffnungslosigkeit, zwischen Treue und dem, was stärker ist als Zweifel, denn das Gegenteil von Treue ist nicht Zweifel, es ist *nichts*. Mit anderen Worten: Ich war hoch oben und tief unten. Ich war ein schwankender Kurs, eine unmögliche Valuta. Ja, ich hatte genug an mir, und mehr sollte ich noch bekommen, worauf ich in dieser Reihenfolge zurückkommen werde, über die ich inzwischen unsicher bin, die aber bereits verwendet wurde:

Im November, als Jokum immer noch nichts von Synne gehört hatte, schaute er in dem ehrwürdigen Fotoladen im Drammensveien vorbei, der sich, um zu überleben, auf alte Familienbilder und andere zerbrechliche Erinnerungen spezialisiert hatte. Er bat den Verkäufer, die zwölf Kopien auf 26x14 aufzublasen und sie einzurahmen, gern mit antiken Rahmen. Der Verkäufer fragte, ob es ein Geschenk sein solle, als ob das von Bedeutung wäre. Für mich selbst, dachte Jokum. Im Dezember holte er die Bilder ab. Weihnachten feierte er allein. Er feierte es nicht. Das erste Jahr in dem neuen Jahrtausend war bald vorbei. Es wurde 2001. Schon seit Langem hatte man sich an die Zahlen gewöhnt, und das vorherige Jahrhundert lag weit zurück. Das vorherige Jahrhundert liegt immer weit zurück, auch wenn es kaum jemanden gab, der einen Unterschied sah, der Unterschied war noch nicht *eingetroffen*, abgesehen davon, dass es keine Filme mehr in den Kameras gab und in den Telefonen eine Kamera war.

Im März wollte Jokum nicht länger warten und schickte die zwölf Bilder kurz vor Ablauf der Frist zur Statens Høstutstilling, der Staatlichen Kunstausstellung, ein. Er behielt den Titel bei: *The Making of a Deathbed.*

Zur gleichen Zeit lieferte ich den Roman beim Verlag ab. Er war in meinen Augen nicht fertig, aber *ich* war fertig. Diesbezüglich möchte ich nicht näher in Details gehen. Ehrlichkeit gehört nicht unbedingt in die Literatur. Sie gehört eher an andere Orte, wie Protokolle, Journale und Archive. Ich saß in der Wohnung meiner toten Eltern und war fertig. Mir kam in den Sinn, dass Jokum das Gleiche tat. Er saß in der Wohnung seiner toten Eltern und war auch bald fertig.

Im Juni wurde *The Making of a Deathbed* angenommen.

Einen Monat später bekam ich eine Nachricht aus dem Verlag. Sie wollten den Roman, mit gewissen Vorbehalten, bereits im Herbst herausgeben.

Aber genau wie Jokum bin ich eher daran interessiert, den Fisch zu *angeln*, als ihn zu veredeln. Kurz gesagt, ich stellte mich auf die Hinterbeine. Ich weigerte mich, den Roman zu säubern.

Im August zog ein tropisches Unwetter über das norwegische Østlandet. Mit einem Geschmack nach Schwefel und Regenwald, ein fremder, bedrohlicher Niederschlag. Die Natur wand sich und schlug Funken. Ein Feuer brannte hinter dem Horizont, Flammenwerfer versengten den Himmel.

Zwei Tage vor der Hochzeit berichtete die zukünftige Kronprinzessin, Mette-Marit Tjessem Høiby Folgendes der Presse, mit tränenerstickter und gequälter Stimme, als hätte sie keine andere Wahl, während sie ihren zukünftigen Ehemann, Kronprinz Haakon, an der Hand hielt: *Meine Jugendrebellion war deutlich stärker ausgeprägt als die vieler anderer, wie ich annehme, und es war für mich zu der Zeit wichtig, im Gegensatz zu dem zu leben, was akzeptiert war.*

Der Wahlkampf in diesem Herbst war geprägt durch Steuern und Abgaben.

Am 10. September waren die Stimmen ausgezählt: Norwegen bekam eine bürgerliche Regierung mit Kjell Magne Bondevik von der Kristelig Folkeparti als Ministerpräsidenten.

Am folgenden Tag, dem 11. September, einem ganz gewöhnlichen Dienstag, sollte mein Roman herauskommen.

Ich habe bereits davon berichtet, wie sich das abspielte:

Um 14.45 Uhr norwegischer Zeit und 21 Minuten später, um 15.06, stürzten zwei entführte Boeing 726 ins World Trade Center in Manhattan, legten die beiden Türme in Schutt und Asche und veränderten die Aussicht aus allen Fenstern in New York für immer. Der islamistische Karneval stürzte mit 157 Geiseln vom Himmel und tötete mehr als dreitausend arbeitende Menschen.

Ich wurde geschlachtet.

Der Roman war nicht nur unzusammenhängend, ohne Plan und leider mit einem selbstverliebten Erzähler verunstaltet, er war außerdem, und das war das Schlimmste, *ambitiös*, und es gibt wohl kaum eine unglücklichere Legierung als Ambitionen und Leere, das müssten dann wohl Religion und Politik oder Idealismus und Begierde sein. In der Nacht vor dem Verbrechen schauten sich die Entführer Pornofilme im Pay-TV an, um bereit für die Begegnung oder eher den Empfang durch all die Jungfrauen im Paradies zu sein. Etwas lächerlich machen war übrigens die neue Form der Kritik: Der Roman war ein abgestandenes Büfett in einer norwegischen Raststätte, deren Koch, womit ja wohl ich gemeint sein sollte, dennoch von Michelin-Sternen träumte.

Ich nahm es persönlich.

Es traf mich emotional. Anders kann ich das nicht sagen. Es wirkte sich sowohl auf den Verstand als auch auf das Gefühlsleben negativ aus.

Hätte mich jemand gefragt, wofür ich mich entschieden hätte, könnte ich zwischen begeisterter Aufnahme und der Möglichkeit, dass der Terroranschlag nicht stattgefunden hätte, wählen, ich hätte mich für das Erste entschieden.

Aus dieser Elektrizität der Bewegung entstand Wut. Die Wut übermannte mich. Der Wütende hat nur zwei Möglichkeiten: Rache oder Untergang.

Als ich glaubte, tiefer könnte ich nicht mehr fallen, schickte mich mein Verleger außer Landes, nach Løkke in Dänemark, wo die Sachkundigen des Ortes mich Korrektur lesen durften. Es war zu meinem eigenen Besten.

Es ist zu deinem eigenen Besten.

Am Mittwoch legte man Blumen und stellte brennende Kerzen vor die amerikanische Botschaft in Oslo.

Am Donnerstag erklärte der Außenminister der USA, Colin Powell, den afghanisch-sudanesischen Geschäftsmann und Terroristen Osama bin Laden zum Kopf, der hinter dem Anschlag stand.

Bin Laden war schuldig.

Was zu umfangreichen antiamerikanischen Demonstrationen in diversen muslimischen Staaten führte. Der islamistische Karneval nahm kein Ende: *Osama is my hero.*

Amerika selbst war schuldig.

Der Justizminister der USA, John Ashcroft, legte einen Gesetzentwurf über Telefonabhörmöglichkeiten und elektronische Überwachung im Kampf gegen den Terror vor.

Wer dagegen war, war auch schuldig.

Afghanistan weigerte sich, Osama bin Laden auszuliefern.

Das Taliban-Regime erklärte den USA und dem, was sie den jüdisch-amerikanischen Kreuzzug nannten, den heiligen Krieg, sollte ihr Land angegriffen werden.

Am Donnerstag, dem 19. September, nahmen große Flottenein-
heiten und Jagdflugzeuge Kurs auf die Persische Bucht.

Präsident George W. Bush, der Sohn seines Vaters, sagte, was in
gutem Glauben der Refrain des Westens werden sollte: Es hat nichts
mit dem Islam zu tun.

Stand denn trotz allem nichts im Koran, was die Terroristen auf
bessere Gedanken hätte bringen können?

Am Samstag, oder war es die Woche davor, wie gesagt, ich weiß
es nicht mehr, öffnete die 89. Staatliche Herbstausstellung ihre Tore.
Es war die kleinste Präsentation der Geschichte, nur 51 Werke, auf
21 Künstler verteilt. Aber was bedeuteten schon Kunst und die
Schrift in diesem Zusammenhang? Der Terror wurde zum Maßstab aller Dinge, und bei diesem Abstand kommt man immer zu
kurz. Man sagte: Wir müssen wie vorher weitermachen. Sonst hat
der Terrorismus gewonnen. Doch wenn das Gewöhnliche, das *Alltägliche*, das Leben, das an Arbeit, Vertraulichkeit, Handel und Fürsorge geknüpft ist, denn das ist ja ein Leben, das, wenn man alles in
Betracht zieht, die meisten trotz allem leben wollen, zur Ausnahme
wird, was ist dann die Regel? Die Regel ist Angst. Die Terroristen
gewannen.

Was ist eigentlich *wie vorher*? *Wie vorher* ist die Stickerei, die in
alten Stuben über dem Sofa hängt: *home, sweet home.*

Jokum ging nicht zur Eröffnung.

Er saß in der Wohnung seiner toten Eltern und hoffte, dass niemand, den er kannte, zu Schaden gekommen oder getötet worden
war. Vielleicht war ja Synne in New York gewesen? Vielleicht war
sie im Whitney-Museum gewesen, um Edward Hopper noch einmal *live* zu erleben? Und Mr. und Mrs. Cease waren doch dorthin
gezogen, zumindest sie.

Zunächst einmal hörte Jokum von niemandem etwas.

The Making of a Deathbed allerdings, das für sich links im Saal
mit Oberlicht hing, bekam begeisterte Besprechungen. Die Kritiker
nannten die Serie eine *tour de force* und waren unisono einig, dass
Jokum Jokumsens Comeback ein *knock out* war. Ebenso erfreulich

war es, dass es auch noch in Norwegen stattfand, in der Herbstausstellung, die dringend so einen Höhepunkt brauchte, eine Attraktion. Man hob den ästhetischen Ernst hervor, mit dem der Fotograf sein Motiv behandelte, vom ersten Bild an, auf dem eine Frau schlafend und ahnungslos in einem Krankenbett liegt bis zum Abschluss, wo sie sitzt, halb nackt, die Hände um die Knie geschlungen, jetzt in Farbe, als schlüge der Tod in voller Blüte aus, diskret und überwältigend gleichzeitig. Die Wirkung auf den Betrachter ist optimal. Der Fotograf behält die ganze Zeit einen *intimen Abstand* zu seinem Objekt und lässt *das Persönliche das Private überdecken,* während die Rahmen, *die diese Frau in ihr Schicksal einsperren,* auch die Botschaft einer Art von Nähe in sich tragen, von etwas Sicherem, etwas *Familiärem.* Und genau das macht den Triumph des Künstlers aus. Niemand, der *The Making of a Deathbed* betrachtet, bleibt ungerührt. Alle sind berührt. Ein Kritiker, einer dänischen Zeitung, schrieb außerdem, dass diese Bilder *ohne Oberfläche* sind.

Jokum las diese Kritiken nicht. Aber ich. Vor allem fiel mir Letztere auf. Die Bilder seien ohne Oberfläche. Als ob ich dadurch recht bekam. Denn genau das hatte ich früher ja Synne gesagt, sie sei ohne Oberfläche, und ich habe es bis zum heutigen Tag bereut. Übrigens fand ich es schon merkwürdig, dass niemandem auffiel, dass sie auf den Fotos war, auch wenn sie auf den Bildern fast nicht zu erkennen war, gezeichnet, abgemagert und kahlköpfig. Ja, es regte mich auf, dass niemand sie wiedererkannte. Jemand sollte doch das Publikum, und nicht zuletzt Synne, darauf aufmerksam machen, dass sie dort hing.

Bald klingelte das Telefon bei Jokum.

Einige Male war er kurz davor, ranzugehen, stand mit ausgestreckter Hand im Eingang, doch im letzten Moment verlor er wieder den Mut, und die Klingeltöne hinterließen in der Wohnung ein unruhiges, metallisches Echo, das an die Apparate im Memorial Hospital erinnerte.

Dann klingelte es stattdessen an der Tür. Jokum ging hin und lauschte. War der Gärtner zurückgekommen? Was wollte er dieses Mal? Es klingelte noch einmal. Jokum öffnete vorsichtig und schaute hinaus. Eine junge Dame in Blouson und zu großen Schuhen stand draußen und hielt eine Sammelbüchse in der Hand, die sie energisch schüttelte.

»Ich komme vom Roten Kreuz«, sagte sie.

Jokum ließ sie herein und fand ein paar Scheine, die er in den Schlitz in der versiegelten Konservendose steckte.

»Und an wen geht das Geld dieses Mal?«, fragte er.

»An die Opfer.«

»Sie meinen die Terroropfer?«

»Wir alle sind Opfer.«

»Ich auch?«

»Ja, Sie auch.«

»Dann will ich mein Geld zurückhaben«, sagte Jokum.

»Es war nicht so wortwörtlich gemeint.«

»Und ich brauche es nicht.«

Die junge Dame, eigentlich war sie noch ein Mädchen, errötete, öffnete die Wohnungstür und wollte gehen. Doch dann zögerte sie und sah ihn noch einmal an.

»Sie sind doch der Fotograf, oder?«

Jokum zuckte mit den Schultern und dachte, nicht ohne gewisse Freude, *jetzt bin ich in Skillebekk berühmt.*

»Ja, das bin ich wohl.«

»Sie sollten Fotos machen, die die Welt verändern.«

»Wie macht man das?«

»Indem man Ungerechtigkeit und Elend fotografiert.«

»Wird die Welt dadurch besser?«

»Ja, wenn die Menschen die Wahrheit zu sehen bekommen.«

Jokum lächelte.

»Ich wünschte, Sie hätten recht.«

»Ich *habe* recht!«

»Natürlich haben Sie das.«

Das Mädchen schaute zu ihm auf, überzeugt und glücklich, und Jokum beneidete sie.

»Ach, haben Sie übrigens etwas übrig?«

Er lachte und legte sich die Hand auf den Kopf.

»Übrig, ja. Sehen Sie das nicht?«

Doch das Mädchen verstand den Scherz nicht, wie gesagt, sie war überzeugt und glücklich, und Jokum beneidete sie immer noch.

»Ich meinte, für unseren Weihnachtsflohmarkt. Im November wird dafür gesammelt.«

»Ich habe das meiste übrig«, sagte er.

Jokum schloss hinter ihr die Tür und ging ins Bett. Er bereute, dass er ihr nicht das Foto des Saigoner Polizeichefs gezeigt hatte, der den FNL-Soldaten erschoss, das seine Mutter durch eine Stickerei ersetzt hatte. Und dann träumte er seit langer Zeit das erste Mal wieder etwas. Er saß auf dem Rücksitz eines Autos, zusammen mit Synne. Plötzlich, direkt vor einer Kurve, befanden sie sich unter Wasser. Der Fahrer hing über dem Lenkrad, unverletzt und tot. Draußen war alles geräuschlos und schwarz. Synne kurbelte das Fenster runter. Das Wasser ergoss sich in den Innenraum und begann entlang der Türen zu steigen. Dann versuchte Synne Jokum aus dem Auto zu schieben, an dem Wasser vorbei, das auf sie zufloss. Ebenso plötzlich stand er wieder auf dem Land, direkt vor einer Bucht, die durchsichtig und ganz klar war. Und auf dem Grund sah er einen Saal nach dem anderen, alle voller Bilder, einige waren von ihm, die meisten kannte er nicht, er wusste nur, wie er so nackt und trocken in dem schweren, dunklen Sand im Innersten der Bucht stand, dass es all die Bilder waren, die er gern gemacht hätte. Dann umarmte Synne ihn, und er wachte allein auf.

Am nächsten Tag klingelte das Telefon ohne Unterbrechung. Aber Jokum ging trotzdem nicht ran. Dann hörte auch das auf. Er war unruhig und erschöpft. Er erinnerte sich an den Traum, war aber nicht in der Lage, ihn zu deuten. Es quälte ihn. Er versuchte, sich mit dem Gedanken zu beruhigen, dass er ohne jede Bedeutung und sinnlos gewesen war.

Dann, Anfang Oktober, Jokums bestem Monat, wurde *The Making of a Deathbed* im Kunstnernes hus abgehängt. Der amerikanische Anwalt hatte, im Namen seiner Mandantin, der Leitung wie auch der Jury der Herbstausstellung und nicht zuletzt auch Jokum mit Anzeige, Schadensersatz und anderen Maßnahmen der Strafverfolgung gedroht, wenn seine Forderung nicht augenblicklich erfüllt würde. Der Juryvorsitzende versuchte das Ganze herunterzuspielen. Es war die Rede von einem Missverständnis. Der Fotograf hatte leider nicht das Urheberrecht an dem Werk. Das war ein Verstoß gegen das Urheberrechtsgesetz. Wozu ich gern hinzufügen möchte: Es waren Jokums *Bilder*, doch der *Inhalt* gehörte Synne. Man war sich sicher, zu einer Einigung zu finden. Es kam zu keiner Einigung.

Und gleichzeitig, und auch noch unisono, wandten sich die Kritiker gegen Jokum. Jetzt, nachdem sie endlich wussten, wer die Frau auf den Bildern war, gefielen sie ihnen nicht mehr, ganz im Gegenteil, die Bilder empörten sie. *The Making of a Deathbed* war nichts anderes als das spekulative Ausnutzen eines hilflosen Menschen, der bis ins Innerste gekränkt wurde, ein ästhetisierter Übergriff im Namen der Kunst. Und Jokums jüngste Vergangenheit als Polizeifotograf wurde auch noch gegen ihn verwandt: Er war im Besitz eines technischen Zynismus, der der Kunst fremd war. Die Person, die *abfotografiert* worden war – nicht mehr fotografiert –, war dehumanisiert worden, zu einer *Sache* degradiert. Die Kritiker waren sich einig: Man war *peinlich* berührt, wenn man sich diese Bilder anschaute.

Werde ich angeklagt und laufe Gefahr einer Strafverfolgung, wenn ich die gleichen Bilder *beschreibe*, beispielsweise Nr. 7: Synne liegt auf dem Rücken, die Hände, sie sind dünn und fast schwarz, an der Seite. Die Decke ist auf den Boden gerutscht. Sie ist nackt. Die Haut ist grau, an dem einen Schenkel befindet sich ein fleckiger Verband, der sich an einer Ecke gelöst hat. Zwischen den Beinen, dort, wo die Hüftkämme in einer harten, glatten Mulde enden, ist ein Katheter befestigt. Die Brüste sind flach und faltig, nur graue Schatten, auf denen die Blutadern Kabeln ähneln. Die Halsgrube ist tief wie eine Papiertüte, das Kinn spitz und feucht und der Mund ein einziges stramm gezogenes Grinsen, zusammengebunden von den Lippen, die gegen die Zähne drücken. Eine Sonde hängt im linken Mundwinkel und könnte den Zuschauer an einen Strohhalm mit Knick denken lassen, genau solche, die man benutzt, wenn man Milchshake trinkt, und dieser Gedanke ist so befreiend wie falsch. Der Mund kommt nämlich auf diesem Bild dem Tod am nächsten. Doch in den Augen, *im Blick*, der gleichzeitig lebendig und verschlossen ist und auf etwas weit über dieses Format hinausreicht, *bis zu dem Unerhörten*, leuchtet etwas, das ich nicht anders als Stolz bezeichnen kann. Das Haar hat sie bereits verloren. Der Schädel ist fast vollständig bedeckt von kleinen Wunden und Schorf.

Kann man diesen Stolz niemals selbst sehen?

Jokum sah ihn.

Eines Tages bekam er eine Ansichtskarte. Vorn drauf war ein Hochglanzbild von New York, das berühmte Profil vor einem blauen Himmel, vor dem die Gebäude einer künstlichen, aufwendigen Gebirgskette ähneln. Aber es war eine alte Postkarte. Das World Trade Center stand immer noch dort. Die beiden Türme ragten in den ebenso künstlichen Himmel. New York *war wie vorher*. Die Karte kam von Mrs. Cease. Ihre Handschrift war steil und gut lesbar: *Lieber Jokum, ich habe mit meinen eigenen Augen gesehen, wie das Flugzeug Nummer zwei in den South Tower flog. Ich stand nicht weit davon entfernt, unten in East Village. Ich bin losgelaufen. Als ich an die Ecke Water Street und Fulton kam, kollabierte der erste Turm. Als ich zu Hause ankam, waren beide Türme weg. Das war die Rache, auf die ich gewartet hatte. Es ist meine Schuld. Liebe Grüße Lilith.* Jokum drehte die Karte noch einmal um. Jetzt sah er, dass sie ein kleines Flugzeug gezeichnet hatte, wie Kinder es zeichnen, direkt neben dem einen Turm. Er ließ die Karte neben dem Telefon im Eingang liegen und setzte sich in die Küche. Es regnete. Die Tropfen malten schmutzige Streifen aufs Fenster. Die Stadt draußen, mit ihren Baukränen, Pflastersteinen, Dachrinnen und Tauben, wurde fern, unsichtbar. Doch die Möbel waren immer noch dieselben, die schon immer hiergestanden hatten, der Schrank an der Wand auch, mit Schütten für Mehl und Zucker, der Kühlschrank, die Wachstischdecke auf dem Tisch war ebenso matt wie immer und das Linoleum vor dem alten Herd weiterhin abgetreten von Mutters Schuhen. Er saß auf der Innenseite einer Erinnerung, von der bald alles vergessen sein würde.

In der Zwischenzeit strömten die Leute ins Kunstnernes hus, um die nackten Wände zu sehen, dort, wo *The Making of a Deathbed* gehangen hatte.

Bereits am nächsten Tag klingelte es wieder an der Tür. Jokum dachte, das Mädchen vom Roten Kreuz sei zurückgekommen, und für einen Moment freute er sich. Er wollte gern mehr mit ihr reden, über die Bilder, die die Welt veränderten. Jetzt wollte er ihr das Foto zeigen, wenn er es denn fand, das die Welt verändert hatte, auch wenn er es nicht gewesen war, der es gemacht hatte. Als er die Tür öffnete, standen zwei Männer davor. Sie sahen einander ähnlich, in ihren langen Mänteln und mit ihren kurzen Haaren. Jokum war sich sicher, dass er sie schon einmal gesehen hatte, war aber nicht in der Lage, sich daran zu erinnern, wo. Als Erstes kam ihm der Gedanke, sie wollten ihm mitteilen, dass Synne tot war.

»Dürfen wir reinkommen?«, fragte der eine.

»Worum geht es?«

»Dürfen wir reinkommen?«, wiederholte der andere.

Sie kamen herein. Jokum schloss die Tür und führte sie in die Küche, dankbar, dass sie es nicht sofort sagten. Schlechte Nachrichten eilen nicht. Beide blieben stehen. Keiner sagte etwas. Sie schauten sich nur um. Jokum überlegte, ob es nicht vielleicht doch um die Bilder ging, waren sie gekommen, um ihn zu verhören? Er konnte nicht länger an sich halten.

»Geht es um …«

Der Erste unterbrach ihn.

»Kennen Sie Mrs. Cease?«

»Mrs. Cease? Ja. Aus San Francisco. Aber jetzt wohnt sie doch in New York, oder? Wenn es diese Mrs. …«

Der Mann legte ein Foto auf den Küchentisch und unterbrach Jokum.

»Haben Sie das gemacht?«

Der andere verschwand, und Jokum hörte, wie er von Raum zu Raum ging, Stühle beiseiteschob, etwas auf den Boden fallen ließ, ein Buch, einen Aschenbecher. Jokum schaute auf den Tisch. Es war *Mother, Rage*. Er sah das Lächeln nicht mehr, das früher einmal in ihrem Gesicht erschienen war, nun war es nur noch von Wut erfüllt.

»Ja. Das ist gemacht worden in ...«

»Ist das ein Porträt einer gefährlichen Frau?«

Jokum schaute auf.

»Gefährlich? Nein, warum sollte sie gefährlich sein?«

»Hat sie mit Ihnen über Politik gesprochen?«

»Nein. Doch. Über den Vietnamkrieg. Ihr Sohn ...«

»Hat sie antiamerikanische Ansichten geäußert?«

Jokum setzte sich und schaute das Porträt noch einmal an, *Mother, Rage*, es war ein schlechter Abzug, der Abzug von einem Abzug, er wurde weder ihm noch Mrs. Cease gerecht.

»Ihr Sohn ist in Vietnam verschollen«, sagte Jokum.

»Ich frage Sie jetzt noch einmal: Hat diese Frau antiamerikanische Absichten geäußert?«

»Sie ist ein guter Mensch. Mit einem großen Schmerz.«

Der Mann wirkte desinteressiert.

»Und Sie? Was sind Sie?«

»Ich bin nur ein Mensch. Mit einem großen Schmerz.«

Der Mann legte ein weiteres Foto vor Jokum auf den Tisch. Es war *The Black Pyjamas*, die versehrten, malträtierten Männer im Keller des Hacienda Hotels in San Diego. Jokum saß stumm da und schaute es an. Er hatte es noch nie zuvor gesehen. Es sah aus wie ein Klassenfoto mit alten, zerstörten Schülern, die dennoch lächeln. Er versuchte zu entscheiden, ob es ein gutes Foto war, doch es gelang ihm nicht.

»Haben Sie irgendeine Verbindung zu dieser Gruppe?«

Jokum musste sich ein Glas Wasser einschenken, er trank einen Schluck und schloss die Augen.

»Das war nur ein Auftrag. Ich weiß nicht ...«

»Haben Sie immer noch Kontakt zu denen?«

»Ich habe niemals …«

»Sie haben doch dieses Foto gemacht, oder?«

»Doch, ja. Ich …«

»Und diese Männer haben Kontakt zu Ihnen aufgenommen. Also frage ich noch einmal: Haben Sie immer noch Kontakt zu denen?«

»Nein. Ich weiß nicht einmal, wer sie sind. Oder wer den Kontakt zu mir aufgenommen hat. Das war geheim …«

»Nehmen Sie öfter solche *geheimen* Aufträge an?«

»Nein, das war nur dieses eine Mal. Ich …«

»Was haben die Ihnen gesagt?«

»Ich kann mich nicht erinnern, dass sie überhaupt etwas gesagt haben. Was haben die denn getan? Haben sie etwas Schlimmes getan? Ich meine …«

Der Mann lächelte.

»Wie kommen Sie darauf?«

»Nein, weil Sie ja fragen.«

»Haben Sie vielleicht so eine Idee? Was sie *Schlimmes* gemacht haben könnten?«

Plötzlich verlor Jokum die Geduld und schlug mit der Faust auf den Tisch, eine alberne, lächerlich wirkende Geste, und zeigte auf das Foto.

»Sehen Sie sie doch an! *Sehen* Sie sie an! Eine Gruppe von invaliden Kriegsveteranen, die …«

»Dann wissen Sie also, wer die Männer sind?«

»Was? Ja. Vietnam. Die auch.«

»Anscheinend sind Sie ziemlich besessen vom Krieg. Besonders vom Vietnamkrieg. Aber das ist ein alter Krieg.«

Jokum ging geradezu die Luft aus.

»Sehen Sie sie an«, sagte er leise.

Der Mann beugte sich über den Tisch, dicht an Jokum heran, und legte ihm die Hand auf die Schulter.

»Ja? Was genau soll ich mir Ihrer Meinung nach denn ansehen?«

»Die können doch nicht einmal einer Fliege etwas zuleide tun.«

»Genau das wollen wir verhindern, nicht wahr?«

Der zweite, oder erste Mann kam zurück, die Hände auf dem Rücken. Jokum schaute auf und wusste in dem Moment, woher sein Gefühl gekommen war; sie hatten ihn bereits geprägt.

»Ihr seid schon einmal bei mir gewesen«, sagte er.

Die Männer schauten einander an.

»Sind wir?«

»Als ich studierte. Als ich im Studentenwohnheim gewohnt habe.«

»Was bringt Sie auf diese Idee?«

»Damals haben Sie auch in meinen Sachen herumgewühlt.«

»Haben Sie ein schlechtes Gewissen?«

»Nein! Ich meine…«

Jokum stand auf. Das Glas kippte um, und das Wasser ergoss sich langsam über Mrs. Cease und The Black Pyjamas. Er wollte noch etwas sagen, doch da streckte der eine Mann den Arm aus. In der Hand hielt er die Postkarte aus New York.

»Die haben Sie neben das Telefon gelegt. Haben Sie Mrs. Cease angerufen?«

Jokum schüttelte den Kopf.

»Hätte ich sie angerufen, dann wüssten Sie das doch sicher.«

»Machen Sie die Lage nicht schwieriger, als sie ist…«

»Sie machen es doch schwierig!«

Beide gingen gleichzeitig auf ihn zu.

»Brauchen Sie Hilfe?«

»Nein! Warum?«

»Sie wirken einfach hilflos.«

Jokum setzte sich wieder und stützte den Kopf in die Hände.

»Ich habe Mrs. Cease nicht angerufen. Und ich habe es auch gar nicht vor. Und über die Black Pyjamas weiß ich gar nichts. Aber…«

Der eine Mann hob die Fotos hoch und ließ das Wasser auf die Wachstischdecke tropfen.

»Wenn Sie die behalten wollen, dann…«

»Nein, das ist nicht nötig. Vielen Dank.«

Der Mann ließ die Fotos dennoch auf dem Tisch liegen, trocknete sich die Hände an einem Lappen ab, der über dem Wasserhahn hing, und nutzte dabei gleich die Gelegenheit, einen Fleck auf dem linken Schuh wegzuwischen. Der andere wühlte in den Taschen seines Mantels und gab Jokum zum Schluss einen Brief und etwas, das in Plastik eingepackt war.

»Wir haben die Post mitgebracht. Und ein kleines Teil, das Ihnen gehört.«

Dann gingen sie.

Jokum blieb sitzen, bis er sie nicht mehr hören konnte.

Der Brief war von Synne. Er erkannte ihre Handschrift auf dem Umschlag. Trotzdem öffnete er das Päckchen zuerst. Es war der Magnet. Er musste lachen. Alles kommt zurück zu dir. Nichts ist vergessen. Plötzlich schob er den Magneten in den Mund und spürte den strengen Geschmack, der wie auf schwerem Kurs durch den Körper hinabsank. Er öffnete den Brief und holte ein Foto heraus, auf dem er nichts erkennen konnte. Auf die Rückseite hatte Synne geschrieben: *Ich habe deine Dunkelkammer aufgeräumt und dieses Bild gefunden. Was ist das?* Jokum drehte das Bild erneut um. Er konnte nichts erkennen. Doch dann fiel ihm etwas ein. Er holte das Geschenk, das er von Mr. und Mrs. Cease bekommen hatte, die kleine Lupe. Ja, auch die kam zurück zu ihm. Er legte sie auf das Bild und konnte den Gedanken nicht abschütteln, dass er es durch die Augen des toten Soldaten betrachtete. Jetzt sah er es. Jetzt sah er, was es war. Das Bild, das er von dem Müllsack im Keller des Memorial Hospitals gemacht hatte, als er das erste Mal dort gewesen war: Verbände, vertrocknete Blumen, Gazebinden, Essensreste, ein Gummihandschuh. Und Jokums Schatten, der auf alles fiel, was er fotografierte, seine Vanitas, seine Zeit. Denn zwischen all dem sah er einen Arm, eine Hand, die herausragte, ein Finger, so klein, dass der Nagel nicht zu erkennen war, der Anfang eines Menschen.

Jokum stand auf.

Lege diese Ereignisse in diese Reihenfolge, diese Auftritte im Leben, und zum Schluss bekommst du eine Summe. Die wollte er jetzt bezahlen. Er hatte keine andere Wahl. Dorthin war er endlich gelangt, dorthin, wo er keine Wahl hatte. Wiege diese Auftritte im Leben nicht gegeneinander ab, um zu sehen, welcher am schwersten wiegt. Es gibt keine Skala für das Gewicht. Der Schlachter und der Uhrmacher können dir nur einen einzigen Preis nennen.

Jokum ging langsam durch die Wohnung.

Alles, was verschoben worden war, stellte er wieder an den richtigen Platz.

Er dachte es laut, er hatte es schon früher gedacht, aber nie so klar: *Ich stelle die Dinge an ihren Platz.*

Er wollte die Wohnung so verlassen, wie er sie vorgefunden hatte. Alles Chaotische brachte er in Ordnung.

Zum Schluss fand Jokum noch eine Nadel in der Ecke des Wohnzimmers. Er zog die Schublade des Nähtisches auf und legte sie dort hinein. Jetzt sollten keine weiteren Nadeln mehr auf dem Boden liegen. Da fiel sein Blick auf einen Bogen, der zusammengefaltet unter dem blauen Nähkästchen lag. Er zog ihn hervor. Es war der Brief von ihm, von Jokum. Er las ihn laut. Jetzt war er an der Reihe, laut zu lesen. Es gab sonst niemanden, der es hätte tun können. *Liebe Mutter, ich wollte dir nur mitteilen, dass Synne guten Mutes ist, ich auch. Vielen Dank für die Babysachen, die ihr geschickt habt. Wir werden sie dieses Mal wohl nicht brauchen können.*

Er legte den Brief zurück und schob die Lade zu.

Aufräumen ist sterben.

Dann duschte Jokum, zog sich saubere Kleidung an und den Mantel über. Er schrieb einen Zettel für das Rote Kreuz, den er an die Tür hängte, alles sollte auf dem Flohmarkt verkauft werden, den Schlüssel legte er unter die Fußmatte. Anschließend ging er hinunter in den Kellerverschlag und öffnete den ersten Karton. Den Hut setzte er sich auf den Kopf. Der konnte ihn auch nicht abschließen. Er blätterte Storm P.s *Fluer* durch. Er fand eine Speisekarte vom Hotel Birkerød Kro, und daneben lag ein Kalender des berühmten Kurorts Løkke Kurbad, das mit Badminton, Ruderfahrten und einer eigenen Bibliothek lockte. Jetzt wusste Jokum, wozu der Magnet zu gebrauchen war. Er nahm ihn aus dem Mund, ließ ihn über den Kalender gleiten, und er hakte sich an einem Datum fest, an welchem auch immer. Jokum war kein Anachronismus mehr. Er war gegenwärtig. Der Augenblick des Selbstmörders ist voller Erinnerungen. Und dennoch ist der Selbstmörder ohne Vergangenheit, ohne Verwandtschaft. Es gibt keine Wurzeln und auch keinen Himmel, nur Luft zum Atmen. Schließlich fand Jokum, wonach er gesucht hatte, das Feuerseil, das Feuerseil im Keller. Er überlegte, ob es zu kurz sein könnte, seine eigene Länge in Betracht gezogen, verwarf diesen Zweifel dann jedoch. Ganz unten sind wir alle gleich niedrig. Dann dachte er es noch einmal. Dass er das noch nie zuvor gedacht hatte. *Ganz unten sind wir alle gleich niedrig.* Sodann musste er einen soliden Knoten schlagen. Früher einmal hatte Jokum in sich selbst einen Knoten geschlagen. Auch damals war er dem Tod nahe gewesen. Er erinnerte sich nicht mehr daran, als wenn es gestern gewesen wäre. Er erinnerte sich daran, als wäre es jetzt, in seinem erinnerungsvollen Augenblick, während er sich mit dieser Schlinge abmühte: Es passierte damals in einer Turnstunde, in der Halle, in der Realschule. Als er ein Rad schlagen sollte, eine halsbrecherische Unternehmung für einen armen Jungen seines Formats, kamen sich die langen, dünnen Beine in die Quere. Sie verwickelten sich geradezu ineinander, und es wurde nicht besser, als er aus einer verdrehten, unmöglichen Position auf der Matte heraus versuchte, die Knie freizubekommen. Das machte Schlimmes nur noch schlimmer. Die Hände klemmten unter den Kniescheiben fest, den Kopf hatte er zwischen den Schenkeln, und da er kurz davor gewesen war, ein Rad zu schlagen, lag der linke Fuß über der rechten Schulter eingezwängt, sehr schmerzvoll. Die geringste Bewegung, selbst wenn er nur einen kleinen Finger hob, zog den Knoten strammer. Gelächter hallte durch die Sporthalle. Es war schmachvoll. Doch das Gelächter blieb ihnen bald im Hals stecken, genauso wie Jokum selbst feststeckte. Dem Sportlehrer gelang es nicht, ihn hochzuziehen, ihn auf die Beine zu stellen, aber das war nicht das Wichtigste, er schaffte es nicht, *Jokum hochzubekommen.* Jokum war kein

Mensch mehr. Er war nur noch ein Knoten. Die Krankenschwester der Schule wurde gerufen. Ob sie so etwas schon einmal gesehen hätte? Hatte sie nicht. Und sie hatte schon vieles gesehen. Der Klassensprecher holte den Werklehrer, der außerdem ein eifriger Hobbyangler war, am liebsten in Süßwasser. Dieser stellte umgehend fest: ein klassisches Durcheinander. Aber hier handelte es sich um ein vierzehn Jahre altes Durcheinander aus Fleisch und Blut. Er versuchte, zusammen mit der Krankenschwester, an einem losen Ende zu ziehen, das heißt an dem rechten Fuß. Doch dieses Manöver zog den Knoten nur noch fester zu. Man sah schließlich keinen anderen Ausweg, als Jokum Jokumsen zum Notarzt zu schaffen. Man fürchtete, er könnte aufhören zu atmen. Der Schulhausmeister verfügte über einen Bedford mit offener Ladefläche, den er sonst dazu benutzte, jeden Freitag in der Saison Gemüse aus Nittedal zum Youngstorget zu bringen. Jetzt war also Jokum an der Reihe. Er wurde auf der Matte hinausgetragen, vorsichtig auf die Ladefläche gelegt und mit kräftigen Bändern festgezurrt. Dann wurde eine Decke über ihn gelegt. Die anderen Schüler hingen aus den Fenstern. Wer wollte sich das entgehen lassen? Selbst die Lehrer und Referendare konnten ihre Neugier nicht zügeln. Jokum war Teil einer Ausstellung. Es war sein Schicksal. Er konnte nichts dagegen tun. Dann fuhren sie los, zum Notarzt auf der anderen Seite der Stadt. Vier Krankenschwestern rollten ihn auf eine Trage und schoben ihn ins Wartezimmer, wo größtenteils Alkoholiker mit blutigen Händen und geschwollenen Nasen saßen. Die wussten Jokums Gesellschaft zu schätzen. Sie nahmen ihn ernst. Hast du einen schlechten Traum gehabt, mein Junge? Das passiert häufig. Und wir haben schon schlimmere Knoten als dich gesehen, nur dass du es weißt. Denn alle hier haben mal schlechte Träume. Du bist also in guter Gesellschaft, mein Junge. Dann wurde Jokum weitertransportiert und auf einen glänzenden Metalltisch unter eine weiße, betäubend grelle Lampe gelegt. Drei Ärzte standen bereit. Während zwei ihn festhielten, begann der Dritte zu zirkeln. Nach einer halben Stunde hatten sie die rechte Hand freibekommen. Dann war der linke Fuß dran, was schon schwieriger war. Sie mussten Jokums Rücken nach hinten biegen und gleichzeitig den rechten Arm im rechten Winkel zur Schulter heben, damit der Fuß zum Ellenbogen rutschen und auf diese Art in die richtige Stellung kommen konnte, wenn sie ihn drehten. Damit war das Schlimmste überstanden. Die folgende Stunde benutzten sie, um seine Beine zu strecken und den Kopf aus den Schenkeln zu befreien. Jokum lag erschöpft und teilnahmslos auf dem Tisch und starrte in das gleißende Licht, das alle Einsamkeit in einem Punkt sammelte, der winziger war als eine Nähnadel. *Kannst du aufstehen?* Jokum blieb erst einmal liegen, er fürchtete, in Stücke zu zerfallen. Außerdem hoffte er, dass noch ein paar Knoten übrig waren, die ihn kürzer machten. Einer der Ärzte gab ihm eine Bescheinigung, auf der stand, dass er ab jetzt von den Leibesübungen befreit war, drinnen wie draußen. Könnten Sie mich auch von Religion, Werken, Ordnung und Benehmen befreien?, fragte Jokum. Und gepressten Blumen, fügte er hinzu. Der Arzt verstand zwar seine Sorgen hinsichtlich der ersten beiden Fächer, aber Blumen pressen, warum wollte er das nicht? Die wachsen so niedrig, erklärte Jokum. Dann stand er auf, langsam und vorsichtig, bis er mit geradem Rücken hier im Kellerverschlag in Skillebekk stand, die Schlinge in den Händen.

Er hatte seine Fallhöhe gefunden.

Jokum holte Mutters Fahrrad heraus, pumpte die Reifen auf, legte das Seil in den vorderen Korb und trug das Rad hinaus.

Wo sollte er es tun? Er wollte es an einem Ort tun, wo es am wenigsten störte. Naheliegend war, an die Natur zu denken, die Nordmarka, beispielsweise hinter dem Sognsvann. Und dann würde er gleichzeitig den FNL-Button holen, den er dort hingelegt hatte, ganz gleich, wofür er nun stand, für Lawinenhunde oder die Revolution. Ein Tier könnte sich an der Nadel verletzen. Jokum dachte an die Welt, und die ganze Welt fand Platz in einem einzigen Gedanken, in einer Erwägung: Er schuldete Arntzen in Naranja am Vestkanttorget noch fünf Kronen für den Vogelkäfig und den Papagei, der davongeflogen war. Jokum durfte nicht vergessen, seine Schulden zu begleichen. Er wollte reinen Tisch machen. Aber der Gedanke, dass ein Beerenpflücker ihn finden könnte, widerstrebte ihm, und dass er in der Zwischenzeit von Insekten und kleinen Tieren angenagt werden sollte, war auch nicht zu ertragen. Die Welt verschwand erneut. Er erinnerte sich an alles in einem perfekten, unnützen Gedächtnis, das zu einem Staub im Auge eintrocknete: die Gegenwärtigkeit. *Den FNL-Button holen?* Wo sollte er mit ihm bleiben? Am liebsten sollte er von den Polizeitechnikern gefunden werden, oder von der Gerichtsmedizinerin. Aber dann musste er es auf eine Art und Weise machen, die Zweifel an der Ursache säte, damit sie hinzugerufen würden, um einen Blick auf ihn zu werfen, und das wollte er auch nicht. Sein Tod sollte nicht missverstanden werden. Es sollte seine Schuld und nicht die eines anderen sein.

Seht, ich wanke hier, nicht Jokum.

Dann schob er das Rad an dem trockenen Springbrunnen vorbei, der dennoch in der klaren, kühlen Sonne glänzte, die die Wolken zur Seite schob. Auf den Bänken saßen Junge und Alte und winkten ihm zu. Jokum war gegenwärtig. Er war berühmt in Skillebekk. Der Herbst war seine beste Zeit. Alles, was vorher schwer gewesen war, fühlte sich jetzt leicht an, spielerisch leicht. Er folgte den Straßenbahnschienen Richtung Westen und erreichte die Villa dort. Er stellte das Fahrrad ans Gitter, warf sich das Seil über die Schulter, doch als er am Schwimmbecken entlangging, das tief und leer war, und das Sprungbrett sah, das ein jammerndes, fast unmenschliches und damit höchst menschliches Geräusch in dem ruhigen Wind von sich gab, verließ ihn der Mut. Er wollte nicht. Er wollte nicht, dass Synne ihn fand. Synne könnte zurückkommen, nach Hause kommen und ihn finden, und so niederträchtig wollte Jokum nicht sein. Er war schon kurz davor aufzugeben, denn die Unentschlossenheit und der Widerwille überfielen ihn, als läge die allerletzte Nadel aus Mutters Nähtisch in seinem Schuh. In dem Augenblick, der einer graziösen, ununterbrochenen Bewegung ähnelte, der Sinnesbewegung eines Tänzers, fiel jedoch sein Blick auf den alten Kranz, der an einem Nagel hinten am Schuppen hing, das Rad aus Draht,

Trauer und Wut, und er wusste augenblicklich, wo er es machen wollte. Er wollte es auf dem Friedhof machen. Wo sonst? Näher kam er seinem natürlichen Milieu nicht. Dort würde er unter seinesgleichen sein. Dort konnte er mit ihnen verschmelzen. Er lief zurück zum Fahrrad und fuhr weiter zum Vestre Gravlund. Und immer noch mit dem Seil über der Schulter könnte er einem Schornsteinfeger ähneln, und was für einem, er könnte im Keller stehen und den Kopf oben neben dem Wetterhahn hervorstrecken und den Kamin in einem einzigen Zug kehren. Genau das wollte er, den Kamin in einem einzigen Zug kehren. Jokum rollte durch das nördliche Tor auf den Vestre Gravlund, wo die alliierten Soldaten aus dem Zweiten Weltkrieg liegen. Und dort wurde er Zeuge davon, dass ein jüngerer Mann telefonierte, während sein Hund, ein Terrier, auf dem Grab eines amerikanischen Soldaten stand und schnupperte und mit dem Schwanz wedelte, schnupperte und wedelte. Doch das war nicht das Schlimmste. Denn plötzlich hob der Hund das Bein und pisste. Der Hund pisste auf das Grab des amerikanischen Soldaten, und sein Besitzer telefonierte unbeirrt weiter. Jokum blieb stehen und rief:

»Auf dem Friedhof herrscht Leinenzwang!«

Der junge Mann hob abwehrend den Arm, er wollte nicht gestört werden, er war mitten in einem wichtigen Gespräch.

Jokum trat einen Schritt näher.

»Passen Sie gefälligst auf Ihren Hund auf!«

Der Mann drehte ihm den Rücken zu und hörte nicht, was Jokum sagte.

Dieser ging daraufhin zu dem Terrier und trat nach ihm. Da legte der Hundebesitzer auf, hob das Telefon, als wäre es eine Waffe und drohte:

»Was zum Teufel tust du da! Verdammt …«

»Ihr Hund …«

»Trittst du meinen Hund? He! *Trittst* du meinen Hund?«

Jokum ließ das Seil von der Schulter rutschen und hielt es in beiden Händen wie ein Lasso.

»Ich bin der Hundefänger der Friedhofsverwaltung. Und Sie sind ein Grabschänder! Sie Mistkerl!«

Der Mann schüttelte den Kopf, nahm den Hund an die Leine, zeigte Jokum den Finger und ging.

Jokum rief ihm noch einmal nach: »*Sie Mistkerl!*«

Es tat jedenfalls gut, es einmal gesagt zu haben.

Die Wolken zogen sich wieder zusammen, und es wurde dunkel.

Jokum ging weiter zur Friedhofsmitte, und eine Weile fürchtete er, sich zu verlaufen. Alle Gräber ähnelten einander.

Doch dann war Jokum an dem Punkt angekommen, der bis hier und nicht weiter heißt. Eine Kiefer hieß ihn mit offenen Armen willkommen. Er lehnte das Fahrrad an den Stamm, kletterte auf den Sitz, fand schließlich das Gleichgewicht, befestigte das Seil an einem Zweig, legte sich die Schlinge um den Hals und zog sie zu. Es pikste und kratzte. Aber das machte nichts. Denn es wäre ja bald vorbei. Alles wäre bald vorbei. Er schaute auf die einfachen, norwegischen Granitsteine unter sich: *Elle* und *Hütchen,* beziehungsweise die Näherin und der Vermesser. Die Abstände verschwanden, und die Nähte lösten sich. Das Fahrrad kippte um, und Jokum fiel und fiel, bis auf den Grund seiner Erzählung, wo ich bereits in einer Ecke wartete.

Dieser Roman könnte so enden:

An einem Abend, nach unserer erinnerungsreichen Reise, saß ich übrigens mit der Fliegenklatsche in der Hand im Fenster und schaute hinunter auf den Hof, der sauber und verlassen in der späten Sommersonne dalag. Da kamen Jokum und Synne aus dem Haupteingang, Arm in Arm, oder musste sie ihn nicht vielmehr stützen. Er benutzte einen Stock, nein, eine Krücke. Sie traten aus dem Schatten heraus und gingen langsam und vorsichtig in das tief stehende Licht. Einen Moment lang blieben beide stehen. Ich dachte schon, sie wollten sich vielleicht nach mir umdrehen. Doch Synne schob nur die Perücke zurecht, Jokum legte ihr den Arm auf die Schulter, und jetzt stützte er sie. Und ich dachte, dass es trotz allem doch Liebe war, dass die Liebe hinzugefügt werden musste. Ich wollte versuchen, das nicht zu vergessen.

Dann fällt der Nebel wieder auf den Platz, gelb und dicht, und ich kann den Refrain aus den anderen Zimmern hören.

Deine Besuchszeit ist zu Ende.

FOLGENDE AUSGABEN WURDEN BENUTZT:

Pedro Calderón de la Barca: Das Leben ist ein Traum. Nachdichtung von Eugen Gürster, © Reclam Verlag 1971

Albert Camus: Der Fremde, rororo Taschenbuch Ausgabe Juni 1969, © Karl Rauch Verlag Düsseldorf 1967, Übertragen ins Deutsche von Georg Gotert und Hans Georg Brenner.

F. Scott Fitzgerald: Der große Gatsby. Übersetzung: Susanne Lenz und Hans-Christian Oeser, © Reclam Verlag 2013

Franz Kafka: Der Prozess. Textgrundlage: F. K. Das erzählerische Werk auf der Grundlage der Brodschen Kafka-Ausgabe, hrsg. von Klaus Hermsdorf. 2 Bände, Rütten & Loening, Berlin 1983, 1988 Aufbau Taschenbuch Verlag GmbH, Berlin 4. Aufl. 1998

INHALT

Die norwegische Originalausgabe erschien 2015 unter dem Titel
»Magnet« bei Cappelen Damm, Oslo.

Die Übersetzung wurde von NORLA, Oslo, gefördert.
Der Verlag bedankt sich dafür.

Sollte diese Publikation Links auf Webseiten Dritter enthalten,
so übernehmen wir für deren Inhalte keine Haftung,
da wir uns diese nicht zu eigen machen, sondern lediglich auf
deren Stand zum Zeitpunkt der Erstveröffentlichung verweisen.

Gemälde auf Seite 4: Johan Gørbitz »Mannsakt«; Fotograf: Jacques Lathion;
© Nationalmuseum für Kunst, Architektur und Design, Oslo;
Stiftung Architekturmuseum
Die Illustrationen von Storm P. »Den underlig mand 2«,
»Den underlig mand 1941«, »I badesaesonen« und »Verdenssituationen«
auf den Seiten 230 und 231 wurden uns freundlicherweise vom
Storm P. Museum, Kopenhagen, zur Verfügung gestellt.

MIX
Papier aus verantwor-
tungsvollen Quellen
FSC® C014496
FSC
www.fsc.org

Verlagsgruppe Random House FSC® N001967